OSCAR WILDE
»ZÜRCHER AUSGABE«
WERKE IN 5 BÄNDEN

Vollständig neu übersetzt

Band 5

KOMÖDIEN

OSCAR WILDE

KOMÖDIEN

LADY WINDERMERES FÄCHER

EINE FRAU OHNE BEDEUTUNG

EIN IDEALER EHEMANN

ERNST – UND SEINE TIEFERE BEDEUTUNG

NEU ÜBERSETZT VON
BERND EILERT

HAFFMANS VERLAG

»Lady Windermere's Fan – A Play about a Good Woman«
Uraufführung am 20. Februar 1892 im St. James's Theatre in London.
Erstveröffentlichung 1893 bei Elkin Mathews and John Lane in London.

»A Woman of No Importance«
Uraufführung am 19. April 1893 im Haymarket Theatre in London.
Erstveröffentlichung 1894 bei John Lane in London.

»An Ideal Husband«
Uraufführung am 3. Januar 1895 im Haymarket Theatre in London.
Erstveröffentlichung 1899 bei Leonard Smithers & Co. in London.

»The Importance of Being Earnest –
A Trivial Comedy about Serious People«
Uraufführung am 14. Februar 1895 im St. James's Theatre in London.
Erstveröffentlichung 1899 bei Leonard Smithers & Co. in London.

Die ursprüngliche Fassung in vier Akten – Vorlage für diese Neuübersetzung – erschien erstmals 1956 in New York in Arents Tobacco Collection, Publication No. 6

Die Anmerkungen besorgte
Susanne Luber

Umschlagvignetten
von James Abbott McNeill Whistler

Produktion und Gestaltung von Urs Jakob
Zweite, neu durchgesehene Auflage,
zum 30. November 2000

Satz: Fotosatz Amann, Aichstetten
Herstellung: Ebner Ulm
ISBN 3 251 20313 4

Inhalt

LADY WINDERMERES FÄCHER

Ein Stück
über eine wirklich gute Frau

Personen

Lord Windermere
Lord Darlington
Lord Augustus Lorton
Mr Dumby
Mr Cecil Graham
Mr Hopper
Parker, *Butler*
Lady Windermere
Die Herzogin von Berwick
Lady Agatha Carlisle
Lady Plymdale
Lady Stutfield
Lady Jedburgh
Mrs Cowper-Cowper
Mrs Erlynne
Rosalie, *Zofe*

Die Handlung des Stücks spielt sich innerhalb von 24 Stunden ab, sie beginnt an einem Dienstagnachmittag um 5 Uhr und endet am nächsten Tag um 13 Uhr 30

Erster Akt

Wohnzimmer in Lord Windermeres Haus in London, Carlton House Terrace. Türen in der Mitte und rechts. Schreibtisch mit Büchern und Zeitungen rechts. Sofa mit Teetischchen links. Fenstertür zur Terrasse links. Tisch rechts. Darauf arrangiert LADY WINDERMERE *Rosen in einer blauen Vase*

Auftritt: PARKER

PARKER

Sind Mylady heute nachmittag zu Hause?

LADY WINDERMERE

Ja, wer ist denn gekommen?

PARKER

Lord Darlington, Mylady.

LADY WINDERMERE *nach kurzem Zögern*

Bitten Sie ihn herein – und ich bin zu Hause für jeden, der kommt.

PARKER

Sehr wohl, Mylady. *Ab durch die mittlere Tür*

LADY WINDERMERE

Ihn noch vor heute abend zu sehen, ist wohl das Beste für mich. Ich bin recht froh, daß er gekommen ist.

Auftritt: PARKER *durch die mittlere Tür*

PARKER

Lord Darlington.

Auftritt: LORD DARLINGTON *durch die mittlere Tür.* PARKER *ab*

Lord Darlington

Guten Tag, Lady Windermere, wie geht es Ihnen?

Lady Windermere

Wie geht es Ihnen, Lord Darlington? Ich kann Ihnen leider nicht die Hand geben. Meine Hände sind ganz naß: die Rosen! Sind sie nicht wunderschön? Sie sind heute morgen aus Selby geliefert worden.

Lord Darlington

Sie sind einfach vollkommen. *Bemerkt einen Fächer, der auf dem Tisch liegt* Und was für ein wunderschöner Fächer! Darf ich einen Blick darauf werfen?

Lady Windermere

Bitte. Hübsch, nicht wahr? Mein Name steht drauf und alles, was dazu gehört. Ich habe ihn selbst erst gerade bemerkt. Ein Geschenk meines Manns, zu meinem Geburtstag. Sie wissen, daß ich heute Geburtstag habe?

Lord Darlington

Nein? Wirklich?

Lady Windermere

Ja. Seit heute bin ich volljährig. Wenn das kein bedeutender Tag in meinem Leben ist. Deswegen gebe ich auch dies Fest heute abend. Nehmen Sie doch Platz. *Arrangiert weiter die Blumen*

Lord Darlington *setzt sich*

Wenn ich geahnt hätte, daß Sie Geburtstag haben, Lady Windermere. Für Sie hätte ich die ganze Straße vor Ihrem Haus mit einem Blumenteppich bedeckt. Wozu sind Blumen sonst da?

Kurze Pause

LADY WINDERMERE

Lord Darlington, ich habe mich schon gestern abend im Auswärtigen Amt über Sie ärgern müssen. Ich habe keine Lust, mich ein weiteres Mal über Sie zu ärgern.

LORD DARLINGTON

Über mich, Lady Windermere?

Auftritt: PARKER *gefolgt von einem Lakaien mit Tablett und Teegeschirr durch die mittlere Tür*

LADY WINDERMERE

Stellen Sie es dort ab, Parker. Das wäre alles. *Trocknet ihre Hände mit ihrem Taschentuch, geht nach links zum Teetisch und setzt sich* Kommen Sie doch hier herüber, Lord Darlington.

PARKER *ab durch die Mitte*

LORD DARLINGTON *kommt mit einem Stuhl herüber*

Ich bin untröstlich, Lady Windermere. Was habe ich getan? Sie müssen es mir sagen! *Nimmt in der Mitte Platz*

LADY WINDERMERE

Nun, zunächst mal haben Sie den ganzen Abend nicht aufgehört, mich mit den kompliziertesten Komplimenten zu überhäufen.

LORD DARLINGTON *lächelnd*

Tja, heutzutage, da alles bei uns so knapp geworden ist, sind Komplimente doch das Erfreulichste, was wir noch haufenweise übrig haben. Und das einzige, was wir uns gerade noch leisten können.

Lady Windermere *kopfschüttelnd*
Aber es ist mein Ernst, Lord Darlington. Sie sollten nicht lachen, wenn ich etwas ernst meine. Ich mag keine Komplimente, und ich wüßte nichts, was einen Mann zu der Annahme berechtigt, er tue einer Frau einen Gefallen, wenn er ihr einen Haufen Sachen sagt, die er nicht so meint.

Lord Darlington
Ja, aber ich habe alles so gemeint. *Nimmt die Teetasse, die sie ihm anbietet*

Lady Windermere *gewichtig*
Das will ich nicht hoffen. Es täte mir leid, mich mit Ihnen zu zerstreiten. Ich habe Sie sehr gern, das wissen Sie. Doch ich könnte Sie überhaupt nicht mehr gern haben, wenn ich Sie für das halten müßte, was die meisten anderen Männer sind. Sie sind besser als die meisten anderen Männer, glauben Sie mir, ich habe nur manchmal den Eindruck, Sie möchten für schlechter gehalten werden.

Lord Darlington
Haben wir nicht alle unsere kleinen Eitelkeiten, Lady Windermere?

Lady Windermere
Warum kaprizieren Sie sich ausgerechnet auf diese? *sitzt weiter am Teetisch*

Lord Darlington *sitzt weiter mitten im Raum*
Ach, heutzutage wollen so viel eingebildete Leute von der Gesellschaft für gut gehalten werden, daß ich finde, es zeugt von einer geradezu kindlich bescheidenen Gesinnung, wenn man alles dazu tut, um für schlecht gehalten zu werden. Und da wäre noch etwas: Wen man

für gut hält, den nimmt alle Welt auch ernst. Wen man für schlecht hält, den nicht. Es ist schon frappierend, wie die Stupidität des Optimismus funktioniert.

LADY WINDERMERE

Aber wollen Sie denn **nicht** von aller Welt ernst genommen werden, Lord Darlington?

LORD DARLINGTON

Nicht von aller Welt. Was sind das für Leute, die von aller Welt ernst genommen werden? Die langweiligsten Leute, die man sich denken kann, vom Bischof runter bis zur Betschwester. Von **Ihnen** würde ich gern ernst genommen, Lady Windermere, von **Ihnen** mehr als von sonst jemandem auf der Welt.

LADY WINDERMERE

Wieso – wieso von mir?

LORD DARLINGTON *nach leichtem Zögern*

Weil ich glaube, wir könnten gute Freunde sein. Wir sollten gute Freunde sein! Vielleicht werden Sie einen Freund brauchen, eines Tages.

LADY WINDERMERE

Warum sagen Sie das?

LORD DARLINGTON

Ach, wir brauchen doch alle bisweilen einen Freund.

LADY WINDERMERE

Ich denke, wir sind bereits die besten Freunde, Lord Darlington. Und wir können es auch bleiben, solange Sie nicht ...

LORD DARLINGTON

Nicht was?

LADY WINDERMERE

Sie nicht alles mit irgendwelchen extravaganten dummen Sprüchen zerreden. Geben Sie zu, Sie halten mich für puritanisch, oder? Gut, ich habe schon von Haus aus etwas Puritanisches. Ich wurde so erzogen. Und ich bin froh darüber. Als meine Mutter starb, war ich noch ein Kind. Ich wohnte dann bei Lady Julia, das ist die ältere Schwester meines Vaters, müssen Sie wissen. Sie war streng mit mir, aber Sie hat mir beigebracht, was alle Welt allzu gerne vergißt: daß es einen Unterschied gibt zwischen dem, was recht ist, und dem, was unrecht ist. Sie war darin kompromißlos. Und **ich** bin es ebenso.

LORD DARLINGTON

Meine liebe Lady Windermere!

LADY WINDERMERE *lehnt sich im Sofa zurück*

Sie halten mich für rückständig. – Bitte, das bin ich! Und es wäre mir peinlich, wenn ich auf demselben Niveau wäre mit einer Zeit wie dieser.

LORD DARLINGTON

Sie halten nicht viel von dieser Zeit?

LADY WINDERMERE

Gar nichts. Für die meisten Leute heutzutage ist das Leben eine Art Glücksspiel. Es ist aber kein Glücksspiel. Es ist etwas Heiliges. Seine Vollendung heißt Liebe. Der Weg dahin: Opferbereitschaft.

LORD DARLINGTON *lächelnd*

Oh, bitte, alles nur das nicht! Opfer sind das allerletzte!

LADY WINDERMERE *beugt sich vor*

Sie sollten das nicht sagen.

LORD DARLINGTON
Aber ich sage es. Ich fühle es – ich weiß es!

Auftritt: PARKER *durch die Mitte*

PARKER
Die Leute möchten wissen, ob sie für heute abend die Terrasse mit Teppichen auslegen sollen, Mylady?

LADY WINDERMERE
Sie glauben doch auch nicht, daß es heute abend regnen wird, Lord Darlington?

LORD DARLINGTON
Von Regen möchte ich nicht einmal reden hören an Ihrem Geburtstag.

LADY WINDERMERE
Sagen Sie ihnen, Sie sollen sofort anfangen, Parker.

PARKER *ab durch die Mitte*

LORD DARLINGTON *ist sitzen geblieben*
Wie beurteilen Sie dann – ich konstruiere diesen hypothetischen Fall natürlich nur – wie beurteilen Sie dann den Fall eines jungverheirateten Paares, sagen wir, sie sind seit zwei Jahren verheiratet, und der Ehemann nimmt plötzlich intime Beziehungen auf zu einer Frau von – na ja, von mehr als zweifelhaftem Ruf – er besucht sie ständig, zum Lunch womöglich, und höchstwahrscheinlich bezahlt er auch ihre Rechnungen – meinen Sie nicht, daß die Ehefrau sich darüber hinwegtrösten sollte?

LADY WINDERMERE *stirnrunzelnd*
Sich darüber hinwegtrösten?

Lord Darlington

Ja, ich meine, das sollte sie – ich meine, sie hat das Recht dazu.

Lady Windermere

Weil der Ehemann unmoralisch handelt – sollte die Ehefrau genauso unmoralisch handeln?

Lord Darlington

Unmoral ist ein scheußliches Wort, Lady Windermere.

Lady Windermere

Sie ist eine scheußliche Sache, Lord Darlington.

Lord Darlington

Wissen Sie, was ich befürchte? Daß gute Menschen eine Menge Unheil anrichten auf der Welt. Und das größte Unheil kommt wahrscheinlich daher, daß sie aus der Unmoral so eine unheimlich wichtige Sache machen. Die Leute in gute und schlechte zu unterteilen, ist absurd. Die Leute sind entweder nett oder fad. Ich mag die netten, und Sie, Lady Windermere, können machen, was Sie wollen: Sie gehören dazu.

Lady Windermere

Lord Darlington ... *sie steht auf und baut sich vor ihm auf* ... Bleiben Sie sitzen, ich möchte nur gern mit meinen Blumen fertig werden. *Geht mit der Vase zum Tisch*

Lord Darlington *steht auf und stellt seinen Stuhl beiseite*

Ich muß schon sagen, Lady Windermere, Sie sind sehr streng mit unserer Zeit. Natürlich spricht einiges gegen sie, zugegeben. Die meisten Frauen, beispielsweise, sind mehr oder weniger käuflich.

LADY WINDERMERE

Über solche Personen möchte ich nichts hören.

LORD DARLINGTON

Bitte, dann lassen wir die käuflichen eben weg, sie sind schrecklich, gewiß, aber glauben Sie ernsthaft, daß Frauen, die das begangen haben, was man gern einen Fehltritt nennt, niemals vergeben werden sollte?

LADY WINDERMERE *am Tisch stehend*

Das glaube ich allerdings: niemals.

LORD DARLINGTON

Und Männern? Glauben Sie, daß für Männer dieselben Gesetze gelten sollten wie für Frauen?

LADY WINDERMERE

Selbstverständlich!

LORD DARLINGTON

Ich glaube, das Leben ist eine viel zu komplizierte Angelegenheit, um nach solch ehernen Faustregeln zu funktionieren.

LADY WINDERMERE

Hielten wir uns an diese ehernen Faustregeln, würden wir uns das Leben wesentlich einfacher machen.

LORD DARLINGTON

Sie lassen da keine Ausnahmen zu?

LADY WINDERMERE

Keine einzige.

LORD DARLINGTON

Was sind Sie doch für eine unwiderstehliche Moralistin, Lady Windermere.

Lady Windermere

Das Adjektiv war überflüssig, Lord Darlington.

Lord Darlington

Ich konnte nicht anders. Ich kann allem widerstehen – nur nicht der Versuchung.

Lady Windermere

Wie alle modernen Menschen finden Sie Schwäche anbetungswürdig.

Lord Darlington *schaut sie an*

Menschen finde ich anbetungswürdig, Lady Windermere.

Auftritt: Parker *durch die Mitte*

Parker

Die Herzogin von Berwick und Lady Agatha Carlisle.

Auftritt: die Herzogin von Berwick *und* Lady Agatha *durch die Mitte.* Parker *ab*

Herzogin von Berwick

kommt zur Mitte und reicht Lady Windermere *die Hand* Liebe Margaret, wie schön, Sie zu sehen. Sie erinnern sich an Agatha? *Geht nach links zu* Lord Darlington Lord Darlington, wie geht es Ihnen? Ihnen stelle ich meine Tochter lieber nicht vor, Sie sind viel zu gefährlich.

Lord Darlington

Das dürfen Sie nicht sagen, Herzogin. Als gefährlicher Mann bin ich eine glatte Fehlbesetzung. Ja, es gibt sogar eine Menge Leute, die mir nachsagen, ich hätte noch nie im Leben etwas Schlimmes getan. Natürlich sagen die das nur hinter meinem Rücken.

HERZOGIN VON BERWICK

Ist er nicht ein Scheusal? Agatha, das ist Lord Darlington. Hüte dich davor, je ein Wort von dem zu glauben, was er sagt. LORD DARLINGTON *geht nach rechts hinüber* Nein, danke, keinen Tee, meine Liebe. *Geht zum Sofa hinüber und setzt sich* Wir haben eben schon Tee getrunken bei Lady Markby. Und auch noch so schlechten Tee! Er war eigentlich nicht trinkbar. Aber das hat mich gar nicht überrascht. Ihr eigener Schwiegersohn versorgt sie damit. Agatha freut sich ja so auf Ihren Ball heute abend, liebe Margaret.

LADY WINDERMERE *sitzt am Blumentisch*

Oh, Sie dürfen nicht erwarten, daß es ein richtiger Ball wird, Herzogin. Nur ein Tänzchen zu Ehren meines Geburtstags. Ganz bescheiden und zeitlich begrenzt.

LORD DARLINGTON *steht neben ihr*

So bescheiden, so begrenzt und so erlesen.

HERZOGIN VON BERWICK *auf dem Sofa*

Natürlich wird es erlesen. Das **wissen** wir doch, Margaret, in **Ihrem** Hause. Es ist tatsächlich eines der wenigen Häuser in London, in das ich Agatha mitnehmen kann und in dem ich mir um den guten Berwick keine Sorgen machen muß. Ich weiß nicht, wohin das mit dieser Gesellschaft noch führen soll. Anscheinend dürfen die scheußlichsten Leute jetzt schon überall hingehen. Zu meinen Festen kommen sie jedenfalls – und die Männer werden richtig wütend, wenn sie nicht eingeladen sind. Irgendwer sollte wahrhaftig etwas tun dagegen!

LADY WINDERMERE

Ich tue etwas dagegen, Herzogin. Ich will niemanden

in meinem Hause sehen, der auch nur von ferne in einen Skandal verwickelt ist.

LORD DARLINGTON *steht jetzt rechts von ihr*
Oh, das dürfen Sie nicht sagen, Lady Windermere. Ich würde ja nie mehr vorgelassen werden. *Setzt sich*

HERZOGIN VON BERWICK
Ach, Männer! Frauen sind etwas anderes. Wir sind besser. Zumindest einige von uns. Unsere Ehemänner hätten längst vergessen, daß wir überhaupt existieren, wenn wir nicht bisweilen an ihnen herumnörgeln würden, nur um sie daran zu erinnern, daß wir jedes Recht dazu haben.

LORD DARLINGTON
Die Ehe, Herzogin, die Ehe ist schon ein seltsames Spiel – das übrigens immer mehr aus der Mode kommt – die Frau hat alle Trümpfe in der Hand und verliert am Ende doch immer gegen einen Trickbetrüger.

HERZOGIN VON BERWICK
Trickbetrüger? Damit meinen Sie den Ehemann, Lord Darlington?

LORD DARLINGTON
Es wäre wohl nicht die schlechteste Definition des modernen Ehemanns.

HERZOGIN VON BERWICK
Lord Darlington, Sie sind ganz schön verdorben, mein Lieber.

LADY WINDERMERE
Lord Darlington ist oberflächlich.

LORD DARLINGTON
Das dürfen Sie nicht sagen, Lady Windermere.

LADY WINDERMERE

Warum **reden** Sie dann so oberflächlich über das Leben?

LORD DARLINGTON

Weil ich glaube, das Leben ist eine viel zu bedeutende Angelegenheit, um jemals ernsthaft darüber reden zu dürfen. *Geht zur Mitte*

HERZOGIN VON BERWICK

Was meint er damit? Nehmen Sie Rücksicht auf meinen beschränkten Verstand, Lord Darlington, und erklären Sie mir bitte genau, was Sie meinen.

LORD DARLINGTON *tritt hinter den Tisch*

Das sollte ich wohl besser nicht, Herzogin. Sich heutzutage verständlich zu machen, heißt sich bloßzustellen. Auf Wiedersehen. *Schüttelt der* HERZOGIN VON BERWICK *die Hand* Und nun – *im Abgehen* Lady Windermere, auf Wiedersehen. Ich darf doch kommen heute abend?

LADY WINDERMERE *begleitet ihn*

Gewiß doch. Aber Sie dürfen den Leuten keine törichten, zweideutigen Sachen sagen.

LORD DARLINGTON

Ah, Sie fangen an, mich bessern zu wollen. Jemanden bessern zu wollen, ist eine gefährliche Sache. *Verbeugt sich und geht durch die mittlere Tür ab*

HERZOGIN VON BERWICK

die aufgestanden und zur Mitte gegangen ist

Ach, was für ein nettes verkommenes Subjekt! Ich mag ihn wirklich. Ich bin froh, daß er weg ist! Wie hübsch Sie aussehen! Wo kriegen Sie nur diese Kleider her?

Und nun muß ich Ihnen versichern, wie leid Sie mir tun, liebe Margaret. *Geht zum Sofa und setzt sich zu* LADY WINDERMERE Agatha, Liebling!

LADY AGATHA

Ja, Mama. *Steht auf*

HERZOGIN VON BERWICK

Willst du dir nicht das Photoalbum anschauen, das ich dort gesehen habe. Nun geh schon!

LADY AGATHA

Ja, Mama. *Geht hinüber zum Schreibtisch links*

HERZOGIN VON BERWICK

Das gute Kind! Sie mag so gern Photos aus der Schweiz! So ein schlichter Geschmack, finde ich. Aber Sie tun mir wirklich leid, Margaret.

LADY WINDERMERE *lächelnd*

Weshalb, Herzogin?

HERZOGIN VON BERWICK

Oh, wegen dieser furchtbaren Frau. Zumal sie immer so gut angezogen ist, was die Sache noch schlimmer macht, denn sie gibt damit so ein abschreckendes Beispiel. Augustus – Sie kennen ja den zweifelhaften Ruf meines Bruders – eine schwere Prüfung für uns alle – nun, Augustus ist ihr vollkommen verfallen. Es ist ein Skandal, denn sie ist gesellschaftlich absolut unmöglich. Es gibt Frauen mit Vergangenheit, doch, wie ich höre, soll sie mindestens ein Dutzend davon haben, und alle passen zu ihr.

LADY WINDERMERE

Von wem sprechen Sie, Herzogin?

Herzogin von Berwick

Von Mrs. Erlynne.

Lady Windermere

Mrs. Erlynne? Ich habe noch nie von ihr gehört, Herzogin? Was hat sie denn mit mir zu tun?

Herzogin von Berwick

Mein armes Kind! Agatha, Liebling!

Lady Agatha

Ja, Mama.

Herzogin von Berwick

Möchtest du nicht auf die Terrasse gehen und dir den Sonnenuntergang anschauen?

Lady Agatha

Ja, Mama. *Ab durch die Flügeltür*

Herzogin von Berwick

Süß, das Kind! Sie ist verrückt nach Sonnenuntergängen. Spricht doch für eine gewisse Verfeinerung des Gemüts, oder nicht? Am Ende geht doch nichts über die Natur, oder?

Lady Windermere

Aber worum geht es überhaupt, Herzogin? Warum erzählen Sie mir von dieser Person?

Herzogin von Berwick

Wissen Sie wirklich von nichts? Ich war sicher, Sie wären schon ganz aufgelöst vor Kummer und Sorge. Gestern abend noch, bei der guten Lady Jansen, sprach jeder davon, wie bemerkenswert es doch sei, daß von allen Londoner Männern sich ausgerechnet Windermere so vorbeibenimmt.

Lady Windermere

Mein Mann – was hat er mit dieser Frau zu schaffen?

Herzogin von Berwick

Ja, was eigentlich? Das ist der Punkt. Er besucht sie regelmäßig und bleibt manchmal stundenlang, und sie ist für niemanden zu Hause, während er da ist. Nicht daß viele Damen sie besuchen, meine Liebe, aber sie hat eine Menge männlicher Freunde zweifelhaften Rufs – allen voran mein eigener Bruder, wie gesagt – und das macht alles noch schlimmer mit Windermere. **Er** war für uns das Musterexemplar eines Ehemanns, doch ich fürchte, es kann trotzdem keinen Zweifel geben. Meine lieben Nichten – Sie kennen doch die Saville-Töchter – so brave, häusliche Wesen – schlicht, beklagenswert schlicht, aber so gut – nun, sie sitzen stets am Fenster, mit ihrer Wohltätigkeit beschäftigt, das heißt, sie stellen häßliche Sachen für arme Leute her, was eine sehr nützliche Beschäftigung in unseren beklagenswert sozialistischen Zeiten ist, jedenfalls hat diese schreckliche Person sich ein Haus in der Curzon Street genommen, ihnen genau vis-à-vis – ausgerechnet in einer so respektablen Straße! Ich weiß nicht, wohin das alles noch führen soll! Und sie haben mir erzählt, daß Windermere dort ein und aus geht, vier, fünf Mal die Woche. Sie haben ihn **gesehen**. Es war unvermeidlich – und obwohl sie nie herumtratschen würden, haben sie es – das ist ja ganz natürlich – jedem gegenüber erwähnt. Und was das Schlimmste ist: Mir ist zu Ohren gekommen, daß diese Frau einen Haufen Geld von jemandem gekriegt hat, denn, wie es aussieht, ist sie vor sechs Monaten mit leeren Händen nach London gekommen, und nun hat sie dies niedliche Haus in Mayfair, fährt mit ihrer Kutsche jeden

Tag im Park aus und das alles – ja, alles – seit sie die Bekanntschaft des guten, armen Windermere gemacht hat.

LADY WINDERMERE

Nein, das kann ich nicht glauben!

HERZOGIN VON BERWICK

Aber es stimmt trotzdem alles, meine Liebe. Ganz London weiß davon. Deswegen fand ich es ja besser, herzukommen, mit Ihnen zu sprechen und Ihnen zu raten: Nehmen Sie Windermere und bringen ihn sofort weg, nach Bad Homburg oder Aix, wo er etwas hat, das ihn ablenkt und Sie ihn den ganzen Tag im Auge behalten können. Ich versichere Ihnen, meine Liebe, daß ich in den frühen Tagen meiner Ehe bei mehreren Gelegenheiten schwere Krankheiten vortäuschen mußte, nur um Berwick aus der Stadt zu kriegen. Er war so leicht zu verführen. Wobei ich allerdings zugeben muß, daß er nie jemandem größere Geldsummen gegeben hat. Dazu hat er viel zu feste Prinzipien.

LADY WINDERMERE *unterbricht sie*

Herzogin, Herzogin, das kann nicht sein! *Steht auf und geht zur Mitte* Wir sind erst zwei Jahre verheiratet. Unser Kind ist gerade sechs Monate alt. *Setzt sich an den Schreibtisch links*

HERZOGIN VON BERWICK

Ja, das liebe süße Kind! Wie geht es dem kleinen Goldstück? Ist es ein Junge oder ein Mädchen? Hoffentlich ein Mädchen – ach, nein, jetzt fällt mir ein, es ist ein Junge. Das tut mir so leid, Jungen sind so niederträchtig. Mein Sohn ist ausschweifend unmoralisch. Sie würden staunen, zu welchen Zeiten er heimkommt. Und er ist erst ein paar Monate aus Oxford zurück – ich weiß wirklich nicht, was sie ihm da beigebracht haben.

Lady Windermere
Sind **alle** Männer schlecht?

Herzogin von Berwick
O ja, alle, meine Liebe, alle, ohne Ausnahme. Und sie werden sich auch niemals bessern. Männer werden älter, aber sie werden niemals besser.

Lady Windermere
Windermere und ich haben aus Liebe geheiratet.

Herzogin von Berwick
Ja, so fängt es immer an. Nur Berwicks ebenso brutale wie beharrliche Selbstmordversuche haben mich dazu gebracht, ihn überhaupt zu erhören, und bevor das Jahr um war, lief er jeder Art von Rock hinterher: Farbe, Form, Stoff – das alles war ihm ganz gleich. Ja, noch ehe die Flitterwochen vorbei waren, habe ich ihn dabei erwischt, wie er meiner Zofe zuzwinkerte, einer ausgesprochen hübschen, respektablen Person. Ich habe sie unverzüglich entlassen, ohne Führungszeugnis. – Nein, jetzt fällt es mir wieder ein, ich habe sie meiner Schwester überlassen; der gute arme Sir George ist so kurzsichtig, daß ich annahm, es würde schon gutgehen – ging es aber nicht –, es endete sehr unglücklich. *Erhebt sich* Und nun, mein liebes Kind, muß ich gehen, wir essen auswärts. Und Kopf hoch, nehmen Sie sich Windermeres kleine Verirrung nicht zu sehr zu Herzen. Bringen Sie ihn außer Landes, und er wird schon im Guten zu Ihnen zurückkommen.

Lady Windermere
Zu mir zurück? *Geht zur Mitte*

Herzogin von Berwick *steht links von ihr*

Gewiß, meine Liebe, diese niederträchtigen Frauen nehmen uns die Ehemänner weg, doch die kommen immer zurück, ein wenig gebraucht natürlich. Und machen Sie ihm keine Szene, Männer hassen das!

Lady Windermere

Es war sehr freundlich von Ihnen, Herzogin, vorbeizukommen, um mir all das zu erzählen. Ich kann trotzdem nicht glauben, daß mein Mann mir untreu ist.

Herzogin von Berwick

Heilige Unschuld! Ich war damals genauso. Heute weiß ich, daß alle Männer Monster sind. Lady Windermere *läutet* Man muß diese Raubtiere ausreichend füttern, das ist alles, was man machen kann. Ein guter Koch tut da Wunder, und ich weiß, Sie haben einen. Meine liebe Margaret, Sie werden doch nicht weinen?

Lady Windermere

Kein Grund zur Besorgnis, Herzogin, ich weine nie.

Herzogin von Berwick

Da tun Sie recht, meine Liebe. Tränen sind eine Zuflucht für schlichte Gemüter, für hübsche Gesichter sind sie der Ruin. Agatha, Liebling!

Lady Agatha *kommt durch die Fenstertür links*

Ja, Mama. *Steht hinter dem Blumentisch*

Herzogin von Berwick

Komm und sag Lady Windermere auf Wiedersehen und Dankeschön für deinen netten Besuch hier. *Kommt nochmal zurück* Ach, übrigens, ich muß mich noch für die Einladung bedanken, die Sie Mister Hopper geschickt haben – das ist dieser reiche junge Australier, über den die Leute derzeit so viel reden. Sein Vater hat ein Vermögen damit gemacht, irgendwelche Nahrungsmittel in Blechbüchsen abzufüllen – ausgesprochen lecker, soviel ich weiß –, ich vermute, es handelt sich um die Sachen, die unsere Dienstboten einfach nicht essen wollen. Aber der Sohn ist recht interessant. Ich glaube, er fühlt sich angezogen vom gescheiten Geplauder meiner Agatha. Natürlich wären wir untröstlich, sie zu verlieren, doch für mich zeigt eine Mutter, die sich nicht in jeder Saison von mindestens einer Tochter trennen mag, einfach keine wahre Liebe. Bis heute abend, meine Liebe. PARKER *öffnet die mittlere Tür* Und beherzigen Sie meinen Rat, bringen Sie den armen Kerl sofort aus der Stadt, das ist die einzige Lösung. Noch mal: Auf Wiedersehen. Komm, Agatha.

HERZOGIN VON BERWICK *und* LADY AGATHA *ab*

LADY WINDERMERE

Wie furchtbar! Jetzt verstehe ich auch, was Lord Darlington gemeint hat mit seinem imaginären Fall dieses Ehepaares, kaum zwei Jahre verheiratet und – Oh, es kann nicht wahr sein! Sie sprach von enormen Geldsummen, die er für diese Frau ausgegeben hat. Ich weiß, wo Arthur sein Scheckbuch aufbewahrt – im Schreibtisch in einer der Schubladen. So könnte ich mir Klarheit verschaffen. So **werde** ich mir Klarheit verschaffen. *Öffnet eine Schublade* Nein, es kann sich nur um ein scheußliches Mißverständnis handeln. Dummes Gerede! Er liebt **mich!** Er liebt **mich!** Aber warum sollte ich nicht nachsehen. Ich bin seine Frau, ich habe das Recht nachzusehen. *Geht zum Schreibtisch zurück, nimmt das Scheckbuch heraus und prüft Seite für Seite, lächelt und seufzt vor Erleichterung* Ich wußte es! Kein Wort an dieser törichten Geschichte ist wahr! *Legt das Buch zurück in die Schublade, dabei stutzt sie und nimmt ein anderes Buch heraus* Ein zweites Buch – privat – verschlossen! *Versucht vergeblich, es zu öffnen. Bemerkt auf dem Schreibtisch einen Brieföffner und schneidet damit den Buchumschlag auf. Beginnt auf der ersten Seite zu lesen* »Mrs. Erlynne – 600 Pfund – Mrs. Erlynne – 700 Pfund – Mrs. Erlynne – 400 Pfund« – es ist also wahr! Es ist wahr! Wie furchtbar. *Wirft das Buch zu Boden*

Auftritt: LORD WINDERMERE *durch die Mitteltür*

LORD WINDERMERE

Sag, Liebes, ist der Fächer schon bei dir angekommen? *Geht nach rechts, sieht das Buch* Margaret, du hast mein Scheckbuch aufgeschnitten. Dazu hattest du kein Recht.

LADY WINDERMERE

Es ist dir nicht recht, daß ich dich jetzt durchschaue, wie?

LORD WINDERMERE

Es ist mir nicht recht, daß eine Frau ihrem Ehemann nachspioniert.

LADY WINDERMERE

Ich habe dir nicht nachspioniert. Noch vor einer halben Stunde habe ich nichts geahnt von der Existenz dieser Frau. Eine mitleidige Seele war freundlich genug, mir zu erzählen, was jeder andere in London längst weiß – deine täglichen Besuche in der Curzon Street, deine besessene Liebestollheit, die enormen Geldsummen, die du verschwendest an diese infame Frau. *Geht nach links*

LORD WINDERMERE

Margaret, sprich nicht so von Mrs. Erlynne, wenn du wüßtest, wie unrecht du ihr tust.

Lady Windermere *wendet sich ihm zu*
Auf Mrs. Erlynnes Ehre läßt du nichts kommen. Ich wünschte, du hättest auch auf meine nichts kommen lassen.

Lord Windermere
Auf deiner Ehre ist kein einziger Fleck, Margaret. Du hast doch nicht etwa auch nur für eine Sekunde daran gedacht. *Legt das Buch in den Schreibtisch zurück*

Lady Windermere
Ich finde deinen Umgang mit deinem Geld befremdlich. Das ist alles. Oh, du glaubst doch nicht, mir läge an dem Geld. Du kannst alles verschwenden, was wir haben, das betrifft mich nicht. Was mich betrifft, ist die Tatsache, daß du, der mich geliebt hat, du, der mich gelehrt hat, dich zu lieben, daß du der geschenkten Liebe jetzt die käufliche Liebe vorziehst. Das ist furchtbar! *Setzt sich aufs Sofa* Und davon fühle **ich** mich erniedrigt. **Du** fühlst gar nichts. Ich fühle mich beschmutzt, durch und durch beschmutzt. Du kannst dir nicht vorstellen, wie abscheulich mir die letzten sechs Monate jetzt vorkommen – die Erinnerung an jeden einzelnen Kuß, den du mir gegeben hast, ekelt mich an.

Lord Windermere
Sag so etwas nicht, Margaret, ich habe auf der ganzen Welt nie jemanden geliebt außer dir.

Lady Windermere *steht auf*
Und wer ist dann diese Frau? Warum hast du ihr ein Haus eingerichtet?

Lord Windermere
Ich habe ihr kein Haus eingerichtet.

Lady Windermere

Du hast ihr das Geld dafür gegeben, das ist dasselbe.

Lord Windermere

Margaret, soweit ich weiß, ist Mrs. Erlynne –

Lady Windermere

Gibt es einen Mister Erlynne – oder ist er ein Mythos?

Lord Windermere

Ihr Mann starb vor vielen Jahren. Sie steht allein auf der Welt.

Lady Windermere

Keine Verwandten? *Pause*

Lord Windermere

Keine.

Lady Windermere

Ziemlich ungewöhnlich, oder? *Geht nach links*

Lord Windermere *steht weiter in der Mitte*

Margaret, was ich dir sagen wollte – und ich muß dich bitten, mir jetzt gut zuzuhören – Margaret, so viel ich weiß, hat Mrs.Erlynne sich in den letzten Jahren tadellos benommen. Falls da früher –

Lady Windermere

Oh! *geht nach rechts* Auf Details aus ihrem Leben lege ich keinen Wert.

Lord Windermere *in der Mitte*

Ich habe nicht vor, dich mit Details aus ihrem Leben zu behelligen. Ich sage dir einfach nur dies – Mrs. Erlynne wurde einmal geschätzt, geehrt, geliebt. Sie ist aus gutem Hause, sie war hochgestellt, sie hat all das verloren – weggeworfen, wenn du so willst. Das macht alles nur noch bitterer. Mißgeschicke sind zu ertragen, sie kommen von außen, sie sind zufällig. Aber unter eigenen Fehlern leiden zu müssen – ach – der Schmerz sitzt tief. Auch wenn er schon zwanzig Jahre zurückliegt. Sie war kaum mehr als ein junges Mädchen damals. Sie war nicht einmal so lang verheiratet, wie du es bist.

LADY WINDERMERE

Sie interessiert mich nicht – und – du solltest diese Frau nicht in einem Atemzug mit mir erwähnen. Das ist geschmacklos. *Setzt sich an den Schreibtisch*

LORD WINDERMERE

Margaret, es liegt an dir, diese Frau zu retten. Sie möchte wieder in die Gesellschaft aufgenommen werden, und sie möchte, daß du ihr dabei hilfst.

LADY WINDERMERE

Ich!

LORD WINDERMERE

Ja, du.

LADY WINDERMERE

Wie kann sie es wagen! *Pause*

LORD WINDERMERE

Margaret, ich möchte dich um einen großen Gefallen bitten, und ich werde es tun, obwohl du entdeckt hast, was du meiner Absicht nach nie erfahren solltest, daß ich nämlich Mrs. Erlynne eine beträchtliche Summe Geldes gegeben habe. Ich möchte, daß du ihr eine Einladung schickst zu unserem Fest heute abend. *Steht links von ihr*

Lady Windermere

Du bist verrückt! *Steht auf*

Lord Windermere

Ich flehe dich an. Egal, was die Leute tratschen, denn natürlich tratschen sie nur, sie wissen nichts Bestimmtes, was gegen sie spräche. Sie war schon in einigen Häusern – keine Häuser, in denen du verkehren würdest, nehme ich an, doch immerhin Häuser, in denen Frauen verkehren, die sich zu dem zählen, was man heute so Gesellschaft nennt. Das genügt ihr nicht. Sie möchte, daß du sie empfängst, einmal.

Lady Windermere

Als persönlichen Triumph, wie?

Lord Windermere

Nein, sondern weil sie weiß, daß du eine Frau bist, die über jeden Zweifel erhaben ist – und daß sich ihr, wenn sie einmal hier empfangen wurde, die Möglichkeit bietet, ein glücklicheres Leben zu führen, gesicherter als ihr bisheriges. Sie wird keinen weiteren Versuch machen, diese Bekanntschaft zu vertiefen. Willst du einer Frau helfen, ihren Weg zurück zu finden?

Lady Windermere

Nein! Wenn eine Frau ehrlich bereut, wird sie nie in eine Gesellschaft zurückwollen, die ihr Ruin war oder ihn mit angesehen hat.

Lord Windermere

Ich bitte dich.

Lady Windermere *geht zur Tür rechts*

Ich werde mich jetzt zum Dinner umziehen gehen; und du wirst diesen Gegenstand heute abend nicht noch einmal erwähnen, Arthur. *Geht zu ihm in die Mitte* Du bildest dir ein, nur weil ich weder Vater noch Mutter habe, stünde ich ganz allein auf der Welt, und du könntest mich behandeln, wie es dir paßt. Du irrst dich, ich habe Freunde, viele Freunde.

LORD WINDERMERE *geht nach links*
Margaret, was du sagst, ist albern und rücksichtslos. Ich will nicht mit dir streiten, aber ich bestehe darauf, daß du Mrs. Erlynne für heute abend einlädst.

LADY WINDERMERE *steht rechts*
Ich werde nichts dergleichen tun. *Geht nach links*

LORD WINDERMERE
Du lehnst es ab? *Steht in der Mitte*

LADY WINDERMERE
Ein für alle Mal.

LORD WINDERMERE
Ach, Maragaret, tu es für mich. Es ist ihre letzte Chance.

LADY WINDERMERE
Was hat das mit mir zu tun?

LORD WINDERMERE
Wie hart moralische Frauen sein können!

LADY WINDERMERE
Wie weich unmoralische Männer sind!

LORD WINDERMERE
Margaret, keiner von uns Männern mag gut genug sein für die Frau, die er heiratet – bestimmt ist das so –, aber du hast doch nicht die Vorstellung, ich könnte – oh, diese Unterstellung ist monströs!

LADY WINDERMERE

Warum solltest du anders sein als andere Männer? Ich habe mir sagen lassen, es gäbe in London kaum einen Ehemann, der sein Leben nicht an irgendeine beschämende Leidenschaft verschwendet.

LORD WINDERMERE

Zu denen zähle ich nicht!

LADY WINDERMERE

Wie kann ich da sicher sein?

LORD WINDERMERE

Dein Herz sollte dir die Sicherheit geben. Treibe nicht Keil um Keil zwischen uns. Die letzten paar Minuten haben uns, weiß Gott, weit genug auseinander gebracht. Setz dich hin und schreib diese Einladung.

LADY WINDERMERE

Nichts und niemand auf der Welt wird mich dazu bringen.

LORD WINDERMERE *geht zum Schreibtisch*

Dann muß **ich** es tun! *Läutet, setzt sich und schreibt*

LADY WINDERMERE

Du willst diese Frau einladen! *Geht hinüber zu ihm*

LORD WINDERMERE

Ja.

Pause. Auftritt: PARKER

LORD WINDERMERE

Parker!

PARKER

Ja, Mylord. *Kommt von links zur Mitte*

LORD WINDERMERE

Diese Einladung geht an Mrs. Erlynne, Curzon Street Nummer 84 A. *Geht nach links und übergibt* PARKER *die Karte* Ich erwarte keine Antwort.

PARKER *ab durch die Mitte*

LADY WINDERMERE

Arthur, wenn diese Frau hier auftaucht, werde ich sie brüskieren.

LORD WINDERMERE

Margaret, sag das bitte nicht.

LADY WINDERMERE

Ich meine es so.

LORD WINDERMERE

Kind, wenn du das machst, wird es in ganz London keine Frau geben, die dich nicht bemitleidet.

LADY WINDERMERE

Es gibt in ganz London keine **anständige** Frau, die mir nicht Beifall zollen wird. Wir sind zu lax gewesen. Wir müssen Zeichen setzen. Und ich habe vor, heute abend damit anzufangen. *Nimmt den Fächer* Ja, du hast mir heute diesen Fächer geschickt, er ist dein Geburtstagsgeschenk. Sobald diese Frau über meine Schwelle tritt, werde ich ihr damit ins Gesicht schlagen.

LORD WINDERMERE

Margaret, so etwas kannst du nicht tun.

LADY WINDERMERE

Du kennst mich nicht. *Geht nacht rechts*

Auftritt: PARKER

LADY WINDERMERE

Parker!

PARKER

Ja, Mylady.

LADY WINDERMERE

Ich werde auf meinem Zimmer essen. Eigentlich will ich gar nichts essen. Sehen Sie zu, daß alles gegen halb elf bereit ist. Und, Parker, achten Sie darauf, daß Sie die Namen der Gäste heute abend sehr deutlich ankündigen. Manchmal sprechen Sie so rasch, daß sie mir entgehen. Um keine Fehler zu machen, lege ich großen Wert darauf, die Namen klar zu verstehen. Haben Sie verstanden, Parker.

PARKER

Jawohl, Mylady.

LADY WINDERMERE

Das wäre alles.

PARKER *ab durch die Mitte*

LADY WINDERMERE

zu LORD WINDERMERE Arthur, falls diese Frau wirklich hierherkommt – ich habe dich gewarnt –

LORD WINDERMERE

Margaret, du wirst uns ruinieren.

LADY WINDERMERE

Uns! Von dieser Sekunde an ist mein Leben von deinem geschieden. Aber wenn du einen öffentlichen Skandal vermeiden möchtest, schreib dieser Frau sofort, daß ich ihr verboten habe, hierherzukommen!

LORD WINDERMERE

Das werde ich nicht – das kann ich nicht – sie muß kommen!

LADY WINDERMERE

Dann werde ich genau so handeln, wie ich es angekündigt habe. *Geht nach rechts* Du läßt mir keine Wahl. *Nach rechts ab*

LORD WINDERMERE *ruft ihr hinterher*

Margaret! Margaret! *Pause* Mein Gott! Was soll ich tun? Ich wage nicht, ihr zu sagen, wer diese Frau wirklich ist. Sie würde sterben vor Scham. *Läßt sich in einen Sessel sinken und schlägt die Hände vors Gesicht*

VORHANG

Zweiter Akt

Empfangsraum in Lord Windermeres Haus. Eine Tür hinten rechts führt in den Ballsaal, aus dem Musik dringt. Durch die Tür links treten die Gäste ein. Hinter einer Fenstertür die erleuchtete Terrasse. Palmen, Blumen und Glanzlichter. Der Raum ist bereits voller Gäste. LADY WINDERMERE *empfängt sie*

HERZOGIN VON BERWICK *kommt zur Mitte*

Merkwürdig, daß Lord Windermere nicht hier ist. Auch Mister Hopper läßt auf sich warten. Du hast doch diese fünf Tänze für ihn freigehalten, Agatha?

LADY AGATHA *tritt dazu*

Ja, Mama.

HERZOGIN VON BERWICK *setzt sich auf ein Sofa*

Zeig mir mal deine Tanzkarte. Ich bin heilfroh, daß Lady Windermere die Tanzkarten wieder eingeführt hat. – Für Mütter sind sie das sicherste Verhütungsmittel. Du liebes, kleines, dummes Ding! *Streicht zwei Namen aus* Kein braves Mädchen sollte jemals Walzer tanzen mit einem von diesen auffallend jüngeren Söhnen. Das wirkt so vergnügungssüchtig. Die letzten beiden Tänze darfst du Mister Hopper schenken, draußen auf der Terrasse.

Auftritt: MISTER DUMBY *und* LADY PLYMDALE *aus dem Ballsaal*

LADY AGATHA

Ja, Mama.

HERZOGIN VON BERWICK *fächert sich Luft zu*

So gute Luft dort draußen.

Parker

Mrs. Cowper-Cowper. Lady Stutfield. Sir James Royston. Mister Guy Berkeley.

Die Gäste treten wie angekündigt ein

Dumby

Guten Abend, Lady Stutfield. Das ist wohl der letzte Ball der Saison?

Lady Stutfield

Es war doch eine erfreuliche Saison, nicht wahr?

Dumby

Sehr erfreulich! Guten Abend, Herzogin. Das ist wohl der letzte Ball der Saison?

Herzogin von Berwick

Das ist er wohl, Mister Dumby. Das war eine langweilige Saison, nicht wahr?

Dumby

Furchtbar langweilig! Furchtbar langweilig!

Mrs Cowper-Cowper

Guten Abend, Mister Dumby. Das ist wohl der letzte Ball der Saison?

Dumby

Oh, ich glaube das nicht. Es gibt wahrscheinlich noch zwei weitere. *Schlendert zurück zu* Lady Plymdale

Parker

Mister Rufford. Lady Jedburgh und Miss Graham. Mister Hopper.

Die Gäste treten wie angekündigt ein

Hopper

Guten Abend, Lady Windermere, wie geht es Ihnen? Und wie geht es Ihnen, Herzogin? *Verbeugt sich vor* Lady Agatha.

Herzogin von Berwick

Mein lieber Mister Hopper, wie nett von Ihnen, schon so zeitig zu kommen. Wir alle wissen, wie gefragt Sie sind hier in London.

Hopper

Weltoffene Stadt, Ihr London! Nicht halb so versnobt hier wie bei uns in Sydney.

Herzogin von Berwick

Wir wissen eben, Ihren Wert zu schätzen, Mister Hopper. Von Ihrem Kaliber sollte es viel mehr geben! Das würde das Leben wesentlich einfacher machen. Wissen Sie eigentlich, Mister Hopper, wie sehr die liebe Agatha und ich an Australien interessiert sind. Es muß herrlich sein, mit all diesen niedlichen kleinen Känguruhs, die dort herumfliegen. Agatha hat es auf der Landkarte gefunden. Was für eine kuriose Form! Fast wie ein Rucksack. Aber das Land ist eben noch sehr jung, nicht wahr?

Hopper

Wurde es nicht gleichzeitig mit den anderen erschaffen, Herzogin?

Herzogin von Berwick

Wie klug Sie sind, Mister Hopper. Sie haben eine ganz eigene Klugheit. Nun möchte ich Sie aber nicht weiter aufhalten.

Hopper

Aber ich würde gern mit Lady Agatha tanzen, Herzogin.

Herzogin von Berwick

Nun, ich kann nur hoffen, daß Sie noch einen Tanz frei hat. Hast du noch einen Tanz übrig, Agatha?

Lady Agatha

Ja, Mama.

Herzogin von Berwick

Zufällig auch den nächsten?

Lady Agatha

Ja, Mama.

Hopper

Darf ich um das Vergnügen bitten? Lady Agatha *knickst*

Herzogin von Berwick

Passen Sie nur gut auf, Mister Hopper, auf meine kleine Plaudertasche.

Lady Agatha *und* Hopper *gehen in den Ballsaal.*
Auftritt: Lord Windermere *von links*

Lord Windermere

Margaret, ich muß dich sprechen.

Lady Windermere

Einen Moment. *Die Musik setzt aus*

Parker

Lord Augustus Lorton.

Auftritt: Lord Augustus

Lord Augustus

Guten Abend, Lady Windermere.

Herzogin von Berwick

Sir James, würden Sie mich in den Ballsaal führen?

Augustus hat heute abend mit uns diniert. Und im Moment habe ich wirklich mehr als genug gehabt vom lieben Augustus.

SIR JAMES ROYSTON *reicht der* HERZOGIN VON BERWICK *den Arm und führt sie in den Ballsaal*

PARKER

Mister und Mrs. Arthur Bowden. Lord und Lady Paisley. Lord Darlington.

Die Gäste treten wie angekündigt ein

LORD AUGUSTUS *tritt zu* LORD WINDERMERE

Muß Sie dringend sprechen, alter Junge. Bin ja bloß noch ein Schatten meiner selbst. Weiß, daß man mir das nicht ansieht. Aber welcher Mann sieht schon so aus, wie er sich fühlt? Ist verdammt auch besser so. Was ich wissen wollte, folgendes: Wer ist sie? Woher kommt sie? Warum hat sie keine verdammten Verwandten? Verdammte Quälgeister: Verwandte. Machen uns aber so verdammt respektabel.

LORD WINDERMERE

Ich nehme an, Sie sprechen von Mrs. Erlynne? Ich habe sie erst vor sechs Monaten getroffen. Bis dahin wußte ich nichts von ihrer Existenz.

LORD AUGUSTUS

Seitdem haben Sie sie aber oft genug gesehen.

LORD WINDERMERE *kühl*

Ja, ich habe sie allerdings häufig gesehen seitdem. Ich komme eben von ihr.

LORD AUGUSTUS

Herrje! Bei Frauen steht sie ja nicht so hoch im Kurs.

Habe heute mit Arabella zu Abend gegessen! Jesses, Sie hätten hören sollen, was sie zu sagen hatte über Mrs. Erlynne. Da flogen die Fetzen, bis keiner mehr übrig blieb ... *vertraulich* Berwick und ich sagten ihr, das wäre halb so wild, bei dem, was darunter zum Vorschein kommen müßte: Die fragliche Lady hat bestimmt eine traumhafte Figur, wie? Sie hätten Arabellas Gesichtsausdruck sehen sollen! ... Aber Sie müssen mir helfen, alter Junge. Ich weiß einfach nicht, wie ich es anstellen soll bei Mrs. Erlynne. Herrje, sie behandelt mich wie Luft, als ob ich schon mit ihr verheiratet wäre. Und sie ist so verdammt gescheit! Für alles hat sie eine Erklärung. Herrje! Sogar für Sie, altes Haus. Sie hat jede Menge Erklärungen für Sie in petto – und jede ist anders.

LORD WINDERMERE

Für meine Freundschaft mit Mrs. Erlynne sind keine Erklärungen nötig.

LORD AUGUSTUS

Hmm. Nun mal ehrlich, altes Haus. Glauben Sie, daß sie jemals wieder zu diesem verdammten Kreis gehören wird, der sich die Gesellschaft schimpft? Würden Sie sie Ihrer Frau vorstellen? Zwecklos, um den heißen Brei herum zu reden. Würden Sie das tun?

LORD WINDERMERE

Mrs. Erlynne wird heute abend hiersein.

LORD AUGUSTUS

Ihre Frau hat ihr eine Einladung geschickt?

LORD WINDERMERE

Mrs. Erlynne hat eine Einladung bekommen.

Lord Augustus

Dann ist ja alles in Ordnung, alter Junge. Aber wieso haben Sie mir das nicht gleich gesagt? Das hätte mir einen Haufen Sorgen und verdammt viele Mißverständnisse erspart.

Lady Agatha *und* Mister Hopper *kommen vorbei und gehen hinaus auf die Terrasse*

Parker

Mister Cecil Graham.

Auftritt: Cecil Graham

Cecil Graham *verbeugt sich vor* Lady Windermere, *kommt herüber und schüttelt* Lord Windermere *die Hand*

Guten Abend, Arthur. Weshalb fragst du nicht, wie es mir geht? Ich mag es, wenn Leute fragen, wie es mir geht. Es zeugt von tiefgehendem Interesse an meinem Gesundheitszustand. Und heute abend geht es mir gar nicht gut. War bei meinen eigenen Leuten zum Dinner. Wundere mich, daß die eigenen Leute immer so fad sind. Mein Vater wollte mir tatsächlich nach dem Dinner Moral predigen. Ich sagte ihm, er sei alt genug, um es besser zu wissen. Aber sobald Leute alt genug sind, um es besser wissen zu können, wissen sie gar nichts mehr. Das ist meine Erfahrung. Hallo, Tuppy! Habe gehört, daß du wieder heiraten wirst; dachte, du wärst durch mit derlei Spielchen.

Lord Augustus

Du bist absolut trivial, alter Junge, absolut trivial.

Cecil Graham

Eh ich's vergesse, Tuppy, wie war das? Bist du zweimal verheiratet gewesen und wurdest einmal geschieden oder andersrum: zweimal geschieden und einmal verheiratet? Ich habe behauptet, zweimal geschieden und einmal verheiratet. Das klingt so viel wahrscheinlicher.

Lord Augustus
Ich habe ein sehr schlechtes Gedächtnis. Ich weiß wirklich nicht mehr, wie herum. *Geht nach rechts weg*

Lady Plymdale
Lord Windermere, ich habe eine ganz spezielle Frage an Sie.

Lord Windermere
Es tut mir leid – wenn Sie mich bitte entschuldigen wollen – ich muß mich meiner Frau widmen.

Lady Plymdale
Oh, von solchen Sachen sollten Sie nicht einmal träumen. Heutzutage ist es für einen Ehemann höchst gefährlich, wenn er seiner Frau in der Öffentlichkeit irgendwelche Aufmerksamkeit schenkt. Die Leute denken dann immer, sobald sie allein sind, schlägt er sie. Die Welt ist so mißtrauisch allem gegenüber, was wie eine glückliche Ehe aussieht. Aber meine Frage kann durchaus bis zum Souper warten. *Geht zur Tür, die in den Ballsaal führt*

Lord Windermere *in der Mitte*
Margaret, ich muß dich sprechen.

Lady Windermere
Würden Sie so lange meinen Fächer halten, Lord Darlington? Danke. *Geht zu ihm*

Lord Windermere *kommt herüber zu ihr*
Margaret, was du da vor dem Dinner gesagt hast, war natürlich Unsinn?

LADY WINDERMERE

Diese Frau wird nicht hierher kommen heute abend.

LORD WINDERMERE *rechts von ihr*

Mrs. Erlynne wird kommen, und falls du sie in irgendeiner Weise beleidigen oder verletzen solltest, wirst du uns beide ins Unglück stürzen. Denk daran! Ach, Margaret, du mußt mir nur vertrauen! Eine Frau sollte ihrem Mann vertrauen.

LADY WINDERMERE *in der Mitte*

London ist voll von Frauen, die ihren Männern vertrauen. Man erkennt sie sofort. Sie sehen so auffallend unglücklich aus. Ich habe nicht vor, mich ihnen anzuschließen. *Geht zurück* Lord Darlington, würden Sie mir bitte meinen Fächer zurückgeben? Danke... Eine nützliche Sache, so ein Fächer, nicht wahr? Ich brauche heute abend einen Freund, Lord Darlington: Ich wußte nicht, daß ich so bald einen brauchen würde.

LORD DARLINGTON

Lady Windermere! Ich wußte, daß der Tag irgendwann kommen würde; doch warum heute abend?

LORD WINDERMERE

Ich **sage** es ihr. Ich muß. Es wäre schrecklich, wenn es zu irgendwelchen Szenen käme. Margaret...

PARKER

Mrs. Erlynne!

LORD WINDERMERE *erstarrt.* MRS ERLYNNE *tritt ein, sehr gut gekleidet und sehr würdevoll.* LADY WINDERMERE *packt ihren Fächer, läßt ihn dann zu Boden fallen. Sie verbeugt sich kühl vor* MRS ERLYNNE*, die sich anmutig aus der Drehung verneigt und dann in den Raum gesegelt kommt*

Lord Darlington
Sie haben Ihren Fächer fallen lassen, Lady Windermere. *Hebt ihn auf und reicht ihn ihr*

Mrs Erlynne *in der Mitte*
Wie geht es Ihnen, Lord Windermere? Wie gut Ihre reizende Frau aussieht! Wie gemalt!

Lord Windermere *mit gedämpfter Stimme*
Es war gefährlich und voreilig von Ihnen zu kommen.

Mrs Erlynne *lächelnd*
Das Weiseste, was ich je in meinem Leben getan habe. Und, übrigens müssen Sie mir einen großen Teil Ihrer Aufmerksamkeit widmen heute abend. Ich fürchte mich vor den Frauen. Sie müssen mich einigen von ihnen vorstellen. Mit den Männern komme ich schon klar. Wie geht es Ihnen, Lord Augustus? Sie haben mich in letzter Zeit ganz schön vernachlässigt. Ich habe Sie seit gestern nicht mehr gesehen. Ich fürchte, Sie sind treulos. Das höre ich von allen Seiten.

Lord Augustus *rechts*
Aber ehrlich, Mrs. Erlynne, ich kann Ihnen das erklären …

Mrs Erlynne *in der Mitte*
Nein, mein lieber Lord Augustus, Sie können gar nichts erklären. Das macht Ihren Hauptreiz aus.

Lord Augustus
Ah, Sie entdecken also Reize an mir, Mrs. Erlynne, wenn das so ist –

Sie unterhalten sich weiter. Lord Windermere *geht unruhig hin und her und läßt* Mrs Erlynne *nicht aus den Augen*

LORD DARLINGTON *zu* LADY WINDERMERE
Sie sind ja ganz blaß!

LADY WINDERMERE
Feiglinge sind immer blaß.

LORD DARLINGTON
Sie sehen aus, als wollten Sie gleich in Ohnmacht fallen. Kommen Sie nach draußen auf die Terrasse.

LADY WINDERMERE
Ja. *Zu* PARKER Parker, lassen Sie mir meinen Mantel hinaus bringen.

MRS ERLYNNE *kommt zu ihr herüber*
Diese Lichter sind wundervoll, Lady Windermere. Ihre Terrasse erinnert mich an die des Fürsten Doria in Rom.

LADY WINDERMERE *verneigt sich kühl und geht mit* LORD DARLINGTON *hinaus*

Oh, Mister Graham, wie geht es Ihnen? Ist das nicht Ihre Tante, Lady Jedburgh? Ich würde sie so gern kennenlernen.

CECIL GRAHAM *nach einem peinlichen Augenblick des Zögerns*
Oh, gewiß, wenn Sie es wünschen. Tante Caroline, darf ich dir Mrs. Erlynne vorstellen.

MRS ERLYNNE
Wie schön, Sie kennenzulernen, Lady Jedburgh. *Nimmt neben ihr auf dem Sofa Platz* Ihr Neffe und ich sind gute Freunde. Ich verfolge seine politische Karriere ganz genau. Ich glaube, er wird bestimmt sehr erfolgreich sein. Er denkt wie ein Konservativer und redet wie ein Radikaler, darauf kommt es doch an heutzutage. Er ist aber

auch solch ein brillanter Redner. Aber wir wissen ja alle, von wem er das hat. Gerade gestern noch, im Park, hat Lord Allendale zu mir gesagt, daß Mister Graham beinah so redegewandt sei wie seine Tante.

LADY JEDBURGH *rechts*

Wie nett von Ihnen, mir so schmeichelhafte Dinge zu sagen. MRS ERLYNNE *lächelt und setzt das Gespräch fort*

DUMBY *zu* CECIL GRAHAM

Haben Sie Mrs. Erlynne mit Lady Jedburgh bekannt gemacht?

CECIL GRAHAM

Ich mußte, mein Lieber. Nichts zu machen. Wenn diese Frau etwas will, bringt sie uns dazu, alles für sie zu tun. Wie – ist mir schleierhaft.

DUMBY

Ich kann nur beten, daß sie mich nicht anspricht. *Schlendert zu* LADY PLYMDALE *hinüber*

MRS ERLYNNE *zu* LADY JEDBURGH

Am Donnerstag? Mit Vergnügen. *Steht auf und wendet sich lachend an* LORD WINDERMERE Ganz schön anstrengend, diese alten Schlachtrösser. Aber sie erwarten immer, daß man sie wie Menschen behandelt.

LADY PLYMDALE *zu* DUMBY

Wer ist denn die gutangezogene Frau, die gerade mit Windermere spricht?

DUMBY

Habe nicht die leiseste Ahnung! Sieht aus wie die Luxusausgabe eines berüchtigten französischen Romans, gezielt für den englischen Markt aufbereitet.

Mrs Erlynne

Das ist also der bedauernswerte Dumby bei Mrs. Plymdale? Wie ich höre, soll sie seinetwegen panisch eifersüchtig sein. Er wirkt nicht gerade erpicht darauf, heute abend mit mir zu sprechen. Vermutlich hat er Angst vor ihr. Diese strohblonden Frauen haben ein explosives Temperament. Wissen Sie, ich glaube, ich werde als erstes mit Ihnen tanzen, Windermere. Lord Windermere *beißt sich schaudernd auf die Lippen* Das wird Lord Augustus schön eifersüchtig machen! Lord Augustus! Lord Augustus *kommt herüber* Lord Windermere besteht darauf, daß der erste Tanz mit mir ihm gehöre, und da auch dies Haus ihm gehört, kann ich mich schlecht weigern. Sie wissen, daß ich viel lieber mit Ihnen tanzen würde.

Lord Augustus *mit einer leichten Verbeugung*

Ich wünschte, ich dürfte das glauben, Mrs. Erlynne.

Mrs Erlynne

Sie wissen das nur zu gut. Ich kann mir sogar gut vorstellen, daß es eine Person gibt, die glücklich wäre, mit Ihnen durch ihr ganzes Leben tanzen zu dürfen.

Lord Augustus

legt die Hand aufs Herz, das unter seiner weißen Weste schlägt

Oh, ich danke Ihnen, danke, von allen Damen sind Sie die anbetungswürdigste!

Mrs Erlynne

Was für eine hübsche Ansprache! So schlicht und so ergreifend! Genau die Art von Ansprache, die mir gefällt. Nun, dafür dürfen Sie mein Bouquet halten. *Reicht ihm die Blumen und geht am Arm von* Lord Windermere *Richtung Ballsaal* Ach, Mister Dumby, wie geht es Ihnen? Ich bin untröstlich, daß ich nicht zu Hause war die letzten drei Male, als Sie mich besuchen wollten. Kommen Sie doch am Freitag zum Lunch.

DUMBY *mit vollkommener Nonchalance*

Mit Vergnügen.

LADY PLYMDALE *starrt* DUMBY *mißbilligend an*
LORD AUGUSTUS *trägt* MRS ERLYNNE
und LORD WINDERMERE *das Bouquet in den Ballsaal nach*

LADY PLYMDALE *zu* DUMBY

Was für ein verlogenes Scheusal Sie doch sind! Nie kann ich ein Wort von dem glauben, was Sie sagen! Warum haben Sie mir gesagt, Sie würden sie nicht kennen? Und was fällt Ihnen ein, dreimal hintereinander dorthin zu rennen? Sie gehen nicht zum Lunch zu ihr, verstanden?

DUMBY

Meine liebe Laura, das würde mir nicht im Traum einfallen.

LADY PLYMDALE

Sie haben mir noch immer nicht ihren Namen gesagt. Wie heißt sie?

DUMBY *räuspert sich und fährt sich durchs Haar*

Sie heißt Mrs. Erlynne.

LADY PLYMDALE

Diese Frau!

DUMBY

Ja, jedenfalls wird sie von jedem so genannt.

LADY PLYMDALE

Das ist ja sehr interessant! Wirklich höchst interessant! Ich muß sie mir einmal genauer ansehen. *Geht zur Tür des*

Ballsaals und schaut hinein Ich habe die schockierendsten Dinge über sie gehört.Man redet davon, wie sie den armen Windermere ruiniert. Und Lady Windermere, die so viel auf sich hält, hat sie eingeladen! Das ist wirklich höchst amüsant! Man muß schon eine durch und durch anständige Frau sein, um so etwas durch und durch Dummes zu tun. Sie werden am Freitag zum Lunch dort sein.

DUMBY

Wieso?

LADY PLYMDALE

Weil ich möchte, daß Sie meinen Mann mitnehmen. Er ist in letzter Zeit so aufmerksam, das entwickelt sich zur reinsten Plage. Und diese Frau ist genau das richtige für ihn. Er wird sie mit Aufmerksamkeiten überschütten, solang sie ihn läßt, und mir nicht mehr auf die Nerven gehen. Frauen dieses Schlages sind äußerst nützlich, merken Sie sich das! Sie bilden die Grundlage für anderer Leute Ehe.

DUMBY

Sie sind mir ein ewiges Rätsel!

LADY PLYMDALE *dreht sich zu ihm um*

Ich wünschte, das könnte ich von Ihnen auch sagen.

DUMBY

Aber ich bin ein Rätsel – mir selbst. Ich bin die einzige Person, die ich wirklich ganz und gar durchschauen möchte; im Moment sehe ich dafür allerdings nicht die geringste Aussicht.

Sie gehen in den Ballsaal. LADY WINDERMERE *und* LORD DARLINGTON *kommen von der Terrasse zurück*

Lady Windermere

Jawohl. Ihr Hiersein ist ungeheuerlich und unerträglich. Ich weiß jetzt, was Sie gemeint haben, heute beim Tee. Warum haben Sie mir nicht gleich alles gesagt? Das hätten Sie wirklich tun sollen!

Lord Darlington

Ich konnte nicht! Ein Mann kann solche Sachen nicht erzählen über einen anderen Mann! Wenn ich allerdings gewußt hätte, daß er Sie zwingen würde, sie heute abend hierher einzuladen, dann hätte ich Ihnen wahrscheinlich alles gesagt, und diese Erniedrigung wäre Ihnen jedenfalls erspart geblieben.

Lady Windermere

Ich habe sie nicht eingeladen. Er bestand darauf – gegen meine Einwände – gegen meinen Willen. Ach, dies Haus ist für mich entweiht. Das Gefühl, als sie mit meinem Mann vorbeitanzte und jede Frau hier sich über mich lustig machen durfte! Was habe ich getan, um das zu verdienen? Ich habe ihm mein ganzes Leben geschenkt. Er hat es genommen – benutzt – verworfen. Ich kann mir selbst nicht mehr in die Augen sehen. Den Mut habe ich nicht – ich bin ein Feigling. *Setzt sich aufs Sofa*

Lord Darlington

Wenn ich eines von Ihnen weiß, dann weiß ich, daß Sie nicht zusammenleben können mit einem Mann, der Sie so behandelt. Was wäre das für ein Leben, das Sie mit ihm vor sich hätten? Dies Gefühl, von ihm belogen zu werden, jede Sekunde, jeden Tag. Dies Gefühl, daß alles falsch an ihm ist, seine Blicke, sein Tonfall, seine Berührungen, seine Leidenschaft. Er würde zu Ihnen kommen, wenn er andere satt hätte, und Sie müßten ihn noch darüber hinwegtrösten. Er würde zu Ihnen kommen, wenn er anderen verfallen wäre, und Sie müßten ihn dafür noch bewundern. Sie müßten die Fassade abgeben vor seinem wahren Leben, den Deckmantel für sein verborgenes Geheimnis.

LADY WINDERMERE

Sie haben so recht – so schrecklich recht. Aber an wen soll ich mich wenden? Sie haben gesagt, Sie wollten mein Freund sein, Lord Darlington. – Sagen Sie mir, was ich tun soll! Seien Sie mein Freund, jetzt.

LORD DARLINGTON

Freundschaft zwischen einem Mann und einer Frau, das kann es nicht geben. Es gibt Leidenschaft, Feindschaft, Anbetung, Liebe, aber niemals Freundschaft. Ich liebe Sie –

LADY WINDERMERE

Nein, nicht! *Springt auf*

LORD DARLINGTON

Ja, ich liebe Sie! Sie bedeuten mir mehr als alles andere auf der Welt. Was kann Ihnen Ihr Ehemann noch geben? Nichts. Was immer er hat, er gibt es dieser elenden Frau, die er in Ihre Gesellschaft eingeschleust hat, in Ihr Haus, um Sie vor allen anderen zu beschämen. Ich biete Ihnen mein Leben –

LADY WINDERMERE

Lord Darlington!

LORD DARLINGTON

Mein Leben – mein ganzes Leben! Nehmen Sie es hin und machen Sie damit, was Sie wollen ... Ich liebe Sie – liebe Sie, wie ich noch nie ein lebendiges Wesen geliebt habe. Seit wir uns kennen, von diesem Augenblick an habe ich Sie geliebt, ich war hingerissen, wahnsinnig, blind vor Liebe! Damals wußten Sie das nicht – jetzt wissen Sie es. Verlassen Sie dies Haus noch heute nacht. Ich will nicht behaupten, daß die Welt nichts bedeutet, oder die Meinung der Welt, oder die Meinung der Gesellschaft. Sie bedeutet eine Menge. Sie bedeutet viel zu viel. Aber es gibt Momente, in denen muß man sich entscheiden, ob man sein eigenes Leben leben will, ganz und gar – oder ob man irgendeine platte, verlogene, erniedrigende Existenz fortsetzen will, nur um der Welt in ihrer Heuchelei zu genügen. Für Sie ist dieser Moment jetzt da. Entscheiden Sie sich! Oh, meine Liebste, Sie müssen sich entscheiden.

LADY WINDERMERE

geht langsam von ihm weg, ohne ihn aus den angstvollen Augen zu lassen

Ich habe nicht den Mut dazu.

LORD DARLINGTON *geht ihr nach*

Doch, Sie haben den Mut dazu. Vielleicht werden es sechs schmerzliche Monate, vielleicht sogar beschämende, doch dann, wenn Sie nicht länger seinen Namen tragen, wenn Sie erst den meinen tragen, wird alles gut. Margaret, eines Tages bist du meine Frau – ja, meine Frau! Du weißt das! Was bist du jetzt? Diese Frau hat den Platz eingenommen, der dir rechtmäßig zusteht. Oh! Geh doch – geh fort aus diesem Haus, erhobenen Hauptes, ein Lächeln auf den Lippen, die Augen voller Zuversicht. Ganz London wird wissen, warum du so handeln mußtest; und wer kann dich dafür tadeln? Niemand. Und wenn – was macht das? Falsch? Was ist daran falsch? Ein Mann handelt falsch, wenn er seine Frau für eine so schamlose Person verläßt. Eine Frau handelt falsch, wenn sie bei einem Mann bleibt, der sie so entehrt hat. Du hast einmal gesagt, du würdest in keinem Fall Kompromisse machen. Mach auch jetzt keine. Sei stolz! Sei du selbst!

LADY WINDERMERE

Ich fürchte mich davor, ich selbst zu sein. Laß mich nachdenken. Laß mich abwarten. Vielleicht kommt mein Mann zurück zu mir. *Setzt sich wieder aufs Sofa*

LORD DARLINGTON

Und du würdest ihn zurücknehmen! Du bist nicht das, was ich in dir gesehen habe. Du bist genau wie jede andere Frau. Du würdest all das eher hinnehmen als den Tadel einer Gesellschaft, deren Lob du verachtet hast. Nächste Woche wirst du mit dieser Person durch den Park kutschieren. Sie wird dein Hausgast – deine beste Freundin. Du erträgst lieber alles, anstatt mit einem Ruck diese albernen Fesseln zu sprengen. Du hast recht. Dir fehlt der Mut. Ganz und gar!

LADY WINDERMERE

Ach, laß mir Zeit zum Nachdenken. Ich kann jetzt nicht antworten. *Streicht sich mit der Hand nervös über die Augenbrauen*

LORD DARLINGTON

Es muß sein: jetzt oder nie!

LADY WINDERMERE *steht vom Sofa auf*

Dann also: Nie! *Pause*

LORD DARLINGTON

Du brichst mir das Herz!

LADY WINDERMERE

Meines ist schon gebrochen.

LORD DARLINGTON

Ich werde England morgen verlassen. Dies ist das letzte Mal, daß ich dich anschauen kann. Du wirst mich nie wiedersehen. Für einen Moment waren sich unser beider Leben sehr nah – unsere Seelen haben sich berührt. Sie werden sich nie wieder nahekommen geschweige denn berühren. Adieu, Margaret. *Ab*

LADY WINDERMERE

In meinem ganzen Leben war ich noch nie so allein. So furchtbar allein!

Die Musik setzt aus. Auftritt: HERZOGIN VON BERWICK *und* LORD PAISLEY *lachend im Gespräch. Auch andere Gäste kommen aus dem Ballsaal*

HERZOGIN VON BERWICK

Margaret, meine Liebe. Ich hatte gerade ein bezauberndes Schwätzchen mit Mrs. Erlynne. Was ich heute nachmittag über sie gesagt habe, tut mir ja so leid. Natürlich ist alles in Ordnung mit ihr, wenn sie von **Ihnen** eingeladen wird. Eine höchst attraktive Frau und so lebenserfahren in ihren Ansichten. Hat mir erzählt, wie sie Leuten mißtraut, die mehr als einmal heiraten, ich kann also ganz beruhigt sein, was den armen Augustus betrifft. Begreife gar nicht, was die Leute gegen sie sagen. Ausgerechnet diese fürchterlichen Nichten von mir – die Saville-Töchter –, die sowieso nur Klatsch erzählen. Trotzdem würde ich immer noch nach Bad Homburg fahren. Sie ist einfach ein wenig zu attraktiv. Aber wo ist Agatha? Ah, da ist sie ja. LADY AGATHA *und* MISTER HOPPER *kommen von der Terrasse zurück*

Mister Hopper, ich bin sehr böse mit Ihnen. Wie konnten Sie Agatha mit auf die Terrasse hinaus nehmen, wo sie so empfindlich ist.

HOPPER *links von ihr*

Tut mir furchtbar leid, Herzogin. Wir wollten nur einen Moment hinausgehen und haben uns dann verplaudert.

HERZOGIN VON Berwick *in der Mitte*

Ach, gewiß über das gute alte Australien, hab ich recht?

HOPPER

Genau!

HERZOGIN VON BERWICK

Agatha, Liebling! *Winkt sie beiseite*

LADY AGATHA

Ja, Mama.

HERZOGIN VON BERWICK *leise*

Hat Mister Hopper endgültig –

LADY AGATHA

Ja, Mama.

HERZOGIN VON BERWICK

Und was hast du geantwortet?

LADY AGATHA

Ja, Mama.

HERZOGIN VON BERWICK *herzlich*

Mein Goldstück! Du sagst doch stets das Richtige. Mister Hopper! James! Agatha hat mir alles gesagt. Wie geschickt ihr zwei euer kleines Geheimnis bewahrt habt.

Hopper

Sie haben nichts dagegen, daß ich Agatha mitnehme nach Australien, Herzogin?

Herzogin von Berwick *indigniert*

Nach Australien? Von diesem beklagenswert vulgären Ort möchte ich nie mehr ein Wort hören.

Hopper

Aber sie hat gesagt, sie würde gern mitkommen.

Herzogin von Berwick *streng*

Das hast du gesagt, Agatha?

Lady Agatha

Ja, Mama.

Herzogin von Berwick

Agatha, du sagst die denkbar dümmsten Sachen. Ich denke, Grosvenor Square ist eine Adresse, die der Gesundheit zuträglicher sein wird. Auch am Grosvenor Square leben zwar massenhaft vulgäre Leute, doch immerhin krabbeln dort nicht diese schrecklichen Kängurus herum. Aber darüber reden wir morgen. James, Sie dürfen Agatha hinunter begleiten. Zum Lunch kommen Sie natürlich zu uns. Um halb eins, anstatt um zwei. Der Herzog wird Ihnen einige passende Worte sagen wollen, da bin ich sicher.

Hopper

Ich würde gern einmal mit dem Herzog plaudern, Herzogin. Bisher hat er noch kein einziges Wort an mich gerichtet.

Herzogin von Berwick

Ich glaube, Sie werden überrascht sein, wieviel er

Ihnen morgen zu sagen haben wird. LADY AGATHA *mit* HOPPER *ab* Und nun, Margaret, gute Nacht. Ich fürchte, es ist wieder mal die gute alte Geschichte: Liebe – vielleicht keine Liebe auf den ersten Blick, aber eine Liebe zum Ende der Saison ist ja noch viel befriedigender.

LADY WINDERMERE

Gute Nacht, Herzogin.

HERZOGIN VON BERWICK *am Arm von* LORD PAISLEY *ab*

LADY PLYMDALE

Margaret, meine Liebe, war das eine schöne Frau, mit der Ihr Mann da getanzt hat! Ich an Ihrer Stelle wäre sehr eifersüchtig! Sind Sie gut mit ihr befreundet?

LADY WINDERMERE

Nein!

LADY PLYMDALE

Nicht? Dann gute Nacht, meine Liebe. *Nach einem Blick auf* DUMBY *ab*

DUMBY

Scheußliche Manieren hat dieser junge Hopper!

CECIL GRAHAM

Ach, Hopper ist der eingeborene Gentleman, die schlimmste Sorte Gentleman, die ich kenne.

DUMBY

Gescheite Frau, Lady Windermere. Die meisten Ehefrauen würden Mrs. Erlynnes Erscheinen verhindert haben. Aber Lady Windermere hat diese seltene Krankheit, die man gesunden Menschenverstand nennt.

Cecil Graham

Und Windermere weiß, daß nichts unschuldiger wirkt als eine gewisse Unverschämtheit.

Dumby

Ja, der gute Windermere paßt sich langsam dem Zeitgeist an. Hätte ich ihm nie zugetraut. *Verbeugt sich vor* Lady Windermere *und geht ab*

Lady Jedburgh

Gute Nacht, Lady Windermere. Was für eine faszinierende Frau, diese Mrs. Erlynne! Sie kommt am Donnerstag zum Lunch; möchten Sie nicht auch kommen? Ich erwarte den Bischof und die gute Lady Merton.

Lady Windermere

Ich bin leider schon verabredet, Lady Jedburgh.

Lady Jedburgh

Wie schade. Komm, meine Liebe. Lady Jedburgh *und* Miss Graham *ab*

Auftritt: Mrs Erlynne *und* Lord Windermere

Mrs Erlynne

Das war ein gelungener Ball! Erinnert mich fast an die alten Tage. *Setzt sich auf das Sofa* Endlich weiß ich, daß es in der Gesellschaft immer noch genauso viele Dummköpfe gibt wie damals. Wie erfreulich, zu sehen, daß alles unverändert ist. Außer Margaret. Sie ist recht hübsch geworden. Als ich sie das letzte Mal gesehen habe – vor zwanzig Jahren – war sie ein Früchtchen in Flannell. Ein süßes Früchtchen, versteht sich. Die gute Herzogin! Und die zauberhafte Lady Agatha! Genau die Art von Mädchen, die ich so mag! Ja, wirklich, Windermere, wenn ich erst die Schwägerin der Herzogin bin …

Lord Windermere *sitzt links neben ihr*

Wollen Sie denn –

Cecil Graham *und die letzten Gäste ab.* Lady Windermere *beobachtet mit schmerzlicher Verachtung* Mrs Erlynne *und ihren Ehemann, die sich ihrer Gegenwart nicht bewußt sind*

Mrs Erlynne

Aber ja. Er wird morgen um zwölf vorsprechen. Er wollte mir schon heute abend einen Antrag machen. Eigentlich hat er das auch. Einen nach dem anderen. Der arme Augustus, Sie kennen das ja, wie er sich ständig wiederholt. Eine schlechte Angewohnheit! Aber ich habe ihm gesagt, daß ich ihm vor morgen keine Antwort geben kann. Natürlich werde ich ihn nehmen. Und ich sage Ihnen, ich werde ihm eine wunderbare Ehefrau sein, soweit Ehefrauen das sein können. Und Lord Augustus hat auch seine guten Seiten. Zum Glück sind die alle an der Oberfläche. Genau da, wo gute Eigenschaften hingehören. Sie werden mir natürlich behilflich sein in dieser Angelegenheit.

Lord Windermere

Sie erwarten doch nicht von mir, daß ich Lord Augustus auch noch ermuntere.

Mrs Erlynne

O nein! Das Muntermachen übernehme ich schon. Aber Sie werden für einen Ehevertrag sorgen, der gut aussieht – für mich. Windermere, kann ich mich auf Sie verlassen?

Lord Windermere *schaudert*

Also darüber wollten Sie heute abend mit mir sprechen?

MRS ERLYNNE

Ja.

LORD WINDERMERE *mit einer ungeduldigen Handbewegung*

Ich möchte das lieber nicht hier besprechen.

MRS ERLYNNE *lacht*

Dann besprechen wir es eben auf der Terrasse. Sogar Geschäfte sollten im Hintergrund etwas Malerisches haben. Finden Sie nicht, Windermere? Mit dem entsprechenden Hintergrund kann eine Frau alles erreichen.

LORD WINDERMERE

Hat das nicht ebensogut Zeit bis morgen?

MRS ERLYNNE

Nein, Sie wissen doch, daß ich ihn morgen erhören werde. Und ich denke, es kann im Interesse der Sache nur gut sein, wenn ich ihm sagen dürfte, daß ich – nun, ich sage mal: über 2000 Pfund pro Jahr verfüge, die mir ein Vetter dritten Grades – oder mein zweiter Ehemann – oder sonst ein entfernter Verwandter hinterlassen hat. Das wäre doch ein zusätzlicher Reiz, oder nicht? Sie haben die glänzende Gelegenheit, mir damit sozusagen ein Kompliment zu machen, Windermere. Aber ich fürchte, Sie haben wenig Übung darin, Komplimente zu machen. Margaret ermuntert Sie nicht gerade, daraus eine schöne Gewohnheit werden zu lassen. Das ist ihrerseits ein großer Fehler. Wenn Männer nicht mehr sagen, was ihnen gefällt, vergessen sie leicht, was ihnen gefallen hat. Aber im Ernst, was sagen Sie zu 2000 Pfund? Oder meinetwegen 2500 Pfund. Im modernen Leben kommt alles auf die Gewinnspanne an. Ach, Windermere, die Welt ist doch ein äußerst amüsantes

Plätzchen, finden Sie nicht auch? Für mich schon. *Geht mit* LORD WINDERMERE *auf die Terrasse. Im Ballsaal setzt die Musik wieder ein*

LADY WINDERMERE

Länger in diesem Haus zu bleiben, ist unmöglich. Heute nacht hat mir ein Mann, der mich liebt, sein ganzes Leben angeboten. Ich wollte es nicht. Das war dumm von mir. Jetzt werde ich ihm meines anbieten. Ich werde es ihm schenken. Ich gehe zu ihm! *Zieht den Mantel an und geht zur Tür, kommt dann zurück. Setzt sich an den Tisch und schreibt einen Brief, schiebt ihn in einen Umschlag und läßt ihn auf dem Tisch liegen* Arthur hat mich nie verstanden. Wenn er das gelesen hat, wird er es. Er kann dann aus seinem Leben machen, was er will. Ich habe aus meinem das Beste gemacht, das, was ich für das Beste halte, für das Richtige. Er hat den Bund der Ehe gebrochen – nicht ich! Ich breche nur aus. *Ab*

Auftritt: PARKER *kommt von links und geht Richtung Ballsaal. Von rechts Auftritt:* MRS ERLYNNE

MRS ERLYNNE

Ist Lady Windermere im Ballsaal?

PARKER

Mylady ist eben hinausgegangen.

MRS ERLYNNE

Hinaus? Auf der Terrasse ist sie nicht.

PARKER

Nein, Madam, Mylady ist aus dem Haus gegangen.

MRS ERLYNNE

stutzt und sieht den Diener mit verwirrtem Gesichtsausdruck an

Aus dem Haus?

PARKER

Ja, Madam. Mylady sagte mir, sie habe einen Brief für Mylord auf dem Tisch zurückgelassen.

MRS ERLYNNE

Einen Brief für Lord Windermere?

PARKER

Jawohl, Madam!

MRS ERLYNNE

Ich danke Ihnen.

PARKER *ab. Die Musik im Ballsaal endet*

MRS ERLYNNE

Aus dem Haus gegangen! Einen Brief an den eigenen Ehemann! *Geht zum Schreibtisch hinüber und sieht den Brief an. Nimmt ihn auf und legt ihn wieder hin, fröstelnd vor Angst* Nein, nein! Das kann nicht wahr sein! So wiederholt das Leben seine Trauerspiele nicht. Wie komme ich überhaupt zu dieser fürchterlichen Vorahnung? Warum fällt mir gerade jetzt der Moment in meinem Leben wieder ein, den ich am liebsten ganz vergessen möchte? Sollte das Leben seine Trauerspiele doch wiederholen? *Reißt den Umschlag auf und liest den Brief, sinkt dann mit einer gequälten Geste in einen Sessel* Oh, wie furchtbar! Dieselben Worte, die ich vor zwanzig Jahren ihrem Vater geschrieben habe! Und wie hart bin ich dafür gestraft worden! Nein, meine Strafe, meine eigentliche Strafe, bekomme ich erst heute nacht, genau jetzt! *Sitzt immer noch rechts*

Auftritt: LORD WINDERMERE *durch die Terrassentür*

LORD WINDERMERE

Haben Sie meiner Frau gute Nacht gesagt? *Kommt zur Mitte*

Mrs Erlynne

Ja. *Zerknüllt den Brief in ihrer Hand*

Lord Windermere

Wo ist sie?

Mrs Erlynne

Sie ist sehr müde. Sie ist zu Bett gegangen. Sie sagte, sie habe Kopfschmerzen.

Lord Windermere

Ich muß zu ihr. Sie entschuldigen mich?

Mrs Erlynne *erhebt sich rasch*

O nein! Es ist nichts Ernstes. Sie ist nur sehr müde, das ist alles. Außerdem sind noch Leute am Buffet. Sie möchte, daß Sie ihre Abwesenheit dort entschuldigen. Sie hat gesagt, daß sie nicht gestört werden möchte. *Läßt den Brief fallen* Sie bat mich, Ihnen das auszurichten.

Lord Windermere *hebt den Brief auf*

Das ist Ihnen heruntergefallen.

Mrs Erlynne

Oh, danke, das gehört mir. *Streckt ihre Hand danach aus*

Lord Windermere *schaut immer noch auf den Brief*

Aber das ist die Handschrift meiner Frau.

Mrs Erlynne *greift sich rasch den Brief*

Ja, es ist – eine Adresse. Würden Sie bitte meine Kutsche vorfahren lassen?

Lord Windermere

Gewiß. *Nach links ab*

Mrs Erlynne

Danke ... Was soll ich nur tun? Was soll ich nur tun? Ich

fühle, wie sich etwas in mir regt, das ich noch nie gefühlt habe, eine Leidenschaft ... Was kann die bedeuten? Die Tochter muß nicht wie ihre Mutter sein – das wäre fürchterlich. Wie kann ich sie retten? Wie kann ich mein Kind retten? Ein Moment kann ein Leben zerstören. Wer wüßte das besser als ich? Ich muß Windermere aus dem Haus schaffen; das ist unbedingt notwendig. *Geht nach links* Aber wie soll ich das anstellen? Es muß irgendwie gehen. Ah!

Auftritt: LORD AUGUSTUS *aus dem Ballsaal, trägt immer noch das Bouquet*

LORD AUGUSTUS

Meine Liebe, ich komme um vor Spannung! Kann ich denn keine Antwort auf meinen Antrag bekommen?

MRS ERLYNNE

Lord Augustus, hören Sie mir zu. Sie nehmen jetzt Lord Windermere sofort mit in Ihren Club und halten ihn dort zurück, so lang wie irgend möglich! Haben Sie das verstanden?

LORD AUGUSTUS

Aber haben Sie nicht gesagt, ich solle früher zu Bett gehen?

MRS ERLYNNE *nervös*

Sie tun, was ich Ihnen gesagt habe! Sie tun, was ich Ihnen gesagt habe!

LORD AUGUSTUS

Und meine Belohnung?

MRS ERLYNNE

Ihre Belohnung? Ihre Belohnung? Oh, die gibt es morgen. Aber lassen Sie Windermere nicht aus den Augen heute nacht. Wenn doch, verzeihe ich Ihnen das nie. Ich werde nie wieder ein Wort mit Ihnen sprechen. Ich will nichts mehr mit Ihnen zu tun haben. Vergessen Sie nicht: Sie behalten Windermere bei sich im Club und lassen ihn auf keinen Fall hierher zurück kommen heute nacht. *Nach links ab*

LORD AUGUSTUS

Nein, wirklich, als ob ich schon ihr Ehemann wäre. Aber haargenau so. *Folgt ihr kopfschüttelnd*

VORHANG

Dritter Akt

Lord Darlingtons Zimmer. Ein großes Sofa gegenüber dem Kamin. Das Fenster im Bühnenhintergrund ist mit einem Vorhang verhängt. Links und rechts: Türen. Rechts ein Tisch mit Schreibutensilien. In der Mitte ein Tisch mit Syphons, Gläsern und Flaschenständer. Links ein Tisch mit Zigarrenkiste und Zigarettenetui. Das Zimmer ist hell erleuchtet

LADY WINDERMERE *steht am Kamin*

Warum kommt er nicht? Das Warten ist unerträglich. Er sollte hier sein. Warum ist er nicht hier, um mit leidenschaftlichen Worten das Feuer in mir wieder zu entfachen? Ich bin kalt – kalt wie etwas Lebloses. Jetzt muß Arthur meinen Brief längst gelesen haben. Wenn ihm noch etwas an mir läge, wäre er mir längst gefolgt und hätte mich mit Gewalt zurückgeholt. Aber ihm liegt nichts an mir. Diese Frau hält ihn in ihrem Bann – sie fesselt ihn – sie beherrscht ihn. Wenn eine Frau einen Mann halten will, muß sie nur an seine niedersten Instinkte appellieren. Wir vergöttern Männer, und sie verlassen uns. Andere machen sie zum Tier, und sie kriechen vor ihnen und sind treu ergeben. Wie gemein das Leben ist! ... Ach, es war Wahnsinn, hierher zu kommen, reiner Wahnsinn. Und dennoch frage ich mich, was ist schlimmer: einem Mann, der mich liebt, auf Gnade oder Ungnade ausgeliefert zu sein oder die Frau eines anderen zu bleiben, der mich in meinem eigenen Hause entehrt hat? Welche Frau weiß das? Welche Frau auf der ganzen Welt? Aber wird er mich denn immer lieben, dieser Mann, dem ich mein Leben anvertrauen will? Was kann ich ihm bieten? Lippen, die das Lächeln verlernt haben, Augen, die vor Tränen blind sind, Hände, die vor Kälte starr sind, und ein Herz aus Eis. Das ist alles, das ist nichts. Ich muß zurück – nein; ich kann nicht mehr zurück, mein Brief hat mich den beiden ausgeliefert, Arthur wird mich nicht zurücknehmen. Dieser verfluchte Brief! Nein! Lord Darlington wird England morgen verlassen. Ich werde mit ihm gehen – mir bleibt keine Wahl. *Setzt sich kurz hin; steht dann auf und wirft ihren Mantel über* Nein, nein! Ich gehe zurück, Arthur mag tun mit mir, was ihm beliebt. Ich kann hier nicht länger warten. Es war Wahnsinn, überhaupt zu kommen. Ich muß sofort gehen. Denn für Lord Darlington – oh, da kommt er! Was soll ich tun? Was kann ich ihm sagen? Wird er mich jetzt noch gehen lassen? Man sagt doch, Männer könnten brutal sein, rücksichtslos ... Oh! *Birgt das Gesicht in ihren Händen*

Auftritt: MRS ERLYNNE

MRS ERLYNNE

Lady Windermere! LADY WINDERMERE *stutzt und schaut auf, schreckt dann vor Verachtung zurück* Gott sei Dank, ich komme nicht zu spät. Sie müssen sofort nach Hause gehen, zu Ihrem Mann.

LADY WINDERMERE

Ich muß?

MRS ERLYNNE *bestimmt*

Ja, Sie müssen. Es ist keine Sekunde zu verlieren! Lord Darlington kann jeden Moment zurücksein.

LADY WINDERMERE

Kommen Sie mir nicht zu nahe!

Mrs Erlynne

Oh, Sie bewegen sich auf einem gefährlich schmalen Grat, Sie stehen am Rande eines Abgrunds. Sie müssen dies Haus unverzüglich verlassen, meine Kutsche wartet unten an der nächsten Ecke. Sie müssen mit mir kommen und auf dem kürzesten Weg nach Hause fahren.

Lady Windermere

wirft ihren Mantel ab und läßt ihn auf das Sofa fallen

Mrs Erlynne

Was tun Sie da?

Lady Windermere

Mrs. Erlynne, wären Sie nicht hierhergekommen, ich wäre zurückgegangen. Aber jetzt, da ich Sie sehe, fühle ich, daß nichts auf der Welt mich dazu bringen kann, mit Lord Windermere unter einem Dach zu leben. Sie erfüllen mich mit Grauen. Sie haben etwas, das mich rasend macht – vor Wut. Und ich weiß, wozu Sie hier sind. Mein Mann hat Sie beauftragt, mich zurückzulocken, da er eine Fassade braucht für seine Beziehung mit Ihnen, wie immer die aussehen mag.

Mrs Erlynne

Oh! Sie nehmen doch nicht an, daß – das können Sie nicht!

Lady Windermere

Gehen Sie zurück zu meinem Mann, Mrs. Erlynne. Er gehört Ihnen, zu mir gehört er nicht mehr. Vermutlich fürchtet er den Skandal. Männer sind solche Feiglinge. Sie treten jedes menschliche Gesetz mit Füßen – und dann haben sie doch Angst vor dem Urteil der Menschen. Aber darauf sollte er sich lieber gefaßt machen. Er kann seinen Skandal haben. Er kann den schlimmsten Skandal haben, den London seit Jahren gesehen hat. Er wird seinen Namen in jedem Schundblatt gedruckt sehen und meinen auf jedem schmutzigen Plakat.

MRS ERLYNNE

Nein – nein –

LADY WINDERMERE

Doch! Das wird er! Wäre er selbst gekommen, ich muß zugeben, ich wäre zurückgegangen zu diesem erniedrigenden Leben, das Sie und er mir zugedacht haben – ich wollte zurückgehen – aber selbst zu Hause zu bleiben und Sie zu schicken als seine Botschafterin – oh! Wie infam, so infam.

MRS ERLYNNE *in der Mitte*

Lady Windermere, Sie täuschen sich entsetzlich in mir – Sie täuschen sich entsetzlich in Ihrem Mann. Er weiß gar nicht, daß Sie hier sind – er glaubt Sie zu Hause in Sicherheit. Er glaubt Sie in Ihrem eigenen Zimmer, schlafend. Er hat den wahnsinnigen Brief, den Sie ihm geschrieben haben, nie gelesen.

LADY WINDERMERE *rechts*

Nie gelesen?

MRS ERLYNNE

Nein, er weiß davon nichts.

LADY WINDERMERE

Für wie beschränkt halten Sie mich? *Geht auf sie zu* Sie lügen mich an!

MRS ERLYNNE *beherrscht sich*

Ich lüge nicht. Ich sage Ihnen die Wahrheit.

LADY WINDERMERE

Wenn mein Mann den Brief nicht gelesen hat, wie kommt es dann, daß Sie hier sind? Wer hat Ihnen erzählt, daß ich das Haus verlassen habe, das Sie so unverfroren zu betreten wagten? Wer hat Ihnen erzählt, wohin ich gegangen bin? Mein Mann hat es Ihnen erzählt und Sie beauftragt, mich zurückzulocken.

MRS ERLYNNE *geht nach rechts*

Ihr Mann hat den Brief nie gesehen. Ich sah ihn – öffnete ihn und – las ihn.

LADY WINDERMERE *wendet sich zu ihr*

Sie haben einen Brief von mir an meinen Mann geöffnet? Das würden selbst Sie nie wagen!

MRS ERLYNNE

Wagen! Oh! Es gibt nichts auf der Welt, was ich nicht wagen würde, um Sie vor dem Sturz in den Abgrund zu retten, an dem Sie stehen. Hier ist der Brief. Ihr Mann hat ihn nie gelesen. Er wird ihn niemals lesen. *Geht zum Kamin* Er hätte nie geschrieben werden dürfen. *Zerreißt ihn und wirft ihn ins Feuer*

LADY WINDERMERE *mit einer Art Zuversicht in Blick und Tonfall*

Woher weiß ich überhaupt, daß es mein Brief war? Sie glauben wohl, der älteste Trick könnte mich bereits überzeugen.

MRS ERLYNNE

Oh! Weshalb bezweifeln Sie jedes Wort, das ich sage? Welches Ziel sollte ich hier denn verfolgen, außer dem, Sie vor dem endgültigen Untergang zu bewahren, den dieser furchtbare Fehler zwangsläufig zur Folge hätte. Dieser Brief, der dort gerade verbrennt, ist Ihr Brief. Das schwöre ich Ihnen!

LADY WINDERMERE *langsam*

Sie haben sehr darauf geachtet, ihn zu verbrennen, bevor ich ihn überprüfen konnte. Ich kann Ihnen nicht trauen. Wie könnten Sie, deren ganzes Leben eine Lüge ist, in irgendeinem Punkt die Wahrheit sagen? *Setzt sich*

MRS ERLYNNE *eilig*

Denken Sie von mir, was Sie wollen – sagen Sie gegen mich, was Sie mögen, aber gehen Sie zurück, gehen Sie zurück zu Ihrem Mann, den Sie lieben.

LADY WINDERMERE *widerspricht scharf*

Ich liebe ihn **nicht**.

MRS ERLYNNE

Sie lieben ihn und Sie wissen, daß er Sie liebt.

LADY WINDERMERE

Er weiß nicht einmal, was Liebe ist. Er weiß es genausowenig, wie Sie es wissen – aber ich verstehe, worauf Sie hinauswollen. Es wäre von großem Vorteil für Sie, mich zurückzubringen. Lieber Gott! Was für ein Leben hätte ich dann! Abhängig von der Gnade einer Frau, die weder Gnade noch Mitleid kennt, einer Frau, die zu treffen schon eine Schande ist, die zu kennen Erniedrigung bedeutet, einer abartigen Frau, die zwischen einen Mann und seine Ehefrau tritt.

MRS ERLYNNE *mit einer resignierenden Geste*

Lady Windermere, Lady Windermere, sagen Sie nicht solch furchtbare Dinge. Sie wissen nicht, wie furchtbar sie sind, wie furchtbar und wie ungerecht. Hören Sie mir zu, Sie müssen mir zuhören! Gehen Sie zu Ihrem Mann zurück, mehr will ich nicht, und ich verspreche Ihnen, mich nie wieder mit ihm in Verbindung zu setzen, unter keinen Umständen – ihn nie wiederzusehen – mich nie wieder in sein Leben zu mischen oder in das Ihre. Das Geld, das er mir gegeben hat, gab er mir nicht aus Liebe, sondern aus Haß, nicht voll Verehrung, sondern voll Verachtung. Weil ich Macht über ihn hatte –

LADY WINDERMERE *steht auf*

Ach! Sie geben also zu, etwas wie Macht über ihn zu haben!

MRS ERLYNNE

Ja, und ich werde Ihnen auch sagen, woher sie rührt. Aus Liebe zu Ihnen, Lady Windermere.

LADY WINDERMERE

Sie erwarten doch nicht, daß ich Ihnen glaube?

MRS ERLYNNE

Sie müssen mir glauben! Es ist wahr. Aus Liebe zu Ihnen hat er sich all dem unterworfen – oh! Wie immer Sie das nennen wollen: Nötigung, Erpressung, wie Sie mögen. Doch es ist seine Liebe zu Ihnen. Sein Wunsch, Ihnen all das zu ersparen – Scham, ja, Scham und Schande.

LADY WINDERMERE

Was reden Sie da? Sie sind anmaßend. Was habe ich mit Ihnen zu tun?

MRS ERLYNNE *demütig*

Nichts. Ich weiß das – aber ich sage Ihnen, daß Ihr Mann Sie liebt – daß Sie in Ihrem ganzen Leben vielleicht nie wieder eine solche Liebe finden werden – daß

Ihnen eine solche Liebe nie mehr widerfahren wird – und wenn Sie die mit Füßen treten, dann wird der Tag kommen, da Sie nach Liebe dürsten und sie ihnen nicht gegeben wird, da Sie um Liebe betteln und sie Ihnen verweigert wird – Oh! Wie Arthur Sie liebt –

LADY WINDERMERE

Arthur? Und Sie wollen mir erzählen, es wäre nichts zwischen Ihnen?

MRS ERLYNNE

Lady Windermere, Ihr Mann ist unschuldig im Sinne all Ihrer Anklagen, so wahr mir Gott helfe! Und ich – ich sage Ihnen, wenn mir je gedämmert hätte, daß in Ihnen solch ein abscheulicher Verdacht erwachen könnte, ich wäre eher gestorben, als mich Ihnen oder ihm in den Lebensweg zu stellen – ja! Gestorben! Ich wäre liebend gern gestorben! *Geht nach rechts zum Sofa*

LADY WINDERMERE

Sie sprechen ja, als hätten Sie ein Herz. Frauen wie Sie haben kein Herz. Ein Herz paßt nicht zu Ihnen. Sie werden gekauft und weiterverkauft. *Setzt sich links*

MRS ERLYNNE

beginnt mit einer schmerzlichen Geste. Dann beherrscht sie sich und geht zu LADY WINDERMERE *hinüber. Während Sie spricht, streckt sie die Hand nach ihr aus, wagt aber nicht, sie zu berühren*

Über mich können Sie denken, was Sie wollen. Ich bin keiner Träne wert. Aber Sie wollen sich doch nicht um meinetwillen Ihr wunderschönes junges Leben selbst verderben. Sie können ja nicht wissen, was es noch für Sie bereithält, bevor Sie nicht dies Haus verlassen haben. Sie wissen nicht, was es heißt, ins Bodenlose zu stürzen, verachtet, verspottet, verworfen und verlacht zu werden – draußen zu sein! Vor den Türen, die verschlossen bleiben, sich auf schmutzigen Umwegen hinein zu winden, immer in der Angst, im letzten Augenblick die Maske vom Gesicht gerissen zu bekommen, und immerzu, die ganze Zeit, das Gelächter zu hören, das Gelächter der Welt, darin liegt mehr Tragik als in all den Tränen, die auf der Welt je vergossen wurden. Sie wissen nicht, was das heißt. Man bezahlt für seine Sünden, und dann bezahlt man noch einmal, und so bezahlt man sein Leben lang. Sie sollen das auch nie erfahren. – Ich weiß es und ich glaube, falls man durch Leiden Buße tun kann, sind all meine Fehler, welche auch immer, abgebüßt, jetzt, in diesem Moment; denn heute nacht haben Sie ein Herz wieder erweckt, das schon längst nicht mehr schlug, Sie haben es geweckt und es gebrochen. – Doch das geht vorüber. Womöglich habe ich mein Leben selbst zerstört, aber ich werde es nicht zulassen, daß Sie nun Ihres zerstören. Sie – ach, Sie sind noch ein kleines Mädchen, Sie wären verloren. Ihr Fell ist nicht dick genug für eine Frau, die ein Comeback schaffen kann. Sie haben weder das Talent noch die Courage. Sie könnten weder Schimpf noch Schande ertragen. Nein! Gehen Sie zurück, Lady Windermere, zu dem Mann, der Sie liebt und den Sie lieben. Sie haben ein Kind, Lady Windermere. Gehen Sie zurück zu diesem Kind, das vielleicht gerade jetzt, vor Schmerz oder Freude, nach Ihnen ruft. LADY WINDERMERE *steht auf* Gott gab Ihnen dies Kind. Er erwartet von Ihnen, daß Sie sein Leben lebenswert machen, daß Sie da sind für dies Kind. Was wollen Sie Gott antworten, wenn durch Sie dies Leben zerstört wird. Zurück, Lady Windermere, nach Hause – Ihr Mann liebt Sie. Keinen Zoll ist er je abgewichen vom Pfad seiner Liebe zu

Ihnen. Doch selbst wenn er tausend Umwege gemacht – Ihr Platz ist bei Ihrem Kind. Wenn er schroff mit Ihnen umginge, Ihr Platz ist bei Ihrem Kind. Wenn er Sie mißhandelte, Ihr Platz ist bei Ihrem Kind. Wenn er Sie verließe, Ihr Platz ist bei Ihrem Kind.

LADY WINDERMERE *bricht in Tränen aus und schlägt die Hände vors Gesicht* MRS ERLYNNE *eilt zu ihr* Lady Windermere!

LADY WINDERMERE

streckt die Hände nach ihr aus, hilflos, wie es Kinder tun

Ich will nach Hause. Nach Hause.

MRS ERLYNNE

will sie umarmen, beherrscht sich dann. In ihrem Ausdruck liegt große Freude

Komm! Wo ist dein Mantel? *Holt ihn vom Sofa* Hier. Zieh ihn an. Und nun komm!

Sie gehen zur Tür

LADY WINDERMERE

Halt! Sind da nicht Stimmen?

MRS ERLYNNE

Aber nein, da ist niemand!

LADY WINDERMERE

Doch! … oh, das ist mein Mann. Ich höre seine Stimme! Er kommt hierher! Hilfe! Ach, das ist der Plan! Sie haben ihn holen lassen.

Stimmen von draußen

MRS ERLYNNE

Still! Ich bin hier, um Sie zu retten, wenn ich kann. Aber ich fürchte, es ist zu spät! Da! *Zeigt zum Vorhang vor dem Fenster* Bei der ersten Gelegenheit, die sich ergibt, schlüpfen Sie hinaus, falls sich überhaupt eine Gelegenheit ergibt!

LADY WINDERMERE

Und Sie?

MRS ERLYNNE

Ach, keine Sorge. Ich werde schon fertig mit denen.

LADY WINDERMERE *versteckt sich hinter dem Vorhang*

LORD AUGUSTUS *draußen*

Unsinn, lieber Windermere, Sie können mich doch nicht allein lassen!

MRS ERLYNNE

Lord Augustus! Dann bin **ich** es, die erledigt ist.

Auftritt: LORD DARLINGTON, DUMBY, LORD WINDERMERE, LORD AUGUSTUS *und* CECIL GRAHAM

DUMBY

Eine Unverschämtheit, uns um die Zeit aus dem Club zu werfen! Es ist höchstens zwei Uhr! *Sinkt in einen Sessel* Der gemütliche Teil des Abends hat doch gerade erst angefangen. *Gähnt und schließt die Augen*

LORD WINDERMERE

Es ist sehr nett von Ihnen, Lord Darlington, Augustus zu gestatten, Ihnen unsere Gesellschaft aufzudrängen, aber ich fürchte, ich kann nicht lange bleiben.

LORD DARLINGTON

Wirklich! Das tut mir sehr leid! Aber eine Zigarre nehmen Sie doch wenigstens noch?

LORD WINDERMERE

Danke. *Setzt sich*

Lord Augustus *zu* Lord Windermere

Denken Sie nicht mal im Traum daran, jetzt zu gehen, alter Junge. Ich habe noch einiges mit Ihnen zu besprechen, und das ist verdammt wichtig. *Setzt sich zu ihm an den Tisch links*

Cecil Graham

Ach, wir wissen doch alle, worum es geht! Mrs. Erlynne! Tuppy kann doch von nichts anderem mehr reden.

Lord Windermere

Eigentlich geht dich das ja nichts an, oder, Cecil?

Cecil Graham

Überhaupt nichts. Deswegen interessiert es mich ja. Meine eigenen Angelegenheiten langweilen mich zu Tode. Die anderer Leute ziehe ich entschieden vor.

Lord Darlington

Freunde, nun trinkt doch was! Cecil, Sie nehmen Whisky und Soda?

Cecil Graham

Danke. *Geht zum Tisch von* Lord Darlington Mrs. Erlynne sah sehr gut aus heute abend, fanden Sie nicht?

Lord Darlington

Ich gehöre nicht zu ihren Bewunderern.

Cecil Graham

Ich bisher auch nicht, doch jetzt bin ich einer. Und wie! Sie hat mich sogar dazu gebracht, sie meiner armen alten Tante Caroline vorzustellen. Ich glaube, sie geht zum Lunch zu ihr.

Lord Darlington

Nein?

Cecil Graham

Doch, bestimmt.

Lord Darlington

Entschuldigt mich, Freunde, aber ich verreise morgen und muß noch ein paar Briefe schreiben. *Geht zum Schreibtisch und setzt sich*

Dumby

Nicht dumm, die Frau, diese Mrs. Erlynne.

Cecil Graham

Hallo, Dumby, Ich dachte, Sie wären eingeschlafen.

Dumby

Bin ich auch, wie üblich.

Lord Augustus

Durchaus nicht dumm, die Frau. Weiß genau, was für ein verdammter Idiot ich bin – weiß es mindestens so gut wie ich.

Cecil Graham *geht lachend auf ihn zu*

Lord Augustus

Ach, lach ruhig, mein Junge, aber es ist schon eine große Sache, wenn man mal einer Frau begegnet, die einen vollkommen durchschaut.

Dumby

Eine unheimlich gefährliche Sache ist das. So was endet stets vor dem Traualtar.

Cecil Graham

Dabei habe ich gedacht, du wolltest sie nie wiedersehen, Tuppy! Doch! Das hast du mir gestern im Club selbst erzählt. Du hast gesagt, du hättest gehört – *flüstert ihm etwas zu*

LORD AUGUSTUS
Ach, dafür hatte sie ja eine Erklärung.

CECIL GRAHAM
Und die Sache in Wiesbaden?

LORD AUGUSTUS
Dafür auch.

DUMBY
Und ihre Einkünfte? Hatte sie dafür auch eine Erklärung?

LORD AUGUSTUS *ganz ernsthaft*
Dafür wird sie morgen eine Erklärung liefern.

CECIL GRAHAM *geht zurück zum mittleren Tisch*

DUMBY
Furchtbar geschäftstüchtig, die Frauen von heute. Unter die Haube kommen wollten natürlich schon unsere Großmütter, weiß Gott, aber erst ihre Enkelinnen erwarten, daß die Haube für sie maßgeschneidert wird.

LORD AUGUSTUS
Sie wollen unbedingt eine unmoralische Frau aus ihr machen. Doch sie ist keine.

CECIL GRAHAM
Oh! Unmoralische Frauen bringen uns um den Schlaf. Moralische Frauen bringen uns zum Einschlafen. Das ist der einzige Unterschied zwischen ihnen.

LORD AUGUSTUS *raucht seine Zigarre*
Mrs. Erlynne ist eine Frau mit Zukunft.

Dumby

Mrs. Erlynne ist eine Frau mit Vergangenheit.

Lord Augustus

Mir sind Frauen mit Vergangenheit lieber. Es macht verdammt viel mehr Spaß, sich mit ihnen zu unterhalten.

Cecil Graham

Nun ja, mit **ihr** wird dir der Gesprächsstoff jedenfalls nicht so bald ausgehen, Tuppy. *Steht auf und geht zu ihm hinüber*

Lord Augustus

Allmählich gehst du mir auf die Nerven, alter Junge, du gehst mir verdammt auf die Nerven.

Cecil Graham *legt ihm die Hand auf die Schulter*

Schau, Tuppy, du hast deine Figur nicht behalten können und du hast deinen Charakter nicht behalten können. Nun behalt wenigstens die Nerven; du hast wenig genug davon.

Lord Augustus

Mein lieber Freund, wenn ich nicht der gutmütigste Mann in ganz London wäre –

Cecil Graham

... würden wir dich mit mehr Respekt behandeln, oder etwa nicht, Tuppy? *Schlendert weiter*

Dumby

Ziemlich verroht, die Jugend von heute. Sie hat absolut keinen Respekt mehr vor gefärbten Haaren. Lord Augustus *sieht sich wütend um*

Cecil Graham

Mrs. Erlynne hat großen Respekt vor dem lieben Tuppy.

Dumby

Damit setzt Mrs. Erlynne ein bewundernswertes Zeichen, an dem sich der Rest ihres Geschlechts ein Beispiel nehmen sollte. Ist es nicht wirklich grausam, wie die meisten Frauen selbst Männer behandeln, mit denen sie nicht mal verheiratet sind!

Lord Windermere

Dumby, Sie machen sich lächerlich, und Cecil, du solltest deine Zunge besser im Zaum halten. Laßt doch Mrs. Erlynne in Ruhe. Ihr wißt wirklich gar nichts von ihr und erzählt nichts als Tratsch über sie.

Cecil Graham *kommt zu ihm herüber*

Mein lieber Arthur, ich erzähle nie Tratsch. Ich erzähle nur Klatsch.

Lord Windermere

Wo liegt der Unterschied zwischen Tratsch und Klatsch?

Cecil Graham

Oh, Klatsch ist so charmant! Geschichte besteht hauptsächlich aus Klatsch. Tratsch dagegen ist moralinsaurer Klatsch und damit langweilig, Nein, ich moralisiere nie. Ein Mann, der moralisiert, ist gewöhnlich ein Heuchler, eine Frau, die moralisiert, sieht hundertprozentig nach nichts aus. Nichts auf der Welt kleidet eine Frau so schlecht wie ein überempfindliches Gewissen. Und ich darf erfreut feststellen, daß die meisten Frauen sich dessen auch bewußt sind.

Lord Augustus

Du sprichst mir aus dem Herzen, mein Junge, direkt aus dem Herzen.

CECIL GRAHAM

Tut mir leid, das hören zu müssen. Sobald Leute mir recht geben, werde ich das Gefühl nicht los, im Unrecht zu sein.

LORD AUGUSTUS

Mein lieber Junge, als ich in deinem Alter war...

CECIL GRAHAM

Das warst du doch nie, Tuppy, und wirst es auch nie sein. *Geht zur Mitte* Mein Vorschlag, Darlington, bringen Sie die Karten auf den Tisch. Du spielst doch mit, Arthur, oder nicht?

LORD WINDERMERE

Nein, danke, Cecil.

CECIL GRAHAM

Aber du spielst natürlich mit, Tuppy?

LORD AUGUSTUS *bedient sich selbst mit Whisky und Soda*

Kann nicht, mein Junge, habe Mrs. Erlynne versprochen, nicht mehr zu spielen und zu trinken.

CECIL GRAHAM

Vorsicht, mein lieber Tuppy, laß dich nicht auf den Pfad der Tugend verleiten. Jede Läuterung macht dich vollends unerträglich. Das ist das Schlimmste an den Frauen: Immer wollen sie uns bessern. Wenn wir schon gut sind von Anfang an, verlieben sie sich nicht in uns. Es gefällt ihnen, uns unverbesserlich vorzufinden, um uns zu verlassen, sobald wir gebessert und damit unattraktiv geworden sind.

LORD DARLINGTON

steht vom Schreibtisch auf, wo er Briefe geschrieben hat

Sie finden uns doch immer schlecht.

DUMBY

Ich finde uns nicht schlecht. Ich finde, wir sind alle gute Menschen, bis auf Tuppy.

LORD DARLINGTON

Nein, wir stecken alle im Sumpf, doch einige von uns greifen nach den Sternen. *Setzt sich an den mittleren Tisch*

DUMBY

Wir stecken alle im Sumpf, doch einige von uns greifen nach den Sternen. Muß schon sagen, Sie sind sehr romantisch heute abend, Darlington.

CECIL GRAHAM

Zu romantisch! Sie müssen verliebt sein. Wer ist das Mädel?

LORD DARLINGTON

Die Frau, die ich liebe, ist nicht frei, oder glaubt das wenigstens. *Während er spricht, starrt unentwegt* LORD WINDERMERE *an.*

CECIL GRAHAM

Also eine verheiratete Frau! Ach, nichts auf der Welt kommt der Anbetung einer verheirateten Frau gleich. Das ist etwas, wovon kein verheirateter Mann auch nur eine Ahnung hat.

LORD DARLINGTON

Oh, sie liebt mich nicht. Sie ist eine hoch anständige Frau. Sie ist die einzige hochanständige Frau, die ich je im Leben kennengelernt habe.

Cecil Graham

Die einzige hochanständige Frau, die Sie je im Leben kennengelernt haben?

Lord Darlington

Ja.

Cecil Graham *zündet sich eine Zigarette an*

Ach, Sie Glücklicher! Ich kenne Hunderte hochanständiger Frauen. Anscheinend lerne ich **nur** hochanständigen Frauen kennen. Die Welt ist gestopft voll von hochanständigen Frauen. Sie zu kennen, gehört zur bürgerlichen Grundausbildung.

Lord Darlington

Diese Frau besitzt Reinheit und Unschuld. Sie besitzt all das, was wir Männer verloren haben.

Cecil Graham

Mein Lieber, was sollten wir Männer mit Reinheit und Unschuld anfangen? Eine sorgfältig ausgewählte Blume fürs Knopfloch ist bei Gott bedeutend wirkungsvoller.

Dumby

Sie liebt Sie also nicht wirklich?

Lord Darlington

Nein, nicht wirklich.

Dumby

Gratuliere, mein Lieber. Auf dieser Welt spielen sich nur zwei Tragödien ab. In der einen kriegt man, was man will, und in der anderen nicht. Erstere ist schmerzlicher; letztere ist die wahre Tragödie! Aber daß sie Sie nicht liebt, das hört sich interessant an. Wie lange könnten Sie eine Frau lieben, die Sie nicht liebt, Cecil?

Cecil Graham

Eine Frau, die mich nicht liebt? Oh, mein Leben lang!

Dumby

Geht mir genauso. Aber es ist so schwierig, eine kennenzulernen.

Lord Darlington

Wie können Sie nur so eingebildet sein, Dumby?

Dumby

Ich erwähne das doch nicht, weil ich mir darauf etwas einbilde. Ich erwähne das, weil ich es bedaure. Ich bin begehrt worden, wild und zügellos. Und ich bedaure das. Es war unheimlich lästig. Ich möchte hin und wieder etwas Zeit haben für mich selbst.

Lord Augustus *sieht sich zu ihm um*

Zeit, um sich weiterzubilden, nehme ich an.

Dumby

Nein, Zeit, um alles zu vergessen, was ich gelernt habe. Das ist sehr viel wichtiger, Tuppy. Lord Augustus *rutscht unbehaglich in seinem Sessel herum*

Lord Darlington

Was für Zyniker ihr Burschen doch seid!

Cecil Graham

Was ist ein Zyniker?

Lord Darlington

Ein Mensch, der von allem und jedem nur den Preis kennt und nicht den Wert.

Cecil Graham

Und ein Romantiker, mein lieber Darlington, ist ein

Mensch, der allem einen übertriebenen Wert beimißt, ohne sich je nach dem gängigen Preis für irgend etwas zu erkundigen.

LORD DARLINGTON

Sie machen mir immer wieder Spaß, Cecil. Sie reden, als ob Sie ein Mann mit Lebenserfahrung wären.

CECIL GRAHAM

Ich bin einer. *Geht vor den Kamin*

LORD DARLINGTON

Dazu sind Sie viel zu jung!

CECIL GRAHAM

Das ist ein großer Irrtum. Lebenserfahrung ist eine Frage des Instinkts. Und den habe ich. Im Gegensatz zu Tuppy. Was Tuppy Lebenserfahrung nennt, sind seine Fehltritte – so einfach ist das. LORD AUGUSTUS *schaut sich entrüstet um*

DUMBY

Lebenserfahrung nennt jeder bei sich das, was andere Fehltritte nennen.

CECIL GRAHAM *steht mit dem Rücken zum Kamin*

Man selbst sollte nie welche zugeben. *Sieht* LADY WINDERMERES *Fächer*

DUMBY

Ohne sie wäre das Leben aber schon sehr langweilig.

CECIL GRAHAM

Natürlich sind Sie dieser Frau, die Sie lieben, absolut treu, Darlington, dieser hochanständigen Frau?

Lord Darlington

Cecil, wenn man eine Frau wirklich liebt, verlieren alle anderen Frauen auf der Welt jegliche Bedeutung. Die Liebe ändert uns – **ich** bin ein anderer geworden.

Cecil Graham

Meine Güte! Wie interessant! Tuppy, ich muß mit dir reden! Lord Augustus *reagiert nicht*

Dumby

Mit Tuppy zu reden, lohnt sich nicht. Sie könnten ebensogut mit dieser Wand reden.

Cecil Graham

Aber ich rede gern mit Wänden – sie sind die einzigen, die mir nie widersprechen! Tuppy!

Lord Augustus

Ja, was gibt's denn? Was gibt's denn? *Steht auf und geht hinüber zu* Cecil Graham

Cecil Graham

Komm mal her. Ich brauche dich allein. *Vertraulich* Während Darlington hier moralisiert und über die Reinheit der Liebe gesprochen hat, muß die ganze Zeit irgendeine Frau bei ihm in der Wohnung gewesen sein.

Lord Augustus

Nein, wirklich? Wirklich?

Cecil Graham *flüstert*

Ja, hier ist ihr Fächer. *Zeigt auf den Fächer*

Lord Augustus *glucksend*

Weiß Gott! Weiß Gott!

LORD WINDERMERE *an der Tür*

Jetzt muß ich aber wirklich gehen, Lord Darlington. Ich bedaure, daß Sie England schon so bald verlassen wollen. Besuchen Sie uns doch bitte, sobald Sie zurück sind! Meine Frau und ich würden uns über Ihren Besuch sehr freuen!

LORD DARLINGTON *bei* LORD WINDERMERE

Ich fürchte, ich werde für Jahre fort sein. Gute Nacht.

CECIL GRAHAM

Arthur!

LORD WINDERMERE

Was?

CECIL GRAHAM

Kann ich dich einen Augenblick sprechen. Nein, du mußt dich schon herbemühen.

LORD WINDERMERE *zieht seinen Mantel an*

Ich kann nicht. Ich muß gehen.

CECIL GRAHAM

Aber es ist sehr wichtig und von enormem Interesse, gerade für dich.

LORD WINDERMERE *lächelt*

Gewiß einer deiner üblichen Scherze, Cecil?

CECIL GRAHAM

Nein! Nein, wirklich nicht!

LORD AUGUSTUS *geht zu ihm*

Mein lieber Freund, Sie dürfen noch nicht gehen. Ich habe noch so viel mit Ihnen zu besprechen. Und Cecil möchte Ihnen etwas zeigen.

Lord Windermere *kommt herüber*

Und, was ist es?

Cecil Graham

Darlington hat eine Frau hier in seiner Wohnung. Da ist ihr Fächer. Ist das nicht amüsant? *Pause*

Lord Windermere

Großer Gott! *Greift sich den Fächer –* Dumby *steht auf*

Cecil Graham

Was ist denn los?

Lord Windermere

Lord Darlington!

Lord Darlington *wendet sich zu ihm*

Ja!

Lord Windermere

Wie kommt der Fächer meiner Frau in Ihre Wohnung? Hände weg, Cecil, faß mich nicht an.

Lord Darlington

Der Fächer Ihrer Frau?

Lord Windermere

Jawohl, das ist er!

Lord Darlington *geht zu ihm*

Ich weiß nicht!

Lord Windermere

Sie müssen es wissen. Ich verlange eine Erklärung. *Zu* Cecil Graham Laß mich los, du Idiot!

Lord Darlington *zu sich*

Demnach ist sie doch hier!

Lord Windermere

Antwort, Sir! Wie kommt der Fächer meiner Frau hierher? Antworten Sie mir! Bei Gott! Ich werde Ihre Wohnung durchsuchen, und wenn meine Frau hier ist, werde ich – *macht einen Schritt*

Lord Darlington

Sie werden meine Wohnung nicht durchsuchen. Dazu haben Sie kein Recht. Ich verbiete es Ihnen!

Lord Windermere

Sie Schuft! Ich werde Ihre Wohnung nicht verlassen, bevor ich nicht jede Ecke durchsucht habe! Was bewegt sich da hinter diesem Vorhang? *Eilt zu dem mittleren Vorhang*

Mrs Erlynne *kommt aus der Tür rechts*

Lord Windermere!

Lord Windermere

Mrs. Erlynne!

Alle sind erschrocken und haben sich umgedreht. Lady Windermere *kommt hinter dem Vorhang hervor und schleicht sich links zur Tür hinaus*

Mrs Erlynne

Ich fürchte fast, ich habe den Fächer Ihrer Frau fälschlicherweise für den meinen gehalten, als ich Ihr Haus heute abend verlassen habe. Es tut mir ja so leid. *Nimmt ihm den Fächer ab*

Lord Windermere *schaut sie voll Verachtung an;* Lord Darlington *mit einer Mischung aus Staunen und Verärgerung.* Lord Augustus *wendet sich ab. Die übrigen Männer grinsen sich zu*

VORHANG

Vierter Akt

Szenenbild wie im ersten Akt

LADY WINDERMERE *liegt auf dem Sofa*

Wie soll ich es ihm sagen? Ich kann es ihm nicht sagen. Das würde ich nicht überleben. Wenn ich nur wüßte, was geschehen ist, nachdem ich aus diesem schreckliche Zimmer entkommen bin. Womöglich hat sie ihm den wahren Grund ihres Dortseins gesagt und die wahre Bedeutung meines – verhängnisvollen Fächers. Oh, wenn er das weiß – wie kann ich ihm dann je wieder in die Augen sehen? Er würde mir das nie verzeihen. *Läutet* Man glaubt, man lebe in völliger Sicherheit – unerreichbar für Versuchung, Torheit, Sünde. Und dann, plötzlich – Oh, das Leben ist grausam. Nicht wir sind Herr über unser Leben – es beherrscht uns.

Auftritt: ROSALIE *von rechts*

ROSALIE

Mylady haben geläutet?

LADY WINDERMERE

Ja. Haben Sie in Erfahrung gebracht, um welche Zeit Lord Windermere gestern nacht heimgekommen ist?

ROSALIE

Mylord war nicht vor fünf Uhr zu Hause.

LADY WINDERMERE

Fünf Uhr. Und heute morgen hat er doch an meine Tür geklopft, nicht wahr?

ROSALIE

Jawohl, Mylady – gegen halb zehn. Ich sagte ihm, Mylady sei noch nicht wach.

LADY WINDERMERE

Hat er irgend etwas gesagt?

ROSALIE

Irgend etwas über Myladies Fächer. Ich habe nicht ganz mitbekommen, was Mylord gesagt hat. Ist der Fächer verlorengegangen, Mylady? Ich konnte ihn nicht finden, und Parker sagte, er sei auch in keinem der Räume zurückgelassen worden. Er hat in jedem nachgesehen und sogar auf der Terrasse.

LADY WINDERMERE

Kein Anlaß zur Besorgnis. Sagen Sie das auch Parker. Das wäre alles.

ROSALIE *ab*

LADY WINDERMERE

Bestimmt wird sie es ihm sagen. Ich kann es mir genau vorstellen: Eine Person schwingt sich auf zu einem großartigen Akt der Selbstaufopferung, spontan, nobel, ohne Rücksichten – und danach wird ihr klar, daß der Preis dafür zu hoch ist. Warum sollte sie zögern und sich für ihren Ruin entscheiden, anstatt für den meinen? ... Seltsam! Ich habe sie öffentlich entehrt in meinem eigenen Haus. Und sie nimmt die öffentliche Entehrung im Hause eines anderen auf sich, um mich zu retten ... Das ist die bittere Ironie des Schicksals, das wir herausfordern, indem wir über gute und schlechte Frauen moralisieren ... Oh, was für eine Lektion! Und wie bitter, daß wir im Leben unsere Lektionen immer erst dann lernen, wenn sie uns nichts mehr nutzen können. Denn selbst wenn sie nicht geredet hat – **ich** muß reden. Oh, diese Schande, diese Schande, die daraus folgt. Denn darüber zu reden, heißt, alles noch einmal zu durchleben. Am Anfang ist die Tat – doch das Wort ist die nächste Tragödie des Lebens. Und wahrscheinlich die weit schlimmere. Worte sind gnadenlos … Ach! *Erschrickt beim Auftritt von* LORD WINDERMERE

LORD WINDERMERE *küßt sie*
Margaret, du siehst so blaß aus.

LADY WINDERMERE
Ich habe sehr schlecht geschlafen.

LORD WINDERMERE *setzt sich zu ihr aufs Sofa*
Es tut mir so leid. Ich bin furchtbar spät nach Hause gekommen und wollte dich nicht mehr wecken. Du weinst ja, Liebe.

LADY WINDERMERE
Ja, ich weine, weil ich dir etwas zu sagen habe, Arthur.

LORD WINDERMERE
Liebes Kind, dir geht es nicht gut. Du hast dich überanstrengt. Laß uns wegfahren, aufs Land. In Selby wird es dir bessergehen. Die Saison ist fast vorüber. Es lohnt sich nicht, hierzubleiben. Arme Kleine! Wir können heute noch fahren, wenn du magst. *Steht auf* Den Zug um drei Uhr vierzig bekommen wir leicht noch. Ich werde Fannen telegraphieren. *Geht hinüber und setzt sich, um das Telegramm zu schreiben*

LADY WINDERMERE
Ja; laß uns fahren, heute noch. Nein; ich kann heute noch nicht, Arthur. Es gibt jemanden, den ich besuchen

muß, bevor ich die Stadt verlassen kann – jemanden, der sehr gut zu mir gewesen ist.

LORD WINDERMERE
steht auf und lehnt sich über das Sofa Gut zu dir?

LADY WINDERMERE
Viel mehr als das. *Rückt näher zu ihm* Ich werde es dir erklären, Arthur, du mußt mich nur liebhaben, so lieb, wie du mich früher gehabt hast.

LORD WINDERMERE
Früher? Du denkst doch nicht an diese üble Person, die gestern abend hier war? *Kommt herum und setzt sich rechts neben sie* Du glaubst doch nicht immer noch – nein, das kann nicht sein.

LADY WINDERMERE
Ich weiß. Und ich weiß, daß ich einen Fehler gemacht habe und eine Dummheit.

LORD WINDERMERE
Es war sehr lieb von dir, sie gestern abend zu empfangen – aber du wirst sie nie wiedersehen.

LADY WINDERMERE
Warum sagst du das? *Pause*

LORD WINDERMERE *hält ihre Hand*
Margaret, ich habe geglaubt, Mrs. Erlynne sei zur Sünde nicht geboren sondern nur getrieben worden, wenn ich so sagen darf. Ich habe geglaubt, sie wolle sich bessern, um ihren Platz, den eine törichte Augenblickslaune sie gekostet hatte, wieder einzunehmen, um wieder ein anständiges Leben führen zu können. Ich habe ihren Worten geglaubt – ich habe mich in ihr getäuscht.

Sie ist schlecht – so schlecht wie eine Frau nur sein kann.

LADY WINDERMERE

Arthur, Arthur, du solltest nicht so verbittert über eine Frau sprechen, ganz gleich über welche. Ich glaube nicht mehr daran, daß man die Menschen so einfach in gute und schlechte unterteilen kann, als wären das zwei ganz verschiedene Spielarten der Schöpfung. Auch in den moralisch guten Frauen tun sich schreckliche Abgründe auf, verrückte Launen aus Rücksichtslosigkeit, Anmaßung, Eifersucht, Sünde. Die sogenannten schlechten Frauen können dagegen reumütig sein, bußfertig, mitleidig, opferbereit. Und ich halte Mrs. Erlynne nicht für schlecht – ich weiß, daß sie es nicht ist.

LORD WINDERMERE

Liebes Kind, die Frau ist unmöglich. Was immer sie uns antun möchte, du mußt sie nie wiedersehen. Sie kann sich nirgends mehr blicken lassen.

LADY WINDERMERE

Aber ich möchte sie wiedersehen. Ich möchte, daß sie hierher kommt.

LORD WINDERMERE

Niemals!

LADY WINDERMERE

Einmal ist sie als dein Gast hergekommen. Nun soll sie als der meine wiederkommen. Das ist nur fair.

LORD WINDERMERE

Sie hätte nie hierher kommen dürfen.

Lady Windermere *steht auf*

Dazu, Arthur, ist es nun zu spät. *Geht von ihm weg*

Lord Windermere *steht auf*

Margaret, wenn du wüßtest, wo Mrs. Erlynne gestern, nachdem sie dies Haus verlassen hatte, hin gegangen ist, würdest du dich weigern, im selben Zimmer mit ihr zu sein. Sie war vollkommen schamlos, diese ganze Affaire.

Lady Windermere

Arthur, ich halte es nicht länger aus. Ich muß es dir sagen. Letzte Nacht –

Auftritt: Parker *mit einem Tablett, auf dem er* Lady Windermeres *Fächer und eine Visitenkarte präsentiert.*

Parker

Mrs. Erlynne hat Myladies Fächer zurückgebracht, den sie gestern abend irrtümlich mitgenommen hatte. Mrs. Erlynne hat eine Nachricht auf dieser Karte hinterlassen.

Lady Windermere

Oh, fragen Sie doch Mrs. Erlynne, ob sie so freundlich wäre, zu uns heraufzukommen. *Liest die Karte* Es wäre mir ein Vergnügen, sie zu empfangen, sagen Sie ihr das. Parker *ab* Sie möchte mich sprechen, Arthur.

Lord Windermere *nimmt die Karte und liest sie*

Margaret, bitte, tu das nicht. Laß mich zuerst mit ihr sprechen, unbedingt. Diese Frau ist gefährlich. Ich kenne keine, die gefährlicher wäre. Du weißt ja gar nicht, worauf du dich einläßt.

Lady Windermere

Es ist mir wichtig, mit ihr zu sprechen.

Lord Windermere

Mein Kind, du könntest diesen Schritt noch bereuen. Erspar dir diesen Kummer. Laß mich zuerst mit ihr sprechen, es muß sein, unbedingt.

Auftritt: Parker

Parker

Mrs. Erlynne.

Auftritt: Mrs Erlynne. Parker *ab*

Mrs Erlynne

Guten Tag, Lady Windermere, wie geht es Ihnen? *Zu* Lord Windermere Und wie geht es Ihnen? Wenn Sie wüßten, Lady Windermere, wie peinlich mir das mit Ihrem Fächer ist. Ich weiß gar nicht, wie mir so etwas Dummes passieren konnte. Wo hatte ich nur meinen Kopf! Und da ich gerade bei Ihnen vorbeifuhr, dachte ich mir, das sei doch die beste Gelegenheit, Ihnen Ihr Eigentum persönlich vorbeizubringen, Sie für meine Nachlässigkeit nochmals um Verzeihung zu bitten und Ihnen adieu zu sagen.

Lady Windermere

Adieu? *Geht mit* Mrs Erlynne *zum Sofa und setzt sich neben sie.* Sie wollen uns verlassen, Mrs. Erlynne?

Mrs Erlynne

Ja. Ich werde mich wohl wieder im Ausland niederlassen. Das englische Klima bekommt mir gar nicht. Es schlägt mir auf mein – Herz, und das mag ich gar nicht. Im Süden gefällt mir das Leben besser. In London gibt es zu viel Nebel und – seriöse Leute, Lord Windermere. Ob der Nebel die Leute seriös macht oder die seriösen Leute den Nebel machen, weiß ich gar nicht, aber die ganze Sache geht mir auf die Nerven, und deshalb nehme ich heute nachmittag den Zug zum Kontinent.

LADY WINDERMERE

Heute nachmittag? Und ich wäre Sie doch so gern einmal besuchen gekommen!

MRS ERLYNNE

Wie nett von Ihnen. Aber ich fürchte, ich muß abreisen.

LADY WINDERMERE

Werde ich Sie je wiedersehen, Mrs. Erlynne?

MRS ERLYNNE

Ich fürchte, nein. Unser beider Leben trennt zu vieles. Aber um einen kleinen Gefallen möchte ich Sie noch bitten, Lady Windermere, ich hätte gern ein Photo von Ihnen – würden Sie mir eines geben? Sie ahnen nicht, wie dankbar ich Ihnen wäre.

LADY WINDERMERE

Oh, mit Vergnügen. Da, auf dem Tisch, ist eines. Ich zeige es Ihnen. *Geht hinüber zum Tisch*

LORD WINDERMERE

tritt zu MRS ERLYNNE *und spricht mit gedämpfter Stimme*

Sich hier, nach Ihrem gestrigen Benehmen, ein weiteres Mal einzudrängen, ist ungeheuerlich.

MRS ERLYNNE *lächelt amüsiert*

Mein lieber Windermere, erst die Manieren, dann kommt die Moral.

LADY WINDERMERE *kommt zurück*

Ich fürchte, das ist zu schmeichelhaft – so hübsch bin ich gar nicht. *Zeigt das Photo*

Mrs Erlynne

Sie sind noch viel hübscher. Aber haben Sie vielleicht eines von Ihnen mit Ihrem kleinen Sohn?

Lady Windermere

Natürlich. Wäre Ihnen so eines lieber?

Mrs Erlynne

Ja.

Lady Windermere

Dann hol ich's schnell, wenn Sie mich für einen Moment entschuldigen würden. Oben habe ich bestimmt eines.

Mrs Erlynne

Es tut mir leid, daß ich Ihnen solche Umstände mache, Lady Windermere.

Lady Windermere *geht zur Tür rechts*

Aber das macht mir doch keine Umstände, Mrs. Erlynne.

Mrs Erlynne

Ich bin Ihnen so dankbar.

Lady Windermere *nach rechts ab*

Mrs Erlynne

Sie sind ja ganz aus der Fassung heute morgen, Windermere. Warum eigentlich? Margaret und ich kommen doch glänzend miteinander aus.

Lord Windermere

Ich ertrage es nicht, Sie zusammen mit ihr zu sehen. Außerdem haben Sie mir nicht die Wahrheit gesagt, Mrs. Erlynne.

MRS ERLYNNE
Sie meinen, ich habe **ihr** nicht die Wahrheit gesagt.

LORD WINDERMERE *steht in der Mitte*
Manchmal wünschte ich, das hätten Sie. Dann wären mir die Ängste, Sorgen und Ärgernisse der letzten sechs Monate erspart geblieben. Aber davon abgesehen hätte meine Frau es erfahren sollen – daß die Mutter, von der man ihr erzählt hatte, sie wäre tot, deren Tod sie betrauert hatte, am Leben ist – eine geschiedene Frau, die unter einem angenommenen Namen herumreist, eine schlechte Frau auf der Jagd nach dem besseren Leben, so habe ich Sie jetzt kennengelernt – trotz alledem war ich bereit, Sie mit Geld zu unterstützen, jede Rechnung für Sie zu bezahlen, eine Extravaganz nach der anderen, immer Gefahr laufend, daß das eintritt, was gestern eingetreten ist: der erste Streit, den ich je mit meiner Frau gehabt habe. Sie wissen nicht, was das für mich bedeutet. Wie sollten Sie? Aber ich kann Ihnen sagen, daß die ersten bitteren Worte, die je von diesen süßen Lippen gekommen sind, auf Ihre Rechnung gingen, deswegen hasse ich es, wenn Sie mit ihr zusammen sind. Sie besudeln die Unschuld, die sie in sich trägt. *Geht nach links* Und dann habe ich noch geglaubt, Sie, mit all ihren Fehlern, könnten offen und ehrlich sein. Das sind Sie nicht.

MRS ERLYNNE
Wie können Sie das behaupten?

LORD WINDERMERE
Sie haben mich dazu gebracht, Ihnen eine Einladung zum Fest meiner Frau zu besorgen.

Mrs Erlynne

Zum Fest meiner Tochter – ja.

Lord Windermere

Sie sind gekommen, und nur wenige Stunden nachdem Sie dies Haus verlassen hatten, wurden Sie in der Wohnung eines Mannes entdeckt – Sie haben sich öffentlich entehrt.

Mrs Erlynne

Ja.

Lord Windermere *wendet sich ihr zu*

Das gibt mir das Recht, Sie als das zu betrachten, was Sie sind – eine wertlose, bösartige Frau. Das gibt mir das Recht, Ihnen dies Haus für immer zu verbieten, sowie jeden weiteren Annäherungsversuch an meine Frau –

Mrs Erlynne *kühl*

Meine Tochter, wollten Sie sagen.

Lord Windermere

Sie haben nicht das Recht, sie als Ihre Tochter zu beanspruchen. Sie haben sie verlassen, sie aufgegeben, als sie noch ein Wickelkind war, sie aufgegeben für Ihren Liebhaber, der wiederum Sie verlassen hat.

Mrs Erlynne *steht auf*

Rechnen Sie ihm das als Verdienst an, Lord Windermere – oder mir?

Lord Windermere

Ihm – da ich Sie jetzt kenne.

Mrs Erlynne

Vorsicht – Sie sollten sich lieber vorsehen.

Lord Windermere

Oh, ich werde mir von Ihnen nicht den Mund verbieten lassen. Ich durchschaue Sie.

Mrs Erlynne *sieht ihn unverwandt an*

Das bezweifle ich.

Lord Windermere

Ich kenne Sie **nur zu gut**. Zwanzig Jahre Ihres Lebens sind Sie ohne Ihre Tochter ausgekommen, ohne einen Gedanken an Ihre Tochter. Eines Tages aber haben Sie in der Zeitung gelesen, daß sie einen reichen Mann geheiratet habe. Da witterten Sie Ihre diebische Gelegenheit. Sie wußten, daß ich alles ertragen würde, wenn ich ihr damit nur die schmerzliche Erfahrung ersparen konnte, daß eine Frau wie Sie ihre Mutter ist. Das war der Ansatzpunkt für Ihre Erpressung.

Mrs Erlynne *schulterzuckend*

Gebrauchen Sie nicht so häßliche Worte, Windermere. Das wirkt vulgär. Ich habe eine Gelegenheit für mich gesehen, das stimmt, und sie wahrgenommen.

Lord Windermere

Ja, Sie haben sie wahrgenommen – und alles verspielt, als Sie sich erwischen ließen, gestern nacht.

Mrs Erlynne *befremdlich lächelnd*

Sie haben vollkommen recht, ich habe alles verspielt, gestern nacht.

Lord Windermere

Und Ihr dummer Fehler, den Fächer meiner Frau mitzunehmen und ihn in Darlingtons Wohnung liegenzulassen, macht es unverzeihlich. Ich kann seinen Anblick nicht mehr ertragen. Ich werde dafür sorgen, daß meine Frau ihn nie wieder in die Hand nimmt. Das Ding ist für mich besudelt. Sie hätten ihn behalten sollen, anstatt ihn zurückzubringen.

MRS ERLYNNE

Ich glaube, ich **sollte** ihn behalten. *Geht hinüber* Er ist außerordentlich hübsch. *Nimmt den Fächer zur Hand* Ich werde Margaret darum bitten.

LORD WINDERMERE

Ich hoffe nur, meine Frau gibt Ihnen den Fächer.

MRS ERLYNNE

Oh, ich bin sicher, Sie hat nichts dagegen.

LORD WINDERMERE

Wenn es nach mir ginge, würde sie Ihnen zugleich eine Miniatur mitgeben, die sie jeden Abend küßt, bevor sie betet – die Minatur eines jungen, unschuldig aussehenden Mädchens mit wunderschönem **dunklen** Haar.

MRS ERLYNNE

Ach ja, ich erinnere mich. Lang, lang ist's her. *Geht zum Sofa und setzt sich* Das wurde vor meiner Heirat gemacht. Dunkles Haar und ein unschuldiger Ausdruck waren damals offenbar in Mode, Windermere. *Pause*

LORD WINDERMERE

Daß Sie heute morgen hierher gekommen sind, was soll das? Was bezwecken Sie damit? *Geht nach links und setzt sich*

MRS ERLYNNE *mit einer Spur Ironie in der Stimme:*

Um meiner lieben Tochter adieu zu sagen, natürlich. LORD WINDERMERE *beißt sich vor Zorn auf die Unterlippe.* MRS ERLYNNE *schaut ihn an und wird ernsthaft in Tonfall und Benehmen. In der Betonung ihrer Rede liegt etwas tief Tragisches. Für einen Augenblick gibt sie sich ganz unverstellt* Ach, bilden Sie sich nur nicht ein, ich wollte ihr hier eine pathetische Szene machen, mich an ihrer Brust ausweinen, ihr erzählen, wer ich bin und dergleichen. Ich habe nicht die Absicht, die Mutterrolle zu übernehmen. Mütterliche Gefühle habe ich nur ein Mal in meinem Leben verspürt. Das war letzte Nacht. Das Gefühl war fürchterlich, ich habe gelitten darunter, ich habe zu sehr darunter gelitten. Wie Sie schon sagten: Ich habe zwanzig Jahre lang kinderlos gelebt – ich will weiterhin kinderlos leben. *Verbirgt ihre Gefühle hinter trivialem Lachen.* Davon abgesehen, Windermere, wie um alles in der Welt würde das denn aussehen: ich als Mutter einer erwachsenen Tochter? Margaret ist einundzwanzig, und ich habe nie mehr als neunundzwanzig Jahre zugegeben, allerhöchstens dreißig. Neunundzwanzig bei rosigem Licht, ohne – dreißig. Sie sehen also, was allein das für Schwierigkeiten mit sich brächte. Nein, soweit es mich betrifft, darf Ihre Frau das Andenken ihrer toten, unbefleckten Mutter ruhig weiter in Ehren halten. Warum sollte ich ihre Illusionen zerstören? Ich finde es schwierig genug, mir meine eigenen zu erhalten. Eine Illusion habe ich gestern nacht verloren. Ich dachte, ich hätte kein Herz. Ich fand heraus, daß ich eins habe, und ein Herz steht mir einfach nicht, Windermere. Irgendwie paßt es nicht zu den Kleidern, die heute in Mode sind. Man sieht so alt aus damit. *Nimmt einen Handspiegel vom Tisch und schaut hinein* Und in kritischen Momenten schadet das der Karriere.

LORD WINDERMERE

Sie sind grauenhaft, wirklich grauenhaft.

MRS ERLYNNE

Ich nehme an, Windermere, Sie würden am liebsten

eine Nonne aus mir machen oder eine Krankenschwester oder etwas in der Art, wie es Leute in albernen modernen Romanen so gern tun. Wie dumm von Ihnen, Arthur; im richtigen Leben tut man so etwas nicht – jedenfalls nicht, solange man noch einigermaßen gut aussieht. Nein, was uns heutzutage Trost spendet, ist nicht Reue, sondern Vergnügen. Reue wirkt ziemlich veraltet. Und außerdem, wenn eine Frau heute wirklich Reue zeigen will, muß sie zu einem schlechten Schneider gehen, sonst glaubt ihr das kein Mensch. Und nichts auf der Welt bringt mich dorthin. Nein; ich werde vollkommen verschwinden aus Ihrer beider Leben. Es war ein Fehler, mich hineinzumischen – das habe ich gestern nacht begriffen.

LORD WINDERMERE

Ein folgenschwerer Fehler.

MRS ERLYNNE *lächelnd*

Beinahe folgenschwer.

LORD WINDERMERE

Inzwischen bedaure ich, daß ich meiner Frau nicht sofort die ganze Sache erzählt habe.

MRS ERLYNNE

Ich bedaure meine bösen Taten – Sie bedauern Ihre guten –, das unterscheidet uns.

LORD WINDERMERE

Ich traue Ihnen nicht. Ich **werde** meiner Frau alles erzählen. Es ist besser, wenn sie es von mir erfährt. Es wird ihr unendlich weh tun – sie wird sich furchtbar schämen für Sie – aber es ist dennoch besser, wenn sie es weiß.

Mrs Erlynne
Sie haben vor, ihr alles zu sagen?

Lord Windermere
Ich sag es ihr.

Mrs Erlynne *geht zu ihm*
Wenn Sie das tun, werde ich meinen Namen so in Verruf bringen, daß seine bloße Nennung Margarets restliches Leben in einen Albtraum verwandeln wird. Er wird es zerstören und sie ins Elend stürzen. Wenn Sie es wagen, ihr das zu sagen, wird es keine Stufe der Erniedrigung mehr geben, vor der ich halt mache, keine Höhle des Lasters, vor der ich noch zurückschrecke. Sie werden es ihr nicht sagen – ich verbiete es Ihnen.

Lord Windermere
Warum?

Mrs Erlynne *nach einer Pause*
Wenn ich Ihnen sage, daß ich mich um Margaret sorge, daß ich sie vielleicht sogar liebe, Sie würden mich auslachen, nicht wahr?

Lord Windermere
Mein Gefühl würde mir sagen, daß Sie lügen. Die Liebe einer Mutter setzt Hingabe voraus, Selbstlosigkeit, Opferbereitschaft. Was wissen Sie von diesen Dingen?

Mrs Erlynne
Sie haben recht. Was weiß ich von diesen Dingen? Lassen Sie uns nicht weiter darüber reden – doch meiner Tochter zu sagen, wer ich bin, das erlaube ich nicht. Es ist mein Geheimnis, nicht das Ihre. Wenn ich beschließe, es ihr zu sagen – und ich glaube, das werde ich –, dann

sage ich es ihr, bevor ich dies Haus verlasse – wenn nicht, wird sie es nie erfahren.

LORD WINDERMERE *wütend*

Dann muß ich Sie ersuchen, unser Haus auf der Stelle zu verlassen. Ich werde Sie bei Margaret entschuldigen.

Auftritt: LADY WINDERMERE *von rechts. Die Photographie in Händen haltend geht sie zu* MRS ERLYNNE. LORD WINDERMERE *tritt hinter das Sofa zurück und beobachtet besorgt den Fortgang der Szene*

LADY WINDERMERE

Es tut mir so leid, Mrs. Erlynne, daß ich Sie habe warten lassen. Ich konnte die Photographie nirgends finden. Schließlich habe ich sie im Ankleidezimmer meines Mannes entdeckt – er hatte sie gestohlen.

MRS ERLYNNE *nimmt das Photo entgegen und betrachtet es*

Das überrascht mich nicht, es ist so hübsch. *Geht mit* LADY WINDERMERE *zum Sofa hinüber und setzt sich neben sie. Betrachtet noch einmal die Photographie* Das ist also Ihr kleiner Sohn. Wie heißt er denn?

LADY WINDERMERE

Gerard, nach meinem geliebten Vater.

MRS ERLYNNE *legt die Photographie beiseite*

Tatsächlich?

LADY WINDERMERE

Ja. Wäre es ein kleines Mädchen geworden, hätte ich es nach meiner Mutter genannt. Meine Mutter hieß genau wie ich: Margaret.

MRS ERLYNNE

Ich heiße auch Margaret.

Lady Windermere

Ach ja?

Mrs Erlynne

Ja. *Pause* Sie halten das Andenken Ihrer Mutter hoch in Ehren, Lady Windermere, das weiß ich von Ihrem Mann.

Lady Windermere

Haben wir nicht alle unsere Ideale im Leben? Wir sollten zumindest alle eines haben. Für mich ist es meine Mutter.

Mrs Erlynne

Ideale sind eine gefährliche Sache. Realitäten sind besser. Sie sind schmerzhaft, aber sie sind besser.

Lady Windermere *schüttelt den Kopf*

Wenn ich meine Ideale verlieren würde, hätte ich alles verloren.

Mrs Erlynne

Alles?

Lady Windermere

Ja. *Pause*

Mrs Erlynne

Hat Ihr Vater häufig von Ihrer Mutter gesprochen?

Lady Windermere

Nein, es tat ihm zu weh. Er erzählte mir, wie meine Mutter starb, ein paar Monate nach meiner Geburt. Er hatte Tränen in den Augen, als er davon erzählte. Dann bat er mich, ihren Namen ihm gegenüber nie wieder zu erwähnen. Ihn nur zu hören, tat ihm schon weh. Mein Vater – mein Vater starb wirklich an gebrochenem

Herzen. Kein Leben, das ich kenne, war so zerstört wie seines.

MRS ERLYNNE *steht auf*

Ich fürchte, ich muß jetzt gehen, Lady Windermere.

LADY WINDERMERE *steht auf*

Ach nein, ich bitte Sie.

MRS ERLYNNE

Ich glaube, ich sollte besser. Meine Kutsche müßte inzwischen zurück sein. Ich hatte sie zu Lady Jedburgh geschickt, mit einer Nachricht.

LADY WINDERMERE

Arthur, wärest du so nett, nachzuschauen, ob Mrs. Erlynnes Kutsche bereits zurückgekommen ist?

MRS ERLYNNE

Ich bitte Sie, nur keine Umstände, Lord Windermere.

LADY WINDERMERE

Doch, Arthur, geh bitte.

LORD WINDERMERE *zögert einen Moment und schaut zu* MRS ERLYNNE, *die nicht reagiert. Er verläßt den Raum*

LADY WINDERMERE *zu* MRS ERLYNNE

Oh! Was soll ich Ihnen nur sagen? Sie haben mich gerettet letzte Nacht. *Geht zu ihr*

MRS ERLYNNE

Pscht – kein Wort davon.

LADY WINDERMERE

Ich muß davon sprechen. Ich darf Sie nicht in dem Glauben lassen, ich würde dies Opfer annehmen. Das werde ich nicht. Es ist zu groß. Ich werde meinem Mann alles sagen. Das ist meine Pflicht.

MRS ERLYNNE

Es ist keineswegs Ihre Pflicht – schließlich haben Sie auch anderen gegenüber Pflichten. Sie sagen, daß Sie mir etwas verdanken?

LADY WINDERMERE

Ich verdanke Ihnen alles.

MRS ERLYNNE

Dann machen Sie das durch Ihr Schweigen wieder gut. Nur auf diese Weise können Sie es wiedergutmachen. Verderben Sie mir nicht die einzige gute Tat, die ich in meinem Leben getan habe, indem Sie irgend jemandem davon erzählen. Versprechen Sie mir, daß alles, was gestern nacht geschehen ist, ein Geheimnis bleiben wird zwischen uns. Warum wollen Sie Ihren Mann für sein Leben unglücklich machen? Wozu seine Liebe verletzen? Sie sollten sie nicht verletzen. Auch Liebe stirbt leicht. Oh, wie leicht die Liebe stirbt. Geben Sie mir Ihr Wort darauf, Lady Windermere, daß Sie es ihm **niemals** sagen werden. Ich muß darauf bestehen.

LADY WINDERMERE *gesenkten Hauptes*

Sie haben es so gewollt, nicht ich.

MRS ERLYNNE

Ja, ich will es so. Und denken Sie immer an Ihr Kind – ich möchte eine Mutter in Ihnen sehen können. Ich möchte, daß Sie sich selbst als Mutter sehen.

LADY WINDERMERE *schaut auf*

Das werde ich nun für immer. Nur einmal in meinem Leben habe ich nicht an meine eigene Mutter gedacht –

das war letzte Nacht. Oh, wenn ich an sie gedacht hätte, wäre ich nicht so töricht gewesen, so gemein.

MRS ERLYNNE *mit leichtem Schaudern*

Pscht, letzte Nacht ist längst vorbei.

Auftritt: LORD WINDERMERE

LORD WINDERMERE

Ihre Kutsche ist noch nicht zurückgekommen, Mrs. Erlynne.

MRS ERLYNNE

Das macht nichts. Ich werde eine Droschke nehmen. Es gibt nichts Respektableres auf der Welt als eine solide Londoner Droschke. Und ich fürchte, Lord Windermere, damit heißt es nun endgültig adieu. *Geht zur Mitte* Ach, da fällt mir noch ein – Sie werden mich sicher für verrückt halten, aber ich habe eine große Vorliebe für diesen Fächer entwickelt, mit dem ich letzte Nacht dummerweise von Ihrem Ball fortgelaufen bin. Nun, ich wüßte zu gern, ob Sie ihn mir überlassen würden? Lord Windermere hat es schon erlaubt. Und es ist sein Geschenk, wie ich weiß.

LADY WINDERMERE

Oh, gewiß doch, wenn ich Ihnen damit eine Freude machen kann. Aber mein Name steht darauf: »Margaret« ist da eingraviert.

MRS ERLYNNE

Aber wir haben doch denselben Vornamen.

LADY WINDERMERE

Ach, ich vergaß. Natürlich, er gehört Ihnen. Was für

eine einmalige Gelegenheit, da unsere Namen dieselben sind!

MRS ERLYNNE

Ganz reizend. Danke – er soll mich stets an Sie erinnern. *Schüttelt ihr die Hand*

Auftritt: PARKER

PARKER

Lord Augustus Lorton. Und Mrs. Erlynnes Kutsche ist auch gekommen.

Auftritt: LORD AUGUSTUS

LORD AUGUSTUS

Guten Morgen, alter Junge. Guten Morgen, Lady Windermere. *Sieht* MRS ERLYNNE Mrs. Erlynne!

MRS ERLYNNE

Wie geht es Ihnen, Lord Augustus? Alles soweit in Ordnung mit Ihnen, heute morgen?

LORD AUGUSTUS *kühl*

Danke, alles in Ordnung, Mrs. Erlynne.

MRS ERLYNNE

Sie sehen aber gar nicht gut aus, Lord Augustus. Sie kommen zu spät ins Bett – das ist gar nicht gut für Sie. Sie sollten wirklich besser auf sich achtgeben. Adieu, Lord Windermere. *Geht mit einer Verbeugung vor* LORD AUGUSTUS *zur Tür. Lächelt plötzlich und schaut sich zu ihm um* Lord Augustus! Würden Sie mich wohl zu meiner Kutsche bringen? Sie dürfen auch den Fächer tragen.

LORD WINDERMERE

Wenn Sie erlauben!

Mrs Erlynne

Nein, ich möchte Lord Augustus. Ich habe noch eine spezielle Nachricht für die gute Herzogin. Wollen Sie nicht den Fächer nehmen, Lord Augustus?

Lord Augustus

Wenn Sie es wirklich wünschen, Mrs. Erlynne.

Mrs Erlynne *lachend*

Allerdings wünsche ich es. Sie tragen ihn mit so viel Anstand. Sie würden alles mit Anstand tragen, mein lieber Lord Augustus.

An der Tür dreht sie sich noch für einen Moment um zu Lady Windermere. *Ihre Blicke begegnen sich. Dann dreht sie sich um und geht ab durch die Mitte, gefolgt von* Lord Augustus

Lady Windermere

Du wirst nichts mehr gegen Mrs. Erlynne sagen, Arthur, ich bitte dich darum.

Lord Windermere

Sie ist besser, als man denkt.

Lady Windermere

Sie ist besser als ich.

Lord Windermere *fährt ihr lächelnd übers Haar*

Kind, du und Sie gehören zu verschiedenen Welten. Zu deiner Welt hat das Böse keinen Zutritt.

Lady Windermere

Sag das nicht, Arthur. Es gibt für uns alle nur die eine Welt, und gut und böse, Schuld und Unschuld, gehen Hand in Hand miteinander hindurch. Vor der einen Hälfte des Lebens die Augen zu verschließen, um in Sicherheit leben zu können, ist das gleiche, als sich selbst zu blenden, um sicherer zu gehen durch eine Welt voller Fallgruben und Abgründe.

LORD WINDERMERE *führt sie zum Sofa*

Liebling, warum sagst du das?

LADY WINDERMERE *setzt sich*

Weil ich, die ich meine Augen verschlossen hatte vor dem Leben, deren Rand nahe gekommen bin. Und das, was uns getrennt hatte …

LORD WINDERMERE

Wir waren nie getrennt.

LADY WINDERMERE

Wir dürfen es nie wieder sein. Oh, Arthur, hab mich nicht weniger lieb, und ich will dir noch mehr vertrauen. Ich will dir blind vertrauen. Laß uns nach Selby fahren. Dort im Rosengarten blühen die Rosen weiß und rot.

Auftritt: LORD AUGUSTUS *durch die Mitte*

LORD AUGUSTUS

Arthur, sie hatte für alles eine Erklärung.

LADY WINDERMERE *erwartet in höchster Angst diese Erklärung.* LORD WINDERMERE *stutzt.* LORD AUGUSTUS *nimmt* LORD WINDERMERE *beim Arm und bringt ihn zur Vorbühne. Er spricht rasch und mit gedämpfter Stimme.* Lady WINDERMERE *beobachtet sie in Panik*

Mein lieber Freund, sie hatte eine Erklärung für jede verdammte Kleinigkeit. Wir haben sie alle total falsch eingeschätzt. Nur aus Sorge um mich kam sie in Darlingtons Wohnung. Fuhr zunächst im Club vorbei – Begründung: Sie wollte mir die unerträgliche Spannung nehmen –, folgte mir, als sie hörte, ich sei schon fort, war natürlich verängstigt, als so viele von uns auftauchten, verschwand ins Nebenzimmer – ich sage dir: höchst schmeichelhaft für mich, die ganze Sache. Wir haben uns alle rüpelhaft aufgeführt ihr gegenüber. Sie ist einfach **die** Frau für mich. Genau meine Kragenweite. Stellt nur eine Bedingung: daß wir nicht in England leben, kein Stück. Kann mir auch bloß recht sein. Verdammte Clubs, verdammtes Klima, verdammte Küche, alles verdammt. Ödet mich alles an!

LADY WINDERMERE *besorgt*

Hat Mrs. Erlynne – ?

LORD AUGUSTUS *nähert sich ihr mit einer tiefen Verbeugung*

Jawohl, Lady Windermere – Mrs. Erlynne hat mir die Ehre erwiesen, meinen Antrag anzunehmen.

LORD WINDERMERE

Tja, da bekommen Sie tatsächlich eine erstaunlich gescheite Frau.

LADY WINDERMERE *ergreift die Hand ihres Mannes*

Ach, Sie bekommen eine wirklich gute Frau!

VORHANG

EINE FRAU OHNE BEDEUTUNG

Personen

LORD ILLINGWORTH
SIR JOHN PONTREFACT
LORD ALFRED RUFFORD
MR. KELVIL, *Mitglied des Parlaments*
SEINE HOCHWÜRDEN, ERZDIAKON DAUBENY, DR.THEOL.
GERALD ARBUTHNOT
FARQUHAR, *Butler*
FRANCIS, *Lakai*
LADY HUNSTANTON
LADY CAROLINE PONTREFACT
LADY STUTFIELD
MRS ALLONBY
MISS HESTER WORSLEY
ALICE, *Zofe*
MRS ARBUTHNOT

Die Handlung des Stücks spielt sich innerhalb von 24 Stunden ab.

Erster Akt

Rasenfläche vor der Terrasse des Herrenhauses von Hunstanton
SIR JOHN, LADY CAROLINE *und* HESTER *auf Gartenstühlen unter einer großen Eibe*

LADY CAROLINE
Wenn ich mich nicht irre, ist dies wohl der erste englische Landsitz, den Sie besuchen, Miss Worsley?

HESTER
Ganz recht, Lady Caroline.

LADY CAROLINE
Wie ich höre, gibt es keine Landsitze bei Ihnen in Amerika?

HESTER
Viele gibt es nicht.

LADY CAROLINE
Gibt es überhaupt Land? Was wir so Land nennen?

HESTER *lächelt*
Wir sind das größte Land der Welt, Lady Caroline. In der Schule haben wir gelernt, daß einige unserer Staaten so groß sind wie England und Frankreich zusammen.

LADY CAROLINE
Ach! Das klingt so, als wäre es nicht ganz leicht, da ein windgeschütztes Plätzchen zu finden. *Zu* SIR JOHN John, du solltest deinen Schal tragen. Wozu stricke ich dir dauernd Schals, wenn du sie doch nicht trägst?

Sir John

Ich kann dir versichern, Caroline, mir ist warm genug.

Lady Caroline

Das glaube ich kaum, John. Nun, Miss Worsley, Sie hätten sich keinen hübscheren Ort als diesen aussuchen können, obschon es im Haus ausgesprochen klamm ist, ganz unverzeihlich klamm, und die gute Lady Hunstanton bisweilen etwas lax ist in der Auswahl ihrer Gäste. *Zu* Sir John Jane mischt zu viele durcheinander. Lord Illingworth ist selbstverständlich ein Mann von höchstem Ansehen. Es ist ein Privileg, ihn kennenzulernen. Und dies Parlamentsmitglied, Mister Kettle –

Sir John

Kelvil, meine Liebe, Kelvil.

Lady Caroline

Er soll recht respektabel sein. Von ihm hat man noch nie etwas gehört, und das spricht heutzutage Bände für einen Mann. Aber Mrs. Alonby ist wohl kaum ein passender Umgang.

Hester

Ich mag Mrs. Allonby nicht besonders. Ich kann gar nicht sagen, wie wenig.

Lady Caroline

Ich bin mir nicht sicher, Miss Worsley, ob Fremde wie Sie Neigungen oder Abneigungen für oder gegen die Leute entwickeln sollten, mit denen sie eingeladen sind. Mrs. Albonby stammt aus sehr gutem Hause. Sie ist eine Nichte von Lady Brancaster. Man sagt allerdings, sie sei vor ihrer Hochzeit zweimal durchgebrannt. Aber Sie wissen, wie ungerecht die Leute bisweilen sein können. Ich persönlich glaube nicht, daß sie mehr als einmal durchgebrannt ist.

HESTER

Mister Arbuthnot ist dagegen sehr nett.

LADY CAROLINE

Ach ja! Der junge Mann, der in einer Bank beschäftigt ist. Zu gütig von Lady Hunstanton, ihn hierher einzuladen, und Lord Illingworth scheint ihn geradezu in sein Herz geschlossen zu haben. Ich bin mir dennoch nicht sicher, ob es richtig von Jane war, ihn aus seinem Arbeitsalltag zu reißen. Zu meiner Zeit, Miss Worsley, traf man niemals irgendwen in Gesellschaft, der für seinen Lebensunterhalt arbeiten ging. Das war nicht eben in Mode.

HESTER

In Amerika genießen diese Menschen unseren größten Respekt.

LADY CAROLINE

Das kann ich mir lebhaft vorstellen.

HESTER

Mister Arbuthnot ist ein so natürlicher Charakter! Er ist so schlicht, so glaubwürdig. Ich bin selten einem so natürlichen Charakter begegnet. **Ihn** kennenzulernen, ist wirklich ein Privileg.

LADY CAROLINE

In England, Miss Worsley, ist es nicht üblich, daß eine junge Dame mit solcher Begeisterung von einem Vertreter des anderen Geschlechts schwärmt. Die englische Frau verschweigt ihre Gefühle bis zur Hochzeit. Danach zeigt sie sie.

Hester

Dann erlauben Sie in England also keinem jungen Mädchen freundschaftliche Beziehungen zu einem jungen Mann aufzunehmen?

Auftritt: Lady Hunstanton, *gefolgt von einem Lakaien mit Schals und einem Kissen*

Lady Caroline

Wir finden es durchaus nicht ratsam. – Jane, gerade habe ich davon gesprochen, in was für eine erfreuliche Gesellschaft du uns hier geladen hast. Du hast großes Talent, Leute zusammenzubringen. Das ist eine wirkliche Gabe.

Lady Hunstanton

Liebe Caroline, wie freundlich von dir! Ich finde, wir passen doch alle sehr gut zueinander. Und ich kann nur hoffen, daß unser reizender Besuch aus Amerika angenehme Erinnerungen ans englische Landleben mit nach Hause nimmt. *Zum Lakaien* Das Kissen, Francis, dorthin. Und meinen Schal … den Shetland. Bringen Sie den Shetland.

Lakai ab zum Schalholen. Auftritt: Gerald Arbuthnot:

Gerald

Lady Hunstanton, ich habe eine gute Neuigkeit: Lord Illingworth hat mir soeben angeboten, sein Sekretär zu werden.

Lady Hunstanton

Sein Sekretär? Das ist wirklich eine gute Neuigkeit, Gerald. Das hört sich nach glänzenden Zukunftsaussichten für Sie an. Da wird sich Ihre liebe Mutter aber freuen. Ich muß unbedingt versuchen, sie dazu zu bringen, heute abend hier heraus zu kommen. Würde sie kommen, was meinen Sie, Gerald? Ich weiß doch, wie schwierig es ist, sie überhaupt aus dem Hause zu locken.

GERALD

Oh, natürlich kommt sie, Lady Hunstanton, wenn sie erfährt, welches Angebot mir Lord Illingworth gemacht hat.

Auftritt: Lakai mit Schal

LADY HUNSTANTON

Ich schreib ihr, was passiert ist, und lade sie ein, ihn kennenzulernen. *Zu dem Lakaien* Einen Moment, Francis ... *schreibt den Brief*

LADY CAROLINE

Was für eine großartige Position für einen jungen Mann in Ihrem Alter, Mister Arbuthnot.

GERALD

Das ist sie wirklich. Ich kann nur hoffen, daß ich in der Lage bin, mich ihrer würdig zu erweisen.

LADY CAROLINE

Ich auch.

GERALD *zu* HESTER

Und **Sie** wollen mir gar nicht gratulieren, Miss Worsley?

HESTER

Freuen Sie sich so sehr darüber?

GERALD

Natürlich freue ich mich sehr. Es bedeutet mir so viel –

Dinge, die bisher außerhalb meiner kühnsten Hoffnungen lagen, könnten jetzt in Reichweite rücken.

HESTER

Nichts sollte außerhalb der Reichweite unserer Hoffnungen liegen. Leben heißt hoffen.

LADY HUNSTANTON

Ich vermute stark, daß Lord Illingworth den Diplomatischen Dienst anvisiert, Caroline. Wie ich hörte, hat man ihm Wien angeboten. Das muß aber nicht stimmen.

LADY CAROLINE

Ich glaube nicht, daß England im Ausland von einem unverheirateten Mann vertreten werden sollte, Jane. Das kann leicht zu Komplikationen führen.

LADY HUNSTANTON

Warum so skeptisch, Caroline. Glaub mir, du bist viel zu skeptisch. Abgesehen davon kann Lord Illingworth jederzeit heiraten. Ich habe mir Hoffnungen gemacht, daß er Lady Kelso heiratet. Aber ich glaube, ihre Familie war ihm zu groß. Oder waren es ihre Füße? Ich habe das sehr bedauert. Sie ist für die Rolle der Frau eines Botschafters wie geschaffen.

LADY CAROLINE

Jedenfalls hat sie ein bemerkenswertes Talent dafür, die Namen der Leute zu behalten und ihre Gesichter zu vergessen.

LADY HUNSTANTON

Aber das ist nur natürlich, Caroline, oder etwa nicht? *Zum Lakaien* Sag Henry, er soll auf Antwort warten. Ich habe Ihrer lieben Mutter ein paar Zeilen geschrieben,

Gerald, um ihr die gute Neuigkeit mitzuteilen und um ihr zu sagen, daß sie unbedingt zum Dinner kommen muß.

Lakai ab

GERALD

Das ist furchtbar nett von Ihnen, Lady Hunstanton. *Zu* HESTER Hätten Sie Lust auf einen kleinen Spaziergang, Miss Worsley?

HESTER

Mit Vergnügen. *Mit* GERALD *ab*

LADY HUNSTANTON

Gerald Arbuthnots Glück erfüllt mich mit großer Befriedigung. Ich betrachte ihn geradezu als meinen Protegé. Und mit besonderer Freude nehme ich zur Kenntnis, daß Lord Illingworth ihm aus eigenem Antrieb dies Angebot gemacht hätte, ohne daß ich ihn in irgendeiner Weise dazu gedrängt habe. Niemand läßt sich gern um einen Gefallen bitten. Ich weiß noch genau, wie sich die arme Charlotte Padgen eine Saison lang sehr unbeliebt gemacht hat, weil sie eine französische Gouvernante weiterempfehlen wollte.

LADY CAROLINE

Die Gouvernante habe ich gesehen, Jane. Lady Padgen hat sie zu mir geschickt. Das war, bevor Eleanor auf der Bildfläche erschien. Für einen respektablen Haushalt sah sie viel zu gut aus. Es wundert mich nicht, daß sich Lady Padgen so bemüht hat, sie loszuwerden.

LADY HUNSTANTON

Ah, das erklärt einiges.

LADY CAROLINE

John, das Gras ist zu feucht für dich. Du solltest besser hineingehen und dir auf der Stelle Überschuhe anziehen.

SIR JOHN

Ich kann dir versichern, Caroline, ich fühle mich recht wohl.

LADY CAROLINE

Erlaube mal, John, aber das kann ich wohl besser beurteilen. Bitte, tu, was ich dir sage.

SIR JOHN *steht auf und geht weg*

LADY HUNSTANTON

Du verwöhnst ihn, Caroline, wirklich, das tust du.

Auftritt: MRS ALLONBY *und* LADY STUTFIELD

LADY HUNSTANTON *zu* MRS ALLONBY Nun, meine Liebe, ich hoffe, der Park gefällt Ihnen. Der Baumbestand wird oft gelobt.

MRS ALLONBY

Die Bäume sind prächtig, Lady Hunstanton.

LADY STUTFIELD

Ganz, ganz prächtig.

MRS ALLONBY

Doch irgendwie werde ich das Gefühl nicht los, daß ich nach sechs Monaten Landleben so nichtssagend wäre, daß kein Mensch mehr von mir auch nur die geringste Notiz nähme.

LADY HUNSTANTON

Ich kann Sie beruhigen, meine Liebe, aber das Landleben hat durchaus nicht diese Wirkung. Nehmen wir zum Beispiel Meltorpe, das kaum zwei Meilen von hier liegt, von da ist Lady Belton mit Lord Fethersdale durchgebrannt. Ich erinnere mich noch sehr gut an den Vorfall. Drei Tage später starb der arme Lord Belton vor Freude oder an Gicht. Das habe ich vergessen. Wir hatten zu der Zeit eine größere Gesellschaft hier und waren alle an der ganzen Affaire sehr interessiert.

MRS ALLONBY

Ich finde es feige, durchzubrennen. Man läuft vor dem Abenteuer davon. Und Abenteuer sind so selten geworden in der modernen Zeit.

LADY CAROLINE

Soweit ich das beurteilen kann, kennen die jungen Mädchen von heute anscheinend nur noch einen einzigen Lebensinhalt: das Spiel mit dem Feuer.

MRS ALLONBY

Das Spiel mit dem Feuer hat einen Vorteil, Lady Caroline, man verbrennt sich dabei nicht einmal die Finger. Nur Leute, die die Spielregeln nicht verstehen, gehen in Flammen auf.

LADY STUTFIELD

Ja, das sehe ich genauso. Ein sehr, sehr nützlicher Hinweis.

LADY HUNSTANTON

Ich weiß nicht, wie die Welt zurechtkäme mit Regeln wie den Ihren, meine liebe Mrs. Allonby.

LADY STUTFIELD

Ach! Diese Welt ist für Männer gemacht, nicht für Frauen.

Mrs Allonby

Oh, sagen Sie das nicht, Lady Stutfield. Für uns ist es doch viel weniger langweilig als für sie. Uns sind viel mehr Dinge verboten als ihnen.

Lady Stutfield

Ja, da haben Sie auch wieder recht. Daran hatte ich gar nicht gedacht.

Auftritt: Sir John *und* Kelvil

Lady Hunstanton

Nun, Mister Kelvil, haben Sie Ihr Tagwerk beendet?

Kelvil

Für heute habe ich Schluß gemacht mit dem Schreiben, Lady Hunstanton. Es war kein leichtes Stück Arbeit. Die Anforderungen der Zeit an einen Mann des öffentlichen Lebens sind hart heutzutage, wirklich sehr hart. Und ich kann nicht finden, daß sie entsprechend gewürdigt werden.

Lady Caroline

John, hast du deine Überschuhe angezogen?

Sir John

Ja, meine Liebste.

Lady Caroline

Ich denke, du solltest besser hierher kommen. Hier ist es geschützter.

Sir John

Ich fühle mich hier recht wohl, Caroline.

LADY CAROLINE

Das kann ich mir nicht vorstellen, John. Du setzt dich besser neben mich.

SIR JOHN *steht auf und geht hinüber*

LADY STUTFIELD

Und worüber haben Sie den ganzen Morgen geschrieben, Mister Kelvil?

KELVIL

Mein übliches Thema, Lady Stutfield. Über Moral.

LADY STUTFIELD

Das muß ja sehr, sehr interessant sein, darüber etwas zu schreiben.

KELVIL

Heutzutage ist es wahrhaftig das einzige Thema von nationaler Bedeutung, Lady Stutfield. Ich beabsichtige, noch vor Ende der Parlamentsferien meine Wähler mit dieser Frage zu konfrontieren. Ich glaube, daß die ärmeren Klassen in diesem Lande ein bemerkenswertes Verlangen danach hegen, die ethische Meßlatte höher zu legen.

LADY STUTFIELD

Wie nett, wirklich nett von Ihnen.

LADY CAROLINE

Befürworten Sie die stärkere Einbindung von Frauen in die Politik, Mister Kettle?

SIR JOHN

Kelvil, meine Liebste, Kelvil.

KELVIL

Der wachsende Einfluß von Frauen ist der Hauptfaktor zur Stabilisierung unseres politischen Lebens, Lady Caroline. Frauen sind stets auf der Seite der Moral, öffentlich wie privat.

LADY STUTFIELD

Es tut so gut, Sie das sagen zu hören.

LADY HUNSTANTON

O ja! – Der weibliche Sinn für Moral – davon hängt alles ab. Ich fürchte nur, Caroline, daß Lord Illingworth den weiblichen Sinn für Moral nicht so hoch schätzt, wie er eigentlich sollte.

Auftritt: LORD ILLINGWORTH

LADY STUTFIELD

In den Augen der Welt gilt Lord Illingworth als sehr, sehr verdorben.

LORD ILLINGWORTH

Aber welche Welt sieht das denn so, Lady Stutfield? Es muß schon die nächste sein. Diese Welt und ich kommen bestens aus miteinander. *Setzt sich zu* MRS ALLONBY

LADY STUTFIELD

Jeder, den **ich** kenne, hält Sie für sehr, sehr verdorben.

LORD ILLINGWORTH

Es ist ein Skandal, wie sich die Leute heutzutage benehmen: sagen hinter unserem Rücken Sachen, die ganz und gar stimmen.

LADY HUNSTANTON

Der liebe Lord Illingworth ist ein hoffnungsloser Fall, Lady Stutfield. Ich habe es aufgegeben, ihn bessern zu wollen. Dazu bräuchte man einen eingetragenen Verein mit ehrenamtlichen Aufsichtsräten und einem bezahlten Sekretär. Aber den Sekretär haben Sie ja bereits, nicht wahr, Lord Illingworth? Gerald Arbuthnot hat uns von seinem Glück erzählt; das ist wirklich sehr gütig von Ihnen.

LORD ILLINGWORTH

Ach, sagen Sie das nicht, Lady Hunstanton. Güte, das ist ein so ungutes Wort. Ich habe den jungen Arbuthnot auf den ersten Blick in mein Herz geschlossen, und er wird mir eine große Hilfe sein bei einer Sache, die ich mir in meiner Verblendung vorgenommen habe.

LADY HUNSTANTON

Er ist ein bewundernswerter junger Mann. Und seine Mutter zählt zu meinen liebsten Freundinnen. Er macht gerade einen kleinen Spaziergang mit unserer hübschen Amerikanerin. Sie ist sehr hübsch, nicht wahr?

LADY CAROLINE

Viel zu hübsch. Diese Amerikanerinnen schnappen unsere besten Partien weg. Warum können sie nicht in ihrem Land bleiben? Dauernd erzählen sie uns, es sei das Paradies für Frauen.

LORD ILLINGWORTH

Das ist es auch, Lady Caroline. Deswegen sind sie auch so wild darauf, hinauszukommen, genau wie Eva.

LADY CAROLINE

Wer sind eigentlich Miss Worsleys Eltern?

LORD ILLINGWORTH

Amerikanische Frauen sind erstaunlich erfindungsreich, wenn es darum geht, ihre Herkunft zu verschleiern.

Lady Hunstanton

Mein lieber Lord Illingworth, wie meinen Sie das? Miss Worsley ist eine Waise, Caroline. Ihr Vater war, glaube ich, ein sehr wohlhabender Millionär oder Philanthrop oder beides, der meinen Sohn bei seinem Besuch in Boston sehr gastfreundlich aufgenommen hat. Ich weiß nicht, wie er zu Geld gekommen ist, ursprünglich.

Kelvil

Mit amerikanischen Kurzwaren, kann ich mir vorstellen.

Lady Hunstanton

Was sind amerikanische Kurzwaren?

Lord Illingworth

Amerikanische Romane.

Lady Hunstanton

Wie originell! . . . Nun, aus welcher Quelle auch immer ihr großes Vermögen stammt, ich jedenfalls schätze Miss Worsley sehr. Sie ist außerordentlich gut angezogen. Alle Amerikanerinnen sind außerordentlich gut angezogen. Sie beziehen ihre Kleider aus Paris.

Mrs Allonby

Sie haben da ein Sprichwort, Lady Hunstanton: Wenn ein guter Amerikaner stirbt, kommt er nicht in den Himmel, sondern nach Paris.

Lady Hunstanton

So? Und wo kommen die schlechten Amerikaner hin?

Lord Illingworth

Oh, die kommen nach Amerika.

Kelvil

Ich fürchte, Sie halten nicht allzu viel von Amerika,

Er rieb sich die Augen, trat dicht vor das Bild und sah es sich noch einmal eingehend an. Für sich betrachtet, erschien das Porträt unverändert, und doch gab es keinen Zweifel, daß der Gesichtsausdruck ein gänzlich anderer war. Er bildete sich das nicht etwa nur ein. Es war erschreckend klar zu erkennen.

Er ließ sich auf einen Stuhl fallen und begann nachzudenken. Da fiel ihm blitzartig wieder ein, was er am Tag, als das Porträt fertiggeworden war, in Basil Hallwards Atelier gesagt hatte. Ja, er konnte sich noch genau daran erinnern. Er hatte einen verrückten Wunsch geäußert: Er wolle für immer jung bleiben, und das Porträt möge statt seiner altern; seine Schönheit solle ihren Glanz nicht verlieren, dafür möge das Gesicht auf der Leinwand die Last seiner Leidenschaften und Sünden tragen; das gemalte Ebenbild solle von den Furchen des Leidens und Nachdenkens gezeichnet werden, er selbst wolle die zarte Blüte und den ganzen Liebreiz seiner just zu Bewußtsein erwachten Jugend zeitlebens behalten. Sein Wunsch hatte sich doch nicht etwa erfüllt? Das konnte nicht sein. Schon der Gedanke daran kam ihm ungeheuerlich vor. Dennoch, hier vor ihm stand das Porträt, mit dem Zug von Grausamkeit um den Mund.

Grausamkeit! War er denn grausam gewesen? Die Schuld lag bei dem Mädchen, nicht bei ihm. Er hatte von ihr als einer großen Künstlerin geträumt, hatte ihr im Glauben an ihre Größe seine Liebe geschenkt. Dann hatte sie ihn enttäuscht. Sie war oberflächlich und seiner nicht würdig. Doch als er sich daran erinnerte, wie sie ihm, schluchzend wie ein kleines Kind, zu Füßen gelegen hatte, überkam ihn ein Gefühl unendlicher Reue. Er erinnerte sich, mit welcher Herzlosig-

nem frisch geweckten Gefühl für Luxus just hatte ausschmücken und mit ein paar wundersamen Renaissance-Gobelins behängen lassen, die erst unlängst in einer ungenutzten Dachkammer von Selby Royal entdeckt worden waren. Als er die Türklinke drehte, fiel sein Blick auf das Porträt, das Basil Hallward von ihm gemalt hatte. Wie vor den Kopf geschlagen fuhr er zurück. Dann trat er mit etwas verwirrter Miene ins Zimmer. Er zog die Knopflochblume aus seinem Rock und schien zu zögern. Schließlich machte er kehrt, ging hinüber zum Bild und sah es sich eingehend an. Im matten, gedämpften Licht, das nur mit Mühe die cremefarbenen Seidenrouleaus durchdrang, kam ihm das Porträt ein wenig verändert vor. Der Gesichtsausdruck wirkte anders. Man hätte meinen mögen, ein Zug von Grausamkeit umspiele den Mund. Es war in der Tat sonderbar.

Er wandte sich um, ging zum Fenster und zog das Rouleau hoch. Der helle Morgen flutete herein und fegte die bizarren Schatten in düstere Zimmerecken, wo sie dann zitternd liegenblieben. Doch der seltsame Ausdruck, den er im Gesicht auf der Leinwand bemerkt hatte, schien noch immer da zu sein, ja sich sogar verstärkt zu haben. Das flirrende, grelle Sonnenlicht ließ ihn die Furchen der Grausamkeit um den Mund so deutlich erkennen, als schaute er nach einer schrecklichen Tat in den Spiegel.

Er zuckte zusammen, nahm einen ovalen, von elfenbeinernen Amoretten umrahmten Spiegel – eines von Lord Henrys vielen Geschenken – vom Tisch und warf einen hastigen Blick in die geschliffenen Tiefen. Keine derartige Furche verunzierte seine roten Lippen. Was hatte das zu bedeuten?

Lord Illingworth. Dabei ist es ein bemerkenswertes Land, besonders wenn man seine Jugend berücksichtigt.

LORD ILLINGWORTH

Die Jugend Amerikas ist seine einzige Tradition. Amerikaner gibt es jetzt seit dreihundert Jahren. Aber wenn man sie so reden hört, könnte man glauben, sie hätten ihre erste Kindheit noch vor sich. Dabei steckt die Gesellschaft schon mitten in ihrer zweiten.

KELVIL

Es steht außer Zweifel, daß es viele Fälle von Korruption gibt in der amerikanischen Politik. Ich nehme an, darauf wollten Sie anspielen.

LORD ILLINGWORTH

Wenn ich das so genau wüßte.

LADY HUNSTANTON

Die Politik ist, wie ich höre, überall in einem traurigen Zustand. In England ganz bestimmt. Der gute Mister Cardew ruiniert das Land. Ich weiß nicht, warum Mrs. Cardew ihm das gestattet. Sie glauben doch gewiß auch nicht, Lord Illingworth, daß das Wahlrecht gleichermaßen für ungebildete Menschen gelten sollte?

LORD ILLINGWORTH

Ich finde, daß es ausschließlich für sie gelten sollte.

KELVIL

Ergreifen Sie denn keine Partei in den politischen Fragen unserer Zeit, Lord Illingworth?

LORD ILLINGWORTH

Man sollte in keiner Frage Partei ergreifen, Mister Kelvil. Wer Partei ergreift, läuft schon Gefahr, sich wichtig zu nehmen, und daraus folgt zwangsläufig Ernsthaftigkeit, und die macht schließlich aus jedem menschlichen Wesen einen Langweiler. Dafür richtet das Unterhaus eigentlich sehr wenig Schaden an. Sie können eben die Leute nicht per Parlamentsbeschluß bessern – das verhindert Schlimmeres.

KELVIL

Sie können doch nicht leugnen, daß das Unterhaus stets große Sympathie mit den Leiden der Ärmeren demonstriert hat.

LORD ILLINGWORTH

Dafür hat es eine besondere Schwäche. Es ist die besondere Schwäche unserer Zeit. Sympathie haben sollte man für das Erfreuliche, das Schöne und das Bunte im Leben. Je weniger man über seine wunden Punkte redet, Mister Kelvil, desto besser.

KELVIL

Bliebe immer noch das wichtige Problem der Slums im Eastend.

LORD ILLINGWORTH

Ganz recht. Das alte Problem der Sklaverei. Wir versuchen es zu lösen, indem wir unsere Sklaven zu Tode amüsieren.

KELVIL

Gewiß, billige Formen der Unterhaltung können uns der Lösung womöglich ein ganzes Stück weit näherbringen, ganz Ihrer Ansicht, Lord Illingworth. Der gute Doktor Daubeny, unser hiesiger Pfarrer, hat zum Wohl der Ärmeren während dieses Winters durch wahrlich bewundernswerte Entspannungsmöglichkeiten beigetragen. Auch eine Laterna magica, ein Missionar oder andere ähnliche volkstümliche Belustigungen dieser Art mögen da manches zum Besseren wenden.

LADY CAROLINE

Ich bin entschieden gegen solche Vergnügungen für die Armen, Jane. Decken und Koks sollten genügen. Schon die oberen Klassen sind heute viel zu vergnügungssüchtig. Was uns im modernen Leben fehlt, ist Gesundheit. Die Stimmung ist ungesund, ausgesprochen ungesund.

KELVIL

Sie haben ja so recht, Lady Caroline.

LADY CAROLINE

Ich glaube, ich habe in der Regel recht.

MRS ALLONBY

Schreckliches Wort: Gesundheit.

LORD ILLINGWORTH

Das albernste Wort, das unsere Sprache kennt, und die volkstümliche Vorstellung, die sich damit verbindet, ist auch bekannt: der englische Landedelmann hinter einem Fuchs hergaloppierend – ein Ungenießbarer auf der Jagd nach einem anderen.

KELVIL

Darf ich fragen, Lord Illingworth, ob Sie am Ende das Oberhaus für eine bessere Einrichtung als das Unterhaus halten.

LORD ILLINGWORTH

Eine weitaus bessere Einrichtung, selbstverständlich. Wir im Oberhaus kommen mit der öffentlichen Meinung niemals in Berührung. Das macht uns zu einer zivilisierten Körperschaft.

KELVIL
Vertreten Sie etwa ernsthaft eine solche Ansicht?

LORD ILLINGWORTH
Durchaus ernsthaft, Mister Kelvil. *Zu* MRS ALLONBY Was für vulgäre Angewohnheiten die Leute heutzutage haben! Man hat eine Idee entwickelt – und sie fragen, ob man sie ernst nimmt oder nicht. Nichts ist ernst zu nehmen außer der Leidenschaft. Der Intellekt ist keine ernst zu nehmende Sache und war es auch nie. Er ist ein Instrument, auf dem man spielt, und sonst gar nichts. Der einzige Intellekt, der sich ernst nimmt, ist der britische. Und der britische Intellekt dient primitiven Geistern als Schlagzeug.

LADY HUNSTANTON
Was reden Sie da, Lord Illingworth, von wegen Schlagzeug?

LORD ILLINGWORTH
Ich habe mich lediglich mit Mrs. Allonby über die Schlagzeilen der Londoner Zeitungen unterhalten.

LADY HUNSTANTON
Aber glauben Sie denn all das, was in den Zeitungen steht?

LORD ILLINGWORTH
Allerdings. Heutzutage wird nur das Unlesbare noch Ereignis. *Erhebt sich gemeinsam mit* MRS ALLONBY

LADY HUNSTANTON
Sie wollen schon gehen, Mrs. Allonby?

Mrs Allonby

Nur bis zu den Gewächshäusern. Lord Illingworth hat mir heute morgen von einer Orchidee dort erzählt, die so schön ist wie die sieben Todsünden.

Lady Hunstanton

Ich will nicht hoffen, daß dort dergleichen vorkommt, meine Liebe. Ich müßte sonst wohl ein ernstes Wort mit dem Gärtner reden.

Mrs Allonby *und* Lord Illingworth *ab*

Lady Caroline

Bemerkenswerte Person, diese Mrs. Allonby.

Lady Hunstanton

Bisweilen läßt sie sich von ihrer flinken Zunge hinreißen.

Lady Caroline

Ist das denn das einzige, wovon sie sich hinreißen läßt, Jane?

Lady Hunstanton

Das will ich hoffen, Caroline, ich habe keine Zweifel.

Auftritt: Lord Alfred

Ah, Lord Alfred, mein Lieber, setzen Sie sich doch zu uns. Lord Alfred *setzt sich neben* Lady Stutfield

Lady Caroline

Du traust jedem nur das Beste zu, Jane. Das ist ein großer Fehler.

Lady Stutfield

Glauben Sie denn im Ernst, Lady Caroline, daß man jedem nur das Schlimmste zutrauen sollte?

Lady Caroline

Ich denke, so ist es einfach sicherer, Lady Stutfield. Natürlich nur, bis man jemanden als guten Menschen entlarvt hat. Aber das erfordert heutzutage einiges an Ermittlungsarbeit.

Lady Stutfield

Aber gibt es im modernen Leben nicht schon genug unerfreuliche Skandale?

Lady Caroline

Wie Lord Illingworth gestern abend beim Dinner mir gegenüber bemerkte, ist eine absolut unmoralische Überzeugung die Grundlage für jeden Skandal.

Kelvil

Selbstredend ist Lord Illingworth ein höchst brillanter Mann, und doch kommt es mir so vor, als fehle ihm das rechte Vertrauen in Menschenwürde und Sittenreinheit, Qualitäten des Lebens, die für unser Jahrhundert so wichtig geworden sind.

Lady Stutfield

O ja, so, so wichtig, nicht wahr?

Kelvil

Er macht mir den Eindruck eines Mannes, dem jeder Sinn für die Schönheit unseres englischen Familienlebens abgeht. Ich stehe nicht an, zu sagen, daß er hier von ausländischen Vorstellungen infiziert ist.

Lady Stutfield

Nichts, aber auch gar nichts kommt der Schönheit des Familienlebens gleich, oder doch?

KELVIL

Es ist die Hauptstütze unseres englischen Moralsystems, Lady Stutfield. Ohne das würden wir genau wie unsere Nachbarn.

LADY STUTFIELD

Und das wäre doch so, so traurig, nicht wahr?

KELVIL

Ich fürchte außerdem, daß Lord Illingworth jede Frau einfach nur als Spielzeug betrachtet. Nun, ich habe eine Frau noch nie als Spielzeug betrachtet. Die Frau ist die intellektuelle Gefährtin eines Mannes, im privaten wie im öffentlichen Leben. Ohne ihre Hilfe hätten wir die wahren Ideale allzu bald vergessen. *Setzt sich neben* LADY STUTFIELD

LADY STUTFIELD

Ich bin so, so froh, Sie das sagen zu hören.

LADY CAROLINE

Sie sind verheiratet, Mister Kettle?

SIR JOHN

Kelvil, meine Liebe, Kelvil.

KELVIL

Ich bin verheiratet, Lady Caroline.

LADY CAROLINE

Familie?

KELVIL

Ja.

LADY CAROLINE

Wieviel?

KELVIL

Acht.

LADY STUTFIELD *wendet ihre Aufmerksamkeit* LORD ALFRED *zu*

LADY CAROLINE

Mrs. Kettle und die Kinder sind an der See, nehme ich an?

SIR JOHN *zuckt die Schultern*

KELVIL

Ja, meine Gattin ist mit den Kindern an der See, Lady Caroline.

LADY CAROLINE

Sie werden später zweifellos dazustoßen?

KELVIL

Wenn es mir meine öffentlichen Verpflichtungen erlauben.

LADY CAROLINE

Ihr öffentlicher Erfolg muß eine ergiebige Quelle der Genugtuung sein für Mrs. Kettle.

SIR JOHN

Kelvil, meine Liebe, Kelvil.

LADY STUTFIELD *zu* LORD ALFRED

Ihre Zigaretten mit dem goldenen Mundstück sind wirklich zu, zu charmant, Lord Alfred.

LORD ALFRED

Sie sind entsetzlich teuer. Ich kann sie mir nur leisten, wenn ich Schulden mache.

LADY STUTFIELD

Das muß ja sehr, sehr beängstigend sein, solche Schulden zu haben.

LORD ALFRED

Irgendeine Beschäftigung muß der Mensch ja haben heutzutage. Wenn ich meine Schulden nicht hätte, bliebe mir nichts, worüber ich mir Gedanken machen könnte. Alle Leute, die ich kenne, haben Schulden.

LADY STUTFIELD

Aber machen Ihnen die Leute, denen Sie das Geld schulden, denn nicht einen ganz, ganz großen Haufen Ärger?

Auftritt: Lakai

LORD ALFRED

Ach nein, sie schreiben mir – ich ihnen nicht.

LADY STUTFIELD

Das ist aber sehr, sehr merkwürdig.

LADY HUNSTANTON

Ah, da kommt der Brief von der lieben Mrs. Arbuthnot, Caroline. Sie kann nicht zum Dinner kommen. Das tut mir so leid. Aber sie kommt später am Abend. Das freut mich aber wirklich. Sie ist mir von allen Frauen eine der liebsten. Hat auch eine wunderschöne Handschrift, so groß, so fest. *Gibt den Brief an* LADY CAROLINE *weiter*

LADY CAROLINE *schaut darauf*

Ein bißchen unweiblich, Jane. Weiblichkeit ist die Eigenschaft, die ich an Frauen am meisten bewundere.

LADY HUNSTANTON *nimmt den Brief zurück und läßt ihn auf dem Tisch liegen*

Oh, sie ist durchaus weiblich, Caroline, und herzensgut. Du solltest hören, was der Erzdiakon über sie sagt. Für ihn ist sie seine rechte Hand in der Gemeinde. *Der Lakai sagt etwas zu ihr* Im Gelben Salon. Sollen wir nicht hineingehen? Lady Stutfield, sollen wir nicht zum Tee hineingehen?

LADY STUTFIELD

Mit Vergnügen, Lady Hunstanton.

Alle erheben sich, um hinein zu gehen. SIR JOHN *bietet* LADY STUTFIELDS *an, ihr Kissen zu tragen*

LADY CAROLINE

John, wenn du deinem Neffen erlauben würdest, sich um Lady Stutfields Kissen zu kümmern, könntest du mir mit meinem Handarbeitskörbchen behilflich sein.

Auftritt: LORD ILLINGWORTH *und* MRS ALLONBY

SIR JOHN

Gewiß, meine Liebe.

Alle ab

MRS ALLONBY

Komische Sache, daß unattraktive Frauen stets auf ihre Ehemänner eifersüchtig sind, attraktive Frauen dagegen nie!

LORD ILLINGWORTH

Attraktive Frauen haben nie Zeit. Sie sind stets so beschäftigt damit, auf die Ehemänner anderer Frauen eifersüchtig zu sein.

MRS ALLONBY

Ich hätte doch gedacht, dies Mal sei Lady Caroline

ihrer ehelichen Ängste müde geworden. Sir John ist ihr vierter!

LORD ILLINGWORTH

Zu viel Ehen sind noch niemandem bekommen. Nach einer zwanzigjährigen Romanze sieht eine Frau wie eine Ruine aus. Nach zwanzig Ehejahren eher wie ein öffentliches Gebäude.

MRS ALLONBY

Zwanzig Jahre dauernde Romanzen! Wo gibt's denn so was?

LORD ILLINGWORTH

In unseren Tagen nicht mehr. Die Frauen sind zu geistreich geworden. Nichts wirkt auf eine Romanze störender, als wenn eine Frau Sinn für Humor entwickelt.

MRS ALLONBY

Oder ihn von einem Mann erwartet.

LORD ILLINGWORTH

Sie haben ganz recht. In einem Tempel sollte alles seriös sein – außer dem Gegenstand der Anbetung.

MRS ALLONBY

Und das wäre der Mann?

LORD ILLINGWORTH

Frauen knien einfach anbetungswürdig; Männer nicht.

MRS ALLONBY

Sie denken an Lady Stutfield!

LORD ILLINGWORTH

Ich versichere Ihnen, daß ich nicht an Lady Stutfield

gedacht habe, jedenfalls nicht in der letzten Viertelstunde.

MRS ALLONBY

Ist sie denn solch ein Mysterium?

LORD ILLINGWORTH

Sie ist mehr als ein Mysterium. Sie ist eine Kaprice.

MRS ALLONBY

Kapricen dauern nicht an.

LORD ILLINGWORTH

Gerade das macht sie ja so reizvoll.

Auftritt: GERALD *und* HESTER

GERALD

Lord Illingworth, jeder hier hat mir gratuliert, Lady Hunstanton und Lady Caroline und ... einfach jeder. Ich hoffe, daß ich einen guten Sekretär abgeben werde.

LORD ILLINGWORTH

Sie werden ein musterhafter Sekretär sein, Gerald. *Spricht weiter mit ihm*

MRS ALLONBY

Wie gefällt Ihnen das Landleben, Miss Worsley?

HESTER

Wirklich sehr gut.

MRS ALLONBY

Ertappen Sie sich nicht manchmal dabei, wie Sie sich nach einer Londoner Dinner-Party sehnen?

HESTER

Ich mache mir nichts aus Londoner Dinner-Partys.

Mrs Allonby

Ich finde sie hinreißend. Die klugen Gäste hören nie zu, und die dummen Gäste sagen nichts.

Hester

Ich finde, die dummen reden nur allzuviel.

Mrs Allonby

Ach, ich höre nie hin.

Lord Illingworth

Mein lieber Junge, wenn Sie mir nicht sympathisch wären, hätte ich Ihnen doch nicht dies Angebot gemacht. Gerade weil ich Sie so sympathisch finde, möchte ich Sie ja dauernd bei mir haben. Gerald *und* Hester *ab* Netter Junge, dieser Gerald Arbuthnot.

Mrs Allonby

Er ist sehr nett, wirklich sehr nett. Ich kann nur diese junge Dame aus Amerika nicht ausstehen.

Lord Illingworth

Wieso nicht?

Mrs Allonby

Gestern hat sie mir gesagt, und das auch noch mit betont lauter Stimme, daß sie erst achtzehn ist. Das war höchst unerfreulich.

Lord Illingworth

Man sollte nie einer Frau trauen, die einem ihr wahres Alter sagt. Eine Frau, die einem so etwas sagt, könnte einem alles sagen.

Mrs Allonby

Außerdem ist sie puritanisch –

LORD ILLINGWORTH

Ja, das ist unverzeihlich. Bei unattraktiven Frauen macht mir Puritanismus nichts aus. Er ist die einzige Entschuldigung dafür, unattraktiv zu sein. Sie aber ist entschieden attraktiv. Ich bewundere sie unendlich. *Schaut* MRS ALLONBY *unverwandt an*

MRS ALLONBY

Was für ein durch und durch unmoralischer Mann Sie sein müssen.

LORD ILLINGWORTH

Was verstehen Sie unter einem unmoralischen Mann?

MRS ALLONBY

Diese Sorte Mann, die nichts mehr bewundert als die Unschuld.

LORD ILLINGWORTH

Und eine unmoralische Frau?

MRS ALLONBY

Oh, diese Sorte Frau, derer ein Mann niemals überdrüssig wird.

LORD ILLINGWORTH

Sie sind streng – mit sich selbst.

MRS ALLONBY

Definieren Sie mich und mein Geschlecht.

LORD ILLINGWORTH

Eine Sphinx ohne Geheimnis.

MRS ALLONBY

Schließt das puritanische Frauen mit ein?

LORD ILLINGWORTH

Wissen Sie was, ich glaube nicht an die Existenz puritanischer Frauen. Ich kann mir nicht vorstellen, daß es auf der ganzen Welt auch nur eine einzige Frau gibt, die sich nicht ein wenig geschmeichelt fühlte, wenn ein Mann sich in sie verliebt. Genau das macht Frauen so unendlich anbetungswürdig.

MRS ALLONBY

Sie glauben, es gäbe auf der Welt keine Frau, die sich weigern würde, geküßt zu werden?

LORD ILLINGWORTH

Sehr wenige.

MRS ALLONBY

Miss Worsley würde sich von Ihnen nicht küssen lassen.

LORD ILLINGWORTH

Sind Sie sich dessen sicher?

MRS ALLONBY

Ziemlich.

LORD ILLINGWORTH

Und was, glauben Sie, würde sie tun, wenn ich sie küssen würde?

MRS ALLONBY

Sie entweder heiraten oder Ihnen mit ihrem Handschuh ins Gesicht schlagen. Und was würden Sie tun, wen sie Ihnen mit ihrem Handschuh ins Gesicht schlüge?

LORD ILLINGWORTH

Höchstwahrscheinlich würde ich mich in sie verlieben.

Mrs Allonby
Dann ist es ja ein Glück, daß Sie sie nicht küssen!

Lord Illingworth
Soll das eine Herausforderung sein?

Mrs Allonby
Es ist ein Schuß ins Blaue.

Lord Illingworth
Wissen Sie denn nicht, daß mir alles gelingt, was ich anfasse?

Mrs Allonby
Tut mir leid, das zu hören. Frauen lieben Versager. Sie sind auf uns angewiesen.

Lord Illingworth
Sie beten die Erfolgreichen an. Sie ranken sich daran hoch.

Mrs Allonby
Wir sind der Lorbeer, der ihre Kahlheit verbirgt.

Lord Illingworth
Und deshalb werden sie stets gebraucht, ausgenommen im Augenblick des Triumphs.

Mrs Allonby
Dann werden sie uninteressant.

Lord Illingworth
Wie verführerisch Sie sind!

Eine Pause

Mrs Allonby

Lord Illingworth, Sie haben etwas, für das ich Sie immer mögen werde.

Lord Illingworth

Nur etwas? Dabei habe ich so viele schlechte Eigenschaften.

Mrs Allonby

Ach, bilden Sie sich nur nicht zuviel darauf ein. Sie könnten Ihnen abhanden kommen, wenn Sie älter werden.

Lord Illingworth

Ich habe nie vorgehabt, alt zu werden. Die Seele wird alt geboren und verjüngt sich dann. Das ist das Komische am Leben.

Mrs Allonby

Und der Körper wird jung geboren, um dann zu altern. Das ist das Tragische am Leben.

Lord Illingworth

Auch eher komisch, jedenfalls manchmal. Aber aus welchem mysteriösen Grund werden Sie mich immer mögen?

Mrs Allonby

Dafür, daß Sie nie in mich verliebt waren.

Lord Illingworth

Ich war nie etwas anderes.

Mrs Allonby

Wirklich? Ist mir nie aufgefallen.

Lord Illingworth

Mein Glück! Es hätte für uns beide tragisch ausgehen können.

Mrs Allonby

Wir hätten es schon beide überlebt.

Lord Illingworth

Heutzutage kann man ja alles überleben, außer den Tod, und alles überstehen, außer einen guten Ruf.

Mrs Allonby

Haben Sie es mal mit einem guten Ruf versucht?

Lord Illingworth

Das ist eine der vielen Belästigungen, die mir bisher erspart geblieben sind.

Mrs Allonby

Das kommt schon noch.

Lord Illingworth

Warum wollen Sie mir drohen?

Mrs Allonby

Das werde ich Ihnen sagen, sobald Sie die Puritanerin geküßt haben.

Auftritt: Francis, *Lakai*

Francis

Der Tee ist im Gelben Salon serviert, Mylord.

Lord Illingworth

Sagen Sie ihrer Ladyschaft, wir kommen.

Francis

Sehr wohl, Mylord.

LORD ILLINGWORTH

Sollen wir zum Tee hinein gehen?

MRS ALLONBY

Wenn Sie solch einfache Freuden zu schätzen wissen.

LORD ILLINGWORTH

Ich liebe einfache Freuden. Für komplizierte Gemüter sind sie die letzte Zuflucht. Aber, wenn Sie es vorziehen, bleiben wir hier draußen. Ja, lassen Sie uns hierbleiben. Das Buch der Bücher beginnt mit einem Mann und einer Frau in einem Garten.

MRS ALLONBY

Und endet mit Offenbarungen.

LORD ILLINGWORTH

Sie führen eine scharfe Klinge. Doch Ihrem Florett fehlt die Spitze.

MRS ALLONBY

Ich habe ja noch meine Maske.

LORD ILLINGWORTH

Ihre Augen sehen dahinter noch hübscher aus.

MRS ALLONBY

Vielen Dank. Kommen Sie.

LORD ILLINGWORTH

bemerkt den Brief von MRS ARBUTHNOT *auf dem Tisch, nimmt ihn auf und schaut auf den Umschlag*

Komische Handschrift! Erinnert mich an die Handschrift einer Frau, die ich vor Jahren kannte.

MRS ALLONBY

An wen?

Lord Illingworth

Ach, an niemanden. Niemand besonderen. Eine Frau ohne Bedeutung. *Wirft den Brief zurück und geht mit* Mrs Allonby *die Stufen zur Terrasse hinauf. Sie lächeln einander zu*

VORHANG

Zweiter Akt

Salon in Hunstanton, nach dem Dinner, bei Lampenlicht. Die Damen sitzen auf dem Sofa

MRS ALLONBY
Wie erholsam das ist, die Männer mal für ein Weilchen los zu sein.

LADY STUTFIELD
Ja, es ist schrecklich, wie die Männer uns nachstellen, nicht wahr?

MRS ALLONBY
Uns nachstellen? Ich wünschte, das täten sie.

LADY HUNSTANTON
Aber meine Liebe!

MRS ALLONBY
Das Ärgerliche ist doch, daß die Burschen auch ohne uns vollkommen glücklich sein können. Aus diesem Grund halte ich es für die Pflicht jeder Frau, sie niemals für einen einzigen Moment allein zu lassen, von dieser kurzen Verschnaufpause nach dem Dinner einmal abgesehen; ich glaube, ohne die wären wir armen Frauen nur noch ein Schatten unserer selbst.

Diener servieren Kaffee

LADY HUNSTANTON
Schatten unserer selbst, meine Liebe?

Mrs Allonby

Jawohl, Lady Hunstanton, es kostet viel Kraft, sie bei der Stange zu halten. Sie versuchen dauernd, sich von uns loszureißen.

Lady Stutfield

Es kommt mir vor, als seien wir es, die dauernd versuchen, uns von ihnen loszureißen. Männer sind so, so herzlos. Sie kennen ihre Macht und machen auch noch Gebrauch davon.

Lady Caroline *läßt sich von einem Diener Kaffee reichen*

Was für ein Gemache und Getue das Ganze. Männer! Bei Männern kommt es doch nur darauf an, sie da zu halten, wo sie hingehören.

Mrs Allonby

Aber wo gehören sie denn hin, Lady Caroline?

Lady Caroline

Da, wo sie sich um ihre Frauen kümmern können, Mrs. Allonby.

Mrs Allonby *läßt sich von einem Diener Kaffee reichen*

So? Und wenn sie nicht verheiratet sind?

Lady Caroline

Wenn sie nicht verheiratet sind, sollen sie sich gefälligst darum kümmern, eine Ehefrau zu finden. Die Anzahl der Junggesellen, die in Gesellschaft frei herumlaufen, ist absolut skandalös. Es sollte ein Gesetz verabschiedet werden, das sie zwingt, sich binnen zwölf Monaten zu verheiraten.

Lady Stutfield *lehnt Kaffee ab*
Aber wenn sie verliebt sind in jemanden, der womöglich an einen anderen gebunden ist.

Lady Caroline
In dem Fall, Lady Stutfield, sollten sie binnen einer Woche mit irgendeinem unattraktiven, respektablen Mädchen verheiratet werden, damit ihnen klar wird, daß man die Finger von anderer Leute Eigentum zu lassen hat.

Mrs Allonby
Ich höre es nie so gern, wenn man von uns als anderer Leute Eigentum spricht. Alle Männer sind Eigentum ihrer Ehefrauen. Das ist die einzig wahre Definition dessen, was Ehefrauen an Eigentum wirklich sicher ist. Wir jedoch gehören niemandem.

Lady Stutfield
Oh, ich bin so, so froh, Sie das sagen zu hören.

Lady Hunstanton
Aber glaubst du denn wirklich, liebe Caroline, daß die Gesetzgebung diese Sache in irgendeiner Weise voranbringen könnte? Ich habe gehört, heutzutage würden alle Ehemänner wie Junggesellen leben und alle Junggesellen wie Ehemänner.

Mrs Allonby
Ich kann sie jedenfalls nicht mehr auseinanderhalten.

Lady Stutfield
Ach, ich glaube, man erkennt doch immer gleich, ob ein Mann häusliche Pflichten hat oder nicht. Mir ist aufgefallen, daß viele verheiratete Männer einen Ausdruck in den Augen haben, der so, so traurig wirkt.

Mrs Allonby

Ach, mir ist lediglich aufgefallen, daß gute Ehemänner entsetzlich langweilig wirken und die schlechten abstoßend arrogant sind.

Lady Hunstanton

Nun, ich fürchte, der typische Ehemann ist ganz anders als zu meiner Jugendzeit, aber ich muß doch festhalten, daß mein armer, lieber Hunstanton das gutartigste Wesen ist und dabei treu wie Gold.

Mrs Allonby

Ach, mein Ehemann ist eher so eine Art Schuldschein; ich habe es satt, ihn immer wieder vorgelegt zu bekommen.

Lady Caroline

Aber Sie haben ihn doch bisweilen schon umgetauscht, oder nicht?

Mrs Allonby

Oh, nein, Lady Caroline. Ich hatte bis jetzt erst einen Ehemann. Sie sollten mich nicht für eine Spekulantin halten.

Lady Caroline

Bei Ihrer Weltanschauung wundert es mich, daß Sie überhaupt verheiratet sind.

Mrs Allonby

Mich auch.

Lady Hunstanton

Mein liebes Kind, ich glaube, Sie sind mit Ihrem Eheleben in Wirklichkeit so glücklich, daß Sie Ihr Glück vor anderen verbergen möchten.

Mrs Allonby

Ich kann Ihnen versichern, daß ich von Ernest entsetzlich enttäuscht worden bin.

Lady Hunstanton

Oh, das will ich doch nicht hoffen, meine Liebe. Ich kannte seine Mutter recht gut. Sie war eine Stratton, Caroline, eine von Lord Crowlands Töchtern.

Lady Caroline

Victoria Stratton? Ich erinnere mich genau an sie. Eine alberne Blondine ohne Kinn.

Mrs Allonby

Nun, Ernest hat ein Kinn. Er hat ein sehr kräftiges Kinn, ein kantiges Kinn. Ernests Kinn ist viel zu kantig.

Lady Stutfield

Aber finden Sie wirklich, daß ein männliches Kinn überhaupt zu kantig sein kann? Ich finde, ein Mann sollte sehr, sehr stark aussehen, und sein Kinn sollte ganz, ganz kantig sein.

Mrs Allonby

Dann müssen Sie unbedingt Ernest kennenlernen, Lady Stutfield. Es ist allerdings nur fair, Sie gleich darauf vorzubereiten, daß er überhaupt nicht unterhaltsam ist.

Lady Stutfield

Ich liebe stille Wasser.

Mrs Allonby

Oh, Ernest ist durchaus nicht still. Er redet wie ein Wasserfall. Aber das ist nicht unterhaltsam. Worüber er redet, weiß ich nicht, ich höre ihm schon seit Jahren nicht mehr zu.

LADY STUTFIELD

Und Sie haben ihm das nie verziehen? Wie traurig das ist! Aber das ganze Leben ist ja so, so traurig, nicht wahr?

MRS ALLONBY

Das Leben, Lady Stutfield, ist einfach eine schlimme Zeit, zusammengesetzt aus köstlichen Momenten.

LADY STUTFIELD

Ja, gewiß, es gibt solche Momente. Aber war es denn so, so schlimm, was Mister Allonby Ihnen angetan hat? Ist er wütend auf Sie geworden und hat Ihnen etwas Unfreundliches gesagt, die Wahrheit zum Beispiel.

MRS ALLONBY

Ach Gott, nein. Ernest bleibt immer ganz ruhig. Unter anderem deswegen geht er mir ja so auf die Nerven. Es gibt nichts Schlimmeres als diese Ruhe. Es liegt irgend etwas zutiefst Aggressives in der Gelassenheit der meisten modernen Männer. Es wundert mich, daß wir Frauen das überhaupt so gut aushalten.

LADY STUTFIELD

Ja, diese Gelassenheit der Männer beweist, daß sie nicht so sensibel sind wie wir, nicht so zart besaitet. Das kann oft zu einem tiefen Riß zwischen Mann und Frau führen, nicht wahr? Aber ich wüßte doch zu, zu gern, was genau Mister Allonby nun falsch gemacht hat.

MRS ALLONBY

Nun, ich werde es Ihnen verraten, wenn Sie mir versprechen, es überall weiterzuerzählen.

Lady Stutfield

Vielen, vielen Dank, ich werde mein Bestes tun, damit es jeder erfährt.

Mrs Allonby

Als Ernest und ich verlobt waren, hat er mir auf Knien hoch und heilig geschworen, daß er in seinem ganzen bisherigen Leben noch niemals eine andere Frau geliebt hätte. Ich war damals noch sehr jung, also habe ich ihm – überflüssig, Ihnen das zu sagen – kein Wort geglaubt. Unglücklicherweise zog ich trotzdem keine weiteren Erkundigungen ein, jedenfalls nicht, bevor ich bereits vier oder fünf Monate verheiratet war. Dann mußte ich erfahren, daß das, was er mir geschworen hatte, von vorn bis hinten der Wahrheit entsprach. Und das sind so Sachen, die einen Mann absolut uninteressant machen.

Lady Hunstanton

Aber meine Liebe!

Mrs Allonby

Männer wollen stets die erste Liebe sein für eine Frau. Einfach aus plumper Eitelkeit. Wir Frauen haben in der Hinsicht einen subtileren Instinkt. Uns genügt es, für einen Mann die letzte Leidenschaft zu sein.

Lady Stutfield

Ich verstehe, was Sie meinen. Es ist so wunder-wunderhübsch.

Lady Hunstanton

Mein liebes Kind, Sie wollen mir doch nicht sagen, daß Sie Ihrem Mann nicht verzeihen konnten, daß er nie eine andere geliebt hat? Hast du so etwas schon einmal gehört, Caroline? Ich bin, gelinde gesagt, überrascht.

LADY CAROLINE
Ach, Frauen sind so gebildet heutzutage, daß uns nichts mehr überraschen sollte, außer einer glücklichen Ehe. So etwas wird anscheinend ausgesprochen rar.

MRS ALLONBY
Ach, sie sind einfach aus der Mode.

LADY STUTFIELD
Abgesehen von der Mittelklasse, wie ich höre.

MRS ALLONBY
Das sieht der Mittelklasse wieder mal ähnlich!

LADY STUTFIELD
Ja, nicht wahr, zu, zu ähnlich!

LADY CAROLINE
Wenn das stimmt, was Sie uns über die Mittelklasse erzählen, Lady Stutfield, spricht das sehr zu ihren Gunsten. Es ist doch sehr bedauerlich, daß in unseren gesellschaftlichen Kreisen die Ehefrauen so unbeirrbar frivol sind, beinah als stünden sie unter dem Eindruck, das sei die einzig wahre Lebensart. Darauf führe ich auch das Unglück so vieler Ehen zurück, die wir alle nur allzu gut kennen.

MRS ALLONBY
Ach, wissen Sie, Lady Caroline, ich glaube nicht, daß die Frivolität der Ehefrau jemals irgend etwas damit zu tun hatte. Heutzutage werden mehr Ehen vom gesunden Menschenverstand des Mannes zerstört als von irgend etwas sonst. Wie darf man von einer Frau erwar-

ten, daß sie mit einem Mann glücklich wird, der darauf besteht, sie wie ein vollkommen vernünftiges Wesen zu behandeln?

LADY HUNSTANTON

Aber meine Liebe!

MRS ALLONBY

Der Mann, der bedauernswerte, linkische, rechtschaffene, unentbehrliche Mann gehört einem Geschlecht an, das seit Abermillionen Jahren vernünftig gewesen ist. Er kann nichts dagegen tun. Es liegt in seiner Natur. Die Geschichte der Frau sieht da ganz anders aus. Wir sind schon immer malerische Mahnmale gegen die bloße Existenz des gesunden Menschenverstands gewesen. Wir waren die ersten, die seine Gefährlichkeit erkannt haben.

LADY STUTFIELD

Ach ja, der gesunde Menschenverstand kann bei Ehemännern sehr, sehr ermüdend sein. Sagen Sie mir doch Ihre Vorstellung von einem idealen Ehemann. Ich glaube, das würde mir viel, viel weiterhelfen.

MRS ALLONBY

Ein idealer Ehemann? So etwas kann es nicht geben. Die Vorsilbe ist falsch.

LADY STUTFIELD

Dann eben der ideale Mann, in Beziehung zu **uns**.

LADY CAROLINE

Er wäre vermutlich ein radikaler Realist.

MRS ALLONBY

Der ideale Mann! Oh, der ideale Mann sollte zu uns

sprechen, als wären wir Göttinnen, und uns behandeln, als wären wir Kinder. Er sollte uns jeden ernsthaften Wunsch abschlagen und jede Augenblickslaune erfüllen. Er sollte unsere Flatterhaftigkeit unterstützen und verbieten, daß wir uns nützlichen Aufgaben widmen. Er sollte stets mehr versprechen, als er halten kann, und mehr halten, als er verspricht.

LADY HUNSTANTON

Wie soll er das beides denn können, meine Liebe?

MRS ALLONBY

Er sollte niemals anderen hübschen Frauen nachlaufen. Das würde beweisen, daß er keinen Geschmack hat, oder den Verdacht nahelegen, er könnte zuviel davon haben. Nein; er sollte charmant umgehen mit allen und dabei behaupten, irgendwie finde er sie gar nicht so attraktiv.

LADY STUTFIELD

O ja, das hört man immer zu, zu gern über andere Frauen.

MRS ALLONBY

Wenn wir ihm eine Frage stellen, worüber auch immer, sollte sich seine Antwort nur auf uns beziehen. Er sollte uns unverdrossen für jene Fähigkeiten preisen, die wir nicht haben. Doch er sollte uns gnadenlos, ganz gnadenlos jene Tugenden vorwerfen, die zu besitzen wir uns nie träumen ließen. Er sollte nie erwarten, daß wir uns mit dem Gebrauch von Gebrauchsgegenständen auskennen. Das wäre unverzeihlich. Aber er sollte uns mit all dem überschütten, was wir nicht brauchen.

LADY CAROLINE

Soweit ich das sehen kann, hat er also nichts zu tun,

außer unsere Rechnungen zu bezahlen und uns Komplimente zu machen.

MRS ALLONBY

Er sollte uns in der Öffentlichkeit unbeirrt bloßstellen und uns mit vollkommener Zuvorkommenheit behandeln, wenn wir allein sind. Und vor allem sollte er allzeit darauf vorbereitet sein, daß wir ihm, sobald uns danach ist, eine geradezu entsetzliche Szene machen, und sich im Handumdrehen erbärmlich, vollkommen erbärmlich fühlen und uns sodann in weniger als zwanzig Minuten mit gerechten Vorwürfen überschütten, und nach Ablauf einer halben Stunde eindeutig gewaltbereit sein und uns für immer verlassen, spätestens gegen Viertel vor acht, wenn wir uns zum Dinner umziehen gehen müssen. Und wenn man ihn wahrhaftig zum letzten Mal sieht, und er hat sich geweigert, all die Kleinigkeiten zurückzunehmen, die er uns geschenkt hat, und geschworen, nie wieder das Wort an uns zu richten und uns auch keinerlei närrischen Briefe zu schreiben, danach sollte sein Herz unheilbar gebrochen sein, und er sollte uns den ganzen Tag Telegramme schicken und uns alle halbe Stunde kleine Billets mit einer privaten Droschke zukommen lassen und mutterseelenallein im Club dinieren, um so jedermann zu demonstrieren, wie vollkommen unglücklich er doch ist. Und nach einer unerträglich langen Woche, in deren Verlauf man praktisch überall mit dem eigenen Ehemann aufgekreuzt ist, nur um zu demonstrieren, wie vollkommen einsam man doch war, wird ihm eines Abends womöglich ein drittletzter Abschied gewährt, und danach, falls sein Betragen völlig makellos war, während man sich ihm gegenüber richtig mies benommen hat, sollte man ihm gestatten, zuzugeben daß er ganz und gar im Unrecht gewesen ist, und wenn er das zugegeben hat, wird es für jede Frau zur Pflicht, ihm zu verzeihen, und man kann, mit leichten Abweichungen, gleich wieder von vorn anfangen.

LADY HUNSTANTON

Wie gescheit Sie sind, meine Liebe! Von dem, was Sie sagen, meinen Sie doch kein einziges Wort.

LADY STUTFIELD

Danke, danke. Das war ganz, ganz hinreißend, hoffentlich kann ich das alles behalten. Diese ganzen Details, die so, so wichtig sind.

LADY CAROLINE

Aber bis jetzt haben Sie uns noch nicht gesagt, worin die Belohnung für den idealen Mann besteht.

MRS ALLONBY

Seine Belohnung? Oh, vage Hoffnungen. Das ist mehr als genug für ihn.

LADY STUTFIELD

Aber Männer stellen doch so, so entsetzlich hohe Ansprüche, oder nicht?

MRS ALLONBY

Das spielt keine Rolle. Man darf ihnen nie nachgeben.

LADY STUTFIELD

Nicht einmal dem idealen Mann?

MRS ALLONBY

Dem bestimmt nicht. Es sei denn, natürlich, man möchte seiner müde werden.

Lady Stutfield

Oh ... ja, verstehe. Das ist sehr, sehr aufschlußreich. Glauben Sie denn, Mrs. Allonby, daß ich je dem idealen Mann begegnen werde? Oder gibt es mehrere davon?

Mrs Allonby

In London gibt es genau vier, Lady Stutfield.

Lady Hunstanton

Ach du meine Güte.

Mrs Allonby *geht zu ihr hinüber*

Was ist passiert? Sagen Sie es mir doch!

Lady Hunstanton *mit gedämpfter Stimme*

Ich habe vollkommen vergessen, daß die junge Amerikanerin die ganze Zeit im Zimmer gewesen ist. Ich fürchte, einiges an dieser geistreichen Unterhaltung könnte sie ein wenig schockiert haben.

Mrs Allonby

Ach, das wird ihr nur gut tun!

Lady Hunstanton

Wir können nur hoffen, daß sie nicht allzu viel verstanden hat. Ich glaube, ich gehe besser hinüber und rede mit ihr. *Steht auf und geht hinüber zu* Hester Nun, meine liebe Miss Worsley. *Setzt sich zu ihr* Sie sind ja die ganze Zeit so still gewesen, hier in Ihrem gemütlichen Eckchen! Ich nehme an, Sie haben ein Buch gelesen? Es gibt ja so viele Bücher hier in der Bibliothek.

Hester

Nein, ich habe der Konversation gelauscht.

LADY HUNSTANTON

Sie müssen nicht alles glauben, was gesagt wurde, das wissen Sie ja, meine Liebe.

HESTER

Ich glaube kein Wort davon ...

LADY HUNSTANTON

Das ist recht, meine Liebe.

HESTER *fährt fort*

Weil ich es einfach nicht fassen kann, daß eine Frau sich überhaupt Anschauungen zu eigen macht, wie die, welche ich mir heute abend von einigen Ihrer Gäste anhören mußte.

Peinliche Pause

LADY HUNSTANTON

Wie ich höre, ist die gute Gesellschaft in Amerika auf einem sehr erfreulichen Weg. Stellenweise ist es schon genau wie bei uns, schreibt mir mein Sohn.

HESTER

Genau wie anderswo gibt es auch in Amerika gewisse Cliquen, Lady Hunstanton. Doch die eigentliche amerikanische Gesellschaft besteht aus all den rechtschaffenen Frauen und rechtschaffenen Männern, die unser Land ausmachen.

LADY HUNSTANTON

Wie praktisch solch ein System ist, und, wenn ich so sagen darf, auch recht erfreulich. Ich fürchte, wir in England haben zu viele soziale Barrieren künstlich errichtet. Von den mittleren und unteren Schichten sehen wir daher nicht so viel, wie wir wohl sollten.

Hester

In Amerika haben wir keine unteren Schichten.

Lady Hunstanton

Ach nein? Das ist ja eine sehr merkwürdige Ordnung.

Mrs Allonby

Worüber redet dies schreckliche Mädel eigentlich?

Lady Stutfield

Sie ist so natürlich, daß es fast weh tut, nicht wahr?

Lady Caroline

Wie ich höre, gibt es eine ganze Menge Sachen, die Sie in Amerika nicht haben, Miss Worsley. Man sagt, Sie hätten keine Ruinen oder sonstige Sehenswürdigkeiten.

Mrs Allonby

Ach, Unsinn! Sie haben ihre Mütter und ihre Manieren.

Hester

Die englische Aristokratie versorgt uns mit unseren Sehenswürdigkeiten, Lady Caroline. Regelmäßig, jeden Sommer werden sie auf Dampfschiffen zu uns herübergeschickt und schon einen Tag nach der Landung zur Besichtigung freigegeben. Was die Ruinen angeht, so versuchen wir, etwas aufzubauen, das länger hält als Ziegel und Steine. *Steht auf, um ihren Fächer vom Tisch zu nehmen*

Lady Hunstanton

Was mag das sein, meine Liebe? Ach ja, es gibt doch da diese Eisen-Ausstellung, nicht wahr, in dieser Stadt mit dem komischen Namen?

Hester *steht am Tisch*

Uns geht es um das Leben, Lady Hunstanton, wir versuchen, es auf ein Fundament zu bauen, das besser, wahrer und reiner ist als das, worauf hier das Leben aufgebaut ist. Das hört sich für Sie alle zweifellos befremdlich an. Wie sollte es sich nicht befremdlich anhören? Ihr reichen Leute in England, ihr wißt doch gar nicht, worauf euer Leben aufgebaut ist. Woher solltet ihr das auch wissen? Aus eurer Gesellschaft habt ihr das Schöne und das Gute ausgegrenzt. Ihr verlacht das Schlichte und das Reine. Ihr lebt, wie ihr's versteht, immer auf Kosten anderer, und wer sich selbst aufopfert, braucht für den Spott nicht zu sorgen. Wenn ihr den Armen Brot hinwerft, dann nur, um ihnen kurzfristig den Mund zu stopfen, damit sie still sind. Wißt ihr überhaupt, wem ihr dies Leben mit all eurem Reichtum, Eurem Pomp, eurer Kunst verdankt? – Ihr wißt nicht einmal das. Euch gefällt die Schönheit, die ihr sehen, anfassen und euch hinstellen könnt, die Schönheit, die ihr zerstören könnt, was ihr auch tut, doch die Schönheiten des Lebens, die Schönheiten einer höheren Lebensform, die habt ihr nie erkannt. Ihr habt das Geheimnis des Lebens verraten. Ach, eure Gesellschaft hier in England ist für mich hohl, selbstsüchtig und dumm. Sie hält sich Augen und Ohren zu. Sie ist verlogen, wie ein Aussätziger, der sich in Purpur hüllt. Leblos sitzt sie da wie ein vergoldeter Götze. Alles an ihr ist falsch, alles falsch.

Lady Stutfield

Ich glaube, von solchen Sachen sollte man nicht gar so viel wissen wollen. Sehr, sehr nett sind sie nicht, oder?

Lady Hunstanton

Meine liebe Miss Worsley, ich hatte den Eindruck, Ihnen hätte die englische Gesellschaft so gut gefallen. Sie hatten darin so viel Erfolg. Und ihre besten Mitglieder haben Sie so bewundert. Ich habe zwar vergessen, was Lord Henry Weston über Sie gesagt hat – aber es war höchst schmeichelhaft, und Sie wissen, daß er eine Autorität ist, wenn es um Schönheit geht.

HESTER

Lord Henry Weston! Ich habe ihn nicht vergessen, Lady Hunstanton. Ein Mann mit einem hinterhältigen Lächeln und einer hintergründigen Vergangenheit. Überall gern gesehen. Darf auf keiner Dinner-Party fehlen. Was aber ist mit denen, deren Ruf er ruiniert hat? Sie wurden ausgestoßen. Sie sind namenlos. Wenn Sie ihnen entgegen kommen, wechseln Sie schnell die Straßenseite. Ich will ihre Bestrafung nicht beklagen. Vorausgesetzt, daß alle Frauen, die gesündigt haben, so bestraft werden.

MRS ARBUTHNOT *kommt im Mantel und verschleiert aus dem Hintergrund von der Terrasse. Sie hat die letzten Worte mit angehört und zuckt zusammen*

LADY HUNSTANTON

Meine liebe, junge Dame!

HESTER

Es ist in Ordnung, daß sie bestraft werden, doch sie sollten nicht als einzige zu leiden haben. Wenn der Mann und die Frau gesündigt haben, schickt sie zusammen in die Wüste, wo sie sich lieben oder hassen mögen. Brandmarkt sie beide! Kennzeichnet sie, wenn Ihr wollt, beide, aber bestraft nicht die eine und laßt den anderen davonkommen. Meßt nicht mit zweierlei Maß, eins für die Frau, das andere für den Mann. Frauen werden in England ungerecht behandelt. Und solange nicht die Schandtat einer Frau der Niedertracht eines Mannes gleichgestellt wird, ist es immer noch ungerecht, und die Feuersäule des Rechts und die Rauchsäule des Unrechts werden eins und unsichtbar Euren Augen, und selbst wenn sie sichtbar sind, werdet Ihr sie nicht erkennen.

LADY CAROLINE

Dürfte ich Sie, liebe Miss Worsley, da Sie gerade stehen, wohl um mein Strickzeug bitten, es liegt direkt hinter Ihnen? ... Danke sehr.

LADY HUNSTANTON

Meine liebe Mrs. Arbuthnot! Es freut mich so, daß Sie kommen konnten. Aber man hat Sie mir, so weit ich hören konnte, gar nicht gemeldet.

MRS ARBUTHNOT

Ach, ich bin einfach über die Terrasse gekommen, Lady Hunstanton, so wie ich gerade war. Sie haben mir nicht gesagt, daß Sie eine Gesellschaft geben.

LADY HUNSTANTON

Doch keine Gesellschaft. Bloß ein paar Hausgäste, die Sie unbedingt kennenlernen müssen. Erlauben Sie. *Will ihr beim Ablegen behilflich sein, läutet dann* Caroline, dies ist Mrs. Arbuthnot, eine meiner liebsten Freundinnen. Lady Caroline Pontrefact, Lady Stutfield, Mrs. Allonby, und meine junge Freundin aus Amerika, Miss Worsley, die uns gerade erklärt hat, wie verdorben wir hier alle sind.

HESTER

Sie finden wahrscheinlich, daß ich zu starke Worte benutzt habe, Lady Hunstanton, aber es gibt einige Dinge hier in England ...

Lady Hunstanton

Meine liebe, junge Dame, an dem, was Sie gesagt haben, war viel Wahres dran, und ich darf wohl sagen, daß Sie, während sie es gesagt haben, sehr hübsch ausgesehen haben, worauf es viel mehr ankommt, wie Lord Illingworth sagen würde. Der einzige Punkt, in dem Sie etwas hart waren, bezog sich auf Lady Carolines Bruder, den armen Lord Henry. Er ist wahrhaftig ein so reizender Gesellschafter. *Auftritt: ein Diener* Nehmen Sie Mrs. Arbuthnot ihre Garderobe ab.

Der Diener geht mit der Garderobe ab

Hester

Lady Caroline, ich hatte ja keine Ahnung, daß er ihr Bruder ist. Es tut mir leid, wenn ich Ihnen damit Kummer bereitet habe – ich …

Lady Caroline

Meine liebe Miss Worsley, der einzige Teil Ihrer kleinen Ansprache, wenn ich es so nennen darf, mit dem ich völlig einverstanden bin, war der über meinen Bruder. Nichts, was Sie je über ihn sagen könnten, würde ihm unrecht tun. Ich halte Henry für infam, absolut infam. Aber ich muß hier festhalten, daß er, wie du schon sagtest, Jane, einer unserer reizendsten Gesellschafter ist und einen der besten Köche Londons beschäftigt, und nach einem guten Essen kann man jedem verzeihen, sogar der eigenen Verwandtschaft.

Lady Hunstanton *zu* Hester

Nun kommen Sie, meine Liebe, und schließen Sie Freundschaft mit Mrs. Arbuthnot. Sie ist eine der guten, lieben, schlichten Personen, die wir Ihrer Meinung nach nie in unsere Gesellschaft aufnehmen. Ich muß leider zugeben, daß Mrs. Arbuthnot mich nur recht selten besucht. Aber das ist nicht mein Fehler.

MRS ALLONBY

Wie langweilig das doch wird, wenn die Männer nach dem Dinner so lange unter sich bleiben. Sie sagen bestimmt die scheußlichsten Sachen über uns.

LADY STUTFIELD

Glauben Sie wirklich?

MRS ALLONBY

Ich bin ganz sicher.

LADY STUTFIELD

Das ist aber sehr, sehr ungezogen von ihnen. Sollen wir nicht auf die Terrasse hinausgehen?

MRS ALLONBY

Wohin Sie wollen, bloß weg von den Tanten und Gouvernanten. *Steht auf und geht mit* LADY STUTFIELD *zur Terrassentür* Wir gehen uns nur die Sterne anschauen, Lady Hunstanton.

LADY HUNSTANTON

Sie werden eine ganze Menge davon vorfinden, meine Liebe, aber erkälten Sie sich nicht. *Zu* MRS ARBUTHNOT Wir alle werden Gerald sehr vermissen, meine liebe Mrs. Arbuthnot.

MRS ARBUTHNOT

Aber hat Lord Illingworth denn tatsächlich angeboten, Gerald zu seinem Sekretär zu machen?

LADY HUNSTANTON

Oh, ja! Und wie zuvorkommend er die Sache angegangen ist. Er hat die bestmögliche Meinung von Ihrem

Sohn. Soviel ich weiß, kennen Sie Lord Illingworth nicht, meine Liebe.

MRS ARBUTHNOT

Ich habe ihn nie kennengelernt.

LADY HUNSTANTON

Zweifellos kennen Sie ihn doch dem Namen nach?

MRS ARBUTHNOT

Ich fürchte, nein. Ich lebe so zurückgezogen und treffe so wenige Menschen. Ich erinnere mich, vor Jahren von einem älteren Lord Illingworth gehört zu haben, der lebte in Yorkshire, glaube ich.

LADY HUNSTANTON

Ah ja, das wird der vorletzte Earl gewesen sein. Ein seltsamer Mann. Er wollte unbedingt unstandesgemäß heiraten, soviel ich weiß. Oder eben nicht. Irgendeinen Skandal gab es da jedenfalls. Der jetzige Lord Illingworth ist von ganz anderem Schlag. Er ist sehr standesbewußt. Er macht – nun, machen tut er eigentlich nichts, was, wie ich fürchte, unsere hübsche Besucherin aus Amerika bei jedermann für einen Fehler hält, und ich weiß nicht, ob er sich viel um die Dinge kümmert, die in Ihr Interessengebiet fallen, meine liebe Mrs. Arbuthnot. Was meinst du, Caroline, interessiert sich Lord Illingworth für die Armen und ihre Wohnungsnot?

LADY CAROLINE

Das kann ich mir beim besten Willen nicht vorstellen, Jane.

LADY HUNSTANTON

Die Geschmäcker sind eben verschieden, hat nicht jeder ein Recht auf seinen eigenen? Aber Lord Illingworths Position ist beneidenswert, es gibt nichts, was er nicht haben kann, sollte er sich einfallen lassen, es haben zu wollen. Natürlich ist er noch ein junger Mann, vergleichsweise, und er ist erst zu seinem Titel gekommen seit – wie lang ist das genau her, Caroline, seit Lord Illingworth dazu gekommen ist?

LADY CAROLINE

Ungefähr vier Jahre, glaube ich, Jane. Ich weiß, es war dasselbe Jahr, in dem mein Bruder seinen letzten peinlichen Auftritt in den Abendzeitungen hatte.

LADY HUNSTANTON

Ah, daran erinnere ich mich. Das muß ungefähr vier Jahre her sein. Natürlich standen jede Menge Leute zwischen dem jetzigen Lord Illingworth und dem Titel, Mrs. Arbuthnot. Da gab es – wen gab es da noch, Caroline?

LADY CAROLINE

Da gab es die arme Margaret und ihr Baby. Weißt du noch, wie versessen sie darauf war, einen Sohn zu haben, und es wurde auch ein Sohn, doch er starb, und ihr Mann starb kurz darauf, und sie heiratete sofort danach einen von Lord Ascots Söhnen, von dem ich gehört habe, daß er sie schlägt.

LADY HUNSTANTON

Ach, das liegt in der Familie, meine Liebe, und es bleibt in der Familie. Und jetzt fällt mir auch dieser Geistliche wieder ein, der Geistesgestörter werden wollte – oder war es ein Geistesgestörter, der Geistlicher werden wollte? Wie herum, habe ich vergessen, doch ich weiß noch, daß das Vormundschaftsgericht den Fall untersucht hat und zu dem Schluß kam, er sei im Vollbesitz seiner geistigen oder geistlichen Kräfte. Und später habe ich ihn dann beim armen Lord Plumstead wiedergesehen, er hatte Stroh in den Haaren oder sah sonst irgendwie sehr seltsam aus. Ich kann mich nur nicht entsinnen, wie. Wie oft habe ich bedauert, Caroline, daß die liebe Lady Cecilia es nicht mehr erleben durfte, wie ihr Sohn den Titel erbte.

MRS ARBUTHNOT

Lady Cecilia?

LADY HUNSTANTON

Lord Illingworths Mutter, meine liebe Mrs. Arbuthnot, war eine von Countess Jerninghams hübschen Töchtern und verheiratet mit Sir Thomas Harford, der damals nicht gerade als besonders gute Partie für sie galt, obwohl ihm nachgesagt wurde, er sei der bestaussehende Mann in London. Ich war mit allen recht gut bekannt, auch mit den beiden Söhnen, Arthur und George.

MRS ARBUTHNOT

Es war doch gewiß der älteste Sohn, der den Titel erbte, Lady Hunstanton?

LADY HUNSTANTON

O nein, meine Liebe, der starb auf der Jagd. Oder war es beim Angeln, Caroline? Vergessen. Also hat George alles geerbt. Ich habe immer wieder gesagt, nie hatte ein jüngerer Sohn so viel Glück.

MRS ARBUTHNOT

Lady Hunstanton, Ich würde jetzt gern mit Gerald sprechen. Darf ich ihn sehen? Könnte man ihn holen lassen?

LADY HUNSTANTON

Gewiß, meine Liebe. Ich werde einen der Diener in den Speisesaal schicken, um ihn zu holen. Ich weiß nicht, was die Herren dort so lange aufhält. *Läutet* Als ich Lord Illingworth kennenlernte, hieß er schlicht George Harford und war nichts weiter als ein äußerst brillanter, junger Flaneur mit keinem Penny in der Tasche, außer dem, was die arme Lady Cecilia für ihn übrig hatte. Sie hing sehr an ihm. Hauptsächlich, kann ich mir vorstellen, weil er mit seinem Vater auf Kriegsfuß stand. Oh, da ist ja unser verehrter Erzdiakon. *Zu einem Diener* Hat sich erledigt.

Auftritt: SIR JOHN *und* DOCTOR DAUBENY. SIR JOHN *geht hinüber zu* LADY STUTFIELD, DOCTOR DAUBENY *zu* LADY HUNSTANTON

DOCTOR DAUBENY

Lord Illingworth war in Hochform. Ich habe mich nie besser unterhalten. *Entdeckt* MRS ARBUTHNOT Ah, Mrs. Arbuthnot.

LADY HUNSTANTON *zu* DOCTOR DAUBENY

Wie Sie sehen, habe ich Mrs. Arbuthnot am Ende doch überredet, mich zu besuchen.

DOCTOR DAUBENY

Was eine große Ehre ist, Lady Hunstanton. Mrs. Daubeny wird richtig eifersüchtig sein auf Sie.

LADY HUNSTANTON

Ach, es tut mir so leid, daß Mrs. Daubeny Sie heute abend nicht begleiten konnte. Ihre üblichen Kopfschmerzen, nehme ich an?

DOCTOR DAUBENY

Ja, Lady Hunstanton, ein wahres Martyrium. Am besten, man läßt sie allein damit. Allein ist sie noch am zufriedensten.

LADY CAROLINE *zu ihrem Ehemann*

John!

SIR JOHN *geht hinüber zu seiner Frau.* DOCTOR DAUBENY *spricht mit* LADY HUNSTANTON *und* MRS ARBUTHNOT. MRS ARBUTHNOT *beobachtet die ganze Zeit* LORD ILLINGWORTH. *Er durchquert den Raum, ohne sie zu bemerken, und nähert sich* MRS ALLONBY, *die mit* LADY STUTFIELD *in der Tür steht und auf die Terrasse hinausschaut.*

LORD ILLINGWORTH

Wie geht es der charmantesten Frau der Welt?

MRS ALLONBY *nimmt* LADY STUTFIELD *bei der Hand*

Danke, Lord Illingworth, uns beiden geht es recht gut. Aber warum sind Sie nur so kurz im Speisezimmer geblieben? Mir ist, als hätten wir uns eben erst getrennt.

LORD ILLINGWORTH

Ich habe mich zu Tode gelangweilt. Brachte die ganze Zeit die Lippen nicht auseinander. Vor Verlangen, endlich zu Ihnen zurückkehren zu dürfen.

MRS ALLONBY

Sie haben hier einiges versäumt. Das amerikanische Mädel hat uns eine Lektion erteilt.

LORD ILLINGWORTH

Tatsächlich? Eine Lektion in amerikanischem Lebensstil, vermute ich mal. Ich nehme an, sowas muß dort in der Luft liegen. Worum ging es in dieser Lektion?

MRS ALLONBY

Oh, um Puritanismus natürlich.

Lord Illingworth

Ich werde sie zum Gegenteil bekehren, glauben Sie nicht? Wie lange geben Sie mir?

Mrs Allonby

Eine Woche.

Lord Illingworth

Eine Woche ist mehr als genug.

Auftritt: Gerald *und* Lord Alfred

Gerald *geht zu* Mrs Arbuthnot

Liebe Mutter.

Mrs Arbuthnot

Gerald, mir geht es gar nicht gut. Bring mich bitte heim. Ich hätte gar nicht herkommen dürfen.

Gerald

Das tut mir so leid, Mutter. Ich komme. Aber zuvor mußt du Lord Illingworth kennenlernen. *Geht hinüber*

Mrs Arbuthnot

Nicht heute abend, Gerald.

Gerald

Lord Illingworth, mir liegt so viel daran, daß Sie meine Mutter kennenlernen.

Lord Illingworth

Mit dem größten Vergnügen. *Zu* Mrs Allonby Ich bin umgehend zurück. Die Mütter der Leute langweilen mich immer zu Tode. Alle Frauen werden wie ihre Mütter. Das ist ihre Tragödie.

Mrs Allonby

Kein Mann wird so. Das ist seine.

Lord Illingworth

Sie sind erfreulich gut gelaunt heute abend! *Macht kehrt und geht mit* Gerald *zu* Mrs Arbuthnot. *Als er sie sieht, prallt er überrascht zurück. Schaut dann langsam in Richtung* Gerald

Gerald

Mutter, dies ist Lord Illingworth, der mir angeboten hat, sein Privatsekretär zu werden. Mrs Arbuthnot *verneigt sich kühl* Das ist doch ein großartiger Start für mich, nicht wahr? Ich hoffe nur, daß ich ihn nicht enttäuschen werde, das vor allem. Du wirst dich bestimmt bei ihm bedanken wollen, nicht wahr, Mutter?

Mrs Arbuthnot

Es ist sicher sehr nett von Lord Illingworth, sich kurzzeitig für dich zu interessieren.

Lord Illingworth *legt* Gerald *die Hand auf die Schulter*

Oh, Gerald und ich sind bereits die besten Freunde, Mrs. ... Arbuthnot.

Mrs Arbuthnot

Zwischen Ihnen und meinem Sohn kann es nichts Gemeinsames geben, Lord Illingworth.

Gerald

Aber Mutter, wie kannst du so etwas sagen? Natürlich ist Lord Illingworth unheimlich klug und all das. Es gibt nichts, was Lord Illingworth nicht weiß.

Mrs Arbuthnot

Mein lieber Junge!

Gerald

Er weiß mehr vom Leben als jeder andere, den ich kenne. Ich komme mir wie ein Trottel vor, wenn Sie bei mir sind, Lord Illingworth. Natürlich bringe ich nicht die besten Voraussetzungen mit. Ich war weder in Eton noch in Oxford wie die anderen Jungs. Aber Lord Illingworth macht das anscheinend nichts aus. Er war so schrecklich nett zu mir, Mutter.

MRS ARBUTHNOT

Lord Illingworth könnte es sich anders überlegen. Vielleicht will er dich gar nicht als seinen Sekretär.

GERALD

Mutter!

MRS ARBUTHNOT

Du mußt daran denken, daß du, wie du selbst gesagt hast, nicht die besten Voraussetzungen mitbringst.

MRS ALLONBY

Lord Illingworth, kann ich Sie einen Moment sprechen? Kommen Sie herüber.

LORD ILLINGWORTH

Würden Sie mich entschuldigen, Mrs. Arbuthnot? Jetzt lassen Sie sich von Ihrer reizenden Mutter nur keine weiteren Schwierigkeiten in den Weg legen, Gerald. Die Sache ist doch abgemacht, oder nicht?

GERALD

Das will ich hoffen.

LORD ILLINGWORTH *geht hinüber zu* MRS ALLONBY

MRS ALLONBY

Ich dachte schon, Sie könnten sich nie wieder losreißen von der Dame in schwarzem Samt.

Lord Illingworth

Sie sieht ausgesprochen gut aus. *Sieht in Richtung* Mrs Arbuthnot

Lady Hunstanton

Caroline, wollen wir uns ins Musikzimmer begeben? Miss Worsley wird für uns etwas spielen. Sie kommen doch auch, meine liebe Mrs. Arbuthnot, oder nicht? Sie wissen ja gar nicht, welche Kostbarkeiten Sie erwarten. *Zu* Doctor Daubeny Ich muß Miss Worsley wirklich einmal ins Pfarrhaus mitbringen. Ich möchte so gern, daß Mrs. Daubeny sie Geige spielen hört. Ach, ich vergaß. Die gute Mrs. Daubeny hat ja einen kleinen Hörfehler, nicht wahr?

Doctor Daubeny

Ihre Taubheit bringt große Entsagungen mit sich für sie. Selbst meine Predigten vermag sie jetzt nicht mehr zu hören. Sie liest sie daheim nach. Aber sie hat eine große innere Kraft, eine große Widerstandskraft.

Lady Hunstanton

Dann ist sie wohl eine große Leserin, nehme ich an?

Doctor Daubeny

Ja, aber nur Großdruck. Ihr Augenlicht trübt sich rasch. Doch sie läßt sich nicht unterkriegen, nie.

Gerald *zu* Lord Illingworth

Sie müssen mit meiner Mutter sprechen, Lord Illingworth, bevor Sie ins Musikzimmer gehen. Sie scheint irgendwie anzunehmen, daß Sie nicht meinen, was Sie mir gesagt haben.

Mrs Allonby

Sie kommen nicht mit?

LORD ILLINGWORTH

Gleich, gleich. Lady Hunstanton, wenn Mrs. Arbuthnot nichts dagegen hat, würde ich ihr gern einige Worte sagen, und wir würden uns Ihnen später anschließen.

LADY HUNSTANTON

Aber selbstverständlich. Sie werden ihr eine ganze Menge zu sagen haben, und Sie wird sich bei Ihnen für eine ganze Menge zu bedanken haben. Nicht jeder Sohn bekommt ein solches Angebot, Mrs. Arbuthnot. Aber ich weiß, daß Sie das zu würdigen wissen, meine Liebe.

LADY CAROLINE

John!

LADY HUNSTANTON

Bitte, halten sie Mrs. Arbuthnot nur nicht zu lange auf, Lord Illingworth. Wir verzichten ungern auf sie. *Sie folgt den übrigen Gästen. Im Musikzimmer setzt Geigenspiel ein*

LORD ILLINGWORTH

Das ist also unser Sohn, Rachel! Wirklich, ich bin sehr stolz auf ihn. Er ist ein Harford, vom Scheitel bis zur Sohle. Übrigens, Rachel, warum Arbuthnot?

MRS ARBUTHNOT

Ein Name ist so gut wie jeder andere, wenn man kein Recht auf irgendeinen Namen hat.

LORD ILLINGWORTH

Das mag sein – aber warum Gerald?

MRS ARBUTHNOT

Nach einem Mann, dem ich das Herz gebrochen habe – nach meinem Vater.

Lord Illingworth

Nun, Rachel, was vorbei ist, ist vorbei. Alles, was ich jetzt feststellen möchte, ist, daß mir unser Sohn sehr, sehr gut gefällt. Die Welt wird ihn lediglich als meinen Privatsekretär kennenlernen, aber mir wird er sehr nahestehen und sehr lieb sein. Es ist schon merkwürdig, Rachel; mein Leben schien mir vollkommen. Doch das war es nicht. Ihm fehlte etwas, ihm fehlte ein Sohn. Jetzt habe ich meinen Sohn gefunden, und ich bin froh darüber.

Mrs Arbuthnot

Du hast keinen Anspruch auf ihn, nicht einmal auf den kleinsten Teil von ihm. Der Junge gehört ganz allein mir, und dabei wird es auch bleiben.

Lord Illingworth

Meine liebe Rachel, du hast ihn mehr als zwanzig Jahre nur für dich gehabt. Warum überläßt du ihn nicht für eine Weile mir? Er gehört mir praktisch genauso wie dir.

Mrs Arbuthnot

Sprichst du von dem Kind, das du verlassen hast? Von dem Kind, das, soweit es dich anging, ebensogut hätte sterben können vor Hunger und Not?

Lord Illingworth

Du vergißt, Rachel, daß du es warst, die mich verlassen hat. Ich habe dich nicht verlassen.

Mrs Arbuthnot

Ich habe dich verlassen, weil du dich geweigert hast, dem Kind einen Namen zu geben. Bevor mein Sohn geboren wurde, habe ich dich angefleht, mich zu heiraten.

Lord Illingworth

Damals hatte ich keine Aussichten. Und außerdem, Rachel, war ich nicht viel älter als du. Ich war gerade zweiundzwanzig, nein, ich glaube, ich war erst einundzwanzig, als das alles anfing, im Garten deines Vaters.

Mrs Arbuthnot

Wenn ein Mann alt genug ist, einen Fehler zu machen, sollte er auch alt genug sein, ihn zu korrigieren.

Lord Illingworth

Meine liebe Rachel, geistreiche Gemeinplätze sind stets interessant, aber moralische Gemeinplätze bedeuten absolut nichts. Wenn du sagst, ich hätte unser Kind dem Hungertod überlassen, ist das natürlich unwahr und albern. Meine Mutter hat dir sechshundert im Jahr angeboten. Aber du wolltest nichts annehmen. Du bist einfach verschwunden und hast das Kind mit dir genommen.

Mrs Arbuthnot

Ich hätte keinen Penny von ihr genommen. Dein Vater war anders. Als wir damals in Paris waren, hat er dir in meiner Gegenwart gesagt, daß es deine Pflicht wäre, mich zu heiraten.

Lord Illingworth

Oh, Pflicht ist das, was wir von anderen erwarten, nicht das, was wir selbst zu tun bereit sind. Natürlich stand ich unter dem Einfluß meiner Mutter. Genau wie jeder Mann, solang er jung ist.

Mrs Arbuthnot

Es freut mich, daß du das sagst. Gerald wird ganz gewiß nicht mit dir fortgehen.

Lord Illingworth

Was für ein Unsinn, Rachel!

Mrs Arbuthnot

Glaubst du etwa, ich würde erlauben, daß mein Sohn –

Lord Illingworth

Unser Sohn.

Mrs Arbuthnot

Mein Sohn – Lord Illingworth *zuckt die Schultern* – wird nicht mit dem Mann fortgehen, der mich um meine Jugend gebracht, mein Leben zerstört und mir jeden Tag, jeden Augenblick vergiftet hat! Dir ist nicht klar, daß meine ganze Vergangenheit eine einzige Zeit des Leidens und der Scham gewesen ist.

Lord Illingworth

Meine liebe Rachel, offen gesagt, bedeutet mir Geralds Zukunft einiges mehr als deine Vergangenheit.

Mrs Arbuthnot

Gerald kann seine Zukunft nicht von meiner Vergangenheit trennen.

Lord Illingworth

Genau das sollte er aber tun. Und genau dabei solltest du ihm helfen. Typisch weiblich, was du machst! Du redest sentimental und bist dabei die ganze Zeit durch und durch selbstsüchtig. Aber wir wollen einander keine Szene machen. Rachel, ich möchte von dir, daß du diese Angelegenheit unter dem Aspekt des gesunden Menschenverstands betrachtest, unter dem Aspekt, was das beste ist für unseren Sohn, dich und mich einmal außer acht gelassen. Was ist unser Sohn derzeit? Ein unterbezahlter Angestellter bei einer kleinen Provinzbank in einer drittklassigen englischen Stadt. Wenn du dir einbildest, daß er ganz zufrieden mit einer solchen Stellung wäre, bist du im Irrtum. Er ist durch und durch unzufrieden.

MRS ARBUTHNOT

Er war nicht unzufrieden, bevor er dich getroffen hat. Du hast ihn dazu gebracht.

LORD ILLINGWORTH

Natürlich habe ich ihn dazu gebracht. Unzufriedenheit ist der erste Schritt beim Aufstieg eines Mannes oder einer Nation. Aber ich habe ihn nicht mit dem bloßen Verlangen nach unerreichbaren Höhen zurückgelassen. Nein, ich habe ihm ein reizvolles Angebot gemacht. Er hat sich darauf geradezu gestürzt, muß ich schon sagen. Wie jeder junge Mann an seiner Stelle. Nun aber, nur weil sich herausgestellt hat, daß ich der leibliche Vater dieses Jungen bin, und er mein leiblicher Sohn ist, hast du vor, seine Karriere praktisch zu ruinieren. Das bedeutet, wenn ich ein völlig Fremder wäre, würdest du Gerald erlauben, mit mir wegzugehen, doch da er mein eigen Fleisch und Blut ist, erlaubst du es nicht. Was ist das für eine Logik!

MRS ARBUTHNOT

Ich werde ihm nicht erlauben zu gehen.

LORD ILLINGWORTH

Wie kannst du ihn zurückhalten? Welchen Grund kannst du ihm geben, der ihn ein solches Angebot wie das meine ablehnen läßt? Ich beabsichtige nicht, ihm zu sagen, in welchem Verhältnis ich zu ihm stehe, das muß ich wohl kaum erwähnen. Und du wirst es nicht wagen. Das weißt du. Denk daran, wie du ihn erzogen hast.

Mrs Arbuthnot

Ich habe ihn zu einem anständigen Menschen erzogen.

Lord Illingworth

Kann man sagen. Und was kommt dabei heraus? Du hast ihn darin unterrichtet, dein Richter zu sein, wenn er die Wahrheit über dich erfährt. Und ein strenger, ungerechter Richter wird er dir sein. Mach dir nichts vor, Rachel. Am Anfang lieben Kinder ihre Eltern. Nach einiger Zeit verurteilen sie sie. Selten, wenn überhaupt, verzeihen sie ihnen.

Mrs Arbuthnot

George, nimm mir meinen Sohn nicht weg. Ich habe zwanzig Jahre voll Kummer und Sorgen hinter mir, und ich habe nur einen Menschen gehabt, der mich liebte, nur einen, den ich liebte. Du hattest ein Leben voller Spaß, Erfolg und Vergnügen. Du warst ganz zufrieden, du hast nie an uns gedacht. Nach deiner Lebensphilosophie gab es auch gar keinen Grund, weshalb du dich unserer hättest erinnern sollen. Uns zu begegnen, war reiner Zufall für dich, ein fataler Zufall. Vergiß ihn. Verzichte darauf, mich zu berauben … um alles, was ich habe auf der Welt. Du hast von allem so reichlich. Laß mir den bescheidenen Weinberg meines Lebens; laß mir meinen umzäunten Garten mit der reinen Quelle; mein Lämmchen, das mir Gott gesandt hat aus Mitleid oder Zorn, ach! Laß es mir. George, nimm mir Gerald nicht weg.

Lord Illingworth

Rachel, zum gegenwärtigen Moment bist du für Geralds Karriere überflüssig, ich bin es nicht. Mehr ist zu der Angelegenheit nicht zu sagen.

Mrs Arbuthnot

Ich werde ihn nicht gehenlassen.

Lord Illingworth

Da kommt Gerald. Er hat das Recht, für sich selbst zu entscheiden.

Auftritt: Gerald

Gerald

Nun, liebe Mutter, ich hoffe, du bist dir mit Lord Illingworth in allem einig geworden.

Mrs Arbuthnot

Das bin ich nicht.

Lord Illingworth

Ihrer Mutter scheint es aus irgendwelchen Gründen nicht zu passen, daß Sie mit mir kommen.

Gerald

Mutter, warum nicht?

Mrs Arbuthnot

Ich dachte, du seist ganz zufrieden hier bei mir, Gerald. Ich hatte keine Ahnung, daß du es so eilig hast, von mir wegzukommen.

Gerald

Mutter, wie kannst du so etwas sagen? Natürlich war ich hier bei dir ganz zufrieden. Aber ein Mann kann doch nicht immer bei seiner Mutter bleiben. Kein Junge macht das. Ich möchte mir eine Stellung erarbeiten, etwas Sinnvolles tun. Ich dachte, du wärest stolz darauf, mich als Lord Illingworths Privatsekretär zu sehen.

Mrs Arbuthnot
Ich glaube nicht, daß du der passende Privatsekretär für Lord Illingworth sein könntest. Dir fehlen die Voraussetzungen.

Lord Illingworth
Ich möchte nicht, daß der Eindruck entsteht, ich würde mich hier einmischen, Mrs. Arbuthnot, aber was Ihr letztes Argument angeht, kann ich das wohl am besten entkräften. Ich kann Ihnen nur versichern, daß Ihr Sohn alle Voraussetzungen mitbringt, die ich mir nur wünschen kann. Tatsächlich hat er mehr, als ich zu hoffen wagte. Viel mehr. – Mrs Arbuthnot *antwortet nicht* – Gibt es für Sie noch einen anderen Grund, Mrs. Arbuthnot, dessentwegen Sie nicht möchten, daß Ihr Sohn diesen Posten akzeptiert?

Gerald
Gibt es einen, Mutter? Antworte doch.

Lord Illingworth
Wenn es einen gibt, Mrs. Arbuthnot, bitte ... bitte, nennen Sie ihn doch. Wir sind hier ganz unter uns. Was immer es sein mag, ich brauche wohl nicht zu sagen, daß es auch unter uns bleiben wird.

Gerald
Mutter?

Lord Illingworth
Wenn Sie lieber mit Ihrem Sohn allein sein möchten, werde ich Sie allein lassen. Es mag andere Gründe für Sie geben, die nicht für meine Ohren bestimmt sind.

Mrs Arbuthnot
Es gibt für mich keinen anderen Grund.

Lord Illingworth

Dann, mein lieber Junge, dürfen wir die Angelegenheit wohl als abgeschlossen betrachten. Kommen Sie, wir beide werden jetzt auf der Terrasse eine Zigarette miteinander rauchen. Und Mrs. Arbuthnot, erlauben Sie mir, Ihnen zu versichern, daß ich überzeugt bin, daß Sie sehr, sehr weise gehandelt haben. *Mit* Gerald *ab*

Mrs Arbuthnot

bleibt allein zurück. Sie steht wie erstarrt, den Ausdruck unsäglicher Trauer in ihren Augen

VORHANG

Dritter Akt

Die Ahnengalerie von Hunstanton. Eine Tür im Hintergrund führt hinaus auf die Terrasse. LORD ILLINGWORTH *hingestreckt auf ein Sofa.* GERALD *auf einem Stuhl*

LORD ILLINGWORTH

Unerhört vernünftige Frau, Ihre Mutter, Gerald. Ich wußte, daß sie am Ende wieder zu Verstand kommen würde.

GERALD

Meine Mutter ist so schrecklich gewissenhaft, Lord Illingworth, und ich weiß, daß sie meine Qualifikation für nicht ausreichend hält, um Ihr Sekretär zu werden. Und sie hat ja auch vollkommen recht. Ich war entsetzlich faul auf der Schule, und ich würde heute keine Prüfung bestehen, selbst wenn mein Leben davon abhinge.

LORD ILLINGWORTH

Mein lieber Gerald, Prüfungen sind sowieso wertlos. Wenn einer ein Gentleman ist, weiß er ohnehin genug, wenn er keiner ist, kann ihm sein Wissen nur schaden.

GERALD

Aber ich habe so gar keine Ahnung von der Welt, Lord Illingworth.

LORD ILLINGWORTH

Keine Sorge, Gerald. Denken Sie daran, daß Sie die wunderbarste Sache von der Welt auf Ihrer Seite haben: Jugend! Es gibt nichts Vergleichbares. Im mittleren

Alter hat man dem Leben gegenüber nur noch Verpflichtungen. Im Alter landet man in der Abstellkammer des Lebens. Aber der Jugend gehört die Welt. Auf die Jugend wartet ein Königreich. Jeder ist zum König geboren, doch die meisten Leute sterben im Exil, wie auch die meisten Könige. Um meine Jugend zurückzugewinnen, würde ich einfach alles tun – außer gymnastischen Übungen, früh aufstehen oder ein nützliches Mitglied der Gesellschaft werden.

GERALD

Aber Sie würden sich doch nicht alt nennen, Lord Illingworth?

LORD ILLINGWORTH

Ich bin alt genug, um Ihr Vater sein zu können, Gerald.

GERALD

Ich kann mich kaum an meinen Vater erinnern; er starb schon vor Jahren.

LORD ILLINGWORTH

Das hat mir Lady Hunstanton erzählt.

GERALD

Es ist sehr merkwürdig, daß meine Mutter nie mit mir über meinen Vater spricht. Manchmal denke ich, daß sie unter ihrem Stand geheiratet hat.

LORD ILLINGWORTH *zuckt leicht zusammen*

Wirklich? *Geht hinüber und legt* GERALD *die Hand auf die Schulter* Ich vermute mal, daß Sie Ihren Vater doch vermißt haben, Gerald?

GERALD

O nein, meine Mutter ist so gut zu mir gewesen. Niemand hatte je eine Mutter, wie ich eine habe.

LORD ILLINGWORTH

Daran habe ich nicht den geringsten Zweifel. Dennoch kann ich mir vorstellen, daß den meisten Müttern das volle Verständnis für ihre Söhne abgeht. Ich meine, der rechte Begriff von den Ambitionen, die ein Sohn hat, von seinem Wunsch, das Leben kennenzulernen, sich einen Namen zu machen. Im Ernst, Gerald, man durfte von Ihnen doch nicht erwarten, daß Sie Ihr ganzes Leben in einem Kaff wie Wrockley verbringen, oder doch?

GERALD

Aber nein! Das wäre ja unerträglich!

LORD ILLINGWORTH

Die Liebe einer Mutter ist sehr rührend, natürlich, aber komischerweise hat sie oft auch etwas Selbstsüchtiges. Ich meine, darin liegt eine ganze Menge Selbstsucht.

GERALD *nachdenklich*

Vermutlich ist das so.

LORD ILLINGWORTH

Ihre Mutter ist fraglos ein gute Frau. Aber gute Frauen haben so einen beschränkten Blick aufs Leben, ihr Horizont ist so eng, ihre Interessen sind so belanglos.

GERALD

Gewiß, sie sind entsetzlich interessiert an Gegenständen, die uns nicht weiter kümmern.

Lord Illingworth

Ich nehme an, Ihre Mutter kümmert sich sehr um Religion und solche Sachen.

Gerald

O ja, sie geht dauernd in die Kirche.

Lord Illingworth

Ach, sie ist nicht auf der Höhe der Zeit, und auf der Höhe der Zeit zu sein, ist das einzige, was heutzutage zählt. Sie wollen doch auf der Höhe der Zeit sein, Gerald? Sie wollen das Leben kennenlernen, wie es wirklich ist. Nicht mit irgendeiner altmodischen Lebensphilosophie abgespeist werden. Nun, was Sie gegenwärtig dafür zu tun haben, ist simpel: sich vorbereiten auf die beste Gesellschaft. Ein Mann, der beim Dinner in London einen ganzen Tisch beherrschen kann, kann auch die Welt beherrschen. Die Zukunft gehört dem Dandy. Nur wenige sind auserwählt, die Macht zu ergreifen.

Gerald

Ich würde entsetzlich gern hübschere Sachen tragen, aber man hat mir immer gesagt, daß ein Mann nicht zu viel wert auf seine Kleidung legen sollte.

Lord Illingworth

Die Leute heutzutage sind so vollkommen oberflächlich, daß sie nicht mal die Grundsätze des Oberflächlichen begreifen. Und da wir gerade dabei sind, Gerald, Sie sollten lernen, Ihre Krawatte besser zu binden. Gefühle können Sie sich ins Knopfloch stecken. Das Wesentliche für eine Krawatte ist Stil. Eine gut gebundene Krawatte ist der erste ernsthafte Schritt ins Leben.

GERALD *lacht*

Womöglich bin ich fähig, zu lernen, wie man eine Krawatte bindet, Lord Illingworth, aber ich werde niemals fähig sein, zu lernen, so zu reden wie Sie. Ich weiß nicht, wie man reden soll.

LORD ILLINGWORTH

Ach, reden Sie mit jeder Frau, als wären Sie in sie verliebt, und mit jedem Mann, als würde er Sie langweilen, und am Ende Ihrer ersten Saison werden Sie in dem Ruf stehen, über ein Höchstmaß an gesellschaftlichem Taktgefühl zu verfügen.

GERALD

Aber es ist doch sehr schwierig, Zugang zur Gesellschaft zu finden, nicht wahr?

LORD ILLINGWORTH

Zugang zur besten Gesellschaft findet heutzutage jeder, der ihr etwas spendiert, sie amüsiert oder sie schockiert – das reicht schon.

GERALD

Die gute Gesellschaft muß etwas Wunderbares sein, etwas Herrliches!

LORD ILLINGWORTH

Dazuzugehören, ist lediglich eine Last. Aber nicht dazuzugehören, ist einfach eine Tragödie. Gesellschaft ist ein notwendiges Übel. Kein Mann hat letztlich Erfolg, solange nicht eine Frau hinter ihm steht, denn Frauen beherrschen die Gesellschaft. Wenn Sie keine Frau an Ihrer Seite haben, sind Sie so gut wie erledigt. Sie könnten ebensogut Rechtsanwalt sein oder Börsenmakler oder gleich Journalist.

Gerald
Ist es nicht sehr schwierig, Frauen zu verstehen?

Lord Illingworth
Sie sollten nie versuchen, sie zu verstehen. Frauen sind Gemälde. Männer sind ein Problem. Wenn Sie herausfinden wollen, was eine Frau wirklich meint – was, nebenbei bemerkt, stets eine gefährliche Sache ist –, schauen Sie sie an, hören Sie ihr nicht zu.

Gerald
Aber Frauen sind furchtbar raffiniert, oder nicht?

Lord Illingworth
Darin sollte man sie ständig bestätigen. Aber dem Philosophen, mein lieber Gerald, bedeuten Frauen den Triumph des Seins über das Bewußtsein – ebenso wie Männer den Triumph des Verstandes über den Anstand bedeuten.

Gerald
Wie können dann Frauen über so viel Macht verfügen, wie Sie behaupten?

Lord Illingworth
Die Geschichte der Frauen ist die Geschichte der schlimmsten Form von Tyrannei, die unsere Welt je gesehen hat. Die Tyrannei der Schwachen über die Starken. Die einzige Form der Tyrannei, die von Dauer ist.

Gerald
Aber üben Frauen nicht auch einen veredelnden Einfluß aus?

Lord Illingworth

Nichts veredelt, außer dem Verstand.

Gerald

Immerhin gibt es doch viele verschiedene Sorten von Frauen, oder nicht?

Lord Illingworth

In Gesellschaft nur zwei Sorten: die farblosen und die geschminkten.

Gerald

Aber es muß doch auch moralische Frauen in der Gesellschaft geben, oder nicht?

Lord Illingworth

Viel zu viele.

Gerald

Aber meinen Sie denn, Frauen sollten nicht moralisch sein?

Lord Illingworth

Das sollte man ihnen nie vorschlagen, sonst werden sie es alle sofort. Frauen sind ein faszinierend eigensinniges Geschlecht. In jeder Frau steckt ein Rebell, und der steckt gewöhnlich in einer wilden Revolte gegen sich selbst.

Gerald

Sie waren nie verheiratet, Lord Illingworth, oder doch?

Lord Illingworth

Männer heiraten, weil sie ruhebedürftig sind; Frauen, weil sie neugierig sind. Enttäuscht werden beide.

Gerald

Aber glauben Sie denn nicht, daß man auch verheiratet glücklich werden kann?

Lord Illingworth

Vollkommen glücklich. Aber das Glück eines verheirateten Mannes ist von Leuten abhängig, mit denen er nicht verheiratet ist.

Gerald

Wenn man aber verliebt ist?

Lord Illingworth

Man sollte immer verliebt sein. Aus diesem Grund sollte man nie heiraten.

Gerald

Liebe ist eine so wunderbare Sache, nicht wahr?

Lord Illingworth

Wenn man verliebt ist, beginnt man damit, sich selbst zu betrügen. Und man endet damit, andere zu betrügen. Die Welt nennt das dann eine Romanze. Aber eine wirklich »grande passion« ist heutzutage vergleichsweise rar. Sie bleibt Leuten vorbehalten, die sonst nichts zu tun haben. Das ist das einzige, was in einem Staat die Existenz einer nicht arbeitenden Klasse rechtfertigt, und damit die einzig mögliche Rechtfertigung für uns Harfords.

Gerald

Harfords, Lord Illingworth?

Lord Illingworth

Das ist mein Familienname. Sie sollten den Adelskalender studieren, Gerald. Es ist das einzige Buch, das ein junger aufstrebender Mann auswendig kennen sollte, und das beste, was die Engländer je zustande gebracht haben, auf dem Gebiet der Belletristik. Und damit, Gerald, betreten Sie mit mir ein vollkommen neues Leben, und ich wünsche, daß Sie lernen, wie man es lebt. – MRS ARBUTHNOT *erscheint auf der Terrasse im Hintergrund* – Denn diese Welt wurde von Narren geschaffen, auf daß weise Männer in ihr leben mögen!

Auftritt von links: LADY HUNSTANTON *und* DOKTOR DAUBENY

LADY HUNSTANTON

Ah, hier sind Sie, mein lieber Lord Illingworth. Nun, ich nehme an, Sie haben unseren jungen Freund Gerald über seine neuen Pflichten unterrichtet und ihm im Zuge einer guten Zigarette eine Menge guter Ratschläge gegeben.

LORD ILLINGWORTH

Ich habe ihm das Beste an Ratschlägen gegeben, Lady Hunstanton, und das Beste an Zigaretten.

LADY HUNSTANTON

Ich bedaure, nicht hiergewesen zu sein, um Ihnen zuzuhören, aber ich fürchte, ich bin schon zu alt, um noch dazuzulernen. Außer von Ihnen, mein lieber Erzdiakon, wenn Sie auf Ihrer hübschen Kanzel stehen. Aber dann weiß ich ja immer, was Sie sagen wollen, und muß mich nicht aufregen. *Sieht* MRS ARBUTHNOT Ah, Mrs. Arbuthnot, kommen Sie und leisten Sie uns Gesellschaft. Kommen Sie, meine Liebe. – *Auftritt:* MRS ALLONBY – Gerald hatte ein solch langes Gespräch mit Lord Illingworth; ich bin sicher, daß Sie sehr zufrieden sind über die erfreuliche Richtung, in die sich alles für ihn entwickelt hat. Setzen wir uns doch. *Sie setzen sich* Und wie geht es mit Ihrer wunderschönen Stickerei voran?

MRS ALLONBY

Ich bin ständig beschäftigt, Mrs. Hunstanton.

LADY HUNSTANTON

Mrs. Daubeny stickt doch auch ein wenig, nicht wahr?

DOKTOR DAUBENY

Sie war sehr geschickt mit der Nadel, ihrerzeit, eine wahre Könnerin. Aber ihre Finger sind nun ziemlich steif, die Gicht! Sie hat seit neun oder zehn Jahren keinen Stickrahmen mehr angefaßt. Aber sie hat viele andere Hobbys. Sie interessiert sich sehr für ihre eigene Gesundheit.

LADY HUNSTANTON

Ach, das ist ja stets ein netter Zeitvertreib, nicht wahr? Nun, Lord Illingworth, worüber haben Sie gesprochen? Sagen Sie es uns doch.

LORD ILLINGWORTH

Ich war gerade dabei, Gerald zu erklären, daß sich die Welt über ihre eigenen Tragödien stets lustig gemacht hat, weil das der einzige Weg war, sie erträglich werden zu lassen. Und daraus folgt zwingend: Was immer die Welt ernst genommen hat, gehört zum komödiantischen Teil der Veranstaltung.

LADY HUNSTANTON

Nun komme ich wieder ganz schön ins Schwimmen. Wie üblich, wenn Lord Illingworth etwas sagt. Und die menschliche Gesellschaft kümmert das gar nicht. Sie rettet mich nie. Sie läßt mich untergehen. Ich habe eine schwache Ahnung, Lord Illingworth, daß Sie stets auf

Seiten der Sünder sind, und ich weiß, daß ich stets bemüht bin, auf Seiten der Heiligen zu sein, weiter reicht es bei mir nicht. Und, wer weiß, womöglich sind das bloß die Hirngespinste einer Ertrinkenden.

LORD ILLINGWORTH

Der einzige Unterschied zwischen einem Heiligen und einem Sünder besteht darin, daß jeder Heilige eine Vergangenheit hat und jeder Sünder eine Zukunft.

LADY HUNSTANTON

So, damit haben Sie mir den Rest gegeben. Ich sage gar nichts mehr. Sie und ich, meine liebe Mrs. Arbuthnot, sind wohl zurückgeblieben. Wir können Lord Illingworth nicht folgen. Unsere Erziehung war zu gründlich, fürchte ich. Gut erzogen zu sein, ist von großem Nachteil heutzutage. Es schließt uns von so vielem aus.

MRS ARBUTHNOT

Es täte mir leid, wenn ich Lord Illingwoth auch nur in einer seiner Ansichten folgen könnte.

LADY HUNSTANTON

Sie haben ganz recht, meine Liebe.

GERALD *hebt die Schultern und schaut gereizt zu seiner Mutter hinüber*

Auftritt: LADY CAROLINE

LADY CAROLINE

Jane, hast du John irgendwo gesehen?

LADY HUNSTANTON

Um ihn mußt du dir keine Sorgen machen, meine Liebe. Er ist bei Lady Stutfield; vorhin habe ich sie im Gelben Salon gesehen. Sie schienen so gut miteinander auszukommen. Du willst doch nicht gehen, Caroline? Bitte, setz dich doch.

LADY CAROLINE

Ich glaube, ich schaue besser einmal nach John. *Ab*

LADY HUNSTANTON

Männern so viel Aufmerksamkeit zu schenken, zahlt sich nicht aus. Und es gibt wirklich nichts, worum Caroline sich sorgen müßte. Lady Stutfield ist sehr verständnisvoll. Sie hat für die eine Sache ebensoviel Verständnis wie für jede andere. Ein wundervoller Charakter. *Auftritt:* SIR JOHN *und* MRS ALLONBY Ah! Da ist ja Sir John! Und Mrs. Allonby dazu! Wahrscheinlich war es Mrs. Allonby, mit der ich ihn gesehen habe. Sir John, Caroline sucht überall nach Ihnen.

MRS ALLONBY

Wir haben im Musikzimmer auf Sie gewartet, meine liebe Lady Hunstanton.

LADY HUNSTANTON

Ja, natürlich, im Musikzimmer. Ich dachte, es wäre im Gelben Salon gewesen, mein Gedächtnis läßt bedenklich nach. *Zu* DOKTOR DAUBENY Mrs. Daubenys Gedächtnis ist ausgezeichnet, nicht wahr?

DOKTOR DAUBENY

Ihr Gedächtnis galt geradezu als bemerkenswert, aber seit ihrem letzten Anfall kann sie sich im Grunde nur mehr an Ereignisse aus ihrer frühesten Kindheit erinnern. Aber sie findet großes Vergnügen an solchen Rückblicken, großes Vergnügen.

Auftritt: LADY STUTFIELD *und* MISTER KELVIL

LADY HUNSTANTON

Ah! Meine liebe Lady Stutfield! Und worüber hat Mister Kelvil zu Ihnen gesprochen?

LADY STUTFIELD

Über flexible Wechselkurse, wenn ich mich recht entsinne.

LADY HUNSTANTON

Flexible Wechselkurse! Ob das so ein passendes Thema ist? Wie auch immer, ich weiß ja, daß man heutzutage sehr offen über alles spricht. Und worüber hat Sir John zu Ihnen gesprochen, Mrs. Allonby?

MRS ALLONBY

Über Patagonien.

LADY HUNSTANTON

Tatsächlich? Was für ein abgelegenes Gebiet! Aber zweifellos macht es große Fortschritte.

MRS ALLONBY

Was Patagonien betrifft, kennt er sich sehr gut aus. Die Eingeborenen haben anscheinend in beinah jeder Hinsicht ganz die gleichen Anschauungen wie kultivierte Menschen. Sie sind außerordentlich fortgeschritten.

LADY HUNSTANTON

Was machen sie denn?

MRS ALLONBY

Offenbar alles.

LADY HUNSTANTON

Nun, zu erkennen, daß es auf Dauer nur eine menschliche Natur geben kann, ist doch sehr befriedigend, oder etwa nicht, mein lieber Erzdiakon. – Alles in allem geht es überall gleich zu auf der Welt, oder etwa nicht?

LORD ILLINGWORTH

Die Welt ist einfach unterteilt in zwei Klassen – jene, die an das Unglaubliche glauben, wie die meisten – und solche, die das Unwahrscheinliche wagen –

MRS ALLONBY

Wie Sie selbst?

LORD ILLINGWORTH

Ja; ich staune immer wieder über mich selbst. Und das ist das einzige, was das Leben lebenswert macht.

LADY STUTFIELD

Und was haben Sie in letzter Zeit getan, um sich zu erstaunen?

LORD ILLINGWORTH

Ich habe in meinem Charakter allerhand ungeahnte phantastische Fähigkeiten entdeckt.

MRS ALLONBY

Ach, werden Sie nur nicht mit einem Schlag zu vollkommen. Lassen Sie sich Zeit dabei.

LORD ILLINGWORTH

Ich habe überhaupt nicht vor, vollkommen zu werden. Im Gegenteil, ich hoffe, ich werde es nie. Es wäre doch äußerst unbequem. Frauen lieben uns wegen unserer Unvollkommenheiten. Wenn wir genug davon haben, verzeihen sie uns alles, selbst unseren gigantischen Intellekt.

MRS ALLONBY

Es wäre verfrüht, von uns zu verlangen, daß wir Kritik

verzeihen. Wir vergeben kritiklose Bewunderung; das ist alles, was man von uns erwarten darf.

Auftritt: LORD ALFRED. *Er gesellt sich zu* LADY STUTFIELD

LADY HUNSTANTON

Ach! Wir Frauen sollten alles verzeihen, nicht wahr, meine liebe Mrs. Arbuthnot? Darin werden Sie mir sicher zustimmen.

MRS ARBUTHNOT

Das tue ich nicht, Lady Hunstanton. Ich finde, es gibt viele Fälle, in denen Frauen niemals verzeihen sollten.

LADY HUNSTANTON

In was für Fällen denn?

MRS ALLONBY

Wenn das Leben einer anderen Frau zerstört wurde.
Zieht sich langsam in den Bühnenhintergrund zurück

LADY HUNSTANTON

Ja, solche Fälle sind sehr traurig, kein Zweifel, doch ich glaube, es gibt großartige Anstalten, in denen Leute dieses Schlages verwahrt und gebessert werden, und im Grunde glaube ich, das Geheimnis des Lebens besteht darin, alles sehr, sehr leicht zu nehmen.

MRS ALLONBY

Das Geheimnis des Lebens besteht darin, niemals ein Gefühl zu entwickeln, das unpassend ist.

LADY STUTFIELD

Das Geheimnis des Lebens besteht darin, daß es einem noch Spaß macht, wenn man ganz, ganz abscheulich betrogen wird.

Kelvil

Das Geheimnis des Lebens besteht darin, der Versuchung zu widerstehen, Lady Stutfield.

Lord Illingworth

Das Leben hat kein Geheimnis. Sein Sinn, falls das Leben einen hat, besteht darin, stets nach Versuchungen Ausschau zu halten. Es gibt nicht annähernd genug davon. Manchmal verbringe ich einen ganzen Tag, ohne daß mir eine einzige über den Weg läuft. Das ist so besorgniserregend. Es macht einen sehr skeptisch, was die Zukunft betrifft.

Lady Hunstanton *schlägt mit ihrem Fächer nach ihm*

Ich weiß nicht, was los ist, mein lieber Lord Illingworth, doch alles, was Sie sagen, klingt für mich ausgesprochen unmoralisch. Das macht es so interessant, Ihnen zuzuhören.

Lord Illingworth

Denken an sich ist unmoralisch. Zerstörung ist sein eigentliches Wesen. Indem Sie an etwas denken, bringen Sie es um. Nichts, woran einmal gedacht wurde, kann überleben.

Lady Hunstanton

Ich verstehe kein Wort, Lord Illingworth. Aber ich bezweifle nicht, daß alles richtig ist. Ich persönlich habe mir, was das Denken betrifft, wenig vorzuwerfen. Ich glaube nicht, daß Frauen zu viel denken sollten. Frauen sollten sich im Denken wie in allen anderen Dingen einer gewissen Mäßigung befleißigen.

Lord Illingworth

Mäßigung ist eine gefährliche Sache, Lady Hunstanton. Erfolg hat nur das Übermäßige.

Lady Hunstanton

Hoffentlich kann ich mir das merken. Es klingt nach einem großartigen Grundsatz. Aber ich habe angefangen, alles zu vergessen. Das ist ein großes Unglück.

Lord Illingworth

Es ist eine Ihrer faszinierendsten Qualitäten, Lady Hunstanton. Keine Frau sollte ein Gedächtnis haben. Ein Gedächtnis läßt eine Frau schlampig aussehen. Ob eine Frau ein Gedächtnis hat oder nicht, kann man schon an ihrem Hut erkennen.

Lady Hunstanton

Wie charmant Sie sind, mein lieber Lord Illingworth. Immer finden Sie einen Dreh, um aus unserm krassesten Fehler unsere wichtigste Tugend zu machen. Ihre Weltanschauung ist so tröstlich.

Auftritt: Farquhar

Farquhar

Doktor Daubenys Kutsche!

Lady Hunstanton

Mein lieber Erzdiakon! Es ist doch erst halb elf.

Doktor Daubeny *im Aufstehen*

Ich fürchte, ich muß gehen, Lady Hunstanton. Dienstags hat Mrs. Daubeny stets eine ihrer schlechten Nächte.

Lady Hunstanton *im Aufstehen*

Nun, ich möchte Sie nicht aufhalten. *Geht mit ihm zur Tür*

Ich habe Farquhar gesagt, er soll ein paar Rebhühner in die Kutsche legen. Vielleicht freut sich Mrs. Daubeny darüber.

DOKTOR DAUBENY

Das ist sehr nett von Ihnen, doch Mrs. Daubeny rührt keine feste Nahrung mehr an. Sie lebt ausschließlich von Brei. Und ist dabei so ungemein vergnügt, ungemein vergnügt. Sie sieht keinen Grund zur Klage. *Geht mit* LADY HUNSTANTON *ab*

MRS ALLONBY *geht hinüber zu* LORD ILLINGWORTH

Der Mond ist wunderschön heute nacht.

LORD ILLINGWORTH

Dann gehen wir ihn doch anschauen. Etwas anzuschauen, was so unbeständig ist, hat seinen Reiz heutzutage.

MRS ALLONBY

Sie haben doch Ihren Spiegel dabei?

LORD ILLINGWORTH

Er ist unhöflich. Er zeigt mir nichts als meine Falten.

MRS ALLONBY

Da ist meiner besser erzogen. Er sagt mir nie die Wahrheit.

LORD ILLINGWORTH

Dann ist er verliebt in Sie.

SIR JOHN, LADY STUTFIELD, MISTER KELVIL *und* LORD ALFRED *ab*

GERALD *zu* LORD ILLINGWORTH

Darf ich mitkommen?

Lord Illingworth

Tun Sie das, mein lieber Junge. *Geht mit* Mrs Allonby *und* Gerald *Richtung Tür*

Auftritt: Lady Caroline. *Sieht sich rasch um und geht wieder ab in die Richtung, die derjenigen, die* Sir John *und* Lady Stutfield *genommen haben, entgegengesetzt ist*

Mrs Arbuthnot

Gerald!

Gerald

Was ist, Mutter?

Lord Illingworth *mit* Mrs Allonby *ab*

Mrs Arbuthnot

Es wird spät. Laß uns nach Hause gehen.

Gerald

Aber, liebste Mutter, laß uns doch noch etwas bleiben. Lord Illingworth ist so unterhaltsam, und außerdem habe ich noch eine große Überraschung für dich, Mutter. Ende diesen Monats gehen wir nach Indien.

Mrs Arbuthnot

Laß uns nach Hause gehen.

Gerald

Wenn du es unbedingt willst, natürlich, aber ich muß mich zuvor noch von Lord Illingworth verabschieden. Ich bin in fünf Minuten zurück. *Ab*

Mrs Arbuthnot

Soll er mich verlassen, wenn er das will, doch nicht mit ihm – nicht mit ihm! Das könnte ich nicht ertragen. *Geht auf und ab*

Auftritt: HESTER

HESTER

Was für eine herrliche Nacht das ist, Mrs. Arbuthnot.

MRS ARBUTHNOT

Finden Sie?

HESTER

Mrs. Arbuthnot, ich wünschte, ich dürfte Ihre Freundin sein. Sie sind so anders als die anderen Frauen hier. Als Sie heute abend den Salon betraten, da waren Sie irgendwie von einem Hauch umgeben, einer Ahnung von dem, was gut und rein ist im Leben. Ich war so töricht. Es gibt Dinge, die man zwar sagen muß, doch dann sagt man sie womöglich am falschen Ort zu den falschen Leuten.

MRS ARBUTHNOT

Ich habe mit angehört, was Sie gesagt haben, Miss Worsley, und ich bin Ihrer Ansicht.

HESTER

Ich wußte nicht, daß Sie es mit angehört hatten. Aber ich wußte, daß Sie meiner Ansicht sind. Eine Frau, die gesündigt hat, sollte bestraft werden, nicht wahr?

MRS ARBUTHNOT

Ja. Das sollte sie.

HESTER

Es sollte ihr nicht mehr erlaubt sein, sich in Gesellschaft tadelloser Männer und Frauen aufzuhalten?

MRS ARBUTHNOT

Nein. Das sollte es nicht.

HESTER

Und der Mann sollte ebenso bestraft werden?

MRS ARBUTHNOT

Ebenso. Und die Kinder, wenn es Kinder gibt, sollten auch die ebenso bestraft werden?

HESTER

Ja, es ist gerecht, daß die Sünden der Eltern auf die Kinder herabkommen. Das ist ein gerechtes Gesetz. Es ist Gottes Gesetz.

MRS ARBUTHNOT

Es ist eines von Gottes entsetzlichen Gesetzen. *Geht zum Kamin hinüber*

HESTER

Sie machen sich Sorgen, weil Ihr Sohn Sie verlassen will, Mrs. Arbuthnot?

MRS ARBUTHNOT

Ja.

HESTER

Sehen Sie es gern, daß er mit Lord Illingworth fortgeht? Natürlich, da ist eine Karriere, kein Zweifel, da ist Geld, aber Geld und Karriere sind nicht alles, oder?

MRS ARBUTHNOT

Sie sind nichts; sie bringen Unglück.

HESTER

Warum lassen Sie Ihren Sohn dann mit ihm gehen?

MRS ARBUTHNOT

Er selbst will es so.

HESTER

Doch wenn Sie ihn darum bäten, würde er bleiben, oder nicht?

MRS ARBUTHNOT

Er will weg, sein Herz hängt daran.

HESTER

Er würde Ihnen nichts abschlagen. Dafür liebt er Sie zu sehr. Bitten Sie ihn, zu bleiben. Darf ich ihn holen und zu Ihnen schicken? Im Augenblick ist er draußen auf der Terrasse bei Lord Illingworth. Ich habe sie zusammen lachen gehört, als ich durchs Musikzimmer ging.

MRS ARBUTHNOT

Ganz ruhig, Miss Worsley, ich kann warten. Das hat keine Bedeutung.

HESTER

Nein, ich werde ihm sagen , daß Sie ihn erwarten. Bitte, bitten Sie ihn, zu bleiben. *Ab*

MRS ARBUTHNOT

Er wird nicht kommen – ich weiß, daß er nicht kommen wird.

Auftritt: LADY CAROLINE. *Sieht sich besorgt um. Auftritt:* GERALD

LADY CAROLINE

Mrs. Arbuthnot, darf ich Sie fragen, ob Sir John irgendwo auf der Terrasse ist?

MRS ARBUTHNOT

Nein, Lady Caroline, er ist nicht auf der Terrasse.

LADY CAROLINE

Das ist ja seltsam. Es ist Zeit für ihn, schlafen zu gehen. *Ab*

Gerald

Liebe Mutter, ich fürchte, ich habe dich warten lassen. Ich habe alles glatt vergessen. Ich bin heute abend so glücklich, Mutter; so glücklich war ich noch nie.

Mrs Arbuthnot

Über die Aussicht, wegzugehen?

Gerald

Versteh mich nicht falsch, Mutter. Natürlich tut es mir leid, dich zu verlassen. Kein Wunder, du bist die beste Mutter der Welt. Aber letztendlich ist es doch, wie Lord Illingworth sagt, unmöglich, sein Leben in einem Ort wie Wrockley zu verbringen. Dich stört das nicht. Aber ich bin ehrgeizig; ich will mehr als das. Ich möchte Karriere machen. Ich möchte etwas schaffen, worauf du stolz sein kannst, und Lord Illingworth will mir dabei behilflich sein. Er will alles für mich tun.

Mrs Arbuthnot

Gerald, geh nicht mit Lord Illingworth weg. Ich flehe dich an, es nicht zu tun. Gerald, ich bitte dich.

Gerald

Mutter, wie unentschlossen du bist! Anscheinend kennst du nie deine eigenen Absichten. Vor eineinhalb Stunden, im Salon, warst du mit allem einverstanden; nun hat sich alles gewendet, und du machst Einwände und versuchst, mich dazuzubringen, die einzige Chance meines Lebens aufzugeben. Jawohl, meine einzige Chance. Du glaubst doch selbst nicht, daß man Männern wie Lord Illingworth jeden Tag begegnet, oder doch, Mutter? Nun habe ich dies große Glück, und da wäre es schon seltsam, wenn die einzige Person, die mir Steine in den Weg legt, meine eigene Mutter sein sollte.

Außerdem mußt du wissen, Mutter, ich liebe Hester Worsley. Wer könnte ihr widerstehen? Ich liebe sie mehr, als ich dir je gesagt habe, viel mehr. Und wenn ich nun eine Stellung hätte, wenn ich Aussichten hätte, könnte ich – ich könnte sie fragen, ob ... Verstehst du jetzt, Mutter, was es für mich bedeutet, Lord Illingworths Sekretär zu werden? Mit einem solchen Start ist eine Karriere so gut wie gemacht, sie liegt vor mir, wartet nur auf mich ... Wenn ich Lord Illingworths Sekretär wäre, könnte ich Hester bitten, meine Frau zu werden. Als kleiner Bankangestellter mit hundert Pfund im Jahr, wäre das eine Frechheit.

MRS ARBUTHNOT

Ich fürchte, du darfst dir bei Miss Worsley keine Hoffnungen machen. Ich kenne ihre Ansichten vom Leben. Sie hat sie mir eben verraten.

Pause

GERALD

Dann bleibt mir immerhin noch mein Ehrgeiz. Das ist schon etwas – ich bin froh, daß ich ihn habe. Nicht wahr, du hast immer versucht, meinen Ehrgeiz zu brechen, Mutter? Du hast mir erzählt, die Welt sei ein so verkommener Platz, daß es sich nicht lohnt, Erfolg zu haben, daß die Gesellschaft hohl ist, und all diese Dinge – nun, ich glaube dir nicht, Mutter. Ich glaube, die Welt muß etwas sehr Erfreuliches sein. Ich glaube, die Gesellschaft muß etwas Kostbares sein. Ich glaube, Erfolg ist etwas Lohnendes. Du hast dich getäuscht bei allem, was du mich gelehrt hast, Mutter, sehr getäuscht. Lord Illingworth ist ein erfolgreicher Mann. Er ist ein eleganter Mann. Er ist ein Mann, der in der großen

Welt lebt und für sie. Ja, ich würde alles dafür geben, genauso zu sein wie Lord Illingworth.

MRS ARBUTHNOT

Lieber sähe ich dich tot.

GERALD

Mutter, was hast du gegen Lord Illingworth? Sag es mir – sag es mir geradeheraus. Was ist es?

MRS ARBUTHNOT

Er ist ein schlechter Mensch.

GERALD

In welcher Hinsicht schlecht? Ich verstehe nicht, was du meinst.

MRS ARBUTHNOT

Ich will es dir sagen.

GERALD

Ich nehme an, du findest ihn schlecht, weil er nicht an dieselben Sachen glaubt wie du. Nun, Männer und Frauen sind verschieden. Es ist also natürlich, daß sie verschiedene Ansichten haben.

MRS ARBUTHNOT

Es geht nicht darum, was Lord Illingworth glaubt oder nicht glaubt. Was er ist, das macht ihn schlecht.

GERALD

Mutter, ist da etwas, was du von ihm weißt? Das du wahrhaftig weißt?

MRS ARBUTHNOT

Da ist etwas, das ich von ihm weiß.

GERALD

Etwas, dessen du dir ganz sicher bist?

MRS ARBUTHNOT

Ganz sicher.

GERALD

Wie lang weißt du es schon?

MRS ARBUTHNOT

Seit zwanzig Jahren.

GERALD

Ist es fair, zwanzig Jahre in die Karriere eines Mannes zurückzuschauen? Und was haben du oder ich zu tun mit Lord Illingworths Vorleben? Was geht es uns an?

MRS ARBUTHNOT

Wie dieser Mann gewesen ist, so ist er noch und wird es immer bleiben.

GERALD

Mutter, erzähl mir, was Lord Illingworth getan hat. Wenn er etwas getan hat, dessen er sich schämen müßte, werde ich nicht mit ihm fortgehen. Dafür kennst du mich doch wahrlich gut genug.

MRS ARBUTHNOT

Gerald, komm her zu mir. Ganz nah zu mir, wie früher als du noch ein kleiner Junge warst, als du Mutters kleiner Junge warst. GERALD *setzt sich neben seine Mutter. Sie streicht mit ihren Fingern durch sein Haar und streichelt seine Hände* Gerald, es war einmal ein Mädchen, sie war noch sehr jung, sie war gerade erst achtzehn, damals. Sie lernte George Harford – das war Lord Illingworths Name zu der Zeit – George Harford kennen. Sie wußte wenig vom Leben. Er –

wußte alles. Er lehrte das Mädchen, ihn zu lieben. Er lehrte sie, ihn dermaßen zu lieben, daß sie eines Morgens ihres Vaters Haus mit ihm verließ. Sie liebte ihn ja so sehr, und er hatte versprochen, sie zu heiraten! Er hatte feierlich versprochen, sie zu heiraten, und sie hatte ihm geglaubt. Sie war sehr jung, und – und wollte nichts davon wissen, wie das Leben wirklich ist. Er aber schob die Heirat auf: von Woche zu Woche und von Monat zu Monat. Sie vertraute ihm die ganze Zeit. Sie liebte ihn. – Bevor ihr Kind geboren wurde – denn sie bekam ein Kind –, flehte sie ihn an, sie zu heiraten um des Kindes willen, damit das Kind einen Namen hätte, damit ihre Sünde nicht getragen werde von dem Kind, das unschuldig war. Er lehnte ab. Nachdem das Kind geboren war, verließ sie ihn mit dem Kind, und ihr Leben war zerstört und ihre Seele war zerstört, und alles, was lieb und gut und rein gewesen war in ihr, war ebenso zerstört. Sie litt entsetzlich – sie leidet noch. Sie wird für immer leiden. Für sie gibt es keine Freude, keinen Frieden, keinen Freispruch. Sie ist eine Frau, die ihre Ketten trägt wie eine Verurteilte. Sie ist eine Frau, die eine Maske trägt wie eine Aussätzige. Kein Feuer kann sie reinigen. Kein Wasser kann ihre Qual stillen. Nichts kann sie heilen! Kein Mittel kann ihr Schlaf schenken! Kein Mohn ihr Vergessen! Sie ist verdammt! Eine verdammte Seele! – Und darum nenne ich Lord Illingworth einen schlechten Menschen. Darum will ich nicht, daß mein Junge bei ihm ist.

GERALD

Liebste Mutter, das klingt alles sehr tragisch, sicher. Aber ich muß sagen, daß das Mädchen ebenso zu tadeln ist wie Lord Illingworth. – Letztendlich würde wohl kein wirklich anständiges Mädchen, kein Mädchen mit irgendeinem anständigen Gefühl, von zu hause weglaufen mit einem Mann, mit dem sie nicht verheiratet ist, und mit ihm zusammen leben, als wäre sie seine Frau. Nein, kein anständiges Mädchen würde das tun.

MRS ARBUTHNOT *nach einer Pause*

Gerald, ich nehme all meine Einwände zurück. Dir steht es frei, mit Lord Illingworth wegzugehen, wann und wohin immer du willst.

GERALD

Liebste Mutter, ich wußte, du würdest mir nicht im Wege stehen. Du bist die beste Frau, die Gott je geschaffen hat. Und was Lord Illingworth betrifft, so glaube ich nicht, daß er so gemeiner und niederträchtiger Handlungen überhaupt fähig wäre. Ich kann das von ihm nicht glauben – ich kann das nicht.

HESTER *draußen*

Lassen Sie mich! Lassen Sie mich!

Auftritt: HESTER. *In Panik läuft sie hinüber zu* Gerald *und wirft sich ihm in die Arme*

HESTER

Oh! Retten Sie mich – retten Sie mich vor ihm!

GERALD

Vor wem?

HESTER

Er hat mich beleidigt! Entsetzlich beleidigt! Retten Sie mich!

GERALD

Wer? Wer hat es gewagt –?

Auftritt: LORD ILLINGWORTH *im Bühnenhintergrund.* HESTER *reißt sich aus* GERALDS *Armen los und zeigt auf ihn*

GERALD *ist fast außer sich vor Wut und Abscheu*

Lord Illingworth, Sie haben das reinste Geschöpf auf Gottes Erdboden beleidigt, ein Geschöpf so rein wie meine eigene Mutter. Sie haben die Frau beleidigt, die ich neben meiner Mutter auf dieser Welt am meisten liebe. So wahr es einen Gott im Himmel gibt, ich bringe Sie um!

MRS ARBUTHNOT *läuft hinüber zu ihm und hält ihn zurück*

Nein! Nein!

GERALD *stößt sie zurück*

Halt mich nicht zurück, Mutter, halt mich nicht zurück – ich bringe ihn um.

MRS ARBUTHNOT

Gerald!

GERALD

Laß mich los, sage ich!

MRS ARBUTHNOT

Halt, Gerald, halt! Er ist dein Vater!

GERALD *packt die Hände seiner Mutter und schaut ihr ins Gesicht. Sie sinkt vor Scham langsam zu Boden.* HESTER *schleicht zur Tür.* LORD ILLINGWORTH *runzelt die Stirn und beißt sich auf die Lippen. Nach einer Weile hebt* GERALD *seine Mutter auf, legt seinen Arm um sie und führt sie aus dem Zimmer*

VORHANG

Vierter Akt

Wohnzimmer in Mrs. Arbuthnots Haus. Im Hintergrund eine breite Glastür zum Garten. Weitere Türen rechts und links von der Mitte. GERALD *sitzt am Tisch und schreibt. Auftritt von rechts:* ALICE *gefolgt von* LADY HUNSTANTON *und* MRS ALLONBY

ALICE

Lady Hunstanton und Mrs. Allonby. *Nach links ab*

LADY HUNSTANTON

Guten Morgen, Gerald.

GERALD *steht auf*

Guten Morgen, Lady Hunstanton; Mrs. Allonby.

LADY HUNSTANTON *setzt sich*

Wir sind gekommen, um uns nach Ihrer lieben Mutter zu erkundigen, Gerald, ich hoffe, es geht ihr besser?

GERALD

Meine Mutter ist bis jetzt noch nicht unten gewesen, Lady Hunstanton.

LADY HUNSTANTON

Ach, ich fürchte, die Hitze gestern abend war zu viel für sie. Ich glaube, da muß ein Gewitter in der Luft gelegen haben. Oder war es womöglich die Musik? Musik macht einem so romantische Gefühle – am Ende geht sie einem stets auf die Nerven.

MRS ALLONBY

Das ist beides dasselbe, heutzutage.

Lady Hunstanton
Ich bin so froh, daß ich nicht weiß, was Sie damit meinen, meine Liebe. Ich fürchte, Sie meinen etwas Falsches. Aber ich sehe, daß Sie Mrs. Arbuthnots hübsches Zimmer inspizieren. Ist es nicht reizend altmodisch?

Mrs Allonby *betrachtet den Raum durch ihre Lorgnette*
Ganz das traute englische Heim, wie es aussieht.

Lady Hunstanton
Wie treffend bemerkt, meine Liebe; genau die richtige Beschreibung. Man spürt den guten Einfluß Ihrer Mutter, Gerald, in allem, womit sie sich umgibt.

Mrs Allonby
Lord Illingworth sagt, jeder Einfluß sei schlecht, und der gute Einfluß sei der schlechteste auf der Welt.

Lady Hunstanton
Würde Lord Illingworth Mrs. Arbuthnot nur besser kennen, er hätte seine Meinung längst geändert. Ich muß ihn unbedingt hierher mitnehmen.

Mrs Allonby
Ich würde Lord Illingworth gern einmal in einem trauten englischen Heim erleben.

Lady Hunstanton
Das würde ihm nur gut tun, meine Liebe. Heutzutage scheinen die meisten Frauen in London ihre Wohnungen ausschließlich mit Orchideen, Ausländern und französischen Romanen zu möblieren. Hier dagegen haben wir die Insel einer sanften Seligen. Frische Blumen aus dem Garten, Bücher, die niemanden schockieren, Bilder, die jeder anschauen kann, ohne rot zu werden.

Mrs Allonby

Aber ich werde gern rot.

Lady Hunstanton

Nun, für das Rotwerden spricht eine ganze Menge, vorausgesetzt, man wird es im passenden Augenblick. Der gute arme Hunstanton sagte immer, ich würde es beinah zu selten. Aber dann war er wieder so eigen. Ich sollte keinen seiner männlichen Freunde kennenlernen, außer denen, die schon über siebzig waren, wie der arme Lord Ashton: Danach mußte er übrigens vor den Scheidungsrichter. Ein höchst unglücklicher Fall.

Mrs Allonby

Ich habe etwas übrig für Männer über siebzig. Sie bieten einem immerhin lebenslängliche Hingabe. Ich halte siebzig für das ideale Alter bei einem Mann.

Lady Hunstanton

Sie ist einfach unverbesserlich, nicht wahr, Gerald? A propos, Gerald, ich hoffe, Ihre liebe Mutter wird mich von nun an häufiger besuchen. Sie und Lord Illingworth reisen praktisch unverzüglich ab, nicht wahr?

Gerald

Ich habe meine Absicht, Lord Illingworths Sekretär zu werden, aufgegeben.

Lady Hunstanton

Das darf nicht wahr sein, Gerald! Das wäre ja höchst unklug von Ihnen. Welchen Grund könnten Sie haben?

Gerald

Ich glaube nicht, daß ich für den Posten geeignet bin.

Mrs Allonby

Ich wünschte, Lord Illingworth würde mich bitten, seine Sekretärin zu werden. Aber er behauptet, ich wäre nicht seriös genug.

Lady Hunstanton

Meine Liebe, Sie sollten in diesem Haus so etwas wirklich nicht sagen. Mrs. Arbuthnot hat keine Ahnung von der verdorbenen Gesellschaft, in der wir alle uns bewegen. Sie würde nicht dazugehören wollen. Sie ist viel zu gut. Ich betrachte ihren Besuch gestern abend als eine große Ehre. Dadurch verlief der Abend in einer geradezu respektablen Atmosphäre.

Mrs Allonby

Ah, bestimmt war es das, was in der Luft lag und das Sie für ein Gewitter hielten.

Lady Hunstanton

Meine Liebe, wie können Sie so was sagen? Es besteht keinerlei Ähnlichkeit zwischen den beiden Phänomenen. Aber im Ernst, Gerald, wie kommen Sie darauf, nicht der Geeignete zu sein?

Gerald

Lord Illingworths Weltanschauung und die meinige sind zu verschieden.

Lady Hunstanton

Aber, Gerald, in Ihrem Alter sollten Sie doch noch gar kein Weltanschaungen haben. Das wäre gänzlich unangebracht. In diesen Dingen sollten Sie sich der Führung anderer anvertrauen. Lord Illingworth hat Ihnen das schmeichelhafteste Angebot gemacht, wenn Sie mit ihm reisen, werden Sie etwas von der Welt sehen – so viel zumindest, wie man davon sehen sollte –, unter bestmöglichen Voraussetzungen, und Sie besuchen alle richtigen Leute, was so wichtig ist an diesem wegweisenden Punkt Ihrer Karriere.

GERALD

Ich will die Welt gar nicht sehen; ich habe genug von ihr gesehen.

MRS ALLONBY

Sie glauben doch hoffentlich nicht, daß Sie das Leben schon erschöpft haben, Mister Arbuthnot. Wenn ein Mann das sagt, weiß man, daß das Leben **ihn** erschöpft hat.

GERALD

Ich möchte meine Mutter nicht verlassen.

LADY HUNSTANTON

Nun, Gerald, das klingt nach purer Bequemlichkeit Ihrerseits. Ihre Mutter nicht verlassen! Wenn ich Ihre Mutter wäre, würde ich auf Ihrem Weggang bestehen.

Auftritt von links: ALICE

ALICE

Mrs. Arbuthnot läßt grüßen, Mylady, aber sie hat schlimme Kopfschmerzen und kann heute morgen niemanden empfangen. *Nach rechts ab*

LADY HUNSTANTON *steht auf*

Schlimme Kopfschmerzen! Das tut mir so leid! Vielleicht bringen Sie sie heute nachmittag mit nach Hunstanton, falls es ihr besser geht, Gerald.

GERALD

Heute nachmittag, fürchte ich, wohl kaum, Lady Hunstanton.

LADY HUNSTANTON

Gut, dann eben morgen. Ach, wenn Sie einen Vater hätten, Gerald, der würde Sie Ihr Leben hier nicht verschwenden lassen. Er würde Sie sofort zu Lord Illingworth schicken. Aber Mütter sind so weich. Sie geben ihren Söhnen in allem nach. Wir bestehen nur aus Herz, nur Herz. Kommen Sie, meine Liebe, ich muß noch am Pfarrhaus vorbei und mich nach Mrs. Daubeny erkundigen, der es, fürchte ich, alles andere als gut geht. Es ist bewundernswert, wie der Erzdiakon das trägt, absolut bewundernswert. Er ist der mitleidendste aller Ehemänner. Geradezu ein Vorbild. Auf Wiedersehen, Gerald, richten Sie Ihrer Mutter meine besten Wünsche aus.

MRS ALLONBY

Auf Wiedersehen, Mister Arbuthnot.

GERALD

Auf Wiedersehen.

LADY HUNSTANTON *und* MRS ALLONBY *ab.* GERALD *setzt sich und überliest seinen Brief*

GERALD

Mit welchem Namen soll ich unterschreiben? Ich, der kein Recht auf irgendeinen Namen hat. *Unterschreibt, schiebt den Brief in einen Umschlag, adressiert ihn und will ihn eben versiegeln, als die linke Tür aufgeht und* MRS ARBUTHNOT *eintritt.* GERALD *legt das Siegelwachs beiseite. Mutter und Sohn sehen einander an*

LADY HUNSTANTON *durch die rückwärtige Glastür*
Nochmals: Auf Wiedersehen, Gerald. Wir nehmen die Abkürzung durch Ihren hübschen Garten. Und vergessen Sie meinen Rat nicht – reisen Sie sogleich ab mit Illingworth.

MRS ALLONBY
Au revoir, Mr. Arbuthnot. Denken Sie daran, mir etwas Schönes von Ihren Reisen mitzubringen – aber keinen indischen Schal –, bloß keinen indischen Schal. *Beide ab*

GERALD
Mutter, ich habe ihm gerade geschrieben.

MRS ARBUTHNOT
Wem?

GERALD
Meinem Vater. Ich habe ihm geschrieben, er möge heute nachmittag um vier Uhr hierherkommen.

MRS ARBUTHNOT
Er soll nicht hierher kommen. Er soll die Schwelle meines Hauses nicht überschreiten.

GERALD
Er muß kommen.

MRS ARBUTHNOT
Gerald, wenn du mit Lord Illingworth fortgehen willst, geh sofort. Geh, bevor es mich umbringt; doch verlang nicht von mir, ihn zu empfangen.

GERALD
Mutter, du begreifst nicht. Nichts in der Welt kann mich dazu bringen, mit Lord Illingworth fortzugehen oder dich zu verlassen. So gut müßtest du mich doch

kennen. Nein: Ich habe ihm geschrieben, um von ihm zu verlangen –

MRS ARBUTHNOT

Was kannst du von ihm verlangen?

GERALD

Kannst du nicht erraten, Mutter, was in diesem Brief steht?

MRS ARBUTHNOT

Nein.

GERALD

Mutter, bestimmt kannst du das. Denk nach, denk daran, was zu tun ist, gleich, sofort, in den nächsten Tagen.

MRS ARBUTHNOT

Es gibt nichts, was zu tun wäre.

GERALD

Ich habe Lord Illingworth geschrieben, daß ich von ihm verlange, dich zu heiraten.

MRS ARBUTHNOT

Mich zu heiraten?

GERALD

Mutter, ich werde ihn zwingen, das zu tun. Der Fehler, der gemacht wurde, muß berichtigt werden. Sühne muß sein. Gerechtigkeit braucht vielleicht ihre Zeit, doch ihre Zeit kommt. In wenigen Tagen wirst du Lord Illingworths gesetzmäßige Gattin sein.

MRS ARBUTHNOT

Aber, Gerald –

GERALD

Ich werde darauf bestehen. Ich werde ihn dazu zwingen: Er wird nicht wagen, es abzulehnen.

MRS ARBUTHNOT

Aber, Gerald, ich bin es, die das ablehnt. Ich werde Lord Illingworth nicht heiraten.

GERALD

Ihn nicht heiraten? Mutter!

MRS ARBUTHNOT

Ich werde ihn sicher nicht heiraten.

GERALD

Aber begreifst du nicht: Ich tue das für dich, nicht für mich. Diese Heirat, diese notwendige Heirat, diese Heirat, die aus offensichtlichen Gründen unverzüglich stattfinden muß, wird mir nichts nutzen, wird mir keinen Namen geben, den ich zu Recht, rechtmäßig tragen könnte. Aber für dich wäre es doch etwas, wenn du, wenn meine Mutter, wenn auch erst spät, die Frau des Mannes würde, der mein Vater ist. Wäre das denn nichts?

MRS ARBUTHNOT

Ich werde ihn nicht heiraten.

GERALD

Mutter, du mußt.

MRS ARBUTHNOT

Ich werde nicht. Du sprichst von Sühne für einen Fehltritt. Wie könnte der an mir gesühnt werden? Es besteht nicht einmal die Möglichkeit, zu sühnen. Ich bin entehrt – er ist es nicht. Das ist alles. Es ist die übliche Geschichte von einem Mann und einer Frau, wie sie üblicherweise passiert, wie sie immer passiert. Und sie endet auch wie gewöhnlich. Die Frau hat zu leiden. Der Mann kommt davon.

GERALD

Ich weiß nicht, ob das gewöhnlich so endet, Mutter, ich hoffe, nicht. Doch dein Leben soll so nicht enden, um keinen Preis. Der Mann soll jede mögliche Wiedergutmachung leisten. Es wird nicht genügen. Es wird die Vergangenheit nicht tilgen. Das weiß ich. Doch wenigstens verspricht es für die Zukunft Besserung, Besserung für deine Zukunft, Mutter.

MRS ARBUTHNOT

Ich lehne es ab, Lord Illingworth zu heiraten.

GERALD

Wenn er selbst zu dir kommen und dich bitten würde, seine Frau zu werden, deine Antwort wäre eine andere. Denk daran, er ist mein Vater.

MRS ARBUTHNOT

Auch wenn er selbst käme, was er nicht tun wird, meine Antwort wäre dieselbe. Denk daran, ich bin deine Mutter.

GERALD

Mutter, du machst es mir entsetzlich schwer, wenn du so redest; und ich kann nicht begreifen, warum du dich weigerst, diese Angelegenheit vom richtigen, vom einzig angemessenen Standpunkt aus zu betrachten. Es geht darum, die Bitterkeit aus deinem Leben zu verscheuchen, den Schatten zu verscheuchen, der über deinem Namen liegt, deshalb muß diese Hochzeit stattfinden. Es gibt keine Alternative: und nach dieser Hochzeit können wir, du und ich, zusammen fortgehen. Doch zuvor muß die Hochzeit stattfinden. Es ist eine Verpflichtung, die du schuldig bist, nicht allein dir selbst, sondern allen anderen Frauen – ja: allen anderen Frauen auf der Welt, damit er nicht noch mehr betrügen kann.

MRS ARBUTHNOT

Ich bin anderen Frauen gar nichts schuldig. Unter ihnen gibt es keine einzige, die ich um Hilfe bitten könnte. Es gibt keine einzige Frau auf der Welt, von der ich Trost zu erwarten hätte, wenn ich welchen haben wollte, oder Mitgefühl, wenn ich welches verdienen sollte. Frauen sind hart zueinander. Dies Mädchen, gestern abend, so gut sie auch sein mag, fluchtartig hat sie den Raum verlassen, als wäre ich eine Aussätzige. Sie hatte recht. Ich bin eine Aussätzige. Doch meine Male gehören mir allein, und ich will sie allein ertragen. Ich muß sie allein ertragen. Was haben Frauen, die nicht gesündigt haben, mit mir gemein, oder ich mit ihnen? Wir sprechen nicht dieselbe Sprache.

Hinter ihrem Rücken, Auftritt: HESTER

GERALD

Ich beschwöre dich, das zu tun, was ich von dir verlange.

MRS ARBUTHNOT

Welcher Sohn hat von seiner Mutter je verlangt, ein so abscheuliches Opfer zu bringen? Keiner.

GERALD

Welche Mutter hat sich je geweigert, den Vater ihres eigenen Kindes zu heiraten? Keine.

Mrs Arbuthnot

Dann laß mich die erste sein. Ich werde es nicht tun.

Gerald

Mutter, du bist religiös und du hast mich dazu erzogen, es ebenfalls zu sein. Und bestimmt sagt dir deine Religion, diese Religion, die du mich gelehrt hast, als ich ein kleiner Junge war, Mutter, sie muß dir sagen, daß ich im Recht bin. Du weißt es, du fühlst es.

Mrs Arbuthnot

Ich weiß es nicht. Ich fühle es nicht, noch werde ich jemals hintreten vor Gottes Altar und Gottes Segen erbitten für solch eine abscheuliche Maskerade, wie es eine Eheschließung zwischen mir und George Harford wäre. Ich werde die Worte, welche die Kirche uns vorschreibt, nicht aussprechen. Ich werde sie nicht aussprechen. Ich wage es nicht. Wie könnte ich schwören, den Mann zu lieben, ihn, den ich hasse, ihn zu ehren, ihn, der mich entehrte, ihm zu gehorchen, ihm, dessen Herrschaft mich zur Sünderin gemacht hat? Nein, die Ehe ist ein Sakrament für jene, die einander lieben. Sie ist nicht für welche wie ihn oder solche wie mich. Gerald, um dich vor Hohn und Spott der Welt zu schützen, habe ich die Welt belogen. Zwanzig Jahre habe ich die Welt belogen. Ich konnte der Welt die Wahrheit nicht gestehen. Wer kann das je? Aber nicht zu meinem Besten werde ich Gott belügen in Gottes Gegenwart. Nein, Gerald, keine Zeremonie, von der Kirche geheiligt oder vom Staat verordnet, soll mich jemals an George Harford binden. Mag sein, daß ich bereits an ihn gebunden bin, an ihn, der mich beraubte, um mich reicher denn zuvor zurückzulassen, denn im Sumpf meines Lebens fand ich die Perle des Glücks oder das, was ich dafür hielt.

Gerald

Ich begreife dich nicht.

Mrs Arbuthnot

Männer begreifen nie, was Mütter sind. Ich bin nicht anders als andere Frauen, abgesehen von dem Unrecht, das mir angetan wurde, und dem Unrecht, das ich tat, und meinen sehr schweren Strafen und der großen Schande. Und noch um dich zu gebären, mußte ich dem Tod ins Auge sehen. Um dich am Leben zu erhalten, mußte ich mit ihm ringen. Der Tod hat mit mir gekämpft um dich. Alle Frauen haben mit dem Tod zu kämpfen, um ihre Kinder zu erhalten. Der Tod, der kinderlose, will unsere Kinder von uns nehmen. Gerald, als du nackt warst, habe ich dich gekleidet, als du hungrig warst, gab ich dir Speise. Tag und Nacht, den ganzen langen Winter, habe ich dich versorgt. Kein Dienst ist zu niedrig, keine Sorge zu tief für dies Geschöpf, das wir Frauen lieben – und, ach! Wie habe **ich dich** geliebt. Nicht weniger als Hannah Samuel. Und du brauchtest Liebe, denn du warst schwächlich, und nur Liebe hat dich am Leben halten können. Nur Liebe hält uns doch alle am Leben. Und Jungen sind oft sorglos, und gedankenlos verursachen sie Schmerz, und wir müssen uns stets damit trösten: wenn sie erst ins Mannesalter kommen und uns besser kennen, werden sie es uns vergelten. Doch es ist nicht so. Die Welt reißt sie von unserer Seite, und sie schließen Freundschaften mit anderen, bei denen sie sich wohler fühlen als mit uns, und sie amüsieren sich bei Gelegenheiten, von denen wir ausgeschlossen sind, und haben Interessen, die nicht die unseren sind: Und häufig sind sie ungerecht zu uns: denn finden sie das Leben bitter, ist das unsere

Schuld, und finden sie es süß, so dürfen wir die Süße nicht mit ihnen kosten ... Du fandest viele Freunde, gingst nach Haus zu ihnen und warst froh bei ihnen, und ich, die mein Geheimnis kannte, wagte nicht, dir zu folgen, blieb daheim statt dessen und hielt die Tür verschlossen, schloß gar die Sonne aus und saß im Dunkeln. Was hatte ich zu suchen in ehrenwerten Häusern? Meine Vergangenheit war immer um mich ... Du aber dachtest, ich kümmere mich nicht um des Lebens angenehme Seiten. Ich sage dir, ich lechzte danach, aber ich hatte keinen Mut, danach zu greifen, im steten Bewußtsein meines Unrechts. Du dachtest, ich sei glücklicher, wenn ich den Armen helfen konnte. Das war meine Mission, bildetest du dir ein. Es war sie nicht – doch wohin sonst konnte ich gehen? Die Siechen fragen nicht, ob die Hand, die ihre Kissen schüttelt, rein ist, noch kümmert es die Sterbenden, ob die Lippen, die ihre Stirne kühlen, den Kuß der Sünde kennen. Aber gedacht habe ich die ganze Zeit an dich; jenen gab ich die Liebe, die du nicht brauchtest; überschüttet habe ich sie mit einer Liebe, die nicht für sie bestimmt war ... Und du fandest, ich verbringe zu viel Zeit in der Kirche und mit Kirchendiensten. Aber an wen sonst sollte ich mich denn wenden? Gottes Haus ist das einzige, in dem man die Sünder willkommen heißt; in meinem Herzen aber warst nur du, Gerald, viel zu ausschließlich du. Denn ob ich schon Tag für Tag, zur Morgen- oder Abendandacht, in Gottes Haus gekniet habe, meine Sünde habe ich doch nie bereut. Wie konnte ich meine Sünde bereuen, wenn du, mein Geliebter, doch ihre Frucht warst! Selbst jetzt, da du zornig bist mit mir – bereuen kann ich sie nicht. Ich bereue nicht. Du bist mir mehr als meine Unschuld. Lieber bin ich deine Mutter – oh, so viel lieber! – als daß ich ewig rein geblieben wäre ... Oh, ist dir das nicht klar? Begreifst du das denn nicht? Es ist meine verlorene Ehre, die mich dich so liebgewinnen ließ. Es ist meine verlorene Ehre, die dich so eng an mich gebunden hat. Sie war der Preis, den ich für dich bezahlte – der Preis an Leib und Seele – der mich dich lieben läßt, wie ich dich liebe. Darum verlange nicht den fürchterlichen Schritt von mir, Kind meiner Schande, sei dieses Kind meiner Schande, bleibe es!

GERALD

Mutter, ich wußte nicht, daß du mich so sehr geliebt hast. Und ich will dir ein besserer Sohn sein, als ich gewesen bin. Und du und ich dürfen einander nie verlassen ... doch, Mutter ... Ich kann mir nicht helfen ... Du mußt die Frau meines Vaters werden. Du mußt ihn heiraten. Es ist deine Pflicht.

HESTER *rennt nach vorn und umarmt* MRS ARBUTHNOT

Nein, nein! Das sollen Sie nicht. Das wäre tatsächlich Entehrung, die erste, die Sie je erleben würde. Das wäre tatsächliche Schande; die erste, die Sie je erreicht hätte. Verlassen Sie ihn und kommen Sie mit mir. Es gibt andere Länder als England ... Ja! Andere Länder jenseits des Meeres, bessere, weisere und weniger ungerechte Länder. Haben wir ihn nicht beide geliebt?

GERALD

Hester!

HESTER *weist ihn zurück*

Nicht! Nicht! Du kannst mich gar nicht lieben, wenn du sie nicht genauso liebst. Du kannst mich nicht verehren, wenn sie nicht eine Heilige für dich ist. In ihr ward alle

Weiblichkeit gemartert. Nicht sie allein, in ihrem Haus sind wir alle betroffen.

GERALD
Hester, Hester, was soll ich tun?

HESTER
Ehrst du den Mann, der dein Vater ist?

GERALD
Ihn ehren? Ich verachte ihn. Er ist infam.

HESTER
Ich danke dir, daß du mich letzte Nacht vor ihm gerettet hast.

GERALD
Ach, das war nichts. Sterben würde ich, um dich zu retten. Aber du hast mir nicht gesagt, was ich nun tun soll!

HESTER
Habe ich mich nicht bei dir bedankt für **meine** Rettung?

GERALD
Doch was soll ich tun?

HESTER
Frag nur dein Herz, nicht meines. Ich hatte nie eine Mutter, sie zu retten oder zu entehren.

MRS ARBUTHNOT
Er ist hart – er ist so hart. Laßt mich gehen.

GERALD *eilt hinüber und kniet vor seiner Mutter*
Mutter, vergib mir: Es war meine Schuld.

Mrs Arbuthnot

Küß nicht meine Hände; sie sind kalt. Mein Herz ist kalt: etwas hat es gebrochen.

Hester

Ach, sagen Sie das nicht. Schmerz läßt ein Herz erst schlagen. Freude mag ein Herz in Stein verwandeln, Reichtum mag es gefühllos werden lassen, doch Kummer – Kummer kann es nicht brechen. Zudem, was bleibt Ihnen noch für Kummer? Was noch – in diesem Augenblick sind Sie ihm teurer, als Sie's jemals waren, teurer, obwohl Sie ihm schon teuer **waren**, und, oh, wie teuer **waren** Sie ihm stets. Ach, seien Sie ihm gnädig.

Gerald

Mutter und Vater bist du mir in einem. Ich brauch kein zweites Elternteil. Ich habe nur an dich gedacht, an dich allein. So sag doch etwas, Mutter. Hab ich die eine Liebe nur gefunden, um eine andre zu verlieren? Meinst du das etwa? Oh, Mutter, du bist grausam. *Steht auf und wirft sich schluchzend auf ein Sofa*

Mrs Arbuthnot *zu* Hester

Doch hat er denn tatsächlich eine andere Liebe jetzt gefunden?

Hester

Sie wissen, daß ich ihn immer geliebt habe.

Mrs Arbuthnot

Aber wir sind sehr arm.

Hester

Wer, der geliebt wird, wäre arm? Oh, keiner. Ich hasse meinen Reichtum. Er ist eine Last. Ich will ihn liebend gerne mit ihm teilen.

MRS ARBUTHNOT

Doch wir sind entehrt. Wir zählen zu den Ausgestoßenen. Gerald hat keinen Namen. Die Sünden der Eltern sollen gesühnt werden an ihren Kindern. So will es Gottes Gesetz.

HESTER

Ich war im Irrtum. Gottes einziges Gesetz heißt: Liebe.

MRS ARBUTHNOT

steht auf, nimmt HESTER *bei der Hand und geht mit ihr langsam zu dem Sofa hinüber, auf dem* GERALD *liegt, das Gesicht in den Händen vergraben. Sie berührt ihn, und er schaut auf*

Gerald, einen Vater kann ich dir nicht geben, doch ich bringe dir eine Frau.

GERALD

Mutter, ich bin ihrer nicht wert, weder ihrer noch deiner.

MRS ARBUTHNOT

Kommt sie an erster Stelle, bist du ihrer wert. Und wenn du fort bist, Gerald ... mit ... ihr fort – ach, denk an mich manchmal. Vergiß mich nicht. Und wenn du betest, bete auch für mich. Wenn wir uns am glücklichsten uns fühlen, dann sollten wir beten, und, Gerald, du wirst glücklich sein.

HESTER

Oh, Sie denken doch nicht etwa daran, uns zu verlassen?

GERALD

Mutter, du würdest uns verlassen?

MRS ARBUTHNOT

Ich könnte eine Schande für euch sein.

GERALD

Mutter!

MRS ARBUTHNOT

Dann ein wenig: und, falls ihr mich nur laßt, so bleibe ich bei euch für immer.

HESTER *zu* MRS ARBUTHNOT

Kommen Sie mit uns hinaus in den Garten.

MRS ARBUTHNOT

Später, später.

HESTER *und* GERALD *ab.* MRS ARBUTHNOT *geht nach links zur Tür, hält vor einem Spiegel über einem Kaminsims inne und schaut hinein. Auftritt von rechts:* ALICE.

ALICE

Ein Gentleman, der Sie sprechen möchte, Madam.

MRS ARBUTHNOT

Sagen Sie, ich wäre nicht zu Hause. Zeigen Sie mir seine Karte. *Nimmt die Karte vom Präsentierteller und schaut darauf* Sagen Sie ihm, ich wünsche ihn nicht zu sprechen. *Auftritt:* LORD ILLINGWORTH. MRS ARBUTHNOT *sieht ihn im Spiegel und erstarrt, ohne sich umzudrehen.* ALICE *ab* Was kannst du mir heute noch zu sagen haben, George Harford? Du kannst mir nichts zu sagen haben. Du mußt dies Haus verlassen.

LORD ILLINGWORTH

Rachel, Gerald weiß jetzt alles über dich und mich, wir müssen also zu einer Vereinbarung kommen, die uns alle drei zufriedenstellt. Ich kann dir versichern, daß er in mir den reizendsten und großzügigsten Vater haben wird.

MRS ARBUTHNOT

Mein Sohn kann jeden Moment hereinkommen. Ich

habe dich gestern abend gerettet. Mag sein, daß ich dich heute nicht mehr retten kann. Mein Sohn leidet stark unter meiner Entehrung, entsetzlich stark. Ich bitte dich zu gehen.

LORD ILLINGWORTH *setzt sich*

Gestern abend lief alles äußerst unglücklich. Dies alberne puritanische Mädel macht mir eine Szene, bloß weil ich sie küssen wollte. Was kann ein Kuß schon schaden?

MRS ARBUTHNOT *dreht sich um*

Ein Kuß kann ein Menschenleben ruinieren, George Harford. **Ich** weiß das. **Ich** weiß das nur zu gut.

LORD ILLINGWORTH

Das wollen wir doch im Moment wohl nicht diskutieren. Was heute wichtig ist und es gestern schon war, ist immer noch unser Sohn. Ich bin ganz begeistert von ihm, wie du weißt, und obwohl es dir seltsam vorkommen mag, habe ich sein Benehmen gestern abend unerhört bewundert. Er ist so wunderbar spontan für diese prüde Primadonna eingetreten. Er ist genau so, wie ich mir meinen Sohn gewünscht habe. Abgesehen davon, daß sich einer meiner Söhne nie auf die Seite der Puritaner schlagen sollte: das ist stets ein Irrtum. Nun, ich möchte folgenden Vorschlag machen.

MRS ARBUTHNOT

Lord Illingworth, ich bin an einem Vorschlag von Ihnen nicht interessiert.

LORD ILLINGWORTH

Unseren lächerlichen englischen Gesetzen zufolge kann ich Gerald nicht legitimieren. Aber ich kann ihm meinen

Besitz vermachen. Illingworth ist natürlich unveräußerlich, doch das Schloß ist ohnehin ein öder Schuppen. Er kann Ashby haben, das ist auch viel hübscher, Harborough, das die besten Jagdgründe in Nordengland bietet, und das Haus am St. James Square. Was kann ein Gentleman mehr verlangen in dieser Welt?

MRS ARBUTHNOT
Nichts mehr, da bin ich ganz sicher.

LORD ILLINGWORTH
Was den Tiel angeht, ein Titel ist in diesen demokratischen Tagen wirklich mehr eine Plage. Als George Harford hatte ich alles, was ich wollte. Nun habe ich lediglich noch alles, was andere Leute gerne hätten, was nicht halb so erfreulich ist. Nun, so weit mein Vorschlag.

MRS ARBUTHNOT
Wie schon gesagt, ich bin nicht interessiert, und ich bitte Sie, zu gehen.

LORD ILLINGWORTH
Der Junge wird sechs Monate im Jahr bei dir verbringen und die anderen sechs mit mir. Das ist vollkommen fair, oder etwa nicht? Du kannst jede Zuwendung haben, die du brauchst, und leben, wo du willst. Was deine Vergangenheit angeht, so weiß davon niemand außer mir selbst und Gerald. Da wäre natürlich noch die Puritanerin, die Puritanerin in weißer Spitze, doch die zählt nicht. Sie kann die Geschichte kaum erzählen, ohne zu erwähnen, daß sie sich gegen einen Kuß gewehrt hat, oder? Und alle Frauen werden sie für eine dumme Gans halten und die Männer für eine langweilige Kuh. Und du brauchst dir keine Sorgen darüber zu

machen, daß Gerald nicht mein Erbe wird. Ich brauche dir nicht zu sagen, daß ich nicht die leiseste Absicht habe, zu heiraten.

MRS ARBUTHNOT

Sie kommen zu spät. Mein Sohn braucht Sie nicht. Sie sind überflüssig.

LORD ILLINGWORTH

Wie meinst du das, Rachel?

MRS ARBUTHNOT

Daß Sie überflüssig sind für Geralds Karriere. Er bedarf Ihrer nicht.

LORD ILLINGWORTH

Ich verstehe dich nicht.

MRS ARBUTHNOT

Dann schauen Sie in den Garten. LORD ILLINGWORTH *steht auf und geht zur Glastür* Sie lassen sich wohl besser nicht blicken: Sie wecken unliebsame Erinnerungen. LORD ILLINGWORTH *schaut hinaus und erschrickt* Sie liebt ihn. Sie lieben einander. Wir sind in Sicherheit vor Ihnen, und wir werden fortgehen.

LORD ILLINGWORTH

Wohin?

MRS ARBUTHNOT

Das erzählen wir Ihnen nicht, und falls Sie uns finden, kennen wir Sie nicht. Sie scheinen überrascht? Welche Begrüßung hatten Sie erwartet von dem Mädchen, dessen Lippen Sie besudeln wollten, und von dem Jungen, dessen Leben Sie verschandelt haben, und von der Mutter, die Sie entehrten.

Lord Illingworth

Du bist verhärtet, Rachel.

Mrs Arbuthnot

Einst war ich zu weich. Für mich ist die Veränderung nur gut.

Lord Illingworth

Ich war sehr jung, seinerzeit. Wir Männer lernen zu früh das Leben kennen.

Mrs Arbuthnot

Und wir Frauen lernen das Leben zu spät kennen. Das ist der Unterschied zwischen Männern und Frauen.

Eine Pause

Lord Illingworth

Rachel, ich will meinen Sohn. Mein Geld mag ihm jetzt vielleicht nichts nutzen. Ich mag ihm vielleicht nichts nutzen, aber ich will meinen Sohn. Bring uns zusammen, Rachel. Du kannst es, wenn du willst. *Sieht den Brief auf dem Tisch*

Mrs Arbuthnot

Im Leben meines Sohnes ist kein Platz für **Sie**. Er interessiert sich nicht für **Sie**.

Lord Illingworth

Und warum schreibt er mir dann?

Mrs Arbuthnot

Wie meinen Sie das?

Lord Illingworth

Was für ein Brief ist das? *Nimmt den Brief vom Tisch*

MRS ARBUTHNOT

Das – ist nichts. Geben Sie ihn mir.

LORD ILLINGWORTH

Er ist adressiert an **mich**.

MRS ARBUTHNOT

Sie werden ihn nicht aufmachen. Ich verbiete Ihnen, ihn aufzumachen.

LORD ILLINGWORTH

Und in Geralds Handschrift.

MRS ARBUTHNOT

Er sollte nicht abgeschickt werden. Es ist ein Brief, den er heute morgen geschrieben hatte, bevor er mit mir gesprochen hat. Nun tut es ihm leid, ihn geschrieben zu haben, sehr leid. Sie werden ihn nicht aufmachen. Geben Sie ihn mir.

LORD ILLINGWORTH

Er gehört mir. *Öffnet ihn, setzt sich und liest ihn sorgfältig.* MRS ARBUTHNOT *beobachtet ihn die ganze Zeit* Du hast diesen Brief gelesen, Rachel, nehme ich an?

MRS ARBUTHNOT

Nein.

LORD ILLINGWORTH

Du weißt, was darin steht?

MRS ARBUTHNOT

Ja!

LORD ILLINGWORTH

Keine Sekunde räume ich ein, daß der Junge recht hat mit dem, was er sagt. Keine Sekunde räume ich ein, daß es eine wie immer geartete Verpflichtung meinerseits gibt, dich zu heiraten. Ich lehne das entschieden ab. Doch um meinen Sohn zurückzubekommen, bin ich bereit – ja, ich bin bereit, dich zu heiraten, Rachel – und dich stets mit der Zurückhaltung und dem Respekt zu behandeln, die dir als meiner Frau gebühren. Ich heirate dich, sobald du willst. Ich gebe dir mein Ehrenwort darauf.

MRS ARBUTHNOT

Dies Versprechen haben Sie mir schon einmal gegeben und es gebrochen.

LORD ILLINGWORTH

Jetzt werde ich es halten. Und das wird dir beweisen, daß ich meinen Sohn liebe, mindestens so sehr, wie du ihn liebst. Denn wenn ich dich heirate, Rachel, gibt es da einige Ziele, auf die ich wohl verzichten muß. Auch hochgesteckte Ziele, falls Ziele überhaupt hochgesteckt sein können.

MRS ARBUTHNOT

Ich lehne es ab, Sie zu heiraten, Lord Illingworth.

LORD ILLINGWORTH

Ist das dein Ernst?

MRS ARBUTHNOT

Jawohl.

LORD ILLINGWORTH

Nenn mir bitte deine Gründe. Sie würden mich außerordentlich interessieren.

MRS ARBUTHNOT

Die habe ich bereits meinem Sohn auseinandergesetzt.

Lord Illingworth

Ich nehme an, sie waren ausschließlich sentimental, oder nicht? Ihr Frauen lebt durch eure Gefühle und für sie. Ihr kennt keine Weltanschauung.

Mrs Arbuthnot

Sie haben recht. Wir Frauen leben durch unsere Gefühle und für sie. Durch unsere Leidenschaften und für sie, wenn Sie so wollen. Ich habe zwei Leidenschaften, Lord Illingworth, meine Liebe zu ihm und meinen Haß auf Sie. Die können Sie nicht töten. Sie nähren einander.

Lord Illingworth

Was ist das für eine Liebe, die den Haß als ihren Bruder braucht!

Mrs Arbuthnot

Es ist die Liebe, die ich für Gerald habe. Finden Sie das so entsetzlich? Gut, es ist entsetzlich. Liebe ist immer etwas Entsetzliches. Liebe ist immer etwas Tragisches. Ich habe Sie einmal geliebt, Lord Illingworth. Oh, es ist etwas Tragisches für eine Frau, Sie geliebt zu haben!

Lord Illingworth

Sie lehnen es also wirklich ab, mich zu heiraten?

Mrs Arbuthnot

Ja.

Lord Illingworth

Weil Sie mich hassen?

Mrs Arbuthnot

Ja.

Lord Illingworth

Und haßt mich mein Sohn ebenso, wie Sie es tun?

Mrs Arbuthnot

Nein.

Lord Illingworth

Darüber bin ich froh, Rachel.

Mrs Arbuthnot

Er verachtet Sie lediglich.

Lord Illingworth

So ein Pech! So ein Pech für ihn, meine ich.

Mrs Arbuthnot

Sei nicht enttäuscht, George. Anfangs lieben Kinder ihre Eltern. Nach einiger Zeit verurteilen sie sie. Sie verzeihen ihnen selten oder nie.

Lord Illingworth *liest nochmals und noch langsamer den Brief*

Darf ich fragen, mit welchen Argumenten Sie diesen Jungen, der diesen Brief geschrieben hat, diesen wundervollen, leidenschaftlichen Brief, glauben machten, daß Sie seinen Vater nicht heiraten sollten, den Vater Ihres eigenen Kindes.

Mrs Arbuthnot

Ich war es nicht, die ihm die Augen öffnete. Es war eine andere.

Lord Illingworth

Und welche Fin-de-siècle-Figur war es?

Mrs Arbuthnot

Die Puritanerin, Lord Illingworth.

Eine Pause

Lord Illingworth *zuckt zusammen, steht dann auf und geht langsam hinüber zu dem Tisch, auf dem sein Hut und seine Handschuhe liegen.* Mrs

ARBUTHNOT *steht nah bei dem Tisch. Er nimmt einen Handschuh und beginnt, ihn anzuziehen*

Dann bleibt wohl wenig hier für mich zu tun, Rachel?

MRS ARBUTHNOT

Nichts.

LORD ILLINGWORTH

Es heißt wohl Abschied nehmen, nicht wahr?

MRS ARBUTHNOT

Und dies Mal, hoffe ich, für immer, Lord Illingworth.

LORD ILLINGWORTH

Wie seltsam! In diesem Augenblick siehst du genauso aus wie in der Nacht vor zwanzig Jahren, als du mich verlassen hast. Du hast genau denselben Ausdruck in den Mundwinkeln. Auf mein Wort, Rachel, keine Frau hat mich je geliebt, wie du. Warum? Weil du dich mir geschenkt hast wie eine Blume, mit der ich machen durfte, was immer ich wollte. Du warst das schönste Spielzeug, die faszinierendste kleine Romanze … *Schaut zur Uhr* Viertel vor zwei! Ich muß zu Fuß zurück nach Hunstanton. Ich nehme nicht an, daß ich dich dort noch einmal sehen werde. Tut mir leid, das tut es wirklich. Es war eine amüsante Erfahrung, unter Leuten des eigenen Standes so jemand zu begegnen und auch noch mit Achtung behandelt zu sehen, die eigene Mätresse, den eigenen –

MRS ARBUTHNOT *greift sich den Handschuh und schlägt damit* LORD ILLINGWORTH *ins Gesicht.* LORD ILLINGWORTH *erschrickt. Er ist wie benommen von der erniedrigenden Bestrafung. Dann reißt er sich zusammen, geht zur Glastür und sieht zu seinem Sohn hinaus. Seufzt und verläßt den Raum*

Mrs Arbuthnot *fällt schluchzend auf das Sofa*

Er hätte es gesagt. Er hätte es gesagt.

Auftritt aus dem Garten: Gerald *und* Hester

Gerald

Was war los, liebe Mutter. Du bist einfach nicht herausgekommen. Also sind wir hereingekommen, um dich zu holen. Mutter, du hast doch nicht geweint? *Kniet neben ihr nieder*

Mrs Arbuthnot

Mein Junge! Mein Junge! Mein Junge! *Streicht ihm mit ihren Fingern durchs Haar*

Hester *kommt herüber*

Aber Sie haben doch jetzt zwei Kinder. Darf ich Ihre Tochter sein?

Mrs Arbuthnot *schaut auf*

Würden Sie mich denn als Mutter annehmen?

Hester

Nur Sie, von allen Frauen, die ich kenne.

Sie gehen eng umschlungen zur Tür, die in den Garten führt. Gerald *geht zum Tisch, um seinen Hut mitzunehmen. Im Umdrehen sieht er* Lord Illingworths *Handschuh am Boden liegen und hebt ihn auf*

Gerald

Sag, Mutter, wessen Handschuh ist das? Du hattest Besuch? Wer war es?

Mrs Arbuthnot *dreht sich zu ihm um*

Oh! Niemand. Niemand besonderes. Ein Mann ohne Bedeutung.

VORHANG

EIN IDEALER EHEMANN

Personen

Lord Caversham, *Ritter des Hosenbandordens*
Viscount Goring, *sein Sohn*
Sir Robert Chiltern,
Baronet, Unterstaaatssekretär im Außenministerium
Vicomte de Nanjac,
Attaché an der französischen Botschaft in London
Mr Montford
Mason, *Chilterns Butler*
Phipps, *Lord Gorings Diener*
James *und* Harold, *Lakaien*
Lady Chiltern
Lady Markby
Lady Basildon
Mrs Marchmont
Miss Mabel Chiltern, *Sir Robert Chilterns Schwester*
Mrs Cheveley

Die Handlung des Stücks spielt sich binnen 24 Stunden in London ab

Erster Akt

Der achteckige Saal in Sir Robert Chilterns Haus am Grosvenor Square. Der Raum ist glanzvoll erleuchtet und voller Gäste. Oben auf der Treppe steht LADY CHILTERN, *eine Frau von erhabener griechischer Schönheit, etwa 27 Jahre alt. Sie empfängt die Gäste, die heraufkommen. Über dem Treppenhaus hängt ein großer Kronleuchter mit Kerzen, deren Licht auf einen großen Wandteppich fällt; im Stil des französischen Rokoko zeigt er den Triumph der Liebe, nach einer Vorlage von Boucher, und bedeckt die Rückwand. Die Tür rechts führt ins Musikzimmer. Die Klänge eines Streichquartetts sind schwach hörbar. Die Tür links führt in weitere Empfangsräume.* MRS MARCHMONT *und* LADY BASILDON, *zwei auffallend hübsche Frauen, sitzen nebeneinander auf einem Sofa im Stil Ludwig des XVI. Sie wirken beide auf kostbare Art zerbrechlich. Die Affektiertheit ihrer Manieren wirkt auf gezierte Weise charmant. Watteau hätte sie gewiß gern gemalt*

MRS MARCHMONT

Heute abend noch zu den Hartlocks – gehst du hin, Margaret?

LADY BASILDON

Ich denke schon. Und du?

MRS MARCHMONT

Ja. Furchtbar langweilig, die Parties, die sie geben, nicht wahr?

LADY BASILDON

Furchtbar langweilig! Ich weiß nie, wieso ich hingehe. Ich weiß eigentlich nie, wieso ich überhaupt irgendwo hingehe.

Mrs Marchmont

Ich komme her, um mich zu bessern.

Lady Basildon

Ach, ich hasse es, verbessert zu werden.

Mrs Marchmont

Ich doch auch. Das bringt einen beinahe auf das Niveau der gewerbetreibenden Klassen hinunter, nicht wahr? Aber die gute Gertrude Chiltern erzählt mir ständig, ich sollte meinem Leben einen tieferen Sinn geben. Also komme ich her und versuche, einen zu entdecken.

Lady Basildon *nimmt ihre Lorgnette und schaut sich um*

Ich sehe hier beim besten Willen niemanden, dem man einen Sinn für das Tiefere unterstellen könnte. Der Mann, der mich zu Tisch geführt hat, wollte die ganze Zeit nur über seine Frau sprechen.

Mrs Marchmont

Wie ausgesprochen oberflächlich von ihm.

Lady Basildon

Grauenhaft oberflächlich. Worüber wollte dein Tischherr sich unterhalten?

Mrs Marchmont

Über mich.

Lady Basildon *uninteressiert*

Und hat es dich interessiert?

Mrs Marchmont *schüttelt den Kopf*

Nicht das kleinste bißchen.

Lady Basildon

Was sind wir doch für Märtyrerinnen, meine liebe Margaret!

Mrs Marchmont *steht auf*

Und wie gut uns das bekommt, Olivia!

Sie erheben sich und gehen Richtung Musikzimmer. Der Vicomte de Nanjac, *ein junger Attaché, bekannt für seine Krawatten und seine Anglomanie, nähert sich, macht eine tiefe Verbeugung und mischt sich in die Unterhaltung*

Mason *kündigt die Gäste vom Treppenabsatz an*

Mister und Lady Jane Barford. Lord Caversham.

Auftritt: Lord Caversham, *ein älterer Gentleman von siebzig, trägt Band und Stern des Hosenbandordens. Ein typischer Whig, fast wie von einem Lawrence-Portrait*

Lord Caversham

Guten Abend, Lady Chiltern. Ist mein junger Taugenichts von Sohn hier schon aufgetaucht?

Lady Chiltern *lächelnd*

Ich glaube nicht, daß Lord Goring schon hier ist.

Mabel Chiltern *kommt auf* Lord Caversham *zu*

Warum nennen Sie Lord Goring einen Taugenichts?

Mabel Chiltern *ist ein vollkommenes Beispiel für die typisch englische Schönheit: der Apfelblüten-Typus. Sie hat die ganz natürliche Grazie einer Wiesenblume. Ihr Haar wellt sich, als sei in jeder Locke Sonnenlicht gefangen, und die Lippen des kleinen Mündchens sind erwartungsfroh geöffnet, wie ein Kindermund. Sie verbindet die faszinierende Herrschsucht der Jugend mit der erstaunlichen Furchtlosigkeit der Unschuld. Nur den gesunden Menschenverstand erinnert sie nicht an ein Kunstwerk. Doch eigentlich ist sie wie ein Terrakotta-Figürchen und wäre sehr ungehalten, wenn man es ihr sagte*

LORD CAVERSHAM

Weil er so ein müßiges Leben führt.

MABEL CHILTERN

Wie können Sie sowas sagen? Reitet er nicht um zehn Uhr morgens durch die Allee, geht dreimal die Woche in die Oper, wechselt fünfmal am Tag den Anzug und diniert während der Saison jeden Abend auswärts? Das wollen Sie doch nicht als müßige Lebensführung bezeichnen, oder?

LORD CAVERSHAM *schaut sie mit freundlichem Augenzwinkern an*

Sie sind sehr charmant, junge Lady!

MABEL CHILTERN

Wie süß von Ihnen, das zu sagen, Lord Caversham! Sie müssen uns häufiger besuchen. Sie wissen doch, daß wir jeden Mittwoch zu Haus sind, und Sie sehen so gut aus mit Ihrem Ordensstern!

LORD CAVERSHAM

Gehe nirgends mehr hin. Londoner Gesellschaft macht mich krank. Würde mir nichts ausmachen, meinem eigenen Schneider vorgestellt zu werden; er wählt wenigstens die richtige Partei. Aber ich habe entschieden etwas dagegen, die Modistin meiner Frau zu Tisch führen zu müssen. Konnte Lady Cavershams Hüte nie ausstehen.

MABEL CHILTERN

Oh, ich liebe die Londoner Gesellschaft! Ich finde, sie hat sich enorm gebessert. Sie besteht jetzt ausschließlich aus wunderschönen Schwachsinnigen und geistreichen Mondsüchtigen. Genau wie eine Gesellschaft sein soll.

LORD CAVERSHAM

Hmm! Wozu gehört Goring? Zu den wunderschönen Schwachsinnigen oder zu der anderen Sorte?

MABEL CHILTERN *bedächtig*

Ich sah mich bisher genötigt, Lord Goring einer ganz eigenen Gattung zuzuordnen. Aber er entwickelt sich prachtvoll.

LORD CAVERSHAM

Wozu?

MABEL CHILTERN *mit einem kleinen Knicks*

Das kann ich Sie hoffentlich sehr bald wissen lassen, Lord Caversham.

MASON *kündigt die Gäste an*

Lady Markby. Mrs. Cheveley.

Auftritt: LADY MARKBY *und* MRS CHEVELEY. LADY MARKBY *ist eine erfreulich freundliche und allseits beliebte Frau, ihr graues hochgetürmtes Haar ist ebenso echt wie ihre Spitzen.* MRS CHEVELEY, *die sie begleitet, ist recht groß und schlank. Die schmalen Lippen sind stark geschminkt, ein scharlachroter Strich in einem blassen Gesicht. Das Haar ist tizianrot, die Nase adlergleich gebogen und der Hals lang. Rouge betont die natürliche Blässe ihres Teints. Graugrüne Augen, die nie zur Ruhe kommen. Ihr Kleid ist heliotropfarben und brilliantbesetzt. Sie sieht einer Orchidee ähnlich und weckt große Neugier. Mit jeder Bewegung betont sie ihre Anmut. Ein Gesamtkunstwerk, das allerdings die Einflüsse zu vieler Schulen erkennen läßt*

LADY MARKBY

Guten Abend, liebe Gertrude! Wie nett von Ihnen, daß ich meine Freundin Mrs. Cheveley mitbringen durfte. Zwei derart charmante Frauen müssen sich einfach kennen lernen!

Lady Chiltern *geht freundlich lächelnd auf* Mrs Cheveley *zu. Bleibt plötzlich stehen und verneigt sich eher förmlich* Ich glaube, Mrs. Cheveley und ich sind uns bereits begegnet. Ich wußte nicht, daß sie ein zweites Mal geheiratet hat.

Lady Markby *jovial*

Ach, heutzutage heiraten die Menschen doch, so oft sie nur können. Das ist sehr in Mode. *Zur* Herzogin von Maryborough Meine liebe Herzogin, und wie geht es dem Herzog? Noch immer etwas schwach im Kopf, nehme ich an? Nun, das war ja wohl auch nicht anders zu erwarten, nicht wahr? Genau dasselbe wie mit seinem alten Vater. Es geht doch nichts über einen guten Stall, oder?

Mrs Cheveley *spielt mit ihrem Fächer*

Sind wir uns denn wirklich schon einmal begegnet, Lady Chiltern? Ich kann mich gar nicht erinnern, wo. Ich war so lange nicht mehr in England.

Lady Chiltern

Wir sind zusammen zur Schule gegangen, Mrs. Cheveley.

Mrs Cheveley *von oben herab*

Tatsächlich? Ich habe keinerlei Erinnerung mehr an meine Schulzeit, nur den undeutlichen Eindruck, daß sie abscheulich gewesen ist.

Lady Chiltern *kühl*

Das überrascht mich nicht.

Mrs Cheveley *in ihrem schmelzendsten Tonfall*

Wissen Sie, ich freue mich so darauf, Ihren klugen Mann kennenzulernen, Lady Chiltern. Seit er im Auswärtigen Amt ist, wird in Wien so viel von ihm geredet.

Jetzt haben sie es sogar fertig gebracht, in den Zeitungen seinen Namen richtig zu schreiben. Auf dem Kontinent ist schon allein das ein Ruhmesblatt.

LADY CHILTERN

Ich kann mir kaum vorstellen, daß Sie und mein Mann viel gemeinsam haben, Mrs. Cheveley! *Geht weiter*

VICOMTE DE NANJAC

Ah! Chère Madame, quelle surprise! Ich habe Sie seit Berlin nicht mehr gesehen!

MRS CHEVELEY

Nicht seit Berlin, Vicomte. Und das ist fünf Jahre her!

VICOMTE DE NANJAC

Und Sie sind jünger und schöner denn je. Wie bewerkstelligen Sie das nur?

MRS CHEVELEY

Indem ich es mir zur Regel mache, mich nur mit so außerordentlich charmanten Leuten wie Ihnen zu unterhalten.

VICOMTE DE NANJAC

Oh! Sie schmeicheln mir. Sie schmieren mir Butter ums Maul, wie man hier sagt.

MRS CHEVELEY

Sagt man hier so? Wie schrecklich!

VICOMTE DE NANJAC

Ja, es ist eine wunderbare Sprache. Sie sollte weiter verbreitet sein.

Auftritt: SIR ROBERT CHILTERN. *Ein Mann von vierzig, der irgendwie jünger aussieht. Glatt rasiert, fein geschnittene Gesichtszüge, dunkelhaarig und dunkeläugig. Eine markante Persönlichkeit. Nicht unbedingt beliebt – aber das sind Persönlichkeiten selten. Doch zutiefst bewundert von wenigen und höchst geachtet von vielen. Ein Hauch von Hochmut gibt seinem vollkommen noblen Auftreten die besondere Note. Man hat das Gefühl, daß er sich des Erfolges, den er im Leben gehabt hat, stets bewußt ist. Ein nervöses Temperament hinter müden Augen. Mund und Kinn sind wie in Marmor gemeißelt und kontrastieren hart gegen den romantischen Ausdruck der tiefliegenden Augen. Der suggestive Widerspruch rührt von der fast vollständigen Trennung zwischen Gefühl und Verstand, als ob eine gewaltige Willenskraft Gedanken und Gefühle beide für sich in einem eigenen Bereich isoliert hätte. Die Nervosität nistet in den Nasenflügeln und den blassen, schmalen, spitzfingrigen Händen. Es wäre unzutreffend, ihn als malerisch bezeichnen zu wollen. Nichts Malerisches könnte im englischen Unterhaus überleben. Doch van Dyck hätte womöglich gern seinen Kopf gemalt*

SIR ROBERT CHILTERN

Guten Abend, Lady Markby! Sie haben doch hoffentlich Sir John mitgebracht?

LADY MARKBY

Oh, ich habe eine wesentlich charmantere Person als Sir John mitgebracht. Sir Johns Launen sind ganz unerträglich geworden, seit er sich ernsthaft der Politik widmet. Glauben Sie mir, jetzt, da das Unterhaus sich nützlich machen möchte, richtet es eine Menge Unheil an.

SIR ROBERT CHILTERN

Das will ich nicht hoffen, Lady Markby. Jedenfalls geben wir uns alle Mühe, in aller Öffentlichkeit Zeit zu verschwenden, oder etwa nicht? Aber wer ist die charmante Person, die Sie freundlicherweise zu uns mitgebracht haben?

LADY MARKBY

Ihr Name ist Mrs. Cheveley. Eine von den Cheveleys aus Dorset, nehme ich an. Aber so genau weiß ich das wirklich nicht. Die Familien sind so unübersichtlich heutzutage. Verläßlich ist nur noch eine Regel: jeder entpuppt sich am Ende als irgend jemand anderer.

SIR ROBERT CHILTERN

Mrs. Cheveley. Der Name kommt mir bekannt vor.

LADY MARKBY

Sie ist eben aus Wien eingetroffen.

SIR ROBERT CHILTERN

Ah, ja. Ich glaube, dann weiß ich, wen Sie meinen.

LADY MARKBY

Oh! Sie verkehrt dort überall und hat über all ihre Freunde so amüsanten Klatsch auf Lager. Ich muß den nächsten Winter unbedingt in Wien zubringen. Ich kann nur hoffen, daß sie in der Botschaft einen guten Küchenchef haben.

SIR ROBERT CHILTERN

Wenn nicht, muß unser Botschafter selbstverständlich abberufen werden. Darf ich Sie bitten, mir Mrs. Cheveley zu zeigen? Ich würde Sie gern einmal sehen.

LADY MARKBY

Ich werde Sie vorstellen. *Zu* MRS CHEVELEY Meine Liebe, Sir Robert Chiltern brennt darauf, Ihre Bekanntschaft zu machen.

SIR ROBERT CHILTERN *verbeugt sich*

Jeder brennt darauf, die Bekanntschaft der brillanten Mrs. Cheveley zu machen. Die Korrespondenz unserer Attachés in Wien handelt von nichts anderem.

MRS CHEVELEY

Vielen Dank, Sir Robert. Eine Bekanntschaft, die mit

einem Kompliment beginnt, wird sich bestimmt zu einer wahren Freundschaft entwickeln. Sie fängt gut an. Zumal ich entdeckt habe, daß ich Lady Chiltern bereits kenne.

SIR ROBERT CHILTERN

Wirklich?

MRS CHEVELEY

O ja. Sie hat mich gerade daran erinnert, daß wir zusammen auf der Schule waren. Ich sehe alles wieder genau vor mir. Sie bekam immerzu Preise für gutes Betragen. Ich werde nie vergessen, wie Lady Chiltern immerzu Preise für gutes Betragen bekommen hat!

SIR ROBERT CHILTERN *lächelt*

Und was für Preise haben Sie bekommen, Mrs. Cheveley?

MRS CHEVELEY

Meine Preise bekam ich erst etwas später im Leben. Und ich glaube nicht, daß auch nur einer für gutes Betragen dabei war. Keine Erinnerung!

SIR ROBERT CHILTERN

Ich bin sicher, es gab charmantere Anlässe.

MRS CHEVELEY

Ich wüßte nicht, daß Frauen je für ihren Charme ausgezeichnet würden. Ich glaube, normalerweise werden sie dafür bestraft! Der Hauptgrund dafür, daß heutzutage so viele Frauen alt wirken, liegt gewiß in der Beständigkeit ihrer Anbeter. Zumindest ist das in meinen Augen die einzige Erklärung für den erschreckend verhärmten Eindruck, den die meisten hübschen Frauen in Ihrem London hier machen.

Sir Robert Chiltern

Das klingt nach einer furchteinflößenden Philosophie! Der Versuch, Sie einzuordnen, wäre schon eine Frechheit, Mrs. Cheveley. Aber darf ich Sie etwas fragen, im Grunde Ihres Herzens, sind Sie da eine Optimistin oder eine Pessimistin? Das sind anscheinend die einzigen beiden Religionen, die uns die Mode der Saison noch übrigläßt.

Mrs Cheveley

Weder noch. Optimismus beginnt mit einem breiten Grinsen, und Pessimismus endet in einem blauen Wunder. Außerdem sind doch beides nichts als Posen.

Sir Robert Chiltern

Sie geben sich lieber natürlich?

Mrs Cheveley

Manchmal. Aber gerade diese Pose ist schwer durchzuhalten.

Sir Robert Chiltern

Was würden wohl die Autoren moderner psychologischer Romane, die heute so aktuell sind, von solch einer Theorie halten?

Mrs Cheveley

Ach, die Stärke der Frau liegt in der Tatsache, daß die Psychologie uns nicht erklären kann. Männer kann man analysieren, Frauen ... allenfalls anbeten.

Sir Robert Chiltern

Sie denken also, daß die Wissenschaft der Frauenfrage nicht gewachsen ist?

Mrs Cheveley

Wissenschaft ist dem Irrationalen nie gewachsen. Deshalb hat sie auch keine Zukunft mehr in dieser Welt.

Sir Robert Chiltern

Und Frauen stehen für das Irrationale.

Mrs Cheveley

Gut angezogene Frauen zumindest.

Sir Robert Chiltern *verbeugt sich höflich*

Ich fürchte, ich kann Ihnen da kaum zustimmen. Aber nehmen Sie doch Platz. Und nun erzählen Sie mir, was Sie aus der Lichterstadt Wien in unser düsteres London geführt hat – oder ist die Frage etwa zu indiskret?

Mrs Cheveley

Fragen sind nie indiskret – Antworten sind es bisweilen.

Sir Robert Chiltern

Nun, wie dem auch sei, darf ich erfahren, ob es die Politik war oder das Vergnügen?

Mrs Cheveley

Politik ist mein einziges Vergnügen. Sehen Sie, heutzutage ist es aus der Mode gekommen, zu flirten, bevor man vierzig ist, oder romantisch zu sein, bevor man fünfundvierzig ist, also bleibt uns armen Frauen – im weitesten Sinne – unter dreißig, doch nur mehr die Wahl zwischen Politik und Philanthropie. Und die Philanthropie ist für meinen Geschmack einfach zu etwas geworden, wozu Leute Zuflucht nehmen, die gern ihre Mitmenschen ärgern. Ich bevorzuge die Politik. Ich finde, sie hat mehr ... Chic!

Sir Robert Chiltern

Die politische Laufbahn ist eine vornehme Lebensaufgabe!

Mrs Cheveley

Manchmal. Und manchmal ist sie ein Geschicklichkeitsspiel, Sir Robert. Und manchmal ein großes Ärgernis.

Sir Robert Chiltern

Was ist sie für Sie?

Mrs Cheveley

Für mich? Eine Verbindung aus allen drei Möglichkeiten. *Läßt ihren Fächer fallen*

Sir Robert Chiltern *hebt den Fächer auf*

Sie erlauben.

Mrs Cheveley

Danke.

Sir Robert Chiltern

Aber Sie haben mir immer noch nicht erklärt, warum Sie London so plötzlich die Ehre geben. Unsere Saison ist fast vorüber.

Mrs Cheveley

Oh! Die Saison in London reizt mich wenig! Sie hat was vom Ehestand. Entweder die Leute sind auf der Jagd nach Ehemännern oder auf der Flucht vor ihnen. Ich wollte Sie kennenlernen. Das ist die ganze Wahrheit. Mein sehnlichster Wunsch war, Sie kennenzulernen und Sie ... darum zu bitten, etwas für mich zu tun.

Sir Robert Chiltern

Ich hoffe, es geht um mehr als eine Kleinigkeit, Mrs.

Chevely. Ich finde, Kleinigkeiten machen oft die größten Schwierigkeiten.

MRS CHEVELEY *nach kurzem Bedenken*

Nein, ich glaube, es geht nicht nur um eine Kleinigkeit.

SIR ROBERT CHILTERN

Wie mich das freut. Dann sagen Sie, worum es geht.

MRS CHEVELEY

Später. *Steht auf* Darf ich mich nun ein wenig in Ihrem wunderschönen Haus umschauen? Ich habe von Ihren entzückenden Bildern gehört. Der arme Baron Arnheim – Sie erinnern sich an den Baron? – hat mir oft von Ihren wunderbaren Corots erzählt.

SIR ROBERT CHILTERN *zuckt fast unmerklich zusammen*

Standen Sie Baron Arnheim näher?

MRS CHEVELEY *lächelt*

Sehr nah. Und Sie?

SIR ROBERT CHILTERN

Es gab eine Zeit.

MRS CHEVELEY

Ein großartiger Mann, nicht wahr?

SIR ROBERT CHILTERN *nach kurzem Zögern*

Er war sehr bemerkenswert, in vieler Hinsicht.

MRS CHEVELEY

Wie oft habe ich bedauert, daß er nie seine Memoiren geschrieben hat. Sie wären höchst interessant geworden.

Sir Robert Chiltern

Durchaus: Er kannte Menschen als auch Städte wohl, wie der alte Grieche sagt.

Mrs Cheveley

Ohne den gewaltigen Nachteil, eine Penelope zu haben, die daheim auf ihn wartete.

Mason

Lord Goring.

Auftritt: Lord Goring. *Vierunddreißig, gibt sich aber stets für jünger aus. Ein vornehmes, ausdrucksloses Gesicht. Er ist klug, wird aber nicht gern dafür gehalten. Ein perfekter Dandy, den es stören würde, als Romantiker zu gelten. Das Leben ist für ihn ein Spiel, und seine Beziehungen zur Welt sind ausgezeichnet. Er läßt sich gern mißverstehen. Das verschafft ihm eine gewisse Überlegenheit*

Sir Robert Chiltern

Guten Abend, mein lieber Arthur! Mrs. Cheveley, darf ich Ihnen Lord Goring vorstellen, Londons größten Müßiggänger.

Mrs Cheveley

Ich habe Lord Goring bereits kennengelernt.

Lord Goring *verbeugt sich*

Ich hätte nicht gedacht, daß Sie sich meiner erinnern, Mrs. Cheveley.

Mrs Cheveley

Mein Gedächtnis funktioniert ausgezeichnet. Und sind Sie immer noch Junggeselle?

Lord Goring

Ich ... glaube ja.

Mrs Cheveley

Was sind Sie für ein Romantiker!

Lord Goring

Oh! Ich bin keineswegs Romantiker! Ich bin noch nicht alt genug. Romanzen sind etwas für Senioren.

Sir Robert Chiltern

Lord Goring ist ein Geschöpf des Boodle's Clubs, Mr. Cheveley.

Mrs Cheveley

Er macht dieser Institution alle Ehre.

Lord Goring

Darf ich fragen, ob Sie länger in London bleiben?

Mrs Cheveley

Das hängt zum Teil vom Wetter ab, zum Teil von der Küche und zum Teil von Sir Robert.

Sir Robert Chiltern

Ich hoffe, Sie werden uns nicht in einen europäischen Krieg verwickeln?

Mrs Cheveley

Da besteht keine Gefahr, gegenwärtig! *Mit einem amüsierten Seitenblick nickt sie* Lord Goring *zu und geht dann mit* Sir Robert Chiltern *ab.* Lord Goring *bummelt hinüber zu* Mabel Chiltern

Mabel Chiltern

Sie kommen sehr spät!

Lord Goring

Haben Sie mich vermißt?

Mabel Chiltern

Schrecklich!

Lord Goring

Dann tut es mir leid, daß ich nicht länger ausgeblieben bin. Ich werde gern vermißt.

Mabel Chiltern

Wie außerordentlich egoistisch von Ihnen!

Lord Goring

Ich bin außerordentlich egoistisch.

Mabel Chiltern

Sie erwähnen mir gegenüber immer nur Ihre schlechten Eigenschaften, Lord Goring.

Lord Goring

Bis jetzt habe ich Ihnen gegenüber kaum die Hälfte davon erwähnt, Miss Mabel!

Mabel Chiltern

Sind die übrigen sehr schlecht?

Lord Goring

Ganz schrecklich! Denk ich daran in der Nacht, kann ich sofort einschlafen.

Mabel Chiltern

Na ja, ich bin entzückt von Ihren schlechten Eigenschaften. Ich wünsche nicht, daß Sie eine davon aufgeben.

Lord Goring

Wie reizend von Ihnen! Aber eigentlich sind Sie ja immer reizend. Was ich Sie übrigens fragen wollte, Miss Mabel. Wer hat Mrs. Cheveley hierher mitgebracht?

Diese Frau in Heliotrop, die eben mit Ihrem Bruder aus dem Zimmer gegangen ist?

MABEL CHILTERN

Oh, ich glaube, Mrs. Markby hat sie mitgebracht. Weshalb fragen Sie?

LORD GORING

Ich habe sie seit Jahren nicht mehr gesehen, nur deshalb.

MABEL CHILTERN

Was für eine absurde Begründung.

LORD GORING

Jede Begründung ist absurd.

MABEL CHILTERN

Was für eine Art von Frau ist sie?

LORD GORING

Oh, tagsüber genial und eine Schönheit des Nachts!

MABEL CHILTERN

Ich mag sie schon nicht mehr.

LORD GORING

Ein Beweis für Ihren bewundernswert guten Geschmack.

VICOMTE DE NANJAC *nähert sich*

Ah, in England sind es die jungen Damen, die wie Drachen den guten Geschmack bewachen, nicht wahr? Genau, die Drachen des guten Geschmacks.

LORD GORING

So steht es jedenfalls jeden Tag in der Zeitung.

Vicomte de Nanjac
Ich lese all Ihre englischen Zeitungen. Ich finde sie so amüsant.

Lord Goring
Dann, mein lieber Nanjac, beherrschen Sie offenbar die Kunst, zwischen den Zeilen zu lesen.

Vicomte de Nanjac
Das würde ich ja gern, aber mein Sprachlehrer verbietet es. *Zu* Mabel Chiltern Darf ich Sie ins Musikzimmer begleiten, Mademoiselle, es wäre mir ein Vergnügen.

Mabel Chiltern *sieht sehr enttäuscht aus*
Und mir erst, Vicomte, ein großes Vergnügen! *Wendet sich an* Lord Goring Sie kommen nicht mit ins Musikzimmer?

Lord Goring
Nicht solange dort noch Musik gemacht wird, Miss Mabel.

Mabel Chiltern *streng*
Das ist deutsche Musik. Sie würden sie nicht verstehen.
Ab mit dem Vicomte de Nanjac. Lord Caversham *kommt zu seinem Sohn herüber*

Lord Caversham
Nun, Sir! Was hast du hier zu suchen? Verschwendest deine Lebenszeit, wie üblich! Du solltest im Bett sein, Sir. Du bleibst zu lange auf. Gestern Nacht bei Lady Ruffords Tanzerei bis vier Uhr morgens, wie ich gehört habe!

Lord Goring

Nur bis Viertel vor vier, Vater.

Lord Caversham

Kann nicht verstehen, wie du die Londoner Gesellschaft aushältst. Ist auf den Hund gekommen, das Ganze, ein Haufen verdammter Nullen, die sich über Nichts unterhalten.

Lord Goring

Ich unterhalte mich liebend gern über Nichts, Vater. Es ist das einzige, wovon ich etwas verstehe.

Lord Caversham

Für mich sieht es so aus, als würdest du ausschließlich für dein Vergnügen leben.

Lord Goring

Wofür sollte man denn sonst leben, Vater? Nichts macht so alt wie Glück.

Lord Caversham

Du bist herzlos, Sir, sehr herzlos.

Lord Goring

Ich hoffe nicht, Vater. Guten Abend, Lady Basildon.

Lady Basildon *zieht ihre hübschen Augenbrauen hoch*

Sie hier? Ich hätte nie gedacht, daß Sie jemals an einer politischen Soiree teilnehmen würden!

Lord Goring

Ich finde politische Soireen hinreißend. Sie sind der letzte Freiraum, der uns geblieben ist, wo nicht über Politik geredet wird.

Lady Basildon

Ich find es entzückend, über Politik zu reden. Ich rede den ganzen Tag darüber. Aber ich kann es nicht ertragen, wenn ich jemandem dabei zuhören muß. Ich weiß nicht, wie diese unglücklichen Männer im Parlament diese langen Debatten durchstehen.

Lord Goring

Indem sie nie zuhören.

Lady Basildon

Tatsächlich?

Lord Goring *so ernsthaft wie möglich*

Allerdings. Sehen Sie, zuhören ist eine sehr gefährliche Sache. Wer zuhört, könnte überzeugt werden; und ein Mann, der es zuläßt, daß ihn ein Argument überzeugt, ist eine durch und durch unvernünftige Erscheinung.

Lady Basildon

Ach! Das erklärt so vieles, was ich an Männern nie verstanden habe, und so vieles an Frauen, was deren Ehemänner nie zu schätzen wußten!

Mrs Marchmont *mit einem Seufzer*

Unsere Ehemänner wissen nie etwas an uns zu schätzen. Dazu müssen wir uns stets an andere halten!

Lady Basildon *emphatisch*

Ja, stets an andere, was bleibt uns übrig?

Lord Goring *lächelnd*

Und das sind die Ansichten der beiden Damen, die in London dafür bekannt sind, die vorbildlichsten Ehemänner zu haben.

Mrs Marchmont

Das ist genau das, was wir nicht ertragen können. Mein Reginald ist so hoffnungslos fehlerfrei. Deswegen ist er bisweilen wahrhaft unerträglich! Ihn zu kennen, birgt nicht das geringste Element von Erregung.

Lord Goring

Wie furchtbar! Wirklich, die Sache sollte allgemein bekanntgemacht werden!

Lady Basildon

Basildon ist genauso schlimm; er ist so häuslich, als wäre er noch Junggeselle.

Mrs Marchmont *drückt* Lady Basildon *die Hand*

Meine arme Olivia! Wir haben perfekte Ehemänner geheiratet, und damit sind wir gestraft genug.

Lord Goring

Ich dachte immer, gestraft wären die Ehemänner.

Mrs Marchmont *richtet sich auf*

Bei Gott, nein! Sie sind denkbar glücklich! Und was ihr Vertrauen zu uns angeht: es ist so groß, daß es geradezu tragisch ist.

Lady Basildon

Absolut tragisch!

Lord Goring

Oder komisch, Lady Basildon?

Lady Basildon

Komisch bestimmt nicht, Lord Goring. Wie unfreundlich von Ihnen, so etwas überhaupt in Erwägung zu ziehen!

Mrs Marchmont

Ich fürchte, Lord Goring gehört zum Lager des Feindes, wie üblich. Ich hab ihn im Gespräch mit dieser Mrs. Cheveley gesehen, als er hereinkam.

Lord Goring

Gutaussehende Frau, diese Mrs. Cheveley.

Lady Basildon *steif*

Ich darf doch bitten: kein Lob für andere Frauen in unserer Gegenwart. Warten Sie doch ab, bis wir das aussprechen!

Lord Goring

Ich habe ja gewartet.

Mrs Marchmont

Nun, wir werden sie nicht loben. Mir ist zu Ohren gekommen, daß sie Montag abend in der Oper gewesen ist und Tommy Rufford beim Souper mitgeteilt hat, daß die Londoner Gesellschaft, soweit sie das sähe, ausschließlich aus Leuten bestehe, die entweder dandyhaft oder tantenhaft gekleidet seien.

Lord Goring

Damit hat sie auch ganz recht. Die Männer sehen aus wie Tanten und die Frauen wie Dandys, oder etwa nicht?

Mrs Marchmont *nach einer Pause*

Oh! Glauben Sie tatsächlich, daß Mrs. Cheveley das so gemeint hat?

Lord Goring

Selbstverständlich. Und so war auch das eine sehr sinnvolle Bemerkung, die Mrs. Cheveley da gemacht hat.

Auftritt: MABEL CHILTERN, *die sich der Gruppe anschließt*

MABEL CHILTERN

Wieso reden Sie über Mrs. Cheveley? Jeder redet hier über Mrs. Cheveley! Lord Goring sagt – was haben Sie gesagt, Lord Goring, über Mrs. Cheveley? Oh, ich weiß es wieder: sie sei tagsüber genial und des Nachts eine Schönheit.

LADY BASILDON

Welch entsetzliche Kombination! Geradezu unnatürlich!

MRS MARCHMONT *so verträumt wie möglich*

Ich sehe mir zu gern Genies an und höre zu gern schönen Menschen zu.

LORD GORING

Ah, wie morbide von Ihnen, Mrs. Marchmont!

MRS MARCHMONT *ihr Gesicht hellt sich auf zu reiner Freude*

Ich bin so froh, daß Sie das sagen! Marchmont und ich sind seit sieben Jahren verheiratet, und er hat mir nicht einmal gesagt, ich sei morbid. Die Unaufmerksamkeit der Männer wirkt so verletzend.

LADY BASILDON

Ich hab immer gesagt, liebe Margaret, du bist die morbideste Person in ganz London.

MRS MARCHMONT

Ja, du bist immer so mitfühlend, Olivia!

MABEL CHILTERN

Ist es morbide, ein Verlangen nach Nahrung zu verspüren? Ich verspüre ein großes Verlangen nach Nahrung, Lord Goring. Lord Goring, würden Sie mir zu einem Souper verhelfen?

LORD GORING

Mit Vergnügen, Miss Mabel. *Geht mit ihr ab*

MABEL CHILTERN

Wie ekelhaft Sie sich benommen haben! Sie haben den ganzen Abend nicht mit mir geredet!

LORD GORING

Wie konnte ich? Sie sind ja mit dem Nachwuchsdiplomaten abgezogen.

MABEL CHILTERN

Sie hätten uns ja nachkommen können. Eine Verfolgung wäre schon ein Gebot der Höflichkeit gewesen. Ich glaube nicht, daß ich Sie heute abend noch mag.

LORD GORING

Ich mag Sie sehr.

MABEL CHILTERN

Nun, dann wünschte ich, Sie würden das eindeutig erkennen lassen.

Sie gehen die Treppe hinunter

MRS MARCHMONT

Ich habe das komische Gefühl absoluter Leere. Ich glaube, ich hätte nichts gegen ein Souper. Ich weiß, daß ich gegen ein Souper gar nichts hätte.

LADY BASILDON

Ich könnte mich praktisch umbringen für ein Souper, Margaret.

Mrs Marchmont

Männer sind so furchtbar egoistisch, sie denken niemals an solche Dinge.

Lady Basildon

Männer sind grobe Klötze, grobe Klötze!

Auftritt: Vicomte de Nanjac *kommt aus dem Musikzimmer mit einigen weiteren Gästen. Nachdem er sämtliche Anwesende sorgfältig gemustert hat, nähert er sich* Lady Basildon

Vicomte de Nanjac

Darf ich um die Ehre bitten, Sie zum Souper zu führen, Comtesse?

Lady Basildon *kühl*

Ich soupiere niemals, danke, Vicomte. Vicomte de Nanjac *will sich schon zurück ziehen; als* Lady Basildon *das bemerkt, steht sie prompt auf und nimmt seinen Arm* Aber ich werde Sie mit Vergnügen hinunter begleiten.

Vicomte de Nanjac

Ich mache mir sehr viel aus dem Essen! Mein Geschmack ist in jeder Hinsicht sehr englisch.

Lady Basildon

Sie sehen richtig englisch aus, Vicomte, richtig englisch.

Beide ab. Mr Montford *ein perfekt geputzter Dandy, nähert sich* Mrs Marchmont

Mr Montford

Kleines Souper gefällig, Mrs. Marchmont?

Mrs Marchmont *mit matter Stimme*

Danke, Mister Montford, ich würde nie ein Souper anrühren. *Steht eilig auf und nimmt seinen Arm* Aber ich werde mich neben Sie setzen und Ihnen zuschauen.

MR MONTFORD

Ich weiß nicht recht, ob ich es gern habe, wenn man mir beim Essen zuschaut.

MRS MARCHMONT

Dann werde ich jemand anderem zuschauen.

MR MONTFORD

Ob ich das gern habe, weiß ich auch nicht so recht.

MRS MARCHMONT *streng*

Ich muß doch bitten, Mister Montford, machen Sie mir in der Öffentlichkeit keine dieser peinlichen Eifersuchtsszenen!

Sie gehen mit anderen Gästen die Treppe hinunter, vorbei an SIR ROBERT CHILTERN *und* MRS CHEVELEY, *die jetzt auftreten*

SIR ROBERT CHILTERN

Und werden Sie einen unserer Landsitze besuchen, bevor Sie England wieder verlassen, Mrs. Cheveley?

MRS CHEVELEY

Oh, nein! Eines Ihrer Wochenenden auf dem Lande würde ich nicht überstehen. In England versuchen Leute tatsächlich, schon beim Frühstück brillant zu sein. Das ist so unerträglich! Nur langweilige Leute sind beim Frühstück brillant. Und die Mumie der Familie liest dauernd Familiengebete vor. Mein Aufenthalt in England hängt ganz von Ihnen ab, Sir Robert. *Setzt sich aufs Sofa*

SIR ROBERT CHILTERN *nimmt neben ihr Platz*

Ist das Ihr Ernst?

Mrs Cheveley

Mein voller Ernst. Ich möchte mit Ihnen über ein großes Projekt sprechen, groß in politischer und finanzieller Hinsicht, es geht um diese argentinische Kanal-Gesellschaft.

Sir Robert Chiltern

Was muß das für ein prosaisches, praktisches Gesprächsthema sein für Sie, Mrs. Cheveley!

Mrs Cheveley

Oh, ich mag prosaische, praktische Themen. Was ich nicht mag, sind prosaische, praktische Menschen. Das ist ein himmelweiter Unterschied. Außerdem sind Sie, soviel ich weiß, interessiert an internationalen Kanal-Projekten. Als die Regierung die Suezkanal-Aktien kaufte, waren Sie Lord Radleys Sekretär, oder nicht?

Sir Robert Chiltern

Ja. Aber der Suezkanal war eine sehr große, ja großartige Unternehmung. Er öffnete uns den direkten Seeweg nach Indien. Er war von Bedeutung für das Empire. Es war notwendig, darüber die Kontrolle zu haben. Dies argentinische Projekt ist ein ganz alltäglicher Börsenschwindel.

Mrs Cheveley

Eine Spekulation, Sir Robert! Eine brillante, wagemutige Spekulation.

Sir Robert Chiltern

Glauben Sie mir, Mrs. Cheveley, es ist ein Schwindel. Lassen Sie uns die Dinge beim Namen nennen. Das macht die Sache einfacher. Wir haben im Auswärtigen Amt alle Informationen darüber. Tatsächlich habe ich eine Kommission damit beauftragt, die Sache inoffiziell zu untersuchen, und in ihrem Bericht steht, daß mit den Arbeiten kaum begonnen wurde, und wo das bereits investierte Geld geblieben ist, scheint niemand zu wissen. Das Ganze ist ein zweites Panama, und das mit weniger als dem vierten Bruchteil der Erfolgschance, die jene unerfreuliche Affäre jemals hatte. Ich hoffe, Sie haben nichts darin investiert. Ich bin sicher, Sie sind viel zu klug, um das zu tun.

MRS CHEVELEY
Ich habe darin investiert, und zwar sehr erheblich.

SIR ROBERT CHILTERN
Wer könnte Ihnen geraten haben, so etwas Törichtes zu tun?

MRS CHEVELEY
Ein alter Freund von Ihnen – und von mir.

SIR ROBERT CHILTERN
Wer?

MRS CHEVELEY
Baron Arnheim.

SIR ROBERT CHILTERN *stirnrunzelnd*
Ah, ja! Ich erinnere mich, kurz vor seinem Tode gehört zu haben, er wäre in die ganze Affäre verwickelt.

MRS CHEVELEY
Sie war seine letzte Romanze. Ich will ihm nicht unrecht tun: seine vorletzte.

SIR ROBERT CHILTERN *steht auf*
Aber Sie haben meine Corots ja noch nicht gesehen. Sie sind im Musikzimmer. Corots vertragen sich an-

scheinend mit Musik, finden Sie nicht? Darf ich Sie Ihnen zeigen?

MRS CHEVELEY *schüttelt den Kopf*

Ich bin heute abend nicht in der Stimmung für silbriges Zwielicht oder rosarotes Dämmern. Ich möchte übers Geschäft reden. *Bedeutet ihm mit ihrem Fächer, sich wieder zu setzen*

SIR ROBERT CHILTERN

Ich fürchte, Mrs. Cheveley, ich kann Ihnen keinen anderen Rat geben, als sich auf etwas weniger Gefährliches zu verlegen. Der Erfolg des Kanals ist natürlich von der Haltung Englands abhängig. Und ich werde den Bericht der Kommission dem Unterhaus morgen abend vorlegen.

MRS CHEVELEY

Das sollten Sie nicht tun, Sir Robert. In Ihrem eigenen Interesse, von meinem nicht zu reden, Sir Robert, das sollten Sie nicht tun.

SIR ROBERT CHILTERN *sieht sie verwundert an*

In meinem Interesse? Meine liebe Mrs. Cheveley, wie meinen Sie das?

MRS CHEVELEY

Sir Robert, ich will ganz offen zu Ihnen sein. Ich möchte, daß Sie den Bericht zurückziehen, den Sie dem Unterhaus vorzulegen beabsichtigen, mit der Begründung, daß Sie Anlaß haben anzunehmen, die Kommission sei voreingenommen oder falsch informiert gewesen oder dergleichen. Dann möchte ich, daß Sie ein paar Worte sagen in dem Sinne, daß die Regierung die Frage noch einmal überdenken wolle und daß Sie Anlaß haben anzunehmen, daß der Kanal, einmal fertiggestellt, von großer internationaler Bedeutung sein könne. Sie wissen ja, was Minister in solchen Fällen zu sagen pflegen. Ein paar Gemeinplätze werden reichen. Im modernen Leben ist nichts effektvoller als ein guter Gemeinplatz. Er macht die Welt zum Dorf. Werden Sie das für mich tun?

SIR ROBERT CHILTERN

Mrs. Cheveley, Sie können mir nicht im Ernst so etwas vorschlagen!

MRS CHEVELEY

Es ist mein voller Ernst.

SIR ROBERT CHILTERN *kühl*

Bitte, gestatten Sie mir zu unterstellen, dem wäre nicht so.

MRS CHEVELEY *spricht bedächtig mit großem Nachdruck*

Ah! Doch es ist so. Und wenn Sie tun, worum ich Sie bitte, werde ich ... Sie fürstlich bezahlen.

SIR ROBERT CHILTERN

Mich bezahlen!

MRS CHEVELEY

Ja.

SIR ROBERT CHILTERN

Ich fürchte, ich verstehe nicht, was Sie meinen.

MRS CHEVELEY *lehnt sich im Sofa zurück und fixiert ihn*

Welch große Enttäuschung! Und ich bin eigens aus Wien gekommen, nur um mich Ihnen vollkommen verständlich zu machen.

Sir Robert Chiltern

Vergebens, fürchte ich.

Mrs Cheveley *so nonchalant wie möglich*

Mein lieber Sir Robert, Sie sind ein Mann von Welt und, ich nehme an, Sie haben Ihren Preis. Den hat jeder, heutzutage. Der Nachteil ist, daß die meisten Leute so furchtbar teuer sind. Ich bin es, das weiß ich. Hoffentlich werden Ihre Forderungen etwas angemessener sein.

Sir Robert Chiltern *steht voll Entrüstung auf*

Wenn Sie gestatten, werde ich Ihnen jetzt Ihre Kutsche kommen lassen. Sie haben so lange im Ausland gelebt, Mrs. Cheveley, daß es Ihnen offensichtlich unmöglich ist, sich darüber klarzuwerden, daß Sie mit einem englischen Gentleman sprechen.

Mrs Cheveley *hält ihn mit einer Berührung ihres Fächers zurück und läßt den auf seinem Arm, während sie redet* Mir ist klar, daß ich mit einem Mann spreche, der den Grundstock zu seinem Vermögen gelegt hat, indem er ein Kabinettsgeheimnis an einen Börsenspekulanten verkauft hat.

Sir Robert Chiltern *beißt sich auf die Lippen*

Wie meinen Sie das?

Mrs Cheveley *steht auf und sagt ihm ins Gesicht*

Ich meine, daß ich die wahren Wurzeln Ihres Wohlstands und Ihrer Karriere kenne und daß ich außerdem einen Brief besitze.

Sir Robert Chiltern

Was für ein Brief?

Mrs Cheveley *geringschätzig*

Den Brief, den Sie Baron Arnheim geschrieben haben,

als Sie Lord Radleys Sekretär waren, und in dem Sie dem Baron rieten, er solle Suezkanal-Aktien kaufen – ein Brief, der geschrieben wurde, drei Tage, bevor die Regierung ihre eigene Kaufabsicht bekannt gemacht hat.

SIR ROBERT CHILTERN *heiser*

Das ist nicht wahr.

MRS CHEVELEY

Sie dachten, dieser Brief sei vernichtet worden. Wie dumm von Ihnen! Er befindet sich in meinem Besitz.

SIR ROBERT CHILTERN

Die Affäre, auf die Sie anspielen, war eine bloße Spekulation. Das Unterhaus hatte die Gesetzesvorlage noch nicht einmal gebilligt; sie hätte abgewiesen werden können.

MRS CHEVELEY

Es war ein Schwindel, Sir Robert. Lassen Sie uns die Dinge beim Namen nennen. Das macht alles einfacher. Und nun werde ich Ihnen diesen Brief verkaufen, und der Preis, den ich dafür verlange, ist Ihre öffentliche Unterstützung des argentinischen Projekts. Sie haben Ihr Vermögen mit dem einen Kanal gemacht. Sie müssen mir und meinen Freunden behilflich sein, unseres mit einem anderen zu machen!

SIR ROBERT CHILTERN

Das ist infam, was Sie vorschlagen – infam!

MRS CHEVELEY

O nein! Dies ist das Spiel des Lebens, bei dem wir alle mitspielen müssen, Sir Robert, früher oder später!

Sir Robert Chiltern

Was Sie von mir verlangen, kann ich nicht tun.

Mrs Cheveley

Sie meinen, Sie können nichts dagegen tun. Sie wissen, Sie stehen am Rande eines Abgrunds. Und das ist eine Lage, in der Sie keine Forderungen zu stellen haben. Sie haben allenfalls welche zu erfüllen. Unterstellt, Sie lehnen ab –

Sir Robert Chiltern

Was dann?

Mrs Cheveley

Was dann, mein lieber Sir Robert? Dann sind Sie ruiniert, das ist alles! Vergessen Sie nicht, wohin Ihr Puritanismus Sie in England gebracht hat. Früher einmal hat niemand den Anspruch erhoben, ein bißchen besser zu sein als seine Nachbarn. Im Gegenteil, ein bißchen besser zu sein, galt als ausgesprochen vulgär und bourgeois. Wir heutzutage, mit unserer modernen Manie für Moral, müssen uns alle als Ausbund von Ehrlichkeit, Unbestechlichkeit und sämtlicher sieben Tod-Tugenden ausgeben – und mit welchem Resultat? Alle fallen um wie die Kegel – einer nach dem anderen. Es vergeht doch kein Jahr in England, ohne daß jemand einfach verschwindet. Früher wurde ein Mann durch Skandale erst attraktiv oder zumindest interessant – heute brechen sie ihm das Genick. Und Ihr Skandal ist besonders häßlich. Den überleben Sie nicht. Wenn bekannt wird, daß Sie, als junger Mann und Sekretär eines Ministers von großer Bedeutung, ein Kabinettsgeheimnis verkauft haben für sehr viel Geld, das dann zur Grundlage Ihres Vermögens und

Ihrer Karriere wurde, werden Sie zum Abschuß freigegeben, spurlos verschwinden werden Sie aus dem öffentlichen Leben. Und, Sir Robert, warum sollten Sie Ihre gesamte Zukunft opfern, anstatt sich diplomatisch mit dem Feind zu arrangieren? Im Moment bin ich Ihr Feind. Das gebe ich zu! Und ich bin in einer viel stärkeren Position als Sie. Die schweren Geschütze sind auf meiner Seite. Sie haben eine exponierte Stellung, aber es ist eben Ihre exponierte Stellung, die Sie so verwundbar macht. Sie können sie nicht halten! Und ich bin im Angriff. Natürlich bin ich Ihnen nicht mit Moral gekommen. Fairerweise müssen Sie zugeben, daß ich Ihnen das erspart habe. Vor Jahren haben Sie etwas gemacht, was ebenso clever wie skrupellos war; es wurde ein großer Erfolg. Sie verdanken ihm Ihr Vermögen und Ihre Stellung. Und jetzt müssen Sie dafür bezahlen. Früher oder später müssen wir alle für unsere Taten bezahlen. Sie müssen jetzt bezahlen. Bevor ich Sie heute abend verlasse, müssen Sie mir versprochen haben, daß Sie Ihren Bericht unterdrücken und vor dem Unterhaus eine Rede zugunsten dieses Projekts halten werden.

Sir Robert Chiltern

Sie verlangen das Unmögliche.

Mrs Cheveley

Sie müssen es möglich machen. Sie werden es möglich machen. Sir Robert, Sie wissen, wie Ihre englischen Zeitungen reagieren. Stellen Sie sich vor: sobald ich dies Haus verlassen habe, fahre ich in irgendeine Zeitungsredaktion, liefere ihnen den Skandal und die Beweise dafür! Denken Sie an deren klammheimliche Freude, an das Vergnügen, mit dem die Sie heruntermachen, an den Schmutz und den Morast, durch den Sie gezogen werden. Denken Sie an den Heuchler und sein schmieriges Grinsen, wenn er seinen Leitartikel verfaßt und die schleimigsten Schlagzeilen für den Aushang formuliert.

SIR ROBERT CHILTERN

Genug! Sie verlangen von mir, daß ich den Bericht zurückziehe und ein kurzes Statement abgebe, in dem ich mein Zutrauen in die Möglichkeiten äußere, die in dem Projekt stecken?

MRS CHEVELEY *setzt sich aufs Sofa*

Das sind meine Bedingungen.

SIR ROBERT CHILTERN

Ich kann Ihnen Geld geben, jede gewünschte Summe.

MRS CHEVELEY

Selbst Sie, Sir Robert, sind nicht reich genug, um Ihre Vergangenheit zurückzukaufen. Kein Mensch ist das.

SIR ROBERT CHILTERN

Ich werde nicht tun, was Sie verlangen. Das werde ich nicht.

MRS CHEVELEY

Sie müssen. Wenn nicht ... *sie steht vom Sofa auf*

SIR ROBERT CHILTERN *verwirrt und entnervt*

Warten Sie noch einen Moment! Was schlagen Sie vor? Sie haben gesagt, daß Sie mir meinen Brief zurückgeben, oder nicht?

MRS CHEVELEY

Ja. Einverstanden. Ich bin morgen abend um halb elf auf der Damentribüne. Wenn Sie bis dahin – und Sie werden Gelegenheiten genug haben – vor dem Haus eine Erklärung in meinem Sinne abgegeben haben, erstatte ich Ihnen Ihren Brief zurück mit verbindlichstem Dank und der besten – oder zumindest der angemessensten – Empfehlung, die mir einfällt. Ich habe vor, so fair wie möglich mit Ihnen umzugehen. Man sollte immer fair sein ... wenn man die besseren Karten hat. Das hat mir der Baron beigebracht ... unter anderem.

SIR ROBERT CHILTERN

Sie müssen mir Zeit lassen, Ihren Vorschlag zu überdenken.

MRS CHEVELEY

Nein; Sie müssen sich jetzt entscheiden.

SIR ROBERT CHILTERN

Lassen Sie mir eine Woche – drei Tage!

MRS CHEVELEY

Unmöglich! Ich muß noch heute nacht Wien telegraphieren.

SIR ROBERT CHILTERN

Mein Gott! Was hat Sie in mein Leben geführt?

MRS CHEVELEY

Die Umstände. *Geht Richtung Tür*

SIR ROBERT CHILTERN

Gehen Sie noch nicht. Ich bin einverstanden. Der Bericht wird zurückgezogen. Ich werde etwas arrangieren, eine Anfrage, die mir zu dem Thema gestellt wird.

MRS CHEVELEY

Ich danke Ihnen. Ich wußte, daß wir zu einer gütlichen

Einigung kommen würden. Ich habe Ihre Art sofort durchschaut. Ich habe Sie analysiert, obwohl Sie mir nicht gewogen waren. Und nun dürfen Sie meine Kutsche vorfahren lassen, Sir Robert. Ich sehe, die Leute kommen vom Souper zurück, und Engländer werden nach dem Essen stets romantisch, und das langweilt mich entsetzlich.

Sir Robert Chiltern *ab. Auftritt:* Lady Chiltern, Lady Markby, Lord Caversham, Lady Basildon, Mrs Marchmont, Vicomte de Nanjac, Mr Montford

Lady Markby

Nun, meine liebe Mrs. Cheveley, ich hoffe, Sie haben sich gut amüsiert. Sir Robert ist doch sehr unterhaltsam, nicht wahr?

Mrs Cheveley

Äußerst unterhaltsam! Ich habe unser Gespräch unendlich genossen.

Lady Markby

Er hat eine sehr interessante und brillante Karriere gemacht. Und er hat eine höchst bewundernswerte Frau geheiratet. Und Lady Chiltern – ich sage das gern – ist eine Frau mit ehernen Grundsätzen. Ich selbst bin ja nun ein bißchen zu alt für die Mühe, mit gutem Beispiel voranzugehen, aber Menschen, die das tun, bewundere ich stets. Und Lady Chilterns Einfluß veredelt das Leben, auch wenn ihre Dinner-Partys bisweilen schleppend verlaufen. Aber man kann nicht alles haben, oder? Und nun muß ich gehen, meine Liebe. Soll ich Sie morgen abholen?

Mrs Cheveley

Danke.

Lady Markby

Wir könnten gegen fünf in den Park fahren. Im Park sieht jetzt alles so frisch aus!

Mrs Cheveley

Abgesehen von den Leuten.

Lady Markby

Vielleicht sind die Leute ein wenig ermattet. Ich habe schon oft beobachtet, daß die Saison, je weiter sie fortschreitet, zu einer Art Gehirnerweichung führt. Jedenfalls immer noch besser als intellektueller Hochdruck, finde ich. Das ist der unpassendste Zustand, den es gibt. Bei jungen Damen kann er zu besonders großen Nasen führen. Und was ist schwieriger unter die Haube zu bringen, als eine große Nase; Männer mögen so was nicht. Gute Nacht, meine Liebe! *Zu* Lady Chiltern Gute Nacht, Gertrude! *Geht ab am Arm von* Lord Caversham

Mrs Cheveley

Was für ein reizendes Haus Sie haben, Lady Chiltern! Ich habe einen entzückenden Abend verbracht. Es war so interessant, Ihren Mann kennenzulernen.

Lady Chiltern

Warum wollten Sie meinen Mann denn kennenlernen, Mrs. Cheveley?

Mrs Cheveley

Oh, das werde ich Ihnen sagen. Ich wollte ihn für diese argentinische Kanalgesellschaft interessieren, von dem Sie, wenn ich nicht irre, schon gehört haben dürften. Und ich fand ihn sehr aufgeschlossen – Argumenten aufgeschlossen, meine ich. Bei Männern eine seltene Sache. In zehn Minuten hatte ich ihn bekehrt. Er wird morgen im Unterhaus eine Rede zugunsten des Projekts halten. Wir sollten unbedingt auf die Damengalerie gehen und ihn hören! Das wäre doch eine gute Gelegenheit!

LADY CHILTERN

Das muß sich um einen Irrtum handeln. Dies Projekt würde mein Mann nie unterstützen.

MRS CHEVELEY

Oh, ich versichere Ihnen, alles ist bestens geregelt. Selbst meine langweilige Anreise von Wien bedauere ich jetzt nicht mehr. Aber für die nächsten vierundzwanzig Stunden muß die ganze Angelegenheit natürlich als strengste Geheimabsprache behandelt werden.

LADY CHILTERN *freundlich*

Als Geheimabsprache? Zwischen wem?

MRS CHEVELEY *mit einem amüsierten Schimmer in den Augen*

Zwischen Ihrem Mann und mir.

SIR ROBERT CHILTERN *tritt ein*

Ihre Kutsche ist da, Mrs. Cheveley.

MRS CHEVELEY

Danke! Guten Abend, Lady Chiltern! Gute Nacht, Lord Goring! Ich bin in Claridge's Hotel. Möchten Sie nicht bei Gelegenheit Ihre Karte dalassen?

LORD GORING

Wie Sie wünschen, Mrs. Cheveley!

MRS CHEVELEY

Ach, nun machen Sie doch keine Staatsaktion daraus, sonst sehe ich mich noch gezwungen, meine Karte bei

Ihnen abzugeben. Und das würde in England wohl kaum als regelgerecht durchgehen. Im Ausland sind wir zivilisierter. Würden Sie mich hinunter begleiten, Sir Robert? Nun da wir dasselbe Herzensanliegen haben, hoffe ich, daß wir auch gute Freunde werden! *Segelt hinaus am Arm von* SIR ROBERT CHILTERN

LADY CHILTERN *geht auf den Treppenabsatz und schaut den beiden nach, wie sie hinuntersteigen. Ihr Gesichtsausdruck wirkt verstört. Binnen kurzem schließen sich andere Gäste ihr an, und sie geht mit ihnen in ein anderes Empfangszimmer*

MABEL CHILTERN

Die Frau ist ja furchtbar!

LORD GORING

Sie sollten zu Bett gehen, Miss Mabel.

MABEL CHILTERN

Lord Goring!

LORD GORING

Mein Vater hat mir vor einer Stunde gesagt, ich sollte zu Bett gehen. Ich sehe nicht ein, wieso ich den Rat nicht an Sie weitergeben sollte. Es ist das einzige, was man damit anfangen kann. Einem selbst nutzt er nichts.

MABEL CHILTERN

Lord Goring, immer schicken Sie mich aus dem Zimmer. Ich finde das ausgesprochen kühn von Ihnen. Vor allem, da ich noch stundenlang nicht zu Bett gehen werde. *Geht hinüber zum Sofa* Wenn Sie wollen, dürfen Sie mitkommen und sich setzen, dann können Sie reden, über was Sie wollen, ausgenommen die Royal Academy, Mrs. Cheveley sowie Romane in schottischem Dialekt. *Entdeckt etwas, das auf dem Sofa liegt, halb versteckt im Polster* Was ist das? Jemand hat seine Diamantbrosche liegen, lassen! Ganz hübsch, nicht wahr? *Zeigt sie ihm* Ich wünschte, sie würde mir gehören, doch Gertrude würde mich nie etwas tragen lassen außer Perlen, und ich habe Perlen so satt. Sie sorgen dafür, daß man so nichtssagend aussieht, so brav und so intellektuell. Ich wüßte gern, wem die Brosche gehört.

LORD GORING

Ich wüßte gern, wer sie liegengelassen hat.

MABEL CHILTERN

Die Brosche ist wunderschön.

LORD GORING

Ein ansehnliches Armband.

MABEL CHILTERN

Das ist kein Armband. Es ist eine Brosche.

LORD GORING

Man kann es als Armband tragen. *Nimmt sie ihr ab, zieht ein grünes Lederetui hervor, verstaut darin das Schmuckstück sorgfältig und steckt das Ganze äußerst kaltblütig zurück in seine Brusttasche*

MABEL CHILTERN

Was tun Sie da?

LORD GORING

Miss Mabel, ich werde jetzt ein recht befremdliches Ansinnen an Sie richten.

MABEL CHILTERN *eifrig*

Oh, bitte, tun Sie das! Ich habe schon den ganzen Abend darauf gewartet.

LORD GORING *kommt ein wenig aus dem Konzept, fängt sich aber wieder*

Erwähnen Sie niemandem gegenüber, daß ich die Brosche an mich genommen habe. Wenn irgend jemand schriftlich Anspruch darauf erhebt, lassen Sie es mich unverzüglich wissen.

MABEL CHILTERN

Das ist ein befremdliches Ansinnen.

LORD GORING

Tja, sehen Sie, diese Brosche habe ich einmal jemandem geschenkt, vor Jahren.

MABEL CHILTERN

Das haben Sie?

LORD GORING

Ja.

Auftritt: LADY CHILTERN, *allein. Die anderen Gäste sind gegangen*

MABEL CHILTERN

Dann sollte ich Ihnen wohl Gute Nacht sagen. Gute Nacht, Gertrude. *Ab*

LADY CHILTERN

Gute Nacht, Liebes. *Zu* LORD GORING Haben Sie gesehen, wen Lady Markby heute abend mit gebracht hat?

LORD GORING

Ja, das war eine unerfreuliche Überraschung. Wozu ist sie hergekommen?

LADY CHILTERN

Offenbar um Roberts Unterstützung zu erschleichen für ein mehr als fragwürdiges Projekt, an dem sie interessiert ist. Es geht um den argentinischen Kanal.

LORD GORING

Da ist sie wohl an den falschen Mann geraten.

Lady Chiltern

Sie ist unfähig, einen aufrechten Charakter wie den meines Mannes zu begreifen.

Lord Goring

Ja. Ihr Versuch, Robert zu umgarnen war ein Schlag ins Wasser, das kann ich mir vorstellen. Es ist schon ungewöhnlich, was für erstaunliche Fehleinschätzungen klugen Frauen unterlaufen.

Lady Chiltern

Ich würde diese Art Frauen nicht klug nennen. Ich nenne sie dumm.

Lord Goring

Was oft das gleiche ist. Gute Nacht, Lady Chiltern!

Lady Chiltern

Gute Nacht!

Auftritt: Sir Robert Chiltern

Sir Robert Chiltern

Arthur, mein Lieber. Du willst doch nicht gehen? Bleib doch noch ein bißchen!

Lord Goring

Ich kann leider nicht, danke. Ich habe versprochen, noch bei den Hartlocks vorbeizuschauen. Ich glaube, sie haben da jetzt eine exotische ungarische Kapelle, die exotische ungarische Musik spielt. Wir sehen uns demnächst. Gute Nacht. *Ab*

Sir Robert Chiltern

Wie schön du heute abend aussiehst, Gertrude!

Lady Chiltern

Robert, das ist doch nicht wahr? Du wirst dieser argentinischen Spekulation doch nicht deine Unterstützung gewähren? Das kannst du nicht!

Sir Robert Chiltern

Wer hat dir gesagt, daß ich so etwas vorhabe?

Lady Chiltern

Die Frau, die eben gegangen ist, Mrs. Cheveley, wie sie sich jetzt nennt. Anscheinend wollte sie mich damit reizen. Robert, ich kenne diese Frau. Du nicht. Wir waren zusammen auf der Schule. Sie war verlogen, ehrlos und hatte einen schlechten Einfluß auf jeden, dessen Freundschaft sie gewinnen konnte. Ich hab sie gehaßt, verabscheut. Sie hat gestohlen, sie war eine Diebin. Sie wurde von der Schule verwiesen, weil sie eine Diebin war. Warum gestattest du ihr, dich zu beeinflussen?

Sir Robert Chiltern

Gertrude, was du mir erzählst, mag wahr sein, aber es liegt viele Jahre zurück. Vergiß es, das ist das beste! Mrs. Cheveley hat sich seitdem womöglich verändert. Niemand sollte nur nach seiner Vergangenheit beurteilt werden.

Lady Chiltern *traurig*

Jeder ist das Produkt seiner Vergangenheit. Es gibt nichts, wonach man Menschen sonst beurteilen könnte.

Sir Robert Chiltern

Das ist ein hartes Wort, Gertrude.

Lady Chiltern

Es ist ein wahres Wort, Robert. Und wie kam sie dazu, sich zu brüsten, deine Unterstützung gewonnen zu haben, deinen Namen für eine Sache, die du mir gegenüber als das unehrenhafteste und fragwürdigste Projekt bezeichnet hast, das dir in deinem politischen Leben je begegnet ist?

SIR ROBERT CHILTERN *beißt sich auf die Lippen*
Ich habe das unter einem falschen Aspekt gesehen. Wir machen alle Fehler.

LADY CHILTERN
Aber du hast mir gestern von dem Bericht erzählt, den du von der Kommission erhalten hast, und daß darin die ganze Angelegenheit aufs schärfste verurteilt wird.

SIR ROBERT CHILTERN *geht auf und ab*
Ich habe jetzt Anlaß anzunehmen, daß die Kommission voreingenommen oder zumindest falsch unterrichtet war. Außerdem sind das öffentliche und das private Leben zwei verschiedene Dinge. Sie haben verschiedene Regeln und gehen verschiedene Wege.

LADY CHILTERN
In beiden sollte sich der Mensch in seiner höchste Vollendung darstellen. Ich sehe keinen Unterschied zwischen beiden.

SIR ROBERT CHILTERN *bleibt stehen*
In dem fraglichen Fall habe ich, aus realpolitischen Gründen, meine Meinung geändert. Das ist alles.

LADY CHILTERN
Alles?

SIR ROBERT CHILTERN *streng*
Jawohl.

Lady Chiltern

Robert! Oh, es ist schrecklich, daß ich dir eine solche Frage stellen muß – Robert, sagst du mir die ganze Wahrheit?

Sir Robert Chiltern

Warum stellst du mir eine solche Frage?

Lady Chiltern *nach einer Pause*

Warum beantwortest du sie nicht?

Sir Robert Chiltern *setzt sich*

Gertrude, die Wahrheit ist eine sehr komplizierte Sache, und Politik ist ein sehr kompliziertes Geschäft. Sie ist ein in sich verzahntes Räderwerk. Unter gewissen Umständen kann es gewissen Leuten gegenüber gewisse Verpflichtungen geben, denen man nachkommen muß. Früher oder später muß man im politischen Leben Kompromisse machen. Die macht jeder.

Lady Chiltern

Kompromisse? Robert, warum redest du heute abend so ganz anders als sonst? Was hat dich so verändert?

Sir Robert Chiltern

Ich bin nicht verändert. Aber die Dinge unterliegen den Umständen.

Lady Chiltern

Prinzipien sollten niemals den Umständen unterliegen!

Sir Robert Chiltern

Doch wenn ich dir sagte –

Lady Chiltern

Was?

Sir Robert Chiltern

Daß es notwendig war, lebensnotwendig?

Lady Chiltern

Es kann niemals notwendig sein, unehrenhaft zu handeln. Oder wenn es notwendig wird, wem galt dann meine Liebe? Aber es ist nicht so, Robert; sag mir, daß es nicht so ist. Warum sollte es? Was hättest du dabei zu gewinnen? Geld? Das brauchen wir nicht. Und Geld, das aus schmutzigen Quellen kommt, bedeutet Erniedrigung. Macht? Doch Macht ist kein Wert an sich. Die Macht, Gutes zu wirken, ist gerechtfertigt – sie, nur sie allein. Was ist es dann? Robert, sag mir, warum du etwas Unehrenhaftes tun willst!

Sir Robert Chiltern

Gertrude, du hast kein Recht, dies Wort zu gebrauchen. Ich habe dir gesagt, es war eine Frage vernünftiger Kompromisse. Mehr nicht.

Lady Chiltern

Robert, das mag für andere Männer vollauf genügen, Männer, die das Leben einfach als miese Spekulation betrachten; doch nicht für dich, Robert, nicht für dich. Du bist anders. Dein ganzes Leben hast du dich von anderen ferngehalten. Nie hast du der Welt gestattet, dich zu beschmutzen. Für die Welt, wie für mich, bist du stets ein Ideal gewesen. Oh! Sei weiter dies Ideal. Gib dieses große Gut nicht preis – zerstöre nicht den Turm aus Elfenbein. Robert, Männer können lieben, was unter ihnen steht – Dinge ohne Wert, beschmutzt und ehrlos. Wir Frauen wollen verehren, was wir lieben; und wenn wir die Verehrung verlieren, ist alles verloren. Oh! Töte meine Liebe zu dir nicht, töte sie nicht!

Sir Robert Chiltern

Gertrude!

Lady Chiltern

Ich weiß wohl, daß es Männer gibt, deren Leben furchtbare Geheimnisse bergen – Männer, die Dinge getan haben, derer sie sich schämen müssen, und die in einem kritischen Moment durch irgendwelche anderen Schandtaten dafür zu zahlen haben – oh! Sage mir nicht, daß du so bist wie die! Robert, birgt auch dein Leben irgendein ehrloses, schandbares Geheimnis? Sag mir, sag mir sofort, daß –

Sir Robert Chiltern

Daß was?

Lady Chiltern *spricht sehr langsam*

Daß unsere Lebenswege auseinander streben könnten.

Sir Robert Chiltern

Auseinander streben?

Lady Chiltern

Daß wir vielleicht gänzlich getrennte Wege gehen. Es wäre besser für uns beide.

Sir Robert Chiltern

Gertrude, in meinem bisherigen Leben gibt es nichts, was du nicht wissen dürftest.

Lady Chiltern

Ich war so sicher, Robert, ich war so sicher. Doch warum hast du dann diese beängstigenden Dinge ausgesprochen, Dinge, die deinem wahren Selbst so gar nicht ähnlich sind. Laß uns nicht mehr davon sprechen. Du schreibst Mrs. Cheveley, nicht wahr, um ihr mitzuteilen, daß du ihr skandalöses Projekt nicht unterstützen kannst? Wenn du ihr irgendeine Zusage gemacht hast, nimmst du sie zurück, das ist schon alles!

SIR ROBERT CHILTERN

Muß ich ihr schreiben, um das mitzuteilen?

LADY CHILTERN

Gewiß doch, Robert! Was sonst ist da zu tun?

SIR ROBERT CHILTERN

Ich könnte sie persönlich treffen. Das wäre besser.

LADY CHILTERN

Du triffst sie nie wieder, Robert. Sie ist keine Frau, mit der du jemals wieder sprechen solltest. Sie ist es nicht wert, mit einem Mann wie dir zu sprechen. Nein; schreib ihr sofort, jetzt, im Moment, und zeig ihr damit, daß dein Entschluß unwiderruflich feststeht!

SIR ROBERT CHILTERN

Schreiben, jetzt, in diesem Augenblick?

LADY CHILTERN

Ja.

SIR ROBERT CHILTERN

Aber es ist spät. Es ist schon kurz vor zwölf.

LADY CHILTERN

Das spielt keine Rolle. Sie muß sofort wissen, daß sie sich in dir getäuscht hat – und daß du nicht der Mann bist, etwas zu tun, was niederträchtig, hinterhältig oder ehrlos ist. Schreib hier, Robert. Schreib, daß du es ablehnst, ihr Projekt zu unterstützen, da du es für ehrlos hältst. Ja, schreib ehrlos. Sie weiß, was das Wort heißt.

SIR ROBERT CHILTERN *setzt sich und schreibt einen Brief. Seine Frau nimmt ihn und liest* Ja, das sollte reichen. *Läutet* Und nun der Umschlag. *Er schreibt langsam die Adresse. Auftritt:* MASON Lassen Sie diesen Brief sofort in Claridge's Hotel bringen. Antwort ist nicht erwünscht. MASON *ab.* LADY CHILTERN *kniet neben ihrem Ehemann und nimmt ihn in die Arme* Robert, die Liebe schärft unseren Instinkt für alles. Ich fühle heute abend, daß ich dich vor etwas bewahrt habe, was dir hätte gefährlich werden können, das die Menschen hätte veranlassen können, dich weniger zu ehren. Ich glaube, dir ist das nicht ganz klar, daß du ins politische Leben unserer Zeit etwas eingebracht hast, was die Atmosphäre nobler macht, die Einstellung zum Leben feiner, die freiere Luft der reineren Ziele und höheren Ideale – ich weiß das, und ich liebe dich dafür.

SIR ROBERT CHILTERN

Oh, liebe mich für immer, Gertrude, ja, für immer.

LADY CHILTERN

Ich werde dich immer lieben, da du immer der Liebe wert bist. Wenn wir dem höchsten Ideal begegnen, wie sollten wir es dann nicht lieben! *Küßt ihn, erhebt sich und geht ab*

SIR ROBERT CHILTERN *geht einen Moment auf und ab; setzt sich dann und birgt sein Gesicht in den Händen. Der Diener kommt und fängt an, die Lichter zu löschen.* SIR ROBERT CHILTERN *schaut auf*

Löschen Sie die Lichter, Mason, löschen Sie das Licht!

Der Diener löscht die Lichter. Der Raum wird fast dunkel. Nur von dem großen Kronleuchter über der Treppe kommt noch Licht, das den Wandteppich mit dem Triumph der Liebe beleuchtet

VORHANG

Zweiter Akt

Salon in Sir Robert Chilterns Haus. LORD GORING, *modisch gekleidet, lässig in einem Sessel hingestreckt.* SIR ROBERT CHILTERN *steht vor dem Kamin. Er wirkt erregt und steht offensichtlich unter starkem inneren Druck. Im Verlauf der Szene geht er nervös im Zimmer auf und ab*

LORD GORING

Mein lieber Robert, das ist eine sehr unangenehme Sache, wirklich sehr unangenehm. Du hättest deiner Frau die ganze Geschichte erzählen sollen. Vor anderer Leute Frauen Geheimnisse zu haben, ist im modernen Leben ein notwendiger Luxus. Das jedenfalls erzählen mir im Club immerzu Leute, die kahl genug sind, um es wissen zu müssen. Doch kein Mann sollte vor seiner eigenen Frau Geheimnisse haben. Sie wird sie unweigerlich aufdecken. Frauen haben für solche Sachen einen sicheren Instinkt. Sie können alles entdecken, bis auf das Offensichtliche.

SIR ROBERT CHILTERN

Arthur, ich konnte es meiner Frau nicht sagen. Wann hätte ich es ihr sagen können? Doch nicht letzte Nacht. Es hätte zur lebenslangen Trennung zwischen uns geführt, und ich hätte die Liebe der einzigen Frau verloren, die ich verehre, der einzigen Frau, die jemals meine Liebe entfacht hat. Letzte Nacht wäre es ganz unmöglich gewesen. Sie hätte sich voll Entsetzen von mir abgewandt ... voll Entsetzen und voll Verachtung.

Lord Goring

Ist denn Lady Chiltern so über alle Maßen vollkommen?

Sir Robert Chiltern

Ja, meine Frau ist über alle Maßen vollkommen.

Lord Goring *zieht seinen linken Handschuh aus*

So ein Pech! Sei mir nicht böse, alter Freund, das war nicht so gemeint. Aber wenn alles wahr ist, was du mir erzählt hast, dann sollte ich mich einmal länger mit Lady Chiltern über das Leben unterhalten.

Sir Robert Chiltern

Was würde das nutzen?

Lord Goring

Darf ich es versuchen?

Sir Robert Chiltern

Ja; aber nichts könnte sie dazu bringen, ihre Ansichten zu revidieren.

Lord Goring

Nun, schlimmstenfalls könnte man es einfach als psychologisches Experiment ansehen.

Sir Robert Chiltern

Gerade solche Experimente sind furchtbar gefährlich.

Lord Goring

Alles ist gefährlich, alter Freund. Und wenn es das nicht wäre, wäre das Leben nicht lebenswert ... Tja, ich muß leider sagen: ich glaube, du hättest es ihr schon vor Jahren sagen müssen.

Sir Robert Chiltern

Wann? Als wir verlobt waren? Glaubst du, sie hätte mich geheiratet, wenn sie gewußt hätte, was der Ursprung meines Vermögens und was die Grundlage für meine Karriere wirklich gewesen ist, und daß ich etwas getan hatte, was vermutlich die meisten Menschen als schändlich und unehrenhaft bezeichnen würden?

Lord Goring *langsam*

Ja; den meisten Menschen würden dabei wohl solche unschönen Begriffe einfallen. Daran kann es keinen Zweifel geben.

Sir Robert Chiltern *bitter*

Menschen, die selbst jeden Tag derartige Sachen machen. Menschen, die, wie sie dasind, schlimmere Geheimnisse durchs Leben tragen.

Lord Goring

Aus dem Grund sind sie so froh, wenn sie anderer Leute Geheimnisse entdecken. Es lenkt die Aufmerksamkeit der Öffentlichkeit von ihren eigenen ab.

Sir Robert Chiltern

Und wem habe ich schließlich geschadet mit dem, was ich getan habe? Niemandem.

Lord Goring *fixiert ihn*

Nur dir selbst, Robert.

Sir Robert Chiltern *nach einer Pause*

Natürlich hatte ich vertrauliche Informationen über die Absichten der damaligen Regierung hinsichtlich bestimmter Transaktionen, und ich hab danach gehandelt. Vertrauliche Informationen sind in der Praxis die Quelle für jedes größere Vermögen unserer Zeit.

Lord Goring *klopft mit seinem Stock gegen seine Stiefel*
Und es läuft unweigerlich auf einen öffentlichen Skandal hinaus.

Sir Robert Chiltern *geht immer schneller im Zimmer auf und ab*
Arthur, glaubst du, daß etwas, das ich vor achtzehn Jahren getan habe, jetzt gegen mich verwandt werden sollte? Findest du es gerecht, wenn die gesamte Karriere eines Mannes ruiniert wird durch einen Fehler, den er gemacht hat, als er noch ein halbes Kind war? Ich war damals zweiundzwanzig, und ich hatte das doppelte Unglück, hochgeboren und arm zu sein, heutzutage zwei unverzeihliche Voraussetzungen. Ist es gerecht, wenn eine Torheit, eine Jugendsünde, wenn man es eine Sünde nennen will, ein Leben wie meines zunichte macht, mich an den Pranger stellt, alles zerstört, wofür ich gearbeitet habe, alles, was ich aufgebaut habe? Ist das gerecht, Arthur?

Lord Goring
Das Leben ist immer ungerecht, Robert. Und vielleicht ist das für die meisten von uns auch besser so.

Sir Robert Chiltern
Jeder Mann mit Ehrgeiz muß sein Jahrhundert mit dessen eigenen Waffen bekämpfen. Was dies Jahrhundert vergöttert, ist Geld. Geld ist die Gottheit des Jahrhunderts. Um Erfolg zu haben, braucht man Geld. Geld um jeden Preis.

Lord Goring
Du unterschätzt dich selbst, Robert. Glaub mir, ohne Geld hättest du genausogut Erfolg haben können.

Sir Robert Chiltern

Als alter Mann vielleicht. Wenn ich erst meine Leidenschaft für die Macht verloren hätte oder sie nicht mehr gebrauchen könnte. Wenn ich erst müde geworden wäre, ausgelaugt, enttäuscht. Ich wollte Erfolg haben, solang ich noch jung war. Jugend ist die Zeit, in der man Erfolg haben muß. Ich konnte nicht warten.

Lord Goring

Nun hast du ja deinen Erfolg gehabt und bist immer noch jung. Derzeit hat niemand so glänzende Erfolge. Staatssekretär im Auswärtigen Amt im Alter von vierzig Jahren – das sollte, glaube ich, Erfolg genug sein für jeden.

Sir Robert Chiltern

Und wenn mir das jetzt alles genommen wird? Wenn ich alles durch einen grauenhaften Skandal verliere? Wenn sie mich aus dem öffentlichen Leben verjagen?

Lord Goring

Robert, wie konntest du dich verkaufen, für Geld?

Sir Robert Chiltern *erregt*

Ich habe mich nicht für Geld verkauft. Ich habe meinen Erfolg erkauft um jeden Preis. Das ist alles.

Lord Goring *gewichtig*

Ja. Du hast allerdings einen hohen Preis dafür gezahlt. Aber was hat dich eigentlich dazu gebracht, so etwas zu tun?

Sir Robert Chiltern

Baron Arnheim.

Lord Goring

Der elende Gauner!

Sir Robert Chiltern

Nein; der Mann hatte einen ausgesprochen scharfen und raffinierten Verstand. Er hatte Kultur, Charme und Klasse. Er war einer der intelligentesten Männer, denen ich je begegnet bin.

Lord Goring

Ach, ich bevorzuge einen anständigen Hohlkopf, jederzeit. Die Leute ahnen ja gar nicht, wieviel für die Dummheit spricht. Ich persönlich bewundere Dummheit sehr. Es ist eine Art brüderlicher Verbundenheit, nehme ich an. Aber wie hat er es angestellt? Erzähl mir die ganze Geschichte.

Sir Robert Chiltern *wirft sich in einen Schreibtischsessel*

Eines Abends nach dem Dinner bei Lord Radley fing der Baron an, sich darüber auszulassen, wie sich der Erfolg im Leben auf wissenschaftliche Gesetzmäßigkeiten zurückführen lasse. Mit seiner wunderbar eindringlichen, ruhigen Stimme entwickelte er uns die gefährlichste aller philosophischen Theorien, die Philosophie der Macht, und predigte uns das herrlichste aller Evangelien, das Evangelium des Mammon. Ich glaube, er erkannte die Wirkung, die das auf mich hatte, denn einige Tage später schrieb er mir und lud mich zu sich ein. Er wohnte damals in der Park Lane, in dem Haus, das heute Lord Woolcomb besitzt. Ich weiß noch genau, wie er mich, mit einem befremdlichen Lächeln auf seinen blutleeren, geschwungenen Lippen, durch seine großartige Gemäldegalerie führte, mir seine Gobelins zeigte, seine Emailarbeiten, seine Edelsteine, seine Elfenbeinschnitzereien und mich die fremdartige Lieblichkeit bewundern ließ, die von dem Luxus ausstrahlte, der ihn umgab; um mir dann zu erklären, daß dieser Luxus nichts sei als ein Hintergrund, wie eine gemalte Theaterkulisse, und daß Macht, Macht über andere Menschen, Macht über die Welt, das Einzige sei, wonach es zu streben lohne, der einzige Hochgenuß, den es zu kennen gelte, das einzige Vergnügen, dessen man nie müde werde, und daß es in unserem Jahrhundert die Reichen seien, die all das hätten.

LORD GORING *mit großer Erleichterung*
Was für ein triviales Credo!

SIR ROBERT CHILTERN *steht auf*
Damals dachte ich nicht so. Ich denke auch jetzt nicht so. Reichtum hat mir enorme Macht verschafft. Er verschaffte mir in meinem Leben von Anfang an Freiräume, und Freiraum ist alles. Du bist nie arm gewesen und hast nie erfahren, was Ehrgeiz ist. Wie großartig die Chance war, die der Baron mir bot, kannst du nicht ermessen. Nur wenige Menschen bekommen so eine Gelegenheit geboten.

LORD GORING
Und das ist ihr Glück – wenn man von den Ergebnissen ausgeht. Aber erzähl mir wirklich, wie der Baron dich zu dem überredet hat – nun, zu dem, was du getan hast?

SIR ROBERT CHILTERN
Als ich ging, sagte er mir, daß er mich zu einem sehr reichen Mann machen werde, falls ich ihm je eine vertrauliche Information von wirklichem Wert geben könne. Ich war ganz benommen von den Aussichten, die er

mir eröffnet hatte, und mein Ehrgeiz und mein Streben nach Macht waren zu der Zeit grenzenlos. Sechs Wochen später gingen gewisse vertrauliche Dokumente durch meine Hände.

LORD GORING *fixiert weiterhin ununterbrochen den Teppich*
Staatsgeheimnisse?

SIR ROBERT CHILTERN

Ja.

LORD GORING *seufzt, fährt sich über die Stirn und schaut auf*
Von allen Männern auf der Welt hätte ich es dir als allerletztem zugetraut, schwach genug zu werden, um einer Versuchung zu erliegen wie der, in die Baron Arnheim dich geführt hat.

SIR ROBERT CHILTERN
Schwach? Oh, ich habe dies Klischee so satt. Satt, es anderen gegenüber zu gebrauchen. Schwach? Glaubst du denn wirklich, Arthur, daß wir aus Schwachheit Versuchungen erliegen? Ich sage dir: Es gibt furchtbare Versuchungen, und es erfordert Kraft, Kraft und Kühnheit, ihnen zu erliegen. Sein ganzes Leben in einem einzigen Moment aufs Spiel zu setzen, alles auf einen Schlag zu riskieren, ob Macht oder Vergnügen auf dem Spiel steht, darauf kommt es nicht an – doch Schwachheit ist das nicht. Darin liegt eine furchtbare, eine gewaltige Kühnheit. Ich besaß diese Kühnheit. Ich setzte mich hin und schrieb Baron Arnheim diesen Brief, den diese Frau nun in der Hand hat. Er machte eine Dreiviertelmillion mit dieser Transaktion.

LORD GORING

Und du?

Sir Robert Chiltern

Der Baron gab mir 110000 Pfund.

Lord Goring

Mehr warst du nicht wert, Robert?

Sir Robert Chiltern

Nein. Dies Geld gab mir genau das, was ich wollte: Macht über andere. Ich bekam umgehend einen Sitz im Unterhaus. Der Baron beriet mich hin und wieder in Finanzfragen. In weniger als fünf Jahren hatte ich mein Vermögen verdreifacht. Seitdem ist alles, was ich angefaßt habe, erfolgreich gewesen. In allem, was mit Geld zu tun hat, hatte ich so außergewöhnliches Glück, daß es mir bisweilen schon beängstigend vorkam. Ich entsinne mich, in einem merkwürdigen Buch gelesen zu haben: Wenn die Götter uns strafen wollen, erhören sie unsere Gebete.

Lord Goring

Sag mir eins, Robert, hast du jemals Reue empfunden für das, was du getan hast?

Sir Robert Chiltern

Nein. Ich hatte das Gefühl, das Jahrhundert mit seinen eigenen Waffen bekämpft und geschlagen zu haben.

Lord Goring *traurig*

Du dachtest, du hättest gewonnen.

Sir Robert Chiltern

Das dachte ich. *Nach einer längeren Pause* Arthur, verachtest du mich für das, was ich dir erzählt habe?

Lord Goring *mit tiefer Anteilnahme in seiner Stimme*

Es tut mir sehr leid für dich, Robert, wirklich sehr leid.

SIR ROBERT CHILTERN

Ich will nicht sagen, daß ich Gewissensbisse habe. Ich habe keine. Keine Gewissensbisse im gewöhnlichen, eher albernen Wortsinn. Doch ich habe für ein besseres Gewissen gezahlt. Ich gab mich der wüsten Hoffnung hin, das Schicksal entwaffnen zu können. Ich habe seitdem mindestens doppelt soviel Geld, wie mir Baron Arnheim gegeben hat, für wohltätige Zwecke gespendet.

LORD GORING

Für wohltätige Zwecke? Lieber Himmel! Wieviel Unheil du damit angerichtet haben mußt, Robert!

SIR ROBERT CHILTERN

Ach, sag das nicht, Arthur; red nicht so daher!

LORD GORING

Achte nicht auf das, was ich sage, Robert! Ich sage stets, was ich nicht sagen sollte. Ich sage nämlich meist das, was ich wirklich denke. Heutzutage ein Riesenfehler. Es macht einen so anfällig für Mißverständnisse. Was diese üble Sache betrifft, werde ich dir behilflich sein, wie und wo ich kann. Aber das weißt du ja.

SIR ROBERT CHILTERN

Danke, Arthur, Danke. Aber was soll man da machen? Was kann man machen?

LORD GORING *lehnt sich zurück, die Hände in den Taschen*

Na ja, die Engländer können einen Mann, der immer recht hat, nicht ausstehen, aber sie mögen jeden Mann, der eingesteht, Fehler gemacht zu haben. Das ist eine ihrer besten Seiten. In deinem Fall jedoch, Robert, ist es mit einem Eingeständnis nicht getan. Das Geld, wenn ich das sagen darf, macht alles so …

peinlich. Außerdem wirst du, wenn du dir die ganze Affaire von der Seele redest, nie wieder Moral predigen können. Und ein Mann, der in England nicht mindestens zweimal die Woche einem großen, gemischten, unmoralischen Publikum Moral predigen kann, ist als ernst zu nehmender Politiker erledigt. Beruflich bleiben ihm noch zwei Möglichkeiten übrig: er kann Botaniker oder Geistlicher werden. Ein Eingeständnis brächte dich also nicht weiter. Du wärest ruiniert.

SIR ROBERT CHILTERN

Ich wäre ruiniert. Arthur, das einzige, was ich noch tun kann, ist, die Sache auszufechten.

LORD GORING *steht aus seinem Sessel auf*

Darauf habe ich gewartet, daß du das sagst, Robert. Es ist das einzige, was du noch tun kannst. Und als erstes mußt du deiner Frau die ganze Geschichte erzählen.

SIR ROBERT CHILTERN

Das werde ich nicht tun.

LORD GORING

Robert, glaub mir, du machst einen Fehler.

SIR ROBERT CHILTERN

Ich kann es nicht. Es würde ihre Liebe zu mir töten. Und nun zu dieser Frau, dieser Mrs. Cheveley. Wie kann ich mich gegen sie wehren? Du kennst sie doch offensichtlich von früher, Arthur.

LORD GORING

Ja.

SIR ROBERT CHILTERN

Kanntest du sie gut?

Lord Goring *überprüft den Sitz seiner Krawatte*

So flüchtig, daß ich ihr den Antrag gemacht habe, mich sofort zu heiraten, als ich draußen bei den Tenbys war. Die Affäre dauerte drei Tage ... knapp.

Sir Robert Chiltern

Was führte zum Bruch?

Lord Goring *obenhin*

Ach, hab ich vergessen. Das spielt ja auch keine Rolle. Hast du es übrigens mit Geld bei ihr versucht? Für Geld war sie immer sehr zu haben.

Sir Robert Chiltern

Ich habe ihr jede gewünschte Summe angeboten. Sie hat abgelehnt.

Lord Goring

Dann hält auch das wunderbare Evangelium des Mammon bisweilen nicht, was es verspricht. Mit Geld kann man also doch nicht alles kaufen.

Sir Robert Chiltern

Nicht alles. Ich fürchte, da hast du recht. Arthur, ich habe das Gefühl, mich erwartet öffentliche Entehrung. Mein Gefühl täuscht nicht. Ich wußte bis jetzt nicht, was Panik ist. Jetzt weiß ich es. Es ist wie eine eiskalte Hand, die nach deinem Herzen greift. Es ist wie ein absolutes Vakuum, in dem dein Herz sich selbst zu Tode schlägt.

Lord Goring *schlägt auf den Tisch*

Robert, du mußt dich wehren, du mußt dich wehren gegen sie.

Sir Robert Chiltern

Aber wie?

Lord Goring

Ich kann dir im Moment nicht sagen, wie. Ich habe nicht die leiseste Ahnung. Aber jeder hat irgendwo einen wunden Punkt. Eine schwache Seite hat jeder von uns. *Schlendert zum Kamin hinüber und betrachtet sich selbst im Spiegel* Mein Vater behauptet, sogar ich hätte Fehler. Vielleicht habe ich welche. Ich weiß es nicht.

Sir Robert Chiltern

Um mich gegen Mrs. Cheveley zu wehren, kann ich jede Waffe benutzen, die ich in die Hand bekomme, das ist doch mein gutes Recht, oder etwa nicht?

Lord Goring *schaut weiter in den Spiegel*

An deiner Stelle kann ich mir nicht vorstellen, daß ich irgendwelche Skrupel hätte dabei. Sie ist durchaus in der Lage, für sich selbst zu sorgen.

Sir Robert Chiltern

setzt sich an den Tisch und nimmt einen Federhalter zur Hand

Zunächst sollte ich ein chiffriertes Telegramm an die Botschaft in Wien schicken, um herauszufinden, ob irgend etwas gegen sie vorliegt. Womöglich gibt es da einen geheimen Skandal, den sie zu fürchten hat.

Lord Goring *rückt seine Knopflochblume zurecht*

Oh, ich könnte mir vorstellen, Mrs. Cheveley ist eine dieser besonders modernen Frauen, die mit der Zeit gehen und einen neuen Skandal ebenso chic finden wie einen neuen Hut und beide jeden Nachmittag um halb sechs im Park der Öffentlichkeit vorführen. Bestimmt findet sie Skandale entzückend, und ihre einzige Sorge wird sein, daß sie gegenwärtig nicht genug davon haben kann.

Sir Robert Chiltern *schreibt*

Warum sagst du das?

Lord Goring *dreht sich zu ihm um*

Na ja, sie hatte gestern abend viel zu dick Rouge aufgelegt und ein etwas zu dünnes Kleid an. Bei Frauen ist das stets ein Zeichen von Verzweiflung.

Sir Robert Chiltern *läutet*

Aber nach Wien zu kabeln, lohnt sich doch trotzdem, oder nicht?

Lord Goring

Eine Frage zu stellen, lohnt sich immer, obwohl es sich nicht immer lohnt, sie zu beantworten.

Auftritt: Mason

Sir Robert Chiltern

Ist Mister Trafford in seinem Zimmer?

Mason

Jawohl, Sir Robert.

Sir Robert Chiltern

steckt das Geschriebene in einen Umschlag, den er sorgfältig verschließt

Sagen Sie ihm, er möge das hier sofort chiffrieren und abschicken. Es verträgt keinerlei Verzögerung, nicht einen Moment.

Mason

Sehr wohl, Sir Robert.

Sir Robert Chiltern

Oh, geben Sie das noch einmal her. *Schreibt etwas auf den Umschlag.* Mason *geht mit dem Brief ab*

Sir Robert Chiltern

Komischerweise muß sie den Baron Arnheim in der Hand haben. Ich wüßte zu gern, womit.

Lord Goring *lächelnd*

Ich auch.

Sir Robert Chiltern

Ich werde gegen sie kämpfen bis aufs Messer, solang nur meine Frau nichts erfährt.

Lord Goring *mit Nachdruck*

Oh, kämpfen mußt du in jedem Fall – in jedem Fall.

Sir Robert Chiltern *mit einer verzweifelten Geste*

Wenn meine Frau alles herausbekommt, bleibt wenig übrig, wofür sich zu kämpfen lohnte. Nun, sobald ich etwas aus Wien erfahre, werde ich dich das Ergebnis wissen lassen. Es ist eine Möglichkeit, bloß eine Möglichkeit, aber ich glaube daran. Und wie ich das Zeitalter mit seinen eigenen Waffen geschlagen habe, so werde ich auch sie mit ihren Waffen schlagen. Das ist nur gerecht, und sie sieht doch aus wie eine Frau mit Vergangenheit, nicht wahr?

Lord Goring

Das tun die meisten hübschen Frauen. Aber Vergangenheit kann ebenso in Mode kommen, wie Kleider in Mode kommen. Vielleicht ist Mrs. Cheveleys Vergangenheit nur ganz leicht dekolletiert, und das wird heutzutage ausgesprochen gern gesehen. Ich, mein lieber Robert, würde außerdem keine zu großen Hoffnungen darauf setzen, Mrs. Cheveley einzuschüchtern. Ich kann mir nicht vorstellen, daß Mrs. Cheveley zu den Frauen gehört, die sich leicht einschüchtern lassen. Sie hat all ihre Gläubiger überlebt, und das zeugt von erstaunlicher Geistesgegenwart.

SIR ROBERT CHILTERN

Ach! Ich lebe jetzt von Hoffnungen. Ich greife nach jeder Möglichkeit. Ich fühle mich wie ein Mann auf einem sinkenden Schiff. Ich stehe mit den Füßen im Wasser, und die Luft ist schwer, da sich ein Unwetter... Pscht! Ich höre die Stimme meiner Frau.

Auftritt: LADY CHILTERN *in Straßenkleidung*

LADY CHILTERN

Guten Tag, Lord Goring.

LORD GORING

Guten Tag, Lady Chiltern. Sind Sie im Park gewesen?

LADY CHILTERN

Nein; ich komme eben von der Liberalen Frauenvereinigung, wo übrigens dein Name, Robert, mit großem Beifall aufgenommen wurde, und nun bin ich nach Hause gekommen, um meinen Tee zu trinken. *Zu* LORD GORING Sie bleiben doch zum Tee, nicht wahr?

LORD GORING

Ich bleibe noch einen Augenblick, danke.

LADY CHILTERN

Ich bin sofort wieder da. Ich will nur meinen Hut ablegen.

LORD GORING *so ernsthaft wie möglich*

Oh! Bitte nicht. Er ist so hübsch. Ich hoffe, die Liberalen Frauen haben auch ihn mit regem Beifall aufgenommen.

Lady Chiltern *mit einem Lächeln*

Wir haben weitaus Wichtigeres zu tun, als uns gegenseitig unsere Hüte zu zeigen, Lord Goring.

Lord Goring

Tatsächlich? Was gibt es Wichtigeres zu tun?

Lady Chiltern

Oh! Langweilige, nützliche, entzückende Sachen, wie Arbeitsrecht, weibliches Aufsichtspersonal, den Acht-Stunden-Tag, das Frauenwahlrecht ... All das, was Sie bestimmt überaus uninteressant fänden.

Lord Goring

Und Hüte nie?

Lady Chiltern *mit gespielter Empörung*

Nie, Hüte nie! *Geht durch eine Tür, die in ihr Boudoir führt*

Sir Robert Chiltern *nimmt* Lord Gorings *Hand*

Du warst mir stets ein treuer Freund, Arthur, ein überaus treuer Freund.

Lord Goring

Ich weiß, daß ich bis jetzt nicht allzu viel für dich tun konnte, Robert. So weit ich sehe, habe ich noch gar nichts für dich tun können. Ich bin überaus enttäuscht von mir.

Sir Robert Chiltern

Du hast mich dazu gebracht, dir die Wahrheit zu sagen. Das ist schon etwas. Ich wäre fast an der Wahrheit erstickt.

Lord Goring

Ach, die Wahrheit ist etwas, das ich so schnell wie möglich loswerden möchte! Übrigens eine schlechte Angewohnheit. Macht einen im Club sehr unbeliebt ... bei den älteren Mitgliedern. Sie halten es für arrogant. Vielleicht ist es das.

SIR ROBERT CHILTERN

Ich wünschte bei Gott, ich hätte die Kraft gehabt, die Wahrheit zu sagen ... die Wahrheit zu leben. Ach, das ist das Wichtigste im Leben, die Wahrheit. *Seufzt und geht Richtung Tür* Wir sehen uns doch bald wieder, Arthur, nicht wahr?

LORD GORING

Freilich. Wann immer du möchtest. Ich werde heute abend beim Bachelors-Ball hineinschauen, vorausgesetzt mir fällt nichts Besseres ein. Aber ich komme morgen früh vorbei. Wenn du mich heute abend irgendwie brauchen solltest, schick mir eine Nachricht in die Curzon Street.

SIR ROBERT CHILTERN

Danke. *Als er zur Tür kommt, tritt* LADY CHILTERN *aus ihrem Boudoir*

LADY CHILTERN

Du gehst doch nicht schon, Robert?

SIR ROBERT CHILTERN

Ich muß ein paar Briefe schreiben, Liebes.

LADY CHILTERN *geht zu ihm*

Du arbeitest zu hart, Robert. Anscheinend denkst du nie an dich selbst, und dabei siehst du so müde aus.

Er küßt sie und geht ab

LADY CHILTERN *zu* LORD GORING

Nehmen Sie doch Platz. Ich bin so froh über Ihren Besuch. Ich wollte mit Ihnen sprechen, über... nein, nicht über Hüte oder die Liberale Frauenvereinigung. An ersteren haben Sie viel zu viel Interesse, und an letzterem nicht annähernd genug.

LORD GORING

Sie wollen doch mit mir über Mrs. Cheveley sprechen?

LADY CHILTERN

Ja, Sie haben es erraten. Nachdem Sie gestern abend gegangen waren, habe ich erfahren, daß das, was sie gesagt hatte, durchaus der Wahrheit entsprach. Natürlich habe ich Robert dazu veranlaßt, ihr umgehend einen Brief zu schreiben und sein Versprechen zu widerrufen.

LORD GORING

Das hat er mir auch zu verstehen gegeben.

LADY CHILTERN

Es zu halten, wäre der erste Makel einer Karriere gewesen, die stets makellos gewesen ist. Robert muß über jeden Zweifel erhaben sein. Er ist nicht wie andere Männer. Er kann es sich nicht leisten, so zu handeln wie andere Männer. *Sie schaut* LORD GORING *an, der weiterhin schweigt* Sind Sie anderer Meinung? Sie sind Roberts bester Freund. Sie sind unser bester Freund, Lord Goring. Er hat keine Geheimnisse vor mir, und ich glaube nicht, daß er vor Ihnen welche hat.

LORD GORING

Er hat bestimmt keine Geheimnisse vor mir. Zumindest keine, von denen ich wüßte.

LADY CHILTERN

Liege ich dann nicht richtig mit meiner Einschätzung

seiner Person? Ich weiß, daß ich richtigliege. Aber sprechen Sie offen zu mir.

LORD GORING *fixiert sie*

Ganz offen?

LADY CHILTERN

Gewiß. Sie haben doch nichts zu verbergen, oder?

LORD GORING

Nichts. Aber meine liebe Lady Chiltern, ich glaube, wenn Sie mir erlauben, das so auszudrücken, gibt es im praktischen Leben –

LADY CHILTERN *lächelt*

Von dem Sie so wenig wissen, Lord Goring –

LORD GORING

Von dem ich aus Erfahrung gar nichts weiß, und trotzdem weiß ich einiges durch Beobachtung. Ich glaube, daß dem Erfolg, dem wirklichen Erfolg im praktischen Leben etwas anhaftet, das nicht viele Skrupel kennt, etwas, das zu tun hat mit Ehrgeiz, der ja niemals Skrupel kennt. Irgendwann hat ein Mann sich mit Herz und Seele vorgenommen, ein bestimmtes Ziel zu erreichen, wenn er dazu Gipfel erklimmen muß, dann erklimmt er diese Gipfel, und wenn er durch Schmutz waten muß ...

LADY CHILTERN

Dann?

LORD GORING

Watet er durch diesen Schmutz. Selbstverständlich spreche ich nur über das Leben im allgemeinen.

Lady Chiltern *ernst*

Das will ich hoffen. Warum sehen Sie mich so merkwürdig an, Lord Goring?

Lord Goring

Lady Chiltern, ich habe manchmal gedacht, daß ... Sie womöglich ein wenig hart sind in einigen Ihrer Urteile über das Leben. Ich denke, daß ... Sie häufig zu wenig Nachsicht üben. Jeder Charakter hat seine schwachen Seiten oder solche, die noch schlimmer sind. Nehmen wir für einen Moment an – daß jeder Mann, der in der Öffentlichkeit steht, mein Vater, Lord Merton oder Robert, sagen wir, vor Jahren einen unüberlegten Brief geschrieben hat an jemanden ...

Lady Chiltern

Was verstehen Sie unter einem unüberlegten Brief?

Lord Goring

Einen Brief, der die eigene Position schwerstens kompromittiert. Ich konstruiere bloß einen imaginären Fall.

Lady Chiltern

Robert ist ebenso unfähig, etwas Unüberlegtes zu tun, wie er unfähig ist, etwas Falsches zu tun.

Lord Goring *nach einer längeren Pause*

Niemand ist unfähig, etwas Unüberlegtes zu tun. Niemand ist unfähig, etwas Falsches zu tun.

Lady Chiltern

Sind Sie ein Pessimist? Was werden die anderen Dandys dazu sagen? Sie werden alle Trauer tragen müssen.

Lord Goring *steht auf*

Nein, Lady Chiltern, ich bin kein Pessimist. Eigentlich

bin ich mir nicht mal sicher, ob ich genau weiß, was Pessimismus wirklich bedeutet. Ich bin lediglich davon überzeugt, daß man das Leben nicht verstehen kann, ohne viel Nachsicht zu üben, daß man ohne diese Nachsicht nicht leben kann. Nur die Liebe, und nicht die deutsche Philosophie, lehrt uns, diese Welt wahrhaft zu verstehen, wie auch immer die nächste zu verstehen sein wird. Und falls Sie je in Schwierigkeiten kommen, Lady Chiltern, vertrauen Sie mir völlig, und ich werde Ihnen in jeder Weise behilflich sein. Wenn Sie mich je brauchen, kommen Sie zu mir, und Sie werden meinen Beistand haben. Kommen Sie sogleich zu mir.

LADY CHILTERN *sieht ihn voll Überraschung an*
Lord Goring, Sie reden ja ganz ernsthaft. Ich glaube nicht, daß ich Sie je so ernsthaft habe reden hören.

LORD GORING *lacht*
Sie müssen mir verzeihen, Lady Chiltern. Es wird nie wieder vorkommen, falls ich es vermeiden kann.

LADY CHILTERN
Aber mir gefällt Ihre Ernsthaftigkeit.

Auftritt: MABEL CHILTERN *in ihrem entzückendsten Kleid*

MABEL CHILTERN
Liebe Gertrude, du sollst nicht solche scheußlichen Sachen zu Lord Goring sagen. Ernsthaftigkeit würde ihm überhaupt nicht stehen. Guten Tag, Lord Goring! Bitte, seien Sie so oberflächlich wie möglich.

LORD GORING
Würde ich ja gern, Miss Mabel, aber ich fürchte, ich bin ... ein bißchen aus der Übung heute morgen; und außerdem muß ich jetzt gehen.

Mabel Chiltern

Gerade wenn ich hereinkomme! Was sind das für scheußliche Manieren! Sie sind offenbar sehr schlecht erzogen.

Lord Goring

Bin ich.

Mabel Chiltern

Ich wünschte, ich hätte Sie erzogen!

Lord Goring

Ich bedaure, daß Sie das nicht haben.

Mabel Chiltern

Jetzt ist es wohl zu spät, wie?

Lord Goring *lächelt*

Da bin ich nicht so sicher.

Mabel Chiltern

Werden Sie morgen früh ausreiten?

Lord Goring

Ja, um zehn.

Mabel Chiltern

Nicht vergessen!

Lord Goring

Selbstverständlich nicht. Ach, Lady Chiltern, ich habe übrigens Ihre Gästeliste heute in der ›Morning Post‹ vermißt. Offensichtlich ist sie von der Gemeinderatssitzung oder der Bischofskonferenz oder etwas ebenso Langweiligem verdrängt worden. Dürfte ich die Liste haben? Ich frage aus einem bestimmten Grund danach.

Lady Chiltern

Mister Trafford wird Ihnen gewiß eine geben können.

Lord Goring

Vielen Dank.

Mabel Chiltern

Tommy ist die nützlichste Person in ganz London.

Lord Goring *wendet sich ihr zu*

Und wer ist die dekorativste?

Mabel Chiltern *triumphierend*

Das bin ich.

Lord Goring

Wie gut Sie das erraten haben! *Nimmt Hut und Stock* Adieu, Lady Chiltern! Vergessen Sie nicht, was ich Ihnen gesagt habe.

Lady Chiltern

Nein, obwohl ich nicht weiß, warum Sie es gesagt haben.

Lord Goring

Das weiß ich selbst kaum noch. Adieu, Miss Mabel!

Mabel Chiltern *schmollt ein wenig*

Ich wünschte, Sie würden noch nicht gehen. Ich habe heute morgen vier großartige Abenteuer erlebt; viereinhalb, um genau zu sein. Sie könnten bleiben und sich einige anhören.

Lord Goring

Wie egoistisch von Ihnen, gleich viereinhalb zu erleben! Da bleibt für mich wieder keines übrig.

Mabel Chiltern

Ich möchte auch nicht, daß Sie eins erleben. Das wäre gar nicht gut für Sie.

Lord Goring

Das ist der erste Vorwurf, den Sie mir je gemacht haben. Und wie charmant Sie ihn gemacht haben! Morgen um zehn?

Mabel Chiltern

Pünktlich?

Lord Goring

Auf die Sekunde. Aber nicht Mister Trafford mitbringen!

Mabel Chiltern *wirft den Kopf leicht zurück*

Natürlich werde ich Tommy Trafford nicht mitbringen. Tommy Trafford ist tief in Ungnade gefallen.

Lord Goring

Das hör ich gerne. *Verbeugt sich und ab*

Mabel Chiltern

Gertrude, ich wünschte, du würdest mit Tommy Trafford sprechen.

Lady Chiltern

Was hat der arme Mister Trafford denn diesmal angestellt? Robert sagt, er sei der beste Sekretär, den er jemals hatte.

Mabel Chiltern

Nun, Tommy hat mir wieder einen Antrag gemacht. Und zwar gestern abend im Musikzimmer, wo ich mich nicht verteidigen konnte, da gerade ein kunstvolles Trio gespielt wurde. Ich brauche dir wohl nicht zu sagen, daß ich nicht die leiseste schlagfertige Antwort geben konnte. Musikalische Menschen sind so uneinsichtig. Sie verlangen, daß man vollkommen stumm ist, immer genau dann, wenn man vollkommen taub sein möchte. Dann hat er mir heute morgen, am hellichten Tag, genau vor dieser scheußlichen Achilles-Statue noch einen Antrag gemacht. Also wirklich, was vor diesem Kunstwerk alles vorgeht, ist erschreckend. Die Polizei sollte eingreifen. In der Mittagszeit erkannte ich am Glitzern in seinen Augen, daß er wieder einen Antrag vorbereitete, und ich konnte ihn gerade noch in Schach halten, indem ich ihm versicherte, ich sei eine Bimetallistin. Zum Glück habe ich keine Ahnung, was Bimetallismus ist. Und ich glaube auch nicht, daß sonst jemand das weiß. Aber die Bemerkung setzte Tommy für zehn Minuten matt. Er sah ziemlich schockiert aus. Und dann hat Tommy so eine lästige Art, Anträge zu machen. Wenn er sie mit erhobener Stimme machen würde, würde es mich nicht so stören. Das würde womöglich für einiges Aufsehen in der Öffentlichkeit sorgen. Er macht es auf unerträglich vertrauliche Weise. Wenn Tommy romantisch sein möchte, redet er zu mir wie ein Onkel Doktor. Ich mag Tommy sehr, aber seine Art und Weise, Anträge zu machen, ist vollkommen überholt. Gertrude, ich wünschte, du würdest mit ihm reden, um ihm zu erklären, daß jedes Mädchen einen Antrag pro Woche als völlig ausreichend empfindet und daß er stets so gemacht werden sollte, daß er einige Aufmerksamkeit erregt.

LADY CHILTERN

Meine liebe Mabel, so solltest du nicht reden. Außerdem hat Robert eine sehr hohe Meinung von Mister

Trafford. Er glaubt, daß er eine glänzende Zukunft vor sich hat.

MABEL CHILTERN

Oh, um nichts auf der Welt würde ich einen Mann heiraten, der eine Zukunft vor sich hat.

LADY CHILTERN

Mabel!

MABEL CHILTERN

Ich weiß, meine Liebe. Du hast einen Mann mit Zukunft geheiratet, nicht wahr? Aber immerhin war Robert ein Genie, und du hast einen noblen Charakter, der zur Selbstaufopferung neigt. Du kannst Genies ertragen. Ich habe überhaupt keinen Charakter, und Robert ist das einzige Genie, das ich je aushalten konnte. In der Regel finde ich sie ganz unmöglich. Genies reden so viel, findest du nicht? Eine schlechte Angewohnheit ist das! Und sie denken immer nur an sich selbst, wenn ich möchte, daß sie an mich denken. Aber jetzt muß ich bei Lady Basildon vorbeigehen, zum Probieren. Du weißt doch, wir stellen Lebende Bilder? Den Triumph von … frag mich nicht, ich weiß es nicht mehr! Ich hoffe, es wird mein Triumph. Derzeit bin ich ausschließlich an Triumphen interessiert. *Küßt* LADY CHILTERN *und geht ab; kommt gleich darauf zurückgerannt* Oh, Gertrude, weißt du, wer dich gerade besuchen kommt? Diese scheußliche Mrs. Cheveley in einem ganz entzückenden Kleid. Hast du sie eingeladen?

LADY CHILTERN *steht auf*

Mrs. Cheveley! Kommt mich besuchen? Unmöglich!

Mabel Chiltern

Wenn ich es sage, sie kommt die Treppe herauf, in voller Lebensgröße, wenn auch nicht ganz naturbelassen.

Lady Chiltern

Du mußt nicht bleiben, Mabel. Denk daran, Lady Basildon erwartet dich.

Mabel Chiltern

Oh, ich muß wenigstens Lady Markby begrüßen. Sie ist köstlich. Ich laß mich so gern von ihr ausschimpfen.

Auftritt: Mason

Mason

Lady Markby. Mrs. Cheveley.

Auftritt: Lady Markby *und* Mrs Cheveley

Lady Chiltern *geht ihnen entgegen*

Meine liebe Lady Markby, wie nett von Ihnen, mich zu besuchen. *Gibt ihr die Hand und verbeugt sich deutlich distanziert vor* Mrs Cheveley Wollen Sie sich nicht setzen, Mrs. Cheveley?

Mrs Cheveley

Danke. Ist das nicht Miss Chiltern? Ich würde sie so gern kennenlernen.

Lady Chiltern

Mabel, Mrs. Cheveley würde dich gern kennenlernen.

Mabel Chiltern *deutet eine Verbeugung an*

Mrs Cheveley *setzt sich*

Ich fand Ihr Kleid so reizend gestern abend, Miss Chiltern. So einfach und ... passend.

Mabel Chiltern

Tatsächlich? Das muß ich meiner Schneiderin erzählen. Es dürfte eine echte Überraschung für sie sein. Adieu, Lady Markby.

Lady Markby

Sie gehen schon?

Mabel Chiltern

Es tut mir so leid, aber die Pflicht ruft. Ich muß nämlich zur Probe. Für so ein Lebendes Bild soll ich auf dem Kopf stehen.

Lady Markby

Auf dem Kopf, Kind? Oh! Das will ich doch nicht hoffen. Ich halte das für äußerst ungesund. *Nimmt auf dem Sofa Platz neben* Mrs Cheveley

Mabel Chiltern

Aber es ist für so einen wohltätigen Zweck: für den Verein zur Unterstützung aller, die es nicht verdient haben, die einzigen Menschen, an denen mir wirklich etwas liegt. Ich bin Schriftführerin, und Tommy Trafford ist Schatzmeister.

Mrs Cheveley

Und was ist Lord Goring?

Mabel Chiltern

Oh! Lord Goring ist Präsident.

Mrs Cheveley

Der Posten müßte für ihn maßgeschneidert sein, es sei denn, er wäre ein wenig heruntergekommen, seit ich seine Bekanntschaft gemacht habe.

Lady Markby *nachdenklich*

Du bist bemerkenswert modern, Mabel. Ein wenig zu modern, vielleicht. Nichts birgt größere Gefahren, als zu modern zu sein. Man läuft Gefahr, ganz plötzlich altmodisch zu wirken. Mir sind viele Beispiele dafür bekannt.

Mabel Chiltern

Das sind ja schreckliche Aussichten!

Lady Markby

Ach, meine Liebe, nur nicht nervös werden. Du wirst doch immer die Hübscheste sein. Und das ist die beste Mode, die es gibt, und die einzige, die England je lancieren konnte.

Mabel Chiltern *macht einen Knicks*

Ich bedanke mich vielmals, Lady Markby, für England ... und für mich selbst. *Ab*

Lady Markby *wendet sich an* Lady Chiltern

Meine liebe Gertrude, wir sind auch gekommen, um in Erfahrung zu bringen, ob sich Mrs. Cheveleys Diamantbrosche gefunden hat.

Lady Chiltern

Hier?

Mrs Cheveley

Ja. Als ich ins Claridge's zurückkam, habe ich sie vermißt, und ich dachte, sie könnte mir womöglich hier heruntergefallen sein.

Lady Chiltern

Noch habe ich nichts davon gehört. Aber ich werde den Butler kommen lassen und ihn fragen. *Greift nach der Glocke*

Mrs Cheveley

Oh, ich bitte Sie, keine Umstände, Lady Chiltern. Ich glaube eher, daß ich sie in der Oper verloren habe, bevor wir hierhergekommen sind.

Lady Markby

Ach ja, ich meine auch, es muß in der Oper gewesen sein. Heutzutage wird man ja tatsächlich so viel herumgeschubst und -geschoben, daß es ein Wunder ist, wenn man am Ende des Abends überhaupt noch etwas am Leibe trägt. Ich kenne das von mir selbst, immer wenn ich von einer Gesellschaft komme, habe ich das Gefühl, keinen Fetzen mehr am Leibe zu haben, abgesehen von einem gerade noch salonfähigen Anstandsfitzelchen, eben genug, um die Unterklasse davon abzuschrecken, peinliche Bemerkungen durchs Wagenfenster zu machen. Tatsache ist, daß unser Gesellschaftsleben hoffnungslos unter Überbevölkerung leidet. Irgend jemand sollte wirklich ein funktionstüchtiges Soforthilfe-Programm zur Förderung der Auswanderung entwickeln. Das würde uns eine Menge Ärger ersparen.

Mrs Cheveley

Ich bin ganz Ihrer Meinung, Lady Markby. Es ist jetzt beinahe sechs Jahre her, daß ich die Saison in London verbracht habe, und ich muß schon sagen, die Gesellschaft ist seither beklagenswert gemischt. Überall trifft man die unmöglichsten Leute.

Lady Markby

Sehr wahr, meine Liebe. Aber man muß sie nicht kennen. Die Hälfte der Leute, die in meinem Haus verkehren, kenne ich nicht. Und nach allem, was ich höre, lege ich auch nicht den geringsten Wert darauf.

Auftritt: MASON

LADY CHILTERN

Was war das für eine Brosche, die Sie verloren haben, Mrs. Cheveley?

MRS CHEVELEY

Eine Diamantbrosche, in Form einer Schlange mit einem Rubin, einem ziemlich großen Rubin.

LADY MARKBY

Ich meine, sie hätten etwas von einem Saphir am Kopf gesagt, meine Liebe?

MRS CHEVELEY *lächelt*

Nein, Lady Markby – ein Rubin.

LADY MARKBY *kopfnickend*

Und was für einer, das kann ich mir gut vorstellen.

LADY CHILTERN

Ist heute morgen in einem der Räume eine Diamantbrosche mit einem Rubin gefunden worden, Mason?

MASON

Nein, Mylady.

MRS CHEVELEY

Es ist wirklich nicht so wichtig, Lady Chiltern. Es täte mir so leid, wenn ich Ihnen irgendwelche Umstände gemacht hätte.

LADY CHILTERN *kühl*

Oh, das macht keine Umstände. Das wäre alles, Mason. Sie können den Tee servieren.

Mason *ab*

Lady Markby

Nun, ich muß sagen, es ist ausgesprochen ärgerlich, etwas zu verlieren. Ich entsinne mich, einmal vor Jahren in Bath in der Trinkhalle ein auffallend hübsches Kamee-Armband verloren zu haben, das mir Sir John geschenkt hatte. Ich glaube nicht, daß er mir seitdem noch irgend etwas geschenkt hat, wie ich zu meinem Bedauern feststellen muß. Es ist traurig, wie es mit ihm bergab gegangen ist. Wirklich, dies ekelhafte Parlament verdirbt uns unsere Ehemänner. Ich finde, das Unterhaus ist der schwerste Schicksalsschlag für ein glückliches Eheleben gewesen, seit der Einführung dieser fürchterlichen Sache, die sich höhere Frauenbildung schimpft.

Lady Chiltern

Ah! Das in diesem Haus zu sagen, Lady Markby, ist Ketzerei. Robert ist ein großer Befürworter der höheren Frauenbildung, und das, fürchte ich, bin ich ebenfalls.

Mrs Cheveley

Was ich gern sähe, ist eine höhere Männerbildung. Männer haben sie bitter nötig.

Lady Markby

Allerdings, meine Liebe. Aber ich fürchte, solch ein Programm wäre nicht recht praktikabel. Ich glaube nicht, daß der Mann weiter bildungsfähig ist. Er ist so weit gekommen, wie er konnte, und das ist nicht allzu weit, oder? Daß sich die Frauen weiterbilden, nun, meine liebe Gertrude, da Sie zur jüngeren Generation gehören, spricht nichts dagegen, wenn Sie das billigen. Zu meiner Zeit allerdings wurde uns beigebracht, von nichts etwas zu verstehen. Das war das alte System, und erstaunlich interessant war es schon. Ich kann Ihnen versichern, daß die Anzahl der Dinge, von denen meine arme Schwester und ich nicht das geringste zu verstehen lernten, ganz außergewöhnlich hoch war. Aber wie ich höre, sollen moderne Frauen ja von allem etwas verstehen.

MRS CHEVELEY

Außer von ihrem Ehemann. Das ist der einzige, den eine moderne Frau nie versteht.

LADY MARKBY

Und ich würde sagen, das ist auch gut so, meine Liebe. Wenn sie es könnten, würden viele glückliche Ehen zerbrechen. Nicht die Ihre, das muß ich ja nicht betonen, Gertrude. Sie sind mit einem musterhaften Ehemann verheiratet. Ich wünschte, ich dürfte dasselbe von mir behaupten. Doch seit Sir John darauf besteht, regelmäßig den Debatten beizuwohnen, was er in der guten alten Zeit nie zu tun pflegte, ist seine Sprache ganz unmöglich geworden. Anscheinend glaubt er andauernd, er rede im Unterhaus, was zur Folge hat, daß jedesmal, wenn er die Lage der Landarbeiter, die walisische Kirchenpolitik oder sonst ein ähnlich unpassendes Thema erörtert, mir nichts anderes übrig bleibt, als das ganze Personal aus dem Zimmer zu schicken. Es ist nicht sehr angenehm, mit ansehen zu müssen, wie der eigene Butler, der seit dreiundzwanzig Jahren im Hause ist, am Büfett wahrhaftig rot wird vor Scham und die Lakaien sich in den Ecken winden wie Zirkusartisten. Ich versichere Ihnen, mein Leben ist völlig ruiniert, falls sie John nicht umgehend ins Oberhaus versetzen. Dann wird er doch jedes Interesse an Politik verlieren, oder etwa nicht? Das Oberhaus ist so verständig. Eine Ansammlung von Gentlemen. Doch in seiner derzeitigen Verfassung stellt Sir John wirklich eine harte Prüfung dar. Heute morgen etwa, das Frühstück war noch nicht halb vorüber, hat er sich vor das Kamingitter gestellt und, die Hände in den Taschen, lauthals ans Vaterland appelliert. Ich muß kaum betonen, daß ich den Tisch verlassen habe, sobald ich meine zweite Tasse Tee ausgetrunken hatte. Doch seine gewaltige Stimme war überall im Haus zu hören! Ich darf wohl davon ausgehen, Gertrude, daß Sir Robert nichts dergleichen tut?

LADY CHILTERN

Aber ich bin sehr interessiert an politischen Fragen, Lady Markby, und ich höre Robert sehr gern darüber reden.

LADY MARKBY

Nun, ich kann nur hoffen, daß er sich für Akten nicht so begeistern kann wie Sir John. Ich glaube nicht, daß ihre Lektüre zur Vervollkommnung irgendeines ihrer Leser irgend etwas beitragen wird.

MRS CHEVELEY *gelangweilt*

Ich habe noch nie Akten gelesen. Ich bevorzuge andere Bücher ... mit gelbem Einband.

LADY MARKBY *mit heiterer Ahnungslosigkeit*

Gelb wirkt als Farbe viel freundlicher, nicht wahr? In meiner Jugend habe ich sehr viel Gelb getragen, und das würde ich auch heute noch, wenn Sir John nicht so peinlich persönlich wäre in seinen Geschmacksurteilen, und ein Mann macht sich doch in Modefragen immer lächerlich, oder etwa nicht?

MRS CHEVELEY

O nein! Ich glaube Männer sind, wenn es um Mode geht, die einzigen Autoritäten.

LADY MARKBY

Wirklich? Kann man das wirklich so sagen in Anbetracht der Hüte, die sie tragen?

Der Butler und ein Lakai treten ein und richten den Tee an auf einem Tischchen in der Nähe von LADY CHILTERN

LADY CHILTERN

Darf ich Ihnen Tee anbieten, Mrs. Cheveley?

MRS CHEVELEY

Danke.

Der Butler serviert MRS CHEVELEY *auf einem Tablett eine Tasse Tee*

LADY CHILTERN

Tee, Lady Markby?

LADY MARKBY

Nein danke, meine Liebe. *Die Diener ab* Ich habe nämlich der armen Lady Brancaster versprochen, für zehn Minuten bei ihr vorbeizuschauen, da sie in sehr großen Schwierigkeiten steckt. Ihre Tochter hat doch tatsächlich vor, einen Hilfsgeistlichen aus Shropshire zu heiraten, und dabei hat das Mädchen eine durchaus standesgemäße Erziehung genossen. Es ist sehr traurig, wirklich sehr traurig. Ich begreife die moderne Vorliebe für Hilfsgeistliche nicht. Zu meiner Zeit haben wir Mädchen natürlich auch gesehen, daß sie überall herumrennen wie die Kaninchen. Aber ich muß nicht betonen, daß wir von ihnen weiter keine Notiz genommen haben, niemals. Doch heutzutage sind sie in unseren Herrensitzen, wie ich höre, die reinste Landplage geworden, wie die Heuschrecken. Ich finde, das hat nichts mehr mit Religion zu tun. Und dann hat sich der älteste Sohn mit seinem Vater zerstritten, man erzählt, daß sich Lord Brancaster bei Begegnungen im Club immer hinter dem Wirtschaftsteil der ›Times‹ versteckt. Ich vermute allerdings, daß solche Vorfälle heutzutage so alltäglich sind, daß sie in allen Clubs in St. James's Street zusätzliche Exemplare der ›Times‹ auslegen müssen; es gibt so viele Söhne, die mit ihren Vätern nichts mehr zu tun haben wollen, und so viele Väter, die nicht mehr mit ihren Söhnen sprechen. Ich persönlich finde das sehr bedauerlich.

MRS CHEVELEY

Ich ebenfalls. Väter könnten von ihren Söhnen so viel lernen heutzutage.

LADY MARKBY

Wirklich? Was denn?

MRS CHEVELEY

Die Kunst zu leben. Die einzige wirklich Schöne Kunst, die wir in unserem Zeitalter entwickelt haben.

LADY MARKBY *kopfschüttelnd*

Ach, ich fürchte, davon versteht Lord Brancaster eine ganze Menge. Mehr als seine arme Frau zumindest. *Wendet sich an* LADY CHILTERN Meine Liebe, Sie kennen doch Lady Brancaster, nicht wahr?

Lady Chiltern

Nur flüchtig. Sie hat sich letzten Herbst in Langton aufgehalten, als wir auch dort waren.

Lady Markby

Nun, Sie haben sicher bemerkt, daß sie wie alle stattlichen Frauen ein Bild der Zufriedenheit abgibt. Aber es gibt viele Tragödien in ihrer Familie, von dieser Affaire mit dem Hilfsgeistlichen ganz abgesehen. Ihre eigene Schwester, Mrs. Jekyll, hatte ein äußerst unglückliches Leben; nicht durch eigenes Verschulden, wie ich leider hinzufügen muß. Am Ende war ihr Herz so gebrochen, daß sie ins Kloster ging oder zur Operette. Das habe ich vergessen. Nein; ich glaube, sie hat sich der kunsthandwerklichen Stickerei verschrieben. Ich weiß, daß sie sämtliche Lebensfreude verloren hatte. *Steht auf* Und nun werde ich, wenn Sie gestatten, Gertrude, Mrs. Cheveley Ihrer Obhut überlassen, bis ich zurück bin, in einer Viertelstunde. Oder, wenn es Ihnen nichts ausmacht, Mrs. Cheveley, können Sie auch in der Kutsche warten, während ich bei Lady Brancaster bin. Da ich es als Beileidsbesuch betrachte, wird es nicht lange dauern.

Mrs Cheveley

Es macht mir gar nichts aus, in der Kutsche zu warten, vorausgesetzt, daß jemand zu mir hereinschaut.

Lady Markby

Nun, ich habe gehört, daß der Hilfsgeistliche dauernd ums Haus schleicht.

Mrs Cheveley

Ich fürchte, ich halte nicht viel von den Verehrern junger Mädchen.

Lady Chiltern *steht auf*

Oh, ich hoffe, daß Mrs. Cheveley ein wenig hierbleiben mag. Ich würde mich gern für ein paar Minuten mit ihr unterhalten.

Mrs Cheveley

Wie ungemein freundlich von Ihnen, Lady Chiltern! Glauben Sie mir, nichts würde mir mehr Freude machen.

Lady Markby

Ja, zweifellos haben Sie beide viele schöne Erinnerungen an Ihre Schulzeit aufzufrischen. Adieu, meine liebe Gertrude! Ich sehe Sie doch heute abend bei Lady Bonar? Sie hat ein großartiges neues Genie entdeckt. Er macht ... gar nichts, glaube ich. Das ist doch sehr tröstlich, nicht wahr?

Lady Chiltern

Robert und ich bleiben heute abend zum Dinner daheim, ganz unter uns, und ich glaube nicht, daß ich danach noch ausgehe. Robert muß natürlich noch ins Unterhaus. Doch es liegt nichts Interessantes an.

Lady Markby

Dinner daheim, ganz unter sich? Ist das sehr weise? Ach, ich vergaß, Ihr Mann ist ja die Ausnahme. Meiner ist die Regel, und nichts läßt eine Frau so rasch altern wie eine Ehe, die der Regel entspricht. *Ab*

Mrs Cheveley

Eine wunderbare Frau, diese Mrs. Markby, nicht wahr? Redet mehr und sagt weniger als irgend jemand, den ich kenne. Sie ist zur Volksrednerin geboren. Jedenfalls eher als ihr Ehemann, obwohl er ein typischer Engländer ist, immer fad und meist gewalttätig.

LADY CHILTERN *antwortet nicht, bleibt aber stehen. Eine Pause entsteht. Dann begegnen sich die Blicke der beiden Frauen.* LADY CHILTERN *sieht ernst und blaß aus.* MRS CHEVELEY *wirkt vergleichsweise heiter*

Mrs. Cheveley, ich denke, es ist nur billig, Ihnen ganz offen zu sagen: Wenn ich gewußt hätte, wer Sie in Wahrheit sind, hätte ich Sie gestern abend nicht in mein Haus gebeten.

MRS CHEVELEY *lächelt impertinent*

Wirklich nicht?

LADY CHILTERN

Ich hätte es nicht fertig gebracht.

MRS CHEVELEY

Wie ich sehe, haben Sie sich kein bißchen verändert in all den Jahren, Gertrude.

LADY CHILTERN

Ich ändere mich nie.

MRS CHEVELEY *zieht die Augenbrauen hoch*

Dann haben Sie aus dem Leben nichts gelernt?

LADY CHILTERN

Ich habe daraus gelernt, daß eine Person, die sich einmal einer unehrenhaften und verachtenswerten Handlung schuldig gemacht hat, das auch ein zweites Mal machen könnte und daß man sie besser meidet.

MRS CHEVELEY

Würden Sie diese Regel auf jeden anwenden?

Lady Chiltern

Ja, auf jeden, ohne Ausnahme.

Mrs Cheveley

Dann tut es mir leid für Sie, Gertrude, sehr leid.

Lady Chiltern

Jetzt begreifen Sie doch sicherlich, daß weitere Beziehungen zwischen uns während Ihres London-Aufenthalts aus mancherlei Gründen nicht in Frage kommen?

Mrs Cheveley *lehnt sich im Sessel zurück*

Wissen Sie, Gertrude, ich habe nichts gegen eine kleine Moralpredigt von Ihnen. Moralisch werden wir Menschen gegenüber, die wir persönlich nicht leiden können. Sie können mich nicht leiden. Ich bin mir dessen vollauf bewußt. Und ich habe Sie immer verabscheut. Und doch bin ich hergekommen, um Ihnen einen Gefallen zu tun.

Lady Chiltern *von oben herab*

Wie den Gefallen, den Sie meinem Mann gestern abend erweisen wollten, nehme ich an. Gottseidank habe ich ihn davor bewahrt.

Mrs Cheveley *springt auf*

Also Sie waren das, die ihn dazu gebracht hat, mir diesen unverschämten Brief zu schreiben? Sie waren es, die ihn dazu gebracht hat, seine Versprechen zu brechen?

Lady Chiltern

Ja.

Mrs Cheveley

Dann müssen Sie auch dafür sorgen, daß er es hält. Ich gebe Ihnen Zeit bis morgen früh – nicht mehr. Wenn Ihr Mann sich bis dahin nicht feierlich verpflichtet hat, mir bei diesem Großprojekt, an dem ich sehr interessiert bin, behilflich zu sein –

Lady Chiltern

Bei dieser fragwürdigen Spekulation –

Mrs Cheveley

Nennen Sie es, wie Sie wollen. Ich habe Ihren Mann hier in meiner Hand, und wenn Sie klug sind, bringen Sie ihn dazu, das zu tun, was ich von ihm will.

Lady Chiltern *steht auf und geht zu ihr*

Sie sind impertinent. Was hat mein Mann mit Ihnen zu tun? Mit einer Frau wie Ihnen?

Mrs Cheveley *lacht höhnisch*

Gleich und gleich gesellt sich gern, so ist die Welt. Ihr Ehemann handelt selbst genauso fragwürdig und ehrlos wie ich, deshalb geben wir ein so gutes Paar ab. Zwischen Ihnen und mir liegen Welten. Er und ich stehen uns näher als Freunde. Durch Feindschaft miteinander verkettet. Verbunden durch dieselbe Sünde.

Lady Chiltern

Wie können Sie es wagen, sich mit meinem Mann auf eine Stufe zu stellen? Wie können Sie es wagen, ihm oder mir zu drohen? Verlassen Sie mein Haus. Sie sind unwürdig, es zu betreten.

Auftritt: Sir Robert Chiltern *nähert sich aus dem Hintergrund. Er hört die letzten Worte seiner Frau und sieht, an wen sie gerichtet sind. Er wird totenbleich*

MRS CHEVELEY

Ein Haus, für das eine Ehre verkauft wurde. Ein Haus, in dem alles durch Betrug erkauft worden ist. *Dreht sich um und sieht* SIR ROBERT CHILTERN Fragen Sie doch ihn nach dem Ursprung seines Vermögens! Lassen Sie sich von ihm erzählen, wie er ein Kabinettsgeheimnis verkauft hat an einen Börsenmakler. Erfahren Sie von ihm, wem Sie Ihre Stellung verdanken.

LADY CHILTERN

Es ist nicht wahr! Robert! Es ist nicht wahr!

MRS CHEVELEY *zeigt mit dem Finger auf ihn*

Sehen Sie ihn an! Kann er es abstreiten? Wird er es wagen?

SIR ROBERT CHILTERN

Gehen Sie! Gehen Sie auf der Stelle! Sie haben Ihr Schlimmstes getan!

MRS CHEVELEY

Mein Schlimmstes? Ich bin noch nicht fertig mit Ihnen, mit Ihnen beiden nicht. Ich gebe Ihnen Zeit bis morgen mittag! Wenn Sie bis dahin nicht tun, worum ich Sie gebeten habe, wird die ganze Welt erfahren, wie Robert Chiltern wurde, was er ist.

SIR ROBERT CHILTERN *läutet. Auftritt:* MASON

SIR ROBERT CHILTERN

Begleiten Sie Mrs. Cheveley hinaus.

MRS CHEVELEY *zögert, verbeugt sich dann mit deutlich übertriebener Höflichkeit vor* LADY CHILTERN, *die keine Reaktion zeigt. Als sie an* SIR ROBERT CHILTERN *vorbeigeht, verhält sie einen Moment und schaut ihm direkt ins Gesicht. Dann geht sie hinaus, gefolgt von* MASON, *der die Tür hin-*

ter sich schließt. Das Ehepaar bleibt allein zurück. LADY CHILTERN *steht da wie jemand, der in einem bösen Traum befangen ist. Dann dreht sie sich um und sieht ihren Ehemann an. Sie betrachtet ihn wie einen Fremden, den sie zum ersten Mal zu Gesicht bekommt*

LADY CHILTERN

Du hast ein Kabinettsgeheimnis verkauft, für Geld! Dein Leben hast du mit einem Betrug begonnen? Deine Karriere auf Ehrlosigkeit gebaut? Oh, sag mir, daß das nicht wahr ist! Lüg mich an! Lüg mich an! Sag mir, daß das nicht wahr ist!

SIR ROBERT CHILTERN

Diese Frau hat die Wahrheit gesagt im großen und ganzen. Doch hör mir zu, Gertrude. Du machst dir keine Vorstellung über das Ausmaß meiner Versuchung. Ich will dir alles erzählen, laß mich. *Geht zu ihr*

LADY CHILTERN

Komm mir nicht zu nahe. Faß mich nicht an. Ich fühle mich schmutzig, durch deine Hand, für immer. Oh! Diese Maske, die du getragen hast, all die Jahre! Die bemalte Maske eines Dämons! Du hast dich verkauft, für Geld. Oh! Jeder gewöhnliche Dieb wäre mir lieber. Du hast dich versteigert, an den Meistbietenden! Du warst käuflich, auf dem freien Markt. Du hast die ganze Welt belogen. Und mich, mich willst du trotzdem nicht belügen?

SIR ROBERT CHILTERN *eilt zu ihr*

Gertrude! Gertrude!

LADY CHILTERN *stößt ihn zurück mit vorgestreckten Händen*

Nein, sei still! Sag nichts! Deine Stimme weckt furchtbare Erinnerungen – Erinnerungen an Dinge – Erinnerungen an Worte, die meine Liebe zu dir weckten –, Erinnerungen, die mich jetzt schaudern lassen. Und wie ich dich vergöttert habe! Für mich standst du weit außerhalb des Alltagslebens, als etwas Reines, Edles, Ehrbares, ganz ohne Makel. Die Welt kam mir veredelt vor, da du ihr Teil warst, und da du lebtest, war mir das Gute Teil der Wirklichkeit. Und jetzt – oh, wenn ich denke, daß ich einen Mann wie dich zu meinem Ideal erkor! Mein Lebensideal!

Sir Robert Chiltern

Darin lag dein Fehler. Darin lag dein Irrtum. Der Irrtum, den alle Frauen gern begehen. Warum nur können Frauen uns nicht lieben, mit unsern Fehlern und all dem? Warum nur stellt ihr uns auf so monströse Sockel? Wir stehen alle auf tönernen Füßen – Frauen wie Männer. Doch wenn wir Männer Frauen lieben, so tun wir das im Wissen um all ihre Schwächen, ihre Launen und ihre Unvollkommenheit, lieben sie nur noch mehr, vielleicht aus diesen Gründen. Nicht das Vollkommene, sondern das Unvollkommene bedarf der Liebe. Wenn wir verletzt sind, sei's von eig'ner Hand, sei's von andern Händen, suchen wir in der Liebe unser Heil – wozu denn sonst ist Liebe da? Liebe ist die Vergebung aller Sünden, die nicht gegen die Liebe selbst gerichtet sind. Die wahre Liebe ist Begnadigung für jedes Leben, wenn es nicht selber lieblos ist. Männliche Liebe ist so: weitherziger, großzügiger und menschlicher als die Liebe einer Frau. Frauen glauben, daß sie aus uns Männern Ideale machen. Doch was sie aus uns machen, sind nur Idole, Götzenbilder. Du hast dein Götzenbild aus mir gemacht, und mir fehlte der Mut herabzusteigen und dir zu zeigen, wo ich verwundbar war, dir zu gestehen, wo ich schwach gewesen bin. Ich hatte Angst, deine Liebe zu verlieren, wie ich sie jetzt verloren habe. Und also hast du gestern nacht mein Leben ruiniert, ja, ruiniert! Was diese Frau von mir verlangt hat, war nichts, verglichen mit ihrem Angebot. Ihr Angebot hieß Sicherheit, Frieden, Beständigkeit. Die Sünde meiner Jugend, die ich schon längst begraben wähnte, stand vor mir aufgerichtet, gemein, bedrohlich drückte sie mir die Kehle zu. Für immer wäre ich sie losgeworden, tot und begraben, auslöschen konnte ich meine Vergangenheit, verbrennen jenen einzigen Beweis, der gegen mich noch zeugte. Du hast das verhindert. Nur du allein, das weißt du. Und was liegt jetzt noch vor mir außer öffentlicher Schande, Ruin, unsäglicher Scham, dem Gespött der Welt, einem einsamen, ehrlosen Leben, einem einsamen, ehrlosen Tod, vielleicht, eines Tages? Nicht länger sollen Frauen aus Männern Ideale machen! Nicht länger sollen sie die auf Altäre stellen, um davor zu knien, denn sonst zerstören sie vielleicht noch weitre Leben so vollständig, wie du – du, die ich bis zum Wahnsinn liebte – meins zerstört hast. *Verläßt das Zimmer.*

LADY CHILTERN *will zu ihm eilen, doch die Tür schließt sich, bevor sie sie erreicht hat. Bleich, verwirrt, hilflos in ihrer Panik, schwankt sie wie ein Rohr im Wind. Dann wirft sie sich neben dem Sofa zu Boden und bedeckt ihr Gesicht mit den Händen. Sie weint wie ein Kind*

VORHANG

Dritter Akt

Die Bibliothek in Lord Gorings Haus. Ein Junggesellenzimmer. Die Tür zur Rechten führt in die Halle. Zur Linken die Tür zum Rauchzimmer. Durch eine Flügeltür im Hintergrund Durchblick in den Salon. Das Kaminfeuer brennt. Phipps, der Butler, legt einige Zeitungen auf dem Schreibtisch zurecht. Phipps zeichnet sich durch Ungerührtheit aus. Bewunderer bezeichnen ihn als den idealen Butler. Die Sphinx wirkt unterhaltsam dagegen. Er ist eine Maske mit Manieren. Von seinem intellektuellen oder emotionalen Leben vermeldet die Geschichtsschreibung nichts. Er verkörpert die Vorherrschaft der Form.

Auftritt: LORD GORING *in Abendkleidung mit Blume im Knopfloch. Er trägt einen seidenen Zylinder und ein Inverness Cape. Ein Louis-Seize-Stöckchen in den weißen Handschuhen. Modische Torheiten wirken an ihm ganz selbstverständlich. Man sieht, daß er zum modernen Lebensstil ungebrochene Beziehungen unterhält, sie sogar prägt und auf die Art meistert. Er ist der erste gutangezogene Philosoph der Geistesgeschichte*

LORD GORING

Haben Sie an die Ersatzblume für mein Knopfloch gedacht?

PHIPPS

Sehr wohl, Mylord. *Nimmt ihm Hut, Cape und Stock ab und präsentiert die Ersatzblume auf einem Tablett*

LORD GORING

Ziemlich hervorstechende Kleinigkeit, Phipps, in London bin ich derzeit die einzige irgendwie bedeutende Person, die eine Blume im Knopfloch trägt.

PHIPPS

Sehr wohl, Mylord, das ist mir nicht entgangen.

LORD GORING *nimmt die gebrauchte Blume aus dem Knopfloch*

Merken Sie sich, Phipps: Modisch ist, was man selber trägt. Altmodisch ist, was andere Leute tragen.

PHIPPS

Sehr wohl, Mylord.

LORD GORING

Genau wie Taktlosigkeit einfach als das Benehmen anderer Leute definiert werden kann.

PHIPPS

Sehr wohl, Mylord.

LORD GORING *steckt die neue Blume ins Knopfloch*

Und Irrtümer als anderer Leute Wahrheiten.

PHIPPS

Sehr wohl, Mylord.

LORD GORING

Andere Leute sind ganz unerträglich. Die einzige passende Gesellschaft ist man sich selbst.

PHIPPS

Sehr wohl, Mylord.

LORD GORING

Sich selbst zu lieben, ist der Beginn einer lebenslangen Romanze.

PHIPPS

Sehr wohl, Mylord

LORD GORING *betrachtet sich selbst im Spiegel*

Ich glaube nicht, daß mir diese Blume recht gefällt. Sie läßt mich ein wenig alt aussehen. Läßt mich fast aussehen wie in der Blüte meiner Jahre, wie, Phipps?

Phipps

Ich kann keinerlei Änderung an der Erscheinung Ihrer Lordschaft feststellen.

Lord Goring

Wirklich nicht, Phipps?

Phipps

Nein, Mylord.

Lord Goring

Ich bin mir nicht ganz sicher. In Zukunft eine alltäglichere Blume fürs Knopfloch, Phipps, an Donnerstagabenden.

Phipps

Ich werde mit der Blumenhändlerin sprechen, Mylord. Sie hatte kürzlich in ihrer Familie einen Verlust zu beklagen, der möglicherweise für den Mangel an Alltäglichkeit verantwortlich sein könnte, den Mylord in der Blumenauswahl beklagt.

Lord Goring

Eine auffällige Geschichte bei den unteren Klassen in England – dauernd verlieren sie ihre Verwandten.

Phipps

Sehr wohl, Mylord. Sie haben in dieser Beziehung außergewöhnliches Glück.

Lord Goring *dreht sich um und sieht ihn an.* Phipps *bleibt ungerührt*

Hmm! Irgendwelche Briefe, Phipps?

Phipps

Drei, Mylord. *Präsentiert die Briefe auf einem Tablett*

Lord Goring *nimmt die Briefe*

Meinen Wagen in zwanzig Minuten, bitte.

Phipps

Sehr wohl, Mylord. *Geht Richtung Tür*

Lord Goring *hält einen Brief in einem rosa Umschlag hoch*

Ach! Phipps, wann ist dieser Brief gekommen?

Phipps

Er wurde durch Boten überbracht, eben nachdem Ihre Lordschaft in den Club gefahren sind.

Lord Goring

Das wäre alles. Phipps *ab* Lady Chilterns Handschrift und Lady Chilterns rosa Briefpapier. Das ist recht seltsam. Ich dachte, Robert werde mir schreiben. Bin gespannt, was Lady Chiltern mir zu sagen hat. *Setzt sich an den Schreibtisch, öffnet den Brief und liest ihn* »Ich brauche Sie. Ich vertraue Ihnen. Ich komme zu Ihnen. Gertrude.« *Läßt den Brief mit verständnislosem Gesicht sinken. Nimmt ihn dann auf und liest ihn langsam ein zweites Mal* »Ich brauche Sie. Ich vertraue Ihnen. Ich komme zu Ihnen.« Sie hat also alles herausgefunden. Die Ärmste! Bedauernswerte Frau! *Zieht seine Uhr und schaut darauf* Welche Zeit für einen Besuch! Zehn Uhr! Ich wollte noch zu den Berkshires, das muß ich wohl abhaken. Egal, es ist stets nett, erwartet zu werden und nicht zu erscheinen. Im Bachelors Club werde ich nicht erwartet, also werde ich unbedingt hingehen. Nun ja, ich werde sie dazu bringen, daß sie bei ihrem Ehemann bleibt. Mehr kann ich nicht für sie tun. Mehr kann man für keine Frau tun. Bei Frauen wächst das Gefühl für Moral, und das ist es, was aus der Ehe eine solch hoffnungslos einseitige Angelegenheit macht. Zehn Uhr. Sie müßte bald hier sein. Ich muß Phipps sagen, daß ich für niemand sonst zu Hause bin. *Geht Richtung Glocke*

Auftritt: PHIPPS

PHIPPS

Lord Caversham.

LORD GORING

Ach, wieso müssen Eltern immer zum falschen Zeitpunkt auftreten? Wahrscheinlich irgendein besonderer Fehltritt der Natur. *Auftritt:* LORD CAVERSHAM Entzückt dich zu sehen, mein lieber Vater. *Geht ihm entgegen*

LORD CAVERSHAM

Hilf mir aus dem Mantel.

LORD GORING

Lohnt sich das denn, Vater?

LORD CAVERSHAM

Selbstverständlich lohnt sich das, Sir. Welcher Stuhl ist am bequemsten?

LORD GORING

Dieser hier, Vater. Es ist der Stuhl, den ich selbst nehme, wenn ich Besuch habe.

LORD CAVERSHAM

Danke. Ich hoffe, es zieht nicht in diesem Zimmer.

LORD GORING

Nein, Vater.

LORD CAVERSHAM *setzt sich*

Freut mich zu hören. Kann Zug nicht ausstehen. Dulde keinen Zug in meinem Haus.

Lord Goring

Nur ziemlichen Gegenwind.

Lord Caversham

Hä? Hä? Verstehe nicht, was du meinst. Will mich ernsthaft mit dir unterhalten, Sir.

Lord Goring

Mein lieber Vater! Um diese Zeit?

Lord Caversham

Nun, Sir, es ist erst zehn Uhr. Was hast du gegen diese Zeit einzuwenden? Ich denke, zehn Uhr ist genau der richtige Zeitpunkt!

Lord Goring

Nun, es ist so, Vater, dies ist heute nicht mein Tag für ernsthafte Unterhaltungen. Es tut mir sehr leid, aber es ist nicht mein Tag.

Lord Caversham

Was soll das heißen, Sir?

Lord Goring

Während der Saison, Vater, unterhalte ich mich ernsthaft lediglich am ersten Dienstag jeden Monats zwischen vier und sieben.

Lord Caversham

Dann bilde dir ein, es ist Dienstag. Es ist Dienstag.

Lord Goring

Aber es ist nach sieben, Vater, und mein Arzt sagt, ich solle nach sieben keine ernsthaften Unterhaltungen mehr führen. Ich muß danach im Schlaf sprechen.

Lord Caversham

Im Schlaf sprechen, Sir? Was spricht dagegen? Du bist nicht verheiratet.

Lord Goring

Nein, Vater, ich bin nicht verheiratet.

Lord Caversham

Hmm. Und um darüber mit dir zu sprechen, bin ich hier, Sir. Du mußt heiraten, und zwar sofort. Ich sage dir warum: Als ich in deinem Alter gewesen bin, war ich bereits seit drei Monaten untröstlicher Witwer und machte bereits deiner anbetungswürdigen Mutter den Hof. Sir, es ist deine verdammte Pflicht zu heiraten. Du kannst nicht ewig nur zum Vergnügen leben. Jeder Mann in deiner Position ist verheiratet heutzutage. Junggesellen sind nicht mehr in Mode. Sie sind wie ein schadhafter Restposten. Durch zu viele Hände gegangen. Du mußt dir eine Frau suchen, Sir. Schau dir an, wie weit es dein Freund Robert Chiltern gebracht hat, durch Rechtschaffenheit, harte Arbeit und weil er klug genug war, die richtige Frau zu heiraten. Warum versuchst du nicht, es ihm gleich zu tun? Warum nimmst du dir nicht ein Beispiel an ihm?

Lord Goring

Ich denke, das werde ich, Vater.

Lord Caversham

Ich wünschte, das würdest du, Sir. Dann wäre ich zufrieden. Zur Zeit mache ich deiner Mutter das Leben zur Hölle deinetwegen. Du bist sehr herzlos, Sir, sehr, sehr herzlos.

Lord Goring

Ich hoffe nicht, Vater.

Lord Caversham

Und es ist höchste Zeit für dich zu heiraten. Du bist vierunddreißig Jahre alt.

Lord Goring

Ja, Vater, aber zugeben tue ich nur zweiunddreißig – einunddreißigeinhalb, wenn ich eine wirklich gute Blume im Knopfloch habe. Diese hier ist ... nicht alltäglich genug.

Lord Caversham

Ich sage dir, du bist vierunddreißig. Und es zieht hier in deinem Zimmer, was übrigens dein Benehmen noch schlimmer macht. Warum hast du behauptet, hier wäre kein Zug, Sir? Ich fühle den Zug, Sir, ich fühle ihn deutlich.

Lord Goring

Ich fühle ihn auch, Vater. Es ist ein zügelloser Zug. Ich komme morgen bei dir vorbei, Vater. Dann können wir alles besprechen, was du willst. Darf ich dir in den Mantel helfen, Vater.

Lord Caversham

Nein, Sir; ich bin heute abend hergekommen zu einem bestimmten Zweck; und ich werde ihn erreichen, koste es auch meine Gesundheit oder deine. Leg den Mantel weg, Sir.

Lord Goring

Gewiß, Vater. Aber laß uns in ein anderes Zimmer gehen. *Läutet* Was für ein zügelloser Zug das ist hier. *Auftritt:*

Phipps Phipps, brennt das Feuer im Rauchzimmer ordentlich?

Phipps

Sehr wohl, Mylord.

Lord Goring

Komm nach nebenan, Vater. Dein Niesen bricht mir fast das Herz.

Lord Caversham

Nun, Sir, ich denke doch, ich habe das Recht zu niesen, wann immer ich will?

Lord Goring *rechtfertigt sich*

Ganz recht, Vater. Ich wollte nur mein Mitgefühl zum Ausdruck bringen.

Lord Caversham

Ach, verdammtes Mitgefühl. Solche Gefühle begegnen einem heutzutage haufenweise, es gibt viel zuviel davon.

Lord Goring

Ich bin ganz deiner Meinung, Vater. Gäbe es weniger Mitgefühl auf der Welt, hätten wir weniger Ärger mit der Welt.

Lord Caversham *geht Richtung Rauchzimmer*

Das ist ein Paradox, Sir. Und ich hasse Paradoxe.

Lord Goring

Genau wie ich, Vater. Jeder, den man heutzutage trifft, ist ein Paradox. Das ist sehr lästig. Es macht die Gesellschaft so durchschaubar.

Lord Caversham *dreht sich um und betrachtet seinen Sohn unter buschigen Augenbrauen*

Verstehst du eigentlich immer, was du da sagst, Sir?

Lord Goring

Schon, Vater, wenn ich aufmerksam zuhöre.

Lord Caversham *indigniert*

Wenn er aufmerksam zuhört! ... Eingebildeter junger Lackel! *Geht grummelnd ab ins Rauchzimmer. Auftritt:* Phipps

Lord Goring

Phipps, heute abend wird aus bestimmten Gründen eine Dame zu mir kommen. Sobald sie eintrifft, bringen Sie sie in den Salon. Verstanden?

Phipps

Sehr wohl, Mylord.

Lord Goring

Es handelt sich um eine Angelegenheit von schwerstwiegender Bedeutung, Phipps.

Phipps

Ich verstehe, Mylord.

Lord Goring

Niemand sonst wird eingelassen, unter keinen Umständen.

Phipps

Ich verstehe, Mylord.

Türglocke läutet

Lord Goring

Ah! Das ist vermutlich die Dame. Ich werde selbst gehen. *Als er eben zur Tür gehen will, erscheint aus dem Rauchzimmer* LORD CAVERSHAM

LORD CAVERSHAM

Nun, Sir? Wann darf ich mit deiner Anwesenheit rechnen?

LORD GORING *verständlicherweise durcheinander*

Einen Moment, Vater. Entschuldige mich bitte. LORD CAVERSHAM *wieder ab* Also, befolgen Sie meine Anordnungen, Phipps – in das Zimmer.

PHIPPS

Sehr wohl, Mylord.

LORD GORING *geht ins Rauchzimmer.* HAROLD, *der Lakai, läßt* MRS CHEVELEY *eintreten. Sie wirkt geisterhaft, ganz in Grün und Silber. Sie trägt einen Umhang aus schwarzem Satin, abgesetzt mit Seide in der Farbe welker Rosenblätter*

HAROLD

Der Name, Madam?

MRS CHEVELEY *zu* PHIPPS, *der zu ihr tritt*

Ist Lord Goring nicht da? Mir wurde gesagt, er sei daheim?

PHIPPS

Seine Lordschaft ist gegenwärtig mit Lord Caversham beschäftigt, Madam. *Wirft einen kalten, glasigen Seitenblick auf* HAROLD, *der sogleich abgeht*

MRS CHEVELEY *bei sich*

Ein vorbildlicher Sohn!

PHIPPS

Seine Lordschaft haben mir befohlen, Sie, Madam, zu

bitten, im Salon auf ihn zu warten. *Geht zur Flügeltür zum Salon und öffnet sie* Die Anweisungen seiner Lordschaft in dieser Hinsicht waren sehr präzis.

MRS CHEVELEY *bei sich*

Wie weitblickend von ihm. Das Unerwartete zu erwarten, zeugt von zeitgemäßem Intellekt. *Geht Richtung Salon und schaut hinein* Bah! Wie trübselig so ein Junggesellenzimmer stets aussieht. Ich werde das alles ändern müssen. PHIPPS *bringt die Schreibtischlampe* Nein, ich brauche die Lampe nicht. Sie ist viel zu grell. Zünden Sie ein paar Kerzen an.

PHIPPS *bringt die Lampe zurück*

Gewiß, Madam.

MRS CHEVELEY

Ich hoffe doch, daß die Kerzen angenehme Schatten spenden.

PHIPPS

Bisher hatten wir deswegen keine Klagen, Madam. *Geht in den Salon hinüber und fängt an, Kerzen anzuzünden*

MRS CHEVELEY *bei sich*

Ich wüßte gern, welche Frau er heute abend erwartet. Es wäre entzückend, ihn zu erwischen. Männer sehen immer so albern aus, wenn sie erwischt werden. Und erwischt werden sie immer. *Sieht sich im Zimmer um und geht zum Schreibtisch* Ein höchst interessanter Raum! Ein höchst interessantes Bild! Wüßte gern, wie es mit seiner Korrespondenz aussieht. *Hebt Briefe auf* Oh, eine höchst uninteressante Korrespondenz! Rechnungen und Visitenkarten, Gläubiger und Witwen! Wer um Himmels willen schreibt ihm auf rosa Papier? Wie albern, auf rosa Papier zu schreiben! Sieht ganz nach dem Beginn einer bürgerlichen Romanze aus. Romanzen sollten nie mit einem Gefühl beginnen. Beginnen sollten sie mit der Suche nach Wahrheit und enden mit einer Abfindung. *Legt den Brief weg, hebt ihn dann wieder auf* Die Handschrift kenne ich. Die gehört Gertrude Chiltern. Ich erinnere mich sehr gut. In jedem Federstrich die zehn Gebote und das Moralgesetz auf jeder Seite. Wüßte zu gern, was Gertrude ihm zu schreiben hat? Etwas ganz Fürchterliches über mich, nehme ich mal an. Wie ich diese Frau verabscheue! *Liest* »Ich brauche Sie. Ich vertraue Ihnen. Ich komme zu Ihnen. Gertrude.« Ich brauche Sie. Ich vertraue Ihnen. Ich komme zu Ihnen. *Ein triumphierender Ausdruck breitet sich auf ihrem Gesicht aus. Sie will den Brief gerade stehlen, als* PHIPPS *auftritt*

PHIPPS

Die Kerzen im Salon sind angezündet, nach Ihren Anweisungen, Madam.

MRS CHEVELEY

Danke. *Steht hastig auf und schiebt den Brief unter eine große, silberbeschlagene Schreibunterlage, die auf dem Schreibtisch liegt*

PHIPPS

Ich bin voller Zuversicht, daß die Schatten zu Ihrer Zufriedenheit ausfallen, Madam. Es sind die angenehmsten, die wir zu bieten haben. Es sind die gleichen, die seine Lordschaft benutzt, wenn er sich zum Dinner umzieht.

MRS CHEVELEY *lächelt*

Dann bin ich sicher, daß sie mir vollkommen recht sind.

Phipps *ernsthaft*

Ich danke Ihnen, Madam.

Mrs Cheveley *geht in den Salon.* Phipps *schließt die Türen und zieht sich zurück. Die Tür wird behutsam wieder geöffnet und* Mrs Cheveley *kommt herein, schleicht verstohlen Richtung Schreibtisch. Plötzlich hört sie Stimmen aus dem Rauchzimmer, erbleicht und bleibt stehen. Die Stimmen werden lauter, und sie geht zurück in den Salon, beißt sich auf die Lippen. Auftritt:* Lord Goring *und* Lord Caversham

Lord Goring *stellt Bedingungen*

Mein lieber Herr Vater, wenn ich schon heirate, wirst du doch gewiß gestatten, daß ich die Zeit, den Ort und die Person auswähle? Vor allem die Person.

Lord Caversham *störrisch*

Das ist meine Sache, Sir. Du würdest vermutlich eine sehr bescheidene Wahl treffen. Ich bin es, dessen Rat hier gefragt ist, nicht du. Es geht um Besitzansprüche. Das ist keine Gefühlssache. Gefühle kommen im Eheleben später auf.

Lord Goring

Jawohl. Im Eheleben kommen Gefühle auf, wenn die Leute sich absolut nicht mehr leiden können, Vater, so ist es doch? *Hilft* Lord Caversham *in den Mantel*

Lord Caversham

Das stimmt, Sir. Ich meine, das stimmt nicht, Sir. Du redest heute abend besonders wirr. Ich sage, die Ehe ist eine Angelegenheit des gesunden Menschenverstands.

Lord Goring

Aber Frauen mit gesundem Menschenverstand sind so reizlos, Vater, oder etwa nicht? Natürlich urteile ich nur vom Hörensagen her.

Lord Caversham

Keine Frau, ob reizlos oder reizend, hat auch nur eine Spur von gesundem Menschenverstand, Sir. Gesunder Menschenverstand ist das Vorrecht unseres Geschlechts.

Lord Goring

Ganz recht. Und wir Männer sind so selbstlos, daß wir ihn nie anwenden, nicht wahr, Vater?

Lord Caversham

Ich wende ihn an, ihn und nichts anderes.

Lord Goring

Meine Mutter hat mir davon erzählt.

Lord Caversham

Es ist das Glücksgeheimnis deiner Mutter. Du bist sehr herzlos, Sir, sehr, sehr herzlos.

Lord Goring

Ich hoffe nicht, Vater. *Geht für einen Moment ab. Kommt dann ziemlich fassungslos zurück mit* Sir Robert Chiltern

Sir Robert Chiltern

Mein lieber Arthur, dazu gehört schon eine Portion Glück, dich auf dem Treppenabsatz abzufangen! Dein Diener hat mir gesagt, du seist nicht zu Hause. Wie ungewöhnlich.

Lord Goring

Der Grund ist, daß ich heute furchtbar viel zu tun habe, Robert, und angeordnet hatte, ich sei für niemanden zu sprechen. Sogar meinem Vater wurde ein vergleichsweise kühler Empfang zuteil. Er hat sich die ganze Zeit über Zugluft beklagt.

Sir Robert Chiltern

Ah! Für mich mußt du aber zu sprechen sein, Arthur. Du bist mein bester Freund. Morgen bist du vielleicht schon mein einziger Freund. Meine Frau hat alles erfahren.

Lord Goring

Ah! Das habe ich mir gedacht!

Sir Robert Chiltern *schaut ihn an*

Wirklich? Wie das?

Lord Goring *nach kurzem Zögern*

Oh, lediglich wegen dieses gewissen Ausdrucks in deinem Gesicht, als du hereingekommen bist. Wer hat es ihr gesagt?

Sir Robert Chiltern

Mrs. Cheveley persönlich. Und die Frau, die ich liebe, weiß nun, daß ich zu Anfang meiner Karriere eine zutiefst ehrenrührige Tat begangen habe, daß ich mein Leben auf Sand gebaut habe, dem Sand der Schande – daß ich wie ein gewöhnlicher Hausierer das Geheimnis verkauft habe, das mir als Ehrenmann anvertraut wurde. Ich danke dem Himmel, daß der arme Lord Radley starb, ohne von meinem Verrat erfahren zu haben. Bei Gott, lieber wäre ich gestorben, bevor mich diese fürchterliche Versuchung so tief hat fallen lassen. *Birgt sein Gesicht in den Händen*

Lord Goring *nach einer Pause*

Du hast aus Wien noch nichts gehört, als Antwort auf dein Telegramm?

Sir Robert Chiltern *schaut auf*

Doch; ich habe heute abend um acht ein Telegramm erhalten, vom Ersten Sekretär der Botschaft.

Lord Goring

Und?

Sir Robert Chiltern

Es ist absolut nichts bekannt, was gegen sie spräche. Im Gegenteil, sie nimmt in der Gesellschaft einen relativ hohen Rang ein. Es ist eine Art offenes Geheimnis, daß Baron Arnheim ihr den größten Teil seines immensen Vermögens hinterlassen hat. Darüber hinaus konnte ich nichts in Erfahrung bringen.

Lord Goring

Sie hat sich demnach nicht als Spionin entpuppt?

Sir Robert Chiltern

Ach! Spione sind heutzutage überflüssig. Mit ihrem Gewerbe ist es vorbei. Statt dessen haben die Zeitungen ihre Arbeit übernommen.

Lord Goring

Und sie machen sie verflixt gut.

Sir Robert Chiltern

Arthur, ich komme um vor Durst. Darf ich mir etwas kommen lassen? Nur etwas Weißwein und Wasser?

Lord Goring

Gewiß. Laß mich das machen. *Läutet*

Sir Robert Chiltern

Danke. Ich weiß nicht, was ich tun soll, Arthur, ich weiß nicht, was ich tun soll, und du bist mein einziger Freund. Und was für ein Freund du bist – der einzige Freund, dem ich vertrauen kann. Ich kann dir doch absolut vertrauen?

Auftritt: Phipps

Lord Goring

Mein lieber Robert, natürlich. Oh! *Zu* Phipps Bringen Sie etwas Weißwein und Wasser.

Phipps

Sehr wohl, Mylord?

Lord Goring

Und Phipps!

Phipps

Sehr wohl, Mylord?

Lord Goring

Würdest du mich für einen Moment entschuldigen, Robert? Ich möchte meinem Butler einige Weisungen geben.

Sir Robert Chiltern

Gewiß.

Lord Goring

Wenn diese Dame kommt, sagen Sie ihr, ich werde nicht mehr zu Hause erwartet heute abend. Sagen Sie ihr, ich wurde plötzlich abberufen nach außerhalb. Verstanden?

Phipps

Die Dame befindet sich in dem Zimmer da, Mylord. Sie haben mir befohlen, Sie in jenes Zimmer zu führen, Mylord.

Lord Goring

Sie haben vollkommen richtig gehandelt. Phipps *ab* Da stecke ich ja schön in der Klemme. Nein, ich glaube, ich werde wieder herauskommen. Ich werde ihr eine Lektion erteilen, durch die Tür. Das wird nicht einfach, trotzdem.

Sir Robert Chiltern

Arthur, sag mir, was ich tun soll. Mir ist, als ob mein Leben in Scherben geht, ich bin ein Schiff ohne Ruder in einer Nacht ohne Sterne.

Lord Goring

Robert, du liebst deine Frau doch?

Sir Robert Chiltern

Ich liebe sie mehr als irgend etwas auf der Welt. Ich dachte immer, Ehrgeiz sei eine wichtige Sache. Das ist er nicht. Liebe ist die wichtigste Sache der Welt. Es gibt nichts als die Liebe, und ich liebe sie. Doch in ihren Augen bin ich entwürdigt. In ihren Augen bin ich entehrt. Zwischen uns liegen Welten. Sie hat mich durchschaut, Arthur, sie hat mich durchschaut.

Lord Goring

Hat sie denn nie in ihrem Leben etwas Törichtes getan – irgendeine Unbesonnenheit – die sie dazu bringen könnte, dir deine Sünde zu vergeben?

Sir Robert Chiltern

Meine Frau! Niemals! Sie weiß ja nicht einmal, was Schwäche oder Versuchung ist. Ich bin aus Fleisch und Blut wie andere Männer auch. Sie steht darüber wie alle makellosen Frauen – gnadenlos in ihrer Vollkommenheit –, kalt und streng und ohne Mitleid. Aber ich liebe sie, Arthur. Wir haben keine Kinder, und mir bleibt niemand sonst, den ich lieben darf, niemand sonst, der mich lieben könnte. Wenn Gott uns Kinder geschenkt hätte, wäre sie vielleicht weniger hart mit mir. Doch Gott hat uns ein Haus beschert, das einsam ist. Und sie hat mir das Herz gebrochen. Laß uns nicht davon reden. Ich war brutal zu ihr heute abend. Doch ich nehme an, daß Sünder stets brutal sind, wenn sie zu Heiligen sprechen. Ich habe ihr Dinge gesagt, die für mich grausame Wahrheiten sind, von meinem Standpunkt aus, vom männlichen Standpunkt aus gesehen. Aber laß uns nicht davon reden.

LORD GORING

Deine Frau wird dir vergeben. Womöglich vergibt sie dir schon in diesem Moment. Sie liebt dich, Robert. Warum sollte sie dir nicht vergeben?

SIR ROBERT CHILTERN

Gebe es Gott! Gebe es Gott! *Birgt das Gesicht in den Händen* Doch da ist noch etwas, das ich dir sagen muß, Arthur.

Auftritt: PHIPPS *mit den Gerträanken*

PHIPPS *reicht* SIR ROBERT CHILTERN *Weißwein und Wasser*
Weißwein und Wasser, Sir.

SIR ROBERT CHILTERN

Vielen Dank.

LORD GORING

Bist du mit deinem Wagen hier, Robert?

SIR ROBERT CHILTERN

Nein, ich bin vom Club aus zu Fuß gegangen.

LORD GORING

Sir Robert wird meinen Wagen nehmen, Phipps.

PHIPPS

Sehr wohl, Mylord. *Ab*

LORD GORING

Es macht dir doch nichts aus, Robert, daß ich dich jetzt hinaus begleite?

Sir Robert Chiltern

Arthur, erlaube mir zu bleiben, das mußt du, wenigstens für fünf Minuten. Ich bin mir klar geworden darüber, wie ich mich heute abend im Unterhaus zu verhalten habe. Die Debatte über diesen argentinischen Kanal wird um elf Uhr beginnen. *Im Salon nebenan fällt ein Stuhl um* Was ist das?

Lord Goring

Nichts.

Sir Robert Chiltern

Ich habe doch gehört, wie nebenan ein Stuhl umgefallen ist. Jemand hat mitgehört.

Lord Goring

Aber nein, da ist niemand.

Sir Robert Chiltern

Da ist jemand. Der Raum ist erleuchtet, und die Tür nur angelehnt. Jemand hat jedes Geheimnis meines Lebens mit angehört. Arthur, was hat das zu bedeuten?

Lord Goring

Du bist erregt, Robert, nervös. Ich sage dir, in dem Raum ist niemand. Setz dich, Robert.

Sir Robert Chiltern

Gibst du mir dein Wort darauf, daß dort niemand ist?

Lord Goring

Ja.

Sir Robert Chiltern

Dein Ehrenwort? *Setzt sich*

Lord Goring

Ja.

Sir Robert Chiltern *steht auf*

Arthur, laß mich selbst nachsehen.

Lord Goring

Nein, nein.

Sir Robert Chiltern

Wenn dort niemand ist, wieso darf ich dann keinen Blick in diesen Raum werfen? Arthur, du mußt mich dort hineingehen lassen, um mich selbst zu überzeugen. Ich muß mich vergewissern, daß dort kein Lauscher ist, der das Geheimnis meines Lebens angehört hat. Arthur, du weißt ja nicht, was ich jetzt durchmache.

Lord Goring

Robert, Schluß damit. Ich habe dir gesagt, daß niemand ist in diesem Raum – das muß genügen.

Sir Robert Chiltern *geht rasch zur Tür zum Salon*

Das genügt nicht. Ich bestehe darauf, dort hineinzugehen. Du hast mir versichert, daß dort niemand ist – aus welchem Grund solltest du mich daran hindern?

Lord Goring

Um Himmels willen, tu's nicht! Da drin ist jemand. Jemand, den du nicht sehen sollst.

Sir Robert Chiltern

Ah, das hab ich mir gedacht!

Lord Goring

Ich verbiete dir, diesen Raum zu betreten.

Sir Robert Chiltern

Bleib, wo du bist. Es geht um mein Leben. Wer immer dort sein mag, ich kann keine Rücksicht nehmen. Ich will wissen, wer mein Geheimnis und meine Schande mit angehört hat. *Betritt den Salon*

Lord Goring

Großer Gott, seine eigene Frau!

Sir Robert Chiltern *kommt zurück mit einem Gesichtsausdruck voll Wut und Verachtung*

Welche Erklärung hast du mir für die Anwesenheit dieser Frau zu bieten?

Lord Goring

Robert, ich schwöre dir bei meiner Ehre, daß diese Dame weder Schuld noch Verantwortung trägt für irgendeine Kränkung, die dir widerfahren ist.

Sir Robert Chiltern

Sie ist eine gemeine, niederträchtige Kreatur.

Lord Goring

Sag so etwas nicht, Robert! Daß sie hierherkam, geschah zu deinem Besten. Daß sie hierherkam, geschah um dich zu retten. Sie liebt nur dich, sonst keinen.

Sir Robert Chiltern

Du bist verrückt. Was habe ich zu tun mit ihren Intrigen und den deinen? Soll sie deine Geliebte bleiben! Ihr paßt gut zueinander. Sie, korrupt und schamlos – du, als Freund so falsch, sogar als Feind noch heimtückisch –

Lord Goring

Das ist nicht wahr, Robert. Das ist nicht wahr, Gott sei

mein Zeuge. In ihrer Gegenwart und deiner will ich alles erklären.

SIR ROBERT CHILTERN
Lassen Sie mich vorbei, Sir! Sie haben genug Lügen auf Ihr Ehrenwort genommen.

SIR ROBERT CHILTERN *geht hinaus.* LORD GORING *eilt zur Tür zum Salon, als* MRS CHEVELEY *herauskommt, strahlend und sehr vergnügt*

MRS CHEVELEY *mit ironischer Höflichkeit*
Guten Abend, Lord Goring.

LORD GORING
Mrs. Cheveley! Gütiger Himmel! ... Darf ich fragen, was Sie in meinem Salon gemacht haben?

MRS CHEVELEY
Hauptsächlich zugehört. Ich habe geradezu eine Leidenschaft für das Lauschen durch Schlüssellöcher. Stets hört man durch sie die erlesensten Dinge.

LORD GORING
Bedeutet das nicht beinah, das Schicksal zu versuchen?

MRS CHEVELEY
Oh! Das Schicksal kann für diesmal gewiß einer Versuchung widerstehen. *Gibt ihm einen Wink, ihr den Mantel abzunehmen, was er tut*

LORD GORING
Ich bin froh, daß Sie mich besuchen. Ich werde Ihnen einen guten Rat geben.

MRS CHEVELEY
Ach, bitte nicht! Man sollte einer Frau nie irgend etwas geben, das sie nicht auch am Abend tragen kann.

Lord Goring

Wie ich sehe, ist Ihr Eigensinn noch ganz so, wie er immer war.

Mrs Cheveley

Weit größer! Ich habe gewaltige Fortschritte gemacht. Und mehr Erfahrungen gesammelt.

Lord Goring

Zuviel Erfahrung kann gefährlich werden. Bitte, nehmen Sie sich doch eine Zigarette. Die Hälfte aller hübschen Frauen in London rauchen Zigaretten. Mir persönlich ist die andere Hälfte lieber.

Mrs Cheveley

Danke, ich rauche nie. Meinem Schneider würde das nicht gefallen, und ihrem Schneider zu gefallen ist erste Damenpflicht, oder nicht? Worin die zweite Pflicht besteht, hat niemand je herausgefunden.

Lord Goring

Sie sind hierhergekommen, um mir Robert Chilterns Brief zu verkaufen, oder?

Mrs Cheveley

Ihn Ihnen anzubieten, ja, unter Umständen. Wie haben Sie das erraten?

Lord Goring

Weil Sie den Gegenstand noch nicht erwähnt haben. Haben Sie ihn dabei?

Mrs Cheveley *setzt sich*

O nein, ein gutgemachtes Kleid hat keine Taschen.

Lord Goring

Was ist Ihr Preis dafür?

Mrs Cheveley

Sie sind englisch bis zur Lächerlichkeit! Die Engländer glauben, ein Scheckbuch könnte jedes Problem im Leben lösen. Nein, mein lieber Arthur, ich habe sehr viel mehr Geld, als Sie haben und ungefähr so viel, wie Robert Chiltern an sich gebracht hat. Was ich will, ist nicht Geld.

Lord Goring

Was wollen Sie dann, Mrs. Cheveley?

Mrs Cheveley

Warum nennen Sie mich nicht Laura?

Lord Goring

Den Namen mag ich nicht.

Mrs Cheveley

Einst haben Sie ihn angebetet.

Lord Goring

Ja, da haben Sie den Grund.

Mrs Cheveley *gibt ihm einen Wink, sich neben sie zu setzen, was er lächelnd tut*

Arthur, Sie haben mich damals geliebt.

Lord Goring

Ja.

Mrs Cheveley

Und mich gebeten, Ihre Frau zu werden.

Lord Goring

Das war die natürliche Konsequenz meiner Liebe zu Ihnen.

Mrs Cheveley
Und Sie haben mich sitzenlassen, weil Sie sahen, oder wenigstens behaupteten, gesehen zu haben, wie der arme alte Lord Mortlake den Versuch unternahm, mir im Gewächshaus von Tenby entschieden zu nahe zu treten.

Lord Goring
Wenn ich mich recht erinnere, hat mein Anwalt diese Angelegenheit mit Ihnen geregelt, zu gewissen Bedingungen, die Sie selbst bestimmt haben.

Mrs Cheveley
Zu der Zeit war ich arm, Sie waren reich.

Lord Goring
Ganz recht. Aus dem Grund gaben Sie vor, mich zu lieben.

Mrs Cheveley *achselzuckend*
Armer, alter Lord Mortlake, der nur zwei Gesprächsthemen kannte, seine Gicht und sein Weib! Ich habe nie auseinanderhalten können, wovon er gerade redete. Seine Ausdrucksweise war in beiden Fällen fürchterlich. Ach ja, Sie waren töricht, Arthur. Was war Lord Mortlake jemals anderes für mich als ein Gegenstand der Belustigung. Eine dieser vollkommen langweiligen Belustigungen, die man nur in einem englischen Landhaus findet, an einem englischen Sonntag auf dem Lande. Ich finde nicht, daß man irgend jemanden für das verantwortlich machen kann, was er oder sie in einem englischen Landhaus tut oder nicht tut.

Lord Goring
Ja. Ich kenne viele Leute, die so denken.

Mrs Cheveley

Arthur, ich habe Sie geliebt.

Lord Goring

Meine liebe Mrs. Cheveley, Sie waren immer viel zu gescheit, um von Liebe irgend etwas zu verstehen.

Mrs Cheveley

Doch, ich habe Sie geliebt. Und Sie mich. Sie wissen, daß Sie mich geliebt haben. Und Liebe ist eine ganz wunderbare Sache. Ich gehe davon aus, daß ein Mann, wenn er eine Frau je geliebt hat, alles für sie tun wird, außer sie weiter zu lieben. *Legt ihre Hand auf seine*

Lord Goring *entzieht ihr seine Hand ganz ruhig*

Ja: das ausgenommen.

Mrs Cheveley *nach einer Pause*

Ich habe es satt, im Ausland zu leben. Ich möchte zurück nach London. Ich möchte hier ein hübsches Haus haben. Ich möchte einen Salon führen. Wenn man den Engländern nur beibringen könnte, wie man redet, und den Iren, wie man zuhört, wäre die Gesellschaft hier ganz kultiviert. Außerdem bin ich in meine romantische Phase eingetreten. Als ich Sie gestern abend bei den Chilterns sah, da wußte ich, Sie waren der einzige Mensch, aus dem ich mir je etwas gemacht habe, Arthur, falls ich mir überhaupt jemals aus jemandem etwas gemacht habe. Und deshalb werde ich Ihnen Robert Chilterns Brief zurückgeben, am Morgen des Tages, an dem Sie mich heiraten. Das ist mein Angebot. Sie bekommen ihn sofort von mir, wenn Sie versprechen, mich zu heiraten.

Lord Goring

Sofort?

Mrs Cheveley *lächelnd*

Morgen.

Lord Goring

Ist das wirklich Ihr Ernst?

Mrs Cheveley

Ja, mein voller Ernst.

Lord Goring

Ich würde einen schlechten Ehemann für Sie abgeben.

Mrs Cheveley

Ich habe nichts gegen schlechte Ehemänner. Zwei habe ich schon gehabt. Sie haben mich prächtig amüsiert.

Lord Goring

Wollten Sie nicht sagen, daß Sie sich selbst prächtig amüsiert haben über die beiden?

Mrs Cheveley

Was wissen Sie über mein Eheleben?

Lord Goring

Nichts: doch ich kann darin lesen wie in einem Buch.

Mrs Cheveley

Was für einem Buch?

Lord Goring *steht auf*

Einem Scheckbuch.

Mrs Cheveley

Finden Sie es sehr charmant, wenn Sie in Ihrem eigenen Haus eine Frau dermaßen rüde behandeln?

Lord Goring

Wenn es sich um faszinierende Frauen handelt, ist das Geschlecht eine Herausforderung, kein Schutz.

Mrs Cheveley

Ich unterstelle mal, das ist als Kompliment gemeint. Arthur, mein Lieber, Frauen lassen sich von Komplimenten nie entwaffnen. Männer stets. Das ist der Unterschied zwischen den Geschlechtern.

Lord Goring

Frauen lassen sich, soweit ich sie kenne, von nichts und niemandem entwaffnen.

Mrs Cheveley *nach einer Pause*

Dann wollen Sie also lieber mit ansehen, wie Ihr bester Freund, Robert Chiltern, ruiniert wird, als jemanden heiraten, der doch wahrhaftig noch über beachtliche Reize verfügt. Ich dachte, Sie würden sich irgendwie zu den höchsten Gipfeln der Selbstaufopferung aufschwingen. Und ich denke, das sollten Sie. Um sich für den Rest Ihres Lebens der Betrachtung Ihrer eigenen Vollkommenheit widmen zu können.

Lord Goring

Oh! Das mache ich doch längst. Und gegen die Selbstaufopferung sollte es ein Gesetz geben. Sie wirkt so demoralisierend auf die Leute, für die man sich selbst aufopfert. Sie geraten stets auf die schiefe Bahn.

Mrs Cheveley

Als ob Robert Chiltern noch etwas demoralisieren könnte! Anscheinend haben Sie vergessen, daß ich seinen wahren Charakter kenne.

Lord Goring
Was Sie von ihm wissen, entspricht seinem wahren Charakter nicht. Was er getan hat, war eine jugendliche Unbedachtheit, unehrenhaft, das muß ich zugeben, beschämend, ja, auch das, seiner unwürdig, ja, das auch, und deshalb … seinem wahren Charakter nicht entsprechend.

Mrs Cheveley
Wie ihr Männer euch gegenseitig in Schutz nehmt!

Lord Goring
Wie ihr Frauen euch gegenseitig bekämpft!

Mrs Cheveley *bitter*
Ich bekämpfe nur eine Frau, Gertrude Chiltern. Ich hasse sie. Ich hasse sie mehr denn je.

Lord Goring
Weil Sie ihr Leben zu einer wahren Tragödie gemacht haben, nehme ich an?

Mrs Cheveley *mit einem Grinsen*
Oh, es gibt nur eine wahre Tragödie im Leben einer Frau. Die Tatsache, daß ihre Liebhaber stets der Vergangenheit angehören und ihre Zukunft unweigerlich ihrem Ehemann gehört.

Lord Goring
Lady Chiltern kennt von der Art Leben nichts, auf das Sie anspielen.

Mrs Cheveley
Eine Frau, deren Handschuhgröße siebendreiviertel ist, verfügt nie über große Kenntnisse auf irgendeinem Gebiet. Wußten Sie, daß Gertrude immer schon sie-

bendreiviertel tragen mußte? Das ist einer der Gründe, die das Aufkommen moralischer Sympathien zwischen uns stets verhindert haben … Nun, Arthur, ich denke, wir dürfen dies romantische Intermezzo als abgeschlossen betrachten. Daß es romantisch war, müssen Sie zugeben. Für das Privileg, Ihre Frau zu werden, war ich bereit, einen hohen Preis zu zahlen und auf die Krönung meiner diplomatischen Karriere zu verzichten. Sie haben abgelehnt. Desto besser. Falls Sir Robert mein argentinisches Projekt nicht unterstützt, stelle ich ihn bloß. Voilà tout.

LORD GORING

Sie sollten das nicht tun. Es wäre niederträchtig, furchtbar und gemein.

MRS CHEVELEY *schulterzuckend*

Ach! Wozu machen Sie so große Worte? Sie bedeuten so wenig. Es ist eine geschäftliche Transaktion. Das ist alles. Sie mit Gefühlen zu vermischen, bringt uns nicht weiter. Ich habe Robert Chiltern einen bestimmten Gegenstand zum Kauf angeboten. Wenn er meinen Preis nicht zahlen will, wird er der Welt einen höheren Preis zahlen müssen. Mehr ist dazu nicht zu sagen. Ich muß gehen. Adieu. Kein Händedruck?

LORD GORING

Mit Ihnen? Nein. Ihr Geschäft mit Robert Chiltern mag in einer abscheulichen kommerziellen Epoche als eine abscheuliche kommerzielle Transaktion durchgehen; doch Sie haben anscheinend vergessen, daß Sie heute abend hierhergekommen sind, um von Liebe zu sprechen, Sie, deren Lippen das Wort Liebe schon entweihen, Sie, für die das Ganze ein Buch mit sieben Siegeln ist, sind heute nachmittag in das Haus einer höchst ehrbaren und liebenswerten Frau gegangen, mit der Absicht, ihren Ehemann in ihren Augen zu entehren, ihre Liebe zu ihm zu töten, das Herz ihr zu vergiften und das Leben ihr zu verbittern, ihr Idol zu zertrümmern und, womöglich, ihre Seele zu verderben. Das werde ich Ihnen nie verzeihen. Das war abscheulich. Dafür kann es keine Verzeihung geben.

MRS CHEVELEY

Arthur, Sie tun mir unrecht. Glauben Sie mir, Sie tun mir großes Unrecht. Ich bin keineswegs dorthin gegangen, um Gertrude zu verhöhnen. Als ich eintrat, hatte ich nicht die geringste Absicht, irgend etwas dergleichen zu tun. Ich begleitete Lady Markby lediglich, um zu fragen, ob sich bei den Chilterns ein Schmuckstück, ein Juwel gefunden habe, das ich gestern abend irgendwo verloren hatte. Wenn Sie mir nicht glauben, können Sie Lady Markby fragen. Sie wird Ihnen bestätigen, daß es stimmt. Die Szene, die daraus entstand, fand erst statt, nachdem Lady Markby gegangen war, und wurde mir geradezu aufgezwungen von Gertrudes unhöflichen, höhnischen Sticheleien. Ich kam, ja! – ein wenig auch mit bösem Vorsatz, wenn Sie wollen – doch eigentlich nur, um zu fragen, ob sich meine Diamantbrosche gefunden habe. Das war der Ursprung des Ganzen.

LORD GORING

Eine Diamantbrosche in Schlangenform mit einem Rubin?

MRS CHEVELEY

Ja, woher wissen Sie das?

Lord Goring

Weil sie gefunden wurde. Genau gesagt, ich fand sie selbst und vergaß dummerweise ganz, den Butler beim Weggehen davon zu unterrichten. *Geht hinüber zum Schreibtisch und öffnet die Schubladen* Sie ist in dieser Schublade. Nein, in jener. Das ist doch die Brosche, oder etwa nicht? *Zeigt die Brosche*

Mrs Cheveley

Ja, und ich bin so froh, daß ich sie wieder habe. Es war… ein Geschenk.

Lord Goring

Wollen Sie es nicht anlegen.

Mrs Cheveley

Gewiß, wenn Sie es mir anstecken. Lord Goring *legt es ihr überraschend um den Arm* Warum legen Sie es mir als Armreif an? Ich wußte gar nicht, daß man es als Armreif tragen kann.

Lord Goring

Tatsächlich nicht?

Mrs Cheveley *streckt ihren schönen Arm aus*

Nein; doch es sieht auch als Armreif sehr gut aus, nicht wahr?

Lord Goring

Ja, viel besser als beim letzten Mal.

Mrs Cheveley

Wann war das?

Lord Goring

Oh, vor zehn Jahren, an Lady Berkshire, der sie es gestohlen haben.

Mrs Cheveley *zuckt zusammen*
Was soll das heißen?

Lord Goring
Das soll heißen, daß Sie dies Schmuckstück meiner Kusine Mary Berkshire gestohlen haben, der ich es zur Hochzeit geschenkt hatte. Der Verdacht fiel auf einen unglücklichen Diener, der unehrenhaft entlassen wurde. Ich habe es gestern abend entdeckt. Ich beschloß, nichts davon zu sagen, bevor ich den Dieb nicht gefunden hätte. Nun habe ich die Diebin gefunden, und ich habe ihr eigenes Geständnis gehört.

Mrs Cheveley *schüttelt den Kopf*
Das ist nicht wahr.

Lord Goring
Sie wissen, daß es wahr ist. Schon weil das Wort Diebin Ihnen jetzt im Gesicht geschrieben steht.

Mrs Cheveley
Ich werde die ganze Sache abstreiten, von Anfang bis Ende. Ich werde sagen, daß ich dies unselige Ding nie gesehen habe, daß es nie in meinem Besitz gewesen ist.
Bemüht sich vergeblich, den Reif von ihrem Arm zu bekommen

Lord Goring *sieht sich amüsiert an, wie ihre dünnen Finger ergebnislos an dem Schmuckstück zerren und sie einen Fluch nicht unterdrücken kann*
Der Nachteil beim Stehlen einer Sache ist, daß man nie weiß, welche Wunder die Sache, die man gestohlen hat, noch birgt. Sie können das Armband nicht lösen, es sei denn, Sie wüßten, wo die Sprungfeder ist. Und wie ich sehe, wissen Sie nicht, wo die Sprungfeder ist. Sie ist ziemlich schwer zu finden.

Mrs Cheveley

Sie Scheusal! Sie Feigling! *Versucht vergeblich, den Verschluß zu öffnen*

Lord Goring

Ach! Wozu machen Sie so große Worte? Sie bedeuten so wenig.

Mrs Cheveley *zerrt wieder an dem Armband in sich steigernder Wut mit unartikulierten Lauten. Hält dann inne und schaut zu* Lord Goring

Was werden Sie tun?

Lord Goring

Ich werde meinem Butler läuten. Er ist ein bewundernswerter Butler. Kommt stets in dem Moment, da man nach ihm läutet. Wenn er kommt, sage ich ihm, er solle die Polizei holen.

Mrs Cheveley

Die Polizei? Wozu?

Lord Goring

Morgen werden die Berkshires Anzeige gegen Sie erstatten. Dazu brauchen wir die Polizei.

Mrs Cheveley *wird nun von physischer Panik gepeinigt. Ihr Gesicht ist entstellt. Ihr Mund verzogen. Ihre Maske ist gefallen. Sie ist, im Moment, ein scheußlicher Anblick*

Tun Sie das nicht! Ich werde alles tun, was Sie verlangen. Alles in der Welt, was Sie verlangen.

Lord Goring

Ich verlange Robert Chilterns Brief von Ihnen.

Mrs Cheveley

Halt! Halt! Lassen Sie mir Bedenkzeit.

LORD GORING

Geben Sie mir Robert Chilterns Brief.

MRS CHEVELEY

Ich habe ihn nicht bei mir. Sie bekommen ihn morgen von mir.

LORD GORING

Sie wissen, daß Sie lügen. Ich will ihn sofort. MRS CHEVELEY *bringt den Brief zum Vorschein und gibt ihn ihm. Sie ist furchtbar blaß* Ist er das?

MRS CHEVELEY *mit heiserer Stimme*

Ja.

LORD GORING *löst das Armband, nimmt den Brief, prüft ihn, seufzt und verbrennt ihn über einer Lampe.*

Für eine so gut angezogene Frau haben Sie Momente von bewundernswert gesundem Menschenverstand. Ich gratuliere Ihnen.

MRS CHEVELEY *entdeckt den Brief von* LADY CHILTERN, *dessen Umschlag gerade weit genug unter der Schreibunterlage hervorschaut*

Bitte, geben Sie mir ein Glas Wasser.

LORD GORING

Gewiß. *Geht in eine Ecke des Raums und schenkt ein Glas Wasser ein. Während er ihr den Rücken zukehrt, stiehlt* MRS CHEVELEY *den Brief von* LADY CHILTERN. *Als* LORD GORING *mit dem Glas zurückkehrt, wehrt sie es mit einer Geste ab*

MRS CHEVELEY

Danke. Würden Sie mir in meinen Mantel helfen?

LORD GORING

Mit Vergnügen. *Hilft ihr in den Mantel*

Mrs Cheveley
Danke. Ich werde nie wieder versuchen, Robert Chiltern Schaden zuzufügen.

Lord Goring
Zum Glück haben Sie nicht die Möglichkeit dazu, Mrs. Cheveley.

Mrs Cheveley
Nun, selbst wenn ich die Möglichkeit hätte, würde ich es nicht tun. Im Gegenteil, ich werde ihm einen großen Dienst erweisen.

Lord Goring
Freut mich, das zu hören. Es ist eine Bekehrung.

Mrs Cheveley
Jawohl. Ich kann es nicht mit ansehen, wenn ein so aufrechter Ehrenmann, ein so ehrenwerter englischer Gentleman, so schamlos betrogen wird und so –

Lord Goring
Nun?

Mrs Cheveley
Ich habe gerade Gertrude Chilterns bekennenden Schwanengesang entdeckt, er muß irgendwie in meine Tasche gefallen sein.

Lord Goring
Was soll das heißen?

Mrs Cheveley
mit einem verbitterten Ton des Triumphs in der Stimme
Das soll heißen, daß ich Robert Chiltern den Liebesbrief schicken werde, den seine Frau Ihnen heute abend geschrieben hat.

LORD GORING

Einen Liebesbrief?

MRS CHEVELEY *lachend*

»Ich brauche Sie. Ich vertraue Ihnen. Ich komme zu Ihnen. Gertrude.«

LORD GORING *eilt zum Schreibtisch, nimmt den Umschlag, findet ihn leer und dreht sich um*

Sie unseliges Weib, müssen Sie immer weiter stehlen? Geben Sie mir den Brief zurück. Oder ich werde ihn mir nehmen, mit Gewalt. Sie werden diesen Raum nicht verlassen, bevor ich ihn nicht habe. *Eilt zu ihr*

MRS CHEVELEY *jedoch greift sofort nach der elektrischen Glocke auf dem Tisch. Die Glocke schrillt nachhaltig, und* PHIPPS *tritt ein*

MRS CHEVELEY *nach einer Pause*

Lord Goring hat lediglich geläutet, damit Sie mich hinaus begleiten können. Gute Nacht, Lord Goring! *Geht ab, gefolgt von* PHIPPS. *Ihr Gesicht strahlt vor triumphaler Bösartigkeit. Ihre Augen leuchten vor Freude. Ihre Jugend scheint ihr wiedergeschenkt zu sein. Ein pfeilschneller letzter Blick, dann ab*

LORD GORING *beißt sich auf die Lippen und zündet sich eine Zigarette an*

VORHANG

Vierter Akt

Derselbe Salon wie im zweiten Akt. LORD GORING *steht am Kamin, die Hände in den Taschen. Er sieht ziemlich gelangweilt aus*

LORD GORING *zieht seine Uhr heraus, schaut prüfend darauf und läutet*
Das ist doch sehr ärgerlich. In diesem Haus finde ich niemanden, mit dem ich reden kann. Und ich stecke voller interessanter Informationen. Ich fühle mich wie die Tageszeitung von morgen.

Auftritt: ein Diener

JAMES
Sir Robert weilt noch im Auswärtigen Amt, Mylord.

LORD GORING
Lady Chiltern ist bis jetzt nicht aufgetaucht?

JAMES
Bis jetzt hat ihre Ladyschaft ihr Zimmer nicht verlassen. Miss Chiltern ist soeben von ihrem Ausritt zurück.

LORD GORING *bei sich*
Ah, das ist doch schon etwas.

JAMES
Lord Caversham hat geraume Zeit in der Bibliothek auf Sir Robert gewartet. Ich sagte ihm, Ihre Lordschaft wären hier.

LORD GORING
Danke. Würden Sie ihm bitte sagen, ich sei gegangen.

James *verbeugt sich*
Ich werde es ausrichten, Mylord. *Ab*

Lord Goring
Ehrlich, ich möchte meinem Vater nicht an drei Tagen hintereinander begegnen. Das wäre für jeden Sohn entschieden zuviel der Aufregung. Ich wünschte bei Gott, er käme nicht herauf. Väter sollte man weder sehen noch hören. Das ist die einzige solide Basis für ein Familienleben. Mütter sind anders. Mütter sind liebenswert. *Wirft sich in einen Sessel, nimmt eine Zeitung und fängt an zu lesen*

Auftritt: Lord Caversham

Lord Caversham
Nun, Sir, was machst du hier? Verschwendest wie üblich deine Zeit, habe ich recht?

Lord Goring *wirft die Zeitung weg und steht auf*
Mein lieber Vater, wenn man jemandem einen Besuch abstattet, dann bezweckt man, dessen Zeit zu verschwenden und nicht die eigene.

Lord Caversham
Hast du nachgedacht über das, wovon ich gestern abend mit dir gesprochen habe?

Lord Goring
Ich habe an nichts anderes gedacht.

Lord Caversham
Schon zum Heiraten bereit?

Lord Goring *freundlich*
Nicht ganz; ich hoffe aber, noch vor dem Mittagessen soweit zu sein.

Lord Caversham *sarkastisch*

Wenn es dir irgendwie angenehmer ist, kannst du dir bis zum Abendessen Zeit lassen.

Lord Goring

Verbindlichsten Dank, doch ich denke, ich sollte besser noch vor dem Mittagessen verlobt sein.

Lord Caversham

Hmm. Weiß nie, ob du es ernst meinst oder nicht.

Lord Goring

Da geht es dir wie mir, Vater.

Pause

Lord Caversham

Ich nehme an, du hast die ›Times‹ von heute morgen gelesen?

Lord Goring *munter*

Die ›Times‹? Mit Sicherheit nicht. Ich lese nur die ›Morning Post‹. Alles, was man heutzutage vom Leben wissen muß, ist, wo man Herzoginnen trifft; alles Weitere wirkt nur demoralisierend.

Lord Caversham

Willst du damit sagen, du hast den Leitartikel der ›Times‹ nicht gelesen, über Robert Chilterns Karriere?

Lord Goring

Lieber Himmel! Nein. Was steht drin?

Lord Caversham

Was soll wohl drinstehen, Sir? Lauter Komplimente natürlich. Chilterns Rede über das argentinische Kanal-Projekt gestern abend war eines der besten Beispiele für raffinierte Rhetorik, die dem Haus je geboten worden sind, seit Canning.

LORD GORING

Ach, Canning, nie von ihm gehört. Hatte auch nie den Wunsch. Und hat ... hat Chiltern das Projekt unterstützt?

LORD CAVERSHAM

Es unterstützt, Sir? Wie schlecht du ihn kennst! Nein, er hat es rundweg abgelehnt und das ganze System moderner Finanzpolitik dazu. Diese Rede ist der Wendepunkt für seine Karriere, wie die ›Times‹ betont. Du solltest den Artikel lesen, Sir. *Schlägt die ›Times‹ auf* »Sir Robert Chiltern ... der Senkrechtstarter unter unseren jüngeren Politikern ... Brillanter Redner ... Makellose Karriere ... Bekannt für seine charakterliche Integrität ... Verkörpert das Beste im öffentlichen Leben Englands ... Hebt sich vorteilhaft ab von der laxen Moralauffassung, die unter ausländischen Politikern gang und gäbe ist ...« Was man von dir nie sagen wird, Sir.

LORD GORING

Das will ich aufrichtig hoffen, Vater. Jedenfalls bin ich sehr erfreut über das, was du mir von Robert erzählt hast, außerordentlich erfreut. Es zeigt, daß er Mumm hat.

LORD CAVERSHAM

Er hat weit mehr als Mumm, Sir, er hat Genie.

LORD GORING

Ach, ich nenne es lieber Mumm. Der kommt heutzutage nicht so häufig vor wie Genie.

LORD CAVERSHAM
Ich wünschte, du würdest Parlamentsmitglied.

LORD GORING
Mein lieber Vater, nur Leute, die langweilig aussehen, kommen je ins Unterhaus, und nur Leute, die langweilig sind, haben dort je Erfolg.

LORD CAVERSHAM
Warum versuchst du nicht, in deinem Leben etwas Nützliches zu tun?

LORD GORING
Dafür bin ich viel zu jung.

LORD CAVERSHAM *gereizt*
Ich hasse diese affektierte Angewohnheit, jung zu sein, Sir. Sie ist viel zu weit verbreitet, heutzutage.

LORD GORING
Jung zu sein, ist keine affektierte Angewohnheit. Es ist eine Kunst.

LORD CAVERSHAM
Wieso machst du dieser hübschen Miss Chiltern keinen Antrag?

LORD GORING
Ich bin sehr nervös veranlagt, speziell am Vormittag.

LORD CAVERSHAM
Ich schätze, du hättest bei ihr auch nicht die geringste Aussicht, erhört zu werden.

LORD GORING
Ich weiß nicht, wie heute die Wetten stehen.

Lord Caversham

Wenn sie dich erhören würde, wäre sie die hübscheste Närrin in ganz England.

Lord Goring

Genau so stelle ich mir meine zukünftige Ehefrau vor. Eine durch und durch vernünftige Frau würde meinen Geisteszustand binnen sechs Monaten auf den eines kompletten Idioten reduzieren.

Lord Caversham

Du verdienst sie gar nicht, Sir.

Lord Goring

Mein lieber Vater, würden wir Männer Frauen heiraten, die wir verdienen, gingen wir sehr harten Zeiten entgegen.

Auftritt: Mabel Chiltern

Mabel Chiltern

Oh! ... Lord Caversham, guten Tag! Ich hoffe, Lady Caversham geht es gut?

Lord Caversham

Immer das gleiche mit Lady Caversham, immer das gleiche.

Lord Goring

Guten Morgen, Miss Mabel!

Mabel Chiltern *nimmt überhaupt keine Notiz von* Lord Goring *und wendet sich ausschließlich an* Lord Caversham

Und Lady Cavershams Kopfbedeckungen ... sind sie auf dem Wege der Besserung?

Lord Caversham

Ich muß sagen, sie haben einen bedenklichen Rückfall erlitten, so leid es mir tut.

Lord Goring

Guten Morgen, Miss Mabel!

Mabel Chiltern *zu* Lord Caversham

Ich kann nur hoffen, daß keine Operation notwendig wird.

Lord Caversham *belächelt ihre kecke Bemerkung*

Wenn doch, werden wir Lady Caversham eine Narkose verpassen müssen. Sonst wird sie nie ihre Einwilligung geben, daß auch nur eine Feder berührt wird.

Lord Goring *mit gesteigertem Nachdruck*

Guten Morgen, Miss Mabel!

Mabel Chiltern *dreht sich mit gespielter Überraschung zu ihm um*

Oh, Sie hier? Selbstverständlich werden Sie Verständnis dafür haben, daß ich, nachdem Sie unsere Verabredung versäumt haben, nie wieder mit Ihnen sprechen werde.

Lord Goring

Oh, ich bitte Sie, so etwas dürfen Sie nicht sagen. Sie sind die einzige Person in London, von der ich wirklich möchte, daß sie mir zuhört.

Mabel Chiltern

Lord Goring, von dem, was Sie und ich einander zu sagen haben, werde ich niemals auch nur ein einziges Wort glauben.

Lord Caversham

Sie haben ganz recht, meine Liebe, ganz recht, zumindest soweit es ihn betrifft.

Mabel Chiltern

Meinen Sie, Sie könnten Ihren Sohn möglicherweise dazu bringen, sich gelegentlich ein wenig besser zu benehmen? Nur so zur Abwechslung.

Lord Caversham

So leid es mir tut, das sagen zu müssen, Miss Chiltern, aber ich habe auf meinen Sohn nicht den geringsten Einfluß. Ich wünschte, ich hätten welchen. Wenn ich welchen hätte, wüßte ich schon, wozu ich ihn bewegen würde.

Mabel Chiltern

Ich fürchte, er besitzt einen dieser windelweichen Charaktere, die für Einflüsse nicht empfänglich sind.

Lord Caversham

Er ist sehr herzlos, sehr, sehr herzlos.

Lord Goring

Ich gewinne den Eindruck, daß ich hier ein wenig im Weg bin.

Mabel Chiltern

Es tut Ihnen nur gut, im Weg zu sein und zu erfahren, wie die Leute hinter Ihrem Rücken über Sie reden.

Lord Goring

Ich will überhaupt nicht wissen, wie die Leute hinter meinem Rücken über mich reden. Ich bilde mir viel zu viel darauf ein.

Lord Caversham

Danach, meine Liebe, muß ich mich wirklich empfehlen: Guten Morgen.

Mabel Chiltern

Oh! Sie werden mich doch hoffentlich nicht mit Lord Goring allein lassen? Zumal zu so früher Stunde.

Lord Caversham

Ich fürchte, ich kann ihn nicht mitnehmen in die Downing Street. Der Premierminister hat heute keine seiner Sprechstunden für Arbeitslose. *Schüttelt* Mabel Chiltern *die Hand, nimmt Hut und Stock und geht ab, nicht ohne* Lord Goring *mit einem vor Empörung funkelnden Abschiedsblick zu bedenken*

Mabel Chiltern *nimmt ein paar Rosen und fängt an, sie in einer Schale zu arrangieren*

Leute, die ihre Verabredungen im Park nicht einhalten, sind abscheulich.

Lord Goring

Ekelerregend.

Mabel Chiltern

Ich bin froh, daß Sie das zugeben. Doch ich wünschte, Sie sähen nicht so zufrieden dabei aus.

Lord Goring

Ich kann nichts dagegen tun. Ich sehe immer zufrieden aus, wenn ich bei Ihnen bin.

Mabel Chiltern *traurig*

Demnach wäre es wohl meine Pflicht, bei Ihnen zu bleiben?

Lord Goring

Selbstverständlich ist es das.

Mabel Chiltern

Nun, mein Pflicht ist etwas, das ich nie erfülle, aus Prinzip nicht. Es deprimiert mich stets. Ich fürchte also, ich muß Sie verlassen.

Lord Goring

Bitte, gehen Sie nicht, Miss Mabel. Ich habe Ihnen etwas ganz Besonderes zu sagen.

Mabel Chiltern *entzückt*

Oh, ist es ein Antrag?

Lord Goring *noch ein wenig zurückhaltend*

Nun ja, es ist einer – ich kann es nicht leugnen.

Mabel Chiltern *mit einem Seufzer des Vergnügens*

Das freut mich so sehr. Es ist heute bereits der zweite.

Lord Goring *indigniert*

Der zweite für heute? Welcher eingebildete Esel hatte die Frechheit, es zu wagen, Ihnen einen Antrag zu machen, bevor ich meinen machen konnte?

Mabel Chiltern

Tommy Trafford natürlich. Es ist einer von Tommys Antragstellungstagen. Während der Saison macht er seine Anträge immer dienstags und donnerstags.

Lord Goring

Sie haben doch hoffentlich nicht etwa angenommen?

Mabel Chiltern

Ich habe es mir zur Regel gemacht, Tommys Anträge nie anzunehmen. Deshalb muß er immer wieder einen machen. Nachdem Sie heute morgen nicht aufgetaucht sind, war ich natürlich nahe daran, ja zu sagen. Hätte ich es getan, wäre das eine ausgezeichnete Lektion gewesen, sowohl für ihn als auch für Sie. Es hätte Ihnen beiden zu besseren Manieren verholfen.

LORD GORING

Ach, vergessen Sie Tommy Trafford! Er ist ein dummer, kleiner Esel. Ich liebe Sie.

MABEL CHILTERN

Ich weiß. Und ich finde, Sie hätten das schon früher einmal erwähnen können. Zumal ich Ihnen bestimmt haufenweise Gelegenheit dazu gegeben habe.

LORD GORING

Mabel, seien Sie einmal ernst. Bitte, seien Sie ernst.

MABEL CHILTERN

Ach, das gehört zu den Sachen, die ein Mann einem Mädchen sagt, bevor er mit ihr verheiratet ist. Danach sagt er es nie wieder.

LORD GORING *nimmt ihre Hand und hält sie*

Mabel, ich habe Ihnen gesagt, daß ich Sie liebe. Könnten Sie mich ein wenig wiederlieben?

MABEL CHILTERN

Arthur, du Dummerchen! Wenn du irgend etwas verstündest von … irgend etwas, das du nicht verstehst, dann wüßtest du, daß ich dich anbete. Jeder in London weiß das, außer dir. Die Art, wie ich dich anbete, ist ein öffentliches Ärgernis. Die letzten sechs Monate bin ich nur herumgelaufen und habe der ganzen Gesellschaft erzählt, daß ich dich anbete. Es wundert mich, daß du überhaupt noch bereit bist, mit mir zu reden. Mein Charakter besteht nur noch aus Schwächen. Jedenfalls fühle ich mich so glücklich, daß ich mir ganz sicher bin, daß mein Charakter nur noch aus Schwächen besteht.

LORD GORING *nimmt sie in die Arme und küßt sie, worauf eine Pause der Glückseligkeit eintritt*

Liebste, wußtest du, daß ich furchtbare Angst vor einer Zurückweisung hatte!

MABEL CHILTERN *schaut zu ihm auf*

Aber du bist doch bis jetzt noch von niemandem zurückgewiesen worden, Arthur, oder doch? Ich kann mir nicht vorstellen, daß irgend jemand dich zurückweisen könnte.

LORD GORING, *nachdem er sie noch einmal geküßt hat*

Natürlich bin ich nicht annähernd gut genug für dich, Mabel.

MABEL CHILTERN *schmiegt sich an ihn*

Ich bin so froh, Liebling. Ich fürchtete schon, du wärest es.

LORD GORING *nach kurzem Zögern*

Und ich bin ... ich bin knapp über dreißig.

MABEL CHILTERN

Liebster, du siehst Wochen jünger aus.

LORD GORING *begeistert*

Wie lieb von dir, das zu sagen! ... Und es ist nur fair, wenn ich dir sage, daß ich fürchterlich extravagant bin.

MABEL CHILTERN

Ich doch auch, Arthur. Wir sind uns also vollkommen einig. Und nun muß ich zu Gertrude.

LORD GORING

Mußt du das wirklich? *Küßt sie*

MABEL CHILTERN

Ja.

LORD GORING

Dann sag ihr bitte, daß ich sie unter vier Augen sprechen muß. Ich habe den ganzen Morgen darauf gewartet, entweder sie oder Robert zu treffen.

MABEL CHILTERN

Soll das heißen, du bist gar nicht ausdrücklich hierhergekommen, um mir einen Antrag zu machen?

LORD GORING *triumphierend*

Nein, das war ein Geniestreich.

MABEL CHILTERN

Dein erster.

LORD GORING *mit Bestimmtheit*

Mein letzter.

MABEL CHILTERN

Es freut mich, das zu hören. Nun rühr dich nicht von der Stelle. Ich bin in fünf Minuten wieder da. Und laß dich nicht in irgendeine Versuchung führen, während ich nicht da bin.

LORD GORING

Liebste Mabel, es gibt keine, wenn du nicht da bist. Das macht mich furchtbar abhängig von dir.

Auftritt: LADY CHILTERN

LADY CHILTERN

Guten Morgen, Liebes! Wie hübsch du aussiehst!

MABEL CHILTERN

Wie blaß du aussiehst, Gertrude! Es steht dir ausgezeichnet.

LADY CHILTERN

Guten Morgen, Lord Goring!

LORD GORING *verbeugt sich*

Guten Morgen, Lady Chiltern!

MABEL CHILTERN *beiseite zu* LORD GORING

Ich werde im Gewächshaus sein, unter der zweiten Palme von links.

LORD GORING

Der zweiten von links?

MABEL CHILTERN *mit gespielter Überraschung im Blick*

Genau; die übliche Palme. *Wirft ihm, unbemerkt von* LADY CHILTERN, *eine Kußhand zu und geht ab*

LORD GORING

Lady Chiltern, ich habe eine ganze Menge guter Nachrichten für Sie. Mrs. Cheveley hat mir gestern abend Roberts Brief übergeben, und ich habe ihn verbrannt. Robert ist in Sicherheit.

LADY CHILTERN *sinkt aufs Sofa*

In Sicherheit! Oh! Ich bin so froh darüber. Was für einen guten Freund er an Ihnen hat – wir an Ihnen haben!

LORD GORING

Jetzt gibt es nur noch eine Person, die irgendwie in Gefahr schweben könnte.

LADY CHILTERN

Und die wäre?

Lord Goring *setzt sich neben sie*

Sie selbst.

Lady Chiltern

Ich! In Gefahr? Wie meinen Sie das?

Lord Goring

Gefahr ist vielleicht ein zu großes Wort. Ein Wort, das ich nicht hätte gebrauchen sollen. Doch ich muß zugeben, daß ich Ihnen etwas mitteilen muß, was Sie beunruhigen könnte, so stark, wie es mich beunruhigt. Gestern abend haben Sie mir einen sehr schönen, sehr weiblichen Brief geschrieben, in dem Sie mich um meine Hilfe baten. Sie schrieben mir als einem Ihrer ältesten Freunde. Mrs. Cheveley hat diesen Brief aus meiner Wohnung gestohlen.

Lady Chiltern

Nun, und was sollte sie damit anfangen? Warum sollte sie ihn nicht haben?

Lord Goring *steht auf*

Lady Chiltern, lassen Sie mich ganz offen sein zu Ihnen. Mrs. Cheveley verbindet gewisse Hintergedanken mit diesem Brief und beabsichtigt, ihn an Ihren Mann zu schicken.

Lady Chiltern

Aber welche Hintergedanken sollte sie damit verbinden? ... Oh! Das doch nicht! Das doch nicht! Wenn ich in – in Schwierigkeiten steckend und Ihrer Hilfe bedürftig, im Vertrauen auf Sie, angekündigt habe, zu Ihnen zu kommen ... um Sie um Rat zu bitten ... um Beistand ... Oh! Gibt es denn Frauen, die so grausam sein können? ... Und sie beabsichtigt, ihn an meinen

Mann zu schicken? Erzählen Sie mir, was passiert ist! Erzählen Sie mir alles, was passiert ist!

LORD GORING

Mrs. Cheveley hielt sich in einem Raum neben meiner Bibliothek verborgen, ohne mein Wissen. Ich glaubte, daß es sich bei der Person, die in dem Raum auf mich wartete, um Sie, Lady Chiltern, handelte. Robert kam unangemeldet vorbei. In diesem Raum fiel ein Stuhl um oder sonst etwas. Er verschaffte sich gewaltsam Eintritt, und er entdeckte Mrs. Cheveley. Es kam zu einer furchtbaren Szene zwischen uns. Ich dachte immer noch, es wären Sie. Er verließ mich im Zorn. Und am Ende der ganzen Angelegenheit kam Mrs. Cheveley in den Besitz Ihres Briefes – sie hat ihn gestohlen, wann und wie, das weiß ich nicht.

LADY CHILTERN

Und um welche Zeit ist das passiert?

LORD GORING

Gegen halb elf. Und nun würde ich vorschlagen, daß wir Robert unverzüglich die ganze Geschichte erzählen.

LADY CHILTERN *schaut ihn mit einem Erstaunen an, das fast in Entsetzen umschlägt*

Sie verlangen von mir, daß ich Robert erzähle, daß es sich bei der Frau, die Sie erwartet haben, nicht um Mrs. Cheveley handelte, sondern um mich selbst? Daß ich es war, von der Sie glaubten, sie hielte sich in einem Zimmer Ihrer Wohnung verborgen, um halb elf in der Nacht? Sie verlangen von mir, daß ich ihm das erzähle?

LORD GORING

Ich glaube, es wäre besser, wenn er die ganze Wahrheit wüßte.

LADY CHILTERN *steht auf*

Oh, ich kann nicht, ich kann es nicht!

LORD GORING

Darf ich es tun?

LADY CHILTERN

Nein.

LORD GORING *ernst*

Sie machen einen Fehler, Lady Chiltern.

LADY CHILTERN

Nein. Der Brief muß abgefangen werden. Das ist alles. Aber wie kann ich das schaffen? Den ganzen Tag über kommen jede Minute Briefe für ihn an. Seine Sekretäre öffnen sie und reichen sie an ihn weiter. Ich wage nicht, die Dienerschaft darum zu bitten, mir seine Briefe auszuhändigen. Das wäre ein Ding der Unmöglichkeit. Ach, warum sagen Sie mir nicht, was ich tun soll?

LORD GORING

Bewahren Sie Ruhe, Lady Chiltern, ich bitte Sie, und beantworten Sie die Fragen, die ich Ihnen jetzt stellen werde. Sie sagten, seine Sekretäre öffnen seine Briefe.

LADY CHILTERN

Ja.

LORD GORING

Wer ist heute bei ihm? Mister Trafford, nicht wahr?

Lady Chiltern

Nein, Mister Montford, glaube ich.

Lord Goring

Können Sie ihm trauen?

Lady Chiltern *mit einer Geste der Verzweiflung*

Oh, wie soll ich das wissen?

Lord Goring

Er würde tun, was Sie ihm sagen, oder nicht?

Lady Chiltern

Ich glaube schon.

Lord Goring

Ihr Brief war auf rosa Papier. Er könnte ihn erkennen, ohne ihn zu lesen, nicht wahr? An der Farbe?

Lady Chiltern

Das nehme ich an.

Lord Goring

Ist er jetzt im Hause?

Lady Chiltern

Ja.

Lord Goring

Dann such ich selbst ihn auf und erkläre ihm, daß ein bestimmter Brief, auf rosa Papier geschrieben, heute für Robert eintreffen wird und daß er ihn um keinen Preis bekommen darf. *Geht zur Tür und öffnet sie* Oh! Robert kommt die Treppe herauf, mit dem Brief in der Hand. Er hat ihn bereits bekommen.

Lady Chiltern *mit einem Schmerzensschrei*

Oh! Sein Leben haben Sie gerettet, doch was haben Sie aus meinem gemacht?

Auftritt: Sir Robert Chiltern. *Er hält den Brief in der Hand und ist dabei, ihn zu lesen. Er geht auf seine Frau zu, ohne von der Gegenwart* Lord Gorings *Notiz zu nehmen*

Sir Robert Chiltern

»Ich brauche Dich. Ich vertraue Dir. Ich komme zu Dir. Gertrude.« Oh, meine Liebste! Ist das wahr? Vertraust du mir tatsächlich und brauchst du mich? Wenn ja, so ist es an mir, zu dir zu kommen, nicht an dir, zu schreiben, daß du zu mir kommst. Dieser Brief von dir, Gertrude, gibt mir das Gefühl, daß nichts, was die Welt mir antut, mich verletzen kann. Du brauchst mich, Gertrude?

Von Sir Robert Chiltern *unbemerkt, macht* Lord Goring Lady Chiltern *flehentlich Zeichen, die Situation und* Sir Robert Chilterns *Irrtum hinzunehmen*

Lady Chiltern

Ja.

Sir Robert Chiltern

Du vertraust mir, Gertrude?

Lady Chiltern

Ja.

Sir Robert Chiltern

Ach, warum hast du nicht hinzugefügt, daß du mich liebst?

Lady Chiltern *nimmt seine Hand*

Weil ich dich liebe.

Lord Goring *verschwindet Richtung Gewächshaus*

Sir Robert Chiltern *küßt sie*

Gertrude, du weißt nicht, was ich fühle. Als Montford mir den Brief über den Tisch reichte – er hatte ihn irrtümlich geöffnet, weil er, wie ich annehme, gar nicht auf die Handschrift auf dem Umschlag geachtet hat, und ich ihn las, oh! Da kümmerte es mich nicht, was an Schande oder Strafe mich erwartete, ich hatte nur einen Gedanken: daß du mich immer noch liebtest.

Lady Chiltern

Dich erwartet keine Schande und auch keine öffentliche Entehrung. Mrs. Cheveley hat Lord Goring das Dokument übergeben, das sich in ihrem Besitz befand, und er hat es vernichtet.

Sir Robert Chiltern

Bist du dir dessen sicher, Gertrude?

Lady Chiltern

Ja; Lord Goring hat es mir eben gesagt.

Sir Robert Chiltern

Dann bin ich in Sicherheit! Oh! Wie wunderbar es ist, in Sicherheit zu sein! Seit zwei Tagen bin ich in Panik gewesen. Jetzt bin ich in Sicherheit. Wie hat Arthur den Brief vernichtet? Sag es mir.

Lady Chiltern

Er hat ihn verbrannt.

Sir Robert Chiltern

Ich wünschte, ich hätte mit angesehen, wie diese einzige Sünde meiner Jugend zu Asche wurde. Wie viele Männer mag es in unserer Zeit geben, die gern mit ansähen, wie ihre Vergangenheit vor ihren Augen zu weißer Asche wird! Ist Arthur noch hier?

LADY CHILTERN

Ja, er ist im Gewächshaus.

SIR ROBERT CHILTERN

Ich bin so froh, nun da ich gestern abend im Unterhaus diese Rede gehalten habe, so froh. Ich hielt sie in dem Bewußtsein, daß sie mir öffentlich Schande einbringen könnte. Doch es ist anders gekommen.

LADY CHILTERN

Öffentliche Ehre hat sie dir eingebracht.

SIR ROBERT CHILTERN

Das denke ich auch. Das fürchte ich beinahe. Denn obwohl ich vor Enthüllung sicher bin, obwohl jeder Beweis gegen mich vernichtet ist, glaube ich, Gertrude ... Ich glaube, ich sollte mich aus dem öffentlichen Leben zurückziehen. *Er schaut seine Frau ängstlich an*

LADY CHILTERN

O ja, Robert, das solltest du tun. Es ist deine Pflicht, es zu tun.

SIR ROBERT CHILTERN

Es ist viel, was ich aufgebe.

LADY CHILTERN

Nein; es ist viel, was du gewinnst.

SIR ROBERT CHILTERN *läuft mit Leidensmiene im Zimmer auf und ab. Kommt dann zu seiner Frau herüber und legt ihr die Hand auf die Schulter*

Und du wärest glücklich, irgendwo mit mir allein zu leben, im Ausland vielleicht oder auf dem Land, weit weg von London, weit weg vom öffentlichen Leben? Es gäbe nichts, worum es dir leid tun würde?

LADY CHILTERN

O nein! Nichts, Robert.

SIR ROBERT CHILTERN *traurig*

Und deine ehrgeizigen Pläne mit mir? Du warst stets ehrgeizig, was mich betraf.

LADY CHILTERN

Ach, mein Ehrgeiz! Ich habe keinen mehr, außer dem, daß wir beide einander lieben mögen. Es war dein Ehrgeiz, der dich vom Wege abkommen ließ. Laß uns nicht weiter über Ehrgeiz reden.

LORD GORING *kommt aus dem Gewächshaus zurück, wirkt sehr zufrieden mit sich und trägt eine ganz neue Blume im Knopfloch, die jemand ihm angesteckt hat*

SIR ROBERT CHILTERN *geht ihm entgegen*

Arthur, ich muß dir danken für das, was du für mich getan hast. Ich weiß nicht, wie ich dir das je vergelten kann.

LORD GORING

Alter Freund, das werde ich dir sofort sagen. In diesem Moment, unter der üblichen Palme … Ich meine, im Gewächshaus …

Auftritt: MASON

MASON

Lord Caversham.

LORD GORING

Dieser bewundernswerte Vater, den ich mein eigen

nenne, macht es sich wahrhaftig zur Gewohnheit, im falschen Augenblick aufzutauchen. Das ist sehr herzlos von ihm, in der Tat sehr, sehr herzlos.

Auftritt: LORD CAVERSHAM. MASON *ab*

LORD CAVERSHAM
Guten Morgen, Lady Chiltern! Meine herzlichsten Glückwünsche, Chiltern, zu Ihrer brillanten Rede gestern abend. Ich komme gerade vom Premierminister, und Sie sind für den vakanten Posten im Kabinett ausersehen.

SIR ROBERT CHILTERN *mit einem Blick voll triumphaler Freude*
Ein Sitz im Kabinett?

LORD CAVERSHAM
Ja, hier ist der Brief des Premierministers. *Übergibt den Brief*

SIR ROBERT CHILTERN *nimmt den Brief und liest*
Ein Sitz im Kabinett!

LORD CAVERSHAM
Gewiß, und Sie haben ihn auch mehr als verdient. Sie haben das, was wir heutzutage im politischen Leben am meisten brauchen – einen festen Charakter, feste moralische Maßstäbe, feste Prinzipien. *Zu* LORD GORING Alles, was du nicht hast, Sir, und auch nie haben wirst.

SIR ROBERT CHILTERN *ist drauf und dran, das Angebot des Premierministers anzunehmen, als er bemerkt, wie seine Frau ihn aus klaren, aufrichtigen Augen anschaut. Dadurch wird ihm klar, daß es unmöglich ist*
Ich kann dies Angebot nicht annehmen, Lord Caversham. Ich habe beschlossen, es abzulehnen.

LORD CAVERSHAM
Es abzulehnen, Sir!

Sir Robert Chiltern

Ich habe die Absicht, mich aus dem öffentlichen Leben zurückzuziehen.

Lord Caversham *ärgerlich*

Einen Sitz im Kabinett ablehnen, um sich aus dem öffentlichen Leben zurückzuziehen. Solang ich lebe, habe ich noch keinen derartigen Unsinn gehört, verdammt noch mal! Ich bitte um Verzeihung, Lady Chiltern. Chiltern, ich bitte um Verzeihung. *Zu* Lord Goring Laß dieses Grinsen, Sir.

Lord Goring

Nein, Vater.

Lord Caversham

Lady Chiltern, Sie sind eine vernünftige Frau, die vernünftigste Frau in ganz London, die vernünftigste Frau, die ich kenne. Würden Sie Ihren Ehemann freundlicherweise daran hindern, daß er handelt wie ein ... daß er redet wie ein ... Würden Sie das freundlicherweise tun, Lady Chiltern?

Lady Chiltern

Ich finde, daß mein Mann die richtige Entscheidung getroffen hat. Ich billige sie.

Lord Caversham

Billigen sie? Lieber Himmel!

Lady Chiltern *nimmt die Hand ihres Mannes*

Ich bewundere ihn dafür. Ich bewundere ihn zutiefst dafür. Ich habe ihn niemals zuvor so bewundert. Er ist nobler, als selbst ich je vermutet habe. *Zu* Sir Robert

Chiltern Du wirst dich gleich daransetzen und dem Premierminister einen Brief schreiben, nicht wahr? Zögere es nicht hinaus, Robert.

Sir Robert Chiltern *mit einer Spur Bitterkeit*
Ich glaube, ich sollte es besser sofort erledigen. Solche Angebote werden nicht wiederholt. Ich muß Sie bitten, mich für einen Moment zu entschuldigen, Lord Caversham.

Lady Chiltern
Ich darf doch mit dir kommen, Robert, oder nicht?

Sir Robert Chiltern
Ja, Gertrude.

Lady Chiltern *geht mit ihm hinaus*

Lord Caversham
Was ist nur los mit dieser Familie? Irgend etwas stimmt hier nicht, hä? *Klopft sich an die Stirn* Schwachsinn? Vererbt, nehme ich an. Und gleich bei beiden. Bei ihr genau wie bei ihm. Sehr traurig. Wirklich sehr sehr traurig. Und sie sind noch nicht mal aus einer alten Familie. Ist mir unbegreiflich.

Lord Goring
Schwachsinn ist es nicht, Vater, das kann ich dir versichern.

Lord Caversham
Was ist es dann, Sir?

Lord Goring *nach kurzem Zögern*
Nun, es ist das, was man heute unter festen moralischen Maßstäben versteht. Das ist alles.

Lord Caversham

Hasse diese neumodischen Ausdrücke. Das gleiche haben wir vor fünfzig Jahren Schwachsinn genannt. Kann in diesem Haus nicht länger bleiben.

Lord Goring *nimmt seinen Arm*

Oh! Geh gerade mal für einen Moment hier hinein, Vater. Zweite Palme von links, die übliche Palme.

Lord Caversham

Wie bitte, Sir?

Lord Goring

Entschuldige Vater, das hätte ich fast vergessen. Das Gewächshaus, Vater, das Gewächshaus – da ist jemand, und ich möchte, daß du mit ihr redest.

Lord Caversham

Worüber, Sir?

Lord Goring

Über mich, Vater.

Lord Caversham *grimmig*

Kein Gesprächsstoff, der viel Eloquenz erfordert.

Lord Goring

Nein, Vater, aber die Dame ist wie ich. Sie macht sich nichts aus Eloquenz bei anderen. Sie findet sie ein wenig lärmig.

Lord Caversham *geht ins Gewächshaus*

Auftritt: Lady Chiltern

Lord Goring

Lady Chiltern, wieso spielen Sie Mrs. Cheveleys Spiel mit?

Lady Chiltern *stutzt*

Ich verstehe Sie nicht ganz.

Lord Goring

Mrs. Cheveley hat den Versuch unternommen, Ihren Mann zu ruinieren. Ihn sowohl aus dem öffentlichen Verkehr zu ziehen als auch ihn in eine ehrenrührige Lage zu versetzen. Vor der letztgenannten Tragödie haben Sie ihn bewahrt. In die erstgenannte stoßen Sie ihn jetzt. Warum tun Sie ihm das an, was Mrs. Cheveley vergeblich versucht hat?

Lady Chiltern

Lord Goring?

Lord Goring

rafft sich zu einer großen Anstrengung auf und offenbart den Philosophen, der dem Dandy als Basis dient

Erlauben Sie, Lady Chiltern. Sie haben mir gestern abend einen Brief geschrieben, in dem Sie Ihr Vertrauen zu mir und den Wunsch nach Hilfe ausgedrückt haben. Dies ist der Moment, in dem Sie wirklich meine Hilfe brauchen, dies ist die Stunde, da Sie mir wirklich vertrauen müssen, meinem Rat und meinem Urteil vertrauen. Sie lieben Robert. Wollen Sie seine Liebe zu Ihnen abtöten? Welche Art von Leben erwartet ihn, wenn Sie ihn um die Früchte seines Ehrgeizes bringen, wenn Sie ihm den Glanz einer großen politischen Karriere nehmen, wenn Sie ihm die Tore zum öffentlichen Auftreten verschließen, wenn Sie ihn zu fruchtlosem Nichtstun verdammen, ihn, der für triumphale Erfolge wie geschaffen ist? Die Bestimmung der Frau ist es nicht, uns zu verurteilen, sondern uns zu vergeben, wenn wir der Vergebung bedürfen. Verzeihen, nicht strafen, das ist ihre Sendung. Warum wollen Sie ihn foltern mit glühendem Eisen für eine Sünde, in der Jugend verübt, bevor er Sie kannte, bevor er sich selbst kennen konnte? Das Leben eines Mannes kennt mehr Werte als das einer Frau. Es fordert mehr an größeren Entscheidungen, weiterer Voraussicht, höheren Zielen. In Kurven kreist das Leben einer Frau um Gefühle. Linear schreitet das Leben eines Mannes voran, bestimmt vom Verstand. Sie machen einen fürchterlichen Fehler, Lady Chiltern. Eine Frau, die sich die Liebe eines Mannes erhalten kann und ihm Gegenliebe gewährt, hat alles getan, was die Welt von Frauen erwartet oder von ihnen erwarten sollte.

LADY CHILTERN *beunruhigt und zögernd*

Aber es ist mein Mann selbst, der wünscht, sich aus dem öffentlichen Leben zurückzuziehen. Er hält es für seine Pflicht. Er hat zuerst davon gesprochen.

LORD GORING

Robert würde alles tun, nur um Ihre Liebe nicht zu verlieren, und wenn es der Ruin seiner Karriere wäre, an dessen Rand er jetzt steht. Er bringt Ihnen ein grauenhaftes Opfer. Nehmen Sie meinen Rat an, Lady Chiltern, und nicht ein Opfer, das so groß ist. Tun Sie es doch, werden Sie das bitter bereuen für den Rest Ihres Lebens. Wir alle, Männer wie Frauen, sind nicht geschaffen, solche Opfer voneinander anzunehmen. Wir sind ihrer nicht wert. Außerdem ist Robert gestraft genug.

LADY CHILTERN

Wir sind beide gestraft. Ich habe ihn überschätzt.

LORD GORING *mit tiefem Gefühl in der Stimme*

Schätzen Sie ihn aus diesem Grund jetzt nicht zu niedrig ein. Er mag von seinem Sockel gestürzt sein, stoßen Sie ihn jetzt nicht in den Dreck. Als Versager würde Robert sich fühlen wie der letzte schändlichste Dreck. Fähig zu sein, ist seine Leidenschaft. Er würde alles verlieren, sogar die Fähigkeit, Liebe zu empfinden. Das Leben Ihres Mannes ist in diesem Augenblick in Ihre Hände gelegt, die Liebe ihres Mannes ist in Ihren Händen. Gehen Sie behutsam mit beidem um.

Auftritt: SIR ROBERT CHILTERN

SIR ROBERT CHILTERN

Gertrude, hier ist der Entwurf meines Briefes. Soll ich ihn dir vorlesen?

LADY CHILTERN

Ich möchte ihn sehen.

SIR ROBERT CHILTERN *reicht ihr den Brief. Sie liest ihn, um ihn dann mit einer leidenschaftlichen Geste zu zerreißen*

SIR ROBERT CHILTERN

Was tust du?

LADY CHILTERN

Das Leben eines Mannes kennt mehr Werte als das einer Frau. Es fordert mehr an größeren Entscheidungen, weiterer Voraussicht, höheren Zielen. In Kurven kreist unser Leben um Gefühle. Linear schreitet das Leben eines Mannes voran, bestimmt vom Verstand. Das, und noch manches mehr, habe ich gerade gelernt, von Lord Goring. Und ich will dir dein Leben nicht verderben, noch zulassen, daß du es verdirbst oder es mir opferst, sinnlos opferst.

Sir Robert Chiltern

Gertrude! Gertrude!

Lady Chiltern

Du bist fähig zu vergessen. Männer vergessen leicht. Und ich vergebe. Das ist der Beitrag der Frauen auf dieser Welt. Ich erkenne das jetzt.

Sir Robert Chiltern *tief aufgewühlt von Gefühlen, umarmt sie*

Mein Weib! Mein Weib! *Zu* Lord Goring Arthur, es scheint, als solle ich ewig in deiner Schuld stehen.

Lord Goring

Liebe Güte, nicht doch, Robert! Du stehst in Lady Chilterns Schuld, nicht in der meinen.

Sir Robert Chiltern

Ich schulde dir viel. Und nun sag mir, was du mich fragen wolltest, als Lord Caversham hereingekommen ist.

Lord Goring

Robert, du bist deiner Schwester Hüter, und ich möchte deine Einwilligung zu ihrer Verheiratung mit mir. Das ist alles.

Lady Chiltern

Oh, ich bin ja so froh! So froh! *Schüttelt* Lord Goring *die Hand*

Sir Robert Chiltern *mit Besorgnis im Blick*

Meine Schwester soll deine Frau werden?

Lord Goring

Ja.

Sir Robert Chiltern *spricht mit großer Entschlossenheit*

Arthur, es tut mir leid, aber die Sache kommt gar nicht

in Frage. Ich muß an Mabels zukünftiges Glück denken. Und ich glaube nicht, daß ihr Glück bei dir in festen Händen läge. Und ich kann sie nicht opfern!

LORD GORING

Opfern!

SIR ROBERT CHILTERN

Jawohl, ich sagte, opfern. Eine Ehe ohne Liebe ist etwas Furchtbares. Aber es gibt etwas, das noch schlimmer ist als eine Ehe ohne jede Spur von Liebe. Eine Ehe, in der Liebe nur von einer Seite kommt; das Vertrauen nur von einer Seite kommt; die Hingabe nur von einer Seite kommt und in der von zwei Herzen eines zu brechen bestimmt ist.

LORD GORING

Aber ich liebe Mabel. Keine andere Frau nimmt einen Platz in meinem Leben ein.

LADY CHILTERN

Robert, wenn sie einander doch lieben, weshalb sollten sie dann nicht heiraten?

SIR ROBERT CHILTERN

Arthur kann Mabel nicht die Liebe geben, die sie verdient.

LORD GORING

Was bringt dich dazu, das zu sagen?

SIR ROBERT CHILTERN *nach einer Pause*

Verlangst du wirklich von mir, daß ich es dir erkläre.

LORD GORING

Gewiß verlange ich das.

Sir Robert Chiltern

Wie du willst. Als ich dich gestern besucht habe, fand ich Mrs. Cheveley, versteckt in deiner Wohnung. Es war zwischen zehn und elf Uhr abends. Ich möchte kein Wort mehr darüber verlieren. Deine Beziehungen zu Mrs. Cheveley gehen mich in keiner Weise etwas an, wie ich bereits gestern erklärt habe. Ich weiß, daß du einmal mit ihr verlobt warst. Die Faszination, die sie auf dich ausgeübt hat, ist anscheinend wieder da. Gestern abend hast du sie als eine reine und makellose Frau bezeichnet, die du respektierst und verehrst. Das mag so sein. Aber ich kann das Leben meiner Schwester nicht in deine Hand legen. Meinerseits wäre es ein Fehler. Ihr gegenüber wäre es ein Unrecht, ein infames Unrecht.

Lord Goring

Ich habe nichts mehr zu sagen.

Lady Chiltern

Robert, es war nicht Mrs. Cheveley, die Lord Goring gestern erwartet hat.

Sir Robert Chiltern

Nicht Mrs. Cheveley! Wer war es dann?

Lord Goring

Lady Chiltern!

Lady Chiltern

Es war deine eigene Frau. Robert, gestern nachmittag hat Lord Goring mir angeboten, daß ich, wann immer ich in Schwierigkeiten sei und Hilfe brauche, zu ihm kommen könne, da er unser ältester und bester Freund sei. Später, nach dieser schrecklichen Szene in deinem Zimmer, schrieb ich ihm, um ihm zu sagen, daß ich ihm vertraue, daß ich seine Hilfe und seinen Rat brauche. SIR ROBERT CHILTERN *zieht den Brief aus der Tasche* Ja, diesen Brief. Schließlich bin ich gar nicht zu Lord Goring gegangen. Ich hatte das Gefühl, daß Hilfe nur von uns beiden allein zu erwarten sei. Mein Stolz ließ mich das glauben. Mrs. Cheveley ging. Sie hat diesen Brief gestohlen, um ihn dir heute morgen anonym zuzuschicken, damit du denken solltest ... Oh! Robert! Ich kann nicht aussprechen, was du, wenn es nach ihr ginge, denken solltest ...

SIR ROBERT CHILTERN

Was! War ich in deinen Augen dermaßen tief gefallen, daß du auch nur für einen Moment annehmen konntest, daß ich an deiner Ehre zweifeln könnte? Gertrude, Gertrude, du bist für mich das Marmorbild aller guten Eigenschaften, und keine Sünde kann dich jemals streifen. Arthur, du kannst zu Mabel gehen, mit meinen besten Wünschen! Ach, halt, einen Moment noch. Am Anfang dieses Briefes steht kein Name. Die brillante Mrs. Cheveley scheint das nicht bemerkt zu haben. Da müßte doch ein Name stehen.

LADY CHILTERN

Laß mich deinen einsetzen. Du bist es, dem ich vertraue und den ich brauche. Du und kein anderer.

LORD GORING

Aber wirklich, Lady Chiltern, ich glaube, ich sollte meinen eigenen Brief zurückbekommen.

LADY CHILTERN *lächelnd*

Nein, Sie bekommen Mabel. *Nimmt den Brief und setzt den Namen ihres Ehemannes darauf*

LORD GORING

Tja, ich kann nur hoffen, daß sie es sich nicht anders überlegt hat. Daß ich sie hier gesehen habe, ist fast zwanzig Minuten her.

Auftritt: MABEL CHILTERN *und* LORD CAVERSHAM

MABEL CHILTERN

Lord Goring, ich finde, ein Gespräch mit Ihrem Vater bringt mich weiter als eines mit Ihnen. In Zukunft werde ich mich nur noch mit Lord Caversham unterhalten, und das stets unter der üblichen Palme.

LORD GORING

Liebling! *Küßt sie*

LORD CAVERSHAM *offensichtlich verblüfft*

Was soll das heißen, Sir? Du willst doch wohl nicht sagen, daß diese reizende, gescheite junge Dame so dumm gewesen ist, dich zu erhören?

LORD GORING

Allerdings, Vater! Und Chiltern war weise genug, den Sitz im Kabinett zu akzeptieren.

LORD CAVERSHAM

Es freut mich sehr, das zu hören, Chiltern ... Ich gratuliere Ihnen, Sir. Wenn das Land nicht vor die Hunde gehen soll oder an die Radikalen, müssen Sie Premierminister werden, eines Tages.

Auftritt: MASON

MASON

Lunch ist serviert, Mylady! *Ab*

Mabel Chiltern

Sie werden uns doch beim Lunch Gesellschaft leisten, Lord Caversham?

Lord Caversham

Mit Vergnügen, und danach nehme ich Sie mit in die Downing Street, Chiltern. Sie haben eine große Zukunft vor sich, eine große Zukunft. *Zu* Lord Goring Wünschte, ich könnte dasselbe von dir sagen, Sir. Doch deine Karriere wird sich wohl ganz aufs Häusliche beschränken.

Lord Goring

Ja, Vater, das Häusliche ist mir lieber.

Lord Caversham

Und wenn du für diese junge Dame nicht den idealen Ehemann abgibst, enterbe ich dich bis auf den letzten Shilling.

Mabel Chiltern

Der ideale Ehemann! Oh, ich glaube nicht, daß mir der gefallen könnte. Es hört sich nach einer Figur aus dem Jenseits an.

Lord Caversham

Wie hätten Sie ihn denn gern, meine Liebe?

Mabel Chiltern

Er mag sein, wie er möchte. Alles, was ich für ihn sein will, ist eine ... oh! Eine wirkliche Ehefrau!

Lord Caversham

Auf mein Wort, Lady Chiltern, darin liegt eine ganze Menge gesunder Menschenverstand.

Alle ab, bis auf SIR ROBERT CHILTERN. *Er läßt sicht, tief in Gedanken, in einen Sessel sinken. Nach einer Weile kehrt* LADY CHILTERN *zurück, um nach ihm zu schauen*

LADY CHILTERN *lehnt sich von hinten über die Sessellehne*
Kommst du nicht, Robert?

SIR ROBERT CHILTERN *nimmt ihre Hand*
Gertrude, ist es Liebe, was du für mich empfindest, oder lediglich Mitleid?

LADY CHILTERN *küßt ihn*
Es ist Liebe, Robert. Liebe und nichts als Liebe. Für uns beide fängt ein neues Leben an.

VORHANG

ERNST –
UND SEINE TIEFERE BEDEUTUNG

Eine triviale Komödie für ernsthafte Leute

Personen

JOHN WORTHING, *Friedensrichter*
ALGERNON MONCRIEFF
REVEREND CHASUBLE, *Dr. theol.*
MISTER GRIBSBY, *Rechtsanwalt*
MERRIMAN, *Butler*
LANE, *Kammerdiener*
MOULTON, *Gärtner*
LADY BRACKNELL
GWENDOLEN FAIRFAX
CECILY CARDEW
MISS PRISM, *Gouvernante*

Erster Akt

Wohnzimmer in ALGERNONS *Wohnung in der Half-Moon Street. Der Raum ist luxuriös und mit Kunstverstand eingerichtet. Im Nebenzimmer wird Klavier gespielt*

LANE *arrangiert den Nachmittags-Tee auf dem Tisch; die Musik bricht ab; Auftritt:* ALGERNON

ALGERNON

Haben Sie das gehört, was ich da gerade gespielt habe, Lane?

LANE

Es erschien mir taktlos zu lauschen, Sir.

ALGERNON

Das tut mir leid für Sie, Lane. Ich spiele nicht unbedingt korrekt – das kann schließlich jeder –, aber ich spiele unerhört ausdrucksvoll. Gefühl ist meine starke Seite – soweit ein Piano im Spiel ist. Mein Verstand ist auf die Verfeinerung meiner Lebensweise beschränkt.

LANE

Sehr wohl, Sir.

ALGERNON

Und da wir gerade von Lebensweisheit sprechen: Haben Sie dafür gesorgt, daß die Gurkensandwiches für Lady Bracknell zugeschnitten sind?

LANE

Jawohl, Sir.

Algernon

Aha. Und wo sind sie?

Lane

Bitte, Sir. *Präsentiert sie auf einem Teller*

Algernon *inspiziert sie, nimmt zwei und setzt sich auf das Sofa*

Ach! ... übrigens, Lane, ich entnehme einer Eintragung in Ihrem Haushaltsbüchlein, daß am Donnerstagabend, als Lord Shorman und Mr. Worthing bei mir diniert haben, acht Flaschen Champagner konsumiert worden sind.

Lane

Ganz recht, Sir; acht Flaschen und eine halbe.

Algernon

Wieso wird eigentlich in einem Junggesellenhaushalt der Champagner unweigerlich von den Dienstboten weggetrunken? Ich frage das aus reinem Interesse.

Lane

Ich führe das zurück auf die höhere Qualität der Weine, Sir. Nach meiner Beobachtung kommt in verheirateten Haushalten der Champagner selten aus erstklassigen Häusern.

Algernon

Lieber Himmel! Wirkt die Ehe wirklich dermaßen demoralisierend?

Lane

Ich glaube, der Ehestand kann durchaus angenehm sein, Sir. Bis heute habe ich persönlich allerdings nur geringe Erfahrungen auf dem Gebiet gemacht. Ich war nur ein einziges Mal verheiratet. Und das als Ergebnis eines Mißverständnisses zwischen mir und einer jüngeren Person.

ALGERNON *uninteressiert*

Ich wüßte nicht, was mich an Ihrem Familienleben interessieren sollte, Lane.

LANE

Nein, Sir; es ist kein sonderlich interessanter Gesprächsgegenstand. Ich selbst denke so gut wie nie daran.

ALGERNON

Was ja wohl auch ganz natürlich ist. Das wär's dann, Lane, ich danke Ihnen.

LANE *ab*

ALGERNON

Lanes Verhältnis zur Ehe kommt mir irgendwie lasch vor. Im Ernst: Wozu sind die unteren Schichten überhaupt da, wenn sie uns nicht mal ein positives Vorbild liefern? Als Klasse entwickeln sie anscheinend keinerlei moralisches Verantwortungsgefühl.

Auftritt: LANE

LANE

Mister Ernst Worthing.

Auftritt: JACK. LANE *ab*

ALGERNON

Ernst, mein Lieber, wie geht es dir? Was treibt dich in die Stadt?

JACK

Och, Spaß, Vergnügen! Was sollte einen sonst umtreiben? Und du, Algy, wie üblich gerade beim Essen?

ALGERNON *steif*

Ich hielt es stets für einen schönen Brauch der besseren Gesellschaft, gegen fünf Uhr eine leichte Stärkung zu sich zu nehmen. Und wo hast du dich seit letztem Donnerstag herumgetrieben?

JACK *nimmt auf dem Sofa Platz*

Ach, auf dem Lande.

ALGERNON

Was, um alles in der Welt, hast du da zu suchen?

JACK *zieht die Handschuhe aus*

In der Stadt amüsiert man sich. Auf dem Lande amüsiert man die anderen. Das ist ausgesprochen langweilig.

ALGERNON

Und was sind das für Leute, die du da so amüsierst?

JACK

Och, Bekannte, Nachbarn.

ALGERNON

Und was hast du da für Nachbarn in deiner Ecke von Shropshire? Sind sie nett?

JACK

Ausgesprochen grauenhaft. Ich hab noch nie ein Wort an einen von denen gerichtet.

ALGERNON

Das muß allerdings höchst amüsant sein für sie! *Holt sich noch ein Sandwich* Was wollte ich sagen … Deine Grafschaft, das war doch Shropshire, oder nicht?

JACK

Wie? Shropshire? Natürlich Shropshire! Aber hallo! So viele Tassen? Und Gurkensandwiches? Welch ruchlose Verschwendungssucht – und das in deinem Alter! Also, wer kommt zum Tee?

ALGERNON

Ach, bloß Tante Augusta und Gwendolen.

JACK

Das ist ja ausgesprochen erfreulich!

ALGERNON

Ja, könnte ganz nett werden; doch ich fürchte, Tante Augusta wird von deiner Anwesenheit nicht gerade begeistert sein.

JACK

Und darf ich fragen, wieso nicht?

ALGERNON

Mein lieber Freund, die Art und Weise, in der du Gwendolen anzuhimmeln pflegst, ist geradezu geschmacklos. Fast so schlimm wie die Art und Weise, in der Gwendolen dich anhimmelt.

JACK

Ich bin verliebt in Gwendolen. Und ich bin in die Stadt gekommen, um ihr einen Heiratsantrag zu machen.

ALGERNON

Ich dachte, du seist zu deinem Vergnügen hier? Und nicht, wie soll ich sagen: geschäftlich.

JACK

Wie kann man nur so völlig unromantisch sein!

ALGERNON

Ich kann wirklich nicht erkennen, was an einem Heiratsantrag romantisch sein soll. Verliebt zu sein, das ist romantisch. Aber es ist nichts Romantisches an einem verbindlichen Heiratsantrag. Er wird angenommen, na und? Normalerweise wird er's, glaube ich. Und schon ist Schluß mit der Aufregung. Das letztlich Entscheidende bei jeder Romanze ist die Ungewißheit. Falls ich jemals heirate, werde ich mich bemühen, diese Tatsachenentscheidung zu übersehen.

JACK

Das bezweifle ich gar nicht, lieber Algy. Speziell für Leute, deren Erinnerungsvermögen so merkwürdig eingerichtet ist, wurde das Scheidungsverfahren erfunden.

ALGERNON

Es ist unsinnig, darauf zu hoffen. Ehen werden im Himmel geschieden. JACK *hat seine Hand nach den Sandwiches ausgestreckt* Finger weg von den Gurkensandwiches, bitte! Sie sind ausschließlich für Tante Augusta bestimmt. *Nimmt eines und ißt es auf*

JACK

Aber du ißt die ganze Zeit davon!

ALGERNON

Das ist etwas ganz anderes. Sie ist schließlich **meine** Tante. *Präsentiert einen anderen Teller* Wie wär's mit einem Butterbrot? Die Butterbrote sind für Gwendolen. Gwendolen ist verrückt nach Butterbroten.

JACK *beugt sich vor und bedient sich*

Die Butterbrote sind allerdings auch vorzüglich.

ALGERNON

Moment mal, mein Lieber, das ist noch lange kein Grund, gleich alle auf einmal zu essen. Du benimmst dich, als wärst du schon mit ihr verheiratet. Du bist aber noch nicht mit ihr verheiratet, und ich glaube auch nicht, daß du es je sein wirst.

JACK

Herrgott, wie kannst du so was sagen?

ALGERNON

Paß auf: Zunächst mal heiratet kein Mädchen den Mann, der sie anhimmelt. Kein Mädchen findet das in Ordnung.

JACK

Ach, das ist doch Unsinn.

ALGERNON

Keineswegs. Das ist eine tiefe Wahrheit. Woher kämen sonst die ganzen Junggesellen, die überall frei herumlaufen. Und zweitens würde ich nie meine Einwilligung geben.

JACK

Deine Einwilligung! Das wird ja immer besser!

ALGERNON

Mein Lieber, Gwendolen ist eine Cousine ersten Grades von mir. Und bevor ich dir erlaube, sie zu heiraten, erwarte ich, daß du zunächst die Sache mit Cecily klärst.

JACK

Cecily! Was zum Teufel soll das heißen? ALGERNON *steht auf und läutet, kommt dann zurück zum Teetisch und ißt noch ein Sandwich* Was redest du da von einer Cecily, Algy! Ich kenne überhaupt keine Cecily... wenn ich mich recht entsinne.

Auftritt: LANE

ALGERNON

Bringen Sie mir das Zigarettenetui, das Mister Worthing im Rauchzimmer vergessen hat, als er neulich zum Dinner hier war.

LANE

Sehr wohl, Sir.

LANE *ab*

JACK

Willst du damit sagen, du hast die ganze Zeit mein Zigarettenetui gehabt? Ich wünschte, du hättest die Güte gehabt, mich das wissen zu lassen. Ich habe deswegen bereits verzweifelte Briefe an Scotland Yard geschrieben. Ich war drauf und dran, eine hohe Belohnung auszusetzen.

ALGERNON

Siehst du, darauf habe ich gehofft. Der finanzielle Paß, vor dem ich gerade stehe, ist zufällig noch enger als sonst.

JACK

Jetzt, nachdem das gute Stück wieder aufgetaucht ist, lohnt es sich nicht mehr, eine hohe Belohnung auszusetzen.

Auftritt: LANE, *das Zigarettenetui liegt auf einem Tablett, von dem es sich* ALGERNON *sofort greift.* LANE *ab*

ALGERNON

Ich muß sagen, das finde ich ziemlich gemein von dir, Ernst. *Öffnet das Etui und mustert es* Wie dem auch sei, es spielt keine Rolle mehr, denn wenn ich mir die Inschrift hier betrachte, stelle ich fest, daß das gute Stück sowieso nicht dir gehört.

JACK

Klar ist das meines! *Nähert sich ihm* Du hast mich Hunderte von Malen damit gesehen, und darüber hinaus hast du überhaupt keine Berechtigung, zu lesen, was darin geschrieben steht. Es ist unter der Würde eines Gentlemans, in einem privaten Zigarettenetui zu lesen.

ALGERNON

Moment! Ich finde es absurd, sich so schnell ein so hartes Urteil zu bilden über das, was man lesen sollte und was nicht. Man sollte alles lesen. Mehr als die Hälfte unserer abendländischen Kultur basiert auf dem, was man nicht lesen sollte.

JACK

Du sagst mir nichts Neues, ich habe trotzdem nicht vor, über abendländische Kultur zu diskutieren, da dergleichen nicht zu den Gegenständen gehört, über die man nicht öffentlich reden sollte. Alles, was ich will, ist mein Zigarettenetui zurück.

ALGERNON

Verstehe; aber dies hier ist nicht dein Zigarettenetui. Dies Zigarettenetui ist ein Geschenk von jemandem namens Cecily, und du hast ja gesagt, daß du niemanden kennst, der so heißt.

JACK

Also wenn du es unbedingt wissen willst: Cecily ist zufällig meine Tante.

ALGERNON

Deine Tante!

JACK

Genau. Und eine liebenswerte alte Dame ist sie obendrein. Lebt in Tunbridge Wells. Nun gib es mir einfach zurück, Algy.

ALGERNON *zieht sich in eine Sofaecke zurück*

Aber warum nennt sie sich dann »kleine Cecily«, wenn sie doch deine Tante ist und in Tunbridge Wells lebt? *Liest vor* »Von der kleinen Cecily in zärtlichster Liebe« .

JACK *kommt näher und kniet sich aufs Sofa*

Was ist denn schon dabei, mein Lieber? Manche Tanten sind groß, manche Tanten sind nicht groß. In dieser Sache sollte man die Entscheidung nun wirklich den Tanten selbst überlassen. Anscheinend gehst du davon aus, daß jede Tante genau wie deine Tante sein sollte. Das ist doch absurd. Um Himmels willen, gib mir jetzt endlich mein Zigarettenetui wieder! *Verfolgt ALGERNON durch das Zimmer*

ALGERNON

Schön, aber warum nennt deine Tante dich ihren Onkel? »Von der kleinen Cecily in zärtlichster Liebe für ihren guten Onkel Jack«. Ich gebe zu, es ist wenig dagegen einzuwenden, wenn eine Tante eine kleine Tante sein möchte, aber es will mir nicht in den Kopf, warum eine Tante, ganz gleich wie groß sie ist, ihren eigenen

Neffen »Onkel« nennen sollte. Außerdem heißt du ja nicht Jack; dein Name ist Ernst.

JACK

Eben nicht: nicht Ernst, sondern Jack.

ALGERNON

Zu mir hast du immer gesagt, er sei Ernst. Ich habe dich überall als Ernst vorgestellt. Du reagierst auf den Namen Ernst. Du siehst aus wie jemand, der Ernst heißt. Ich habe in meinem ganzen Leben niemanden getroffen, der so ernst aussieht. Es ist völlig absurd, jetzt zu behaupten, dein Name wäre nicht Ernst. Er steht auf deinen Visitenkarten. Hier ist eine. *Nimmt sie aus einem Behälter* »Mister Ernst Worthing, Albany House, Apartment 4B«. Ich behalte das als Beweis, falls du je versuchen solltest abzustreiten, daß dein Name Ernst ist, sei es mir gegenüber oder Gwendolen oder sonst jemandem. *Steckt die Karte ein*

JACK

Also gut, in der Stadt heiße ich Ernst und auf dem Lande Jack, und das Zigarettenetui habe ich auf dem Land geschenkt bekommen.

ALGERNON

Ja, aber das erklärt noch nicht die Tatsache, daß deine kleine Tante Cecily, wohnhaft in Tunbridge Wells, dich ihren lieben Onkel nennt. Nun mal los, alter Freund, spuck's aus, und du wirst dich gleich besser fühlen.

JACK

Mein lieber Algy, du redest genau wie ein Zahnarzt. Und es wirkt sehr vulgär, wie ein Zahnarzt zu reden, wenn man kein Zahnarzt ist. Das macht einen schlechten Eindruck.

ALGERNON

Na ja, das ist doch genau das, was Zahnärzte dauernd machen. Los, mach weiter! Erzähl mir die ganze Geschichte. Ich gebe ja zu, daß ich dich schon immer im Verdacht hatte, ein überzeugter und heimlicher Bunburyaner zu sein; und jetzt bin ich mir meiner Sache vollkommen sicher.

JACK

Bunburyaner? Was um alles in der Welt meinst du mit Bunburyaner?

ALGERNON

Ich werde die Bedeutung dieses unvergleichlichen Begriffs vor dir enthüllen, sobald du so freundlich gewesen bist, mir zu verraten, weshalb du Ernst in der Stadt und auf dem Lande Jack bist.

JACK

Sobald du mein Zigarettenetui herausgegeben hast.

ALGERNON

Hier, bitte. *Übergibt das Etui* Wir kommen nun zur Herausgabe deiner Erklärung, und gnade dir Gott, wenn sie nicht unwahrscheinlich klingt. *Setzt sich aufs Sofa*

JACK

Mein lieber Freund, an meiner Erklärung ist überhaupt nichts Unwahrscheinliches. Tatsächlich ist sie vollkommen gewöhnlich. Der selige Mister Thomas Cardew, der mich als kleinen Jungen unter recht merkwürdigen Umständen adoptiert und mir alles Geld hinterlassen hat, was ich heute mein eigen nenne, bestimmte mich in seinem letzten Willen zum Vormund seiner Enkelin Miss Cecily Cardew. Cecily, die Onkel zu mir sagt, und zwar aus Gründen des Respekts, die du vermutlich nicht zu würdigen weißt, lebt in meinem Landhaus, und zwar unter der Obhut ihrer bewundernswerten Gouvernante, Miss Prism.

ALGERNON

Wo steht dein Landhaus eigentlich?

JACK

Das geht dich gar nichts an, mein Junge. Du wirst dort sowieso nicht eingeladen ... Eines kann ich dir verraten: es ist nicht in Shropshire.

ALGERNON

Das bestätigt meinen Verdacht, alter Freund! Ich habe bereits überall in Shropshire bunburysiert, bei zwei verschiedenen Gelegenheiten. Aber du bist noch nicht fertig: Warum bist du Ernst in der Stadt und Jack auf dem Lande?

JACK

Mein lieber Algy, Ich weiß nicht, ob du in der Lage bist, meine wahren Motive zu verstehen. Es fehlt dir wahrscheinlich an Ernsthaftigkeit. Wenn jemandem die Stellung eines Vormunds zufällt, sollte er in jedem Fall einen hochmoralischen Standpunkt einnehmen. Das ist seine heilige Pflicht. Und da man einem hochmoralischen Standpunkt letztlich wohl nachsagen darf, daß er weder unserer Gesundheit oder unserer Zufriedenheit förderlich ist, habe ich, schon um meine Besuche in der Stadt zu rechtfertigen, stets behauptet, einen jüngeren Bruder namens Ernst zu haben, der im Albany lebt und in die scheußlichsten Schwierigkeiten zu geraten pflegt. Das, mein lieber Algy, ist die ganze Wahrheit, und nichts als die reine, schlichte Wahrheit.

Algernon

Die Wahrheit ist selten rein und niemals schlicht. Unser zeitgenössisches Leben wäre sehr uninteressant, wenn sie auch nur eins von beiden wäre, und zeitgenössische Literatur ein Ding der völligen Unmöglichkeit.

Jack

Und wäre das so schlimm?

Algernon

Literaturkritik gehört nicht zu deinen starken Seiten, mein Lieber. Laß die Finger davon. Du solltest sie Leuten überlassen, die nie eine Universität von innen gesehen haben. Wie gut sie ihre Sache machen, entnimmst du am besten den Tageszeitungen. Was du tatsächlich bist, ist ein Bunburyaner. Ich habe mich nicht getäuscht, als ich gesagt habe, du seist Bunburyaner. Von allen Bunburyanern, die ich kenne, befindet sich kaum einer in einem so fortgeschrittenen Stadium.

Jack

Was redest du da eigentlich?

Algernon

Du hast dir einen sehr nutzbaren jüngeren Bruder namens Ernst erschaffen, der es dir möglich macht, in die Stadt zu kommen, so oft wie du Lust dazu hast. Ich habe einen chronisch Kranken von unschätzbarem Wert erschaffen: Bunbury heißt er und ermöglicht es mir, aufs Land zu fahren, wann immer mir danach ist.

Jack

Unsinn!

ALGERNON

Überhaupt kein Unsinn. Bunbury ist einfach unbezahlbar. Ein Beispiel: Wenn Bunburys Gesundheitszustand nicht so außerordentlich schlecht wäre, würde es mir ganz unmöglich sein, heute abend mit dir im Savoy zu dinieren, da ich Tante Augusta bereits vor mehr als einer Woche fest zugesagt hatte.

JACK

Ich habe dich nicht gebeten, heute abend mit mir zu dinieren, wo auch immer.

ALGERNON

Ich weiß. Deine Nachlässigkeit beim Aussprechen von Einladungen ist unverantwortlich. Das ist sehr, sehr dumm von dir. Nichts ärgert die Leute mehr, als wenn sie keine Einladung bekommen.

JACK

Meinetwegen. Aber ich kann unmöglich im Savoy dinieren. Ich habe dort Schulden, ungefähr 700 Pfund. Die schicken mir schon dauernd Zahlungsbefehle und Mahnungen. Sie machen mir die Hölle heiß.

ALGERNON

Warum, zum Teufel, zahlst du dann nicht endlich? Du hast doch säckeweise Geld.

JACK

Ich schon, aber Ernst nicht, und ich muß auf seinen Ruf achten. Ernst ist einer dieser Typen, die nie ihre Rechnungen bezahlen. Er kriegt mindestens eine Vorladung pro Woche.

ALGERNON

Dann laß uns bei Willis essen.

Jack

Du solltest lieber bei deiner Tante Augusta dinieren.

Algernon

Ich habe nicht die leiseste Absicht, irgend etwas dergleichen zu unternehmen. Zunächst mal habe ich bereits Montag dort diniert, und mehr als einmal pro Woche sollte man keinesfalls mit der eigenen Verwandtschaft dinieren. Dazu kommt: Wann immer ich dort diniere, werde ich stets als Familienmitglied behandelt und darf entweder gar keine Frau oder zwei auf einmal zu Tisch führen. Drittens weiß ich ganz genau, neben wem ich heute abend sitzen müßte. Sie wird mich neben Mary Farquhar setzen, die über den Eßtisch hinweg ständig mit ihrem eigenen Gatten flirtet. Das ist nicht sehr unterhaltsam. Eigentlich ist es nicht mal salonfähig ... Die enorme Steigerungsrate solcher Fälle ist besorgniserregend. Die Anzahl von Frauen, die mit ihren eigenen Männer flirten, ist eigentlich schon skandalös. Wie sieht denn das aus?! Man wäscht doch nicht in aller Öffentlichkeit seine saubere Wäsche! Da ich außerdem jetzt weiß, daß du ein gestandener Bunburyaner bist, würde ich mich natürlich gern mit dir über das Bunburysieren unterhalten. Du mußt die Regeln kennenlernen.

Jack

Ich bin keineswegs ein Bunburyaner. Falls Gwendolen mich erhört, habe ich vor, meinen Bruder sofort sterben zu lassen, vermutlich lasse ich ihn sowieso sterben. Cecily zeigt ein bißchen zu viel Interesse für ihn. Sie bittet mich dauernd, ihm zu vergeben und solche Sachen. Es wird langsam lästig. Deshalb gedenke ich, Ernst loszuwerden. Und ich gebe dir den guten Rat, genauso zu verfahren mit Mister... Mit deinem kranken Freund, der diesen komischen Namen trägt.

ALGERNON

Nichts wird mich dazu bringen, Bunbury fallenzulassen, und falls du jemals heiraten solltest, was meiner Meinung nach gewaltige Probleme mit sich brächte, wirst du noch heilfroh sein, Bunbury zu kennen. Ein Mann, der heiratet, ohne Bunbury zu kennen, hat eine ziemlich öde Zeit vor sich.

JACK

Das ist Unsinn. Wenn ich ein entzückendes Mädchen wie Gwendolen heirate, und von allen Mädchen, die ich kenne, ist sie das einzige, das ich je heiraten würde, könnte ich auf Bunbury leicht verzichten.

ALGERNON

Aber deine Frau nicht. Anscheinend ist dir nicht klar, daß in ehelichen Beziehungen erst zu dritt die Geselligkeit anfängt – zwei zählen gar nicht.

JACK *lehrmeisterlich*

Das, mein verehrter junger Freund, ist eine Theorie, die in verluderten französischen Stücken bereits seit fünfzig Jahren vertreten wird.

ALGERNON

Genau; und glückliche englische Haushalte haben nur die Hälfte der Zeit gebraucht, um den praktischen Beweis dafür zu liefern.

JACK

Um Himmels willen, Algy, versuch bloß nicht, zynisch zu sein. Es ist so einfach, zynisch zu sein.

ALGERNON

Mein verehrter Zeitgenosse, es ist nicht einfach, heutzutage überhaupt irgend etwas zu sein. Überall tobt dieser bestialische Konkurrenzkampf.

Es läutet energisch an der Tür

Ah, das müßte Tante Augusta sein. Nur Verwandte und Gläubiger würden es wohl wagen, so wahrhaft wagnerianisch zu klingeln. Also, wenn ich sie dir für zehn Minuten aus dem Weg schaffe, so daß du Gelegenheit bekommst, Gwendolen deinen Antrag zu machen, wirst du mich dann zum Essen bei Willis einladen?

JACK

Meinetwegen, wenn du darauf bestehst.

ALGERNON

Allerdings, aber es muß dir auch ernst sein damit. Ich hasse Menschen, die Mahlzeiten nicht richtig ernst nehmen. Das wirkt so unreif.

Auftritt: LANE

LANE

Lady Bracknell und Miss Fairfax.

Algernon geht ihnen zur Begrüßung entgegen. Auftritt: LADY BRACKNELL *und* GWENDOLEN

LADY BRACKNELL

Mein lieber Algernon, sei mir gegrüßt. Ich hoffe, dein Benehmen gibt nicht zu Klagen Anlaß.

ALGERNON

Mir geht es sehr gut, Tante Augusta.

Lady Bracknell

Das ist nicht ganz dasselbe. Eigentlich kommen diese beiden Zustände selten zur Deckung. *Bemerkt* Jack *und nickt ihm mit eisiger Verachtung zu*

Algernon *zu* Gwendolen

Kompliment! Das hat Stil!

Gwendolen

Ich habe immer Stil! Oder nicht, Mister Worthing?

Jack

Sie sind einfach vollkommen, Miss Fairfax.

Gwendolen

Oh! Ich hoffe nicht. Das ließe wenig Spielraum für Entwicklungen, und ich habe vor, mich in alle möglichen Richtungen weiterzuentwickeln. Gwendolen *und* Jack *suchen sich ein ruhiges Eckchen*

Lady Bracknell

Es täte mir leid, wenn wir uns ein wenig verspätet hätten, Algernon, aber ich fühlte mich verpflichtet, bei der lieben Lady Harbury vorbeizuschauen. Seit dem Tod ihres armen Mannes, war ich nicht mehr dort. Wie die Frau sich verändert hat! Sie sah glatt zwanzig Jahre jünger aus. Und nun hätte ich gern eine Tasse Tee und eins von diesen leckeren Gurkensandwiches, die du mir versprochen hast.

Algernon

Sofort, Tante Augusta. *Geht hinüber zum Teetisch*

Lady Bracknell

Warum kommst du nicht herüber, Gwendolen, und setzt dich zu mir?

GWENDOLEN

Besten Dank, Mama, aber ich fühle mich ganz wohl hier drüben.

ALGERNON *greift sich einen leeren Teller*

Herrgott! Lane! Wieso sind keine Gurkensandwiches da! Ich hatte doch extra angeordnet ...

LANE *förmlich*

Es gab heute morgen keine Gurken auf dem Markt. Ich war zweimal dort.

ALGERNON

Keine Gurken!

LANE

Nein, Sir, nicht einmal gegen Barzahlung.

ALGERNON

Das wäre alles, Lane, vielen Dank.

LANE

Ich danke Ihnen, Sir. *Ab*

ALGERNON

Ich bin untröstlich, Tante Augusta, aber es gab keine Gurken, nicht einmal gegen Barzahlung.

LADY BRACKNELL

Im Grunde macht das gar nichts, Algernon. Ich hatte schon einige Krapfen bei Lady Harbury, die ihr Leben jetzt anscheinend ausschließlich dem Vergnügen widmet.

ALGERNON

Ich hörte, ihr Haar sei über Nacht erblondet vor lauter Kummer.

Lady Bracknell

Es hat offensichtlich die Farbe gewechselt, ich weiß natürlich nicht, aus welchen Gründen. Algernon *reicht ihr den Tee* Danke, ich habe eine besondere Überraschung für dich heute abend, Algernon. Ich habe beschlossen, du darfst Mrs. Farquhar zu Tisch führen. Sie ist eine so reizende Person und ihrem Gatten so ergeben. Es ist eine Freude, das mit anzusehen.

Algernon

Ich fürchte, so wie es aussieht, werde ich auf das Vergnügen, bei dir zu dinieren, wohl verzichten müssen.

Lady Bracknell *stirnrunzelnd*

Das will ich nicht hoffen, Algernon. Das brächte meine gesamte Tischordnung durcheinander. Dein Onkel müßte dann auf seinem Zimmer essen. Glücklicherweise ist er daran gewöhnt.

Algernon

Es ist äußerst lästig, und, das muß ich wohl nicht betonen, eine schreckliche Enttäuschung für mich, doch Tatsache bleibt, daß ich gerade ein Telegramm bekommen habe, das besagt, mein alter Freund Bunbury sei wieder einmal schwer erkrankt. *Wechselt Blicke mit* Jack Man ist anscheinend der Meinung, ich sollte besser bei ihm sein.

Lady Bracknell

Das ist schon komisch. Dieser Mister Bunbury scheint andauernd unter den ungewöhnlichsten Krankheiten zu leiden.

Algernon

Ja, der arme Bunbury ist ein unheilbarer Kranker.

Lady Bracknell

Nun, ich muß sagen, Algernon, ich denke, es ist höchste Zeit, daß Mister Bunbury sich endlich entscheidet, ob er nun leben oder sterben möchte. Dieses Mal-so-mal-so führt doch zu nichts in einer solchen Frage. Außerdem lasse ich mich keinesfalls von dieser modernen Sympathie für kranke Menschen anstecken. Ich finde das morbide. Man sollte niemanden darin bestärken, irgendwie krank zu sein. Gesundheit ist erste Bürgerpflicht. Das predige ich deinem armen Onkel schon seit Jahren, aber es scheint ihn wenig zu kümmern ... Eine Besserung seiner Leiden ist nicht abzusehen. Tja, Algernon, wenn es dir wichtiger ist, an Mister Bunburys Krankenbett zu wachen, kann ich nichts weiter dazu sagen. Ich wäre dir allerdings sehr verbunden, wenn du Mister Bunbury in meinem Namen darum bitten würdest, rücksichtsvoll genug zu sein, um einen Rückfall nicht ausgerechnet am Samstag zu haben, denn ich muß mich darauf verlassen können, daß du meine musikalische Soirée arrangierst. Es ist mein letzter Empfang, und man erwartet etwas, das die Gespräche beflügelt, besonders jetzt, gegen Ende der Saison, wenn jeder praktisch alles gesagt hat, was er zu sagen hatte, was wohl in den meisten Fällen ohnehin nicht allzu viel war.

Algernon

Ich werde Bunbury das mitteilen, Tante Augusta, falls er noch bei Bewußtsein ist, und ich glaube, ich kann dir versprechen, daß es ihm am Samstag wieder besser geht. Die Musik ist natürlich ein Problem. Du mußt folgendes bedenken: Wenn einer gute Musik macht, hören die Leute nicht zu – macht einer dagegen schlechte Musik, hören die Leute auf zu reden. Aber wir können gerne noch mal das Programm durchgehen, das ich vorbereitet habe, wenn du einen Augenblick mit mir nach nebenan kommen möchtest.

LADY BRACKNELL

Ich danke dir, Algernon, sehr aufmerksam von dir. *Erhebt sich und folgt* ALGERNON Das Programm wird bestimmt vorzüglich, einige Streichungen vorausgesetzt. Was ich unmöglich zulassen kann, sind französische Lieder. Die Leute halten sie stets für unanständig und sind entweder schockiert, was ordinär aussieht, oder sie fangen an zu lachen, was noch schlimmer ist. Deutsch dagegen klingt wie eine durch und durch gesellschaftsfähige Sprache und ist es vermutlich sogar. Gwendolen, du wirst mich begleiten.

GWENDOLEN

Gewiß, Mama.

LADY BRACKNELL *und* ALGERNON *ab ins Musikzimmer,*
GWENDOLEN *bleibt zurück*

JACK

War das nicht ein herrlicher Tag, Miss Fairfax.

GWENDOLEN

Ich bitte Sie, Sie wollen doch mit mir nicht etwa über das Wetter reden, Mister Worthing. Jedes Mal, wenn Leute mit mir über das Wetter reden, werde ich das Gefühl nicht los, daß sie auf etwas ganz anderes hinauswollen. Und das macht mich nervös.

JACK

Ich will tatsächlich auf etwas ganz anderes hinaus.

GWENDOLEN
Das habe ich mir gedacht. Ich täusche mich nämlich nie.

JACK
Und ich würde gern um Ihre Erlaubnis bitten, Lady Bracknells zeitweilige Abwesenheit auszunutzen, um ...

GWENDOLEN
Das würde ich Ihnen allerdings auch geraten haben. Mama hat so eine Art, mit einem Mal wieder mitten im Zimmer zu stehen, für die ich sie schon häufig zur Rede stellen mußte.

JACK *unsicher*
Miss Fairfax, seit ich Sie kennengelernt habe, verehre ich Sie mehr als jedes andere Mädchen ... Das ich kennengelernt habe ... Seit ich Sie kennengelernt habe.

GWENDOLEN
Ja, ich bin mir dieser Tatsache wohl bewußt. Und ich habe mir oft gewünscht, daß Sie Ihre Verehrung noch deutlicher gezeigt hätten, vor allem in der Öffentlichkeit. Mich haben Sie schon immer unwiderstehlich angezogen. Selbst bevor ich Sie kennengelernt habe, waren Sie mir durchaus nicht gleichgültig. JACK *starrt sie verblüfft an* Wir leben, wie Sie hoffentlich wissen, Mister Worthing, in einem idealistischen Zeitalter. Diese Tatsache wird in höherpreisigen Monatsmagazinen ausdauernd erwähnt und wird, wie ich erfahren habe, inzwischen bereits von ländlichen Kanzeln gepredigt; mein Ideal war es nun, seit ich denken kann, jemanden zu lieben, der den Namen Ernst trägt. In diesem Namen liegt etwas, das mir vollkommenes Vertrauen einflößt. Und in dem Moment, als Algernon zum ersten Mal erwähnte, daß er

einen Freund hatte, der Ernst hieß, wußte ich, es war mein Schicksal, Sie zu lieben. Der Name kommt, zum Glück für meinen Seelenfrieden, ausgesprochen selten vor, soweit ich das …

JACK

Du liebst mich also tatsächlich, Gwendolen?

GWENDOLEN

Leidenschaftlich!

JACK

Liebste! Du ahnst nicht, wie glücklich du mich gemacht hast!

GWENDOLEN

Mein Ernst!

Sie umarmen einander

JACK

Aber du willst damit doch nicht sagen, daß du mich nicht lieben könntest, wenn mein Name nicht Ernst wäre?

GWENDOLEN

Aber dein Name ist doch Ernst.

JACK

Natürlich, das weiß ich ja. Aber angenommen, es wäre irgendein anderer? Willst du etwa sagen, du könntest mich dann nicht lieben?

GWENDOLEN *leichthin*

Ach, das ist offenbar eine metaphysische Spekulation und hat wie die meisten metaphysischen Spekulationen sehr wenig zu tun mit den eigentlichen Tatsachen des wirklichen Lebens, wie wir sie kennen.

Jack

Offen gesagt mache ich persönlich mir nicht allzu viel aus dem Namen Ernst ... Ich glaube nicht mal, daß der Name richtig zu mir paßt.

Gwendolen

Er paßt genau zu dir. Der Name ist göttlich. Darin liegt eine ganz eigene Musik ... und Schwingungen gehen von ihm aus ...

Jack

Ich bitte dich, Gwendolen, ich muß sagen, ich finde, es gibt eine Menge Namen, die viel netter klingen. Zum Beispiel Jack, das ist doch ein hübscher Name.

Gwendolen

Jack? ... Nein, darin liegt so gut wie gar keine Musik ... Jack ... Wenn überhaupt ... Er hat nicht dies gewisse Prickeln. Und absolut keine Schwingungen gehen von ihm aus. Ich habe einige Jacks gekannt, und alle, ohne Ausnahme, waren noch reizloser als der Rest. Außerdem ist Jack nur die übliche Verniedlichung von John! Und ich kann jede Frau, die mit einem Mann namens John verheiratet ist, nur bedauern. Was für ein ödes Leben sie vor sich hat mit ihm. Kein einziger Moment der Einsamkeit – wie sollte sie jemals die hinreißende Lust erfahren, die nur sie uns schenkt? Wirkliche Sicherheit gibt nur ein Name: Ernst.

Jack

Gwendolen, ich muß mich sofort taufen lassen – ich meine, laß uns heiraten, sofort! Wir haben keine Zeit zu verlieren.

Gwendolen

Heiraten, Mister Worthing?

Jack *bass erstaunt*

Aber... sicher. Sie wissen, daß ich Sie liebe, Miss Fairfax, und Sie haben mich glauben lassen, daß ich Ihnen auch nicht ganz gleichgültig bin.

Gwendolen

Ich bete Sie an. Aber Sie haben mir noch keinen Antrag gemacht. Von Heirat war bisher keine Rede. Der Gegenstand wurde nicht einmal erwähnt bis jetzt.

Jack

Ja ... dürfte ich Ihnen dann jetzt vielleicht einen Antrag machen?

Gwendolen

Ich finde, das wäre eine wundervolle Gelegenheit dazu. Und um Ihnen jede denkbare Enttäuschung zu ersparen, Mister Worthing, finde ich es nur fair, Ihnen im voraus frank und frei zu versichern, daß ich aufs äußerste entschlossen bin, Sie zu erhören.

Jack

Gwendolen!

Gwendolen

Ja, Mister Worthing, was haben Sie mir zu sagen?

Jack

Sie wissen genau, was ich Ihnen zu sagen habe.

Gwendolen

Gewiß, aber Sie sagen es nicht.

JACK

Gwendolen, willst du mich heiraten? *Geht in die Knie*

GWENDOLEN

Natürlich will ich das, Liebster. Dazu hast du aber wirklich lange gebraucht! Ich fürchte, dir fehlt so gut wie jede Erfahrung als Heiratsantragsteller.

JACK

Meine einzig Geliebte, ich habe auf dieser Welt noch nie jemanden geliebt, außer dir.

GWENDOLEN

Schon, aber Männer machen Heiratsanträge doch manchmal nur so zur Übung. Ich weiß das von meinem Bruder Gerald. Alle meine Freundinnen haben mir erzählt, daß er so was macht. Du hast so wunderschöne blaue Augen, Ernst! Sie sind ganz, ganz blau. Hoffentlich wirst du mich immer so ansehen wie jetzt, vor allem, wenn andere Leute zuschauen.

Auftritt: LADY BRACKNELL

LADY BRACKNELL

Mister Worthing! Erheben Sie sich aus dieser halbgekrümmten, hörnchenhaften Positur, Sir. Sie wirkt im höchsten Grade unschicklich.

GWENDOLEN

Mama! *Er versucht aufzustehen, was sie verhindert* Ich muß dich bitten, dich zurückzuziehen. Du bist hier fehl am Platz. Außerdem ist Mister Worthing noch nicht ganz fertig.

LADY BRACKNELL

Fertig womit, wenn ich fragen dürfte?

Gwendolen

Ich bin mit Mister Worthing verlobt, Mama. *Sie hilft ihm auf*

Lady Bracknell

Entschuldige, aber du bist mit niemandem verlobt. Sobald du mit jemandem verlobt bist, wirst du rechtzeitig davon erfahren, entweder von mir oder von deinem Vater, falls sein Gesundheitszustand dies zuläßt. Eine Verlobung sollte für ein junges Mädchen stets überraschend kommen, erfreulich oder unerfreulich, das wechselt von Fall zu Fall. Die Sache ist viel zu ernst, um sie der Betroffenen zu überlassen ... Und nun habe ich einige Fragen an Sie, Mister Worthing.

Jack

Was immer Sie fragen wollen, Lady Bracknell, es wird mir ein Vergnügen sein, zu antworten.

Gwendolen

Du meinst, vorausgesetzt dir fällt eine Antwort ein. Mamas Fragen sind bisweilen geradezu inquisitorisch.

Lady Bracknell

Ich habe allerdings vor, inquisitorisch zu fragen. Während dieses Verhörs wartest du unten in der Kutsche auf mich, Gwendolen.

Gwendolen *vorwurfsvoll*

Mama!

Lady Bracknell

In die Kutsche, Gwendolen! Gwendolen *geht zur Tür. Hinter Lady Bracknells Rücken wirft sie* Jack *Kußhände zu, die erwidert werden. Lady Bracknell sieht aus, als habe sie keine Ahnung, was diese Geräusche bedeuten. Endlich dreht sie sich danach um* Gwendolen, Kutsche!

GWENDOLEN
Ja, Mama. *Noch im Abgehen hängt ihr Blick an* JACK

LADY BRACKNELL *setzt sich*
Sie dürfen Platz nehmen, Mister Worthing. *Sucht in ihrer Tasche nach Notizbuch und Bleistift*

JACK
Danke, ich stehe lieber, Lady Bracknell.

LADY BRACKNELL *hält Notizbuch und Bleistift bereit*
Ich fühle mich verpflichtet, Ihnen mitzuteilen, daß Sie nicht auf meiner Liste annehmbarer junger Männer stehen, und das, obwohl meine Liste mit jener der guten Herzogin von Bolton völlig übereinstimmt. Dennoch, ich bin jederzeit bereit, Ihren Namen aufzunehmen, vorausgesetzt ihre Antworten entsprechen den Ansprüchen einer wahrhaft besorgten Mutter. Rauchen Sie?

JACK
Im Augenblick nicht – aber ich muß zugeben: ich rauche.

LADY BRACKNELL
Das beruhigt mich. Ein Mann sollte stets mit irgendetwas beschäftigt sein. In London laufen heutzutage viel zu viele Müßiggänger herum. Wie alt sind Sie?

JACK
Neunundzwanzig.

LADY BRACKNELL
Zum Heiraten ein ausgezeichnetes Alter. Ich war schon immer der Meinung, daß ein heiratswilliger Mann entweder ganz Bescheid wissen sollte oder gar nicht. Wieviel wissen Sie?

JACK *nach einigem Zögern*
Ich weiß gar nichts, Lady Bracknell.

LADY BRACKNELL
Das höre ich gern. Es geht doch nichts über angeborene Ignoranz. Diese Ignoranz ist wie eine zarte exotische Frucht; eine einzige Berührung – und der Zauber ist zerstört. Unser ganzes modernes Erziehungssystem ist im Grunde ungesund. England ist noch ein Glücksfall, da bei uns jede Erziehung völlig folgenlos bleibt. Andernfalls wäre die Oberklasse ernstlich gefährdet, und wir hätten gewaltsame Übergriffe auf die besseren Viertel zu gewärtigen. Wie hoch ist Ihr Einkommen?

JACK
Sieben- bis Achttausend pro Jahr.

LADY BRACKNELL *notiert etwas*
Grundbesitz oder Geldanlagen?

JACK
Geldanlagen in erster Linie.

LADY BRACKNELL
Das klingt zufriedenstellend. Angesichts der Steuern, die man bereits zu Lebzeiten zu zahlen hat, und jener, die man noch zahlen muß, wenn man schon tot ist, hat Grundbesitz jeden finanziellen oder sentimentalen Reiz verloren. Er verschafft einem eine Stellung in der Gesellschaft und verhindert, daß man sie je einnehmen kann. Und damit wäre dies Thema für mich erledigt.

JACK
Ich habe ein Häuschen auf dem Lande, mit etwas Grund und Boden dazu natürlich, ungefähr so fünfzehnhundert Hektar, würde ich schätzen. Aber mein

eigentliches Einkommen ist davon völlig unabhängig. Soweit ich das überblicke, sind die einzigen, die wirklich etwas davon haben, die Wilderer.

LADY BRACKNELL

Ein Landhaus! Wieviel Schlafzimmer? Nun, die Frage können wir zunächst zurückstellen. Sie haben hoffentlich auch ein Haus in der Stadt? Sie dürfen von einem Mädchen wie Gwendolen wohl kaum erwarten, daß sie auf dem Lande lebt, so unverdorben und anspruchslos, wie sie ist.

JACK

Na ja, ich besitze ein Haus am Belgrave Square, es ist allerdings noch auf ein Jahr an Lady Bloxham vermietet. Natürlich kann ich ihr jederzeit kündigen, die Frist beträgt nur sechs Monate.

LADY BRACKNELL

Lady Bloxham? Nie gehört.

JACK

Ach, sie geht auch selten aus. Sie ist eine Dame in erheblich fortgeschrittenem Alter.

LADY BRACKNELL

Was heutzutage noch keine Garantie für einen vorbildlichen Lebenswandel ist. Welche Nummer am Belgrave Square?

JACK

149.

LADY BRACKNELL *wiegt bedenklich das Haupt*

Die Seite ist nicht gerade in Mode. Ich dachte mir

doch, daß da ein Haken ist. Wie auch immer, das läßt sich leicht ändern.

JACK

Meinen Sie jetzt die Mode oder die Seite?

LADY BRACKNELL *streng*

Wenn nötig beides, würde ich sagen. Wo stehen Sie politisch?

JACK

Ich fürchte, zwischen den Stühlen. Ich bin ein rechtsliberaler Linkskonservativer.

LADY BRACKNELL

Das können wir durchgehen lassen. Solche Leute kommen manchmal zum Dinner. Oder sie kommen nach dem Dinner, wie auch immer. Sie sympathisieren natürlich nicht mit irgendwelchen Radikalen?

JACK

Oh, ich bin für Klasse statt Masse, falls Sie das gemeint haben, Lady Bracknell.

LADY BRACKNELL

Genau das habe ich gemeint. Nun zu den Kleinigkeiten. Leben Ihre Eltern noch?

JACK

Ich habe beide Elternteile verloren.

LADY BRACKNELL

Beide? ... Einen Elternteil zu verlieren, könnte man als unglückliche Fügung betrachten. Aber beide ... das klingt nach Schlamperei. Wer war Ihr Vater? Er war offenbar recht vermögend. Stand, wie es in radikalen

Blättern gern genannt wird, Gott Mammon an seiner Wiege oder schmückte ihn ein adliger Titel?

JACK

Das weiß ich leider wirklich nicht. Wenn ich sagte, ich hätte meine Eltern verloren, ist das zwar eine Tatsache, doch es käme der Wahrheit womöglich näher, zu sagen, meine Eltern haben mich verloren ... Ich weiß strenggenommen gar nichts über meine Herkunft. Ich war... Nun ja, ein Findelkind.

LADY BRACKNELL

Ein Findelkind!

JACK

Der selige Mister Thomas Cardew, ein alter Herr voll Güte und Großherzigkeit hat mich gefunden und mir den Namen Worthing gegeben, da er zufällig damals gerade eine Fahrkarte erster Klasse nach Worthing in der Tasche hatte. Worthing ist ein Ort in Sussex, ein Badeort.

LADY BRACKNELL

Und wo hat der großherzige alte Herr mit der Fahrkarte erster Klasse zu diesem Badeort sie nun gefunden?

JACK *bedeutsam*

In einer Reisetasche.

LADY BRACKNELL

Einer Reisetasche?

JACK *sehr bedeutsam*

Ja, Lady Bracknell, ich befand mich in einer Reisetasche, in einer ziemlich geräumigen Reisetasche aus schwarzem Leder mit zwei Handgriffen daran, eigentlich eine ganz gewöhnliche Reisetasche.

LADY BRACKNELL

Und in welcher Örtlichkeit stieß dieser Mister James oder Thomas Cardew auf diese ganz gewöhnliche Reisetasche?

JACK

In der Gepäckaufbewahrung, Victoria Station. Sie wurde ihm irrtümlich statt seiner eigenen ausgehändigt.

LADY BRACKNELL

Gepäckaufbewahrung, Victoria Station?

JACK

Jawohl. Am Bahnsteig nach Brighton.

LADY BRACKNELL

Der Bahnsteig ist unwesentlich. Mister Worthing, ich muß zugeben, was Sie da erzählen, verwirrt mich einigermaßen. Seine Geburt oder zumindest seine früheste Kindheit in einer Reisetasche zu erleben, ob nun mit Handgriff oder ohne, das zeugt für meinen Geschmack von einer Mißachtung der im Familienleben üblichen Anstandsbegriffe und gemahnt an Grenzüberschreitungen, wie sie seit den übelsten Entgleisungen der Französischen Revolution nicht wieder vorgekommen sind. Und ich darf wohl voraussetzen, daß Sie wissen, wohin jene unglückselige Bewegung geführt hat. Was nun diese gewisse Örtlichkeit angeht, in der die Reisetasche gefunden wurde, ist die Gepäckaufbewahrung in einem Bahnhof nicht geradezu wie gemacht, um die Spuren eines gesellschaftlichen Fehltritts zu verwischen? Ja, das hat dort vermutlich schon Tradition. Weniger geeignet scheint mir jedoch diese Herkunft als gesicherte Grundlage einer angesehenen Stellung innerhalb der besseren Gesellschaft.

JACK

Gestatten Sie mir eine Zwischenfrage: Was soll ich tun? Was raten Sie mir? Ich brauche nicht zu betonen, daß ich alles in meiner Macht Stehende tun würde, um Gwendolens Glück zu garantieren.

LADY BRACKNELL

Ich kann Ihnen nur dringend raten, sich um eine Verwandtschaft zu bemühen und mir diese so schnell wie möglich vorzustellen. Ferner sollten Sie einen letzten Versuch unternehmen, noch vor Ende der Saison wenigstens ein Elternteil beizubringen, ganz gleich welchen Geschlechts.

JACK

Ehrlich gesagt, sehe ich schwarz, was das betrifft. Die Reisetasche kann ich jederzeit beibringen. Sie ist daheim in meinem Ankleidezimmer. Das müßte Ihnen doch eigentlich genügen, Lady Bracknell.

LADY BRACKNELL

Mir, Sir! Was hat das mit mir zu tun? Sie können sich gar nicht vorstellen, wie lange Lord Bracknell und ich schon davon geträumt haben, unserer einzigen Tochter – einem Mädchen, das wie mein Augapfel umhegt worden ist – die Einheirat in eine Gepäckaufbewahrung zu gestatten, um so in den Genuß der Verbindung zu einer Reisetasche zu kommen? Wenn Sie mir jetzt die Tür öffnen würden, Mister Worthing. Sie werden sicherlich Verständnis dafür haben, daß es in absehbarer Zeit keinerlei Kontakte zwischen Ihnen und Miss Fairfax geben darf.

Ich wünsche Ihnen einen guten Morgen, Mister Worthing! *In majestätischer Entrüstung rauscht* LADY BRACKNELL *hinaus*

JACK

Guten Morgen. *Im Nebenzimmer stimmt* ALGERNON *den »Hochzeitsmarsch« an.* JACK *geht wutentbrannt zur Zwischentür* Spiel um Gottes willen nicht dies tödliche Stück, Algy! Manchmal bist du wirklich ein Idiot!

Die Musik bricht ab; Auftritt: ALGERNON, *vergnügt*

ALGERNON

Ist was schiefgelaufen, alter Junge? Du willst doch nicht sagen, daß Gwendolen nein gesagt hat? Ich weiß, das ist so ihre Art. Sie sagt zu allen Leuten nein. Ich glaube, das muß irgendwie ein Geburtsfehler bei ihr sein.

JACK

Ach, Gwendolen ist das reinste Lämmchen. Wenn es nach ihr geht, sind wir verlobt. Ihre Mutter ist vollkommen ungenießbar. Noch nie bin ich solch einer Gorgone begegnet. Ich weiß zwar nicht genau, wie so eine Gorgone sich aufführt, aber ich bin sicher, das ist nichts gegen Lady Bracknell. Jedenfalls ist sie ein Monster und nicht mal einem Mythos entsprungen, was ich ziemlich unfair finde … Verzeih mir, Algy, ich sollte vielleicht in deiner Gegenwart nicht so von deiner eigenen Tante sprechen.

ALGERNON

Alter Junge, ich höre es gern, wenn man meine Verwandtschaft beschimpft. Das ist das einzige, was sie mir noch erträglich macht. Verwandte sind doch einfach ein fades Pack, ohne die geringste Ahnung davon, wie man zu leben hat, oder wenigstens das gröbste Gespür dafür, wann es Zeit wird zu sterben.

Jack

Ich habe überhaupt keine Verwandtschaft. Und ich verstehe auch nichts davon.

Algernon

Du Glücklicher! Verwandte leihen dir kein Geld und geben dir niemals Kredit, nicht mal, wenn du ein Genie bist. Sie sind eine verschärfte Form der Öffentlichkeit.

Jack

Und überhaupt, was spielt das schon für eine Rolle, ob ein Mann einen Vater hat oder eine Mutter oder keine? Mütter sind natürlich schon in Ordnung. Sie zahlen deine Rechnungen und stören dich nicht weiter. Väter dagegen sind sehr störend und zahlen deine Rechnungen nicht. Ich kenne niemanden im Club, der noch mit seinem Vater redet.

Algernon

Ja, Väter sind zur Zeit nicht sehr beliebt. *Nimmt sich die Abendzeitung*

Jack

Beliebt? Ich sage dir, keiner, den wir kennen, kein einziger, den wir je getroffen haben, wird sich auf offener Straße mit seinem Vater sehen lassen, jede Wette! *Pause* Steht was in der Zeitung?

Algernon

Nichts.

Jack

Wie praktisch.

ALGERNON

Soweit ich das beurteilen kann, steht eigentlich nie was in der Zeitung.

JACK

Ich finde, es steht immer viel zu viel drin. Dauernd belästigen sie uns mit Leuten, die wir nicht kennen, die wir nie getroffen haben und die uns nicht im geringsten interessieren. Bestien!

ALGERNON

Ich finde Leute, die ich nie getroffen habe, charmant. Ich bin gerade an einem Mädchen interessiert, das ich noch nie getroffen habe, sogar stark interesssiert.

JACK

Ach, das ist doch Unsinn!

ALGERNON

Ist es nicht!

JACK

Egal, ich habe keine Lust, mich darüber zu streiten. Du möchtest dich dauernd über alles mögliche streiten.

ALGERNON

Das genau ist ja erst die Existenzberechtigung für alles mögliche.

JACK

Wenn ich dieser Meinung wäre, würde ich mich erschießen, Ehrenwort ... *Pause* Algy, du glaubst doch nicht, daß irgendeine Möglichkeit bestehen könnte, daß Gwendolen wie ihre Mutter wird, irgendwann, vielleicht in hundertfünfzig Jahren, oder doch, Algy?

ALGERNON

Alle Frauen werden wie ihre Mütter. Das ist ihre Tragik. Kein Mann wird so. Das ist seine.

JACK

Ist das geistreich?

ALGERNON

Es ist gut gesagt! Und es ist genauso viel Wahres dran, wie an jeder halbwegs zivilisierten Lebensweisheit sein sollte.

JACK

Ich kann diese Geistreicheleien auf den Tod nicht ausstehen. Jeder ist heutzutage geistreich. Du kannst praktisch nirgends mehr hingehen, ohne Leute zu treffen, die geistreich sind. Diese Unart entwickelt sich zum öffentlichen Ärgernis. Ich bete zu Gott, daß er uns ein paar Hohlköpfe übrigläßt.

ALGERNON

Das hat er.

JACK

Es wäre mir ein großes Vergnügen, sie kennenzulernen. Worüber unterhalten sie sich?

ALGERNON

Die Hohlköpfe? Oh, das versteht sich von selbst: über die Geistreichen.

JACK

Was für Hohlköpfe!

ALGERNON

Hast du übrigens Gwendolen die Wahrheit gesagt, von wegen Ernst sein in der Stadt und Jack auf dem Lande?

JACK *sehr von oben herab*

Die Wahrheit, mein Lieber, gehört nicht gerade zu den Dingen, die man einem netten, süßen Mädchen aus guter Familie auftischt. Was für komische Vorstellungen du vom Umgang mit Frauen hast.

ALGERNON

Ich kenne nur eine Art, mit Frauen umzugehen: Man verliebt sich in sie, falls sie hübsch sind, falls sie nicht hübsch sind, verliebt man sich in eine andere.

JACK

Ach, das ist doch Unsinn.

ALGERNON

Was ist mit dem jungen Mädchen, dessen Vormund du bist? Miss Cardew ?Und was ist los mit deinem Bruder? Was macht der verworfene Ernst?

JACK

Oh, Cecily geht es gut, und meinen Bruder sollte ich noch vor diesem Wochenende los sein. Höchstwahrscheinlich lasse ich ihn sterben, in Paris.

ALGERNON

Wieso in Paris?

JACK

Ach, weniger Ärger: keine Umstände mit der Beerdigung und so weiter – jawohl, er stirbt in Paris ... Ein Schlaganfall wäre wohl genau das Richtige. Viele Leute sterben ganz plötzlich an Schlaganfällen, oder nicht?

ALGERNON

Das schon, mein Lieber, aber es ist erblich. Die Anlage dazu liegt in der Familie.

Jack

Um Himmels willen, dann kommt das nicht in Frage. Was soll ich sonst sagen?

Algernon

Ach, sag doch einfach: Grippe.

Jack

Bloß nicht. Das klingt überhaupt nicht glaubwürdig. Viel zu viele Leute haben schon mal Grippe gehabt.

Algernon

Na gut, sag was du willst. Du solltest von einer schweren Erkältung sprechen. Das klingt gut.

Jack

Und schwere Erkältungen sind bestimmt nicht erblich oder unheilbar oder so was?

Algernon

Selbstverständlich nicht!

Jack

So sei es. Mein armer Bruder Ernst ist in Paris ganz unerwartet einer schweren Erkältung erlegen. So werde ich ihn los.

Algernon

Aber hast du nicht vorhin gesagt, Miss Cardew wäre ein wenig zu stark an deinem armen Bruder Ernst interessiert? Wird sie über den Verlust hinwegkommen?

Jack

Ach, das geht schon in Ordnung. Ich bin ganz froh, daß Cecily keine alberne Romantikerin ist. Sie ißt mit gutem Appetit, macht lange Spaziergänge und achtet im Unterricht darauf, daß nichts ihr Gedächtnis belastet.

Algernon

Cecily würde ich gern mal kennenlernen.

Jack

Ich sorge dafür, daß es nie dazu kommt. Außerdem hast du kein Recht, so vertraulich von ihr zu sprechen: Cecily…

Algernon

Aha, es ist also nichts an ihr dran. Ja, ich kann mir schon vorstellen, wie sie ist. Sie ist eines dieser langweiligen, hochgebildeten Mädchen, die man heutzutage überall trifft. Mädchen, deren Geistesgaben ebenso groß sind wie ihre Füße. Ich bin sicher, an ihr ist noch weniger dran als an den anderen. Vermutlich ist sie neununddreißig und sieht auch so aus.

Jack

Zufällig ist sie unverschämt hübsch, und sie ist gerade erst achtzehn.

Algernon

Hast du Gwendolen schon von deinem unverschämt hübschen gerade erst achtzehnjährigen Mündel erzählt?

Jack

Ach, so etwas posaunt man doch nicht gleich heraus! Lebensart ist eine Frage des Takts. In solchen Fällen geht man schrittweise vor. Cecily und Gwendolen sind wie füreinander gemacht, sie werden die besten Freundinnen. Ich gehe jede Wette mit dir ein, noch keine halbe Stunde, nachdem sie sich kennengelernt haben, werden sie »Schwester« zueinander sagen!

Algernon

Frauen tun das aber erst, nachdem sie sich ganz andere

Namen an den Kopf geworfen haben. Egal, alter Junge, wenn wir einen guten Tisch bei Willis kriegen wollen, sollten wir uns jetzt schnellstens umziehen. Weißt du, daß es schon fast sieben ist?

JACK *gereizt*

Ach, bei dir ist es doch immer fast sieben.

ALGERNON

Ich bin eben hungrig.

JACK

Ich wüßte gern, wann du das einmal nicht bist ... Aber gut, ich gehe im Albany vorbei und treff dich dann um acht bei Willis. Du kannst mich auch auf dem Weg dahin abholen, wenn du magst.

ALGERNON

Wohin gehen wir nach dem Dinner? Ins Theater?

JACK

Bitte nicht! Da muß man ja zuhören.

ALGERNON

Also gehen wir in den Club.

JACK

Bitte nicht! Da muß man ja reden!

ALGERNON

Wir könnten gegen zehn im Empire vorbeischauen.

JACK

Bitte nicht! Da muß man sich Sachen ansehen. Das ist noch alberner.

ALGERNON

Aber was sollen wir machen?

Jack

Gar nichts!

Algernon

Gar nichts machen – das klingt nach verdammt harter Arbeit. Meinetwegen, ich habe nichts gegen harte Arbeit, solange sie nicht irgendeinem erkennbaren Zweck dient.

Auftritt: Lane

Lane

Miss Fairfax.

Auftritt: : Gwendolen. Lane *ab*

Algernon

Gwendolen, ich bin sprachlos.

Gwendolen

Algy, dreh dich gefälligst um. Ich habe mit Mister Worthing etwas streng Vertrauliches zu besprechen. Und da es privater Natur ist, wirst du natürlich lauschen.

Algernon

Im Ernst, Gwendolen, das kann ich auf keinen Fall zulassen, finde ich.

Gwendolen

Algy, du gefällst dir wie immer in einer Lebensanschauung, die uneingeschränkt unmoralisch ist. Dazu bist du noch nicht alt genug. Algernon *weicht zurück zum Kamin*

Jack

Meine einzig Geliebte!

Gwendolen

Wir werden vielleicht niemals heiraten, Ernst. Mutters

Gesichtsausdruck legt diese Befürchtung nahe. Nur wenige Eltern schenken heutzutage dem Beachtung, was ihre Kinder ihnen zu sagen haben. Der traditionelle Respekt vor der Jugend ist vom Aussterben bedroht. Was immer ich für Einfluß auf meine Mutter gehabt haben mag, im Alter von drei Jahren war er dahin. Doch selbst wenn sie uns daran hindern kann, Mann und Frau zu werden, und selbst wenn ich einen anderen heiraten müßte oder mehrere andere, was immer sie mir auch antun mag, nichts von alledem kann etwas daran ändern, daß ich dir auf ewig ergeben sein werde.

JACK

Liebste Gwendolen!

GWENDOLEN

Die Geschichte deiner romantischen Herkunft – von Mama mit bissigen Kommentaren überliefert – hat mich natürlich bis in die Wurzeln meines Wesens erschüttert. Dein faszinierender Vorname macht dich unwiderstehlich. Die Lauterkeit deines Charakters gibt mir köstliche Rätsel auf. Deine Stadtadresse im Albany habe ich. Wie ist deine Adresse auf dem Lande?

JACK

The Manor House, Woolton, Hertfordshire.

ALGERNON, *der aufmerksam mitgehört hat, schreibt lächelnd die Adresse auf seine Manschette, greift dann zu einem Eisenbahnfahrplan*

GWENDOLEN

Die Post dort ist zuverlässig, hoffe ich? Es könnte zu Verzweiflungstaten kommen. Die wollen natürlich gut vorbereitet sein. Ich werde dir jeden Tag schreiben.

JACK

Meine einzige!

GWENDOLEN

Wie lange bleibst du noch in der Stadt ?

JACK

Bis Montag.

GWENDOLEN

Gut. Du kannst dich wieder umdrehen, Algy.

ALGERNON

Danke, das habe ich bereits.

GWENDOLEN

Du darfst auch läuten.

JACK

Ich darf dich doch zu deiner Kutsche begleiten, Liebste?

GWENDOLEN

Gewiß.

JACK *zu* LANE, *der eintritt*

Ich bringe Miss Fairfax hinaus.

LANE

Sehr wohl, Sir.

GWENDOLEN *und* JACK *ab.* LANE *präsentiert* ALGERNON *ein Tablett mit etlichen Briefen. Man darf davon ausgehen, daß es sich um Rechnungen handelt, da* ALGERNON *sie nach einem Blick auf die Umschläge alle zerreißt*

ALGERNON

Ein Glas Sherry, Lane.

LANE

Sehr wohl, Sir.

ALGERNON

Ich gehe morgen Bunburysieren, Lane.

LANE

Sehr wohl, Sir.

ALGERNON

Ich bin kaum vor Montag zurück. Sie können meinen Frack, meinen Smoking und die anderen Bunbury-Sachen einpacken …

LANE

Sehr wohl, Sir. *Serviert den Sherry*

ALGERNON

Hoffentlich ist morgen gutes Wetter, Lane.

LANE

Das ist es doch nie, Sir.

ALGERNON

Lane, Sie sind der perfekte Pessimist.

LANE

Um Sie zufriedenzustellen, gebe ich mein Bestes, Sir.

Auftritt: JACK. LANE *ab*

JACK

Was für ein Mädchen, so sensibel, so gebildet! Das einzige Mädchen, aus dem ich mir je etwas gemacht habe. ALGERNON *lacht unmäßig* Was zum Teufel amüsiert dich so?

ALGERNON

Ach, ich mache mir nur ein wenig Sorgen um den armen Bunbury, sonst nichts.

JACK

Dein Freund Bunbury wird dir noch einmal ernstzunehmende Probleme machen, wenn du nicht sehr aufpaßt.

ALGERNON

Ich liebe Probleme. Sie sind das einzige, was man nie ernst nehmen muß.

JACK

Das ist doch Unsinn, Algy. Du redest nichts als Unsinn.

ALGERNON

Wer tut das nicht?

JACK *sieht ihn indigniert an und verläßt das Zimmer.* ALGERNON *zündet sich eine Zigarette an, studiert seine Manschette und lächelt*

VORHANG

Zweiter Akt

Garten hinter dem Herrensitz zu Woolton. Eine Flucht grauer Steinstufen führt zum Haus. Ein altmodischer Garten voller Rosen. Hochsommer. Korbstühle und ein Tisch, vollgepackt mit Büchern unter einer alten Eibe.

MISS PRISM *sitzt bereits am Tisch. Im Hintergrund ist* CECILY *beim Blumengießen*

MISS PRISM *ruft*

Cecily, Cecily! Gerade solch eine eher praxisorientierte Betätigung wie das Blumengießen fällt wohl mehr in Moultons Aufgabenbereich als in den Ihren. Zumal in einem Augenblick, da geistige Genüsse Ihrer harren. Ihre deutsche Grammatik liegt bereits auf dem Tisch. Wir schlagen Seite 15 auf, wenn ich bitten darf. Wir wiederholen dann die gestrige Lektion.

CECILY

Und wie wäre es, wenn Sie nicht mir, sondern Moulton eine Deutschstunde gäben? Moulton!

MOULTON *schaut hinter einer Hecke hervor, grinst über sein ganzes Gesicht*

Ja, Miss Cecily?

CECILY

Würden Sie nicht gern Deutsch können, Moulton? Deutsch ist die Sprache, die von Menschen gesprochen wird, die in Deutschland leben.

MOULTON *schüttelt den Kopf*

Ich hab es nicht so mit die Fremdsprachen, Miss. *Verbeu-*

gung zu Miss Prism Das geht nicht gegen Ihnen, Madame.
Verschwindet wieder hinter der Hecke

MISS PRISM

So kommen wir doch nicht weiter, Cecily. Wir schlagen jetzt sofort unseren Schiller auf, wenn ich bitten darf.

CECILY *kommt betont langsam herüber*

Aber ich kann Deutsch nicht leiden. Irgendwie paßt die Sprache überhaupt nicht zu mir. Ich weiß genau, wie ich nach jeder Deutschstunde aussehe: nach gar nichts.

MISS PRISM

Kind, Sie wissen, wie sehr Ihrem Vormund daran liegt, daß wir Ihre Anlagen in jede Richtung weiterentwickeln. Gerade Ihren Deutschunterricht hat er mir besonders ans Herz gelegt, als er gestern in die Stadt gefahren ist. Eigentlich legt er mir jedes Mal, wenn er in die Stadt fährt, Ihren Deutschunterricht ans Herz.

CECILY

Der gute Onkel Jack nimmt alles so ernst. Er ist so ernsthaft, daß ich manchmal den Verdacht habe, irgend etwas könnte mit ihm nicht in Ordnung sein.

MISS PRISM *rafft sich auf*

Ihr Vormund erfreut sich bester Gesundheit, und die Ernsthaftigkeit seiner Anschauungen ist besonders lobenswert bei jemandem, der noch so jung ist wie er, vergleichsweise. Ich kenne niemanden, dessen Pflicht- und Verantwortungsgefühl ich höher einschätzen würde.

CECILY

Ich nehme an, deswegen sieht er auch häufig ein wenig gelangweilt aus, wenn wir drei zusammen sind.

Miss Prism

Cecily! Ich kann nur staunen über Sie. Als ob Mister Worthing noch nicht genug Sorgen hätte. Leeres Geschwätz und oberflächliches Geplänkel haben in seinem Leben keinen Platz. Denken Sie nur an seine ständige Angst um diesen unglücklichen jungen Mann, der sein Bruder ist.

Cecily

Ich wünschte, Onkel Jack würde diesem unglücklichen jungen Mann, der sein Bruder ist, erlauben, uns hier draußen einmal zu besuchen. Wir hätten womöglich einen guten Einfluß auf ihn, Miss Prism. Zumindest Sie, da bin ich mir sicher. Sie kennen sich aus in Deutsch und Geologie und solchen Sachen, die einen guten Einfluß auf einen Mann haben können. *Beginnt, in ihr Tagebuch zu schreiben*

Miss Prism *kopfschüttelnd*

Ich kann mir nicht vorstellen, wie selbst ich irgendwelchen Einfluß nehmen könnte auf einen Charakter, der nach Aussage des eigenen Bruders unverbesserlich schwach und schwankend ist. Ich wüßte tatsächlich nicht einmal, ob ich ihn überhaupt bessern wollte. Ich halte nichts von der heutigen Sucht, schlechte Menschen im Handumdrehen in gute Menschen umwandeln zu wollen. Ein Mann muß ernten, was er gesät hat.

Cecily

Aber Männer säen nichts, Miss Prism ... Und selbst wenn, sehe ich nicht ein, weshalb sie dafür bestraft werden sollten. Es gibt ohnehin viel zu viele Strafen auf der Welt. Deutsch ist eine Strafe, und es gibt sowieso schon viel zu viele Deutsche. Deutschland ist überbevölkert, das haben Sie gestern doch selbst gesagt.

MISS PRISM

Das ist noch lange kein Grund, Tagebuch zu führen, anstatt »Wilhelm Tell« zu übersetzen. Sie legen jetzt Ihr Tagebuch beiseite, Cecily. Ich sehe wirklich nicht ein, weshalb Sie überhaupt Tagebuch führen.

CECILY

Ich führe Tagebuch, um die wunderbaren Geheimnisse meines Lebens festzuhalten. Wenn ich sie nicht eintrage, würde ich sie vermutlich glatt vergessen.

MISS PRISM

Das Gedächtnis, meine liebe Cecily, ist ein Tagebuch, das wir alle mit uns herumtragen.

CECILY

Schon, aber es speichert nur das, was nie passiert ist und womöglich nie passieren wird. Ich habe den Verdacht, das Gedächtnis ist für all die dreibändigen Romane verantwortlich, die wir regelmäßig zugeschickt bekommen.

MISS PRISM

Sprechen Sie nicht so herablassend über dreibändige Romane, Cecily. In meiner Jugend habe ich selbst einen verfaßt.

CECILY

Das haben Sie getan, Miss Prism? Wie unerhört begabt Sie sind! Ich hoffe, er ging nicht gut aus? Ich kann Romane nicht leiden, die gut ausgehen. Sie deprimieren mich so.

Miss Prism

Die Guten werden belohnt und die Bösen bestraft. So ist das in der Literatur.

Cecily

Vermutlich. Aber ist das nicht sehr ungerecht? Und wurde Ihr Roman je veröffentlicht?

Miss Prism

Zum Glück nicht. Unglücklicherweise wurde das Manuskript verlegt. Cecily *stutzt* Ich benutze das Wort hier im ursprünglichen Sinne von verloren oder vergessen. Für Ihre Arbeit, mein Kind, sind solche Spekulationen unerheblich.

Auftritt: Chasuble

Chasuble

Und wie geht es uns heute morgen? Gut, nicht wahr, Miss Prism, bei Ihnen bin ich stets voller Zuversicht.

Cecily

Miss Prism hat sich gerade über leichte Kopfschmerzen beklagt. Ich glaube, ein kleiner Spaziergang durch den Park würde ihr sehr gut tun, mit Ihnen natürlich, Dr. Chasuble.

Miss Prism

Cecily, ich habe doch gar nichts von Kopfschmerzen gesagt.

Cecily

Ich weiß ja, liebe Miss Prism, aber mein Instinkt sagt mir, Sie haben Kopfschmerzen. Als der Pfarrer kam, mußte ich eben daran denken, anstatt an meine Deutschstunde.

Miss Prism

Ich kann nur hoffen, Cecily, Sie sind nicht unaufmerksam.

Cecily

Oh, ich fürchte doch.

Chasuble

Das ist merkwürdig. Hätte ich das Glück, Miss Prisms Schüler zu sein, ich würde honigsaugend an ihren Lippen hängen. *Wütender Blick von* Miss Prism Metaphorisch gesprochen. Eine Metapher aus dem Reich der Bienen. Nun ja ... Ich nehme an, Mister Worthing ist noch nicht zurück aus der Stadt?

Miss Prism

Wir erwarten ihn nicht vor Montag nachmittag.

Chasuble

Ah ja, er pflegt seine Sonntage gern in London zu verbringen. Er gehört nicht zu jenen, deren einzige Erfüllung darin liegt, dem flüchtigen Vergnügen nachzujagen, wie es der Fall zu sein scheint bei dem unglücklichen jungen Mann, der sein Bruder ist. Doch nun möchte ich Egeria und ihre Schülerin nicht länger stören.

Miss Prism

Egeria? Ich heiße Laetitia, Doktor.

Chasuble *verneigt sich*

Oh, nichts weiter als eine klassische Anspielung, geschöpft aus heidnischen Quellen. Ich sehe Sie beide in der Abendandacht?

Miss Prism

Ich glaube, lieber Doktor, nun könnte ich doch einen

kleinen Spaziergang vertragen. Ich habe tatsächlich Kopfschmerzen, und ein Gang mit Ihnen würde mir gut tun.

CHASUBLE

Hocherfreut, Miss Prism, hocherfreut. Wir könnten bis zur Schule gehen und zurück.

MISS PRISM

Mit Vergnügen. Cecily, Sie können in meiner Abwesenheit Ihre Lektion in Nationalökonomie lesen. Das Kapitel über den Kursverfall der Rupie dürfen Sie auslassen. Es ist in gewisser Hinsicht zu aufregend für ein junges Mädchen. Auch diese pekuniären Probleme haben ihre melodramatischen Aspekte.

CHASUBLE

Sie studieren Nationalökonomie, Cecily? Ist es nicht phantastisch, wie weit heutzutage die Ausbildung junger Damen reicht! Ich kann mir vorstellen, Sie wissen alles über den Zusammenhang zwischen Kapital und Arbeit.

CECILY

Ich fürchte, ich bin gar nicht so gebildet. Meine Erkenntnisse beschränken sich auf den Zusammenhang zwischen Kapital und Freizeit – und das auch bloß aus Erfahrung. Also müssen sie nicht mal stimmen.

MISS PRISM

Cecily, das klingt nach Sozialismus! Und ich nehme an, Sie wissen, wohin der Sozialismus führen kann?

CECILY

Oh, ja! Bis hin zu Reformkleidern, Miss Prism! Vermutlich wird eine Frau, die sich vernünftig anzieht, auch vernünftig behandelt. Sie hat es ja nicht besser verdient.

CHASUBLE

Welch williges Lämmchen! So ein liebes Kind!

MISS PRISM *lächelnd*

Und bisweilen doch ein ernstes Problem.

CHASUBLE

Ihre Sorgen möchte ich teilen.

Geht mit MISS PRISM *in den Garten hinunter*

CECILY

nimmt verschiedene Bücher auf und wirft sie wieder auf den Tisch

Nationalökonomie ... Geographie ... Deutsch ... Horror ... Horror ... Horror im Quadrat.

Auftritt: MERRIMAN *präsentiert eine Visitenkarte.*

MERRIMAN

Mister Ernst Worthing ist soeben in einer Droschke vom Bahnhof eingetroffen. Mit Gepäck.

CECILY *nimmt die Karte und liest*

»Mister Ernst Worthing, Albany House, Apartment 4B«. Onkel Jacks Bruder! Haben Sie ihm gesagt, daß Mister Worthing sich in der Stadt aufhält?

MERRIMAN

Jawohl, Miss. Er schien untröstlich. Ich erwähnte, daß Sie und Miss Prism im Garten weilten. Er sagte, er brenne darauf, Sie für einen Moment unter vier Augen sprechen zu dürfen.

CECILY *für sich*

Ich glaube nicht, daß Miss Prism es gern sähe, wenn ich

mit ihm allein wäre. Deswegen sollte ich ihn unverzüglich hereinbitten lassen, bevor sie zurück ist. *Zu* MERRIMAN Bitten Sie Mister Ernst Worthing unverzüglich herein. Ich denke, Sie sollten der Haushälterin Bescheid geben, wegen eines Zimmers für ihn.

MERRIMAN

Ich habe sein Gepäck bereits ins Blaue Zimmer bringen lassen, Miss: gleich neben Mister Worthings eigenem Zimmer.

CECILY

Ah! Das geht in Ordnung.

MERRIMAN *ab*

Ich habe noch nie ein richtig verruchtes Subjekt kennengelernt. Ich habe ziemliches Herzklopfen. Es macht mir solche angst, daß er aussehen könnte wie jeder andere.

Auftritt: ALGERNON *sehr beschwingt und gut gelaunt*

Ich wußte es!

ALGERNON *zieht den Hut*

Sie müssen meine kleine Cousine Cecily sein!

CECILY

Sie befinden sich in einem befremdlichen Irrtum. Ich bin nicht klein. Ich glaube sogar, daß ich für mein Alter ziemlich groß bin. ALGERNON *wirkt ziemlich überrascht* Ich bin allerdings Ihre Cousine Cecily. Sie sind, wie ich Ihrer Karte entnehme, mein Cousin Ernst, mein verruchter Cousin Ernst.

Algernon

Ach, eigentlich bin ich gar nicht so verrucht, Cousine Cecily. Sie dürfen mich nicht für verrucht halten.

Cecily

Wenn nicht, so haben Sie uns alle in einer Weise getäuscht, die unentschuldbar ist. Sie haben Onkel Jack glauben lassen, Sie seien grundböse. Ich kann nur hoffen, daß Sie kein Doppelleben geführt haben, nach außen verrucht und dabei die ganze Zeit herzensgut. Das wäre Hochstapelei.

Algernon *staunt sie an*

Oh! Natürlich war ich auch ziemlich rücksichtslos.

Cecily

Das hört man gern.

Algernon

Und da Sie das Thema erwähnen: ich war schon grundböse auf meine bescheidene Weise.

Cecily

Ich sehe keinen Grund, besonders stolz zu sein, auch wenn ich es mir sehr amüsant vorstellen kann.

Algernon

Hier bei Ihnen zu sein, ist wesentlich amüsanter.

Cecily

Ich weiß gar nicht, weswegen Sie überhaupt hier sind. Onkel Jack hat Ihnen doch gestern nach Hause telegraphiert, daß er Sie gegen sechs Uhr treffen möchte, ein letztes Mal. Er läßt mich alle Telegramme an Sie lesen. Einige weiß ich auswendig.

ALGERNON

Die Erklärung ist, ich habe das Telegramm erst bekommen, als es zu spät war. Dann habe ich ihn im Club verpaßt, und der Hausdiener war der Meinung, er sei hier herausgefahren. Also bin ich ihm sofort nach, da er mich ja sehen wollte.

CECILY

Er wird nicht vor Montag nachmittag zurück sein.

ALGERNON

Das ist eine schwere Enttäuschung. Ich muß unbedingt am Montagmorgen den ersten Zug nehmen: eine geschäftliche Verabredung, die ich auf jeden Fall ... verpassen möchte.

CECILY

Könnten Sie die nicht auch außerhalb von London verpassen?

ALGERNON

Nein: die Verabredung ist in London.

CECILY

Na schön, ich weiß natürlich auch, wie wichtig es ist, geschäftlichen Verpflichtungen nicht nachzukommen, wenn man sich nur den geringsten Sinn für die schönen Dinge des Lebens bewahren möchte, aber ich denke trotzdem, es wäre schon besser, Sie würden hier auf Onkel Jack warten. Ich weiß zufällig, worüber er mit Ihnen sprechen möchte: über Ihre Auswanderungspläne.

ALGERNON

Über meine was!?

CECILY

Über Ihre Auswanderungspläne. Er ist in die Stadt gefahren, um Ihre Ausrüstung einzukaufen.

ALGERNON

Jack wäre der letzte, dem ich den Einkauf meiner Ausrüstung überlassen würde. Wenn ich schon sehe, was er für Krawatten trägt!

CECILY

Ich glaube nicht, daß Ihr Krawattenbedarf groß sein wird. Jack will Sie nach Australien schicken.

ALGERNON

Australien? Lieber gebe ich mir die Kugel.

CECILY

Na ja, Mittwoch beim Dinner hat er gesagt, Sie hätten jetzt die Wahl zwischen dieser Welt, dem Jenseits und Australien.

ALGERNON

Auch gut. Was ich an Berichten aus Australien und dem Jenseits erhalten habe, reizt mich nicht sonderlich. Diese Welt, Cousine Cecily, ist gut genug für mich.

CECILY

Sicher. Aber sind Sie gut genug für diese Welt?

ALGERNON

Ich fürchte, noch nicht. Und deswegen brauche ich Sie, um mich zu bessern. Falls es Ihnen nichts ausmacht, Cousine Cecily, könnten Sie das zu Ihrer Aufgabe machen.

CECILY

Was fällt Ihnen ein, mir eine Aufgabe zu stellen?

Algernon

Oh, Verzeihung, aber ich nahm an, daß jede Frau irgendeine Aufgabe braucht, heutzutage.

Cecily

Jede Frauenvertreterin – aber keine Frau. Außerdem hätte ich gar keine Zeit, Sie zu bessern, jedenfalls nicht heute nachmittag.

Algernon

Wenn das so ist, werden Sie wohl nichts dagegen haben, wenn ich heute nachmittag eine Selbstbesserung an mir vornehme?

Cecily

Das klingt so aussichtslos wie die Kämpfe Don Quichottes. Aber meinetwegen, versuchen Sie es ruhig.

Algernon

Wird gemacht. Ich fühle mich schon besser.

Cecily

Sie sehen aber schlechter aus.

Algernon

Weil ich Hunger habe.

Cecily

Wie gedankenlos von mir. Wenn jemand ein vollkommen neues Leben anfängt, sind regelmäßige und nahrhafte Mahlzeiten das Wichtigste, ich hätte daran denken sollen. Miss Prism und ich essen gegen zwei etwas Hammelbraten.

Algernon

Ich fürchte, das wäre zu mächtig für mich.

CECILY

Onkel Jack, dessen Gesundheit von Ihren nächtlichen Eskapaden in London beängstigend unterminiert worden ist, nimmt auf Anraten seines Londoner Arztes nur ein wenig Brot mit Gänseleberpastete und dazu 89er Champagner zum Lunch um zwölf. Ich weiß nicht, ob Sie mit dieser Art Schonkost vorliebnehmen wollen.

ALGERNON

Ach, ich wäre schon ganz zufrieden mit dem 89er Champagner.

CECILY

Er freut mich, daß Sie einen so schlichten Geschmack haben. Das Eßzimmer ist dort.

ALGERNON

Danke. Dürfte ich mir zuvor noch eine Blume fürs Knopfloch pflücken? Ohne Blume im Knopfloch habe ich nie den geringsten Appetit.

CECILY

Eine Marschall Niel? *Nimmt eine Schere*

ALGERNON

Nein, eine rosa Rose wäre mir lieber.

CECILY

Wieso? *Schneidet eine ab*

ALGERNON

Weil Sie wie eine rosa Rose für mich sind, Cousine Cecily!

CECILY

Ich glaube nicht, daß es richtig ist, wenn Sie so zu mir sprechen. Miss Prism sagt nie solche Sachen zu mir.

ALGERNON

Dann ist Miss Prism eine kurzsichtige alte Dame. CECILY *steckt ihm die Rose ins Knopfloch* Sie sind das hübscheste Mädchen, das ich je gesehen habe.

CECILY

Miss Prism sagt, daß gutes Aussehen nur eine Falle ist.

ALGERNON

Eine Falle, in der jeder vernünftige Mann gern gefangen säße.

CECILY

Ach, ich glaube nicht, daß mir etwas daran liegt, einen vernünftigen Mann einzufangen. Ich wüßte ja nicht mal, was ich mit ihm reden sollte.

Sie gehen ins Haus. Auftritt: MISS PRISM *und* CHASUBLE

MISS PRISM

Sie sind zu viel allein, lieber Doktor Chasuble. Sie sollten heiraten. Einen Menschenfeind kann ich akzeptieren – einen Frauenfeind niemals!

CHASUBLE *mit gelehrtem Schaudern*

Glauben Sie mir, eine so spitzfindige Sentenz habe ich nicht verdient. Das Urchristentum lehnt den Ehestand entschieden ab, sowohl in seinen Geboten als auch in der Praxis.

MISS PRISM *Moral predigend*

Aus diesem Grunde waren diese Urchristen auch nicht überlebensfähig. Wo sind sie denn heute? Und anscheinend begreifen Sie nicht, lieber Doktor, daß ein Mann sich selbst in eine ständige öffentliche Versuchung verwandelt, wenn er starrsinnig darauf besteht, allein zu bleiben. Männer sollten vorsichtiger sein: Genau diese Ehelosigkeit führt manch steuerloses Schiff vom Kurs ab.

CHASUBLE

Wäre denn ein verheirateter Mann weniger begehrenswert?

MISS PRISM

Ein verheirateter Mann ist nur für seine eigene Frau begehrenswert.

CHASUBLE

Und häufig, so hört man, nicht einmal für die.

MISS PRISM

Das hängt vom geistigen Horizont der Frau ab. Auf Erfahrung ist Verlaß. Reife verdient Vertrauen. Junge Frauen sind grün. CHASUBLE *staunt* Gartenbaulich gesprochen. Meine Metapher kommt aus dem Obst- und Gemüsereich. Aber wo ist eigentlich Cecily?

CHASUBLE

Womöglich ist sie uns bis zur Schule nachgegangen.

Auftritt: JACK *gemächlich aus der Tiefe des Gartens. Er trägt tiefste Trauer, Trauerflor am Hut, schwarze Handschuhe*

MISS PRISM

Mister Worthing!

CHASUBLE

Mister Worthing?

MISS PRISM

Das nenne ich eine Überraschung. Wir haben Sie nicht vor Montag nachmittag zurück erwartet.

JACK *schüttelt* MISS PRISM *mit weher Gebärde die Hand*

Ich kam früher zurück denn erwartet. Doktor Chasuble, ich hoffe, Sie sind wohlauf.

CHASUBLE

Lieber Mister Worthing, der Trauerflor deutet doch hoffentlich nicht auf schreckliche Geschicke.

JACK

Mein Bruder.

MISS PRISM

Noch mehr schamlose Schulden und Extravaganzen?

CHASUBLE

Noch immer in Laster verstrickt?

JACK *schüttelt den Kopf*

Tot.

CHASUBLE

Tot? Ihr Bruder Ernst.

JACK

Mausetot.

MISS PRISM

Das wird ihm eine Lehre sein. Ich hoffe, er nimmt sie endlich an.

CHASUBLE

Unser aller Erbteil, Miss Prism, ist der Tod. Weder als individuelles Urteil noch als generelle Vorsehung sollten wir ihn nehmen. Das Leben wäre unvollständig ohne ihn ... Mister Worthing, darf ich Ihnen mein aufrichtiges Beileid aussprechen. Ein Trost bleibt Ihnen immerhin, Sie waren ihm der großherzigste und nachsichtigste aller Brüder.

JACK

Armer Ernst. Er hatte seine Fehler, dennoch ist es ein harter Schlag.

CHASUBLE

Wirklich hart. Waren Sie bei ihm, als es zu Ende ging?

JACK

Nein. Er starb in der Fremde, genau gesagt, in Paris. Letzte Nacht erreichte mich ein Telegramm des Geschäftsführers aus dem Grand Hotel.

CHASUBLE

Wurde die Todesursache erwähnt?

JACK

Eine schwere Erkältung, wie es hieß.

MISS PRISM

Ein Mann muß ernten, was er gesät hat.

CHASUBLE *hebt die Hand*

Nachsicht, liebe Miss Prism, Nachsicht! Wer von uns ist volkommen? Ich persönlich etwa bin auch sehr anfällig für Zugluft. Wird die Beerdigung hier stattfinden?

JACK

Nein. Anscheinend hat er den Wunsch geäußert, in Paris begraben zu werden.

CHASUBLE

In Paris! *Schüttelt den Kopf* Ich fürchte, das läßt auf keine angemessen ernsthafte Geistesverfassung im Angesicht der Ewigkeit schließen. Zweifellos erwarten Sie von mir am nächsten Sonntag einige sachte Anspielungen auf diesen tragischen Trauerfall in Ihrem Hause. JACK *drückt ihm fest die Hand* Meine Predigt zum Thema: »Was bedeutet uns himmlisches Manna in der Wüste« läßt sich praktisch jedem Anlaß gemäß vortragen, himmelhochjauchzend, oder wie in diesem Fall, zu Tode betrübt. *Allgemeiner Seufzer* Ich habe sie bei Erntedankfesten, Kindstaufen, Konfirmationen, an Buß- und Feiertagen gehalten. Beim letzten Mal sogar in der Kathedrale, als Wohltätigkeitspredigt zugunsten der Gesellschaft zur Verhütung von Unbehagen in der Oberklasse. Der Bischof war persönlich anwesend und tief beeindruckt von einigen Analogieschlüssen, die ich zog.

JACK

Ach, eh ich's vergesse – Sie haben doch gerade von Taufen gesprochen, Doktor Chasuble? Ich gehe davon aus, daß Sie was vom Taufen verstehen? CHASUBLE *sieht überrascht aus* Ich meine natürlich, Sie sind doch in Übung, was das Taufen betrifft, oder?

MISS PRISM

Dergleichen gehört in diesem Sprengel zu den ständigen Pflichten des Geistlichen, leider. Ich habe die ärmeren Klassen schon häufiger darauf angesprochen. Aber sie begreifen anscheinend nicht, was Mäßigkeit bedeutet.

CHASUBLE

Die Kirche weist kein Kindlein zurück. In jedem mag ein Heiliger stecken. Aber haben Sie da einen speziellen Sproß im Auge, Mister Worthing? Ihr Bruder war doch nicht verheiratet, soviel ich weiß?

JACK

Aber nein.

Miss Prism *voll Bitterkeit*
Das sind Leute, die ganz und gar zu ihrem Vergnügen leben, gewöhnlich nie.

Jack
Aber es geht nicht um irgendein Kind, lieber Doktor. Ich habe natürlich nichts gegen Kinder. Nein! Es geht um folgendes: Ich selbst möchte mich taufen lassen, und zwar heute nachmittag, falls Sie nichts Besseres vorhaben.

Chasuble
Aber, Mister Worthing, Sie müssen doch bereits getauft sein.

Jack
Ich kann mich an nichts Derartiges erinnern.

Chasuble
Aber hegen Sie diesbezüglich irgendwelche ernsthaften Zweifel?

Jack
Ich hege die ernsthaftesten Zweifel! Gewisse Umstände, die mit meiner Geburt und meiner Kleinkinderzeit zusammenhängen und gegenwärtig weiter keine Rolle spielen, geben mir Grund zu der Annahme, daß ich ganz schön vernachlässigt worden bin. Auf alle Fälle kümmerte sich keiner ordentlich um mich. Ich weiß nicht, ob die Sache Ihnen irgendwie lästig ist oder ob Sie der Ansicht sind, ich wäre jetzt schon ein wenig zu alt.

Chasuble
Ach, ich bin durchaus kein bigotter Anhänger der Kindstaufe. Im Urchristentum war es praktisch gang

und gäbe, Erwachsene mit Wasser zu besprengen und sogar unterzutauchen.

JACK

Unterzutauchen? Sie wollen doch nicht etwa sagen …

CHASUBLE

Kein Grund zur Besorgnis. Ein wenig Besprengen reicht aus und ist auch ratsam. Auf unser Wetter ist kein Verlaß. Und wann sollte die Zeremonie stattfinden, haben Sie eine Vorstellung?

JACK

Och, ich könnte so gegen fünf vorbeischauen, wenn Ihnen das passen würde.

CHASUBLE

Ausgezeichnet, ganz ausgezeichnet. Ich habe nämlich um die Zeit noch zwei ähnliche Zeremonien. Ein Fall von Zwillingen, der sich auf Ihrem eigenen Grund und Boden ereignet hat, neulich in einer abgelegenen Kate. Der arme Jenkins, er ist Fuhrmann und arbeitet hart.

JACK

Oh! Ich fürchte, das wäre nicht so lustig, zusammen mit anderen Babies getauft zu werden. Es kommt mir kindisch vor. Wie wäre es mit halb sechs?

CHASUBLE

Noch besser! Viel besser! *Schaut auf seine Uhr* Und nun, lieber Mister Worthing, möchte ich nicht länger in einem Trauerhaus stören. Ich darf Sie nur bitten, sich von Ihrem Kummer nicht ganz überwältigen zu lassen. Was uns wie eine harte Heimsuchung erscheint, stellt sich im nachhinein oft als Segen heraus.

MISS PRISM

Wer hier den Segen nicht erkennt, muß offensichtlich blind sein.

Auftritt: CECILY *vom Haus her*

CECILY

Onkel Jack! Ich bin so froh, daß du zurück bist. Aber was ist das für ein furchtbarer Aufzug? Los, zieh dich um!

MISS PRISM

Cecily!

CHASUBLE

Kind! Kind!

CECILY *geht zu* JACK; *er küßt sie traurig auf die Stirn*

CECILY

Was ist denn los, Onkel Jack! Schau doch nicht so! Du siehst aus, als hättest du Zahnschmerzen, und ich habe doch so eine Überraschung für dich. Du rätst nie, wer im Eßzimmer ist! Dein Bruder!

JACK

Wer?

CECILY

Dein Bruder Ernst. Vor einer halben Stunde eingetroffen.

JACK

Ach, Unsinn. Ich habe keinen Bruder.

CECILY

Oh, sag das nicht. Selbst wenn er sich dir gegenüber in der Vergangenheit noch so schäbig benommen hat, bleibt er doch dein Bruder. Du kannst nicht so herzlos sein, ihn zu verleugnen. Ich sage ihm, er soll herkommen. Und du wirst ihm die Hand reichen, Onkel Jack, oder etwa nicht?

CHASUBLE

Welch wahrhaft frohe Botschaft! Jenes Telegramm aus Paris war anscheinend nur ein schlechter Scherz von jemandem, der Ihre Gefühle mit Füßen treten wollte.

MISS PRISM

Nachdem wir uns alle mit diesem Verlust abgefunden hatten, erfüllt mich seine plötzliche Wiederauferstehung mit besonderer Sorge.

JACK

Mein Bruder soll im Eßzimmer sein? Ich begreife das alles nicht! Das ist doch absolut lachhaft.

Auftritt: ALGERNON *und* CECILY *Hand in Hand. Langsam gehen sie auf* JACK *zu*

JACK

Lieber Himmel! *Macht eine Geste der Abwehr Richtung* ALGERNON

ALGERNON

John, mein Bruder! Ich bin aus der Stadt hierhergekommen, um dir zu sagen, daß es mir sehr leid tut, wenn ich dir in der Vergangenheit so viel Sorgen gemacht habe, und daß ich mir fest vorgenommen habe, in Zukunft ein besseres Leben zu führen. JACK *starrt ihn wütend an und verweigert ihm einen Händedruck*

CHASUBLE *zu* MISS PRISM

Auch in diesem jungen Mann steckt ein guter Kern. Er scheint ernsthaft zu bereuen.

MISS PRISM

Diese plötzlichen Bekehrungen schmecken mir gar nicht. Sie sind nicht koscher und haben den lauen Beigeschmack von Nonkonformismus.

CECILY

Onkel Jack, du wirst doch die Hand deines eigenen Bruders nicht zurückweisen?

JACK

Nichts kann mich dazu bringen, seine Hand zu ergreifen. Ich finde seinen Besuch hier unverzeihlich. Und er weiß ganz genau, warum.

CHASUBLE

Junger Mann, Sie sind gerade noch mit dem Leben davongekommen. Hoffentlich wird Ihnen das eine Lehre sein. Noch bei Ihrem Eintritt haben wir Ihren Hingang beklagt.

ALGERNON

Ja, wie ich sehe, hat Jack sich neu ausstaffiert. Nicht ganz in seiner Größe. Und die Krawatte paßt nicht dazu.

CECILY

Onkel Jack, bitte, sei nett! Irgend etwas Gutes steckt in jedem von uns. Ernst hat mir gerade von seinem armen, kranken Freund Bunbury erzählt, den er so oft besucht. Und wenn jemand ein Herz für einen Kranken hat und die Freuden Londons mit einem Platz am Schmerzenslager vertauscht, muß er doch einen guten Kern haben.

JACK

Ach, er hat dir schon von Bunbury erzählt, sieh mal an.

CECILY

Ja, er hat mir alles vom armen Mister Bunbury erzählt und von seinem schrecklichen Gesundheitszustand.

JACK

Bunbury! Nun, ich wünsche weder, daß er dir von Bunbury erzählt noch von sonst etwas. Es reicht wohl, daß er uns so einen Schock versetzt hat.

CHASUBLE

Mister Worthing, wider Erwarten wurde Ihnen Ihr Bruder neu geschenkt durch eine wunderbare Fügung der Vorsehung, die, so will es scheinen, Versöhnung von Ihnen erheischt. Und wahrlich, es frommt zwei Brüdern, in Frieden und Freundschaft miteinander zu leben.

ALGERNON

Selbstverständlich will ich gern zugeben, daß alle Fehler auf mein Konto gehen. Aber ich muß auch sagen, daß ich die Kälte meines Bruders John als ausgesprochen schmerzhaft empfinde. Ich durfte wohl einen weniger kühlen Empfang erwarten, vor allem, wenn man bedenkt, daß ich zum ersten Mal hier bin.

CECILY

Onkel Jack, wenn du Ernst nicht die Hand gibst, verzeihe ich dir das nie!

JACK

Du wirst mir das nie verzeihen?

CECILY

Nie, nie, nie!

JACK

Dann muß es wohl sein. *Gibt ihm die Hand und starrt ihn wütend an*

Du kleiner Gauner! Du wirst so schnell wie möglich von hier verschwinden. Ich dulde hier keinerlei Bunburysieren!

CHASUBLE

Was kann es Schöneres geben, als so eine vollkommene Versöhnung mitzuerleben!? Sie haben heute eine sehr gute Tat getan, mein Kind.

MISS PRISM

Wir sollten mit unseren Urteilen nicht voreilig sein.

Auftritt: MERRIMAN

MERRIMAN

Ich habe mir erlaubt, die Sachen von Mister Ernst ins Zimmer neben dem Ihrigen bringen zu lassen. Ihr Einverständnis vorausgesetzt, Sir?

JACK

Was?

MERRIMAN

Mister Ernsts Gepäck, Sir. Ich habe es auspacken und in das Zimmer neben dem Ihrigen bringen lassen.

JACK

Sein Gepäck?

MERRIMAN

Ganz recht, Sir. Drei Handkoffer, ein Reisenecessaire, zwei Hutschachteln und einen großen Picknickkorb.

ALGERNON

Ich fürchte, ich werde diesmal kaum länger als eine Woche bleiben können.

MERRIMAN *zu* ALGERNON

Ich bitte um Verzeihung, Sir, da ist ein älterer Herr, der Sie zu sprechen wünscht. Er ist soeben in einer Droschke vom Bahnhof eingetroffen. *Präsentiert eine Visitenkarte*

ALGERNON

Mich sprechen?

MERRIMAN

Ganz recht, Sir.

ALGERNON *liest die Karte*

»Parker und Gribsby, Rechtsanwälte«. Nie gehört. Wer ist das?

JACK *nimmt die Karte*

Parker und Gribsby. Wer mag das sein? Ich vermute, es geht um Geschäfte deines Freundes Bunbury, Ernst. Vielleicht möchte Bunbury ein Testament machen und dich zu seinem Vollstrecker. *Zu* MERRIMAN Bitte den Herrn sofort herein.

MERRIMAN

Sehr wohl, Sir.

MERRIMAN *ab*

JACK

Ernst, ich kann nur hoffen, daß ich mich auf das verlassen darf, was du mir letzte Woche versichert hast, als ich endlich all deine Rechnungen bezahlt hatte. Ich kann nur hoffen, daß keine weiteren Außenstände mehr irgendwo offen sind.

ALGERNON

Ich habe keinerlei Schulden mehr, lieber Jack. Dank deiner Großzügigkeit schulde ich niemandem mehr auch nur einen Penny, ausgenommen für ein paar Krawatten, wie mir gerade einfällt.

JACK

Es beruhigt mich außerordentlich, das zu hören.

Auftritt: MERRIMAN

MERRIMAN

Mister Gribsby.

MERRIMAN *ab. Auftritt:* GRIBSBY

GRIBSBY *zu* CHASUBLE

Mister Ernst Worthing?

MISS PRISM

Das ist Mister Ernst Worthing.

GRIBSBY

Mister Ernst Worthing?

ALGERNON

Ja.

GRIBSBY

Wohnhaft Albany House, Apartment 4B?

ALGERNON

Ja, das ist meine Adresse.

GRIBSBY

Es tut mir leid, Sir, aber wir haben auf Antrag der Savoy-Hotel-Gesellschaft eine richterliche Anordnung zur Zahlung von 763 Pfund 14 Shilling und 2 Pence gegen Sie erwirkt, wahlweise zwanzig Tage Haft.

ALGERNON

Gegen mich?

Gribsby

Ganz recht, Sir.

Algernon

Das ist kompletter Blödsinn. Ich esse nie auf eigene Kosten im Savoy. Ich esse stets bei Willis. Da ist es viel teurer. Dem Savoy schulde ich keinen Penny.

Gribsby

Laut Vermerk ist Ihnen diese Vorladung am 27. Mai in Albany House persönlich zugestellt worden. Das Urteil gegen Sie erging am 5. Juni in Abwesenheit. Seitdem haben wir Ihnen nicht weniger als 15 Mahnungen geschickt, ohne eine einzige Antwort von Ihnen zu erhalten. Im Interesse unserer Klienten blieb uns keine andere Möglichkeit, als diesen Haftbefehl gegen Sie zu erwirken.

Algernon

Ein Haftbefehl? Was zum Teufel wollen Sie mit einem Haftbefehl? Ich habe nicht die leiseste Absicht, hier wegzugehen. Ich bleibe hier für eine Woche. Ich bleibe bei meinem Bruder. Ich bin gerade erst hier angekommen, und wenn Sie annehmen, ich würde wieder in die Stadt zurückfahren, befinden Sie sich in einem bedauerlichen Irrtum.

Gribsby

Ich selbst bin nur Anwalt Ich werde keinesfalls körperliche Gewalt anwenden. Der Gerichtsbevollmächtigte, der die Aufgabe hat, sich der Person des Schuldners zu bemächtigen, wartet draußen in der Droschke. Er hat ausreichend Erfahrung in solchen Fällen. Deswegen arbeiten wir stets mit ihm zusammen. Aber Sie werden es zweifellos vorziehen, die Rechnung zu bezahlen.

ALGERNON

Bezahlen? Wie zum Teufel stellen Sie sich das vor? Sie glauben doch nicht, daß ich Geld hätte. Sie machen mir wirklich Spaß. Kein Gentleman hat je Geld bei sich.

GRIBSBY

Ich habe die Erfahrung gemacht, daß gewöhnlich die Verwandtschaft bezahlt.

ALGERNON

Jack, du mußt das wirklich in Ordnung bringen mit meiner Rechnung.

JACK

Wenn Sie so freundlich wären, mich einen Blick auf die einzelnen Posten werfen zu lassen, Mister Gribsby... *Erhält einen gewaltigen Stapel Papier* ... 762 Pfund, 14 Shilling und 2 Pence seit letztem Oktober. Ich muß schon sagen, ich habe in meinem ganzen Leben noch keine so hemmungslose Verschwendung gesehen. *Reicht die Papiere* CHASUBLE

MISS PRISM

762 Pfund allein fürs Essen! Wenn ein junger Mann so viel und so oft ißt, wo soll dann noch Platz für das Gute in ihm bleiben?

CHASUBLE

Mit dem romantischen Ideal vom einfachem Leben in höheren geistigen Sphären hat das freilich wenig zu tun.

JACK

Nun, Doktor Chasuble, sind Sie der Ansicht, daß ich irgendwie verpflichtet bin, diese ungeheure Summe für meinen Bruder auszulegen?

Chasuble

Ich muß schon sagen: Nein, dieser Ansicht bin ich nicht. Es käme geradezu einer Aufforderung zu weiterer Verschwendung gleich.

Miss Prism

Was ein Mann sät, muß er auch ernten. Die anstehende Haftstrafe kann doch nur heilsam sein. Bedauerlicherweise ist sie auf zwanzig Tage beschränkt.

Jack

Ich bin vollkommen Ihrer Meinung.

Algernon

Mach dich doch nicht lächerlich, mein Lieber! Du weißt genau, daß die Rechnung eigentlich für dich ist.

Jack

Für mich?

Algernon

Jawohl, und du weißt das.

Chasuble

Mister Worthing, falls das ein Witz sein soll, ist er hier fehl am Platze.

Miss Prism

Was für eine bodenlose Frechheit! Genau das habe ich von ihm erwartet.

Chasuble

Und wie undankbar! Das habe ich nicht erwartet.

Jack

Achten Sie gar nicht auf das, was er sagt. So läuft das immer bei ihm. Als nächstes wird er behaupten, er sei gar nicht Mister Ernst Worthing, wohnhaft Albany House, Apartment 4B. Und wenn du schon dabei bist, warum behauptest du nicht gleich, daß du gar nicht mein Bruder bist!

ALGERNON

O nein, mein Lieber, das werde ich nicht tun. Das wäre doch sinnlos. Natürlich bin ich dein Bruder. Und deshalb solltest du auch diese Rechnung für mich bezahlen.

JACK

Ich sage dir in aller Deutlichkeit, daß ich nicht die geringste Absicht hege, irgend etwas in dieser Richtung zu unternehmen. Doktor Chasuble, der ehrenwerte Vorsteher dieser Gemeinde, und Miss Prism, auf deren bewundernswert gesundes Urteil ich mich fest verlasse, sind beide der Ansicht, daß eine Haftstrafe dir nur gut tun könnte. Und genau das glaube ich auch.

GRIBSBY *schaut zur Uhr*

Es tut mir leid, wenn ich dies harmonische Familientreffen unterbrechen muß, aber die Zeit drängt. Wir sollten bis spätestens vier Uhr in Holloway sein; danach wird es schwierig, noch ins Gefängnis zu kommen. Die Regeln sind da sehr streng.

ALGERNON

Holloway!

GRIBSBY

Haftstrafen dieser Art werden stets in Holloway verbüßt.

ALGERNON

Das wäre ja noch schöner: Ich werde mich jedenfalls

nicht in einem billigen Vorort einsperren lassen, dafür, daß ich im Westend teuer diniert habe.

GRIBSBY

Die Rechnungen besagen, Sie hätten dort nicht diniert, sondern soupiert.

ALGERNON

Das ist mir auch egal. Ich kann nur wiederholen: Ich werde mich nicht in irgendeinem billigen Vorort einsperren lassen.

GRIBSBY

Ich muß zugeben, die Umgebung ist eher bürgerlich, aber das Gefängnis selbst ist modern und luftig, und es verfügt über weitläufige Anlagen, um sich zu den festgesetzten Zeiten Bewegung zu machen. Wenn Sie ein ärztliches Attest vorweisen, was nicht schwer zu bekommen sein sollte, können diese Zeiten erweitert werden.

ALGERNON *beschwörend*

Jack!

MISS PRISM

Hart bleiben, Mister Worthing!

CHASUBLE

In einer Situation wie dieser wäre jede Nachgiebigkeit verfehlt. Sie grenzte an Selbstaufgabe.

JACK

Ich bin durchaus standhaft, und ich lehne Nachgiebigkeit und Aufgabe in jeder Form ab.

CECILY

Onkel Jack! Ich glaube, du verwaltest auch ein wenig Geld, das mir zusteht, oder nicht? Laß mich die Rechnung bezahlen. Ich möchte nicht, daß dein eigener Bruder ins Gefängnis kommt.

JACK

Oh! Ich kann nicht zulassen, daß du die Rechnung bezahlst, Cecily. Das wäre absurd.

CECILY

Dann übernimmst du sie, ja? Ich glaube, es würde dir noch leid tun, deinen eigenen Bruder hinter Gittern zu sehen. Obwohl ich natürlich sehr enttäuscht bin von ihm.

JACK

Und du wirst nie mehr mit ihm sprechen, Cecily, kein Wort?

CECILY

Natürlich nicht, außer natürlich, wenn er mich anspricht. Es wäre doch sehr ungezogen, ihm nicht zu antworten.

JACK

Gut, dafür werde ich schon sorgen, daß er dich nicht anspricht. Ich werde dafür sorgen, daß er mit niemandem mehr spricht in diesem Haus. Der Mann existiert nicht mehr. Mister Gribsby…

GRIBSBY

Ja, Sir.

JACK

Ich werde diese Rechnung für meinen Bruder bezahlen. Es ist die letzte Rechnung, die ich je für ihn bezahlen werde. Wie hoch ist sie?

GRIBSBY

762 Pfund 14 Shilling und 2 Pence. Moment! Die

Droschke kostet fünf Shilling neun Pence extra: sie wurde ausschließlich der Bequemlichkeit des Delinquenten zuliebe angemietet.

JACK

In Ordnung.

MISS PRISM

Ich muß sagen, ich finde so viel Großzügigkeit ziemlich töricht.

CHASUBLE *mit einer wegwischenden Handbewegung*

Es gibt eine Weisheit des Herzens, Miss Prism, ebenso wie eine des Kopfes.

JACK

Zahlbar an Parker und Gribsby, nehme ich an.

GRIBSBY

Jawohl, Sir. Den Scheck bitte nicht zur Verrechnung, danke. *Zu* CHASUBLE Guten Tag. CHASUBLE *verneigt sich kühl* Guten Tag. MISS PRISM *verneigt sich kühl; zu* ALGERNON Es wäre mir ein Vergnügen, Sie bald einmal wiederzusehen.

ALGERNON

Diese Hoffnung teile ich keineswegs. Was glauben Sie eigentlich, in welcher Art von Gesellschaft ein Gentleman sich wohl fühlt? Gewiß nicht in der eines Anwalts, der ihn in einem Vorortgefängnis einsperren lassen möchte.

GRIBSBY

Verstehe, verstehe.

ALGERNON

Übrigens, Gribsby: diese Droschke wird Sie nicht zum

Bahnhof zurückbringen. Das ist meine Droschke. Sie wurde zu meiner Bequemlichkeit bestellt. Sie werden zu Fuß zurückgehen müssen zum Bahnhof. Das wird Ihnen auch gut tun. Anwälte gehen ja kaum zu Fuß. Ich kenne keinen Anwalt, der sich ausreichend Bewegung verschafft. In der Regel sitzen sie in vollgestopften Kanzleien, wo sie den ganzen Tag ihre Geschäfte verlottern lassen.

JACK

Sie können die Droschke nehmen, Mister Gribsby.

GRIBSBY

Danke, Sir. *Ab*

CECILY

Es wird immer drückender heute, nicht wahr, Doktor Chasuble.

CHASUBLE

Ein Gewitter liegt in der Luft.

MISS PRISM

Die Atmosphäre könnte eine Reinigung vertragen.

CHASUBLE

Haben Sie heute morgen die ›Times‹ gelesen, Mister Worthing? Ein sehr interessanter Artikel beschäftigte sich damit, daß selbst Laien zunehmend religiöse Gefühle entwickeln.

JACK

Den hebe ich mir für nach dem Essen auf.

Auftritt: MERRIMAN

Merriman

Das Mittagessen ist serviert, Sir.

Algernon

Ah, endlich eine gute Nachricht. Ich bin völlig ausgehungert.

Cecily *unterbricht ihn*

Aber Sie hatten doch schon Ihr Mittagessen.

Jack

Hatte er?

Cecily

Gewiß, Onkel Jack. Er hatte Gänseleberpastete und eine halbe Flasche von diesem Champagner, den dir dein Arzt verschrieben hat.

Jack

Meinen 89er Champagner!

Cecily

Ja. Ich dachte, das sei in deinem Sinn, wenn er dasselbe trinkt wie du.

Jack

Na schön, wenn er bereits einmal zu Mittag gegessen hat, dürfen wir nicht von ihm erwarten, daß er es ein zweites Mal tut. Das wäre absurd.

Miss Prism

An einem Tag gleich zweimal zu Mittag zu essen, hat nichts mit Freizügigkeit zu tun. Es wäre zügellos.

Chasuble

Schon die vorchristlichen Philosophen verdammten Unmäßigkeit beim Essen. Aristoteles drückt sich da sehr streng aus, er benutzt dieselben Worte, mit denen er den Wucher geißelt.

JACK

Doktor, wollen Sie die Damen zu Tisch begleiten?

CHASUBLE

Mit Vergnügen.

Er geht mit MISS PRISM *und* CECILY *ins Haus*

JACK

Das war wohl heute nichts mit dem Bunburysieren, Algy. Ich fürchte, es ist einfach kein guter Tag zum Bunburysieren, auch für mich nicht.

ALGERNON

Och, beim Bunburysieren geht es rauf und runter, wie bei allem, was so läuft. Mir wäre schon geholfen, wenn du mir noch einen Happen zu Mittag gönnst. Hauptsache ist doch, daß ich Cecily getroffen habe, und sie ist ein Schatz.

JACK

Es paßt mir gar nicht, wenn du so von Miss Cardew sprichst.

ALGERNON

Und mir passen deine Sachen nicht, genausowenig wie dir. Du siehst absolut lächerlich darin aus. Warum in aller Welt gehst du nicht nach oben und ziehst dich um? Es ist absolut kindisch, tiefe Trauer zu tragen für einen Mann, der im Begriff steht, eine ganze Woche lang als Hausgast unter deinem Dach zu verbringen. Das nenne ich grotesk.

Jack

Das wirst du bestimmt nicht, weder eine ganze Woche lang noch als mein Gast noch als sonstwas. Du wirst hier verschwinden ... mit dem Vier-Uhr-Zug.

Algernon

Aber ich kann dich doch nicht allein lassen, solang du in Trauer bist. Das wäre höchst unfreundlich. Wäre ich in Trauer, würde ich dich bitten, bei mir zu bleiben, das weiß ich. Und wenn nicht, fände ich das gar nicht nett.

Jack

Du würdest also gehen, wenn ich mich umziehe.

Algernon

Ja, falls es nicht zu lange dauert. Ich kenne niemanden, bei dem das Anziehen so lange dauert und dabei zu so kläglichen Ergebnissen führt.

Jack

Meinetwegen, aber das ist immer noch besser, als ständig so aufgedonnert herumzulaufen wie du.

Algernon

Falls ich bei Gelegenheit ein wenig aufgedonnert sein sollte, mache ich das durch entsprechende Geistesblitze wieder wett.

Jack

Deine Eitelkeit ist lächerlich, dein Benehmen empörend und deine Anwesenheit in meinem Garten abartig absurd. Aber egal, du nimmst den Vier-Uhr-Zug, und ich wünsche dir eine angenehme Heimreise. Was du gern bunburysieren nennst, war jedenfalls kein so rauschender Erfolg für dich. *Geht ins Haus*

ALGERNON

Ich glaube, es war ein großartiger Erfolg. Ich bin verliebt in Cecily, und mehr will ich gar nicht. Alles geht bestens, man kann allerdings schlecht bunburysieren, wenn man Hunger hat. Ich denke, ich nehm doch am Mittagessen teil.

ALGERNON *geht zum Haus.* CECILY *kommt heraus*

CECILY

Ich habe Onkel Jack versprochen, nie wieder mit Ihnen zu sprechen, es sei denn, Sie fragen mich etwas. Was ich nicht verstehe: Warum stellen Sie mir nicht irgendeine Frage?. Ich fürchte, Sie sind doch nicht der große Intellektuelle, für den ich Sie auf den ersten Blick gehalten habe.

ALGERNON

Cecily, ob ich wohl zum Mittagessen reinkommen dürfte?

CECILY

Wie können Sie mir noch in die Augen schauen, nachdem Sie sich so aufgeführt haben?

ALGERNON

Ich schaue Ihnen so gern in die Augen.

CECILY

Aber warum haben Sie versucht, Ihre horrende Rechnung auf den armen Onkel Jack abzuwälzen? Ich finde, das war unentschuldbar.

ALGERNON

Das war's, ich weiß ja. Aber Tatsache ist, daß mein Gedächtnis mehr als elend ist. Ich hatte glatt vergessen, daß ich dem Savoy 762 Pfund 14 Shilling und 2 Pence schuldig war.

CECILY

Nun, ich muß zugeben, das höre ich gern, daß Sie so ein schlechtes Gedächtnis haben. Ein gutes Gedächtnis gehört nicht zu den Stärken, die eine Frau an einem Mann sehr bewundert.

ALGERNON

Cecily, ich bin furchtbar hungrig.

CECILY

Ich verstehe nicht, daß Sie so hungrig sind, nach all dem, was Sie seit letztem Oktober gegessen haben.

ALGERNON

Ach, diese Soupers waren für den armen Bunbury. Mitternächtliche Soupers sind das einzige, was ihm sein Arzt zu essen erlaubt.

CECILY

Na ja, dann wundert es mich nicht mehr, daß Mister Bunbury chronisch krank ist, wenn er jede Nacht Soupers für sechs bis acht Personen verspeist.

ALGERNON

Genau was ich ihm immer sage! Aber er glaubt anscheinend, sein Arzt müsse das besser wissen. Er ist total verrückt nach Ärzten.

CECILY

Natürlich möchte ich nicht, daß Sie verhungern, deshalb habe ich den Butler angewiesen, Ihnen etwas Eßbares herauszubringen.

ALGERNON

Cecily, Sie sind ein Engel! Darf ich Sie noch einmal sehen, bevor ich gehe?

CECILY

Miss Prism und ich werden nach dem Mittagessen hiersein. Nachmittags bekomme ich meinen Unterricht immer im Schatten jener Eibe.

ALGERNON

Können Sie sich nicht etwas einfallen lassen, was uns Miss Prism vom Hals schafft?

CECILY

Soll ich mir etwa eine Unwahrheit einfallen lassen?

ALGERNON

Aber nein, keine Unwahrheit, nur das nicht! Einfach irgend etwas, das nicht ganz wahr ist, aber sein könnte.

CECILY

Ich fürchte, das kann ich unmöglich. Ich wüßte nicht, wie. Die Leute denken gar nicht daran, ein junges Mädchen in seiner Vorstellungskraft zu bestärken. Das ist einer der Kardinalfehler der modernen Erziehung. Wenn jemand natürlich ganz beiläufig erwähnte, daß der gute Doktor Chasuble Miss Prism irgendwo erwartet, würde sie bestimmt nicht zögern, ihn dort zu treffen. Sie läßt ihn nicht gern warten. Und sie hat so wenig Gelegenheit dazu.

ALGERNON

Was für ein prachtvoller Vorschlag!

CECILY

Ich wüßte nicht, daß ich einen Vorschlag gemacht

hätte, Cousin Ernst. Nichts könnte mich dazu bringen, Miss Prism auch nur im geringsten etwas vorzumachen. Ich habe lediglich dargelegt, wie eine gewisse Verhaltensweise zu einem bestimmten Ergebnis führen müßte.

ALGERNON

Selbstverständlich. Ich bitte um Verzeihung, Cousine Cecily. Dann bin ich also um halb drei hier. Ich habe Ihnen etwas mitzuteilen, was sehr ernst ist.

CECILY

Ernst?

ALGERNON

Sehr ernst.

CECILY

In dem Fall sollten wir uns lieber im Hause treffen. Ich schätze es nicht, ernsthafte Gespräche im Freien zu führen. Das hat so was Halbseidenes.

ALGERNON

Wo treffen wir uns also?

Auftritt: JACK

JACK

Der Einspänner steht vor der Tür. Du mußt jetzt los. Dein Platz ist an Bunburys Seite. *Entdeckt* CECILY Cecily! Cecily, findest du nicht auch, du wärest bei Miss Prism und Doktor Chasuble besser aufgehoben?

CECILY

Gewiß, Onkel Jack. Auf Wiedersehen, Cousin Ernst. Ich fürchte, ich seh Sie nicht mehr, ich bekomme ab halb drei Unterricht bei Miss Prism, im Salon.

Algernon

Auf Wiedersehen, Cousine Cecily. Sie waren sehr freundlich zu mir.

Cecily *ab*

Jack

Paß mal auf, Algy, du mußt jetzt verschwinden, je eher, desto besser. Bunbury ist todkrank, und dein Platz ist an seiner Seite.

Algernon

Erstens wiederholst du dich, und zweitens bin ich im Moment noch verhindert. Zunächst mal muß ich mein zweites Mittagessen haben. Und du wirst erfreut sein, zu hören, daß es Bunbury schon viel besser geht.

Jack

Um Viertel vor vier mußt du spätestens los, komme, was da wolle. Ich sorge dafür, daß deine Sachen gepackt werden und der Einspänner abfahrbereit ist.

VORHANG

Dritter Akt

Salon im Herrenhaus. CECILY *und* MISS PRISM *schreiben an zwei verschiedenen Tischen*

MISS PRISM

Cecily! CECILY *antwortet nicht* Cecily! Sie machen schon wieder Eintragungen in Ihr Tagebuch. Ich glaube, ich habe mehr als einmal die Gelegenheit ergriffen, um mit Ihnen über diese morbide Angewohnheit zu sprechen.

CECILY

Wie es meine Art ist, habe ich mir ausschließlich Sie zum Vorbild genommen, Miss Prism.

MISS PRISM

Erst wenn jemand die Grundzüge der doppelten Konvertierbarkeit auf dem Währungssektor spielend beherrscht, hat er das Recht, sein ferneres Leben der Selbstbetrachtung zu widmen. Zuvor wohl kaum. Wir werden uns jetzt wieder der politischen Ökonomie zuwenden, wenn ich bitten darf.

CECILY

Noch einen Augenblick, liebe Miss Prism. Es ist nämlich so, daß ich die Chronik der heutigen Ereignisse erst bis zwei Uhr fünfzehn erfaßt habe, und es war zwei Uhr dreißig, als die furchtbare Katastrophe stattfand.

MISS PRISM

Mit Verlaub, Cecily, als Doktor Chasuble die sehr schmerzliche Einstellung der Urchristen zu Eheschließungen erwähnte, war es genau zwei Uhr fünfundvierzig.

CECILY

Ich habe in dem Zusammenhang keineswegs an Doktor Chasuble gedacht. Meine Anspielung bezog sich auf die Bloßstellung des bedauernswerten Mister Ernst Worthing.

MISS PRISM

Mister Ernst Worthing erfreut sich meiner höchstgradigen Mißbilligung. Er ist ein durch und durch schlechter Mensch.

CECILY

Ich fürchte, das ist er. Ich finde keine andere Erklärung für seine befremdliche Anziehungskraft.

MISS PRISM *erhebt sich*

Cecily, ich flehe Sie an, welche oberflächlichen Reize er auch immer besitzen mag, lassen Sie sich nur nicht von diesem unglücklichen jungen Mann hinreißen.

CECILY

Ach, Miss Prism, glauben Sie mir, es sind nur die oberflächlichen Reize, die nicht vergehen. Die inneren Werte eines Mannes sind rasch durchschaut.

MISS PRISM

Kind! Ich weiß nicht, woher Sie so was haben. Derlei Ideen finden sich jedenfalls in keinem der Bücher, die ich Ihnen empfohlen habe.

CECILY

Hat man je irgendwelche Ideen in solchen Lehrbüchern gefunden? Ich glaube kaum. Ich habe meine Ideen ... aus dem Garten.

Miss Prism

Dann sollten Sie sich auf keinen Fall so oft im Freien aufhalten. Ich muß feststellen, Cecily, daß Sie in letzter Zeit der schlechten Angewohnheit verfallen sind, selbständig zu denken. Sie sollten das lassen. Das wirkt ziemlich unweiblich ... Männer mögen das gar nicht.

Auftritt: Algernon

Mister Worthing, ich habe angenommen, besser gesagt, ich gab mich der Hoffnung hin, Sie seien bereits in die Stadt zurückgefahren.

Algernon

Meine Abreise wird sich nicht mehr lange verzögern. Ich bin nur gekommen, um Ihnen auf Wiedersehen zu sagen, Miss Cardew. Mir wurde mitgeteilt, daß bereits ein Einspänner für mich bereitsteht. Mir bleibt also gar nichts anderes übrig, als in die Kälte der Welt zurückzukehren.

Cecily

Ich habe keine Ahnung, was Sie mit diesem Ausdruck andeuten wollen, Mister Worthing. Selbst für einen Julitag ist die Hitze heute außergewöhnlich.

Miss Prism

Diese Abstumpfung der Sinne ist eine typische Folge des Lasters.

Algernon

Zweifellos. Es liegt mir fern, das Wetter zu rechtfertigen. Dennoch empfinde ich es als meine vornehmste

Aufgabe, Ihnen, Miss Prism, mitzuteilen, daß Doktor Chasuble Sie in der Sakristei erwartet.

MISS PRISM

In der Sakristei! Das hat etwas zu bedeuten. Es wird sich kaum um irgendeinen beliebigen Anlaß handeln, wenn der Doktor sich für eine Unterredung einen Ort aussucht, der mit solch feierlicher Bedeutung besetzt ist. Es wäre wohl nicht recht, ihn länger warten zu lassen, oder, Cecily?

CECILY

Es wäre sehr, sehr unrecht. Die Sakristei ist, soviel ich weiß, ausgesprochen feucht.

MISS PRISM

Wie wahr! Daran habe ich nicht einmal gedacht, und Doktor Chasuble ist leider Rheumatiker. Mister Worthing, wir werden uns wohl kaum wiedersehen. Ich glaube, Sie können es mir nicht übelnehmen, wenn ich ganz offen der Hoffnung Ausdruck gebe, daß Sie nun in Ihrem neuen Leben doch noch auf einen grünen Zweig kommen.

ALGERNON

Ich bin schon eifrig beim Klettern, Miss Prism.

MISS PRISM

Freut mich zu hören. *Setzt einen großen unförmigen Hut auf* Und vergessen Sie nie: Es gibt immer Hoffnung, selbst für den Verkommensten. Und du, sei nicht untätig, Cecily.

CECILY

Ich habe durchaus nicht die Absicht, untätig zu sein. Es ist mir nur zu klar bewußt, welche Schwerstarbeit vor mir liegt.

Miss Prism

Ja, genau so soll es sein, meine Liebe.

Miss Prism *ab*

Algernon

Der Abschied von Ihnen, Miss Cardew, tut mir sehr weh.

Cecily

Tut es nicht immer sehr weh, Abschied zu nehmen von Menschen, die man erst kurze Zeit kennt? Die Abwesenheit alter Freunde wird mit Gleichmut hingenommen. Die Trennung von neugewonnenen Bekannten erscheint uns unerträglich, so kurz sie auch sein mag.

Algernon

Ich danke Ihnen.

Auftritt: Merriman

Merriman

Der Einspänner steht bereit, Sir.

Algernon *sieht* Cecily *flehend an*

Cecily

Er soll warten, Merriman, fünf Minuten.

Merriman

Sehr wohl, Miss.

Merriman *ab*

Algernon

Cecily, ich hoffe, Sie nehmen es mir nicht übel, wenn ich frank und frei bekenne, daß Sie für mich die sichtbare Verkörperung unbedingter Vollkommenheit vorstellen.

Cecily

Ich finde, Ihre Offenheit ehrt Sie, Ernst. Wenn Sie erlauben, werde ich Ihre Bemerkungen in meinem Tagebuch festhalten. *Geht zum Tisch und schreibt in ihr Tagebuch*

Algernon

Sie führen Tagebuch? Ich würde alles geben, um einen Blick hineinwerfen zu dürfen. Darf ich?

Cecily

O nein! *Verdeckt es mit den Händen* Das ist doch weiter nichts als die Niederschrift der Gedanken und der Eindrücke eines sehr jungen Mädchens, das müssen Sie verstehen, es ist ausschließlich zur Veröffentlichung bestimmt. Wenn es in Buchform erschienen ist, werden Sie hoffentlich ein Exemplar bestellen. Aber ich bitte Sie, Ernst, lassen Sie sich nicht unterbrechen. Ich bin bei »unbedingte Vollkommenheit vorstellen«. Fahren Sie also fort. Ich bin auf alles vorbereitet.

Algernon *so gut wie sprachlos*

Äh ... äh ...

Cecily

Ach, bitte nicht räuspern, Ernst. Beim Diktat sollte man fließend sprechen und sich nicht räuspern. Außerdem weiß ich gar nicht, wie man so ein Räuspern notiert. *Schreibt mit, während* Algernon *spricht*

Algernon *spricht sehr schnell*

Miss Cardew, seit heute mittag, 12 Uhr 30, als ich einen ersten Blick auf Ihre unerhörte und unvergleichliche Schönheit werfen durfte, bin ich nicht bloß Ihr untertänigster Diener und Sklave, sondern habe mich, getrieben von den Ausbrüchen einer womöglich widernatürlichen Leidenschaft, auf das Wagnis eingelassen, Sie zu lieben, wild, wahnsinnig, hingegeben, hoffnungslos.

CECILY *läßt ihren Bleistift sinken*

Ach, könnten Sie das Ganze noch einmal wiederholen. Sie sprechen viel zu schnell und zu undeutlich. Seien Sie so nett und wiederholen Sie das Ganze noch einmal.

ALGERNON

Miss Cardew, seit Sie zwölfeinhalb sind – ich meine, seit es zwölfeinhalb – ich meine, seit heute mittag, halb eins, als ich einen ersten Blick auf Ihre unerhörte und unvergleichliche Schönheit werfen durfte ...

CECILY

... werfen durfte ... ja, das habe ich, fahren Sie bitte fort.

ALGERNON *stottert*

... b – b – b ...

CECILY *legt ihren Bleistift beiseite und schaut ihn vorwurfsvoll an*

... bin ich nicht bloß Ihr untertänigster Diener und Sklave, sondern habe mich, getrieben von den Ausbrüchen einer womöglich widernatürlichen Leidenschaft, auf das Wagnis eingelassen, Sie zu lieben, wild, wahnsinnig, hingegeben, hoffnungslos. *Schaut auf seine Uhr*

CECILY *hat einige Zeit geschrieben und schaut dann auf*

»Hoffnungslos« lasse ich lieber weg. Es klingt ziemlich sinnlos, oder nicht?

ALGERNON *begreift nach einer kurzen Pause*

Cecily!

Cecily

Soll ich damit einen neuen Absatz anfangen? Oder sollte danach ein Ausrufungszeichen stehen?

Algernon *schnell, aber gefühlvoll*

Für mich fängt damit ein vollkommen neues Leben an, und danach sollten so viele Ausrufezeichen stehen, als wäre mein ganzes Leben eine einzige Symphonie, komponiert aus Liebe, Lob und Leidenschaft!

Cecily

Tja, ich habe nicht den Eindruck, daß das irgendwelchen Sinn ergibt. Tatsache ist, daß Männer nie versuchen sollten, einer Frau etwas zu diktieren. Sie können es einfach nicht, und wenn sie es versuchen, kommt immer etwas besonders Dummes dabei heraus.

Algernon

Es ist mir egal, ob alles dumm klingt, was ich sage. Ich weiß nur, daß ich Sie liebe, Cecily. Ich liebe Sie, ich brauche Sie. Ich kann ohne Sie nicht leben, Cecily. Sie wissen genau, daß ich Sie liebe. Wollen Sie mich heiraten? Wollen Sie meine Frau werden? *Rennt zu ihr hinüber und faßt nach ihrer Hand*

Cecily *steht auf*

So, jetzt haben Sie es geschafft: Ich habe einen Klecks gemacht! Und dabei ist das der erste richtige Heiratsantrag, den ich bekommen habe. Ich hätte ihn lieber fein säuberlich zu Papier gebracht.

Auftritt: Merriman

Merriman

Der Einspänner steht immer noch bereit, Sir.

ALGERNON

Richten Sie bitte aus, daß er nächste Woche um die gleiche Zeit wieder vorbeikommen möge.

MERRIMAN *achtet nur auf* CECILY, *die keine Reaktion zeigt*

Sehr wohl, Sir.

CECILY

Onkel Jack wäre sehr ärgerlich, wenn er wüßte, daß Sie bis nächste Woche um die gleiche Zeit bleiben wollen.

ALGERNON

Ach, Jack ist mir so was von egal! Das einzige, was mir nicht egal ist auf dieser Welt, sind Sie. Ich liebe Sie. Cecily! Sie werden mich doch heiraten?

CECILY

Dummerchen! Selbstverständlich werde ich das. Wozu sind wir seit drei Monaten verlobt.

ALGERNON

Seit drei Monaten?

CECILY

Drei Monate oder ein paar Tage weniger... *Blättert in ihrem Tagebuch* Jawohl, es sind genau drei Monate, nächsten Donnerstag.

ALGERNON

Das wußte ich gar nicht.

CECILY

Allzuwenig Leuten ist heutzutage bewußt, welche Rolle sie zu spielen haben. Wie Miss Prism es gern ausdrückt: Unser Zeitalter ist so gedankenlos.

ALGERNON

Aber wie war das mit unserer Verlobung?

CECILY

Also, seit der liebe Onkel Jack erstmals zugegeben hat, einen jüngeren Bruder zu haben, der sehr verrucht und grundböse ist, sind Sie naturgemäß zum Hauptgegenstand der Gespräche zwischen mir und Miss Prism avanciert. Und natürlich gewinnt ein Mann, der ins Gerede kommt, entscheidend an Attraktivität. Irgend etwas muß er schon an sich haben, das hat man einfach im Gefühl. Ich muß zugeben, es war dumm von mir, aber ich habe mich in dich verliebt, Ernst.

ALGERNON

Liebste! Und wann wurde unsere Verlobung förmlich besiegelt?

CECILY

Am 14. Februar des Jahres. Deiner permanenten Ignoranz meiner Existenz mehr als müde, beschloß ich, diesem Zustand so oder so ein Ende zu machen, und nach heftigem inneren Kampf erhörte ich dich eines Abends im Park. Am nächsten Tag kaufte ich in deinem Namen dies Ringlein. Wie du siehst, Ernst, trage ich es seitdem ständig, und obwohl es beweist, wie extravagant du leider bist, habe ich dir das doch schon lange verziehen. In dieser Schublade hier bewahre ich all die kleinen Geschenke auf, die ich dir von Zeit zu Zeit zugedacht habe, säuberlich numeriert und katalogisiert. Dies hier ist die Perlenkette, die du mir zum Geburtstag geschenkt hast. Und in dieser Schachtel bewahre ich all deine Briefe auf. *Öffnet die Schachtel und präsentiert ein Bündel Briefe, das von einem blauen Band zusammengehalten wird*

ALGERNON

Meine Briefe! Aber meine einzig süße Cecily, ich habe dir doch nie irgendwelche Briefe geschrieben.

CECILY

Du mußt mich nicht unbedingt daran erinnern, Ernst. Ich weiß das nur zu gut. Ich war es leid, den Postboten jeden Morgen zu fragen, ob ein Brief für mich aus London dabei sei. Meine Gesundheit begann schon unter dieser angstvollen Anspannung zu leiden. Also habe ich selbst deine Briefe für dich aufgesetzt und von meinem Mädchen im Dorf aufgeben lassen. Regelmäßig habe ich mir dreimal die Woche geschrieben und bisweilen noch häufiger.

ALGERNON

Laß sie mich lesen, Cecily, bitte!

CECILY

Aber das ist unmöglich. Du würdest dir zuviel darauf einbilden. Die drei, die du mir geschrieben hast, nachdem ich die Verlobung gelöst hatte, sind inhaltlich so wahrhaftig und orthographisch so fehlerhaft, daß ich sie auch heute kaum lesen kann, ohne ein paar Tränen darüber zu vergießen.

ALGERNON

Aber ist denn unsere Verlobung je gelöst worden?

CECILY

Allerdings, und zwar am 22. März des Jahres. Du kannst dir den Eintrag gern einmal anschauen … *Zeigt ihr Tagebuch* »Heute habe ich meine Verlobung mit Ernst gelöst. Mein Gefühl sagt mir, es ist besser so. Das Wetter ist weiterhin heiter.«

ALGERNON

Aber um Himmels willen, warum hast du sie gelöst? Was hatte ich dir denn getan? Ich hatte doch überhaupt nichts getan. Daß du sie gelöst hast, das zu hören, tut mir sehr weh. Noch dazu bei heiterem Wetter.

CECILY

Männer vergessen anscheinend sehr leicht. Ich darf wirklich erwarten, daß du dich an den bedrohlichen Brief erinnerst, den du mir geschrieben hast, nachdem ich mit Lord Kelso auf dem Grafschaftsball getanzt hatte.

ALGERNON

Aber ich habe doch alles wieder zurückgenommen, oder nicht?

CECILY

Selbstverständlich hast du das. Hätte ich dir denn sonst verziehen und dies kleine goldene Armband angenommen, das mit dem türkis- und diamantenbesetzten herzförmigen Anhänger, das du mir am nächsten Tag geschickt hast?

ALGERNON

Habe ich dir das geschenkt, Cecily? Es ist ganz hübsch, oder?

CECILY

Ja. Dein Geschmack ist bewundernswert, Ernst. Darauf habe ich nie etwas kommen lassen. Ich habe damit immer deinen schlechten Lebenswandel entschuldigt.

ALGERNON

Mein Einundalles! Cecily, wir sind also schon seit drei Monaten verlobt!

CECILY

Ja. Erstaunlich, wie die Zeit vergeht, nicht wahr?

ALGERNON

Für mich nicht. Ich fand die Tage unendlich lang und langweilig ohne dich.

CECILY

Du bist ein Romantiker und so süß ... *Fährt ihm mit den Fingern durchs Haar* Das sind doch hoffentlich Naturlocken, oder etwa nicht?

ALGERNON

Natürlich, Liebling, die Kunst hat nur etwas nachgeholfen.

CECILY

Das macht mich so froh.

ALGERNON

Und du wirst unsere Verlobung nie wieder lösen, Cecily?

CECILY

Ich glaube, ich könnte sie gar nicht mehr lösen, jetzt, nachdem ich dich endlich kennengelernt habe. Es bleibt da natürlich noch die Namensfrage.

ALGERNON *nervös*

Ja, sicher...

CECILY

Du wirst mich bestimmt auslachen, Liebling, aber es war immer schon mein Mädchentraum, jemanden zu lieben, der Ernst heißt.

ALGERNON *steht auf,* CECILY *ebenfalls*

Der Name hat ein gewisses Etwas, das mir unbedingtes Zutrauen einflößt. Ich kann all die armen Frauen nur bedauern, deren Ehemänner nicht Ernst heißen.

ALGERNON

Aber, liebes Kind, willst du damit etwa sagen, du könntest mich nicht lieben, wenn ich einen anderen Namen hätte?

CECILY

Was für einen anderen Namen?

ALGERNON

Ach, irgendeinen, such dir einen aus – zum Beispiel: Algernon.

CECILY

Aber ich würde mir nie den Namen Algernon aussuchen.

ALGERNON

Aber, mein Einundalles, meine Geliebte, mein süßer, anbetungswürdiger Schatz, ich wüßte wirklich nichts, was gegen den Namen Algernon spräche. Es ist wahrhaftig kein so übler Name. Tatsächlich ist es ein ziemlich aristokratischer Name. Mindestens die Hälfte der Typen, die einen Offenbarungseid leisten müssen, heißen Algernon. Im Ernst, Cecily – *nähert sich ihr* wenn nun mein Name Algy wäre, könntest du mich nicht mehr lieben?

CECILY *entzieht sich*

Ich könnte dich achten, Ernst, ich könnte dich für deinen Charakter bewundern, aber ich fürchte, ich wäre nicht in der Lage, dir meine ungeteilte Aufmerksamkeit zukommen zu lassen.

ALGERNON

Aha ... Cecily! *Nimmt seinen Hut* Euer Geistlicher hier ist bestimmt gründlich vertraut mit all diesen kirchlichen Riten und Zeremonien.

CECILY

Oh, ja. Doktor Chasuble ist ein äußerst gebildeter Mann. Er hat nie auch nur ein einziges Buch geschrieben – daraus magst du ermessen, wie groß seine Wissensreserven sein müssen.

ALGERNON

Ich muß sofort zu ihm wegen einer äußerst wichtigen Einsegnung – ich meine, einer äußerst wichtigen Einladung.

CECILY

Oh!

ALGERNON

Ich werde kaum länger als eine halbe Stunde fort sein.

CECILY

Angesichts der Tatsache, daß wir bereits seit dem 14. Februar verlobt sind und ich dich erst heute zum ersten Mal gesehen habe, finde ich es ziemlich hart, daß du mich für eine so lange Zeit allein lassen willst: eine halbe Stunde! Kannst du es nicht in zwanzig Minuten schaffen?

ALGERNON

Ich bin in weniger als keiner Sekunde zurück! *Küßt sie und rennt hinaus*

CECILY

Was ist er doch für ein ungestümer Junge! Ich mag sein

Haar so sehr. Ich muß noch seinen Heiratsantrag eintragen … *Greift nach ihrem Tagebuch*

Auftritt: MERRIMAN

MERRIMAN

Eine Miss Fairfax wünscht Mister Worthing zu sprechen. In einer sehr wichtigen Angelegenheit, wie Miss Fairfax betont.

CECILY

Ist Mister Worthing denn nicht in seiner Bibliothek?

MERRIMAN

Mister Worthing ist vor einiger Zeit ausgegangen, in Richtung Sakristei.

CECILY

Dann sagen Sie der Lady, ich lasse bitten; Mister Worthing wird bestimmt bald zurück sein. Und Sie können den Tee servieren, Merriman.

MERRIMAN

Sehr wohl, Miss. *Ab*

CECILY

Miss Fairfax! Vermutlich eine der vielen netten älteren Damen, die mit Onkel Jack in einer seiner philanthropischen Gesellschaften zusammenarbeiten. Ich mag Frauen, die philanthropische Arbeit leisten, nicht besonders. Ich finde, sie wirken leicht aufdringlich.

Auftritt: MERRIMAN

MERRIMAN

Miss Fairfax.

Auftritt: GWENDOLEN. MERRIMAN *ab*

Cecily *geht ihr entgegen*

Erlauben Sie, daß ich mich selbst vorstelle: Mein Name ist Cecily Cardew.

Gwendolen

Cecily Cardew? *Geht auf sie zu und reicht ihr die Hand* Was für ein hübscher Name! Etwas sagt mir, daß wir die besten Freundinnen werden. Ich mag Sie bereits so gern, daß ich kaum Worte finde. Und mein erster Eindruck täuscht mich bei Menschen nie.

Cecily

Wie freundlich von Ihnen, mich bereits nach einer vergleichsweise kurzen Bekanntschaft so gern zu mögen. Nehmen Sie doch bitte Platz.

Gwendolen

Ich darf Sie doch Cecily nennen, Sie erlauben?

Cecily

Mit Vergnügen!

Gwendolen

Und Sie sagen Gwendolen zu mir, bitte?

Cecily

Wie Sie wünschen.

Gwendolen

Damit wäre das alles geklärt, finden Sie nicht?

Cecily

Ich hoffe doch.

Pause. Beide setzen sich

Gwendolen

Dies scheint mir der geeignete Moment zu sein, um zu

erklären, wer ich bin. Mein Vater ist Lord Bracknell. Sie haben von meinem Vater gehört, nehme ich an?

CECILY

Ich fürchte, nein.

GWENDOLEN

Außerhalb des engeren Familienkreises ist Papa glücklicherweise so gut wie unbekannt. Ich finde, so sollte es auch sein. Ich bin der Meinung, daß es für einen Mann nur ein passendes Umfeld gibt: sein Heim. Und wenn ein Mann anfängt, seine häuslichen Pflichten zu vernachlässigen, wird er mit Sicherheit auf eine peinliche Weise verweiblichen, nicht wahr? Und das mag ich gar nicht. Es macht Männer so unwiderstehlich. Meine Mama, liebe Cecily, die in Erziehungsfragen bemerkenswert wenig Spaß versteht, hat mir beigebracht, außerordentlich kurzsichtig zu sein; das gehört zu ihrem System. Würde es Ihnen etwas ausmachen, wenn ich kurz meine Brille aufsetze, um Sie anzuschauen?

CECILY

Im Gegenteil, Gwendolen. Ich lasse mich leidenschaftlich gern anschauen.

GWENDOLEN, *nachdem sie* CECILY *durch ihre Lorgnette gemustert hat*

Lassen Sie mich raten: Sie sind auf Stippvisite hier?

CECILY

O nein. Ich wohne hier.

GWENDOLEN *scharf*

Ist das wahr! Zweifellos unter Aufsicht Ihrer Mutter oder einer anderen weiblichen Verwandten fortgeschrittenen Alters?

CECILY

O nein. Ich habe weder eine Mutter noch irgendwelche Verwandtschaft, um ehrlich zu sein.

GWENDOLEN

Ist das die Möglichkeit!

CECILY

Es ist mein lieber Vormund, der, assistiert von Miss Prism, die Verantwortung für mich übernommen hat, was gewiß mühsam ist.

GWENDOLEN

Ihr Vormund.

CECILY

Genau. Ich bin Mister Worthings Mündel.

GWENDOLEN

Ach! Es befremdet mich, daß er mir gegenüber nie ein Mündel erwähnt hat. Wie geheimnistuerisch von ihm! Er wird von Stunde zu Stunde rätselhafter. Ich weiß allerdings noch nicht, ob mich diese Neuigkeit mit ungeteiltem Entzücken erfüllt. *Steht auf und geht hinüber zu ihr* Ich habe Sie sehr gern, Cecily; ich habe Sie auf den ersten Blick liebgewonnen. Aber ich muß Ihnen ein Geständnis machen: Seit ich weiß, daß Sie Mister Worthings Mündel sind, kann ich mich des Wunsches nicht erwehren, Sie könnten – na ja, vielleicht ein wenig älter sein, als Sie es offensichtlich sind – und von nicht ganz so einnehmender Erscheinung. Darf ich die Dinge beim Namen nennen?

CECILY

Ich bitte Sie darum! Ich finde, was immer an Unerfreulichem zu sagen ist, sollte immer in aller Offenheit gesagt werden.

GWENDOLEN

Gut, dann will ich in aller Offenheit bekennen: Ich wünschte, Sie wären mindestens zweiundvierzig oder sähen doch wenigstens so aus! Ernst ist ein starker, aufrechter Charakter. Er ist eine Seele von einem wahren Ehrenmann. Untreue wäre für ihn ebenso undenkbar wie Betrug. Doch gerade der denkbar ehrenhafteste, moralisch einwandfreieste Mann ist um so anfälliger für die körperlichen Reize anderer. Die Praxis der neueren wie auch der älteren Geschichte versorgt uns mit allzu vielen beklagenswerten Beispielen für meine Theorie. Wenn dem nicht so wäre, würde kein Mensch Geschichtsbücher lesen.

CECILY

Entschuldigen Sie, wenn ich darauf zurückkomme, aber sagten Sie Ernst?

GWENDOLEN

Allerdings.

CECILY

Oh, aber Mister Ernst Worthing ist keineswegs mein Vormund! Er ist sein Bruder – sein älterer Bruder.

GWENDOLEN *nimmt wieder Platz*

Ernst hat mir gegenüber nie einen Bruder erwähnt.

CECILY

Ich muß leider zugeben, daß sie längere Zeit nicht sehr gut miteinander ausgekommen sind.

GWENDOLEN

Ah, das erklärt manches. Und wenn ich so darüber nachdenke, habe ich noch nie gehört, daß ein Mann seinen Bruder erwähnt. Das Thema kommt den meisten Männern geschmacklos vor. Cecily, Sie haben mir einen Stein vom Herzen genommen. Ich bekam geradezu Angstzustände. Es wäre furchtbar gewesen, wenn sich irgendein Schatten auf eine Freundschaft wie die unsere gelegt hätte, nicht wahr? Selbstverständlich sind Sie vollkommen sicher, daß Ihr Vormund nicht Mister Ernst Worthing ist?

CECILY

Ganz sicher. *Pause* Ich werde nämlich die Seine.

GWENDOLEN *forschend*

Wie bitte?

CECILY *ein wenig schüchtern und vertraulich*

Liebste Gwendolen, warum sollte ich ein Geheimnis daraus machen, Ihnen gegenüber? Unsere bescheidene Lokalzeitung wird die Nachricht spätestens nächste Woche bekanntmachen. Mister Ernst Worthing und ich sind verlobt und werden heiraten.

GWENDOLEN *erhebt sich, betont höflich*

Cecily, meine Liebste, ich fürchte da liegt ein kleiner Irrtum vor. Mister Ernst Worthing ist mit mir verlobt. Die Anzeige wird spätestens am Samstag in der ›Morning Post‹ erscheinen.

CECILY *erhebt sich, betont höflich*

Ich fürchte fast, Sie unterliegen da einem Mißverständnis. Ernst hat mir einen Antrag gemacht, vor genau zehn Minuten. *Zeigt ihr Tagebuch vor*

Gwendolen *mustert es sorgfältig durch ihre Lorgnette*

Das ist wirklich komisch, da er auch mich gebeten hat, seine Frau zu werden, und zwar gestern nachmittag um 5 Uhr 30. Wenn Sie Beweise für dies Ereignis brauchen, bitte, bedienen Sie sich. *Zeigt ihr eigenes Tagebuch vor* Ich reise nie ohne mein Tagebuch. Gerade im Zug braucht man immer spannende Lektüre. Ich bin untröstlich, liebe Cecily, aber ich fürchte, ich habe ältere Rechte.

Cecily

Ich kann nicht sagen, wie leid es mir täte, wenn es Ihnen, liebe Gwendolen, irgendwelche geistigen oder körperlichen Schmerzen bereiten sollte, aber ich fühle mich verpflichtet, darauf hinzuweisen, daß Ernst, nachdem er Ihnen seinen Antrag gemacht hat, offenbar seine Meinung ändern mußte.

Gwendolen *nachdenklich*

Wenn der arme Kerl in irgendein dummes Verlöbnis verstrickt worden ist, muß ich es wohl als meine heilige Pflicht erachten, ihn unverzüglich daraus zu befreien, und zwar mit starker Hand.

Cecily *gedankenvoll und traurig*

Was auch immer das für eine unglückselige Affaire sein mag, auf die mein armer Junge sich eingelassen hat, ich werde ihn nach der Hochzeit nie mehr damit belästigen.

Gwendolen

Erlauben Sie mal, Miss Cardew, eine Affaire nennen Sie das? Das klingt anmaßend. Bei einer Gelegenheit wie dieser aus seinem Herzen eine Mördergrube zu machen, ist nicht nur eine moralische Pflicht, sondern macht geradezu Spaß.

Cecily

Sie wollen also andeuten, Miss Fairfax, ich hätte Ernst in ein Verlöbnis verstrickt? Wie können Sie es wagen? Hier bleibt allerdings keine Zeit, die hohle Maske der Manieren aufzusetzen. Wenn ich eine Mistgabel sehe, dann nenne ich sie eine Mistgabel.

Gwendolen *ironisch*

Ich darf frohen Herzens bekennen, daß ich noch nie eine Mistgabel gesehen habe. Offenbar verkehren wir doch in weit auseinanderliegenden Kreisen der Gesellschaft.

Auftritt: Merriman *gefolgt von einem Lakaien. Er trägt ein Tablett, Servietten und eine Etagere.* Cecily *unterdrückt ihre Retourkutsche. Durch die Anwesenheit des Personals wird den Damen Zurückhaltung auferlegt, was beide ärgert*

Merriman

Darf ich den Tee hier servieren, Miss, wie üblich?

Cecily *streng, mit ruhiger Stimme*

Ja, wie üblich.

Merriman *beginnt den Teetisch zu decken. Längere Pause.* Cecily *und* Gwendolen *belauern einander*

Gwendolen

Die Umgebung lädt vermutlich zu vielen interessanten Ausflügen, nicht wahr, Miss Cardew?

Cecily

Oh, gewiß, zu sehr vielen! Von der Spitze eines der Hügel kann man fünf Grafschaften auf einen Blick erfassen.

Gwendolen

Fünf Grafschaften! Ich glaube, das würde mir nicht gefallen. Ich hasse Massen.

CECILY

Das ist vermutlich ein Grund, der Sie in der Stadt leben läßt.

GWENDOLEN *beißt sich auf die Lippen und schlägt nervös mit ihrem Sonnenschirm gegen ihre Schuhe*

GWENDOLEN *schaut sich um*

Ganz bezaubernd, Ihr Salon, Miss Cardew.

CECILY

Er gefällt Ihnen? Wie mich das freut, Miss Fairfax.

GWENDOLEN

Ich hatte ja keine Ahnung, wie nah man in diesen eher abseitigen Landbezirken dem gekommen ist, was ich unter gutem Geschmack verstehe. Eine echte Überraschung!

CECILY

Ich muß dem leider entnehmen, daß Sie in Ihrem Urteil von städtischen Ansichten ausgehen. Ich finde die meisten Häuser in London ausgesprochen vulgär.

GWENDOLEN

Sie schlagen Ihnen auf Ihr ländliches Gemüt, nehme ich an. Ich verstehe gar nicht, wie es eine Person auf dem Lande aushalten kann – falls es hier überhaupt so etwas wie Persönlichkeiten gibt. Mich langweilt das Landleben zu Tode.

CECILY

Aha. Jetzt wird mir klar, was die Zeitungen unter einer Depression in der Landwirtschaft verstehen, das müßte es doch sein, oder? Ich glaube, gerade die Aristokratie hat darunter derzeit sehr zu leiden. Wie ich gehört habe, nimmt sie in diesen Kreisen geradezu epidemische Züge an. Darf ich Ihnen eine Tasse Tee anbieten, Miss Fairfax?

GWENDOLEN *vollendet höflich*

Danke, gern. *Beiseite* Abscheuliche Person! Aber den Tee habe ich nötig!

CECILY *süßlich*

Mit Zucker?

GWENDOLEN *herablassend*

Danke, nein. Zucker ist etwas aus der Mode gekommen.

CECILY *schenkt ihr einen bösen Blick, nimmt die Zuckerzange und gibt vier Stückchen in die Tasse*

CECILY *streng*

Ein Stückchen Kuchen oder ein Butterbrot?

GWENDOLEN *betont gelangweilt*

Ein Butterbrot, bitte. Kuchen ist heutzutage in besseren Häusern kaum mehr anzutreffen.

CECILY *schneidet eine sehr dicke Scheibe Kuchen ab und legt sie auf den Teller*

Würden Sie das Miss Fairfax reichen, Merriman.

MERRIMAN *gehorcht und geht mit dem Lakaien ab.* GWENDOLEN *trinkt den Tee und verzieht das Gesicht. Setzt die Tasse sofort ab, will nach dem Butterbrot greifen und muß feststellen, daß es sich um ein Stück Kuchen handelt. Steht beleidigt auf*

GWENDOLEN

Sie haben mir säckeweise Zucker in meinen Tee geschüttet und mir diesen Kuchen vorgesetzt, obwohl ich Sie höflichst um ein Butterbrot gebeten hatte. Ich bin für mein freundliches Wesen bekannt, sanft bin ich von Natur aus, aber ich warne Sie, Miss Fairfax, gehen Sie nicht zu weit!

CECILY *steht auf*

Ich kenne keine Grenzen, wenn es darum geht, meinen armen, unschuldigen, vertrauensseligen Bräutigam vor den Machenschaften einer anderen zu schützen.

GWENDOLEN

Ich habe Ihnen auf den ersten Blick mißtraut. Ich wußte, Sie sind falsch und hinterhältig. In diesen Dingen täusche ich mich nie. Mein erster Eindruck von Leuten ist und bleibt der richtige.

CECILY

Ich glaube, ich darf Ihre kostbare Zeit nicht länger in Anspruch nehmen, Miss Fairfax. Sie haben zweifellos in der Nachbarschaft noch viele Besuche ähnlichen Charakters zu absolvieren.

Auftritt: JACK

GWENDOLEN, *sobald sie ihn erblickt*

Ernst! Mein einziger Ernst!

JACK

Gwendolen! Liebste!

GWENDOLEN *weicht zurück*

Einen Moment! Darf ich fragen, ob du vorhast, diese junge Dame zu heiraten?

JACK *lachend*

Was? Die liebe, kleine Cecily! Natürlich nicht! Wie kannst du dir nur so eine Idee in dein hübsches Köpfchen setzen?

Gwendolen

Ich danke dir. Du darfst! *Bietet ihm ihre Stirn*

Cecily *betont lieblich*

Ich wußte doch, daß es sich um ein Mißverständnis handeln mußte, Miss Fairfax. Bei dem Herrn, in dessen Armen Sie gerade liegen, handelt es sich um meinen Vormund, Mister Worthing.

Gwendolen

Wie bitte?

Cecily

Das hier ist Onkel Jack.

Gwendolen *weicht zurück*

Jack! Oh!

Auftritt: Algernon

Cecily

Hier kommt Ernst!

Algernon *geht auf* Cecily *zu, ohne von den anderen Notiz zu nehmen*

Meine Liebste! *Er will sie küssen*

Cecily *weicht zurück*

Einen Moment, Ernst! Darf ich fragen, ob du vorhast, diese junge Dame zu heiraten?

Algernon *schaut sich um*

Welche junge Dame? Mein Gott! Gwendolen!

Cecily

Jawohl, deine Göttin Gwendolen, genau die meine ich.

Algernon *lachend*

Natürlich nicht! Wie kannst du dir nur so eine Idee in dein hübsches Köpfchen setzen?

Cecily

Ich danke dir. *Bietet ihm die Stirn zum Kuß* Du darfst! Algernon *küßt sie*

Gwendolen

Da lag ein kleiner Irrtum vor, Miss Cardew, das hatte ich gleich im Gefühl. Der Herr, der sie gerade umarmt, ist mein Cousin, Mister Algernon Moncrieff.

Cecily *löst sich aus Algernons Umarmung*

Algernon Moncrieff! Oh!

Die beiden Damen gehen auf einander zu und umarmen sich wie schutzsuchend

Cecily

Sie heißen Algernon.

Algernon

Ich kann's nicht leugnen.

Cecily

Oh!

Gwendolen

Und Ihr wirklicher Name ist John?

Jack *in stolzer Haltung*

Wenn ich wollte, könnte ich das leugnen. Ich könnte alles leugnen, was ich wollte. Doch mein Name ist allerdings John. Schon seit Jahren ist er John.

Cecily *zu* Gwendolen

Welch gewaltiger Täuschung sind wir beide unterlegen!

GWENDOLEN
Ärmste Cecily! Wie hat man dich verletzt!

CECILY
Süßeste Gwendolen! Wie hat man dich betrogen!

GWENDOLEN *langsam und ernsthaft*
Magst du mich Schwester nennen, Schwester?

Sie umarmen einander. JACK *und* ALGERNON *stöhnen auf und gehen auf und ab*

CECILY *ziemlich heiter*
Da wäre noch eine Frage, die ich meinem Vormund gern stellen würde, wenn's gestattet ist.

GWENDOLEN
Eine hervorragende Idee! Mister Worthing, da wäre noch eine Frage, die ich Ihnen gern stellen würde, wenn Sie gestatten. Wo ist Ihr Bruder Ernst? Wir sind beide verlobt mit Ihrem Bruder Ernst und wollen ihn heiraten. Also ist die Frage von einiger Bedeutung für uns: Wo ist gegenwärtig Ihr Bruder Ernst?

JACK *langsam und zögernd*
Gwendolen – Cecily – es ist sehr schmerzlich für mich, die Wahrheit sagen zu müssen. Zum ersten Mal in meinem Leben sehe ich mich in diese ausweglose Lage gedrängt und bin dementsprechend unerfahren. Wie dem auch sei, ich will geradeheraus bekennen: Ich habe keinen Bruder namens Ernst. Ich habe überhaupt keinen Bruder. Ich hatte im Leben noch keinen Bruder, und ich kann versichern, daß ich auch nicht die leiseste Absicht habe, mir in Zukunft einen zuzulegen.

CECILY *ehrlich überrascht*

Überhaupt keinen Bruder?

JACK *vergnügt*

Keinen.

GWENDOLEN *ernsthaft*

Sie hatten nie einen Bruder oder etwas Derartiges?

JACK *freundlich*

Nie. Nicht einmal etwas Derartiges.

GWENDOLEN

Damit steht wohl leider fest, daß keine von uns mit irgend jemandem verlobt ist, den sie heiraten könnte.

CECILY

Und das ist keine sehr erfreuliche Aussicht für ein junges Mädchen, zumal wenn sie so plötzlich kommt, nicht wahr?

GWENDOLEN

Laß uns in den Garten gehen. Sie werden es kaum wagen, uns nachzukommen.

CECILY

Ach, Männer sind doch solche Feiglinge, findest du nicht?

Mit verächtlichen Blicken ziehen sie sich Richtung Garten zurück

JACK

Du hast mich ganz schön reingeritten.

ALGERNON

setzt sich an den Tisch und schenkt sich etwas Tee ein. Er scheint recht mutlos

Einfach hier herauszukommen und dich für meinen Bruder auszugeben – was, zum Teufel, hast du dir bloß dabei gedacht? Das ist einfach ungeheuerlich!

ALGERNON *ißt Muffins*

Und was zum Teufel hast du dir dabei gedacht, dir einen Bruder zuzulegen? Das ist einfach unverzeihlich! *Ißt noch mehr Muffins*

JACK

Ich habe dir gesagt, du sollst mit dem Vier-Uhr-Zug von hier verschwinden. Ich habe den Einspänner für dich bestellt. Warum, zum Teufel, hast du ihn nicht genommen?

ALGERNON

Ich hatte noch keinen Tee getrunken.

JACK

Und wenn die Lage nicht nur ernst, sondern hoffnungslos aussieht, das nennst du dann wohl bunburysieren, wie?

ALGERNON

Genau. Und hier haben wir ein besonders eindrucksvolles Beispiel für Bunburysmus. Das beste Beispiel für Bunburysmus, das mir in meinem ganzen Leben vorgekommen ist.

JACK

Meinetwegen, aber du hattest nicht das geringste Recht, hier herumzubunburysieren.

ALGERNON

Das ist absurd. Jeder hat das Recht zu bunburysieren,

wo immer es ihm paßt. Das weiß jeder ernstzunehmende Bunburyaner.

Jack

Ernstzunehmende Bunburyaner! Was denn noch alles!

Algernon

Na ja, irgendwas muß man doch ernst nehmen, wenn man im Leben etwas Spaß haben möchte. Zufällig nehme ich das Bunburysieren ernst. Was zum Teufel nimmst du denn ernst? Ich habe nicht die leiseste Ahnung. Wahrscheinlich alles und jedes. Ich finde, das entspricht auch deiner absolut trivialen Natur.

Jack

Wie du meinst. Für mich liegt die einzige winzige Genugtuung bei diesem ganzen elenden Schlamassel darin, daß dein Freund Bunbury endlich geplatzt ist. Und du, lieber Algy, wirst nicht mehr ganz so oft aufs Land fahren können, wie du es gewohnt warst. Und das wird dir ganz gut tun.

Algernon

Dein Bruder ist aber auch ein wenig verblichen, findest du nicht, lieber Jack? Und du wirst dich nicht mehr ganz so regelmäßig nach London absetzen können, wie es bei dir so Unsitte war. Und das wird dir auch nicht schaden.

Jack

Was dein Betragen Miss Cardew gegenüber betrifft, kann ich nur feststellen, daß es völlig unentschuldbar ist, ein süßes, einfaches, unschuldiges Ding so zu behandeln. Von der Tatsache, daß sie mein Mündel ist, gar nicht zu reden.

ALGERNON

Für deinen Betrug an einer so gescheiten, brillanten, durch und durch erfahrenen jungen Dame wie Miss Fairfax fällt mir beim besten Willen keine Entschuldigung ein. Von der Tatsache, daß sie meine Cousine ist, gar nicht zu reden.

JACK

Ich wollte Gwendolen heiraten, weil ich sie liebe. So einfach ist das.

ALGERNON

Und ich wollte Cecily heiraten, weil ich sie anbete. So einfach ist das.

JACK

Für dich gibt es definitiv keine Chance, Miss Cardew zu heiraten.

ALGERNON

Ich fürchte, die Wahrscheinlichkeit einer Verbindung zwischen Miss Fairfax und dir, Jack, geht gegen Null.

JACK

Ach, das geht dich gar nichts an.

ALGERNON

Ginge es mich etwas an, würde ich nicht darüber reden. Es wirkt vulgär, über das zu reden, was uns angeht. Das machen nur Leute wie Börsenmakler, und selbst die machen es nur beim Abendessen.

JACK

Eins verstehe ich nicht: Wie kannst du hier herumsitzen und in aller Ruhe Muffins essen, während uns das Wasser bis zum Hals steht? Du hast einfach kein Herz!

ALGERNON

Na ja, ich kann einfach keine Muffins essen, wenn mein Herz zu sehr klopft. Das Fett würde mir wahrscheinlich auf meine Manschetten tropfen. Muffins sollte man in aller Ruhe essen. Das ist die einzig richtige Art, sie zu essen.

JACK

Ich wiederhole: Unter Umständen wie diesen ist es vollkommen herzlos, überhaupt Muffins zu essen.

ALGERNON

Wenn ich bis zum Hals in Schwierigkeiten stecke, ist essen mein einziger Trost. Ja, und wenn mir die Schwierigkeiten über den Kopf wachsen, das wird dir jeder, der mich näher kennt, bestätigen, lasse ich nichts mehr an mich heran, außer Speisen und Getränken. Im Moment esse ich Muffins, weil ich unglücklich bin. Außerdem bin ich ganz verrückt nach Muffins.

JACK *steht auf*

Weißt du, das ist immer noch kein Grund, gleich alle auf diese gierige Art in dich hineinzustopfen. *Nimmt* ALGERNON *ein paar Muffins weg*

ALGERNON *bietet ihm Teegebäck an*

Nimm doch lieber von dem Teegebäck. Ich mag kein Teegebäck.

JACK

Herrgott! Ich finde, ein Mann sollte wohl in seinem eigenen Haus noch seine eigenen Muffins essen dürfen.

ALGERNON

Aber hast du nicht eben gesagt, jetzt Muffins zu essen, sei völlig herzlos.

JACK

Ich sagte, unter diesen Umständen sei es vollkommen herzlos von dir. Das macht einen gewaltigen Unterschied.

ALGERNON

Kann schon sein. Aber Muffin bleibt Muffin. *Zieht den Muffin-Teller aus Jacks Reichweite*

JACK

Ich bete zu Gott, Algy, daß du endlich verschwindest.

ALGERNON

Du kannst mich doch unmöglich so gehen lassen, ohne Dinner. Das ist absurd. Ich gehe nie ohne Dinner. Wer macht schon so was, außer Vegetariern und solchen Leuten. Abgesehen davon habe ich vorhin gerade eine Verabredung mit Doktor Chasuble getroffen: Um viertel vor sechs werde ich auf den Namen Ernst getauft.

JACK

Mein Lieber, je eher du dir diesen Unsinn abschminkst, desto besser. Ich habe heute morgen eine Verabredung mit Doktor Chasuble getroffen und werde um halb sechs getauft, und ich werde natürlich den Namen Ernst annehmen, Gwendolen zuliebe. Wir können uns nicht beide Ernst taufen lassen. Das ist absurd. Abgesehen davon habe ich das alleinige Recht, getauft zu werden, wie ich will. Es gibt keinen Beweis dafür, daß ich überhaupt von jemandem getauft worden bin. Ich halte, ebenso wie Doktor Chasuble, das Gegenteil für äußerst wahrscheinlich. Dein Fall liegt völlig anders. Du wurdest bereits getauft.

Algernon
Schon, aber ich wurde seit Jahren nicht mehr getauft.

Jack
Gut, aber du wurdest getauft. Darauf allein kommt es an.

Algernon
Eben. Ich weiß wenigstens, daß ich es körperlich verkrafte. Wenn du dir nicht ganz sicher bist, ob du je getauft worden bist, finde ich es, ehrlich gesagt, ziemlich gefährlich, jetzt dies Wagnis einzugehen. Es könnte dir sehr schlecht bekommen. Du kannst doch noch nicht vergessen haben, daß jemand, der dir sehr nahesteht, diese Woche beinahe dahingerafft worden wäre von einer schweren Erkältung.

Jack
Richtig, doch du hast selbst gesagt, es wäre keine Erbkrankheit oder etwas Derartiges.

Algernon
Bisher nicht, ich weiß – aber was daraus wird, wage ich nicht vorherzusagen. In diesen Dingen ist der wissenschaftliche Fortschritt nicht aufzuhalten.

Jack
Herrgott, Algy, darf ich mal fragen, wie du dir das hier weiter vorstellst?

Algernon
Gar nicht. Aber genau das habe ich die letzten zehn Minuten versucht, während du alles in deiner Macht Stehende getan hast, meine Vorstellungskraft zu schwächen.

JACK

Egal, ich gehe jetzt hinaus in den Garten und sehe nach Gwendolen. Mein Gefühl sagt mir, daß sie mich erwartet.

ALGERNON

Daß Cecily mir die kalte Schulter gezeigt hat, sagt mir, daß auch sie mich erwartet, also werde ich auf keinen Fall hinaus in den Garten gehen. Wenn ein Mann genau das tut, was eine Frau von ihm erwartet, steigt er bestimmt nicht in ihrer Achtung. Man sollte immer das tun, was eine Frau nicht von einem erwartet, genau wie man stets das sagen sollte, was sie nicht versteht. Und was entsteht, ist eine zeitlos vollkommene Sympathie, die auf Gegenseitigkeit beruht.

JACK

Ach, das ist Unsinn. Du redest Unsinn, wie immer.

ALGERNON

Es ist immer noch klüger, Unsinn zu reden, als ihn sich anzuhören, mein Lieber, und eine sehr seltene Gabe, egal was die Leute sagen.

JACK

Ich höre dir gar nicht zu. Ich kann dich einfach nicht mehr hören.

ALGERNON

Ach, das ist nur falsche Bescheidenheit. Du weißt ganz gut, daß du mir zuhören kannst, wenn du's versuchst. Du unterschätzt dich immer selbst, heutzutage eine absurde Sache, wo so viele eingebildete Leute herumlaufen. Jack, du ißt schon wieder Muffins! Ich wünschte, du würdest das lassen! Es sind bloß noch zwei da. *Nimmt ihm den Teller weg* Ich habe dir doch gesagt, wie gern ich Muffins mag.

JACK

Aber ich hasse Teegebäck.

ALGERNON

Lieber Gott, wie kannst du es dann zulassen, daß deinen Gästen Teegebäck vorgesetzt wird. Ist das deine Vorstellung von Gastfreundschaft?

JACK *irritiert*

Ach, darauf kommt es doch nicht an. Wir diskutieren hier nicht über Teegebäck. *Kommt herüber* Algy, du machst mich ganz verückt! Du kannst bei Gesprächen einfach nichts auf den Punkt bringen.

ALGERNON *betont langsam*

Nein, weil es mir genau da immer weh tut.

JACK

Herrgott! Was bist du für eine Diva! Ich kann Diven nicht ausstehen.

ALGERNON

Schön, mein Lieber, du magst also keine Diven, aber magst du überhaupt jemanden? Nicht, daß ich wüßte. Abgesehen davon bin ich gar keine Diva. Alles auf den Punkt zu bringen, tut mir eben weh. Und ich kann keinerlei körperliche Schmerzen ausstehen.

JACK *starrt* ALGERNON *böse an, geht auf und ab. Kommt schließlich wieder zum Tisch*

Algy! Ich habe dir bereits gesagt, du sollst verschwinden. Ich will dich hier nicht mehr sehen. Warum verschwindest du nicht?

ALGERNON

Ich habe noch nicht mal meinen Tee ausgetrunken.

Und ein Muffin ist auch noch da. *Nimmt sich den letzten Muffin.*
JACK *stöhnt auf, sinkt in einen Sessel und bedeckt das Gesicht mit den Händen*

VORHANG

Vierter Akt

Die Situation ist unverändert. JACK *und* ALGERNON *in derselben Haltung wie am Ende des 3. Akts. Auftritt:* GWENDOLEN *und* CECILY *aus dem Hintergrund*

GWENDOLEN

Die Tatsache, daß sie uns nicht sofort in den Garten gefolgt sind, wie es jeder Mann getan hätte, legt den Verdacht nahe, daß sie immer noch Grund haben, sich zu schämen.

CECILY

Sie haben Muffins gegessen. Das sieht nach Zerknirschung aus.

GWENDOLEN *nach kurzer Pause*

Anscheinend nehmen sie uns gar nicht wahr. Könntest du vielleicht einmal hüsteln.

CECILY

Aber ich habe gar keinen Husten.

GWENDOLEN

Sie sehen uns an. Was für ein Affront!

CECILY

Sie kommen näher. Wie dreist von ihnen!

GWENDOLEN

Laß uns in vornehmem Schweigen verharren.

Cecily

Einverstanden. Das ist das Beste, was wir jetzt tun können.

Jack *und* Algernon *pfeifen eine unerträglich populäre Melodie aus einer zeitgenössischen Oper*

Gwendolen

Dies vornehme Schweigen führt anscheinend zu einer recht unangenehmen Nebenwirkung.

Cecily

Mehr als unangenehm: widerwärtig.

Gwendolen

Wir werden das Schweigen trotzdem nicht als erste brechen.

Cecily

Ganz bestimmt nicht.

Gwendolen

Mister Worthing. Ich habe eine sehr spezielle Frage an Sie. Von Ihrer Antwort hängt einiges ab.

Cecily

Gwendolen, dein gesunder Menschenverstand ist von unschätzbarem Wert. Mister Moncrieff, seien Sie so gut und beantworten mir die folgende Frage. Warum haben Sie vorgegeben, der Bruder meines Vormunds zu sein?

Algernon

Um die Gelegenheit zu bekommen, Sie kennenzulernen.

Cecily *zu* Gwendolen

Das klingt doch nach einer befriedigenden Erklärung, meinst du nicht auch?

GWENDOLEN

Gewiß, meine Liebe, falls man ihm glauben darf.

CECILY

Ich glaube ihm nicht. Aber das tut der überwältigenden Schönheit seiner Antwort keinen Abbruch.

GWENDOLEN

Stimmt. In Angelegenheiten von großer Bedeutung kommt es nicht auf Glaubwürdigkeit an, Stil ist alles. Mister Worthing, Sie haben behauptet, einen Bruder zu haben, welche Erklärung können Sie mir dafür geben? Wollten Sie sich womöglich Gelegenheiten verschaffen, in die Stadt zu kommen, um mich dort sooft wie möglich treffen zu können.

JACK

Wie können Sie daran zweifeln, Miss Fairfax?

GWENDOLEN

Ich hege in dieser Hinsicht größte Zweifel. Aber ich bin geneigt, sie zu verdrängen. Dies ist nicht der Zeitpunkt für typisch deutsche Selbstzweifel. *Wendet sich* CECILY *zu* Ihre Erklärungen kann man wohl als befriedigend gelten lassen, vor allem die von Mister Worthing. Sie scheint mir sogar das Siegel der Wahrhaftigkeit zu tragen.

CECILY

Ich bin mit dem, was Mister Moncrieff vorgebracht hat, mehr als zufrieden. Seine Stimme allein verführt mich zu bedenkenloser Leichtgläubigkeit.

GWENDOLEN

Dann bist du damit einverstanden, wenn wir ihnen verzeihen.

CECILY

Ja. Ich meine: Nein!

GWENDOLEN

Stimmt ja! Das hatte ich fast vergessen. Auf dem Spiel stehen Grundsätze, die nicht aufgegeben werden dürfen. Wer von uns sagt es ihnen? Die Aufgabe ist nicht gerade angenehm.

CECILY

Sollen wir es nicht beide gleichzeitig aussprechen?

GWENDOLEN

Ausgezeichnete Idee! Ich spreche ohnehin meist gleichzeitig mit anderen. Darf ich den Einsatz vorgeben?

CECILY

Bitte.

GWENDOLEN *gibt mit erhobenem Zeigefinger den Einsatz*

GWENDOLEN *und* CECILY *unisono*

Eure Vornamen stehen immer noch unüberwindlich zwischen uns. Sonst nichts!

JACK *und* ALGERNON *unisono*

Unsere Vornamen! Und sonst nichts? Aber wir werden heute nachmittag noch getauft.

GWENDOLEN *zu* JACK

Mir zuliebe wollen Sie so etwas Abscheuliches auf sich nehmen?

JACK

Ich will.

CECILY *zu* ALGERNON

Um mir eine Freude zu machen, wollen Sie sich dieser barbarischen Mutprobe stellen?

ALGERNON

Ich will.

GWENDOLEN

Dies absurde Gerede von der Gleichheit der Geschlechter! Männer sind uns unendlich überlegen, wenn es um den Willen zur Selbstaufopferung geht.

JACK *und* ALGERNON *unisono*

Wir wollen. *Klatschen einander ab*

CECILY

In ihrem Leben gibt es Momente des Muts, von denen wir Frauen nicht einmal träumen können.

GWENDOLEN *zu* JACK

Liebster!

ALGERNON *zu* CECILY

Liebste!

Die Paare umarmen sich.

Auftritt: MERRIMAN. *Angesichts der Situation hüstelt er lauthals*

MERRIMAN

Hust! Hust! Lady Bracknell!

JACK

Du lieber Himmel!

Auftritt: LADY BRACKNELL.

Die Paare fahren panisch auseinander. MERRIMAN *ab*

Lady Bracknell

Gwendolen! Was hat das zu bedeuten?

Gwendolen

Daß ich mit Mister Worthing verlobt bin und ihn heiraten werde, Mama, weiter nichts.

Lady Bracknell

Komm her. Setz dich. Sofort. Jede Form des Zögerns ist ein Zeichen von sittlicher Verderbtheit bei jüngeren und von körperlicher Schwäche bei älteren Menschen. *Wendet sich an* Jack Sir. Kaum hatt' ich Kenntnis von meiner Tochter jäher Flucht durch ihre treue Zofe, deren Zutrauen ich um kleines Geld gewann, kam ich ihr nach, so rasch es eben ging in einem Güterzug. Ihr unglücklicher Vater ist, wie ich gottlob sagen darf, im Glauben, sie wohne einer ungewöhnlich langen Sitzung der Sonntagsschulprojektgruppe über den Einfluß eines geregelten Einkommens auf das Bewußtsein bei. Ich habe auch nicht vor, ihm in diesem Fall die Wahrheit zu sagen. Eigentlich habe ich ihm noch in keinem Fall die Wahrheit gesagt. Ich hielte das für falsch. Aber Sie werden wohl dafür Verständnis haben, daß jeglicher Verkehr zwischen Ihnen und meiner Tochter von Stund an abzubrechen ist. Auf diesem Punkt wie auch auf jedem anderen Punkt muß ich bestehen.

Jack

Ich bin mit Gwendolen verlobt und werde sie heiraten, Lady Bracknell.

Lady Bracknell

Sie werden nichts dergleichen, Sir. Und nun zu Algernon … Algernon!

Algernon

Jawohl, Tante Augusta.

Lady Bracknell

Darf ich fragen, ob dies das Haus ist, in dem dein kranker Freund Mister Bunbury darniederliegt?

Algernon *stammelt*

Oh ... nein ... Bunbury wohnt hier nicht. Bunbury hält sich derzeitig ganz woanders auf. Also eigentlich ist Bunbury tot.

Lady Bracknell

Tot? Und wann ist Mister Bunbury gestorben? Sein Tod muß ja sehr plötzlich eingetreten sein.

Algernon *beiläufig*

Ach, ich habe Bunbury heute nachmittag getötet. Ich meine, der arme Bunbury ist heute nachmittag gestorben.

Lady Bracknell

Woran ist er gestorben?

Algernon

Bunbury? Tja, er ist sozusagen geplatzt.

Lady Bracknell

Geplatzt? Wurde er Opfer eines terroristischen Bombenanschlags? Ich wußte gar nicht, daß Mister Bunbury in sozialen Fragen so engagiert war. Wenn dem so ist, wurde er für seine krankhafte Neigung zu Recht bestraft.

Algernon

Liebe Tante Augusta, Bunbury fiel den Ärzten zum Opfer. Ich meine, die Ärzte haben festgestellt, daß er nicht lebensfähig war – und daran starb er.

LADY BRACKNELL

Offenbar setzte er großes Vertrauen in ärztliche Diagnosen. Wie dem auch sei, ich bin jedenfalls froh, daß er sich endlich zu einer finalen Handlungsweise durchringen konnte, und das unter ständiger ärztlicher Aufsicht. Und nun, da wir diesen Mister Bunbury endgültig los sind, darf ich Sie, Mister Worthing, vielleicht fragen, wer diese junge Person ist, deren Hand mein Neffe Algernon gerade festhält, und zwar in einer Manier, die mir entschieden überflüssig vorkommt.

LADY BRACKNELL *nickt* CECILY *kühl zu*

ALGERNON

Ich bin mit Cecily verlobt und werde sie heiraten, Tante Augusta.

LADY BRACKNELL

Wie bitte?

CECILY

Mister Moncrieff und ich sind verlobt und werden heiraten, Lady Bracknell.

LADY BRACKNELL *erschauert, geht zum Sofa hinüber und setzt sich*

Ich weiß nicht, ob in diesem Teil von Hertfordshire etwas besonders Anregendes in der Luft liegt, doch die Anzahl der Verlobungen, die hier geschlossen werden, scheint mir doch erheblich über den bekannten Durchschnittswerten zu liegen, die von Statistikern zu unserer Orientierung bisher veröffentlicht wurden. Deswegen finde ich, daß meinerseits hier eine Vorsorgeuntersuchung wohl am Platze wäre. Mister Worthing, ist Miss Cardew verwandt oder verschwägert mit einem der größeren Londoner Bahnhöfe? Ich frage aus reinem

Interesse. Bis gestern hatte ich ja keine Ahnung, daß es Familien oder Einzelpersonen gibt, die von einer Endstation abstammen.

JACK *kocht vor Wut, beherrscht sich aber*

JACK *mit klarer, kühler Stimme*

Miss Cardew ist die Enkelin des seligen Mister Thomas Cardew, wohnhaft Belgravia Square 149 und Gervase Park in Dorking, Surrey sowie Gut Sporran in Fifeshire.

LADY BRACKNELL

Das klingt durchaus zufriedenstellend. Drei Adressen fördern stets das Vertrauen, selbst in Geschäftsleute. Doch was beweist mir, daß sie authentisch sind?

JACK

Ich habe die zeitgenössischen Hofkalender sorgfältig aufgehoben. Sie stehen Ihnen zur Überprüfung jederzeit zur Verfügung, Lady Bracknell.

LADY BRACKNELL *mäkelnd*

In diesen Publikationen habe ich schon befremdliche Fehler gefunden.

JACK

Miss Cardews familiäre Angelegenheiten werden von der Anwaltskanzlei Markby, Markby & Markby wahrgenommen, Adresse: Lincoln's Inn Fields, Western Central District, London. Zweifellos wird es den Herren ein Vergnügen sein, Sie mit allen weiteren Informationen zu versorgen. Ihr Büro ist von zehn bis sechzehn Uhr geöffnet.

LADY BRACKNELL

Markby, Markby & Markby? In dieser Branche eine der angesehensten Adressen. Mir wurde sogar gesagt, daß einer dieser Mister Markbys bisweilen zu Dinnerparties geladen werde. Soweit bin ich sehr zufrieden.

JACK *äußerst gereizt*

Sie sind zu gütig, Lady Bracknell. Weiterhin befinden sich in meinem Besitz, und das zu hören wird Sie freuen, Dokumente, die Miss Cardews Geburt, Taufe, Keuchhusten, Anmeldung, Schutzimpfung, Konfirmation sowie ihre Masern beurkunden; und davon beide Varianten, die englische wie die deutsche.

LADY BRACKNELL

Aha. Ein sehr ereignisreiches Leben, wie ich sehe, fast ein wenig zu aufregend für so ein junges Mädchen. Ich persönlich halte nicht viel von frühreifen Erfahrungen. *Erhebt sich, schaut zur Uhr* Gwendolen! Zeit zum Aufbruch. Wir haben keine Sekunde zu verlieren. Der Form halber sollte ich Sie wohl noch fragen, Mister Worthing, ob Miss Cardew über so etwas wie eine kleine Mitgift verfügt.

JACK

Ach, in Staatsanleihen so ungefähr einhundertdreißigtausend Pfund. Sonst nichts. Auf Wiedersehen, Lady Bracknell, es war mir ein Vergnügen.

LADY BRACKNELL *setzt sich wieder*

Einen Moment, Mister Worthing. Einhundertdreißigtausend Pfund! Und in Staatsanleihen! Wenn ich sie mir genauer ansehe, erscheint mir Miss Cardew als eine äußerst attraktive junge Dame. Wenige junge Mädchen verfügen heutzutage über wahrhaft beständige Werte, Werte, die bleiben und noch wachsen mit der Zeit. Wir leben, wie ich leider feststellen muß, in einer Welt, die nur auf Äußerlichkeiten Wert legt. *Zu* CECILY Kommen

Sie zu mir, meine Liebe. CECILY *kommt herüber* Hübsches Kind! Aber dies Kleidchen ist beschämend schlicht, und diese Haare sehen ja fast naturbelassen aus. Na, das läßt sich ja alles leicht ändern. Eine erfahrene Meisterzofe aus Frankreich kann da in kürzester Zeit wahre Wunder wirken. Ich erinnere mich, der jungen Lady Lancing eine empfohlen zu haben, und nach drei Monaten hat sie der eigene Ehemann nicht wiedererkannt.

JACK

Und nach sechs Monaten hat sie kein Mensch mehr erkannt.

LADY BRACKNELL

nach einem bösen Blick zu JACK *wendet sie sich mit einstudiertem Lächeln wieder* CECILY *zu*

Würden Sie sich einmal umdrehen, liebes Kind. CECILY *dreht sich ganz um* Nein, ich bräuchte die Seitenansicht. CECILY *präsentiert ihr Profil* Ja, genau wie ich mir gedacht habe. Die gesellschaftlichen Aufstiegsmöglichkeiten sind offensichtlich. Die beiden Schwachstellen unserer Zeit sind der Mangel an Prinzipien und der Mangel an Profil. Das Kinn ein wenig höher, meine Liebe. Stil hat sehr stark mit dem Niveau zu tun, auf dem man sein Kinn trägt. Und man trägt es sehr hoch heutzutage. Algernon!

ALGERNON

Ja, Tante Augusta.

LADY BRACKNELL

Erkennst du die offensichtlichen gesellschaftlichen Aufstiegsmöglichkeiten in Miss Cardews Profil?

ALGERNON

Cecily ist das süßeste, liebenswerteste, hübscheste Mädchen auf der ganzen Welt. Und ihre gesellschaftlichen Aufstiegsmöglichkeiten interessieren mich nicht für fünf Pennies.

LADY BRACKNELL

Von der besseren Gesellschaft solltest du niemals respektlos sprechen, Algernon. Das tun nur Leute, die nicht dazugehören können. *Zu* CECILY Liebes Kind, Sie wissen natürlich, daß Algernon nichts besitzt, worauf man sich verlassen kann, außer seinen Schulden. Aber ich kann Geldheiraten ohnehin nicht billigen. Als ich Lord Bracknell geheiratet habe, verfügte ich über keinerlei Vermögen. Aber ich hätte auch nicht im Traum daran gedacht, das zwischen uns stehenzulassen. Nun gut, ich denke, ich muß wohl meine Einwilligung geben.

ALGERNON

Danke, Tante Augusta.

LADY BRACKNELL

Cecily, Sie dürfen mir einen Kuß geben.

CECILY *gibt ihr einen Kuß*

Danke, Lady Bracknell.

LADY BRACKNELL

Und Sie dürfen in Zukunft Tante Augusta zu mir sagen.

CECILY

Danke, Tante Augusta.

LADY BRACKNELL

Ich denke, die Hochzeit sollte so bald wie möglich stattfinden.

ALGERNON

Danke, Tante Augusta.

CECILY

Danke, Tante Augusta.

LADY BRACKNELL

Ehrlich gesagt, halte ich nicht viel von längeren Verlobungszeiten. Die Leute erhalten so Gelegenheit, noch vor der Ehe den Charakter des anderen kennenzulernen, was ich nie besonders ratsam finde.

JACK

Verzeihung, wenn ich Sie unterbreche, Lady Bracknell, aber diese Verlobung kommt überhaupt nicht in Frage. Ich bin Miss Cardews Vormund, und bevor sie volljährig wird, kann sie ohne meine Einwilligung nicht heiraten. Und ich weigere mich strikt, meine Einwilligung zu geben.

LADY BRACKNELL

Aus welchen Gründen, wenn ich fragen darf? Algernon eignet sich bestens zum Ehemann, noch besser gesagt: er ist ein wahres Musterexemplar. Er hat nichts, doch er sieht nach etwas aus. Mehr kann man doch nicht verlangen?

JACK

Lady Bracknell, es tut mir wirklich leid, wenn ich jetzt ebenso offen über Ihren Neffen sprechen muß: doch Tatsache ist, daß ich seinen Charakter für zutiefst unmoralisch halte. Ich werde den Verdacht nicht los, daß er die Unwahrheit gesagt hat.

ALGERNON *und* CECILY *sind überrascht und sehen ihn empört an*

Lady Bracknell

Die Unwahrheit! Mein Neffe Algernon? Unmöglich! Er war in Oxford.

Jack

Ich fürchte dennoch, daß dieser Verdacht über jeden Zweifel erhaben ist. Heute nachmittag, während ich in Verfolgung einer wichtigen Romanze in London weilte, hat er sich unter Ausnutzung meiner zeitweiligen Abwesenheit und Vorspiegelung der falschen Tatsache, er sei mein Bruder, Zutritt zu meinen Haus verschafft. Unter angenommenem Namen hat er, wie ich soeben von meinem Butler erfahren mußte, eine ganze Flasche von meinem extratrockenen Perrier Jouet Jahrgang 89 ausgetrunken; Champagner, den ich ausschließlich zu meinem persönlichen Verbrauch bestimmt hatte. In Fortsetzung seines gemeinen Betrugs hat er sich im Verlauf des Nachmittags die Zuneigung meines einzigen Mündels erschlichen. Im Anschluß daran blieb er zum Tee, um dabei sämtliche Muffins zu verschlingen, einen nach dem anderen. Zu seinem herzlosen Betragen kommt erschwerend hinzu, daß ihm von Anfang an sehr wohl bewußt war, daß ich gar keinen Bruder habe, daß ich niemals einen Bruder gehabt habe und auch nicht die Absicht, jemals einen Bruder, gleich welcher Art, zu haben. Das habe ich selbst ihm gestern nachmittag unmißverständlich erklärt.

Cecily

Aber, lieber Onkel Jack, seit zwei Jahren erzählst du uns allen dauernd, du habest einen Bruder. Du kommst immer wieder auf diesen Gegenstand zurück. Algy hat deine Behauptung lediglich bestätigt. Das war doch sehr nobel von ihm.

JACK

Entschuldige, Cecily, aber du bist ein wenig zu jung, um die Zusammenhänge zu begreifen. Jeder Schöpfungsakt ist heutzutage ein reiner Geniestreich und zeugt in kommerziell orientierten Zeiten wie den unseren von erheblicher physischer Furchtlosigkeit. Die wenigsten unserer zeitgenössischen Romanciers trauen sich überhaupt noch etwas zu erschaffen. Andererseits ist die Bestätigung einer Falschaussage eindeutig die Tat eines Feiglings. Es ist jedenfalls nicht die Tat eines Gentlemans. Kein Gentleman wird je irgend etwas bestätigen.

ALGERNON

Nun reicht es aber, Jack!

LADY BRACKNELL

Moment, Mister Worthing, nach reiflicher Überlegung bin ich zu dem festen Entschluß gelangt, das Betragen meines Neffen Ihnen gegenüber einfach zu übersehen.

JACK

Wie großzügig von Ihnen, Lady Bracknell. Mein eigener Entschluß ist dennoch nicht zu ändern. Ich weigere mich, meine Einwilligung zu geben.

LADY BRACKNELL *zu* CECILY

Kommen Sie her, liebes Kind. CECILY *kommt* Wie alt sind Sie, meine Liebe?

CECILY

Na ja, eigentlich bin ich erst achtzehn, doch wenn ich abends ausgehe, gebe ich mich immer für zwanzig aus.

Lady Bracknell

Und Sie haben völlig recht, wenn Sie so kleine Änderungen vornehmen. Eigentlich sollte keine Frau es mit ihrem Alter so genau nehmen, das wirkt so berechnend ... *Scheinbar nachdenklich* Achtzehn ... und zwanzig, wenn sie abends ausgeht. Es dauert also nicht mehr allzu lang, bis Sie der Fesseln der Vormundschaft ledig sind. Meiner Meinung nach ist deshalb die Weigerung Ihres Vormunds unterm Strich von keinerlei Bedeutung.

Jack

Bitte nochmals um Verzeihung, Lady Bracknell, wenn ich Sie unterbreche, aber der Anstand gebietet es, Ihnen mitzuteilen, daß gemäß der Bestimmung ihres Großvaters Miss Cardew erst mit fünfunddreißig Jahren volle Verfügungsgewalt erhalten wird.

Lady Bracknell

Auch das scheint mir kein schwerwiegender Hinderungsgrund zu sein. Fünfunddreißig ist doch ein sehr attraktives Alter. In der Londoner Gesellschaft wimmelt es von Frauen aus den höchsten Häusern, die aus freien Stücken bereits seit Jahren fünfunddreißig sind. Lady Dumbleton ist das beste Beispiel dafür. Meines Wissens ist sie fünfunddreißig bereits seit ihrem vierzigsten Geburtstag, und der liegt Jahre zurück. Ich sehe keinen Grund, warum unsere Cecily in dem Alter, das Sie erwähnten, nicht noch attraktiver aussehen sollte als jetzt. Bis dahin wird sich noch sehr viel mehr Vermögen angehäuft haben.

Cecily *zu* Jack

Bist du wirklich sicher, daß ich ohne deine Einwilligung

nicht heiraten kann, bevor ich fünfunddreißig geworden bin?

JACK

Das sagt in weiser Voraussicht der letzte Wille deines Großvaters. Er hatte zweifellos schon eine Vorahnung der Art von Schwierigkeiten, die auf dich zukommen mußten.

CECILY

Dann muß Großvater eine blühende Phantasie gehabt haben. Algy... würdest du auf mich warten, bis ich fünfunddreißig geworden bin? Das ist eine ernste Frage, denn mein zukünftiges Glück hängt ebenso wie das deine größtenteils von deiner Antwort ab.

ALGERNON

Natürlich würde ich das, Cecily. Wie kannst du mich so was überhaupt fragen? Ich würde ewig auf dich warten. Und das weißt du.

CECILY

Ja, ich hatte instinktiv das Gefühl, aber ich würde nicht solange warten. Ich hasse es schon, wenn ich fünf Minuten auf jemanden warten muß. Das macht mich immer ziemlich wütend. Ich bin selbst nicht pünktlich, ich weiß, aber ich schätze Pünktlichkeit bei anderen, und selbst wenn es ums Heiraten geht, kommt diese Warterei überhaupt nicht in Frage.

ALGERNON

Aber was kann man da machen, Cecily?

CECILY

Ich weiß es nicht, Mister Moncrieff.

Lady Bracknell

Mein lieber Mister Worthing, da Miss Cecily nun unmißverständlich klargemacht hat, daß sie nicht bis zu ihrem fünfunddreißigsten Geburtstag warten kann – eine Feststellung, die, ich muß schon sagen, auf eine gewisse Ungeduld in ihrer Natur hindeutet –, würde ich Sie bitten, Ihre Entscheidung noch einmal zu überdenken.

Jack

Aber meine liebe Lady Bracknell, Sie haben doch die ganze Angelegenheit selbst in der Hand. In dem Moment, da Sie meiner Heirat mit Gwendolen zustimmen, wäre es mir ein reines Vergnügen, Ihrem Neffen zu erlauben, eine Verbindung mit meinem Mündel einzugehen.

Lady Bracknell *erhebt sich und stellt sich in Positur*

Es muß Ihnen doch klar sein, daß Ihr Vorschlag indiskutabel ist.

Jack

Wie erfreulich für uns alle: uns blüht ein leidenschaftliches Zölibat und sonst gar nichts.

Lady Bracknell

Dies ist nicht das Geschick, das ich Gwendolen bestimmt habe. Algernon kann natürlich machen, was er will. *Schaut auf ihre Uhr* Komm, Liebes – Gwendolen *steht auf* – fünf Züge haben wir bereits versäumt, wenn nicht sechs. Wenn wir noch einen versäumen, laufen wir Gefahr, auf dem Bahnsteig unangenehm aufzufallen.

Auftritt: Chasuble

Chasuble

Alles ist so weit für die Taufen vorbereitet.

LADY BRACKNELL

Die Taufen, Sir! Ist das nicht etwas voreilig?

CHASUBLE

sieht ziemlich verdutzt aus und zeigt auf JACK *und* ALGERNON

Diese beiden Herren haben heute morgen den Wunsch geäußert, unverzüglich getauft zu werden.

LADY BRACKNELL

In ihrem Alter? Die Idee ist grotesk und irreligiös! Algernon, ich verbiete dir, dich taufen zu lassen. Ich will von solchen Exzessen nichts hören. Lord Bracknell wäre hochgradig enttäuscht, wenn er erfahren müßte, auf welche Weise du sein Geld und deine Zeit verschwendest.

CHASUBLE

Muß ich dann davon ausgehen, daß heute nachmittag überhaupt keine Taufen stattfinden?

JACK

Ich glaube, wie die Dinge jetzt liegen, wäre es für keinen von uns von großem praktischen Nutzen, Doktor Chasuble.

CHASUBLE

Es betrübt mich, zu hören, daß Sie dieser Ansicht sind, Mister Worthing. Sie hat einen Beigeschmack von Ketzerei, wie wir sie in den Lehren der Wiedertäufer finden, die ich in vier meiner unveröffentlichten Predigten bereits vollständig widerlegt habe. Man sollte nicht leichtfertig über das Wiedererstarken der Taufbewegung urteilen. Wir sollten bedenken, daß nach einmütiger Überzeugung der Kirchenväter die Taufe eine Form der Wiedergeburt ist. Soweit Erwachsene betroffen sind, entsprechen Zwangstaufen, vom Umgang mit wilden Eingeborenenstämmen einmal abgesehen, leider muß ich das einräumen, nicht den kanonischen Gesetzen, und ich werde mich also stehenden Fußes in meine Kirche zurückziehen. Zumal mich der Küster eben davon in Kenntnis gesetzt hat, daß ich seit eineinhalb Stunden von Miss Prism in der Sakristei erwartet werde.

LADY BRACKNELL *erregt*

Miss Prism! Haben Sie eben eine Miss Prism erwähnt?

CHASUBLE

Ganz recht, Lady Bracknell, ich bin gerade auf dem Weg zu ihr.

LADY BRACKNELL

Erlauben Sie bitte, daß ich Sie noch einen Moment aufhalte! Diese Angelegenheit könnte für Lord Bracknell und für mich von höchster Bedeutung sein. Handelt es sich bei dieser Miss Prism um eine weibliche Person von abstoßender äußerer Erscheinung, die entfernt mit Erziehungsaufgaben zu tun hat?

CHASUBLE *peinlich berührt*

Sie ist eine allseitig gebildete Dame und ein Muster an Ehrbarkeit.

LADY BRACKNELL

Wir reden offensichtlich von ein und derselben Person. Darf ich fragen, welche Stellung sie in Ihrem Haushalt bekleidet.

CHASUBLE *streng*

Ich bin Junggeselle, Madame.

JACK *schaltet sich ein*

Miss Prism, Lady Bracknell, war in den letzten drei Jahren Miss Cardews geschätzte Gouvernante und ihr eine unschätzbare Gefährtin.

LADY BRACKNELL

Nach allem, was ich von ihr gehört habe, muß ich sie unverzüglich sehen. Würden Sie sie holen lassen.

CHASUBLE *schaut sich um*

Da naht sie schon!

Auftritt: MISS PRISM *in Eile*

MISS PRISM

Mir wurde gesagt, Sie harrten meiner in der Sakristei, lieber Doktor. Ich habe dort eindreiviertel Stunden auf Sie gewartet. *Erkennt* LADY BRACKNELL, *die sie eisig gemustert hat.* MISS PRISM *erbleicht und erzittert; sieht sich ängstlich nach einem Ausweg um*

LADY BRACKNELL *mit strenger Richterstimme*

Prism! *Miss Prism neigt beschämt ihr Haupt* Prism! Wo ist das Baby! *Allgemeine Bestürzung.* CHASUBLE *prallt entsetzt zurück.* ALGERNON *und* JACK *zeigen sich ängstlich besorgt, als müßten sie* CECILY *und* GWENDOLEN *davor bewahren, die Einzelheiten eines furchtbaren öffentlichen Skandals mit anzuhören* Es war vor achtundzwanzig Jahren, Prism, als Sie Lord Bracknells Haus, Upper Grosvenor Street Nummer 104, verließen, verantwortlich für einen Kinderwagen, enthaltend ein Baby männlichen Geschlechts. Sie kamen nie zurück. Einige Wochen später wurde der Kinderwagen, dank intensiver Nachforschungen der Städtischen Polizeibehörden, wieder aufgefunden, um Mitternacht an einer abgelegenen Ecke in Bayswater, enthaltend das Manuskript eines dreibändigen Romans von ungewöhnlich widerwärtiger Sentimentalität. MISS PRISM *reagiert mit unwillkürli-*

cher Empörung Was nicht mehr da war, war das Baby. *Aller Blicke richten sich auf* Miss Prism Prism! Wo ist das Baby? *Pause*

Miss Prism

Lady Bracknell, ich schäme mich, zugeben zu müssen: Ich weiß es nicht. Ich wünschte nur, ich wüßte es. Die nackten Tatsachen des Falles sehen so aus: An dem Morgen des von Ihnen genannten Tages, eines Tages, der unauslöschlich meinem Gedächtnis eingebrannt ist, traf ich wie gewöhnlich Vorkehrungen, das Baby in seinem Kinderwagen auszufahren. Außerdem führte ich eine ziemlich alte Reisetasche mit mir, groß genug für mein Vorhaben, darin das Manuskript eines Werkes meiner Vorstellungskraft, den wenigen Stunden abgerungen, die mir zu freier Verfügung standen, zu deponieren. In einem Augenblick von Geistesabwesenheit, den ich mir selbst niemals verzeihen kann, deponierte ich das Manuskript nun in dem Kinderwagen und das Baby in jener Reisetasche.

Jack, *der aufmerksam zugehört hat*

Aber wo haben Sie die Reisetasche deponiert?

Miss Prism

Mister Worthing, fragen Sie mich nicht.

Jack

Miss Prism, dies dürfte eine Sache von nicht geringer Bedeutung für mich sein. Ich muß darauf bestehen, zu erfahren, wo Sie die Reisetasche, die dies Kind enthielt, deponierten.

Miss Prism

Ich ließ sie in der Gepäckaufbewahrung eines der größeren Londoner Bahnhöfe zurück.

Jack

Welcher Bahnhof war das?

Miss Prism *am Boden zerstört*

Victoria. Am Bahnsteig nach Brighton. *Sinkt in einen Stuhl*

Lady Bracknell *mit Blick auf* Jack

Ich kann nur hoffen, das hier nicht das Unwahrscheinliche eintreten wird. Das Unwahrscheinliche hat stets einen schlechten Beigeschmack oder zumindest einen zweifelhaften.

Jack

Ich muß kurz auf mein Zimmer gehen.

Chasuble

Diese Neuigkeit ist Ihnen anscheinend auf den Magen geschlagen, Mister Worthing. Ihre Unpäßlichkeit wird sich bestimmt bald beheben lassen, da bin ich zuversichtlich.

Jack

Ich bin in wenigen Augenblicken wieder da, lieber Doktor. Gwendolen! Du wartest hier auf mich.

Gwendolen

Ich warte hier mein ganzes Leben auf dich, falls es nicht zu lange dauert.

Jack *erregt ab*

Chasuble

Was halten Sie von all dem, Lady Bracknell?

Lady Bracknell

Ich wage nicht einmal eine Vermutung, Doktor Chasuble. Ich muß Ihnen wohl nicht sagen, daß komische

Zufälle in den besten Familien nicht vorkommen sollten. Sie werden als unpassend empfunden.

Von oben Geräusche, als würde jemand mit Koffern um sich werfen. Jeder schaut hinauf

CECILY
Onkel Jack ist anscheinend ziemlich durcheinander.

CHASUBLE
Ihr Vormund ist ein sehr impulsiver Charakter.

LADY BRACKNELL
Der Lärm ist ausgesprochen lästig. Es klingt, als ob er eine Streiterei mit den Möbeln hätte. Ich mag keine Streitereien, egal worum es geht. Sie sind stets vulgär und führen meist zu einem überzeugenden Ergebnis.

CHASUBLE *schaut hinauf*
Jetzt hat es aufgehört. *Der Lärm setzt doppelt so laut wieder ein*

LADY BRACKNELL
Ich wünschte, er käme endlich zu einem Abschluß.

GWENDOLEN
Die Spannung ist unerträglich. Hoffentlich geht sie nicht so bald vorbei.

Auftritt: JACK *mit einer Reisetasche aus schwarzem Leder in der Hand*

JACK *eilt hinüber zu* MISS PRISM
Ist dies hier die Reisetasche, Miss Prism? Schauen Sie sie sich ganz genau an, bevor Sie antworten. Das Lebensglück für mehr als einen von uns hängt von Ihrer Antwort ab.

MISS PRISM *bedächtig*
Anscheinend ist das meine. Ja, hier ist auch die

Schramme, die ihr in jüngeren und glücklicheren Tagen von einem Omnibus beigebracht wurde, der in der Gower Street verunglückte. Hier ist der Fleck im Innenfutter, den die Explosion eines nichtalkoholischen Getränks verursacht hat, ein Unfall, der sich in Leamington ereignete. Und hier auf dem Schloß, das sind meine Initialen. Ich hatte ganz vergessen, daß ich sie in einem Anfall von Verschwendungslust hier eingravieren ließ. Die Tasche gehört zweifellos mir. Es freut mich, sie so unerwartet zurückzubekommen. All diese Jahre ohne sie auskommen zu müssen, war schon sehr lästig.

JACK *mit Pathos in der Stimme*

Miss Prism, Sie bekommen noch mehr zurück als diese Reisetasche. Das Baby, das Sie hineingelegt hatten, war ich.

MISS PRISM *erstaunt*

Sie?

JACK *umarmt sie*

Ja ... Mutter!

MISS PRISM *prallt peinlich berührt zurück*

Mister Worthing, ich bin unverheiratet.

JACK

Unverheiratet! Ich leugne nicht, das ist ein harter Schlag. Doch wer hat schließlich das Recht, den ersten Stein zu werfen auf eine, die gebüßt hat? Kann Reue nicht die leichtfertigsten Taten tilgen? Warum sollte es doppelte Moralgesetze geben, eines für Männer, ein anderes für Frauen? Mutter, ich vergebe dir. *Will sie noch einmal umarmen*

Miss Prism *noch peinlicher berührt*

Aber, Mister Worthing, Sie befinden sich im Irrtum. Mutterschaft ist mir im Leben niemals zugestoßen. Die bloße Anspielung wäre schon beinah taktlos, hätten Sie sie nicht vor so vielen Zeugen geäußert. *Zeigt auf* Lady Bracknell Da steht die Dame, die Ihnen sagen kann, wer Sie nun wirklich sind. *Zieht sich in den Hintergrund zurück*

Jack *nach einer Pause*

Ich möchte nicht allzu neugierig erscheinen, Lady Bracknell, aber würden Sie vielleicht so freundlich sein, und mir verraten, wer ich bin?

Lady Bracknell

Ich fürchte, daß die Neuigkeiten, die ich für Sie habe, nicht allesamt erfreulich für Sie sind. Sie sind der Sohn meiner bedauernswerten Schwester, Mrs. Moncrieff, und folglich Algernons älterer Bruder.

Jack

Algys älterer Bruder! Dann habe ich also einen Bruder. Ich wußte doch, daß ich einen Bruder habe! Ich habe immer gesagt, daß ich einen Bruder habe! *Schnappt sich* Algernon Doktor Chasuble, mein unglückseliger Bruder. Miss Prism, mein unglückseliger Bruder. Gwendolen, mein unglückseliger Bruder. Algy, du kleiner Gauner, du wirst mich in Zukunft mit mehr Respekt behandeln. Mir gegenüber hast du dich in deinem ganzen Leben noch nicht wie ein Bruder benommen.

Algernon

Bis heute nicht, alter Junge, das muß ich zugeben. *Schüttelt ihm die Hand* Obwohl ich völlig aus der Übung war, habe ich trotzdem getan, was ich konnte.

GWENDOLEN *zu* JACK

Liebster!

JACK

Liebste!

LADY BRACKNELL

Unter diesen befremdlichen und unvorhersehbaren Umständen darfst du deiner Tante Augusta einen Kuß geben.

JACK *bleibt, wo er ist*

Ich bin wie blind vor Glück. *Küßt* GWENDOLEN Ich kann kaum erkennen, wen ich küsse.

ALGERNON *nutzt die Gelegenheit und küßt* CECILY

GWENDOLEN

Ich hoffe, solche Wahrnehmungsstörungen werden nie wieder bei dir auftreten.

JACK

Nie wieder, Liebste.

MISS PRISM *kündigt ihr Kommen mit einem leichten Hüsteln an*

Mister Worthing – oder vielmehr Mister Moncrieff, wie ich Sie jetzt besser nennen sollte –, nach dem, was eben vorgefallen ist, halte ich es für meine Pflicht, meine Stellung in diesem Haus aufzugeben. Für alle Unannehmlichkeiten, die ich Ihnen in Ihrer Kindheit durch den von mir nicht beabsichtigten Aufenthalt in dieser Reisetasche bereitet haben mag, bitte ich in aller Form um Entschuldigung.

JACK

Nicht der Rede wert, Miss Prism! Nichts ist der Rede wert. Bestimmt hatte ich eine sehr nette Zeit in Ihrer hübschen Reisetasche, trotz des leichten Schadens, den sie in Ihren glücklicheren Tagen durch den Überschlag eines Omnibusses genommen hatte. Zu Ihrem Vorschlag, uns zu verlassen: er ist absurd.

MISS PRISM

Es ist meine Pflicht, Sie zu verlassen. Ich kann der lieben Cecily sowieso nichts mehr beibringen. In der sehr schwierigen Kunst, geheiratet zu werden, hat meine ebenso hübsche wie kluge Schülerin ihre Lehrerin ohnehin weit überflügelt.

CHASUBLE

Einen Monment, Laetitia!

MISS PRISM

Doktor Chasuble!

CHASUBLE

Laetitia, ich bin zu dem Schluß gekommen, daß sich die Urchristen in gewisser Hinsicht im Irrtum befanden. Falsche Lesarten mögen sich in den Urtext eingeschlichen haben. Ich bitte dringend um die Ehre, mir deine Hand zu gewähren.

MISS PRISM

Frederick, zum gegenwärtigen Augenblick fehlen mir die Worte, die meinen Gefühlen Ausdruck geben könnten. Doch ich werde Ihnen noch heute abend die letzten drei Bände meines Tagebuchs zukommen lassen. Darin werden Sie eine vollständige Auflistung der Gefühle vorfinden, die ich Ihnen während der letzten achtzehn Monate entgegengebracht habe.

Auftritt: MERRIMAN

Merriman

Lady Bracknells Kutscher läßt ausrichten, daß er nicht länger warten könne.

Lady Bracknell *erhebt sich*

Stimmt! Ich muß ja unverzüglich wieder in die Stadt. *Schaut auf ihre Uhr* Wie ich sehe, habe ich nicht weniger als neun Züge verpaßt. Es gibt nur noch einen weiteren.

Merriman *ab.* Lady Bracknell *geht zur Tür*

Prism, Ihrer letzten Bemerkung Doktor Chasuble gegenüber muß ich leider entnehmen, daß Sie Ihrer Leidenschaft für dreibändige Romane immer noch nicht entsagt haben. Und falls Sie nun wirklich in den Stand der Ehe treten werden, was mir, ich muß schon sagen, in Ihrem Alter fast vorkommt wie ein Schlag ins Gesicht der allwissenden Vorsehung, kann ich nur hoffen, daß Sie auf Ihren Ehemann besser achtgeben werden als auf das Ihnen anvertraute Kind, und den armen Doktor Chasuble nicht in irgendwelchen Reisetaschen oder sonstigen Behältnissen auf Bahnhöfen herumliegen lassen. Gepäckaufbewahrungen sind ja berüchtigt für ihre Zugigkeit. Miss Prism *beugt demütig ihr Haupt* Doktor Chasuble, meine besten Wünsche begleiten Sie, und falls die Taufe, wie Sie sagten, tatsächlich eine Art Wiedergeburt sein sollte, gebe ich Ihnen den dringenden Rat, dafür Sorge zu tragen, daß Miss Prism so schnell wie möglich getauft wird. Neu geboren zu werden, kann für sie nur von Vorteil sein. Ich weiß zwar nicht, ob eine solche Prozedur sich mit urchristlichen Praktiken vereinbaren läßt, aber ich kann mir auch kaum vorstellen, daß man sich damals bereits an so höchst komplizierte Probleme herangewagt hätte. *Wendet sich mit süßlichem Lächeln an* CECILY *und tätschelt ihr die Wange* Liebes Kind! Wir erwarten Sie recht bald in Upper Grosvenor Street.

CECILY

Danke, Tante Augusta.

LADY BRACKNELL

Gwendolen, komm.

GWENDOLEN *zu* JACK

Mein einziger... Aber mein einziger Was bist du? Wie lautet denn jetzt, da du ein anderer geworden bist, dein Vorname?

JACK

Lieber Himmel! ... Das Wichtigste hatte ich fast vergessen. Dein Entschluß, meinen Namen betreffend, steht weiter fest, nehme ich an?

GWENDOLEN

Ich ändere nie etwas, abgesehen von meinen Gefühlen.

CECILY

Welch edlen Charakter du hast, Gwendolen!

JACK

Dann muß die Frage sofort geklärt werden. Tante Augusta, einen Moment noch. Als Miss Prism mich in der Reisetasche liegen ließ, war ich zu diesem Zeitpunkt bereits getauft? Bleib bitte ganz ruhig, Tante Augusta. Die Krise hat sich zugespitzt, und von deiner Antwort hängt nun vieles ab.

LADY BRACKNELL *bedächtig*

Mit jedem denkbaren Luxus, der für Geld zu haben war, wurdest du von deinen dich über alles liebenden und mit allem labenden Eltern überhäuft, inklusive Taufe natürlich.

JACK

Ich war also getauft! Das wäre geklärt. Doch auf welchen Namen? Sag es mir, ich bin auf das Schlimmste gefaßt.

LADY BRACKNELL *nach kurzer Pause*

Als ältester Sohn wurdest du natürlich auf den Namen deines Vaters getauft.

JACK *nervös*

Ja, aber wie hieß mein Vater mit Vornamen? Wie kannst du so ruhig bleiben, Tante Augusta! Die Krise spitzt sich weiter zu, und alles hängt von der Essenz deiner Antwort ab. Wie hieß mein Vater mit Vornamen?

LADY BRACKNELL *nachdenklich*

Im Moment kann ich mich nicht erinnern, wie der General mit Vornamen hieß. Deine arme Mutter sprach ihn immer nur mit »General« an. Daran erinnere ich mich ganz genau. Wenn ich es mir recht überlege, hätte sie es gar nicht gewagt, ihn mit seinem Vornamen anzureden. Aber daß er einen hatte, steht außer Zweifel. Er neigte zum Jähzorn, war aber sonst in keiner Weise exzentrisch. Schuld daran waren einfach das Klima in Indien, die Ehe, Verdauungsstörungen und Ähnliches. Tatsache ist, daß er etwas von einem Haustyrannen hatte, was die Kleinigkeiten des täglichen Lebens betrifft. Zuviel davon, das hatte ich meiner Schwester oft genug gesagt.

Jack

Algy, kannst du den Vornamen unseres Vaters nicht rekonstruieren?

Algernon

Mein lieber Bruder, zwischen uns fehlte eine Gesprächsgrundlage. Er starb, bevor ich ein Jahr alt war.

Jack

Sein Name müßte doch in den militärischen Ranglisten seiner Zeit geführt werden, oder nicht, Tante Augusta?

Lady Bracknell

Der General war im Grunde ein Mann des Friedens, von zu Hause abgesehen. Doch zweifellos müßte sein Name in jedem militärischen Verzeichnis aufgeführt sein.

Jack

Die Ranglisten der letzten vierzig Jahre habe ich hier. *Rennt zum Bücherregal und zieht Bücher heraus, die er rasch an die Anwesenden verteilt* Hier, Doktor Chasuble – Miss Prism, die beiden sind für Sie – Cecily, eine Rangliste, Cecily, verschaff dir bitte sofort einen Überblick. Bitte, Algernon, wenn dir noch das winzigste Gefühl kindlicher Verbundenheit geblieben ist, such in der Englischen Geschichte nach dem Vornamen unseres Vaters. Tante Augusta, darf ich dich bitten, mit deinem maskulinen Scharfsinn Licht in dies Dunkel zu bringen. Gwendolen – nein, es würde dich zu sehr aufregen. Überlassen wir die Recherche weniger philosophisch veranlagten Gemütern.

Gwendolen *heldenmütig*

Gib mir sechs Bände aus jeder Periode, aus diesem Jahrhundert oder dem letzten, ganz egal aus welchem!

JACK

Braves Mädchen! Hier ist ein Dutzend. Mehr könnten dir doch lästig werden. *Bringt ihr einen Haufen Ranglisten – geht sie selbst schnell durch, indem er ihr jede aus der Hand reißt, sobald sie versucht, sie aufzuschlagen* Nein, laß mich sehen ... Nein, wenn du gestattest, meine Liebe ... Liebling, ich glaube, ich finde es eher heraus ... Du gestattest doch, meine Liebste.

CHASUBLE

Was sagten Sie, Mister Moncrieff, zu welchem Bahnhof wollten Sie?

JACK *hält verzweifelt inne*

Bahnhof! Wer zum Teufel hat was von einem Bahnhof gesagt? Ich will doch nur den Vornamen meines Vaters herausfinden!

CHASUBLE

Aber Sie haben mir ein Kursbuch gegeben. *Schaut hinein* Von 1869, wie ich sehe. Ein Buch von beträchtlichem antiquarischen Wert: aber in keiner Weise maßgeblich in der Frage passender Vornamen, auf die Generäle sich gern taufen ließen.

CECILY

Es tut mir so leid, Onkel Jack. Aber anscheinend werden in der »Geschichte der Neuzeit« Generäle nicht einmal erwähnt, obwohl es die beste Ausgabe sein soll. Die, die schon mit Hilfe der Schreibmaschine revidiert wurde.

MISS PRISM

Mister Moncrieff, mir haben Sie zwei Ausgaben der Preislisten der Verwaltungsdienstkantinen gegeben. Generäle sind nirgends im Angebot. Entweder gab es keine Nachfrage oder keinen Nachschub.

LADY BRACKNELL

Bei diesem Traktat über »Die grüne Nelke«, soweit ich sehe, trägt es wohl diesen Titel, handelt es sich um ein Buch, das sich mit der Aufzucht und Pflege exotischer Pflanzen befaßt. Einen Hinweis auf Generäle enthält es nicht. Kommt mir ohnehin eher kleinbürgerlich und morbide vor.

JACK *nun schon sehr nervös*

Herrgott! Und was liest du da für einen Unsinn, Algy? *Nimmt ihm das Buch aus der Hand* Die militärische Rangliste? Na ja, ich nehme nicht an, daß du wußtest, daß es die Rangliste ist. Und du hast die falsche Seite aufgeschlagen. Dabei springt es dir doch ins Auge. Hier: Generäle mit M... Malam – was für Namen die haben! – Markby, Migsby, Mobbs, Moncrieff... Moncrieff! 1840 Leutnant, Major, Oberstleutnant, Oberst, General 1860. Vorname: Ernst. *Legt das Buch behutsam beiseite und spricht ganz ruhig* Habe ich dir nicht immer gesagt, daß mein Name Ernst ist, Gwendolen? Und nun ist er auch Ernst. Ich meine, natürlich ist er Ernst.

LADY BRACKNELL

Ja, nun fällt es mir auch wieder ein, daß der General Ernst genannt wurde. Ich wußte doch, daß ich den Namen aus einem ganz bestimmten Grund nie leiden konnte. Komm, Gwendolen. *Ab*

GWENDOLEN

Ernst! Mein heiliger Ernst! Ich hatte von Anfang an das Gefühl, daß du keinen anderen Namen haben konntest!

JACK

Gwendolen, es ist eine scheußliche Sache für einen Mann, wenn er plötzlich erkennen muß, daß er sein ganzes Leben lang nichts als die Wahrheit gesagt hat. Kannst du mir verzeihen?

GWENDOLEN

Ich kann. Weil ich fühle, daß du dich bald ändern wirst.

JACK

Meine einzige!

CHASUBLE *zu* MISS PRISM

Laetitia! *Umarmt sie*

MISS PRISM *begeistert*

Frederick! Endlich!

ALGERNON

Cecily! *Umarmt sie* Endlich!

JACK

Gwendolen! *Umarmt sie* Endlich!

Auftritt: LADY BRACKNELL

LADY BRACKNELL

Der letzte Zug ist auch längst abgefahren! – Mein lieber Neffe, das sieht mir hier doch alles stark nach Volkstheater aus.

JACK

Im Gegenteil, Tante Augusta. Zum ersten Mal in meinem Leben ist mir eins sonnenklar geworden: Ernst zu sein hat doch eine tiefere Bedeutung.

TABLEAU / VORHANG

ANHANG

Nachwort

»Wahrheit in der Kunst ist etwas,
dessen Gegenteil ebenfalls wahr ist.«
Oscar Wilde

Unter Fachleuten herrscht entsetzliche Übereinstimmung: Oscar Wilde wird – zumindest was sein dramatisches Werk betrifft – von fast allen gleich geschätzt: als ein Meister des komischen Dialogs mit Schwächen in der Konstruktion von Handlungsabläufen. Ein Urteil der Literaturwissenschaft wurde selten so einmütig und schnell gefaßt: Die Zweideutigkeit dieses Autors ist eindeutig. Die verborgenen Beziehungen zwischen Leben und Werk sind offensichtlich. Sogar über die Bewertung seiner Gesellschaftskomödien ist man sich verdächtig reibungslos einig geworden, die Rangfolge lautet, wenn man mit der schwächsten beginnt: *A Woman of No Importance, Lady Windemere's Fan, An Ideal Husband,* und ungefährdet auf dem Spitzenplatz liegt: *The Importance of Being Earnest.*

Das Dumme ist: Die Fachleute haben weitgehend recht.

Was soll man als Übersetzer dazu noch sagen?

Um mit dem Verbindlichen zu beginnen: Daß Oscar Wilde zu den amüsantesten Autoren der Weltliteratur zählt, kann nur bezweifeln, wer nicht nur im Kopfrechnen schwach ist. Gerade als Dramatiker konnte er seinen Witz im Dialog frei entfalten – wenn er nur wollte. Allerdings wollte er durchaus nicht immer, nicht einmal in den vier Stücken, die in kurzer Folge zwischen 1891 und 94 entstanden sind und die man als Komödien bezeichnen darf, wenn man nur ihre Publikumswirksamkeit bedenkt. Von ihrer Handlungsstruktur her könnte man zumindest drei davon auch für Melodramen halten, die mehr oder minder mechanische Verwendung immer wiederkehrender Elemente spricht dafür.

Das Muster ist einfach: Ereignisse aus einer ferneren Vergangenheit haben Folgen in der Gegenwart und bestimmen die nähere Zukunft der handelnden Personen. Das heißt: Sie schaffen Probleme, die gelöst werden müssen im Rahmen einer Bühnenhandlung, die sich, aufgeteilt in jeweils vier Akte, ausdrücklich in einem Zeitraum von ein bis zwei Tagen abspielt. Da zudem alle Stücke in der englischen Oberklasse angesiedelt sind, ist eine gewisse Fallhöhe garantiert, denn deren Grenzen waren durchaus durchlässig – zumindest nach unten. Wer gegen Normen und Formen dieser Gesellschaft, die sich ohnehin für *die* Gesellschaft hielt, verstieß, hatte die Folgen zu tragen und wurde verstoßen – zumindest im 19. Jahrhundert war das so.

Wilde selbst sollte das am eigenen Leibe noch erfahren. Drohende Desintegration, Integrations- und Reintegrationsversuche sind sein Thema. Und drei seiner Stücke bleiben ganz im Rahmen der viktorianischen Werteskala, sie enden glücklich im Sinne der Erhaltung dieser Werte. Das vierte endet überglücklich und überwindet diese Werte spielend.

Eine bestehende Ordnung wird gestört und wieder hergestellt, sobald der dafür Verantwortliche überführt und zur Rechenschaft gezogen werden kann: Nach einem ähnlichen Prinzip sind die meisten klassischen Kriminalgeschichten gebaut. Insofern erstaunt es nicht, daß auch bei Wilde diese Konstruktion am sichersten funktioniert, wenn sie auf einer Art Kriminalfall basiert: *An Ideal Husband* handelt von den Spätfolgen einer politisch brisanten Finanzspekulation, von der noch ein Brief zeugt, der als erpresserisches Mittel zu Zielen führen soll, deren Erreichen durch ein gestohlenes Schmuckstück, das zu einer Konterattacke taugt, verhindert werden kann. Wenn die Schatten der Vergangenheit allenfalls von moralischen Fehltritten geworfen werden, lappt die Handlung leicht ins Melodramatische, und wir nähern uns bedrohlich den Grenzen des guten Geschmacks. Die Geheimnisse, die dann enthüllt werden, haben mit gefundenen Kindern und gefallenen Frauen zu tun, gleich zweimal spielt eine überraschend auftauchende Mutter dabei die entscheidende

Rolle – in *Lady Windermere's Fan* wirkt sie eher zwielichtig, wogegen sie als *A Woman of No Importance* eindeutig in einem Licht erstrahlt, das einem Heiligenschein allzu ähnlich sieht.

Auch die Konflikte zwischen Herkunft und Zukunft, männlicher Macht und weiblicher Ohnmacht, gesellschaftlichen Zwängen und persönlichen Freiheiten, könnten alle aus einem Musterkatalog des klassischen Melodrams stammen, gerade in der Häufung, wie sie bei Wilde üblich ist, wirken sie um so angestaubter.

Äußere Zufälle gehen vor inneren Notwendigkeiten, Passionen verkommen zur Pose, sogar die Hauptfiguren lassen sich auf wenige Grundzüge reduzieren, die in jedem seiner Stücke stereotyp wieder auftreten: die ehrbare Frau, die Frau mit Vergangenheit, der kommende Mann, sein bester Freund, die/der komische Alte, die heiratswillige Jungfrau und natürlich der Dandy, Wildes ureigenes Sprachrohr für seine besten Einfälle. Er ragt aus jedem der vier Stücke heraus, oft so weit, daß der Rest des Personals dagegen flach wirkt. Fast alle diese Figuren sind psychologisch schwach, sozial dagegen hoch motiviert. Ihre Dialoge klingen selten folgerichtig und bleiben meist ausgesprochen folgenlos. An ihre Stelle tritt eine Form von Rhetorik, die man im gesellschaftlichen Leben Konversation nennen dürfte und deren Endzweck oft genug in der Präsentation überraschender Paradoxa besteht. Mit den bekannten Handlungssträngen sind sie bisweilen nur lose verknüpft.

Kein Wunder also, wenn Wilde schon nach seinem ersten Konversationsstück Plagiatsvorwürfe – von Sheridan bis Scribe sollte er abgeschrieben haben – gemacht wurden. Für ihn war das ein Kavaliersdelikt, *einfacher Diebstahl an Dieben,* das er nur anfangs noch hochmütig abstritt: *Ich pflege mich nicht von anderen Werken inspirieren zu lassen.* Um später desto übermütiger zugeben zu können: *Selbstverständlich begehe ich Plagiate.* Und selbstverständlich am liebsten bei sich selbst. Wenn ihm eine Formulierung besonders gelungen vorkam – und das kam nicht selten vor – pflegte er sie gleich mehrfach zu verwerten, und das in durchaus verschiedenen Stücken und Zusammenhängen, was ihre Austauschbarkeit noch unterstreicht.

Und damit wäre das dramatische Werk Oscar Wildes für heute wohl erledigt – wenn es sich nicht auch ganz anders sehen ließe.

Aber was macht nun seine Bedeutung für uns aus?

Importance (Bedeutung im Sinne von Wichtigkeit) ist ein Schlüsselbegriff, den Wilde gleich in zwei der vier Titel verwendet. Während er ihn im ersten Fall (*A Woman of No Importance*) noch ausdrücklich verneint, und das, wofür er steht, mit einer gewissen Melancholie behandelt, beinah so, als bedauere der Autor selbst, daß alle Bedeutung vergänglich ist, wird er in seinem letzten Stück (*The Importance of Being Earnest)* um so fröhlicher und ausdauernder bejaht und damit vollkommen sinnentleert dem Gespött endgültig preisgegeben.

Die Entwicklung dahin ist Stück für Stück nachvollziehbar: Zunächst schafft Wilde immer mehr Verwirrung, indem er sich immer bedenkenloser aus erwähntem Fundus bewährter Versatzstücke bedient, um endlich jeden Schein von Wahrscheinlichkeit aufzugeben und bei einem dramatischen Konflikt zu enden, der auf einem simplen Kalauer basiert: dem Gleichklang des Vornamens *Ernest* mit der gleichnamigen Eigenschaft *earnest* – übrigens ein seltener Glücksfall für den Übersetzer, daß auch im Deutschen ein und dasselbe Wort beides bezeichnet: Ernst. Indem Wilde *das Triviale mit großem Ernst und das Ernste mit kunstvoller und schrankenloser Trivialität* behandelt, also das, was auch heute noch wichtig genommen wird, nichtig erscheinen läßt (und umgekehrt), schafft er die Voraussetzung für eine Form der Komödie, die den Dialog unabhängig von Inhalten als Selbstzweck betreibt und in der Handlung bestenfalls als notwendiges Übel nebenher läuft.

Während der Autor durch stilistische Kühnheiten und intellektuelle Schockeffekte das Publikum bei Laune hält, führt er ganz nebenbei alle Scheinprobleme letztlich konventionellen Lösungen zu, die sein konservatives Temperament befriedigen. Wilde als »ein angepaßter Rebell«, wie ihn der Anglist Norbert Kohl sieht?

Handlungen sind langweilig. Jeder kann sie sich ausdenken. Jeder, der das behauptet, wird mit dem Verdacht leben müssen, daß ihm das Ausdenken so leicht nicht gefallen ist. *Nur der Phantasielose erfindet* angeblich solche Trivialitäten. Oscar Wilde findet nämlich: *Das Leben ist voll davon.*

Die Frage, ob Wilde Art und Anlaß der behandelten Inhalte wirklich so gleichgültig waren, daß er sie nur als Aufhänger für witzige Dialoge und zur Bindung von Publikumsinteresse schrankenlos benutzte – oder ob sich in diesem wiederholten Handlungsschema von Geheimnis und Enthüllung, Schuld und Sühne, Schein und Sein die traumatische Erfahrung der eigenen Homosexualität widerspiegelt und seine Stücke als Plädoyer und/oder Gnadengesuch in seiner Auseinandersetzung mit der Gesellschaft seiner Zeit zu sehen sind, möchte ich nicht weiter erörtern. Beweisen ließen sich beide Lesarten nur allzu leicht.

Und auch wenn Wilde postuliert: *Das Ziel der Gesellschaftskomödie ... ist es, die Manieren der Zeit zu spiegeln und nicht ihre Moral zu reformieren,* sind moralisierende Tendenzen bei ihm doch nicht zu übersehen, zumindest wenn man sich an die Oberfläche hält, wie es der Autor ja immer wieder verlangt. An dieser Oberfläche geht es vor allem um Moral. Egal ob sie bekämpft oder bestätigt werden soll, diese Beschäftigung verträgt sich schlecht mit komischen Effekten, da die einen die andere immer wieder aufheben – und umgekehrt.

Womöglich entsteht aus dieser Wechselwirkung ja erst der »poetische Zauber«, der laut George Bernard Shaw von Anfang an Wildes Stücke »durchweht«.

Bestimmt wird uns der Zugang zu diesen Komödien erschwert durch fehlendes Verständnis für die Moral, die hier bekämpft, wie für die, die hier gepredigt wird. Wilde wußte um die Infamie puritanischer Morallehren, und indem er die Folgen ihrer Befolgung vorführte, zeigte er beiläufig, wie doppeldeutig und zweischneidig sie wirken konnten. Die Provokation, die in dieser Enthüllung lag, ist heute nur mehr schwer nachvollziehbar. Und so besteht die Gefahr, daß ihre Zeitgebundenheit den Stücken schaden könnte, zumindest wenn man sie in ihrer Bedeutung so ernst nimmt, wie sie wohl gemeint waren; das gilt zumindest für drei der vier Stücke. Ausgerechnet *The Importance of Being Earnest* macht hier die großartige Ausnahme, da es diesen Ernst und seine tiefere Bedeutung selbst genüßlich parodiert.

Die Erkenntnis, daß Komik das beste *Purgativ gegen menschliche Eitelkeit* sei, hat Wilde erst hier konsequent umgesetzt.

Warum er darauf nicht früher gekommen ist? Mir leuchtet die Vermutung ein, daß ihn die zum Teil empörte Kritik an der angeblichen Immoralität seines *Dorian Gray* dermaßen eingeschüchtert habe, daß er sich in seinen ersten Stücken scheinbar selbst dementierte. Schließlich barg auch sein Leben ein Geheimnis, dessen Enthüllung seinen Erfolg verhindern und seine Existenz bedrohen konnte.

Ebensogut könnte es sein, daß er dem Theaterpublikum seiner Zeit nicht zutraute, eine Handlung zu akzeptieren, die so offensichtlich als bloßes Gerüst gezeigt wird, zu keinem anderen Zweck errichtet als zu dem, eine erlesene Sammlung durchsichtiger Dialogfetzen daran aufzuhängen.

In drei Fällen wird der jeweilige Konfliktstoff vom Autor deswegen immerhin so ernst gegeben, wie er ihn von seinem Publikum genommen sehen möchte, obwohl dies sich schon seinerzeit eher für das dialogische Beiwerk begeistert haben dürfte, das häufig genug so dicht gewebt ist, daß die seriösen Motive dahinter beinah verschwinden. Doch erst nach diesen drei Versuchen scheint Wilde sich seiner Sache so sicher gewesen zu sein, daß er sich traut, die weite Ebene der herrschenden Moral ganz zu verlassen, um sie freischwebend über dem Abgrund des Nonsens ganz fallen lassen zu können: *The Importance of Being Earnest* handelt zwar immer noch von einem verjährten Verbrechen – der Vertauschung eines Neugeborenen mit einem dreibändigen Romanmanuskript, um genau zu sein –, erspart dem Zuschauer jedoch die Anstrengung, das

Konstrukt ernst zu nehmen und die Figuren moralisch zu bewerten. Das Vergnügen, diesem freien Spiel der Schwächen zuzuschauen, ist groß, das Bedauern, den Autor ausgerechnet in der Phase, als er, was die souveräne Handhabung seiner literarischen Mittel angeht, auf dem Höhepunkt seiner Kunst ist, durch die bekannten Umstände daran gehindert zu sehen, sie weiter anzuwenden, ist noch größer. Mit Abstand betrachtet scheint diese biographische Pointe in einer Weise tragisch, für die Wildes Phantasie als Dramatiker, die es stets auf Harmonisierung solcher Konflikte anlegte, zumindest was die Tragweite betrifft, nie ausgereicht hat. So voll ist auch das Leben nicht von solchen Trauerspielen.

Fast scheint es so, als habe der Autor, der das Primat der Kunst über das Leben am leidenschaftlichsten proklamiert hat, am Ende seinem Leben einen Schluß gegeben, der ihm, was dessen Wirksamkeit betrifft, als Künstler nie gelungen ist. Die Wirklichkeit hat hier die Kunst nicht nachgeahmt, sondern entschieden übertroffen.

Wilde hat das bestimmt nicht gefallen, weder theoretisch noch in der Praxis.

Die wahren Tragödien des Lebens, hat er behauptet, *verletzen durch ihre rohe Gewalt und ihren völligen Mangel an Stil.* Was seinen Stil angeht, war Wilde dem Leben zumindest ebenbürtig. Noch seinen treffendsten Titel *The Importance of Being Earnest* verdirbt er fast wieder durch den Untertitel *A trivial comedy for serious people,* der wie eine Art Entschuldigung klingt, so als wolle er die erwartete und gefürchtete Kritik vorauseilend entkräften. In seinen anderen Stücken wurde Wilde bestenfalls pathetisch, wo er uns rühren wollte, schlimmstenfalls sogar abgeschmackt, häufig »mit einem Anflug von groteskem Melodram und triefender Sentimentalität«, wie Lytton Strachey gleich bemerkt hat. »Eine tolle Mixtur!«

Aus diesem Mangel an stilistischer Einheitlichkeit ergibt sich ein Hauptproblem für die Übersetzung der drei früheren Stücke, in denen die Differenz zwischen den Figuren, welche die Handlung vorantreiben müssen und an deren Notwendigkeiten gebunden sind, und jenen, die vornehmlich zu Unterhaltungszwecken erfunden wurden, noch unüberbrückbar scheint. Denn wie lassen sich dramatische Passagen, die zumeist von Problemen handeln, welche sich für die Figuren aus der angeblichen Enge und Strenge viktorianischer Wert- und Moralvorstellungen ergeben, und solche Momente, in denen zu viel Handlungsschlacke den Redestrom trübt, annähernd so wirkungsvoll wiedergeben wie jene »Epigramme«, die wiederum laut Lytton Strachey die Stücke »überfluten ... wie eine Brandung«, jene Dialoge also, die vor allem auf komische Wirkungen zielen und ihre Wirkung selten verfehlen? Müßte man nicht wenigstens versuchen, den seriösen Passagen einen Schein von Wahrhaftigkeit und Glaubwürdigkeit zu lassen oder gar zu geben? Warum sollten andererseits Figuren, die sich in ihrer verbalen Schlagfertigkeit weit über das, was normalen Menschen möglich ist, erheben, wenn es um pointierte Repliken und aphoristische Marginalien geht, nicht auch in Momenten höchster Gefühle in der Lage sein, sich so auszudrücken, wie es im Leben leider nie gelingen will?

Wilde selbst hat Übertreibung offenbar als Stilmittel zur Wahrheitsfindung benutzt und Exaltiertheit für einen hermeneutischen Akt gehalten.

Aus dem dramaturgischen Dilemma, das sich aus der Ungleichgewichtigkeit von glänzenden Ornamenten und eher matten Sujets ergibt, und im Effekt dazu führen kann, Szenen, die vornehmlich dem Transport der Handlung dienen, so überladen aussehen zu lassen, daß sie sogar die an sich schwerelosen Zugaben unnötig belasten, sehe ich nur einen Ausweg, der zwar hart an der Grenze des Erlaubten entlang führt, andererseits jedoch der einzige ist, der, solange man das Original nicht aus dem Auge läßt, zu einem Ergebnis führt, das sich auf der Bühne hören lassen kann: Die Übersetzung muß dies Mißverhältnis noch betonen durch ein Vokabular, das bewußt melodramatisch klingt und gewissen Ausbrüchen der Figuren einen opernhaften Charakter verleiht, auch und gerade auf die Gefahr hin, sie lächerlich zu machen. Durch behutsame sprachliche Angleichung erzielt man meiner Meinung nach viel eher die oben beschriebene niederziehende Wirkung, vor allem bei einem Publikum, das es gewohnt ist, Handlungen zu verfolgen.

Eben auf die Bühnenwirksamkeit kam es mir bei dieser Übersetzung vornehmlich an. *Im übrigen,* glaubte Oscar Wilde, *daß die Qualität eines Stückes nicht von Belang ist, solange der Schauspieler Genie und Kraft besitzt.* Ich glaube, daß ein Autor dergleichen nur sagt, wenn er aus naheliegenden Gründen Schauspielern schmeicheln möchte. Und der Praktiker Wilde, der den Proben für die Uraufführungen seiner Stücke so gut wie täglich nicht nur beiwohnte, sondern der sie geradezu überwachte, mußte es besser wissen. Dafür spricht seine Bemerkung: *Die Bühne ist lediglich der Rahmen für ein Ensemble von Marionetten.*

Die Wahrheit liegt wie immer bestimmt nicht in der Mitte. Und wenn sich ein Theater für die hier vorliegende Übersetzung entscheiden sollte, kann ich die Regie nur bitten, wenigstens einige von Wildes An- und Absichten ernst zu nehmen und aus seinen Stücken weder psychologisierende Charakterkomödien noch moralisierende Gesellschaftssatiren zu machen. W.H. Auden fand für sie das schöne Wort »Wortoper«; sie auch dementsprechend zu inszenieren, würde meinem Gefühl beim Übersetzen am ehesten entgegenkommen. Und meinem Gefühl bin ich meist gefolgt, ganz im Sinne Wildes, der für reinen Subjektivismus auch und gerade in den interpretierenden Künsten plädierte, zu denen ich das Übersetzen zähle.

Da mein philologischer Anspruch sich in den entsprechenden Grenzen hält, möchte ich hier auf Einzelheiten nur eingehen, soweit sie offensichtliche Abweichungen von früheren Übersetzungen betreffen.

Wilde spielt gern mit elementaren Antonymen, und weil sich in einer anderen Sprache selten Entsprechungen finden, die das gleiche Bedeutungsfeld abdecken, ergeben sich schon daraus Probleme. In Wildes erster Komödie *Lady Windermere's*

Fan geht das bereits beim Untertitel los: *A play about a good woman* – »ein Stück über eine gute Frau« hat er weder gemeint noch geschrieben, und es wird schwierig, im Deutschen ein Begriffspaar zu finden, das dem entspricht, was Wilde durchgehend benutzt: *Good woman* vs. *bad woman.* Wir können zwar von guten und schlechten Menschen sprechen, *gute Frau* hat dagegen etwas unpassend Gönnerhaftes und schließt die ganze Bandbreite des Begriffs von seinen sittlichen bis zu seinen gesellschaftlichen Randstreifen eigentlich aus, abgesehen davon, daß man im Deutschen selten von einer *schlechten Frau* sprechen würde. Gut und böse sind zweifellos moralische Kategorien, doch eine böse Frau gehört eher ins märchenhafte Mittelalter als in die bessere Londoner Gesellschaft der letzten Jahrhundertwende, es sei denn, man wollte ihr einen charakterlichen Defekt oder kriminelle Absichten, also Bösartigkeit oder Böswilligkeit, unterstellen, was hier auch nicht durchgehend gemeint sein kann. Einer anständigen Frau fehlt ihr direkter Gegenbegriff, denn Unanständigkeit wirkt in diesem Zusammenhang zu stark auf sexuelle oder kommerzielle Praktiken oder allenfalls kindliche Vorstellungen beschränkt. Ehrbar ist eher die Fassade als die Frau selbst.

So bleibt leider nur eine Möglichkeit der Übersetzung: die Begriffe *good* und *bad* mit verschiedenen Gegensatzpaaren einzudeutschen, je nachdem, auf welcher Bedeutungsebene sie im Original gerade benutzt werden.

Es geht in diesem *Stück über eine wirklich gute Frau* – so ließe sich der Untertitel wenigstens auf den letzten Satz des Stückes und damit auf die eigentlich wohl gemeinte Person beziehen – nämlich nicht um das absolut Gute oder Böse, sondern um das, was Spätviktorianer bei einer Frau der guten Gesellschaft als böse, schlecht, ehrlos, unanständig, unmoralisch, unmöglich etc. empfinden.

Lady Windermeres Fächer geht laut Wilde auf ein psychologisches Motiv zurück: den spät erwachten Mutterinstinkt der gefallenen Frau mit Vergangenheit. Wie rasant und konsequent *Mrs Erlynne* diesen Rückfall überwindet, ist – neben dem Charakter des Dandys *Lord Darlington,* der den Fehler begeht, echte Gefühle entwickeln zu wollen – die eigentliche Überraschung des Stücks. Wilde besteht darauf, daß *die einzige Lehre,* die aus der Geschichte zu ziehen ist, *die des reinen Individualismus* sei.

Henry James fand das ganze ausgesprochen »unreif... inhaltlich wie formal«.

Ich meine, daß beide im Irrtum waren.

Immerhin setzt der Schluß dem durchaus konventionellen Aufbau eine raffinierte Spitze auf: Alle drei Geheimnisse, die dem Zuschauer nach und nach enthüllt werden, bleiben gerade den Figuren, die sie eigentlich angehen, verborgen. Und nur diese Diskretion – wer hier von Heuchelei spricht, moralisiert nicht weniger als die Figuren, gegen die sein Vorwurf sich richtet – führt durch einen Kunstgriff, der für klassische Komödien durchaus untypisch wäre, erst zu einem Ende, das so glücklich ist, wie es sich für jede gute Komödie gehört, und garantiert den Fortbestand der Gesellschaft, die dafür den einzig passenden Hintergrund liefern kann.

Urteile und Vorurteile dieser Gesellschaft werden in den frühen Komödien gleich dutzendweise geliefert und klingen dementsprechend bisweilen billig und unbillig zugleich. Doppeldeutig ist auch, wie schonungslos Wilde mögliche Sympathieträger bloßstellt: die von der Gesellschaft verurteilte Außenseiterin *Mrs Erlynne* ebenso wie jene die Gesellschaft verurteilende *Mrs Arbuthnot.* Man kann dem nur gerecht werden, wenn man die Zynismen der einen ebenso scharf gegen die moralisierenden Ansprüche ihrer Gegenspieler absetzt, wie die Bonhomien der anderen gegen die urbanen Bonmots der ihren. Selbst die schier unerträglich sentimentalen Passagen sollte man bei Wilde grundsätzlich nicht mildern, worum die bisherigen Übersetzer durchaus gutwillig bemüht waren, man muß das rhetorische Pathos, speziell der inneren Monologe, im Zweifelsfall eher noch steigern. Da Wildes erhabene Botschaft hier nicht unbedingt emst gemeint und mithin ernst zu nehmen ist, darf man das Lächerliche darin nicht unterschlagen. Nur in voller Laut- und Gefühlsstärke können diese

Passagen sich gegen die brillanten Konversationen irgendwie behaupten, nur so bewahrt das zeitweilig tantenhafte Getue seinen teilweise tuntigen Reiz.

Dies gilt verstärkt für Wildes nächstes Stück: *A Woman of No Importance*, denn hier sind die Konversationsabschnitte noch witziger, die moralisierenden Teile dafür von beinah biblischer Strenge. Außerdem ergibt sich durch deren Anordnung eine Art Gefälle, zumindest wenn man, wie ich, die amüsanten Szenen für gelungener hält. Am Ende werden die Bösen bestraft, und die Guten triumphieren ähnlich schamlos wie bei Mozart/da Ponte nach Don Giovannis Fahrt zur Hölle.

Fast scheint es, als wollte Wilde sich hier selbst richten, denn der Unterhaltungswert zumindest seiner Hauptfiguren verhält sich umgekehrt reziprok zu ihrer moralischen Qualität, wobei es dem Zuschauer schwer fallen dürfte, den vielsagenden Unterhaltern seine Sympathie von Anfang an zu versagen, und womöglich noch schwerer, für die entsagenden Eiferer und eine manichäische Spielart des Puritanismus, die am Ende auch noch menschliche Züge annehmen will, Sympathie zu entwickeln. Dies Spiel mit Gegensätzen und Widersprüchen zwischen und in den Figuren, ihren Plänen und deren Erfüllung, Erwartungen und Enttäuschungen des Zuschauers usw. kann der Übersetzer nur noch zuspitzen. Der Endsieg der Gerechten und Gerächten kann nur so wirklich weh tun.

An Ideal Husband unterscheidet sich von den vorausgegangenen Anläufen in einem Punkt, den der Theaterzuschauer freilich nur indirekt bemerken kann. Wilde hat hier nämlich in seine ansonsten gewohnt knappen Szenenanweisungen nachträglich Kurzporträts seiner Figuren aufgenommen, die nicht nur deren äußere Erscheinung, sondern auch ihre Charaktere skizzieren. Tat er das aus reiner Freude am Malerischen, oder traute er vielleicht den Regisseuren und den Schauspielern nicht zu, die angelegten Abbilder zu erkennen und darzustellen? Anlaß genug hatte er sicher zu diesem Verdacht, denn auch hier wird eine konsequente Charakterisierung der beiden Hauptfiguren *Sir Robert* und *Lady Gertrude*

Chiltern nur auf Kosten der Sympathien beim Publikum möglich. Was das Stück spielbarer macht, ist zum einen das Angebot eines zweiten Paares *(Mabel Chiltern* und *Lord Goring),* das fast durchgehend liebenswert bleibt, ergänzt durch einen komischen Alten, Lord Gorings Vater *Lord Caversham,* in dessen Beziehungen zu den jungen Verliebten Wilde seinen ganzen Charme entfaltet. Auch die Tatsache, daß der politische Hintergrund heute noch erstaunlich nachvollziehbar ist, bereichert die Handlung um wirkungsvolle Spannungsmomente.

Daß ich *Husband* lieber mit *Ehemann* übersetzt habe, liegt daran, daß der Begriff *Gatte,* wenn ich mich recht entsinne, im Nachkriegsdeutschland vornehmlich von denen benutzt wurde, die ihn für vornehm hielten und dahinter ihre Herkunft zu verbergen hofften, die zumindest ihnen selbst nicht vornehm genug vorkam. Da solche Rücksichten in der Klasse, aus der Wildes durchaus nicht idealer Ehemann kommt, kaum zu nehmen waren, schien mir das einfachere Wort angemessener und zumal vom Klang her passender, da es in dem Stück eigentlich um den idealen *Mann* oder den Mann als weibliche Idealvorstellung geht. Die Bloßstellung weiblicher *Liebe, die lediglich den Lohn für eine Leistung darstellt,* hat schon Shaw gebührend gewürdigt.

Die Grundthematik dürfte einem heutigen Publikum besser gefallen, wenn man davon ausgehen kann, daß ein Stück über einen gefallenen Mann uns origineller oder zumindest weniger antiquiert vorkommen dürfte als die beiden über gefallene Frauen, die Wilde bis dahin geschrieben hatte.

Für biographisch Interessierte kommt hinzu, daß einige Passagen – besonders *Mrs Cheveleys* Drohung mit öffentlicher Entehrung und ihre Vorhersage der unheimlichen Freude, mit der sich die Medien über den Entehrten hermachen würden – prophetisch auf seine kommende Tragödie hinzuweisen scheinen. Denn gerade Hochmut kam auch vor dem Fall Oscar Wildes.

Der ideale Ehemann ist auch meiner Ansicht nach das gelungenste seiner Salonstücke, bis dahin.

Ich bin nicht der Meinung, *The Importance of Being Earnest* sei »die beste englische Komödie seit Shakespeare«, da mir im Augenblick keine Komödie von Shakespeare einfällt, die so komisch ist wie Wildes *triviale Komödie für ernsthafte Leute.*

Eine Gattungsbezeichnung für dies Theaterstück, das ebenso unvergleichlich in der dramatischen Literaturlandschaft herumsteht wie etwa *Tristram Shandy* unter den Romanen des 18. Jahrhunderts oder *Alice in Wonderland* unter denen des 19., ist schwierig. Ganz überzeugt hat mich keine Definition: Ist es der ultimative Abgesang auf »die glanzvolle Dekadenz einer *leisure class*«, oder feiert es den »Geist der Negation« schlechthin? Ist es »die reinste Gesellschaftskomödie der Weltliteratur« oder nur eine weitere »Persiflage der viktorianischen Mentalität«? Ist es die ganz große »Wortoper«, oder handelt es sich schlicht um »Nonsens-Dichtung«?

Wildes Zeitgenosse Samuel Butler behauptet in einem seiner Romane: *Das Wort »earnest« kam gerade erst in Mode.* Das Modewort bezeichnete jedenfalls eine der Hauptbeschäftigungen der Zeitgenossen: Ernst zu sein und ernst zu nehmen. Für gehobene Viktorianer hatte das eine tiefere Bedeutung, da sie diese kleinliche Beschränktheit offenbar für ihre größte Tugend hielten: *The Importance of Being Earnest.*

Deshalb habe ich mir die Freiheit genommen, den in Deutschland geläufigen Titel »Bunbury« in Kombination mit Untertiteln wie »Die Wichtigkeit, Ernst zu sein« (Christa Tragelehn) oder »Die Bedeutung, Ernst zu sein« (Christine Hoeppener) oder »Die Bedeutung, ernst zu sein« und »Die Bedeutung des Ernstseins« (beides Felix Paul Greve) dem Original wieder anzunähern: *Ernst – und seine tiefere Bedeutung.* (Der Anklang an Grabbes *Scherz, Satire, Ironie und* … ist übrigens beabsichtigt, da ich in diesem Fall fast jeden Beigeschmack erlaubt fand, wenn er nur gefällt.)

Und noch eine Änderung: Ursprünglich hatte Wilde für *Ernst – und seine tiefere Bedeutung* wie für die anderen drei Stücke vier Akte vorgesehen, von denen einer auf Wunsch des Theaterintendanten und Regisseurs George Alexander vor der Uraufführung am 14. Februar 1895 gestrichen werden mußte. Die dreiaktige Version wurde dann auch vier Jahre später von Leonard Smithers als Textbuch veröffentlicht, und seitdem haben sich alle deutschen Übersetzungen daran gehalten.

Warum eigentlich? Ich habe die Fassung übersetzt, die Wilde ursprünglich geschrieben hatte und die er, nach einer Probe des Dreiakters, indirekt mit den Worten favorisierte: *Ja, das Stück ist ganz gut. Ich entsinne mich, einmal selbst etwas Ähnliches geschrieben zu haben, und das war sogar noch brillanter.* Im Vierakter treten nicht bloß zwei zusätzliche Figuren auf, von denen zumindest eine zum komischen Verwirrspiel erheblich beiträgt, der unterschlagene Akt enthält auch noch ein paar Schlenker, die so abwegig sind, daß sie jeden Versuch einer Psychologisierung vereiteln sollten.

Außerdem hat mir das Argument des englischen Herausgebers Philip Drake gefallen: *It seems a pity that George Alexander should have a permanent influence on the play.*

Oscar Wilde merkt noch an: *Das Szenarium braucht weder »Ort« noch »Zeit«, denn deren Einheit paßt nicht zur Konzeption.* Eine endgültige Absage an den Realismus. Wer daraus freilich schließen möchte, das Stück sei nicht in realistischen Kulissen und Kostümen aufzuführen, hat Wilde schon wieder mißverstanden. Und darauf legte er es offenbar an: *In der Kunst bin ich Platoniker, kein Aristoteliker. Freilich habe ich einen etwas anderen Platon zu bieten.* Was immer das heißen soll.

Auch für sein bestes Stück war Wilde ein schlechter Kritiker. Zwar dürfte er gespürt haben, daß sich hier eine neue Form der Komödie entwickelt hatte, doch viel mehr als eine *Farce* war es nicht für ihn: Ein Stück, das amüsiert, aber nicht ergreift. Und das schien ihm ein hoher Preis zu sein: *Ich wünschte, es wäre als Kunstwerk noch wunderbarer – von höherer Ernsthaftigkeit beseelt.* Nur gut, daß dieser Wunsch – falls er denn ernst gemeint war – sich nicht erfüllt hat, denn endlich war es Wilde gelungen, sich durch eine reine Verstandesleistung von moralischen Kategorien wie Schuld und Sühne zu lösen und auf der Bühne etwas zu schaffen, das ihn selbst kurzzeitig in

Erstaunen setzte: *Das Beste, was ich je geschrieben habe,* nannte er *The Importance of Being Earnest* einmal, doch was besagt das schon, bei einem Autor, der insgesamt so wenig von seinen Stücken hielt: *Mes pièces ne sont pas du tout bonnes,* hat er angeblich André Gide anvertraut, und damit sein Credo, *daß in der Kunst Widersprüche gleichermaßen wahr* sein können, auf die Beurteilung derselben ausgedehnt.

Oscar Wildes Doppelgesichtigkeit reicht tief ins Private – nicht nur das seine, meine ich jetzt, sondern unsere eigene undefinierte Beziehung, wie wir sie beinah unwillkürlich zu einem Autor entwickeln, manchmal noch bevor wir viel von ihm oder etwas über ihn gelesen haben. In die Figur Wilde und ihre Posen und Possen lassen sich eben so viele Vorstellungen projizieren, weil sie in sich selbst so widersprüchlich ist wie sein Werk. Für alle, denen Schein letztlich mehr bedeutet als Sein, und Oberfläche mehr als Tiefe, ist er der ideale Autor – was nebenbei auch erklären könnte, wieso er in Deutschland verhältnismäßig wirkungslos geblieben ist. Daß sich in seiner Lebensgeschichte wie in seinem Werk ebensoviele anziehende wie abstoßende Seiten finden lassen, wird fast jeder bestätigen, der sich mit dem einen oder dem anderen beschäftigt hat. Womöglich liegt das an seinem anmaßenden Selbstverständnis: *Der Künstler hat nicht nur das Recht, sondern die Pflicht, anmaßend zu sein.*

Der Übersetzer hat gewiß nicht das Recht noch gar die Pflicht, anmaßend zu sein – ihm bleibt ganz einfach gar nichts anderes übrig.

Bernd Eilert

Anmerkungen

LADY WINDERMERES FÄCHER

(Lady Windermere's Fan)

Die erste von Oscar Wildes insgesamt vier Gesellschaftskomödien entstand 1891. Sein Freund George Alexander, seit 1890 Direktor des Londoner St. James's Theatre, hatte ihn ein Jahr zuvor überredet, eine moderne Komödie zu schreiben. Alexander zahlte fünfzig Pfund Vorschuß, für Wilde eine sehr willkommene Aufbesserung seiner Finanzen. Wilde schrieb das Stück im Sommer 1891, zum größten Teil während eines Ferienaufenthaltes im nordenglischen Lake District. Im Februar 1892 begannen die Proben im St. James's Theatre mit George Alexander in der Rolle des Lord Windermere. Am 20. Februar 1892 fand vor restlos ausverkauftem Haus die Premiere statt. Das Stück wurde ein glänzender Erfolg.
Wilde hatte seinem Stück zunächst den Arbeitstitel *A Good Woman* gegeben. Für die Uraufführung wurde dann der zugkräftigere Titel *Lady Windermere's Fan* gewählt. Die erste Buchedition erschien in London bei Mathews & Lane 1893 unter dem kombinierten Titel *Lady Windermere's Fan: A Play About a Good Woman.*

Erster Akt

Windermere: Wilde entlehnte die Namen der handelnden Personen gerne von Ortsnamen aus der Gegend seiner Sommeraufenthalte. Lake Windermere liegt im Lake District, wo Wilde im Sommer 1891 das Stück schrieb.

Carlton House Terrace: Vornehme Adresse im eleganten Westen der Londoner City, Wohnstraße zwischen Pall Mall und St. James's Park.

Selby: Kleinstadt in Yorkshire, hier Landsitz der Windermeres.

Volljährig: Die Volljährigkeit wurde mit 21 Jahren erreicht. Das Heiratsalter bei Frauen der Oberklasse lag zwischen 16 und Anfang 20. Etwas später wird gesagt, daß Lady Windermere seit zwei Jahren verheiratet ist – ein Hinweis auf ihre Übereinstimmung mit der gesellschaftlichen Konvention.

In unseren ... sozialistischen Zeiten: Im letzten Drittel des 19. Jahrhunderts, vor allem in den 1880er Jahren, gewannen in England Vertreter sozialistischer Ideen zunehmend an politischem Einfluß. Die Äußerung der Herzogin von Berwick kontrastiert diese Entwicklung mit der traditionellen »Wohltätigkeit« der englischen Oberklasse, die »häßliche Sachen für arme Leute« herstellte.

Curzon Street: Wohnstraße nahe dem Hyde Park, eine vornehme Adresse im eleganten Stadtviertel Mayfair im Londoner West End.

Im Park: Gemeint ist der Hyde Park, wo die feine Gesellschaft sich zu festen Nachmittagszeiten beim Ausreiten oder Ausfahren traf. Für eine verheiratete Frau galt es nicht als unschicklich, ohne Begleitung im Park auszufahren.

Bad Homburg: Bad Homburg im Hochtaunus wurde seit dem 18. Jahrhundert von der vornehmen Gesellschaft gern besucht. In den 1890er Jahren war es das Modebad der englischen Aristokratie.

Aix: Aix-la-Chapelle, französischer Name für Aachen. Aachen war mit seinen Thermalquellen schon in der Römerzeit ein Bad und im 18. und 19. Jahrhundert ein eleganter Kurort.

Nahrungsmittel in Blechbüchsen: Der Franzose François Appert erfand 1810 die Methode, Lebensmittel in Blechdosen zu konservieren. Die Konservenindustrie wurde insbesondere im britischen Empire zu einem gewinnträchtigen Wirtschaftszweig, da die Armee, die Flotte und die britischen Kolonien Großabnehmer von Konserven waren.

Zweiter Akt

Tanzkarten: Der Paartanz, bei dem der Herr den Körper der Dame mit einer Hand umfassen darf, wurde erst um die Mitte des 19. Jahrhunderts gesellschaftlich akzeptiert. Zur sittlichen Kontrolle dienten die Tanzkarten der Mädchen, auf der sich die Tanzpartner namentlich eintrugen. Ende des 19. Jahrhunderts kamen Tanzkarten allmählich außer Mode.

Walzer: Der aus Österreich und Deutschland kommende Walzer galt bis zur Mitte des 19. Jahrhunderts als unschicklich. Auch nachdem er sich in höheren Gesellschaftskreisen durchgesetzt hatte, behielt der Walzer seine latent erotische Bedeutung.

Jüngere Söhne: Im englischen Erbrecht galt in der Regel die Primogenitur, d.h. der erstgeborene Sohn erbte den gesamten Grundbesitz. Die nachgeborenen Söhne waren materiell benachteiligt und daher keine begehrten Heiratskandidaten.

Mister Hopper: Der »reiche junge Australier«, dessen Vater sein Vermögen mit Lebensmittelkonserven gemacht hat, verkörpert – ähnlich wie die Amerikanerin Mabel in *Eine Frau ohne Bedeutung* – die nichtaristokratische Neue Welt als Gegensatz zum alten England. Die britische Kolonie Australien war bis zum Goldrausch von 1852 fast nur Sträflingskolonie. Erst danach wurde sie – ähnlich wie die Vereinigten Staaten – für viele Auswanderer zum Land der Hoffnung.

Fürst Doria: Palazzo Doria, Stadtvilla der Fürsten Doria (später Doria-Pamfili) in Rom. Zur Entstehungszeit von Wildes Stück war das Haupt der Familie Doria-Pamfili mit einer Engländerin verheiratet.

Darf ich dir Mrs. Erlynne vorstellen: Das Vorstellen war ein äußerst wichtiger Punkt der Etikette. Es galt als höchst unschicklich, mit jemandem zu sprechen, dem man nicht vorher durch einen Dritten vorgestellt worden war. Cecil Graham begeht auf Bitte von Mrs. Erlynne einen leichten Verstoß gegen die Etikette, denn eigentlich entscheidet die höherrangige Person (hier Lady Jedburgh), ob sie eine Vorstellung wünscht.

Wie ein Radikaler: In den 1880er Jahren mußte die britische Gesellschaft sich zunehmend mit radikal-sozialistischen Ideen auseinandersetzen. 1881 gründete Henry Mayers Hyndman die »Social Democratic Federation«, 1884 entstand die »Fabian Society«, 1885 gründete William Morris die »Socialist League«. Charles Bradlaugh (1833–1891) formulierte 1885 »The Radical Programme«, das die Vertretung der Arbeiterschaft im Parlament und das Wahlrecht für Frauen forderte.

Luxusausgabe eines französischen Romans: Französische Romane galten im 19. Jahrhundert in England wie in Deutschland als anstößig, da sie vergleichsweise offen erotische Themen behandelten, u.a. die Prostitution.

Grosvenor Square: Sehr vornehme Wohngegend im eleganten West End, südlich der Oxford Street und nahe dem Hyde Park.

Dritter Akt

Die Sache in Wiesbaden: Wiesbaden war seit dem 18. Jahrhundert ein vornehmer Kurort, dessen Thermalquellen sich besonders zur Behandlung von Frauenleiden eigneten. Kurorte wie Wiesbaden, Schwalbach oder Schlangenbad, wo junge Frauen sich wochenlang ohne ihre Ehemänner aufhielten, waren immer auch eine Quelle echter oder erfundener erotischer Abenteuer.

Vierter Akt

Erst kommt's Benehmen ...: Für Oscar Wilde fast ein Programm: »Manners before morals!«

Eine geschiedene Frau: Nach englischem Recht konnte die Scheidung nur im Falle bewiesener Untreue oder grober Gewalttätigkeit ausgesprochen werden. Eine schuldig geschiedene Frau war für ihr Leben gesellschaftlich gebrandmarkt.

Eine solide Londoner Droschke: Im Originaltext *a good Shrewsbury and Talbot.* Ende des 19. Jahrhunderts wurde das Fuhrgewerbe in London von zwei großen Unternehmen dominiert: von der *London Improved Cab Company* und von der Gesellschaft, die dem Earl of Shrewsbury and Talbot gehörte.

Eine wirklich gute Frau: Bezug zum Titel des Stückes, das zuerst nur *A Good Woman* hieß.

EINE FRAU OHNE BEDEUTUNG
(A Woman of No Importance)

Nach dem glänzenden Erfolg von *Lady Windermere's Fan* im Februar 1892 wurde Wilde von seinem Freund Herbert Beerbohm Tree gedrängt, eine zweite Gesellschaftskomödie zu schreiben, diesmal für das Haymarket Theatre, dessen Leiter Tree war. Wilde ließ sich nach anfänglichem Sträuben überreden und arbeitete im August und September 1892 an dem Stück, das zunächst den Arbeitstitel *Mrs Arbuthnot* trug. Im März 1893 begannen die Proben. Am 19. April 1893 wurde *A Woman of No Importance* im Haymarket Theatre uraufgeführt, wiederum mit großem Erfolg beim Publikum und bei der Kritik. Wilde stand zu dieser Zeit auf der Höhe seines gesellschaftlichen und finanziellen Erfolges: Das Stück brachte ihm pro Woche hundert Pfund ein. Die erste Buchedition von *A Woman of No Importance* erschien in London bei John Lane (Edition Bodley Head) 1894.

Erster Akt

Lord Illingworth: In England sind Adelstitel zwar in der Regel erblich, werden jedoch auch für besondere Verdienste verliehen. Lord Illingworth war ursprünglich ein einfacher George Harford. Mit seiner Nobilitierung wegen politischer Verdienste wurde er Herr des Landsitzes Illingworth und damit Lord Illingworth.

Dr. Daubeny: Dr. Charles Giles Bridle Daubeny (1795–1867) hatte testamentarisch eine Büste des jungen Kaisers Augustus demjenigen Studenten des Oxforder Magdalen College vermacht, der als erster nach seinem Tod den renommierten Newdigate-Preis gewinnen würde. Oscar Wilde gewann 1878 den Preis für sein Gedicht »Ravenna«.

Hunstanton: Seebad am Wash in West Norfolk, Landsitz von Lord und Lady Hunstanton. Wilde hatte sich im Sommer 1892 in dem Dorf Felbrigg in der Nähe von Hunstanton eingemietet, um an dem Stück zu schreiben.

Miss Hester Worsley: Die Amerikanerin verkörpert die Neue Welt im Gegensatz zum alten England, gleichzeitig aber auch die naive Puritanerin. Wilde kannte die Vereinigten Staaten von einer Vortragstournee 1882 her.

Mister Kettle: Englisch *kettle* – »Wasserkessel«.

Wien: Die Hauptstadt von Österreich-Ungarn war am Ende des 19. Jahrhunderts ein politisches Zentrum, in dem die diplomatischen Fäden aus Süd-, Ost- und Mitteleuropa zusammenliefen. Eine Berufung nach Wien war sehr ehrenhaft.

Aber welche Welt …: Fast wörtlich gleichlautend äußert sich Lord Henry im 15. Kapitel des *Dorian Gray*.

Amerikanische Kurzwaren: Im Originaltext *American dry goods*, Waren des Nichtlebensmittelsektors.

Mister Cardew: Der Name kommt auch in *The Importance of Being Earnest* vor. Wilde war mit einem Ehepaar Cardew befreundet.

Wahlrecht: Mit der Reform von 1884 wurde das Wahlrecht auf die ländliche Bevölkerung ausgedehnt, allerdings nur auf Männer, die einem Haushalt vorstanden. Die Erweiterung des Wahlrechts auf Arbeiter und Frauen gehörte zu den wichtigsten Forderungen der Radikalen.

Laterna magica: Ein Vorläufer des Kinos, als Schaustellerkunst seit dem 15. Jahrhundert bekannt und im 19. Jahrhundert zu hoher technischer Blüte gelangt. Ähnlich wie bei Diavorführungen werden farbige Bilder auf eine Leinwand projiziert, wobei durch Mehrfachprojektionen, Überblendungen und mechanische Tricks filmähnliche Bewegungseffekte entstehen.

Wir im Oberhaus ...: Im Oberhaus (House of Lords) saßen nur Pairs, d.h. Angehörige des höheren Adels, nicht die Gentry, der niedere Landadel.

Sieben Todsünden: Auch im Englischen *seven deadly sins*. Die Idee der sieben Todsünden ist nicht biblischen Ursprungs, sondern stammt von dem italienischen Scholastiker Petrus Lombardus (1095–1160). Er nennt als Sünden, die zum – geistigen – Tode führen: Hochmut, Geiz, Wollust, Zorn, Völlerei, Neid, Trägheit des Herzens. Einen von der Kirche anerkannten Katalog gibt es nicht.

Zigaretten mit goldenem Mundstück: Orientalische Zigaretten lernten die Engländer erst durch den Krimkrieg 1853/56 kennen. Zigarettenrauchen galt Ende des 19. Jahrhunderts als verfeinert, auch etwas dandyhaft gegenüber der in England üblichen Pfeife oder Zigarre. Zigaretten hatten damals Mundstücke, die das Naßwerden des Deckpapiers verhinderten. Eine Luxussorte mit goldenem Mundstück war »Salmon Gluckstein's Dandy Fifth Cigarettes«.

Wunderschöne Handschrift: Eine schöne Handschrift galt als wesentliches Merkmal der Weiblichkeit.

Sphinx ohne Geheimnis: Fast wörtlich gleichlautend äußert sich Lord Henry im 17. Kapitel des *Dorian Gray*. Wildes Erzählung *The Sphinx*

Without a Secret war zuerst 1887 erschienen, damals allerdings noch unter anderem Titel, aber mit der gleichen Aussage im Text.

Offenbarungen: Die Offenbarung des Johannes, auch Apokalypse, englisch *The Book of Revelation*, ist das letzte Buch der Bibel. Die Bibel beginnt mit der Schöpfungsgeschichte im Ersten Buch Mose.

Zweiter Akt

Salon ... nach dem Dinner: In der besseren Gesellschaft war es üblich, daß die Damen sich nach dem Dinner ins Wohnzimmer begaben, während die Herren noch am Eßtisch sitzenblieben, um zu trinken und zu rauchen. Eine literarisch sehr ergiebige Sitte, denn Männer wie Frauen hatten Gelegenheit, sich über Dinge auszutauschen, die für die Ohren des anderen Geschlechts nicht bestimmt waren. Wenn schließlich die Herren in den Salon nachkommen und es heißt, »Lord Illingworth war in Hochform«, ist dies ein deutlicher Hinweis auf Zweideutigkeiten.

Eine schlimme Zeit: Im Original *Mauvais quart d'heure.* Typisch Wilde'sches Paradox. Französisch *passer un mauvais quart d'heure* bedeutet »bange, böse Minuten durchmachen«.

Eisen-Ausstellung: Lady Hunstanton meint die Weltausstellung in Chicago 1893. Da Industrie und Technik traditionell im Mittelpunkt der Schau standen, assoziiert sie etwas Eisernes; vielleicht erinnert sie sich auch an ein Bild der riesigen Maschinenhalle, einer Gußeisenkonstruktion. Höchst aktuelle Anspielung: als das Stück im April 1893 uraufgeführt wurde, war die Weltausstellung gerade erst eröffnet.

Weinberg meines Lebens: Biblische Anspielung auf den Streit zwischen Naboth und Achab um den Weinberg Naboths (1. Kön. 21,2 ff.).

Dritter Akt

Eine wahre Könnerin: Im Originaltext: *quite a Dorcas.* Hochwürden spielt auf die alttestamentarische Gestalt der Tabita (englisch Dorcas) an. Diese »tat viele gute Werke und gab reichlich Almosen«, fertigte auch »Röcke und Kleider«. Petrus erweckte sie von den Toten auf (Apg. 9,36-40). Nach ihr ist die Dorcas Society benannt, eine Wohltätigkeitsorganisation, die Kleidung für Bedürftige sammelt.

Über flexible Wechselkurse: Im Originaltext: *about Bimetallism.* Die Anhänger des Bimetallismus forderten ein vertragsmäßig festgelegtes Wertverhältnis zwischen Gold und Silber, den wichtigsten Währungsäquivalenten der Industriestaaten. 1892 fand in Brüssel eine internationale Münzkonferenz statt, auf der heftig über Bimetallismus diskutiert wurde. Im gegebenen Zusammenhang Sinnbild für hohles Geschwätz, das Wilde auch in *Ein idealer Ehemann* gebraucht.

Die Sünden der Eltern: Hester zitiert ein Gebot des alttestamentarischen Gottes: »Denn ich ... bin ein eifernder Gott, der die Missetat der Väter heimsucht bis ins dritte und vierte Glied ...« (2. Mose 20,5). Auch Mrs. Arbuthnot beruft sich später darauf.

Vierter Akt

Die Worte, welche die Kirche uns vorschreibt: Nach der Liturgie der anglikanischen Kirche geloben Mann und Frau in der Heiratszeremonie, ihren Partner zu lieben, ihm beizustehen, ihn zu ehren und ihm treu zu sein. Nach dem älterem Ritus versprach der Mann außerdem, seine Frau mit irdischen Gütern zu begaben, und die Frau versprach, ihrem Mann zu gehorchen.

Als du nackt warst ...: Anspielung auf das Matthäus-Evangelium, Kapitel 25.

Hannah, Samuel: Anspielung auf das Erste Buch Samuel im Alten Testament. Hanna, die Frau des Elkena, war kinderlos. Erst als sie gelobt hatte, ihren erstgeborenen Sohn dem Dienst des Herrn zu weihen, gebar sie Samuel.

Unseren lächerlichen englischen Gesetzen zufolge ...: Das englische Eherecht verbot ausdrücklich die nachträgliche Legitimierung unehelich geborener Kinder. Ein illegitimer Sohn konnte niemals Titel und Grundbesitz erben.

Illingworth ist unveräußerlich: Der Grundbesitz war Fideikommiß, d.h. unveräußerliches und unteilbares Erbgut.

Das Haus am St. James Square: St. James's Square im vornehmen Londoner West End, zwischen Pall Mall und Piccadilly, war eine der teuersten Wohngegenden.

Die eigene Mätresse und den eigenen – : Der viktorianische Zuschauer ergänzte unschwer »Bastard«, ein in seinen Ohren extrem beleidigender Ausdruck.

EIN IDEALER EHEMANN
(An Ideal Husband)

Nur sechs Wochen nach dem Erfolg von *A Woman of No Importance* begann Wilde mit der Arbeit an seiner dritten Gesellschaftskomödie. Im Juni 1893 mietete er sich gemeinsam mit seinem Freund Lord Douglas in einem idyllisch gelegenen Cottage in Goring-on-Thames ein. Dort verbrachte er den Sommer und schrieb den ersten Akt von *An Ideal Husband* nieder. Persönliche Konflikte und häßliche Streitszenen mit Douglas verzögerten den Fortgang der Arbeit. Erst eine zeitweilige Trennung von seinem Freund gab Wilde Ende des Jahres wieder Muße und Kraft zur Arbeit. Am 3. Januar 1895 wurde das Stück im Haymarket Theatre mit großem Erfolg uraufgeführt. Die erste Buchedition erschien 1899 in London bei Leonard Smithers & Co. ohne namentliche Nennung des Verfassers, aber mit der Angabe *by the author of Lady Windermere's Fan.*

Erster Akt

Ritter des Hosenbandordens: Knight of the Garter, höchster englischer Orden, der auf eine Stiftung König Edwards III. um 1350 zurückgeht.

Viscount Goring: Ein Viscount gehört dem hohen Adel an. Der älteste Sohn trägt diesen Titel so lange, bis er den Titel des Vaters erbt. Der Name ist dem Ort Goring-on-Thames entlehnt, wo Wilde den Sommer 1893 verbrachte. In der Nähe von Goring liegen die Chiltern Hills.

Sir Robert Chiltern, Baronet: Ein Baronet gehört dem niederen Adel an. Der Titel ist erblich, jedoch mit keinen Privilegien verbunden. Baronets sind nur für das Unterhaus wählbar, nicht – wie der höhere Adel – für das Oberhaus.

Grosvenor Square: Elegante Wohnadresse in London.

Boucher: François Boucher (1703–1770), französischer Maler, bekannt für lebensfrohe erotische Motive, die auf den viktorianischen Betrachter leicht schockierend wirkten.

Watteau: Antoine Watteau (1684–1721), französischer Maler des zierlichen Rokoko.

Terrakotta-Figürchen: Im Originaltext *like a Tanagra statuette.* Die altgriechische Stadt Tanagra (Böotien) war berühmt für ihre Terrakotta-Figuren.

Durch die Allee: Gemeint ist die Hauptallee im Hyde Park.

Malerisch: Im Originaltext *picturesque.* Die Entdeckung des Pittoresken, d.h. des Dramatischen, Wilden, Ungeordneten, hat die Kunst- und Landschaftswahrnehmung seit der Romantik radikal verändert. Das Pittoreske als ästhetisches Kriterium wirkte das ganze 19. Jahrhundert hindurch nach.

Van Dyk: Der flämische Maler Anthonis van Dyk (1599–1641) lebte ab 1632 als gesuchter Porträtmaler in London.

Baron Arnheim: Vorbild für die Figur des reichen Finanziers war vermutlich der deutsch-jüdische Baron Reinach, der in den Skandal um die Finanzierung des Panamakanals verwickelt war und beim Zusammenbruch des Projekts 1890 Selbstmord beging.

Corots: Camille Corot (1796–1875), französischer Maler vorwiegend zarter, lyrischer Landschaftsdarstellungen. Ein harter Kontrast zur Finanzwelt des Barons Arnheim.

Er kannte Menschen als auch Städte wohl: Kein wörtliches, jedoch sinngemäßes Zitat aus dem ersten Gesang der Odyssee.

Boodle's Club: Äußerst exklusiver Club in St. James's Street, einer der alten aristokratischen Clubs, in die man nicht eintreten konnte, sondern hineingeboren sein mußte.

Denk ich daran in der Nacht ...: Anspielung auf Heinrich Heines Gedicht »Nachtgedanken« und Umkehrung der Anfangszeile »Denk ich an Deutschland in der Nacht, dann bin ich um den Schlaf gebracht«.

Frau in Heliotrop: Heliotrop (»Sonnenwender«) werden ein Edelstein und eine Blütenpflanze genannt. Hier Farbbezeichnung, ein bläuliches Rot.

Argentinische Kanalgesellschaft: Ein konkretes internationales Projekt zum Bau eines argentinischen Kanals hat es nicht gegeben. Wilde spielt jedoch auf einen aktuellen Skandal an, in den die Argentinische Nationalbank, zahlreiche Regierungsmitglieder und viele in- und ausländische Finanziers verwickelt waren. Mißwirtschaft, Korruption, Börsenschwindel und horrende ungedeckte Schulden führten 1891 zum Staatsbankrott Argentiniens und zum völligen wirtschaftlichen Zusammenbruch des Landes.

Suezkanal-Aktien: Der 1869 eröffnete Suezkanal war für England insbesondere wegen der Seeverbindung nach Britisch-Indien von herausragender Bedeutung. Das von dem Franzosen Ferdinand Lesseps geleitete Projekt wurde durch eine Aktiengesellschaft finanziert, an der auf Rat von Premierminister Benjamin Disraeli auch die britische Regierung Anteile erwarb.

Ein zweites Panama: Der Panamakanal war seit 1879 im Bau, wie der Suezkanal unter Leitung des Franzosen Ferdinand Lesseps. Das Großprojekt wurde von einer 1881 gegründeten internationalen Aktiengesellschaft finanziert, an der auch England beteiligt war. Die Gesellschaft machte 1889 Bankrott und wurde liquidiert, Lesseps wurde wegen Korruption und Mißwirtschaft ins Gefängnis gesteckt, die Bauarbeiten wurden eingestellt. Erst 1894 konnten die Arbeiten fortgesetzt werden. 1914 wurde der Panamakanal eröffnet.

Sieben Tod-Tugenden: Umkehrung der sieben Todsünden.

Damentribüne: Im englischen Unterhaus durften Frauen den politischen Debatten von einer eigenen Galerie aus zusehen.

Claridge's: Damals und heute eines der besten und teuersten Hotels in London, in der Brook Street unweit Grosvenor Square gelegen.

Royal Academy: Die Königliche Akademie der Künste in London repräsentierte die offizielle Staatskunst und galt bei modernen Künstlern als verstaubt und unzeitgemäß.

Eine exotische ungarische Kapelle: Im Originaltext *a mauve Hungarian band that plays mauve Hungarian music.* Die violette Farbe der Malve galt als Modefarbe der Dandies.

Löschen Sie die Lichter: Wörtlich nach Shakespeare's Othello: *Put out the light, and then, put out the light!* (5. Akt, 2. Auftritt)

Zweiter Akt

Park Lane: Höchst vornehme Wohnadresse im eleganten Westen der Londoner City. Park Lane verläuft am östlichen Rand des Hyde Park.

Evangelium des Mammon: Im Originaltext *the gospel of gold*. Anspielung auf *The Gospel of Atheism*, einer programmatischen Schrift der radikalen Sozialisten Charles Bradlaugh (1833–1891) und Annie Besant (1847–1933).

Liberale Frauenvereinigung: Die der Liberalen Partei nahestehende *Woman's Liberal Association* wurde 1886 gegründet.

Arbeitsrecht ...: Forderungen im Manifest der Liberalen Partei von 1892, die auf die Verbesserung der Lage der Fabrikarbeiter, insbesondere der Frauen abzielten.

Gästeliste in der ›Morning Post‹: Die *Morning Post* war das Klatschblatt des Adels, in dem Gesellschaftsanzeigen veröffentlicht wurden.

Bischofskonferenz: Lambeth Conference, Synode anglikanischer Bischöfe im Lambeth Palace, der Londoner Residenz des Erzbischofs von Canterbury.

Bimetallistin: Anhänger des Bimetallismus forderten ein vertragsgemäß festgelegtes Wertverhältnis zwischen Gold und Silber. s. a. die Anmerkung über *flexible Wechselkurse* in *Eine Frau ohne Bedeutung*.

Lebende Bilder: Darstellung von Szenen aus der antiken Mythologie oder auch von bekannten Werken der Malerei und Plastik durch Laienschauspieler. Im Gegensatz zum Theater wird nur ein einziges Bild pantomimisch dargestellt. Im 19. Jahrhundert ein beliebter Programmpunkt bei gesellschaftlichen Ereignissen.

Bath: Englischer Kurort mit der einzigen Thermalquelle Englands, Modebad der gehobenen Gesellschaft. Ende des 19. Jahrhunderts verlor Bath an gesellschaftlicher Bedeutung.

Höhere Frauenbildung: In England gab es seit 1869 Frauen-Colleges, zuerst in Oxford und Cambridge. Ab 1878 durften Frauen in London, nach 1880 auch in Oxford und Cambridge, akademische Grade erwerben.

Walisische Kirchenpolitik: Die Mehrzahl der Waliser bekannte sich nicht zur anglikanischen Kirche, sondern zum calvinistischen Methodismus. 1894 gab es Bestrebungen, die anglikanische Kirche ganz aus Wales zu verdrängen. Für Lady Markby genau wie die Lage der Landarbeiter ein Thema von äußerster Unwichtigkeit.

Bücher mit gelben Umschlägen: Im Originaltext: *I have never read a Blue Book. I prefer books … in yellow covers.* Als »Blaubücher« wurden die traditionell in blaues Papier eingeschlagenen Regierungsakten bezeichnet, während gelbe Umschläge charakteristisch für frivole französische Romane waren. ›The Yellow Book‹ hieß auch eine 1894–1897 erschienene Vierteljahrsschrift in Buchform, die von Aubrey Beardsley und Henry Harland herausgegeben wurde.

Clubs in St. James Street: In St. James's Street im Londoner West End hatten mehrere alte aristokratische Clubs ihre Häuser, z.B. Boodle's, Conservative, Brooks's, Arthur's, White's.

Dritter Akt

Inverness Cape: ist ein traditionelles schottisches Kleidungsstück, ein wollener Mantel mit Tartan-Muster, dessen Besonderheit ein ärmelloser, taillenlanger Überwurfkragen ist. Das Inverness Cape war bei englischen Dandies in den 1880er Jahren beliebt, auch Wilde besaß eins. Bekanntester Träger ist Sherlock Holmes.

Bachelors' Club: Aristokratischer Junggesellen-Club in Hamilton Place, nahe Piccadilly und Hyde Park.

Handschuhgröße siebendreiviertel: Kleine Hände und Füße galten in der viktorianischen Zeit als wesentliches weibliches Schönheitsattribut. Wenn Mrs. Cheveley über die angeblich großen Hände von Gertrude Chiltern herzieht, erweist sie sich als gehässig.

Seit Canning: George Canning (1770–1827), liberaler britischer Außenminister 1807–1809 und 1822–1827, Premierminister 1827.

ERNST – UND SEINE TIEFERE BEDEUTUNG
(The Importance of Being Earnest)

Wildes viertes und letztes Bühnenstück entstand im Sommer und Herbst 1894. Nachdem seine beiden vorigen Komödien dem Haymarket Theatre einen großen finanziellen Erfolg gebracht hatten, wollte das St. James's Theatre, das schon *Lady Windermere's Fan* uraufgeführt hatte, nachziehen. Direktor George Alexander zahlte Wilde 150 Pfund Vorschuß auf eine neue Komödie, was dem mal wieder in Finanznöten steckenden Dichter sehr willkommen war. Innerhalb von drei Wochen, während eines Sommeraufenthaltes im Seebad Worthing, entwarf Wilde das Konzept des Stückes mit dem Arbeitstitel *Lady Lancing*. Auf drängenden Wunsch des Intendanten kürzte er später das fertig ausgearbeitete Stück von vier Akten auf drei. In der dreiaktigen Form wurde *The Importance of Being Earnest* am 14. Februar 1895 im St. James's Theatre mit überwältigendem Erfolg uraufgeführt. Es wurde Wildes letzter großer Erfolg.
Kurz darauf, am 18. Februar, wurde Oscar Wilde vom Marquess of Queensberry, dem Vater seines Freundes, öffentlich der Homosexualität beschuldigt. Am 25. Mai 1895 wurde er wegen Unzucht zu zwei Jahren Gefängnis und Zwangsarbeit verurteilt. Der Prozeß und die Gefängnisstrafe vernichteten seine gesellschaftliche, künstlerische und menschliche Existenz. Am 30. November 1900 starb Wilde in Paris.
Sein letztes Theaterstück war bis in die 1950er Jahre nur als Dreiakter bekannt. 1899 erschien die Buchedition mit dem Titel *The Importance of Being Earnest: A trivial comedy for serious people* bei Leonard Smithers & Co. in London. Das Originalmanuskript mit der Urfassung in vier Akten war nach Wildes Verhaftung verschollen. Erst fünfzig Jahre nach Wildes Tod gelang es seinem Sohn Vyvyan Holland, große Teile davon wiederzufinden. 1957 publizierte Holland die ursprüngliche Version in London bei Methuen & Co. Auf dieser Fassung beruht die vorliegende Übersetzung.

Earnest: Der Vorname Earnest (deutsch: Ernst) kam in den 1830er Jahren in Mode. Für die viktorianische Epoche repräsentierte er wesentliche ethische Normen, nämlich Beständigkeit wie auch intellektuelle und moralische Seriosität. Wilde stellt diese Normen in seiner »trivialen Komödie für ernsthafte Leute« auf den Kopf.

Worthing: Seebad in West-Sussex, wo Wilde den August und September 1894 verbrachte.

Algernon: Vorname des von Wilde geschätzten Dichters Algernon Charles Swinburne (1837–1909).

Prism: Der Name der Gouvernante spielt auf den englischen Ausdruck *prunes and prisms* an und assoziiert ein altes, gelehrtes, vertrocknetes Mädchen.

Half-Moon Street: Vornehme Adresse im Londoner West End, nahe Piccadilly.

Gurkensandwiches: Mit hauchdünnen Gurkenscheiben belegte hauchdünne Weißbrotscheiben, eine traditionelle Zugabe zum eleganten Tee.

Shropshire: Die an Wales grenzende Grafschaft im westlichen England galt bei feinen Leuten als hinterwäldlerisch.

Tunbridge Wells: Kurort in Kent, südöstlich von London. Nach Bath der zweiälteste Badeort Englands, ein bevorzugter Wohnsitz begüterter älterer Damen.

Albany House: Vornehmes Wohngebäude in einer von Piccadilly abzweigenden Privatstraße, 1802 umgebaut zu eleganten Junggesellen-Appartments. Im Albany wohnten zeitweise Byron, Bulwer und auch Wilde. Das Appartement B4 war zur Zeit der Entstehung des Stückes nicht belegt.

Bunburyaner: Henry S. Bunbury war ein Jugendfreund Wildes aus seiner Studienzeit in Dublin.

Savoy: Noch nicht das heutige Luxushotel am *Strand* (das erst

1903–1910 gebaut wurde), sondern ein Vorläufer, ebenfalls sehr gut und sehr teuer.

700 Pfund: Eine ungeheure Summe. Von 100 Pfund im Jahr konnte man in der Stadt schon – sehr bescheiden – leben. Von 400 Pfund konnte ein Angestellter eine vierköpfige Familie und zwei Dienstboten ernähren. Wenn Jack später sieben- bis achttausend Pfund als Jahreseinkommen angibt, ist das wirklicher Reichtum.

Willis: Von Dandies gern aufgesuchtes Restaurant in King Street im West End.

Tischordnung: Die Etikette verlangte, daß bei Dinnereinladungen die Zahl der Damen und der Herren genau gleich war, damit Tischpaare gebildet werden konnten. Eine Absage konnte zu peinlichen Situationen führen.

Schlafzimmer: Noch heute bemißt man in England die Größe von Wohnungen nicht nach der Zahl der Zimmer insgesamt, sondern nach der Zahl der Schlafzimmer.

Belgrave Square: Vornehme Wohnadresse im Londoner West End, in der Nähe von Hyde Park.

Linkskonservativer…: Im Originaltext: *I am a Liberal Unionist.* Replik Lady Bracknell: *Oh, they count as Tories.* Ohne umständliche Erläuterungen zur englischen Parteipolitik nicht wörtlich zu übersetzen.

Radikale: In den 1880er Jahren mußte die britische Gesellschaft sich zunehmend mit radikal-sozialistischen Ideen auseinandersetzen. Charles Bradlaugh (1833–1891) formulierte 1885 »The Radical Programme«, das das Wahlrecht für Arbeiter und für Frauen forderte.

Victoria Station: Bahnhof im Londoner Stadtteil Belgravia, Endbahnhof von zwei wichtigen Eisenbahnlinien, der *South Eastern* und der *London, Brighton & South Coast.*

Gorgone: In der griechischen Mythologie gräßliche Ungeheuer der Unterwelt, geflügelte Jungfrauen mit Schlangenhaaren, Eberzähnen und versteinerndem Blick.

Empire: Das *Empire Theatre of Varieties,* Variété-Theater am Leicester Square mit anerkannt gutem Ballett.

Hertfortshire: Grafschaft in Mittelengland.

Zweiter Akt

Das Manuskript wurde verlegt: Im Originaltext *abandoned,* was damals nicht nur »verlassen, verloren« bedeutete, sondern auch »lasterhaft, anstößig«.

Egeria: Römische Quellnymphe, der Sage nach Gattin und Lehrerin des Numa Pompilius, des mythischen zweiten Königs von Rom.

Kapital und Arbeit: »Das Kapital« von Karl Marx ist 1867 erschienen. In den 1880er Jahren wurden sozialistische Ideen auch in höheren Gesellschaftskreisen viel diskutiert, allerdings wenig ernstgenommen.

Reformkleider: Wilde beschäftigte sich im Rahmen seiner ästhetischen Theorien ernsthaft mit Kleidungsfragen. In mehreren Veröffentlichungen trat er für Reformkleidung ein, etwa 1884 in dem Artikel *More Radical Ideas upon Dress Reform* in der Zeitschrift ›Woman's Dress‹.

Marschall Niel: Eine große gelbe Rose, benannt nach dem französischen Marschall Adolphe Niel (1802–1869). Detlev von Liliencron schrieb 1883 ein Gedicht auf die Marschall Niel.

Junge Frauen sind grün: Im Englischen bedeutet *green* neben »unreif, unerfahren« auch »eifersüchtig«.

Nonkonformismus: Ablehnung der Lehre und Rituale der Anglikanischen Staatskirche. Als Nonkonformisten gelten in England und Schottland alle protestantischen Gruppen, Wesleyaner, Methodisten, Baptisten, Quäker, Irvingianer, Unitarier etc. Wie Lord Peter Wimsey sagte, hat England »hundert Religionen, aber nur eine Sauce«.

Holloway: Untersuchungsgefängnis am Stadtrand von London. Fast eine prophetische Vision: Wilde selbst wurde wenige Monate nach der Uraufführung seines Stückes wegen erwiesener Homosexualität in Holloway inhaftiert. Er saß dort zwei Wochen ein, bevor er in das Männergefängnis Pentonville überführt wurde, dann nach Wandsworth und schließlich nach Reading.

Dritter Akt

Doppelte Konvertierbarkeit: Im Originaltext: *Bimetallism.*

Wenn ich eine Mistgabel sehe . . .: Die englische Wendung *to call a spade a spade* bedeutet »die Dinge beim Namen nennen«.

Vierter Akt

Lincoln's Inn Fields: Einer der größten Plätze Londons, angelegt von Inigo Jones. Sehr renommierte Adresse für Anwaltskanzleien.

Bayswater: Londoner Stadtviertel nördlich des Hyde Park.

Grüne Nelke: Lady Bracknell mißversteht den Titel des Buches, der nichts mit Botanik zu tun hat. *The Green Carnation* ist der Titel eines 1894 erschienenen Romans von Robert Hichens (1864–1950), dessen Hauptpersonen unschwer als Oscar Wilde und Lord Alfred Douglas zu identifizieren sind. Grün war in den 1880er Jahren die Farbe der Dekadenz. Wilde pflegte auffällig grüne Krawatten zu tragen, und bei der Uraufführung von *Lady Windermere's Fan* provozierten er und seine Freunde mit grüngefärbten Nelken im Knopfloch. Darüber hinaus hat die Farbe Grün noch eine Nebenbedeutung: sie galt schon dem römischen Dichter Marcus Valerius Martial als Farbe der Homosexuellen.

Susanne Luber

OSCAR WILDE

Werke in 5 Bänden

I

Das Bild des Dorian Gray

Roman. Deutsch von Hans Wolf

II

Lord Arthur Saviles Verbrechen

Erzählungen. Deutsch von Eike Schönfeld

III

Der glückliche Prinz

Märchen. Deutsch von Susanne Luber

IV

Der Kritiker als Künstler

Essays. Deutsch von Georg Deggerich

V

Ernst – und seine tiefere Bedeutung

Komödien. Deutsch von Bernd Eilert

HAFFMANS VERLAG

SHAKESPEARES THEATRALISCHE WERKE

in 21 Einzelbänden

übersetzt von

Christoph Martin Wieland

Zweite Zürcher Ausgabe
nach der ersten Zürcher Ausgabe
von 1762 bis 1766
neu herausgegeben von
Hans und Johanna Radspieler

IM HAFFMANS VERLAG

SIR ARTHUR CONAN DOYLE

ALLE GESCHICHTEN UND ROMANE UM SHERLOCK HOLMES IN 9 BÄNDEN NACH DEN ERSTAUSGABEN NEU UND GETREU ÜBERSETZT

Eine Studie in Scharlachrot
Romane Bd. I
Deutsch von Gisbert Haefs

Das Zeichen der Vier
Romane Bd. II
Deutsch von Leslie Giger

Der Hund der Baskervilles
Romane Bd. III
Deutsch von Gisbert Haefs

Das Tal der Angst
Romane Bd. IV
Deutsch von Hans Wolf

Die Abenteuer des Sherlock Holmes
Erzählungen Bd. I
Deutsch von Gisbert Haefs

Die Memoiren des Sherlock Holmes
Erzählungen Bd. II
Deutsch von Nikolaus Stingl

Die Rückkehr des Sherlock Holmes
Erzählungen Bd. III
Deutsch von Werner Schmitz

Seine Abschiedsvorstellung
Erzählungen Bd. IV
Deutsch von Leslie Giger

Sherlock Holmes' Buch der Fälle
Erzählungen Bd. V
Deutsch von Hans Wolf

sowie: Das umfassende
Sherlock-Holmes-Handbuch
Inhalt: Conan-Doyle-Chronik. Die Plots aller Fälle. Who-is-who in Sherlock Holmes. Holmes-Illustrationen. Holmes-Verfilmungen. Karten, Fotos und vieles mehr. Herausgegeben von Zeus Weinstein

HAFFMANS VERLAG

AMBROSE BIERCE

GESAMMELTE WERKE

VIER BÄNDE IN EINEM BAND

HERAUSGEGEBEN VON GISBERT HAEFS

Buch 1

Des Teufels Wörterbuch

Deutsch von Gisbert Haefs

Buch 2

Geschichten aus dem Bürgerkrieg

Deutsch von Jan Wellem van Diekmes

Buch 3

Horrorgeschichten

Deutsch von Gisbert Haefs

Buch 4

Lügengeschichten und Fantastische Fabeln

Deutsch von Viola Eigenberz
und Trautchen Neetix

Außerdem

Ambrose Bierce – Allein in schlechter Gesellschaft

Eine Biographie von Roy Morris

HAFFMANS VERLAG

OSCAR WILDE
»ZÜRCHER AUSGABE«
WERKE IN 5 BÄNDEN

Vollständig neu übersetzt

Band 4

ESSAYS

OSCAR WILDE

ESSAYS

NEU ÜBERSETZT VON
GEORG DEGGERICH

HAFFMANS VERLAG

»Intentions«
(»The Decay of Lying« – »Pen, Pencil, and Poison« –
»The Critic as Artist« – »The Truth of Masks«)
erschienen zuerst 1891 bei James R. Osgood, McIlvaine & Co.
in London.

»The Soul of Man Under Socialism«
erschienen zuerst 1895 bei Arthur L. Humphreys
in London.

»The Rise of Historical Criticism«
erschienen zuerst posthum in den COLLECTED WORKS, 14 vols,
edited by Robert Ross, bei Methuen & Co,
1908 in London.

»The Portrait of Mr. W. H.«
erschienen zuerst in ›Blackwood's Edinburgh Magazine‹ CXLVI, No. 885.

»A Few Maxims for the Instruction of the Over-Educated«
erschienen zuerst anonym in der
›Saturday Review‹, November 1894.

»Phrases and Philosophies for the Use of the Young«
erschienen zuerst in ›The Chameleon‹, No. 1, Dezember 1894.

Umschlagvignette
von James Abbott McNeill Whistler

Produktion und Gestaltung von Urs Jakob
Zweite, neu durchgesehene Auflage,
zum 30. November 2000

Satz: Fotosatz Amann, Aichstetten
Herstellung: Ebner Ulm
ISBN 3 251 20313 4

Inhalt

Der Verfall des Lügens

Eine Betrachtung

EIN DIALOG

Personen: Cyril und Vivian
Ort: Die Bibliothek eines Landhauses in Nottinghamshire

CYRIL *durch die Terrassentür eintretend:* Mein lieber Vivian. Verkriech dich doch nicht den ganzen Tag in der Bibliothek. Es ist ein wunderschöner Nachmittag. Die Luft ist köstlich. Über dem Wald liegt ein Nebel, wie der purpurne Hauch auf einer Pflaume. Komm, wir legen uns ins Gras, rauchen und genießen die Natur.

Vivian: Die Natur genießen! Ich bin froh, daß mir diese Fähigkeit abhanden gekommen ist. Man sagt, die Kunst lehre uns die Natur noch mehr lieben als zuvor und enthülle uns ihre Geheimnisse. Nach einer längeren Betrachtung Corots oder Constables sähen wir Dinge in ihr, die wir früher nicht bemerkt hätten. Aber nach meiner eigenen Erfahrung schwindet unser Interesse an der Natur, je mehr wir uns mit der Kunst beschäftigen. Denn tatsächlich enthüllt sie uns nur die Planlosigkeit der Natur, ihre erstaunliche Plumpheit, ihre außerordentliche Monotonie und ihre gänzliche Unvollkommenheit. Die Natur hat zweifellos gute Absichten, doch wie schon Aristoteles sagte, sie ist nicht in der Lage, sie auch auszuführen. Wenn ich eine Landschaft betrachte, kann ich nicht umhin, ihre sämtlichen

Schwächen zu sehen. Dennoch ist die Unvollkommenheit der Natur für uns von Vorteil, da wir anderenfalls keine Kunst hätten. Sie ist unser lebhafter Einspruch, unser mutiger Versuch, der Natur den ihr gebührenden Platz zuzuweisen. Was die unendliche Vielfalt der Natur angeht, so handelt es sich um einen weitverbreiteten Irrglauben. Denn diese Vielfalt besteht nicht in der Natur selbst, sondern allein in der Vorstellung, Phantasie oder der anerzogenen Blindheit des Betrachters.

Cyril: Gut, dann vergißt du eben die Landschaft. Du kannst auch einfach auf dem Rasen liegen, rauchen und plaudern.

Vivian: Aber die Natur ist so unbequem. Der Rasen ist hart, uneben und feucht, und zudem wimmelt es von gräßlichen schwarzen Insekten. Selbst der unbeholfenste von Morris' Arbeitern könnte eine bequemere Sitzgelegenheit schreinern, als alle Natur es vermag. Die Natur erbleicht vor den Möbeln »in der Straße, die der Stadt Oxford ihren Namen verdankt«, wie es der von dir so verehrte Dichter abschätzig ausgedrückt hat. Ich will mich nicht beklagen. Wäre die Natur bequem, hätten die Menschen nie die Architektur erfunden, und ich ziehe Häuser entschieden dem freien Himmel vor. In einem Haus besitzt alles das richtige Maß. Die Dinge sind sämtlich auf uns ausgerichtet und allein zu unserem Nutzen und Vergnügen entworfen. Der für eine gesunde Wertschätzung der menschlichen Würde unerläßliche Egoismus ist einzig das Ergebnis eines Lebens zwischen vier Wänden. Sobald wir vor die Haustür treten, werden wir gestaltlos und unpersönlich. Unsere ganze Individualität ist dahin. Und zudem ist die Natur so gleichgültig, so unempfänglich. Wann immer ich im Park spazierengehe, habe ich das Gefühl, ihr nicht mehr zu bedeuten als das grasende Vieh am Hang oder die blühenden Kletten im Graben. Nichts ist augenfälliger, als daß die Natur den Geist verachtet. Das Nachdenken ist die ungesündeste Tätigkeit auf der ganzen Welt und kann wie viele andere Krankheiten zum Tode führen. Zum Glück ist das Denken nicht ansteckend, wenigstens nicht bei uns in England. Die blendende Gesundheit unseres Volkes verdankt sich allein unserer nationalen Einfalt. Ich hoffe nur, dieses große historische Bollwerk unserer Glückseligkeit bleibt uns noch für viele Jahre erhalten; doch ich befürchte eher, wir beginnen übergebildet zu werden; zumindest hat ein jeder, der zu dumm fürs Lernen ist, sich aufs Lehren verlegt – so weit ist es mit unserer Erziehungsbegeisterung gekommen. Im übrigen wäre es besser, du gingest zurück in deine ermüdende unbequeme Natur und ließest mich in Ruhe meine Druckfahnen korrigieren.

CYRIL: Einen Aufsatz ausbrüten! Das scheint mir wenig konsequent, nach dem, was du gerade gesagt hast.

VIVIAN: Wer legt schon Wert auf Konsequenz? Nur der Kleingeist und der Prinzipienreiter, alle die Langweiler, die ihre starren Grundsätze bis zum bitteren Ende der Tat hochhalten, bis zur *reductio ad absurdum* durch die Praxis. Ich jedenfalls nicht. Wie Emerson schreibe ich über die Tür meiner Bibliothek das Wort »Laune«. Nebenbei bemerkt enthält mein Aufsatz eine höchst heilsame und wertvolle Warnung. Wenn man ihr folgt, könnte sie eine neue Renaissance der Kunst einleiten.

CYRIL: Und worum geht's?

VIVIAN: Der Aufsatz soll »Der Verfall des Lügens: Ein Protest« heißen.

CYRIL: Des Lügens! Ich hätte geglaubt, unsere Politiker sorgten sich genügend um dessen Fortbestand.

VIVIAN: Ganz im Gegenteil. Sie gelangen nie über die bloße Verdrehung der Tatsachen hinaus und lassen sich überdies dazu herab, alles zu beweisen, zu diskutieren und darzulegen. Wie verschieden ist dagegen das Temperament des wahren Lügners mit seinen offenherzigen, unverfrorenen Behauptungen, seiner stolzen Verantwortungslosigkeit, seiner gesunden und natürlichen Verachtung für Beweise jeglicher Art! Was macht letztlich eine glänzende Lüge aus? Doch schlichtweg die Tatsache, daß sie ihr eigener Beweis ist. Wer so phantasielos ist, daß er seine Lüge erst noch beweisen muß, soll sich lieber gleich an die Wahrheit halten. Vergessen wir also die Politiker. Ein gutes Wort läßt sich schon eher für den Advokatenstand einlegen, dessen Vertreter den Mantel der Sophisten übernommen haben. Ihre gespielte Inbrunst und aufgesetzte Rhetorik sind wahrlich entzückend. Sie können die schlechtere Sache als die bessere erscheinen lassen, als kämen sie frisch aus der Leoniterschule, und es sind Fälle bekannt, in denen sie widerstrebenden Geschworenen triumphale Freisprüche für ihre Mandanten abgerungen haben, obwohl deren Unschuld, wie so oft, klar und eindeutig feststand. Allerdings sind sie zur schmucklosen Darstellung angehalten und schämen sich nicht, Präzendenzfälle anzuführen. Was auch immer sie tun, die Wahrheit kommt schließlich doch ans Licht. Selbst die Presse ist entartet. Mittlerweile kann man ihren Verlautbarungen blind vertrauen. Man spürt es förmlich, wenn man sich von Spalte zu Spalte quält. Als wären die tatsächlichen Ereignisse je lesenswert. Ich fürchte, auch über die Advokaten und Journalisten läßt sich wenig Gutes sagen. Im übrigen mache ich mich für die Lüge in der Kunst stark. Soll ich dir meinen Artikel vorlesen? Er dürfte sehr hilfreich für dich sein.

Cyril: Nur zu. Aber gib mir doch bitte eine Zigarette. Danke. In welcher Zeitschrift erscheint er eigentlich?

Vivian: In der *Retrospective Review*. Ich glaube, ich habe dir gesagt, daß die Auserwählten sie wiederbelebt haben.

Cyril: Und wer sind »die Auserwählten«?

Vivian: Oh, die »Müden Hedonisten« natürlich. Ich bin Mitglied in diesem Klub. Bei unseren Zusammenkünften tragen wir eine welke Rose im Knopfloch und pflegen eine Art Domitiankult. Du kommst leider nicht als potentieller Kandidat in Frage. Dazu schätzt du zu sehr die einfachen Vergnügungen.

Cyril: Ich nehme an, man würde mich wegen animalischer Triebhaftigkeit ablehnen.

Vivian: Wahrscheinlich. Außerdem bist du einen Tick zu alt. Wir nehmen keine Leute gewöhnlichen Alters.

Cyril: Nun, ich vermute, ihr vergeht bei euren Zusammenkünften vor Langeweile.

Vivian: Genau. Das ist eines der erklärten Ziele des Klubs. Wenn du mir versprichst, mich nicht ständig zu unterbrechen, lese ich dir jetzt meinen Artikel vor.

Cyril: Ich bin ganz Ohr.

Vivian *liest mit klarer, deutlicher Stimme*: »Der Verfall des Lügens: Ein Protest.« – Einer der Hauptgründe, die sich für den augenfällig trivialen Geist eines Großteils der Literatur unserer Zeit anführen lassen, ist zweifellos der Verfall des Lügens als einer Kunst, einer Wissenschaft und eines geselligen Vergnügens. Die Geschichtsschreiber des Altertums schenkten uns wunderbare Dichtungen in der Form von Tatsachen; der zeitgenössische Romancier hingegen plagt uns mit banalen Tatsachen unter dem Deckmantel der Dichtung. Das Blaubuch wird in Fragen der Methode wie des Stils immer mehr zu seinem Vorbild. Er beugt sich über sein langweiliges *document humain*, seinen armseligen kleinen *coin de la création*, den er ausgiebig unter dem Mikroskop studiert. Man findet ihn in der Librairie Nationale oder im Britischen Museum, wo er schamlos sein Material zusammenklaubt. Er besitzt nicht einmal den Mut, sich die Gedanken anderer Leute auszumalen, sondern will alles geradewegs aus dem Leben schöpfen und gelangt endlich zwischen Enzyklopädien und persönlicher Erfahrung zur Sache, nachdem er seine Figuren dem Kreis der Familie oder der Waschfrau entliehen und einen ausreichenden Schatz nützlichen Wissens erworben hat, von dem er sich nicht einmal in seinen gedankenschwersten Momenten gänzlich zu befreien vermag.

Der aus diesem falschen Ideal unserer Zeit herrührende Verlust für die gesamte Literatur kann gar nicht hoch genug veranschlagt werden. Die Leute reden leichtfertig von einem »geborenen Lügner«, so wie man von einem geborenen Dichter spricht. Dabei ist eins so falsch wie das andere. Das Lügen und das Dichten sind Künste – Künste, die nach Platon in einem gewissen Zusammenhang stehen – und verlangen als solche ein gewissenhaftes Studium und selbstlose Hingabe. Beide haben in der Tat ihre eigene Technik, so wie die materielleren Künste, die Malerei und die Bildhauerei, ihre subtilen Geheimnisse von Form und Farbe, ihre handwerklichen Kniffe, ihre wohlerwogenen künstlerischen Methoden besitzen. Wie man den Dichter am erlesenen Klang seiner Sprache erkennt, so erkennt man den Lügner am rhythmischen Reichtum seines Vortrags, und bei beiden reicht die zufällige Eingebung des Augenblicks keineswegs aus. Hier wie überall macht erst die Übung den Meister. Aber während das Schreiben von Versen heutzutage zur Allerweltsmode geworden ist und nach Möglichkeit eingedämmt werden sollte, gilt die Kunst des Lügens beinahe als schändlich. So mancher junge Mann besitzt eine natürliche Gabe zur Übertreibung, die, wenn sie denn nur durch eine zuträgliche und wohlwollende Umwelt genährt oder durch das Nacheifern der vorzüglichsten Vorbilder gefördert werden würde, die größten und schönsten Resultate zeitigen könnte. In der Regel aber bringt es dieser Mensch zu nichts. Entweder verfällt er dem leichtfertigen Hang zur Pedanterie ...«

CYRIL: Also wirklich!

VIVIAN: Bitte, unterbrich mich nicht mitten im Satz. »Entweder verfällt er dem leichtfertigen Hang zur Pedanterie, oder er schlägt sich auf die Seite der Altersweisen und Neunmalklugen. Beides ist seiner Einbildungskraft gleichermaßen abträglich, wie es im übrigen der Einbildungskraft eines jeden Menschen abträglich ist, und in kürzester Zeit entwickelt er die krankhafte und schädliche Neigung, nur noch die Wahrheit zu sagen, sämtliche in seiner Gegenwart getanen Äußerungen zu überprüfen, um viele Jahre jüngeren Leuten dreist zu widersprechen und nicht selten gar zu guter Letzt Romane zu schreiben, die so lebensgetreu sind, daß niemand ihren Wahrheitsgehalt glauben mag. Dies ist beileibe kein Einzelfall, sondern nur ein Beispiel unter vielen. Wenn nichts unternommen wird, um unsere lächerliche Anbetung der Tatsachen zurückzudrängen oder ihr zumindest Einhalt zu gebieten, wird die Kunst absterben und alle Schönheit aus diesem Land schwinden.

Selbst Mr. Robert Louis Stevenson, der unnachahmliche Meister feinfühliger und phantasiereicher Prosa, ist von diesem modernen Laster – anders kann man es nicht bezeichnen – befleckt. Man kann einer Geschichte durchaus ihre Wahrheit nehmen, indem man sie mit zuviel Wirklichkeit befrachtet; die Erzählung *The Black Arrow* etwa ist so unkünstlerisch, daß sie sich nicht eines einzigen Anachronismus rühmen kann, und die Verwandlung des Dr. Jekyll reicht gefährlich nahe an einen medizinischen Bericht in ›Lancet‹ heran. Auch Mr. Rider Haggard, der das Talent zu einem großartigen Lügner besitzt oder es zumindest früher einmal besessen hat, fürchtet mittlerweile so sehr den Vorwurf der Genialität, daß er, wann immer er uns etwas Ungewöhnliches erzählt, sich dazu gedrängt fühlt, eine persönliche Erinnerung zu erfinden und sie als eine Art verschämten Echtheitsnachweis in einer Fußnote anzuhängen. Um unsere übrigen Romanciers steht es nicht viel besser. Mr. Henry James schreibt seine Romane, als sei es eine lästige Pflicht, und er verschwendet seinen eleganten Stil, seine trefflichen Formulierungen, seine leichtfüßige und beißende Satire an belanglose Motive und kaum merkliche innere Wahrnehmungen. Mr. Hall Caine besitzt zugegebenermaßen einen Hang zum Pompösen, hat aber seine Stimme nicht genügend im Zaum. Er ist so laut, daß man nicht hört, was er sagt. Mr. James Payn versteht sich meisterlich auf die Kunst, Dinge zu verbergen, die keiner Enthüllung wert sind. Mit dem Enthusiasmus eines kurzsichtigen Detektivs macht er Jagd auf das, was unmittelbar vor Augen liegt. Je weiter man liest, desto unerträglicher wird die Anspannung des Autors. Die Rosse von Mr. William Blacks Phaeton steigen nicht zur Sonne auf. Sie begnügen sich damit, den Abendhimmel mit grellen lithographischen Farbeffekten zu überziehen. Sobald sie sich nähern, flüchten sich die Bauern in Dialekt. Mrs. Oliphant schwadroniert kurzweilig über Landpfarrer, Tennispartien, den häuslichen Alltag und ähnlich banale Dinge. Mr. Marion Crawford hat sich auf dem Altar der Heimatkunst geopfert. Er gleicht jener Dame aus der französischen Komödie, die in einem fort ›le beau ciel d'Italie‹ beschwört. Überdies ist er der Unsitte verfallen, moralische Platitüden zu verbreiten. Hartnäckig versichert er uns, gut sein hieße gut sein und schlecht sein hieße schlecht sein. Zuweilen wirkt er fast erbaulich. *Robert Elsmere* ist fraglos ein Meisterwerk – ein Glanzstück des *genre ennuyeux*, der einzigen literarischen Form, an der das englische Publikum ungeteilten Gefallen zu finden scheint. Ein aufgeweckter junger Freund bemerkte einmal, der Roman erinnere ihn an die Sorte Gespräche, die im Haus einer ernsthaften Nonkonformistenfamilie zum Nachmittagstee geführt werden, was durchaus zutreffen mag. Ein derartiges Buch konnte wahrhaftig nur in England geschrieben werden. England ist die Heimat überlebter Ideen. Was schließlich die große und täglich weiter wachsende Schar der Romanautoren angeht, für die die Sonne immer im East End aufgeht, so läßt sich nicht mehr über sie sagen, als daß sie das Leben in kruder Form vorfinden und es uns genauso roh überliefern.

In Frankreich, auch wenn es kein so langweiliges Buch wie *Robert Elsmere* hervorgebracht hat, stehen die

Dinge nicht viel besser. M. Guy de Maupassant mit seiner bitterbösen Ironie und seinem packenden, lebendigen Stil entkleidet das Leben noch der letzten armseligen Lumpen, mit denen es sich bedeckt, und zeigt uns eitrige Geschwüre und schwärende Wunden. Er schreibt düstere kleine Tragödien mit lauter lächerlichen Figuren und bittere Komödien, bei deren Lektüre man vor Tränen nicht lachen kann. M. Zola, getreu dem in einem seiner literarischen Manifeste aufgestellten hehren Grundsatz, ›L'homme de génie n'a jamais d'esprit‹, bemüht sich redlich um den Nachweis, daß wenn er schon kein Genie besitzt, er zumindest dumpfe Langeweile verbreiten kann. Und wie er das kann! Dabei ist er nicht ohne erzählerische Kraft. Zuweilen, etwa in *Germinal*, blitzt in seinen Romanen fast so etwas wie epische Qualität auf. Aber sein Werk ist von Anfang bis Ende mißlungen, und zwar nicht unter moralischen Gesichtspunkten, sondern vom Standpunkt der Kunst aus. In moralischer Hinsicht ist er ohne jeden Makel. Der Autor ist schonungslos ehrlich und beschreibt die Dinge so, wie sie sich zutragen. Was könnte ein Moralhüter mehr verlangen? Insofern können wir die moralische Empörung unserer Zeitgenossen über M. Zola keineswegs nachvollziehen. Für uns ist sie nichts anderes als die Entrüstung des bloßgestellten Tartuffe. Was aber läßt sich in künstlerischer Hinsicht Vorteilhaftes über den Verfasser von *L'Assommoir*, *Nana* und *Pot-Bouille* sagen? Nichts. Mr. Ruskin hat die Charaktere in den Romanen George Eliots einmal mit den ungehobelten Passagieren eines Pentonviller Omnibusses verglichen, doch bei M. Zola sieht es noch weit schlimmer aus. Seine Charaktere haben trübsinnige Laster und noch trübsinnigere Tugenden. Die Aufzeichnung ihrer Lebensschicksale ist gänzlich ohne Interesse. Wer sollte an ihnen Anteil nehmen? Wir erwarten von der Literatur, daß sie Eleganz, Charme, Schönheit und Imaginationskraft besitzt. Wir wollen nicht mit Darstellungen dessen, was das einfache Volk treibt, belästigt und angewidert werden. M. Daudet kommt dem schon eher entgegen. Er verfügt über Witz, Taktgefühl und einen unterhaltsamen Stil. Dennoch hat er jüngst literarischen Selbstmord verübt. Niemand kann sich mehr ernsthaft für Delobelle mit seinem ›Il faut lutter pour l'art‹ erwärmen, genausowenig wie für Valjour mit seinem ewigen Kehrvers von der Nachtigall oder für den Dichter aus Jack mit seinen ›mots cruels‹, seitdem wir in *Vingt Ans de ma Vie littéraire* nachlesen durften, daß sämtliche dieser Figuren unmittelbar dem Leben entnommen wurden. Mit einem Mal scheinen sie uns aller Lebendigkeit und der bescheidenen Qualitäten, die sie bis dahin hatten, beraubt zu sein. Die einzig wirklichen Gestalten sind die, welche niemals gelebt haben, und wenn ein Romancier sich nicht zu schade ist, seine Figuren dem Leben zu entnehmen, sollte er sie zumindest als eigene Schöpfungen ausgeben und sich nicht damit rühmen, sie Menschen aus Fleisch und Blut nachgebildet zu haben. Eine Romanfigur erhält ihre Berechtigung nicht durch die Übereinstimmung mit real existierenden Personen, sondern einzig durch die Persönlichkeit des Autors. Nur dann ist der Roman ein Kunstwerk. M. Bourget, der Meister des psychologischen Romans, erliegt dem Irrglauben, man könne die Männer und Frauen unserer modernen Zeit in einer endlosen Folge von Kapiteln bis ins letzte analysieren. Was aber tatsächlich an den Leuten der gehobenen Gesellschaft interessiert – und M. Bourget verläßt selten den Faubourg St. Germain, es sei denn, um London zu besuchen –, sind die Masken, die ein jeder von ihnen trägt, nicht die Wirklichkeit, die sich hinter diesen Masken verbirgt. Es mag sich um eine demütigende Einsicht handeln, aber wir alle sind aus demselben Stoff gemacht. In Falstaff steckt etwas von Hamlet, wie Hamlet umgekehrt nicht wenig von Falstaff besitzt. Der feiste Ritter hat ebenso Anwandlungen von Melancholie, wie der junge Prinz Momente derben Humors. Wir unterscheiden uns nur durch Unwesentliches voneinander: durch unsere Kleidung, unser Auftreten, den Klang unserer Stimme, unsere religiösen Überzeugungen, das persönliche Erscheinungsbild, unsere Angewohnheiten und dergleichen mehr. Je mehr man die Menschen analysiert, desto mehr verschwindet aller Grund für die genaue Betrachtung. Früher oder später gelangt man zu jenem schrecklichen, universellen Kern, den wir die menschliche Natur nennen. Jeder, der einmal unter den Armen gearbeitet hat, weiß nur zu gut, daß die brüderliche Eintracht der Menschen kein bloßer Dichtertraum, sondern eine niederschmetternde und demütigende Wahrheit ist; wenn sich also ein Schriftsteller ausschließlich der Analyse der feinen Gesellschaft verbunden fühlt, kann er genausogut über Streichholzverkäuferinnen und Straßenhändler schreiben.« Doch genug davon, mein lieber Cyril. Ich räume gerne ein, daß moderne Romane durchaus auch Vorzüge besitzen. Nur als Gattung betrachtet sind sie völlig ungenießbar.

Cyril: Dein Urteil ist zweifellos gut begründet, nur finde ich, daß deine Kritik in einigen Punkten überzogen ist. Mir zum Beispiel gefallen *The Deemster, The Daughters of Heth, Le Disciple* oder *Mr. Isaacs*, und *Robert Elsmere* verehre ich geradezu. Ich will damit nicht sagen, daß ich den Roman für große Literatur halte. Als Darstellung der Probleme, mit denen sich ein gewissenhafter Christ konfrontiert sieht, ist er abgeschmackt und längst überholt. Im Grunde ist er nur ein Aufguß von Arnolds *Literature and Dogma*, bloß ohne die Literatur. Das Werk hinkt seiner Zeit genauso hinterher wie Paleys *Evidences* oder Colensos Methode der Bibelexegese. Man kann sich nur schwer eine blassere Figur als den unseligen Helden vorstellen, der pathetisch das Aufziehen einer neuen Morgenröte verkündet, die längst angebrochen ist, und obendrein deren wahre Bedeutung so sehr verkennt, daß er vorschlägt, das alte Geschäft unter neuem Namen weiterzuführen. Andererseits enthält das Buch eine Reihe kluger Karikaturen sowie zahllose göttliche Zitate, und Greens Philosophie versüßt die eher bittere Pille der Prosa des Autors auf angenehmste Weise. Überdies muß ich mich sehr wundern, daß du ausgerechnet die Namen der beiden Autoren übergangen hast, deren Romane du ständig liest, nämlich Balzac und George Meredith. Beide zählen doch wohl zu den Realisten, oder?

VIVIAN: Ach! Meredith! Wer könnte diesen Mann schon erschöpfend beschreiben? Sein Stil ist ein von grellen Lichtblitzen erhelltes Chaos. Als Schriftsteller beherrscht er alles, bis auf die Sprache: als Romancier kann er alles, nur keine Geschichte erzählen: als Künstler ist er alles, nur nicht verständlich. Irgendwer bei Shakespeare – ich glaube Touchstone – erzählt von einem Mann, der ständig über seine eigenen Witze stolpert, und mir scheint, man könnte diesen Satz als Ausgangspunkt der Kritik von Merediths Schreibweise nehmen. Was immer er sein mag, ein Realist ist er ganz bestimmt nicht. Oder vielleicht sollte ich besser sagen, er ist ein Kind des Realismus, das sich mit seinem Vater überworfen hat. Aus eigenem Entschluß hat er sich zum Romantiker gemacht. Er hat sich geweigert, vor Baal in die Knie zu gehen, und selbst wenn der kluge Geist dieses Mannes nicht gegen die lärmenden Verlautbarungen des Realismus revoltiert hätte, würde sein Stil allein ausreichen, das Leben in respektvoller Distanz zu halten. Durch ihn hat er um seinen Garten eine Hecke voller Dornen und erstrahlend im Rot prächtiger Rosen gezogen. Balzac wiederum stellte eine einzigartige Verbindung von künstlerischem Temperament und wissenschaftlichem Denken dar. Letzteres vermachte er seinen Schülern, während ersteres ihm ganz allein gehörte. Der Unterschied zwischen einem Buch wie M. Zolas *L'Assommoir* und Balzacs *Illusions Perdues* ist nichts weniger als der Unterschied zwischen erfindungslosem Realismus und erfindungsreicher Realität. »Alle seine Personen«, sagt Baudelaire, »sind von der gleichen unbezähmbaren Vitalität erfüllt, die ihn selber beseelte. Alle seine Erfindungen sind von der gleichen glühenden Farbigkeit wie die Träume. Alle seine Figuren sind Waffen, die bis in die Mündung voll Willen geladen sind. Selbst seine Küchenjungen haben Genie.« Eine längere Beschäftigung mit Balzac läßt unsere lebenden Freunde zu Schatten verblassen, und unsere Bekannten gar zu Schatten von Schatten. Seine Figuren sind von einer Art glühender, in bunten Flammen lodernder Lebendigkeit. Sie ragen vor uns empor und vertreiben alle Zweifel. Eine der größten Tragödien meines Lebens ist der Tod von Lucien de Rubempré. Ich habe diesen Schmerz nie ganz überwunden. Selbst in glücklichen Momenten verfolgt er mich, und ich muß daran denken, wenn ich lache. Dennoch ist

Balzac genausowenig ein Realist wie Holbein. Er kopierte das Leben nicht, sondern erschuf es. Einschränkend ist allerdings zu sagen, daß er der Modernität des Ausdrucks eine viel zu große Bedeutung beimaß und infolgedessen keines seiner Bücher es mit wirklichen Meisterwerken der Kunst wie *Salammbô*, *Edmond* oder *The Cloister and the Hearth* oder *Vicomte de Bragelonne* aufnehmen kann.

CYRIL: Du lehnst also die Modernität des Ausdrucks ab?

VIVIAN: Ja. Weil sie ein zu hoher Preis für überaus bescheidene Resultate ist. Der reinen Modernität der Form haftet immer etwas Vulgäres an. Das kann auch gar nicht anders sein. Die Öffentlichkeit glaubt, nur weil sie selbst ein lebhaftes Interesse an den Dingen des Alltags hat, müsse auch die Kunst diese Interessen teilen und sie zum Gegenstand der Darstellung wählen. Dabei macht die bloße Tatsache, daß sie an diesen Dingen interessiert ist, sie als Sujets für die Kunst gänzlich ungeeignet. Die einzig schönen Dinge, wie jemand einmal bemerkt hat, sind Dinge, die uns nicht berühren. Solange uns etwas als nützlich oder brauchbar erscheint oder uns in irgendeiner Weise nahegeht, sei es zu unserem Leid oder unserer Freude, solange es unser lebhaftestes Mitgefühl weckt oder ein lebendiger Teil unserer Umwelt ist, befindet es sich außerhalb der eigentlichen Sphäre der Kunst. Dem Gegenstand der Kunst sollten wir mehr oder weniger gleichgültig gegenüberstehen. Zumindest sollten wir keine besonderen Vorlieben, Vorurteile oder Gefühle von Parteilichkeit hegen. Gerade weil uns Hekuba nichts angeht, sind ihre Leiden ein so ausgezeichneter Stoff für eine Tragödie. In der gesamten Literaturgeschichte ist mir kein traurigeres Schicksal als die künstlerische Laufbahn von Charles Reade bekannt. Er schrieb ein einziges wunderbares Buch, *The Cloister and the Hearth*, ein Buch, das so hoch über *Romola* steht wie *Romola* über *Daniel Deronda*, um den Rest seines Lebens an den törichten Versuch zu verschwenden, modern zu sein, die öffentliche Aufmerksamkeit auf die Zustände in unseren Gefängnissen und die Leitung unserer privaten Irrenanstalten zu lenken. Charles Dickens war wahrhaftig unerquicklich genug, als er versuchte, unser Mitgefühl für die Opfer der Armengesetzgebung zu wecken; aber wenn Charles Reade, ein Künstler, ein Gelehrter, ein Mann mit wahrem Schönheitssinn, gegen die Mißstände unserer Zeit tobt und wettert wie ein gemeiner Pamphletist oder ein sensationslüsterner Journalist, so kann dies die Engel zum Weinen bringen. Glaube mir, mein guter Cyril, Modernität der Form und Modernität des Gegenstandes sind ein einziges Übel. Wir haben die Alltagstracht unseres Zeitalters mit dem Gewand der Musen verwechselt und uns in den schmutzigen Straßen und abscheulichen Randzonen unserer abstoßenden Großstädte herumgetrieben, wo wir doch mit Apollo auf den Hügeln sein sollten. Wir sind zweifellos ein heruntergekommenes Volk, das sein Geburtsrecht für ein Mahl dürftiger Fakten verkauft hat.

CYRIL: An deinen Sätzen ist etwas dran. Wir können einen modernen zeitgenössischen Roman mit Vergnügen lesen, aber ein Wiederlesen bereitet uns in den seltensten Fällen ästhetischen Genuß. Vielleicht ist gerade das der beste Prüfstein, um den Wert von Literatur zu ermessen. Ein Buch, das man nicht wieder und wieder lesen kann, lohnt nicht, überhaupt in die Hand genommen zu werden. Doch was hältst du von der Rückkehr zum Leben und zur Natur? So lautet doch das Allheilmittel, das uns von allen Seiten empfohlen wird.

VIVIAN: Ich lese dir gern vor, was ich dazu zu sagen habe. Der Abschnitt kommt zwar erst später in meinem Artikel, aber ich kann ihn genausogut vorziehen:

»Der allgemeine Ruf unserer Zeit lautet, ›Laßt uns zum Leben und zur Natur zurückkehren; sie werden unsere Kunst erneuern und ihr frisches Blut zuführen; sie werden ihren Gang beflügeln und ihrer Hand Kraft geben!‹ Doch, o weh! Unsere gut gemeinten und leutseligen Bemühungen bleiben ganz und gar fruchtlos. Denn die Natur hinkt immer hinter ihrer Zeit her. Und was das Leben betrifft, es ist die Säure, die die Kunst zerfrißt, und der Feind, der ihr Haus verwüstet.«

CYRIL: Wie meinst du das, die Natur hinkt immer ihrer Zeit hinterher?

VIVIAN: Nun, es klingt vielleicht etwas geheimnisvoll. Gemeint ist folgendes: Wenn wir unter Natur den angeborenen, einfachen Instinkt im Gegensatz zur sich selbst bewußten Kultur verstehen, so ist das, was unter dem Einfluß der Natur entsteht, zwangsläufig altmodisch, antiquiert und unzeitgemäß. Ein Anflug von Natur mag der Welt ihr Ebenbild vorhalten, doch nur ein Hauch zuviel, und jedes Kunstwerk ist ruiniert. Wenn wir hingegen die Natur als die Summe der äußeren Erscheinungen betrachten, entdecken wir in ihr nur, was wir selbst in sie hineinlegen. Sie selbst besitzt keinerlei eigene Anregungen. Wordsworth ging zu den Seen, aber er war niemals ein Dichter der Seen. Er las in den Felsen die Predigten, die er selbst vorher dort versteckt hatte. Er zog als Moralprediger übers Land, aber seine bedeutenden Werke entstanden nicht nach seiner Rückkehr zur Natur, sondern zur Poesie. Die Poesie schenkte ihm »Laodamia«, die herrlichen Sonette und die wahrhaft große Ode. Die Natur schenkte ihm »Martha Ray«, »Peter Bell« und die Lobrede auf Mr. Wilkinsons Spaten.

CYRIL: Ich glaube, über diese Einschätzung ließe sich streiten. Ich persönlich neige dazu, an »die Inspiration durch einen Wald im Frühling« zu glauben, auch wenn der künstlerische Wert einer solchen Inspiration zweifellos von der Art des Temperaments abhängt, das sie empfängt. Insofern hieße die Rückkehr zur Natur lediglich das Heranreifen zu einer großen Persönlichkeit. Ich denke, du wirst mir darin zustimmen. Doch lies nur weiter.

VIVIAN *liest*: »Am Anfang der Kunst steht der abstrakte Schmuck, Werke, die der Phantasie und dem reinen Vergnügen entspringen und auf nichts Wirkliches oder Existierendes verweisen. Das ist das erste Stadium. Dann entdeckt das Leben seine Begeisterung für dieses neue Wunder und bittet um Eintritt in den Zauberkreis. Die Kunst betrachtet das Leben als Teil ihres Rohmaterials, sie gestaltet es um und gießt es in neue Formen; sie gibt sich völlig unbekümmert um die Fakten, sie erfindet, malt sich Dinge aus, träumt und schiebt zwischen sich und die Wirklichkeit die undurchdringliche Wand des bezaubernden Stils, der dekorativen oder idealen Formgebung. Das dritte Stadium beginnt, wenn das Leben die Oberhand gewinnt und die Kunst in die Wüste schickt. Das ist die wahre Dekadenz, unter der wir gegenwärtig leiden.

Nehmen wir nur das englische Drama. In den Händen der Mönche war die dramatische Kunst zuerst abstrakt, dekorativ und mythologisch. Dann nahm das Leben sie in seinen Dienst, und indem sie gewisse Formen des Lebens entlieh, schuf sie ein völlig neues Geschlecht von Wesen, dessen Leiden schrecklicher waren als die Wonnen der Liebenden, das die blinde Wut der Titanen und die Rache der Götter kannte und ebenso ungeheuerliche und wunderbare Sünden wie ungeheuerliche und wunderbare Tugenden besaß. Die Kunst schenkte diesen Wesen eine Sprache, die sich von der des Alltags unterschied, eine Sprache voll klingender Musik und süßer Rhythmen, geprägt vom gravitätischen Ernst feierlicher Kadenzen oder dem leichten Tonfall verspielter Reime, mit herrlichen Worten wie mit funkelnden Edelsteinen geschmückt und durch einen erhabenen Ausdruck veredelt. Sie kleidete ihre Kinder in seltsame Gewänder und gab ihnen Masken, und auf ihr Geheiß erhob sich die Welt der Antike aus ihrer marmornen Gruft. Ein neuer Cäsar wandelte durch die Straßen eines wiedererstandenen Roms, und mit purpurnem Segel und von Flötenklang geleiteten Rudern fuhr eine neue Kleopatra flußaufwärts nach Antiochia. Alte Mythen, Legenden und Träume erwachten zu neuer Form und Gestalt. Die Geschichte wurde noch einmal völlig neu geschrieben, und es gab kaum einen Dramatiker, der nicht erkannte, daß das Ziel der Kunst nicht die banale Wahrheit, sondern eine komplexe Schönheit ist. Darin hatten sie zweifellos recht. Alle Kunst ist ihrem Wesen nach Übertreibung; und die Auswahl, die das eigentliche Geheimnis der Kunst ausmacht, ist nichts weiter als eine zugespitzte Form der Hervorhebung.

Aber das Leben zersprengte bald die Vollkommenheit der Form. Schon bei Shakespeare können wir den Anfang vom Ende erkennen. Er zeigt sich in der fortschreitenden Auflösung des Blankverses in seinen späteren Stücken, im größeren Gewicht der Prosa und in der übertriebenen Wertschätzung der Charakterisierung. Die Stellen bei Shakespeare – und sie sind durchaus zahlreich –, die durch eine rohe, vulgäre, übertriebene, verstiegene, ja sogar obszöne Sprache auffallen, gehen ausnahmslos darauf zurück, daß das Leben nach einem Echo seiner eigenen Stimme ruft und die Vermittlung durch einen erlesenen Stil verschmäht, durch den allein das Leben Ausdruck finden sollte. Shakespeare ist beileibe kein Künstler ohne Mängel und Schwächen. Dazu geht er zu unbedacht auf das Leben zu und entleiht sich dessen natürlichen Ausdruck. Er vergißt, daß in der Kunst alles verloren ist, wenn sie ihre schöpferischen Gestaltungsmittel aufgibt. Goethe sagt an einer Stelle:

›In der Beschränkung zeigt sich erst der Meister.‹

Wahre Kennerschaft entfaltet sich innerhalb der Anerkennung von Grenzen, und deren wichtigste, die eigentliche Voraussetzung aller Kunst, ist der Stil. Gleichwohl brauchen wir uns nicht länger bei Shakespeares Realismus aufzuhalten. *Der Sturm* ist der perfekte Widerruf seiner früheren Anschauungen. Wir wollten nur darauf hinweisen, daß die großartigen Schöpfungen der elisabethanischen und jakobinischen Dramatiker schon den Keim ihres Verfalls in sich trugen und daß, wenn sie einen Teil ihrer Kraft aus der Verwendung des Lebens als Rohmaterial bezogen, sie andererseits ihre ganze Schwäche allein dem Umstand verdankten, daß sie das Leben zu ihrer künstlerischen Methode machten. Als unausweichliche Folge dieser Ablösung eines kreativen Prinzips durch ein nachahmendes, der Aufgabe der eigenen Erfindungsgabe, entstand das moderne englische Melodram. Die Schauspieler in diesen Stücken reden auf der Bühne nicht anders als auf der Straße; sie kennen weder vornehme Ziele noch eine vornehme Aussprache; sie sind unmittelbar dem Leben entnommen und reproduzieren dessen Gewöhnlichkeit bis ins kleinste Detail; sie repräsentieren den Gang, das Auftreten, die Kleidung und die Redeweise von Alltagsmenschen; in einem Eisenbahnabteil dritter Klasse würden sie nicht das geringste Aufsehen erregen. Doch wie unsäglich langweilig sind diese Stücke! Es gelingt ihnen nicht einmal, auch nur den Eindruck jener Wirklichkeit entstehen zu lassen, den sie erstreben und der ihr ausschließlicher Existenzgrund ist. Als Methode ist der Realismus ein einziges Fiasko.

Was für das Drama und den Roman gilt, trifft selbstredend auch auf die sogenannten dekorativen Künste zu. Die Geschichte dieser Künste in Europa ist letztlich nichts anderes als die Geschichte des Kampfes zwischen dem Orientalismus mit seiner kategorischen Ablehnung der Nachahmung, seiner Vorliebe für künstlerische Konventionen, seiner Abneigung gegen jede bildhafte Darstellung von Objekten aus der Natur und unserem eigenen Nachahmungsstreben. Wo immer ersterer sich durchsetzen konnte, wie etwa in Byzanz, Sizilien und Spanien durch unmittelbaren Kontakt oder wie im übrigen Europa durch den Einfluß der Kreuzzüge, entstanden herrliche Werke der Phantasie, in denen die sichtbaren Phänomene des Lebens in künstlerische Konventionen verwandelt wurden und alles, was dem Leben fehlte, zu dessen Schmuck und Bereicherung dazuerfunden wurde. Doch wo immer wir uns an das Leben und die Natur gewandt haben, sind unsere

Schöpfungen vulgär, gemein und uninteressant geworden. Die modernen Tapisserien mit ihren atmosphärischen Effekten, ihren ausgeklügelten Perspektiven, ihren weiten leeren Himmelsflächen und ihrem getreuen und bemühten Realismus sind bar jeder Schönheit. Die Glasmalerei in Deutschland ist schlichtweg grauenhaft. In England beginnt man wieder passable Teppiche zu weben, aber nur, weil wir zur Methode und zum Geist des Orients zurückgefunden haben. Unsere Decken und Teppiche von vor zwanzig Jahren mit ihrem gezwungenen, deprimierenden Wahrheitsanspruch, ihrer faden Naturverherrlichung, ihrer stumpfsinnigen Nachbildung des Sichtbaren, findet heutzutage selbst der Philister lächerlich. Ein kultivierter Mohammedaner sagte mir einmal: ›Ihr Christen seid so sehr damit beschäftigt, das vierte Gebot zu verdrehen, daß es euch nie in den Sinn gekommen ist, eine künstlerische Darstellung des zweiten Gebots zu versuchen.‹ Der Mann hatte völlig recht, und so wollen wir als Fazit unserer Überlegungen festhalten: Die wahre Schule der Kunst ist nicht das Leben, sondern die Kunst.«

Und jetzt will ich dir einen Abschnitt vorlesen, der das Thema meines Erachtens nach ein für allemal abschließt:

»Es war nicht immer so. Wir brauchen nicht auf die Dichter zu sprechen kommen, die, mit der unseligen Ausnahme von Mr. Wordsworth, stets ihrer hohen Mission treu geblieben sind und gemeinhin als absolut unzuverlässig betrachtet wurden. Aber in den Schriften Herodots, den man trotz der kleinlichen und dümmlichen Versuche moderner Halbgelehrter, seinen Geschichtswerken das Siegel der Wahrheit aufzudrücken, mit Fug und Recht den ›Vater der Lüge‹ nennen darf; in den erhalten gebliebenen Reden Ciceros und den Biographien Suetons; bei Tacitus, wo er am besten ist; in der *Naturgeschichte* von Plinius; in Hannos *Periplus*; in sämtlichen frühen Chroniken; in der Lebensgeschichte der Heiligen; bei Froissart und Sir Thomas Mallory; in den Reiseberichten von Marco Polo; bei Olaus Magnus, Aldrovandus und in Conrad Lycosthenes' grandiosem *Prodigiorum et Ostentorum Chronicon*; in der Autobiographie Benvenuto Cellinis; in den Memoiren Casanovas; in Defoes *History of the Plague*; in Boswells *Life of Johnson*; in Napoleons Depeschen und den Werken unseres Carlyle, dessen *French Revolution* einer der faszinierendsten historischen Romane ist, die je geschrieben wurden – in allen diesen Büchern wird den Fakten die ihnen gebührende Stellung zugewiesen, oder aber sie bleiben aufgrund ihrer Belanglosigkeit ganz außen vor. Heute ist das alles anders. Die Fakten haben nicht nur ihren Sitz in der Geschichte, sondern sie nisten sich auch in der Phantasie ein und haben das Reich der Dichtung erobert. Ihr eisiger Hauch greift überall um sich und zieht die Menschheit auf ihr gemeines Niveau. Amerikas platter Geschäftsgeist, sein materialistisches Denken, seine Gleichgültigkeit gegenüber der poetischen Seite der Dinge und sein Mangel an Einbildungskraft und an hochgesteckten, unerreichbaren Idealen liegen allein darin begründet, daß dieses Land einen Mann zu seinem Nationalhelden erkoren hat, der seinen eigenen Worten nach nicht dazu in der Lage war, eine Lüge zu erzählen, und es ist sicherlich nicht übertrieben zu sagen, daß die Anekdote von George Washington und dem Kirschbaum in verhältnismäßig kurzer Zeit mehr Schaden angerichtet hat als irgendeine andere erbauliche Erzählung in der gesamten Literatur.«

Cyril: Ich bitte dich!

Vivian: Ich versichere dir, genau so ist es, und das Vergnüglichste an der ganzen Sache ist, die Geschichte mit dem Kirschbaum ist reine Erfindung. Du mußt nun aber nicht denken, daß ich über die künstlerische Zukunft Amerikas oder auch unseres eigenen Landes völlig verzweifelt wäre. Hör zu:

»Wir hegen nicht den geringsten Zweifel, daß es noch vor Ende dieses Jahrhunderts zu einem Umschwung kommen wird. Gelangweilt vom ermüdenden und belehrenden Geschwätz derer, die weder die Gabe der Übertreibung noch dichterisches Genie besitzen, jener hochgescheiten Köpfe überdrüssig, deren Erinnerungen allein dem Gedächtnis entspringen, deren Aussagen stets durch die Wahrscheinlichkeit begrenzt werden und die sich jederzeit der Bestätigung durch den nächstbesten Philister sicher sein können, wird die Gesellschaft früher oder später zu ihrem eigentlichen Führer zurückkehren, dem kultivierten und fesselnden Lügner. Wir wissen nicht, wer als erster, ohne jemals mit auf die rauhe Jagd gezogen zu sein, den staunenden Höhlengenossen in der Abenddämmerung davon erzählte, wie er das Riesenfaultier aus dem purpurnen Dunkel seiner Jaspishöhle zerrte oder das Mammut ganz allein erlegte und dessen goldschimmernde Stoßzähne heimtrug, und keiner unserer modernen Anthropologen, soviel sie ihrer Wissenschaft auch zugute halten, war je mutig genug, es uns zu sagen. Wer auch immer es war und zu welchem Stamm er gehörte, fest steht, daß er der wahre Begründer des geselligen Austauschs war. Denn das Ziel des Lügners ist lediglich zu unterhalten, zu entzücken und Freude zu bereiten. Er ist das eigentliche Fundament der zivilisierten Gesellschaft, und ohne ihn wäre eine Abendgesellschaft, selbst in den Villen der Betuchten, so langweilig wie eine Vorlesung in der Royal Society oder eine Debatte beim Schriftstellerverband oder eine von Mr. Burnands Farcen.

Doch nicht nur die Gesellschaft wird ihn mit offenen Armen empfangen. Die Kunst, nachdem sie die Ketten des Realismus gesprengt hat, wird ihm zum Gruß entgegeneilen und seine falschen, bezaubernden Lippen küssen, denn sie weiß, daß nur er das große Geheimnis aller ihrer Hervorbringungen kennt, das Geheimnis, daß die Wahrheit einzig eine Frage des Stils ist; und das Leben – das armselige, durchschnittliche, uninteressante Menschenleben –, nicht länger gewillt, sich zum Wohlgefallen Herbert Spencers, der Geschichtsschreiber und sonstiger Faktensammler ständig zu wiederholen, wird sich verschämt ihm anschließen und versuchen, auf seine einfache und ungelenke Art einige der Wunderdinge nachzumachen, von denen er spricht.

Zweifellos wird es immer Kritiker wie jenen Schreiberling bei der ›Saturday Review‹ geben, die den Märchenerzähler für seine mangelhafte Kenntnis der Naturgeschichte scharf tadeln, Werke der Phantasie allein am Maßstab ihrer eigenen Phantasielosigkeit messen und entsetzt ihre tintenverkleckstenHände ringen, wenn ein ehrbarer Gentleman wie Sir John Mandeville, der nie über die Eibenhecke seines Gartens hinausgekommen ist, ein faszinierendes Buch mit Reiseabenteuern verfaßt oder wie der große Raleigh eine ganze Weltgeschichte schreibt, ohne sich je mit der Vergangenheit beschäftigt zu haben. Zu ihrer Rechtfertigung werden sie Schutz unter dem Schild desjenigen suchen, der Prospero, den Zauberer, schuf und ihm Caliban und

Ariel als Diener zur Seite stellte, der dem Hörnerklang der Tritonen entlang der Korallenriffe der verwunschenen Insel lauschte und dem Gesang der Elfen in einem Wald nahe Athen, der die Geisterkönige in schattenhafter Prozession über die nebelverhangene schottische Heide führte und Hekate mit den Schicksalsschwestern in einer Höhle verbarg. Sie werden sich auf Shakespeare berufen – das war schon immer so – und jene abgedroschene Phrase von der Kunst, die der Natur den Spiegel vorhält, zum besten geben, dabei wohlweislich unterschlagend, daß Hamlet diesen unseligen Satz nur deshalb sagt, um die Umstehenden von seiner völligen Ahnungslosigkeit in Kunstfragen zu überzeugen.«

Cyril: Hm! Gibst du mir bitte noch eine Zigarette?

Vivian: Sag, was du willst, der Satz ist lediglich die Äußerung einer dramatischen Figur und gibt Shakespeares eigentliche Kunstauffassung genausowenig wieder wie die Reden Jagos seine tatsächliche Auffassung von Moral. Aber laß mich den Abschnitt noch zu Ende bringen:

»Die Kunst findet ihre Vollendung nicht außerhalb, sondern nur innerhalb ihrer selbst. Zu ihrer Beurteilung dürfen keine äußerlichen Kriterien der Ähnlichkeit herangezogen werden. Denn sie entspricht weit eher einem Schleier als einem Spiegel. Sie besitzt Blumen, die in keinem Wald blühen, und Vögel, die kein Waldsaum kennt. Sie läßt Welten entstehen und wieder vergehen, und sie kann den Mond an einer scharlachroten Schnur vom Himmel herabziehen. Sie verfügt über die ›Formen, die wirklicher sind als der lebendige Mensch‹, und über jene großen Archetypen, von denen alle bestehenden Dinge nur unvollkommene Abbilder sind. In ihren Augen kennt die Natur kein einheitliches Prinzip und keine Gesetze. Sie kann nach Belieben Wunder wirken, und auf ihren Ruf steigen Ungeheuer aus den Tiefen der Meere. Sie kann den Mandelbaum im Winter erblühen lassen und das reife Korn auf den Feldern mit Schnee überziehen. Auf ihr Wort legt der Frost seine silbernen Finger auf die flammenden Lippen des Juni, und die geflügelten Löwen kriechen aus den Höhlen der lydischen Hügel. Die Dryaden spähen ihr beim Vorübergehen aus dem Dickicht nach, und die braunen Faune lächeln ihr zu, wenn sie sich nähert. Götter mit Falkenköpfen knien ehrfürchtig vor ihr, und Kentauren galoppieren donnernd an ihrer Seite.«

CYRIL: Ein bezauberndes Bild. Ich sehe es beinahe vor mir. War's das?

VIVIAN: Nein, nicht ganz. Es folgt noch ein Absatz, aber der ist eher praktisch ausgerichtet. Ich unterbreite darin einige Vorschläge, wie wir die verlorengegangene Kunst des Lügens wiederbeleben können.

CYRIL: Bevor du weiterliest, erlaube mir eine Frage. Was genau meinst du damit, das Leben, »das armselige, durchschnittliche, uninteressante Menschenleben«, werde die Wunderdinge der Kunst nachzuahmen versuchen? Ich kann deinem Einwand folgen, die Kunst nicht als einen Spiegel zu betrachten. Du glaubst, das Genie würde dadurch zu einem zersprungenen Spiegelglas herabgesetzt. Aber du willst doch nicht ernsthaft behaupten, das Leben ahme die Kunst nach, so daß das Leben der eigentliche Spiegel wäre und die Kunst die Realität?

VIVIAN: Genau das will ich. So paradox es auch klingen mag – und Paradoxa sind immer eine gefährliche Sache –, es trifft zweifellos zu, daß das Leben die Kunst weit mehr nachahmt als die Kunst das Leben. Wir alle in England haben miterleben können, wie ein ebenso eigenwilliger wie faszinierender Typ weiblicher Schönheit, geboren und gestaltet aus dem schöpferischen Genie zweier Maler, das Leben so beeinflußt hat, daß man heutzutage keinen Privatempfang oder Kunstsalon besuchen kann, ohne nicht hier den geheimnisvollen Augen von Rossettis Traum zu begegnen, dem langen Elfenbeinhals, dem seltsam eckig geschnittenen Kinn, dem wallenden, dunklen Haar, das er so sehr liebte, oder dort der süßen Jungfräulichkeit von »The Golden Stair«, dem blütengleichen Mund und der melancholischen Schönheit von »Laus Amoris«, dem leidensbleichen Gesicht der Andromeda und den feingliedrigen Händen und der geschmeidigen Grazie des Vivian aus »Merlin's Dream«. Und so ist es zu allen Zeiten gewesen. Ein großer Künstler erschafft einen neuen Typus, und das Leben versucht diesen nachzuahmen, ihn wie ein geschäftstüchtiger Verleger in eine populäre Form zu gießen. Weder Holbein noch Van Dyck haben in England die Modelle für ihre Bilder gefunden, die sie uns hinterließen. Sie trugen die Urbilder in sich, und das Leben mit seiner rührigen Imitationsgabe beeilte sich, den Meistern die entsprechenden Modelle zuzuführen. Die Griechen mit ihrem flinken künstlerischen Instinkt wußten darum und stellten Statuen von Hermes oder Apollo ins Gemach der Braut, damit sie Kinder von so vollkommener Schönheit wie die Kunstwerke gebäre, die sie im Augenblick der Verzückung oder des Schmerzes sah. Sie wußten, daß das Leben aus der Kunst nicht nur Spiritualität, große Gefühle und Gedanken, seelischen Aufruhr oder inneren Frieden zu gewinnen vermag, sondern unmittelbar die Formen und Farben der Kunst nachbilden und die Erhabenheit des Phidias wie die Grazie des Praxiteles reproduzieren kann. Deshalb lehnten sie auch den Realismus ab. Sie verabscheuten ihn aus rein gesellschaftlichen Gründen. Ihrem Empfinden nach machte er die Menschen unweigerlich häßlich, womit sie zweifellos recht hatten. Wir setzen vieles daran, die Lebensbedingungen der Menschen durch ausreichend gute Luft, Sonnenlicht, sauberes Wasser und abgrundtief häßliche Häuser, die den ärmeren Schichten ein komfortableres Zuhause bieten sollen, zu verbessern. Alle diese Dinge mögen der Gesundheit zuträglich sein, aber sie schaffen ganz gewiß keine Schönheit. Dazu bedarf es der Kunst, und die wahren Schüler eines großen Künstlers sind nicht die Nacheiferer seines Stils, sondern diejenigen, die sich seinen Kunstwerken angleichen, seien es Plastiken wie in den Tagen der Griechen oder Gemälde wie in unserer Zeit. Kurz gesagt, das Leben ist der beste, ja sogar der einzige Schüler der Kunst.

Wie mit den bildenden Künsten, so ist es auch mit der Literatur. Das augenfälligste und banalste Beispiel sind die dummen Jungen, die nach der Lektüre der Abenteuer von Jack Sheppard oder Dick Turpin armen Marktfrauen die Äpfel stehlen, nachts in Süßwarenläden einbrechen oder ältere Herren auf dem Nachhauseweg zu Tode erschrecken, indem sie ihnen in Vorstadtgassen mit schwarzen Masken und Schreckpistolen auflauern. Dieses interessante Phänomen, das nach jeder Neuauflage eines der beiden Bücher zu beobachten ist, wird in der Regel dem Einfluß der Literatur auf die Phantasie zugeschrieben. Dem ist aber nicht so. Die Phantasie ist naturgemäß kreativ und sucht immer nach neuen Betätigungsfeldern. Der jugendliche

Dieb ist nur die unvermeidliche Folge des Nachahmungstriebs der Natur. Sein Handeln entspricht wie alles Handeln dem Versuch, die Dichtung in der Realität nachzuahmen, und der hier zu beobachtende Fall läßt sich im Grunde auf das ganze Leben übertragen. Schopenhauer hat den Pessimismus des modernen Denkens analysiert, aber Hamlet hat ihn erfunden. Die ganze Welt verfiel der Schwermut, nur weil eine Bühnenfigur an Melancholie erkrankte. Der Nihilist, jener seltsame Märtyrer ohne Glauben, der sich kalten Herzens an den Pfahl binden läßt und für etwas stirbt, woran er nicht glaubt, ist eine rein literarische Erfindung. Er wurde von Turgenjew ins Leben gerufen und später von Dostojewski vollendet. Robespierre ist so sehr die Fleischwerdung der Schriften Rousseaus, wie unser »People's Palace« aus den Versatzstücken eines Romans entstand. Überall nimmt die Literatur das Leben vorweg. Sie ahmt es nicht nach, sondern gestaltet es nach ihrem Willen. Das neunzehnte Jahrhundert, wie wir alle wissen, ist weitgehend eine Erfindung Balzacs. Unsere Luciens de Rubempré, unsere Rastignacs und De Marsays standen allesamt zuerst auf der Bühne der *Comédie Humaine*. Unser Leben ist nichts weiter als die um einige Fußnoten und unnötige Abschweifungen ergänzte Umsetzung der schrulligen Einfälle und schöpferischen Phantasien eines großen Romanciers. Ich fragte einmal eine Dame, die eng mit Thackeray befreundet war, nach welchem Vorbild er Becky Sharp geschaffen habe. Sie antwortete, Becky sei eine Kunstfigur, allerdings angeregt durch eine unweit des Kensington Square wohnende Gouvernante, die Gesellschafterin im Haus einer ausgesprochen selbstsüchtigen, reichen alten Dame war. Auf meine Frage, was aus der Gouvernante geworden sei, erklärte sie weiter, seltsamerweise sei sie einige Jahre nach dem Erscheinen von *Vanity Fair* mit dem Neffen jener Dame, in deren Haus sie lebte, durchgebrannt und habe eine Weile großes gesellschaftliches Aufsehen erregt, ganz nach Art und Methode von Mrs. Rawdon Crawley. Zuletzt sei sie in Schwierigkeiten geraten und auf dem Kontinent untergetaucht, wo sie wiederholt an den Spieltischen in Monte Carlo und anderen berühmten Casinos gesehen wurde. Jener vornehme Gentleman, nach dessen Vorbild der gleiche große Romancier seinen Colonel Newcome schuf, starb wenige Monate nach der vierten Auflage von *The Newcomes* mit dem Wort »Adsum« auf den Lippen. Kurz nachdem Stevenson seine seltsame psychologische Verwandlungsgeschichte veröffentlicht hatte, hielt einer meiner Freunde, Mr. Hyde, sich zufällig im Londoner Norden auf. Da er auf schnellstem Weg zum Bahnhof wollte, nahm er eine vermeintliche Abkürzung, verlief sich prompt und fand sich in einem Gewirr schäbiger, dunkler Straßen wieder. Von Unruhe ergriffen, beschleunigte er seine Schritte, als ihm plötzlich aus einem Durchgang ein Kind geradewegs zwischen die Beine lief. Es stürzte vor ihm aufs Pflaster, und auch er strauchelte und trat es. Mehr vor Schrecken als vor Schmerz begann das Kind zu schreien, und in Windeseile befanden sich zahllose rauhe Gestalten auf der Straße, die wie Ameisen aus den Häusern quollen. Sie umringten den Mann und wollten seinen Namen wissen. Er zögerte nicht, ihn zu sagen, als ihm plötzlich die Anfangsszene von Stevensons Geschichte einfiel. Der Schrecken darüber, daß er jene furchtbare, eindringlich geschriebene Episode mit einem Mal selbst erlebte und unbeabsichtigt genau das getan hatte, was der Mr. Hyde in der Erzählung aus purer Boshaftigkeit beging, war so groß, daß er in panischer Angst davonrannte. Man blieb ihm jedoch dicht auf den Fersen, bis er sich zuletzt in eine Arztpraxis flüchten konnte, deren Tür zufällig offenstand. Dort traf er auf einen jungen Assistenten, dem er die genaueren Umstände seines Mißgeschicks erklärte. Gegen die Herausgabe einer kleinen Geldsumme ließ sich die aufgebrachte Menge zum Abzug bewegen, und sobald die Luft rein war, suchte er das Weite. Beim Hinausgehen fiel sein Blick auf die Messingtafel an der Tür der Praxis. Der Name war »Jekyll«. Wenigstens hätte er so lauten sollen.

In diesem Fall war die Nachahmung natürlich rein zufällig. Im folgenden Beispiel allerdings geschah sie bewußt. Im Jahr 1879, kurz nachdem ich Oxford verlassen hatte, begegnete ich auf einem Empfang im Haus eines ausländischen Gesandten einer Dame von ganz außergewöhnlicher exotischer Schönheit. Wir wurden gute Freunde und verbrachten viel Zeit miteinander. Mehr noch als ihre Schönheit fesselte mich ihr Charakter, genauer gesagt, die Schemenhaftigkeit ihres Charakters. Sie schien gar keine feste Persönlichkeit zu besitzen, sondern die Anlagen zu ganz unterschiedlichen Charaktertypen in sich zu tragen. Manchmal verschrieb sie sich mit Leib und Seele der Kunst, verwandelte ihr Wohnzimmer in ein Atelier und verbrachte zwei bis drei Tage der Woche in Galerien und Museen. Als nächstes schwärmte sie für Pferderennen, trug Reiterkostüme und redete nur noch vom Wetten. Sie tauschte die Religion gegen den Mesmerismus, den Mesmerismus gegen die Politik und die Politik wiederum gegen die aufgesetzte Rührseligkeit der Philanthropie ein. Sie war im wahrsten Sinne eine Art Proteus, und ihre zahllosen Verwandlungen wirkten nicht weniger unecht als die jenes wunderlichen Meergottes, als Odysseus ihn packte. Eines Tages brachte eine französische Zeitschrift die erste Folge einer mehrteiligen Erzählung. In jener Zeit las ich Fortsetzungsgeschichten, und ich weiß noch genau, wie bestürzt und überrascht ich war, als ich zur Beschreibung der Heldin gelangte. Sie glich meiner Freundin so sehr, daß ich ihr das Heft zeigte, und auch sie erkannte sich darin unmittelbar wieder und schien von der Ähnlichkeit fasziniert. Ich muß noch hinzufügen, daß die Geschichte eine Übersetzung aus dem Werk eines längst verstorbenen russischen Schriftstellers war, so daß meine Freundin dem Autor unmöglich als Vorbild gedient haben konnte. Um die Sache kurz zu machen, einige Monate später war ich in Venedig, wo ich im Lesezimmer des Hotels auf die Zeitschrift stieß und sie beiläufig durchblätterte, um zu sehen, was inzwischen aus der Heldin geworden war. Der Ausgang der Geschichte war herzzerreißend, denn das Mädchen war mit einem Mann durchgebrannt, der nicht nur gesellschaftlich, sondern auch in Charakter und Verstand weit unter ihr stand. Noch am gleichen Abend schrieb ich meiner Freundin von meinen Eindrücken über Giovanni Bellini, dem vorzüglichen Eis im Café Florio und dem künstlerischen Wert der Gondeln und fügte in einem Postskriptum hinzu, ihre Doppelgängerin in der Erzählung habe sich ausgesprochen einfältig verhalten. Ich weiß nicht, warum ich dies erwähnte, aber ich erinnere mich noch eines dunklen Unbehagens, sie könne den gleichen Fehler begehen. Noch bevor mein Brief sie erreichte, war sie mit einem Mann durchgebrannt, der sie sechs

Monate später sitzenließ. Ich traf sie 1884 in Paris wieder, wo sie mit ihrer Mutter lebte, und fragte sie sogleich, ob ihr Verhalten in irgendeinem Zusammenhang mit der Geschichte gestanden hätte. Sie gestand mir, sie habe einen geradezu zwanghaften Drang verspürt, der Heldin auf ihrem eigensinnigen und fatalen Weg Schritt für Schritt zu folgen, und habe den Schlußkapiteln der Erzählung mit einem Gefühl lähmenden Entsetzens entgegengefiebert. Als sie dann erschienen, habe sie keine andere Möglichkeit gesehen, als sie in die Wirklichkeit umzusetzen, und so sei es gekommen. Die Geschichte ist ein eindrucksvolles und obendrein ausgesprochen tragisches Beispiel für jenen Nachahmungsinstinkt, von dem ich vorhin gesprochen habe.

Ich erspare mir die Aufzählung weiterer Fälle. Alle persönliche Erfahrung bewegt sich in einem tückischen und begrenzten Kreis. Mir geht es lediglich darum, jenes allgemeine Gesetz zu verdeutlichen, daß das Leben die Kunst weit mehr nachahmt als die Kunst das Leben, und ich bin sicher, du wirst mir zustimmen, wenn du einmal genauer darüber nachdenkst. Das Leben hält der Kunst den Spiegel vor und reproduziert entweder die ungewöhnlichen Formen, die Maler und Bildhauer erdacht haben, oder es läßt den Traum des Dichters Realität werden. Die Grundlage des Lebens – oder die Energie des Lebens, wie Aristoteles sagen würde – ist wissenschaftlich gesprochen einfach das Streben nach Ausdruck, und die Kunst stellt einen unerschöpflichen Formenreichtum zur Verfügung, durch den dieser Ausdruck erlangt werden kann. Das Leben greift diese Formen auf und benutzt sie, selbst wenn es dadurch Schaden erleidet. Jünglinge haben nach dem Beispiel Rollas Selbstmord verübt, sind von eigener

Hand gestorben, weil Werther von eigener Hand gestorben ist. Bedenke nur, was wir der Nachahmung Christi oder der Nachahmung Cäsars verdanken.

CYRIL: Deine Theorie ist wirklich faszinierend, aber um sie vollends zu beweisen, müßtest du zeigen, daß die Natur nicht anders als das Leben eine bloße Nachahmung der Kunst ist. Wärst du auch für diesen Beweis gerüstet?

VIVIAN: Mein lieber Freund, ich bin für jeden Beweis gerüstet.

CYRIL: Das heißt, die Natur folgt dem Landschaftsmaler und borgt bei ihm ihre Wirkungen?

VIVIAN: Zweifellos. Woher, wenn nicht von den Impressionisten, stammen denn jene wundervollen braunen Nebel, die sich durch unsere Straßen wälzen, die Gaslichter verwischen und die Häuser in monströse Schatten verwandeln? Wem, außer ihnen und ihrem Meister, verdanken wir die bezaubernden silbernen Dunstschleier, die über unseren Flüssen treiben und die geschwungenen Brückenbögen und dümpelnden Lastkähne in verschwommene, flüchtige Schemen auflösen? Die außergewöhnliche Klimaveränderung, die London in den letzten zehn Jahren erfahren hat, ist einzig durch eine bestimmte Kunstrichtung bewirkt worden. Du lächelst. Aber betrachte den Sachverhalt nur einmal von einem wissenschaftlichen oder metaphysischen Standpunkt, und du wirst sehen, daß ich recht habe. Denn was ist die Natur? Ganz gewiß nicht die große Mutter, aus deren Schoß wir geboren wurden. Sie ist unsere Schöpfung. Erst durch unseren Geist erwacht sie zum Leben. Die Dinge existieren, weil wir sie sehen, und was wir sehen und wie wir es sehen, hängt wiederum von den Künsten ab, die uns beeinflußt haben. Eine Sache betrachten heißt noch lange nicht, sie auch wirklich zu sehen. Das Sehen beginnt erst dort, wo wir ihrer Schönheit angesichtig werden. Dann, und nur dann, gewinnt sie Wirklichkeit. Wenn die Menschen heute Nebel sehen, dann nicht, weil es Nebel gibt, sondern weil Dichter und Maler sie für die geheimnisvolle Schönheit seiner Erscheinung empfänglich gemacht haben. Vielleicht hat es schon seit Jahrhunderten Nebel in London gegeben. Ich denke, wir können sogar mit Sicherheit davon ausgehen. Aber niemand hat sie gesehen, und deshalb wissen wir auch nichts darüber. Sie existierten schlichtweg nicht, bis die Kunst sie erfand. Inzwischen, wie man leider auch zugeben muß, treibt man es mit den Nebeln gar schon zu weit. Sie sind zur aufgesetzten Marotte einer Clique geworden, deren übertrieben realistische Darstellungsweise bei leichtgläubigen Menschen eine Bronchitis auslöst. Wo die Kultivierten einen künstlerischen Eindruck empfangen, fangen sich die Unkultivierten einen Schnupfen. Zeigen wir uns also menschenfreundlich und bitten wir die Kunst, ihren bezaubernden Blick anderswohin zu richten. Und siehe da, sie ist dieser Bitte bereits nachgekommen. Jenes gleißende, zitternde Sonnenlicht, das man gegenwärtig in Frankreich sieht, mit seinen seltsamen, malvenfarbenen Klecksen und seinen unruhigen violetten Schatten, ist ihr jüngstes Steckenpferd, und die Natur ahmt es bereits mit recht beachtlichem Erfolg nach. Wo sie uns bislang Corots und Daubignys zeigte, bietet sie uns jetzt vortreffliche Monets und bezaubernde Pissaros. Es gibt sogar Momente, selten zwar, aber dennoch von Zeit zu Zeit zu beobachten, da die Natur radikal modern wird. Natürlich kann man sich nicht immer auf sie verlassen. Aber sie befindet sich auch in einer wirklich mißlichen Lage. Die Kunst bringt einen unvergleichlichen, einzigartigen Eindruck hervor und wendet sich dann anderen Dingen zu. Die Natur allerdings vergißt, daß die Nachahmung zu einer handfesten Beleidigung werden kann, indem sie diesen Eindruck so lange wiederholt, bis er auch dem letzten Betrachter langweilig wird. Kein halbwegs gebildeter Mensch würde heute noch die Schönheit eines Sonnenuntergangs rühmen. Sonnenuntergänge sind völlig aus der Mode. Sie gehören in die Zeit, als Turner der letzte Schrei in der Malerei war. Sie zu bestaunen, ist eindeutig ein Zeichen provinziellen Geschmacks. Andererseits gibt es sie natürlich nach wie vor. Erst gestern abend drängte Mrs. Arundel mich, ans Fenster zu kommen und den, wie sie sagte, grandiosen Himmel zu betrachten. Selbstredend mußte ich ihrem Ansinnen Folge leisten. Sie ist eine dieser unglaublich entzückenden Philisterinnen, denen man keinen Wunsch abschlagen kann. Aber was bekam ich zu sehen? Einen bestenfalls zweitklassigen Turner aus einer seiner schlechtesten Phasen, bei dem die gravierendsten Mängel des Malers übertrieben und weithin sichtbar hervorstachen. Ich gebe gerne zu, daß das Leben oft den gleichen Fehler begeht. Es bringt genauso seine falschen Renés und unechten Vautrins hervor, wie uns die Natur an einem Tag einen zweifelhaften Cuyp und am nächsten einen mehr als fragwürdigen Rousseau vorsetzt. Dennoch ärgert es uns bei der Natur weit mehr und will uns nur dumm, abgeschmackt und überflüssig erscheinen. Ein falscher Vautrin mag uns noch entzücken. Ein zweifelhafter Cuyp aber ist schlichtweg unerträglich. Doch ich will nicht zu hart über die Natur urteilen. Ich wünschte nur, der Kanal, besonders bei

Hastings, würde nicht gar so häufig wie ein Henry Moore aussehen, perlgrau mit gelben Lichtern. Andererseits muß nur die Kunst mannigfaltiger werden, damit auch die Natur mannigfaltiger wird. Denn daß sie die Kunst nachahmt, werden heutzutage nicht einmal mehr ihre entschiedensten Gegner bestreiten wollen. Allein dadurch bleibt sie in Kontakt mit der zivilisierten Menschheit. Nun, habe ich meine Theorie zu deiner Zufriedenheit bewiesen?

Cyril: Du hast sie zu meiner Unzufriedenheit bewiesen, was noch weit mehr heißen will. Aber selbst wenn wir diesen seltsamen Nachahmungsinstinkt des Lebens und der Natur gelten lassen, würdest doch auch du zugeben, daß die Kunst die Stimmungen und den Geist ihrer Zeit ausdrückt, die moralischen und gesellschaftlichen Zustände, die sie umgeben und unter deren Einfluß sie entsteht.

Vivian: Aber keineswegs! Die Kunst drückt nie etwas anderes aus als sich selbst. Das ist der oberste Grundsatz meiner neuen Ästhetik; und aus eben dieser Überzeugung, mehr noch als aufgrund des lebendigen Zusammenhangs von Form und Stoff, den Pater so sehr betont, ist die Musik der Urtypus aller Künste. Wohl sind die Völker und Individuen, mit ihrer gesunden, natürlichen Eitelkeit, die das Geheimnis des Daseins ist, zu allen Zeiten der Vorstellung aufgesessen, sie wären es, von denen die Musen reden; stets suchen sie in der stillen Erhabenheit der Kunst einen Spiegel ihrer eigenen trüben Leidenschaften zu entdecken, und stets vergessen sie dabei, daß der Sänger des Lebens nicht Apollo, sondern Marsyas ist. Der Wirklichkeit entrückt, den Blick von den Schatten der Höhle abgewandt, enthüllt uns die Kunst ihre eigene Vollkommenheit, und die staunende Menge, die der Entfaltung jener herrlichen vielblättrigen Rose zusieht, bildet sich ein, hier werde ihre eigene Geschichte erzählt und ihr eigener Geist suche sich in einer neuen Form Ausdruck. Aber dem ist nicht so. Die höchste Kunst entledigt sich der Bürde des menschlichen Geistes, denn sie schöpft aus einem neuen Medium oder einem neuen Stoff mehr Gewinn als aus irgendeiner Art von Kunstbegeisterung, einer edlen Leidenschaft oder aus dem großen Erwachen des menschlichen Bewußtseins. Die Kunst entwickelt sich ausschließlich in ihren eigenen Bahnen. Sie ist niemals das Symbol eines Zeitalters, sondern die Zeitalter sind ihre Symbole.

Selbst diejenigen, die behaupten, die Kunst spiegele Zeit, Ort und Menschen wider, können nicht umhin zuzugeben, daß die Kunst, je mehr sie sich der Nachahmung verschreibt, um so weniger den Geist ihrer Zeit ausdrückt. Wenn wir die finsteren Gesichter der römischen Kaiser betrachten, die uns aus verwittertem Porphyr und fleckigem Jaspis, den Lieblingsmaterialien der realistischen Künstler jener Zeit, anstarren, will es uns scheinen, als könnten wir in ihren grausamen Lippen und mächtigen sinnlichen Kiefern das Geheimnis für den Untergang des Kaiserreichs entdecken. Aber der Glaube trügt. Die Laster des Tiberius konnten jene hochentwickelte Kultur genausowenig zerstören, wie die Tugenden der Antonier sie zu retten vermochten. Ihr Untergang geschah aus anderen, weit weniger interessanten Gründen. Die Sybillen und Propheten der Sixtina mögen in der Tat einiges zur Erklärung der Wiedergeburt jenes befreiten Geistes beitragen, den wir als Renaissance bezeichnen; was aber erfahren wir durch die trunkenen und grölenden Bauernlümmel der flämischen Malerei über die große Seele Hollands? Je abstrakter, je idealistischer die Kunst ist, desto mehr enthüllt sie uns den Geist ihrer Zeit. Wenn wir also eine Nation durch ihre Kunst begreifen wollen, müssen wir ihre Architektur oder ihre Musik studieren.

Cyril: In dem Punkt gebe ich dir recht. Der Geist eines Zeitalters läßt sich am besten in den abstrakt-idealistischen Künsten wiedergeben, weil dieser Geist selbst abstrakt und ideell ist. Andererseits müssen wir uns für das äußere Erscheinungsbild einer Epoche, deren Physiognomie, wie man so schön sagt, unzweifelhaft an die nachahmenden Künste halten.

Vivian: Das sehe ich anders. Letztendlich vermitteln uns die nachahmenden Künste nicht mehr als die unterschiedlichen Stile einzelner Künstler oder auch gewisser Schulen. Du glaubst doch nicht, die Menschen des Mittelalters hätten auch nur eine entfernte Ähnlichkeit mit den Figuren der mittelalterlichen Glasmalerei, der Bildhauer- oder Holzschnitzkunst, der mittelalterlichen Metallarbeiten, Tapisserien oder illuminierten Handschriften besessen. Vermutlich waren sie ganz normal aussehende Leute, die nichts Groteskes, Auffallendes oder Phantastisches an sich hatten. Das Mittelalter, wie wir es aus der Kunst kennen, besteht schlechterdings aus einer bestimmten Form des Stils, und es gibt keinen vernünftigen Grund, warum das neunzehnte Jahrhundert nicht einen Künstler mit diesem Stil hervorbringen könnte. Kein großer Künstler sieht die Dinge so, wie sie wirklich sind. Täte er dies, wäre es mit seiner Kunst vorbei. Nehmen wir ein aktuelles Beispiel. Ich weiß, daß du für japanische Kunst schwärmst. Glaubst du, die Menschen in Japan sähen tatsächlich so aus, wie sie uns die Kunstwerke zeigen?

Wenn dem so ist, hast du von der Kunst Japans nichts verstanden. Die Japaner sind die bewußte, wohlerwogene Schöpfung einzelner Künstler. Du brauchst nur ein Bild von Hokusai oder Hokkei oder irgendeines anderen der großen japanischen Maler neben einen Japaner oder eine Japanerin aus Fleisch und Blut zu halten, und du wirst sehen, daß zwischen ihnen nicht die leiseste Ähnlichkeit besteht. Die Menschen in Japan sehen nicht anders aus als der durchschnittliche Engländer, also wie ganz gewöhnliche Typen, die nichts Seltsames oder Außergewöhnliches an sich haben. Genaugenommen ist ganz Japan eine bloße Erfindung. Es gibt weder ein solches Land noch solche Leute. Erst kürzlich reiste einer unser entzückendsten Maler in das Land der Chrysanthemen, in der naiven Hoffnung, dort Japanern zu begegnen. Doch alles, was er sah und malen konnte, waren einige Laternen und ein paar Fächer. Gänzlich unmöglich war es ihm, die Einwohner des Landes zu entdecken, wie seine bezaubernde Ausstellung in der Galerie Dowdeswell nachdrücklich zeigte. Er wußte nicht, daß die Menschen in Japan, wie bereits gesagt, lediglich eine Stilform, ein unnachahmlicher Einfall der Kunst sind. Wenn du also japanisches Flair genießen willst, machst du es ganz bestimmt nicht wie ein Tourist und reist nach Tokio. Ganz im Gegenteil, du bleibst daheim und versenkst dich in das Werk bestimmter japanischer Künstler, und wenn du den Geist ihres Stils verinnerlicht und ihre bezaubernde Art zu sehen aufgenommen hast, begibst du dich an einem sonnigen Nachmittag in den Park oder flanierst die Picadilly entlang, und sollte dir dann kein unverkennbar japanisches Flair entgegenwehen, wirst du es auch nirgends sonst finden. Wir können aber auch noch einmal in die Vergangenheit zurückkehren und uns die Griechen als ein weiteres Beispiel nehmen. Glaubst du, die griechische Kunst würde uns je etwas über die Menschen der damaligen Zeit sagen? Meinst du etwa, die athenischen Frauen hätten so ausgesehen wie die ernsten und gravitätischen Figuren des Partheonfrieses oder jene phantastischen Göttinnen, die im Dreiecksgiebel des Bauwerks thronen? Wenn wir der Kunst Glauben schenken, war es so. Doch lies nur einen der großen Schriftsteller jener Zeit, etwa Aristophanes. Dort erfährst du, daß die Damen Athens eng geschnürt liefen, hochhackige Schuhe trugen, ihr Haar gelb färbten, ihr Gesicht schminkten und sich in nichts von den albernen Geschöpfen der vornehmen oder auch der zwielichtigen Gesellschaft unserer Tage unterschieden. Tatsache ist, daß wir ausschließlich durch das Medium der Kunst auf vergangene Zeitalter zurückblicken und daß uns die Kunst, zu unserem großen Glück, nie die Wahrheit zeigt.

CYRIL: Aber was ist mit den modernen Porträts der englischen Maler? Sie ähneln doch ganz bestimmt den Menschen, die sie darstellen wollen?

VIVIAN: Zweifellos. Sie ähneln ihnen sogar so sehr, daß ihnen in hundert Jahren niemand mehr glauben wird. Die einzigen Porträts, die wir für authentisch halten, sind diejenigen, die nur sehr wenig vom Modell, aber sehr viel vom Künstler selbst enthalten. Holbeins Zeichnungen der Männer und Frauen seiner Zeit vermitteln uns den Eindruck absoluter Wahrheitstreue. Das liegt aber nur daran, daß Holbein das Leben zwang, sich seinen Bedingungen zu unterwerfen, die durch ihn gesetzten Grenzen zu achten, seinen ureigenen Typus wiederzugeben und so zu erscheinen, wie er es wollte. Der Stil stellt uns die Dinge glaubhaft vor – einzig der Stil. Die meisten unserer modernen Porträtmaler sind dazu verdammt, alsbald in Vergessenheit zu geraten. Sie malen nie das, was sie sehen, sondern das, was das Publikum sieht, und das Publikum ist gewöhnlich stockblind.

Cyril: Also, nach alledem würde ich gerne den Schluß deines Artikels hören.

Vivian: Mit Vergnügen. Ob er etwas ausrichten wird, vermag ich nicht zu sagen. Wir leben nun einmal in einer durch und durch stumpfen und prosaischen Zeit. Selbst der Schlaf ist uns in den Rücken gefallen, indem er seine Elfenbeintore geschlossen hat und nur noch Tore aus Horn für uns offenhält. Nie ist uns etwas Deprimierenderes begegnet als die Träume der breiten Mittelschicht unseres Landes, wie sie in den beiden beleibten Bänden von Myers oder den Sitzungsprotokollen der psychologischen Gesellschaft nachzulesen sind. Nicht ein einziger schöner Albtraum ist darunter. Nur lauter banale, schmutzige und ermüdende Allerweltsträume. Was die Kirche betrifft, so kann ich mir für die Kultur eines Landes nichts Besseres vorstellen, als das Wirken einer Gemeinschaft von Männern, deren Pflicht es ist, an das Übernatürliche zu glauben, täglich Wunder zu vollziehen und jene mythenbildende Kraft wachzuhalten, die für die Einbildungskraft unerläßlich ist. Aber in der englischen Kirche gelangen nicht die Starken im Glauben, sondern die Zweifler zu Ruhm und Ehre. Unsere Kirche ist die einzige, in der der Skeptiker am Altar steht und der heilige Thomas als der ideale Apostel betrachtet wird. So mancher honorige Priester, der sein Leben lang bewunderungswürdige Taten selbstloser Nächstenliebe vollbringt, lebt und stirbt unbeachtet und unbekannt; doch braucht nur irgendein halbgebildeter Jüngling, der sich einige Semester an der Universität herumgetrieben hat, von der Kanzel herab seine Zweifel an Noahs Arche oder Bileams Esel oder Jonas und dem Walfisch zu verkünden, und halb London strömt zusammen, um ihm mit offenem Mund und in ehrfürchtiger Bewunderung seines messerscharfen Intellekts zuzuhören. Die Ausbreitung des gesunden Menschenverstands in der englischen Kirche ist höchst bedauerlich. Es ist wirklich ein entwürdigendes Zugeständnis an eine niedere Form des Realismus. Und es ist obendrein auch noch dumm, denn es entspringt grober psychologischer Unkenntnis. Der Mensch kann an das Unmögliche glauben, niemals aber an das Unwahrscheinliche. Doch jetzt will ich dir den Schluß meines Artikels vorlesen:

»Wir sollten es als unsere Aufgabe, ja sogar als unsere Pflicht ansehen, der alten Kunst des Lügens zu neuem Glanz zu verhelfen. Vieles läßt sich bereits durch die Erziehung des Publikums verbessern, zu der jedermann im Freundeskreis, bei literarischen Zusammenkünften oder bei Teegesellschaften beitragen kann. Dies betrifft allerdings nur die harmlose und taktvolle Seite des Lügens, wie sie die Kreter vermutlich bei ihren Gelagen pflegten. Doch gibt es noch viele andere Formen. Beispielsweise das Lügen um eines direkten persönlichen Vorteils willen – was wir gewöhnlich als vorsätzliches Lügen bezeichnen; heutzutage wird es zumeist eher geringschätzig behandelt, während es in der antiken Welt überaus angesehen und beliebt war. Athena lacht, als Odysseus ihr »seine fein gesponnenen Lügen« unterbreitet, wie es bei William Morris heißt, genau wie der Glorienschein der Lüge die fahle Stirn des makellosen Helden in der Tragödie des Euripides erleuchtet oder die junge Braut aus einer der kostbarsten Oden des Horaz auf eine Stufe mit den edelsten Frauen der Vergangenheit stellt. Was zunächst einem natürlichen Instinkt entsprang, stieg später in den Rang einer erlernbaren Wissenschaft auf. Ein umfangreiches Regelwerk wurde zur Anleitung der Menschen erstellt, und es entstand sogar eine bedeutende literarische Schule. Erinnert man sich an das glänzende philosophische Traktat, das Sanchez dieser Frage gewidmet hat, kann man nur bedauern, daß nie jemand eine Neuauflage der Werke dieses großen Kasuisten in einer wohlfeilen, komprimierten Ausgabe ins Auge gefaßt hat. Ein kurzer Leitfaden unter dem Titel ›Wann und wie richtig lügen‹, in einer ansprechenden und preisgünstigen Ausgabe, dürfte zweifellos ein Verkaufsschlager werden und vielen Menschen mit Geist und Verstand von großem praktischen Nutzen sein. Das Lügen zur moralischen Vervollkommnung der Jugend, das die Grundlage aller häuslichen Erziehung bildet, hat sich bei uns hier und da noch erhalten, und zudem sind seine Vorzüge in den ersten Büchern von Platons Staat so überzeugend dargestellt, daß wir an dieser Stelle nicht weiter darauf eingehen brauchen. Alle guten Mütter sind hinreichend talentiert für diese Art des Lügens, auch wenn die Entwicklungsmöglichkeiten auf diesem Gebiet noch lange nicht ausgeschöpft sind und gerade von den Schulbehörden sträflich vernachlässigt werden. Das Lügen um eines monatlichen Gehalts willen ist selbstredend in der Fleet Street wohlbekannt, und das Schreiben politischer Leitartikel bringt gewiß manchen Vorteil. Es gilt allerdings als eine eher stumpfsinnige Tätigkeit, deren größter Lohn ein eingebildeter

Halbruhm ist. Die einzige Form des Lügens, die über jeden Vorwurf erhaben ist, ist das Lügen um seiner selbst willen, und dessen höchste Vervollkommnung, wie wir bereits gezeigt haben, ist das Lügen in der Kunst. Wie nur diejenigen Einlaß in die Akademie erhalten, die Platon mehr als die Wahrheit lieben, so bleibt denen, die die Schönheit nicht mehr als die Wahrheit lieben, das Allerheiligste der Kunst verschlossen. Der nüchterne, schwerfällige britische Intellekt liegt hingestreckt im Wüstensand wie die Sphinx in Flauberts wunderbarer Erzählung, und die Phantasie, *La Chimère*, tanzt um ihn herum und lockt ihn mit verstellter, flötenheller Stimme. Im Augenblick mag er noch taub für sie sein, doch eines Tages, wenn uns die Banalität der modernen Dichtung zu Tode langweilt, wird er ihren Ruf vernehmen und sich mit ihr aufschwingen wollen.

Und wenn jener Tag dämmert oder sich das Abendrot am Himmel zeigt, wie groß wird unsere Freude sein! Tatsachen wird man als schimpflich erachten, die Wahrheit wird klagend in Fesseln liegen, und der Zaubergeist der Dichtung wird in dies Land zurückkehren. Die ganze Welt wird sich vor unserem staunenden Blick verwandeln. Behemoth und Leviathan werden dem Meer entsteigen und mächtige Galeeren umkreisen, wie wir es von den prächtigen Landkarten jener Zeiten kennen, als geographische Bücher noch lesbar waren. Drachen werden über ödes Land wandern, und Phönix wird sich aus seinem Flammennest in die Lüfte schwingen. Wir werden unsere Hand nach dem Basilisken ausstrecken und den Juwel auf der Stirn der Kröte erblicken. Goldenen Hafer fressend wird der Hippogryph bei uns im Stall stehen, und der blaue Vogel wird über unseren Köpfen schwirren und vom Wunderbaren und Unmöglichen singen, von entzückenden Dingen, die niemals geschahen, die es nicht gibt und doch geben sollte. Aber bevor dies alles Wirklichkeit wird, müssen wir die verlorengegangene Kunst des Lügens wiederentdecken.«

Cyril: Dann sollten wir keinen Augenblick zögern. Aber um Fehlschläge zu vermeiden, solltest du noch einmal die Grundregeln der neuen Ästhetik zusammenfassen.

Vivian: Kurz gefaßt sind es folgende: Die Kunst drückt nie etwas anderes aus als sich selbst. Sie ist, genau wie das Denken, frei und ungebunden und entwickelt sich nach ihren eigenen Gesetzen. Sie muß in einem realistischen Zeitalter genausowenig realistisch sein wie in einem gläubigen Zeitalter spirituell. Sie ist so wenig ein Geschöpf ihrer Zeit, daß sie sich gewöhnlich in unmittelbarem Gegensatz zu ihr befindet, und sie überliefert uns keine andere Geschichte als die ihrer eigenen Entwicklung. Manchmal kehrt sie in die Vergangenheit zurück und läßt alte Formen neu aufleben, wie in der archaischen Bewegung der späten griechischen Kunst oder neuerdings in der Schule der Präraffaeliten. Dann wieder ist sie ihrer Zeit weit voraus und schafft Werke, die erst das nachfolgende Jahrhundert verstehen, schätzen und genießen kann. Niemals aber ist sie ein Spiegel ihrer Zeit. Von der Kunst eines Zeitalters Rückschlüsse auf die Zeit selbst zu ziehen, ist der unverzeihliche Fehler aller Historiker.

Grundsatz Nummer zwei: Alle mißratene Kunst geht aus der Rückkehr zum Leben und zur Natur hervor und daraus, daß beide zu Idealen erhoben werden. Das Leben und die Natur können der Kunst gegebenenfalls als Rohmaterial dienen, aber ihre Verwendung setzt voraus, daß sie in künstlerische Formen übersetzt werden. In dem Augenblick, da die Kunst ihren eigenen Gestaltungswillen aufgibt, gibt sie sich selbst auf. Als Methode ist der Realismus ein völliger Irrweg, und jeder Künstler sollte sich vor zwei Dingen hüten, nämlich vor der Modernität der Form und der Modernität des Themas. Als Menschen des neunzehnten Jahrhunderts können wir in jedem Jahrhundert geeignete Themen finden, außer in unserem eigenen. Schönheit liegt allein in den Dingen, die uns nicht berühren. Gerade weil Hekuba – ich zitiere mich hier gern selbst – uns nichts angeht, sind ihre Leiden ein so geeigneter Stoff für eine Tragödie. Im übrigen ist gerade das Moderne am schnellsten wieder veraltet. M. Zola hat sich vorgenommen, uns ein Bild des zweiten Kaiserreichs zu geben. Nur wer interessiert sich heute noch für das zweite Kaiserreich? Es ist vorbei und vergessen. Das Leben ist schneller als der Realismus, nur die Romantik ist ihm immer einen Schritt voraus.

Der dritte Grundsatz besagt, daß das Leben die Kunst weit mehr nachahmt als umgekehrt. Der Grund dafür ist nicht nur der Nachahmungstrieb des Lebens, sondern auch die Tatsache, daß das Leben vor allem nach Ausdruck drängt und daß gerade die Kunst ihm zahllose reizvolle Formen zur Verwirklichung dieses Strebens bietet. Bislang hat noch nie jemand diesen Ansatz verfochten, obwohl er überaus vielversprechend scheint und ein völlig neues Licht auf die Geschichte der Kunst wirft.

Eine weitere Schlußfolgerung dieses Lehrsatzes lautet, daß auch die Natur das Leben nachahmt. Sie kann uns nur solche Eindrücke bieten, die wir aus der Dichtung oder der Malerei kennen. Darin beruht sowohl der geheime Zauber der Natur wie auch die Erklärung für ihre Schwäche.

Die letzte Offenbarung ist, daß das Lügen, die Verbreitung schöner, unwahrer Dinge, das eigentliche Ziel der Kunst darstellt. Aber darüber habe ich mich ja bereits genug ausgelassen. Gehen wir also hinaus auf die Terrasse, wo »der milchweiße Pfau wie ein Gespenst ruht« und der Abendstern »die Dämmerung in Silber taucht«. Im Licht der Dämmerung entfaltet die Natur einen wunderbar anregenden Zauber und zeigt sich von ihrer besten Seite, auch wenn sie vielleicht nur dem einen Zweck dient, die Verse der Dichter zu illustrieren. Komm! Wir haben lange genug geredet.

Feder, Stift und Gift

Eine Studie in Grün

KÜNSTLERN und Schriftstellern wird häufig ein begrenztes und unausgewogenes Wesen nachgesagt. Tatsächlich kann es auch gar nicht anders sein. Denn die Konzentration des Blicks und die Intensität des Strebens, die den Kern des künstlerischen Temperaments ausmachen, sind bereits eine Form der Selbstbeschränkung. Wer sich ganz der Schönheit der Form verschreibt, hat für alles andere keinen Blick mehr. Gleichwohl gibt es zahlreiche Ausnahmen von dieser Regel. Rubens war gleichzeitig Gesandter, Goethe Staatsminister und Milton Cromwells lateinischer Sekretär. Sophokles bekleidete in seiner Heimatstadt ein bürgerliches Amt; die Humoristen, Essayisten und Romanciers im heutigen Amerika scheinen nichts mehr zu wünschen, als zu diplomatischen Vertretern ihres Landes ernannt zu werden; und Charles Lambs Freund Thomas Griffiths Wainewright, von dem dieser kurze Aufsatz handelt, betätigte sich ungeachtet seines außergewöhnlichen künstlerischen Talents auch auf vielen anderen Gebieten, denn er war nicht nur Dichter und Maler, Kunstkritiker, Antiquar und Prosaschriftsteller, ein Amateur der schönen Künste und ein Dilettant in Geschmacksfragen, sondern auch ein Fälscher von großen Gaben und ein geschickter, gerissener Giftmörder, dem weder heute noch je zuvor jemand so leicht das Wasser reichen konnte.

Dieser ungewöhnliche Mann, der mit »Feder, Stift und Gift«, wie ein berühmter Dichter unserer Tage es treffend formuliert hat, so großartig umzugehen wußte, wurde 1794 in Chiswick geboren. Sein Vater war der Sohn eines bekannten Rechtsanwalts am Gray's Inn und Hatton Garden. Seine Mutter war die Tochter des vielgerühmten Dr. Griffiths, des Herausgebers und Gründers der ›Monthly Review‹; außerdem war er Geschäftspartner von Thomas Davis, dem berühmten Buchhändler, über den Johnson sagte, er sei kein Buchhändler, sondern »ein Gentleman, der sich mit dem Verkauf von Büchern beschäftige«, ein Freund von Goldsmith und Wedgwood und einer der bekanntesten Männer seiner Zeit. Mrs. Wainewright starb bei der Geburt ihres Sohnes mit gerade einmal einundzwanzig Jahren, und ein Nachruf im ›Gentleman's Magazine‹ rühmt sie als »liebenswerte Frau mit vielen Talenten«, um ein wenig geschraubt hinzuzufügen, »man sagt, sie habe die Schriften Lockes besser verstanden als jeder Zeitgenosse, gleich welchen Geschlechts«. Sein Vater überlebte seine Frau nur kurz, so daß der Knabe zunächst offenbar bei seinem Großvater aufwuchs und nach dessen Tod im Jahr 1803 in die Obhut seines Onkels George Edward Griffiths kam, den er später vergiftete. Seine Kindheit verbrachte er in Linden House, Turnham Green, einem jener schmucken georgischen Herrenhäuser, die bedauerlicherweise der Bauwut unserer Städteplaner zum Opfer gefallen sind. Dessen prächtigen Gärten und baumreichen Parkanlagen verdankte er die schlichte, leidenschaftliche Liebe zur Natur, die ihn sein Leben lang begleitete und ihn so außerordentlich empfänglich für die spirituelle Kraft der Dichtung Wordsworths machte. Er besuchte die Lehranstalt von

Charles Burney in Hammersmith. Burney war der Sohn des Musikhistorikers und ein enger Verwandter des künstlerisch begabten Jungen, der einer seiner berühmtesten Zöglinge werden sollte. Er scheint ein überaus kultivierter Mann gewesen zu sein, denn Wainewright sprach später oft anerkennend von seinen Gaben als Philosoph, Archäologe und hervorragender Lehrer, der großen Wert auf die intellektuelle Seite der Erziehung legte, darüber aber die Bedeutung einer frühen moralischen Unterweisung nicht übersah. Unter Burneys Anleitung zeigte sich erstmals sein künstlerisches Talent, und wie wir von Hazlitt wissen, blieb eins seiner Skizzenbücher aus der Schulzeit erhalten, das ein großes Talent und natürliches Empfinden bezeugt. Tatsächlich war die Malerei die erste Kunst, die ihn faszinierte. Erst sehr viel später versuchte er, seinen künstlerischen Neigungen auch durch Feder oder Gift Ausdruck zu verleihen.

Zunächst jedoch scheint er dem Jugendtraum eines abenteuerlichen und ritterlichen Soldatenlebens erlegen zu sein und wurde Gardesoldat. Doch die rauhbeinige, zügellose Art seiner Kameraden widerstrebte dem feinsinnigen künstlerischen Naturell des Mannes, der für andere Dinge gemacht war. Bereits nach kurzer Zeit war ihm der Militärdienst verleidet. »Die Kunst«, sagt er in Worten, die uns durch ihre unbedingte Aufrichtigkeit und eigentümliche Inbrunst noch immer bewegen, »die Kunst gab ihrem Abtrünnigen ein Zeichen; durch ihre reine und edle Macht wurden die verderblichen Nebel vertrieben; mein Empfinden, ausgedörrt, überhitzt und stumpf geworden, regte sich in kühler, frischer Blüte, einfach und bezaubernd für das schlichte Gemüt.« Aber die Kunst war nicht der einzige Grund für die Verwandlung. »Die Schriften Wordsworths«, heißt es weiter, »trugen unendlich viel zur Besänftigung der inneren Verwirrung bei, die mit einer solchen plötzlichen Veränderung unweigerlich einhergeht. Ich weinte über ihnen Tränen der Freude und der Dankbarkeit.« Er verließ also die Armee mit ihrem rauhen Kasernenalltag und dem derben Geschwätz in der Offiziersmesse und kehrte nach Linden House zurück, erfüllt von der frisch erwachten Begeisterung für die Kultur. Eine schwere Krankheit, die ihn nach seinen eigenen Worten »wie ein Tongefäß zerbrach«, streckte ihn für einige Zeit nieder. Sein feinfühliger Organismus, so gleichgültig er auch gegen die Schmerzen anderer war, reagierte auf den eigenen Schmerz hochempfindlich. Er wich vor dem Leid zurück wie vor einer fremden Macht, die das Leben entstellte und verstümmelte, und offenbar mußte er jenes furchtbare Tal der Melancholie durchschreiten, aus dem zahllose große, vielleicht sogar größere Geister als er nie wiederkehrten. Aber er war noch jung – gerade erst fünfundzwanzig – und tauchte schon bald aus den »toten schwarzen Wassern«, wie er es nannte, in die freiere Luft der humanistischen Kultur. Während er sich noch von der Krankheit erholte, die ihn bis an die Pforte des Todes geführt hatte, erwog er den Plan, sich der Kunst des Schreibens zu widmen. »Mit John Woodvill sagte ich mir«, ruft er aus, »es müsse ein göttliches Leben sein, sich in einer solchen Sphäre zu bewegen«, bezaubernde Dinge zu sehen, zu hören und aufzuschreiben:

»Dieses große, rauschende Fest des Lebens,
Kennt nicht des Todes Bitterkeit.«

Man spürt in diesen Sätzen geradezu, daß sie von einem Mann stammen, der eine tiefe Leidenschaft für die Literatur besaß. »Bezaubernde Dinge zu sehen, zu hören und aufzuschreiben«, so lautete sein erklärtes Ziel.

Als Scott, der Herausgeber des ›London Magazine‹, geblendet vom Genie des jungen Mannes oder auch der seltsamen Ausstrahlung erliegend, die er auf die Menschen in seiner Umgebung ausübte, ihn dazu aufforderte, eine Reihe von Aufsätzen zu künstlerischen Themen zu schreiben, begann er unter verschiedenen skurrilen Pseudonymen an der literarischen Diskussion seiner Zeit mitzuwirken. *Janus Weathercock*, *Egomet Bonmot* oder *Van Vinkvooms* lauteten einige der grotesken Masken, hinter denen er seine ernsteren Absichten verbarg oder auch seinen frivolen Spott unters Volk brachte. Eine Maske sagt uns mehr als ein Gesicht. Seine Verkleidungen gaben seiner Persönlichkeit ein schärferes Profil. In unglaublich kurzer Zeit schien er in aller Munde zu sein. Charles Lamb spricht vom »freundlichen, unbekümmerten Wainewright«, der eine »vortreffliche« Prosa schreibe. Wir erfahren, daß er Macready, John Forster, Maginn, Talfourd, den Dichter Sir Wentworth Dilke, John Clare und andere zu einem *petit-dîner* empfing. Wie Disraeli nahm er sich vor, als Dandy in London Furore zu machen, und seine exklusiven Ringe, die antike Kamee, die ihm als Krawattennadel diente, und seine blaßgelben Glacéhandschuhe waren stadtbekannt und wurden von Hazlitt gar als Vorboten eines neuen literarischen Stils betrachtet, während sein dichtgelocktes Haar, seine schönen Augen und seine schlanken weißen Hände ihn auf ebenso gefährliche wie entzückende Weise von anderen Männern unterschieden. Er hatte etwas von Balzacs Lucien de Rubempré. Manchmal erinnert er uns auch an Julien Sorel. De Quincey kreuzte einmal seinen Weg. Es war bei einem Diner im Haus von Charles Lamb. »Mitten unter den versammelten Literaten saß ein Mörder«, berichtet er uns, um anschließend genauer auszuführen, daß er sich an jenem Tag unwohl fühlte, der Gesichter von Männern und Frauen überdrüssig war und dennoch mit hellwacher intellektueller Neugier über den Tisch hinweg den jungen Schriftsteller anstarrte, hinter dessen gespreiztem Gehabe er eine große natürliche Empfindsamkeit zu spüren glaubte; und dann sinniert er, wie seine mißmutige Stimmung wohl »schlagartig einem ganz anderen Interesse« gewichen wäre, hätte er gewußt, welch schrecklicher Verbrechen der Gast, dem Lamb so viel Aufmerksamkeit schenkte, sich schon damals schuldig gemacht hatte.

Sein Lebenswerk fällt überzeugend unter die drei von Mr. Swinburne vorgeschlagenen Wirkungsfelder, auch wenn wir teilweise eingestehen müssen, daß seine Hinterlassenschaft, von seinen Glanzleistungen auf dem Gebiet des Vergiftens einmal abgesehen, seinen Ruhm kaum zu begründen vermag.

Andererseits läßt sich nur der Philister dazu herab, den Wert einer Persönlichkeit über die vulgäre Frage nach seiner Produktivität zu bestimmen. Dieser junge Dandy wollte weit mehr jemand sein, als etwas schaffen. Er erkannte, daß das Leben selbst ein Kunstwerk ist und eigene Stilformen besitzt, genau wie die Künste, die es auszudrücken versuchen. Dennoch ist auch sein Werk nicht ohne Reiz. Von William Blake wissen wir, daß er einmal in der Royal Academy vor einem seiner Bilder stand und es »sehr schön« fand. Seine Essays nehmen viel von dem vorweg, was später zum Durchbruch gelangte. Er scheint einige der zufälligen Entwicklungen in der modernen Kultur vorausgesehen zu haben, die viele gar als das Wesentliche erachten. Er schreibt über die Gioconda, die französische Dichtung des Mittelalters und die italienische Renaissance. Er begeistert sich für griechische Gemmen, persische Teppiche, elisabethanische Übersetzungen von *Amor und Psyche* und die *Hypnerotomachia*, für Bucheinbände und Erstausgaben sowie unbeschnittene Probedrucke. Er besitzt ein feines Gespür für erlesene Interieurs und wird nie müde, uns die Räume zu beschreiben, in denen er wohnte oder auch gerne gewohnt hätte. Eine besondere Vorliebe besaß er für die Farbe Grün, die bei einzelnen Individuen stets ein subtiles künstlerisches Temperament verrät, bei einer Nation hingegen für die Aufweichung, wenn nicht gar den Verfall der Sitten steht. Wie Baudelaire mochte er Katzen sehr, und mit Gautier war er fasziniert von dem zweigeschlechtlichen »entzückenden Marmorungeheuer«, das wir noch heute in Florenz oder im Louvre bewundern können.

Seine Beschreibungen und Vorschläge für die Raumgestaltung lassen allerdings auch erkennen, daß er sich nicht gänzlich vom falschen Geschmack seiner Zeit befreien konnte. Dennoch besteht kein Zweifel, daß er als einer der ersten den obersten Grundsatz des ästhetischen Eklektizismus erkannte, nämlich die innere Harmonie aller wirklich schönen Dinge, unabhängig von Zeit, Ort, Schule oder Stil. Ihm war bewußt, daß wir bei der Gestaltung eines Raums, der nicht zu Repräsentationszwecken, sondern zum Wohnen bestimmt ist, weder eine archäologische Wiederherstellung der Vergangenheit anstreben, noch uns mit irgendeiner eingebildeten Verpflichtung zu historischer Genauigkeit belasten sollten. Mit dieser künstlerischen Überzeugung lag er zweifellos richtig. Alle schönen Dinge gehören ein und derselben Zeit an.

Und darum finden wir in seiner Bibliothek, wie er sie uns beschreibt, die zarte Tonvase der Griechen mit ihren erlesen gemalten Figuren und dem mit feinem, unscheinbaren Pinselstrich aufgetragenen *ΚΑΛΟΣ*, und dahinter hängt ein Stich nach der »Delphischen Sibylle« von Michelangelo oder nach der »Pastorale« von Giorgione. Hier ist ein Stück florentinischer Majolika, und dort eine grob gearbeitete Fackel aus einem altrömischen Grab. Auf dem Tisch liegt ein Stundenbuch, »versehen mit einem Einband aus massivem vergoldetem Silber, verziert mit seltsamen Arabesken und mit kleinen Brillanten und Rubinen besetzt«, und gleich daneben »kauert ein kleines, häßliches Monstrum, ein Lar vielleicht, ausgegraben aus einem Kornfeld im sonnigen Sizilien«. Dunkle antike Bronzen kontrastieren »mit dem bleichen Schimmer zweier edler Kruzifixe, das eine aus Elfenbein geschnitzt, das andere in Wachs modelliert«. Darüber hinaus finden wir Präsentierteller mit Gemmen von James Tassie, eine zierliche Louis-quatorze-Bonbonniere mit einer Miniatur von Petitot, die von ihm hochgeschätzten »filigranverzierten Teekannen aus braunem Biskuit«, eine Briefschatulle aus zitronenfarbenem Maroquinleder und einen »gelblichgrünen« Sessel.

Man kann sich gut vorstellen, wie er inmitten von Büchern, Abgüssen und Stichen daliegt, ein wahrer Kunstliebhaber, der mit subtiler Kennerschaft seine großartige Sammlung von Marc Antonios durchblättert oder auch Turners »Liber Studiorum«, das er sehr bewunderte, oder mit einem Vergrößerungsglas einige seiner antiken Gemmen und Kameen untersucht, »den Kopf Alexanders auf einem zweischichtigen Onyx« oder »jenes einzigartige *altissimo relievo* auf einem Karneol, den Jupiter Aegiochus«. Er war zeitlebens ein großer Liebhaber von Stichen und gibt einige sehr nützliche Hinweise, worauf bei der Einrichtung einer Sammlung zu achten ist. Und wenn er auch die moderne Kunst besonders zu schätzen wußte, so verlor er doch nie den Blick für die Bedeutung von Reproduktionen der großen Meisterwerke der Vergangenheit, und was er über den Wert von Gipsabgüssen zu sagen weiß, ist stets bewundernswert.

Als Kunstkritiker befaßte er sich vornehmlich mit dem Gesamteindruck, den ein Kunstwerk in uns hervorruft, und gewiß besteht der erste Schritt aller ästhetischen Kritik darin, sich seiner eigenen Eindrücke zu vergewissern. Er scherte sich wenig um abstrakte Diskussionen über das Wesen des Schönen, und die historische Methode, die inzwischen so reiche Früchte getragen hat, war seiner Zeit noch unbekannt, doch behielt er stets die große Wahrheit im Blick, daß die Kunst sich zunächst weder an den Intellekt noch an unser Gefühl wendet, sondern allein an das künstlerische Temperament, und mehr als einmal legt er dar, daß dieses Temperament, dieser »Geschmack«, wie er es nennt, durch die Begegnung mit großen Kunstwerken unbewußt geleitet und vervollkommnet, zuletzt zur Ausbildung eines kritischen Urteilsvermögens führt. Natürlich gibt es in der Kunst genau wie in der Kleidung Moden, und vielleicht kann sich niemand von uns je ganz vom Einfluß des Aktuellen und Neuen befreien. Er jedenfalls konnte es nicht und gibt unumwunden zu, wie schwierig eine gerechte Beurteilung zeitgenössischer Kunst sei. Im großen und ganzen jedoch war sein Geschmack gut und verläßlich. Er bewunderte Turner und Constable zu einer Zeit, da sie von ihrem heutigen Ruf noch weit entfernt waren, und erkannte, daß vollendete Landschaftsmalerei mehr ist als »bloßer Fleiß und genaues Kopieren«. Über Cromes »Heidelandschaft bei Norwich« sagt er, sie zeige, »was eine genaue Beobachtung der entfesselten Naturgewalten für eine höchst reizlose Ebene alles bewirken kann«, und über die gängige Landschaftsdarstellung seiner Zeit bemerkt er, sie sei »bloß eine Aufzählung von Hügel und Tal, Baumstümpfen, Buschwerk, Wasserflächen, Weiden, Hütten und Häusern; kaum mehr als Topographie, eine Art bebilderte Landkarte; Regenbogen, Schauer, Nebel, Lichtspiele, gebündelte Sonnenstrahlen, die durch aufreißende Wolken brechen, Stürme, funkelnde Sterne und all die anderen wertvollen Materialien des wahren Malers kommen darin nicht vor«. Er empfand eine tiefe Verachtung für alles Gewöhnliche und Abgeschmackte in der Kunst, und während er Wilkie mit Freuden zum Diner empfing, war ihm an Sir Davids Gemälden oder an Crabbes Gedichten nichts gelegen. Die nachahmenden und realistischen Tendenzen seiner Zeit lehnte er ab, und er gibt unumwunden zu, seine große Bewunderung für Füßli rühre vor allem daher, daß der kleine Schweizer keinen zwingenden Grund dafür gesehen habe, warum ein Künstler nur das malen solle, was er sieht. Die Eigenschaften, auf die er bei einem Bild Wert legte, waren Komposition, Schönheit und Adel der Linie, Farbenreichtum und schöpferische Kraft. Andererseits war er keineswegs ein Doktrinär. »Meiner Auffassung nach kann kein Kunstwerk nach Gesetzen beurteilt werden, die nicht aus ihm selbst abgeleitet sind; der entscheidende Punkt ist, ob es mit sich selbst in Einklang steht.« So lautet einer seiner glänzenden Aphorismen. Und seine kritischen Anmerkungen zu so unterschiedlichen Malern wie Landseer und Martin, Stothard und Etty sind alle gekennzeichnet durch das eine Bemühen, um jene mittlerweile schon klassische Formulierung zu gebrauchen, »die Dinge so zu sehen, wie sie wirklich sind«.

Doch wie ich bereits angemerkt habe, fühlt er sich bei der Auseinandersetzung mit zeitgenössischen Kunstwerken nie so recht wohl. »Die Gegenwart«, sagt er, »verwirrt mich auf eine ähnlich angenehme Art wie die erste Lektüre des Ariost ... Alles Moderne verwirrt mich. Ich muß es durch das Fernglas der Zeit betrachten. Elia klagt, daß er sich über den Wert eines handschriftlichen Gedichts nie ganz klar ist; ›der Druck‹, wie er so treffend bemerkt, ›vertreibt alle Zweifel‹. Fünfzig Jahre Nachdunkeln bewirken das gleiche bei einem Bild.« Deshalb ist er unbeschwerter, wenn er über Watteau und Lancret, Rubens und Giorgione, Rembrandt, Corregio und Michelangelo schreiben kann; am glücklichsten aber ist er, wenn er sich mit der griechischen Kunst auseinandersetzt. Die Gotik ließ ihn kalt, doch die klassische Kunst und die Kunst der Renaissance ließen sein Herz stets höher schlagen. Er erkannte, wie sehr die englische Schule vom Studium griechischer Vorbilder profitieren könne, und wurde nie müde, junge Studenten auf die künstlerischen Möglichkeiten hinzuweisen, die im hellenischen Marmor und den hellenischen Arbeitsmethoden verborgen liegen. Aus seiner Beurteilung der großen italienischen Meister, schreibt De Quincey, »scheint ein Ton von Aufrichtigkeit und natürlichem Empfinden zu sprechen, ganz wie bei jemandem, der aus sich selbst spricht und nicht nur angelesenes Buchwissen weitergibt«. Unser größtes Lob für ihn ist, daß er versucht hat, den Stil wieder zu einer bewußten Tradition aufzuwerten. Dabei übersah er keineswegs, daß weder Kunstvorlesungen und Kunstkongresse noch »Pläne zur Förderung der schönen Künste« dies jemals bewirken können. Die Leute, so sagt er sehr hellsichtig und ganz im Geist von Toynbee Hall, müssen stets »die besten Vorbilder vor Augen haben«.

Wie bei einem Maler nicht anders zu erwarten, stehen in seinen Kunstkritiken häufig technische Fragen im Vordergrund. Über Tintorettos Gemälde »St. Georg, die ägyptische Prinzessin vom Drachen befreiend«, schreibt er:

> »Das Gewand der Sabra, mit einem warmen Preußischblau lasiert, hebt sich durch einen scharlachroten Schleier von dem blaßgrünen Hintergrund ab; die beiden volltönenden Farben finden gewissermaßen ihr bezauberndes Echo in den gedämpften Tönen der purpurfarbenen Kleidung und dem blauen Eisenpanzer des Heiligen, wohingegen das kräftige Azurblau der Draperie im Vordergrund durch die dunklen Indigotöne des Waldes, der das Schloß umgibt, geschickt ausbalanciert wird.«

An anderer Stelle äußert er sich fachmännisch über »einen köstlichen Schiavone, bunt wie ein Tulpenbeet, mit einem unendlichen Reichtum an Farbnuancen«, über »ein glühendes Porträt, bemerkenswert in seiner *morbidezza*, des seltenen Moroni« und über »das saftige Inkarnat« eines anderen Gemäldes.

In der Regel aber beschreibt er den von einem Kunstwerk ausgehenden Gesamteindruck und versucht ihn in Worte zu übersetzen, gewissermaßen ein sprachliches Äquivalent für die Wirkung eines Gemäldes auf Phantasie und Intellekt zu finden. Er bereitete als einer der ersten der Entwicklung der sogenannten Kunstliteratur des neunzehnten Jahrhunderts den Boden, jene literarische Form, die in Mr. Ruskin und Mr. Browning ihre vollendetsten Vertreter gefunden hat. Seine Beschreibung von Lancrets Gemälde »Repas Italien«, auf dem »ein dunkelhaariges Mädchen, ›aufgelegt zu jedem Streich‹, auf einer mit Gänseblümchen übersäten Wiese liegt«, ist in mancherlei Hinsicht recht reizvoll. Wir wollen hier aber seine Schilderung von Rembrandts »Kreuzigung« wiedergeben, in der sein Stil besonders gut sichtbar wird:

»Finsternis – schwarze, unheilvolle Finsternis – umgibt die gesamte Szene: nur über dem verwunschenen Wald stürzt wie aus einem grausigen Riß in der düsteren Himmelsdecke eine Regenflut herab – ›ein jäher Hagelschlag trüben Wassers‹ – und verbreitet ein noch entsetzlicheres Geisterlicht als die bedrückende Schwärze ringsum. Schon ächzt und keucht die Erde! Das umschattete Kreuz erzittert! – Kein Windhauch geht – die Luft steht still – ein grollender Donner regt sich unter ihren Füßen, und einige aus der elenden Menge fliehen bereits den Hang hinab. Die Pferde, das nahende Unheil witternd, verweigern in ihrem Schrecken den Gehorsam. Der Augenblick naht, da Jesus, fast zerrissen vom Gewicht seines Körpers, ermattet vom Verlust des vielen Blutes, das jetzt in dünnen Rinnsalen aus seinen Wunden fließt, Schläfen und Brust glänzend von Schweiß, die schwarze Zunge verdörrt vom brennenden Todesfieber, laut ›Mich dürstet‹ ruft. Jemand reicht ihm den tödlichen Essig.

Sein Haupt sinkt herab, und der heilige Leichnam ›hängt schlaff und leblos am Kreuz‹. Ein roter Feuerstrahl blitzt jäh auf und verlischt; die Felsen des Karmel und des Libanon klaffen auf; das Meer wälzt von den Sandbänken her riesige schwarze Fluten heran. Die Erde öffnet sich, und die Gräber speien ihre Leichen aus. Die Toten und die Lebenden sind in widernatürlicher Gemeinschaft vereint und eilen durch die heilige Stadt. Neue Zeichen des Himmels erwarten sie. Der Vorhang des Tempels – der undurchdringliche Vorhang – reißt von oben bis unten entzwei, und der gefürchtete Schrein, der die Mysterien der Israeliten bewahrt – die schicksalhafte Bundeslade mit den Gesetzestafeln und dem siebenarmigen Leuchter –, enthüllt sich der von Gott verlassenen Menge im Feuerschein unirdischer Flammen.

Rembrandt hat diese Skizze nie *gemalt*, und er tat recht daran. Sie hätte durch den Verlust des verwirrenden Schleiers der Unbestimmtheit, der unserer zweifelnden Phantasie einen so unbegrenzten Entfaltungsspielraum gewährt, einen Großteil ihres Reizes eingebüßt. So scheint sie wie aus einer anderen Welt zu kommen. Dazwischen gähnt ein dunkler Abgrund. Nie können wir wirklich dorthin gelangen. Einzig die Seele vermag sich ihr zu nähern.«

Dieser Abschnitt, von dem der Autor sagt, er sei »mit Schrecken und Ehrfurcht« niedergeschrieben, enthält viel Furchtbares und noch mehr Entsetzliches, aber er besitzt dennoch eine Art rohe Kraft, oder wenigstens eine gewisse rohe Wortgewalt, eine Eigenschaft, die unser Zeitalter hoch zu schätzen wissen sollte, da es uns am meisten daran gebricht. Aber wenden wir uns erfreulicheren Dingen zu und hören wir seine Beschreibung von Giulio Romanos »Kephalos und Prokris«:

»Bevor wir dieses Gemälde anschauen, sollten wir Moschus' Klage um Bion, den lieblichen Hirten, lesen oder aber das Gemälde als Vorbereitung auf die Klage studieren. In beiden begegnen wir fast den gleichen Bildern. Für beide Opfer murmeln die Wälder in Berg und Tal; die Blütenknospen verströmen Trauerduft; die Nachtigall klagt von den Felsklippen, und die Schwalbe in lang gewundenen Tälern; ›die Satyrn und die dunkel verschleierten Faune fallen in die Klage mit ein‹, und die Quellnymphen im Wald zerfließen in Tränen. Die Schafe und Ziegen verlassen ihre Weide, und die Oreaden, ›die mit Vorliebe die gefährlichsten Gipfel der schroffsten Felsen erklimmen‹, steigen eilends herab aus den im Wind rauschenden Pinien; die Dryaden neigen sich von den Zweigen verschlungener Bäume, und die Flüsse beweinen die bleiche Prokris ›in einem Sturzbach von Tränen‹.

›Noch den Ozean in der Ferne ereilt
ihr anschwellender Ruf.‹

Die goldenen Bienen auf dem thymianduftenden Hymettos schweigen still; und das tönende Horn von Auroras Geliebtem wird das kalte Zwielicht über dem Hügelkamm nie mehr zerstreuen. Im Vordergrund des Bildes erstreckt sich ein grasbewachsenes, von der Sonne versengtes Gelände, eine von Rinnen und Kuppen zerfurchte Wellenlandschaft, noch unwegsamer gemacht durch dichtes Wurzelwerk und die Stümpfe von Bäumen, die vor ihrer Zeit der Axt zum Opfer fielen und hier und da frisches Grün treiben. Zur Rechten steigt das Gelände jäh zu einem dichten Hain an, den kein Sternenlicht durchdringt; vor dessen Eingang sitzt von Schmerz betäubt der thessalische König, auf seinen Knien den elfenbeinglänzenden Leib, der soeben noch mit sanfter Stirn das dichte Buschwerk zerteilte und von Eifersucht angestachelt auf Dornen und Blumen trat –

jetzt liegt der Körper hilflos da, schwer und regungslos, und nur der Wind fährt wie zum Spott durch das dichte Haar.

Aus dem angrenzenden Gehölz drängen verwirrte Nymphen hervor und klagen laut:

›Fellbekleidete Satyrn, von Efeu bekränzt, nahen bang,
Voll fremden Mitleids ertönt ihrer Hörner Klang.‹

Lailaps liegt am Boden, sein Hecheln so rasch wie der Schritt des Todes. Der Gruppe gegenüber hält der tugendhafte Eros mit ›hängenden Schwingen‹ den Pfeil den herbeieilenden Waldbewohnern hin, Faunen, Böcken, Ziegen, Satyrn und Satyr-Müttern, die ihre Kinder ängstlich an sich pressen. Der Trupp naht von links über einen ausgetretenen Pfad zwischen dem Vordergrund und einer Felswand, von deren unterstem Vorsprung eine Quellnymphe aus ihrer Urne unheilverkündendes Wasser gießt. Weiter oben und entfernter als die Epidryade erscheint zwischen den weinumrankten Stämmen eines unberührten Hains eine weitere Frau, die sich die Haare rauft. In der Mitte des Bildes befinden sich schattige Wiesen, die zu einer Flußmündung hinabführen; dahinter weitet sich ›die unendliche Macht des wogenden Ozeans‹, aus dessen Tiefe die rosige Aurora, die Auslöscherin des Sternenlichts, wütend ihre gischtumschäumten Kampfrosse emportreibt, um die Todesqualen ihrer Rivalin zu verfolgen.«

Würde man diese Beschreibung sorgfältig überarbeiten, ließe sich daraus etwas ganz Vortreffliches schaffen. Der Einfall, ein Gemälde in ein Prosagedicht zu verwandeln, ist hervorragend. Ein Großteil der modernen Literatur geht auf eben diesen Wunsch zurück. In einem ausgesprochen häßlichen und empfindsamen

Zeitalter borgen die Künste nicht vom Leben, sondern untereinander.

Seine Neigungen waren überdies bewundernswert vielseitig. Er zeigte beispielsweise ein lebhaftes Interesse für alles, was mit dem Theater zu tun hatte, und setzte sich mit Nachdruck für die historische Genauigkeit bei den Kostümen und der Bühnendekoration ein. »In der Kunst«, sagt er in einem seiner Essays, »hat jede ernsthafte Anstrengung es verdient, daß sie auch gut gemacht wird;« und er erläutert weiter, wie schwierig es wird, eine Grenze zu ziehen, wenn wir erst einmal den Einzug von Anachronismen zulassen. In der Literatur stand er genau wie Lord Beaconsfield anläßlich einer berühmten Zusammenkunft »auf der Seite der Engel«. Er gehörte zu den ersten Bewunderern von Keats und Shelley – »den vor Empfindsamkeit zitternden und poetischen Shelley«, wie er ihn nannte. Seine Bewunderung für Wordsworth war tief und aufrichtig. William Blake schätzte er wie kein anderer. Einer der schönsten Drucke der *Songs of Innocence and Experience*, die wir heute besitzen, wurde eigens für ihn hergestellt. Er liebte Alain Chartier, Ronsard, die elisabethanischen Dramatiker, Chaucer und Chapman sowie Petrarca. Für ihn waren alle Künste eins. »Unsere Kritiker«, bemerkt er weitsichtig, »scheinen weder zu verstehen, daß Dichtung und Malerei den gleichen Ursprung haben, noch daß jeder durch ein ernsthaftes Studium der einen Kunst gewonnene Erkenntniszuwachs zugleich einen entsprechenden Fortschritt in der anderen Kunst mit sich bringt.« Und an anderer Stelle sagt er, daß wenn jemand von Milton schwärmt, ohne Michelangelo zu bewundern, er entweder sich selbst oder seine Zuhörer betrügt. Gegenüber seinen Mitarbeitern beim ›London Magazine‹ war er stets großmütig und lobt Barry Cornwall, Allan Cunningham, Hazlitt, Elton und Leigh Hunt ohne die unter Freunden übliche feine Stichelei. Einige seiner Skizzen über Charles Lamb sind in ihrer Art vortrefflich, indem sie mit der Kunst des wahren Schauspielers ihren Stil dem Gegenstand anverwandeln:

»Was kann ich über dich mehr sagen als alle wissen? Daß du die Ausgelassenheit eines Knaben und das Wissen eines Mannes besaßest: ein Herz so sanft, wie es je unser Auge zu Tränen rührte.

Wie schlagfertig verdrehte er einem die Worte im Mund und wußte zur passenden Gelegenheit die unpassendste Spitze einzustreuen. Seine schnörkellose Sprache war, wie die der von ihm geliebten Elisabethaner, bis zur Dunkelheit verdichtet. Seine Sätze glichen feinen Goldkörnern, die zu funkelnden Blättern ausgetrieben werden. Er kannte keine Nachsicht mit aufgesetztem Ruhm und war um eine bissige Bemerkung über ›das Aufsehen um Männer von Genie‹ nie verlegen. Sir Thomas Brown gehörte zu seinen ›Busenfreunden‹, genau wie Burton und der alte Fuller. In seinen verliebten Launen umschwärmte er ›die unvergleichliche Herzogin der zahllosen Wohlgerüche‹, während ihm die volkstümlichen Komödien von Beaumont und Fletcher heitere Träume bescherten. Zuweilen überkam ihn die Lust, sich kritisch über sie zu äußern, doch tat man gut daran, ihn nicht zu drängen; kam ein anderer auf seine Lieblingsdichter zu sprechen, drohte er nur allzubald dazwischenzufahren und ihn auf eine Art zurechtzuweisen, von der man nicht genau sagen konnte, ob sie auf einem Mißverständnis oder auf Boshaftigkeit beruhte. Bei einem Treffen im Haus von C. fiel das Gesprächsthema zufällig auf das oben genannte Dramatikergespann. Mr. X. rühmte die Leidenschaft und den erhabenen Stil einer Tragödie (ich weiß nicht mehr welcher), wurde aber prompt von Elia mit der Bemerkung unterbrochen: ›Das ist alles unbedeutend; die Größe liegt allein in den lyrischen Passagen – und in nichts anderem!‹«

Ein Aspekt seiner literarischen Karriere verdient besondere Aufmerksamkeit. Man kann sagen, der moderne Journalismus verdankt ihm soviel wie nur irgendeinem Mann zu Beginn dieses Jahrhunderts. Er war einer der Pioniere der blumigen Prosa und liebte bildhafte Redewendungen und wortreiche Übertreibungen. Die Pflege eines Stils, der so prunkvoll ist, daß er den eigentlichen Inhalt verdeckt, gehört zu den größten Errungenschaften einer bedeutenden und vielbewunderten Schule von Leitartiklern der Fleet Street, und man darf *Janus Weathercock* als den legitimen Begründer dieser Schule betrachten. Er erkannte auch, wie leicht es war, das Interesse des Publikums durch geschickte Informationen auf die eigene Person zu lenken, und so breitet dieser außergewöhnliche junge Mann in seinen rein journalistischen Arbeiten freizügig vor aller Welt aus, was er zu Mittag aß, wo er seine Anzüge schneidern läßt, welche Weine er bevorzugt und wie es um sein körperliches Wohlbefinden steht, als würde er eine wöchentliche Kolumne in einem Magazin der heutigen Regenbogenpresse schreiben. Und obwohl diese Arbeiten den unbedeutendsten Teil seines Werks ausmachen, haben sie dennoch den nachhaltigsten Einfluß ausgeübt. Heutzutage ist ein Publizist ein Mensch, der die Öffentlichkeit mit den geheimsten Details seines Privatlebens langweilt.

Wie die meisten Menschen mit Sinn für das Künstlerische besaß er eine große Liebe zur Natur. »Drei

Dinge schätze ich ganz besonders«, sagt er irgendwo; »untätig auf einer Anhöhe zu sitzen, die einen reichen Ausblick gewährt; von dichten Bäumen beschattet zu werden, während ringsum die Sonne scheint; und die Einsamkeit zu genießen, mit dem Wissen, daß Menschen ganz in der Nähe sind. Alle drei Dinge findet man auf dem Land.« Einmal schildert er, wie er auf einer Wanderung durch eine blühende Heidelandschaft Collins' »Ode an den Abend« laut aufsagt, um die einzigartige Stimmung des Augenblicks einzufangen; wie er sein Gesicht »in ein feuchtes Kissen von Schlüsselblumen, benetzt vom Maitau« drückt; und wie groß seine Freude ist, als er »die sanftmütigen Kühe in der Dämmerung heimwärts ziehen« sieht und »das ferne Geläut der Schafsglocken« hört. Ein Satz wie, »die Tazette glühte in ihrem kühlen Erdbett wie ein einzelnes Gemälde Giorgiones auf einer dunklen Eichenwand«, ist in besonderer Weise kennzeichnend für sein Temperament, und auch der folgende Abschnitt besitzt seinen ganz eigenen Reiz:

> »Das kurze, weiche Gras war mit Margeriten bedeckt – ›bei uns im Dorf sagt man Gänseblümchen‹ –, dicht wie der Sternenhimmel im Sommer. Von einem hohen, dunklen Ulmenwald in einiger Ferne drang das heisere Krächzen geschäftiger Krähen herüber, und dazwischen war das laute Rufen eines Jungen zu hören, der die Vögel aus den frisch eingesäten Feldern vertrieb. Die Tiefen des Himmels leuchteten in tiefstem Ultramarin; keine Wolke streifte den sanften Äther; nur den Horizont säumte ein heller Lichtstreif, ein warmes Band nebligen Dunstes, gegen das sich das nahe Dorf mit seiner alten Steinkirche blendendweiß abhob. Ich mußte an Wordsworths ›Lines written in March‹ denken.«

Dennoch dürfen wir nicht vergessen, daß der kultivierte junge Mann, der diese Zeilen niederschrieb und sich so überaus empfänglich für den Einfluß Wordsworths zeigte, zugleich, wie ich bereits zu Beginn meines Aufsatzes bemerkt habe, einer der raffiniertesten und heimtückischsten Giftmischer nicht nur unserer, sondern aller Zeiten gewesen ist. Was ihn zu diesem ungewöhnlichen Verbrechen führte, verschweigt er uns, und das Tagebuch, in dem er die Ergebnisse seiner grausamen Experimente wie auch die verwendeten Methoden bis ins kleinste notierte, ist leider verlorengegangen. Selbst in späteren Tagen gab er sich ausgesprochen verschwiegen zu diesem Thema und zog es vor, über Wordsworths *The Excursion* oder die *Poems founded on the Affections* zu sprechen. Es besteht allerdings kein Zweifel, daß das von ihm benutzte Gift Strychnin war. In einem der prachtvollen Ringe, auf die er so stolz war und mit denen er die Ebenmäßigkeit seiner schlanken Elfenbeinhände noch unterstrich, verwahrte er Kristalle der indischen *nux vomica*, eines Giftes, von dem einer seiner Biographen sagt, es sei »nahezu geschmacklos, schwer nachzuweisen und in unendlicher Verdünnung einsetzbar«. Seine Mordtaten, berichtet De Quincey, waren zahlreicher als die vor Gericht behandelten Fälle. Das ist zweifellos richtig, und einige von ihnen sind durchaus der Erwähnung wert. Sein erstes Opfer war sein Onkel, Thomas Griffiths. Er vergiftete ihn 1829, um in den Besitz von Linden House zu gelangen, an dem ihm schon immer soviel gelegen war. Im August des folgenden Jahres vergiftete er Mrs. Abercrombie, die Mutter seiner Gattin, und vier Monate später ebenso die entzückende Helen Abercrombie, seine Schwägerin. Warum er Mrs. Abercrombie ermordete, ist unklar. Vielleicht geschah es aus einer puren Laune heraus oder um ein abscheuliches Machtgefühl zu stillen oder weil sie Verdacht geschöpft hatte oder auch ohne jeden Grund. Den Mord an Helen Abercrombie allerdings verübte er gemeinsam mit seiner Frau, um an eine Summe von etwa 18000 Pfund zu gelangen, mit der ihr Leben bei verschiedenen Gesellschaften versichert war. Die näheren Umstände waren wie folgt: Am 12. Dezember reiste er mit Frau und Kind von Linden House nach London und bezog eine Wohnung in der Conduit Street Nr. 12, unweit der Regent Street. In ihrer Begleitung waren die beiden Schwestern Helen und Madeleine Abercrombie. Am Abend des 14. gingen sie gemeinsam ins Theater, und am gleichen Abend wurde Helen bei Tisch unwohl. Am nächsten Tag war sie so schwer erkrankt, daß man Dr. Locock vom Hanover Square herbeirief. Sie lebte noch bis zum kommenden Montag, den 28., als ihr Mr. und Mrs. Wainewright, kaum daß der Arzt seine Morgenvisite beendet hatte, ein Schälchen vergiftetes Kompott brachten und anschließend zu einem Spaziergang das Haus verließen. Bei ihrer Rückkehr war Helen Abercrombie tot. Sie war ungefähr zwanzig Jahre alt, ein schlankes, anmutiges Mädchen mit hellblondem Haar. Von ihr existiert eine sehr schöne Rötelzeichnung aus der Hand ihres Schwagers, die zeigt, wie sehr sein Stil durch Sir Thomas Lawrence beeinflußt war, einem Maler, dessen Werk er stets große Bewunderung entgegenbrachte. De Quincey glaubt, Mrs. Wainewright trage keine wirkliche Mitschuld an dem Mord. Hoffen wir, daß es so war. Ein Verbrechen sollte allein und ohne Mitwisser begangen werden.

Die Versicherungsgesellschaften, die wohl die wahren Hintergründe des Falls ahnten, verweigerten unter Berufung auf eine falsche Darstellung und nicht ausreichende Rechtsansprüche die Auszahlung der Police, woraufhin der Giftmörder tollkühn eine Klage beim Kanzleigericht gegen die Imperial-Versicherung anstrengte, mit der zugleich über die Ansprüche gegenüber allen anderen Versicherungen entschieden werden sollte. Der Prozeß zog sich allerdings über fünf Jahre hin, bis man nach einer vorläufigen Vertagung schließlich ein Urteil zugunsten der Gesellschaft fällte. Den Vorsitz in diesem Verfahren führte Lord Abinger. *Egomet Bonmot* wurde durch Mr. Erle und Sir William Follet vertreten, für die Gegenseite erschienen der Kronanwalt und Sir Frederick Pollock. Der Kläger selbst konnte leider bei keinem Prozeßtermin anwesend sein. Die Weigerung der Gesellschaften, ihm die 18000 Pfund auszuzahlen, hatte ihn in eine höchst schmerzliche finanzielle Krise gestürzt. Wenige Monate nach der Ermordung Helen Abercrombies war er sogar wegen seiner Schulden in London auf offener Straße verhaftet worden, als er gerade der hübschen Tochter eines seiner Freunde den Hof machte. Die Situation konnte zwar bereinigt werden, doch zog er es anschließend vor, sich ins Ausland abzusetzen, bis er mit seinen Gläubigern zu irgendeiner Übereinkunft gekommen war. Er ging also nach Boulogne, wo er den Vater der erwähnten jungen Dame besuchte und ihn dazu verleiten konnte, sein Leben bei der Pelican Company mit 3000 Pfund zu versichern. Sobald die Antragsformulare ausgefüllt und die Police zugestellt worden war, ließ er eines Abends bei Tisch einige Strychninkristalle in dessen Kaffee fallen. Ihm selbst brachte die Tat keinen finanziellen Vorteil. Sie geschah einzig aus Rache an der Gesellschaft, die sich als erste geweigert hatte, ihm den Lohn seines Verbrechens auszuzahlen. Sein Freund starb noch am nächsten Tag in seinem Beisein. Er verließ Boulogne umgehend, um auf einer Reise entlang der malerischsten Flecken der Bretagne Skizzen anzufertigen, und war zeitweilig Gast eines alten französischen Gentlemans, der in St. Omer ein prächtiges Landhaus hatte. Von dort zog er weiter nach Paris, wo er, wie einige behaupten, die nächsten Jahre in Luxus schwelgte, während andere davon sprechen, er sei »mit Gift in den Taschen herumgeschlichen und von allen, die ihn kannten, gefürchtet worden«. 1837 kehrte er heimlich nach England zurück. Ein seltsamer und verrückter Drang trieb ihn dazu. Er folgte einer Frau, die er liebte.

Es war Juni, und er quartierte sich in einem Hotel in der Nähe von Covent Garden ein. Sein Wohnzimmer lag im Parterre, so daß er aus Angst gesehen zu werden die Vorhänge stets zugezogen hielt. Dreizehn Jahre zuvor, als er seine erlesene Sammlung von Majoliken und Marc Antonios anlegte, hatte er auf einer Vollmacht die Namen seiner Treuhänder gefälscht, mit der er einen Teil des mütterlichen Erbes eingelöst und in die Ehe eingebracht hatte. Er wußte, daß man den Betrug aufgedeckt hatte und er sich mit seiner Rückkehr nach England in Gefahr brachte. Dennoch ließ er sich nicht davon abbringen. Sollte uns dies wundern? Man sagt, seine Angebetete sei sehr schön gewesen. Nur liebte sie ihn nicht.

Seine Entdeckung geschah rein zufällig. Er hatte Lärm auf der Straße gehört und aus künstlerischem Interesse für das moderne Leben einen kurzen Moment den Vorhang beiseite geschoben. Im gleichen Moment rief ein Passant: »Da ist Wainewright, der Fälscher!« Es war Forrester, ein Mann von der Sonderpolizei.

Am 5. Juli wurde er dem Richter im Old Bailey vorgeführt. In der ›Times‹ erschien der folgende Bericht über den Prozeß:

»Unter Vorsitz der Richter Mr. Vaughan und Mr. Baron Alderson wurde gegen Thomas Griffiths Wainewright, zweiundvierzig, ein Mann mit Lippenbärtchen und dem Auftreten eines Gentlemans, Anklage erhoben, eine schriftliche Vollmacht über 2259 Pfund gefälscht und mit der Absicht in Umlauf gebracht zu haben, den Generaldirektor und die Gesellschaft der Bank von England zu betrügen.

Die Anklage umfaßte fünf Einzelpunkte, derer sich der Beschuldigte beim Verhör durch Barrister Arabin am Morgen für nicht schuldig erklärte. Als er jedoch dem Richter vorgeführt wurde, bat er darum, seine Aussage widerrufen zu dürfen, um sich anschließend in zwei minderschweren Punkten für schuldig zu bekennen.

Der Anwalt der Bank wies auf die bestehenden drei weiteren Anklagepunkte hin, erklärte aber, die Bank wolle kein Blut fließen sehen, so daß das Schuldbekenntnis zu den beiden geringfügigen Anklagen zu Protokoll genommen wurde und der Vorgeführte am Ende der Sitzung durch den Richter zu lebenslänglicher Deportation verurteilt wurde.«

Man brachte ihn nach Newgate zurück, von wo aus er die Überfahrt in die Kolonien antreten sollte. In einem seiner frühen Essays findet sich die prophetische Passage, in der er davon träumt, »zum Tode verurteilt im Horsemonger Gaol einzusitzen«, weil er der Versuchung nicht widerstehen konnte, zur Vervollständigung seiner Sammlung einige Marc Antonios aus dem British Museum zu stehlen. Für einen so kultivierten Menschen seines Schlags kam die über ihn verhängte Strafe einem Todesurteil gleich. Er beklagte sich darüber bitter bei seinen Freunden und erklärte, nicht ganz ohne Grund, man könne das Geld auch als sein rechtmäßiges Eigentum betrachten, da es ihm von seiner Mutter zugedacht war, und daß die Fälschung immerhin dreizehn Jahre zurücklag, was seinen eigenen Worten nach zumindest als *circonstance attenuante* zu berücksichtigen sei. Die Fortdauer der Persönlichkeit ist ein sehr kompliziertes metaphysisches Problem, und das englische Recht löst diese Frage auf eine zweifellos ausgesprochen grobschlächtige Weise. Dennoch entbehrt es nicht einer gewissen Dramatik, daß diese schwere Strafe ihm für ein Verbrechen auferlegt wurde, das angesichts seines wahrhaftig verhängnisvollen Einflusses auf die moderne Journalistenprosa ganz gewiß nicht zu seinen schlimmsten Sünden gehörte.

Während seiner Zeit im Gefängnis begegneten ihm zufällig Dickens, Macready und Hablot Browne. Sie waren auf der Suche nach künstlerischen Anregungen in den Londoner Gefängnissen unterwegs, als sie in Newgate plötzlich auf Wainewright stießen. Forster erzählt, er habe sie mit kaltem Blick empfangen, doch Macready sei »entsetzt gewesen, einem Mann zu begegnen, den er vor Jahren gut gekannt und in dessen Haus er gespeist hatte«.

Andere waren weniger empfindsam, und für einige Zeit verwandelte sich seine Zelle sogar in eine Art modischen Salon. Zahllose Schriftsteller fanden sich bei ihrem ehemaligen Kollegen ein. Aber er war nicht mehr der heitere, freundliche Janus, den Charles Lamb bewundert hatte. Offenbar hatte er sich zum echten Zyniker entwickelt.

Als ihn ein Agent der Versicherungsgesellschaft eines Nachmittags besuchte und ihn mit der Bemerkung aufheitern wollte, jedes Verbrechen sei letztlich eine verfehlte Spekulation, antwortete er: »Sir, ihr Geschäftsleute versucht mit Spekulationen euer Glück zu machen. Manche Spekulationen haben Erfolg, andere mißlingen. Nun sind meine Spekulationen zufällig fehlgeschlagen, und Ihre hatten Erfolg. Das ist auch schon alles, was meinen Besucher von mir unterscheidet. Doch will ich Ihnen sagen, daß ich in einem Punkt bis zum Schluß erfolgreich geblieben bin: Mein Leben lang war ich darauf bedacht, als Gentleman zu erscheinen. Ich bin diesem Vorsatz stets treu geblieben. Und auch jetzt folge ich ihm. Es ist an diesem Ort üblich, daß die Insassen einer Zelle der Reihe nach den morgendlichen Besendienst übernehmen. Ich teile meine Zelle mit einem Maurer und einem Straßenkehrer, doch noch nie hat mir einer den Besen hingehalten!« Als ihm ein Freund den Mord an Helen Abercrombie vorwarf, zuckte er mit den Schultern und sagte: »Ja doch; es war eine schreckliche Tat, aber sie hatte übertrieben dicke Fußknöchel.«

Von Newgate wurde er ins Schiffsgefängnis von Portsmouth gebracht und von dort mit der *Susan* zusammen mit dreihundert Sträflingen nach Van Diemen's Land verschifft. Die Überfahrt schien äußerst schlimm für ihn gewesen zu sein, und in einem Brief an einen Freund beklagt er bitterlich die erlittene Schmach, als »Freund der Dichter und Denker« unter eine Horde von »Bauerntölpeln« eingesperrt zu werden. Die herablassende Bezeichnung für seine Kameraden muß uns nicht befremden. Verbrechen werden in England selten aus krimineller Veranlagung begangen. In den meisten Fällen sind sie eine Folge des Hungers. An Bord des Schiffes hätte er vermutlich keinen einzigen gleichgesinnten Zuhörer oder auch nur einen psychologisch interessanten Charakter finden können.

Seine Liebe zur Kunst ging ihm dennoch nicht verloren. In Hobart Town richtete er sich ein Atelier ein, begann wieder Skizzen und Porträts zu malen, und auch seine Konversation und sein Auftreten schienen nichts von ihrem Reiz verloren zu haben. Genausowenig gab er seine Angewohnheit auf, andere zu vergiften, und zumindest zwei Fälle sind nachweislich bekannt, in denen er Leute, die ihn beleidigt hatten, aus dem Weg zu räumen versuchte. Doch seine Hände schienen ihre Geschicklichkeit eingebüßt zu haben. Beide Versuche schlugen jämmerlich fehl. 1844 war ihm das Leben auf Tasmanien so sehr verleidet, daß er den Gouverneur der Kolonie, Sir John Eardley Wilmot, in einem Brief um die Ausstellung eines Entlassungsscheins ersuchte. Über sich selbst sagt er darin, er werde »von Ideen gequält, die nach äußerer Form und Darstellung drängen, sei von aller Vermehrung des Wissens abgeschnitten und fände nirgends Gelegenheit, sich in der Kunst der nutzbringenden oder auch nur kunstvollen Rede zu üben«. Seine Bitte wurde jedoch abgelehnt, woraufhin der Freund Coleridges sich mit der Erschaffung jener wunderbaren *Paradis Artificiels* tröstete, deren Geheimnisse nur die Opiumesser kennen. 1852 starb er an einem Schlaganfall, einzig in Begleitung einer Katze, für die er eine tiefe und außergewöhnliche Zuneigung empfand.

Seine Verbrechen scheinen seine Kunst nachhaltig beeinflußt zu haben. Sie gaben seinem Stil eine unverkennbare persönliche Handschrift, eine Qualität, die seine frühen Werke noch vermissen lassen. Forster erwähnt in einer Fußnote seiner Dickens-Biographie, daß Lady Blessington 1847 von ihrem Bruder, Major Powell, der als Militärangestellter in Hobart Town war, das Ölporträt einer jungen Frau von Wainewrights geschicktem Pinsel bekam; von dem Bild wird gesagt, der Künstler habe »seine eigene Verruchtheit in die Züge eines hübschen, unschuldigen Mädchens gelegt«. M. Zola erzählt in einem Roman von einem jungen Mann, der sich nach einer Mordtat der Kunst zuwendet und in Grün gehaltene impressionistische Porträts höchst ehrbarer Leute malt, die alle eine verblüffende Ähnlichkeit mit seinem Opfer besitzen. Wainewrights eigene Stilentwicklung erscheint mir demgegenüber weit subtiler und anregender. Man kann sich eine starke Persönlichkeit vorstellen, die durch ihre Verbrechen Reife und Gestalt gewinnt.

Dieser eigenartige und faszinierende Mensch, der Londons literarische Zirkel für einige Jahre blendete und ein so brillantes Debüt im Leben und in der Literatur hatte, ist fraglos ein hochinteressantes Studienobjekt. Mr. W. Carew Hazlitt, sein jüngster Biograph, dem ich zahlreiche der hier wiedergegebenen Fakten verdanke und dessen schmales Werk wirklich lesenswert ist, glaubt, seine Liebe zur Kunst und zur Natur sei nur aufgesetzt gewesen, und andere haben ihm gar alles literarische Talent abgesprochen. Ich halte dies für eine oberflächliche oder zumindest verzerrende Auffassung. Die Tatsache, daß jemand ein Giftmörder ist, sagt nichts gegen seine Prosa aus. Persönliche Tugenden liefern keine ernsthafte Grundlage der Kunst, auch wenn sie zweitklassigen Künstlern als willkommene Reklame dienen. Vielleicht hat De Quincey sein kritisches Talent überschätzt, und ich kann nur noch einmal wiederholen, daß vieles in seinem Werk zu konventionell, zu platt und zu journalistisch im schlechten Sinne des Wortes ist. Hier und dort rutscht er in eine entschieden vulgäre Ausdrucksweise ab, und überall läßt er es an der Selbstbeherrschung des wahren Künstlers vermissen. Einige seiner Fehler sind jedoch der Zeit zuzuschreiben, in der er lebte, und außerdem ist eine Prosa, die Charles Lamb »vortrefflich« nannte, von nicht geringem historischen Interesse. Daß er die Kunst und die Natur wahrhaft schätzte, scheint mir außer Frage zu stehen. Es gibt keinen notwendigen Widerspruch zwischen Verbrechen und Kultur. Wir können den Lauf der Weltgeschichte nicht so umschreiben, daß er sich mit den Vorstellungen unseres moralischen Empfindens deckt.

Selbstverständlich ist es noch zu früh, um ein rein künstlerisches Urteil über ihn fällen zu können. Man kann nicht umhin, starke Vorurteile gegen einen Mann zu hegen, der Lord Tennyson, Mr. Gladstone oder den Rektor des Balliol College hätte vergiften können. Aber hätte sich dieser Mann in Kleidung und Sprache von uns unterschieden, hätte er im Rom der Kaiserzeit oder zur Zeit der italienischen Renaissance oder im Spanien des siebzehnten Jahrhunderts oder in irgendeinem anderen Land und zu einer anderen Zeit als der unseren gelebt, könnten wir ohne weiteres zu einer vorurteilsfreien Einschätzung seiner Bedeutung und seines Wertes gelangen. Ich weiß, daß viele Historiker oder zumindest historische Schriftsteller der festen Überzeugung sind, man müsse die Geschichte unter moralischer Perspektive betrachten, und die folglich mit der selbstherrlichen Beschränktheit eines Oberlehrers Lob und Tadel verteilen. Dies ist jedoch eine törichte Angewohnheit, die nur zeigt, bis zu welchen Höhen sich der moralische Instinkt aufschwingen kann und überall dort erscheint, wo er gänzlich fehl am Platze ist. Niemand, der einen halbwegs verläßlichen Sinn für Geschichte besitzt, käme je auf den Gedanken, Nero zu tadeln, Tiberius zu schelten oder Cesare Borgia Vorhaltungen zu machen. Alle diese Personen sind für uns wie Marionetten auf einer Schaubühne. Sie mögen in uns Angst, Schrecken oder Verwunderung hervorrufen, aber sie fügen uns kein Leid zu. Sie stehen in keinem wirklichen Bezug zu uns. Wir haben vor ihnen nichts zu fürchten. Sie sind in die Sphäre der Kunst und der Wissenschaft eingegangen, und weder Kunst noch Wissenschaft kennt moralische Zustimmung oder Ablehnung. Ebenso mag es eines Tages Charles Lambs Freund ergehen. Ich glaube, gegenwärtig ist er noch zu modern, um im Geiste jener unbeteiligten Neugierde betrachtet zu werden, dem wir so zahlreiche gelungene Werke über die großen Verbrecher der italienischen Renaissance aus der Feder von Mr. John Addington Symonds, Miss A. Mary F. Robinson, Miss Vernon Lee und anderen bedeutenden Autoren verdanken. Dennoch hat die Kunst ihn nicht vergessen. Er ist der Held von Dickens *Hunted Down* wie auch der Varney in Bulwers *Lucretia*; und mit Genugtuung stellen wir fest, daß die Literatur dem Mann, der so vortrefflich mit »Feder, Stift und Gift« umzugehen verstand, ihre Anerkennung nicht verweigert hat. Der Dichtung als Inspiration zu dienen, ist größer als jede Tatsache.

Der Kritiker als Künstler

ERSTER TEIL

Mit einigen Bemerkungen über die Bedeutung des Nichtstuns

EIN DIALOG

Personen: GILBERT und ERNEST
Ort: Die Bibliothek eines Hauses an der Picadilly, mit Blick auf den Green Park

GILBERT *am Klavier*: Liebster Ernest, worüber mußt du so lachen?

ERNEST *aufblickend*: Über eine fantastische Geschichte aus einem Buch mit Memoiren, das hier auf deinem Tisch lag.

GILBERT: Welches Buch? Ach das. Ich habe es selbst noch nicht gelesen. Interessant?

ERNEST: Nun, ich habe während deines Spiels mit einigem Vergnügen ein paar Seiten überflogen, obwohl ich an zeitgenössischen Memoiren sonst wenig finde. Gewöhnlich stammen sie von Leuten, die entweder unter Gedächtnisschwund leiden oder so gut wie nichts Erinnernswertes erlebt haben; was zweifellos der wahre Grund ihrer Beliebtheit ist, denn das englische Lesepublikum schätzt nichts mehr, als dem Mittelmaß zuzuhören.

GILBERT: Du sagst es. Unsere Öffentlichkeit zeigt eine erstaunliche Duldsamkeit. Für alles hat sie Verständnis, außer für das Genie. Dennoch muß ich gestehen, eine große Schwäche für Memoiren zu haben. Ich schätze ihre Form nicht weniger als ihren Gegenstand. In der Literatur ist der blanke Egoismus stets unterhaltend. Genau deswegen finden die Briefe von so unterschiedlichen Persönlichkeiten wie Cicero und Balzac, Flaubert und Berlioz, Byron und Madame de Sévigné unser ungeteiltes Interesse. Wo immer wir dem Egoismus begegnen – was seltsamerweise gar nicht so häufig vorkommt –, müssen wir ihn willkommen heißen, und wir werden ihn gewiß nicht so bald vergessen. Die Menschheit wird Rousseau ewig dafür lieben, seine Sünden nicht einem Priester, sondern der ganzen Welt gebeichtet zu haben, und weder die schlummernden Nymphen, die Cellini in Bronze für das Schloß von König Franz goß, noch gar der grüngoldene Perseus, der in der offenen Loggia in Florenz dem Mond jenes starre Entsetzen zeigt, das Leben einst in Stein verwandelte, haben ihr ein so großes Vergnügen bereitet wie seine Autobiographie, in der der größte Schurke der Renaissance die Geschichte seines Ruhms und seiner Schande erzählt. Die Ansichten, der Charakter und die Errungenschaften eines Mannes sind allesamt zweitrangig. Er mag ein Skeptiker gewesen sein wie der sanftmütige Sieur de Montaigne oder ein Heiliger wie der strenge Sohn der Monika, wenn er uns seine tiefsten Geheimnisse erzählt, spitzen wir sofort die Ohren und lauschen mit andächtigem Schweigen. Die Art des Nachdenkens, die Kardinal Newman vertreten hat – wenn man das Bestreben, intellektuelle Probleme durch die Verleugnung der Vorherrschaft des Geistes zu lösen, überhaupt als eine Art des Nachdenkens bezeichnen möchte –, wird und kann sich in meinen Augen nicht halten. Niemals jedoch wird die Welt müde werden, dieser gequälten Seele auf ihrer Pilgerfahrt von Finsternis zu Finsternis zuzuschauen. Die einsame Kirche in Littlemore, in der »die Morgenluft klamm und die Gläubigen wenige sind«, wird stets die Herzen rühren, und wann immer man das gelbe Löwenmaul an der Mauer des Trinity College blühen sieht, wird man sich des hoffnungsfrohen Studenten erinnern, der in der alljährlichen Wiederkehr der Blume die Prophezeiung las, ein Leben lang im Schoß seiner Kirche aufgehoben zu sein – eine Prophezeiung, die der Glaube aus Weisheit oder aus Dummheit nicht in Erfüllung gehen ließ. Ja doch, Autobiographien sind unwiderstehlich. Der arme, einfältige und eitle Admiralitätssekretär Mr. Pepys hat sich in den Kreis der Unsterblichen hineingeschwatzt. Wohl wissend, daß Unbesonnenheit der Tapferkeit bester Teil ist, stürzt er sich in die Menge, gekleidet in seinen »groben, purpurfarbenen Schoßrock mit Goldknöpfen und Tressen«, den er uns so stolz beschreibt, und schwadroniert zu seinem und unserem unendlichen Vergnügen unbefangen von dem blauen Seidenunterrock, den er seiner Frau gekauft hat, vom »deftigen Saumagen« und dem »köstlichen französischen Kalbsfrikassee«, das er über alles liebte, vom Rasenkegeln mit Will Joyce und dem »Hinterherstelzen schöner Frauen«, von seiner sonntäglichen *Hamlet*-Rezitation und dem Geigenspiel unter der Woche und zahllosen müßigen und belanglosen Dingen mehr. Selbst im alltäglichen Leben ist der Egoismus nicht ohne Reiz. Wenn die Leute über andere reden, sind sie gewöhnlich langweilig. Wenn sie aber von sich selbst erzählen, ist das fast immer interessant, und wenn man sie nur zur rechten Zeit so leicht abstellen könnte, wie man ein Buch zuschlägt, dessen man müde geworden ist, wären sie schlichtweg vollkommen.

Ernest: Dieses ›wenn‹ leistet wahrhaft Großes, wie Touchstone sagen würde. Aber willst du ernsthaft darauf hinaus, jeder sollte sein eigener Boswell werden? Was sollte dann aus allen unseren fleißigen Biographen und Anekdotensammmlern werden?

Gilbert: Was ist denn aus ihnen geworden? Die Plage unseres Zeitalters, nicht mehr und nicht weniger. Jeder große Mann hat heutzutage seine Jünger, und die Biographie schreibt doch immer wieder Judas.

Ernest: Ich bitte dich!

Gilbert: Ich fürchte, es ist so. Früher haben wir unsere Helden vergöttert. Heute gefällt man sich darin, sie zu Allerweltsmenschen zu machen. Billige Ausgaben großer Bücher mögen eine feine Sache sein, aber billige Ausgaben großer Männer sind einfach abscheulich.

Ernest: Darf ich fragen, auf wen du anspielst?

Gilbert: Oh! Auf alle unsere zweitklassigen Schreiberlinge. Wir werden von einer Horde Menschen heimgesucht, die beim Tod eines Dichters oder Malers noch mit dem Leichenbestatter aufkreuzen und vergessen, daß sie keine andere Pflicht haben als zu schweigen. Aber wir wollen uns nicht mit ihnen aufhalten. Sie sind die Leichenfledderer der Literatur. Der eine bekommt den Staub, der andere die Asche, doch die Seele ist für sie unerreichbar. Und jetzt will ich dir etwas von Chopin vorspielen, oder vielleicht lieber Dvořák? Wie wär's mit einer Fantasie von Dvořák? Er schreibt ganz leidenschaftliche, eigentümlich gefärbte Stücke.

Ernest: Im Augenblick ist mir gar nicht nach Musik. Sie ist so ungreifbar. Außerdem habe ich gestern abend die Baronin Bernstein zum Essen ausgeführt. So reizend sie in jeder anderen Hinsicht ist, gestern wollte sie mit mir unbedingt über Musik diskutieren, als sei sie in deutscher Sprache geschrieben. Nun mag Musik nach vielem klingen, zum Glück aber ganz bestimmt nicht nach der deutschen Sprache. Der Patriotismus kann zuweilen wirklich erniedrigende Züge annehmen. Nein, Gilbert, spiel nicht weiter. Dreh dich um und rede mit mir. Rede, bis der Tag seine weißen Fühler ins Zimmer ausstreckt. Es ist ein Genuß, deiner Stimme zuzuhören.

GILBERT *sich vom Klavier erhebend*: Ich fühle mich heute abend aber gar nicht zum Reden aufgelegt. Nun lächle nicht so scheinheilig! Wirklich nicht. Wo sind die Zigaretten? Vielen Dank. Wie köstlich diese einzelnen Narzissen doch sind. Als wären sie aus Bernstein und kühlem Elfenbein geschnitzt. Wie griechische Kunstwerke aus der besten Periode. Was war es denn nun für eine Episode aus der Lebensbeichte des reuigen Malerfürsten, die dich so amüsiert hat? Erzähle. Wenn ich Chopin gespielt habe, ist mir nachher immer, als hätte ich über nie begangene Sünden geweint oder über Tragödien getrauert, die nicht meine eigenen gewesen sind. Mir scheint, Musik hat immer diese Wirkung. Sie ruft in uns eine Vergangenheit wach, von der wir nichts wußten, und erfüllt uns mit einem Gefühl von Leiden, die unseren Tränen bislang verborgen geblieben sind. Ich kann mir gut vorstellen, daß ein Mensch, der ein völlig durchschnittliches Leben führt, irgendwo eine seltsame Musik hört und ganz plötzlich entdeckt, daß seine Seele, ohne sich dessen bewußt zu sein, Schreckliches durchgemacht hat und furchtbare Genüsse, wilde Liebesabenteuer und große Entsagungen erlebt hat. Also laß mich deine Geschichte hören, Ernest. Ich kann etwas Aufheiterung gebrauchen.

ERNEST: Oh! Im Grunde ist es bloß eine Anekdote.

Aber sie schien mir auf treffende Weise den wahren Wert der Kunstkritik zu illustrieren. Der reuige Malerfürst, wie du ihn nennst, wurde eines Tages von einer Dame mit tiefem Ernst gefragt, ob sein vielgerühmtes Bild »Ein Frühlingstag in Whitley« oder »Das Warten auf den letzten Omnibus« oder andere ähnliche Bilder allein mit der Hand gemalt wurden.

GILBERT: Und, wurden sie das?

ERNEST: Du bist ein echtes Scheusal. Aber, im Ernst, worin besteht denn der Nutzen der Kunstkritik? Warum läßt man den Künstler nicht einfach in Ruhe, damit er, wenn ihm danach ist, eine neue Welt erschaffen kann, oder aber die uns bekannte Welt weiter ausleuchte, derer wir gewiß längst überdrüssig wären, wenn nicht die Kunst, mit ihrem feinen Gespür für Wahl und Auslese, sie nicht immer wieder für uns reinigen und zu einer momentanen Vollkommenheit führen würde. Mir scheint, daß die schöpferische Kraft Einsamkeit um sich verbreitet oder zumindest verbreiten sollte und daß sie am besten in der Stille und Abgeschiedenheit wirkt. Warum sollte sich der Künstler vom schrillen Lärm der Kunstkritik beirren lassen? Woher nehmen diejenigen, die selbst nichts schaffen können, sich das Recht, den Wert schöpferischer Arbeit beurteilen zu können? Was wissen sie schon davon? Wenn ein Werk leicht zu verstehen ist, braucht man keine großen Erklärungen …

GILBERT: Und wenn ein Werk unverständlich ist, bedeutet jede Erklärung eine Zumutung.

ERNEST: Das habe ich nicht behauptet.

GILBERT: Stimmt, aber du hättest es behaupten sollen. Heutzutage sind uns so wenige Geheimnisse geblieben, daß wir keins davon achtlos fortgeben können.

Ich habe den Eindruck, die Mitglieder der *Browning Society* haben es nicht anders als die Theologen der *Broad Church Party* oder die Autoren von Walter Scotts *Great Writer Series* einzig darauf abgesehen, ihre Gottheiten hinwegzuinterpretieren. Wo man gehofft hatte, Browning zu den Mystikern zählen zu können, haben sie alles darangesetzt, ihm einen unklaren Sprachgebrauch nachzuweisen. Wo man annahm, er habe etwas verhüllt, haben sie uns belehrt, daß er nichts zu enthüllen hatte. Allerdings betrifft dies nur sein unzusammenhängendes Werk. Insgesamt betrachtet, war Browning ein großer Mann. Er gehörte nicht zu den Olympiern, aber er besaß die ganze Unvollkommenheit der Titanen. Er schaute nicht von großen Höhen herab, und nur selten erhebt sich seine Stimme zum Gesang. Sein Werk ist geprägt von Kampf, leidenschaftlichem Ringen und Anstrengung. Er ging nicht den Weg vom Gefühl zur Form, sondern vom Denken zum Chaos. Dennoch war er groß. Man hat ihn einen Denker genannt, und er war fraglos jemand, der ständig dachte, und zwar laut dachte; aber ihn faszinierte nicht eigentlich das Denken, sondern vielmehr der Prozeß, der durch das Denken in Gang gesetzt wird. Ihn interessierte die Maschine, nicht das, was sie herstellt. Die Art und Weise, in der ein Narr sich in seine Narrheiten versteigt, war ihm nicht weniger wert als die tiefen Weisheiten der Gelehrten. Der subtile Mechanismus des Geistes faszinierte ihn sogar derart, daß er die Sprache verachtete oder auf sie als ein unvollkommenes Ausdrucksmittel herabsah. Der Reim, dieses herrliche Echo, das im hohlen Berg der Musen seine eigene Stimme schafft und zurückwirft; der Reim, der in den Händen des wahren Künstlers nicht nur ein materielles

Element metrischer Schönheit, sondern auch ein spirituelles Element des Denkens und der Leidenschaft wird, das eine neue Stimmung erweckt, zu neuen Gedanken anregt oder allein durch seinen verlockenden Wohlklang eine goldene Pforte aufstößt, gegen die der Geist lange vergebens anklopfte; der Reim, der das Stammeln des Menschen zur Sprache der Götter erheben kann; der Reim, die einzige Saite, die wir der griechischen Lyra hinzugefügt haben – in den Händen Robert Brownings wurde er zum grotesken Mißton, der sein Dichten zuweilen zu Maskeraden eines Hanswursts machte und ihn nur allzu oft zu ironischen Pegasusritten verleitete. Es gibt Momente, an denen uns seine schräge Musik geradezu schmerzt. Selbst wenn er diese Musik nur dadurch zu schaffen vermag, daß er die Saiten seiner Laute zerreißt, so läßt er sie in jähem Mißklang zerspringen, und keine attische Zikade geht mit sirrendem Flügelschlag auf dem elfenbeinernen Horn nieder, um den Takt zu vervollkommnen oder die Intervalle zu glätten. Dennoch war er groß, denn auch wenn er die Sprache in groben Lehm verwandelte, so hat er aus ihr Menschen aus Fleisch und Blut gestaltet. Er ist der shakespeareähnlichste Dichter seit Shakespeare. Wenn Shakespeare mit Myriaden Lippen singen konnte, vermochte Browning durch tausend Münder zu stammeln. Selbst jetzt, wo ich von ihm spreche, und zwar nicht gegen, sondern für ihn, gleitet der Aufzug seiner Figuren durch den Raum. Dort schleicht Fra Lippo Lippi, auf seinen Wangen noch den brennenden Kuß eines Mädchens. Und dort steht der furchtbare Saul, in dessen Turban die prächtigen, tiefblauen Saphire leuchten. Mildred Tresham ist da und der spanische Mönch, gelb von Haß, und Blougram und Ben

Ezra und der Bischof von St. Praxed. In der Ecke schnattert die Brut des Setebos, und Sebald starrt, da er Pippa vorbeigehen hört, auf Ottimas abgezehrtes Gesicht, vor dem ihm genauso ekelt wie vor seiner eigenen Schandtat und sich selbst. Bleich wie der weiße Stoff seines Wamses, verfolgt der melancholische König mit traumverlorenem, heimtückischen Blick, wie der allzu getreue Strafford seinem Untergang entgegengeht, während Andreas erschauert, da er das Pfeifen seiner Vettern im Garten hört und er seine edle Frau bittet hinunterzugehen. Ja doch, Browning war groß. Und was werden zukünftige Generationen in ihm sehen? Einen Dichter? Mitnichten! Man wird ihn als Erzähler zu schätzen wissen. Vielleicht sogar als den größten Erzähler, den wir je hatten. Sein Gespür für dramatische Situationen ist unübertroffen, und wenn er auch keine Antworten auf seine eigenen Probleme fand, so wußte er doch, Probleme zu erkennen. Was kann man mehr von einem Künstler verlangen? Als Erfinder dramatischer Figuren folgt er gleich auf den Schöpfer des Hamlet. Wäre ihm eine klarere Ausdrucksweise beschieden gewesen, hätte er neben ihm stehen dürfen. Der einzige, der ihm das Wasser reichen kann, ist George Meredith. Meredith ist ein Browning der Prosa, was sich im Grunde auch von Browning selbst sagen läßt. Er bediente sich lediglich der Poesie, um Prosa zu schreiben.

Ernest: Es ist einiges dran an deinen Ausführungen, aber es ist nicht die ganze Wahrheit. In vielen Punkten bist du ungerecht.

Gilbert: Es ist schwer, über Dinge, die man liebt, gerecht zu urteilen. Aber laß uns zum eigentlichen Thema zurückkehren. Was sagtest du vorhin noch?

ERNEST: Zugespitzt formuliert: In den besten Tagen der Kunst gab es keine Kunstkritiker.

GILBERT: Ich glaube, ich habe den Satz schon einmal gehört, Ernest. Er ist zäh wie alle Irrtümer und besitzt den schalen Geschmack einer langen Freundschaft.

ERNEST: Aber er ist wahr. Ja doch, du brauchst gar nicht so abwehrend den Kopf zu schütteln. Die Behauptung steht: In den besten Tagen der Kunst gab es keine Kunstkritiker. Der Bildhauer schlug aus dem Marmorblock den großen, weißgliedrigen Hermes, der darin schlief. Die Polierer und Vergolder gaben der Statue Farbe und Glätte, und anschließend durfte die Welt sie stumm und andächtig bestaunen. Er goß die glühende Bronze in die Sandform, wo der Fluß des roten Metalls zu edlen Linien erkaltete und die Form eines Götterleibs annahm. Mit Email oder geschliffenen Edelsteinen machte er die toten Augen sehen. Unter seinem Meißel kräuselten sich die hyazinthengleichen Locken. Und wenn dann im dämmrigen Freskengang eines Tempels oder in einer lichtdurchfluteten Säulenhalle der Sohn der Leto auf seinem Sockel stand, fühlten die Vorbeischreitenden, *ἀβρῶς βαίνοντες διὰ λαμπροτάτου αἰθέρος*, den Einfluß einer neuen Macht in ihrem Leben und gingen träumend oder auch von einer seltsamen, lebendigen Freude ergriffen nach Hause oder an ihre tägliche Arbeit. Einige mögen auch durch das Stadttor hinaus zu der Wiese gegangen sein, wo die Nymphen spielten und der junge Phädrus seine Füße im Wasser kühlte, und mögen dort, ausgestreckt im weichen Gras und umgeben von hohen, rauschenden Platanen und blühenden *agnus castus*, über das Wunder der Schönheit nachgedacht und in ungewohnter Ehrfurcht geschwiegen haben. In jenen Tagen war der Künstler frei. Aus dem Flußbett schöpfte er mit der bloßen Hand den feinen Ton, um daraus mit einem einfachen Werkzeug aus Holz oder Knochen so herrliche Gegenstände zu formen, daß man sie den Toten als Spielzeug mitgab; noch heute finden wir sie in den dunklen Grabhöhlen der gelben Hänge Tanagras, das matte Gold und verblassende Karmesin noch auf Haar, Lippen und Gewand. Auf eine frisch getünchte, mit leuchtendem Sandyx grundierte oder mit Milch und Safran getönte Wand malte er eine Gestalt, die mit müden Füßen über die purpurnen, weißbesternten Asphodillwiesen lief, Polyxena, die Tochter des Priamos, »in deren Lidschlag der trojanische Krieg beschlossen lag«; oder er malte den weisen und listigen Odysseus, wie er mit starken Seilen an den Mastbaum gebunden ist, um gefahrlos dem Gesang der Sirenen lauschen zu können, oder wie er am Ufer des Acheron wandelt und im klaren Wasser die Geister der Fische über die Kiesel am Grund flitzen sieht; oder er zeigte die Perser, bekleidet mit Hosen und Mützen, wie sie bei Marathon vor den Griechen fliehen, oder die mit ihren Bronzeschnäbeln ineinander verkeilten Galeeren in der engen Bucht von Salamis. Er zeichnete mit Silberstift oder Kohle auf Pergament und vorbehandeltes Zedernholz. Auf Elfenbein und rosafarbenes Terrakotta malte er mit Wachs, das er mit Olivensaft verflüssigte und mit einem heißen Eisen einbrannte. Holztafel, Marmor und Leinwand verwandelten sich unter seinem Pinselstrich in etwas Wunderbares, und das Leben, das auf sein eigenes Abbild blickte, schwieg stumm und wagte nicht zu sprechen. Das ganze Leben gehörte ihm, von den Kaufleuten auf dem Marktplatz bis zum Hirten, der in seinen Mantel gehüllt am Berghang ruhte; von den im Lorbeerhain versteckten Nymphen und dem Faun, der zur Mittagszeit seine Flöte blies, bis zum König, den Sklaven auf ölglänzenden Schultern in einer mächtigen, mit grünem Tuch verhangenen Sänfte trugen und mit Pfauenfedern umfächelten. Männer und Frauen, ihre Gesichter vor Freude oder vor Schmerz bewegt, zogen vor dem Künstler vorüber. Er sah ihnen zu und erkannte ihr Geheimnis. Durch Form und Farbe erschuf er eine neue Welt.

Genauso verstand er sich auf die handwerklichen Künste. Er hielt den Edelstein gegen die sich drehende Scheibe, und der Amethyst verwandelte sich in das purpurne Lager des Adonis oder über den geäderten Sardonyx jagte Artemis mit ihren Hunden. Er trieb das Gold zu feinen Rosen und fertigte daraus Halsketten oder Armbänder. Er hämmerte aus Gold Kränze für den Helm des Siegers oder Palmetten für tyrische Gewänder oder die Totenmasken der Könige. Auf der Unterseite silberner Spiegelschalen gravierte er Thetis im Kreis der Nereiden oder die liebeskranke Phaedra mit ihrer Pflegerin oder Persephone, die, des Erinnerns müde, Mohnblüten in ihr Haar flicht. Der Töpfer saß in seiner Werkstatt, wo unter seinen Händen die Vase gleich einer Blume aus der stummen Scheibe emporwuchs. Fuß, Stil und Griff schmückte er mit zierlichen Olivenblättern, Akanthuslaub oder geschwungenen Wellenkämmen. Dann malte er darauf in Rot oder Schwarz Knaben beim Ringkampf oder Wettlauf; Ritter in voller Rüstung, mit seltsamen Wappenschilden und wunderlichem Visier, die sich auf ihrem muschelförmigen Streitwagen über die aufbäumenden Rosse beugen; die Götter beim Festmahl oder bei der Vollführung ihrer Wundertaten; die Helden im Augenblick ihres Triumphes oder der schmerzlichen Niederlage. Manchmal ätzte er in feinen roten Linien auf weißem Grund den schmachtenden Bräutigam und seine Braut, von Eros umschwebt – einem Eros wie einer von Donatellos Engeln, ein lächelndes kleines Geschöpf mit goldenen oder azurnen Flügeln. Auf den gewölbten Bauch schrieb er vielleicht den Namen seines Freundes. ΚΑΛΟΣ ΑΛΚΙΒΙΑΔΗΣ oder ΚΑΛΟΣ ΧΑΡΜΙΔΗΣ verraten uns die Geschichte seiner Tage. Vielleicht schmückte er auch den Rand einer großen, flachen Schale mit einem äsenden Hirsch oder einer ruhenden Löwin, gerade wie es seiner Laune entsprach. Von einer zierlichen Duftölflasche lacht uns Aphrodite beim Bad entgegen, und auf dem Weinkrug tanzt Dionysos mit nackten, mostbefleckten Füßen, eine Schar leichtgeschürzter Mänaden im Gefolge, während der greise Silenos sich satyrgleich auf weichen Fellen räkelt oder seinen magischen, von dunklem Efeu umwundenen Stab schwingt, auf dessen Spitze ein Tannenzapfen steckt. Und niemand störte den Künstler bei seiner Arbeit. Kein lärmendes Geschwätz verwirrte ihn. Er brauchte sich nicht um fremde Meinungen zu sorgen. An den Ufern des Ilyssos, sagt Arnold irgendwo, gab es keinen Higginbotham. An den Ufern des Ilyssos, mein lieber Gilbert, gab es keine dümmlichen Kunstkongresse, die den Provinzialismus in die Provinz tragen und der Mittelmäßigkeit beibringen, wie man geschwollen daherredet. An den Ufern des Ilyssos gab es keine langweiligen Kunstgazetten, in denen sich eifrige Leute über Dinge ergehen, von denen sie keine Ahnung haben. An den schilfbewachsenen Ufern dieses Flüßchens warf sich nicht jener lächerliche Journalismus in die Brust, der sich einen

Platz auf dem Richterstuhl anmaßt, wo er doch auf der Anklagebank sitzen sollte. Bei den Griechen gab es keine Kunstkritiker.

GILBERT: Du bist wirklich entzückend, Ernest, aber deine Ansichten sind erschreckend falsch. Ich fürchte, du hast dich von einem, der älter ist als du, belehren lassen. Das ist immer gefährlich, und wenn du es gar zur Gewohnheit werden läßt, wird dies verhängnisvolle Folgen für jede intellektuelle Entwicklung haben. Was den modernen Journalismus angeht, fühle ich mich nicht zu seiner Verteidigung berufen. Er rechtfertigt seine Existenz nach dem großen Darwinschen Prinzip vom Überleben des Vulgärsten. Mir ist es allein um die Literatur zu tun.

ERNEST: Aber worin besteht der Unterschied zwischen Literatur und Journalismus?

GILBERT: Oh! Journalismus ist unlesbar, und Literatur wird nicht gelesen. So einfach ist das. Und was deine Behauptung betrifft, die Griechen hätten keine Kunstkritiker gehabt, so darf ich dir versichern, daß dies eine völlig absurde Annahme ist. Man könnte mit größerer Berechtigung sagen, die Griechen seien ein Volk von Kunstkritikern gewesen.

ERNEST: Tatsächlich?

GILBERT: Ja, ein Volk von Kunstkritikern. Aber ich möchte dein entzückend unrealistisches Bild nicht zerstören, das du vom Verhältnis des hellenistischen Künstlers zum Geist seines Zeitalters entworfen hast. Eine genaue Beschreibung dessen zu geben, was sich nie ereignet hat, ist nicht nur die angestammte Aufgabe des Historikers, sondern auch das unveräußerliche Privileg eines jeden Menschen, der über Talent und Kultur verfügt. Noch weniger liegt mir an einer gelehrigen

Unterhaltung. Eine gelehrige Unterhaltung ist entweder die Selbstbespiegelung des Unwissenden oder der Beruf des geistig Brotlosen. Und was das sogenannte Besserungsgespräch angeht, so ist dies nur eine geistlose Masche, mit der noch geistlosere Philanthropen auf die sanfte Art den berechtigten Zorn der Straftäter entwaffnen wollen. Nein, ich will dir lieber ein wildes, scharlachrotes Stück von Dvořák vorspielen. Die bleichen Figuren auf dem Gobelin lächeln uns zu, und die schwarzen Lider meines bronzenen Narzissus sind im Schlaf geschlossen. Vertagen wir die tiefsinnigen Gespräche. Ich bin mir nur zu sehr der Tatsache bewußt, daß wir in ein Zeitalter hineingeboren wurden, in dem allein die Kleingeister ernstgenommen werden, und ich lebe in ständiger Furcht, nicht mißverstanden zu werden. Bring mich nicht in die Verlegenheit, nützliche Informationen weiterzugeben. Erziehung ist eine wunderbare Sache, aber man sollte sich von Zeit zu Zeit daran erinnern, daß nichts wirklich Wissenswertes gelehrt werden kann. Durch den Spalt der Vorhänge sehe ich den Mond wie ein ausgeschnittenes Silberstück. Die Sterne umringen ihn wie goldene Bienen. Der Himmel ist ein harter, ausgehöhlter Saphir. Laß uns hinaus in die Nacht gehen. Nachzudenken ist gewiß wundervoll, aber Abenteuer zu erleben ist noch weit wundervoller. Wer weiß, vielleicht begegnen wir dem Prinzen Florizel von Böhmen, oder die schöne Kubanerin verrät uns, daß sie nicht die ist, die sie zu sein scheint.

ERNEST: Du bist furchtbar eigensinnig. Aber ich bestehe darauf, daß wir unsere Unterhaltung fortsetzen. Du hast gesagt, die Griechen seien ein Volk von Kunstkritikern gewesen. Welche kunstkritischen Werke haben sie uns denn hinterlassen?

GILBERT: Mein lieber Ernest, selbst wenn uns kein einziges kunstkritisches Fragment aus hellenischer oder hellenistischer Zeit überliefert wäre, änderte dies nichts an der Tatsache, daß die Griechen ein Volk von Kunstkritikern waren und die Kunstkritik, genau wie alle andere Kritik, überhaupt erst erfunden haben. Wofür müssen wir schließlich den Griechen vor allem dankbar sein? Doch wohl für den kritischen Geist. Jenen Geist, mit dem sie Fragen der Religion und der Wissenschaft, der Ethik und der Metaphysik, der Politik und der Erziehung betrachteten und den sie auch auf Fragen der Kunst, ja sogar der beiden höchsten und vollkommensten Künste anwandten, so daß sie uns das geschlossenste kritische System hinterlassen haben, das die Welt je gekannt hat.

ERNEST: Was sind denn die beiden höchsten und vollkommensten Künste?

GILBERT: Das Leben und die Literatur, das Leben und der vollendete Ausdruck des Lebens. Die Prinzipien der Lebenskunst, wie sie die Griechen festlegten, mögen in einer so sehr von falschen Idealen angekränkelten Zeit wie der unseren kaum zu verwirklichen sein. Und die Grundsätze der Literatur, die sie uns überliefert haben, sind vielfach so feinsinnig, daß wir über ein grobes Verständnis nicht hinauskommen. Aus der Erkenntnis, daß die vollendetste Kunst diejenige ist, die den Menschen in seiner unendlichen Vielfalt widerspiegelt, trieben sie die Kritik ihrer Sprache, in der sie ausschließlich das Material dieser Kunst sahen, bis zu einem Punkt, den wir mit unserer vorwiegend den Inhalts- und Ausdrucksaspekten der Sprache verpflichteten Betrachtungsweise kaum je erreichen dürften. Sie untersuchten beispielsweise die metrischen Eigenschaften eines Prosatextes so wissenschaftlich wie ein moderner Musiker Harmonie und Kontrapunkt und, wie ich kaum hinzuzufügen brauche, mit weit schärferem ästhetischen Instinkt. Sie hatten darin, wie in allen anderen Dingen, vollkommen recht. Seit der Erfindung des Buchdrucks und der daraus resultierenden fatalen Verbreitung des Lesens unter den mittleren und unteren Schichten dieses Landes, ist in der Literatur die Tendenz zu beobachten, sich immer mehr an das Auge und immer weniger an das Ohr zu wenden. Vom Standpunkt der reinen Kunst aus ist aber gerade das Gehör der Sinn, dem die Literatur zu gefallen suchen und nach dessen Gesetzen des Wohlgefallens sie sich stets richten sollte. Selbst das Werk Mr. Paters, der insgesamt betrachtet gegenwärtig die vollendetste englische Prosa schreibt, gleicht oftmals mehr einem Mosaik als einem Musikstück und läßt, wie es scheint, hier und da die echte rhythmische Lebendigkeit der Worte und die köstliche Freiheit und Farbigkeit vermissen, die aus dieser rhythmischen Lebendigkeit hervorgeht. Wir haben in der Tat das Schreiben zu einer streng reglementierten Darstellungsmethode erhoben und betrachten es als eine klug ausgearbeitete Form. Für die Griechen hingegen bedeutete das Schreiben nichts anderes als eine Methode aufeinanderfolgender Aufzeichnungen. Ihr Prüfstein war stets das gesprochene Wort in seinen musikalischen und metrischen Zusammenhängen. Die Stimme war das Medium, das Ohr die kritische Instanz. Schon oft habe ich gedacht, daß die Geschichte von Homers Blindheit in Wahrheit ein Kunstmythos ist, der in einer kunstkritischen Zeit entstand und uns bloß daran erinnern soll, daß der große Dichter nicht nur immer ein Seher ist, der weit mehr noch mit den Augen der Seele als mit den leiblichen Augen sieht, sondern auch ein echter Sänger ist, der seinen Gesang aus Musik erschafft, ihn Zeile für Zeile laut wiederholt, bis er das Geheimnis der Melodie erfaßt hat und in der Dunkelheit die lichtbeflügelten Worte singt. Wie dem auch sein mag, unstrittig ist, daß Englands großer Dichter seiner Blindheit, ob nun als begleitendem Anlaß oder gar als eigentlicher Ursache, viel von dem majestätischen Rhythmus und dem volltönenden Glanz seiner späten Verse verdankt. Als Milton nicht mehr schreiben konnte, begann er zu singen. Wer würde das Versmaß des *Comus* auf eine Stufe mit dem von *Samson Agonistes* oder *Paradise Lost* oder *Paradise Regained* stellen wollen? Als Milton erblindete, dichtete er allein mit der Stimme, wie jeder dichten sollte, so daß die Flöte oder das Rohr seiner frühen Tage sich in jene mächtige, vielstimmige Orgel verwandelte, deren brausend widerhallende Klänge die ganze Erhabenheit des homerischen Verses besitzen, wenn sie auch nicht dessen Leichtfüßigkeit nachzueifern versuchen. Sein Spätwerk gehört zum unvergänglichen Erbe der englischen Literatur, das die Jahrhunderte überdauert, weil es über den Zeiten schwebt, und uns immer begleiten wird, weil seine Form unsterblich ist. Ja doch, das Schreiben hat den Schriftstellern erheblichen Schaden zugefügt. Wir müssen zur Stimme zurückkehren. An ihr müssen wir uns orientieren und werden dann vielleicht in der Lage sein, manche Feinheiten der griechischen Kunstkritik nachzuvollziehen.

Gegenwärtig können wir dies nicht. Wenn ich ein Stück Prosa zu Papier gebracht habe, das ich in aller Bescheidenheit für makellos halte, überfällt mich bisweilen der furchtbare Gedanke, ich könne mich der unverzeihlichen Schwäche schuldig gemacht und trochäische und tribrachysche Versmaße verwendet haben, ein Vergehen, für das ein gelehrter Kritiker des augusteischen Zeitalters mit berechtigter Strenge den brillanten, wenngleich ein wenig sonderbaren Hegesias tadelte. Bei dem Gedanken überläuft es mich kalt, und ich frage mich, ob der bewundernswert sittliche Einfluß der Prosa jenes entzückenden Autors, der einmal aus einer Laune schonungsloser Offenheit gegen den unkultivierten Teil unserer Gesellschaft die ungeheure Lehre verkündete, das Benehmen mache Dreiviertel des Lebens aus, nicht eines Tages gänzlich durch die Entdeckung verlorengehen könne, daß er seine Päone an die falsche Stelle gesetzt hat.

ERNEST: Also jetzt wirst du zynisch.

GILBERT: Kann man anders als zynisch reagieren, wenn einem allen Ernstes unterbreitet wird, die Griechen hätten keine Kunstkritiker gekannt? Ich kann verstehen, wenn jemand sagt, das schöpferische Genie der Griechen habe sich an die Kritik verschwendet, aber nicht, daß das Volk, dem wir den kritischen Geist verdanken, gar keine Kritik geübt haben soll. Du wirst jetzt nicht von mir verlangen, dir einen Schnellkurs über die griechische Kunstkritik von Platon bis Plotin zu geben. Die Nacht ist viel zu bezaubernd dazu, und der Mond, könnte er uns hören, würde noch mehr Asche auf sein ohnehin verschattetes Gesicht streuen. Aber denke nur an das vollkommene schmale Bändchen zur ästhetischen Kritik, die *Poetik* des Aristoteles. Es ist zwar nicht der Form nach vollkommen, denn es ist schlecht geschrieben und gibt vielleicht nur die flüchtigen Notizen für eine Kunstvorlesung oder unzusammenhängende Fragmente einer geplanten größeren Abhandlung wieder, aber in seiner Stimmung und der Art der Darstellung ist es unübertroffen. Die sittliche Wirkung der Kunst, ihre Bedeutung für die Kultur und ihr Anteil bei der Charakterbildung sind von Platon erschöpfend behandelt worden; hier jedoch wird die Kunst nicht unter moralischer, sondern unter rein ästhetischer Perspektive betrachtet. Platon hatte sich selbstverständlich mit zahllosen wichtigen künstlerischen Fragen befaßt, etwa mit der Bedeutung der Geschlossenheit eines Kunstwerks, der Notwendigkeit von Klang und Harmonie, dem ästhetischen Wert der Erscheinungen, der Beziehung zwischen den darstellenden Künsten und der äußeren Welt und dem Verhältnis von Dichtung und Wirklichkeit. Er war vielleicht der erste, der in der Seele des Menschen jenen bis heute ungestillten Wunsch weckte, den Wunsch, den Zusammenhang zwischen Schönheit und Wahrheit und die Stellung der Schönheit in der sittlichen und geistigen Ordnung des Kosmos zu entdecken. Die Probleme des Idealismus und Realismus, wie er sie aufzeigt, mögen in der metaphysischen Sphäre des abstrakten Seins, in der er sie ansiedelt, für viele zu keinem rechten Ergebnis führen. Überträgt man sie jedoch auf die Sphäre der Kunst, zeigt sich, daß sie immer noch fruchtbar und bedeutungsvoll sind. Es ist durchaus denkbar, daß Platon als Kritiker der Schönheit fortleben und zum Begründer einer neuen Philosophie wird, indem wir nur die Inhalte seines Nachdenkens auf eine andere Sphäre übertragen. Aristoteles jedoch beschäftigt sich genau wie Goethe vornehmlich mit der Kunst in ihren konkreten Manifestationen. Er betrachtet beispielsweise die Tragödie und untersucht, woraus ihr Stoff ist, also die Sprache, was ihre Themen sind, das Leben, nach welcher Methode sie vorgeht, also die Handlung, unter welchen Bedingungen sie sich entfaltet, sprich die dramatische Inszenierung, ihre logische Struktur, also das Handlungsgerüst, und die Frage ihres ästhetischen Zwecks, der in der Einwirkung auf den Schönheitssinn durch die leidenschaftliche Erweckung von Furcht und Mitleid besteht. Die Reinigung und Vergeistigung des Charakters, die er *κάθαρσις* nennt, ist, wie Goethe erkannte, vor allem ästhetischer und nicht moralischer Natur, wie Lessing glaubte. Indem er sich ganz auf den Eindruck konzentriert, den ein Kunstwerk hervorruft, macht Aristoteles sich daran, diesen Eindruck genau zu untersuchen, seinen Ursprung zu erforschen und seine Entstehung aufzuzeigen. Als Physiologe und Psychologe weiß er, daß die Gesundheit einer Funktion in ihrer Energie liegt. Die Fähigkeit zu einem leidenschaftlichen Empfinden zu besitzen, ohne davon Gebrauch zu machen, bedeutet sich selbst zu beschneiden und einzuengen. Die Nachahmung des Lebens, wie es uns die Tragödie vorstellt, reinigt die Seele von manchem »gefährlichen Stoff«, und dadurch, daß sie unser Gefühl durch hohe und edle Dinge anregt, reinigt und vergeistigt sie den ganzen Menschen; ja, sie vergeistigt ihn nicht nur, sondern weiht ihn auch in edle Gefühlsregungen ein, die ihm sonst vielleicht auf immer verborgen blieben. In dem Wort *κάθαρσις* steckt, wie mir manchmal scheint, ein unmittelbarer Hinweis auf den Einweihungsritus, und ich bin mir sogar sicher, daß genau dies die wahre und eigentliche Bedeutung des Wortes ist. Natürlich ist dies nur eine grobe Zusammenfassung des Buches. Aber du magst daran erkennen, was für ein vollendetes Beispiel ästhetischer Kritik es darstellt. Wer außer einem Griechen hätte eine so genaue

Betrachtung der Kunst geben können? Nach der Lektüre wundert man sich nicht länger, daß Alexandria sich ganz der Kunstkritik verschrieb und daß die künstlerischen Temperamente der Zeit jeder Frage von Stil und Technik nachgingen, indem sie über die großen akademischen Malerschulen, wie etwa die Schule von Sikyon, welche die ruhmreichen Traditionen der Antike zu bewahren suchte, genauso lebhaft diskutierten wie über die realistischen und impressionistischen Schulen, deren Ziel die Wiedergabe des wirklichen Lebens war, oder über idealistische Elemente in der Porträtmalerei oder über den künstlerischen Wert der epischen Formen in einem so modernen Zeitalter wie dem ihren oder über die angemessenen Themen des Künstlers. Ich fürchte sogar, daß auch die unkünstlerischen Temperamente jener Zeit überaus rege auf dem Gebiet der Literatur und der Kunst dilettierten, da allerorts Plagiatsvorwürfe laut wurden, die stets von den dünnen, farblosen Lippen der Unfähigkeit vorgebracht werden, oder aber den häßlichen Mündern jener entweichen, die glauben, da sie selbst schon nichts besitzen, sich zumindest den Anschein von Reichtum verschaffen zu können, indem sie lauthals verkünden, man habe sie bestohlen. Und ich kann dir versichern, lieber Ernest, daß die Griechen nicht weniger über Maler schwatzten als die Leute heutzutage und daß sie genauso ihre kleinen Privatgalerien und Ausstellungen gegen Eintritt hatten, ihre Kunst- und Handwerksgilden, ihre präraffaelitische und ihre realistische Schule, daß sie Vorträge über Kunst hielten, kunstkritische Abhandlungen schrieben, eigene Kunstkritiker und Archäologen hervorbrachten und überhaupt alles hatten, was sonst noch dazugehört. Stell dir vor, die Theaterunternehmer der reisenden Schauspieltruppen beschäftigten sogar eigene Kritiker, wenn sie unterwegs waren, und zahlten ihnen für lobende Artikel fürstliche Honorare. Kurzum, alles Fortschrittliche in unserem Alltag verdanken wir den Griechen. Alles Unzeitgemäße hingegen geht auf das Mittelalter zurück. Die Griechen haben uns das System der Kunstkritik überliefert, und wie fein ihr kritischer Instinkt entwickelt war, kann man daran ersehen, daß der Gegenstand, den sie mit der größten kritischen Sorgfalt untersuchten, wie ich schon sagte, die Sprache war. Denn das Material, dessen sich der Maler oder Bildhauer bedient, ist im Vergleich mit dem Wort geradezu dürftig. Worte besitzen nicht nur einen Klang, so lieblich wie der von Viola oder Laute, Farben, reicher und lebendiger als die, die uns auf den Leinwänden der Venezianer oder Spanier in Entzücken versetzen, und plastische Form, nicht weniger klar und bestimmt als die von Marmor und Bronze, sondern auch Gedanken, Leidenschaft und Geistigkeit, Eigenschaften, die ihnen ganz allein zukommen. Hätten die Griechen sich ausschließlich der Sprachkritik gewidmet, wären sie dennoch die größten Kunstkritiker der Welt. Wer die Prinzipien der höchsten Kunst erkannt hat, kennt die Prinzipien aller Künste.

Aber ich sehe, daß der Mond sich hinter einer schwefelfarbenen Wolke versteckt. Aus ihrer gelbbraunen Mähne blinzelt er wie das Auge eines Löwen hervor. Er fürchtet wohl, ich könnte zu einem langen Vortrag über Lukian und Longinus, Quinctilian und Dionysius, Plinius und Fronto und Pausanias und all jene ansetzen, die in der Antike über Fragen der Kunst geschrieben oder gesprochen haben. Aber er sei unbesorgt. Ich bin müde von meinem Ausflug in die trüben, trostlosen Abgründe der Fakten. Mir bleibt nichts als die göttliche *μονόχρονος ἡδονή* einer neuen Zigarette. Der größte Reiz der Zigarette besteht darin, daß sie einen unbefriedigt läßt.

Ernest: Nimm eine von meinen. Sie sind ziemlich gut, direkt aus Kairo. Der einzige Nutzen unserer Attachés ist der, ihre Freunde mit vorzüglichem Tabak zu versorgen. Und da sich der Mond versteckt hält, können wir getrost weiter plaudern. Ich gebe gerne zu, daß ich mit meinem Urteil über die Griechen falsch lag. Sie waren tatsächlich, wie du nachgewiesen hast, ein Volk von Kunstkritikern. Ich korrigiere meinen Irrtum, kann aber nicht umhin, sie dafür ein wenig zu bedauern. Denn das schöpferische Talent steht doch weit höher als das kritische. Beide lassen sich überhaupt nicht vergleichen.

Gilbert: Diese Gegenüberstellung ist völlig willkürlich. Ohne kritisches Talent kann es keine Kunst geben, die diesen Namen verdiente. Du hast vorhin von dem feinen Sinn für Wahl und Auslese gesprochen, durch den der Künstler das Leben für uns darstellt und es zu einem Moment der Vollkommenheit führt. Dieser Sinn für Auslese, dieser subtile Geist des Weglassens, ist nun nichts anderes als das kritische Talent in einer seiner markantesten Erscheinungsformen, und wer über kein solches Talent verfügt, kann in der Kunst nichts von bleibendem Wert schaffen. Arnolds Definition der Literatur als einer Kritik des Lebens ist zwar eher unglücklich formuliert, aber sie zeigt, wie genau er die Bedeutung des kritischen Elements für alles künstlerische Schaffen erkannt hat.

Ernest: Ich hätte vielleicht sagen sollen, daß alle

großen Künstler unbewußt schaffen, daß sie »weiser sind, als sie selbst wissen«, wie Emerson, glaube ich, irgendwo gesagt hat.

GILBERT: Aber so ist es nicht, Ernest. Alle erlesene schöpferische Tätigkeit erfolgt bewußt und planvoll. Kein Dichter singt, weil er singen muß, zumindest kein großer Dichter. Ein großer Dichter singt, weil er singen will. Das ist heute so und schon immer so gewesen. Zuweilen will es uns scheinen, als seien die Stimmen der Dichtung in ihren Anfangstagen einfacher, frischer und natürlicher als die unseren gewesen und als habe die Welt, die sich den frühen Dichtern darbot und in der sie sich bewegten, eine eigene poetische Qualität besessen, die sich ohne große Bearbeitung zum Gesang formte. Heute liegt dichter Schnee auf dem Olymp, und seine steilen, zerklüfteten Hänge sind kahl und steinig, aber einst, so stellen wir uns vor, streiften die weißen Füße der Musen den morgendlichen Tau von den Anemonen, und am Abend sang Apollo den Hirten im Tal sein Lied. Aber damit übertragen wir nur auf ein anderes Zeitalter, was wir für unsere Zeit ersehnen oder zu ersehnen glauben. Unser historischer Sinn sitzt einem Irrtum auf. Bislang ist noch jedes Jahrhundert, in dem Dichtung entsteht, ein künstliches Jahrhundert, und gerade die Werke, die wir für den natürlichsten und unmittelbarsten Ausdruck ihrer Zeit halten, sind stets das Resultat einer ganz und gar bewußten Anstrengung. Glaube mir, Ernest, es gibt keine große Kunst ohne Bewußtheit, und Bewußtheit und kritischer Geist sind eins.

ERNEST: Ich sehe, worauf du hinauswillst, und es spricht auch einiges dafür. Dennoch wirst du doch zugeben, daß die großen Gesänge der Frühzeit, die primitiven, namenlosen Dichtungen, weit mehr der kollektiven Phantasie der Völker als der Phantasie eines einzelnen entsprungen sind?

GILBERT: Nicht, wenn es sich um wirkliche Dichtung handelt und sie in eine kunstvolle Form gebracht wurde. Denn es gibt keine Kunst ohne Stil und keinen Stil ohne Einheit, und Einheit kann immer nur vom Individuum ausgehen. Homer konnte fraglos auf alte Balladen und Heldensagen zurückgreifen, so wie Shakespeare aus Chroniken, Theaterstücken und Romanen schöpfte, doch fand er darin bloß das Rohmaterial. Er bediente sich ihrer und gestaltete sie in Gesang um. Indem er ihnen Schönheit verlieh, wurden sie sein eigen. Sie waren aus Klängen gewirkt:

> Aus keinem festen Stoff gewoben,
> Und darum für immer gebaut.

Je länger man das Leben und die Literatur erforscht, desto deutlicher spürt man, daß hinter allen wundervollen Schöpfungen eine einzelne Persönlichkeit steht und daß nicht der Augenblick den Menschen hervorbringt, sondern der Mensch seine Zeit erschafft. Ich bin sogar geneigt zu glauben, daß sämtliche Mythen und Sagen, deren Entstehen wir dem Staunen, der Angst oder der Phantasie von Stämmen und Völkern zuschreiben, ursprünglich die Erfindung eines einzelnen Kopfes sind. Die eigentümlich begrenzte Anzahl der Mythen scheint mir einen solchen Schluß nahezulegen. Doch wollen wir uns jetzt nicht in detaillierten Mythenvergleichen verlieren. Bleiben wir beim Thema der Kritik. Was ich sagen will, ist folgendes: Ein Zeitalter, das keine Kritik kennt, ist entweder eins, dessen Kunst steif, hieratisch und auf die Wiedergabe konventioneller Formen beschränkt ist, oder aber eines, das gar keine Kunst besitzt. Es hat kritische Zeitalter gegeben, die im landläufigen Sinne des Wortes unschöpferisch gewesen sind, Zeitalter, in denen der menschliche Geist sich darauf konzentriert hat, die Schätze seiner Schatzkammern zu sortieren, das Gold vom Silber und das Silber vom Blei zu trennen, die Edelsteine zu zählen und den Perlen Namen zu geben. Aber nie hat es ein schöpferisches Zeitalter gegeben, das nicht zugleich auch ein kritisches gewesen wäre. Denn nur der kritische Geist erfindet neue Formen. Das Schaffen als solches neigt zur ständigen Wiederholung. Dem kritischen Geist hingegen verdanken wir jede sich neu entwickelnde Schule, jedes Gestaltungsprinzip, dessen sich die Kunst bereitwillig bedient hat. Es gibt in der Tat keine einzige in der gegenwärtigen Kunst gebräuchliche Form, die uns nicht durch den kritischen Geist Alexandriens überliefert wäre, wo sämtliche dieser Formen entweder in allgemeine Schablonen gebracht oder aber neu erfunden oder vervollkommnet wurden. Ich sage Alexandrien, nicht nur, weil der griechische Geist dort zur höchsten Bewußtheit reifte, bevor er sich zuletzt in Skeptizismus und Theologie verlor, sondern weil Rom aus dieser Stadt und nicht aus Athen seine Vorbilder bezog und wir den Fortbestand der Kultur allein der wie auch immer gebrochenen Tradition der lateinischen Sprache zu verdanken haben. Als in der Renaissance die griechische Literatur in Europa entdeckt wurde, war der Boden dafür in mancher Hinsicht bereitet. Doch beladen wir uns nicht mit historischen Details, die stets ermüdend und fast immer ungenau sind, und halten wir der Einfachheit halber fest, daß alle literarischen Formen dem kritischen Geist der Griechen entspringen. Ihm verdanken wir die Epik, die Lyrik, das Drama in allen Entwicklungsstufen einschließlich der Burleske, die Idylle, den romantischen Roman, den Abenteuerroman, den Essay, den Dialog, die Rede, den Fachvortrag, den wir ihnen vielleicht nicht verzeihen sollten, und das Epigramm in der gesamten weiten Bedeutung des Wortes. Im Grunde verdanken wir ihm alles bis auf das Sonett, für das sich allerdings einige interessante geistige Parallelen in der *Anthologia Palatina* finden lassen, den amerikanischen Journalismus, für den es nirgends eine Parallele gibt, und die Ballade im nachgemachten schottischen Dialekt, die jüngst nach dem Vorschlag eines unserer fleißigsten Schreiberlinge zum Ausgangspunkt einer ultimativen, allumfassenden Bewegung erhoben werden sollte, mit der sich unsere zweitklassigen Dichter den Anstrich wahrer Romantik geben könnten. Jede neue Schule, so scheint es, verwahrt sich gegen den Einfluß der Kritik, auch wenn sie ihr Entstehen doch gerade den kritischen Fähigkeiten des menschlichen Geistes verdankt. Der bloße schöpferische Instinkt schafft nichts Neues, sondern reproduziert nur.

Ernest: Was du über die Kritik als notwendigen Bestandteil des schöpferischen Geistes sagst, leuchtet mir vollkommen ein. Aber wie steht es um die Kritik außerhalb des Schöpferischen? Ich habe die dumme Angewohnheit, Zeitschriften zu lesen, und mir scheint, ein Großteil der modernen Kritik ist völlig wertlos.

Gilbert: Ein Großteil der schöpferischen Arbeiten von heute nicht weniger. Das Mittelmaß auf der einen hält dem Mittelmaß auf der anderen Seite die Waage, und die Unfähigkeit beklatscht ihre Schwester – ein

Schauspiel, das uns Englands Kunstwelt von Zeit zu Zeit bietet. Dennoch habe ich das Gefühl, in diesem Punkt nicht ganz fair zu sein. In der Regel sind die Kritiker – natürlich spreche ich hier von der gehobeneren Sorte, also denjenigen, die für die Zwei-Groschen-Blätter schreiben – weit kultivierter als die Leute, deren Werke sie zu besprechen haben. Etwas anderes würde auch niemand erwarten, denn Kritisieren erfordert unendlich mehr Kultur als Erschaffen.

Ernest: Meinst du?

Gilbert: Aber ja. Jeder kann einen dreibändigen Roman schreiben. Dazu bedarf es bloß einer gänzlichen Ahnungslosigkeit in bezug auf das Leben und die Literatur. Der Rezensent sieht sich hingegen vor die Schwierigkeit gestellt, irgendeinen Maßstab hochzuhalten. Wo aber jeder Stil fehlt, ist kein Maßstab möglich. Die armen Rezensenten werden unübersehbar zu Berichterstattern aus dem literarischen Polizeigericht herabgewürdigt, zu Chronisten der Machenschaften künstlerischer Gewohnheitsverbrecher. Bisweilen wird ihnen vorgeworfen, sie würden die ihnen zur Besprechung vorgelegten Werke gar nicht bis zu Ende lesen. Tun sie auch nicht. Zumindest sollten sie es nicht tun. Eine erschöpfende Lektüre würde sie für den Rest ihres Lebens in eingeschworene Misanthropen verwandeln oder, um den Ausdruck einer der hübschen Absolventinnen des Newnham College zu gebrauchen, in eingeschworene »Womanthropen«. Und es ist auch keineswegs notwendig. Um den Jahrgang und die Qualität eines Weines zu prüfen, muß man nicht das ganze Faß leeren. Eine halbe Stunde reicht völlig aus, um über den Wert oder Unwert eines Buches zu befinden. Wer ein sicheres Formgefühl besitzt, braucht oft nicht mehr als zehn Minuten. Warum soll man sich auch durch ein trübes Machwerk hindurchquälen? Eine kurze Kostprobe ist genug – sogar mehr als genug, wie ich meine. Ich weiß, daß es in der Malerei wie in der Literatur viele ehrbare Handwerker gibt, die sich jede Kritik verbitten. Diese Leute haben völlig recht. Ihr Werk steht in keinem Zusammenhang mit ihrer Zeit. Es beschert uns weder neue künstlerische Genüsse, noch eröffnet es uns neue Horizonte des Denkens, der Leidenschaft oder der Schönheit. Man sollte kein Wort darüber verlieren. Man sollte es dem verdienten Vergessen überantworten.

Ernest: Aber, mein Lieber – entschuldige, wenn ich dich unterbreche –, mir scheint, deine Leidenschaft für die Kritik läßt dich weit übers Ziel hinausschießen. Selbst du wirst zugeben müssen, daß es viel schwieriger ist, eine Sache zu tun, als darüber zu reden.

Gilbert: Es soll schwieriger sein, eine Sache zu tun, als darüber zu reden? Ganz und gar nicht. Das ist ein weitverbreiteter Irrtum. Es ist weitaus schwieriger, über eine Sache zu reden, als sie zu tun. Schon im alltäglichen Leben ist das nur allzu offensichtlich. Jeder kann Geschichte machen. Aber nur ein großer Mann kann sie schreiben. Unsere Handlungen und Emotionen unterscheiden sich durch nichts von denen der Tiere. Erst durch die Sprache erheben wir uns über sie oder über unsere Mitmenschen – allein durch die Sprache, die nicht die Folge, sondern der Ursprung des Denkens ist. Das Handeln ist stets kinderleicht, und wo es uns in seiner ärgsten, weil ununterbrochenen Form entgegentritt, also in der reinen Geschäftigkeit, ist es einfach nur die Zuflucht von Leuten, die sonst nichts zu tun haben. Nein, Ernest, erzähl mir nichts vom Handeln. Es ist nur blindes Tun, abhängig von äußeren Einflüssen und angetrieben von einem dunklen Impuls, von dem es selbst nichts weiß. Es ist seinem Wesen nach unvollkommen, weil es vom Zufall begrenzt wird, und unwissend über seine eigentliche Richtung, befindet es sich zu seinem Ziel stets im Widerspruch. Die Grundlage des Handelns ist ein Mangel an Phantasie. Es ist die letzte Zuflucht derer, die nicht zu träumen verstehen.

Ernest: Gilbert, du behandelst die Welt wie eine Kristallkugel. Du drehst sie in deiner Hand, wie es dir gerade paßt. Auf diese Weise schreibst du die gesamte Geschichte um.

Gilbert: Die einzige Pflicht, die wir der Geschichte schulden, ist, sie umzuschreiben. Eben dies ist nicht die geringste Aufgabe, der sich der kritische Geist zu stellen hat. Wenn wir erst einmal die Gesetze des Lebens vollkommen entschlüsselt haben, werden wir erkennen, daß der einzige Mensch, der noch mehr Illusionen als der Träumer hegt, der Tatmensch ist. Er kennt wahrhaftig weder den Ursprung seines Handelns noch dessen Folgen. Auf dem Feld, auf dem er Dornen gesät zu haben glaubt, ernten wir Wein, und der Feigenbaum, den er zu unserer Freude gepflanzt hat, ist unfruchtbar wie die Distel und noch bitterer. Allein weil sie nicht wußte, in welche Richtung sie ging, hat die Menschheit ihren Weg gefunden.

Ernest: Du glaubst also, daß jedes vorsätzliche Ziel unseres Handelns bloße Selbsttäuschung ist?

Gilbert: Schlimmer noch als Selbsttäuschung. Lebten wir lange genug, um die Folgen unseres Tuns zu erleben, könnte es sein, daß die vermeintlich Guten ein dumpfes Bedauern überkäme, und diejenigen, die alle Welt zu den Bösewichtern zählt, eine stolze Freude in ihrer Brust spürten. Jede unserer Taten, wie unbedeutend sie auch sein mag, speist die große Maschine des Lebens, die unsere Tugenden zu wertlosem Staub zermahlen oder aber unsere Sünden in Bausteine einer neuen Kultur verwandeln kann, leuchtender und prachtvoller als alle vorherigen. Aber die Menschen sind Sklaven des Wortes. Sie laufen Sturm gegen den sogenannten Materialismus und vergessen darüber, daß es keinen materiellen Fortschritt gegeben hat, der nicht auch zur Vergeistigung der Welt beigetragen hätte, wohingegen nahezu jedes spirituelle Erwachen den Lauf der Welt mit eitlen Hoffnungen, fruchtlosem Verlangen und wertlosen Glaubensbekenntnissen aufgehalten hat. Was wir Sünde nennen, ist ein unabdingbares Element des Fortschritts. Ohne sie würde die Welt stillstehen oder alt und grau werden. Durch ihre Neugierde vermehrt die Sünde den Erfahrungsschatz der Menschheit. Durch ihr unbedingtes Eintreten für den Individualismus bewahrt sie uns vor der Eintönigkeit des Typischen. In ihrer Ablehnung der konventionellen Moralvorstellungen stimmt sie mit der höheren Ethik überein. Und dann die Tugenden! Was sind denn Tugenden? Die Natur, so lehrt uns M. Renan, kümmert sich wenig um Keuschheit, und es mag durchaus sein, daß die Lukrezien von heute ihre Unbeflecktheit weit mehr der Schande Magdalenas als ihrer eigenen Reinheit verdanken. Die Nächstenliebe bringt zahllose Übel hervor, wie selbst diejenigen zugeben müssen, in deren Religion sie einen zentralen Platz einnimmt. Allein die Existenz eines Gewissens, jener Fähigkeit, über die sich die Leute heutzutage so gerne auslassen und auf die sie aus Unwissenheit so stolz sind, ist ein Zeichen unserer Unreife. Es muß erst in Instinkt übergehen, bevor wir wirklich edel werden. Die Selbstverleugnung ist bloß eine Methode, durch die der Mensch seinen Fortschritt aufhält, und das Selbstopfer ein Relikt der Verstümmelung der Barbaren, ein Rest des uralten Schmerzenskults, der die Geschichte der Welt auf so grausame Weise begleitet hat, der selbst heute noch Tag für Tag seine Opfer fordert und dem überall im Land Altäre errichtet werden. Tugenden! Wer weiß schon, was Tugenden sind. Du nicht. Ich nicht. Niemand. Es ist unserer Eitelkeit zuträglich, daß wir den Verbrecher hinrichten, denn ließen wir ihn leben, würde er uns eines Tages womöglich zeigen, was wir durch sein Verbrechen gewonnen haben. Um seines Friedens willen ist es besser, wenn der Heilige den Märtyrertod stirbt. So bleibt ihm der Schrecken dessen erspart, was seine Saat in der Welt angerichtet hat.

Ernest: Das sind bittere Töne, Gilbert. Laß uns doch lieber wieder in die sanfteren Gefilde der Literatur zurückkehren. Wie war das noch? Du sagtest vorhin, es sei schwieriger, über eine Sache zu reden, als sie zu tun?

Gilbert *nach einer Pause*: Genau; ich habe mir erlaubt, auf eine schlichte Wahrheit hinzuweisen. Du siehst doch ein, daß ich recht habe? Wenn der Mensch handelt, ist er eine Marionette. Wenn er die Dinge beschreibt, ist er ein Dichter. Darin besteht das ganze Geheimnis. Es gehörte nicht viel dazu, auf den sandigen Schlachtfeldern des sturmumtosten Ilion den gekerbten Pfeil vom bemalten Bogen schnellen zu lassen oder den mächtigen Eschenspeer gegen Schilde aus Fell und flammengleichem Erz zu schleudern. Wie leicht war es für die ehebrecherische Königin, die tyrischen Teppiche vor ihrem Gebieter auszubreiten und dann, als er sich im Marmorbad ausstreckte, das Purpurnetz über seinen Kopf zu werfen und ihren sanfthäutigen Geliebten herbeizurufen, damit er durch die Maschen den Dolch in das Herz treibe, das in Aulis hätte brechen sollen. Selbst für Antigone, die der Tod als ihr Bräutigam erwartete, war es leicht, durch die verpestete Mittagsluft den Hügel emporzusteigen und den jämmerlichen nackten Leichnam, der ohne Grab war, mit sanfter Erde zu bedecken. Doch was ist mit denen, die darüber geschrieben haben? Was mit denen, die ihnen Realität verliehen und sie unsterblich machten? Sind sie nicht größer als die Männer und Frauen, die sie besingen? »Hektor, der tapfere Kämpfer, ist tot«, und Lukian berichtet uns, wie Menippos im Halbdunkel der Unterwelt den bleichenden Schädel der Helena erblickte und darüber nachsann, daß um einer so grausigen Gunst willen einst so viele gehörnte Schiffe in See gestochen waren, so viele prächtig gepanzerte Helden daniedergestreckt und so viele turmbewehrte Städte in Staub und Asche gelegt worden waren. Und doch erscheint jeden Tag die schwanengleiche Tochter der Leda auf den Zinnen und blickt auf die wogende Schlacht herab. Graubärtige alte Männer bewundern ihre Anmut, während sie an der Seite des Königs steht. In seinem Gemach aus bemaltem Elfenbein liegt ihr Geliebter. Er poliert seine kostbare Rüstung und kämmt den scharlachroten Helmbusch. Begleitet von Schildknappe und Page, schreitet ihr Gemahl von Zelt zu Zelt. Sie sieht sein blondes Haar und hört seine klare, feste Stimme oder glaubt zumindest, sie zu hören. Unten im Hof legt der Sohn des Priamos seinen ehernen Panzer an. Andromache hat ihre weißen Arme um seinen Hals geschlungen. Er setzt seinen Helm auf der Erde ab, um ihren kleinen Jungen nicht zu erschrecken. Hinter den bestickten Vorhängen seines Zelts sitzt Achill im parfümierten Gewand, während der Freund seiner Seele im Harnisch aus Gold und Silber sich bereit macht, in die Schlacht zu ziehen. Aus einem seltsam geschnitzten Kästchen, das seine Mutter Thetis ihm ans Schiff gebracht hatte, nimmt der Kriegsherr der Myrmidonen den mystischen Kelch, den nie eines Menschen Lippen berührt haben. Er reinigt ihn mit Schwefel, kühlt ihn mit frischem Wasser und füllt, nachdem er sich die Hände gewaschen hat, das glänzende Rund mit schwarzem Wein und gießt das dicke Rebenblut auf die Erde, zu Ehren dessen, dem in Dodona barfüßige Propheten huldigten, fleht zu ihm, und weiß nicht, daß alles Flehen vergebens ist und daß durch die Hand zweier trojanischer Krieger, der des Euphorbus, des Sohnes des Panthoos, dessen Schmachtlocken mit Goldfäden durchwirkt waren, und der des Priamiden, des löwenbeherzten Patroklos, der Gefährte aller Gefährten den Tod finden wird. Und sie alle sind bloße Phantome? Helden des Nebels und der Berge? Schatten eines Gesangs? Nein; sie existieren tatsächlich. Handeln! Was ist Handeln? Es stirbt im Augenblick der Tat. Es ist ein schmähliches Zugeständnis an die Tatsachen. Die Welt aber wird durch den Sänger für den Träumer geschaffen.

Ernest: Solange du redest, scheint es mir gerade so zu sein.

Gilbert: Es ist tatsächlich so. Auf der zerfallenen Festungsmauer von Troja liegt die Eidechse wie aus grüner Bronze gegossen. Die Eule hat im Palast des Priamos ihr Nest gebaut. Über die leere Ebene ziehen Schaf- und Ziegenhirten mit ihren Herden, und dort, wo auf der weinfarbenen, öligen See, dem *οἴνοψ πόντος*, wie Homer es nennt, die mächtigen, rotgestreiften Galeeren der Danaer mit kupferbeschlagenem Bug glänzend am Rand des Horizonts auftauchten, sitzt jetzt ein einsamer Thunfischer in seinem kleinen Boot und beobachtet die hüpfenden Korken seines Netzes. Und doch werden jeden Morgen die Tore der Stadt weit aufgestoßen, und die Krieger ziehen zu Fuß oder in von Rossen gezogenen Streitwagen in die Schlacht und verspotten den Feind hinter ihrem eisernen Gesichtsschutz. Den ganzen Tag über tobt der Kampf, und wenn die Nacht sich herabsenkt, leuchten die Fackeln neben den Zelten, und die Feuerschale brennt im Vestibül. Die in Marmor oder auf der Leinwand existieren, kennen vom Leben nur einen einzigen köstlichen Moment, zwar ewig in seiner Schönheit, aber begrenzt auf einen einzigen Ton der Leidenschaft oder der inneren Ruhe. Die der Dichter zum Leben erweckt, kennen unzählige Empfindungen der Freude und der Furcht, der Tapferkeit und der Verzweiflung, der Lust und des Leids. Die Jahreszeiten bringen heitere und schmerzvolle Tage, und die Jahre wandeln auf flinken oder bleischweren Füßen vorbei. Sie haben ihre Jugend und ihr Mannesalter, sie sind Kinder, und sie sind Greise. Ein ewiger Tagesanbruch umfängt die heilige Helena, wie Veronese sie am Fenster sah. Durch die stille Morgenluft bringen ihr die Engel das Symbol der Leiden Gottes. Der kühle Morgenhauch bewegt die goldenen Strähnen auf ihrer Stirn. Auf dem flachen Hügel bei Florenz, wo die Liebenden des Giorgione ruhen, herrscht immer Mittag; die Sonne steht so heiß und matt am Himmel, daß das schlanke nackte Mädchen kaum den runden Glaskrug in den Marmorbrunnen zu tauchen vermag und die schmalen Finger des Lautenspielers träge auf den Saiten ruhen. Es ist immer Zwielicht für die tanzenden Nymphen, die Corot zwischen den silbernen Pappeln Frankreichs zum Leben erweckte. In ewigem Zwielicht gleiten sie dahin, diese zerbrechlichen, durchsichtigen Wesen, deren zitternde, weiße Füße kaum das taubenetzte Gras zu berühren scheinen. Die Gestalten des Epos, des Dramas oder des Romans aber sehen im Wandel der Monate die Mondsichel sich runden und wieder abnehmen, sie verfolgen den Lauf der Nacht vom Abend- bis zum Morgenstern und können das wechselnde Spiel von Gold und Schatten bei Tage von Sonnenaufgang bis Sonnenuntergang beobachten. Sie sehen wie wir die Blumen blühen und welken, und die Erde, diese grüngelockte Göttin, wie Coleridge sie nennt, wechselt ihr Gewand zu ihrer Freude. Die Statue verharrt in einem einzigen Moment der Vollkommenheit. Das Bild auf der Leinwand kennt nicht das geistige Element des Wachsens und des Wandels. Wenn sie vom Tod nichts ahnen, dann deshalb, weil sie so wenig vom Leben wissen, denn die Geheimnisse des Lebens und Sterbens gehören denen, und nur denen allein, die im Fluß der Zeit stehen, die nicht nur die Gegenwart, sondern auch eine Zukunft besitzen und die aus vergangenem Ruhm oder vergangener Schmach abstürzen oder sich erheben können. Bewegung, das Problem aller bildenden Künste, kann allein in der Literatur überzeugend dargestellt werden. Die Literatur zeigt uns den Körper in seiner Flinkheit und die Seele in ihrer Unrast.

Ernest: Ja, ich verstehe jetzt, was du meinst. Aber je mehr du den Künstler erhöhst, desto unbedeutender muß doch der Kritiker erscheinen.

Gilbert: Wieso das?

Ernest: Weil er uns bestenfalls lediglich einen bloßen Nachhall klangvoller Musik oder den trüben Schatten einer klar umrissenen Form geben kann. Vielleicht ist es wirklich so, wie du sagst, daß nämlich das Leben ein Chaos ist, daß seine Mysterien armselig und seine Heldentaten unedel sind und daß es die Aufgabe der Dichtung ist, aus dem Rohmaterial des tatsächlichen Lebens eine neue Welt zu erschaffen, die wunderbarer, dauerhafter und wahrer ist als die Welt, die sich dem gemeinen Auge darbietet und in der sich der gemeine Mensch zu verwirklichen sucht. Doch wenn diese neue Welt aus dem Geist und der Kunstfertigkeit eines großen Künstlers hervorgeht, wird sie eine so vollkommene und abgeschlossene Schöpfung sein, daß es für den Kritiker nichts weiter zu tun gibt. Jetzt begreife ich und bin auch gerne bereit zuzugeben, daß es viel schwieriger ist, über eine Sache zu reden, als sie zu tun. Aber mir scheint, dieser klare und verständige Grundsatz, von dem eine so ungemein beruhigende Wirkung ausgeht und den sämtliche Dichterakademien auf der ganzen Welt zu ihrem Wahlspruch erheben sollten, trifft nur auf die Beziehungen zwischen der Kunst und dem Leben zu, nicht aber auf Beziehungen, die es zwischen der Kunst und der Kritik geben mag.

Gilbert: Aber die Kritik ist fraglos selbst eine Kunst. Und so wie jede Kunstschöpfung die Tätigkeit eines kritischen Geistes voraussetzt und ohne ihn überhaupt nicht entstehen kann, ist auch die Kritik nachweislich schöpferisch in der höchsten Bedeutung des Wortes. Mehr noch, die Kritik ist nicht nur schöpferisch, sondern auch unabhängig.

Ernest: Unabhängig?

Gilbert: Genau, unabhängig. Anders als die Arbeit

eines Dichters oder Bildhauers läßt sich die Kritik nicht nach irgendeinem kleinlichen Maßstab der Nachahmung oder Ähnlichkeit beurteilen. Der Kritiker befindet sich gegenüber dem zu kritisierenden Kunstwerk in der gleichen Stellung, die der Künstler gegenüber der sichtbaren Welt der Formen und Farben oder auch gegenüber der unsichtbaren Welt der Leidenschaften und Gedanken einnimmt. Um seine Kunst zu vervollkommnen, braucht er nicht einmal kostbares Material. Alles ist seinen Zwecken dienlich. Genauso wie Gustave Flaubert aus den gemeinen und sentimentalen Leidenschaften der dummen Frau eines kleinen Landarztes aus dem Provinznest Yonville-l'Abbaye bei Rouen ein klassisches Werk zu schaffen vermochte, ein Meisterwerk des Stils, kann der echte Kritiker aus Dingen von geringer oder gar keiner Bedeutung, wie etwa aus den in diesem oder in jedem anderen Jahr in der Royal Academy ausgestellten Gemälden, aus den Gedichten von Lewis Morris, aus den Romanen Ohnets oder den Stücken von Henry Arthur Jones Werke von makelloser Schönheit und subtiler Geistesschärfe hervorbringen, sofern es ihm denn beliebt, sich mit derartigem abzugeben und seine Beobachtungsgabe darauf zu verschwenden. Warum auch nicht? Stumpfheit ist stets ein unwiderstehlicher Ansporn für geistige Brillanz, und Dummheit die ewige *Bestia Trionfans*, die die Klugheit aus der Höhle lockt. Was bedeutet einem so schöpferischen Künstler, wie es der Kritiker ist, schon der Gegenstand? Nicht mehr und nicht weniger, als er dem Romancier oder dem Maler bedeutet. Genau wie sie findet er seine Motive überall. Die Behandlung ist das Entscheidende. Jedes Ding kann Anstoß und Herausforderung sein.

Ernest: Aber ist die Kritik wirklich eine schöpferische Kunst?

Gilbert: Warum sollte sie es nicht sein? Sie arbeitet mit Materialien und bringt sie in eine Form, die zugleich neu und reizvoll ist. Läßt sich von der Dichtung mehr behaupten? Ich würde die Kritik sogar als Schöpfung innerhalb einer Schöpfung bezeichnen. Wie die großen Künstler von Homer und Aischylos bis hin zu Shakespeare und Keats ihren Stoff nicht unmittelbar dem Leben entnahmen, sondern ihm in Mythen, Sagen und alten Erzählungen nachspürten, so arbeitet der Kritiker mit Materialien, die andere gewissermaßen für ihn gereinigt haben und die bereits mit geistiger Form und Farbe angereichert wurden. Ja, mehr noch, ich würde sogar sagen, daß die höchste Kritik, als die reinste Form eines persönlichen Eindrucks, auf ihre Weise noch schöpferischer als das Kunstschaffen ist, da sie am wenigsten auf einen außerhalb ihrer selbst liegenden Maßstab Bezug nimmt und letztlich ihre eigene Existenzgrundlage ist, oder, wie die Griechen sagen würden, ihren Zweck in und für sich selbst trägt. Gewiß wird sie niemals von irgendwelchen Fesseln der Wirklichkeitstreue gegängelt. Keine unwürdige Rücksicht auf Wahrscheinlichkeit, dieses feige Zugeständnis an die ermüdenden Wiederholungen des häuslichen und öffentlichen Lebens, bekümmert sie. Man mag der Dichtung die Tatsachen vorhalten. Aber für die Seele gibt es keine äußere Rechtfertigung.

Ernest: Für die Seele?

Gilbert: Jawohl, für die Seele. Genau darin besteht die höchste Form der Kritik, im Zeugnis der eigenen Seele. Darum ist sie auch faszinierender als die Geschichtsschreibung, denn sie beschäftigt sich nur mit der eigenen Person. Sie ist reizvoller als die Philosophie, denn ihr Gegenstand ist konkret statt abstrakt, greifbar statt unbestimmt. Sie ist die einzige kultivierte Form der Autobiographie, da sie sich nicht mit den Ereignissen, sondern mit den Gedanken eines Menschenlebens befaßt; nicht mit dem äußerlichen Verlauf der Handlungen und Lebensumstände, sondern mit den geistigen Stimmungen und inneren Leidenschaften der Seele. Ich bin immer wieder amüsiert über die kindische Eitelkeit der Schriftsteller und Künstler unserer Tage, die zu glauben scheinen, die vornehmlichste Aufgabe des Kritikers bestünde darin, sich über ihre zweitklassigen Werke auszulassen. Das Beste, was sich über den größten Teil der modernen schöpferischen Kunst noch sagen läßt, ist, daß sie nicht ganz so vulgär wie die Wirklichkeit ist. Der Kritiker aber mit seinem feinen Unterscheidungsvermögen und seinem sicheren Instinkt für erlesenste Raffinesse wird lieber in den silbernen Spiegel oder durch den gewobenen Schleier blicken und seinen Blick vom Durcheinander und Geschrei des wirklichen Lebens abwenden, mag der Spiegel auch getrübt und der Schleier zerrissen sein. Sein einziges Ziel ist das Aufzeichnen seiner Empfindungen. Für ihn allein werden Bilder gemalt, Bücher geschrieben und Statuen aus Marmor gehauen.

ERNEST: Ich glaube, ich habe schon einmal eine ganz andere Theorie der Kritik gehört.

GILBERT: Ich weiß, von einem Mann, dessen Namen wir alle in treuer Erinnerung halten und der einst mit der Melodie seiner Flöte Prosperina von den sizilianischen Feldern fortlockte, so daß ihre weißen Füße – und nicht umsonst – zwischen den Schlüsselblumen von Cumnor wandelten, stammt der Satz, das eigentliche

Ziel der Kritik sei es, den Gegenstand so zu sehen, wie er in Wirklichkeit ist. Allerdings ist dies ein ganz gravierender Irrtum, der die vollkommenste Form der Kritik übersieht, die ihrem Wesen nach rein subjektiv ist und nur ihr eigenes Geheimnis und nicht das Geheimnis eines anderen zu enthüllen sucht. Denn die höchste Kritik betrachtet die Kunst nicht von der Seite des Ausdrucks, sondern ausschließlich unter dem Aspekt des empfangenen Eindrucks.

Ernest: Bist du dir da sicher?

Gilbert: Absolut sicher. Wen kümmert es, ob Mr. Ruskins Ansichten über Turner zutreffen oder nicht? Was macht das schon? Allein seine kraftvolle und majestätische Prosa, so leidenschaftlich und feurig in ihrer erhabenen Eloquenz, so volltönend in ihrer kunstvollen symphonischen Musik, so sicher und treffend, wo sie sich in ihrer ganzen Größe zeigt, in der subtilen Wahl von Wort und Epitheton, ist kein geringeres Kunstwerk als jene wunderbaren Sonnenuntergänge, die in der National Gallery auf ihren brüchigen Leinwänden verblassen und vermodern; sie ist sogar größer, möchte man manchmal meinen, nicht nur, weil ihre ebenbürtige Schönheit von größerer Dauer ist, sondern auch weil sie uns in vielfältigerer Weise anspricht, weil in ihren langen Kadenzen eine Seele zur anderen redet, nicht allein durch Form und Farbe, wenn auch darin nicht weniger unmittelbar vollkommen, sondern durch den Ausdruck von Geist und Gefühl, durch erhabene Leidenschaft und noch erhabenere Gedanken, durch intuitive Erkenntnis und dichterische Absicht; größer auch deshalb, wie ich mir immer wieder sage, weil die Literatur überhaupt die größte Kunst ist. Wen denn wiederum kümmert es, ob Mr. Pater in seine Beschreibung der Mona Lisa etwas hineingelegt hat, was Leonardo selbst nie vorschwebte? Vielleicht ist der Maler nur der Sklave eines archaischen Lächelns gewesen, wie manche vermutet haben, doch wann immer ich die kühlen Galerien des Louvre betrete und vor jener geheimnisvollen Gestalt stehe, »die auf ihrem Marmorstuhl sitzt, umgeben von einem Halbrund phantastischer Felsen, wie unter dem matten Licht der Meerestiefe«, flüstere ich leise vor mich hin: »Sie ist älter als die Felsen, die sie umgeben; wie der Vampir ist sie mehrmals gestorben und hat die Geheimnisse des Grabes erfahren; sie ist in Meerestiefen hinabgetaucht und verbreitet um sich deren trüben Lichtschein; sie hat mit Händlern des Orients um exotische Webstoffe gefeilscht; sie war, wie Leda, die Mutter der trojanischen Helena und, wie die heilige Anna, die Mutter Marias; all dies aber war für sie nicht mehr als Leier- und Flötenklang und lebt allein fort in der Zartheit ihres Minenspiels und im Farbton ihrer Lider und Hände.« Und ich sage zu meinem Freund: »Jene Erscheinung, die so seltsam nahe den Wassern emporstieg, drückt die Sehnsüchte der Menschen eines ganzen Jahrtausends aus.« Und er erwidert: »Auf ihrem Haupt lasten ›die Geschicke aller Völker und Zeiten‹, und ihre Lider sind ein wenig müde.«

Und so wird das Gemälde für uns wunderbarer, als es tatsächlich ist, und enthüllt uns ein Geheimnis, von dem es im Grunde nichts weiß, und die Musik jener mystischen Prosa klingt in unseren Ohren so süß wie die Melodie des Flötenspielers, die den Lippen der Gioconda diesen feinen und hintergründigen Zug verlieh. Was glaubst du, hätte Leonardo gesagt, wenn jemand ihm über dieses Bild eröffnet hätte, »alle Gedanken und

Erfahrungen der Welt haben in einer Weise an diesem Werk mitgewirkt und gestaltet, daß sämtliche Mittel der Verfeinerung und der Beseelung der äußeren Form darin eingeflossen sind, die Sinnlichkeit der Griechen, die römische Lüsternheit, die Traumverlorenheit des Mittelalters mit seinem übersinnlichen Streben und seinem vergeistigten Liebeswerben, die Wiederkehr der heidnischen Welt und die Sünden der Borgias?« Er hätte vermutlich geantwortet, an nichts dergleichen gedacht zu haben, sondern daß es ihm einzig um eine gewisse Anordnung von Linien und Flächen und um neue, ungewöhnliche Farbharmonien von Blau und Grün zu tun gewesen sei. Und gerade darum gehört die Kritik, die du gerade gehört hast, zur höchsten Form der Kritik. Sie betrachtet das Kunstwerk lediglich als Ausgangspunkt für eine neue Schöpfung. Sie begnügt sich nicht damit – zumindest wollen wir dies für den Augenblick unterstellen –, die wirklichen Absichten des Künstlers zu erforschen und diese als endgültig hinzunehmen. Und darin hat sie völlig recht, denn der Sinn eines jeden schönen Kunstobjekts liegt mindestens so sehr in der Seele des Betrachters wie in der Seele dessen, der es schuf. Tatsächlich ist es sogar eher der Betrachter, der dem Kunstgegenstand seine unzähligen Bedeutungen verleiht, ihn zu etwas Wunderbarem macht und ihn in einen neuen Bezug zur Zeit setzt, so daß er zu einem befruchtenden Teil unseres Lebens wird, zu einem Sinnbild dessen, was wir erflehen, oder auch befürchten zu empfangen, wenn wir es zuvor erfleht haben. Je länger ich darüber nachdenke, Ernest, desto deutlicher wird mir bewußt, daß die Schönheit der bildenden Künste, genau wie die Schönheit der Musik, vorwiegend auf dem empfangenen Eindruck beruht und daß sie, wie es nicht selten geschieht, durch übertriebene intellektuelle Absichten des Künstlers empfindlich gestört werden kann. Denn sobald ein Werk abgeschlossen ist, besitzt es gewissermaßen ein Eigenleben und kann auch eine ganz andere Botschaft verkünden als die ursprünglich vom Künstler intendierte. Wenn ich die *Tannhäuser*-Ouvertüre höre, kommt es mir manchmal tatsächlich so vor, als sähe ich den edlen Ritter vorsichtig über die blumenübersäte Wiese schreiten oder als hörte ich die Stimme der Venus, die aus der Bergeshöhle nach ihm ruft. Ein andermal erzählt die Musik von tausend anderen Dingen, vielleicht von mir und meinem Leben, oder auch vom Leben anderer, die man einst liebte und dann müde wurde zu lieben, oder von Leidenschaften, die Menschen erlebt oder auch nur im Traum ersehnt haben. Heute abend erfüllt sie uns vielleicht mit dem ΕΡΩΣ ΤΩΝ ΑΔΥΝΑΤΩΝ, dem *Amour de l'Impossible*, der viele, die glauben, ein gesichertes Leben zu führen und keinen Schmerz fürchten zu müssen, wie ein Wahn überfällt, so daß sie ganz plötzlich am Gift einer unendlichen Sehnsucht erkranken und sie auf der unermüdlichen Suche nach dem, was sich ihnen immer wieder entzieht, der Mut verläßt und sie schwach werden und straucheln. Morgen mag sie der Musik gleichen, von der uns Aristoteles und Platon erzählen, der edlen dorischen Musik der Griechen, die wie die Medizin des Arztes unseren Schmerz lindert und das wunde Gemüt heilt und »die Seele in Einklang mit allen rechten Dingen bringt«. Und was für die Musik gilt, trifft auch auf alle anderen Künste zu. Die Schönheit hat so viele Bedeutungen wie der Mensch Stimmungen. Die Schönheit ist das Symbol aller Symbole. Die Schönheit enthält alles, weil sie nichts ausdrückt. Wo sie uns entgegentritt, tritt sie uns in den flammenden Farben der ganzen Welt entgegen.

ERNEST: Aber kann man ein solches Werk überhaupt noch als Kritik bezeichnen?

GILBERT: Es ist die höchste Form der Kritik, denn es kritisiert nicht nur ein einzelnes Kunstwerk, sondern die Schönheit selbst, und es füllt lauter Wunder in eine Form, die der Künstler vielleicht gar nicht gesehen oder nicht verstanden oder nur unvollständig verstanden hat.

ERNEST: Das hieße, die höchste Kritik ist schöpferischer als das künstlerische Schaffen, und das eigentliche Ziel der Kritik besteht darin, den Gegenstand so zu sehen, wie er in Wirklichkeit nicht ist. Richtig?

GILBERT: Ja, das ist meine Theorie. Für den Kritiker ist das Kunstwerk lediglich der Anstoß zu einem neuen, eigenen Werk, das nicht notwendigerweise irgendeine erkennbare Ähnlichkeit mit dem kritisierten Gegenstand aufweisen muß. Das bedeutendste Merkmal einer schönen Form ist, daß man in sie hineinlegen kann, was immer man mag, und das in ihr sehen kann, was man zu sehen beliebt; und die Schönheit, die dem Kunstwerk seinen universellen ästhetischen Wert verleiht, verwandelt den Kritiker seinerseits in einen Schöpfer, indem sie ihm tausend Dinge einflüstert, von denen derjenige, der die Statue gehauen, die Leinwand bemalt oder den Edelstein geschliffen hat, gänzlich ahnungslos war.

Manchmal hört man aus dem Mund von Leuten, die weder etwas vom Wesen der höchsten Kritik noch vom Reiz der höchsten Kunst verstehen, der Kritiker schreibe am liebsten über Bilder, die zur Anekdotenmalerei gehören und Szenen aus der Literatur oder Geschichte darstellen. Das ist keineswegs so. Bilder dieser Art richten sich viel zu stark an den Verstand. Genau betrachtet, stehen sie auf einer Stufe mit Illustrationen und müssen selbst unter dieser Perspektive als mißlungen gelten, da sie die Phantasie nicht anregen, sondern ihr eher Fesseln anlegen. Wie ich vorhin bereits andeutete, ist das Reich des Malers grundverschieden von dem des Dichters. Diesem steht das Leben in seinem ganzen Umfang und Reichtum offen; nicht nur die Schönheit, die wir mit den Augen sehen, sondern auch die, die unser Ohr wahrnimmt; nicht nur die flüchtige Anmut der Form oder der vergängliche Glanz der Farben, sondern der ganze Bereich des Fühlens, der volle Umkreis des Denkens. Der Maler ist schon dadurch eingeengt, daß er uns die Geheimnisse der Seele allein durch den Schleier des Leibes zeigen kann; Ideen kann er nur durch konventionelle Symbole vergegenständlichen; und für psychologische Vorgänge muß er sich entsprechender äußerer Signale bedienen. Und wie kläglich gerät eine solche Darstellung, wenn er uns nahelegt, im zerrissenen Turban eines Mohren den edlen Zorn Othellos zu erblicken oder in einem Tattergreis im Sturm den tobenden Wahnsinn Lears! Und doch scheint ihn nichts davon abbringen zu können. Die meisten unserer betagteren englischen Maler verbringen ihr vergeudetes und vertanes Leben damit, im Reich der Dichter zu wildern, ihre Stoffe durch eine stümperhafte Darstellung zu verderben und sich erfolglos zu bemühen, die Wunder des Unsichtbaren, die ganze Herrlichkeit dessen, was kein Auge durchdringt, durch sichtbare Form und Farbe wiederzugeben. Gerade das macht ihre Bilder so unerträglich langweilig.

Sie haben die unsichtbaren Künste zu augenfälligen Künsten herabgewürdigt, und nichts verdient weniger beachtet zu werden als das Augenfällige. Ich will damit nicht sagen, daß Dichter und Maler nicht die gleichen Themen behandeln dürfen. Sie haben dies schon immer getan und werden es auch weiterhin tun. Aber während der Dichter über die Verwendung malerischer Elemente frei entscheiden kann, kann der Maler gar nicht anders als illustrativ arbeiten. Seine Möglichkeiten sind beschränkt, nicht durch das, was er in der Natur sieht, sondern durch das, was auf der Leinwand sichtbar gemacht werden kann.

Und deshalb, mein lieber Ernest, werden Bilder dieser Art den Kritiker niemals wirklich fesseln. Er wird sich lieber solchen Werken zuwenden, die ihn zum Nachdenken, Träumen und Phantasieren verleiten, Werken, die eine eigentümliche Suggestionskraft besitzen und zu sagen scheinen, daß auch sie nur das Tor zur Entdeckung einer viel weiteren Welt sind. Gelegentlich wird behauptet, die Tragödie des Künstlerlebens bestehe darin, daß der Künstler sein Ideal nie zu erreichen vermag. Die eigentliche Tragödie aber, die den Weg der meisten Künstler begleitet, besteht darin, daß sie ihr Ideal zu absolut verwirklichen. Denn sobald ein Ideal verwirklicht ist, geht alles Wunderbare und Geheimnisvolle daran verloren, und es wird lediglich zum Ausgangspunkt für ein neues und anderes Ideal. Aus genau diesem Grund ist die Musik die vollkommenste Kunst. Die Musik vermag niemals ihre tiefsten Geheimnisse zu entschleiern. Zugleich erklärt sich daraus der Wert der Beschränkung in der Kunst. Der Bildhauer verzichtet ebenso freizügig auf die nachahmende Farbe wie der Maler auf die tatsächliche

Wiedergabe der Form, weil sie durch diesen Verzicht eine zu eng der Realität verhaftete, mithin bloß imitative Darstellung sowie eine zu deutliche und damit rein intellektuelle Verwirklichung des Idealen vermeiden können. Erst durch ihre Unvollkommenheit gelangt die Kunst zur vollendeten Schönheit, und sie wendet sich deshalb auch nicht an die Fähigkeit des Wiedererkennens oder des Verstehens, sondern allein an den ästhetischen Sinn, der Verstehen und Wiedererkennen zwar als Mittel der Wahrnehmung betrachtet, beide aber einem rein synthetischen Eindruck des Kunstwerks als einem Ganzen unterordnet; indem er sämtliche von einem Kunstwerk ausgelösten Gefühlsmomente berücksichtigt, benutzt er die Vielfalt der Eindrücke nur dazu, um dem Gesamteindruck zu einer noch reicheren Einheit zu verhelfen. Du verstehst jetzt, warum der ästhetische Kritiker die eindeutigen Kunstformen ablehnt, die nur eine einzige Botschaft zu verkünden haben und danach leer und nichtssagend werden, und sich statt dessen lieber jenen Formen zuwendet, die Träume und Stimmungen wecken und durch ihre schwebende Schönheit alle Deutungen wahr und keine Deutung je endgültig machen. Selbstverständlich wird das schöpferische Werk des Kritikers eine gewisse Ähnlichkeit zu dem Werk aufweisen, das ihn zu seiner Schöpfung angeregt hat, doch handelt es sich dabei nicht um eine Ähnlichkeit, wie sie zwischen Natur und dem Spiegel besteht, den der Landschafts- oder Figurenmaler ihr vermeintlich vorhält, sondern wie sie zwischen der Natur und dem Werk des dekorativen Künstlers besteht. Wie auf den blumenlosen persischen Teppichen Tulpen und Rosen erblühen und lieblich anzuschauen sind, obwohl sie nicht in sichtbarer Linie und Form darin eingearbeitet sind; wie sich Perlgrau und Purpur der Seemuschel in der Markuskirche von Venedig wiederfinden; wie das Deckengewölbe der wunderbaren Kapelle von Ravenna im schimmernden Gold und Grün und Saphir des Pfauenschweifs erglänzt, obwohl die Vögel der Juno nicht darüber fliegen; so reproduziert auch der Kritiker das Werk, das er betrachtet, niemals auf bloß nachahmende Weise – vielmehr liegt der besondere Reiz der Kritik oftmals in der bewußten Vermeidung der Ähnlichkeit –, wodurch er uns nicht nur die Bedeutung, sondern auch das Geheimnis der Schönheit offenbart und, indem er jede Kunst in Literatur verwandelt, zugleich ein für allemal das Problem der Einheit aller Kunst löst.

Aber ich sehe, es ist Zeit zum Abendessen. Nachdem wir uns einem Chambertin und ein paar gebratenen Ortolanen gewidmet haben, wollen wir uns mit der Frage nach dem Kritiker als Interpreten befassen.

ERNEST: Aha! Du würdest also einräumen, daß es dem Kritiker bisweilen erlaubt ist, den Gegenstand so zu betrachten, wie er in Wirklichkeit ist?

GILBERT: Ich weiß nicht. Vielleicht bin ich nach dem Essen soweit. Ein gutes Mahl bewirkt oft Wunder.

ZWEITER TEIL

Mit einigen Anmerkungen über die Notwendigkeit, alles zu diskutieren

ERNEST: Die Ortolane waren himmlisch und der Chambertin vorzüglich, und jetzt wollen wir wieder über unser altes Problem diskutieren.

GILBERT: Oh, bitte nicht! Eine Unterhaltung sollte alles und jedes streifen, sich aber nirgends verbeißen. Laß uns doch lieber über »Die moralische Empörung, ihre Ursachen und ihre Heilung« sprechen, ein Thema, über das ich zu schreiben vorhabe, oder auch über »Die Wiederkehr des Thersites«, und zwar in den englischen Witzblättern, oder was uns sonst gerade in den Sinn kommt.

ERNEST: Nein, ich möchte über den Kritiker und die Kunst reden. Du hast mir auseinandergesetzt, daß die höchste Kritik sich mit der Kunst nicht unter dem Aspekt des Ausdrucks, sondern rein unter dem Aspekt des Eindrucks beschäftigt, daß sie gleichzeitig schöpferisch und unabhängig ist und damit eine eigene Kunst darstellt, die sich zum künstlerischen Schaffen genauso verhält, wie dieses sich zur sichtbaren Welt der Form und Farbe oder der unsichtbaren Welt der Leidenschaft und des Denkens verhält. Verrätst du mir nun noch, ob der Kritiker nicht manchmal auch zum wirklichen Deuter wird!

GILBERT: Ja, der Kritiker kann auch Deuter sein, wenn er es denn wünscht. Er kann vom synthetischen Gesamteindruck eines Kunstwerks zur Analyse oder

Detailbetrachtung des Werks übergehen, zumal es auch in dieser niedrigeren Sphäre, was sie in meinen Augen zweifellos ist, viele reizvolle Dinge zu beobachten und festzustellen gibt. Dennoch wird er nicht immer eine Deutung des Kunstwerks anstreben. Eher wird er versuchen, sein Geheimnis zu vertiefen, indem er über das Werk und seinen Schöpfer den Schleier des Wunders breitet, der den Göttern wie deren Dienern gleichermaßen teuer ist. Einfältige Menschen fühlen sich »ausgesprochen wohl in Zion«. Sie wollen nichts weiter, als sich beim Dichter unterzuhaken, und verkünden mit dreister Unbekümmertheit: »Warum sollen wir lesen, was andere über Shakespeare und Milton geschrieben haben? Wir haben doch deren Stücke und Gedichte. Das reicht vollkommen.« Dabei ist die Wertschätzung Miltons, wie der ehemalige Rektor von Lincoln einst bemerkte, der Lohn für ein ausdauerndes Studium. Und wer Shakespeare wirklich verstehen will, muß die Verbindungen Shakespeares zur Renaissance und zur Reformation, zum elisabethanischen und jakobinischen Zeitalter kennen; er muß vertraut sein mit der Geschichte des Streits um die Vorherrschaft zwischen den überlieferten klassischen Formen und dem neuen Geist der Romantik, zwischen den Schulen von Sidney, Daniel und Johnson und der Schule von Marlowe und Marlowes größerem Sohn; er muß die Quellen kennen, derer Shakespeare sich bediente, und wissen, wie er dabei vorging, ebenso die Bühnenpraxis des sechzehnten und siebzehnten Jahrhunderts, deren Begrenzungen und Spielräume, und natürlich auch die Literaturkritik zu Zeiten Shakespeares mit ihren Zielen, ihren Methoden und ihren Bewertungsmaßstäben; er muß den historischen Wandel der englischen Sprache studieren sowie die unterschiedlichen Entwicklungen von Blankvers und gereimtem Vers; er muß auch das griechische Drama und die Verbindungen untersuchen, die zwischen der Kunst des Schöpfers des Agamemnon und der Kunst des Schöpfers des Macbeth bestehen; kurzum, er muß das elisabethanische London an das Athen des Perikles anbinden können und Shakespeares wahre Stellung in der Geschichte des europäischen Dramas und der Weltliteratur kennen. Der Kritiker ist gewiß auch Interpret, aber er behandelt die Kunst nicht wie eine rätselhafte Sphinx, deren seichtes Geheimnis von dem zu enträtseln ist, dessen Füße wundgelaufen sind und der seinen Namen nicht weiß. Er betrachtet die Kunst vielmehr als eine Göttin, deren Geheimnis zu vertiefen seine Aufgabe und deren Majestät in den Augen der Menschen zu erhöhen sein besonderes Privileg ist.

Und hier, Ernest, geschieht etwas Seltsames. Der Kritiker mag gewiß auch Ausdeuter sein, aber niemals in dem Sinne, daß er einfach nur mit anderen Worten eine Botschaft wiederholt, die ihm in den Mund gelegt wurde. Denn wie die Kunst eines Landes nur durch die Begegnung mit der Kunst anderer Länder jenen eigentümlichen und unverwechselbaren Typus entwickelt, den wir als Nationalcharakter bezeichnen, so kann der Kritiker, in paradoxer Umkehrung, nur dadurch die Person und das Werk anderer deuten, daß er seine eigene Persönlichkeit hervorhebt, und je mehr er von seiner Persönlichkeit in die Deutung einbringt, desto gelungener, überzeugender und wahrer wird sie sein.

Ernest: Ich hätte die Persönlichkeit eher für einen Störfaktor gehalten.

Gilbert: Im Gegenteil, sie ist ein Mittel der Offenbarung. Wer einen anderen verstehen will, muß seine eigene Individualität stärken.

Ernest: Und wohin soll das führen?

Gilbert: Das will ich dir erläutern, vielleicht am besten durch ein treffendes Beispiel. Mir scheint, der literarische Kritiker nimmt den ersten Platz ein, weil er wie gesagt über das weiteste Spektrum, die umfassendste Perspektive und das edelste Material verfügt, doch ist auch allen anderen Künsten gewissermaßen ihr eigener Kritiker zugewiesen. Der Schauspieler ist der Kritiker des Dramas. Er zeigt das Werk des Dichters unter neuen Voraussetzungen und mit der ihm eigenen Methode. Er nimmt das geschriebene Wort, und Handlung, Gestik und Stimme werden zu Mitteln der Offenbarung. Der Sänger oder der Lauten- und Geigenspieler sind die Kritiker der Musik. Der Radierer beraubt ein Gemälde seiner leuchtenden Farben, doch zeigt er uns gerade durch die Verwendung eines neuen Materials dessen wahre Farbeigenschaften, die Töne und Abstufungen und die Verteilung der Flächen, so daß er auf seine Weise zum Kritiker des Werkes wird, denn von einem Kritiker erwarten wir, daß er uns ein Kunstwerk in einer Form darlegt, die nicht die des Werks selbst ist, und insofern ist die Verwendung eines neuen Materials ein ebenso kritisches wie schöpferisches Element. Auch die Bildhauerkunst hat ihre eigenen Kritiker, etwa den Edelsteinschneider zur Zeit der Griechen, oder einen Maler wie Mantegna, der auf der Leinwand die Schönheit der plastischen Linie oder die symphonische Erhabenheit des Figurenzugs auf einem Basrelief wiederzugeben suchte. Alle diese Beispiele schöpferischer Kritik machen deutlich, daß die Persönlichkeit unabdingbare

Voraussetzung für jede wahre Deutung ist. Wenn Rubinstein Beethovens *Sonata Appassionata* spielt, gibt er uns nicht nur Beethoven, sondern auch sich selbst, und darum den ganzen Beethoven – Beethoven, neu interpretiert durch ein großes künstlerisches Temperament und zu wundervollem Leben erweckt durch eine neue, kraftvolle Persönlichkeit. Das gleiche geschieht, wenn ein großer Schauspieler Shakespeare spielt. Seine eigene Individualität wird zu einem wesentlichen Teil der Interpretation. Bisweilen wird behauptet, Schauspieler präsentierten uns ihren eigenen Hamlet, nicht den Hamlet Shakespeares. Eben dieser Fehlschluß – denn darum handelt es sich – wird leider auch von dem entzückenden und anmutigen Autor wiederholt, der sich erst kürzlich aus dem Tumult der Literatur in den seligen Frieden des Unterhauses geflüchtet hat; ich meine den Autor von *Obiter Dicta.* Tatsächlich gibt es gar keinen Hamlet Shakespeares. Wenn die Figur Hamlet etwas von der Bestimmtheit eines Kunstwerks hat, besitzt sie doch auch die ganze Vieldeutigkeit eines lebendigen Wesens. Es gibt so viele Hamlets wie Spielarten der Melancholie.

ERNEST: So viele Hamlets wie Spielarten der Melancholie?

GILBERT: Genau. Denn da die Kunst der Persönlichkeit entspringt, kann sie auch nur durch Persönlichkeit enthüllt werden, und aus der Verbindung der beiden entsteht die wahre interpretierende Kritik.

ERNEST: Der Kritiker, als Interpret betrachtet, gibt also nicht weniger, als er empfängt, und er leiht so viel, wie er borgt?

GILBERT: Er wird uns immer das Kunstwerk in einem neuen Verhältnis zu unserer Zeit zeigen. Er wird uns stets daran erinnern, daß große Kunstwerke lebendig sind – im Grunde sogar das einzig Lebendige auf Erden. Dieses Empfinden, dessen bin ich mir sicher, wird so sehr zur Gewißheit reifen, daß die erlesenen Geister eines jeden Zeitalters, die kritischen und kultivierten Geister, mit dem Voranschreiten der Kultur und der Höherentwicklung des Menschen mehr und mehr das Interesse am wirklichen Leben verlieren und *danach streben werden, ihre Eindrücke fast ausschließlich aus dem zu schöpfen, was die Kunst berührt hat.* Denn das Leben besitzt einen erschreckenden Mangel an Takt. Seine Katastrophen ereignen sich auf unpassende Weise und treffen die falschen Leute. Seine Komödien umgibt ein groteskes Entsetzen, und seine Tragödien scheinen in bloßen Farcen zu gipfeln. Wo immer man sich mit ihm einläßt, wird man enttäuscht. Alles dauert entweder zu lange oder nicht lange genug.

Ernest: Armes Leben! Armes Menschenleben! Rühren dich denn nicht einmal die Tränen, die nach den Worten des römischen Dichters zu unserem Los dazugehören?

Gilbert: Sie rühren mich nur zu flink, wie ich fürchte. Denn wenn man auf das Leben zurückblickt, das einst im feurigen Glanz der Leidenschaft erstrahlte und von brennenden Momenten der Verzückung oder der Freude erfüllt war, scheint alles nur Trauer und Täuschung zu sein. Was könnte unwirklicher sein als die Leidenschaften, die früher wie Feuer in uns brannten? Was unglaubwürdiger als die Dinge, an die man aus tiefstem Herzen glaubte? Was sind die unwahrscheinlichsten Dinge? Doch die, die man selbst getan hat. Nein, Ernest, das Leben gaukelt uns wie ein Puppenspieler bloße Schatten vor. Wir bitten um Freude, und das Leben gewährt sie uns, gefolgt von Bitterkeit und Enttäuschung. Wir erleiden einen edlen Schmerz, von dem wir glauben, er werde unser Leben in den Purpurmantel der Tragödie hüllen, doch er entgleitet uns, und Unwürdiges tritt an seine Stelle, und an einem stürmischen, grauen Morgen oder einem von Wohlgerüchen und silbernem Schweigen erfüllten Abend entdecken wir, wie wir mit dumpfem Staunen oder gefühllos erstarrtem Herzen die goldschimmernde Locke anstarren, nach der wir uns einst so rasend verzehrt und die wir so leidenschaftlich geküßt haben.

ERNEST: Dann ist das Leben ein einziger Fehlschlag?

GILBERT: Vom künstlerischen Standpunkt aus ohne Zweifel. Und der Hauptgrund, warum das Leben vom künstlerischen Standpunkt aus so verfehlt erscheint, ist der gleiche, der dem Leben seine banale Sicherheit verleiht, nämlich die Tatsache, daß man die gleiche Empfindung niemals wiederholen kann. Wie anders dagegen verhält es sich in der Welt der Kunst! Hinter dir im Regal steht die *Göttliche Komödie*, und ich weiß, wenn ich das Buch an einer bestimmten Stelle aufschlage, wird mich ein glühender Haß auf jemanden überkommen, der mir nie ein Unrecht tat, oder ich werde von unendlicher Liebe für jemanden ergriffen, dem ich nie begegnen werde. Es gibt keine Stimmung oder Leidenschaft, in die uns die Kunst nicht versetzen kann, und wer ihr Geheimnis einmal entdeckt hat, kann im voraus bestimmen, welche Art von Erleben er sucht. Wir können den Tag und die Stunde frei wählen. Wir können beispielsweise sagen: »Morgen in der Dämmerung werden wir mit dem gravitätischen Vergil durch das Schattental des Todes schreiten«, und siehe da! Zur Dämmerstunde wandeln wir an der Seite des Mantuaners durch den finsteren Wald. Wir treten ein durch das Tor mit der Inschrift, aller Hoffnung zu entsagen, und erblicken dahinter mit Bedauern oder Freude die Schrecken einer anderen Welt. Die Heuchler ziehen mit ihren bemalten Gesichtern und Kappen aus vergoldetem Blei vorbei. Aus dem nie nachlassenden Sturm, der sie vor sich her treibt, starren uns die Fleischessünder an, und wir sehen die Ungläubigen, die ihr Fleisch geißeln, und die Völler, die Schnee und Hagel peitschen. Wir brechen die dürren Zweige vom Baum im Gehölz der Harpyien, und aus jedem dunklen, vergifteten Ast tropft vor unseren Augen rotes Blut herab, und es ertönt ein jämmerliches Klagen. Aus einer Feuerwölbung spricht Odysseus zu uns, und wenn der große Ghibelline sich aus seiner Flammengruft erhebt, spüren wir für einen Augenblick den Stolz, der über die Qualen dieses Grabes triumphiert. Durch das purpurne Zwielicht fliegen jene, die die Welt mit der Schönheit ihrer Sünde befleckt haben, und in der Grube der Aussätzigen liegt wassersüchtig und zur Form einer monströsen Laute aufgequollen Adamo di Brescia, der Falschmünzer. Er fleht uns an, die Klage seines Elends zu hören; wir bleiben stehen, und er erzählt uns mit trockenen, weit aufgerissenen Lippen, wie er Tag und Nacht von klaren Bächen träumt, die in kühlen, taubenetzten Kaskaden von den grünen Hügeln des Casentino rieseln. Sinon, der falsche Grieche aus Troja, verspottet ihn. Er schlägt ihm ins Gesicht, und sie ringen miteinander. Wie gebannt starren wir auf ihre Schmach, bis Vergil uns tadelt und weiter zu der von Riesen umstandenen Stadt geleitet, wo der mächtige Nimrod in sein Horn bläst. Den Schrecken, die uns dort erwarten, treten wir im Gewand Dantes und mit der Seele Dantes entgegen.

Auf der Überfahrt über die Sümpfe des Styx schwimmt Argenti durch schlammige Wogen an das Boot heran. Er ruft uns, doch wir stoßen ihn zurück. Mit Freuden vernehmen wir sein qualvolles Jammern, und Vergil lobt die Bitterkeit unseres Hohns. Wir schreiten weiter über den zu Kristall gefrorenen Kozyt, in dem die Verräter wie Halme im Glas stecken. Unser Fuß stößt gegen den Kopf des Bocca. Als er uns seinen Namen nicht preisgeben will, reißen wir ihm das Haar in dichten Büscheln aus dem heulenden Schädel. Alberigo fleht uns an, das Eis auf seinem Gesicht zu zerschlagen, daß er ein wenig weinen kann. Wir versprechen es ihm, doch nachdem er seine jammervolle Geschichte erzählt hat, halten wir unser Wort nicht und ziehen weiter; solche Grausamkeit will uns als wahre Pflicht erscheinen, denn wer wollte sich dazu herablassen, mit den von Gott Verdammten Mitleid zu haben? In einem Maul Luzifers sehen wir den, der Christus verriet, und in den Mäulern zur Linken und zur Rechten die beiden Männer, die Cäsar erschlugen. Wir erschaudern und eilen hinauf, wieder die Sterne zu sehen.

Im Fegefeuer ist die Luft freier, und der heilige Berg steigt im reinen Licht des Tages vor uns auf. Hier finden wir Frieden, so wie die, die vorübergehend hier weilen, auch wenn vor unseren Augen, noch bleich von den Giften der Maremmen, Madonna Pia vorbeizieht, und auch Ismene ist dort, noch gezeichnet vom irdischen Kummer. Seele um Seele läßt uns an ihrer Reue oder ihrer Freude teilhaben. Der, den die Trauer seiner Witwe den süßen Wermut des Schmerzes trinken lehrte, erzählt uns, wie Nella auf ihrem einsamen Lager betete, und aus dem Mund Buoncontes erfahren wir, wie eine einzige Träne einen sterbenden Sünder aus den Händen des Teufels retten kann. Sordello, der edle und hochmütige Lombarde, blickt von Ferne wie ein ruhender Löwe zu uns her. Kaum hat er vernommen, daß Vergil ein Landsmann aus Mantua ist, fällt er ihm um den Hals, und als er erfährt, daß dieses der Sänger Roms ist, sinkt er zu seinen Füßen nieder. In dem Tal, wo Gras und Blumen prächtiger sind als frisch gebrochener Smaragd und indisches Holz, strahlender als Scharlach und Silber, singen die, die einst Könige auf Erden waren. Nur Rudolf von Habsburg schweigt im Männerchor, Philipp von Frankreich schlägt sich auf die Brust, und Heinrich von England sitzt einsam abseits. Weiter und weiter steigen wir die Wundertrepppe hinauf, und die Sterne werden größer als je zuvor, der Gesang der Könige verhallt, und zuletzt gelangen wir zu den sieben goldenen Bäumen und zum Garten des irdischen Paradieses. In einem von Greifen gezogenen Wagen erscheint die eine, deren Stirn ein Ölzweig bekränzt, gehüllt in einen weißen Schleier, mit einem grünen Mantel und einem Gewand, das wie lebendiges Feuer strahlt. Die alte Flamme erwacht in uns. Das Blut hämmert in unseren Adern. Wir erkennen sie: Es ist Beatrice, die Frau, die wir verehrten. Das Eis, das unser Herz einschloß, zerschmilzt. Wilde Tränen der Bedrängnis brechen aus unseren Augen, und wir senken die Stirn, denn wir wissen, daß wir gesündigt haben. Nachdem wir Buße getan haben und gereinigt sind, aus Lethes Quell getrunken und in den Wassern der Eunoë gebadet haben, steigen wir mit der Gebieterin unserer Seele ins himmlische Paradies auf. Aus der ewigen Perle, dem Mond, neigt sich uns das Antlitz der Piccarda Donati zu. Wir sind von ihrer Schönheit verwirrt, und als sie versinkt wie ein Stein, den man ins Wasser wirft, blicken wir ihr sehnsüchtig hinterher. Das holde Gestirn der Venus ist voller Liebender. Cunizza, die Schwester Ezzelins und Auserwählte Sordellos, ist dort, und Folquet, der Minnesänger der Provence, der aus Kummer um Azalais der Welt entsagte, und die kanaanitische Dirne, deren Seele Christus als erste erlöste. Joachim von Fiore steht im Sonnenhimmel, wo Thomas von Aquin die Geschichte des heiligen Franziskus erzählt und Bonaventura die des heiligen Domenicus. Durch den rubinroten Feuerschweif des Mars nähert sich Cacciaguida. Er erzählt von dem Pfeil, der vom Bogen der Verbannung geschossen, wie salzig das Brot eines anderen schmeckt und wie steil die Treppen im Haus eines Fremden sind. Im Saturnhimmel singen die Seelen nicht, und selbst die, die uns führt, wagt nicht zu lächeln. Auf einer goldenen Leiter steigen züngelnde Flammen herab. Zuletzt erblicken wir den Strahlenring der Himmelrose. Beatrice richtet ihren Blick auf das Antlitz Gottes, um ihn nie wieder abzuwenden. Die selige Offenbarung wird uns zuteil; wir erkennen die Liebe, die Sonne und Sterne bewegt.

Ja, wir können die Erde sechshundert Umläufe zurückdrehen und mit dem großen Florentiner eins werden, mit ihm vor dem Altar niederknien und seine Verzückungen und seinen Spott teilen. Und wenn wir der alten Zeiten überdrüssig sind und unser eigenes Zeitalter in seiner ganzen Mattigkeit und Verderbtheit kosten wollen, gibt es nicht Bücher, die uns in einer einzigen Stunde mehr erleben lassen, als das Leben uns in zwanzig schändlichen Jahren gewährt? Dort neben dir liegt ein schmales Buch, eingebunden in nilgrünes Leder, in das goldene Seerosen geprägt und das mit hartem Elfenbein geglättet wurde. Es ist das Buch, das

Gautier so sehr liebte, Baudelaires Meisterwerk. Schlag es an der Stelle des traurigen Madrigals auf, wo es heißt:

Que m'importe que tu sois sage?
Sois belle! Et sois triste!

und du wirst größere Wonnen der Wehmut genießen, als du je Wonnen der Freude genossen hast. Dann lies das Gedicht über den Mann, der sich selbst peinigt, laß seine raffinierte Musik in dein Gehirn eindringen und deine Gedanken färben, und du wirst für einen Augenblick der sein, der dieses Gedicht schrieb; nein, nicht nur für einen Augenblick, sondern viele öde, mondhelle Nächte und sonnenlos kalte Tage wird eine Verzweiflung in dir hausen, die nicht deine eigene ist, und das Elend eines anderen wird an deinem Herzen nagen. Lies das ganze Buch, laß es deiner Seele nur eines seiner Geheimnisse zuflüstern, und deine Seele wird nach mehr verlangen, wird sich an giftigem Honig laben, wird Vergebung suchen für seltsame Verbrechen, die sie nie begangen hat, und für grausame Lüste büßen wollen, die sie nie gekannt hat. Und dann, wenn du dieser Blumen des Bösen überdrüssig geworden bist, wende dich den Blumen im Garten Perditas zu, kühle deine fiebrig-heiße Stirn in ihren taufeuchten Kelchen und laß deine Seele durch ihre Lieblichkeit Heilung und neue Kraft schöpfen; oder erwecke den entzückenden Syrer Meleager aus seinem vergessenen Grab, bitte den Liebhaber Heliods, seine Lieder zu singen, denn auch sie sind voller Blumen, rote Granatapfelblüten und Iris, die nach Myrrhe duften, geringelte Narzissen und tiefblaue Hyazinthen und Majoran und gezackte

Margeriten. Er schätzte den Duft der Bohnenfelder am Abend so sehr wie den des Lavendels, der auf den syrischen Hügeln wuchs, oder den frischen grünen Thymian, die Würze des Weinkelchs. Die Füße seiner Geliebten, die durch den Garten wandelte, erschienen ihm wie Lilien, die über Lilien gehen. Sanfter als schlaftrunkene Mohnblüten waren ihre Lippen, sanfter als Veilchen und nicht weniger duftend. Die flammengleiche Krokusblüte reckte sich aus dem Gras empor, um sie zu betrachten. Allein für sie bewahrte die schlanke Narzisse den kühlen Regen; und für sie vergaßen die Anemonen die sizilianischen Winde, die sie umwarben. Und weder Krokus noch Anemone oder Narzisse kamen ihrer Schönheit gleich.

Die Übertragung des Gefühls ist etwas Seltsames. Wir spüren die Leiden der Dichter, und der Sänger leiht uns seinen Schmerz. Tote Lippen künden uns ihre Botschaft, und zu Staub zerfallene Herzen teilen uns ihre Freude mit. Wir eilen, den blutenden Mund Fantines zu küssen, und wir folgen Manon Lescaut über die ganze Welt. Der rasende Liebeswahn des Tyrers ist genauso unser wie das Grauen des Orest. Es gibt keine Leidenschaft, die wir nicht fühlen könnten, keinen Genuß, der uns vorenthalten bliebe, und wir können frei entscheiden, wann wir uns ihnen hingeben wollen und wann wir genug haben. Leben! Leben! Was kann das Leben schon zu unserer Erfüllung und unserer Erfahrung beitragen. Es ist beschränkt durch Umstände, unzusammenhängend in seinen Äußerungen und ohne jene feine Übereinstimmung von Form und Geist, die allein das künstlerische und kritische Temperament zufriedenzustellen vermag. Für seine Güter verlangt es von uns einen viel zu hohen Preis, und noch für das geringste seiner Geheimnisse müssen wir eine maßlos übertriebene Summe entrichten.

Ernest: Das heißt, wir müssen alles in der Kunst suchen?

Gilbert: Alles. Denn die Kunst verletzt uns nicht. Die Tränen, die wir im Theater vergießen, sind ein Beispiel für die köstlichen, folgenlosen Empfindungen, die zu wecken Aufgabe der Kunst ist. Wir weinen, aber wir sind nicht verwundet. Wir leiden, aber unser Schmerz ist nicht bitter. Im tatsächlichen Leben ist der Schmerz, wie Spinoza bemerkt hat, der Durchgang zu einer geringeren Vollkommenheit. Aber der Schmerz, mit dem uns die Kunst erfüllt, reinigt und weiht uns gleichermaßen, um den großen Kunstkritiker der Griechen noch einmal zu zitieren. Durch die Kunst und nur durch die Kunst können wir unsere Vollendung erlangen; durch die Kunst und nur durch die Kunst können wir uns vor dem gemeinen Schmutz des wirklichen Lebens schützen. Dies beruht nicht allein auf der Tatsache, daß nichts von dem, was wir uns vorzustellen vermögen, wert ist getan zu werden und unsere Vorstellungskraft unbegrenzt ist, sondern auch auf dem subtilen Gesetz, demzufolge die Empfindungskräfte, nicht anders als die Kräfte der physikalischen Welt, in ihrer Reichweite und ihrer Intensität begrenzt sind. Wir können bis zu einem gewissen Punkt fühlen, weiter nicht. Und was macht es schon, mit welchen Freuden uns das Leben lockt oder mit welchen Schmerzen es unsere Seele zu quälen und zu verstümmeln sucht, wenn man im Schicksal derer, die nie gelebt haben, das wahre Geheimnis der Freude entdeckt und bittere Tränen über den Tod derer vergossen hat, die wie Cordelia und die Tochter des Barbantio niemals sterben können?

Ernest: Entschuldige bitte. In allem, was du da sagst, scheint mir etwas zutiefst Amoralisches zu liegen.

Gilbert: Alle Kunst ist amoralisch.

Ernest: Alle Kunst?

Gilbert: Ja. Denn das Ziel der Kunst besteht in der Empfindung um des Empfindens willen, während die Empfindung um der Tat willen das Ziel des Lebens und eben auch jener praktischen Organisation des Lebens ist, die wir Gesellschaft nennen. Die Gesellschaft, Ursprung und Grundlage aller Moral, existiert einzig zur Bündelung der menschlichen Kräfte, und zur Sicherung ihres Fortbestands und ihres inneren Gleichgewichts verlangt sie von jedem Bürger, zweifellos mit Recht, daß er einen wie auch immer gearteten Beitrag zum Gemeinwohl leistet und sein tägliches Arbeitspensum unter Schweiß und Mühe verrichtet. Die Gesellschaft verzeiht oft dem Verbrecher, niemals aber verzeiht sie dem Träumer. Die schönen, zweckfreien Stimmungen, die die Kunst in uns weckt, sind ihr verhaßt, und die Leute stehen so sehr unter der Tyrannei dieses schrecklichen Gesellschaftsideals, daß sie bei privaten Empfängen wie auch an für die Öffentlichkeit zugänglichen Orten schamlos auf einen zukommen und mit lauter Stentorstimme fragen: »Woran arbeiten Sie?«, während doch die Frage: »Womit beschäftigen Sie Ihren Geist?« die einzige wäre, die ein zivilisiertes Individuum je einem anderen zuflüstern dürfte. Sie meinen es zweifellos gut, diese vor Ehrbarkeit strahlenden Biedermänner. Vielleicht ist gerade das der Grund für ihre unerträgliche Penetranz. Aber irgendwer sollte sie darüber belehren, daß die Kontemplation, die in den Augen der Gesellschaft als die schwerste Sünde gilt, derer sich ein Bürger schuldig machen kann, in den

Augen der Höchstkultivierten die wahre dem Menschen zugedachte Beschäftigung ist.

Ernest: Die Kontemplation?

Gilbert: Ganz recht, die Kontemplation. Ich habe vorhin schon gesagt, es sei viel schwieriger, über eine Sache zu reden, als sie zu tun. Jetzt will ich noch hinzufügen, daß nichts zu tun die schwierigste Sache der Welt ist, die schwierigste und auch die intellektuellste. Für Platon, der so leidenschaftlich nach Wahrheit strebte, war sie die edelste Lebenskraft. Aristoteles, der Wissensdurstige, betrachtete sie ebenfalls als vornehmste Lebenskraft. Und zu ihr führte auch das leidenschaftliche Streben nach Heiligkeit den Heiligen und den Mystiker des Mittelalters.

Ernest: Wir leben also, um nichts zu tun?

Gilbert: Der Auserwählte lebt, um nichts zu tun. Alles Handeln ist begrenzt und relativ. Unbegrenzt und absolut hingegen ist der Gesichtskreis dessen, der ruhig dasitzt und beobachtet, der einsam dahinwandelt und träumt. Wir aber, die am Ausgang dieses wunderbaren Zeitalters Geborenen, sind gleichermaßen zu kultiviert und zu kritisch, geistig zu sehr verfeinert und zu sehr auf raffinierte Genüsse aus, um das tatsächliche Leben gegen das Nachdenken über das Leben einzutauschen. Für uns ist die *città divina* ohne Farbe und die *fruitio Dei* ohne Sinn. Metaphysische Spekulationen sind unserer Wesensart fremd, und religiöse Ekstase ist etwas, das der Vergangenheit angehört. Die Welt, die den Philosophen aus Platons Schule zum »Betrachter der ganzen Zeit und alles Seins« macht, ist keine wirklich ideale Welt, sondern bloß eine Welt der abstrakten Ideen. Wenn wir sie betreten, frösteln wir unter der eisigen Mathematik des Denkens. Die Höfe der Stadt Gottes sind uns verschlossen. Vor ihren Toren wacht die Unwissenheit, und um Einlaß zu finden, müßten wir alles aufgeben, was in unserer Natur am göttlichsten ist. Es reicht, daß unsere Väter gläubig waren. Sie haben die Glaubensfähigkeit der Gattung erschöpft. Uns haben sie den Skeptizismus vermacht, der sie so sehr ängstigte. Hätten sie ihn in Worte gefaßt, würde er vermutlich nicht in unserem Denken fortleben. Nein, Ernest. Wir können nicht zum Heiligen zurückkehren. Uns kann der Sünder weit mehr lehren. Wir können auch nicht zum Philosophen zurückkehren, und der Mystiker führt uns in die Irre. Wer, wie Mr. Pater an einer Stelle bemerkt, würde die Rundung eines einzelnen Rosenblattes gegen jenes formlose, unbegreifliche Sein eintauschen, dem Platon so großen Wert beimißt? Was bedeuten uns heute noch die Offenbarungen des Philon, der Abgrund Eckharts, die Visionen Böhmes, ja selbst der ungeheure Himmel, der sich vor Swedenborgs geblendeten Augen auftat? All dies ist weniger als der gelbe Blütentrichter einer einzelnen Narzisse auf dem Feld, unendlich weniger als die einfachste der sichtbaren Künste; denn wie die Natur Materie ist, die zum Geist drängt, so ist die Kunst Geist, der in Materie gekleidet wurde, und darum spricht sie auch in ihren unscheinbarsten Äußerungsformen Sinne und Seele zugleich an. Der ästhetische Sinn empfindet alles Vage und Verschwommene immer als abstoßend. Die Griechen waren ein Volk von Künstlern, weil sie vom Bewußtsein des Unendlichen verschont blieben. Wie Aristoteles, wie Goethe, nachdem er Kant gelesen hatte, streben wir nach dem sinnlich Faßbaren, und nur dieses sinnliche Faßbare vermag uns zu genügen.

Ernest: Was also schlägst du vor?

GILBERT: Mir scheint, daß uns die Entwicklung des kritischen Geistes dazu befähigen wird, nicht nur unser eigenes Leben, sondern das kollektive Leben der gesamten Menschheit zu verwirklichen und damit absolut modern zu werden, und zwar modern im ursprünglichen Wortsinn. Derjenige, für den allein die Gegenwart existiert, weiß nichts von der Zeit, in der er lebt. Um das neunzehnte Jahrhundert zu verstehen, muß man alle vorherigen Jahrhunderte verstehen, aus denen es hervorgegangen ist. Um etwas über sich selbst zu wissen, muß man alles über die anderen wissen. Es darf keine Stimmungen geben, die man nicht nachempfinden kann, keine abgestorbene Lebensform, die man nicht mit neuem Leben zu erfüllen vermag. Ist das unmöglich? Ich glaube nicht. Indem das wissenschaftliche Prinzip der Vererbung uns den mechanischen Charakter allen Handelns erschlossen und uns so von der selbstauferlegten hinderlichen Last moralischer Verantwortlichkeit befreit hat, liefert es uns sozusagen eine Rechtfertigung des kontemplativen Lebens. Es hat uns gezeigt, daß wir nie unfreier sind als in dem Augenblick, da wir zu handeln versuchen. Es hat uns mit den Netzen des Jägers umstellt und die Prophezeiung unseres Untergangs an die Wand gemalt. Wir mögen es nicht erkennen, da es uns im Inneren antreibt. Wir können es nur in einem Spiegel wahrnehmen, der unsere Seele spiegelt. Es ist die Nemesis ohne ihre Maske, die letzte und schrecklichste aller Schicksalsgöttinnen. Es ist die einzige Gottheit, deren wirklichen Namen wir kennen.

Und dennoch, auch wenn es in der Sphäre des praktischen äußeren Lebens die Tatkraft ihrer Freiheit und das Handeln seiner Wahl beraubt hat, so tritt es in der subjektiven Sphäre, dort, wo die Seele wirkt, als ein dunkler Schatten an uns heran und bereitet zahllose Gaben vor uns aus, die Gaben der eigentümlichen Veranlagung und der gesteigerten Empfänglichkeit, die Gaben der flammenden Begeisterung und der kühlen Teilnahmslosigkeit, die vielgestaltigen Gaben der einander widerstreitenden Gedanken und sich gegenseitig bekämpfenden Leidenschaften. Und so leben wir nicht unser eigenes Leben, sondern das Leben der Toten, und die Seele, die in uns wohnt, ist kein einzelnes geistiges Wesen, das unsere Person und unsere Individualität ausmacht, uns stets zu Diensten ist und uns einzig zu unserer Freude eingehaucht wurde. Sie ist vielmehr ein Wesen, das an schauerlichen Orten gehaust und sich in den Grabhöhlen der Vorzeit herumgetrieben hat. Sie trägt zahllose Krankheiten mit sich und die Erinnerung an unaussprechliche Sünden. Sie ist weiser als wir, und ihre Weisheit ist bitter. Sie erfüllt uns mit unstillbarem Verlangen und läßt uns Dingen hinterherjagen, von denen wir wissen, daß wir sie nie erreichen können. Eins aber, Ernest, kann sie für uns tun. Sie kann uns aus einer Umgebung herausführen, deren Schönheit durch den Schleier der Gewohnheit getrübt ist oder deren gemeine Häßlichkeit und schmutzigen Belange die Vollendung unserer Entwicklung aufhalten. Sie kann uns helfen, dem Zeitalter zu entkommen, in das wir hineingeboren wurden, und in andere Zeitalter einzutauchen und nicht von deren Lebensgefühl abgeschnitten zu sein. Sie kann uns lehren, aus unserer eigenen Erfahrung auszubrechen und die Erfahrungen anderer zu machen, die größer sind als wir. Der Schmerz Leopardis, der sich gegen das Leben empört, wird unser Schmerz. Theokrit bläst auf seiner Flöte, und wir lachen mit den Lippen der Nymphen und Hirten. Im Wolfsfell des Pierre Vidal fliehen wir vor den Hunden, und in der Rüstung Lancelots reiten wir fort von der Laube der Königin. Unter der Kutte Abälards haben wir das Geheimnis unserer Liebe geflüstert, und in den schmutzigen Lumpen Villons unsere Schande in Lieder verwandelt. Mit Shelleys Augen können wir die Dämmerung sehen, und wandern wir mit Endymion durch die Nacht, verliebt sich der Mond in unsere Jugend. Uns gehört die Qual des Atys, genau wie das schreckliche Toben und der edle Kummer des Dänenprinzen. Glaubst du, daß uns die Phantasie befähigt, so zahllose Leben zu leben? Gewiß doch, allein die Phantasie, und die Phantasie ist ein Ergebnis der Vererbung. Sie ist nichts weiter als die verdichtete Erfahrung der Menschheit.

Ernest: Wo aber kommt bei all dem der kritische Geist ins Spiel?

Gilbert: Die Kultur, die durch diese Überlieferung der Menschheitserfahrung möglich wird, kann allein durch den kritischen Geist vervollkommnet werden, ja, man kann sogar sagen, sie ist eins mit ihm. Denn was wäre der wahre Kritiker anderes, als jemand, der die Träume, Gedanken und Gefühle unzähliger Generationen trägt und dem keine Denkweise fremd, keine Gefühlsregung dunkel erscheint? Und wer dürfte als kultiviert gelten, wenn nicht derjenige, der durch intensives Studium und beherztes Aussondern einen selbstbewußten und sicheren Instinkt erworben hat, um sagen zu können, was ein großes Werk ist und was nicht? Der also durch beständige Lektüre und Vergleich die Geheimnisse der Stile und Schulen kennt, ihren Sinn begreift, ihren Stimmen lauscht und jenen Geist vorurteilsfreier

Neugier entwickelt, der die wahre Wurzel wie die wahre Blüte des geistigen Lebens ist? Der auf diesem Wege zu geistiger Klarheit gelangt und, im Wissen um »das Beste, was in der Welt gewußt und gedacht wird«, mit denen lebt – wie sich ohne Übertreibung sagen läßt –, die wir die Unsterblichen nennen?

Ja, Ernest: das kontemplative Leben, jenes Leben, dessen Ziel nicht im *Tun*, sondern im *Sein* liegt, und auch nicht im bloßen *Sein*, sondern im *Werden* – das ist es, was uns der kritische Geist geben kann. Die Götter leben so: entweder, wie Aristoteles uns versichert, über ihre eigene Vollkommenheit nachsinnend oder aber, wie Epikur glaubte, mit dem unbeteiligten Blick des Zuschauers die Tragikomödie der Welt betrachtend, die sie selbst geschaffen haben. Auch wir könnten so leben und uns als Zuschauer den wechselvollen Empfindungen hingeben, die das Treiben der Menschen und der Natur in uns wecken. Wir könnten uns vergeistigen, indem wir allem Handeln entsagen und unser Wesen durch die Zurückweisung der Tatkraft vervollkommnen. Browning scheint eine Ahnung davon besessen zu haben. Shakespeare drängt seinen Hamlet ins aktive Leben und läßt ihn seinen Auftrag durch Taten erfüllen. Browning hätte uns einen Hamlet präsentiert, der seinen Auftrag durch Denken erfüllt hätte. Vorfall und Ereignis gelten ihm als unwirklich und bedeutungslos. Er erhob die Seele zum Protagonisten der Tragödie des Lebens und betrachtete die Handlung als das einzige undramatische Element eines Theaterstücks. Für uns jedenfalls ist der *ΒΙΟΣ ΘΕΩΡΗΤΙΚΟΣ* das wahre Ideal. Vom hohen Turm des Denkens blicken wir auf diese Welt. Gelassen, selbstzufrieden und frei von jedem Drang, betrachtet der ästhetische Kritiker das Leben, und kein zufällig abgeschossener Pfeil kann die Fugen seines Harnischs durchdringen. Er wenigstens ist sicher. Er hat entdeckt, wie man leben soll.

Ist ein solches Leben amoralisch? Gewiß; alle Künste sind amoralisch, ausgenommen die niederen Formen der sinnlichen oder belehrenden Kunst, die uns zu guten oder schlechten Taten anstiften wollen. Denn jede Form des Handelns gehört in den Bereich der Ethik. Das Ziel der Kunst aber besteht allein im Hervorbringen einer Stimmung. Ist ein solches Leben unpraktisch? Pah! Es ist gar nicht so leicht, unpraktisch zu sein, wie der kleingeistige Philister sich das vorstellt. Es stünde besser um England, wenn dem so wäre. Kein Land der Welt hätte unpraktische Menschen nötiger als wir. Bei uns wird das Denken durch seine ständige Ausrichtung auf praktische Belange herabgewürdigt. Wer von denen, die sich im Lärm und Geschrei des Alltags tummeln, ob nun der redenschwingende Politiker, der psalmodierende Sozialreformer oder der engstirnige Priester, dessen Verstand durch das Elend jenes unbedeutenden Teils der Gesellschaft, für den er sich verantwortlich glaubt, getrübt ist, wollte denn ernstlich behaupten, er könne über irgendeine Sache ein unparteiisches, intellektuelles Urteil bilden? Jeder Beruf bringt ein Vorurteil mit sich. Die Notwendigkeit, Karriere zu machen, zwingt einen jeden, Partei zu ergreifen. Wir leben in einem Zeitalter der Übereifrigen und Untergebildeten, einem Zeitalter, in dem die Leute vor lauter Betriebsamkeit verblöden. Und, so hart es auch klingen mag, in meinen Augen haben die Leute ihr Schicksal verdient. Die sicherste Art, blind durchs Leben zu gehen, besteht darin, sich nützlich zu machen.

ERNEST: Eine wirklich entzückende Doktrin, Gilbert.

GILBERT: Da bin ich mir nicht so sicher, aber zumindest ist ihr bescheidener Verdienst, daß sie wahr ist. Daß der Drang, anderen Gutes zu tun, die Wohltäter wie Pilze aus dem Boden schießen läßt, ist noch das Geringste der dadurch hervorgerufenen Übel. Der Wohltäter ist ein überaus interessantes Studienobjekt, denn auch wenn die moralische Pose unter allen Posen die ärgerlichste ist, so ist es doch immerhin etwas, überhaupt eine Pose zu besitzen. Man erkennt damit ausdrücklich die Notwendigkeit an, das Leben von einem klaren und begründeten Standpunkt aus anzugehen. Daß das humanitäre Mitgefühl sich im Widerstreit mit der Natur befindet, indem es das Überleben des Ausschusses sichert, mag den Mann der Wissenschaft gegen diese leicht zu erringenden Tugenden aufbringen. Der Nationalökonom mag sich darüber ereifern, daß es den Sorglosen auf eine Stufe mit dem Vorsorgenden stellt und so das Leben seines stärksten, weil gemeinsten, Antriebs zur Betriebsamkeit beraubt. In den Augen des Denkers allerdings liegt der wahre Schaden, den das moralische Mitgefühl anrichtet, darin, daß er unser Wissen begrenzt und so verhindert, daß wir auch nur eines unserer sozialen Probleme lösen. Gegenwärtig bemühen wir uns, die aufziehende Krise oder auch die drohende Revolution, wie meine Freunde, die Fabier, sie nennen, durch die Verteilung von Spenden und Almosen abzuwehren. Nun, wenn die Revolution oder Krise dann tatsächlich eintritt, werden wir hilflos dastehen, weil wir nichts begriffen haben. Darum, Ernest, machen wir uns nichts vor. England wird nie ein zivilisiertes Land werden, bevor wir nicht den Staat Utopia unserem Herrschaftsgebiet hinzugefügt haben. Für den Gewinn dieses glanzvollen Reichs könnten wir getrost mehr als eine unserer Kolonien abtreten. Wir brauchen vor allem unpraktische Leute, die über den Augenblick hinaussehen und über den Tag hinausdenken. Wer das Volk führen will, ist gezwungen, sich dem Pöbel anzuschließen. Nur ein einsamer Rufer in der Wüste kann den Göttern den Weg bereiten.

Du magst vielleicht denken, daß im Zuschauen und Betrachten um der bloßen Freude des Zuschauens und Betrachtens willen etwas ausgesprochen Egoistisches steckt. Wenn ja, sprich es nicht aus. Nur ein durch und durch habsüchtiges Zeitalter wie das, in dem wir leben, vermag jene seichten, gefühlsseligen Tugenden, die ihren praktischen Gewinn in sich tragen, über die erhabenen Tugenden des Geistes stellen. Außerdem schießen all die Philanthropen und zarten Seelen unserer Tage, die ständig die Pflicht gegenüber unserem Nächsten im Munde führen, an ihrem vermeintlichen Ziel vorbei. Denn die Entwicklung der Gattung hängt von der Entwicklung des Individuums ab, und wo die Ausbildung der eigenen Persönlichkeit als Ideal abgedankt hat, ist das Absinken des intellektuellen Niveaus, wenn nicht gar dessen gänzliches Verschwinden, die unmittelbare Folge. Wer bei einem Diner einen Menschen trifft, der sein Leben mit der Erziehung seiner selbst verbracht hat – eine zugegeben seltene Spezies in unseren Tagen, aber dennoch nicht völlig ausgestorben –, erhebt sich mit einem Gefühl der Bereicherung von der Tafel und im Bewußtsein, vorübergehend von einem hohen Ideal berührt und geheiligt worden zu sein. Wie schlimm aber, Ernest, ist es, neben einem Menschen zu sitzen, der sein Leben lang versucht hat, andere zu erziehen! Welch eine grausame Tortur! Was für eine entsetzliche Borniertheit, die unvermeidlich aus der fatalen Gewohnheit resultiert, anderen seine persönlichen Überzeugungen mitteilen zu wollen! Wie sehr dieser Mensch durch seine geistige Beschränktheit auffällt! Wie sehr er uns und fraglos auch sich selbst anödet mit seinen endlosen Wiederholungen und seiner krankhaften Besserwisserei! Wie sehr er jedes Anzeichen geistigen Wachstums vermissen läßt! Wie verhängnisvoll ist der Kreis, in dem er sich unablässig bewegt!

ERNEST: Deine Worte klingen eigenartig betroffen, Gilbert. Hast du eine solche Tortur, wie du es nennst, erst kürzlich über dich ergehen lassen müssen?

GILBERT: Nur den wenigsten bleibt dies erspart. Man hört immer wieder, der Schulmeister sterbe aus. Ich wünschte beileibe, dem wäre so. Aber der Menschentypus, von dem er nur ein und gewiß noch der harmloseste Vertreter ist, scheint mir wahrhaftig unser Leben zu beherrschen; und wie auf ethischem Gebiet der Philanthrop die größte Plage ist, so ist es im Bereich des Geistes derjenige, der so sehr damit beschäftigt ist, andere zu erziehen, daß er nie Zeit gehabt hat, an seine eigene Erziehung zu denken. Nein, Ernest, die Kultivierung der eigenen Person ist das wahre Ideal des Menschen. Goethe hat dies erkannt, und dafür schulden wir Goethe mehr Dank als irgendeinem anderen Menschen seit den Tagen der Griechen. Die Griechen haben es erkannt und dem modernen Denken sowohl den Begriff des kontemplativen Lebens wie auch die kritische Methode, durch die allein dieses Lebensideal verwirklicht werden kann, als ihr Vermächtnis hinterlassen. Es hat die Renaissance groß gemacht und uns den Humanismus geschenkt. Und nur dieses Ideal wäre imstande, unser eigenes Zeitalter groß zu machen; denn die eigentliche Schwäche Englands liegt nicht in der mangelhaften Bewaffnung oder in unzureichend gesicherten Küsten, nicht in der Armut, die durch sonnenlose Gassen schleicht, oder der Trunksucht, die im Schmutz der Hinterhöfe randaliert, sondern einzig und allein in der Tatsache, daß seine Ideale emotionaler anstatt geistiger Natur sind.

Ich will nicht leugnen, daß ein intellektuelles Ideal schwer zu erreichen ist, und noch weniger läßt sich bestreiten, daß es unter der breiten Masse unbeliebt ist und vermutlich auch viele Jahre noch unbeliebt bleiben wird. Es ist so leicht für die Leute, Mitgefühl für die Leidenden zu empfinden. Wie schwer ist es dagegen, Mitgefühl für das Denken zu entwickeln. Tatsächlich verstehen die einfachen Leute so wenig vom Denken, daß sie zu glauben scheinen, sie könnten eine Theorie zu Fall bringen, indem sie sie als gefährlich bezeichnen, obwohl doch gerade solche Theorien die einzigen sind, die irgendeinen geistigen Wert besitzen. Eine Idee, die nicht gefährlich ist, ist es nicht wert, überhaupt Idee genannt zu werden.

Ernest: Du verwirrst mich immer mehr, Gilbert. Erst erzählst du mir, alle Kunst sei ihrem Wesen nach amoralisch. Willst du mir jetzt auch noch weismachen, alles Denken sei seinem Wesen nach gefährlich?

Gilbert: Ja, zumindest was das praktische Leben angeht. Die Sicherheit einer Gesellschaft als ein gesunder Organismus setzt die Abwesenheit jeglicher Intelligenz unter ihren Mitgliedern voraus. Die große Mehrheit der Bevölkerung weiß dies und schlägt sich naturgemäß auf die Seite des glorreichen Systems, das sie in den Rang von Maschinen erhebt, während sie gleichzeitig die Zuständigkeit des Geistes für irgendeine Frage des alltäglichen Lebens so vehement bestreitet, daß man geneigt sein könnte, den Menschen als ein vernunftbegabtes Tier zu bezeichnen, das immer dann die Fassung verliert, wenn von ihm verlangt wird, sein Handeln mit den Postulaten der Vernunft in Einklang zu bringen. Geben wir uns aber nicht weiter mit dem Bereich des Praktischen und den gemeingefährlichen Philanthropen ab und überlassen wir sie der Gnade des mandeläugigen Weisen vom Gelben Fluß, Chuang Tsŭ, der gezeigt hat, wie jene wohlmeinenden und aufdringlichen Weltverbesserer alle einfachen und spontanen Tugenden im Menschen vernichtet haben. Sie sind ein so unerquickliches Thema, daß ich mich beeilen möchte, zu jenem Bereich zurückzukehren, in dem der kritische Geist sich ungehemmt entfalten kann.

ERNEST: Dem Bereich des Intellekts?

GILBERT: Ja. Du erinnerst dich, daß ich den Kritiker als auf seine Art genauso schöpferisch wie den Künstler bezeichnet habe, dessen Werk vielleicht nur insofern von Wert ist, als es dem Kritiker den Anstoß zu neuen Formen des Denkens oder Fühlens gibt, die er mit der gleichen, wenn nicht gar mit größerer Klarheit gestalten und denen er durch die Anwendung eines noch unverbrauchten Ausdrucksmittels eine andersartige Schönheit und Vollkommenheit verleihen kann. Du scheinst dieser Auffassung mit einiger Skepsis gegenüberzustehen. Oder sehe ich das falsch?

ERNEST: Wirklich skeptisch bin ich nicht, aber ich muß gestehen, daß ein Werk, wie es der Kritiker nach deinen Ausführungen schafft – und fraglos handelt es sich dabei um ein schöpferisches Werk –, meiner festen Überzeugung nach gar nicht anders als rein subjektiv sein kann, während doch große Schöpfungen immer objektiv sind, objektiv und unpersönlich.

Gilbert: Der Unterschied zwischen einem objektiven und einem subjektiven Werk besteht einzig in der äußeren Form. Er ist zufällig, nicht wesentlich. Jede künstlerische Schöpfung ist absolut subjektiv. Die Landschaft, die Corot betrachtete, war, wie er selber sagte, nur eine Stimmung seiner Seele; und die großen Gestalten des griechischen oder englischen Dramas, die unabhängig von den Dichtern, die sie geformt und gestaltet haben, eine eigene Existenz zu besitzen scheinen, sind letztendlich doch nichts anderes als diese Dichter selbst, nicht, wie sie zu sein glaubten, sondern wie sie nicht zu sein glaubten, und gerade darum in seltsamer Verkehrung, wenn auch nur für einen Augenblick, tatsächlich wurden. So wenig wir uns selbst übersteigen können, kann auch ein Kunstwerk nichts enthalten, was nicht im Schöpfer angelegt war. Ich würde sogar behaupten, je objektiver eine Schöpfung zu sein scheint, desto subjektiver ist sie in Wirklichkeit. Shakespeare mag Rosenkranz und Güldenstern in den weißen Straßen Londons begegnet sein oder gesehen haben, wie die Diener verfeindeter Häuser auf offener Straße einander beschimpften, aber Hamlet entstieg so rein seiner Seele wie Romeo seiner Leidenschaft. Beide waren Teile seines Wesens, denen er sichtbare Gestalt verlieh, Impulse, die sich so stark in ihm regten, daß er ihnen gewissermaßen freien Lauf lassen mußte, aber nicht auf der niederen Ebene des alltäglichen Lebens, wo sie beschnitten, eingeschränkt und nie zur tatsächlichen Vollendung gelangt wären, sondern auf der höheren Ebene der Kunst, wo die Liebe wirklich im Tod ihre reiche Erfüllung findet, wo man den Lauscher hinter dem Wandbehang ersticht und in einem frisch ausgehobenen Grab ringt, wo man den schuldigen König das eigene Gift zu trinken zwingt und den Geist seines Vaters sieht, wie er im Mondschein in voller Eisenrüstung von einer Nebelwand zur anderen schreitet. Das Handeln in seiner Begrenztheit hätte Shakespeare nicht genügt und die Verwirklichung dessen, was in ihm steckte, beschnitten; und wie er alles erreichte, weil er sich des Handelns enthielt, so enthüllt er sich in seinen Stücken so vollkommen, weil er nie von sich spricht, und er zeigt uns darin sein wahres Wesen und Temperament viel umfassender als in jenen seltsamen, einzigartigen Sonetten, in denen er die geheimsten Winkel seines Herzens dem hellen Blick des Betrachters öffnet. Ja, die objektive Form ist in Wahrheit die subjektivste. Der Mensch ist am wenigsten er selbst, wenn er in eigener Person spricht. Gib ihm eine Maske, und er wird die Wahrheit sagen.

Ernest: Dann könnte aber der Kritiker, da er an die subjektive Form gebunden ist, sich weniger vollständig ausdrücken als der Künstler, dem doch stets alle unpersönlichen und objektiven Formen zu Gebote stehen.

Gilbert: Nicht unbedingt. Und erst recht nicht, wenn er erkennt, daß jede Art der Kritik in ihrer höchsten Vollendung lediglich eine Stimmung darstellt und daß wir nie getreuer gegenüber uns selbst sind, als wenn wir inkonsequent sind. Der ästhetische Kritiker, konsequent allein in der Anerkennung des Grundsatzes der Schönheit in allen Dingen, wird überall nach neuen Eindrücken suchen und wird in den verschiedenen Schulen das Geheimnis ihres Zaubers entdecken; vielleicht wird er sich vor fremden Altären beugen oder auch, wenn es ihm gefällt, unbekannten neuen Göttern zulächeln. Was andere Leute unsere Vergangenheit nennen, mag ihnen furchtbar wichtig erscheinen, hat aber mit uns selbst nichts zu tun. Wem seine Vergangenheit lieb ist, verdient es nicht, eine Zukunft zu haben. Sobald man den Ausdruck für eine Stimmung gefunden hat, kann man sie als überholt betrachten. Du lachst, aber glaube mir, es ist so. Gestern noch waren alle vom Realismus fasziniert. Man fand darin jenen *nouveau frisson*, den er zu vermitteln suchte. Man analysierte ihn und wurde seiner überdrüssig. Zur Abendstunde traten die Luministen in der Malerei und die Symbolisten in der Dichtung auf den Plan, und der Geist des Mittelalters, der weniger einer bestimmten Epoche als einem bestimmten Temperament angehört, erwachte plötzlich im verwundeten Rußland und weckte durch die Faszination des Leidens kurze Zeit unsere Neugierde. Heute ertönt der Ruf nach Romantik, und schon zittern die Blätter im Tal, und auf purpurnen Hügelkuppen schreitet die Schönheit mit schlanken goldenen Füßen dahin. Die alten Schaffensformen leben natürlich weiter fort. Die Künstler reproduzieren entweder sich selbst oder einander in unermüdlicher Eintönigkeit. Die Kritik aber schreitet immer voran, und der Kritiker entwickelt sich ständig weiter.

Im übrigen ist der Kritiker auch keineswegs an die subjektive Form des Ausdrucks gebunden. Er kann sich dramatischer wie auch epischer Formen bedienen. Oder er benutzt die Dialogform, wie jener Autor, der Milton ein Gespräch mit Marvel über das Wesen der Komödie und der Tragödie führen und Sidney und Lord Brooke unter den Eichen von Penshurst über Literatur diskutieren ließ; oder er wählt die Form der Erzählung, wie es Mr. Pater mit Vorliebe tut, der uns in seinen imaginären Porträts – und genau so heißt ja auch sein Buch – unter der vermeintlichen Maske der Dichtung höchst kunstreiche kritische Essays präsentiert, einen über den Maler Watteau, einen über die Philosophie Spinozas, einen dritten über die heidnischen Elemente der Frührenaissance und zuletzt einen in mancherlei Hinsicht bedeutungsvollen Essay über den Ursprung der sogenannten »Aufklärung«, jener im letzten Jahrhundert in Deutschland entstandenen Geistesbewegung, der unsere eigene Kultur so vieles verdankt. Der Dialog, diese wunderbare literarische Form, der alle schöpferischen Kritiker von Platon bis Lukian, von Lukian bis Giordano Bruno und von Bruno bis zu dem großen alten Heiden, den Carlyle so sehr schätzte, sich bedient haben, wird für den Denker zweifellos nie seine Anziehungskraft als Ausdrucksmittel verlieren. Hier findet er die Möglichkeit, sein eigenes Ich zu enthüllen oder zu verhüllen, jedem Einfall Form und jeder Stimmung Realität zu verleihen. Durch ihn kann er einen Gegenstand von jedem Gesichtspunkt aus darlegen und wie ein Bildhauer gleichsam plastisch zeigen, um so die vielfältige, lebendige Wirkung der Nebenaspekte zu nutzen, die sich im Laufe der Darstellung des zentralen Gedankengangs unverhofft ergeben und zu seiner Verdeutlichung beitragen, oder auch jene glücklichen nachträglichen Einfälle, die das Hauptthema abrunden und dennoch etwas vom feinen Reiz des Zufälligen behalten.

Ernest: Und er hat die Möglichkeit, einen Kontrahenten zu erfinden und ihn ganz nach Belieben durch irgendein absurdes sophistisches Argument zu bekehren.

Gilbert: Ach was! Es ist ja so leicht, andere zu bekehren. Wie schwer ist es dagegen, sich selbst zu bekehren. Um herauszufinden, woran man wirklich glaubt, muß man mit fremden Lippen reden. Um die Wahrheit zu erfahren, muß man unzählige Lügen erfinden. Denn was ist Wahrheit? In Fragen der Religion ist es schlichtweg die Überzeugung, die sich durchgesetzt hat. In Fragen der Wissenschaft ist es die jeweils neuste Entdeckung. In Fragen der Kunst ist es die letzte Stimmung, für die man sich begeistert. Und jetzt verstehst du auch, Ernest, warum der Kritiker ebenso viele objektive Formen des Ausdrucks zur Verfügung hat wie der Künstler. Ruskin kleidete seine Kritik in dichterische Prosa und besticht vor allem durch seine zahllosen Wandlungen und Widersprüche; Browning benutzte den Blankvers und ließ Maler und Dichter ihre Geheimnisse offenbaren; M. Renan gebraucht den Dialog, Mr. Pater den Roman, und Rossetti hat die Farben Giorgiones und die Linien Ingres' wie auch seine eigenen Linien und Farben in die Musik seiner Sonette übertragen, spürte er doch mit dem sicheren Instinkt dessen, dem viele Ausdrucksformen zu Gebote stehen, daß die Literatur die höchste Kunst und daß das subtilste und vollkommenste Medium die Sprache ist.

Ernest: Gut, nachdem du nun nachgewiesen hast, daß dem Kritiker alle objektiven Formen zur Verfügung stehen, würde ich gerne wissen, welche Eigenschaften der wahre Kritiker besitzen sollte.

Gilbert: Welche sollte er denn deiner Meinung nach haben?

Ernest: Also, ich denke, er sollte vor allen Dingen gerecht sein.

Gilbert: Ah, nicht doch! Ein Kritiker kann im herkömmlichen Sinne gar nicht gerecht sein. Man kann nur über Dinge, die einen nicht interessieren, unparteiisch urteilen, was zweifellos auch der Grund dafür ist, warum ein unparteiisches Urteil stets vollkommen wertlos ist. Wer beide Seiten einer Streitfrage sieht, sieht letztlich gar nichts. Die Kunst ist eine Leidenschaft, und in Kunstdingen ist das Denken unweigerlich von Gefühlen gefärbt, also eher fließend als bestimmt, und da es von erlesenen Stimmungen und außergewöhnlichen Momenten abhängt, kann es auch nicht in eine starre wissenschaftliche Formel oder ein theologisches Dogma gezwängt werden. Die Kunst spricht zur Seele, und die Seele kann ebensosehr zur Gefangenen des Geistes wie zur Gefangenen des Leibes gemacht werden. Natürlich sollte man keine Vorurteile haben; doch wie schon ein großer Franzose vor hundert Jahren bemerkte, sollte man in diesen Dingen durchaus Vorlieben entwickeln, und wer Vorlieben besitzt, hört auf, gerecht zu sein. Nur ein Auktionator kann alle Schulen der Kunst mit dem gleichen unparteiischen Interesse bewundern. Nein, Gerechtigkeit ist keine Eigenschaft, die den wahren Kritiker auszeichnet. Sie ist nicht einmal eine Voraussetzung der Kritik. Jede Kunstform, der wir uns zuwenden, nimmt uns vorübergehend so gefangen, daß jede andere ausgeschlossen wird. Wir müssen uns dem betreffenden Werk, was immer es sei, völlig ausliefern, wenn wir sein Geheimnis ergründen wollen. Für die Dauer unserer Beschäftigung dürfen, ja können wir an nichts anderes denken.

ERNEST: Der wahre Kritiker wird aber doch vernünftig sein, oder?

GILBERT: Vernünftig? Es gibt zwei Arten, die Kunst zu verachten, Ernest. Entweder man haßt sie, oder aber man liebt sie mit dem Verstand. Denn die Kunst, wie schon Platon nicht ohne Bedauern erkannte, bewirkt im Zuhörer oder Zuschauer eine Art göttlichen Wahnsinns. Sie entspringt nicht der Inspiration, aber sie ist Inspiration für andere. Die Vernunft jedenfalls ist nicht die Eigenschaft, an die sie sich wendet. Wenn man die Kunst ernsthaft liebt, muß man sie über alles andere in der Welt lieben, und dagegen würde die Vernunft rebellieren, wenn man denn auf sie hören würde. Die Anbetung der Schönheit ist alles andere als gesund. Sie ist viel zu euphorisch, um gesund zu sein. Diejenigen, die ihr ganzes Leben auf sie ausrichten, werden in den Augen der Umwelt stets als Traumtänzer erscheinen.

Ernest: Dann wird der Kritiker zumindest aufrichtig sein?

Gilbert: Halbe Aufrichtigkeit ist eine gefährliche Sache, und ganze Aufrichtigkeit ist absolut fatal. Der wahre Kritiker wird zweifellos dem Prinzip der Schönheit gegenüber unbedingt aufrichtig sein, aber er wird die Schönheit in jedem Zeitalter und in jeder Schule suchen und sich niemals auf eine bestimmte Denkweise oder eine allgemeingültige Form der Betrachtung festlegen wollen. Er wird sich in vielerlei Formen und auf tausend verschiedenen Wegen verwirklichen und stets für neue Empfindungen und neue Gesichtspunkte offen sein. Durch ständige Veränderungen, und zwar ausschließlich durch ständige Veränderungen, wird er zu einer wahren Einheit finden. Er wird sich nicht zum Sklaven seiner Überzeugungen machen. Denn was wäre der Geist anderes als Bewegung im Bereich des Intellekts? Das Wesen des Denkens liegt wie das Wesen des Lebens im Wachstum. Laß dich durch das Reden anderer nicht erschrecken, Ernest. Was die Leute Unaufrichtigkeit schimpfen, ist nichts als eine Methode, durch die wir unsere Persönlichkeit vervielfältigen können.

Ernest: Ich befürchte, meine Bestimmungsversuche waren allesamt nicht sehr glücklich.

Gilbert: Zwei der drei Eigenschaften, die du genannt hast, nämlich Aufrichtigkeit und Gerechtigkeit, gehören wenn schon nicht der Moral, so doch zumindest deren Grenzbereich an, während vom Kritiker als erste Voraussetzung der Kritik die Einsicht erwartet wird, daß der Bereich der Kunst und der Bereich der Ethik gänzlich getrennt und unabhängig voneinander sind. Wo man beide verwechselt, ist ein heilloses Durcheinander die Folge. In England geschieht dies heutzutage nur allzu häufig, und wenn auch unsere modernen Puritaner das Schöne nicht völlig zerstören können, so können sie die Schönheit durch ihren blinden Eifer wenigstens vorübergehend beflecken. Bedauerlicherweise finden diese Leute vornehmlich im Journalismus Ausdruck. Bedauerlich deshalb, weil sich auch viel Gutes über den modernen Journalismus sagen läßt. Indem er uns über die Ansichten der Ungebildeten informiert, verlieren wir nie die Ignoranz der breiten Masse aus den Augen. Indem er geflissentlich über das aktuelle Tagesgeschehen berichtet, zeigt er uns, wie unwichtig diese Ereignisse im Grunde sind. Und indem er pausenlos Belanglosigkeiten diskutiert, hilft er uns klarer sehen, welche Dinge für unsere Kultur wesentlich sind und welche nicht. All dies sollte aber dem armen Tartüff nicht das Recht geben, Artikel über moderne Kunst zu schreiben. Der Journalismus verspielt damit nur seinen Kredit. Dennoch haben Tartüffs Artikel und Chadbands Bemerkungen zumindest ein Gutes: Sie zeigen, wie außerordentlich begrenzt der Bereich ist, für den die Ethik und ethische Erwägungen Geltung beanspruchen dürfen. Die Wissenschaft befindet sich außerhalb der Moral, da ihr Interesse einzig den ewigen Wahrheiten gilt. Genauso befindet sich die Kunst außerhalb der Moral, da ihr Blick auf die schönen, unsterblichen und ständig wechselnden Dinge gerichtet ist. Der Moral gehören allein die niederen und weniger intellektuellen Sphären. Doch lassen wir den großschwätzigen Puritaner ruhig gelten; er hat immerhin auch seine komischen Seiten. Wer müßte nicht lachen, wenn ein mittelmäßiger Journalist allen Ernstes den Vorschlag macht, das Themenspektrum der Kunst müsse begrenzt werden? Begrenzt werden sollte, und hoffentlich schon sehr bald, das Wirkungsfeld einiger unserer Zeitungen und deren Tintenkleckser. Denn sie haben uns nichts als die nackten, schmutzigen und widerwärtigen Fakten des Alltags zu bieten. Sie vermelden mit würdelosem Eifer die Sünden der kleinen Leute und versorgen uns mit der Gewissenhaftigkeit der Ungebildeten noch mit den kleinsten und persönlichsten Details aus dem Leben von Leuten, die nicht das geringste Interesse beanspruchen dürfen. Der Künstler aber, der die Fakten des Alltags hinnimmt und sie dennoch in schöne Formen verwandelt, aus ihnen Gegenstände des Mitleids oder der Ehrfurcht schafft, sie in ihrer ganzen Farbigkeit, ihrem Zauber und ihrer wahren ethischen Bedeutung zeigt und aus ihnen eine neue Welt baut, die wirklicher ist als die Wirklichkeit selbst und dazu noch edler und erhabener – wer wollte ihm Grenzen setzen? Nicht die Apostel dieses neuen Journalismus, der den alten an Geschmacklosigkeit noch übertrifft. Nicht die Apostel des neuen Puritanismus, der nichts als das Gewinsel der Heuchler ist und so schlecht schreibt, wie er redet. Schon die bloße Vorstellung ist lächerlich. Lassen wir diese Kleingeister unter sich und kommen wir auf die Eigenschaften zu sprechen, die den wahren Kritiker auszeichnen.

ERNEST: Und welche wären das? Ich bin ganz Ohr.

GILBERT: Temperament ist das erste Erfordernis für den Kritiker – ein Temperament, das ausgesprochen empfänglich ist für die Schönheit und die vielfältigen Eindrücke, welche die Schönheit in uns weckt. Unter welchen Voraussetzungen und durch welche Mittel dieses Temperament in einem Volk oder im Individuum erzeugt wird, können wir hier nicht erörtern. Es genügt, an dieser Stelle festzuhalten, daß es existiert und daß in uns ein Schönheitssinn lebt, der neben und über den anderen Sinnen steht, neben der Vernunft und ungleich edler, neben der Seele und genauso wichtig – ein Sinn, der einige zum Schaffen drängt, andere wiederum, und zwar die meiner Meinung nach feineren Geister, zur bloßen Kontemplation. Um aber zur Reinheit und Vollkommenheit zu gelangen, bedarf dieser Sinn einer gewissen förderlichen Umgebung. Ohne sie verkümmert er oder wird stumpf. Du erinnerst dich an die bezaubernde Stelle, in der Platon darlegt, wie ein junger Grieche erzogen werden sollte, und welch großen Wert er dabei der Umgebung beimißt, indem er festhält, der Knabe müsse umgeben von herrlichen Gebilden und Klängen heranwachsen, damit die Schönheit der materiellen Dinge seine Seele empfänglich mache für die geistige Schönheit. Unmerklich und ohne den Grund zu kennen, soll sich in ihm die echte Liebe zum Schönen entwickeln, die, wie Platon uns zu gemahnen nie müde wird, das wahre Ziel der Erziehung ist. Schrittweise soll so in ihm ein Temperament geweckt werden, das ihn auf ganz natürliche und einfache Weise dazu bringt, das Gute dem Bösen vorzuziehen, alles Vulgäre und Mißklingende abzustoßen und mit feinem, instinktivem Geschmack dem zu folgen, was Grazie, Anmut und Liebreiz besitzt. Zu gegebener Zeit wird dieser Geschmack zuletzt kritisch und selbstbewußt werden, doch zunächst soll er bloß als kultivierter Instinkt vorhanden sein, und »wer diese wahre Kultur des Inneren empfangen hat, wird mit klarem und sicherem Blick die Unzulänglichkeiten und Fehler in Kunst und Natur entdecken; er wird mit untrüglichem Geschmack das Gute preisen, Gefallen daran finden, es in seine Seele aufnehmen und so selbst gut und edel werden, zu Recht aber das Böse bereits in den Tagen der Jugend bloßstellen und hassen, noch bevor er den tieferen Grund dafür zu begreifen vermag«. Und wenn dann später der kritische, selbstbewußte Geist in ihm reift, wird er ihn »als einen Freund, mit dem ihn seine Erziehung über viele Jahre vertraut gemacht hat, wiedererkennen und willkommen heißen«. Ich brauche wohl kaum zu sagen, Ernest, wie weit wir in England von diesem Ideal entfernt sind, und ich kann mir das strahlende Lachen im pausbäckigen Gesicht des Philisters gut vorstellen, wenn man ihm unvermittelt eröffnete, das eigentliche Ziel der Erziehung sei die Liebe zur Schönheit, und die Mittel auf dem Weg dorthin seien die Entwicklung des Temperaments, die Erziehung des Geschmacks und die Erweckung des kritischen Geistes.

Dennoch gibt es auch für uns noch letzte Enklaven einer anmutigen Umgebung, und die Langeweile der Tutoren und Professoren stört wenig, solange man in den grauen Kreuzgängen des Magdalen College umherschlendern oder dem flötenhellen Gesang in der Kapelle von Waynfleete lauschen kann, wenn man auf der grünen Wiese inmitten der seltsamen, wie Schlangen gemusterten Schachbrettblumen liegt und die vergoldeten Wetterfahnen der Türme unter der gleißenden Mittagssonne in noch prächtigeres Gold getaucht sieht, oder wenn man unter dem dunklen, fächerförmig ausgebreiteten Deckengewölbe von Christ Church die Stufen emporsteigt oder durch das reichverzierte Tor des Laud-Flügels im St. John's College hindurchschreitet. Zudem wird der Schönheitssinn nicht nur in Oxford oder Cambridge gebildet, angeleitet und zur Reife gebracht. Überall in England ist eine Renaissance der dekorativen Künste zu beobachten. Die Tage der Häßlichkeit sind vorbei. Selbst in den Häusern der Reichen herrscht Geschmack, und die Häuser derer, die nicht reich sind, hat man wohnlich, behaglich und freundlich eingerichtet. Caliban, der arme, fluchende Caliban glaubt, wenn er nur aufhört, über ein Ding Grimassen zu schneiden, verschwinde es ganz von selbst. Dabei höhnt er allein deshalb nicht mehr, weil man ihm einen noch schärferen, beißenderen Spott, als er selbst ihn pflegte, entgegengestellt hat und ihm ein Schweigen aufzwang, das seine häßlich verzerrten Lippen für immer schließen sollte. Bisher hat man allerdings vornehmlich daran gearbeitet, den Weg freizuräumen. Es ist immer schwieriger, etwas zu zerstören, als neu zu schaffen, und wenn es um die Zerstörung von Vulgarität und Dummheit geht, braucht man für diese Aufgabe nicht nur Mut, sondern auch Verachtung. Dennoch scheint mir diese Aufgabe weitgehend erfüllt. Wir haben uns des Schlechten entledigt. Nun müssen wir uns an die Schaffung des Schönen machen. Und auch wenn es der Auftrag der ästhetischen Bewegung ist, die Menschen zur Kontemplation statt zum Schaffen anzuleiten, so besitzt der Kelte doch einen starken schöpferischen Instinkt, und da der Kelte in der Kunst den Ton angibt, besteht kein Grund, warum diese seltsame Renaissance in naher Zukunft auf ihre Weise nicht genauso mächtig werden sollte wie vor einigen Jahrhunderten die Neugeburt der Kunst in den Städten Italiens.

Gewiß, für die Ausbildung des Temperaments müssen wir uns an die dekorativen Künste halten: an die Künste, die uns berühren, nicht an die, die uns belehren. Moderne Bilder sind zweifellos mit Genuß anzuschauen. Zumindest einige von ihnen. Aber man kann sie unmöglich länger um sich haben; dazu sind sie zu raffiniert, zu eindeutig, zu durchdacht. Ihre Absichten sind so offensichtlich, und ihre Machart tritt zu klar hervor. Was sie uns zu sagen haben, erschöpft sich in kürzester Zeit, und danach sind sie so aufdringlich wie die Verwandtschaft. Die Werke einiger Pariser und Londoner Impressionisten gefallen mir durchaus. Subtilität und hohe Meisterschaft zeichnen diese Schule immer noch aus. Einige ihrer Arrangements und Harmonien erinnern einen immer wieder an die einzigartige Schönheit von Gautiers unsterblicher *Symphonie en Blanc Majeur*, dieses makellose Meisterwerk der Farbe und Musik, dem viele ihrer besten Bilder wohl ihre Anregung wie auch ihren Titel verdanken. Für eine Künstlergruppe, die dem Dilettanten eilfertige Sympathie entgegenbringt, die das Bizarre mit dem Schönen und das Vulgäre mit dem Wahren verwechselt, sind sie erstaunlich vollendet. Sie stellen Radierungen her, die die geschliffene Brillanz von Epigrammen haben, Pastelle, die wie Paradoxe verblüffen, und was ihre Porträts angeht, was auch immer der Durchschnittsgeschmack gegen sie einwenden mag, es kann niemand bestreiten, daß sie jenen einzigartigen, wundervollen Charme besitzen, der aus reiner Phantasie geborene Werke auszeichnet. Doch selbst die Impressionisten, so gewissenhaft und fleißig sie auch sein mögen, können unseren Erwartungen nicht genügen. Wie gesagt, ich schätze sie. Ihr weißer Grundton und die darübergelegten Variationen in Lila haben eine eigene Ära der Farbe begründet. Mag der Augenblick auch nicht den ganzen Menschen schaffen, so schafft er gewiß den Impressionisten, und was ließe sich gegen das Festhalten des Augenblicks in der Kunst, gegen das »Monument eines Augenblicks«, wie Rossetti es nannte, einwenden? Außerdem sind sie durchaus nicht ohne Wirkung geblieben. Sie haben vielleicht nicht den Blinden die Augen geöffnet, aber sie haben wenigstens den Kurzsichtigen Mut gemacht, und wenn ihre Anführer auch die ganze Unerfahrenheit des Alters besitzen, so ist der Nachwuchs viel zu weise, um nicht seine eigenen Ziele zu verfolgen. Trotzdem werden sie die Malerei weiterhin als eine Form der Autobiographie betrachten, die zum Nutzen der Ungebildeten erfunden wurde; und sie werden unbeirrt darin fortfahren, auf ihren rauhen, grobkörnigen Leinwänden ihr belangloses Selbst und ihre belanglosen Anschauungen vor uns auszubreiten und durch eine vulgäre Übertreibung jene feine Verachtung der Natur zu verderben, die doch ihr bestes und einzig bescheidenes Verdienst ist. Zu guter Letzt ermüden einen die Werke von Individuen, die ihre Individualität plakativ in den Vordergrund rücken und in der Regel wenig Interesse wecken. Weit mehr läßt sich dagegen über die neue Pariser Schule sagen, die sich die »Archaicistes« nennen. Sie weigern sich, den Künstler ganz der Gnade des Wetters auszuliefern, und sehen ihr Ideal daher auch nicht in bloßen atmosphärischen Effekten, sondern streben nach der abstrakten Schönheit der Form und dem Glanz leuchtender Farben; indem sie den ermüdenden Realismus derer ablehnen, die nur malen, was sie sehen, versuchen sie Dinge zu sehen, die des Sehens wert sind, und zwar nicht nur mit dem rein physikalischen Blick der Augen, sondern mit dem vornehmeren Blick der Seele, der ein viel weiteres geistiges Spektrum erfaßt und den höheren künstlerischen Absichten entspringt. Im Hinblick auf das Dekorative arbeiten sie jedenfalls unter den Voraussetzungen, die jede Kunst zu ihrer Vervollkommnung braucht, und sie verfügen über ausreichend Schönheitssinn, um jene stumpfe und geistlose Verpflichtung zur absoluten Modernität der Form zu verwerfen, die den Ruin so vieler Impressionisten bedeutet hat. Nach wie vor ist die Kunst, die sich unumwunden dekorativ gibt, diejenige, mit der man leben kann. Unter allen sichtbaren Künsten ist sie die einzige, die Stimmungen in uns weckt und uns zum Nachdenken reizt. Die reine Farbe, ohne die Last einer tieferen Bedeutung und losgelöst von aller Form, kann auf tausend verschiedenen Wegen zur Seele sprechen. Die Harmonie, die dem subtilen Zusammenspiel von Linien und Flächen innewohnt, spiegelt sich im Geist des Betrachters wider. Die Wiederholung bestimmter Muster gibt uns Ruhe. Der rätselhafte Zauber der Zeichnung regt die Phantasie an. Schon die bloße Anmut der verwendeten Materialien enthält subtile Elemente der Kultur. Und das ist noch nicht alles. Durch die bewußte Ablehnung der Natur als Schönheitsideal wie auch des in der Malerei üblichen Nachahmungsprinzips macht die dekorative Kunst die

Seele nicht nur für Werke der reinen Phantasie empfänglich, sondern sie erzeugt in ihr auch das Formgefühl, das die Grundlage des schöpferischen wie des kritischen Schaffens bildet. Denn der wahre Künstler folgt nicht dem Weg vom Gefühl zur Form, sondern von der Form zum Denken und zur Leidenschaft. Er empfängt nicht zuerst eine Idee und sagt sich: »Ich will meinen Einfall zu einem strengen, vierzehnzeiligen Versgebilde ausgestalten«, sondern er läßt sich von der Schönheit des Sonettschemas und den darin verborgenen Klangwirkungen und Reimmöglichkeiten leiten, so daß ihm die Form selbst den Weg weist, wie er sie füllen und ihr eine gedankliche und emotionale Vollendung verleihen kann. Von Zeit zu Zeit ereifert sich die Welt über irgendeinen kunstsinnigen Dichter, weil er – wie der abgedroschene, dumme Vorwurf lautet – »nichts zu sagen hat«. Hätte er etwas zu sagen, würde er es vermutlich auch tun, und das Ergebnis wäre jämmerlich. Gerade weil er keine Botschaft zu verkünden hat, kann er ein wundervolles Werk schaffen. Er gewinnt seine Eingebung aus der Form, und zwar allein aus der Form, wie es sich für einen Künstler gehört. Eine wirklich empfundene Leidenschaft würde alles verderben. Was tatsächlich geschieht, ist für die Kunst verloren. Schlechte Poesie geht stets auf echte Gefühle zurück. Natürlich sein bedeutet eindeutig sein, und eindeutig sein bedeutet unkünstlerisch sein.

Ernest: Ich frage mich, ob du das alles auch wirklich so meinst.

Gilbert: Aber wieso? Nicht nur in der Kunst ist der Körper die Seele. Überall im Leben steht am Anfang die Form: Die rhythmisch-harmonischen Bewegungen des Tanzes, sagt Platon, wecken auch Rhythmus und

Harmonie in unserem Geist. Formen sind die Nahrung des Glaubens, bekennt Newman in einem der großen Momente absoluter Aufrichtigkeit, die uns diesen Mann bewundern und verstehen lehrten. Er hatte recht, wenngleich er nicht gewußt haben mag, wie furchtbar recht er hatte. Glaubensbekenntnisse finden ihre Anhänger, nicht weil sie vernünftig sind, sondern weil sie wiederholt werden. Jawohl; die Form ist alles. Sie ist das Geheimnis des Lebens. Finde einen Ausdruck für deinen Schmerz, und du wirst ihn zu schätzen lernen. Finde einen Ausdruck für deine Freude, und du steigerst dein Entzücken. Du willst Liebe empfinden? Stimme ihr immergleiches Lied an, und die Worte werden das Sehnen in dir wecken, von dem die Welt glaubt, es lasse die Worte erst hervorsprudeln. Nagt ein bitterer Kummer an deinem Herzen? Tauche ein in die Sprache des Kummers, lerne ihren Ausdruck von Prinz Hamlet und Königin Constantia, und du wirst feststellen, daß schon das bloße Aussprechen Trost spendet und daß die Form, der Anfang aller Leidenschaft, zugleich das Ende des Schmerzes ist. Um zurück zur Kunst zu kommen; auch hier ist es die Form, die nicht nur das kritische Temperament schafft, sondern auch den ästhetischen Instinkt, jene unfehlbare Begabung, die uns die verborgene Schönheit in allen Dingen entdecken läßt. Lerne die Form zu schätzen, und kein Geheimnis der Kunst wird dir verborgen bleiben, und bedenke, daß sowohl in der Kritik wie beim Schaffen das Temperament alles ist und daß die historische Einteilung der Kunstrichtungen nicht nach der Entstehungszeit ihrer Werke, sondern nach den Temperamenten erfolgen sollte, an die sie sich wenden.

ERNEST: Deine Vorschläge zur Erziehung klingen

vielversprechend. Welchen Einfluß aber wird ein Kritiker besitzen, der in einer solchen Umgebung groß geworden ist? Glaubst du wirklich, ein Künstler ließe sich je durch Kritik beeinflussen?

Gilbert: Der Einfluß des Kritikers wird in seiner bloßen Existenz bestehen. Er wird den Idealtypus darstellen. In ihm wird sich die Kultur eines Jahrhunderts verwirklicht sehen. Man darf von ihm kein anderes Ziel als die Vollendung seiner selbst erwarten. Das Streben des Intellekts, wie man zu Recht bemerkt hat, zielt einzig darauf, sich als etwas Lebendiges zu fühlen. Der Kritiker mag durchaus den Wunsch verspüren, Einfluß auszuüben; nur wird er sich dabei nicht dem einzelnen Individuum, sondern seinem Zeitalter widmen und versuchen, dessen Bewußtsein zu wecken, es empfänglicher zu machen, neue Wünsche und Begierden zu entflammen und ihm seine kühnen Entwürfe und verfeinerten Empfindungen zu vermitteln. Die Kunst von heute wird ihn weniger beschäftigen als die Kunst von morgen, weit weniger als die Kunst von gestern, und was läßt sich schon von den vielen Fleißigen sagen, die sich gegenwärtig so redlich abmühen? Sie geben zweifellos ihr Bestes, weshalb wir auch ihr Schlechtestes bekommen. Den besten Absichten entspringen immer noch die schlechtesten Werke. Und außerdem, mein lieber Ernest, wenn ein Mann die Vierzig erreicht oder in die Royal Academy aufgenommen wird oder in den Athenaeum Club gewählt wird oder zum Populärautor aufsteigt, dessen Bücher auf den Bahnhöfen in der Provinz sehr gefragt sind, mag man ihn mit Genuß zerreißen, nur wird man nie das Vergnügen haben, ihn zu bekehren. Und ich möchte sogar behaupten, daß er sich glücklich schätzen darf; denn die Bekehrung ist gewiß weit schmerzhafter als die Bestrafung, ja, sie ist sogar die härteste und moralischste Form der Strafe – was zugleich die Erklärung dafür ist, warum unsere sämtlichen Bemühungen zur Resozialisation derer, die wir als Gewohnheitsverbrecher bezeichnen, gescheitert sind.

Ernest: Aber ist es nicht so, daß dem Dichter das treffendste Urteil über die Dichtung und dem Maler das treffendste Urteil über die Malerei zusteht? Jede Kunst muß sich doch zunächst an den Kritiker wenden, der in ihr zu Hause ist. Sein Urteil wird doch den größten Wert besitzen?

Gilbert: Alle Kunst wendet sich einfach an das künstlerische Temperament. Die Kunst richtet sich nicht vornehmlich an den Spezialisten. Sie beansprucht für sich, allumfassend und in allen ihren Manifestationen eins zu sein. In der Tat ist der Künstler weit davon entfernt, ein verläßlicher Kunstrichter zu sein, und ein wirklich großer Künstler versteht sich so wenig auf die Beurteilung der Werke eines anderen, wie er sein eigenes Werk nur mit Mühe beurteilen kann. Die visionäre Kraft, die ihn zum Künstler macht, beschränkt durch ihre Intensität seine Fähigkeit zu einem verständigen Urteil. Sein Schaffensdrang treibt ihn blind dem eigenen Ziel entgegen. Die Räder seines Gefährts hüllen ihn in eine dichte Staubwolke. Die Götter bleiben voreinander verborgen. Sehen können sie allein ihre Verehrer, mehr nicht.

Ernest: Du behauptest also, ein großer Künstler kann die Schönheit im Werk eines anderen nicht erkennen?

Gilbert: Es ist ihm schlechterdings unmöglich. Wordsworth sah im *Endymion* nur ein nettes heidnisches Gedicht, und Shelley war aufgrund seiner Ablehnung des Wirklichen taub für Wordsworths Botschaft, deren Form ihn abstieß, und Byron, dieser große, leidenschaftliche und zerrissene Mensch, konnte weder dem Dichter der Wolke noch dem Dichter des Sees etwas abgewinnen, und auch das Wunderbare an Keats blieb ihm verborgen. Sophokles war der Realismus des Euripides verhaßt. Er erkannte nur Mißklang in einem Schwall heißer Tränen. Milton mit seinem Sinn für großen Stil konnte Shakespeares Dichtung ebensowenig verstehen wie Sir Joshua die Malerei Gainsboroughs. Schlechte Künstler bewundern immer die Werke des jeweils anderen. Sie halten dies für ein Zeichen von Toleranz und Unvoreingenommenheit. Aber ein wirklich großer Künstler kann sich gar keine andere Darstellungsweise des Lebens oder der Schönheit vorstellen als seine eigene. Das eigene Schaffen nimmt die kritischen Fähigkeiten so sehr in Beschlag, daß für die Künste anderer nichts mehr übrigbleibt. Eben darum kann derjenige ein Werk am besten beurteilen, der selbst nicht schaffen kann.

Ernest: Ist das dein Ernst?

Gilbert: Ja, denn das Schaffen engt den Blickwinkel ein, wohingegen die Kontemplation ihn erweitert.

Ernest: Aber wie steht es um die Technik? Gewiß besitzt jede Kunst ihre eigene Technik?

Gilbert: Zweifellos: Jede Kunst hat ihre Grammatik und ihr Material. Beide sind kein Geheimnis, und selbst der Stümper lernt ihre fehlerfreie Beherrschung. Doch wenn die Gesetze, auf denen die Kunst beruht, sich auch einwandfrei bestimmen und festlegen lassen, so gelangen sie nur dort zur wahren Vollendung, wo die Einbildungskraft ihnen eine solche Schönheit verleiht, daß sie allesamt wie Ausnahmen erscheinen. Technik ist in Wahrheit Persönlichkeit. Genau aus diesem Grund kann der Künstler sie nicht lehren, der Schüler sie nicht lernen und der ästhetische Kritiker sie verstehen. Für den großen Dichter gibt es nur eine Art von Musik – seine eigene. Für den großen Maler gibt es nur eine Art des Malens – die, die er selber anwendet. Nur der ästhetische Kritiker und niemand sonst ist für alle Formen und Stile empfänglich. An ihn allein wendet sich die Kunst.

ERNEST: Nun, nachdem du meine sämtlichen Fragen beantwortet hast, muß ich zugeben ...

GILBERT: Halt! Sag bloß nicht, daß du mit mir einer Meinung bist. Wenn jemand mit mir übereinstimmt, habe ich immer das Gefühl, daß ich falsch liegen muß.

ERNEST: In dem Fall werde ich mich hüten zu sagen, ob ich mit dir übereinstimme oder nicht. Aber ich will dir noch eine letzte Frage stellen. Du hast mir auseinandergesetzt, daß die Kritik eine schöpferische Kraft ist. Wie sieht ihre Zukunft aus?

GILBERT: Die Zukunft gehört ganz der Kritik. Das inhaltliche Spektrum, aus dem der Künstler schöpfen kann, wird in seiner Breite und Vielfalt Tag für Tag ärmer. Die Vorsehung und Mr. Walter Besant haben alle naheliegenden Möglichkeiten ausgeschöpft. Soll es für das Schöpferische überhaupt noch eine Zukunft geben, dann nur, wenn es sich weit kritischer gibt als gegenwärtig. Die ausgetretenen Pfade und staubigen Landstraßen sind zu oft begangen worden. Ihr ganzer Reiz hat sich unter schwerfälligen Füßen verflüchtigt, und ihnen ist aller Zauber des Neuen und Überraschenden abhanden gekommen, der für die Dichtung so wichtig ist. Wer heute noch fesselnde Literatur schreiben will, muß uns entweder völlig neue Hintergründe aufschließen oder das Innerste der menschlichen Seele offenbaren. Ersteres verfolgt gegenwärtig Mr. Rudyard Kipling. Blättert man in seinen *Plain Tales from the Hills*, hat man das Gefühl, im Schatten einer Palme zu sitzen und das Leben von hellen Blitzen der Vulgarität beleuchtet zu sehen. Die grellen Farben der Basare blenden einem die Augen. Die abgerissenen, gemeinen Anglo-Inder stehen in schrillem Kontrast zu ihrer Umgebung. Der Mangel an Stil verleiht den Schilderungen des Erzählers einen eigentümlichen journalistischen Realismus. Vom literarischen Standpunkt aus ist Kipling ein Genie, dessen Sprache zu wünschen übrig läßt. Vom Standpunkt des Lebens aus ist er ein Reporter, der das gemeine Volk besser versteht als jeder andere. Dickens verstand sich auf seine Kleidung und seine Komödien. Kipling kennt sein Wesen und seinen Ernst. Er ist unsere erste Autorität für das Durchschnittliche; er hat wunderbare Dinge durch Schlüssellöcher erspäht, und seine Milieuschilderungen dürfen zu den wahren Kunstwerken gezählt werden. Was den zweiten Bereich angeht, so hatten wir Browning und haben immer noch Meredith. Dennoch bleibt auf dem Gebiet der Introspektion noch viel zu tun. Gelegentlich wird behauptet, unsere Literatur werde zu morbid. Was die Psychologie angeht, kann sie gar nicht morbid genug sein. Bislang haben wir gerade einmal die Oberfläche der Seele gestreift, mehr nicht. In einer einzigen elfenbeinfarbenen Gehirnzelle liegen großartigere und schrecklichere Dinge verborgen, als selbst jene sich erträumten, die, wie der Autor von *Le Rouge et le Noir*, der Seele bis in ihre geheimsten Winkel nachspürten und das Leben zum Geständnis seiner teuersten Sünden zwangen. Doch selbst die Zahl der noch unerforschten Hintergründe ist begrenzt, und das weitere Fortfahren auf dem Weg der Introspektion wird sich womöglich verhängnisvoll auf das schöpferische Talent auswirken, anstatt ihm ein neues Stoffgebiet zu eröffnen. Ich selbst glaube eher, daß das Schöpferische dem Untergang geweiht ist. Es entspringt einem allzu primitiven, allzu natürlichen Impuls. Wie dem auch sei, unstrittig ist, daß die dem Schöpferischen zur Verfügung stehende Stoffülle beständig schrumpft, während das Feld des Kritikers sich täglich erweitert. Für den Geist eröffnen sich unablässig neue Einstellungen und Standpunkte. Die Pflicht, dem Chaos eine Form zu geben, wird mit dem Fortgang der Welt nicht geringer. Nie zuvor bedurfte man der Kritik so dringend wie heute. Sie allein kann der Menschheit den Punkt bewußt machen, an dem sie steht.

Ganz zu Anfang, Ernest, fragtest du mich nach dem Nutzen der Kritik. Genausogut hättest du nach dem Nutzen des Denkens fragen können. Die Kritik, heißt es bei Arnold, schafft das geistige Klima eines Zeitalters. Und die Kritik, wie ich selbst eines Tages noch zeigen möchte, macht den Geist zu einem vortrefflichen Werkzeug. Unser Erziehungswesen läuft darauf hinaus, das Gedächtnis mit einer Fülle zusammenhangloser Fakten zu beschweren, damit wir anschließend unser mühsam erworbenes Wissen ebenso mühsam anderen weitergeben. Wir lehren die Menschen, wie man sich erinnert, aber wir lehren sie nie, wie man wächst. Nie ist es uns in den Sinn gekommen, eine subtilere Verstehens- und Beurteilungsgabe in unserem Geist heranzubilden. Die Griechen taten dies, und wo immer wir dem kritischen Intellekt der Griechen begegnen, müssen wir erkennen, daß wir zwar über ungleich reichere und verschiedenartigere Gegenstände verfügen, die Griechen aber die einzig richtige Methode zur Deutung dieser Gegenstände kannten. England hat eins geleistet; es hat die öffentliche Meinung erfunden und aufs Podest erhoben, was dem Versuch entspricht, die Ignoranz der Gemeinschaft zu organisieren und sie zu einer physischen Kraft zu adeln. Nur die Wahrheit blieb ihr stets verborgen. Als Denkwerkzeug betrachtet, ist der englische Geist grobschlächtig und unterentwickelt. Allein die Zunahme des kritischen Instinkts kann ihm ein Licht aufsetzen.

Die Kritik macht ebenso durch ihre Verdichtung die Kultur möglich. Sie nimmt die grobe Masse der schöpferischen Werke und destilliert aus ihnen eine feinere Essenz. Wer von uns könnte sich, sofern ihm ein letzter Rest Formgefühl lieb ist, durch den ungeheuren Bücherberg quälen, den die Welt aufgetürmt hat, Bücher, in denen das Denken stammelt oder die Unwissenheit daherplappert? Der Faden, der uns den Weg durch dieses ermüdende Labyrinth weist, liegt in den Händen der Kritik. Ja, mehr noch, wo alle Aufzeichnungen fehlen und die Geschichte entweder verlorengegangen ist oder nie geschrieben wurde, kann die Kritik aus kleinsten Fragmenten der Sprache oder der Kunst die Vergangenheit neu entstehen lassen, so unfehlbar, wie der Wissenschaftler aus einem unscheinbaren Knochen oder einem versteinerten Fußabdruck die geflügelten Drachen und Riesenechsen, unter deren Tritt einst die Erde erbebte, für uns neu erschafft und Behemoth aus seiner Höhle lockt und den Leviathan noch einmal über die aufgepeitschte See schwimmen läßt. Das Feld der Prähistorie gehört dem philologischen und archäologischen Kritiker. Ihm enthüllt sich der Ursprung der Dinge. Die bewußt der Nachwelt hinterlassenen Zeugnisse führen fast immer in die Irre. Durch die philologische Kritik allein wissen wir über die Jahrhunderte, die keine Aufzeichnungen hinterlassen haben, mehr als über die Jahrhunderte, deren Schriftrollen uns erhalten geblieben sind. Sie leistet für uns das, was weder Physik noch Metaphysik zu leisten vermögen. Sie zeigt uns die Geschichte des Geistes im Prozeß seines Werdens. Ihr eröffnet sich, was der Geschichte verschlossen bleibt. Denn sie kann Auskunft darüber geben, was der Mensch dachte, bevor er schreiben konnte. Du hast mich nach dem Einfluß der Kritik gefragt. Ich denke, ich habe diese Frage bereits beantwortet; doch ich will noch etwas hinzufügen. Die Kritik macht uns zu Kosmopoliten. Die Manchester-Schule versuchte, die Idee der weltweiten Brüderlichkeit unter Hinweis auf die kommerziellen Vorteile des Friedens zu verwirklichen. Sie wollte unsere wunderbare Welt zu einem einzigen großen Markt für Käufer und Verkäufer erniedrigen. Sie wandte sich an die niedrigsten Instinkte und scheiterte auf der ganzen Linie. Es folgte Krieg auf Krieg, und das Handelscredo hinderte Frankreich und Deutschland nicht daran, sich in eine blutige Auseinandersetzung zu stürzen. Heutzutage treten andere Gruppierungen auf, die sich auf das Gefühl des Mitleids oder auf die seichten Grundsätze eines abstrakten, unreflektierten ethischen Systems berufen. Sie haben ihre Friedensgesellschaften, die den Gefühlsmenschen so sehr am Herzen liegen, und ihre Vorschläge zur Einrichtung eines unbewaffneten internationalen Gerichtshofs werden von denen freudig begrüßt, die nie in der Geschichte gelesen haben. Bloßes Mitgefühl aber hilft uns nicht weiter. Es ist viel zu diffus und zu eng mit den Leidenschaften verknüpft; und ein internationales Schiedsgericht, dem zum Wohle der Menschheit die Macht genommen ist, seine Entscheidungen auch durchzusetzen, wird wenig ausrichten können. Nur eines ist noch schlimmer als Ungerechtigkeit, nämlich Gerechtigkeit ohne das Schwert in der Hand. Wo Recht nicht auch Macht bedeutet, verkehrt es sich in ein Übel.

Nein: Die Gefühle werden uns ebensowenig zu Weltbürgern machen wie die Gier nach Gewinn. Nur durch die Kultivierung der Fähigkeit zu geistiger Kritik werden wir uns über Rassenvorurteile erheben können. Goethe – und du wirst mich jetzt gewiß nicht falsch verstehen – war ein echter Deutscher. Er liebte sein Land mehr als jeder andere. Sein Volk war ihm teuer; und er wies ihm den Weg. Doch als Napoleon mit ehernem Schritt die Weinberge und Kornfelder niederwalzte, blieb er stumm: »Wie kann man Lieder des Hasses schreiben ohne Haß«, sagte er zu Eckermann. »Und wie hätte ich, dem nur Kultur und Barbarei Dinge von Bedeutung sind, eine Nation hassen können, die zu den kultiviertesten der Erde gehört und der ich einen so großen Teil meiner eigenen Bildung verdanke?« Dieser Ton, den Goethe in der modernen Welt als erster anstieß, wird, glaube ich, das Fundament für das Weltbürgertum der Zukunft sein. Die Kritik wird die Rassenvorurteile zum Verschwinden bringen, indem sie auf der Einheit des menschlichen Geistes in allen seinen unterschiedlichen Formen insistiert. Wenn wir Kriegsgelüste gegen eine Nation verspüren, werden wir uns besinnen, daß wir Gefahr laufen, einen Teil unserer eigenen Kultur zu zerstören, vielleicht sogar deren wichtigsten. Solange der Krieg als etwas Böses betrachtet wird, wird er seine Faszination behalten. Erst wenn er als etwas Vulgäres erscheint, wird er seine Popularität einbüßen. Der Wandel wird sich natürlich nur sehr langsam und für die Menschen beinahe unbewußt vollziehen. Niemand wird sagen: »Wir ziehen in keinen Krieg gegen Frankreich, weil dessen Dichtung so vollkommen ist.« Weil aber die französische Dichtung so vollkommen ist, wird man dieses Land nicht hassen. Die geistige Kritik wird Europa weit enger zusammenführen, als der Krämer oder Gefühlsmensch dies können. Sie wird uns den Frieden bringen, der aus echtem Verständnis erwächst.

Doch das ist noch nicht alles. Die Kritik, die keinen Standpunkt als endgültig anerkennt und sich weigert, dem seichten Schibboleth irgendeiner Sekte oder Schule blind zu folgen, bringt jenen heiteren philosophischen Geist hervor, der die Wahrheit um ihrer selbst willen liebt und sie nicht weniger liebt, weil er um ihre Unerreichbarkeit weiß. Wie wenig besitzen wir von diesem Geist in England, und wie dringend benötigten wir ihn! Der englische Geist befindet sich stets in Aufruhr. Der Intellekt der Menschen wird nutzlos im billigen und geistlosen Gezänk zweitklassiger Politiker und drittklassiger Theologen vergeudet. Einem Mann der Wissenschaft war es vorbehalten, uns ein Beispiel für die »heitere Vernunft« zu geben, von der Arnold so weise und mit ach so beschämend geringer Wirkung gesprochen hat. Der Verfasser von *The Origin of Species* jedenfalls besaß diesen philosophischen Geist. Wenn man dagegen das gemeine Geplärre von unseren Kanzeln und Kathedern betrachtet, muß man unweigerlich die Verachtung Julians oder die Gleichgültigkeit Montaignes empfinden. Wir werden von Fanatikern beherrscht, deren größtes Laster ihre Aufrichtigkeit ist.

Was auch nur halbwegs an das freie Spiel des Geistes heranreicht, ist bei uns praktisch unbekannt. Die Leute empören sich über den Sünder, dabei sind nicht die Sünder, sondern die Dummen unsere eigentliche Schande. Es gibt keine Sünde außer der Dummheit.

ERNEST: Sieh an! Es spricht der moralische Freigeist.

GILBERT: Der künstlerische Kritiker ist wie der Mystiker immer ein moralischer Freigeist. Auf die landläufige Weise gut zu sein, ist keine Schwierigkeit. Man braucht dazu bloß ein gewisses Maß gemeiner Angst, eine leidlich beschränkte Vorstellungskraft und ein gewisses niedriges Bedürfnis nach bürgerlicher Anerkennung. Die Ästhetik steht über der Ethik. Sie gehört einer geistigen Sphäre an. Die Schönheit eines Gegenstandes zu erkennen, ist der höchste Punkt, den wir erreichen können. Selbst der Farbsinn ist für die Entwicklung des Individuums wichtiger als die Fähigkeit zur Unterscheidung von Gut und Böse. Tatsächlich verhalten sich Ästhetik und Ethik im Bereich der bewußten Kultur so zueinander, wie im Bereich der äußeren Welt die sexuelle zur natürlichen Zuchtwahl. Die Ethik garantiert, wie die natürliche Auslese, den Fortbestand der Gattung. Die Ästhetik macht, wie die sexuelle Auslese, das Leben schöner und wunderbarer, fügt ihm neue Formen hinzu und sorgt für Fortschritt, Vielfalt und Veränderung. Und wenn wir die wahre Kultur erreichen, die uns vorschwebt, wird uns die Vollkommenheit zuteil, von der die Heiligen träumten, die Vollkommenheit derer, die keine Sünde kennen, nicht, weil sie wie der Asket Entsagung übten, sondern weil sie alle ihre Vorstellungen ausleben können, ohne der Seele zu schaden, und sich nichts vorstellen können, was der Seele schadete, da die Seele ein Gebilde von solcher

Göttlichkeit ist, daß sie Handlungen und Leidenschaften zu Elementen einer reicheren Erfahrung, einer subtileren Empfänglichkeit oder einer neuen Denkweise umformen kann, die beim gemeinen Menschen gemein, beim Ungebildeten verwerflich und beim Schamlosen niederträchtig wären. Ist das gefährlich? Ja, es ist gefährlich – ich sagte ja schon, alle Ideen sind gefährlich. Aber es ist spät geworden, und das Licht der Lampe flackert. Eines muß ich dir aber noch sagen. Du hast der Kritik vorgehalten, sie sei unfruchtbar. Das neunzehnte Jahrhundert ist ein Wendepunkt in der Geschichte, und dies allein durch das Werk zweier Männer, Darwin und Renan, der erste der Kritiker des Buches der Natur, der zweite der Kritiker der Bücher Gottes. Dies nicht anzuerkennen, heißt einen der bedeutendsten Schritte der Menschheitsentwicklung zu unterschlagen. Das gestaltende Schaffen hinkt seiner Zeit stets hinterher. Allein die Kritik weist uns den Weg. Der kritische Geist und der Weltgeist sind eins.

ERNEST: Und wer diesen Geist besitzt oder von ihm besessen wird, übt sich vermutlich im Nichtstun?

GILBERT: Wie Persephone, von der Landor uns erzählt, die bezaubernde, sinnende Persephone, um deren weiße Füße Asphodill und Amarant erblühten, wird er selbstzufrieden dasitzen, »in jener tiefen, unbewegten Ruhe, mit der die Sterblichen Mitleid haben und an der die Götter sich freuen«. Er wird auf die Welt blicken und ihr Geheimnis erkennen. Die Nähe zu göttlichen Dingen wird ihn selbst göttlich machen. Sein Leben, und nur seins, wird vollkommen sein.

ERNEST: Du hast mir heute Nacht viele seltsame Dinge erzählt, Gilbert. Du hast mir auseinandergesetzt, daß es schwerer ist, etwas zu tun, als darüber zu reden, und daß nichts zu tun die schwierigste Sache der Welt ist; du hast mir gesagt, daß alle Kunst amoralisch und alles Denken gefährlich ist; daß die Kritik schöpferischer ist als das Schaffen, und daß die höchste Kritik die ist, die aus einem Kunstwerk Dinge herausliest, die der Künstler selbst nicht hineingelegt hat; und daß aus eben diesem Grund der, der selbst kein Werk schaffen kann, dessen verläßlichster Richter ist; und daß der wahre Kritiker ungerecht, unaufrichtig und nicht rational ist. Mein Freund, du bist ein Träumer.

GILBERT: Ja doch, ich bin ein Träumer. Denn ein Träumer ist einer, der seinen Weg nur im Mondlicht findet, und seine Strafe ist, daß er den Morgen noch vor aller Welt heraufdämmern sieht.

ERNEST: Seine Strafe?

GILBERT: Und sein Lohn. Doch sieh, es dämmert tatsächlich. Zieh die Vorhänge zurück und öffne die Fenster. Wie herrlich kühl die Morgenluft ist! Die Piccadilly streckt sich wie ein langes Silberband zu unseren Füßen. Über dem Park hängt ein feiner Pupurnebel, und die Schatten der weißen Häuser sind gleichfalls in Purpur getaucht. Zum Schlafen ist es zu spät. Laß uns zum Covent Garden gehen und die Rosen betrachten. Komm! Ich habe meinen Geist genug angestrengt.

Die Wahrheit der Masken

Eine Bemerkung über die Illusion

IN VIELEN der recht hitzigen Angriffe, die in jüngster Zeit gegen die Opulenz der Ausstattung, welche die gegenwärtige Shakespeare-Renaissance in England kennzeichnet, geführt wurden, scheinen die Kritiker stillschweigend davon auszugehen, Shakespeare selbst habe wenig Wert auf die Kostüme seiner Schauspieler gelegt und hätte als Reaktion auf Mrs. Langtrys Inszenierung von *Antonius und Kleopatra* vermutlich nur gesagt, ihm komme es allein auf das Stück an, alles andere sei Schmuck und Firlefanz. Und was die historische Genauigkeit der Kostüme angeht, so hat Lord Lytton in einem Beitrag des *Nineteenth Century* das Kunstdogma erlassen, die Archäologie sei bei der Aufführung eines Shakespeare-Stücks gänzlich fehl am Platze und allein der Versuch, sie einzuführen, eine der dümmsten Pedanterien eines spießigen Zeitalters.

Zu Lord Lytton komme ich später; was aber die Theorie betrifft, Shakespeare habe sich wenig um die Kostümgarderobe seines Theaters gekümmert, so wird jeder, der sich genauer mit Shakespeares Methode befaßt, einsehen, daß bei keinem Dramatiker der französischen, englischen oder athenischen Bühne die Illusionswirkung so sehr von den Kostümen der Schauspieler abhängt wie gerade bei Shakespeare.

Er wußte genau um die Faszination, die ein prunkvolles Kostüm auf das künstlerische Temperament ausübt. Eben deshalb gibt es in seinen Stücken immer wieder Maskenaufzüge und Tänze um der reinen Lust des Schauens willen; erhalten geblieben sind auch die Bühnenanweisungen für die drei großen Prozessionen in *Heinrich VIII.*, in denen jedes Detail peinlich genau festgehalten ist, bis hin zu den Krägen Seiner Eminenz und den Perlen im Haar Anne Boleyns. Ein zeitgenössischer Regisseur hätte in der Tat keine Schwierigkeiten, die Aufzüge genau so auf die Bühne zu bringen, wie Shakespeare sie entworfen hat; wie genau sie waren, geht aus dem Bericht eines Hofbeamten jener Zeit über die letzte Aufführung des Stücks am Globe Theatre hervor, in dem er einem Freund gegenüber den Realismus der Inszenierung beklagt, insbesondere den Auftritt der Ritter des Hosenbandordens in der Tracht und mit den Insignien des Ordens, der nur den einen Zweck verfolge, die wirklichen Zeremonien lächerlich zu machen. Aus dem gleichen Grund hat die französische Regierung vor einiger Zeit dem großen Schauspieler M. Christian untersagt, auf der Bühne in Uniform aufzutreten, unter dem Vorwand, es schade dem Ruf der Armee, wenn ein Oberst karikiert werde. Auch anderswo wurde die prachtvolle Ausstattung, die die englische Bühne unter Shakespeares Einfluß auszeichnete, von den zeitgenössischen Kritikern angegriffen, allerdings weniger unter Berufung auf die demokratischen Tendenzen des Realismus, als vielmehr aus moralischen Einwänden, die stets die letzte Zuflucht derer sind, denen aller Schönheitssinn abgeht.

Ich will damit nicht etwa sagen, daß Shakespeare aufwendige Kostüme allein deshalb schätzte, um der Poesie den Reiz des Malerischen hinzuzufügen, sondern daß er die Bedeutung des Kostüms als eines Mittels zur Hervorbringung bestimmter dramatischer Effekte erkannte. Die Illusionswirkung vieler seiner Stücke, wie *Maß für Maß*, *Wie es euch gefällt*, *Die beiden Veroneser*, *Ende gut, alles gut*, *Cymbeline* und anderer mehr, hängt von der unterschiedlichen Kleidung ab, die der Held oder die Heldin trägt; die entzückende Szene in *Heinrich VI.*, in der es um die heilende Kraft des modernen Wunderglaubens geht, zielt völlig ins Leere, wenn Gloster nicht in Schwarz und Scharlachrot gekleidet auftritt; genauso wie das *dénouement* in *Die lustigen Weiber von Windsor* entscheidend von der Farbe des Gewands der Anne Page abhängt. Allein für den Gebrauch von Verkleidungen gibt es bei Shakespeare zahllose Beispiele. Posthumus versteckt seine Leidenschaft unter der Tracht eines Bauern und Edgar seinen Stolz unter dem Lumpengewand des Wahnsinnigen; Portia hüllt sich in die Robe des Rechtsgelehrten, Rosalinde verkleidet sich »ganz in eine Manns-Person«; Pisanios Mantelsack verwandelt Imogen in den Jüngling Fidele; Jessica entflieht, als Knabe verkleidet, aus dem Haus ihres Vaters, und Julia bindet ihr blondes Haar in phantastische Liebesknoten und zieht Hose und Wams an; Heinrich VIII. macht seiner Angebeteten als Schafhirt den Hof, Romeo als Pilger; Prinz Hal und Poins treten zuerst als Straßenräuber im steifleinernen Anzug auf, später dann in weißen Schürzen und Lederwämsern als Kellner in einer Schenke; und schließlich Falstaff, ist er nicht einmal Straßenräuber, dann ein altes Weib, dann »Herne, der Jäger« und zuletzt gar Wäsche, die zum Waschhaus getragen wird?

Nicht weniger zahlreich sind die Beispiele für die Steigerung der dramatischen Situation durch die jeweils verwendeten Kostüme. Nach der Ermordung Duncans erscheint Macbeth im Nachtgewand, als sei er gerade aus dem Schlaf geschreckt; Timon, der die Bühne in allem Prunk betritt, steht zuletzt in Lumpen da; Richard schmeichelt den Bürgern Londons durch seine schäbige und angestoßene Rüstung, um, kaum daß er sich den blutigen Weg zum Thron gebahnt hat, mit Krone und Königsornat durch die Straßen zu stolzieren; der Höhepunkt des *Sturms* ist der Moment, an dem Prospero sein Zaubergewand abwirft, Ariel bittet, ihm Hut und Degen zu bringen, und sich als der große italienische Herzog zu erkennen gibt; selbst der Geist im *Hamlet* verändert sein geheimnisvolles Äußeres, um verschiedene Wirkungen zu erzielen; und was Julia angeht, so würde ein moderner Dramatiker sie vermutlich im Sterbehemd auftreten lasen und eine reine Schreckensszene gestalten, wohingegen Shakespeare sie in reiche und prunkvolle Gewänder kleidet, deren Pracht die Gruft in »einen Festsaal voller Lichtglanz«, das Grab in ein Brautgemach verwandelt und Anlaß und Motiv für Romeos Rede vom Triumph der Schönheit über den Tod ist.

Selbst unscheinbare Details der Kleidung, wie die Farbe der Strümpfe eines Majordomus, das Muster eines Damentaschentuchs, die Ärmel eines jungen Soldaten oder ein eleganter Damenhut erhalten in Shakespeares Händen dramatische Bedeutung, und manchmal hängt sogar die Handlung des Stücks entscheidend von ihnen ab. Zahllose Dramatiker haben sich des Kostüms als eines Mittels bedient, dem Zuschauer den Charakter einer Figur bereits beim ersten Auftritt deutlich zu machen, doch keiner hat dies so glänzend verstanden wie Shakespeare im Fall des Gecken Parolles, dessen Kostüm übrigens nur ein Archäologe verstehen kann; die Komik, daß Herr und Diener vor dem Publikum die Kleider tauschen, daß sich schiffbrüchige Matrosen über der Aufteilung eines Stapels kostbarer Gewänder in die Haare geraten oder daß ein sturztrunkener Kesselflicker in die Kleider eines Herzogs gesteckt wird – dies alles mag als Teil der bedeutsamen Rolle betrachtet werden, die das Kostüm in der Komödie von Aristophanes bis hin zu Mr. Gilbert immer gespielt hat; doch hat niemand aus bloßen Einzelheiten von Kleidung und Schmuck so ironische Gegensätze, so unmittelbare und tragische Wirkungen, so viel Mitleid und so viel Pathos zu ziehen gewußt wie Shakespeare. In voller Kampfmontur schleicht der tote König über die Zinnen von Elsinore, weil etwas faul ist im Staate Dänemark; Shylocks jüdischer Kaftan ist Teil des Stigmas, unter dem diese verwundete und verbitterte Kreatur sich windet; Arthur, der um sein Leben fleht, fällt zu seiner Rettung nur das Taschentuch ein, das er Hubert gegeben hat:

»Habt ihr das Herz dazu? Wenn auch nur der Kopf weh tat,
So band ich euch mein Schnupftuch um die Stirne;
(Mein bestes, das ich hatte, eine Prinzessin hat es mir gestickt)
Und ich forderte es niemals wieder von euch.«

Und Orlandos blutbeflecktes Tuch wirft den ersten dunklen Schatten auf das verwunschene Waldidyll und zeigt uns die Tiefe des Gefühls, das unter Rosalinds Wortwitz und arglosen Späßen verborgen liegt.

»Ich hatte es an noch gestern abend, denn ich küßte es.
Es ging doch hoffentlich nicht meinem Herrn sagen,
Daß ich sonst noch was küsse außer ihn«,

sagt Imogen scherzend über den Verlust des Armbands, das bereits unterwegs nach Rom ist, ihr die Treue des Gatten zu rauben; der kleine Prinz spielt auf dem Weg zum Tower mit dem Dolch am Gürtel seines Onkels; Duncan schickt in der Nacht seiner Ermordung einen Ring an Lady Macbeth, und Portias Ring verwandelt die Tragödie des Kaufmanns in die Komödie eines Weibes. Der große Aufrührer York stirbt mit einer Papierkrone auf dem Kopf; Hamlets schwarzes Gewand ist eine Art Farbenmotiv in dem Stück, genau wie das Trauerkleid der Chimène im *Cid*, und der Höhepunkt der Rede Marc Antons ist der Moment, da er dem Volk Cäsars Mantel präsentiert:

»Ich weiß noch genau,
Wie Cäsar ihn zum ersten Mal anzog;
Ein Sommerabend war's, in seinem Zelt,
Am Tag, als er die Nervier besiegte: –
Schaut; da! – Da drang der Dolch des Cassius durch!
Seht, welchen Riß der tückische Casca machte,
Und hier – den Stich des vielgeliebten Brutus …
Ihr, gute Seelen, weint, und seht doch nur
Unseres Cäsars *Kleid* verwundet?«

Die Blumen, die Ophelia in ihrem Wahnsinn trägt, sind so ergreifend wie die Veilchen auf ihrem Grab; der irrende Lear auf der Heide erhält durch seinen fantastischen Aufzug eine Wirkung, die sich aller Beschreibung entzieht; und wenn Cloten, gekränkt vom Spott des Vergleichs, den seine Schwester zwischen ihm und ihres

Gatten Kleidung zieht, eben dieses Gewand des Gatten anlegt, um an ihr die schändliche Tat zu begehen, dann spüren wir, daß es im ganzen französischen Realismus, nicht einmal in *Thérèse Raquin*, diesem Meisterwerk des Schreckens, etwas gibt, das es an furchtbarer und tragischer Symbolik mit jener unheimlichen Szene in *Cymbeline* aufnehmen könnte.

Auch im Dialog werden einige der lebendigsten Stellen durch das Kostüm hervorgerufen. Rosalinds

»Glaubst du, weil ich ausstaffiert bin wie ein Mann,
Daß auch mein Herz in Wams und Hosen geht?«

Constantias

»Mein Schmerz füllt den Platz meines abwesenden Kindes aus,
Und gibt den leeren Kleidern seine Form;«

und Elisabeths jäher Schrei:

»Ah, schneidet mein Gewand auf«

sind nur einige der vielen Beispiele, die sich anführen ließen. Einer der beeindruckendsten Momente, die ich je auf der Bühne gesehen habe, war der Auftritt Salvinis im letzten Akt des *Lear*, als er Kent die Feder von der Mütze riß und sie mit den Worten auf Cordelias Lippen legte:

»Die Feder rührt sich! Ha, sie lebt!«

Mr. Booth, dessen Lear manche ergreifenden Augenblicke der Leidenschaft besaß, rupfte, wie ich mich erinnere, zum nämlichen Zweck ein Bündel Haare aus seinem archäologisch deplazierten Hermelinpelz; Salvinis Geste aber war ungleich edler und wahrer. Und wer Mr. Irving im letzten Akt von *Richard III.* gesehen hat, wird gewiß noch in Erinnerung haben, wie sehr die Qual und der Schrecken seines Traums durch den Gegensatz der zuvor herrschenden Ruhe und Stille verstärkt wurden, und Zeilen wie

»Ist mein Sturmhut leichter, als er war?
Und meine Rüstung mir ins Zelt gelegt?
Sorgt, daß mir die Lanzen fest und nicht zu schwer sind!«

für das Publikum eine zweifache Bedeutung erhielten, da man sich der Worte erinnerte, die Richards Mutter ihm zuletzt hinterherrief, als er nach Bosworth zog:

»Drum nimm dir von mir den schwersten Fluch,
Der soll am Tag der Schlacht dich schwerer drücken
Als all die volle Rüstung, die du trägst.«

Zu den Bedingungen, unter denen Shakespeare arbeitete, ist zu sagen, daß er sich zwar mehr als einmal über die räumliche Enge der Bühne beklagte, auf der er große historische Stücke darzustellen hat, und auch über den Mangel an Dekorationen, der ihn zwinge, viele eindrucksvolle Vorfälle unter freiem Himmel wegzulassen, er aber dennoch als ein Dramatiker schreibt, dem eine reichhaltige Garderobe zur Verfügung steht und der sich darauf verlassen kann, daß seine Schauspieler sich bei der Kostümierung größte Mühe geben. Selbst heute noch ist die Inszenierung eines Stücks wie *Die Komödie der Irrungen* eine Herausforderung; und allein dem kuriosen

Umstand, daß Miß Ellen Terrys Bruder ihr ähnelt, verdanken wir eine gelungene Aufführung von *Wie es euch gefällt*. Um ein Shakespeare-Stück so zu inszenieren, wie er es vorgesehen hat, braucht man in der Tat einen erstklassigen Requisiteur, einen geschickten Perückenmacher, einen Kostümbildner mit einem Sinn für Farbe und genauen Kenntnissen der Webstoffe, einen versierten Schminkkünstler, einen Fechtmeister, einen Tanzlehrer und einen künstlerischen Leiter, der die Produktion des gesamten Stücks überwacht. Denn Shakespeare verwendet große Mühe auf die Beschreibung der einzelnen Kostüme und das Erscheinungsbild sämtlicher Figuren. »Racine abhorre la réalité«, sagt Auguste Vacquerie irgendwo; »il ne daigne pas s'occuper de son costume. Si l'on s'en rapportait aux indications du poète, Agamemnon serait vêtu d'un sceptre et Achilles d'une épée.« Bei Shakespeare hingegen ist das ganz anders. Er gibt uns genaue Anweisungen für das Kostüm der Perdita, des Florizel, des Autolycus, der Hexen in *Macbeth* und des Apothekers in *Romeo und Julia*, gleich mehrere detaillierte Beschreibungen seines fettwanstigen Ritters und eine ausführliche Schilderung des seltsamen Gewandes, das Petruchio bei seiner Hochzeit zu tragen hat. Rosalinde soll seinen Angaben nach schlank sein und einen Speer und einen kleinen Dolch tragen; Celia ist kleiner und soll ihr Gesicht dunkel schminken, als sei es von der Sonne gebräunt. Die Kinder, die beim Elfenspiel im Wald von Windsor auftreten, sollen in Weiß und Grün gekleidet sein – nebenbei bemerkt eine Verbeugung vor Königin Elisabeth, deren Lieblingsfarben es waren –, und in Weiß mit grünen Girlanden und vergoldeten Masken sollen die Engel zu Katharine nach Kimbolton kommen. Bottom erscheint in grobem Leinen, Lysander unterscheidet sich von Oberon durch sein athenisches Gewand, und Lanz hat Löcher in seinen Stiefeln. Die Herzogin von Gloucester steht im Büßerhemd neben ihrem Ehemann im Trauergewand. Das bunte Kostüm des Narren, der Purpur des Kardinals oder die auf englische Röcke aufgestickten französischen Wappenlilien liefern allesamt Anlaß zu hämischem Spott und spitzen Bemerkungen. Wir kennen das Muster auf der Rüstung des Dauphin und auf dem Schwert der Pucelle, den Federbusch auf Warwicks Helm und die Farbe von Bardolphs Nase. Portia hat goldblondes Haar, Phoebe schwarzes, Orlando hat rotbraune Locken, und Sir Andrew Aguecheeks Haare hängen herab wie der Flachs vom Spinnrocken und wollen sich nicht kräuseln. Manche Figuren sind dick, andere schlank, manche gerade gewachsen, andere bucklig, manche hell, andere dunkel, und einige müssen ihr Gesicht schwärzen. Lear hat einen weißen Bart, Hamlets Vater einen grauen, und Benedikt muß seinen im Verlauf des Stücks abrasieren. Was die Bärte angeht, ist Shakespeare penibel genau; er erwähnt nicht nur die vielen verschiedenen Farben, sondern gibt den Schauspielern auch den Rat, stets auf einen festen Sitz des Barts zu achten. Es gibt einen Tanz von Schnittern mit Strohhüten und einen von Bauern, die in ihrer Zotteltracht Satyrn gleichen; eine Maskerade der Amazonen, eine der Russen und auch ein klassisches Maskenspiel; mehrere unsterbliche Szenen mit einem Weber, der den Kopf eines Esels trägt, eine Rauferei über die Farbe eines Rocks, die der Bürgermeister von London schlichten muß, und eine Szene zwischen einem erbosten Ehemann und der Putzmacherin seiner Frau über einen aufgeschlitzten Ärmel.

Die Metaphern, die Shakespeare aus der Kleidung gewinnt, seine diesbezüglichen Aphorismen und Spitzen gegen die Modekonventionen seiner Zeit, insbesondere gegen die lächerlich großen Damenhüte, und die vielen Beschreibungen des *mundus muliebris*, vom Lied des Autolycus im *Wintermärchen* bis zur Schilderung des Gewands der Herzogin von Mailand in *Viel Lärm um nichts*, sind zu zahlreich, als daß man sie alle aufzählen könnte. Doch es sei daran erinnert, daß die gesamte Philosophie der Kleidung in der Szene Lears mit Edgar enthalten ist – ein Abschnitt, der in seiner Kürze und in seinem Stil einiges gegenüber der grotesken Weisheit und der übertrieben redseligen Metaphysik des *Sartor Resartus* voraus hat. Aber ich denke, meine Ausführungen haben hinreichend deutlich gemacht, daß Shakespeare großen Wert auf das Kostüm legte. Ich meine dies nicht in dem oberflächlichen Sinn, in dem man etwa aufgrund seiner Kenntnisse von Rechtsgepflogenheiten und Rittersporn darauf geschlossen hat, er sei der Blackstone und Paxton der elisabethanischen Zeit gewesen; aber er erkannte, daß das Kostüm sowohl einen bestimmten Eindruck beim Publikum hervorrufen wie auch Ausdruck eines bestimmten Charakters sein kann und deshalb zu den wesentlichen Mitteln gehört, die dem wahren Illusionisten zu Gebote stehen. Tatsächlich war ihm die mißgebildete Gestalt Richards nicht weniger wert als die Schönheit Julias; er stellt die Serge des Radikalen gleich neben die Seide des Lords und weiß um die Bühnenwirkung, die sich aus beiden gewinnen läßt; er begeistert sich für Caliban genauso wie für Ariel, für Lumpen wie für goldene Gewänder, und er hat ein Gespür für die künstlerische Schönheit des Häßlichen.

Die Schwierigkeit, die sich für Ducis bei der Übersetzung des *Othello* daraus ergab, daß ein alltäglicher Gegenstand wie ein Taschentuch eine so große Rolle spielt, und sein Versuch, das Gewöhnliche zu adeln, indem er den Mohren »Le bandeau! Le bandeau!« ausrufen ließ, mag als ein Beispiel für den Unterschied zwischen *la tragédie philosophique* und dem Drama des wirklichen Lebens gelten; und die erstmalige Verwendung des Wortes *mouchoir* am Théâtre Français leitete eine neue Epoche innerhalb der romantisch-realistischen Bewegung ein, deren Vater Hugo und deren *enfant terrible* M. Zola ist, genau wie der Klassizismus zu Beginn des Jahrhunderts sich in Talmas Weigerung zeigte, griechische Helden weiterhin in gepuderter Perücke zu spielen – übrigens eines von vielen Beispielen für das Streben nach historischer Genauigkeit des Kostüms, das die großen Schauspieler unserer Zeit auszeichnet. Anläßlich einer abschätzigen Bemerkung über die Bedeutung des Geldes in der *Comédie Humaine* hat Théophile Gautier von Balzac gesagt, ihm gebühre der Ruhm, einen neuen Helden der Dichtung, *le héros métallique*, erfunden zu haben. Von Shakespeare ließe sich in gleicher Weise sagen, er sei der erste gewesen, der den dramatischen Wert eines Wamses erkannt hat, und daß ein Höhepunkt von einer Krinoline abhängen kann.

Der Brand des Globe Theatre – ein Ereignis übrigens, das durch die Leidenschaft für die Illusionserzeugung verursacht wurde, die Shakespeares Bühnenpraxis auszeichnete – hat uns leider vieler wichtiger Dokumente beraubt; doch werden in einem erhalten gebliebenen Garderobenverzeichnis eines Londoner Theaters aus der Zeit Shakespeares zahllose Kostüme einzeln aufgeführt, darunter die für Kardinäle, Schäfer,

Könige, Clowns, Mönche und Narren; grüne Röcke für Robin Hoods Männer und ein grünes Kleid für Maid Marian; ein weiß-goldener Wams für Heinrich V. und eine Robe für Longshanks; des weiteren Chorhemden, Chormäntel, Damastumhänge, Gewänder aus Gold- und Silbertuch, Taft- und Kattungewänder, Röcke aus Samt, Seide und Fries, gelbe und schwarze Lederwämser, rote Anzüge, graue Anzüge, französische Pierrot-Kostüme, eine Robe, »die unsichtbar macht« und mit drei Pfund und zehn Schilling ausnehmend preiswert ist, und vier herrliche Reifröcke – allesamt ein Zeugnis für das Bestreben, jeder Figur das passende Kleid zu geben. Weiterhin enthält die Liste Eintragungen von spanischen, maurischen und dänischen Kostümen, von Helmen, Lanzen, bemalten Schilden, Kaiserkronen und päpstlichen Tiaren, von Kostümen für türkische Janitscharen, römische Senatoren und sämtliche Götter und Göttinnen des Olymp, was von nicht unerheblichen archäologischen Nachforschungen des Theaterdirektors zeugt. Sogar ein Korsett für Eva findet Erwähnung, wenngleich es sich dabei um die Requisite für ein Stück handeln dürfte, das nach dem Sündenfall spielt.

Tatsächlich wird jeder, der sich mit dem Zeitalter Shakespeares beschäftigt, rasch erkennen, daß die Archäologie eines seiner wesentlichen Merkmale ist. Nachdem man in der Renaissance die klassischen Formen der Architektur wiederentdeckt und in Venedig und anderswo damit begonnen hatte, die Meisterwerke der griechischen und lateinischen Literatur zu drucken, erwachte ganz natürlich ein neues Interesse am Schmuck und an der Bekleidung der antiken Welt. Die Künstler widmeten sich diesen Dingen weniger in der Absicht, ihr Wissen zu erweitern, als vielmehr um der Schönheit willen, die sie hervorbringen wollten. Die seltsamen Objekte, die durch Ausgrabungen fortwährend ans Licht gebracht wurden, landeten nicht im Museum, um dort unter den Augen eines abgestumpften Kustos oder eines gelangweilten, weil zur Untätigkeit verdammten Polizisten zu vermodern. Man benutzte sie als Motive für eine neue Kunst, die nicht nur schön, sondern auch geheimnisvoll sein sollte.

Infessura berichtet uns, daß im Jahre 1485 einige Arbeiter bei Ausgrabungen an der Via Appia auf einen alten römischen Sarkophag mit der Inschrift »Julia, Tochter des Claudius« stießen. Als sie das Grabmal öffneten, entdeckten sie in seinem Marmorschoß den Leichnam eines hübschen, etwa fünfzehnjährigen Mädchens, das die Künste des Einbalsamierers vor Verwesung und Zerfall bewahrt hatten. Seine Augen waren halb geöffnet, das Gesicht war von goldenen Locken umgeben, und auf Lippen und Wangen ruhte noch die Blüte der Jungfräulichkeit. Kaum hatte man die junge Frau zum Kapitol zurückgeschafft, wurde sie zum Gegenstand eines neuen Kults, und aus der ganzen Stadt strömten die Leute herbei, um vor dem wunderbaren Schrein niederzuknien, bis der Papst, getrieben von der Sorge, wer das Geheimnis der Schönheit in einer heidnischen Gruft entdeckte, könnte darüber die Geheimnisse in Judäas rauhem Felsengrab vergessen, den Leichnam über Nacht wegschaffen und an einem geheimen Ort vergraben ließ. Selbst wenn es sich bei dieser Geschichte nur um eine Legende handelt, bleibt sie für uns gleichermaßen wertvoll, weil sie die Haltung der Renaissance zur antiken Welt deutlich macht. Den Menschen dieser Zeit bedeutete die Archäologie nicht bloß die Wissenschaft des Altertumsforschers; sie sahen darin ein Mittel, dem trockenen Staub der Antike den Atem und die Schönheit des Lebens wiederzugeben und Gefaße, die ansonsten alt und abgenutzt geblieben wären, mit dem neuen Wein der Romantik zu füllen. Von der Kanzel Niccolò Pisanos bis zu Mantegnas »Triumph des Cäsar« und dem Geschirr, das Cellini für König Franz entwarf, läßt sich der Einfluß dieses Geistes nachweisen; und er bleibt auch keineswegs auf die unbeweglichen Künste beschränkt – die Künste, die einen Augenblick festhalten –, sondern zeigt sich ebenso in den großen griechisch-römischen Maskenbällen, die das unbeschwerte Leben bei Hofe jener Zeit versüßten, wie in den öffentlichen Festumzügen und Prozessionen, mit denen die Bürger der großen Handelsstädte die Fürsten bei ihren gelegentlichen Besuchen zu empfangen pflegten. Diese Festzüge galten nebenbei bemerkt als so bedeutende Ereignisse, daß man sie in großformatigen Stichen festhielt und aushängte – ein Beleg für das allgemeine Interesse, das jene Zeit diesen Dingen entgegenbrachte.

Die Verwertung archäologischen Wissens auf dem Theater ist deshalb auch keineswegs ein Zeichen beckmesserischer Pedanterie, sondern in jeder Hinsicht legitim und schön. Denn die Bühne führt nicht nur alle Künste zusammen, sondern sie weist auch der Kunst die Rückkehr ins Leben. In archäologischen Romanen scheint es bisweilen so, als werde die Wirklichkeit durch die Verwendung seltsamer und veralteter Wörter mit Gelehrsamkeit zugedeckt, und ich bin sicher, viele Leser von *Notre Dame de Paris* werden über die Bedeutung von Ausdrücken wie *la casaque à mahoitres*, *les voulgiers*, *le gallimard taché d'encre*, *les craaquiniers* und so weiter gerätselt haben. Wie anders dagegen ist es auf der Bühne! Die antike Welt erwacht aus ihrem Schlaf, und die Geschichte zieht in prunkvollem Aufzug an uns vorüber, ohne daß wir zur Vervollkommnung unseres Genusses gezwungen wären, in einem Wörterbuch oder einer Enzyklopädie nachzuschlagen. Im Gegenteil, es besteht keinerlei Notwendigkeit, das Publikum mit dem in die Inszenierung eines Stücks einfließenden Fachwissen vertraut zu machen. Aus Materialien, die einem Großteil des Publikums kaum vertraut sein dürften, wie etwa der silbernen Geschenkplatte des Theodosius, hat Mr. E.W. Godwin, einer der künstlerischsten Geister dieses Jahrhunderts in England, das atemberaubend anmutige Bühnenbild im ersten Akt des *Claudian* geschaffen und uns das Leben im Byzanz des vierten Jahrhunderts gezeigt, also nicht durch eine trockene Vorlesung und eine Reihe angestaubter Gipsmodelle, nicht durch einen Roman, der nur mit einem langen Anmerkungsapparat zu verstehen ist, sondern durch die sichtbare Darstellung dieser Stadt in ihrem ganzen Ruhm und Glanz. Und wenn die Kostüme auch bis ins letzte Detail von Farbe und Schnitt historisch getreu waren, so wurde diesen Einzelheiten nicht die übertriebene Bedeutung beigemessen, die ihnen in einer mehrstündigen Vorlesungsreihe zwangsläufig zukommt, sondern sie blieben den Gesetzen eines großen Entwurfs und der Einheit des künstlerischen Effekts untergeordnet. Mr. Symonds hat über das große Gemälde Mantegnas, das sich jetzt in Hampton Court befindet, gesagt, der Künstler habe ein altes Motiv in eine musikalische Komposition der Linie transponiert. Dasselbe hätte sich mit Fug und Recht auch von Mr. Godwins Bühnenbild sagen lassen. Nur die Dummköpfe nannten es pedantisch, nur diejenigen, die weder Augen noch Ohren haben, behaupteten, die Leidenschaft des Stücks sei unter der Opulenz der Ausstattung erschlagen worden. Tatsächlich war das Bühnenbild nicht nur malerisch vollkommen, sondern auch höchst dramatisch, indem es uns anstelle langwieriger Beschreibungen allein durch die Farbe und die Art des Gewandes des Claudian und seiner Begleiter das ganze Wesen und die Lebensweise des Mannes offenbarte, angefangen bei der philosophischen Schule, der er anhing, bis hin zu den Pferden, auf die er beim Rennen setzte.

Zweifellos ist alle Archäologie nur dann reizvoll, wenn ihre Ergebnisse in künstlerischer Form behandelt werden. Ich will die Leistungen fleißiger Wissenschaftler keineswegs schmälern, aber mir scheint, Keats hat einen weit wertvolleren Nutzen aus *Lemprières Wörterbuch* gezogen als Professor Max Müller, der die gleiche Mythologie in einer Studie als »eine Krankheit der Sprache« behandelt hat. Mir ist der *Endymion* tausendmal lieber als jede ausgereifte oder, wie in diesem Fall, unausgegorene Theorie über den Wildwuchs von Adjektiven! Und wer spürt nicht, daß der größte Ruhm von Piranesis Buch über Vasen darin besteht, Keats zu seiner »Ode auf eine griechische Vase« inspiriert zu haben? Die Kunst und nur die Kunst kann die Archäologie in Schönheit verwandeln; und die Kunst des Theaters kann sie auf unmittelbarste und lebendigste Weise nutzen, da sie in einer vollkommenen Aufführung die Illusion des tatsächlichen Lebens mit dem Zauber der unwirklichen Welt verschmelzen kann. Dennoch war das sechzehnte Jahrhundert genauso ein Zeitalter des Vitruv wie die Zeit des Vecellio. In allen Nationen schien plötzlich ein Interesse für die Kleidung der

Nachbarn zu erwachen. Ganz Europa begann seine Trachten zu erforschen, und die Zahl der Bücher, die über die einzelnen Volkstrachten erschienen, ist durchaus beachtlich. Anfang des Jahrhunderts erreichte die mit zweitausend Illustrationen versehene *Nürnberger Chronik* ihre fünfte Auflage, und von Münsters *Weltchronik* wurden bis zum Jahrhundertende siebzehn Auflagen gedruckt. Neben diesen beiden Büchern gab es die Werke von Michael Colyns, Hans Weigel, Amman und Vecellio selbst, alle aufwendig illustriert, wobei einige der Zeichnungen Vecellios vermutlich sogar von Tizian stammen.

Zudem gewann man sein Wissen nicht nur aus Büchern und Abhandlungen. Der aufkommende Brauch von Reisen ins Ausland, die wachsenden Handelsbeziehungen zwischen den Ländern und die häufigen diplomatischen Missionen gaben jeder Nation vielfältige Gelegenheiten, die verschiedenen Formen zeitgenössischer Kleidung kennenzulernen. Nachdem beispielsweise die Gesandten des Zaren, des Sultans und des Prinzen von Marokko aus England abgereist waren, gaben Heinrich VIII. und seine Freunde mehrere Maskenfeste in den exotischen Gewändern ihrer Besucher. Später erlebte London, vielleicht sogar zu häufig, den düsteren Prunk des spanischen Hofs, und Elisabeth empfing Abgesandte aus aller Welt, deren Trachten, wie Shakespeare uns berichtet, den englischen Kleidungsstil nachhaltig beeinflußt haben.

Das Interesse beschränkte sich allerdings nicht nur auf klassische Gewänder oder die Trachten fremder Länder; man betrieb auch, gerade unter Theaterleuten, eifrige Nachforschungen über die alten englischen Trachten; und wenn Shakespeare im Prolog zu einem seiner Stücke mit Bedauern anmerkt, keine der Zeit entsprechenden Helme präsentieren zu können, so spricht er als elisabethanischer Theaterdirektor und nicht als elisabethanischer Dichter. In Cambridge etwa fand zu seiner Zeit eine Aufführung von *Richard III.* statt, bei der die Schauspieler in Originalkostümen aus der großen Sammlung historischer Kostüme im Tower auftraten, die den Theaterleitern stets offenstand und die gelegentlich auch Leihgaben zur Verfügung stellte. Ich zweifle nicht, daß diese Aufführung im Hinblick auf die Kostüme weit künstlerischer war als Garricks Inszenierung des entsprechenden Shakespeare-Dramas, in dem er selber in einem bunten Phantasiekostüm, alle übrigen Schauspieler in Kostümen aus der Zeit Georgs III. auftraten und insbesondere Richmond in der Uniform eines jungen Gardesoldaten große Bewunderung erntete.

Denn welchen Nutzen könnte die Archäologie, die unsere Kritiker seltsamerweise so sehr erschreckt hat, der Bühne sonst erweisen, außer daß sie allein die Architektur und die Ausstattung bereitstellen kann, die der Zeit entspricht, in der die Handlung des Stücks spielt? Nur sie versetzt uns in die Lage, daß wir einen Griechen wie einen Griechen und einen Italiener wie einen Italiener gekleidet sehen, uns an den Bogengängen Venedigs und den Balkonen Veronas erfreuen und, wenn es sich um ein Stück über eine der großen Epochen unserer Geschichte handelt, die Zeit in ihrem authentischen Gepräge und den König in seinem tatsächlichen Gewand betrachten können. Im übrigen wäre ich gespannt zu wissen, was Lord Lytton vor noch gar nicht so langer Zeit gesagt hätte, wenn er im Princess's Theatre beim Aufgehen des Vorhangs seines Vaters Brutus in wallender Perücke und mit geblümtem Morgenrock auf einem Fauteuil aus der Zeit der Königin Anne gesehen hätte, ein Kostüm, das man im letzten Jahrhundert als besonders passend für einen Bürger des antiken Roms hielt! Denn in jenen halkyonischen Tagen des Theaters bekümmerte noch keine Archäologie die Bühnenbildner oder brachte die Kritiker auf, und unsere künstlerisch unbedarften Großväter saßen friedlich in einer erdrückend anachronistischen Atmosphäre und betrachteten mit dem seligen Wohlgefallen jenes prosaischen Zeitalters einen Iachimo mit Puder und Schönheitspflästerchen, einen Lear in Spitzenmanschetten und eine Lady Macbeth in einem weiten Reifrock. Ich kann sehr wohl nachvollziehen, wenn man der Archäologie übertriebenen Realismus vorwirft, aber sie als pedantisch abzukanzeln, schießt weit über das Ziel hinaus. Im Grunde jedoch ist jeder Einwand gegen sie töricht; genausogut könnte man sich über den Äquator aufregen. Denn die Archäologie ist eine Wissenschaft und als solche weder gut noch schlecht, sondern schlichtweg ein Faktum. Ihr Wert richtet sich vor allem nach dem Nutzen, den sie stiftet, und zu nutzen vermag sie allein der Künstler. Der Archäologe liefert das Material, der Künstler das Verfahren seiner Anwendung.

Bei der Gestaltung des Bühnenbilds und der Kostüme eines Shakespeare-Dramas besteht die vordringliche Aufgabe des Künstlers darin, das Stück zeitlich genau zu datieren. Dabei sollte er sich mehr am allgemeinen Geist des Stücks orientieren als an einzelnen historischen Hinweisen. Die meisten Inszenierungen des *Hamlet*, die ich gesehen habe, spielten zeitlich viel zu früh. Hamlet ist seinem Wesen nach ein Ziehkind des Humanismus; und wenn die Anspielung auf den jüngst erfolgten Einfall der Dänen in England das Stück ins neunte Jahrhundert zurückverlegt, so spricht der Gebrauch von Rapieren wiederum für eine sehr viel spätere Datierung. Hat man sich aber erst einmal auf eine bestimmte Zeit festgelegt, kann der Archäologe die Fakten vorlegen, die der Künstler wirkungsvoll in Szene setzen muß.

Man hat behauptet, allein die Anachronismen in den Stücken zeigten, daß Shakespeare wenig an historischer Genauigkeit gelegen war, und aus Hektors unbedachtem Zitieren des Aristoteles wurde viel Kapital geschlagen. Andererseits finden sich nur wenige und kaum bedeutende Anachronismen, die Shakespeare vermutlich korrigiert hätte, wäre er durch einen Zeitgenossen darauf hingewiesen worden. Wenn man darin nur schwerlich einen echten Makel erkennen kann, so gehören sie ganz gewiß nicht zu den großen Glanzlichtern seines Werks. Und sollten sie es doch sein, kann man ihren anachronistischen Reiz nur dadurch hervorheben, daß man das Stück exakt im Stil seiner Zeit inszeniert. Betrachtet man jedoch Shakespeares Stücke im ganzen, fällt vor allem die große Wirklichkeitstreue auf, mit der er Personen und Handlungen gestaltet. Viele seiner Bühnenfiguren sind Menschen, die tatsächlich gelebt haben und denen manch ein Theaterbesucher schon im wirklichen Leben begegnet war. Der schärfste Angriff, dem Shakespeare zu Lebzeiten ausgesetzt war, war bekanntlich seine mutmaßliche Karikatur von Lord Cobham. Was die Handlung seiner Stücke angeht, greift Shakespeare entweder auf geschichtliche Quellen oder auf alte Balladen und Überlieferungen zurück, die das elisabethanische Publikum als Geschichte erachtete und die selbst heute kein Historiker als bare Legende abtun würde. Und er macht nicht nur Tatsachen anstelle eigener Erfindungen zur Grundlage vieler seiner Dichtungen, sondern er gibt auch jedem Stück den allgemeinen Charakter, mit einem Wort die soziale Atmosphäre der betreffenden Zeit. Weil er die Dummheit als eine der beständigsten Eigenschaften aller europäischen Kulturen erkannt hatte, macht er keinen Unterschied zwischen dem Londoner Pöbel seiner Zeit und dem römischen Pöbel heidnischer Tage, zwischen einem tumben Wächter in Messina und einem einfältigen Friedensrichter in Windsor. Wenn er sich aber den komplexeren Charakteren zuwendet, jenen Ausnahmeerscheinungen, die durch ihr verfeinertes Wesen zum Inbegriff ihrer Epoche werden, prägt er ihnen unverkennbar Stempel und Siegel ihrer Zeit auf. Virgilia ist eine der römischen Frauen, deren Grab die Inschrift »Domi mansit, lanam fecit« zierte, genau wie Julia das romantische Mädchen der Renaissance ist. Selbst die Charaktereigenschaften der unterschiedlichen Rassen werden berücksichtigt. Hamlet besitzt die ganze Einbildungskraft und Unentschlossenheit der nordischen Völker; und Prinzessin Katharine ist so sehr Französin wie die Heldin von *Divorçons*. Heinrich V. ist durch und durch Engländer und Othello ein echter Mohr.

Bewundernswert ist auch die historische Genauigkeit, mit der Shakespeare die englische Geschichte – bei der er sich streng an Holinshed hält – vom vierzehnten bis zum sechzehnten Jahrhundert behandelt. Die zahllosen Kriege zwischen Frankreich und England werden peinlich genau wiedergegeben, bis hin zu den Namen der belagerten Städte, den Häfen der Landung und Einschiffung, den Schauplätzen und Daten der Schlachten, den Titeln der Feldherren auf beiden Seiten und den Verlustlisten der Toten und Verwundeten. Aus der Zeit der Rosenkriege besitzen wir gleich mehrere detaillierte Stammbäume der sieben Söhne Eduards III.; die Ansprüche der rivalisierenden Häuser York und Lancaster auf den Thron werden ausführlich dargelegt; und wenn die englische Aristokratie schon kein Interesse am Dichter Shakespeare hat, sollte sie sein Werk wenigstens als eine Art frühen Adelskalender lesen. Es gibt kaum einen Adelstitel im Oberhaus, mit Ausnahme natürlich der belanglosen Titel im House of Lords, der nicht zusammen mit zahllosen Details der Familiengeschichte, rühmlichen wie unrühmlichen, bei Shakespeare vorkäme. Wenn unsere Schulkinder schon alles über die Rosenkriege wissen müssen, könnten sie genausogut aus Shakespeare wie aus den Geschichtsbüchern lernen, noch dazu, wie ich kaum zu erwähnen brauche, auf weit unterhaltsamere Art. Auch das wußte man schon zu Shakespeares Zeiten. »Die historischen Stücke vermitteln denen Geschichtskenntnisse, die keine Chroniken lesen können«, sagt Heywood in einer Abhandlung über die Bühne, und ich bezweifle nicht, daß die Chroniken des sechzehnten Jahrhunderts immer noch ein größeres Lektürevergnügen waren als unsere heutigen Schulbücher.

Natürlich hängt der ästhetische Wert von Shakespeares Stücken nicht im geringsten von den gezeigten Tatsachen, sondern von ihrer Wahrheit ab, und Wahrheit ist stets unabhängig von Tatsachen, die sie nach Belieben erfindet oder auswählt. Dennoch ist die Art, in der Shakespeare Tatsachen verwendet, ein höchst interessanter Aspekt seiner Arbeitsweise, aus der wir etwas über seine Haltung zur Bühne und über seine Beziehung zur großen Kunst der Illusion erfahren. Zweifellos wäre er sehr erstaunt gewesen, wenn jemand seine Stücke als »Märchen« bezeichnet hätte, wie Lord Lytton dies tut; denn es war eins seiner Ziele, für England ein nationales, historisches Drama zu schaffen, das von Ereignissen handelte, mit denen das Publikum eng vertraut war und deren Helden im Gedächtnis der Leute fortlebten. Patriotismus, wie ich wohl kaum zu sagen brauche, ist keine notwendige Eigenschaft der Kunst; aus der Sicht des Künstlers bedeutet er allerdings, ein individuelles Gefühl durch ein universelles zu ersetzen, und aus der Sicht des Publikums die Darbietung eines Kunstwerks in einer überaus anziehenden und populären Form. Und man sollte auch nicht vergessen, daß Shakespeares erster und letzter Erfolg historische Stücke waren.

Nun mag man sich fragen, was dies alles mit Shakespeares Einstellung zum Kostüm zu tun hat. Meine Antwort darauf lautet, daß ein Dramatiker, der so großen Wert auf historische Faktentreue legte, in gleicher Weise die historische Genauigkeit des Kostüms als ein unverzichtbares Mittel seiner illusionistischen Methode begrüßen mußte. Und ich habe nicht den geringsten Zweifel, daß er dies tat. Die Erwähnung der Helme im Prolog zu *Heinrich V.* mag als dichterische Marotte erscheinen, obwohl Shakespeare oft genug

»... den einen Helm,
Der dort bei Agincourt die Luft erschreckte«,

gesehen haben muß, wo er noch heute im trüben Halbdunkel von Westminster Abbey hängt, zusammen mit dem Sattel des »Sprößlings des Ruhms« und dem verbeulten Schild mit seiner zerrissenen blauen Samtauskleidung und den erblindeten Lilien aus Gold; die Verwendung von Waffenröcken in *Heinrich VI.* aber entspringt rein archäologischen Überlegungen, da solche Röcke dem sechzehnten Jahrhundert fremd waren, und des Königs eigener Waffenrock, wie ich hinzufügen möchte, zur Zeit Shakespeares noch über seinem Grab in der St. George's Chapel in Windsor hing. Denn bis zu dem unseligen Triumph der Philister im Jahr 1645 waren die Kapellen und Kathedralen Englands die großen Nationalmuseen der Archäologie, in denen die Rüstungen und Gewänder der Helden der englischen Geschichte aufbewahrt wurden. Ein Großteil davon befand sich natürlich im Tower, und selbst zur Zeit Elisabeths wurden Reisende dorthin geführt, um ausgesuchte Relikte der Vergangenheit, wie etwa die mächtige Lanze von Charles Brandon, zu bestaunen, die gewiß noch heute die Bewunderung der Besucher aus der Provinz erregt. Dennoch wurden gemeinhin die Kathedralen und Kirchen als die geeignetsten Schreine zur Verwahrung der historischen Altertümer betrachtet. Canterbury kann uns immer noch den Helm des Schwarzen Prinzen präsentieren, Westminster die Gewänder unserer Könige, und in der altehrwürdigen Kathedrale von St. Paul's hängte einst Richmond höchstpersönlich das Banner auf, das über dem Schlachtfeld von Bosworth wehte.

Wohin Shakespeare in London auch schaute, überall begegneten ihm die Gewänder und das Zubehör vergangener Zeiten, und es erscheint geradezu ausgeschlossen, daß er davon keinen Gebrauch gemacht haben sollte. Die Verwendung von Lanzen und Schilden auf dem Feld beispielsweise, die sich so häufig in seinen

Stücken findet, ist der Archäologie und nicht etwa der militärischen Ausrüstung seiner Zeit entnommen; wie überhaupt die Verwendung von Rüstungen in der Schlacht nicht den Gepflogenheiten der Zeit entsprach, da sie durch Feuerwaffen längst obsolet geworden waren. Warwicks Helmbusch wiederum, der in *Heinrich VI.* eine so große Rolle spielt, ist einem Stück aus dem fünfzehnten Jahrhundert, in dem man solche Helme trug, völlig angemessen, nicht aber in einem Drama aus Shakespeares eigener Zeit, als der Federschmuck an seine Stelle getreten war – eine Mode, wie er uns in *Heinrich VIII.* verrät, die man den Franzosen abgeschaut hatte. Es darf also als erwiesen gelten, daß die Archäologie in den historischen Stücken Verwendung fand, und auch in den anderen Stücken scheint es sich ebenso zu verhalten. Der Auftritt des Jupiters auf seinem Adler, den Donnerkeil in Händen, der Juno mit ihren Pfauen und der Iris mit ihrem bunten Bogen, der Tanz der Amazonen und der Maskenaufzug der »Fünf Tapferen« weisen alle auf archäologische Studien hin; erst recht trifft dies auf die Vision des Posthumus im Gefängnis zu, in der ihm Sicilius Leonatus erscheint, »ein alter Mann in kriegerischer Rüstung, der eine alte Frau an der Hand führt«. Das »athenische Gewand«, das Lysander von Oberon unterscheidet, habe ich bereits erwähnt; eins der bezeichnendsten Beispiele allerdings ist das Kostüm des Coriolanus, das Shakespeare unmittelbar Plutarch entnimmt. In seiner Lebensbeschreibung des großen Römers berichtet der Geschichtsschreiber von dem Eichenkranz, mit dem Caius Martius gekrönt wurde, und von dem seltsamen Gewand, in dem er, altem Brauch nach, um die Gunst der Wähler werben mußte. Mit dem Geist des wahren

Künstlers übernimmt Shakespeare die Überlieferung des Historikers und verwandelt sie in dramatische und malerische Effekte: das Kleid der Demut, das »wölfische Kleid«, wie Shakespeare es nennt, wird sogar zum zentralen Moment des Stücks. Ich könnte noch weitere Beispiele anführen, doch scheint mir dies eine meinem Zweck schon zu genügen; zumindest geht aus ihm klar hervor, daß wir Shakespeares eigenen Wünschen und Methoden folgen, wenn wir seine Stücke im jeweils genauen historischen Kostüm der Zeit inszenieren, wie es uns die archäologische Forschung vermittelt.

Selbst wenn dem nicht so wäre, gäbe es für uns keinen Grund, irgendwelche Unvollkommenheiten, die sich in Shakespeares Inszenierungspraxis vielleicht finden, weiter fortzuführen, so wie wir keinen Grund dafür sehen, Julia von einem jungen Mann spielen zu lassen oder auf die Vorteile einer beweglichen Bühnendekoration zu verzichten. Bei einem großen dramatischen Werk sollten nicht nur moderne Leidenschaften durch den Schauspieler zum Ausdruck gebracht werden, sondern es sollte uns auch in einer dem Geist von heute entsprechenden Gestalt dargeboten werden. Racine ließ seine Römerstücke in Louis-quatorze-Kostümen auf einer von Zuschauern umringten Bühne aufführen; wir hingegen brauchen andere Bedingungen, um seine Stücke genießen zu können. Genaue Detailtreue, um der perfekten Illusionswirkung willen, ist für uns unverzichtbar. Allerdings müssen wir darauf achten, daß die Details sich nicht in den Vordergrund drängen. Sie müssen stets dem Hauptmotiv des Stücks untergeordnet bleiben. Aber Unterordnung in der Kunst bedeutet keineswegs ein Abrücken von der Wahrheit, sondern vielmehr die Verwandlung von Tatsachen in Wirkungen und daß jedem Detail sein angemessener relativer Wert zugemessen wird.

> »Les petits détails d'histoire et de vie domestique«, sagt Hugo, »doivent être scrupuleusement étudiés et reproduits par le poète, mais uniquement comme des moyens d'accroître la réalité de l'ensemblement, et de faire pénétrer jusque dans les coins les plus obscurs de l'œuvre cette vie générale et puissante au milieu de laquelle des personnages sont plus vrai, et les catastrophes, par conséquent, plus poignantes. Tout doit être subordonné à ce but. L'homme sur le premier plan, le reste au fond.«

Diese Sätze sind vor allem deshalb interessant, weil sie vom ersten bedeutenden französischen Dramatiker stammen, der sich der Archäologie auf der Bühne bediente und dessen Stücke, ungeachtet ihrer genauen Detailtreue, allgemein für ihre Leidenschaft anstatt für ihre Pedanterie, für ihre Lebendigkeit anstatt ihre Gelehrsamkeit bekannt sind. Es stimmt, daß er gewisse Zugeständnisse gemacht hat, was den Gebrauch einiger gestelzter oder seltsamer Ausdrücke angeht. Ruy Blas spricht von M. de Priego als einem »suject du roi« statt von einem »noble du roi«, und Angelo Malipieri spricht von »la croix rouge« anstatt von »la croix de gueules«. Doch handelt es sich hier eher um Zugeständnisse an das Publikum, genauer gesagt, an einen Teil des Publikums. »J'en offre ici toutes mes excuses aux spectateurs intelligents«, sagt er in einer Anmerkung zu einem seiner Stücke; »espérons qu'un jour un seigneur vénetien pourra dire tout bonnement sans péril son blason sur le théâtre. C'est un progrès qui viendra.« Und wenn auch die Beschreibung des Helmbuschs nicht ganz zutreffend ist, so ist sein Auftreten in dem Stück vollkommen richtig. Man kann natürlich einwenden, das Publikum bemerke solche Feinheiten nicht einmal; andererseits sollte man nicht vergessen, daß die Kunst kein anderes Ziel als ihre eigene Vollkommenheit anstrebt und dabei ausschließlich ihren eigenen Gesetzen folgt und daß Hamlet voller Lob für das Stück ist, das er als »Kaviar fürs Volk« bezeichnet. Im übrigen hat sich zumindest in England das Publikum gewandelt; man weiß die Schönheit weit mehr zu schätzen als noch vor einigen Jahren; und wenn die Zuschauer auch mit den Quellen und dem dargebotenen archäologischen Wissen wenig vertraut sind, so genießen sie doch jedes aufwendig gestaltete Detail. Und genau das zählt. Es ist besser, sich an einer Rose zu erfreuen, als ihre Wurzel unter ein Mikroskop zu legen. Archäologische Genauigkeit ist nur eine Voraussetzung für die Illusionswirkung auf der Bühne, nicht aber eine ihrer Haupteigenschaften. Und Lord Lyttons Vorschlag, die Kostüme sollten in erster Linie schön statt historisch genau sein, beruht auf einem falschen Bild von der Eigenart des Kostüms und seiner Bedeutung für die Bühne. Sein Wert ist zweifacher Natur, nämlich ein malerischer und ein dramatischer; ersterer hängt von der Farbe ab, letzterer vom Zuschnitt und der genauen Beschaffenheit. Beide sind jedoch so eng miteinander verwoben, daß wo immer in unseren Tagen die historische Genauigkeit vernachlässigt und in einem Stück Gewänder aus verschiedenen Epochen verwendet wurden, die Bühne sich unversehens in ein buntes Chaos der Kostüme, in eine Karikatur der Jahrhunderte und in einen Maskenball verwandelte, mit dem Erfolg, daß jede dramatische oder malerische Wirkung gründlich verlorenging. Denn die Kleider einer Epoche beißen sich künstlerisch gesehen mit denen anderer, und was ihren dramatischen Wert betrifft, heißt die Kleider verwirren das ganze Stück verwirren. Kleider sind etwas Gewachsenes, sich langsam Entwickelndes und eins der bedeutendsten, vielleicht sogar *das* bedeutendste Merkmal für die Sitten, Gebräuche und Gewohnheiten der einzelnen Jahrhunderte. Die puritanische Verachtung für Farbe, Schmuck und anmutige Kleidung war ein Teil der breiten Empörung des Mittelstands gegen die Schönheit im 17. Jahrhundert. Ein Historiker, der dies außer acht läßt, würde nur ein grob verfälschendes Bild der Zeit liefern, und ein Dramatiker, der sich dieses Umstands nicht bediente, würde eines der vielseitigsten Mittel zur Illusionsgestaltung ungenutzt lassen. Die Verweichlichung der Kleidung zur Zeit der Regentschaft Richards II. war ein beliebtes Thema unter den zeitgenössischen Autoren. Shakespeare, der zweihundert Jahre später schrieb, greift die Vorliebe des Königs für bunte Gewänder und fremde Moden an vielen Stellen seines Stücks auf, von John of Gaunts Vorwürfen bis zu Richards eigener Rede bei seiner Thronbesteigung im dritten Akt. Und daß Shakespeare Richards Grab in Westminster Abbey kannte, scheint aus Yorks Rede unstrittig hervorzugehen:

»Seht, seht! Der König zeigt sich selbst,
So wie die rote, mißvergnügte Sonne
Tritt aus dem feurigen Portal des Ostens,
Sobald sie sieht, die neidischen Wolken suchen
Zu trüben ihren Glanz.«

Noch heute können wir auf dem Gewand des Königs sein Lieblingssymbol sehen – die hinter einer Wolke hervortretende Sonne. Tatsächlich finden sich die gesellschaftlichen Bedingungen seiner Zeit so sehr in der Kleidung gespiegelt, daß die Aufführung eines Stücks aus dem 16. Jahrhundert in der Tracht des 17. Jahrhunderts, oder umgekehrt, aufgesetzt und unwahr erscheinen würde. So wichtig der Zauber der Schönheit auf der Bühne ist, die höchste Schönheit ist nicht nur mit absoluter Detailtreue vereinbar, sondern sie hängt geradezu von ihr ab. Die Erfindung eines reinen Phantasiekostüms ist außer in der Burleske oder der Posse nahezu unmöglich, und es wäre ein gefährliches Experiment, aus den Trachten verschiedener Jahrhunderte ein neues Kostüm zusammenzustellen; Shakespeares Meinung zum künstlerischen Wert eines solchen Flickwerks geht deutlich genug aus seinen unablässigen satirischen Angriffen gegen die elisabethanischen Dandys hervor, die sich für vorbildlich gekleidet hielten, weil ihre Wämser aus Italien, ihre Hüte aus Deutschland und ihre Hosen aus Frankreich kamen. Und es sollte nicht vergessen werden, daß die bezauberndsten Szenen der englischen Bühne diejenigen waren, die sich durch ihre vollkommene Genauigkeit auszeichneten, wie etwa die Wiederbelebung des 18. Jahrhunderts durch Mr. und Mrs. Bancroft am Haymarket Theatre, Mr. Irvings glänzende Inszenierung von *Viel Lärm um nichts* und Mr. Barretts *Claudian*. Außerdem – und das ist vielleicht die schlüssigste Antwort auf Lord Lyttons Theorie – ist daran zu erinnern, daß weder in Fragen des Kostüms noch des Dialogs die Schönheit das oberste Ziel des Dramatikers ist. Der wahre Dramatiker versucht vor allem, das Charakteristische hervortreten zu lassen, und ihm ist so wenig daran gelegen, daß seine sämtlichen Figuren prachtvolle Kostüme tragen, wie daß sie ausnahmslos edle Charaktere besitzen oder ein makelloses Englisch sprechen. Der wahre Dramatiker zeigt uns das Leben unter künstlerischen Gesichtspunkten, nicht die Kunst in der Form des Lebens. Die griechische Tracht war die schönste, die die Welt je gesehen hat, während die englische Kleidung des letzten Jahrhunderts eine der scheußlichsten war; dennoch können wir ein Stück von Sheridan nicht mit dem Kostüm eines Sophokles-Dramas inszenieren. Denn wie Polonius in seiner vortrefflichen Bemerkung sagt, für die ich ihm bei der Gelegenheit ausdrücklich danken möchte, ist eine der wichtigsten Eigenschaften der Kleidung ihre Ausdruckskraft. Und der affektierte Kleidungsstil des letzten Jahrhunderts war der natürliche Ausdruck einer in ihren Sitten und ihrer Konversation affektierten Gesellschaft – ein Sachverhalt, den der realistische Dramatiker bis ins kleinste Detail hoch zu schätzen wissen wird und für dessen Umsetzung ihm allein die Archäologie die nötigen Materialien bereitstellen kann.

Aber ein Kostüm muß nicht nur historisch genau sein; es muß auch der Statur und Erscheinungsweise des Schauspielers sowie der ihm zugedachten Rolle und Haltung angemessen sein. Bei Mr. Hares Inszenierung von *Wie es euch gefällt* am St. James's Theatre beispielsweise wurde die Pointe von Orlandos Klage, wie ein Bauer und nicht wie ein Edelmann erzogen zu werden, gründlich durch die Eleganz seines Kostüms verdorben, und die prächtigen Gewänder, in denen der verbannte Herzog und seine Gefolgsleute auf der Bühne erschienen, waren ebenso fehl am Platze. Mr. Lewis Wingfields Erklärung, die Kleiderordnung der damaligen Zeit sei der Grund für solche Opulenz, ist in meinen Augen wenig überzeugend. Geächtete, die sich im Wald versteckt halten und von der Jagd leben, werden nicht groß Gedanken an vorschriftsmäßige Kleidung verschwenden. Vermutlich glichen sie eher Robin Hoods Leuten, mit denen sie im Stück ja auch verglichen werden. Und daß ihr Aufzug wenig dem reicher Edelmänner entsprach, läßt sich den Worten Orlandos entnehmen, als er sie überrascht. Er hält sie irrtümlich für Wegelagerer und ist erstaunt, daß sie ihm in galanter, höfischer Sprache antworten. Lady Archibald Campbells Inszenierung des Stücks in Coombe Wood unter der Regie von Mr. E.W. Godwin war, was die Ausstattung betrifft, künstlerisch weit gelungener. Zumindest schien es mir so. Der Herzog und seine Begleiter trugen Waffenröcke aus Serge, Lederwämser, hohe Stiefel und Stulpenhandschuhe sowie spitze Hüte und Kapuzen. Und da sie in einem wirklichen Wald spielten, werden sie ihre Kleidung gewiß als ausgesprochen passend empfunden haben. Jede Figur des Stücks war ihrer Rolle gemäß gekleidet, und das Braun und Grün der Kostüme harmonierte vortrefflich mit dem Farnkraut, durch das sie marschierten, den Bäumen, unter denen sie ruhten, und der lieblichen englischen Landschaft im Hintergrund. Der vollkommen naturalistische Eindruck der Szene ergab sich vor allem aus der einzigartigen Genauigkeit und Angemessenheit der Kostüme. Einer strengeren Prüfung hätte man die Archäologie schwerlich unterziehen können, und genauso hätte sie kaum glorreicher daraus hervorgehen können. Die ganze Aufführung bewies ein für allemal, daß ein Kostüm stets unwirklich, unnatürlich und theatralisch im Sinne von künstlich wirkt, wenn es nicht archäologisch exakt und künstlerisch angemessen ist.

Es genügt aber auch nicht, daß ein Kostüm historisch getreu, angemessen und in prächtigen Farben gehalten ist; die ganze Bühne muß Farbschönheit besitzen, und solange der Hintergrund von einem Künstler gemalt und die Dekoration im Vordergrund unabhängig davon von einem anderen entworfen wird, besteht die Gefahr, daß die Harmonie des Bühnenbilds insgesamt verlorengeht. Für jede einzelne Szene sollte das Farbschema so sorgfältig abgestimmt werden wie bei der Einrichtung eines Zimmers, indem man die vorgesehenen Stoffe in allen möglichen Farbkombinationen zusammenstellt und alle Mißklänge aussondert. Was die einzelnen Farben betrifft, erscheint die Bühne häufig zu grell, teilweise durch den übertriebenen Gebrauch flammender Rottöne, teilweise aber auch, weil die Kostüme allzu neu aussehen. Ausgewaschene Farben, die im modernen Alltagsleben nur der Vorliebe der unteren Schichten für gesetzte Farbtöne entsprechen, sind nicht ohne künstlerischen Wert, und moderne Farben wirken oft besser, wenn sie etwas verblaßt sind. Auch Blau wird zu häufig verwendet: Es wirkt nicht nur äußerst unvorteilhaft unter Gaslicht, sondern es ist überaus schwierig, in England überhaupt ein vernünftiges Blau zu bekommen. Das zarte chinesische Blau, das wir alle so sehr bewundern, benötigt zwei Jahre zur Färbung, doch so lange will das englische Publikum nicht auf eine Farbe warten. Pfauenblau ist natürlich auf zahlreichen Bühnen, insbesondere der des Lyceum, mit großem Gewinn verwendet worden, wohingegen alle mir bekannten Versuche, ein überzeugendes Hellblau oder Dunkelblau zu finden, kläglich gescheitert sind. Schwarz wird als Farbe immer noch unterschätzt; Mr. Irving hat sie im *Hamlet* mit beachtlichem Erfolg in verschiedenen Schattierungen eingesetzt, doch wird ihre Bedeutung als eigenständiger, reiner Grundton nicht erkannt. Dies ist um so verwunderlicher, da Schwarz doch die vorherrschende Farbe der Kleidung eines Jahrhunderts ist, in dem, wie Baudelaire sagt, »nous célébrons tous quelque enterrement«. Der Archäologe der Zukunft wird vermutlich in unserem Zeitalter die Epoche sehen, der sich die Schönheit des Schwarzen offenbarte. Aber ich glaube nicht, daß dies im Hinblick auf die Bühnengestaltung und Hausdekoration tatsächlich zutrifft. Selbstverständlich besitzt Schwarz keinen geringeren dekorativen Wert als Weiß oder Gold; es kann einzelne Farben trennen und zu einem harmonischen Ganzen verbinden. In modernen Stücken gewinnt der schwarze Gehrock des Helden eine eigene Bedeutung, und der Hintergrund sollte dem angepaßt sein. Doch geschieht dies nur selten. Tatsächlich kann ich mich nur einer einzigen zeitgenössischen Aufführung entsinnen, deren Hintergrund stimmte, und zwar das in Dunkelgrau und Cremeweiß gehaltene Szenenbild im ersten Akt von *Princesse Georges* in der Inszenierung von Mrs. Langtry. In der Regel wird der Held von allerlei Nippes und Palmen erschlagen, er versinkt im goldenen Schlund der Louis-quatorze-Möbel oder schrumpft umgeben von aufwendigen Intarsien zu einer unscheinbaren Mücke, während doch der Hintergrund stets Hintergrund bleiben und die Farbe der Wirkung untergeordnet werden sollte. Dies ist natürlich nur dann möglich, wenn die Leitung einer Inszenierung in den Händen eines einzelnen liegt. So verschieden die Werke der Kunst auch sein mögen, das Wesen der künstlerischen Wirkung ist die Einheit. Monarchie, Anarchie und Republikanismus mögen in den einzelnen Nationen um die Macht streiten; ein Theater aber sollte von einem gebildeten Despoten regiert werden. Es mag Arbeitsteilung geben, nur keine Teilung des verantwortlichen Geistes. Wer die Kostüme eines Zeitalters versteht, versteht notwendigerweise auch dessen Architektur und Einrichtung. An den Stühlen eines Jahrhunderts läßt sich ablesen, ob man zu der Zeit Krinolinen trug oder nicht. Es gibt in der Kunst kein Spezialistentum, und eine wirklich künstlerische Aufführung sollte stets den Stempel eines einzigen Meisters tragen, und zwar eines Meisters, der nicht nur sämtliche Einzelheiten selber entwirft und arrangiert, sondern auch darüber zu wachen hätte, wie jedes Kostüm zu tragen ist.

Mademoiselle Mars war bei der Premiere von *Hernani* nur dann bereit, ihren Liebhaber »Mon Lion!« zu nennen, wenn sie auf der Bühne eine kleine, elegante Toque tragen durfte, wie sie damals auf den Boulevards hoch in Mode stand; genauso bestehen viele unserer jungen Schauspielerinnen immer noch darauf, unter griechischen Gewändern steif gestärkte Unterröcke zu tragen und damit alle Grazie der Linie und des Faltenwurfs gründlich zu zerstören, eine Unsitte, die nicht geduldet werden sollte. Und es sollte auch viel mehr Kostümproben geben, als dies heute üblich ist. Schauspieler wie Mr. Forbes-Robertson, Mr. Conway, Mr. George Alexander und andere, von den älteren Routiniers ganz zu schweigen, verstehen sich natürlich und elegant in den Kleidern jedes Zeitalters zu bewegen; doch es gibt nicht wenige, die nicht wissen wohin mit ihren Händen, wenn sie keine Seitentaschen haben, und die ihre Anzüge wie Kostüme tragen. Für den, der sie entwirft, handelt es sich natürlich um Kostüme, nur sollte der Schauspieler, der sie auf der Bühne trägt, sie als Kleider betrachten. Auch sollte endlich die auf unseren Bühnen allgegenwärtige Vorstellung abgeschafft werden, nach der Griechen und Römer im Freien stets barhäuptig liefen – ein Fehler, der den elisabethanischen Theaterleitern nie unterlief, denn sie schickten ihre römischen Senatoren immer mit Toga und Kopfbedeckung auf die Straße.

Häufigere Kostümproben wären auch deshalb von Nutzen, um den Schauspielern zu zeigen, daß es gewisse Gesten und Bewegungen gibt, die nicht nur dem Stil einzelner Kostüme angemessen sind, sondern durch ihn bedingt werden. Der übertriebene Einsatz der Arme im 18. Jahrhundert beispielsweise ergab sich zwangsläufig aus den weiten Reifröcken, und die gesetzte Würde Burleighs verdankte sich so sehr seiner Halskrause wie seiner Schauspielkunst. Im übrigen hat sich ein Schauspieler erst dann in seine Rolle eingelebt, wenn er sich auch in seine Kleidung eingelebt hat.

Ich will hier nicht weiter darauf eingehen, wie die Schönheit des Kostüms im Zuschauer ein künstlerisches Empfinden weckt und jene Freude an der Schönheit um der Schönheit willen entstehen läßt, ohne die kein großes Kunstwerk wirklich verstanden werden kann. Es sei aber angemerkt, daß Shakespeare auch diesem Aspekt einige Beachtung schenkte, indem er beispielsweise seine Tragödien ausschließlich bei künstlichem Licht und in einem schwarz verhangenen Theater spielen ließ. Mir ging es vor allem darum zu zeigen, daß die Archäologie kein pedantischer Tick ist, sondern eine Methode zur Erzeugung künstlerischer Illusionen, und daß das Kostüm ein Mittel ist, Charaktere ohne umständliche Beschreibungen vorzustellen und dramatische Situationen und Effekte zu gestalten. Ich halte es für bedauerlich, daß so viele Kritiker darauf verfallen sind, eine der wichtigsten Entwicklungen der modernen Bühne niederzuschreiben, noch ehe sie sich richtig entfalten konnte. Daß sie sich dennoch weiter entfalten wird, erscheint mir so gewiß wie die Tatsache, daß wir von unseren Theaterkritikern in Zukunft mehr erwarten werden, als daß sie sich an Macready erinnern können oder auch Benjamin Webster gesehen haben; und zwar werden wir von ihnen verlangen, daß sie einen Sinn für Schönheit entwickeln. *Pour être plus difficile, la tâche n'en est que plus glorieuse.* Und wenn sie schon ihre Unterstützung verweigern, so sollen sie zumindest einer Bewegung nicht im Wege stehen, die Shakespeare von allen Dramatikern am meisten begrüßt hätte, betrachtet sie doch die Illusion des Wahren als ihre Methode und die Illusion des Schönen als ihr Ziel. Nicht, daß ich mit allem, was ich in diesem Essay sage, übereinstimme. Vieles läuft meiner persönlichen Überzeugung ganz und gar zuwider. Der Essay ist lediglich Ausdruck eines künstlerischen Standpunkts, und in der ästhetischen Kritik ist die Einstellung alles. Denn in der Kunst gibt es keine allgemeingültigen Wahrheiten. Eine Wahrheit in der Kunst ist etwas, dessen Gegenteil ebenfalls wahr ist. Und wie wir allein in der Kunstkritik und durch sie die platonische Lehre von den Ideen begreifen können, so können wir allein in der Kunstkritik und durch sie Hegels System von Gegensatz und Einheit tatsächlich verwirklichen. Die Wahrheiten der Metaphysik sind die Wahrheiten der Masken.

Die Seele des Menschen unter dem Sozialismus

DER größte Vorteil, den die Einführung des Sozialismus mit sich brächte, wäre zweifellos die Tatsache, daß der Sozialismus uns vom unwürdigen Zwang, für andere zu leben, befreien würde, ein Zwang, der unter den gegenwärtigen Bedingungen auf fast allen so schwer lastet. Es gibt in der Tat kaum jemanden, der sich ihm entziehen könnte.

Im Verlauf dieses Jahrhunderts ist es hier und dort einem großen Wissenschaftler wie Darwin, einem großen Dichter wie Keats, einem erlesenen kritischen Geist wie M. Renan oder einem überragenden Künstler wie Flaubert gelungen, auf Distanz zu gehen, sich von den lärmenden Ansprüchen der anderen zu befreien, »im Schutz der Mauer zu stehen«, wie Platon sagt, und auf diese Weise seine natürlichen Anlagen zu vervollkommnen, zu seinem eigenen unvergleichlichen Gewinn wie zum unvergleichlichen und bleibenden Gewinn der ganzen Welt. Dennoch sind dies Ausnahmen. Die meisten Menschen ruinieren ihr Leben durch einen ungesunden und übertriebenen Altruismus – sie werden geradezu dazu gezwungen, es auf diese Weise zu ruinieren. Sie sehen sich umgeben von schrecklicher Armut, schrecklicher Häßlichkeit und schrecklichem Hunger. All dies macht sie unweigerlich betroffen. Die Gefühle des Menschen regen sich weit rascher als sein Verstand; und es ist – wie ich unlängst in einem Artikel über die Bedeutung der Kritik dargelegt habe – viel leichter, Mitgefühl für das Leiden zu empfinden, als sich für das

Denken zu erwärmen. Deshalb macht man sich mit bewundernswerten, wenngleich fehlgeleiteten Absichten sehr ehrgeizig und sehr naiv daran, die Mißstände ringsum zu beseitigen. Aber die Heilmittel bekämpfen die Krankheit nicht: Sie verlängern sie nur noch. Im Grunde sind sie sogar selbst ein Teil der Krankheit.

Das Problem der Armut beispielsweise versucht man dadurch aus der Welt zu schaffen, daß man die Armen am Leben hält, oder, wie es eine der fortschrittlichsten Bewegungen fordert, daß man sie unterhält.

Nur ist das keine Lösung; es verschlimmert die Situation eher noch. Das eigentliche Ziel muß dahin gehen, der Gesellschaft ein neues Fundament zu geben, das die Armut unmöglich macht. Und die altruistischen Tugenden haben die Verwirklichung dieses Ziels nachgerade verhindert. Wie die schlimmsten Sklavenhalter die waren, die ihre Sklaven gütig behandelten und so verhinderten, daß der ganze Schrecken des Systems denen, die darunter litten, offenbar wurde und denen, die darüber nachdachten, zu Bewußtsein kam, so richten in der gegenwärtigen Lage in England diejenigen den meisten Schaden an, die sich am meisten befleißigen, Gutes zu tun; und so haben wir zuletzt das Schauspiel erleben müssen, wie Männer, die sich eingehend mit dem Problem befaßt haben und die Situation kennen – Männer von Bildung, die im East End wohnen –, in einem öffentlichen Aufruf die Gemeinschaft angefleht haben, ihre altruistischen Anwandlungen von Barmherzigkeit, Fürsorge und dergleichen doch bitte einzudämmen. Sie verweisen darauf, daß eine solche Mildtätigkeit erniedrigt und demoralisiert. Dem ist voll und ganz beizupflichten. Aus der Nächstenliebe entsteht eine Vielzahl von Sünden.

Und auch das muß gesagt werden. Es ist unsittlich, Privateigentum zur Milderung der furchtbaren Mißstände einzusetzen, die unmittelbar aus der Existenz des Privateigentums resultieren. Das ist unsittlich und scheinheilig zugleich.

Unter dem Sozialismus wird sich natürlich all dies ändern. Es wird keine Menschen mehr geben, die in stinkende Lumpen gekleidet in stinkenden Löchern hausen und kranke, ausgemergelte Kinder in einer unerträglichen und gänzlich widerwärtigen Umgebung großziehen. Die soziale Sicherheit wird nicht mehr, so wie heute, vom jeweiligen Wetter abhängen. Bei Frosteinbruch werden nicht mehr hunderttausend Arbeitslose in erbärmlich abgerissenem Zustand durch die Straßen ziehen, ihre Nachbarn um Almosen anbetteln oder sich vor den Toren der widerlichen Asyle drängen, um ein Stück Brot und ein schäbiges Nachtlager zu bekommen. Jedes Mitglied der Gesellschaft wird am allgemeinen Wohlstand und Glück teilhaben, und wenn es Frost gibt, wird es keinem schlechter gehen.

Auf der anderen Seite wird der Wert des Sozialismus allein darin bestehen, daß er zum Individualismus führt.

Der Sozialismus, Kommunismus, oder wie immer man die Sache nennen will, wird durch die Umwandlung des Privateigentums in Allgemeinvermögen und dadurch, daß Kooperation an die Stelle von Konkurrenz tritt, der Gesellschaft den ihr angemessenen Zustand eines gesunden Organismus zurückgeben und für das materielle Wohl eines jeden Mitglieds der Gemeinschaft sorgen. Mithin, er wird dem Leben eine ihm gemäße Grundlage und Umgebung verschaffen. Damit aber das Leben zu seiner höchsten Vervollkommnung gelangen kann, bedarf es noch eines weiteren. Es bedarf des Individualismus. Wenn der Sozialismus autoritär auftritt, wenn die Regierungen ihre heutige politische Macht gegen ökonomische Macht eintauschen, kurzum, wenn es zur industriellen Tyrannei kommt, dann hätte sich die Lage des Menschen zum Schlechteren gewandelt. Durch die Existenz des Privateigentums sind heute viele Menschen imstande, sich einen gewissen, wenn auch sehr beschränkten Grad an Individualität zu bewahren. Entweder unterliegen sie nicht dem Zwang, für ihren Lebensunterhalt arbeiten zu müssen, oder sie können einer Tätigkeit nachgehen, die ihrem Wesen entspricht und ihnen Freude macht. Das sind die Dichter, die Philosophen, die Gelehrten und Kultivierten – mit einem Wort, die wahren Menschen, die Menschen, die sich selbst verwirklicht haben und in denen die ganze Menschheit ihre teilweise Verwirklichung findet. Andererseits gibt es ebenso viele Menschen, die keinerlei Privateigentum besitzen, die ständig am Rande des Verhungerns leben und dadurch gezwungen sind, die Arbeit von Lasttieren zu verrichten, Arbeit, die ihnen ganz und gar nicht zusagt und zu der allein die unerbittliche, vernunftwidrige, erniedrigende Tyrannei der Not sie treibt. Das sind die Armen, und in deren Leben gibt es keine Zierde des Benehmens, keine anmutige Ausdrucksweise, keine Bildung oder Kultur, keine verfeinerten Genüsse und keine Lebensfreude. Aus ihrer kollektiven Kraft schöpft die Menschheit erheblichen materiellen Reichtum. Aber der Gewinn ist eben nur materieller Art, und der Arme als solcher ist völlig bedeutungslos. Er ist nur das winzige Atom einer Kraft, die ihn nicht nur mißachtet, sondern ihn zermalmt, ja, die ihn sogar lieber zermalmt sieht, weil er dann weit gefügiger ist.

Natürlich ließe sich einwenden, daß der unter den Bedingungen des Privateigentums entstandene Individualismus nicht immer und nicht einmal in der Regel als glanzvoll oder großartig zu bezeichnen ist und daß die Armen, wenn ihnen auch Kultur und Lebensart fehlen, dennoch manche Tugenden besitzen. Beides ist völlig richtig. Der Besitz von Privateigentum ist häufig ausgesprochen demoralisierend, was einer der Gründe ist, weshalb der Sozialismus ihn abschaffen will. Tatsächlich ist Eigentum eine schwere Bürde. Vor einigen Jahren zogen Leute mit dem Slogan durchs Land, Eigentum verpflichte. Sie wiederholten ihren Spruch so oft und so hartnäckig, daß zuletzt gar die Kirche mit einfiel. Jetzt tönt er von jeder Kanzel. Auch er trifft vollkommen zu. Eigentum verpflichtet nicht einfach, sondern es bürdet einem gleich so viele Pflichten auf, daß jeder größere Besitz nichts als Ärger einbringt. Ständig sieht man sich Forderungen ausgesetzt, muß sich laufend um seine Geschäfte kümmern und hat nur Scherereien. Wäre Eigentum nur mit Annehmlichkeiten verbunden, könnten wir damit leben, aber seine Verpflichtungen machen es unerträglich. Im Interesse der Reichen müssen wir es abschaffen. Man mag die Tugenden der Armen bereitwillig anerkennen, muß sie aber ebensosehr bedauern. Oft hört man, die Armen seien für Wohltaten dankbar. Einige sind es zweifellos, aber die besten unter den Armen sind nie dankbar. Sie sind undankbar, unzufrieden, eigensinnig und aufsässig. Und zwar ganz zu recht. In ihren Augen ist Barmherzigkeit bloß eine lächerlich unzulängliche Art der teilweisen Rückerstattung oder ein sentimentales Almosen, gewöhnlich verknüpft mit dem skandalösen Versuch des rührseligen Spenders, auf ihr Privatleben

Einfluß zu nehmen. Warum sollten die Armen dankbar sein für die Krumen, die vom Tisch der Reichen für sie abfallen? Sie sollten mit an der Tafel sitzen, und eben das beginnen sie zu begreifen. Was ihre Unzufriedenheit angeht, wäre jeder Mensch, der angesichts einer solchen Umgebung und solcher erbärmlichen Lebensumstände nicht unzufrieden wäre, ein wahres Tier. Jeder, der sich mit der Geschichte befaßt hat, wird bestätigen, daß Auflehnung die älteste Tugend des Menschen ist. Allein durch Auflehnung wurde Fortschritt möglich, durch Auflehnung und Aufsässigkeit. Manchmal lobt man die Armen für ihre Sparsamkeit. Aber dem Armen zur Sparsamkeit zu raten, ist ebenso grotesk wie beleidigend. Es ist, als würde man einem Verhungernden nahelegen, weniger zu essen. Ein Arbeiter aus der Stadt oder auf dem Land, der sich in Sparsamkeit übte, handelte zutiefst unmoralisch. Kein Mensch sollte sich auf den erniedrigenden Beweis einlassen, daß er es fertigbringt, wie ein schlecht versorgtes Stück Vieh zu leben. Er sollte sich weigern, so zu leben, und entweder stehlen oder zur Fürsorge gehen, was für viele nur eine andere Form des Stehlens ist. Betteln ist gewiß sicherer als Nehmen, aber es ist eleganter zu nehmen, als zu betteln. Nein: Ein Armer, der undankbar, nicht sparsam, unzufrieden und aufsässig ist, besitzt vermutlich eine starke Persönlichkeit, und es steckt manches in ihm. Jedenfalls stellt er einen gesunden Protest dar. Was die tugendhaften Armen angeht, kann man sie selbstverständlich bedauern, aber keinesfalls bewundern. Sie haben mit dem Feind ihren Frieden gemacht und ihr Geburtsrecht für eine dünne Suppe verkauft. Außerdem müssen sie himmelschreiend dumm sein. Ich kann sehr wohl verstehen, daß jemand die Gesetze zum

Schutz und zur Vermehrung von Privateigentum achtet, solange ihm unter diesen Bedingungen ein halbwegs schönes und intellektuelles Leben ermöglicht wird. Aber mir ist nahezu unverständlich, wie jemand, dessen Leben durch solche Gesetze ruiniert und verunstaltet wird, deren Fortbestand ohne Murren akzeptieren kann.

Die Erklärung ist dennoch rasch gefunden. Sie lautet kurz und bündig: Elend und Armut sind so furchtbar erniedrigend und üben eine so lähmende Wirkung auf den menschlichen Geist aus, daß keine Klasse sich je ihres Leidens bewußt wird. Andere müssen ihnen die Augen öffnen und ernten dafür oft nur ungläubiges Staunen. Was große Unternehmer über die Agitatoren sagen, trifft zweifellos zu. Agitatoren sind notorische Querulanten, die in eine vollkommen zufriedene soziale Schicht einbrechen und dort die Saat der Unzufriedenheit säen. Gerade deshalb sind Agitatoren so absolut notwendig. Ohne sie gäbe es in unserem unvollkommenen Gemeinwesen keinen zivilisatorischen Fortschritt. Die Abschaffung der Sklaverei in Amerika erfolgte nicht aufgrund irgendeiner Bewegung unter den Sklaven selbst oder auch nur aufgrund des sehnsüchtigen Wunsches der Sklaven nach Freiheit. Ihr Ende wurde allein durch das grob gesetzeswidrige Verhalten einiger Agitatoren in Boston und anderen Orten herbeigeführt, die selbst weder Sklaven noch Sklavenhalter waren und mit der Frage im Grunde gar nichts zu tun hatten. Es waren zweifellos die Abolitionisten, die die Fackel entzündeten und den Stein ins Rollen brachten. Und es ist geradezu befremdlich, daß sie von den Sklaven nicht nur wenig Unterstützung, sondern auch kaum größere Sympathien erhielten; als sich der

Sklave am Ende des Krieges in eine Freiheit entlassen sah, die so absolut war, daß sie die Freiheit zu verhungern mit einschloß, da bedauerten viele den neuen Stand der Dinge bitter. Für einen Menschen mit Verstand ist das tragischste Ereignis der Französischen Revolution nicht der Tod Marie Antoinettes, die hingerichtet wurde, bloß weil sie Königin war, sondern der Aufstand der ausgehungerten Bauern der Vendée, die freiwillig in den Kampf zogen, um für die schmähliche Sache des Feudalismus zu sterben.

Es ist also klar, daß der autoritäre Sozialismus keine Perspektive bietet. Während das gegenwärtige System immerhin einer sehr beträchtlichen Zahl von Leuten ein Leben mit einem gewissen Maß an Freiheit und Entfaltung und Glück ermöglicht, würde in einem industriellen Kasernensystem oder einer ökonomischen Tyrannei niemand in den Genuß solcher Freiheiten gelangen. Es ist zu bedauern, daß ein Teil unserer Gemeinschaft praktisch ein Sklavendasein fristet, aber das Problem dadurch lösen zu wollen, daß man die ganze Gemeinschaft versklavt, wäre kindisch. Jeder Mensch muß seine Arbeit frei wählen können. Ihm darf keinerlei Zwang auferlegt werden. Geschieht dies doch, ist seine Arbeit weder für ihn noch an sich und für die anderen von Nutzen. Und es sei hinzugefügt, daß ich unter Arbeit jedwede Art von Tätigkeit verstehe.

Ich glaube, kein Sozialist würde heutzutage ernsthaft vorschlagen, ein Inspektor solle jeden Morgen von Haus zu Haus gehen und sicherstellen, daß auch alle Bürger aufgestanden sind und die vorgeschriebenen acht Stunden körperliche Arbeit leisten. Die Menschheit ist über dieses Stadium hinaus und behält ein solches Leben allein denjenigen vor, die sie reichlich willkürlich als Verbrecher zu bezeichnen pflegt. Aber ich muß gestehen, daß hinter vielen sozialistischen Ansichten, denen ich begegnet bin, Züge von autoritärer Macht, wenn nicht gar von unmittelbarem Zwang hervorscheinen. Autorität und Zwang stehen natürlich ganz außer Frage. Jeder Zusammenschluß muß völlig freiwillig erfolgen. Nur wenn der Mensch sich freiwillig zusammenschließt, kann er auch etwas bewegen.

Nun könnte man fragen, wie der Individualismus, der in seiner Entfaltung gegenwärtig mehr oder weniger von der Existenz des Privateigentums abhängt, aus der Abschaffung des Privateigentums profitieren soll. Die Antwort ist einfach. Es stimmt, daß unter den herrschenden Bedingungen einige wenige Männer, die über ausreichende Privatmittel verfügten, wie Byron, Shelley, Browning, Victor Hugo, Baudelaire und andere, ihre Persönlichkeit mehr oder weniger vollständig verwirklichen konnten. Nicht einer von ihnen hat auch nur einen Tag Lohnarbeit verrichtet. Sie waren der Armut enthoben. Sie waren außerordentlich begünstigt. Die Frage ist, ob es zum Nutzen des Individualismus wäre, wenn dieser Vorteil aufgehoben würde. Nehmen wir an, er sei aufgehoben. Was passiert dann mit dem Individualismus? Welchen Nutzen zieht er daraus?

Der Nutzen wird folgender sein: Unter den neuen Bedingungen wird der Individualismus weit freier, weit edler und weit ausgeprägter sein als heute. Ich meine damit nicht den großen, in der dichterischen Phantasie verwirklichten Individualismus der gerade genannten Dichter, sondern den großen tatsächlichen Individualismus, der als verborgene Kraft in der gesamten Menschheit angelegt ist. Denn die Anerkennung des Privateigentums hat den Individualismus nachhaltig geschädigt und getrübt, indem sie den Menschen mit seinem Besitz verwechselte. Sie hat den Individualismus auf eine gänzlich falsche Bahn gelenkt. Sie hat Gewinn, nicht Wachstum zum eigentlichen Ziel gemacht. So daß der Mensch glaubte, das Wichtigste sei zu haben, anstatt zu erkennen, daß es das Wichtigste ist zu sein. Die wahre Vervollkommnung des Menschen liegt nicht in dem, was er hat, sondern in dem, was er ist. Das Privateigentum hat den echten Individualismus zerstört und einen falschen Individualismus entstehen lassen. Es hat den einen Teil der Gemeinschaft von der individuellen Entfaltung abgeschnitten, indem es ihn hungern ließ. Und es hat den anderen Teil der Gemeinschaft eines individuellen Seins beraubt, indem es ihn auf den falschen Weg brachte und ihm eine schwere Last aufbürdete. In der Tat ist die Persönlichkeit des Menschen so ausschließlich in seinem Besitz aufgegangen, daß die englische Rechtsprechung Verletzungen fremden Eigentums stets weit schärfer geahndet hat als Verletzungen von Personen, und noch immer gilt Eigentum als der beste Nachweis bürgerlicher Rechtschaffenheit. Die Anstrengungen, ohne die kein Reichtum zu erwerben ist, sind ebenfalls überaus demoralisierend. In einer Gemeinschaft wie der unsrigen, in der Besitz unermeßliche Auszeichnung, gesellschaftliche Stellung, Ehre, Ansehen, Titel und andere Annehmlichkeiten dieser Art verleiht, macht der von Natur aus ehrgeizige Mensch die Jagd nach Besitz zu seinem Ziel, und er fährt auch dann noch müde und überdrüssig darin fort, wenn er längst weit mehr Reichtümer angehäuft hat, als er braucht oder benutzen oder genießen oder vielleicht sogar überschauen kann. Der Mensch schuftet sich zu Tode, um seinen Besitz zu vergrößern, was angesichts der ungeheuren Vorteile, die das Eigentum gewährt, auch kaum verwundern kann. Bedauerlich aber ist, daß die Gesellschaft so eingerichtet ist, daß der Mensch in eine Schablone gezwängt wird, in der er seine wunderbaren, faszinierenden und wertvollsten Anlagen nicht frei entfalten kann, ja, in der ihm letztendlich die wahre Freude am Leben verwehrt bleibt. Zudem führt er unter den gegenwärtigen Bedingungen eine höchst unsichere Existenz. Ein steinreicher Kaufmann kann in jedem Augenblick seines Lebens – und nicht selten ist er es auch – der Willkür von Dingen ausgeliefert sein, die sich seiner Kontrolle entziehen. Eine unerwartet heftige Windbö, ein plötzlicher Wetterumschwung oder sonst ein alltägliches Ereignis kann sein Schiff sinken lassen, seine Spekulationen gänzlich zunichte machen, und schon steht er als armer Mann ohne jede gesellschaftliche Stellung da. Nun sollte allerdings nichts einem Menschen Schaden zufügen können, außer er selbst. Überhaupt sollte ein Mensch nie äußeren Verlust fürchten. Der wahre Besitz eines Menschen ist das, was er in sich trägt. Alles Äußere sollte demgegenüber völlig belanglos sein.

Die Abschaffung des Privateigentums wird uns also zum wahren, schönen und gesunden Individualismus führen. Niemand wird sein Leben mit der Anhäufung von Dingen und Reichtum vergeuden. Man wird leben. Nur die allerwenigsten verstehen es, wirklich zu leben. Die meisten existieren bloß, mehr nicht.

Es ist fraglich, ob je ein Mensch seine Persönlichkeit voll entfalten konnte, ausgenommen im imaginären Reich der Kunst. Im wirklichen Leben wüßten wir keinen zu nennen. Cäsar, behauptet Mommsen, war der vollkommene und vollendete Mensch. Aber wie tragisch gefährdet war Cäsars Existenz! Wo immer ein Mann Autorität ausübt, gibt es einen anderen, der gegen diese Autorität aufbegehrt. Cäsar war tatsächlich vollkommen, aber seine Vollkommenheit bewegte sich auf einem zu gefährlichen Grat. Mark Aurel war der vollkommene Mensch, sagt Renan. Gewiß, der große Kaiser war ein vollkommener Mensch. Aber wie unerträglich waren die endlosen Forderungen, die man an ihn stellte! Er wankte unter der Last seiner Herrschaft. Er wußte, daß kein einzelner Mensch das Gewicht eines so gigantischen, unüberschaubaren Weltreichs tragen konnte. Für mich ist ein vollkommener Mensch jemand, der sich unter vollkommenen Bedingungen entwickelt; jemand, der nicht verwundet oder getrieben oder niedergedrückt oder in ständiger Gefahr ist. Die meisten Persönlichkeiten waren gezwungen, Rebellen zu sein. Sie vergeudeten die Hälfte ihrer Kraft im Kampf gegen äußere Widerstände. Byrons Persönlichkeit beispielsweise wurde im Kampf gegen die Dummheit, Heuchelei und das Philistertum der Engländer aufgezehrt. Solche Kämpfe stärken keineswegs immer die eigene Kraft; oft vergrößern sie nur die Schwäche. Byron hat uns nie das geben können, was wirklich in ihm steckte. Shelley hatte mehr Glück. Wie Byron kehrte er England so bald als möglich den Rücken. Nur war er weniger bekannt. Hätten die Engländer um seine wahre Größe als Dichter gewußt, wären sie mit Klauen und Zähnen über ihn hergefallen und hätten ihm das Leben zur Hölle gemacht. Da er aber nicht im Licht der Öffentlichkeit stand, konnte er ihren Anfeindungen bis zu einem gewissen Grad entgehen. Dennoch bricht sich auch bei Shelley manchmal der Ton der Empörung Bahn. Der Ton der vollkommenen Persönlichkeit ist aber nicht Empörung, sondern innere Ruhe.

Sie wird wie ein Wunder sein – die wahre Persönlichkeit des Menschen –, wenn sie sich vor unseren Augen entfaltet. Sie wird ganz von selbst wachsen wie eine Blume oder ein Baum. Sie wird keine Zerrissenheit mehr kennen. Sie wird weder streiten noch diskutieren. Sie wird nichts beweisen wollen. Sie wird alles wissen. Doch wird sie sich nicht kleinlich um Wissen bemühen. Sie wird weise sein. Ihr Wert wird sich an keinem materiellen Maßstab messen lassen. Sie wird nichts ihr eigen nennen. Und doch wird sie alles besitzen, und was immer man ihr nimmt, wird ihren Reichtum nicht schmälern. Sie wird sich nicht vor anderen aufspielen und sie drängen, so zu werden wie sie selbst. Sie wird sie lieben, gerade weil sie verschieden sind. Und auch wenn sie sich niemandem aufdrängt, wird sie allen helfen, wie etwas Schönes uns allein durch sein Dasein hilft. Die Persönlichkeit des Menschen wird ein unvergleichliches Wunder sein. Ein so unvergleichliches Wunder wie das Wesen eines Kindes.

In ihrer Entwicklung wird ihr das Christentum beistehen, sofern die Menschen dies wünschen; besteht dieser Wunsch nicht, wird sie sich auch ohne fremde Hilfe entfalten. Denn sie wird nicht der Vergangenheit nachhängen und sich darum sorgen, was wirklich stattgefunden hat und was nicht. Sie wird nur die Gesetze anerkennen, die sie sich selbst gibt, und keine andere Autorität als die eigene. Doch wird sie jene lieben, die sich für sie eingesetzt haben, und wird ihr Andenken bewahren. Und Christus war einer von diesen.

»Erkenne dich selbst!« lautete der Spruch über dem

Eingang zur antiken Welt. Über dem Eingang zur neuen Welt wird geschrieben stehen: »Sei du selbst.« Und die Botschaft Christi an den Menschen war keine andere als: »Sei du selbst!« Das ist das Geheimnis Christi.

Wenn Jesus von den Armen spricht, meint er einfach Persönlichkeiten, und wenn er von den Reichen spricht, meint er Menschen, die ihre Persönlichkeit nicht entwickelt haben. Jesus lebte in einer Gemeinschaft, die genau wie die unsere die Anhäufung von Privateigentum zuließ, und er predigte keineswegs die Botschaft, daß es in einer solchen Gemeinschaft für den Menschen von Vorteil sei, sich von kargen, verdorbenen Speisen zu nähren, sich in dreckige Lumpen zu kleiden, in ärmlichen, ungesunden Wohnungen zu hausen, und es andererseits von Nachteil sei, unter gesunden, freundlichen und annehmbaren Verhältnissen zu leben. Eine solche Anschauung wäre schon zur damaligen Zeit falsch gewesen, und im heutigen England wäre sie erst recht falsch; denn je weiter wir nach Norden sehen, desto wichtiger werden die materiellen Lebensvoraussetzungen des Menschen, und unsere Gesellschaft ist unendlich komplexer und weist eine weit größere Kluft zwischen Luxus und Armut auf als irgendeine Gesellschaft der antiken Welt. Jesus meinte vielmehr dies. Er sagte dem Menschen: »Du besitzt eine einzigartige Persönlichkeit. Entwickle sie. Sei du selbst. Glaube nicht, deine Vervollkommnung hänge vom Erwerb und Besitz äußerer Güter ab. Deine Vollendung ruht in dir. Wenn du dies nur einsähest, würdest du auf Reichtum verzichten wollen. Gewöhnliche Reichtümer können dir genommen werden. Wahre Reichtümer nicht. In der Schatzkammer deiner Seele liegen unendlich kostbare Dinge, die niemand dir fortnehmen kann. Und darum versuche dein Leben so einzurichten, daß dir von außen nichts zustoßen kann. Und bemühe dich auch, allen persönlichen Besitz loszuwerden. Denn er bringt nur kleinliche Sorge, unendliche Mühe und ständigen Ärger mit sich. Persönliches Eigentum behindert die Individualität auf Schritt und Tritt.« Man beachte, daß Jesus nie sagt, die Armen seien zwangsläufig gut oder die Reichen zwangsläufig schlecht. Das wäre auch durchaus falsch. Die Reichen sind, als Klasse gesehen, besser als die Armen, sie sind moralischer, gebildeter und gesitteter. Es gibt nur eine gesellschaftliche Klasse, die mehr ans Geld denkt als die Reichen, nämlich die Armen. Die Armen können an gar nichts anderes denken. Das ist das ärgste Elend des Armseins. Jesus will uns sagen, daß der Mensch seine Vollkommenheit nicht durch das erreicht, was er hat, nicht einmal durch das, was er tut, sondern allein durch das, was er ist. Und so wird der wohlhabende Jüngling, der auf Jesus zugeht, als untadeliger Bürger beschrieben, der kein Gesetz seines Staates verletzt noch ein Gebot seiner Religion mißachtet hat. Er ist eine Respektsperson, im gewöhnlichen Sinne dieses ungewöhnlichen Wortes. Jesus sagt zu ihm: »Entledige dich deines Besitzes. Er hindert dich daran, vollkommen zu werden. Er ist eine Fessel und eine Last für dich. Deine Persönlichkeit bedarf seiner nicht. Nur in dir, nicht außer dir, wirst du finden, was du wirklich bist und was du wirklich brauchst.« Den Jüngern sagte er dasselbe. Er mahnte sie, sie selbst zu sein und sich nicht ständig um andere Dinge zu sorgen. Was können Äußerlichkeiten schon bedeuten? Der Mensch trägt seine Vollkommenheit in sich. Wenn sie in die Welt hinausgehen, werden sie vielfach auf Widerstand stoßen. Das ist unvermeidlich. Die Welt haßt den Individualismus. Aber das soll sie nicht bekümmern. Sie sollen ruhig und fest in sich ruhen. Wenn ihnen jemand den Mantel raubt, sollen sie ihm auch den Rock dazugeben, um so zu zeigen, daß materielle Dinge ohne Bedeutung sind. Wenn sie jemand beschimpft, sollen sie nicht mit Schmähungen antworten. Was bedeutet es schon? Was andere über einen Menschen sagen, betrifft ihn nicht. Er ist, was er ist. Die öffentliche Meinung ist ohne jeden Wert. Selbst wenn man ihnen Gewalt antut, sollen sie nicht mit Gewalt reagieren. Das hieße, sich auf die gleiche niedrige Stufe zu begeben. Letzten Endes kann der Mensch auch im Gefängnis frei sein. Seine Seele kann frei sein. Seine Persönlichkeit kann unbehelligt bleiben. Er kann in Frieden mit sich sein. Vor allem aber sollen sie sich nicht in die Angelegenheiten anderer Leute einmischen und sich nicht zu Richtern über sie aufschwingen. Die Persönlichkeit ist etwas sehr Geheimnisvolles. Man kann einen Menschen nicht immer nach seinem Handeln beurteilen. Er mag das Gesetz achten und dennoch nichtsnutzig sein. Oder er mag das Gesetz brechen und dennoch edel sein. Er mag schlecht sein, ohne je etwas Schlechtes getan zu haben. Er mag eine Sünde gegen die Gesellschaft begehen und durch eben diese Sünde zur wahren Vollendung finden.

Da war eine Frau, die Ehebruch begangen hatte. Von der Geschichte ihrer Liebe erfahren wir nichts, aber sie muß sehr groß gewesen sein; denn Jesus sagte, ihre Sünden seien ihr vergeben, nicht, weil sie bereue, sondern weil ihre Liebe so stark und so wunderbar gewesen sei. Später, kurz vor seinem Tod, trat diese Frau bei Tisch auf ihn zu und goß kostbares Salböl auf sein Haupt. Die

Jünger wollten sie davon abhalten und sagten, dies sei Verschwendung und das Geld für dieses Öl hätte man besser zur Linderung der Not der Armen oder für einen anderen karitativen Zweck verwenden können. Jesus hält dagegen, daß die materiellen Bedürfnisse des Menschen zwar groß und beständig, die geistigen aber noch größer seien, und daß eine Persönlichkeit in einem einzigen göttlichen Moment und durch eine ganz persönliche Ausdrucksform zu ihrer Vollkommenheit gelangen könne. Noch heute verehrt die Welt diese Frau als eine Heilige.

Ja, der Individualismus enthält fraglos große Verheißungen. Der Sozialismus beispielsweise will das Zusammenleben in der Familie aufheben. Mit der Abschaffung des Privateigentums muß auch die Ehe in ihrer gegenwärtigen Form verschwinden. Dies ist ein Teil des Programms. Der Individualismus nimmt sich dieser Forderung an und verfeinert sie. Er verwandelt die Abschaffung des gesetzlichen Zwangs in eine Form der Freiheit, die der Persönlichkeit zur vollen Entfaltung verhilft und die Liebe zwischen Mann und Frau wunderbarer, schöner und reicher macht. Jesus wußte dies. Er lehnte alle Familienbindung ab, obwohl sie in seiner Zeit und Gesellschaft große Geltung besaß. »Wer ist meine Mutter? Wer sind meine Brüder?« fragte er, als man ihm sagte, daß sie mit ihm zu reden wünschten. Und als einer der Jünger ihn bat, hingehen zu dürfen und seinen Vater zu beerdigen, bekam er die kaltherzige Antwort: »Laß die Toten ihre Toten begraben.« Er wollte keinen an die Persönlichkeit gerichteten Anspruch gelten lassen.

Insofern bedeutet ein Leben in der Nachfolge Christi, ganz und gar man selbst zu sein. Ganz gleich, ob einer ein großer Dichter oder ein berühmter Wissenschaftler ist, oder ein junger Student oder ein Schafhirt auf der Heide; oder ein Schöpfer von Dramen wie Shakespeare oder einer, der über Gott nachsinnt, wie Spinoza; oder ein spielendes Kind im Garten oder ein Fischer, der seine Netze auswirft. Es kommt nicht darauf an, was jemand ist, solange er seine Seele zur Entfaltung bringt. Alle Nachahmung in Fragen der Moral und des Lebens ist schädlich. Durch die Straßen des heutigen Jerusalems quält sich ein Verrückter, der ein hölzernes Kreuz auf den Schultern trägt. Er ist der Inbegriff eines durch Nachahmung verfehlten Lebens. Vater Damien hingegen handelte im Sinne Christi, als er sich zu den Leprakranken begab, da er durch einen solchen Dienst die besten Eigenschaften seines Wesens zur Vollendung brachte. Doch war er damit Christus nicht näher als Wagner, der seine Seele in der Musik verwirklichte, oder als Shelley, der sie im Gesang ausdrückte. Es gibt in dieser Frage keinen Königsweg. Es gibt so viele Möglichkeiten, zur Vollkommenheit zu gelangen, wie es unvollkommene Menschen gibt. Man mag den Ansprüchen der Nächstenliebe nachkommen und dennoch frei bleiben, doch den Ansprüchen der Konformität folgt niemand, ohne seine Freiheit gänzlich einzubüßen.

Der Sozialismus muß also weiter zum Individualismus führen. Eine natürliche Folge ist, daß der Staat auf jede Form von Herrschaft verzichten muß. Und zwar deshalb verzichten muß, weil nach den Worten eines Weisen, der viele Jahrhunderte vor Christus gelebt hat, es wohl möglich ist, die Menschheit ihrem eigenen Geschick zu überlassen, es aber unmöglich ist, die Menschheit zu regieren. Sämtliche Regierungsformen sind als unzulänglich zu erachten. Der Despotismus ist gegenüber allen ungerecht, einschließlich des Despoten, der vielleicht Besseres hätte leisten können. Oligarchien sind ungerecht gegenüber den vielen, und Ochlokratien sind ungerecht gegenüber den wenigen. Einst wurden große Hoffnungen in die Demokratie gesetzt; aber die Demokratie ist nichts anderes als die Herrschaft des Knüppels über das Volk durch das Volk für das Volk. Inzwischen haben die Leute dies begriffen. Ich muß sagen, es wurde auch höchste Zeit, denn alle autoritäre Gewalt ist entwürdigend. Entwürdigend für die, die sie ausüben, wie für jene, die unter ihr leiden: Wo sie roh, hart und grausam auftritt, besitzt sie noch eine positive Wirkung, da sie den Geist der Auflehnung und des Individualismus wachruft oder zumindest befördert, der dieser Gewalt ein Ende macht. Wird sie aber mit einer gewissen Nachsicht ausgeübt und wirbt sie mit Belohnungen und Preisen, so ist ihre Wirkung furchtbar demoralisierend. In dem Fall sind die Menschen sich des schrecklichen Drucks, der auf ihnen lastet, weniger bewußt und gehen mit einer Art dumpfem Wohlbehagen durchs Leben, genau wie verwöhnte Haustiere, ohne je zu begreifen, daß sie vermutlich die Gedanken anderer Leute denken, den Normen anderer Leute folgen und nicht auch nur einen Augenblick sie selbst sind. »Wer frei sein will«, sagt ein großer Denker, »darf sich nicht anpassen.« Und die Autorität, die den Menschen zur Anpassung verleitet, bewirkt unter uns eine ausgesprochen krude Form übersättigten Barbarentums.

Mit der Autorität wird auch die Strafe verschwinden. Dies wird ein großer Gewinn sein – ein Gewinn von wahrhaft unschätzbarem Wert. Wer in den Geschichtsbüchern liest, und zwar nicht in den bereinigten Lehrwerken für Schüler und Studenten, sondern in den Originalquellen der jeweiligen Zeit, den überkommt ein unsäglicher Ekel, nicht über die Schandtaten der Bösen, sondern über die Strafen, die die Guten über sie verhängten; die regelmäßige Anwendung von Strafen läßt eine Gesellschaft unendlich mehr verrohen als gelegentlich auftretende Verbrechen. Daraus folgt, daß mit der Zahl der verhängten Strafen auch die Zahl der Verbrechen wächst, was die meisten modernen Gesetzgebungen klar erkannt und zum Anlaß genommen haben, das Strafmaß so weit wie möglich herabzusenken. Wo es zu einer wirklichen Absenkung gekommen ist, waren die Ergebnisse überaus positiv. Je weniger Strafen, desto weniger Verbrechen. Sind erst alle Strafen abgeschafft, wird es entweder auch kein Verbrechen mehr geben, oder aber auftretende Fälle werden als eine bedauerliche Form des Wahnsinns gelten, die fürsorglicher und verständnisvoller ärztlicher Pflege bedürfen. Diejenigen, die heutzutage als Verbrecher bezeichnet werden, sind in Wirklichkeit keine Kriminellen. Der Hunger, nicht die Sünde, macht die Menschen heute zu Straftätern. Dies ist auch der Grund, warum unsere Verbrecher, als ein bestimmter Menschentypus, psychologisch gesehen so völlig uninteressant sind. Sie sind keine wunderbaren Macbeths oder schrecklichen Vautrins. Sie sind das, was jeder normale Durchschnittsbürger auch wäre, wenn er nicht genug zu essen hätte. Mit der Abschaffung des Privateigentums werden auch die Notwendigkeit und der Anreiz für das Verbrechen entfallen; es wird einfach aufhören zu existieren. Natürlich sind nicht alle Straftaten Eigentumsdelikte, obwohl das englische Gesetz, das dem, was ein Mensch hat, mehr Wert beimißt als dem, was er ist, gerade Eigentumsdelikte mit grausamster und unerbittlicher Härte bestraft (den Mord ausgenommen, und unter der Voraussetzung, daß man den Tod für schlimmer als Gefängnishaft erachtet, worüber unsere Verbrecher vermutlich anderer Meinung sind). Doch auch die Straftaten, die nicht gegen fremdes Eigentum gerichtet sind, können aus Elend, Wut und Verzweiflung entspringen, die unser verkehrtes System des Privateigentums erzeugt und die folgerichtig mit dessen Abschaffung verschwinden werden. Wenn jedes Mitglied der Gemeinschaft seine Bedürfnisse stillen und ohne Einmischung seiner Mitmenschen leben kann, wird es auch selbst keinerlei Interesse verspüren, sich in das Leben anderer einzumischen. Der Neid, eine der Hauptquellen des Verbrechens unserer Zeit, ist eine Empfindung, die aufs engste mit unserem Begriff von Eigentum verknüpft ist und unter dem Sozialismus und Individualismus aussterben wird. Es ist bezeichnend, daß der Neid in kommunistischen Gemeinschaften gänzlich unbekannt ist.

Wenn nun der Staat nicht regieren soll, mag zu Recht gefragt werden, worin denn seine eigentliche Aufgabe bestehe. Der Staat soll ein freiwilliger Zusammenschluß zur Herstellung und Verteilung der lebensnotwendigen Güter sein. Der Staat hat die Aufgabe, das Nützliche zu schaffen. Der Individualismus hat die Aufgabe, das Schöne zu schaffen. Und da wir einmal beim Begriff der Arbeit sind, will ich nicht unterlassen hinzuzufügen, daß heutzutage sehr viel dummes Zeug über die Würde der körperlichen Arbeit gesagt und geschrieben wird. Dabei besitzt körperliche Arbeit nichts, das notwendigerweise Würde verleiht, und ist zumeist absolut entwürdigend. Eine Tätigkeit, die ohne Freude ausgeübt wird, ist für einen Menschen geistig und moralisch erniedrigend, und viele Formen der Arbeit sind ganz und gar freudlose Verrichtungen und sollten auch als solche gesehen werden. Eine belebte Straßenkreuzung acht Stunden am Tag bei scharfem Ostwind mit dem Besen reinzuhalten ist eine widerwärtige Beschäftigung. Und es scheint mir geradezu unmöglich, dieser Aufgabe mit geistiger, moralischer oder körperlicher Würde nachzukommen. Die Straße mit Freude zu fegen wäre entsetzlich. Der Mensch ist für Besseres geschaffen, als im Dreck zu wühlen. Alle Arbeiten dieser Art sollten von Maschinen verrichtet werden.

Und ich zweifle nicht, daß es dereinst so sein wird. Bislang ist der Mensch bis zu einem gewissen Grad immer der Sklave der Maschine gewesen, und es hat geradezu etwas Tragisches, daß mit der Erfindung jeder Maschine, die ihm die Arbeit abnahm, zugleich auch die Not des Menschen wuchs. Der Grund dafür liegt natürlich in unserem System des Eigentums und des privaten Wettbewerbs. Ein einzelner besitzt eine Maschine, die die Arbeit von fünfhundert Menschen leistet. Folglich werden fünfhundert Menschen arbeitslos, müssen Hunger leiden und verfallen dem Diebstahl. Der Maschinenbesitzer hingegen erhält die gesamte Produktionsleistung und besitzt damit fünfhundertmal mehr, als er besitzen sollte, und, was noch weit wichtiger ist, als er eigentlich braucht. Wäre die Maschine Eigentum aller, könnte jedermann davon profitieren. Dies wäre für die Gemeinschaft von unschätzbarem Nutzen. Alle mechanische, eintönige und stumpfsinnige Arbeit, alle Verrichtungen, die mit widerlichen Dingen zu tun haben und unter unerfreulichen Bedingungen stattfinden, muß von Maschinen geleistet werden. Maschinen müssen für uns in den Kohlegruben arbeiten und alle sanitären Dienste übernehmen, sie sollen die Schiffskessel heizen, die Straßen reinigen, Botendienste an Regentagen leisten und überhaupt alles ausführen, was ermüdend und unangenehm ist. Gegenwärtig ist die Maschine der Konkurrent des Menschen. Unter den richtigen Bedingungen wird sie Diener des Menschen sein. Ohne jeden Zweifel ist dies die Zukunft der Maschine; und so wie die Bäume wachsen, während der Landgutsbesitzer schlummert, wird die Menschheit sich einfachen Vergnügungen oder kultivierten Genüssen hingeben – denn nicht Arbeit, sondern Muße ist das Ziel des Menschen – oder schöne Dinge herstellen oder schöne Dinge lesen oder einfach die Welt mit Bewunderung und Entzücken betrachten, während die Maschine die notwendige und unangenehme Arbeit verrichtet. Es ist nun einmal so, daß die Zivilisation nicht ohne Sklaven auskommt. Die Griechen hatten darin ganz recht. Ohne Sklaven, die alle widerwärtige, unerträgliche und monotone Arbeit ausführen, werden Kultur und Kontemplation nahezu unmöglich. Die Versklavung von Menschen ist ungerecht, unsicher und demoralisierend. Vom mechanischen Sklaventum, von der Sklaverei der Maschine, hängt die Zukunft der Welt ab. Und wenn Männer der Wissenschaft nicht länger genötigt sein werden, sich in deprimierende Viertel des East End zu begeben und dort dünnen Kakao und noch dünnere Decken an die Hungernden zu verteilen, werden sie die Muße finden, wunderbare und entzückende Dinge zu ihrer eigenen Freude und zur Freude aller anderen zu erfinden. Für jede Stadt, und wenn nötig auch für jedes Haus, wird es große Energiespender geben, deren Energie sich je nach Bedarf in Wärme, Licht oder Bewegung umwandeln läßt. Ist das bloße Utopie? Eine Weltkarte, auf der das Land Utopia nicht verzeichnet ist, verdient nicht einmal einen flüchtigen Blick, denn ihr fehlt das Land, das die Menschheit seit jeher ansteuert. Kaum hat sie aber dessen Küste erreicht, hält sie Ausschau, erblickt ein noch verlockenderes Land und setzt erneut die Segel. Der Fortschritt besteht in der Verwirklichung von Utopien.

Weiter oben habe ich gesagt, daß die Gesellschaft durch den organisierten Maschineneinsatz die nützlichen Dinge herstellen wird, wohingegen die schönen Dinge vom Individuum geschaffen werden. Das ist nicht nur unerläßlich, sondern auch der einzig mögliche Weg, das eine wie das andere zu erhalten. Ein Individuum, das Dinge für den Gebrauch anderer und nach deren Vorstellungen und Wünschen herzustellen hat, arbeitet ohne Interesse und kann folglich auch nicht seine ganze Kraft in diese Arbeit legen. Andererseits läßt sich beobachten, daß wo immer eine Gesellschaft oder ein starker Teil der Gesellschaft oder irgendeine Regierung versucht, dem Künstler Vorschriften zu machen, die Kunst entweder gänzlich verschwindet oder sich in Stereotypen erschöpft oder zu einer belanglosen, billigen Form des Kunsthandwerks verkommt. Jedes Werk der Kunst ist das einzigartige Ergebnis eines einzigartigen Temperaments. Seine Schönheit erwächst aus der Tatsache, daß der Schöpfer ist, was er ist. Es hat nichts mit den Bedürfnissen anderer Leute zu tun. Ja, sobald der Künstler auf die Bedürfnisse anderer achtet und ihnen nachzukommen versucht, hört er auf, Künstler zu sein, und wird ein erfolgloser oder gefragter Handwerker, ein anständiger oder gerissener Händler. Er hat keinen Anspruch mehr, als Künstler betrachtet zu werden. Die Kunst ist die intensivste Ausprägung des Individualismus, die die Welt kennt. Ich bin sogar geneigt zu sagen, sie ist die einzige Form des Individualismus, die die Welt kennt. Das Verbrechen, von dem man behaupten könnte, es habe unter bestimmten Bedingungen den Individualismus hervorgebracht, muß andere Menschen berücksichtigen und in seine Pläne einbeziehen. Es gehört in den Bereich des Handelns. Der Künstler aber kann völlig auf sich gestellt, ohne jede Rücksichtnahme und ohne jede Einwirkung, etwas Schönes schaffen; und sofern er dies nicht zu seiner eigenen Freude tut, ist er überhaupt kein Künstler.

Aber vergessen wir nicht: Gerade die Tatsache, daß die Kunst die höchste Form des Individualismus darstellt, reizt die Öffentlichkeit zu dem Versuch, sich in Kunstfragen eine Autorität anzumaßen, die ebenso unmoralisch wie lächerlich, ebenso verderblich wie verächtlich ist. Dabei trifft sie nicht die alleinige Schuld. Das Publikum ist dauerhaft und zu allen Zeiten schlecht erzogen worden. Es hat stets von der Kunst verlangt, volkstümlich zu sein, seinem nicht vorhandenen Geschmack nachzukommen, seiner absurden Eitelkeit zu schmeicheln, ihm immer wieder das gleiche zu sagen und ihm Dinge zu zeigen, die es längst zur Genüge kennen müßte, nach einem allzu opulenten Mahl für kurzweilige Unterhaltung zu sorgen und es zu zerstreuen, wenn es seiner eigenen Dummheit überdrüssig ist. Nun sollte die Kunst nie versuchen, sich volkstümlich zu geben. Das Publikum sollte vielmehr versuchen, Kunstsinn zu entwickeln. Das ist ein himmelweiter Unterschied. Wenn man einem Wissenschaftler sagte, die Ergebnisse seiner Experimente und die daraus von ihm gezogenen Schlußfolgerungen müßten so ausfallen, daß sie die gängigen Ansichten der Öffentlichkeit in dieser Frage nicht störten, seine Vorurteile nicht widerlegten oder die Empfindlichkeit von Leuten nicht verletzten, die wissenschaftlich gänzlich unbeschlagen sind; wenn man einem Philosophen großzügig das Nachdenken in den höchsten geistigen Sphären gestattete, vorausgesetzt, daß er zu denselben Schlußfolgerungen gelange wie die, die sich nie in irgendeine geistige Sphäre verirrt haben – nun, Wissenschaftler und Philosoph wären darüber heutzutage sicherlich gleichermaßen erheitert. Und doch ist es nur wenige Jahre her, daß Philosophie und Wissenschaft einer brutalen öffentlichen Kontrolle, um nicht zu sagen einer autoritären Herrschaft unterworfen waren – nämlich entweder der Autorität der Unwissenheit der breiten Masse oder dem Terror und Machthunger auf seiten der Kirche oder der Regierung. Natürlich haben wir uns weitgehend von jedem Versuch durch die Gesellschaft, die Kirche oder die Regierung befreit, sich in den Individualismus des spekulativen Denkens einzumischen, aber die Versuche, sich in den Individualismus der schöpferischen Kunst einzumischen, dauern nach wie vor an. Und sie dauern nicht nur an, sondern gebärden sich aggressiv, schamlos und brutal.

In England sind die Künste am besten davongekommen, für die sich das Publikum nicht interessiert. Die Lyrik ist dafür ein treffendes Beispiel. England hat gerade deshalb große Lyrik hervorbringen können, weil das Publikum sie nicht liest und also auch keinen Einfluß auf sie hat. Das Publikum liebt es, über den Individualismus der Dichter herzuziehen, aber wenn es genug davon hat, läßt es sie in Frieden. Was den Roman und das Drama betrifft, Künste, an denen das Publikum Anteil nimmt, so sind die Auswirkungen der öffentlich geübten Autorität schlichtweg skandalös. Kein anderes Land produziert so schlecht geschriebene Erzählungen, so langweilige und belanglose Romane und so geistlose, vulgäre Theaterstücke wie England. Und es kann auch gar nicht anders sein. Der populäre Maßstab ist so beschaffen, daß kein Künstler ihn erfüllen kann. Es ist zu leicht und zu schwer zugleich, ein erfolgreicher Volksautor zu sein. Zu leicht deshalb, weil die Anforderungen des Publikums an Fabel, Stil, Psychologie und die Behandlung von Lebens- und Romanwirklichkeit ein allerdürftigstes Niveau und die Fähigkeiten eines unterentwickelten Geistes nicht übersteigen. Zu schwer deshalb, weil der Künstler zur Erfüllung dieser Anforderungen seinem Temperament Gewalt antun müßte, seine Werke nicht länger aus der künstlerischen Freude am Schaffen, sondern zur Unterhaltung halbgescheiter Leute verfassen müßte und dazu seine Individualität unterdrücken, seine Kultur vergessen, seinen Stil ausradieren und überhaupt alles, was seine Eigenart ausmacht, aufgeben müßte. Beim Drama sieht es etwas besser aus: Das Theaterpublikum schätzt zwar das Offensichtliche, aber es haßt Langeweile, und Burleske und Farce, die beiden volkstümlichen Formen, sind gleichzeitig ausgewiesene Kunstformen. Großartige Stücke können im Rahmen von Farce und Burleske geschrieben werden, und bei Werken dieser Art genießt der Künstler in England die denkbar größte Freiheit. Erst wenn wir uns den höheren Formen des Dramas zuwenden, macht sich die Überwachung durch das Publikums bemerkbar. Nichts ist dem Publikum so verhaßt wie Neuerungen. Jeder Versuch, das Themenspektrum der Kunst zu erweitern, stößt beim Publikum auf größten Unwillen; und doch beruhen die Lebendigkeit und der Fortschritt der Kunst in hohem Maße auf der ständigen Ausdehnung des Stoffgebiets. Das Publikum haßt Neuerungen, weil es Angst davor hat. Es sieht darin eine Form des Individualismus, einen demonstrativen Hinweis des Künstlers, daß er sein Thema selbst wählt und auf seine Weise behandelt. Das Publikum liegt mit diesem Vorbehalt völlig richtig. Kunst ist Individualismus, und Individualismus ist eine verstörende und zersetzende Kraft. Gerade darin liegt sein unermeßlicher Wert. Denn was er aufzubrechen versucht, ist die Einförmigkeit des Typischen, die Sklaverei der Konvention, die Tyrannei der Gewohnheit und die Erniedrigung des Menschen auf das Niveau einer Maschine. In der Kunst nimmt das Publikum das Vergangene hin, einfach weil es nicht mehr zu ändern ist, nicht etwa, weil es Gefallen daran findet. Man schluckt seine Klassiker, ohne überhaupt etwas zu schmecken. Man erträgt sie wie eine lästige Bürde, und da man schon nicht an ihnen rütteln kann, redet man hochgeschwollen über sie. Seltsamerweise oder auch nicht, je nach Standpunkt, richtet die Hinnahme der Klassiker großen Schaden an. Die unkritische Bewunderung der Bibel und Shakespeares in England sind schlagende Beispiele dafür. Im Fall der Bibel spielt die kirchliche Autorität eine gewichtige Rolle, so daß ich mich damit nicht länger aufzuhalten brauche.

Was aber Shakespeare betrifft, so ist es ganz offensichtlich, daß das Publikum weder die Schönheiten noch die Mängel seiner Stücke tatsächlich erkennt.

Sähen sie die Schönheiten, würden sie sich einer Weiterentwicklung des Dramas nicht versperren; und sähen sie die Mängel, würden sie sich gleichfalls einer Weiterentwicklung des Dramas nicht widersetzen. Tatsache ist, daß das Publikum die Klassiker eines Landes als ein Mittel benutzt, den Fortschritt der Kunst zu behindern. Es würdigt sie zu starren Autoritäten herab. Es benutzt sie als Knüttel, um den freien Ausdruck der Schönheit in neuen Formen zu verhindern. Es quält den Schriftsteller oder den Maler unerbittlich mit der Frage, warum er denn nicht wie ein anderer schreibe oder male, gänzlich unbekümmert um die Tatsache, daß beide, wenn dem so wäre, aufhörten Künstler zu sein. Jeder neue Ausdruck der Schönheit ist dem Publikum zutiefst verhaßt, und wo immer es ihm begegnet, werden aus lauter Wut und Bestürzung stets die gleichen dummen Vorwürfe laut – erstens, daß das Kunstwerk gänzlich unverständlich sei, und zweitens, daß es ganz und gar unmoralisch sei. Ich glaube, die Leute wollen damit folgendes sagen: Wenn sie ein Werk als gänzlich unverständlich bezeichnen, meinen sie, der Künstler habe etwas Schönes gesagt oder geschaffen, das neu ist; und wenn sie ein Werk als ganz und gar unmoralisch bezeichnen, heißt das, der Künstler habe etwas Schönes gesagt oder geschaffen, das wahr ist. Die erste Feststellung bezieht sich auf den Stil, die zweite auf den Inhalt. Aber vermutlich bedienen sie sich der Worte in einem sehr unspezifischen Sinne, so wie sich der Pöbel behauener Pflastersteine bedient. Es gibt beispielsweise keinen einzigen Dichter oder Romancier in diesem Jahrhundert, dem das britische Publikum nicht feierlich das Diplom für Unmoral ausgehändigt hätte, wobei dieses Diplom bei uns das bedeutet, was in Frankreich die offizielle Anerkennung durch die Akademie ist, und wir somit in der glücklichen Lage sind, eine solche Institution nicht eigens zu benötigen. Natürlich geht das Publikum sehr unbedarft mit dem Wort um. Daß es Wordsworth einen unmoralischen Dichter nannte, war zu erwarten. Wordsworth war eben ein Dichter. Aber daß Charles Kingsley ein unmoralischer Romancier sein soll, ist erstaunlich. Kingsleys Prosa ist alles andere als geschliffen. Doch solange man das Wort frei zur Hand hat, macht man auch weidlich davon Gebrauch. Den Künstler bekümmert das alles selbstverständlich nicht. Der wahre Künstler glaubt allein an sich, weil er ganz und gar er selbst ist. Aber ich kann mir vorstellen, daß ein Künstler, der ein Werk geschaffen hat, das in England unmittelbar nach seinem Erscheinen im Sprachrohr der öffentlichen Meinung, der Presse, als verständlich und in höchstem Maße moralisch gefeiert wird, sich ernstlich fragen würde, ob er sich in seiner Schöpfung wirklich selbst ausgedrückt hat oder ob dieses Werk nicht völlig unter seinem Niveau und entweder zweitklassig oder gar künstlerisch ohne jeden Wert ist.

Vielleicht tue ich dem Publikum aber auch unrecht, ihm ausschließlich Wörter wie »unmoralisch«, »unverständlich«, »exotisch« oder »ungesund« unterzuschieben. Es gibt schließlich noch ein Wort, das im Umlauf ist, nämlich das Wort »morbid«. Man begegnet ihm nicht oft. Der Sinn des Wortes ist nicht so klar festgelegt, daß man sich vor seinem Gebrauch fürchtet. Dennoch wird es manchmal benutzt, und wir lesen es hier und da in den Massenblättern. Natürlich ist es lächerlich, dieses Wort auf ein Kunstwerk anzuwenden. Denn was ist Morbidität schon anderes als eine Gefühlsregung oder eine Stimmung des Denkens, die man nicht genau zu fassen vermag? Das Publikum wäre also durch und durch morbid, weil es für nichts einen genauen Ausdruck finden kann. Der Künstler ist niemals morbid. Er findet für alles einen Ausdruck. Er befindet sich außerhalb seines Stoffes und bringt durch dessen Gestaltung unvergleichliche und künstlerische Wirkungen hervor. Einen Künstler morbid zu nennen, weil er das Morbide zum Thema genommen hat, ist so kindisch, als würde man Shakespeare wahnsinnig nennen, weil er *König Lear* geschrieben hat.

Insgesamt gesehen gewinnt ein Künstler nur, wenn er öffentlich angegriffen wird. Seine Individualität wird geschärft. Er wird noch mehr er selbst. Zugegeben, die Anfeindungen sind ausgesprochen stürmisch, unverschämt und gehässig. Aber schließlich erwartet kein Künstler Takt vom gemeinen Pöbel oder Stil von Vorstadtintelligenzen. Vulgarität und Dummheit sind zwei überaus lebendige Merkmale des modernen Lebens. Natürlich ist dies bedauerlich. Aber sie sind nun einmal da. Sie sind Gegenstände der Untersuchung, wie alles andere auch. Und was die modernen Journalisten angeht, sei der Gerechtigkeit halber hinzugefügt, daß sie sich privat stets für das entschuldigen, was sie öffentlich gegen einen geschrieben haben.

Interessanterweise ist der äußerst begrenzte Wortschatz der Kunstverachtung, der dem Publikum zu Gebote steht, in den letzten Jahren durch zwei neue Adjektive erweitert worden. Die eine Vokabel ist »ungesund«, die andere »exotisch«. Letztere drückt nur die Wut des vergänglichen Pilzes gegen die unsterbliche, hinreißende und unvergleichlich bezaubernde Orchidee aus. Es ist ein Kompliment, aber eins ohne Bedeutung. Das Wort »ungesund« allerdings reizt zu einer genaueren Betrachtung. Es ist ein durchaus vielsagendes Wort. Tatsächlich ist es so vielsagend, daß die Leute, die es gebrauchen, seine Bedeutung gar nicht kennen.

Was aber bedeutet es? Was ist ein gesundes beziehungsweise ein ungesundes Kunstwerk? Alle auf ein Kunstwerk angewendeten Begriffe, vorausgesetzt, daß sie tatsächlich etwas aussagen sollen, beziehen sich entweder auf dessen Stil oder seinen Stoff oder auf beides. Hinsichtlich des Stils ist ein Kunstwerk gesund, wenn es die Schönheit des verwendeten Materials hervortreten läßt, bestehe es nun aus Worten oder aus Bronze, aus Farbe oder aus Elfenbein, und wenn es diese Schönheit als Mittel der ästhetischen Wirkung benutzt. Hinsichtlich des Stoffes ist ein Kunstwerk gesund, wenn die Wahl des Themas sich allein dem Temperament des Künstlers verdankt und unmittelbar aus ihm hervorgeht. Kurzum, ein Kunstwerk ist gesund, wenn es sowohl Vollkommenheit als auch Persönlichkeit besitzt. Natürlich können Form und Inhalt eines Kunstwerks nicht getrennt werden; beide bilden stets eine Einheit. Aber zu Analysezwecken können wir von der Ganzheit des ästhetischen Eindrucks absehen und beide Momente getrennt betrachten. Ungesund ist ein Kunstwerk demgegenüber dann, wenn sein Stil platt, altmodisch und abgeschmackt ist und sein Thema mit Überlegung gewählt wurde, aber nicht, weil der Künstler irgendwelche Freude daran findet, sondern weil er glaubt, daß es sich gut verkaufen läßt. In der Tat ist der populäre Roman, den das Publikum gesund nennt, ausnahmslos ein ungesundes Machwerk; und was das Publikum als ungesunden Roman bezeichnet, ist stets ein schönes und gesundes Kunstwerk.

Ich brauche wohl kaum zu betonen, daß ich mich nicht einen Augenblick über den Mißbrauch dieser Worte durch das Publikum und die Presse beklage. Da ihnen jegliches Verständnis für das Wesen der Kunst abgeht, wüßte ich nicht, wie sie diese Worte sinnvoll gebrauchen könnten. Ich stelle den Mißbrauch lediglich fest; woher dieser Mißbrauch rührt und welche Vorstellung dahintersteckt, ist rasch erklärt. Er geht zurück auf den barbarischen Begriff der Autorität. Er findet seinen Ursprung in dem natürlichen Unvermögen einer durch die Autorität verdorbenen Gesellschaft, den Individualismus zu verstehen und zu schätzen. Mit einem Wort, er rührt von dem monströsen und geistlosen Wesen, das man öffentliche Meinung nennt, die ebenso schädlich wie wohlmeinend auftritt, wenn sie das Handeln zu kontrollieren versucht, aber bloß noch niederträchtig und bösartig ist, wenn sie das Denken oder die Kunst kontrollieren will.

Tatsächlich läßt sich zugunsten der physischen Stärke des Publikums noch weit mehr sagen als zugunsten seiner Anschauungen. Erstere mag durchaus edel sein. Letztere hingegen ist immer dumm. Man sagt, Stärke sei kein Argument. Das hängt allerdings ganz davon ab, was man beweisen will. Viele der bedeutendsten Probleme der letzten Jahrhunderte, wie etwa der Fortbestand der persönlichen Herrschaft in England oder des Feudalismus in Frankreich, sind allein durch physische Kraft gelöst worden. Die Gewalttätigkeit einer Revolution kann dem Volk für einen Augenblick Glanz und Größe verleihen. Es war ein verhängnisvoller Tag, als die Öffentlichkeit erkannte, daß die Feder mächtiger als der Pflasterstein ist und ein ebensogutes Wurfgeschoß ist wie ein Ziegel. Sogleich suchte man den Journalisten, fand ihn, stutzte sich ihn zurecht und machte ihn zum vielbeschäftigten und gutbezahlten Diener. Letzten Endes war dies für beide von Nachteil. Hinter der Barrikade mag noch einiges an Edelmut und Heldentum zu finden sein. Was aber läßt sich in einem Leitartikel anderes finden als Vorurteil, Dummheit, Scheinheiligkeit und Geschwätz? Und kommen diese vier gar zusammen, bilden sie eine erschreckende Gewalt und treten als die neue Autorität auf.

In alten Zeiten gab es die Folter. Heute hat man die Presse. Das ist gewiß ein Fortschritt. Aber es ist immer noch schlimm, falsch und demoralisierend genug. Irgendwer – war es Burke? – hat den Journalismus den vierten Stand genannt. Für seine Zeit traf dies zweifellos zu. Heute hingegen ist er tatsächlich der einzige Stand. Die anderen drei hat er sich einverleibt. Die weltlichen Lords sagen nichts, die Kirchenfürsten haben nichts mehr zu sagen, und das Unterhaus hat nichts zu sagen, sagt aber trotzdem was. Uns regiert der Journalismus. In Amerika dauert die Amtszeit des Präsidenten vier Jahre, der Journalismus aber herrscht unbegrenzt. Zum Glück hat der Journalismus in Amerika seine autoritäre Gewalt ins gröbste und brutalste Extrem getrieben. Die natürliche Reaktion war, daß sich ein allgemeiner Widerspruchsgeist regte. Die Leute dort sind je nach Temperament amüsiert oder angewidert vom neuen Journalismus. Aber er besitzt nicht mehr seine frühere Macht. Man nimmt ihn nicht wirklich ernst. In England, wo der Journalismus sich weitgehend von brutalen Exzessen ferngehalten hat, ist er abgesehen von einigen bekannten Ausnahmen immer noch ein bedeutender Faktor mit einer beachtlichen Machtfülle. Die Tyrannei, die er sich über das Privatleben der Leute anmaßt, scheint mir ganz außergewöhnlich zu sein. Das Publikum besitzt zugestandenermaßen eine unersättliche Neugierde, alles zu erfahren, außer das wirklich Wissenswerte. Der Journalismus weiß dies und beliefert mit sicherem Geschäftssinn dieses Verlangen. In früheren Jahrhunderten nagelte man die Ohren der Journalisten an Wasserpumpen. Ein ziemlich unfeiner Brauch. In unserem Jahrhundert haben die Journalisten eigenhändig ihre Ohren an fremde Schlüssellöcher genagelt. Das ist noch weitaus schlimmer. Und zu allem Übel sind die Journalisten, die den größten Tadel verdienten, nicht einmal die Sensationsreporter der sogenannten Klatschpresse. Den meisten Schaden richten jene ernsten, bedächtigen und gewissenhaften Journalisten an, die mit feierlichem Pomp, wie gerade jetzt, irgendeinen banalen Vorfall aus dem Privatleben eines großen Staatsmannes, der das politische Denken vorantreibt und die politische Macht überhaupt erst begründet, vor die Augen der Öffentlichkeit zerren und sie dazu ermuntern, darüber zu diskutieren, sich zum Richter aufzuschwingen, ihre Meinung zu äußern, und zwar nicht nur sie zu äußern, sondern ihr auch Taten folgen zu lassen, dem Mann in allem und jedem Vorschriften zu machen, seiner Partei Vorschriften zu machen, seinem Land Vorschriften zu machen, kurzum, sich in jeder Hinsicht zu entblöden, anzuecken und Schaden anzurichten. Das Privatleben eines Mannes oder einer Frau sollte für die Öffentlichkeit tabu sein. Es geht sie schlichtweg nichts an.

In Frankreich steht es damit besser. Dort ist es untersagt, Einzelheiten aus Scheidungsprozessen zur Unterhaltung oder Lästersucht des Publikums breitzutreten. Das Publikum erfährt nicht mehr, als daß die Scheidung auf Verlangen des Mannes, der Frau oder auch beider ausgesprochen wurde. In Frankreich setzt man also dem Journalisten Grenzen, gewährt aber dafür dem Künstler eine fast grenzenlose Freiheit. Bei uns hat der Journalist absolute Freiheit, und der Künstler wird massiv eingeschränkt. Die öffentliche Meinung in England versucht den Schöpfer schöner Dinge wo es nur geht zu gängeln, zu behindern und zu manipulieren, während sie den Journalisten zur Verbreitung von häßlichen, abstoßenden und empörenden Dingen zwingt, so daß wir gleichzeitig die seriösesten Journalisten der Welt und die reißerischsten Zeitungen haben. Es ist nicht übertrieben, von einem Zwang zu sprechen. Möglicherweise gibt es sogar Journalisten, die mit echter Begeisterung Grausamkeiten unters Volk bringen oder so arm sind, daß sie stets auf der Lauer nach Skandalen als einer Art verläßlicher Einnahmequelle liegen. Aber es gibt gewiß auch andere, Männer von Geist und Bildung, denen an der Verbreitung solcher Geschichten nichts liegt, die wissen, daß es falsch ist, und die es nur deshalb tun, weil die krankhaften Verhältnisse, unter denen sie ihren Beruf ausüben, sie zwingen, die Wünsche des Publikums zu erfüllen und sich dabei dem gemeinen Publikumsgeschmack auf Gedeih und Verderb auszuliefern, um gegen die Konkurrenz bestehen zu können. Für jeden gebildeten Menschen ist dies eine zutiefst erniedrigende Situation, und ich zweifle nicht, daß sich die meisten dessen bitter bewußt sind.

Wenden wir uns aber lieber von dieser unappetitlichen Seite des Themas ab und kehren wir zu der Frage nach der öffentlichen Kontrolle der Kunst zurück, der Tatsache also, daß die öffentliche Meinung dem Künstler vorschreiben will, welche Form er zu wählen habe, in welcher Art und Weise er sich mit dem Gegenstand auseinandersetzen solle und welches Material er zu verwenden habe. Ich habe bereits erwähnt, daß in England die Künste am meisten davon verschont blieben, die nur wenig Publikumsinteresse fanden. Das Theater findet nun allerdings das Interesse des Publikums, und da gerade das Drama in den vergangenen zehn oder fünfzehn Jahren gewisse Fortschritte gemacht hat, ist unbedingt hervorzuheben, daß dieser Fortschritt allein einigen wenigen individuellen Künstlern zu verdanken ist, die es ablehnten, den nicht vorhandenen Geschmack der breiten Masse zum Maßstab zu nehmen und die Kunst einzig unter dem Gesichtspunkt von Angebot und Nachfrage zu betrachten. Mit seiner glänzenden und lebendigen Persönlichkeit, mit seinem unbestritten farbigen Stil, mit seinem außergewöhnlichen Talent nicht nur zur Nachahmung, sondern auch zum phantasievollen und geistigen Schaffen, hätte Mr. Irving, wäre es ihm allein um die Befriedigung der Publikumswünsche gegangen, die plattesten Stücke in plattester Manier inszenieren und damit so viel Erfolg und Geld einspielen können, wie er sich nur wünschen konnte. Aber ihm schwebte anderes vor. Sein Ziel war es, sich selbst unter bestimmten Voraussetzungen und in bestimmten Kunstformen als Künstler zu verwirklichen. Am Anfang erreichte er nur wenige: Jetzt hat er die vielen erzogen. Er hat im Publikum sowohl Geschmack als auch Temperament geweckt. Und das Publikum weiß seinen künstlerischen Erfolg immer zu schätzen. Ich frage mich allerdings oft, ob den Leuten bewußt ist, daß dieser Erfolg allein darauf zurückgeht, daß er sich nicht ihrem Maßstab beugte, sondern an seinem eigenen festhielt. Hätte sich das Publikum durchgesetzt, wäre das Lyceum zu einer billigen Jux-Bühne verkommen, wie es gegenwärtig einige volkstümliche Theater in London sind. Ob die Leute es nun begreifen oder nicht, fest steht, daß Geschmack und Temperament bis zu einem gewissen Grad im Publikum geweckt wurden und die Anlagen dafür durchaus bei den Leuten vorhanden sind. Die Frage ist also: Warum entwickelt das Publikum nicht mehr Kultur? Die Voraussetzungen sind da. Wo liegt die Crux?

Die Crux, ich kann es nur noch einmal wiederholen, liegt im Bedürfnis der Leute, über den Künstler und über Kunstwerke Autorität ausüben zu wollen. Gewisse Bühnen, wie das Lyceum oder das Haymarket Theatre, scheint das Publikum mit der richtigen Einstellung zu besuchen. In beiden Theatern ist es individuellen Künstlern gelungen, in ihrem Publikum – und jedes Londoner Theater hat sein eigenes Publikum – eine Haltung zu erzeugen, die der Kunst entgegenkommt. Und worin besteht diese Haltung? Nun, sie besteht in einer grundsätzlichen Offenheit. Mehr nicht.

Wer sich einem Kunstwerk mit der Absicht nähert, sich des Werks und des Künstlers in irgendeiner Weise zu bemächtigen, nähert sich mit einer Haltung, die es unmöglich macht, daß er überhaupt einen künstlerischen Eindruck empfängt. Das Kunstwerk soll den Betrachter beherrschen: Der Betrachter soll nicht das Kunstwerk beherrschen. Der Betrachter soll empfänglich sein. Er soll die Geige sein, die der Musiker spielt. Und je mehr er seine eigenen absurden Vorstellungen darüber, was die Kunst sein soll oder auch nicht sein soll, unterdrücken kann, desto eher wird es ihm gelingen, das betreffende Kunstwerk zu verstehen und schätzen zu lernen. Im Hinblick auf das durchschnittliche englische Theaterpublikum versteht sich dies beinahe von selbst. Aber es trifft auch auf die sogenannten gebildeten Leute zu. Denn die Vorstellungen der Gebildeten von Kunst sind allemal der Vergangenheit der Kunst verpflichtet, während doch die Schönheit jedes neuen Werks in dem liegt, was es zuvor in der Kunst noch nicht gegeben hat; daran den Maßstab der Vergangenheit anzulegen heißt, ein Maß anzulegen, auf dessen Überwindung seine wahre Vollendung beruht. Nur eine Haltung, die den Betrachter befähigt, auf dem Gebiet der Einbildungskraft und mit den Mitteln der Einbildungskraft neue und schöne Eindrücke zu empfangen, ist als einzige in der Lage, ein Kunstwerk richtig zu würdigen. Und wenn dies für die Auseinandersetzung mit der Bildhauerei und der Malerei zutrifft, so gilt es erst recht für die Auseinandersetzung mit solchen Kunstformen wie der des Dramas. Denn ein Gemälde oder eine Skulptur führen keinen Kampf mit der Zeit. Der Fluß der Zeit berührt sie nicht. Ihre Einheit läßt sich in einem einzigen Moment erfassen. Mit der Literatur steht es anders. Hier muß einige Zeit vergehen, bevor sich die Einheit der Wirkung einstellt. Und so mag beispielsweise im ersten Akt eines Dramas etwas vorfallen, dessen tatsächliche künstlerische Bedeutung dem Zuschauer erst im dritten oder vierten Akt aufgeht. Soll der Einfaltspinsel darüber in Wut geraten und laut zetern, das Stück stören und den Künstler belästigen? Nein. Der gute Mann soll einfach brav dasitzen und die wunderbaren Empfindungen des Staunens, der Neugier und der Spannung kennenlernen. Er soll schließlich nicht ins Theater gehen, um seine gemeinen Launen auszutoben. Er soll ins Theater gehen, um ein künstlerisches Empfinden zu verwirklichen und zu verfeinern. Er ist nicht der Richter des Kunstwerks. Er ist lediglich zur Betrachtung eines Kunstwerks eingeladen, um während des Betrachtens, sofern es sich um ein echtes Kunstwerk handelt, alle verblendete Voreingenommenheit zu vergessen – und zwar sowohl die aus Ignoranz als auch aus Wissen geborene Voreingenommenheit. Diese Besonderheit des Dramas ist meines Erachtens erst viel zu wenig erkannt worden. Würde *Macbeth* heute vor einem modernen Londoner Publikum uraufgeführt, bin ich mir ziemlich sicher, daß zahllose Zuschauer ganz entschieden Protest gegen den Auftritt der Hexen im ersten Akt mit ihren grotesken Sprüchen und albernen Worten einlegen würden. Doch am Ende des Stücks begreift man, daß das Gelächter der Hexen in *Macbeth* genauso schrecklich ist wie das wahnsinnige Lachen im *Lear* und weit schrecklicher als Jagos Lachen in der Tragödie des Mohren. Kein Kunstbetrachter bedarf einer vollkommeneren Aufnahmebereitschaft als der Zuschauer eines Dramas. In dem Augenblick, wo er Autorität auszuüben versucht, wird er zum erklärten Feind der Kunst und seiner selbst. Die Kunst stört dies nicht. Er ist derjenige, der den Schaden hat.

Mit dem Roman ist es ebenso. Die Autorität der Menge und die Anerkennung dieser Autorität sind verhängnisvoll. Thackerays *Esmond* ist ein großartiges Kunstwerk, weil er es zu seinem eigenen Vergnügen geschrieben hat. In seinen anderen Romanen, etwa in *Pendennis*, *Philip* und teilweise auch in *Vanity Fair*, schielt er zu sehr nach dem Publikum und verdirbt seine Arbeit dadurch, daß er sich dem Leser entweder unmittelbar anbiedert oder aber sich über ihn lustig macht. Der wahre Künstler nimmt von seinem Publikum keinerlei Notiz. Es existiert für ihn nicht. Er verteilt keine Mohn- und Honigkuchen, um das Monstrum einzulullen oder bei Laune zu halten. Dieses Geschäft überläßt er den populären Erfolgsautoren. Gegenwärtig besitzt England einen einzigen unvergleichlichen Romancier; Mr. George Meredith. Frankreich hat bessere Künstler, aber Frankreich hat keinen, dessen Lebensanschauung so weit, so vielseitig und so künstlerisch wahrhaftig wäre. In Rußland gibt es Erzähler, die ein lebendigeres Gespür für die literarische Darstellung des Leidens haben. Meredith hingegen ist der unbestrittene Meister der philosophischen Dichtung. Seine Romanfiguren werden nicht bloß auf der Seite, sondern auch im Geist des Lesers lebendig. Man kann sie von unzähligen Standpunkten aus betrachten. Sie wirken suggestiv. Sie besitzen eine Seele und eine eigene Ausstrahlung. Sie sind vieldeutig und symbolisch. Und der, der sie geschaffen hat, diese wunderbaren, wandlungsfähigen Gestalten, hat sie zu seiner eigenen Freude erschaffen, er hat das Publikum nie nach seinen Wünschen gefragt, hat sich nie darum bekümmert und dem Publikum nie gestattet, ihm in irgendeiner Weise Vorschriften zu machen oder ihn zu beeinflussen, sondern er ist unbeirrt darin fortgefahren, seine Persönlichkeit zu verwirklichen und sein eigenes individuelles Werk hervorzubringen. Zuerst interessierte sich niemand für ihn. Das machte ihm nichts aus. Dann kamen die wenigen. Das änderte ihn nicht. Jetzt haben ihn die vielen entdeckt. Er ist derselbe geblieben. Er ist ein unvergleichlicher Romancier.

Mit den dekorativen Künsten verhält es sich nicht anders. Das Publikum klammerte sich mit geradezu lächerlicher Hartnäckigkeit an das, was ich für die unmittelbaren Traditionen der Großen Ausstellung internationaler Vulgarität halte, Traditionen, die so abstoßend waren, daß die Wohnhäuser der Leute einzig für Blinde erträglich waren. Man machte sich also daran, schöne Dinge herzustellen, die Hand des Färbers lieferte schöne Farben, der Geist des Künstlers ersann schöne Muster, und man wies auf den Nutzen schöner Dinge sowie auf ihren Wert und ihre Bedeutung hin. Das Publikum reagierte überaus ungehalten. Es zeigte sich empört. Es redete viel dummes Zeug. Nur kümmerte dies niemanden. Niemand fühlte sich davon betroffen. Niemand beugte sich der Autorität der öffentlichen Meinung. Und deshalb ist es heutzutage beinahe unmöglich, ein modernes Haus zu betreten, ohne einer gewissen Anerkennung des guten Geschmacks, einer gewissen Wertschätzung einer wohnlichen Umgebung und einer Spur von Schönheit zu begegnen. Tatsächlich sind die Wohnungen heute in der Regel ausgesprochen reizvoll. Die Leute sind in hohem Maße kultiviert geworden. Der Wahrheit halber muß allerdings gesagt werden, daß der außergewöhnliche Erfolg der Revolution in Fragen der Innenausstattung, der Möblierung und dergleichen nicht eigentlich der Mehrzahl des Publikums zuzuschreiben ist, das in diesen Dingen einen wirklich erlesenen Geschmack entwickelt hätte. Er verdankt sich vielmehr dem Umstand, daß die Handwerker eine so große Freude an der Herstellung schöner Dinge fanden und ihnen gleichzeitig die Häßlichkeit und Vulgarität dessen, was die Leute früher gewünscht hatten, so lebhaft vor Augen trat, daß sie das Publikum einfach aushungerten. Gegenwärtig wäre es nahezu unmöglich, ein Haus so einzurichten, wie es noch vor wenigen Jahren üblich war, ohne das komplette Mobiliar auf einer Versteigerung von Gebrauchtmöbeln aus einer drittklassigen Pension erstehen zu müssen. Dinge dieser Art werden einfach nicht mehr hergestellt. So sehr sie sich auch dagegen sträuben, die Leute kommen heute nicht mehr daran vorbei, ihre Umwelt mit Anmut auszustatten. Zu ihrem Glück hat die Anmaßung von Autorität in diesem Kunstzweig nicht das geringste ausrichten können.

Es dürfte klar geworden sein, daß alle Autorität in diesen Dingen nur von Nachteil ist. Die Leute fragen manchmal, welche Regierungsform dem Künstler am ehesten zusage. Auf diese Frage gibt es nur eine Antwort. Für den Künstler gibt es nur eine geeignete Regierungsform, und zwar gar keine Regierung. Jedwede Autorität über ihn und seine Kunst ist lächerlich. Man hat behauptet, unter der Herrschaft eines Despoten hätten Künstler glanzvolle Werke geschaffen. Das ist so nicht ganz richtig. Künstler haben Despoten aufgesucht, aber nicht als Untertanen, um sich knechten zu lassen, sondern als umherziehende Wundertäter, als schillernde, vagabundierende Persönlichkeiten, um gastlich aufgenommen und beschützt zu werden und in Ruhe arbeiten zu können. Zugunsten des Despoten läßt sich immerhin sagen, daß er als Individuum sehr wohl Kultur besitzen kann, während diese dem Pöbel als einem Moloch abgeht. Ein Kaiser und König kann sich bücken, um einem Maler den Pinsel aufzuheben, aber wenn sich die Demokratie bückt, dann nur, um mit Schmutz zu werfen. Dabei braucht sich die Demokratie nicht halb so tief zu bücken wie der Kaiser. Im Grunde braucht sie sich überhaupt nicht zu bücken, wenn sie mit Schmutz werfen will. Aber es ist überflüssig, zwischen dem Monarchen und dem Mob unterscheiden zu wollen; alle autoritäre Gewalt ist gleich schlecht.

Es gibt drei Arten von Despoten: den Despoten, der den Leib knechtet, den Despoten, der die Seele knechtet, und den Despoten, der Leib und Seele zugleich knechtet. Der erste heißt Fürst. Der zweite heißt Papst. Der dritte heißt das Volk. Der Fürst mag durchaus Kultur besitzen. Viele Fürsten waren kultivierte Menschen. Und doch ist der Fürst eine Gefahr. Man denke nur an Dante auf dem bitteren Fest in Verona, an Tasso in der Tollhauszelle in Ferrara. Für den Künstler ist es besser, die Nähe des Fürsten zu meiden. Der Papst mag durchaus Kultur besitzen. Viele Päpste waren kultivierte Menschen, vornehmlich die schlechten. Die schlechten Päpste liebten die Schönheit beinahe so leidenschaftlich, ja mindestens ebenso leidenschaftlich, wie die guten Päpste das Denken haßten. Der Durchtriebenheit der Päpste verdankt die Menschheit vieles. Die guten Päpste haben gegenüber der Menschheit eine schwere Schuld auf sich geladen. Doch wenn auch der Vatikan die Rhetorik des Donners beibehalten und die Peitsche des Blitzes verloren hat, ist es für den Künstler besser, die Nähe des Papstes zu meiden. Es war ein Papst, der in einem Konklave der Kardinäle über Cellini sagte, daß die gewöhnlichen Gesetze und allgemein geltenden Autoritäten für einen Menschen wie ihn nicht gälten; aber es war ebenfalls ein Papst, der Cellini ins Gefängnis werfen ließ und so lange eingesperrt hielt, bis er vor Wut wahnsinnig wurde, Trugbilder entwarf und sich in die goldene Sonne, die in seine Zelle fiel, so sehr verliebte, daß er zu fliehen versuchte, von Turm zu Turm kroch und in der Dämmerung aus schwindelnder Höhe abstürzte und sich verletzte; ein Winzer fand ihn, versteckte ihn unter Weinblättern und brachte ihn auf seinem Karren zu einem Liebhaber schöner Dinge, der ihn pflegte. Päpste sind gefährlich. Und was das Volk betrifft, was läßt sich von ihm und seiner Herrschaft sagen? Vielleicht habe ich über das Volk und seine Herrschaft schon genug gesagt. Seine Autorität ist etwas Blindes, Taubes, Gemeines, Groteskes, Tragisches, Amüsantes, Ernstes und Obszönes. Für den Künstler ist es unmöglich, mit dem Volk zu leben. Alle Despoten bestechen. Das Volk besticht und knüppelt. Wer hat es aufgerufen, Autorität zu üben? Es war geschaffen zu leben, zuzuhören und zu lieben. Irgendwer hat ihm großes Unrecht zugefügt. Es hat sich selbst geschadet, indem es die unter ihm Stehenden nachahmte. Es hat das Zepter des Fürsten ergriffen. Nur was sollte es damit anfangen? Es hat die dreifache Tiara des Papstes ergriffen. Aber wie sollte es ihre Last tragen? Das Volk gleicht einem Clown mit gebrochenem Herzen. Es gleicht einem Priester mit noch ungeborener Seele. Wer die Schönheit liebt, mag Mitlied mit ihm haben. Und selbst wer die Schönheit nicht liebt, sollte sich selbst bemitleiden. Wer hat dem Volk die Tricks des Tyrannen beigebracht?

Es ließe sich noch manches dazu sagen. Man könnte etwa ausführen, wie die Renaissance zu ihrer Größe gelangte, weil sie kein soziales Problem zu lösen suchte und sich nicht mit derlei Fragen abgab, sondern das Individuum sich in Freiheit, Schönheit und Natürlichkeit entfalten ließ und dadurch große und individuelle Künstler, große und individuelle Menschen hervorbrachte. Man könnte ausführen, wie Ludwig XIV., indem er den modernen Staat schuf, den Individualismus des Künstlers zerstörte und den Dingen durch die Einförmigkeit des Immergleichen etwas Monströses verlieh, sie verächtlich machte durch ihre Unterwerfung unter die Regel und in ganz Frankreich all jene edlen Freiheiten des Ausdrucks zunichte machte, die das Überlieferte in Schönheit umgestaltet und mit neuen Formen an das Schaffen der Antike angeknüpft hatten. Aber die Vergangenheit ist ohne Bedeutung. Die Gegenwart ist Schall und Rauch. Allein der Zukunft müssen wir uns widmen. Denn die Vergangenheit ist, was der Mensch nicht hätte sein dürfen. Die Gegenwart ist, was der Mensch nicht sein sollte. Die Zukunft ist, was die Künstler sind.

Natürlich wird man einwenden, daß ein solcher Plan, wie er hier entwickelt wurde, gänzlich unpraktisch ist und der menschlichen Natur zuwiderlaufe. Das ist völlig richtig. Er ist unpraktisch, und er läuft der menschlichen Natur zuwider. Gerade deshalb ist er es wert, verwirklicht zu werden, und gerade deshalb haben wir ihn vorgestellt. Denn was ist schon ein praktischer Plan? Ein praktischer Plan ist entweder ein Plan, der bereits umgesetzt wurde oder unter den bestehenden Bedingungen umgesetzt werden kann. Dabei will man ja gerade die bestehenden Verhältnisse bekämpfen; insofern ist jeder Plan, der diese Verhältnisse akzeptiert, falsch und kindisch. Die Verhältnisse werden abgeschafft werden, und mit ihnen wird sich auch die menschliche Natur verändern. Von der Natur des Menschen läßt sich nur eins zweifelsfrei sagen, und zwar daß sie sich unablässig verändert. Veränderung ist die einzige Eigenschaft, die wir ihr zuschreiben können. Alle Systeme, die von einer unwandelbaren Menschennatur ausgehen, statt auf Wandel und Wachstum zu setzen, sind zum Scheitern verurteilt. Der Fehler Ludwig XIV. bestand darin zu glauben, die menschliche Natur sei unveränderlich. Die Folge dieses Irrtums war die Französische Revolution. Ein wunderbares Ergebnis. Alle Folgen, die auf Regierungsfehler zurückgehen, sind ausgesprochen wunderbar.

Zu bedenken ist noch, daß der Individualismus nicht mit irgendwelchem kranken Geschwätz über Pflichten an den Menschen herantritt, womit nichts anderes gemeint ist, als das zu tun, was andere wollen, bloß weil sie es wollen; noch wird er uns mit irgendwelchem abscheulichen Gerede von Selbstaufopferung kommen, was nur ein Rest des barbarischen Brauchs der Selbstverstümmlung ist. Tatsächlich tritt der Individualismus ohne jede Forderung an den Menschen heran. Er entwickelt sich vielmehr natürlich und unvermeidlich aus ihm heraus. Alle Entwicklung strebt auf dieses Ziel hin. Alle Organismen wachsen dieser Differenzierung entgegen. Es ist die Vollkommenheit, die in jeder Lebensform angelegt ist und auf die sich jede Lebensform zubewegt. Und so übt der Individualismus keinen Zwang auf den Menschen aus. Ganz im Gegenteil, er bestärkt ihn darin, sich jedem äußeren Zwang zu widersetzen. Er weiß, daß die Menschen gut sind, wenn man sie nur in Ruhe läßt. Der Mensch wird den Individualismus aus sich selbst heraus entwickeln. Zu fragen, ob der Individualismus zweckmäßig ist, entspricht der Frage, ob die Evolution zweckmäßig ist. Evolution ist das Gesetz des Lebens, und es gibt keine Evolution als die zum Individualismus. Wo dieses Streben keinen Ausdruck findet, liegen immer künstlich unterdrücktes Wachstum, Krankheit oder Tod vor.

Der Individualismus wird außerdem selbstlos und

ungekünstelt sein. Wie bereits gesagt, eine der Folgen der unerträglichen Tyrannei der Autorität ist, daß der ursprüngliche und eigentliche Sinn der Wörter völlig verdreht wird und sie nachgerade zur Bezeichnung des Gegenteils mißbraucht werden. Was in der Kunst wahr ist, ist auch für das Leben wahr. Ein Mann gilt heute als affektiert, wenn er sich so kleidet, wie es ihm gefällt. Dabei handelt er nur völlig natürlich. Affektiertheit bedeutet vielmehr, sich nach dem Geschmack seiner Mitmenschen zu kleiden, der, da er den Geschmack der breiten Masse repräsentiert, in der Regel ausgesprochen platt ist. Oder ein Mann gilt als selbstsüchtig, wenn er so lebt, wie es ihm zur Verwirklichung seiner Persönlichkeit am geeignetsten scheint; vorausgesetzt, er hat die Entfaltung seines Selbst zum obersten Lebensziel gemacht. Nur sollte jeder auf genau diese Weise leben. Wahrhaft selbstsüchtig ist, wer sein Leben nicht nach eigenen Vorstellungen lebt, sondern andere fragt, wie er leben soll. Selbstlosigkeit bedeutet, andere Leute in Ruhe zu lassen, sich nicht in ihr Leben einzumischen. Selbstsucht strebt immer danach, der gesamten Umwelt ein Einheitsmaß aufzuzwängen. Die Selbstlosigkeit weiß die unendliche Vielheit als etwas Kostbares zu schätzen, sie akzeptiert sie, läßt sie gewähren und erfreut sich an ihr. Es ist keinesfalls selbstsüchtig, auf seine Art zu denken. Wer nicht auf seine Art denkt, denkt überhaupt nicht. Es ist ausgesprochen selbstsüchtig, von seinem Mitmenschen zu verlangen, genau wie man selbst zu denken und die gleichen Ansichten zu vertreten. Warum sollte er? Wenn er denken kann, wird er wahrscheinlich anders denken. Wenn er nicht denken kann, ist es ein Unding, überhaupt irgendeinen Gedanken von ihm zu erwarten. Eine rote Rose ist nicht selbstsüchtig, weil sie eine rote Rose sein will. Sie wäre aber furchtbar selbstsüchtig, wenn sie von allen anderen Blumen des Gartens erwartete, ebenfalls rot und eine Rose zu sein. Unter der Herrschaft des Individualismus werden die Menschen vollkommen natürlich und selbstlos sein, sie werden den Sinn der Wörter richtig verstehen und ihn in einem freien, schönen Leben verwirklichen. Anders als heute wird es auch keinen Egoismus mehr geben. Denn Egoismus bedeutet, Ansprüche an andere zu stellen, und das wird dem Individualisten völlig fern liegen. Er wird keine Freude darin sehen. Wenn der Mensch den Individualismus verwirklicht hat, wird er auch Mitgefühl entwickeln und es frei und spontan üben. Bis jetzt hat der Mensch sein Mitgefühl noch kaum ausgeprägt. Er empfindet es bloß mit dem Leiden, und dies ist gewiß nicht die höchste Form des Mitgefühls. Jedes Mitgefühl ist edel, aber das Mitgefühl mit dem Leiden ist die am wenigsten edelste Form. Es ist mit Egoismus gemischt. Es neigt zum Morbiden. Und es läßt auch eine gewisse Angst um unsere eigene Sicherheit erkennen. Wir erschaudern bei dem Gedanken, wir selbst könnten aussätzig oder blind sein und niemand würde sich um uns kümmern. Außerdem ist das Mitgefühl seltsam beschränkt. Man sollte mit der Ganzheit des Lebens empfinden, nicht bloß mit dessen Wunden und Gebrechen, sondern mit der ganzen Freude und Schönheit und Kraft und Gesundheit und Freiheit. Fraglos wird unser Mitgefühl schwieriger, je weiter es reicht. Es verlangt eine größere Selbstlosigkeit. Jeder kann für die Leiden eines Freundes Mitgefühl empfinden, aber es erfordert ein durch und durch edles Wesen – eben das Wesen eines wirklichen Individualisten –, um auch am Erfolg eines Freundes teilhaben zu können. Im modernen Konkurrenzkampf und der Jagd nach Posten ist eine solche Anteilnahme natürlich kaum zu finden, und sie wird zusätzlich noch unterdrückt durch das unmoralische Ideal der Gleichförmigkeit des Typus und der Anpassung an die Regel, das vielleicht nirgends so unrühmlich verbreitet ist wie gerade in England.

Mitgefühl mit dem Leiden wird es selbstverständlich immer geben. Es ist einer der Urinstinkte des Menschen. Die Tiere, die individuell sind, das heißt, die höheren Tiere, teilen diese Empfindung mit uns. Aber man darf nicht vergessen, daß die Anteilnahme an der Freude die Summe der Freude in der Welt vermehrt, während das Mitgefühl mit dem Leiden die Menge des Leidens nicht wirklich verringert. Es mag dem Menschen helfen, das Übel leichter zu ertragen, aber das Übel selbst bleibt. Mitgefühl mit den Schwindsüchtigen heilt die Schwindsucht nicht; das ist Aufgabe der Wissenschaft. Und wenn der Sozialismus das Problem der Armut und die Wissenschaft das Problem der Krankheit gelöst hat, wird der Spielraum für aufgesetzte Rührseligkeit schrumpfen, und das Mitgefühl des Menschen wird umfassend, gesund und spontan sein. Der Mensch wird mit Freude das freudige Leben der anderen betrachten.

Denn durch die Freude wird sich der Individualismus der Zukunft entfalten. Christus sah davon ab, die Gesellschaft umzugestalten, und deshalb konnte der von ihm gelebte Individualismus sich auch nur im Leiden oder in der Einsamkeit erfüllen. Die Ideale, die wir Christus verdanken, sind die Ideale eines Menschen, der sich entweder ganz aus der Gesellschaft zurückzieht oder in ständigem Streit mit ihr liegt. Der Mensch ist aber ein von Natur aus soziales Wesen. Selbst die Thebais wurde zuletzt bevölkert. Und mag auch der Klostermönch seine Persönlichkeit verwirklichen, so ist es doch häufig nur eine verarmte Persönlichkeit. Andererseits geht von der schrecklichen Wahrheit, daß der Mensch sich durch das Leiden verwirklichen kann, eine wundersame Faszination auf die Welt aus. Sonntagsredner und Kleingeister wettern oft genug von Kanzeln und Tribünen herab über die Genußsucht der Welt und lamentieren dagegen. Aber wie selten ist es in der Weltgeschichte vorgekommen, daß man Freude und Schönheit zum Ideal wählte. Weit öfter hat die Anbetung des Leidens vorgeherrscht. Das Mittelalter mit seinen Heiligen und Märtyrern, seiner Vorliebe für die Selbstkasteiung, seiner wilden Leidenschaft, sich selbst Wunden beizubringen, mit seinen Messerspielen und Geißelungen – das Mittelalter ist das wahre Christentum, und der mittelalterliche Christus ist der wahre Christus. Als die Morgenröte der Renaissance aufdämmerte und neue Ideale von Schönheit und der Freude am Leben mit sich brachte, verstanden die Menschen Christus nicht mehr. Sogar die damalige Kunst zeigt uns dies. Die Maler der Renaissance stellten Christus als kleinen Jungen dar, der mit einem Freund in einem Palast oder einem Garten spielt oder im Arm seiner Mutter ruht und ihr, einer Blume oder einem leuchtenden Vogel zulächelt; oder sie zeigten ihn als edle und würdevolle Gestalt, die erhabenen Schrittes durch die Welt geht; oder als Lichtgestalt, die in einer Art Ekstase vom Tod zum Leben erweckt wird. Selbst am Kreuz malten sie Christus als einen schönen Gott, über den böse Menschen das Leiden verhängt hatten. Aber er ging ihnen nicht wirklich nahe. Begeistern hingegen konnten sie sich für Darstellungen der Männer und Frauen, die sie bewunderten, und Bilder, die die Schönheit dieser lieblichen Erde zeigten. Sie haben viele religiöse Bilder gemalt, genauer gesagt viel zu viele, und die Einförmigkeit in Motiv und Darstellung ist ermüdend und hat der Kunst nicht gutgetan. Sie war das Ergebnis der Autorität des Publikums in Kunstfragen und ist zu bedauern. Aber die Seele der Maler war woanders. Raffaels Papstbildnis ist das Werk eines großen Künstlers. Aber seine Darstellungen von Madonnen und Christusknaben sind in jeder Hinsicht durchschnittlich. Christus hatte der Renaissance nichts zu sagen, die deshalb so wunderbar war, weil sie ein Ideal aufstellte, das sich von seinem deutlich unterschied, und wenn wir den wirklichen Christus suchen, müssen wir uns an die mittelalterliche Malerei halten. Dort tritt uns der gemarterte und geschundene Christus entgegen; einer, der nicht schön anzusehen ist, weil Schönheit Freude weckt; einer, der kein edles Gewand trägt, weil auch das eine Freude sein könnte: Hier begegnet uns ein Bettler mit einer wunderbaren Seele; ein Aussätziger mit einer göttlichen Seele; er braucht weder Besitz noch Gesundheit; er ist ein Gott, der seine Vollkommenheit durch das Leiden erwirkt.

Die Entwicklung des Menschen schreitet langsam voran. Die Ungerechtigkeit der Menschen ist groß. Deshalb war es notwendig, das Leiden als eine Form der Selbstverwirklichung hinzustellen. Selbst heute ist die Botschaft Christi noch an manchen Orten der Welt notwendig. Niemand im modernen Rußland könnte seine Vollkommenheit anders als durch Leiden erreichen. Einige wenige russische Künstler haben sie in der Kunst erreicht, in Romanen, die ihrer Art nach mittelalterlich sind, weil ihr Hauptzug die Verwirklichung des Menschen durch das Leiden ist. Für diejenigen aber, die keine Künstler sind und die kein anderes Leben als das der täglichen Arbeit kennen, ist das Leiden der einzige Weg zur Vollendung. Ein Russe, der unter dem gegenwärtigen russischen Regierungssystem glücklich zu leben vermag, muß entweder glauben, der Mensch habe keine Seele oder seine Seele sei es nicht wert sich zu entfalten. Ein Nihilist, der jede Autorität ablehnt, weil er dadurch seine Persönlichkeit verwirklicht, ist ein wahrer Christ. Für ihn stellt das christliche Ideal die Wahrheit dar.

Dennoch hat Christus sich nie gegen die Autorität aufgelehnt. Er fügte sich der Herrschaft der römischen Besatzer und zahlte Tribut. Er duldete die geistliche Autorität der jüdischen Kirche und begegnete der von ihr ausgeübten Gewalt nicht mit Gegengewalt. Er hatte, wie bereits gesagt, keinen Plan zur Umgestaltung der Gesellschaft. Die moderne Welt aber hat solche Pläne. Sie beabsichtigt, die Armut und die mit ihr verbundenen Leiden zu beseitigen. Sie will den Schmerz und die daraus erwachsenden Leiden aufheben. Sie hat sich den Sozialismus und die Wissenschaft als ihre Methoden gewählt. Ihr Ziel ist ein Individualismus, der sich durch Freude ausdrückt. Dieser Individualismus wird weiter, reicher und glanzvoller sein als jede bisherige Form des Individualismus. Das Leiden ist nicht die letzte Stufe der Vollendung. Es ist nur ein vorläufiger Protest. Es hängt unmittelbar zusammen mit schlechten, ungesunden und ungerechten Lebensverhältnissen. Sobald Übel, Krankheit und Ungerechtigkeit überwunden sind, wird auch das Leiden aus der Welt verschwinden. Es wird sein Werk vollbracht haben. Es war ein großes Werk, aber seine Zeit ist fast vorüber. Sein Wirkungsfeld schwindet mit jedem Tag.

Niemand wird es vermissen. Wonach der Mensch strebt, ist in Wirklichkeit nicht Leiden oder Genuß, sondern einfach das Leben. Das Streben des Menschen geht dahin, ein intensives, reiches und vollkommenes Leben zu führen. Wenn er dies vermag, ohne auf andere Zwang auszuüben oder selbst Zwang zu erleiden, und wenn ihm seine Tätigkeiten Freude bereiten, wird er gesünder, kräftiger, kultivierter, mehr er selbst sein. Die Freude ist der Prüfstein der Natur, ihr Zeichen der Zustimmung. Der glückliche Mensch lebt mit sich und seiner Umwelt in Einklang. Der neue Individualismus, an dessen Verwirklichung der Sozialismus arbeitet, ob er dies will oder nicht, wird ein Zustand vollkommener Harmonie sein. Er wird die Erfüllung dessen sein, wonach die Griechen strebten, was sie aber außer im Geist nicht verwirklichen konnten, weil sie Sklaven hielten und ihnen zu essen gaben; er wird die Erfüllung dessen sein, wonach die Renaissance strebte, was sie aber außer in der Kunst nicht verwirklichen konnte, weil sie Sklaven hielt und sie verhungern ließ. Er wird vollkommen sein, und durch ihn wird jeder Mensch seine Vollkommenheit erreichen. Der neue Individualismus ist der neue Hellenismus.

Der Ursprung der historischen Kritik

I

HISTORISCHE Kritik tritt niemals als isolierte Erscheinung in der Kultur oder Literatur eines Volkes auf. Sie ist stets ein Teil jenes vielgestaltigen Freiheitsstrebens, das man als Auflehnung gegen autoritäre Gewalt bezeichnen könnte. Sie ist lediglich eine Facette jenes Neuerungsgeistes, der im Bereich des Handelns zur Demokratie und zur Revolution führt und im Bereich des Denkens die Philosophie und die Naturwissenschaften beflügelt; ihre Bedeutung als Schrittmacher des Fortschritts beruht weniger auf den Ergebnissen, zu denen sie gelangt, als vielmehr auf der besonderen Denkweise, die sie repräsentiert, und der von ihr benutzten Methode.

Da vornehmlich revolutionäre Kräfte zu ihrem Entstehen führen, ist sie in der antiken Welt bei den despotisch regierten Staaten Asiens ebensowenig zu finden wie bei den erstarrten Zivilisationen Ägyptens. Die Siegelzylinder der Assyrer und Babylonier, die Hieroglyphen der Pyramiden sind nicht selbst Geschichtsschreibung, sondern das Material für Geschichtsschreibung.

Die chinesischen Geschichtschroniken, die bis in die Zeit zurückreichen, als die Nation noch unzivilisiert in den Wäldern lebte, zeichnen sich durch eine Nüchternheit im Urteil und das Fehlen jeglicher Empfindungen aus, die in den Annalen der Völker ohne Beispiel sind; aber der für die Chinesen typische Traditionsgeist erwies sich für ihre Literatur und Wirtschaft gleichermaßen verhängnisvoll. Freie Kritik ist dort genauso unbekannt wie freier Handel. Die Hindus wiederum richten ihren scharfen, analytischen und logischen Verstand mehr auf Sprachkritik und Philosophie als auf die Erforschung der Geschichte. Tatsächlich scheinen ihre historischen Aufzeichnungen so sehr der freien Phantasie verpflichtet, daß Legende und Tatsache unauflösbar miteinander vermischt sind und jeder Trennungsversuch zwecklos erscheint. Abgesehen davon, daß wir den Griechen Sandracottus mit dem Inder Chandragupta identifizieren können, besitzen wir keinerlei Anhaltspunkte, um über den Wahrheitsgehalt ihrer Schriften zu entscheiden oder ihre Forschungsmethoden nachzuprüfen.

Erst beim hellenischen Zweig des indogermanischen Volksstamms finden wir Geschichtsschreibung im eigentlichen Sinne wie auch den Geist der historischen Kritik; bei dem wunderbaren Ableger der frühen Arier, den wir die Griechen nennen und dem wir, wie allgemein bekannt ist, sämtliche Bewegung in der Welt bis auf die blinden Kräfte der Natur verdanken.

Denn von dem Tag an, da sie die eisigen Hochtäler des Tibets verließen und als Nomaden an die Küstenstriche der Ägäis zogen, war das Streben nach Licht ihr Hauptwesenszug, und der Geist der historischen Kritik ist ein Teil jener wundervollen »Aufklärung« oder Erleuchtung des Geistes, die sich etwa im sechsten Jahrhundert vor Christus wie eine große Lichtflut über die Griechen ergoß.

L'esprit d'un siècle ne naît pas et ne meurt pas à jour fixe, und der erste Kritiker ist vermutlich ebensoschwer ausfindig zu machen wie der erste Mensch. Aus der Demokratie gewinnt der Geist der Kritik seine Auflehnung gegen autoritäre Gewalt, aus den Naturwissenschaften die bestechenden Analogien von Gesetz und Ordnung und aus der Philosophie die Vorstellung einer wesensmäßigen Einheit hinter den zahllosen Erscheinungsformen. Zu Beginn erscheint er mehr als eine veränderte Geisteshaltung denn als ein Forschungsprinzip, und seine frühesten Einflüsse finden sich in den heiligen Schriften.

Denn die Menschen beginnen zuerst in Fragen der Religion zu zweifeln, bevor der Zweifel auf eher weltliche Aspekte übergreift; und was das Wesen des Geistes der historischen Kritik in seiner höchsten Entwicklung betrifft, so stellt er nicht etwa bloß eine empirische Methode dar, mit der sich feststellen läßt, ob ein Ereignis wirklich stattgefunden hat oder nicht, sondern er fragt auch nach den Ursachen der Ereignisse, den allgemeinen Zusammenhängen der Lebenserscheinungen und wendet sich zuletzt gar der umfassenderen Frage nach der Philosophie der Geschichte zu.

Das Wirken der historischen Kritik auf den beiden Gebieten der heiligen und der profanen Geschichte ist im wesentlichen Ausdruck ein und desselben Geistes, doch sind die Methoden so verschieden, die Beweismittel so unterschiedlich und die jeweils verfolgten Ziele so gänzlich anders, daß es zum Zwecke einer klaren Darstellung der Entwicklung des griechischen Geistes notwendig erscheint, die beiden Fragen streng voneinander getrennt zu behandeln. Ich werde deshalb die Autoren jeweils getrennt in chronologischer Reihenfolge betrachten, was mir der vernünftigste Weg erscheint, auch wenn die zeitliche Folge nicht immer der Abfolge der Ideen entspricht und die Dialektik nie eine so gerade Linie beschreibt, wie Hegel dies glaubte. Im Denken der Griechen gibt es wie überall Perioden des Stillstands und des vermeintlichen Rückschritts, doch scheint ihre geistige Entwicklung, nicht nur in der Frage der historischen Kritik, sondern auch in der Kunst, der Dichtung und der Philosophie so außerordentlich glatt, so frei von allen störenden äußeren Einflüssen, so eigentümlich vernunftgemäß verlaufen, daß den Spuren der Zeit zu folgen der von der Vernunft selbst vorgezeichnete Weg ist.

II

In einem frühen Stadium ihrer geistigen Entwicklung erreichten die Griechen den kritischen Punkt in der Geschichte jedes zivilisierten Volkes, an dem das spekulative Denken in den Bereich der geoffenbarten Wahrheit eindringt, die spirituellen Ideale der Menschen nicht länger durch die einfachen, materiellen Vorstellungen ihrer göttlich inspirierten Schriftsteller befriedigt werden und es unmöglich wird, den neuen Wein des freien Denkens in die alten Schläuche eines engen, hinderlichen Glaubens zu füllen.

Von ihren arischen Vorfahren hatten sie das verhängnisvolle Erbe einer mit unmoralischen und grausamen Geschichten befleckten Mythologie übernommen, die die rationale Ordnung der Natur in ein Chaos von Wundern zu verhüllen und die Vollkommenheit der göttlichen Natur durch unterstellte Boshaftigkeit zu verzerren suchte – ein wahres Nessosgewand, in dem der Herakles der Vernunft nur knapp seiner Vernichtung entging. Während die Lehren des Thales und die zur Übertragung verleitenden Konzepte von Gesetz und Ordnung in den Naturwissenschaften unstrittig am stärksten zur Entstehung eines skeptischen Denkens beitrugen, sah sich die griechische Mythologie vor allem von ethischer Seite heftigen Angriffen ausgesetzt.

Es ist schwer, den volkstümlichen Wunderglauben zu erschüttern, aber kein Mensch kann ein Ideal anbeten, das mit Sünde und Unsittlichkeit behaftet ist; insofern zeigen sich die ersten Anzeichen einer neuen Denkordnung in dem leidenschaftlichen Aufschrei des Xenophanes und Heraklit gegen das Schlechte, das Homer den Söhnen Gottes unterstellte; und auch in der von Pythagoras überlieferten Geschichte, wie er die »beiden Urväter der griechischen Theologie« in der Hölle schmoren gesehen habe, können wir das Heraufziehen der »Aufklärung« genauso deutlich erkennen wie in Dantes *Inferno* den ersten Vorboten der Reformation.

Jeder ehrliche Glaube an die schlichte Wahrheit dieser Geschichten wurde unmittelbar durch die vernichtende Wirkung der a priori geübten ethischen Kritik dieser Schule hinweggefegt; doch die konservative Fraktion zog sich, wie es ihre Art ist, sogleich hinter den wohlfeilen Schutz der Lehre der Metaphern und verhüllten Bedeutungen zurück.

Diese allegorische Schule betrachtete den Bericht vom Kampf vor den Mauern Trojas als ein Mysterium, hinter dem, wie hinter einem Schleier, gewisse moralische und naturgesetzliche Wahrheiten versteckt waren. Der Wettstreit zwischen Athene und Ares war das ewige Ringen zwischen vernünftigem Denken und der rohen Kraft der Unwissenheit; die rasselnden Pfeile im

Köcher des »Ferntreffer« waren nicht mehr Instrumente der Rache, abgeschossen vom goldenen Bogen des Göttersohns, sondern einfach die Strahlen der Sonne, die selbst nichts anderes darstellte als eine träge Masse glühenden Metalls.

Moderne Nachforschungen haben mit der unbarmherzigen Gründlichkeit des Philisters schließlich die schöne Helena zu einem Symbol der Dämmerung herabgewürdigt. Doch schon bei den Griechen gab es Philister, die im *ἄναξ ἀνδρῶν* lediglich eine Verbildlichung atmosphärischer Kräfte sahen.

Auch wenn die Suche nach Metaphern und versteckten Bedeutungen als eine der Keimzellen der historischen Kritik zu betrachten ist, so war sie doch ihrem Wesen nach unwissenschaftlich. Platon hat deutlich auf diese Schwäche hingewiesen, indem er zeigte, daß diese Theorie zweifellos viele der bekannten Legenden erklären half, aber nur wirklich anerkannt werden könne, wenn sie sich zur allgemeinen Lehre eigne; dies aber weist Platon entschieden zurück.

Wie viele andere große Lehren erlitt sie durch ihre Anhänger Schaden und brachte sich schließlich selbst zu Fall, als man das Tuch der Penelope zu einem bloßen Bild für die Regeln der formalen Logik erklärte, wobei das Gewebe die Prämissen und der Einschuß die Schlußfolgerung darstellten.

Nachdem er also die allegorische Deutung der heiligen Schriften als eine höchst gefährliche Methode verwirft, die entweder zu viel oder zu wenig beweise, besinnt Platon sich auf die althergebrachte Angriffsmethode und schreibt eine neue Version der Geschichte unter didaktischer Perspektive, indem er gewisse ethische Grundsätze der historischen Kritik begründet:

Gott ist gut; Gott ist gerecht; Gott ist wahrhaftig; Gott ist frei von den gemeinen menschlichen Leidenschaften. Unter eben diesen Kriterien müssen wir die Erzählungen der griechischen Religion betrachten:

»Gott bestimmt keinen Menschen zum Verderben und verdammt keine unschuldigen Städte zum Untergang. Er wandelt nie bald in dieser, bald in jener fremden Gestalt auf Erden und muß auch nie um den Tod eines geliebten Sohns trauern. Hinweg also mit den Tränen um Sarpedon, dem falschen Traum, den man Agamemnon schickte, und hinweg mit der Geschichte vom gebrochenen Vertrag!« (Platon, *Staat*, Zweites Buch, 380; Drittes Buch, 388, 391.)

Ähnliche ethische Maßstäbe werden auch für die Berichte über die Heroen der Vorzeit geltend gemacht, und Platon bedient sich des gleichen unumstößlichen Grundsatzes, um Achilleus von den Vorwürfen der Niedertracht und der Habsucht zu befreien, in einer Passage, die man als das früheste Beispiel für das sogenannte »Weißwaschen großer Persönlichkeiten« bezeichnen könnte, das sich bis in unsere Tage einer so großen Beliebtheit erfreut, daß Catilina und Clodius als ehrenwerte und weitsichtige Politiker erscheinen, »eine edle und gute Natur« für Tiberius reklamiert wird und selbst Nero seinen schändlichen Ruf verliert und zum harmlosen Dilettanten wird, dessen moralische Verirrungen durch seinen außergewöhnlichen Kunstgeschmack und seinen bezaubernden Tenor mehr als entschuldigt sind.

Neben dem Prinzip der allegorischen Auslegung und dem ethischen Umschreiben der Geschichte gab es noch eine dritte Theorie, die man die semihistorische nennen könnte und die mit dem Namen Euhemeros verknüpft ist, auch wenn er keineswegs der erste war, der sie vertrat.

Sich auf ein erfundenes Denkmal berufend, das er angeblich auf der Insel Panchaia entdeckt hatte und das eine von Zeus errichtete Säule sein sollte, auf der die Ereignisse während seiner Herrschaft auf Erden dargestellt waren, versuchte dieser seichte Denker zu zeigen, daß die Götter und Heroen des alten Griechenlands bloß »gewöhnliche Sterbliche waren, deren Taten man stark übertrieben und ungetreu wiedergegeben hat«, und daß die eigentliche Aufgabe der historischen Kritik bei der Behandlung der Mythen darin bestehe, das Unglaubliche einer rationalen Kritik zu unterziehen und den glaubhaften Rest als wahr hinzustellen.

Ihm und seiner Schule erschienen beispielsweise die Kentauren, jene mythischen Söhne des Sturms, seltsame Zwitterwesen zwischen Mensch und Tier, lediglich als junge Männer aus dem Dorf Nephele in Thessalien, die für ihre Sportlichkeit berühmt waren; die »lebende Ernte gerüsteter Ritter«, die so geheimnisvoll der Saat der Drachenzähne entsprang, waren bloße Söldnertruppen, die durch ein Elfenbeingeschäft reichen Gewinn gemacht hatten; und Aktaion war Aufseher eines ganz gewöhnlichen Jagdklubs noch vor den Tagen der Mitgliedsbeiträge, dem seine Meute das letzte Hemd vom Leib fraß.

Daß unter der glänzenden Oberfläche von Mythos und Legende möglicherweise eine Schicht historischer Wahrheit verborgen liegt, ist eine Behauptung, die durch moderne Forschungen zur Arbeitsweise des mythenschaffenden Geistes in nachchristlicher Zeit nachhaltig bekräftigt wurde. Karl der Große und Roland, der heilige Franziskus und Wilhelm Tell sind nicht deshalb weniger historische Persönlichkeiten, weil sich um ihr Leben zahllose erfundene und unglaubwürdige Geschichten ranken, doch kommt es in allen Fällen darauf an, daß ein äußerer Nachweis existiert, wie etwa die Erwähnung Rolands und Roncesvalles in den englischen Chroniken oder (im Bereich der griechischen Sage) die Ausgrabungen von Hissarlik. Aber eine mythische Erzählung ihres Kerns übernatürlicher Elemente zu berauben und die zurückbleibende trockene Schale als historischen Fakt hinzustellen, heißt, wie jemand einmal treffend bemerkt hat, die wahren Absichten des Forschens gänzlich zu verkennen und Wahrscheinlichkeit mit Wahrheit gleichzusetzen.

Und was den von Palaiphatos, Strabo und Polybios vorgebrachten Einwand angeht, reine Erfindung bei Homer sei undenkbar, so können wir ihn ohne Skrupel gelten lassen, denn Mythen entstehen wie Verfassungen nur langsam und sind nicht das Werk eines Tages. Aber zwischen der Erfindung des Dichters und historischer Wahrheitstreue erstreckt sich ein weites Betätigungsfeld für den mythenschaffenden Geist.

Die Theorie des Euhemeros wurde von den unwissenschaftlichen Römern, vermittelt durch den Dichter Ennius, den Vordenker eines kosmopolitischen Hellenismus, als überzeugende philosophische und kritische Methode begrüßt und bestimmte die Auseinandersetzung des antiken Denkens mit der Mythologie bis zu den Anfängen des Christentums, als Schriftsteller wie Augustinus und Minuncius Felix sie zu einer glänzenden Waffe im Kampf gegen das Heidentum umschmiedeten. In der Folge wurde sie von allen aufgegeben, die nach wie vor Athene oder Zeus anbeteten, und mit Unterstützung der philosophischen Mystiker Alexandrias kam es zu einer allgemeinen Rückkehr zum allegorischen Deutungsprinzip als dem einzigen Mittel, die Götter des Olymp gegen die titanischen Angriffe des neuen galiläischen Gotts zu schützen; wie vergeblich dieser Versuch letztlich war, zeigt uns am besten die im Herzen des Pantheon aufgestellte Marienstatue.

Religionen können umgedeutet, aber nie widerlegt werden, so daß die Erzählungen der griechischen Mythologie, vergeistigt durch den reinigenden Einfluß des Christentums, uns heute in vielen südlichen Ländern Europas wiederbegegnen. Die alte Sage, daß die griechischen Götter unter fremdem Namen in den Dienst der neuen Religion übergingen, besitzt mehr Wahrheit, als die meisten wahrhaben wollen.

Nachdem ich die Entwicklung der historischen Kritik in der besonderen Behandlung von Mythos und Legende aufgezeigt habe, möchte ich im folgenden die Form untersuchen, in der der gleiche Geist sich in dem Bereich zeigt, den man mit den Begriffen weltliche Geschichte und weltliche Geschichtsschreiber bezeichnen könnte. Das dabei auszumessende Feld wird in mancher Hinsicht das gleiche sein, doch sind die innere Einstellung, der Geist, der Anlaß der Untersuchung grundsätzlich verschieden.

Es gab Helden vor dem Sohn des Atreus und Geschichtsschreiber vor Herodot, doch wird letzterer zu Recht Vater der Geschichtsschreibung genannt, da wir bei ihm nicht nur den empirischen Zusammenhang von Ursache und Wirkung, sondern auch den steten Hinweis auf Gesetze entdecken, der den wahren Historiker ausmacht.

Denn alle Geschichte muß ihrem Wesen nach universell sein; nicht in dem Sinne, daß sie sämtliche gleichzeitigen Ereignisse der Vergangenheit umfaßt, sondern durch die Universalität der angewendeten Prinzipien. Und die großen Leitgedanken, die das Werk Herodots zusammenhalten, besitzen auch im modernen Denken noch ihre Gültigkeit. Die unmittelbare Herrschaft Gottes über die Welt, die Tatsache, daß Sünde und Stolz unweigerlich zu Vergeltung und Strafe führen, die Offenbarung des göttlichen Willens an sein Volk durch Zeichen und Omen, durch Wunder und Prophezeiung; für Herodot sind dies die Gesetze, nach denen sich die Ereignisse in der Geschichte richten. Er ist der klassische Vertreter des übernatürlichen Geschichtsforschers; mit angestrengtem Blick sucht er über den Wassern des Lebens nach dem Geist Gottes; ihn interessieren mehr die letzten als die tatsächlichen Gründe.

Und doch können wir bei ihm den Ursprung jenes historischen Sinnes erkennen, der die vernunftgemäße Voraussetzung der historischen Kritik als einer Wissenschaft ist, das *φυσικὸν κριτήριον,* um es mit den Worten eines griechischen Schriftstellers zu sagen, im Gegensatz zu dem, das sich *τέκνῃ* oder *διδάχῃ* verdankt.

Er hat das Tal des Glaubens durchschritten und kurzzeitig die sonnenhellen Höhen der Vernunft aufscheinen gesehen; doch wie alle, die an das Übernatürliche glauben und gleichzeitig rationale Maßstäbe anzuwenden versuchen, verstrickt er sich hoffnungslos in Widersprüche. Um die Art dieses historischen Sinns bei Herodot besser verstehen zu können, kommen wir nicht umhin, die verschiedenen Formen der Kritik, in denen er sich zeigt, ausführlicher zu untersuchen.

So phantastische Geschichten wie die vom Phönix, von den bocksbeinigen Männern, von den Menschen, die sechs Monate im Jahr schlafen *(τοῦτο οὐκ ἐνδέχομαι τὴν ἀρχήν)*, vom Werwolf der Neurer und dergleichen, werden rundum von ihm verworfen, weil sie sowohl der allgemeinen Erfahrung als auch den Naturgesetzen zuwiderlaufen, deren universelle Gültigkeit die frühen griechischen Naturphilosophen der denkenden Welt bereits aufgezeigt hatten. Andere Legenden, wie die von Kyros, den eine Hündin säugte, oder vom Federregen im Norden Europas, werden rational als der Name einer Frau und als Schneefall gedeutet. Den übernatürlichen Ursprung der Skythen aus der Verbindung des Herkules und dem Ungeheuer Echidna ersetzt er durch die wahrscheinlichere Erklärung, daß es sich um einen Nomadenstamm handelte, der von den Massageten aus Asien vertrieben wurde; und die Ortsnamen ihres Landes dienen ihm als Beleg für die Tatsache, daß die Kimmerier die ursprünglichen Besitzer waren.

Ungleich lohnenswerter ist es bei Herodot, von solchen Einzeldingen zu Fragen der allgemeinen Geschichtsschreibung überzugehen, deren richtige Erkenntnis weit mehr von einer gewissen Geisteshaltung als von der Möglichkeit klar definierter Regeln abhängt; Fragen, die in der Geschichte der Wissenschaft keine unbedeutende Rolle spielen, denn man darf nicht vergessen, daß die Grundsätze der historischen Kritik sich grundsätzlich von denen einer Beweisführung vor Gericht unterscheiden, da sie anders als diese nicht jedermann einsichtig gemacht werden können, sondern sich an einen besonderen historischen Sinn wenden, der sich auf persönliche Lebenserfahrung gründet. Darüber hinaus sind die Regeln für die Zulassung von Beweisen vor Gericht eindeutig festgelegt, während die Wissenschaft der historischen Kritik ihrem Wesen nach dynamisch ist und sich mit dem

Fortschreiten des Geistes in den einzelnen Zeitaltern verändert.

Von allen theoretischen Grundsätzen der historischen Kritik ist keiner so bedeutend wie der, der auf der psychologischen Wahrscheinlichkeit beruht.

Gestützt auf seine Kenntnis der menschlichen Natur, weist Herodot die Anwesenheit Helenas innerhalb der Mauern Trojas zurück. Wäre sie dort gewesen, sagt er, wären Priamos und seine Sippschaft nie so verrückt (*φρενοβλαβεῖς*) gewesen, sie nicht herauszugeben, als sie, ihre Kinder und ihre Stadt in so großer Gefahr schwebten (II, 118); und was die Autorität Homers angeht, so zeigen einige beiläufige Stellen in seinem Gedicht, daß er von Helenas Aufenthalt in Ägypten während der Belagerung wußte, sich aber für die andere Version entschied, weil sie ihm als Motiv für ein Epos geeigneter schien. Genausowenig glaubt er, daß die Alkmaioniden, eine Familie, die stets zu den Tyrannenhassern (*μισοτύραννοι*) gehörte und denen Athen mehr noch als Harmodios und Aristogeiton seine Freiheit verdankte, jemals die Heimtücke besessen haben könnten, nach der Schlacht bei Marathon einen Schild hochzuhalten als Signal für das persische Heer, in die Stadt einzufallen. Jemand hielt einen Schild hoch, räumt er ein, aber er konnte unmöglich aus dem Kreis so entschiedener Verfechter der Freiheit stammen wie das Haus Alkmaion; und er will auch nicht glauben, daß ein großer König wie Rhampsinitos von seiner Tochter verlangt habe, *χατίσαι ἐπ' οἰκήματος*.

An anderer Stelle argumentiert er mit allgemeineren Wahrscheinlichkeitsgründen; eine griechische Hetäre wie Rhodopis könne schwerlich reich genug gewesen sein, eine Pyramide zu bauen, und außerdem sei die

Geschichte auch aus chronologischen Gründen unmöglich (II, 134).

An anderer Stelle (II, 63), nachdem er zuvor berichtet hat, wie die Priester des Ares sich gewaltsam Zutritt zum Tempel der Mutter des Gottes verschafft hatten – offenbar eine Art religiöser Parteienstreit, der vornehmlich mit dem Schlagstock ausgetragen wurde (*μάχη ξύλοισι καρτερή*) –, bemerkt er: »Ich bin sicher, daß viele mit eingeschlagenem Schädel starben, ungeachtet aller gegenteiligen Beteuerungen der ägyptischen Priester.« Auch sein Bericht über den berühmten griechischen Schwimmer, der eine Länge von achtzig Stadien zurücklegte, um seine Landsleute vor den anrückenden Persern zu warnen, besticht durch seine entzückende Direktheit: »Wenn ich mir eine eigene Meinung erlauben darf«, schreibt er, »würde ich sagen, er hat ein Boot genommen.«

Natürlich besitzen die hier zitierten Beispiele eine gewisse Trivialität, aber bei einem Schriftsteller wie Herodot, der sich genau auf der Grenze zwischen Glaube und Vernunft befindet, verdient noch der kleinste Hinweis auf die Entstehung des kritischen und skeptischen Forschergeistes Erwähnung.

Wie durch und durch widersprüchlich er war, läßt sich wohl am besten an jenen Passagen nachweisen, in denen er Vernunftkriterien auf die Diskussion religiöser Fragestellungen anwendet. Tatsächlich finden sich bei ihm keine langwierigen Auseinandersetzungen mit den moralischen und wissenschaftlichen Schwierigkeiten der griechischen Bibel; und wo er die Wundertaten des Herkules in Ägypten als unglaubwürdig verwirft, geschieht dies mit der besonderen Begründung, daß Herkules zu dem Zeitpunkt noch nicht zu den Göttern gehörte und deshalb noch den Bedingungen der Normalsterblichen unterlag *(ἔτι ἄνθρωπον ἐόντα)*.

Doch selbst innerhalb dieser Grenzen schien sein religiöses Gewissen durch einen so forschen Rationalismus beunruhigt, und der Abschnitt (II, 45) endet mit der frommen Hoffnung, Gott werde ihm verzeihen, sich so weit vorgewagt zu haben. Mit dem Vorstoß der Vernunft ist natürlich jene Stelle gemeint, an der er die mythische Überlieferung von der Gründung Dodonas verwirft. »Wie kann eine Taube mit menschlicher Stimme sprechen?« fragt er und verwandelt den Vogel vernunftgemäß in eine fremde Prinzessin.

In gleicher Weise scheint er eher zu glauben, daß der große Sturm zu Beginn des persischen Kriegs sich aus ganz normalen atmosphärischen Gründen legte und nicht aufgrund der Gesänge der Magier. Melampus, den die meisten Griechen für einen göttlichen Seher hielten, nennt er »einen klugen Mann, der sich die Kunst des Wahrsagens selbst beigebracht hatte«; und was das Wunder angeht, das man von den ägyptischen Statuen der urzeitlichen Göttinnen Damia und Auxesia erzählt, die auf die Knie gefallen sein sollen, als die tempelschänderischen Athener sie fortschaffen wollten, »so mag daran glauben, wer will. Ich für meinen Teil glaube der Geschichte nicht«.

So viel also zum rationalistischen Geist der historischen Kritik, so weit er sich in den Werken dieses großen, philosophischen Schriftstellers artikuliert; für eine angemessene Würdigung seiner Stellung müssen wir aber auch erwähnen, daß er sehr genau den Wert dokumentarischer Zeugnisse kannte, die Aussagekraft von Inschriften und die Bedeutung der Schriftsteller, die nicht nur ein Licht auf Sitten und Gebräuche, sondern auch auf historische Ereignisse werfen. Kein Schriftsteller zu irgendeiner Zeit hat so deutlich die Tatsache erkannt, daß es in der Geschichte um Beweise geht und daß es für den Geschichtsschreiber genauso unumgänglich ist, seine Quellen darzulegen, wie man vor Gericht seine Zeugen beibringen muß.

Zwar können wir bei Herodot das Erwachen eines historischen Sinns feststellen, doch dürfen wir nicht blind für die zahllosen Beispiele sein, wo er übernatürliche Einflüsse als Teil der allgemeinen Lebenskräfte wahrzunehmen glaubt. Verglichen mit Thukydides, der in der Geschichtsschreibung auf ihn folgt, erscheint er fast wie ein Autor des Mittelalters neben einem modernen Rationalisten. Auch wenn sie Zeitgenossen waren, trennt die beiden Autoren eine ungeheure gedankliche Kluft.

Der grundsätzliche Unterschied ihrer Methode läßt sich am besten an den Stellen zeigen, die das gleiche Thema behandeln. Die Hinrichtung der beiden spartanischen Boten Nikolaos und Aneristos während des Peloponnesischen Kriegs betrachtet Herodot als eines der übernatürlichen Beispiele für die Macht der Nemesis und den Zorn eines gedemütigten Helden; und die anhaltende Belagerung und der schließliche Fall Trojas ist in seinen Augen das Werk der rächenden Hand Gottes, um den Menschen die furchtbare Strafe zu zeigen, die stets auf furchtbare Sünden folgt. Thukydides hingegen sieht entweder tatsächlich oder absichtlich in beiden Ereignissen nicht den Finger der Vorsehung oder eine Bestrafung der Missetäter. Für ihn ist der Tod der Boten nur eine Vergeltungstat der Athener für ähnliche Schandtaten der gegnerischen Seite; und für die zehn quälenden Jahre der Belagerung ist einzig das schlechte Versorgungssystem der griechischen Armee verantwortlich, so wie die Einnahme der Stadt nur das Ergebnis eines konzertierten militärischen Angriffs im Anschluß an eine großzügige Proviantlieferung ist.

Dazu ist zu sagen, daß Thukydides hier wie auch sonst in seinen Schriften in keinem Sinne des Wortes als Skeptiker gegenüber der Wahrheit dieser alten Legenden auftritt.

Agamemnon und Atreus, Theseus und Eurystheus, ja sogar Minos, an dem Herodot einige Zweifel hegt, bedeuten ihm so wirkliche Persönlichkeiten wie Alkibiades oder Gylippos. Seine historische Kritik an der Vergangenheit beinhaltet vor allem zwei Punkte; erstens, eine wie auch immer geartete übernatürliche Einmischung zu verwerfen, und zweitens, die alten Helden mit den Motiven und Denkweisen seiner eigenen Zeit auszustatten. Die Gegenwart war für ihn nicht weniger der Schlüssel zur Erklärung der Vergangenheit wie zur Vorhersage der Zukunft.

Was seine Haltung zum Übernatürlichen angeht, ist er eins mit der modernen Wissenschaft. Auch wir wissen, daß, so wie uns die urzeitlichen Kohleschichten Spuren von Regentropfen und anderen uns vertrauten Wettererscheinungen enthüllen, wir bei der Beschreibung der Geschichte der Vergangenheit keine Kraft einführen dürfen, deren Wirken wir nicht auch in den Erscheinungen unserer Umwelt beobachten können. Kriterien von übergeschichtlicher Gültigkeit aufzustellen, um Ereignisse zu erklären, die mehrere tausend Jahre vor unserer Zeit liegen, ist genauso unwissenschaftlich, wie geologische Theorien mit Elementen des Übernatürlichen zu vermischen.

Wie auch immer die Gesetze der Kunst beschaffen sein mögen, in der Geschichte ist nichts schwieriger als die Einführung eines *θεὸς ἀπὸ μηχανῆς*, wenn damit gegen die Naturgesetze verstoßen wird.

Was den zweiten Punkt angeht, verfällt Thukydides jedoch einem Anachronismus. Die Existenz ritterlicher und selbstloser Motive unter den Kriegern des trojanischen Feldzugs deshalb zu verwerfen, weil er sie auch bei den parteisüchtigen Athenern seiner Zeit nicht fand, zeugt von einer völligen Mißachtung der unterschiedlichen Eigenschaften der menschlichen Natur entsprechend der Bedingungen, unter denen sie sich entwickelt, und einem vorzeitlichen Herrscher wie Agamemnon die allgemein anerkannte Macht abzusprechen, die wir als göttliches Recht bezeichnen, heißt einen nicht weniger kapitalen Fehler zu begehen, wie Atreus Anbiederung beim Volke (*τεθεραπευκότα τὸν δῆμον*) mit dem Blick auf den mykenischen Thron zu unterstellen.

Nachdem wir so die von Thukydides verfolgte allgemeine Methode der historischen Kritik aufgezeigt haben, wollen wir einen genaueren Blick auf die besonderen Punkte werfen, wo er für sich eine rationalistischere Methode in Anspruch nimmt, als sie die breite Öffentlichkeit oder seine Vorgänger besaßen.

»Die gemeine Mehrheit«, bemerkt er, »zeigt so wenig Interesse an der Ermittlung der Wahrheit und gibt sich mit den überlieferten Anschauungen zufrieden«, daß die Mehrzahl der Griechen an eine pitanatische Abteilung des spartanischen Heeres wie auch an das doppelte Stimmrecht der spartanischen Könige glaube, obwohl für beide Anschauungen keinerlei Belege existierten. Aber sein Hauptpunkt zur Verdeutlichung der »unkritischen Weise, in der die Menschen Legenden hinnehmen, sogar die Legenden ihres eigenen Vaterlandes«, ist die völlige Haltlosigkeit der allgemein anerkannten athenischen Tradition, nach der Harmodios und Aristogeiton die patriotischen Befreier Athens von der Tyrannei der Peiristratiden waren. Weit davon entfernt stellt er klar, aus Freiheitsliebe zu handeln, folgten beide rein persönlichen Motiven: Aristogeiton war eifersüchtig auf Hipparchs Werben um Harmodios, ein bezaubernder Jüngling in der Blüte griechischer Anmut, während dieser über eine Beleidigung seiner Schwester durch den Prinzen aufgebracht war.

Ihre Beweggründe waren also persönliche Rache, und ihre Verschwörung bewirkte nur, daß die Ketten der Knechtschaft, die Athen an das Haus Peiristratos fesselten, noch enger angezogen wurden, da der von ihnen ermordete Hipparch nur der jüngere Bruder des Tyrannen, nicht aber der Tyrann selbst war.

Um nachzuweisen, daß Hippias der ältere war, führt er eine öffentliche Inschrift an, in der sein Name gleich hinter dem des Vaters steht, in seinen Augen ein Beleg, daß er der Älteste und folglich auch der Erbe war. Er bekräftigt diese Auffassung durch eine weitere Inschrift auf dem Altar des Apollo, auf der die Kinder des Hippias, nicht aber die seines Bruders erwähnt werden; »denn es war nur natürlich, daß der Älteste zuerst heiratete«; und er gibt außerdem zu bedenken, daß, wäre Hippias der Jüngere gewesen, er nicht so leicht nach dem Tod seines Vaters die Herrschaft übernommen haben könnte.

Das Bedeutende an Thukydides, wie sein Umgang mit Legenden im allgemeinen verrät, sind weniger die Resultate als vielmehr die Methode, nach der er vorgeht. Als der erste große rationalistische Historiker hat er gewissermaßen den Weg für alle seine Nachfolger geebnet, obwohl nicht vergessen werden darf, daß das völlige Fehlen all des mystischen Beiwerks der übernatürlichen Lebensauffassung in seinen Schriften zweifellos einen Fortschritt des Rationalismus und einen Meilenstein in der Wissenschaftsgeschichte markiert, dessen Bedeutung kaum zu überschätzen ist, wir andererseits aber auch das völlige Fehlen der zahllosen sozialen und wirtschaftlichen Faktoren feststellen müssen, die in der Entwicklung der Welt eine so wichtige Rolle spielen und denen Herodot in seinen unsterblichen Schriften zu Recht einen hervorragenden Platz einräumte. Die Geschichte des Thukydides ist im wesentlichen einseitig und unvollständig. Die verworrenen Einzelheiten über Belagerungen und Schlachten, Dinge, mit denen der wahre Historiker sich gar nicht oder nur insofern abgibt, als daß sie ein Licht auf den Geist der Zeit werfen, würden wir mit Freuden eintauschen gegen einen Hinweis auf das Privatleben in Athen oder den Einfluß und die Stellung der Frau.

Es gibt einen Fortschritt in der Methode der historischen Kritik; es gibt einen Fortschritt im Verständnis und in der Begründung von Geschichte; denn wir können bei Thukydides eine natürliche Reaktion gegen das Eindringen didaktischer und theologischer Erwägungen in den Bereich des reinen Verstandes feststellen, wie wir sie sowohl in der Behandlung der Tragödie durch Euripides und späterer Kunstschulen als auch in Platons Begründung der Wissenschaft finden.

Die Geschichte enthält ohne Zweifel manche glänzende Lehre zu unserer Erbauung, so wie alle große Kunst uns als Verkünderin der edelsten Wahrheit entgegentritt. Aber dem Maler oder dem Historiker die Vermittlung moralischer Lehren als ausdrücklich zu verfolgendes Ziel vorzuschreiben, hieße die wahren Motive und das Wesen von Kunst und Geschichte völlig zu verkennen, das in einem Fall das Hervorbringen von Schönheit, im anderen die Entdeckung der Gesetze für die Entwicklung des Fortschritts ist: *Il ne faut demander de l'Art que l'Art, du passé que le passé.*

Herodot schrieb, um die wunderbaren Wege der Vorsehung und die Vergeltung zu erläutern, die alle Sünder ereilt, und sein Werk ist ein gutes Beispiel für die Wahrheit, daß sich nichts so schlecht mit der Kritik verträgt wie eine moralische Absicht. Thukydides hat keinen Glauben zu predigen, keine Lehre zu beweisen. Er untersucht die Folgen, die sich mit zwingender Notwendigkeit aus bestimmten Prämissen ergeben, damit die Menschen beim Auftreten der gleichen Entscheidungssituation wissen, was zu tun ist.

Sein Anliegen war es, die Gesetze der Vergangenheit zu entdecken, um damit die Zukunft erhellen zu können. Wir dürfen die Erkenntnis vom Nutzen der Geschichte unter keinen Umständen mit irgendwelchen didaktischen Absichten durcheinanderbringen. Zwei weitere Punkte bei Thukydides sind von uns noch genauer zu untersuchen: seine Behandlung der Anfänge der griechischen Zivilisation und des ursprünglichen Zustandes Hellas' sowie die Frage, wie weit er tatsächlich die Existenz von Gesetzen anerkannt hat, nach denen sich die komplexen Erscheinungen des Lebens richten.

III

Die Erforschung der beiden großen Probleme des Ursprungs der Gesellschaft und der Philosophie der Geschichte nimmt in der Entwicklung des griechischen

Denkens eine so zentrale Stellung ein, daß es für einen genaueren Einblick in das Wirken des kritischen Geistes unumgänglich ist, sich in einiger Ausführlichkeit der Entstehung und wissenschaftlichen Entwicklung der beiden Fragen zu widmen, wie sie uns nicht nur in den Werken der ausgewiesenen Historiker begegnen, sondern auch in den philosophischen Abhandlungen Platons und Aristoteles'. Die außerordentliche Bedeutung dieser beiden großen Denker für die Entwicklung der historischen Kritik kann gar nicht genug hervorgehoben werden. Ich meine dies nicht nur im Hinblick auf ihre Behandlung der griechischen Bibel, auf Platons Bemühungen, die heilige Geschichte durch die Anwendung ethischer Maßstäbe von ihrer Unsittlichkeit zu reinigen, während Aristoteles sich zur gleichen Zeit daranmachte, dem Wunderglauben durch einen wissenschaftlich fundierten Gesetzesbegriff den Boden zu entziehen, sondern auch mit Bezug auf die beiden weiter gefaßten Fragen nach der Entstehung der staatlichen Einrichtungen und der Geschichtsphilosophie.

Hinsichtlich der landläufigen Theorien vom Urzustand der Gesellschaft herrschte in der hellenistischen Gesellschaft eine nicht weniger große Zerstrittenheit als heute. Denn während die Mehrheit des gläubigen Volkes, als dessen Vertreter Hesiod gelten kann, nicht anders als viele Menschen der heutigen Zeit zurückblickten auf ein sagenumwobenes Zeitalter unschuldiger Glückseligkeit, eine *bell'età dell'auro*, in der Sünde und Tod unbekannt waren und Männer und Frauen wie Götter lebten, sahen die herausragendsten Geister wie Aristoteles und Platon, Aischylos und viele andere Dichter* im Urmenschen »einige winzige Funken des Menschengeschlechts, die sich nach einer Überschwemmung an Berggipfel klammerten«, »keine Vorstellung von Städten, Verfassung oder Rechtsprechung besaßen«, »wie wilde Tiere in sonnenlosen Höhlen lebten« und »nur das Gesetz des Überlebens des Stärksten kannten«.

Eben diese Auffassung vertrat auch Thukydides, dessen sogenannte *Archaeologia* eine überaus wertvolle Abhandlung über die Anfänge Hellas' enthält, der wir uns im folgenden genauer widmen wollen.

Was die im allgemeinen von Thukydides zur Erforschung der Frühgeschichte angewandten Mittel angeht, so habe ich bereits darauf hingewiesen, daß er sehr wohl einräumt, »wie jeder Dichter zur Übertreibung neigt, so sucht jeder Chronist auf Kosten der Wahrheit zu fesseln«, gleichwohl aber ganz im Sinne Euhemeros annimmt, unter dem Schleier der Mythen und Legenden sei ein rationaler Kern verborgen, der dadurch freigelegt werden könne, daß man sowohl alle übernatürliche Einmischung ausscheidet als auch jedwede außergewöhnlichen Motive bei den Handelnden zurückweist. In völliger Übereinstimmung mit dieser Denkungsart beruft er sich etwa auf das von Homer zur Kennzeichnung Korinths benutzte Epitheton *ἀφνειός* als Beleg für den frühen Handelsreichtum dieser Stadt; auf die Tatsache, daß der Gattungsbegriff »Hellenen« in der *Ilias* nicht auftaucht, als Bestätigung seiner Theorie von der Zerrissenheit der vorzeitlichen griechischen Stämme; und aus der auf Agamemnon bezogenen Zeile, »Über viele Inseln und ganz Argos gebot er«, gewinnt er das Argument, daß er auch über eine Flotte verfügt haben muß, »da Agamemnons Herrschaftsgebiet auf dem Festland lag und allenfalls

* Platons *Gesetze*; Aischylos' *Gefesselter Prometheus*.

noch die wenigen, der Küste vorgelagerten Inseln umfaßt haben konnte, sofern er nicht im Besitz einer eigenen Flotte war«.

Indem er in gewisser Weise die vergleichende Forschungsmethode vorwegnimmt, schließt er aus der Tatsache, daß weniger zivilisierte Stämme, wie die Ätolier und Akarnanen, noch zu seiner Zeit Waffen trugen, daß dieser Brauch ursprünglich im ganzen Land verbreitet gewesen sein muß. »Die Tatsache«, sagt er, »daß die Menschen in diesen Teilen Hellas' immer noch in der alten Weise leben, verweist auf eine Zeit, in der diese Lebensweise bei allen gebräuchlich war.« Ähnlich zeigt er an anderer Stelle, wie seine Theorie von der Ehrbarkeit der Piraterie in der Vorzeit sich nicht nur durch »das respektvolle Ansehen, das ein erfolgreicher Marodeur immer noch bei einigen Bewohnern des Festlands genießt«, erhärten läßt, sondern auch durch die Tatsache, daß die Frage »Bist du Pirat?« in der urzeitlichen Gesellschaft durchaus häufig war, wie wir durch die Dichter wissen; und schließlich führt er die Beobachtung, daß der alte griechische Brauch, bei Ringkämpfen einen Gürtel zu tragen, sich bis heute unter den weniger zivilisierten asiatischen Stämmen erhalten hat, mit der Bemerkung fort: »Es gibt zahllose weitere Vergleichspunkte, die sich zur Lebensweise der alten Griechen und den Gebräuchen der Barbaren von heute anführen ließen.«

Im Hinblick auf die Überreste alter Städte führt er als Beleg für die gefährdete Situation der frühen griechischen Gesellschaft die Tatsache an, daß ihre Städte*

* Platon verweist in den *Gesetzen* in ähnlicher Weise auf die Lage von Ilion entlang der Flüsse der Ebene als Beweis, daß es erst lange nach der Überschwemmung gebaut wurde.

stets in einiger Entfernung vom Meer gebaut waren, warnt aber zugleich davor – und alle Archäologen sollten diese Mahnung beherzigen –, daß uns die spärlichen Überreste einer Stadt niemals das Recht geben, ihre legendäre Größe in weiter Vorzeit als bloße Übertreibung abzutun. »Wir haben nicht das Recht«, sagt er, »die überlieferte Größe der trojanischen Kriegsmacht zu bestreiten, weil uns Mykene und die anderen Städte jener Zeit klein und unbedeutend vorkommen. Würde Lakedämon einmal untergehen, wäre jeder Altertumsforscher, der sich allein auf die Ruinen stützte, geneigt, die Geschichte der spartanischen Hegemonie als trügerischen Mythos zu betrachten; denn der Stadtstaat besteht aus einer bloßen Ansammlung von Dörfern nach altem hellenischen Vorbild und besitzt keine der prunkvollen öffentlichen Gebäude und Tempel Athens, dessen Überreste so beeindruckend wären, daß sie dem flüchtigen Betrachter ein weit übertriebenes Bild der athenischen Macht vermittelten.« Nichts kann wissenschaftlicher sein als der hier formulierte archäologische Grundsatz, dessen Gültigkeit einem jeden schlagartig vor Augen geführt wird, der die dürren Felder des Eurotas-Beckens mit den stolzen Denkmälern der Akropolis von Athen vergleicht.*

Auf der anderen Seite ist sich Thukydides der Aussagekraft archäologischer Überreste durchaus bewußt. So benutzt er die ungewöhnliche Form der in den delischen Gewölben gefundenen Rüstung und die

* Plutarch bemerkt, das *einzige* Zeugnis, mit dem Griechenland nachweisen könne, daß die legendäre Machtfülle Athens keine »Erfindung oder eitles Geschwätz« sei, seien seine öffentlichen und heiligen Gebäude. Wir sehen darin ein Beispiel für die übertriebene Bedeutung, die man Ruinen beimißt, und vor der Thukydides uns warnt.

eigentümliche Art der Bestattung zur Bekräftigung seiner Theorie von der Vorherrschaft des karischen Elements unter den frühen Inselbewohnern, oder er verweist auf die dichte Konzentration der Tempel auf der Akropolis und in ihrer unmittelbaren Nähe, auf den Namen *ἄστυ*, unter dem sie immer noch bekannt war, und auf die außergewöhnliche Heiligkeit der dort vorhandenen Quelle als Beweis dafür, daß die Stadt ursprünglich auf die Zitadelle und den unmittelbar darunter liegenden Bereich beschränkt war (II, 16). Ganz zu Anfang seines Geschichtswerks nimmt er schließlich eine der wissenschaftlichsten modernen Methoden vorweg, indem er darauf hinweist, wie in den frühen Kulturstaaten ein außerordentlich fruchtbarer Boden die Gefahr birgt, den persönlichen Reichtum einzelner zu fördern und in der Folge durch »die Bildung von Parteien, jener endlosen Quelle des Niedergangs«, den natürlichen Fortschritt des Landes anzuhalten; zugleich bedingt er einen ständigen Bevölkerungswandel, da ein fruchtbarer Boden eine große Anziehungskraft auf fremde Invasoren ausübt und eine Einwanderungswelle der nächsten folgt. Er belegt seine Theorie mit dem Hinweis auf die endlosen politischen Querelen, denen Arkadien, Thessalien und Böotien, die drei reichsten Landstriche Griechenlands, ausgesetzt waren, wie auch auf das umgekehrte Beispiel der friedvollen Zeit im alten Attika, das von jeher für seine Trockenheit und die Kargheit des Bodens bekannt war.

Wenn sich an diesen Stellen auch unzweifelhaft eine erste Ahnung modernster Untersuchungsmethoden zeigt, so dürfen wir nicht vergessen, daß der Gesichtskreis der *Archaeologia* letztendlich sehr eingeschränkt bleibt und keinerlei Theorie zur umfassenderen Frage nach den allgemeinen Bedingungen des Ursprungs und Fortschritts der Menschheit entwickelt wird, ein Problem, das zuerst in Platons *Staat* wissenschaftlich erörtert wird.

Und wir müssen auch gleich zu Beginn festhalten, daß die Erforschung des urzeitlichen Menschen eine induktive Wissenschaft ist, die sich eher mit der Ansammlung von Datenmaterial als mit Spekulationen beschäftigt, von den Griechen jedoch vornehmlich auf deduktiver Basis betrieben wurde. Thukydides machte durchaus Gebrauch von den Möglichkeiten, die sich ihm durch die ungleiche zivilisatorische Entwicklung im Griechenland seiner Zeit bot, und er scheint in den angeführten Stellen die vergleichende Methode ansatzweise erkannt zu haben. Aber wir finden keine späteren Schriftsteller, die aus Herodots wunderbar genauen und bildhaften Beschreibungen der Sitten barbarischer Stämme Nutzen gezogen hätten. Nehmen wir nur ein Beispiel, das seine Vorwegnahme moderner Fragestellungen deutlich macht: Wir finden in den Werken dieses großen Reisenden die einzelnen Stufen in der Entwicklung des Familienlebens klar herausgearbeitet in dem bloß geselligen Herdenleben der Agathyrser, ihren primitiven Verwandtschaftsbeziehungen in Form von Weibergemeinschaften und der Ablösung der Vielmännerei durch die Anerkennung der individuellen Vaterschaft. Dieses Volk befand sich zur damaligen Zeit genau auf der Schwelle zwischen mütterlicher Verwandtschaft und der Familie, ein Entwicklungsstadium, dessen Nachweis die modernen Anthropologen so viel Mühe gekostet hat.

Die antiken Autoren indes behaupten einmütig, die Familie sei die ursprüngliche Keimzelle der Gesellschaft, obwohl, wie bereits gesagt, ein induktives Erforschen der primitiven Völker oder auch nur der durch Herodot überlieferten Berichte ihnen gezeigt hätte, daß – um Platons Ausdruck zu gebrauchen – die *νεοττιά ἴδια* eines Privathaushalts ein höchst kompliziertes Gebilde ist und ausschließlich in späten Entwicklungsstufen der Zivilisation zu finden ist, zeitgleich mit der Anerkennung von Privateigentum und den Rechten des Individuums.

Auch die Philologie, die sich in den Händen moderner Forscher als ein hervorragendes Forschungsinstrument erwiesen hat, wurde in antiken Tagen auf zu unwissenschaftlicher Basis betrieben, um wirklich von Nutzen zu sein. Aus der Feststellung, daß das Wort »Eridanos« griechischen Ursprungs sei, folgert Herodot, daß der vermeintlich um die ganze Welt fließende Strom lediglich eine griechische Erfindung sei. Seine Bemerkungen zur Sprache im allgemeinen, etwa zum Wort »Piromis« oder zu den Endungen der persischen Namen, lassen allerdings erkennen, auf welch unsicherer Basis sein Sprachwissen beruhte.

In den *Bakchen* des Euripides gibt es eine hochinteressante Stelle, an der die unsittlichen Erzählungen der griechischen Mythologie auf das Mißverstehen einzelner Wörter und Bilder zurückgeführt werden, die die moderne Wissenschaft als eine Krankheit der Sprache bezeichnet hat. Dem ruchlosen Rationalismus des Pentheus – in der Rolle des modernen Philisters – begegnet Teiresias, den man den Max Müller des Zyklus um Theben nennen könnte, mit dem Hinweis, daß die Geschichte von Dionysos, der in den Schenkeln des Zeus eingeschlossen war, in Wirklichkeit auf eine Verwechslung von *μηρός* und *ὅμηρος* zurückging.

Insgesamt aber gilt – zumal die beiden genannten Beispiele nur den unwissenschaftlichen Charakter der frühen Philologie zeigen sollten –, daß sich die Alten dieses bedeutenden Instruments zur Wiedererschaffung der Vergangenheit nicht als eines Mittels der historischen Kritik bedienten. Noch machten sie Gebrauch von der anderen, in unserer Zeit so erfolgreich angewandten Methode, nach der wir in den Symbolen und Formeln einer hochentwickelten Zivilisation die unbewußten Spuren alter Bräuche entdecken können: Denn während wir in der scheinbaren Entführung der Braut auf Hochzeitsfeiern, wie es in Wales jüngst noch üblich war, eine Erinnerung an die barbarische Sitte der Exogamie erkennen können, sehen die Schriftsteller der Antike darin nur ein bewußtes Gedenken eines geschichtlichen Ereignisses.

Aristoteles verrät uns nicht, auf welche Weise er entdeckt hat, daß die Griechen der Vorzeit ihre Frauen gewöhnlich kauften, aber seinen allgemeinen Grundsätzen nach zu urteilen, bezog er sich vermutlich auf irgendeine Legende oder einen Mythos über diesen bis in seine Zeit hinein gepflegten Brauch, und nicht, wie wir es tun würden, indem er aus den Hochzeitsgeschenken an die Braut und ihre Familie seine Rückschlüsse zog.*

Der Ursprung der bekannten Redewendung »so und so viele Ochsen wert«, unbewußtes Relikt einer ganz und gar idyllischen Gesellschaftsordnung noch vor der Entdeckung des Metallgebrauchs, wird von Plutarch auf den Umstand zurückgeführt, daß Theseus Münzen

* Der Scheinkauf bei römischen Ehen *per coemptionem* war natürlich ursprünglich ein tatsächlicher Kauf.

mit einem Ochsenkopf geprägt habe. In gleicher Weise deutet er das Fest der Amathusier, bei dem ein junger Mann die Geburtswehen einer Frau nachahmt, als einen Ritus zu Ehren Ariadnes oder die Verehrung der Karer für den Spargel als bloße Erinnerung an die Abenteuer der Nymphe Perigune. Wir hingegen können im ersten Beispiel die Anfänge von Agnation und väterlicher Blutsverwandtschaft erkennen, die sich bis heute in der »couvée« neuseeländischer Stämme erhalten haben, während im zweiten Fall Reste eines Pflanzen gewidmeten Totem- und Fetischkults vorliegen.

Im völligen Gegensatz zu dieser modernen, induktiven Forschungsmethode steht die Philosophie Platons, dessen Darstellung des Urmenschen rein spekulativ und deduktiv ist.

Den Ursprung der Gesellschaft schreibt er der Not zu, der Mutter aller Erfindungen, und er stellt sich vor, wie die Menschen sich aufgrund der Vorteile der Arbeitsteilung und der gegenseitigen Unterstützung in Zwangslagen in Gruppen zusammenzuschließen begannen.

Es darf allerdings nicht vergessen werden, daß Platons eigentliche Absicht in diesem Absatz des *Staates* vermutlich weniger darin besteht, die Bedingungen der frühen Gesellschaft zu untersuchen, als vielmehr die Bedeutung der Arbeitsteilung, das Schibboleth seiner Volkswirtschaft, nachdrücklich herauszustellen, indem er aufzeigt, wie mächtig dieser Faktor sowohl in den primitiven wie auch in den hochentwickelten Gesellschaften gewesen sein muß; nicht anders schreibt er in den *Gesetzen* die Geschichte des Peloponnes nahezu komplett um, um die Notwendigkeit eines Machtgleichgewichts zu beweisen. Er muß doch, meine ich, selbst erkannt haben, wie unvollständig seine Theorie war, indem sie weder Bezug auf den Ursprung der Familie, die Stellung und den Einfluß der Frau sowie andere soziale Fragen nahm, noch jene tieferen religiosen Motive berücksichtigte, die eine so gewichtige Rolle in der frühen Zivilisation spielten und deren Einfluß Aristoteles klar erkannt zu haben scheint, wenn er sagt, der Zweck der primitiven Gesellschaft sei nicht bloß das Leben, sondern das höhere Leben gewesen, und der Ursprung der Gesellschaft beruhe nicht allein auf Nützlichkeitserwägungen, sondern besitze genausogut ein spirituelles Element, wenn denn das Wort »spirituell« die komplexe Bedeutung des griechischen *τὸ καλόν* wiederzugeben vermag. Im übrigen wird die gesamte Darstellung des Urmenschen im *Staat* immer eine leuchtende Warnung sein, auf dem der Induktion vorbehaltenen Gebiet keine apriorischen Spekulationen zuzulassen.

Aristoteles' Theorie vom Ursprung der Gesellschaft beruht genau wie seine Ethik letztlich auf dem Prinzip von den letzten Gründen, nicht im theologischen Sinne eines von außen vorgegebenen Ziels oder Zwecks, sondern in der wissenschaftlichen Bedeutung einer Übereinstimmung von Funktion und Organ. »Die Natur schafft kein Ding umsonst«, lautet der Grundsatz des Aristoteles in dieser wie in anderen Fragen. Da der Mensch als einziges Lebewesen über die Gabe der Sprache verfüge, so betont er, ist er ein von Natur aus soziales Wesen, mehr noch als die Biene oder jedes andere Herdentier.

Er ist *φύσει πολιτικός*, und das natürliche Streben nach einem höheren Grad der Vollendung führt vom »bewaffneten Wilden, der sein Weib zu verkaufen pflegt«, zur freien Unabhängigkeit eines freien Staates und zur *ἰσότης τοῦ ἄρχειν κάι τοῦ ἄρχεσθαι*, an der sich das wahre Bürgerrecht erweist. Ausgangspunkt der verschiedenen Stadien, die die Menschheit durchlaufen hat, ist die Familie als ursprüngliche Einheit.

Der Zusammenschluß von Familien bildet ein Dorf unter patriarchalischer Herrschaft, der ältesten Regierungsform der Welt, wie aus der Tatsache hervorgeht, daß die Menschen sie für die Verfassung des Himmels hielten, und die einzelnen Dörfer verbinden sich zu einem Staat, und damit endet die Entwicklung.

Denn Aristoteles fand wie alle griechischen Denker sein Ideal innerhalb der Mauern der *πόλις*, obwohl wir aus seiner Bemerkung, ein vereinigtes Griechenland würde die Welt beherrschen, möglicherweise eine Vorahnung jenes »föderalen Zusammenschlusses freier Staaten zu einem vereinigten Empire« herauslesen können, der in unseren Augen mehr noch als die *πόλις* die vollkommene Regierungsform darstellt.

Inwieweit Aristoteles auf der Grundlage des in der griechischen Literatur existierenden Materials berechtigt war, die Familie als ursprüngliche Einheit zu betrachten, habe ich bereits angesprochen. Hinzuzufügen wäre, daß Aristoteles, hätte er über die Bedeutung des athenischen Gesetzes nachgedacht, das die Ehe mit einer Schwester derselben Mutter verbot, sie hingegen mit einer Halbschwester gestattete, oder über den in Athen vor der Zeit Kekrops üblichen Brauch, daß die Kinder den Namen der Mutter trugen, oder auch über einige Verordnungen Spartas, hätte ihm die ausschließlich durch Frauen gestiftete Verwandtschaft in der Frühzeit und das späte Aufkommen der Einehe unweigerlich auffallen müssen. Wenn ihm dieser Punkt auch entging, nicht anders übrigens, als vielen modernen Schriftstellern wie etwa Sir Henry Maine, so bedeutet die induktive Erforschung von Einzelfällen einen deutlichen Fortschritt gegenüber Platon. Wäre seine Abhandlung *περὶ πολιτείων* vollständig erhalten, besäßen wir einen der wertvollsten Meilensteine in der Entwicklung der historischen Kritik und obendrein das erste wissenschaftliche Werk über die vergleichende Politikwissenschaft.

In einem der überlieferten Fragmente beruft Aristoteles sich auf die alte Inschrift auf dem »Diskos von Iphitos«, eines der berühmtesten griechischen Altertümer, um seine Theorie von der Erneuerung der olympischen Spiele durch Lykurgos zu bestärken; und seine aufwendigen Nachforschungen finden sich in den ausführlichen Erklärungen dokumentiert, mit denen er dem historischen Ursprung von Sprichwörtern nachspürt, wie etwa *οὐδεῖς μέγας κακὸς ἰχθῦς*, von religiösen Liedern, wie dem *ἰῶμεν ἐς Ἀθήνας* der botticäischen Jungfrauen, oder von Lobeshymnen auf Liebe und Krieg.

Und schließlich ist auch darauf hinzuweisen, um wieviel umfassender seine Theorie vom Ursprung der Gesellschaft gegenüber der Platons ist. Beide beruhen auf einer psychologischen Grundlage, doch zeigt Aristoteles' Berücksichtigung der Fähigkeit zum Fortschritt und des Strebens nach einem höheren Leben, um wieviel tiefer sein Wissen der menschlichen Natur reichte.

Ganz im Geiste dieser beiden Philosophen entwirft Polybios in der Einleitung seiner Philosophie der Geschichte seine eigene Darstellung vom Ursprung der Gesellschaft. In Anlehnung an Platon stellt er sich vor, daß nach einer der zyklischen Überschwemmungen, die regelmäßig über die Menschheit hereinbrechen und die gesamte Kultur auslöschen, die wenigen überlebenden Vertreter des Menschengeschlechts sich zum gegenseitigen Schutz zusammenschließen und, nicht anders als im Tierreich, den Stärksten zum König wählen. Durch das Wirken des Mitgefühls und den Wunsch nach Anerkennung entwickeln sich in kurzer Zeit moralische Eigenschaften, und geistige statt körperliche Vorzüge werden zum entscheidenden Kriterium des Herrschers.

Andere Aspekte, wie die Entstehung von Gefühlen und dergleichen, werden in einem durchaus modernen Geist abgehandelt, und obwohl Polybios sich in dieser Frage nicht der induktiven Forschungsmethode bedient zu haben scheint, oder besser gesagt, der hierarchischen Ordnung einer vernunftgemäßen Entwicklung der Ideen im Leben, ist er doch keineswegs weit entfernt von dem, was die fleißigen Nachforschungen moderner Reisender an Wissen zutage gefördert haben.

Im Hinblick auf das Wirken des menschlichen Geistes in der Rekonstruktion der Geschichte ist es in der Tat in jeder Hinsicht verblüffend, wie die wahrheitsgetreuesten Darstellungen über den Übergang von der Barbarei zur Zivilisation in der antiken Literatur ausgerechnet aus der Feder der Dichter stammen. Die detailreichen Forschungen von Mr. Taylor und Sir John Lubbock haben wenig mehr erbracht, als die im *Gefesselten Prometheus* und in *De Rerum Natura* aufgestellten Theorien zu bekräftigen; dennoch folgten weder Aischylos noch Lukrez modernen Pfaden, sondern gelangten durch eine in gewisser Weise mythische Kraft dichterischer Eingebung zur Wahrheit, die wir heute als eine gefährliche Kraft aus der Wissenschaft zu verbannen suchen, obwohl die Wissenschaft ihr einige ihrer großartigsten Gesetze zu verdanken scheint.*

Damit wollen wir es mit der Frage nach dem Ursprung der Gesellschaft aus der Sicht der Alten bewenden lassen und uns der zweiten, weit bedeutenderen Frage zuwenden, inwieweit sie eine Vorstellung von dem entwickelt haben, was wir Geschichtsphilosophie nennen.

Gleich zu Beginn müssen wir festhalten, daß die Begriffe von Gesetz und Ordnung zwar im Bereich der physikalischen Wissenschaften als herrschende Grundregeln über die Naturerscheinungen uneingeschränkt anerkannt wurden, daß aber ihr Eindringen in den Bereich der Geschichte und des menschlichen Lebens stets mit heftigem Widerstand verbunden war, und zwar unter Berufung auf die Unberechenbarkeit zweier großer, das menschliche Handeln bestimmender Kräfte: eine gewisse ursachenlose Spontaneität, die wir als freien Willen bezeichnen, und übernatürliche Einwirkungen, die als unveränderliche Eigenschaft Gottes betrachtet werden.

Die Existenz einer Wissenschaft von den ständig wechselnden Erscheinungen der Geschichte ist eine Vorstellung, die *unserem* Denken vielleicht erst seit kurzer Zeit aufgegangen ist; dem griechischen Geist schien sie wie alle großen Gedanken ganz von selbst zugefallen zu sein, wie durch ein Aufflackern der Imaginationskraft in der Morgenröte ihrer Zivilisation, bevor die induktive Forschung ihnen die Instrumente der Verifikation an die Hand gab. Meiner Meinung nach können wir in einigen der mythischen Spekulationen der frühen griechischen

* Vor allem natürlich auf dem Gebiet der Hitze und ihrer Gesetze.

Denker den Wunsch entdecken, das »unveränderliche Sein, das in veränderlichen Zuständen auftritt«, zu erfassen und in einem Gesetz festzuhalten, das geeignet ist, die unterschiedlichen Erscheinungsformen aller organischen Körper, einschließlich des Menschen, zu erklären, worin der Keim der Geschichtsphilosophie beschlossen liegt; in der Tat der Keim einer Idee, von der man ohne Übertreibung sagen kann, daß sie die Grundlage jeglicher Art historischer Kritik ist, die diesen Namen verdient.

Denn die allererste Anforderung an eine wissenschaftliche Geschichtsauffassung ist der Lehrsatz der gleichbleibenden Folge: mit anderen Worten, daß auf das Eintreten bestimmter Ereignisse notwendig bestimmte andere Ereignisse folgen; daß die Vergangenheit der Schlüssel für die Zukunft ist.

Auch wenn die Geburt dieser großartigen Vorstellung fraglos das Verdienst der Wissenschaft war, so war es andererseits die Religion, die sie von Anfang an in ihr eigenes Gewand hüllte und sie den Menschen näherbrachte, indem sie sich zuerst an ihr Herz und dann an ihren Verstand wandte; denn sie wußte sehr wohl, daß große Wahrheiten zuerst durch das moralische Empfinden des Menschen und erst danach durch seinen Verstand verbreitet werden.

Aus diesem Grund tritt bei Herodot, der als ein Vertreter der orthodoxen Denkweise betrachtet werden kann, die Vorstellung von der gesetzmäßigen Folge von Ursache und Wirkung unter dem theologischen Gewand von Nemesis und Vorsehung auf, was tatsächlich einem wissenschaftlichen Gesetzesbegriff entspricht, allerdings von einem *ethischen* Standpunkt aus betrachtet.

Bei Thukydides hingegen beruht die Geschichtsphilosophie auf der Wahrscheinlichkeit, die sich aus der Gleichheit der menschlichen Natur ergibt, daß der zukünftige Gang der menschlichen Ereignisse den Ereignissen der Vergangenheit ähneln, wenn nicht gar sie wiederholen wird. Die Wiederkehr geschichtlicher Ereignisse erscheint ihm genauso sicher wie die Wiederkehr der großen Pest.

Ungeachtet dessen, was deutsche Kritiker über dieses Thema geschrieben haben, dürfen wir nicht vergessen, daß diese Auffassung lediglich eine Neuauflage der zyklischen Theorie der Ereignisse ist, die in der Welt nur einen einzigen Kreislauf von Strophe und Antistrophe, einen ewigen Chor von Leben und Tod sieht.

Denn in seinen Bemerkungen über die Ausschreitungen der korkyräischen Revolution gründet Thukydides seinen Glauben an eine Wiederkehr der Geschichte unzweifelhaft auf das psychologische Moment von der allgemeinen Gleichheit der Menschen.

»Die Revolution«, sagt er, »brachte großes und schreckliches Leid über die Städte, wie dies immer schon war und auch in Zukunft sein wird, solange die menschliche Natur die gleiche bleibt, selbst wenn sie sich hier strenger und dort milder zeigt und sich in ihrem Erscheinungsbild den Besonderheiten der jeweiligen Situation anpaßt.

In Zeiten des Friedens und des Wohlstands besitzen Staaten und Individuen eine edle Gesinnung, weil keine drängenden Notwendigkeiten auf ihnen lasten; aber der Krieg beraubt den Menschen der Annehmlichkeiten des Lebens und erweist sich als harter Zuchtmeister, der die Gesinnung der meisten Menschen auf eine Stufe mit ihrem augenblicklichen Schicksal drückt.«

IV

Hier wird deutlich, daß Thukydides durchaus die unterschiedlichen Ausprägungen der einheitlichen Menschennatur aufgrund äußerer Einflüsse anerkennt. Dennoch bleiben seine Aussagen letzten Endes sehr allgemein: Zwar wird auf die Auswirkungen von Krieg und Frieden hingewiesen, doch fehlt eine wirkliche Untersuchung der unmittelbaren Ursachen und allgemeinen Gesetze der Lebenserscheinungen, noch scheint Thukydides die unbestreitbare Tatsache zu sehen, daß wenn die Menschheit sich in Zirkeln bewegt, diese Zirkel doch beständig größer werden.

Vielleicht können wir sagen, daß die Geschichtsphilosophie bei ihm teilweise in das metaphysische Stadium eingetreten ist und wir in der Entwicklung dieser Idee von Herodot bis Polybios das Dreistadiengesetz Comtes vom theologischen, metaphysischen bis zum wissenschaftlichen Denken widergespiegelt finden: Denn der geistige Entwurf, den wir die Philosophie der Geschichte nennen, wurde wahrhaftig aus dem Nebel eines theologischen Mystizismus zu einem wissenschaftlichen Prinzip erhoben, mit dem auf der Grundlage allgemeiner Gesetze die Vergangenheit erklärt und die Zukunft vorhergesagt wurde.

Wie sich die früheste Darstellung der Art des menschlichen Fortschritts bei Platon findet, so finden wir bei ihm auch den ersten ausdrücklichen Versuch, eine allgemeine Philosophie der Geschichte auf rationaler Grundlage zu entwickeln. Nachdem er seinen idealen Staat entworfen hat, macht sich der Philosoph an die Aufstellung einer umfassenden Theorie über die verwickelten Gründe, die zu politischen Umwälzungen führen, über die moralischen Auswirkungen verschiedener Regierungs- und Erziehungsformen, über das Anwachsen der kriminellen Klassen und deren Verbindung zur Massenarmut, kurzum, er versucht die Geschichte mit Hilfe der deduktiven Methode und unter Annahme eines apriorischen psychologischen Prinzips neu zu erschaffen, um hinter dem augenscheinlichen Durcheinander des politischen Lebens dessen herrschende Gesetze zu entdecken.

Seit Platon hat es viele Versuche gegeben, sämtliche Erscheinungen von einem einzigen philosophischen Grundsatz aus herzuleiten und anschließend durch die Erfahrung bestätigt zu finden. Fichte glaubte, den Weltverlauf aus der Idee der universellen Zeit vorhersagen zu können. Hegel träumte davon, den Schlüssel zu den Geheimnissen des Lebens in der Entwicklung der Freiheit gefunden zu haben, und Krause in den Kategorien des Seins. Die einzige wissenschaftliche Grundlage aber, auf der die wahre Geschichtsphilosophie beruht, ist die vollständige Kenntnis der Gesetze der Menschennatur mit allen ihren Wünschen, Bestrebungen, Kräften und Neigungen: Und diese große Wahrheit, von der man sagen kann, Thukydides habe sie ansatzweise erkannt, hat Platon uns als erster offenbart.

Weder von der Philosophie noch der Geschichte dieses Philosophen läßt sich eindeutig behaupten, sie seien unabhängig von aller Erfahrung aufgestellt. *On est de son siècle même quand on y proteste*, und deshalb finden wir auch bei ihm fortwährend Hinweise auf die spartanische Lebensart, das pythagoräische System oder die allgemeinen Eigenschaften der griechischen Tyranneien und griechischen Demokratien. In seiner Beschreibung der

Methode zur Errichtung eines idealen Staates sagt Platon zwar, der politische Künstler solle seinen Blick auf die Sonne der abstrakten Wahrheit richten, sich aber zuweilen den Abbildern dieser Ideale auf Erden zuwenden, doch ist der allgemeine Charakter der platonischen Methode, um die es uns vor allem zu tun ist, ihrem Wesen nach deduktiv und apriorisch. Er selbst beginnt den Aufbau seines Wolkenkuckucksheims entschieden mit einem *καθαρὸς πίναξ*, indem er alle Geschichte und alle Erfahrung beiseite wischt; und wie wir noch sehen werden, wurde er von Aristoteles gerade als apriorischer Theoretiker kritisiert.

Bei einer genaueren Betrachtung der von Platon aufgestellten Gesetze politischer Umwälzungen ist als erstes hervorzuheben, daß der Hauptgrund für den Verfall des idealen Staates in dem allgemeinen Grundsatz beschlossen liegt, der für die Welt der Pflanzen und Tiere genauso gilt wie für die Welt der Geschichte, daß nämlich alles Geschaffene zum Untergang verurteilt ist – ein Grundsatz, der formal auf einer bloßen metaphysischen Abstraktion beruht, im wesentlichen aber eine wissenschaftliche Wahrheit auszudrücken scheint. Denn auch wir müssen davon ausgehen, daß eine unablässige Neuverteilung von Materie und Bewegung die unermüdliche Folge der normalen Krafterhaltung ist und daß ein vollkommenes Gleichgewicht in der Politik ebenso unmöglich ist wie in der Physik.

Untergeordnete Gründe, die die Vollkommenheit von Platons »Sonnenstadt« stören, sind im geistigen Niedergang des Volkes als Folge unbesonnener Ehen und in der philisterhaften Aufwertung körperlicher Leistungen über die geistige Kultur zu finden, während die hierarchische Abfolge von Timokratie und Oligarchie,

Demokratie und Tyrannei ausführlich behandelt und ihre Ursachen in überaus dramatischer und psychologischer Weise untersucht werden, auch wenn dies nicht immer dem tatsächlichen Lauf der Geschichte entspricht.

Tatsächlich wird bereits beim ersten Blick deutlich, daß die platonische Abfolge der Staatsformen weit eher einer Abfolge von Ideen im philosophischen Denken als irgendeiner historischen Zeitabfolge entspricht.

Aristoteles führt in dieser Frage einfach die Tatsachen ins Feld. Wenn die Theorie vom periodischen Verfall alles Erschaffenen wissenschaftlich ist, so sein Argument, dann muß sie allgemeingültig sein und folglich auf alle anderen Staaten genauso zutreffen wie auf den idealen Staat. Außerdem verwandelt sich eine Staatsform in der Regel in ihr genaues Gegenteil anstatt in die nachfolgende Form; dem idealen Staat würde also nicht die Timokratie folgen, genau wie die Oligarchie, weit häufiger als die Tyrannei, die Demokratie ablöst. Zudem sagt Platon nichts darüber, was auf die Tyrannei folgt. Nach der Kreislauftheorie müßte sie wieder in den idealen Staat übergehen, während es tatsächlich so ist, daß auf eine Tyrannei eine weitere folgt, wie in Sikyon, oder eine Demokratie, wie in Syrakus, oder eine Aristokratie, wie in Karthago. Das Beispiel Siziliens zeigt auch, daß eine Oligarchie oft von einer Tyrannei abgelöst wird, wie in Leontini und Gela. Zudem ist es absurd, die Habgier als Hauptursache für den Verfall hinzustellen oder im Geiz die Wurzel der Oligarchie zu sehen, da doch in fast allen echten Oligarchien Geldgeschäfte gesetzlich verboten sind. Und schließlich unterschlägt die platonische Theorie auch, daß es verschiedene Formen der Demokratie und der Tyrannei gibt.

Die wichtigste Stelle aber ist der Abschnitt in Aristoteles' *Politik* (V, 12), der in gewissser Weise ein neues Zeitalter in der Entwicklung der historischen Kritik einleitet. Nichts betont Aristoteles mit soviel Nachdruck, als daß die auf Tatsachen gegründeten Feststellungen den auf apriorischem Wege gewonnenen Anschauungen hinzugefügt werden müssen – ein Grundsatz, der nicht nur für die deduktive Politikwissenschaft, sondern auch für die Naturwissenschaft gilt: Denn sind nicht die Versuchsrückstände des Chemikers wertvolle Quellen für die Verbesserung der Theorie?

Seine eigene Methode ist in hohem Maße historisch, wenn auch alles andere als empirisch. Ganz im Gegenteil, dieser weitsichtige Denker, zu Recht *il maestro di color che sanno* genannt, hatte offenbar klar erkannt, daß die wahre Methode weder ausschließlich empirisch noch ausschließlich spekulativ ist, sondern erst das Zusammenwirken beider jenen Prozeß ausmacht, den man als Analyse oder als Interpretation der Fakten bezeichnet und dessen Ziel es ist, die einzelnen Tatsachen so in allgemeine Vorstellungen einzupassen, daß darin sowohl die besonderen Eigenschaften der Erscheinungen festgehalten sind als auch ihre wahren Beziehungen untereinander aufgezeigt werden. Auch wies er als erster auf etwas hin, was selbst in unseren Tagen noch nicht klar erkannt wird, daß nämlich die Natur, einschließlich der Entwicklung des Menschen, nicht wie eine schlechte Tragödie aus lauter unzusammenhängenden Episoden besteht, daß innere Widersprüche und Unregelmäßigkeiten in der moralischen Welt genauso unmöglich sind wie in der physischen Welt und daß wo der oberflächliche Betrachter eine Revolution zu erkennen glaubt, der philosophische Kritiker lediglich eine schrittweise und rationale Entwicklung als notwendige Folge bestimmter Prämissen sieht.

Auch wenn er einerseits die Notwendigkeit einer psychologischen Grundlage für die Geschichtsphilosophie einräumte, so ergänzte er sie um die bedeutende Wahrheit, daß man die Stellung des Menschen im Universum wie auch seine natürlichen Kräfte nur dann wahrhaft erfassen kann, wenn man ihn von unten in der hierarchischen Entwicklung höherer Funktionen aus den niederen Lebensformen studiert. Dieser bedeutende Lehrsatz, daß wir, um eine klare Vorstellung von irgendeiner Sache zu erhalten, sie »von Beginn an in ihrem Wachsen studieren« müssen, wird in der Einleitung der *Politik* ausdrücklich festgelegt, wo wir im übrigen auch die weiteren Hauptmerkmale der modernen Evolutionstheorie wie die »Differenzierung der Funktion« und das »Überleben des Stärksten« klar dargelegt finden.

Wie wertvoll dieser Schritt für die Verbesserung der Methoden der historischen Kritik war, braucht nicht näher erläutert zu werden. Man kann sagen, durch ihn wurde dem Menschen der richtige Faden an die Hand gegeben, um sicher durch das verwirrende Labyrinth der Fakten zu gelangen. Denn die Geschichte (um Begriffe zu verwenden, mit denen uns Aristoteles vertraut gemacht hat) kann von zwei grundsätzlich verschiedenen Standpunkten aus betrachtet werden; entweder als ein Kunstwerk, dessen *τέλος* oder Endziel außerhalb seiner selbst liegt und von außen vorgegeben ist; oder als ein Organismus, der das Gesetz seiner Entwicklung in sich selbst trägt und allein dadurch zu seiner Vollendung gelangt, daß er ist, was er ist. Wenn wir uns der ersten Sichtweise anschließen, die wir auch die theologische nennen können, laufen wir beständig Gefahr, in die Grube eines Apriori-Schlusses zu fallen – jenes Loch, von dem zu Recht gesagt wird, daß kein Reisender ihm je wieder entsteigt.

Die zweite Sichtweise ist die einzig wissenschaftliche Theorie und wurde in ihrer ganzen Tiefe von Aristoteles erkannt, dessen Anwendung der induktiven Methode auf die Geschichte wie auch seine Verwendung der menschlichen Evolutionstheorie zeigen, wie sehr ihm bewußt war, daß die Philosophie der Geschichte nicht getrennt von den geschichtlichen Fakten existiert, sondern in ihnen enthalten ist, und daß das Vernunftgesetz zur Erklärung der zahllosen Lebenserscheinungen, genau wie das Ideal in der Welt des reinen Denkens, nur unter Anerkennung der Tatsachen gefunden werden und diesen nicht von oben aufgezwängt werden kann – *κατὰ πολλῶν* nicht *παρὰ πολλά*.

Um zu ermessen, wie tief die Wissenschaft der historischen Kritik in der Schuld des Aristoteles steht, dürfen wir schließlich auch nicht seine Haltung zu den beiden großen Schwierigkeiten bei der Aufstellung einer Philosophie der Geschichte übergehen, die ich zuvor bereits kurz angesprochen habe. Ich meine die Behauptung eines übernatürlichen Einwirkens auf die normale Entwicklung der Welt und die eines unberechenbaren Einflusses durch die Kraft des freien Willens.

Über seine Einstellung zur ersten Frage läßt sich sagen, daß er sie schlichtweg ignorierte. Die besonderen Akte der Vorsehung, die aus der unmittelbaren Herrschaft Gottes über die Welt resultieren und in denen Herodot noch gewaltige Wegmarken der Geschichte gesehen hatte, hätten ihm nur störende Elemente im universellen Reich der Gesetze bedeutet, deren unbegrenzte Herrschaft er als erster von allen großen Denkern der Antike vorbehaltlos anerkannte.

Da er gleichermaßen abseits der volkstümlichen Religion wie der tieferen Vorstellungen Herodots und der Tragikerschule stand, betrachtete er Gott nicht länger als ein Wesen, das auf flinken Beinen und mit verräterischem Antlitz durch Wald und Flur jagt, noch sah er in ihm den eifersüchtigen Richter, der sich unablässig in die Geschichte der Welt einmischt, um die Bösen zu strafen und die Stolzen zu Fall zu bringen. Für ihn war Gott die Verkörperung des reinen Geistes, ein Wesen, das mit nichts weiter beschäftigt war, als seine eigene Vollkommenheit zu betrachten, und das die Philosophen wohl nachahmen, aber kein Gebet rühren konnte, denn was sollten der erhabenen Gleichgültigkeit seiner leidenschaftslosen Weisheit schon die Menschensöhne, ihre Sehnsüchte und ihre Sünden bedeuten? Was die zweite Schwierigkeit im Zusammenhang mit der Aufstellung einer Geschichtsphilosophie angeht, so tritt der Konflikt zwischen einem freien Willen und allgemeinen Gesetzen im griechischen Denken zuerst in der üblichen theologischen Form auf, in der alle großen Ideen bei ihrer Geburt zunächst eingewickelt werden.

Aus Legenden wie denen von Ödipus und Adrastus, in denen das Ringen des einzelnen Menschen gegen die Übermacht der Umstände und der Notwendigkeit beispielhaft gezeigt wird, zogen die frühen Griechen die gleichen Schlüsse, die wir heute, wenn auch in weniger künstlerischer Form, aus dem Studium von Statistiken und den Gesetzen der Physiologie ziehen.

Natürlich gibt es bei Aristoteles keine Spur übernatürlicher Einflüsse. Die Furien, die ihr Opfer erst zur

Sünde verleiten und dann seiner Bestrafung zuführen, sind nicht mehr »natternumrankte Göttinnen mit Flammenaugen und Flammenmund«, sondern die bösen Gedanken, die in einer unreinen Seele hausen. In diesem wie in allen anderen Punkten spürt man bei Aristoteles erstmals die reine Luft des wissenschaftlichen, modernen Denkens.

Doch während er den reinen Determinismus in seiner rohen Form als eine *reductio ad absurdum* des Lebens verwarf, war er sich voll und ganz der Tatsache bewußt, daß der Wille keine geheimnisvolle und letzte Krafteinheit darstellt, über die wir nicht hinausgelangen und deren besondere Eigenschaft ihre Unbeständigkeit ist, sondern eine gewisse schöpferische Geisteshaltung, die, von Geburt an, fortwährend durch Gewohnheiten, Erziehung und äußere Umstände beeinflußt wird; die, in einem Wort, so völlig wandelbar ist, daß der gute wie der schlechte Mensch gleichermaßen die Kraft des freien Willens zu verlieren scheinen; denn ersterer ist moralisch unfähig zur Sünde, letzterer physisch untauglich zur Besserung.

Der Einfluß, den Klima und Temperatur auf die Ausbildung des moralischen Wesens ausüben (eine Vorstellung, die in der heutigen Zeit vielleicht schon zu weit getrieben wird, indem man die »Rassentheorie« als hinreichende Erklärung der Hindus begreift oder in der Länge und Breite eines Landes den verläßlichsten Hinweis auf seine Moral sieht*), entging Aristoteles

---

* Cousin irrt in diesem Punkt beträchtlich. Seine Behauptung, »Gebt mir die Breite und Länge eines Landes, seiner Flüsse und seiner Berge, und ich werde daraus die Rasse ableiten«, ist fraglos eine grandiose Übertreibung.

völlig. Ich will hier nicht auf Randbeobachtungen wie die Neigung eines pferdezüchtenden Volkes zur Oligarchie oder den demokratischen Einfluß der Nähe zum Meer eingehen (auch wenn sie für die Betrachtung der griechischen Geschichte durchaus bedeutsam sind), sondern lieber auf die allgemeineren Vorstellungen im siebten Buch der *Politik* hinweisen, wo er die glückliche Verbindung von intellektuellen Errungenschaften mit dem Geist des Fortschritts bei den Griechen auf das gemäßigte Klima zurückführt und weiter ausführt, wie die Eiseskälte des Nordens die geistigen Fähigkeiten seiner Bewohner abstumpft und sie unfähig zu gesellschaftlicher Organisation und der Errichtung eines größeren Herrschaftsgebiets macht, während die auszehrende Hitze der östlichen Länder für den Mangel an Geist und Tapferkeit verantwortlich ist, der damals wie heute die Bevölkerung jenes Teils des Globus kennzeichnet.

Thukydides hat auf den ursächlichen Zusammenhang zwischen politischen Revolutionen und der Fruchtbarkeit des Bodens hingewiesen, doch Aristoteles geht noch einen Schritt weiter, indem er den Einfluß unterschiedlicher klimatischer Extreme auf den Charakter der Menschen deutlich macht – in beiden Fällen das erste Auftreten einer höchst wertvollen Form der historischen Kritik.

Größere Zeitsprünge sind für die Entwicklung der Dialektik, genau wie für Gott, ohne jede Bedeutung. Wenden wir uns also von Platon und Aristoteles unmittelbar Polybios zu.

Der Fortschritt des Denkens vom Philosophen der Akademie zum arkadischen Geschichtsschreiber läßt sich am besten durch einen Vergleich der unterschiedlichen Methoden zeigen, durch die jeder der drei Schriftsteller, die ich als vollendeten Ausdruck des Rationalismus ihrer Zeit ausgewählt habe, zu ihrem idealen Staat gelangten: Denn ihre Vorstellung vom idealen Staat kann in gewisser Weise als Verkörperung des höchsten geistigen Prinzips verstanden werden, das sie in der Geschichte erkennen konnten.

Platon erschuf seinen Idealstaat mit Hilfe apriorischer Grundsätze; Aristoteles bildete seinen durch eine Untersuchung der bestehenden Verfassungen; Polybios sah seinen in der tatsächlichen Welt bereits verwirklicht. Aristoteles kritisierte die deduktiven Gedankenspiele Platons, indem er induktiv Gegenbeispiele anführte, wohingegen Polybios die »Wolkenstadt« aus Platons *Staat* nicht einmal einer näheren Untersuchung für wert befand. Er vergleicht sie mit einem Läufer, der nie einen Fuß auf den »Verfassungshügel« gesetzt hat, mit einer Statue von so leuchtender Schönheit, daß sie allen gewöhnlichen menschlichen Bedingungen und folglich auch den Maßstäben der Kritik gänzlich entzogen ist.

Der römische Staat hat in seinen Augen durch die wechselseitige Einwirkung dreier widerstreitender Kräfte* jenes stabile politische Gleichgewicht erreicht, das sämtlichen Theoretikern der Antike als Ideal vorschwebte. In Zusammenhang mit diesem Punkt wollen wir der Frage nachgehen, inwieweit der so oft erhobene Vorwurf berechtigt ist, die Alten hätten nichts von der Idee des Fortschritts gewußt, da uns die Bedeutung vieler ihrer Anschauungen verschlossen bleibt, wenn wir

* Gemeint sind das monarchische, aristokratische und demokratische Element der römischen Verfassung.

nicht erstens zu verstehen suchen, was ihr Ziel war, und zweitens, warum es so war.

Wie alle groben Verallgemeinerungen ist diese Aussage zumindest ungenau. Der Gebetsspruch in der idealen Stadt Platons – *ἐξ ἀγαθῶν ἀμείνους, καὶ ἐξ ὠφελιμωτέρους ἀεὶ τοὺς ἐκγόνους γίγνεσθαι* – hätte auch als Leitspruch über dem Portal des zuletzt von den Schülern von Fourier und Saint Simon der Menschheit errichteten Tempels stehen können, wenngleich wir einräumen müssen, daß das griechische Ideal in Ordnung und Stabilität und nicht in unendlichem Fortschritt bestand. Denn abgesehen von den künstlerischen Vorbehalten, welche die Griechen zur Ablehnung der Idee einer unbegrenzten Verbesserung geführt hätten, müssen wir auch bedenken, daß die moderne Vorstellung des Fortschritts teilweise auf der neuen Begeisterung und Anbetung der Menschheit, teilweise auch auf den glänzenden Hoffnungen eines materiellen zivilisatorischen Fortschritts beruht, den die angewandte Wissenschaft uns in Aussicht gestellt hat, zwei Einflüssen, von denen das antike griechische Denken seltsam unberührt geblieben zu sein scheint. Denn die Griechen verzerrten das vollkommene Wesen der großen Männer, die sie verehrten, indem sie ihnen göttliche und übernatürliche Kräfte zuschrieben; während ihre Wissenschaft einen vornehmlich spekulativen und fast schon mystischen Charakter besaß, da sie auf Kultur statt auf Nützlichkeit angelegt war, weit mehr nach einer höheren Vergeistigung und einer innigeren Achtung des Gesetzes strebte als nach einer Verbesserung der Mobilität und der billigen Produktion von Alltagsgütern, die uns die moderne Wissenschaft unermüdlich anpreist. Zuletzt und vor allem dürfen wir nicht vergessen, daß »die große Plage aller griechischen Staaten«, wie einer ihrer Schriftsteller es nannte, die furchtbare Unsicherheit von Leben und Eigentum war, die aus den politischen Machtkämpfen und Umwälzungen resultierte, denen die Griechen zu allen Zeiten ausgesetzt waren und die einen Geist des Fanatismus heraufbeschworen, wie ihn die Religion im Mittelalter in Europa entstehen ließ.

Mit Hilfe dieser Überlegungen können wir erstens verstehen, warum die griechischen Staatstheoretiker einerseits radikale und skrupellose Reformer waren, anderseits aber, sobald sie ihr Ziel verwirklicht sahen, stärker als jeder moderne Konservative gegen jede noch so kleine Veränderung protestierten. Selbst anerkannte Verbesserungen etwa auf dem Gebiet der Kinderspiele oder der Musik betrachteten sie mit den ärgsten Befürchtungen als Vorboten des *drapeau rouge* von Reformen. Und sie erklären uns auch, warum Polybios sein Staatsideal in der römischen Nation und Aristoteles, genau wie Mr. Bright, es im Mittelstand verwirklicht sahen. Polybios allerdings begnügt sich nicht mit der bloßen Benennung seiner idealen Staatsform, sondern er widmet sich auch ausführlich der Frage nach den allgemeinen Gesetzen, deren Betrachtung den Kern der Geschichtsphilosophie ausmacht.

Er beginnt mit der Bestätigung des allgemeinen Grundsatzes, daß alle Dinge dem Verfall unterliegen (worauf ich bei Platon schon hingewiesen habe) und daß »wie Metall von Rost befallen wird und der Wald die Tiere hervorbringt, die ihn zerstören, jeder Staat den Keim seines eigenen Zerfalls in sich trägt«. Aber er beläßt es nicht dabei, sondern fragt weiter nach den unmittelbaren Ursachen von Revolutionen, die seiner

Meinung nach zweifacher Art sein können, nämlich äußere oder innere. Erstere sind, da sie vom gleichzeitigen Eintreten anderer, der wissenschaftlichen Forschung entzogener Ereignisse abhängen, grundsätzlich unvorhersehbar; letztere aber, auch wenn sie in zahllosen Formen auftreten, beruhen stets auf der Übermacht eines einzelnen Elements zum Schaden aller anderen, während das allen Formen politischer Veränderungen zugrunde liegende Vernunftgesetz besagt, daß Stabilität einzig aus einem statischen Gleichgewicht sich gegenseitig ausbalancierender Kräfte resultieren kann und eine Verfassung um so sicherer ist, je einfacher sie aufgebaut ist. Platon hatte bereits darauf hingewiesen, daß die übermäßige Freiheit einer Demokratie unweigerlich im Despotismus endet, aber Polybios untersucht das Gesetz und erläutert dessen wissenschaftliche Grundlagen.

Die Lehre von der Instabilität reiner Verfassungen markiert einen wichtigen Einschnitt in der Geschichtsphilosophie. Ihre spezielle Anwendbarkeit auf die Politik unserer Tage hat sich im Aufstieg des großen Napoleon gezeigt, nachdem der französische Staat die Unterteilungen von Kaste und Vorurteil, von Landadel und Großfinanz abgeschafft hatte, Einrichtungen, in denen das gemeine Volk lediglich Hindernisse auf dem Weg zur Freiheit sieht, die aber tatsächlich der einzige Schutz vor dem regelmäßig aufziehenden Hundsstern der Politik sind, dem *τύραννος ἐκ προστατικῆς ῥίζης*.

Es gibt einen Grundsatz, den Tocqueville nie müde wird zu erläutern und den Mr. Herbert Spencer unter dem für alle organischen Wesen geltenden allgemeinen Gesetz zusammengefaßt hat, das wir die Instabilität des Gleichartigen nennen. Die verschiedenen Erscheinungsweisen dieses Gesetzes im Hinblick auf die normale, ordnungsgemäße Bewegung und Entwicklung der verschiedenen Herrschaftsformen* werden klar und deutlich von Polybios erläutert, der ganz im Geiste Thukydides' von seiner Theorie behauptet, sie sei ein *κτῆμα ἐς ἀεὶ*, nicht bloß ein *ἀγώνισμα ἐς τὸ παραχρῆμα*, und daß ihre Kenntnis den unparteiischen Betrachter jederzeit in die Lage versetze, den genauen Punkt in der verfassungsmäßigen Entwicklung eines Staates zu bestimmen und den weiteren Verlauf vorherzusagen, auch wenn der exakte Zeitpunkt der Veränderungen vielleicht im Ungewissen bleibt.

In unserer notwendigerweise unvollständigen Darstellung der Gesetze politischer Umwälzungen, wie wir sie bei Polybios finden, ist vielleicht genug zur Verdeutlichung seiner Stellung innerhalb der rationalen Entwicklung der »Idee« gesagt worden, die ich die Philosophie der Geschichte genannt habe, weil sie die Geschichte zusammendenkt. Zunächst noch dunkel durch das Glas der Religion in den Schriften Herodots wahrgenommen, mehr metaphysisch als wissenschaftlich bei Thukydides, strebte Platon danach, sie durch den Adlerflug der Spekulation zu erfassen, sie mit dem hitzigen Ausgreifen einer Seele zu erreichen, die zu ungeduldig war für die bedächtigen und verläßlichen induktiven Methoden, deren große Klarheit gegenüber jeder verschwommenen Theorie Aristoteles in der scharfsichtigen Kritik seines großen Lehrers nachwies, wenn denn der Prüfstein der Klarheit die Wahrheit ist.

Wo aber steht Polybios in dieser Entwicklung? Gibt es für ihn noch eine neue Methode zu entdecken? Poly-

* Polybios, VI, 9.

bios gehörte zu den Menschen, die zu spät geboren sind, um noch originell zu sein. Thukydides gebührt die Ehre, als erster in der Geschichte des griechischen Denkens die Vormachtstellung von Gesetz und Ordnung über die wechselhaften Stürme des Lebens erkannt zu haben, und auch Platon und Aristoteles stehen jeweils für eine große neue Idee. Polybios fällt das Amt zu – und seine Schriften zeigen, wie ehrenvoll er dieses Amt zu bekleiden wußte –, die im Werk seiner Vorgänger enthaltenen Ideen genauer auszuführen, den Nachweis zu erbringen, daß sie ein weiteres Anwendungsfeld und eine tiefere Bedeutung besitzen als zunächst angenommen, die von ihnen aufgestellten Gesetze mit größerer Sorgfalt zu untersuchen und schließlich weit schärfer als seine Vorgänger das Wirkungsfeld der Wissenschaft und die durch sie bereitgestellten Mittel herauszustellen, die zur Erforschung der Gegenwart und zur Vorhersage des Zukünftigen geeignet waren. Seine Aufgabe war also das aufzusammeln, was sie liegengelassen hatten, um ihren Grundsätzen durch eine erweiterte Anwendung neues Leben zu geben.

Mit Polybios endet der große Diapason des griechischen Denkens. Wenn die Geschichtsphilosophie das nächste Mal in Erscheinung tritt, etwa in Plutarchs Schrift »Warum Gottes Zorn ausgesetzt bleibt«, ist das Pendel des Denkens zurück an seinen Ausgangspunkt geschwungen. Der kultivierte Stil Ciceros brachte den Römern seine Theorie näher, die sie als philosophischen Lobgesang auf ihren Staat willkommen hießen. Ihre letzte Erwähnung in der lateinischen Literatur findet sich bei Tacitus, der von der vermeintlichen Stabilität einer auf ihren Elementen beruhenden Verfassung sagt, sie sei einfacher zu empfehlen, als aufzubauen und zudem nie von langer Dauer. Dennoch hatte Polybios einen genauen Blick für die Zukunft bewiesen und den Aufstieg des Reichs aus dem Machtgerangel der Ochlokratie prophezeit, fünfzig und mehr Jahre vor der Freude im Haus der Julier über die Geburt jenes Knaben, der als Liebling des Volkes an die Macht kam und in der Purpurrobe des Kaisers starb.

Der bedeutendste Aspekt der historischen Kritik ist die Art und Weise, in der die Alten zur Philosophie der Geschichte gelangten. Der Grundsatz der Vererbung läßt sich in der Literatur genauso nachweisen wie im Bereich des organischen Lebens: Aristoteles, Platon und Polybios sind die direkten Vorfahren von Fichte und Hegel, Vico und Cousin, Montesquieu und Tocqueville.

Da ich nicht sämtliche Historiker aufzählen, sondern nur jene großen Denker hervorheben möchte, deren Methoden den Geist der historischen Kritik vorangebracht haben, übergehe ich alle Chronisten und Geschichtsschreiber zwischen Thukydides und Polybios. Dennoch fällt möglicherweise ein neues Licht auf den wahren Charakter dieses Geistes und seine enge Verbindung mit allen anderen Formen des fortschrittlichen Denkens, wenn man einen kurzen Blick auf den Charakter und die Verbreitung der zahllosen Einflüsse wirft, die sich schädlich auf die wissenschaftliche Erforschung der Geschichte ausgewirkt und zu einer so breiten Kluft zwischen den beiden Geschichtsschreibern geführt haben.

Die größte Bedeutung in dieser Frage kommt dem wachsenden Einfluß der Rhetorik und der isokratischen Schule zu, welche die Geschichte als Bühne zur Entfaltung von Pathos und Paradoxa betrachtet zu ha-

ben scheint, nicht aber als wissenschaftliche Erforschung von Gesetzen.

Das neue Zeitalter ist das Zeitalter des Stils. Der gleiche Geist eines übersteigerten Formbewußtseins, der Euripides, genau wie Swinburne, oft zur Bevorzugung der Musik gegenüber der Bedeutung, der Melodie gegenüber der Moral führte, der den späten griechischen Statuen jene gezierte Weichlichkeit, jene übertrieben grazile Haltung verlieh, machte sich auch auf dem Gebiet der Geschichte bemerkbar. Die für die Geschichtsschreibung aufgestellten Regeln verweisen auf den ästhetischen Wert der Abschweifung, die Zulässigkeit von mehr als einer Metapher im Satz und dergleichen mehr; und als Maßstab der Historiker gilt nicht die Fähigkeit einer überzeugenden Beweisführung, sondern die Eleganz ihres Griechisch.

Auch der große Einfluß Alexanders des Großen auf die Literatur darf nicht unterschätzt werden; während seine Reisen einerseits zu einer genaueren Erforschung der Geographie führten, so scheint der strahlende Glanz seiner Triumphe andererseits die Geschichte zurück in den Bereich der Phantasieerzählung geworfen zu haben. Der Auftritt aller großen Männer in der Welt zieht unweigerlich das Aufkommen des mythenschaffenden Geistes und die Suche nach dem Wunderbaren nach sich, die so verhängnisvoll für die echte historische Kritik sind. Ein Alexander, ein Napoleon, ein Franz von Assisi und ein Mohammed gelten gemeinhin genauso der Einschränkungen der Naturgesetze enthoben, wie man dies bis vor kurzem von den Kometen glaubte. Die Gründung der Stadt Alexandria, in der westliches und östliches Denken mit so eigentümlichen Folgen für beide aufeinandertrafen, lenkte das kritische

Potential des griechischen Geistes auf Fragen der Grammatik, der Philologie und anderer Dinge mehr, doch erwies sich die enge, künstliche Atmosphäre der Universitätsstadt (wie wir wohl sagen können) als verhängnisvoll für die Entwicklung des unabhängigen, freien Forschergeistes, dem wir die Entdeckung neuer Untersuchungsmethoden wie etwa die der historischen Kritik verdanken.

Die Alexandriner verbanden eine große Liebe zum Lernen mit der Unkenntnis der wahren Forschungsgrundsätze, eine Begeisterung für das Anhäufen von Materialien mit der wunderbaren Unfähigkeit, sie zu nutzen. Nicht im heißen Sand Ägyptens oder bei den Sophisten von Athen, sondern geradewegs im Herzen Griechenlands wächst jener geniale Geist heran, dessen Einfluß auf die Entwicklung der Geschichtsphilosophie ich soeben herausgestellt habe. Geboren in der heiteren und reinen Luft des klaren arkadischen Hochlands, läßt sich von Polybios sagen, der Charakter seiner Geburtslandschaft spiegle sich in seinen Schriften wieder. Denn von allen Geschichtsforschern – und zwar nicht nur der Antike, sondern aller Zeiten – ist keiner so rationalistisch wie er, keiner so frei vom Glauben an die »Gesichte und Omen, die ungeheuerlichen Legenden, den gemeinen Aberglauben und die weibische Anbetung des Übernatürlichen« (*δεισιδαιμονίας ἀγεννοῦς καὶ τερατείας γυναικώδους**), Eigenschaften, die er selbst bei einigen seiner Vorgänger am Werk sieht. Nicht weniger glücklich als das Land seiner Geburt war die Zeit, in die er hineingeboren wurde. Indem er die geistige Vorherrschaft des griechischen Intellekts repräsentierte und

* Polybios, XII, 24.

gleichzeitig mit den mächtigsten Eroberern seiner Zeit in ritterlicher Freundschaft verbunden war, schien er vom Schicksal dazu auserkoren, wie von ihm gesagt wird, »weit klarer als die Römer selbst die historische Stellung Roms zu begreifen« und genauer als jeder andere Mensch die zwei großen Ergebnisse der antiken Zivilisation zu erkennen, das geographische Weltreich der Stadt auf den sieben Hügeln und die geistige Vorherrschaft Griechenlands.

Vor seiner Zeit, sagt er*, waren die Ereignisse der Welt einzeln und unverbunden, und jedes Land hatte seine eigene Geschichte. Mit der Ausdehnung des römischen Reichs sei nun erstmals die Möglichkeit einer universellen Geschichte gegeben. Und genau dies ist das erhabene Motiv seines Werks: den schrittweisen Aufstieg der italienischen Stadt von dem Tag an zu verfolgen, da die erste Legion die Meerenge von Messina durchquerte und an den fruchtbaren Gestaden Siziliens an Land ging, bis zu der Zeit, da Korinth im Osten und Karthago im Westen von der unaufhaltsamen Woge des Reichs hinweggespült und die römischen Adler auf den Schwingen eines überwältigenden Siegeszugs von Kalpe und den Säulen des Herkules bis nach Syrien und zum Nil gelangten. Gleichzeitig erkannte er, daß der Plan des römischen Weltreichs unter Gottes persönlichem Schutz stand. Denn, wie es bei einem Schriftsteller des Mittelalters zutreffend heißt, die *τύχη* des Polybios entspricht der Macht, die wir Christen Gott nennen; das zweite Ziel, wenn man so will, seiner Geschichte ist der Nachweis der rationalen und menschlichen und natürlichen Ursachen, die zu diesem Ergeb-

* Polybios, besonders I, 4, VIII, 4 sowie passim.

nis geführt haben, oder anders gesagt, die Unterscheidung zwischen Gottes vermittelter und unmittelbarer Herrschaft über die Welt.

Ein direktes Eingreifen Gottes in die natürliche Entwicklung der Menschheit lehnt er strikt ab, und noch entschiedener die Vorstellung des Zufalls als eines bestimmenden Faktors der Lebenserscheinungen. Zufall und Wunder, sagt er, sind lediglich der Ausdruck unserer Unkenntnis der rationalen Ursachen. Der Geist des Rationalismus, den wir bei Herodot als verschwommene, unbestimmte Haltung wahrnehmen und der bei Thukydides als feste Geisteshaltung erscheint, die allerdings nirgends hinterfragt oder erklärt wird, wird bei Polybios als das große Instrument der historischen Forschung untersucht und begründet.

Herodot glaubte zwar grundsätzlich an das Übernatürliche, besaß aber durchaus auch Momente von Skepsis. Thukydides sah über das Übernatürliche einfach hinweg. Er diskutierte es nicht, aber er sorgte für sein Verschwinden, indem er die Geschichte ohne sein Einwirken erklärte. Polybios widmet sich der Frage mit großer Gründlichkeit und erklärt deren Ursprung ebenso wie die Art, wie mit ihr zu verfahren ist. Herodot hätte Scipios Traum geglaubt. Thukydides hätte ihn einfach übergangen. Polybios erklärt ihn. Er bildet den Höhepunkt des rationalen Fortschritts der Dialektik. »Nichts«, sagt er, »verrät den törichten Geist so sehr wie der Versuch, eine Erscheinung mit Hilfe von Zufall und übernatürlichem Einwirken zu erklären. Die Geschichte ist die Suche nach rationalen Ursachen, und es gibt nichts in der Welt – einschließlich der Erscheinungen, die uns am weitesten dem Gesetz entzogen und undurchschaubar vorkommen –, das nicht die logische und unausweichliche Folge gewisser rationaler Voraussetzungen ist.«

Einige Dinge können selbstverständlich a priori ohne weitere Untersuchung ausgeschlossen werden: »Was bestimmte Wunder angeht«, sagt er*, »daß etwa auf eine gewisse Statue der Artemis, obwohl sie im Freien steht, nie Regen oder Schnee fällt, oder daß diejenigen, die Gottes Schrein in Arkadien betreten, ihren natürlichen Schatten verlieren, möchte ich mich jeder weiteren Bemerkung enthalten. Denn solche Dinge sind nicht nur gänzlich unwahrscheinlich, sondern absolut unmöglich.

Vernünftig über etwas erkanntermaßen Widersinniges zu diskutieren, erscheint mir genauso fruchtlos wie der Versuch, Wasser mit einem Sieb zu schöpfen; die letztlich entscheidende Frage ist, ob man die Möglichkeit des Übernatürlichen zulassen will oder nicht.«

Polybios spürte sehr deutlich, daß wer die Möglichkeit von Wundern zuläßt, die Möglichkeit von Geschichte aufhebt: Wie wissenschaftliche und chemische Experimente entweder unmöglich oder aber nutzlos würden, ließe man das Einwirken einer unbekannten Kraft zu jeder Zeit gelten, so würden auch die Gesetze und Prinzipien, die die Geschichte lenken, die Ursachen der Erscheinungen, die Entwicklung des Fortschritts, mit einem Wort, die gesamte Wissenschaft von der Beschäftigung des Menschen mit seiner Rasse und mit der Natur für denjenigen ein Buch mit sieben Siegeln bleiben, der die Möglichkeit einer übernatürlichen Einmischung einräumt.

Wundergeschichten müssen also auf der Grundlage

---

* Polybios, XVI,12.

apriorischer Vernunftgründe verworfen werden, aber bei allen Ereignissen, deren Eintreten verbürgt ist, wird der wissenschaftliche Historiker nicht eher ruhen, bis er deren natürliche Ursachen erschlossen hat, die etwa im Fall des wunderbaren Aufstiegs des römischen Imperiums – dem Großartigsten, wie Polybios sagt, das Gott erschaffen hat* – in der Vortrefflichkeit seiner Verfassung (*τῇ ἰδιότητι τῆς πολιτείας*), der Weisheit seiner Berater, seiner großartigen militärischen Einrichtungen und seinem Aberglauben (*τῇ δεισιδαιμονίᾳ*) zu finden sind. Denn während Polybios die Offenbarungsreligion fraglos als objektive Verwirklichung der Wahrheit betrachtete**, legte er andererseits großen Wert auf ihren subjektiven moralischen Einfluß und ist an einer Stelle sogar beinahe bereit, die behutsame Einführung des Übernatürlichen in die Geschichte zu rechtfertigen, unter Hinweis auf die überaus vorteilhafte Wirkung, die damit bei gottesfürchtigen Menschen zu erzielen wäre.

Aber vielleicht gibt es in der ganzen antiken und modernen Geschichte keine zweite Stelle, die so sehr den mannhaften und herrlichen Geist des Rationalismus atmet wie der im Vatikan verwahrte Text – was für ein seltsamer Aufbewahrungsort! –, in dem er den fürchterlichen Verfall des Volkes behandelt, der zu seiner Zeit über sein Geburtsland hereingebrochen war und von der Mehrheit der strenggläubigen Öffentlichkeit als besondere Strafe Gottes betrachtet wurde, der die Frauen

---

* Polybios, VIII, 4.

** Polybios ähnelt in vielerlei Hinsicht Gibbon. Wie er glaubte er, daß alle Religionen dem Philosophen gleichermaßen falsch, dem gemeinen Menschen gleichermaßen wahr und dem Staatsmann gleichermaßen nützlich erscheinen.

als Vergeltung für die Sünden der Menschen mit Unfruchtbarkeit strafte. Für das Land war dies ein in seiner Geschichte beispielloses Verhängnis, das keiner der an politischen und wirtschaftlichen Fragen interessierten Schriftsteller vorausgesehen hatte, die umgekehrt stets vor der Gefahr gewarnt hatten, die Zunahme der Bevölkerung könne die Mittel zu ihrer Versorgung überschreiten und allein durch ihre Größe unregierbar machen. Polybios hingegen weist in dieser Frage Priester wie Wunderheiler gleichermaßen ab. Er will sich nicht einmal an das »heilige Herz Griechenlands«, den Schrein des Apollo in Delphi wenden, dessen Eingebungskraft selbst Thukydides anerkannte und vor dessen Weisheit sich Sokrates neigte. Wie töricht, sagt er, waren die Männer, die in dieser Frage zu Gott beteten. Wir müssen nach den rationalen Ursachen suchen, die genauso klar zu erkennen sind wie die Methoden zu ihrer Bekämpfung. Und dann zeigt er auf, wie am Anfang dieser Entwicklung eine weitverbreitete Abneigung gegen die Ehe und gegen die mit der Erziehung einer großen Familie verbundenen Kosten stand, die wiederum aus der Gleichgültigkeit und der Habsucht der Menschen seiner Zeit herrührten, und er erklärt auf rein rationalem Wege die vermeintlich übernatürliche Strafe.

Auch wenn wir nicht vergessen dürfen, daß er Wunder a priori als Verstoß gegen unverletzliche Gesetze ablehnt – eine Diskussion solcher Fragen erübrigt sich selbstredend für einen rationalen Denker –, so beruht seine Ablehnung eines übernatürlichen Eingreifens doch ausschließlich auf der wissenschaftlich begründeten Notwendigkeit, nach natürlichen Ursachen zu forschen. Im übrigen ist es nur folgerichtig, daß er sich zur

Begründung seiner Position auf diese Grundsätze beruft. Denn wo es entweder schwierig oder unmöglich ist, Erscheinungen eine rationale Ursache zuzuschreiben oder ihre Gesetze zu erkennen, beugt er sich widerstrebend der Alternative und läßt mögliche übernatürliche Einwirkungen zu, zu der ihn seine Methode einer streng wissenschaftlichen Vorgehensweise zwingt, etwa wenn er die Bitten um Regen anerkennt, allerdings nur deshalb, weil die meteorologischen Gesetze zur damaligen Zeit noch unbekannt waren. Natürlich wäre er der erste gewesen, der unsere modernen Entdeckungen auf diesem Gebiet begrüßt hätte. Die betreffende Textstelle ist in jeder Hinsicht eine der interessantesten seines Werkes, nicht etwa, weil sie irgendeine Bereitschaft zur Anerkennung des Übernatürlichen erkennen läßt, sondern weil sie uns die logische und rationale Strenge seiner Argumentationsweise ebenso zeigt wie die Objektivität und Klarheit seines Verstandes.

Nachdem wir Polybios' Einstellung zum Übernatürlichen und die allgemeinen Grundsätze seines Forschens untersucht haben, werde ich nun die Methode vorstellen, derer er sich bei der wissenschaftlichen Erforschung der vielfältigen Lebenserscheinungen bediente. Denn wie ich an anderer Stelle dieses Aufsatzes bereits gesagt habe, liegt das wirklich Bedeutende aller großen Schriftsteller weniger in den von ihnen erzielten Ergebnissen als in den von ihnen benutzten Methoden. Der reine Wissenszuwachs kann in der Geschichte nicht anders als in den Naturwissenschaften zu neuen Schlußfolgerungen führen, und die Kriterien der Glaubwürdigkeit geschichtlicher Überlegungen beruhen weit mehr auf jener subjektiven Geisteshaltung, die wir den historischen Sinn nennen, als auf objektiv festgelegten Regeln. Eine wissenschaftliche Methode aber ist für alle Zeiten ein Gewinn, und der wahre, wenn nicht gar der einzige Fortschritt der historischen Kritik besteht in der Verbesserung ihrer Forschungswerkzeuge.

Seine Vorstellung von Geschichte, wie ich bereits aufgezeigt habe, bestand für ihn im wesentlichen in der Suche nach den Ursachen, im Lösen eines Problems statt im Malen eines Bildes, in der wissenschaftlichen Erforschung von Gesetzen und Tendenzen statt in phantastischen Erzählungen von überraschenden Vorfällen und wundersamen Abenteuern. Thukydides hatte in der Einleitung seines großen Werks als erster eine wissenschaftliche Vorstellung der Geschichte anklingen lassen. »Das Fehlen des erzählerischen Elements«, sagt er, »wird, wie ich fürchte, den Wert meiner Darstellung schmälern, doch habe ich mein Werk nicht zum vorübergehenden Nutzen, sondern als Besitz für die Ewigkeit aufgeschrieben.«* Polybios folgt ihm darin mit fast den gleichen Worten. Wenn, wie er sagt, wir aus der Geschichte die Untersuchung von Ursachen, Methoden und Beweggründen verbannen (*τὸ διὰ τί, καὶ πῶς, καὶ τίνος χάριν*) und uns der Frage verschließen, inwieweit ein Ereignis lediglich die rationale Folge davon ist, bleibt uns nur noch ein *ἀγώνισμα* statt eines *μάθημα*, eine rednerische Übung, die im Augenblick erfreuen mag, die aber ohne jeden wissenschaftlichen Wert für die Erklärung der Zukunft ist. An anderer Stelle sagt er, »wenn man die Geschichte der Darlegung ihrer Ursachen und Gesetze beraubt, wird sie zu einem nutzlosen Ding, auch wenn sie den Einfältigen blenden mag«.

---

* Vgl. Polybios, XII, 25.

Und genau dieser Punkt wird durch sein gesamtes Geschichtswerk hindurch immer wieder geltend gemacht und auf jede nur denkbare Weise bestätigt.

Soviel zu seiner Vorstellung von Geschichte. Kommen wir nun zu den Grundlagen. Was den Charakter der Erscheinungen angeht, die für eine wissenschaftliche Untersuchung auszuwählen sind, hatte Aristoteles die allgemeine Regel aufgestellt, die Natur solle in ihren alltäglichen Formen studiert werden. Polybios, getreu seinem Grundsatz, die in den Werken anderer implizit enthaltenen Regeln explizit anzuwenden, folgt dem aristotelischen Lehrsatz und hebt ganz besonders die rationale und ungehinderte Entwicklung der römischen Verfassung als ideale Voraussetzung hervor, um daran die Gesetze ihres Werdens zu studieren. Politische Veränderungen finden ihren Grund in äußeren oder inneren Ursachen. Erstere sind lediglich die Ordnung störende Kräfte, die außerhalb der Sphäre wissenschaftlicher Betrachtung liegen. Allein die inneren Ursachen sind bedeutend für die Aufstellung der Grundsätze und die Erläuterung der Abfolge einer rationalen Entwicklung.

Man kann also sagen, er hat eine der bedeutendsten Wahrheiten der modernen Forschungsmethoden vorweggenommen: den Grundsatz nämlich, der besagt, wie das Studium der Physiologie dem Studium der Pathologie vorausgehen sollte, wie die Symptome der Krankheiten am besten im Vergleich mit dem gesunden Organismus zu entdecken sind, so werden auch alle großen gesellschaftlichen und politischen Wahrheiten in der Erforschung der Fälle gefunden, deren Entwicklung normal, rational und ungestört verlief.

Der kritische Grundsatz, daß sich, je mehr ein Volk

von außen beeinflußt wurde, die Gesetze seines Fortschritts desto schwieriger bestimmen und die einzelnen Kräfte seiner Zivilisation untersuchen lassen, wird heute von allen anerkannt, die sich einer wissenschaftlichen Geschichtsbetrachtung verpflichtet fühlen: Und wenn wir diesen Lehrsatz bei Aristoteles als allgemeine Regel angedeutet finden, so gebührt Polybios die Ehre, ihn als erster bewußt in der Geschichtsschreibung angewendet zu haben.

Wie ich bereits gezeigt habe, war die treibende Kraft für die Arbeit dieses großen wissenschaftlichen Historikers die Erforschung der Ursachen; und in Einklang mit seinem analytischen Geist widmet er sich mit großer Sorgfalt der Frage, was tatsächlich als Ursache zu bezeichnen ist und wo genau sie in den Vorbedingungen eines späteren Ereignisses zu finden ist. Um ein Beispiel zu geben: Was den Ursprung des Kriegs mit Perseus angeht, betrachteten viele die Verbannung des Abrupolis durch Perseus, dessen Feldzug gegen Delphi, die Verschwörung gegen Eumenes und die Ergreifung der böotischen Botschafter als dessen Ursachen; Polybios weist nun nach, daß die beiden ersten Ereignisse lediglich Vorwände, die beiden letzten bloß Anlässe für den Krieg waren. Tatsächlich nämlich hatte Perseus den Krieg von seinem Vater geerbt, der fest entschlossen war, es mit Rom auszufechten.*

Hier wie auch anderswo äußert er keineswegs einen grundsätzlich neuen Gedanken. Bereits Thukydides hatte auf den Unterschied zwischen wahren und vorgeschobenen Ursachen hingewiesen, und das Diktum des Aristoteles über Revolutionen, *οὐ περὶ μικρῶν ἀλλ᾿ ἐκ*

* Polybios, XXII, 22.

μικρῶν, zieht die Trennlinie zwischen Ursache und Anlaß mit der Brillanz eines Epigramms. Aber die ausdrückliche und rationale Erforschung des Unterschieds zwischen *αἰτία, ἀρχή* und *προφασις* blieb Polybios vorbehalten. Von keinem Grundsatz der historischen Kritik läßt sich ein größerer praktischer Wert behaupten als von dieser Unterscheidung, deren Mißachtung der Grund dafür ist, daß unsere Geschichtsbücher voller schändlicher Berichte über die Intrigen von Höflingen und Königen und über unbedeutende Machenschaften im Hintergrund sind – Einzelheiten, an denen zweifellos all jenen gelegen ist, die die Reformation auf das hübsche Gesicht Anne Boleyns, den Persischen Krieg auf den Einfluß eines Arztes oder die Gardinenpredigt Atossas und die Französische Revolution auf Madame de Maintenon zurückführen wollen, aber völlig wertlos für diejenigen sind, die an einer wissenschaftlichen Betrachtung der Geschichte interessiert sind.

Dennoch ist die Frage der Methode, auf die wir immer wieder zurückkommen müssen, damit noch nicht ganz abgehandelt. Sie läßt sich noch unter einem weiteren Aspekt betrachten, was im folgenden geschehen soll.

Eine der großen Schwierigkeiten, vor die sich der moderne Historiker gestellt sieht, ist die unermeßliche Fülle des sich vor ihm ausbreitenden Materials: D'Alemberts Vorschlag, am Ende eines jeden Jahrhunderts eine Auswahl an Daten zu treffen und den Rest zu verbrennen (was durchaus ernst gemeint war), können wir uns selbstverständlich nicht anschließen. Ein Problem verliert jeglichen Wert, wenn man es vereinfacht, und die Welt wäre erheblich ärmer, wenn die Sibylle der Geschichte ihre Bücher den Flammen übergäbe. Zudem hat schon Gibbon bemerkt, daß »ein Montesquieu noch aus dem unscheinbarsten Hinweis Zusammenhänge herauszulesen wüßte, die jedem gewöhnlichen Betrachter entgingen«.

Genausowenig kann der wissenschaftliche Geschichtsforscher, anders als der Chemiker, die einzelnen Elemente seiner Untersuchung von störenden und fremden Ursachen trennen (auch wenn er manchmal, etwa in Heilanstalten und Gefängnissen, Erscheinungen in einem gewissen Grad der Isolation betrachten kann). Deshalb ist er dazu gezwungen, sich entweder der deduktiven Methode zu bedienen und von allgemeinen Gesetzen aus zu argumentieren oder aber mit Hilfe der Methode der Abstraktion Einzelerscheinungen künstlich herauszulösen, die in der wirklichen Welt nie in dieser Weise vorkommen. Und von genau dieser Methode haben Polybios wie auch Thukydides Gebrauch gemacht. Man hat zu Recht darauf hingewiesen, daß sich das Werk dieser beiden Schriftsteller durch eine gewisse plastische Einheit von Darstellung und Absicht auszeichnet; jede ihrer Arbeiten ist geprägt von einer ganz und gar eigenen Qualität, der Beschränkung und Konzentration auf ein einziges Ziel, im Gegensatz etwa zum breiteren Interessensspektrum, das wir sowohl beim modernen Denken als auch bei Herodot finden. Thukydides, der die Gesellschaft ausschließlich durch politische Motive bestimmt sah, zog andere Beweggründe erst gar nicht in Betracht, so daß seine Ergebnisse, genau wie die der meisten modernen Nationalökonomen, erheblich modifiziert werden müssen*, bevor sie mit unserer Kenntnis des tatsächlichen

* Ich beziehe mich hier besonders auf sein vernichtendes Urteil über den völligen moralischen Niedergang der griechischen Gesellschaft während des Peloponnesischen Kriegs, der gemessen an dem, was

Sachverhalts übereinstimmen. In ähnlicher Weise will auch Polybios nur die Kräfte untersuchen, die dazu beigetragen haben, die zivilisierte Welt unter die Herrschaft Roms zu bringen (IX, 1), und im Geiste Thukydides' weist er auf die fehlenden moralischen und erzählenden Elemente in seinem Werk als eine Folge der abstrakten Methode (*τὸ μονοειδὲς τῆς συντάξεως*) hin, ist aber ebenso bemüht zu versichern, die Ablehnung aller anderen Kräfte sei durchaus gewollt und das Ergebnis einer theoretischen Entscheidung und keineswegs irgendeiner Nachlässigkeit zuzuschreiben.

Dies mag vielleicht nicht der geeignete Zeitpunkt sein, den allgemeinen Wert der abstrakten Methode und die Zuverlässigkeit ihrer Anwendung in der Geschichtsforschung näher zu erörtern. Dennoch ist der Hinweis erwähnenswert, daß Polybios sich der Tatsache, die gewöhnlich als der gewichtigste Einwand gegen die abstrakte Methode ins Feld geführt wird, nicht nur bewußt war, sondern sie auch ausführlich untersucht – und zwar meine ich die Vorstellung der Gesellschaft als eine Art menschlicher Organismus, dessen Teile untrennbar miteinander verbunden sind, so daß jede Beeinträchtigung eines Teils Auswirkungen auf alle anderen hat. Die Vorstellung einer organischen Natur der Gesellschaft findet sich zuerst bei Platon und Aristoteles, die sie auf Staaten anwenden. Polybios erweitert sie in gewohnter Manier zu einem allgemeinen Merkmal der Geschichte. Die Bedeutung dieser Vor-

---

uns sonst durch die athenische Literatur überliefert ist, weit übertrieben sein muß. Vielleicht sollten wir noch genauer sagen, er betrachtet die Menschen ausschließlich unter der Perspektive ihres politischen Handelns: und in der Politik ist jeder Mensch, so edel und kultiviert er auch sein mag, ohne Skrupel bereit, alles für seine Partei zu tun.

stellung kann kaum überschätzt werden, besonders für einen Mann wie Polybios, dessen Denken unablässig um die Einheit der Geschichte und die Unmöglichkeit einer isolierten Betrachtungsweise kreist.

Was weiterhin die besondere Methode zur Erforschung der Erscheinungen angeht, zu der ihn die Abstraktion führt, so erklärt er uns, er werde weder einem rein deduktiven noch einem rein induktiven Ansatz folgen, sondern einer Mischung aus beiden. Mit anderen Worten, er macht sich ausdrücklich die Untersuchungsmethode zu eigen, deren Bedeutung ich vorhin herausgestellt habe.

Und schließlich, auch wenn die Anwendung der abstrakten Methode zu einer beträchtlichen Vereinfachung des Untersuchungsmaterials führt, muß selbst innerhalb dieses begrenzten Bezirks noch eine Auswahl getroffen werden, und jede Auswahl bedarf einer Theorie. Denn die Fakten des Lebens lassen sich nicht so leicht tabellarisch einordnen wie die Farben von Vögeln oder Insekten. Polybios weist darauf hin, er werde sich insbesondere solchen Erscheinungen widmen, die als ein *παράδειγμα* oder Muster dienen können und den allgemeinen Charakter der Zeit genauso deutlich aufzeigen, wie »ein einziger Tropfen aus einem vollen Faß ausreicht, um dessen Inhalt zu bestimmen«. Die Erkenntnis der Bedeutung einzelner Fakten, nicht aus sich selbst heraus, sondern als Verkörperung eines allgemeinen Geistes, ist ausgesprochen wissenschaftlich; wir wissen, daß der Anatom aus einem einzigen Knochen oder gar Zahn das komplette Skelett des urzeitlichen Pferdes wiedererstehen lassen und der Botaniker aus einem einzigen Exemplar Auskunft über die Flora und Fauna eines ganzen Landstrichs geben kann.

Da die Wahrheit für ihn »das Göttlichste in der Natur« war, »das Auge und Licht der Geschichte, ohne die sie blind umherirren muß«, verwandte Polybios große Mühen auf den Erwerb historischer Materialien und auf das Studium der Politik und der Kriegskunst, das er als unverzichtbare Schulung für den wissenschaftlichen Historiker erachtete, und seine Anstrengungen zeigen sich nicht zuletzt auch an den vielen kritischen Einwänden, die er gegenüber anderen Autoritäten vorbringt.

In der Regel besitzt die antike Kritik stets einen leicht verächtlichen Zug. Die moderne Vorstellung vom Kritiker als einem Interpreten, der die Schönheit und Vortrefflichkeit eines Werks herausstellt, scheint weitgehend unbekannt zu sein. Nichts könnte beispielsweise spitzfindiger und unfairer sein als die Art, in der Aristoteles in seinen Schriften zur Ethik Platons idealen Staat kritisiert, und die Stellen, die Polybios von Timaios übernimmt, machen deutlich, daß der spätere Geschichtsschreiber seinen Spitznamen völlig zu Recht trug. Dennoch finden wir meiner Meinung nach bei Polybios wenig von der Bitterkeit und Verbissenheit vieler anderer Schriftsteller, und die Anekdote, die von seiner Freundschaft mit einem von ihm kritisierten Historiker erzählt, zeigt, daß er ein Mensch von großer Höflichkeit und erlesenem Geschmack war – wie es auch gar nicht anders denkbar ist bei jemandem, der sein ganzes Leben unter Menschen von großer und edler Abstammung verbracht hat.

Was die Maßstäbe betrifft, mit denen er die Werke anderer kritisiert, verläßt er sich in der Mehrzahl der Fälle einfach auf sein geographisches und militärisches Wissen. Seine persönliche Ortskenntnis ermöglicht es ihm beispielsweise, die Berichte von Nabis' Marsch von

Sparta zu widerlegen; oder auf die Widersprüche in den Darstellungen der Schlacht von Issos hinzuweisen; oder auf die in den Berichten über die Schlachten von Leuktra und Mantineia. Im letzteren Fall, sagt er, muß man sich nur die Mühe machen, den Ort der Schlacht auszumessen und ihn mit den beschriebenen Manövern zu vergleichen, um zu erkennen, wie unzuverlässig die Darstellung ist.

In anderen Fällen wiederum beruft er sich auf öffentliche Dokumente, deren Bedeutung er stets als erster erkannte; mit Hilfe eines Dokuments aus dem Stadtarchiv von Rhodos weist er beispielsweise nach, wie ungenau die Berichte der Schlacht von Lade durch Zeno und Antisthenes sind. Oder er beruft sich auf psychologische Wahrscheinlichkeit, indem er etwa die Philipp von Makedon nachgesagten Skandalgeschichten einfach auf Grund der allgemeinen charakterlichen Größe des Königs verwirft oder argumentiert, ein so wohlerzogener und aus so gutem Haus stammender Knabe wie Demochares (XII, 4) könne sich unmöglich der Dinge schuldig gemacht haben, die böse Gerüchte ihm unterstellten.

Seine schärfste Kritik allerdings gilt Timaios, der selbst so unnachgiebig über andere urteilte. Der allgemeine Vorwurf, den er gegen ihn erhebt und mit dem er seine Zuverlässigkeit als Historiker in Zweifel zieht, lautet, daß er seine geschichtlichen Kenntnisse nicht in einem gefahrvollen Leben voller Taten, sondern in der sicheren Beschaulichkeit einer Gelehrtenexistenz gewonnen habe. Tatsächlich ereifert er sich nirgends mehr als hier. »Ein Geschichtswerk«, sagt er, »das in einer Bibliothek geschrieben wurde, vermittelt ein ebenso lebloses und ungenaues Bild der Geschichte wie ein Gemälde, das nicht nach einem lebenden, sondern einem ausgestopften Tier entstand.«

Und an anderer Stelle sagt er, der Unterschied zwischen einer Geschichte, die ein Augenzeuge erzählt und jemand, der sie nur aus Büchern kennt, sei ungleich größer als der zwischen einer tatsächlichen Landschaft und einer Theaterkulisse. Darüber hinaus unterzieht er alle die Stellen einer mehr oder weniger detaillierten Kritik, an denen Timaios seiner Auffassung nach eine falsche Methode benutzt und die Wahrheit verdreht hat, Stellen, die durchaus eine nähere Betrachtung lohnen.

Timaios sieht in dem römischen Brauch, an einem bestimmten Tag ein Streitroß zu töten, einen Beleg für die trojanische Abstammung dieses Volkes. Polybios hält dagegen, ein solcher Schluß sei vollkommen unzulässig, da Pferdeopfer unter sämtlichen Urvölkern verbreitet seien. Timaios schließt, wie bei den griechischen Schriftstellern üblich, von einem Brauch der Gegenwart zurück auf die Vergangenheit. Polybios bedient sich einwandfrei der vergleichenden Methode, indem er zeigt, daß dieser Brauch eine ganz gewöhnliche Stufe in der Entwicklung aller frühen Völker darstellt.

An anderer Stelle* weist er nach, wie unlogisch Timaios' Skepsis hinsichtlich der Existenz des Stiers von Phalaris ist, indem er schlichtweg auf das Standbild des Stiers verweist, das zu seiner Zeit noch in Karthago zu sehen war; und er führt weiter aus, daß keine andere Theorie, außer daß Phalaris ihn aufgestellt habe, die Gegenwart einer so seltsamen Bronzeskulptur mit einer Luke zwischen den Schultern in Karthago erklären

* Polybios, XII, 25.

könne. Einer seiner Haupteinwände gegen den sizilianischen Historiker aber betrifft die Frage nach dem Ursprung der lokrischen Kolonie. Nach Aristoteles, der darin der Überlieferung folgte, waren die Begründer der lokrischen Kolonie *Parthenidae* oder Sklavennachkommen, wie sie auch genannt wurden, eine Behauptung, die offenbar den Zorn Timaios' weckte, der diese Theorie mit allen Mitteln zu widerlegen versuchte. Er führt dazu folgende Gründe an:

Zunächst weist er darauf hin, daß die Griechen zur damaligen Zeit noch gar keine Sklaven kannten und ihre Erwähnung ein Anachronismus ist; weiter erklärt er, man habe ihm in der griechischen Stadt Lokris eine Reihe antiker Inschriften gezeigt, in denen das Verhältnis zum italienischen Lokroi mit dem zwischen Eltern und Kindern verglichen wurde, ein Beleg, daß die Bewohner beider Städte die gleichen Bürgerrechte genossen. Außerdem erklärt er es für höchst unwahrscheinlich, daß die beiden Städte von sich aus Beziehungen aufgenommen haben könnten, ein Punkt, über den Polybios selbstredend entschieden anderer Meinung ist. Und schließlich führt er zur Bekräftigung seiner Position noch zwei weitere Punkte an: erstens, daß auch die Lakedämonier im Krieg Heimaturlaub bekamen, um ihre Frauen zu besuchen, und man insofern auch den Lokrern dieses Recht zugestehen müsse; und zweitens, daß den italienischen Lokrern die Ursprungstheorie des Aristoteles gänzlich fremd war und sie ganz im Gegenteil ausgesprochen strenge Gesetze gegen Ehebruch, entflohene Sklaven und dergleichen besaßen. Nun handelt es sich bei den meisten dieser Überlegungen um Vermutungen, die sich allein auf subjektive Kriterien stützen und keine zwingenden

Schlüsse zulassen. Was allerdings die Inschriften angeht, deren Existenz die Frage zweifelsfrei entschieden hätte, so hält Polybios sie für eine bloße Erfindung Timaios', der, wie er bemerkt, nichts Genaueres darüber sagt, obwohl er doch sonst peinlich darauf bedacht ist, für alles exakte Beweise zu liefern. Noch interessanter ist, daß er Timaios vorwirft, seine Erzählung mit erfundenen Reden zu schmücken; ein Punkt, in dem Polybios der allgemeinen Ansicht der Schriftsteller in dieser Frage nicht nur zu seiner Zeit, sondern noch für Jahrhunderte, weit voraus zu sein scheint.

Herodot hatte sich zu dramatischen Zwecken frei erfundener Reden bedient. Thukydides bekennt unumwunden, sofern keine authentischen Reden überliefert gewesen seien, habe er das aufgeschrieben, was die Leute hätten sagen sollen. Sallust bezeugt nachdrücklich, die dem Tribun Memmius in den Mund gelegte Rede sei weitgehend echt, doch ist seine Wiedergabe der im Senat gehaltenen Reden aus Anlaß der catilinarischen Verschwörung ganz und gar verschieden von den Reden, wie sie uns durch Cicero überliefert sind. Livius läßt seine vorzeitlichen Römer mit der Zungenfertigkeit eines Hortensius oder Scaevola disputieren. Und selbst noch in späteren Tagen, als Reporter die Debatten im Senat mitschrieben und Rom seine eigene ›Daily News‹ hatte, müssen wir feststellen, daß eine der berühmtesten Reden bei Tacitus (die, in der Kaiser Claudius den Galliern die Freiheit schenkt), reine Erfindung ist, wie eine kürzlich bei Lugdunum gefundene Inschrift belegt.

Andererseits dürfen wir nicht vergessen, daß mit diesen Reden keine Täuschungsabsicht verbunden war; sie galten vielmehr als ein gewisses dramatisches Element, dessen Einführung in die Geschichte zulässig war, um die Erzählung lebendiger und wirklichkeitsnäher zu machen, und die deshalb auch nicht, wie wir es heute tun würden, unter der Frage zu kritisieren waren, wie vor der Erfindung der Stenografie ein solcher Bericht überhaupt möglich war oder wie in Anbetracht fehlender schriftlicher Zeugnisse eine so wortgetreue Darstellung überliefert werden konnte, sondern unter dem weit höheren Aspekt ihrer psychologischen Glaubwürdigkeit im Hinblick auf die Personen, denen man diese Reden in den Mund legte. Ein antiker Historiker würde einem modernen Kritiker vermutlich entgegnen, daß die erfundenen Reden weit mehr der Wahrheit entsprachen als die tatsächlich gehaltenen, so wie schon Aristoteles für die Dichtung im Vergleich zur Geschichte einen höheren Wahrheitsgehalt beanspruchte. Der gesamte Fragenkomplex ist insofern interessant, weil er zeigt, wie weit Polybios seiner Zeit voraus war.

Da er der letzte wissenschaftliche Historiker war, können wir aus seinen Schriften sämtliche Eigenschaften herauslesen, die der ideale Geschichtsschreiber seiner Meinung nach besitzen sollte; und es wirft kein geringes Licht auf die Entwicklung der historischen Kritik, wenn wir uns die Mühe machen, die bei Polybios mehr oder weniger verstreuten Hinweise zu sammeln und genauer zu studieren. Der ideale Historiker muß ein Zeitzeuge der Ereignisse sein, über die er berichtet, oder er darf höchstens durch eine Generation von ihnen getrennt sein. Wo immer möglich, sollte er als Augenzeuge schreiben; steht dies außerhalb seiner Macht, muß er alle Überlieferungen und Berichte sorgfältig prüfen und darf nie dazu bereit sein, das bloß Wahrscheinliche bereits für die Wahrheit zu nehmen. Er darf kein Bücherwurm sein, der sich fernab aller Erfahrung in der künstlichen Enklave einer Universitätsstadt verkriecht, sondern er muß Politiker, Soldat oder ein Reisender sein, nicht nur ein Mann des Gedankens, sondern auch der Tat, einer, der genausogut große Taten vollbringen wie über sie schreiben kann, der in der Geschichtsschreibung das sein könnte, was Byron und Aischylos in der Dichtung sind, *le chantre et le héros* in einer Person.

Er muß sich stets der Tatsache bewußt sein, daß der Zufall nur ein anderer Ausdruck für unser Unwissen ist; daß das Reich der Gesetze in der Geschichte nicht weniger gilt als auf dem Feld der Politik. Er muß sich angewöhnen, in jeder Situation nach rationalen und natürlichen Ursachen zu suchen. Und während er, unter erzieherischen Gesichtspunkten, die praktische Nützlichkeit des Übernatürlichen anerkennen soll, darf er sich keinesfalls selbst so fruchtlosen geistigen Bemühungen hingeben und mögliche Ausnahmen von den unveränderlichen Gesetzen in Betracht ziehen oder auf einer Ebene argumentieren, auf der logisches Argumentieren a priori ausgeschlossen ist. Er muß sich von allen Vorurteilen gegenüber Freund und Vaterland freihalten; er muß in seiner Kritik maßvoll und ehrenhaft sein; er darf die Geschichte nicht als bloße Gelegenheit für ruhmreiche und tragische Erzählungen betrachten; und er darf auch nicht die Wahrheit zum Zwecke eines Paradoxes oder eines geschliffenen Epigramms verbiegen.

Auch wenn er die Bedeutung einzelner Ereignisse als Beispiele einer höheren Wahrheit anerkennen darf, so soll er einen weiten und allgemeinen Blick auf die Menschheit werfen. Er soll sich mit allen Völkern und der ganzen Welt beschäftigen, nicht mit einzelnen Stämmen oder Ländern. Er darf nie vergessen, daß die Welt ein Organismus ist, in dem jede Veränderung des einen Teils Auswirkungen auf alle anderen Teile hat. Er muß zwischen Ursachen und Anlässen unterscheiden, zwischen dem Einfluß allgemeiner Gesetze und zufälliger Launen, und er muß sich in Erinnerung rufen, daß die Geschichte die größte Lehrmeisterin der Welt ist und daß es die Pflicht des Historikers ist, ihre Lehren auf eine Weise festzuhalten, daß keine Nation sich auf solche politischen Irrwege begibt, die noch stets zu Schande und Ruin geführt haben, und daß die Individuen durch die bildende Kraft der Geschichte jene Wahrheiten erkennen, die sie sonst durch die bittere Schule der Erfahrung lernen müßten.

Was seine Theorie von der notwendigen Zeitzeugenschaft des Historikers angeht, so trifft diese Bemerkung zweifellos zu, sofern der Historiker eine bloße Vermittlung der Ereignisse anstrebt. Um aber das Zusammenwirken und die rationale Stellung der einzelnen Aspekte einer großen Epoche zu erfassen, um ihre Gesetze zu entdecken, die Ursachen, die sie hervorgebracht haben, wie auch die von ihr ausgehenden Wirkungen, muß man das Feld von einer gewissen Höhe und Entfernung betrachten, um einen Gesamtüberblick zu erhalten. Ein durch und durch seiner Zeit verhafteter Historiker wie Lord Clarendon oder Thukydides ist in Wirklichkeit ein Teil der Geschichte, die er kritisch durchleuchtet; und im Fall der zeitgenössischen Historiker Fabius und Philistus muß auch Polybios anerkennen, daß ihr Urteil durch patriotische und andere Einflüsse getrübt ist. Polybios selbst trifft kein solcher Vorwurf. Wie kein anderer versteht er es, so als blicke er von einem hohen Turm herab, die großen Entwicklungslinien der antiken Welt zu sehen, den Triumph der römischen Einrichtungen und des griechischen Denkens, die letzte Botschaft der alten Welt und, auf einer höheren Ebene des Geistes, zugleich die Lehre der neuen.

Eine Entwicklung allerdings blieb ihm verborgen, oder wenn er sie sah, so maß er ihr wenig Bedeutung bei – wie sich nämlich von Osten her, gleich einer unaufhaltsamen Welle, neue Religionen über die Welt ausbreiteten, angefangen von der Zeit, als die pessinuntische Mutter der Götter, ein gestaltloser Steinblock, durch ihre frömmsten Bürger in die ewige Stadt gebracht wurde, bis zu dem Tag, als das Schiff mit dem Zeichen von Castor und Pollux in Puteoli anlegte und der heilige Paulus seinem Martyrium und seinem Sieg in Rom entgegensah. Sein Wissen von den Ursachen politischer Umwälzungen und den Entwicklungsstufen der einzelnen Herrschaftsformen befähigte Polybios sehr wohl, den Aufstieg jenes demokratischen Geistes vorauszusehen, der, sobald seine Saat durch die Ermordung der Gracchen und die Verbannung des Marius gesät war, seinen Höhepunkt in der Weise fand, in der alle demokratischen Bewegungen gipfeln, nämlich in der absoluten Macht eines Mannes, der Herrschaft über die Welt durch den rechtmäßigen Herrscher der Welt, Gaius Julius Cäsar. Genau diese Entwicklung sah er ohne jeden Zweifel voraus. Aber daß sich die Herzen der Menschen nach Osten wandten, daß dort der erste Schimmer einer glanzvollen Morgenröte aufzog, die sich wie Wein von den Hügeln Galiläas herab über die ganze Welt ergoß, blieb seinen Blicken verschlossen.

Die Beschreibung des idealen Geschichtsschreibers

besitzt viele Gemeinsamkeiten mit dem Bild, das Platon vom idealen Philosophen entwirft. Beide sind »Betrachter der ganzen Zeit und allen Seins«. Nichts erscheint in ihren Augen verächtlich, denn alles hat seinen Sinn, und beide schreiten im erhabenen Licht der Vernunft ihren Zeitgenossen voran, Gottes Wirken eingedenk, doch frei vom Schrecken des bettelnden Priesters oder umherziehenden Wundertäters. Damit allerdings endet die Parallele. Denn der eine befindet sich fernab der stürmischen Regen- und Hagelschauer der Welt, hat seinen Blick auf ferne, sonnenbeschienene Höhen gerichtet, liebt die Wahrheit um der Wahrheit und die Weisheit um der Wonnen der Weisheit willen, während der andere mitten im Leben steht und sein Wissen überall nutzbringend anzuwenden versucht. Beide streben nach Wahrheit, doch der eine um ihres Nutzens, der andere um ihrer Schönheit willen. Der Geschichtsschreiber sieht in ihr das vernünftige Gesetz aller wahren Geschichte, mehr nicht. Dem anderen offenbart sie sich wie eine allesdurchdringende, mystische Entzückung, »wie das Feuer starken Weins, die Sehnsucht ehrgeizigen Strebens, die leidenschaftliche Liebe des Schönen«.

Doch selbst wenn wir im Historiker jene höheren und spirituelleren Eigenschaften vermissen, die allein der Philosoph der Akademie besaß, so dürfen wir nicht blind für die Verdienste dieses großen Rationalisten sein, der scheinbar noch die jüngsten Entwicklungen der modernen Wissenschaft vorausgesehen hat. Noch dürfen wir ihn unter der verengten Perspektive der meisten modernen Kritiker betrachten, die in ihm lediglich den anerkannten Vorkämpfer des Rationalismus sehen. Denn sein Name ist noch mit einer weiteren Idee verknüpft, deren Entwicklung dem Lauf des großen Flusses seines heimatlichen Arkadiens gleicht, der zwischen kahlen, sonnengebleichten Felsen entspringt und allmählich immer breiter und schöner wird, bis er die mit Asphodill übersäten Wiesen Olympias und das Licht und Lachen des Ionischen Meers erreicht.

Bei ihm können wir die ersten Klänge des großen Kults der Stadt auf den sieben Hügeln vernehmen, der Vergil zu einem Epos und Livius zu seiner Geschichte inspirierte, der in Dante seinen vollendetsten Ausdruck fand, dessen Traum ein Reich war, in dem der Kaiser für das leibliche und der Papst für das seelische Wohl der Menschen sorgte, und der so zur Vorstellung vom geistigen Reich Gottes und der brüderlichen Gemeinschaft aller Menschen führte und schließlich in den breiten Ozean eines allumfassenden Denkens einmündete, wie der Peneus sich ins Meer ergießt.

Polybios ist der letzte wissenschaftliche Historiker Griechenlands. Der Schriftsteller, der am geeignetsten scheint, den Fortschritt des Denkens abzuschließen, ist tatsächlich nur ein Biograph. Ich will hier nicht weiter auf Plutarchs Gebrauch der induktiven Methode eingehen, wie sie sich in seinem durchgängigen Bezug auf Inschriften und Statuen, öffentliche Dokumente, Bauwerke und dergleichen mehr zeigt, weil sich darin keine neue Vorgehensweise zeigt. Worauf ich aber näher eingehen möchte, ist seine Einstellung zu Wundern.

Plutarch ist klug genug anzuerkennen, daß ein Wunder im Sinne eines Außerkraftsetzens der Naturgesetze unmöglich ist. Es sei absurd, sagt er, sich vorzustellen, daß die Statue eines Heiligen sprechen könne und daß ein unbelebtes Objekt, das über keinerlei Sprechwerkzeuge verfügt, einen artikulierten Laut hervorbringen könne. Andererseits protestiert er gegen den Glauben der Wissenschaft, indem man die natürlichen Ursachen der Dinge erkläre, habe man gleichzeitig auch deren transzendentale Bedeutung beseitigt. »Wenn man nachweist, daß es sich bei den Tränen auf dem Antlitz einer Heiligenstatue um den Beschlag handelt, der sich bei bestimmten Temperaturen auf Holz oder Marmor bildet, so folgt daraus keineswegs, daß es sich nicht um ein von Gott gesandtes Zeichen von Trauer und Schmerz handelt.« Als Lampon in der Ausgeburt des einhörnigen Schafbocks ein Omen für die unumschränkte Herrschaft des Perikles sah und Anaxagoras nachwies, daß diese Mißbildung nur die rationale Folge der besonderen Schädelform war, hatten sowohl der Seher wie der Wissenschaftler recht; die Aufgabe des letzteren war es, eine Ursache für die Mißgeburt zu finden, die des ersteren zu zeigen, warum es dazu kam und was dies zu bedeuten hatte. Die Entwicklung des Denkens beschreibt auch hier eine klare Linie. Herodot hatte eine leise Ahnung von der Unverletzlichkeit der Naturgesetze. Thukydides ignorierte das Übernatürliche. Polybios erklärte es rational. Plutarch erhebt es erneut in mystische Höhen, bindet es aber zugleich an das Gesetz. Mit einem Wort, Plutarch spürte, daß die Wissenschaft das Übernatürliche zwar auf den Boden des Natürlichen herabzieht, gleichwohl aber alles Natürliche letztlich auf etwas Übernatürliches verweist. Nicht anders als viele Menschen unserer Tage betrachtete er die Religion als die transzendentale Haltung des Geistes, der die Welt unter einem unveränderlichen Gesetz sieht, darin aber Trost findet und Gottes Ruhm nicht in der Verletzung, sondern in der Erfüllung der Naturgesetze nachspürt.

Es mag paradox erscheinen, im Zusammenhang mit dem Priester von Chaironeia einen so reinen Rationalisten wie Mr. Herbert Spencer zu zitieren; doch wenn wir als letzte Botschaft der modernen Wissenschaft lesen, daß »wenn wir die Gleichung des Lebens auf ihre kleinsten Faktoren reduziert haben, die Symbole immer noch Symbole sind«, bloße Zeichen also jener unbekannten Realität, die aller Materie und allem Geist zugrunde liegt, spüren wir vielleicht, wie über die breite Furt der Jahrhunderte ein Gedanke dem anderen zuruft und daß Plutarch eine höhere Stellung in der Entwicklung des griechischen Denkens einnimmt, als ihm gewöhnlich zugestanden wird.

Tatsächlich scheint nicht bloß die Bedeutung Plutarchs, sondern auch die seines Geburtslandes für die Entfaltung der griechischen Kultur von der modernen Kritik kaum beachtet zu werden. Uns aber ist der kahle Felsen, dessen Krone das Parthenon ist und der zwischen den veilchenblauen Hügeln von Kolonos und Attika liegt, der heiligste Ort Griechenlands: Danach kommt Delphi und dann die Niederungen Eurotas, wo jenes edle Volk lebte, das im hellenistischen Denken die Gegenbewegung zum Vorrang des Gesetzes der Pflicht gegenüber dem Gesetz der Schönheit, zur Gegenüberstellung von Benehmen und Kultur darstellt. Und doch, wenn man an der *σχιστὴ ὁδός* von Kithäron steht und auf die weite, gekrümmte Ebene von Böotien hinausblickt, wird einem unweigerlich die große Bedeutung der Zweiteilung Hellas' bewußt. Im Norden liegt Orchomenos und das Schatzhaus des Minyas, Sitz der reichen Kaufherren aus Phönizien, die die Schreibkunst und das Goldhandwerk nach Griechenland brachten. Zu unseren Füßen liegt Theben, immer noch überschattet von der Düsternis der schrecklichen Legenden der griechischen Tragödie, der Geburtsort Pindars, der Amme von Epaminondas und der heiligen Schar.

Und in der Ebene, wo »Mars zu tanzen liebte«, erhebt sich der Zufluchtsort der Musen, Helikon, an dessen silbernen Strömen Corinna und Hesiod sangen. In der Ferne liegt im Schutz der schneebedeckten Berge Chaironeia und die Ebene des Löwen, wo die Griechen mit vergeblichem Heldenmut zuerst den Mazedoniern und dann Rom die Stirn zu bieten suchten; Chaironeia, wo im Martinssommer der griechischen Zivilisation Plutarch sich aus den traurigen Überresten einer sterbenden Religion erhob wie das Grummet, wenn die Schnitter das Feld bereits kahl glauben.

Die griechische Philosophie begann und endete im Skeptizismus: Das erste und das letzte Wort der griechischen Geschichte war Glaube.

Nach ihrem glanzvollen Dahinscheiden, wie ein winterlicher Sonnenuntergang, versank die griechische Religion in schwärzester Nacht. Kimmerische Finsternis brach herein, und als die Schulen von Athen geschlossen wurden und das Standbild Athenes zerbrochen am Boden lag, ging der griechische Geist von den Göttern und der Geschichte seines eigenen Landes auf die Haarspaltereien der Trinitätslehre und die geheimnisvollen Versuche über, Platon mit Christus zusammenzubringen und Gethsemane und die Bergpredigt mit dem athenischen Kerker und den Gesprächen im Wald von Kolonos auszusöhnen. Der griechische Geist schlief für fast eintausend Jahre. Als er wieder erwachte, hatte er wie Antaios neue Kraft aus dem Boden geschöpft, auf dem er ruhte, und hatte wie Apollo trotz seiner langen Knechtschaft nichts von seiner Göttlichkeit eingebüßt.

In der Geschichte des römischen Denkens finden wir nirgends eins der besonderen Merkmale der griechischen Blütezeit, die, wie ich gezeigt habe, mit dem Aufkommen der historischen Kritik untrennbar verbunden sind. Die unbedingte Achtung der Tradition, die den Römern ein so großes Vergnügen am Ritual und den Gesetzbüchern schenkte und sich in ihrer Politik wie in ihrer Religion widerspiegelt, war in jeder Hinsicht verhängnisvoll für das Entstehen eines Geistes der Auflehnung gegen die Autorität, dessen Bedeutung für die Entwicklung des Denkens wir bereits gesehen haben. Auf den ausgebleichten Tafeln der Pontifexe sind die Daten von Finsternissen und anderen Himmelsereignissen sorgfältig festgehalten, und was wir die Kunst der Faktenüberprüfung nennen, war ihnen schon früh bekannt; aber es gab keine plötzliche Blüte der Naturwissenschaften, deren Analogien von Gesetz und Ordnung eine neue Forschungsmethode hätten begründen können, noch regte sich in der Philosophie der nach der Einheit aller Erscheinungen und alles Wissens fragende Geist. Genau zu der Zeit, als die große Woge östlichen Aberglaubens über das Kapitol hereinbrach, verbannte der Senat die griechischen Philosophen aus Rom. Und von den drei philosophischen Schulen, die zuletzt in der Stadt Fuß fassen konnten, dienten die Lehren Zenos und Epikurs allenfalls als allgemeine Lebensregeln, während der dogmatische Skeptizismus Karneades, schon aus seinen Grundsätzen heraus, jede Diskussion unmöglich machte und jeden Forschergeist erstickte.

Noch waren die Römer anders als die Griechen je in der glücklichen Lage, sich mit dem Inkubus eines dogmatischen Systems von Legenden und Mythen auseinandersetzen zu müssen, deren Unsittlichkeiten und Absurditäten dazu geeignet waren, den revolutionären Ausbruch einer bilderstürmenden Kritik hervorzurufen. Denn die römische Religion erstarrte bereits in früher Zeit zu einem festen Gebilde, an dem aller Fortschritt vorüberging. Ihre Götter blieben bloße Schemen allgemeiner Tugenden oder blasse Verkörperungen der nützlichen Dinge im Leben. Der alte, primitive Glaube wurde zwar stets als staatliche Einrichtung aufrechterhalten, weil er sich so hervorragend für politischen Betrug eignete, aber als spirituelles Bekenntnis wurde er schon früh sowohl vom einfachen Volk als auch von den Gebildeten abgelehnt, und zwar aus dem einleuchtenden Grund seiner extremen Stumpfheit. Die einfachen Leute suchten Zuflucht bei den mystischen Sinnesfreuden des Isis-Kults, die Gebildeten bei den Lebensregeln der Stoiker. Die Römer klassifizierten ihre Götter sorgfältig nach ihrem Rang, untersuchten ihre Herkunft mit dem unermüdlichen Eifer moderner Wappenkundler, umgaben sie mit einem Ritual, das nicht weniger verzwickt war als ihre Gesetze, machten sich jedoch nie so viel aus ihnen, daß sie auch an sie glaubten. Deshalb bedeutete es ihnen auch wenig, als die Philosophen verkündeten, Minerva stehe bloß für die Erinnerungsfähigkeit. Viel mehr war sie nie gewesen. Und sie protestierten auch nicht, als Lukrez von Ceres und Liber zu behaupten wagte, sie seien bloß das Korn auf dem Feld und die Traube an der Rebe. Denn sie hatten nie die Tochter der Demeter auf den Asphodill-Wiesen Siziliens beweint, noch waren sie bekleidet mit einem Rehkitzfell und dem Speer in der Hand über die Lichtungen des Kithäron gezogen.

Dieser kurze Überblick über die römische Geistesverfassung mag uns auf das völlige Fehlen wissenschaftlicher historischer Kritik vorbereiten, das die römische Literatur kennzeichnet, und hat darüber hinaus einmal mehr die Bedingungen unterstrichen, die zur Entstehung dieses Geists unerläßlich sind, wie auch die besondere Art des Denkens, das diesen Geist spiegelt und in dem er stets zu finden ist. Die römische Geschichtsschreibung hatte ihren Ursprung im Priesterkollegium der kirchlichen Rechtsgelehrten und bewahrte bis zum Schluß den unkritischen Geist ihrer Herkunft. Sie verfügte zwar von Anfang an über eine überaus umfangreiche historische Materialsammlung, brachte aber ausschließlich Antiquare, keine Historiker hervor. Fakten zu verwenden, ist ungemein schwierig, sie zu sammeln dagegen leicht.

Der dumpfen Einförmigkeit der priesterlichen Chroniken überdrüssig, die kaum mehr als den Zuwachs und Verbrauch von Vorräten und die Verfinsterung der Sonne festhielten, schrieb Cato zur Unterweisung seines Sohnes eine eigene Geschichte, die er *Origines* nannte, und schon vor seiner Zeit hatten verschiedene Aristokratenfamilien Geschichtswerke in griechischer Sprache verfaßt, so wie man im Deutschland des achtzehnten Jahrhunderts Französisch als Literatursprache benutzte. Der erste wirkliche römische Geschichtsschreiber aber war Sallust. Zwischen den euphorischen Lobeshymnen auf diesen Autor von französischer Seite (etwa durch De Closset) und Dr. Mommsens nüchternerer Einschätzung als politischer Pamphletist ist es wahrlich nicht ganz einfach, die *via media* einer vorurteilsfreien Bewertung zu finden. Zumindest gebührt ihm das Verdienst, ein streng rationalistischer Historiker zu sein, vielleicht sogar der einzige in der ganzen römischen Literatur. Cicero besaß zahllose Eigenschaften eines wissenschaftlichen Historikers und hielt sich (in der Regel) einiges auf seine Fähigkeiten zugute. Seine Behandlung der alten Legenden jedoch bleibt unbefriedigend, da er zum einen zu vernünftig ist, um sie zu glauben, andererseits aber auch zu patriotisch, um sie zu verwerfen. Im Grunde ist dies auch die Haltung Livius', der für die frühen römischen Legenden eine gewisse unkritische Loyalität von allen Staatsbürgern fordert. In seiner Geschichte vertritt er die Auffassung, daß es die Anstrengung nicht wert sei, den Wahrheitsgehalt dieser Geschichten zu überprüfen.

Unter seiner Hand breitet sich die Geschichte Roms wie ein prachtvoller Wandbehang vor uns aus, auf dem Sieg auf Sieg folgt, ein Triumph den nächsten jagt und der Aufzug der Helden nie zu enden scheint. Erst wenn wir hinter den Stoff treten und die versteckten Kniffe sehen, mit denen dieser Eindruck erzielt wird, erkennen wir, daß Livius wie die meisten bildhaften Schriftsteller ein fahrlässiger Kritiker ist. Was seine Haltung zur Glaubwürdigkeit der römischen Frühgeschichte angeht, so ist er sich genau wie wir ihres mythischen und widersprüchlichen Charakters bewußt. Er will sich beispielsweise nicht darauf festlegen, ob die Horatier albanischer oder römischer Abstammung waren; wer der erste Diktator war, wie groß die Zahl der Tribunen war und dergleichen mehr. Seine Vorgehensweise besteht in der Regel darin, sämtliche Quellen aufzuzählen und in Einzelfällen der wahrscheinlichsten zuzustimmen, sich aber gewöhnlich jeder Entscheidung zu enthalten. Mit den Mitteln der historischen Kritik wird sich nie klären lassen, ob die römischen Frauen die Mutter des Coriolanus aus eigenem Willen oder auf Drängen des Senats befragten; ob Romulus erschlagen wurde, weil er den Mauerring seines Bruders übersprungen hatte oder weil sie über Vögel in Streit geraten waren; ob die Gesandten Cincinnatus beim Umpflügen oder bloß beim Ausbessern einer Hecke überraschten. Livius hält sein Urteil über diese bedeutenden Ereignisse zurück, und die Geschichte selbst wird uns nie die richtige Antwort geben. Wenn er sich tatsächlich einmal zwischen zwei Historikern entscheidet, dann für den, der den von ihm beschriebenen Fakten näherkommt. Aber er ist kein Kritiker, nur ein gewissenhafter Schriftsteller. Es ist reine Zeitverschwendung, sich mit seinen kritischen Fähigkeiten abzugeben, weil sie schlichtweg nicht existieren.

Im Fall von Tacitus hat die Phantasie den Platz der Geschichte übernommen. In seinen Schriften erwacht die Vergangenheit zu neuem Leben, allerdings nicht durch eine sorgfältige Kritik, sondern eher durch eine dramatische und psychologische Gabe, über die er in besonderem Maße verfügte.

Er glaubte nicht an die Geschichtsphilosophie. Nie kann er sich wirklich entscheiden, wie er zu Gottes Herrschaft über die Welt steht. Bei ihm ist ebensowenig eine Methode zu entdecken wie in der ganzen römischen Literatur.

Nationen mögen keine Missionen haben, aber sie haben ganz gewiß Funktionen. Und die Funktion des alten Italiens bestand nicht bloß in der Vermittlung dessen, was an unseren Einrichtungen durchdacht und unseren Gesetzen vernünftig ist, sondern auch in der Verschmelzung des spirituellen Strebens von Ariern und Semiten zu einem einheitlichen Glauben. Italien hat weder den Fortschritt des Denkens beflügelt noch die Entwicklung des Geistes entscheidend vorangetrieben. Die Eule der Göttin der Weisheit flog über das ganze Land und fand nirgends einen Landeplatz. Die Taube, das Symbol Christi, flog geradewegs nach Rom, und das neue Reich brach an. Bei den frühen italienischen Malern war es üblich, die wachenden Soldaten am Grab Christi in mittelalterlicher Tracht darzustellen, ein Brauch, Folge des unbekümmerten Anachronismus aller wahren Kunst, der durchaus eine allegorische Bedeutung besitzt. Denn alle Bemühungen des Mittelalters, den Geist des Fortschritts in seiner Gruft festzuhalten, waren letztlich vergeblich. Als die Morgenröte des griechischen Geistes anbrach, war das Grab leer und das Leichentuch abgeworfen. Die Menschheit war von den Toten auferstanden.

Das Studium der Griechen, wie allgemein bekannt, ist zugleich die Geburtsstunde des kritischen, vergleichenden und forschenden Geistes. Am Anfang der Erziehung des modernen durch das alte Denken, die wir als Renaissance bezeichnen, bewegten die Worte des Aristoteles Kolumbus zum Aufbruch in die Neue Welt, und ein Fragment aus der Astronomie des Pythagoras lieferte Kopernikus den Anstoß zu einer Theorie, die zu einer völlig veränderten Stellung unseres Planeten im Universum führte. Damals erkannte man, daß Fortschritt nichts anderes als die Rückkehr zum griechischen Denken bedeutet. Die frommen Kommentare der Mönche, die die Seiten der griechischen Manuskripte verdunkelten, wurden ausradiert, der Glanz einer neuen Methode entfaltete sich vor den Augen der Welt, und aus den trübsinnigen Wassern des Mittelalters stieg der freie Geist des Menschen in der Pracht beglückender Jugend, in der das Auge schärfer als gewöhnlich sieht und der Geist Dinge erkennt, die ihm zuvor verborgen waren. Um den Eintritt ins sechzehnte Jahrhundert zu verkünden, wurden von einer kleinen venezianischen Druckerei sämtliche großen Schriftsteller der Antike aufgelegt, und auf jeder ersten Buchseite war zu lesen: *Ἄλδος ὁ Μανούτιος Ῥωμαῖος καὶ φιλέλλην;* Worte, die uns daran erinnern, auf welch wundersame Weise Polybios den Lauf der Welt vorausgesehen hatte, als er die materielle Vorherrschaft der römischen Einrichtungen prophezeite und an sich selbst die geistige Vorherrschaft der Griechen aufzeigte.

Die Beschäftigung mit dem Geist der historischen Kritik hat sich nicht als fruchtlose Erforschung von Wegen und Formen des Denkens erwiesen, die heute sämtlich überholt und ohne Bedeutung sind. Der einzige Geist, der uns gänzlich entrückt ist, ist der des Mittelalters; der griechische Geist ist seinem Wesen nach modern. Die Einführung der vergleichenden Forschungsmethode, welche die Geschichte zwingt, ihre Geheimnisse zu enthüllen, ist im wesentlichen unser Verdienst. Ebenso besitzen wir eine wissenschaftliche Kenntnis der Philologie und der Gesetze des Überlebens. Und schließlich wußten die Alten nichts von der Lehre statistischer Mittelwerte und signifikanter Einzelfälle, beides Methoden, die sich für die moderne Kritik als so wertvoll erwiesen haben; im ersten Fall, weil sie einen höchst bedeutsamen Beweis für die unveränderlichen Elemente in der Geschichte liefert und den Einfluß sämtlicher äußerer Bedingungen auf das Leben des Menschen nachweisen kann; im zweiten, wie das Beispiel des Schädels von Moulin Quignon zeigt, weil sie eine neue Wissenschaft prähistorischer Archäologie begründet und uns in eine Zeit zurückversetzen kann, als der Mensch noch in der Steinzeit zusammen mit dem Mammut und dem fellbekleideten Rhinozeros lebte. Darüber hinaus aber haben wir der Wissenschaft der historischen Kritik keine neuen Grundsätze oder Methoden hinzugefügt. Über die dürre Einöde eines Jahrtausends hinweg reichen der griechische und der moderne Geist einander die Hand.

Bei dem Fackelrennen, das die griechischen Jungen vom kerameikischen Totenfeld zum Haus der Göttin der Weisheit veranstalteten, erhielt nicht nur der einen Preis, der als erster im Ziel eintraf, sondern auch der, der seine Fackel als erster entzündet hatte. Im Fackellauf der Zivilisation und des freien Denkens wollen auch wir nicht vergessen, jenen Respekt und Ehre zu erweisen, die als erste die heilige Flamme entzündet haben, deren wachsender Glanz unsere Schritte auf dem noch weiten Weg zur göttlichen Offenbarung der vollkommenen Wahrheit erleuchtet.

DAS PORTRÄT DES MR. W. H.

I

ICH HATTE mit Erskine in seinem hübschen kleinen Haus am Birdcage Walk zu Abend gegessen, und wir saßen bei Kaffee und Zigaretten in der Bibliothek, als unser Gespräch zufällig auf die Frage literarischer Fälschungen kam. Ich kann mich nicht mehr erinnern, wie wir auf dieses – zumindest für die damalige Zeit – sonderbare Thema gekommen waren, aber ich weiß noch, daß wir eine längere Diskussion über Macpherson, Irland und Chatterton führten und ich im Fall des letzteren darauf beharrte, daß seine sogenannten Fälschungen nur das Ergebnis eines künstlerischen Verlangens nach vollendeter Darstellung seien; daß wir kein Recht hätten, uns ein Urteil über die Bedingungen anzumaßen, unter denen ein Künstler sein Werk vorzustellen wünscht; und daß man ein ethisches mit einem ästhetischen Problem vermenge, wenn man einen Künstler wegen einer Fälschung verurteile, da doch alle Kunst bis zu einem gewissen Grad Schauspielerei sei, der Versuch, seine eigene Persönlichkeit auf einer imaginären Ebene außerhalb der hemmenden Zufälle und Begrenzungen des wirklichen Lebens zu verwirklichen.

Erskine, der ein gutes Stück älter war als ich und mit der amüsierten Nachsicht eines Vierzigjährigen zugehört hatte, legte mir plötzlich die Hand auf die Schulter und sagte: »Was würdest du von einem jungen Mann sagen, der eine ganz und gar sonderbare Theorie zu einem Kunstwerk aufstellte und so sehr von ihrer Richtigkeit überzeugt wäre, daß er eine Fälschung beginge, um sie zu beweisen?«

»Ach, das ist doch etwas ganz anderes«, antwortete ich.

Erskine schwieg einen Augenblick und starrte den aufsteigenden dünnen Rauchfäden seiner Zigarette hinterher. »Ja doch«, sagte er, »etwas ganz anderes.«

Irgend etwas in seiner Stimme, vielleicht ein Anflug von Bitterkeit, weckte meine Neugier. »Kennst du jemanden, der so etwas getan hat?« fragte ich.

»Ja«, erwiderte er und warf seine Zigarette ins Feuer, »ein guter Freund von mir, Cyril Graham. Ein ausgesprochen faszinierender, ausgesprochen dummer und ausgesprochen herzloser Mensch. Immerhin verdanke ich ihm die einzige Erbschaft meines Lebens.«

»Und was ist es?« fragte ich lachend. Erskine stand auf, ging zu einem hohen, intarsiengeschmückten Schrank, der zwischen den beiden Fenstern stand, schloß ihn auf und kam mit einem kleinen, auf Holz gemalten Bild in einem alten, leicht angelaufenen elisabethanischen Rahmen zurück.

Es handelte sich um das ganzfigürliche Porträt eines jungen Mannes in der Tracht des sechzehnten Jahrhunderts, der an einem Tisch stand und dessen rechte Hand auf einem Buch ruhte. Er schien etwa siebzehn Jahre alt und war von ganz außergewöhnlicher, wenngleich eher femininer Schönheit. Wären da nicht die Kleidung und das kurzgeschorene Haar gewesen, hätte man das Gesicht mit den wehmütig verträumten Augen und den fein geschwungenen dunkelroten Lippen zweifellos für das eines Mädchens gehalten. Im Stil, besonders in der Darstellung der Hände, erinnerte das

Bild an das Spätwerk von François Clouet. Der schwarze Samtwams mit seinen extravaganten Goldspitzen und der pfauenblaue Hintergrund, von dem er sich abhob, waren ganz im Stil Clouets; und die beiden Masken der Tragödie und der Komödie, die etwas zu konventionell von einem Marmorsockel herabhingen, hatten den harten Pinselstrich – so verschieden von der leichten Eleganz der Italiener –, den der große flämische Meister selbst am Hof von Frankreich nie ganz ablegte und der eigentlich immer ein Kennzeichen des nordischen Naturells gewesen ist.

»Ein fantastisches Bild«, rief ich, »aber wer ist dieser bezaubernde junge Mann, dessen Schönheit die Kunst so glücklich bewahrt hat?«

»Das ist das Porträt des Mr. W. H.«, sagte Erskine mit traurigem Lächeln. Vielleicht war es ein zufälliges Lichtspiel, aber mir schien es, als glänzten Tränen in seinen Augen.

»Mr. W. H.?« wiederholte ich. »Wer war Mr. W. H.?«

»Erinnerst du dich nicht?« fragte er. »Sieh dir das Buch genauer an, auf dem seine Hand liegt.«

»Es steht etwas darauf, aber ich kann es nicht entziffern«, erwiderte ich.

»Versuch es mit dem Vergrößerungsglas«, sagte Erskine, dessen Lippen immer noch das gleiche traurige Lächeln zeigte.

Ich nahm das Glas, zog die Lampe ein wenig näher und begann die schwer lesbare Handschrift aus dem sechzehnten Jahrhundert stockend vorzulesen: »›To The Onlie Begetter Of These Insuing Sonnets ...‹ Großer Gott!« rief ich, »ist das etwa Shakespeares Mr. W. H.?«

»Cyril Graham behauptete das«, murmelte Erskine.

»Aber es sieht Lord Pembroke überhaupt nicht ähnlich«, entgegnete ich. »Ich kenne die Wilton-Porträts sehr gut. Ich war erst kürzlich dort.«

»Du glaubst also, daß die Sonette an Lord Pembroke gerichtet sind?« fragte er.

»Aber ja. Pembroke, Shakespeare und Mrs. Mary Fitton sind die drei Figuren der Sonette; daran besteht nicht der geringste Zweifel.«

»Ich bin ganz deiner Meinung«, sagte Erskine, »aber das war nicht immer so. Früher glaubte ich – nun ja, ich glaubte tatsächlich an Cyril Graham und seine Theorie.«

»Und was war das für eine Theorie?« fragte ich und blickte das wunderbare Porträt an, das bereits eine seltsame Anziehungskraft auf mich auszuüben begann.

»Das ist eine lange Geschichte«, murmelte er und nahm mir – ziemlich schroff, wie ich damals fand – das Bild fort. »Eine sehr lange Geschichte; aber wenn es dich interessiert, erzähle ich sie dir.«

»Jede Theorie über die Sonette interessiert mich«, rief ich. »Aber ich denke nicht, daß ich für eine neue Anschauung zu gewinnen bin. Die ganze Geschichte ist doch längst kein Rätsel mehr. Genauer gesagt, ich glaube nicht, daß sie jemals ein Rätsel war.«

»Da ich selbst nicht an die Theorie glaube, werde ich dich wohl auch nicht zu ihr bekehren«, sagte Erskine lachend; »aber interessieren könnte sie dich schon.«

»Na dann los«, sagte ich. »Wenn sie nur halb so reizvoll ist wie das Bild, bin ich mehr als zufrieden.«

»Also«, sagte Erskine und zündete sich eine Zigarette an, »zuerst muß ich dir von Cyril Graham selbst erzählen. Wir beide wohnten in Eton im gleichen Internatsgebäude. Ich war zwei Jahre älter, aber wir waren die dicksten Freunde und bei der Arbeit wie beim Spiel unzertrennlich. Natürlich wurde weit mehr gespielt als gearbeitet, aber ich kann nicht sagen, daß ich das bedaure. Es ist stets von Vorteil, keine streng praktische Erziehung genossen zu haben, und was ich in Eton auf dem Sportplatz gelernt habe, war mir nicht weniger nützlich als das, was man mir in Cambridge eingebleut hat. Ich sollte vielleicht noch erwähnen, daß Cyril Waise war. Seine Eltern waren bei einem schrecklichen Jachtunglück vor der Isle of Wight ertrunken. Sein Vater hatte im diplomatischen Dienst gestanden und eine Tochter, genauer gesagt, die einzige Tochter des alten Lord Crediton geheiratet, der nach dem Tod der Eltern sein Vormund wurde. Ich glaube nicht, daß Lord Crediton viel an Cyril lag. Er hatte es seiner Tochter nie wirklich verziehen, einen Mann ohne Titel geheiratet zu haben. Er war ein verschrobener alter Aristokrat, der wie ein Fischhändler fluchte und die Manieren eines Bauern besaß. Ich weiß noch, wie ich ihm einmal bei der Jahresabschlußfeier begegnet bin. Er raunzte mich an, drückte mir einen Sovereign in die Hand und sagte, ich solle bloß nicht so ein ›verdammter Radikaler‹ werden wie mein Vater. Cyril empfand wenig für ihn und war heilfroh, die meiste Zeit der Ferien mit uns in Schottland verbringen zu dürfen. Im Grunde verstanden sich die beiden überhaupt nicht. Cyril sah in ihm einen knarzigen Bären, und er hielt Cyril für weibisch. In manchen Dingen hatte er damit gar nicht mal unrecht, aber andererseits war Cyril auch ein ausgezeichneter Reiter und Fechter. Er bekam sogar schon das Fechtabzeichen, noch bevor er Eton verließ. Aber er war in seiner Art eher lasch, bildete sich nicht wenig auf sein gutes Aussehen ein und haßte Fußball, in seinen Augen ein Spiel für die Söhne der Mittelschicht.

Die zwei Dinge, für die er sich wirklich begeistern konnte, waren Dichtung und Schauspielkunst. In Eton warf er sich ständig in Schale und rezitierte Shakespeare, und als er ans Trinity kam, wurde er gleich im ersten Semester Mitglied des A.D.C. Ich weiß noch, wie sehr ich ihn um sein Schauspielern beneidete. Ich himmelte ihn geradezu an, vermutlich, weil wir beide so verschieden waren. Ich war ein eher unbeholfener, schwächlicher Junge mit Riesenfüßen und voller Sommersprossen. In schottischen Familien sind Sommersprossen ebenso verbreitet wie in englischen Familien die Gicht. Cyril sagte immer, wenn, würde er die Gicht vorziehen. Aber er legte einen geradezu absurden Wert auf sein Aussehen und hielt einmal in unserem Debattierklub einen Vortrag, in dem er zu beweisen suchte, daß ein vorteilhaftes Erscheinen besser sei als ein guter Charakter. Er war ohne Frage bezaubernd schön. Leute, die ihn nicht mochten, Spießer, Tutoren und Theologiestudenten, behaupteten, er sei bloß hübsch; aber sein Gesicht war weit mehr als einfach nur hübsch. Ich glaube, er war das vollkommenste Geschöpf, das ich je gesehen habe, und nichts konnte an die Eleganz seiner Bewegungen und den Charme seines Wesens heranreichen. Er bezauberte alle, die es wert waren, und viele dazu, die es nicht wert waren. Oft war er halsstarrig und launisch, und ich hielt ihn für haarsträubend unaufrichtig. Der Grund, glaube ich, war vor allem sein großer Wunsch zu gefallen. Armer Cyril! Ich sagte ihm einmal, er gebe sich mit billigen Triumphen zufrieden, aber er schüttelte nur lächelnd den Kopf. Sein Charakter war durch und durch verdorben. Ich glaube, alle bezaubernden Leute sind verdorben. Es ist das Geheimnis ihres Zaubers.

Doch ich muß dir noch mehr über Cyrils Schauspielkünste erzählen. Du weißt, daß im A.D.C. keine Frauen zugelassen sind. Zumindest war das zu meiner Zeit so. Ich weiß nicht, wie es inzwischen aussieht. Cyril bekam natürlich ausschließlich weibliche Rollen, und als *Wie es euch gefällt* gegeben wurde, spielte er Rosalinde. Er war hinreißend. Du wirst lachen, aber ich kann dir versichern, Cyril Graham war die einzige vollkommene Rosalinde, die ich je gesehen habe. Ich könnte dir unmöglich die Schönheit, Grazie und Feinheit seines Auftritts beschreiben. Es war ein grandioser Erfolg, und Abend für Abend drängten sich in dem damals noch winzigen Theater die Leute. Auch heute muß ich immer an Cyril denken, wenn ich das Stück sehe; er spielte seine Rolle mit solcher Eleganz und Überzeugungskraft, als wäre sie eigens für ihn geschrieben. Im folgenden Semester machte er sein Examen und ging anschließend nach London, um eine Diplomatenkarriere in Angriff zu nehmen. Aber er tat nie etwas dafür. Tagsüber studierte er Shakespeares Sonette, und abends ging er ins Theater. Natürlich war er ganz versessen darauf, Schauspieler zu werden. Und natürlich setzten Lord Crediton und ich alles daran, ihm dies auszureden. Vielleicht würde er heute noch leben, wenn er zum Theater gegangen wäre. Anderen Ratschläge zu geben, ist immer dumm, aber gute Ratschläge zu geben, ist geradezu verhängnisvoll. Ich hoffe, du hütest dich vor diesem Fehler. Wenn nicht, wirst du es nur bereuen.

Aber um auf den eigentlichen Punkt der Geschichte zu kommen, eines Nachmittags erhielt ich von Cyril einen Brief, in dem er mich bat, abends zu ihm zu kommen. Er bewohnte eine reizende Junggesellenwohnung an der Picadilly mit Blick auf den Green Park, und da ich ihn ohnehin fast jeden Abend besuchte, war ich über die förmliche Einladung einigermaßen überrascht. Natürlich ging ich hin und traf ihn in einem Zustand großer Erregung. Er erklärte mir, er habe endlich das wahre Geheimnis der Shakespeare-Sonette entschlüsselt; sämtliche Forscher und Gelehrte wären einer völlig falschen Spur gefolgt, und er habe als erster durch eine bloße Auslegung der Texte herausgefunden, wer Mr. W. H. wirklich war. Er war völlig außer sich vor Begeisterung und konnte mir seine Theorie eine Zeitlang nicht weiter auseinandersetzen. Schließlich zog er ein Bündel Aufzeichnungen hervor, nahm seine Ausgabe der Sonette vom Kaminsims, setzte sich und hielt mir einen langen Vortrag über das Thema.

Als erstes wies er darauf hin, daß der junge Mann, dem Shakespeare diese ungewöhnlich leidenschaftlichen Gedichte gewidmet habe, jemand gewesen sein muß, der einen bedeutenden Einfluß auf die Entwicklung seiner dramatischen Kunst besessen habe, was weder von Lord Pembroke noch von Lord Southampton gesagt werden könne. Wer auch immer es gewesen sei, so könne es auf keinen Fall ein Mann von hoher Abstammung sein, wie eindeutig aus Sonett 25 hervorgehe, in dem Shakespeare sich in Gegensatz zu denen stellt, die ›großer Prinzen Günstlinge‹ sind, und unumwunden bekennt:

›Mag jeder, dem die Sterne günstig walten,
Mit Orden schmücken seine stolze Brust.
Dies Glück hat mir Fortuna vorenthalten;
Ich find mein Glück in unverhoffter Lust.‹

Am Schluß des Sonetts beglückwünscht er sich gar zum einfachen Stand dessen, für den sein Herz schlägt:

›Ein Glück: ich liebe, bin geliebt bis jetzt;
Setz mich nicht ab und werd nicht abgesetzt.‹

Dieses Sonett, erklärte Cyril, bliebe völlig unverständlich, würde man sich den Earl of Pembroke oder den Earl of Southampton als seinen Adressaten vorstellen, da beide in England Männer mit Rang und Namen waren und es ihnen durchaus zugestanden hätte, als ›große Prinzen‹ angesprochen zu werden. Zur Bekräftigung seiner Theorie las er mir die Sonette 124 und 125 vor, in denen Shakespeare uns versichert, seine Liebe sei nicht ›ein Kind der Pracht‹, ›sieche nicht auf Paradekissen matt‹ und ›dankt ihr Dasein keinem Zufall, nein‹. Ich hörte mit gespanntem Interesse zu, denn ich glaube nicht, daß dieser Punkt je irgendwem aufgefallen war. Aber was folgte, war noch weit seltsamer und schien mir zum damaligen Zeitpunkt Pembrokes Anspruch gründlich zunichte zu machen. Von Meres wissen wir, daß die Sonette vor 1598 geschrieben wurden, und aus Sonett 104 geht hervor, daß Shakespeares Freundschaft mit Mr. W.H. bereits drei Jahre währte. Lord Pembroke wurde 1580 geboren und kam erst mit achtzehn nach London, das heißt 1598, während Shakespeares erste Begegnung mit Mr. W.H. 1594, spätestens 1595 stattgefunden haben mußte. Mit anderen Worten, Shakespeare konnte Lord Pembroke erst kennengelernt haben, nachdem er die Sonette geschrieben hatte.

Außerdem wies Cyril darauf hin, daß Pembrokes Vater erst 1601 starb, während die Zeile

›Ihr kennt den Vater noch? – Daß so ein Sohn euch nennt!‹

eindeutig belege, daß der Vater von Mr. W. H. 1598 bereits tot gewesen sei. Große Beweiskraft legte er auch den Wilton-Porträts bei, auf denen Pembroke mit dunklem Teint und braunen Haaren dargestellt sei, Mr. W. H. aber Haare wie Goldfäden hatte und ein Gesicht, auf dem ›der Lilie Weiß‹ sich mit ›der Rose Scharlach‹ verband, und darüber hinaus als ›blond‹, ›rot‹, ›weiß und rot‹ und von wunderbarem Aussehen beschrieben wird. Überdies sei die Vermutung gänzlich absurd, irgendeinem Verleger der damaligen Zeit, und die Vorrede stamme eindeutig aus der Hand des Verlegers, wäre auch nur im Traum eingefallen, William Herbert, Earl of Pembroke, als Mr. W. H. anzureden. Der Fall von Lord Buckhurst, von dem als Mr. Sackville gesprochen worden sei, eigne sich nicht zum Vergleich, da Lord Buckhurst, der erste Träger dieses Titels, noch als einfacher Mr. Sackville am *Mirror for Magistrates* mitgearbeitet habe, während Pembroke zu Lebzeiten seines Vaters immer nur Lord Herbert war. So viel zu Lord Pembroke, dessen vermeintliche Ansprüche Cyril spielend zerpflückte, während ich staunend dasaß. Mit Lord Southampton hatte Cyril sogar noch weniger Schwierigkeiten. Southampton war bereits in jungen Jahren der Liebhaber von Elizabeth Vernon und mußte nicht lange zur Heirat gedrängt werden; er war nicht schön; er glich nicht seiner Mutter, wie dies bei Mr. W. H. der Fall war:

›Bist du nicht deiner Mutter Spiegel? Schau,
In dir sieht sie noch einmal ihren Mai.‹

Vor allem aber, sein Vorname war Henry, während aus den Wortspielen der Sonette 135 und 143 hervorgeht, daß Shakespeares Freund den gleichen Namen hatte wie er – *Will*.

Was die übrigen Vorschläge unseliger Kommentatoren angeht, daß Mr. W.H. ein Druckfehler sei und eigentlich Mr. W.S., also Mr. William Shakespeare, heißen sollte; daß ›Mr. W.H.‹ als ›Mr. W. Hall‹ zu lesen sei; daß sich hinter Mr. W.H. Mr. William Hathaway verberge; daß Mr. W.H. für Mr. Henry Willobie stehe, der junge Dichter aus Oxford, dessen Initialen umgekehrt seien; und daß man hinter dem ›wisheth‹ der Widmung einen Punkt setzen müsse, so daß Mr. W.H. der Autor und nicht der Angesprochene wäre – Cyril hatte sie alle im Handumdrehen vom Tisch gewischt; ich will die von ihm angeführten Argumente nicht noch einmal aufzählen, aber ich weiß noch, daß ich einmal laut losprusten mußte, als er mir – zum Glück nicht aus dem Original – aus dem Aufsatz eines deutschen Exegeten namens Barnstorff vorlas, der steif und fest behauptete, Mr. W.H. sei kein geringerer als ›Mr. William Himself‹. Cyril wollte auch nichts davon wissen, daß die Sonette bloße Satiren auf die Dichtungen von Drayton und John Davies von Hereford sein könnten. Für ihn, genauso wie für mich, waren es ernste und tragische Gedichte, die Shakespeare der Bitterkeit seines Herzens abgerungen und mit dem Honig seiner Lippen versüßt hatte. Und schon gar nicht wollte er zulassen, daß man sie als philosophische Allegorien lesen könne und daß Shakespeare sich in ihnen an ein ideales Ich, ein ideales Menschtum, den Geist der Schönheit, die Vernunft, den göttlichen Logos oder die katholische Kirche wende. Er fühlte, und ich glaube, man kann gar nicht anders fühlen, daß diese Sonette an ein Individuum gerichtet waren – an einen ganz bestimmten jungen Mann, dessen Persönlichkeit Shakespeares Seele aus welchen Gründen auch immer mit unermeßlicher Freude und mit unermeßlicher Verzweiflung erfüllt haben muß.

Nachdem er so gewissermaßen reinen Tisch gemacht hatte, bat Cyril mich, meine sämtlichen Vorstellungen, die ich mir in dieser Sache vielleicht gebildet hatte, beiseite zu schieben und mir seine Theorie offen und vorurteilsfrei anzuhören. Das Problem sei doch, kurz gesagt, folgendes: Wer war dieser junge Mann zu Shakespeares Lebzeiten, der, ohne daß er sich einer edlen Abstammung oder auch nur eines edlen Wesens rühmen konnte, von ihm mit so großer Leidenschaft besungen wurde, daß wir über diese seltsame Anbetung nur staunen können und eine dunkle Angst verspüren, den Schlüssel herumzudrehen, der das Geheimnis im Herzen des Dichters aufschließt? Wer war er, dessen körperliche Schönheit so groß war, daß sie zum Grundstein für Shakespeares Kunst wurde, zur Quelle seiner Inspiration, zur Verkörperung seiner Träume? Ihn bloß als Gegenstand gewisser Liebesgedichte zu betrachten, hieße die Bedeutung der Gedichte völlig zu verkennen: denn die Kunst, von der Shakespeare in den Sonetten spricht, ist nicht die Kunst der Sonette selbst, die ihm tatsächlich als etwas Nebensächliches und Unbedeutendes erschien, sondern die Kunst des Dramatikers, auf die er immer wieder anspielt; und der, zu dem Shakespeare sagt:

›Für mich bist du die Kunst und bist es ganz,
Reißt hoch zum Können meine Ignoranz‹,

er, dem er Unsterblichkeit verspricht:

›Bleibst, wie ein Atemzug, in aller Munde‹,

er, von dem er sagt:

›Neun Musen flehn die Dichterlinge an;
Sei du die zehnte, zehnfach angesehn‹,

war ganz gewiß kein anderer als der jugendliche Schauspieler, für den er Viola und Imogen, Julia und Rosalinde, Portia, Desdemona und selbst Kleopatra schuf.«

»Der jugendliche Schauspieler aus Shakespeares Dramen?« rief ich.

»Ja«, sagte Erskine. »So lautete Cyril Grahams Theorie, die er, wie du siehst, allein aus den Sonetten selbst entwickelt hatte und deren Überzeugungskraft weniger von handfesten Beweisen und vorzeigbaren Zeugnissen abhing, als vielmehr von einer Art geistigem und künstlerischem Nachempfinden, durch das allein, wie er behauptete, die wahre Bedeutung der Gedichte erfaßt werden könne. Ich weiß noch, wie er mir aus dem großartigen Sonett vorlas:

›Nein, meine Muse muß nicht betteln gehn,
Solang du atmest und erfüllst mein Dichten
Mit deinem süßen Inhalt, viel zu schön,
Um auf gemeinem Blatt ihn zu berichten.
Dir selber mußt du danken, Freund, wenn mir
Ein Vers gelungen ist, den du goutierst;
Brächt doch der Stummste etwas zu Papier,
Wenn du mit deinem Licht ihn inspirierst.‹

Anschließend erläuterte er mir, wie sehr dieses Gedicht seine Theorie bestätigte. Tatsächlich ging er alle Sonette sorgfältig durch und wies nach, oder glaubte zumindest nachzuweisen, daß mit Hilfe seiner neuen Deutung Dinge, die zuvor dunkel, verrucht oder übertrieben erschienen waren, plötzlich klar und verständlich und obendrein künstlerisch höchst bedeutsam wurden, da sie Shakespeares Vorstellung vom wahren Verhältnis zwischen der Kunst des Schauspielers und der Kunst des Dramatikers illustrierten.

Es steht ganz außer Frage, daß es in Shakespeares Schauspieltruppe einen wunderbaren jungen Schauspieler von ausgesuchter Schönheit gegeben haben muß, dem er die Darstellung seiner edlen Heldinnen anvertraute; schließlich war Shakespeare ebensosehr ein praktisch denkender Theaterdirektor wie ein phantasievoller Dichter, und Cyril Graham hatte sogar den Namen dieses jugendlichen Schauspielers herausgefunden. Er hieß Will, oder wie Cyril ihn zu nennen pflegte, Willie Hughes. Den Vornamen hatte er selbstverständlich aus den Anspielungen in den Sonetten 135 und 143; der Nachname war, wie er glaubte, in der siebten Zeile des 20. Sonetts versteckt, wo Mr. W.H. beschrieben wird als

›A man in hew, all *Hews* in his controlling.‹
(Du, Mannsbild, das die Blicke auf sich lenkt.)

In der Erstausgabe der Sonette ist ›Hews‹ mit großem Anfangsbuchstaben und kursiv gedruckt, was seiner Meinung nach eindeutig auf ein verstecktes Wortspiel hinwies, und kräftige Unterstützung erhielt er darin durch jene Sonette, in denen allerlei zweideutige Wortspiele mit den Worten ›use‹ und ›usury‹ gemacht werden, oder auch durch Zeilen wie

›Thou art is fair in knowledge as in hew.‹
(Du bist von Geist so schön wie von Gestalt.)

Natürlich war ich sofort bekehrt, und Willie Hughes wurde für mich eine ebenso reale Person wie Shakespeare. Mein einziger Einwand gegen die Theorie war, daß der Name Willie Hughes im Verzeichnis der Schauspieler aus Shakespeares Truppe, das in der ersten Folioausgabe abgedruckt ist, nicht auftaucht. Cyril jedoch wies darauf hin, daß das Fehlen von Willie Hughes' Namen seine Theorie nur bekräftige, da aus Sonett 86 klar hervorgehe, daß er Shakespeares Truppe verlassen und zur Konkurrenz übergelaufen war, wahrscheinlich, um in einigen Stücken Chapmans aufzutreten. Shakespeare spiele auf dieses Ereignis an, wenn er in seinem großen Sonett über Chapman zu Willie Hughes sage:

›Nein, nur weil deine Gunst sein Lied beschwingt,
Ging mir der Stoff aus, und mein Vers, er hinkt.‹

Der Ausdruck, ›weil deine Gunst sein Lied beschwingt‹ beziehe sich eindeutig auf die Schönheit des jungen Schauspielers, die Chapmans Versen Lebendigkeit, Wirklichkeit und zusätzlichen Reiz verleihe, und der gleiche Gedanke fände sich auch in Sonett 79:

›Als ich – als einziger – dich zu Hilfe rief,
War all dein Liebreiz meinem Vers vermählt;
Doch jetzt sind die erhabnen Bilder schief
Und meine kranke Muse räumt das Feld.‹

Auch im unmittelbar vorhergehenden Sonett, wo Shakespeare sagt:

›Every alien pen hath got my *use*,
And under thee their poesy disperse.‹
(Daß heute jeder fremde Musensohn
Dich gern zum Schirmherrn seiner Dichtung hätt.)

Das Wortspiel (use = Hughes) sei hier ganz offensichtlich, und der Vers ›Dich gern zum Schirmherrn seiner Dichtung hätt'‹ bedeute, ›ihre Stücke mit deiner Hilfe als Schauspieler vor das Publikum bringen‹.

Es war ein wundervoller Abend, und wir saßen fast bis zur Morgendämmerung da und lasen immer wieder die Sonette. Nach einiger Zeit jedoch wurde mir klar, daß man, bevor die Theorie in wirklich schlüssiger Form der Öffentlichkeit präsentiert werden konnte, noch einen unabhängigen Beweis für die Existenz des jungen Schauspielers Willie Hughes beibringen mußte. Sollte dies tatsächlich gelingen, stände seine Identität mit Mr. W.H. zweifelsfrei fest; anderenfalls würde die Theorie wie ein Kartenhaus zusammenfallen. Ich wies Cyril mit einigem Nachdruck darauf hin, der über meine, wie er es nannte, kleinkarierte Art ziemlich aufgebracht, ja geradezu erbittert reagierte. Dennoch konnte ich ihm das Versprechen abringen, seine Entdeckung im eigenen Interesse nicht eher publik zu machen, bevor die Sache nicht einwandfrei feststand. Mehrere Wochen lang durchkämmten wir Londoner Kirchenregister, die Alleyn-Handschriften in Dulwich, das Staatsarchiv, die Akten des Lord Chamberlain – kurzum, alles und jedes, von dem wir uns einen Hinweis auf Willie Hughes erhofften. Natürlich blieb alles Suchen erfolglos, und mit jedem Tag schien mir die Existenz von Willie Hughes problematischer zu werden. Cyril litt fürchterliche Qualen und setzte mir in der Absicht, mich zu überzeugen, die ganze Frage wieder und wieder auseinander; aber ich sah den wunden Punkt der Theorie und wollte ihr nicht eher beipflichten, bis die tatsächliche Existenz von Willie Hughes, einem jugendlichen Schauspieler der elisabethanischen Bühne, nicht einwandfrei und unangreifbar feststand.

Eines Tages verließ Cyril die Stadt, um seinen Großvater zu besuchen, wie ich damals glaubte. Kurz darauf erfuhr ich von Lord Crediton, daß dies nicht der Fall war, und etwa zwei Wochen danach erreichte mich ein in Warwick aufgegebenes Telegramm von Cyril, in dem er mich bat, noch am gleichen Abend um acht zu ihm zu kommen und mit ihm zu essen. Als ich eintraf, empfing er mich mit den Worten: ›Der einzige Apostel, der einen Beweis nicht verdiente, war der heilige Thomas, und der heilige Thomas war der einzige Apostel, der ihn bekam.‹ Ich fragte, was er damit meinte. Er antwortete, es sei ihm nicht nur gelungen, einen jugendlichen Schauspieler mit Namen Willie Hughes im sechzehnten Jahrhundert auszumachen, sondern er könne auch zweifelsfrei nachweisen, daß dies der gesuchte Mr. W.H. der Sonette sei. Mehr wollte er zunächst nicht herausrücken; aber nach dem Essen holte er das Bild, das ich dir vorhin gezeigt habe, feierlich hervor und erklärte mir, er habe es rein zufällig an der Innenseite einer alten Truhe entdeckt, die er auf einem Bauernhof in Warwickshire erstanden habe. Die Truhe selbst, ein sehr schönes Stück elisabethanischen Handwerks und vollkommen authentisch, hatte er selbstverständlich auch mitgebracht, und in der Mitte der Vorderseite waren eindeutig die Initialen W.H. eingeschnitzt. Allein dieses Monogramm hätte seine Aufmerksamkeit erregt, und er erzählte weiter, daß er erst nach mehreren Tagen auf die Idee gekommen sei, einen genaueren Blick in ihr Inneres zu werfen. Eines Morgens nämlich sei ihm aufgefallen, daß die rechte Seite der Truhe viel dicker war als die linke, und bei näherem Hinsehen habe er entdeckt, daß ein gerahmtes Bild von innen dagegengeklemmt war. Als er es herauszog, war genau das Gemälde zum Vorschein gekommen, das jetzt dort auf dem Sofa liegt. Es sei zwar stark verschmutzt und mit Schimmel überzogen gewesen, aber er habe es sauber bekommen und nachher zu seiner großen Freude entdeckt, daß er durch einen unglaublichen Zufall auf das gestoßen war, wonach er gesucht hatte. Er blickte auf ein authentisches Porträt von Mr. W.H., dessen eine Hand auf der Widmungsseite der Sonette ruhte, und in der oberen Ecke des Bildes konnte man noch undeutlich den Namen des jungen Mannes in goldener Unzialschrift auf einem verblichenen *bleu-de-paon*-Grund lesen: ›Master Will Hews‹.

Was sollte ich dazu sagen? Aus Sonett 47 geht eindeutig hervor, daß Shakespeare tatsächlich ein Porträt von Mr. W.H. besaß, und es erschien mir mehr als wahrscheinlich, daß wir auf nichts anderes als den ›gemalten Schmaus‹ blickten, der seinem Auge ein Fest sein sollte; eben jenes Bild, das sein Herz entzückt, ›das Herz und Aug beglückt‹. Nicht einen Augenblick kam es mir in den Sinn, daß Cyril Graham mich zum Narren halten und versuchen könnte, seine Theorie durch eine Fälschung zu beweisen.«

»Und? Ist es denn eine Fälschung?«

»Aber ja«, sagte Erskine. »Zwar eine ganz ausgezeichnete Fälschung, aber eben doch eine Fälschung. Damals wunderte ich mich, daß Cyril die Sache so gelassen hinnahm; aber ich weiß noch, daß er mir mehr als einmal sagte, er könne sehr gut ohne einen Beweis dieser Sorte auskommen und halte seine Theorie auch so für perfekt. Ich lachte über ihn und sagte, ohne Beweis wäre seine Theorie keinen Pfifferling wert, und beglückwünschte ihn herzlich zu seiner wunderbaren Entdeckung. Daraufhin beschlossen wir, das Bild solle gestochen oder faksimiliert auf dem Titelblatt einer von Cyril besorgten Neuausgabe der Sonette erscheinen; drei Monate lang taten wir nichts anderes, als jedes Gedicht Zeile für Zeile durchzugehen, bis wir sämtliche Fragen von Text und Bedeutung geklärt hatten. Eines unseligen Tages war ich in einer Kunsthandlung in Holborn und entdeckte auf der Verkaufstheke einige außerordentlich schöne Silberstiftzeichnungen. Ich war so von ihnen angetan, daß ich sie erwarb, und der Ladeninhaber, ein gewisser Rawlings, erzählte mir, sie stammten von einem jungen Maler namens Edward Merton, der zwar ungemein talentiert, aber arm wie eine Kirchenmaus sei. Einige Tage später ging ich Merton besuchen, dessen Adresse mir der Kunsthändler gegeben hatte, und traf auf einen bleichen, interessanten jungen Mann mit einer eher gewöhnlich aussehenden Frau – sein Modell, wie ich hinterher erfuhr. Ich erzählte ihm, wie sehr ich seine Zeichnungen bewunderte, was ihn zu freuen schien, und fragte, ob er mir noch andere seiner Arbeiten zeigen könnte. Als wir eine Mappe mit wirklich ausgezeichneten Sachen durchblätterten – Merton verfügte über einen überaus feinen und anmutigen Strich –, fiel mein Blick plötzlich auf eine Zeichnung des Porträts von Mr. W. H. Jeder Irrtum war ausgeschlossen. Es war beinahe ein Faksimile – der einzige Unterschied war, daß die beiden Masken der Tragödie und Komödie nicht wie auf dem Gemälde vom Marmorsockel herabhingen, sondern zu Füßen des jungen Mannes am Boden lagen. ›Wo in aller Welt haben Sie das her?‹ fragte ich. Er wurde ziemlich verlegen und antwortete: ›Oh, das ist nichts. Ich wußte gar nicht, daß es in der Mappe war. Es ist vollkommen wertlos.‹ – ›Das ist doch das Bild, das du für Mr. Cyril Graham gemacht hast‹, rief seine Frau, ›und wenn der Herr es kaufen möchte, gib's ihm nur.‹ – ›Für Mr. Cyril Graham?‹ wiederholte ich. ›Sie haben das Porträt von Mr. W.H. gemalt?‹ – ›Ich verstehe nicht, was Sie meinen‹, sagte er und wurde dunkelrot. Nun, die ganze Geschichte war hochnotpeinlich. Die Frau plauschte alles aus. Beim Weggehen steckte ich ihr fünf Pfund zu. Heute mag ich gar nicht mehr daran denken, aber damals war ich völlig außer mir. Ich lief schnurstracks zu Cyrils Wohnung, wo ich drei Stunden auf ihn warten mußte, bis er endlich erschien, die schreckliche Lüge mitten im Gesicht, und sagte ihm geradeheraus, daß ich seine Fälschung entdeckt hätte. Er wurde kreidebleich und sagte: ›Ich hab's nur für dich gemacht. Du warst ja anders nicht zu überzeugen. Die Wahrheit der Theorie bleibt davon unberührt.‹ – ›Die Wahrheit der Theorie!‹ rief ich; ›je weniger wir davon reden, desto besser. Du selbst hast doch keine Sekunde daran geglaubt. Anderenfalls hättest du nicht extra eine Fälschung begangen, um sie zu beweisen.‹ Wir stritten uns heftig, und ein Wort gab das andere. Heute weiß ich, daß ich ungerecht war, und am nächsten Morgen war er tot.«

»Tot?« rief ich.

»Ja, er erschoß sich mit einem Revolver. Als ich eintraf – sein Diener hatte sofort nach mir geschickt –, war die Polizei bereits da. Er hatte mir einen Brief hinterlassen, der offenbar in größter Aufregung und geistiger Not geschrieben war.«

»Was stand drin?« fragte ich.

»Oh, daß er unbedingt an Willie Hughes glaubte; daß die Fälschung des Bildes nur ein Zugeständnis an mich gewesen sei und die Wahrheit seiner Theorie nicht im geringsten erschüttere; und daß er, um mir zu zeigen, wie fest und unerschütterlich sein Glaube in die ganze Sache sei, sein Leben dem Geheimnis der Sonette zum Opfer bringen wolle. Es war ein dummer, hysterischer Brief. Ich erinnere mich, daß er zum Schluß sagte, er vermache mir die Willie-Hughes-Theorie und es sei nun mein Auftrag, sie der Welt zu übergeben und das Geheimnis von Shakespeares Herz zu offenbaren.«

»Eine wirklich tragische Geschichte«, seufzte ich, »aber warum bist du seinem Wunsch nicht nachgekommen?«

Erskine zuckte die Schultern. »Weil diese Theorie ganz ohne Hand und Fuß ist«, antwortete er.

»Mein lieber Erskine«, rief ich und stand auf, »da liegst du aber völlig daneben. Die Theorie ist der einzige vollkommene Schlüssel zu Shakespeares Sonetten, den es je gab. Jedes Detail stimmt. Ich glaube an Willie Hughes.«

»Sag das nicht«, erwiderte Erskine ernst; »ich glaube, auf dieser Idee liegt ein Fluch, und intellektuell läßt sich nichts zu ihren Gunsten sagen. Ich habe mich wahrhaft ausführlich mit ihr beschäftigt, und ich kann dir versichern, diese Theorie ist ein einziges Kuckucksei. Bis zu einem gewissen Punkt klingt sie plausibel. Dann ist Schluß. Um Himmels willen, guter Junge, laß die Finger von Willie Hughes. Du wirst dich nur ins Unglück stürzen.«

»Erskine«, sagte ich, »es ist deine Pflicht, die Theorie der Welt zu übergeben. Wenn du es nicht tust, mach ich es. Indem du sie zurückhältst, beleidigst du das Andenken an Cyril Graham, den jüngsten und leuchtendsten aller Märtyrer der Literatur. Ich bitte dich inständig, ihm diesen Akt der Gerechtigkeit nicht zu verweigern. Er starb für diese eine Sache – laß seinen Tod nicht umsonst gewesen sein.«

Erskine sah mich erstaunt an. »Dein Mitgefühl für die Geschichte reißt dich fort«, sagte er. »Du vergißt, daß eine Sache nicht deshalb wahr ist, weil jemand für sie stirbt. Ich habe Cyril Graham sehr verehrt. Sein Tod war ein schwerer Schlag für mich. Ich habe ihn erst nach Jahren verwunden. Vielleicht bin ich auch nie ganz darüber hinweggekommen. Aber Willie Hughes! An der ganzen Geschichte mit Willie Hughes ist nichts dran. Diesen Menschen hat es nie gegeben. Und was die Frage angeht, die Sache vor die Welt zu bringen – nun, die Welt denkt, Cyril Graham sei durch einen Unfall ums Leben gekommen. Den einzigen Beweis für seinen Selbstmord enthielt sein Brief an mich, und von dem hat die Öffentlichkeit nie etwas erfahren. Lord Crediton glaubt bis heute an einen tragischen Unglücksfall.«

»Cyril Graham hat sein Leben für eine große Idee geopfert«, antwortete ich. »Und wenn du schon sein Märtyrertum verschweigen willst, so erzähle wenigstens von seinem Glauben.«

»Sein Glaube«, sagte Erskine, »war besessen von einer fixen Idee, von einer Sache, die vorne und hinten nicht zusammenpaßte und mit der sich ein Shakespeareforscher nicht auch nur einen Augenblick abgeben würde. Man würde die Theorie auslachen. Mach keinen Narren aus dir und folge nicht einer Spur, die ins Leere führt. Du gehst von der Existenz einer Person aus, deren Existenz doch gerade erst bewiesen werden soll. Außerdem weiß jeder, daß die Sonette an Lord Pembroke gerichtet sind. Die ganze Sache ist ein für allemal entschieden.«

»Die Sache ist überhaupt nicht entschieden«, rief ich. »Ich werde die Theorie dort weiterführen, wo Cyril Graham sie verlassen hat, und ich werde der Welt beweisen, daß er recht hatte.«

»Dummer Junge!« sagte Erskine. »Geh heim, es ist schon nach drei, und schlag dir Willie Hughes aus dem Kopf. Es tut mir leid, daß ich dir überhaupt davon erzählt habe, und es täte mir noch mehr leid, dich zu einer Sache bekehrt zu haben, an die ich selbst nicht glaube.«

»Du hast mir den Schlüssel zum größten Mysterium der modernen Literatur gegeben«, antwortete ich; »und ich werde nicht eher ruhen, bis ich dir, bis ich der ganzen Welt gezeigt habe, daß Cyril Graham der scharfsinnigste Shakespeare-Kritiker unserer Tage war.«

Ich wollte schon gehen, als Erskine mich zurückrief. »Guter Freund«, sagte er, »höre meinen Rat und vergeude deine Zeit nicht mit den Sonetten. Ich meine es wirklich ernst. Was sagen sie uns denn letztlich über Shakespeare? Doch nur, daß er der Sklave der Schönheit war.«

»Nun, das ist die Voraussetzung für jeden Künstler!« gab ich zurück.

Für einen Moment entstand ein seltsames Schweigen. Dann erhob Erskine sich, sah mich mit halb geschlossenen Augen an und sagte: »Ach, wie sehr du mich an Cyril erinnerst! Damals hat er das gleiche von mir gesagt.« Er versuchte zu lächeln, aber in seiner Stimme lag ein schmerzliches Pathos, das ich bis heute nicht vergessen habe, so wie man den besonderen Klang einer Violine, die einen bezaubert hat, oder die Berührung durch die Hand einer bestimmten Frau niemals vergißt. Die großen Augenblicke im Leben lassen einen oft unbewegt; sie entschwinden unserem Gedächtnis, und wenn wir uns zurückerinnern, werden sie geradezu unwirklich. Selbst die Scharlachblüten der Leidenschaft scheinen auf der gleichen Wiese zu wachsen wie die Mohnblumen des Vergessens. Wir bedauern die Last ihrer Erinnerung und kennen Mittel, ihren Schmerz zu lindern. Die kleinen Dinge aber, die Dinge ohne Bedeutung, bleiben uns. Eine winzige elfenbeinerne Zelle in unserem Hirn verwahrt für uns die flüchtigsten und subtilsten Eindrücke.

Als ich durch den St. James's Park nach Hause ging, begann über London der Morgen zu dämmern. Die Schwäne ruhten schlafend auf der unbewegten Fläche des Sees, wie weiße Federn auf einem Spiegel aus schwarzem Stahl. Der schlanke Crystal Palace erhob sich purpurn gegen den blaßgrünen Himmel, und im Garten von Stafford House begannen die Vögel zu singen. Ich mußte an Cyril Graham denken, und meine Augen füllten sich mit Tränen.

II

Als ich erwachte, war es nach zwölf, und die Sonne fiel in langen, staubdurchwirkten Strahlen zitternden Goldes durch die Vorhänge meines Zimmers. Ich sagte meinem Diener, daß ich für niemanden zu sprechen sei, und nachdem ich mich mit einer Tasse Schokolade und einem *petit-pain* gestärkt hatte, holte ich aus der Bibliothek mein Exemplar der Shakespeare-Sonette und Mr. Tylers Faksimile-Reprint der Quarto-Ausgabe und begann sie sorgfältig durchzugehen. Jedes Gedicht schien mir Cyril Grahams Theorie zu bestätigen. Ich hatte das Gefühl, meine Hand läge unmittelbar auf Shakespeares Herz und ich könne jeden einzelnen Pulsschlag seiner Leidenschaft spüren. Ich dachte an den wunderbaren jugendlichen Schauspieler und sah in jedem Vers sein Gesicht.

Ich muß zugeben, daß ich vorher, in meinen Lord-Pembroke-Tagen, wenn ich so sagen darf, nie wirklich begreifen konnte, wie der Schöpfer von Hamlet und Lear und Othello sich mit so ungewöhnlich anbetungsvollen und leidenschaftlichen Worten an jemanden wenden konnte, der lediglich ein ganz gewöhnlicher Adliger seiner Zeit war. Wie die meisten Shakespeare-Kenner sah ich mich gezwungen, die Sonette als eine Art Fremdkörper in Shakespeares Entwicklung als Dramatiker zu betrachten, als etwas, das der intellektuellen Seite seines Wesens womöglich nicht gerecht wurde. Jetzt aber, da mir die Wahrheit von Cyril Grahams Theorie bewußt wurde, erkannte ich, daß die in ihnen gespiegelten Stimmungen und Leidenschaften ganz wesentlich waren für Shakespeares Vollendung als Künstler, der für die elisabethanische Bühne schrieb, und daß der eigentliche Ursprung der Gedichte geradewegs aus den besonderen Bedingungen dieser Bühne herrührte. Ich erinnere mich an die freudige Erregung, als ich entdeckte, daß diese wunderbaren Sonette,

»Ihr Tiefsinn gleicht der Sphinx; an Wohllaut gar
Apollos Laute, bespannt mit seinem Haar«,

nicht länger von den großen künstlerischen Energien in Shakespeares Leben abgetrennt waren, sondern einen wesentlichen Teil seiner dramatischen Aktivitäten ausmachten und uns etwas über das Geheimnis seiner Methode enthüllten. Den wahren Namen von Mr. W.H. entschlüsselt zu haben, war im Vergleich dazu nichts: Andere hätten das tun können, hatten es vielleicht sogar getan; aber seinen Beruf entdeckt zu haben, war eine Revolution der Kritik.

Ich weiß noch, daß zwei Sonette ganz besonders meine Aufmerksamkeit fesselten. Im ersten (53) beglückwünscht Shakespeare Willie Hughes zur Vielseitigkeit seiner Schauspielkunst, zur großen Spannweite seiner Rollen, von denen wir wissen, daß sie von Rosalinde bis Julia, von Beatrice bis Ophelia reichten, und sagt zu ihm:

»Was ist dein Stoff, woraus schuf dich Natur,
Daß sich Millionen Schatten um dich reihn?
Sonst hat ein jeder einen Schatten nur,
Doch du kannst jedem deinen Schatten leihn.«

Diese Zeilen blieben unverständlich, wenn sie nicht an einen Schauspieler gerichtet wären, denn das Wort »Schatten« war zu Shakespeares Zeiten ein Fachausdruck aus der Bühnensprache. »Auch die besten Spieler dieser Art sind nur Schatten«, sagt Theseus im *Sommernachtstraum*;

»das Leben ist nichts als ein wandelnder Schatten, ein armer Schauspieler,
der seine Stunde auf der Bühne stolziert und sich quält«,

ruft Macbeth im Augenblick seiner Verzweiflung, und in der Literatur der Zeit ließen sich noch viele weitere

Anspielungen dieser Art finden. Dieses Sonett gehörte zweifellos in eine Reihe von Gedichten, in denen Shakespeare sich mit dem Wesen der Schauspielkunst auseinandersetzt und das eigentümliche und seltene Temperament behandelt, das für den vollkommenen Schauspieler unerläßlich ist. »Wie kommt es«, sagt Shakespeare zu Willie Hughes, »daß du so viele Persönlichkeiten in dir hast?« Und dann legt er dar, daß seine Schönheit dergestalt ist, daß sie jede Form und Gestalt der Phantasie zu verwirklichen, jeden Traum der künstlerischen Einbildungskraft zu verkörpern scheint – eine Vorstellung, die im nachfolgenden Sonett noch weiter ausgeführt wird, das mit dem glänzenden Gedanken beginnt:

»O wieviel schöner scheint die Schönheit doch,
Wenn süßer Treue Schmuck sie uns erhebt!«

Shakespeare lenkt unseren Blick darauf, daß die Wahrheit der Schauspielkunst, die Wahrheit der sichtbaren Darstellung auf der Bühne, das Wunder der Dichtung erhöht, indem sie ihrem Zauber Leben und ihrer idealen Form Wirklichkeit verleiht. Und doch bittet Shakespeare in Sonett 67 Willie Hughes, die Bühne mit all ihrer Künstlichkeit, ihrem unechten Leben geschminkter Gesichter und Verkleidungen, ihren unmoralischen Einflüssen und Lockungen, ihrer Ferne von der wahren Welt edler Tat und aufrichtiger Rede aufzugeben:

»Wozu soll er in diesem Mistbeet leben,
Was dreist ist, adeln, und was unverschämt,
Daß sich dank ihm die Sünde kann erheben
Und sich mit seiner Freundschaft stolz verbrämt?
Wozu soll Schminke fälschen seinen Teint,
Lebendiger Röte rauben toten Glanz?

Wozu sucht sich die arme Schönheit denn
Gemalte Rosen? Er ist Rose ganz.«

Es mag seltsam erscheinen, daß ein so großer Dramatiker wie Shakespeare, der seine eigene Vollkommenheit als Künstler wie als Mensch auf der ideellen Ebene der Bühnendichtung und der Schauspielkunst verwirklichte, sich so abfällig über das Theater geäußert haben soll; aber wir dürfen nicht vergessen, daß Shakespeare uns in den Sonetten 110 und 111 mitteilt, auch er sei der Welt der Puppen müde und voller Scham, sich »zum Narren gemacht« zu haben. Sonett 111 ist besonders bitter:

»Mißfall ich dir? Ach, sag Fortuna das!
Durch ihre Schuld bin ich so abgeglitten,
Denn sie beschränkte mich aufs Mittelmaß,
Und Mittelmaß macht mittelmäßige Sitten.
Darum bin ich nicht makellos wie du.
Darum ist, wie des Färbers Hand, mein Wesen,
Bemakelt von der Arbeit, die ich tu.
Erbarm dich doch, wünsch mir, ich soll genesen!«

Dasselbe Gefühl begegnet uns an zahlreichen anderen Stellen, die allen echten Shakespeare-Forschern wohlvertraut sind.

Ein Punkt bei der Lektüre der Sonette machte mir besonders zu schaffen, und es dauerte Tage, bis mir der rettende Gedanke kam, der selbst Cyril Graham entgangen zu sein schien. Ich konnte nicht verstehen, warum Shakespeare soviel an der Verheiratung seines Freundes gelegen war. Er selbst hatte jung geheiratet und sich damit unglücklich gemacht, und man konnte sich schwerlich vorstellen, daß er von Willie Hughes verlangte, denselben Fehler zu begehen. Der jugendliche Darsteller der Rosalinde hatte nichts von der Heirat oder den Leidenschaften des wirklichen Lebens zu erwarten. Insofern lag ein eigenartiger Mißton in den frühen Sonetten mit ihrer Aufforderung, Kinder zu zeugen.

Die Auflösung des Rätsels kam mir ganz unverhofft, und zwar fand ich sie in der sonderbaren Widmung. Man wird sich erinnern, daß sie wie folgt lautet:

»TO THE ONLIE BEGETTER OF
THESE INSUING SONNETS
MR. W.H. ALL HAPPINESSE
AND THAT ETERNITIE
PROMISED BY
OUR EVER-LIVING POET
WISHETH
THE WELL-WISHING
ADVENTURER IN
SETTING
FORTH
T.T.«

Einige Forscher haben angenommen, mit dem Wort »begetter« sei nicht der »Erzeuger«, sondern lediglich der »Vermittler« gemeint, der dem Verleger Thomas Thorpe die Sonette verschafft habe; aber diese Theorie wird mittlerweile allgemein verworfen, und die höchsten Autoritäten sind sich einig darüber, daß es im Sinne von »Lebensspender« zu verstehen ist und in Analogie zum physischen Leben gebildet wurde. Plötzlich sah ich, daß diese Metapher von Shakespeare auch in zahlreichen Gedichten verwendet wurde, und das brachte mich auf die richtige Spur. Zuletzt machte ich eine bedeutende Entdeckung. Die Hochzeit, die Shakespeare Willie Hughes vorschlägt, ist die »Hochzeit mit der Muse«, eine Vorstellung, die unzweifelhaft in Sonett 82 ausgebreitet wird, wo er verbittert über den Treuebruch des jugendlichen Schauspielers, für den er seine größten Rollen geschrieben und dessen Schönheit ihn überhaupt erst dazu angeregt hatte, seine Klage mit den Worten beginnt:

> »Du bist doch meiner Muse nicht vermählt.«

Die Kinder, die er ihn beschwört zu zeugen, sind keine Kinder aus Fleisch und Blut, sondern die unsterblichen Kinder ewigen Ruhms. Der gesamte Zyklus der frühen Sonette ist nichts weiter als Shakespeares eindringliche Bitte an Willie Hughes, zum Theater zu gehen und Schauspieler zu werden. Wie dürr und nutzlos, sagt er, wäre deine Schönheit, wenn sie nicht genutzt würde:

> »Belagern vierzig Winter deine Stirn,
> Durchziehen Furchen deiner Schönheit Flur,
> Ist, vielbestaunt, dein feiner Jugendzwirn
> Ein minderwert geschätzter Lumpen nur,
> Und fragt man dich, wo deine Schönheit blieb,
> Der prallen Jugend Staatsschatz, wo er sei,
> ›Im Aug'‹ zu sagen, ist das Auge trüb,
> Wär Unverschämtheit, wär Lobhudelei.«

Du mußt etwas in der Kunst schaffen; meine Dichtung »wächst aus dir, aus deiner Kraft allein«; höre nur auf mich, und ich will

> »Verse schreiben, die ewig sind, die niemals untergehn«,

und du sollst mit Gestalten nach deinem Ebenbild die Phantasiewelt der Bühne bevölkern. Die Kinder, die du zeugst, sagt er weiter, werden nie vergehen wie sterbliche Kinder, sondern du wirst in ihnen und meinen Stücken fortleben; deshalb also

»Vermehre dich, und wär's aus Lieb zu mir,
Daß Schönheit bleibt in deinem Sproß und dir.«

Hab keine Angst, deine Persönlichkeit aufzugeben, »deine Schönheit einem anderen« zu leihen:

»Ja, gib dich hin, dann wird's dich ewig geben.
Die eigne süße Kunst verlängert dir das Leben.«

Ich mag wenig von Astrologie verstehen, doch in den »Fixsternen« deiner Augen

»... les ich ahnungsvoll:
Wenn Schönheit sich mit Wahrheit paaren soll,
Mußt du, mein Liebster, endlich dich vermehren.«

Was gehen uns die anderen an?

»Was die Natur nicht zu bewahren gedenkt,
Abschaum und Schlacke, die verwüstet sie.«

Mit dir hat die Natur anderes vor:

»Zu ihrem Druckerstock hat sie dich gewählt.
Kopier das Muster, daß es sich erhält.«

Vergiß nicht, wie schnell die Schönheit vergeht. Ihre Wirkung gleicht der einer Blume, und genauso rasch wächst und stirbt sie. Denk an die »rauhen Winterstürme«, an »des wüsten Todes ewiges Eis«, und

»noch eh du destillierst,
Füll in ein Fläschchen deiner Schönheit Zier,
Eh sie verflogen ist, zu nichts geworden.«

Blumen gar sterben nicht völlig. Wenn Rosen welken,

»Gewinnt aus ihrem Tod man süßen Duft«,

und du, der du »meine Rose« bist, sollst nicht vergehen, ohne deine Gestalt in der Kunst aufzubewahren. Denn die Kunst kennt das wahre Geheimnis der Freude.

»Ja, glaub mir, zehnmal besser wär dein Los,
Wärst zehnfach du verzehnfacht.«

Du brauchst nicht den »Bastardschmuck«, das geschminkte Gesicht, das phantastische Kostüm der anderen Schauspieler:

»der Toten Goldhaar vor dem Grab,
Dem es zu Recht gehört«,

muß dir nicht weggeschoren werden. In dir

»seht ihr antiken Adel blühn,
Ganz ohne Zierat, eigen, wahr und schlicht,
Der keinen Sommer macht aus fremdem Grün.«

Du mußt nur »kopieren, was in dir steht«; auf der Bühne der sein, der du im wirklichen Leben bist. Alle alten Dichter, die von »verblichenen Damen und holden Knaben« geschrieben haben, träumten von jemandem wie dir, und

»Dich ahnten sie voraus, wenn sie beflissen
Hymnen verfaßten, dich und diese Zeit.«

Denn deine Schönheit scheint allen Zeiten und Ländern zu gehören. Dein Traumbild kommt nachts zu mir, doch ich will deinen »Schatten« bei Tage sehen, dich auf der Bühne bewundern. Worte allein reichen nicht aus:

»Beschreibe ich, wie mich dein Blick entzückt,
Zähl deine Reize auf mit neuen Zahlen,
Wird jeder sagen: ›Ach, der Dichter lügt,
Kein Erdenantlitz kann so himmlisch strahlen.‹«

Es ist notwendig, daß »ein Kind von dir«, eine künstlerische Schöpfung, die dich verkörpert und der du durch deine Einbildungskraft Leben verleihst, dich den staunenden Blicken der Welt zeigt. Deine eigenen Gedanken sind deine Kinder, die Geschöpfe von Sinn und Geist; gib ihnen Ausdruck, und vor dir entstehen

»Kinder, die dein Hirn gebar und nährt.«

Auch meine Gedanken sind meine »Kinder«. Sie sind durch dich gezeugt, und mein Hirn ist

»der Schoß, der sie gebar«.

Unsere große Freundschaft ist in der Tat eine Hochzeit, ein »reiner Seelen Bund«.

Ich schrieb alle diese Passagen heraus, die meine Auffassung zu bestätigen schienen, und jede einzelne zeigte mir, wie recht Cyril Graham mit seiner Theorie hatte. Ich erkannte auch, daß es problemlos möglich war, die Zeilen, in denen Shakespeare von den Sonetten selbst spricht, von denen zu trennen, in denen er von seinem großen dramatischen Werk spricht. Dies war ein Punkt, den alle Kritiker vor Cyril Graham übersehen hatten. Dabei gehörte er zu den wichtigsten des gesamten Gedichtzyklus. Die Sonette selbst bedeuteten Shakespeare nicht viel. Er hatte nicht vor, seinen Ruhm auf sie zu gründen. Für ihn waren sie seine »leichte Muse«, wie er sie nennt, und von Meres wissen wir, daß sie nur unter einer Handvoll guter Freunde herumgereicht werden sollten. Auf der anderen Seite jedoch war er sich des hohen künstlerischen Werts seiner Stücke vollauf bewußt und bekennt sich mit festem Selbstvertrauen zu seinem dichterischen Genie. Wenn er zu Willie Hughes sagt:

»Doch nie soll deines Sommers Pracht ermatten,
Nie soll zerschleißen deiner Schönheit Kleid,
Nie Tod sich brüsten, daß in seinem Schatten
Du gehst: Im Vers zwingst du die Sterblichkeit.
Solang ein Mensch noch atmet, Augen sehn,
Solang dies steht, so lang wirst du bestehn«,

so spielt der Ausdruck »im Vers zwingst du die Sterblichkeit« deutlich auf eins seiner Stücke an, das er ihm zu der Zeit schickte, genau wie die beiden Schlußverse seine Zuversicht darüber ausdrücken, seine Stücke könnten für alle Zeit gespielt werden. In seiner Anrufung der dramatischen Muse (Sonette 100 und 101) finden wir dasselbe Gefühl:

»Wo bist du Muse, daß du laut zu preisen
Den Springquell deiner Kraft so lang vergißt?

Hast du dich ganz erschöpft bei schlechten Weisen,
Schenkst dem dein Licht, der selber glanzlos ist?«

So ruft er und beklagt sich dann bei der Herrin von Tragödie und Komödie über das »Versäumen, die Wahrheit schönzufärben«, und sagt:

»Er braucht kein Lob, sagst du, und schweigst dich aus?
Nein, das entschuldigt dein Verstummen nicht.
Du sollst ihn preisen übers Grab hinaus,
Daß er unsterblich wird durch dein Gedicht.
Versieh dein Amt, ich werd dir zeigen, wie.
Sein schöner Schein, so scheint's, vergeht dann nie.«

Vielleicht aber ist es das 55. Sonett, in dem Shakespeare diesem Gedanken seinen vollständigsten Ausdruck gibt. Die Annahme, mit »was dein Freund dir schreibt« im zweiten Vers sei das Gedicht selbst gemeint, geht an der eigentlichen Intention Shakespeares völlig vorbei. Berücksichtigte man den allgemeinen Charakter des Gedichts, schien es mir ganz eindeutig, daß hier nur ein bestimmtes Stück gemeint sein konnte, und zwar *Romeo und Julia*:

»Kein goldnes Standbild, Marmorsäulen nicht
Solln überdauern, was dein Freund dir schreibt.
Nein, heller sollst du leuchten im Gedicht
Als auf dem Stein, den Staub der Zeit zerreibt.
Hat Krieg längst jedes Standbild überrannt,
Und riß er jedes Bauwerk nieder wild,
Kein Schwert des Mars und keines Kriegers Brand
Tilgt jemals aus der Schrift dein Lebensbild.
Zieh gegen des Vergessens Schmach ins Feld,
Besieg den Tod, daß noch vor Augen steht
Dein Ruhm den Kommenden, die diese Welt

> Zuschanden machen, bis sie untergeht.
> Bis du am Jüngsten Tag kehrst zurück,
> Leb in der Schrift und deiner Lieben Blick.«

Nicht weniger bedeutsam war die Feststellung, daß Shakespeare hier wie anderswo Willie Hughes' Unsterblichkeit in einer Form verhieß, die sich an die Augen der Menschen richtete – mit anderen Worten, in der Form eines Schauspiels, eines Stücks, das man sich ansieht.

Zwei Wochen lang arbeitete ich hart an den Sonetten, ging kaum vor die Tür und lehnte alle Einladungen ab. Jeder Tag schien neue Entdeckungen zu bringen, und Willie Hughes wurde für mich eine Art geistige Präsenz, eine alles beherrschende Persönlichkeit. Ich konnte mir beinahe vorstellen, wie er in meinem Zimmer irgendwo im Schatten stand, so genau hatte Shakespeare ihn gezeichnet, mit den goldenen Haaren, der feinen, blütengleichen Grazie, den traumverlorenen Augen, den eleganten Bewegungen seiner Gliedmaßen und den weißen Lilienhänden. Allein der Name berauschte mich. Willie Hughes! Willie Hughes! Wie der Klang von Musik! Ja, wer anders als er konnte Herr und Herrin von Shakespeares Leidenschaft sein (Sonett 20; 2), der Herr seiner Liebe, dem er in Dankespflicht verbunden war (Sonett 26; 1), der Liebling der Lust (Sonett 126; 9), die Rose, die die ganze Welt bedeutet (Sonett 109; 14), der Herold des Frühlings (Sonett 1; 14), gekleidet in feinsten Jugendzwirn (Sonett 2; 3), der bezaubernde Junge, der wie süße Musik ist und dessen Schönheit das Festkleid für Shakespeares Herz war (Sonett 22; 6) wie auch der Grundstein seiner dramatischen Kraft? Wie bitter erschien nun die Tragödie seiner Untreue und seiner Schmach! – eine Schmach, die er durch den bloßen Zauber seiner Person süß und liebenswert machte (Sonett 95; 1), die aber deswegen immer noch Schmach blieb. Doch da Shakespeare ihm verziehen hatte, sollten nicht auch wir ihm verzeihen? Ich wollte nicht tiefer in das Geheimnis seiner Sünde oder der Sünde – wenn es denn eine war – des großen Dichters eindringen, der ihn so sehr geliebt hatte. »Ich bin, was ich bin«, sagte Shakespeare in einem Sonett voll edler Verachtung:

»Ich bin, was ich bin, und die mich rügen
Ob meines Tuns, sich selbst entblößen die.
Denn ich bin ehrlich, doch sie selber lügen.
Nicht mich meint ihre schmutzige Phantasie.«

Daß Willie Hughes Shakespeares Theater verließ, war eine ganz andere Sache, der ich mit großem Eifer nachging. Zuletzt kam ich zu dem Schluß, daß Cyril Graham unrecht hatte mit seiner Vermutung, der Rivale in Sonett 80 sei Chapman gewesen. Zweifelsfrei wurde hier auf Marlowe angespielt. Zu der Zeit, da die Sonette geschrieben wurden, also zwischen 1590 und 1595, konnte ein Ausdruck wie »die Segel seiner Verse, stolzgeschwellt« unmöglich Chapmans Werk bezeichnen, so berechtigt er auch für den Stil seiner späteren Stücke aus jakobinischer Zeit war. Nein, der rivalisierende Dichter, den Shakespeare mit soviel Lob bedachte, war eindeutig Marlowe. Der Lobgesang, den er Willie Hughes zu Ehren schrieb, war *Hero und Leander*, und der

»... sich brüstende Hausgeist,
Der ihn des Nachts mit Einflüsterungen narrt«,

war der Mephistopheles seines *Doctor Faustus*. Kein Zweifel, Marlowe war fasziniert von der Schönheit und Anmut des jungen Schauspielers, und er lockte ihn vom Blackfriars Theatre fort, damit er den Gaveston in seinem *Edward II.* spiele. Daß Shakespeare ein gesetzliches Recht hatte, Willie Hughes bei seiner Truppe zu behalten, scheint aus Sonett 137 eindeutig hervorzugehen:

»Leb wohl, du bist zu gut, mein Gut zu sein,
Du weißt gewiß, wie teuer man dich schätzt.
Dein Freibrief ist dein Wert, ich seh es ein,
Mein Pachtvertrag ist zeitlich festgesetzt.
Nur dir verdanke ich, daß ich dich habe,
Doch wie verdien ich dieses reiche Glück?
Ich blieb den Anlaß schuldig für die Gabe,
Drum geht mein Privileg an dich zurück.
Du hast von deinem Wert noch nicht gewußt,
Als du dich hingabst, meinen Wert verkannt;
So kommt die Gabe, die auf Irrtum fußt,
Zurück zu dir durch bessren Sachverstand.
Mein warst du nur im Traum: schlief ich bei Nacht,
War ich ein König, nichts, wenn ich erwacht.«

Den er durch Liebe nicht halten konnte, wollte er auch mit Gewalt nicht halten. Willie Hughes wurde Mitglied der Truppe von Lord Pembroke und hat vielleicht im offenen Hof der Red Bull Tavern die Rolle von König Edwards zartem Günstling gespielt. Nach Marlowes Tod ist er offenbar zu Shakespeare zurückgekommen, der, was auch immer seine Mitspieler darüber gedacht haben mögen, dem jungen Schauspieler sofort seinen Eigensinn und seine Untreue verzieh.

Und wie treffend hatte Shakespeare das Temperament des Schauspielers gezeichnet! Willie Hughes war einer, der

»Nicht tut, was man ihm zutraun möchte meist,
Der andere rührt und kühl bleibt wie ein Stein.«

Er konnte Liebe vorspielen, aber sie nicht empfinden, konnte Leidenschaften nachahmen, ohne tatsächlich entflammt zu sein.

»Den anderen steht es im Gesicht geschrieben,
Wie falsch ihr Herz, wie trüb ihr Wesen ist.«

Aber nicht so bei Willie Hughes. In einem Sonett blinder Vergötterung sagt Shakespeare:

»Dich aber hat der Himmel so gemacht,
Daß süße Liebe nur dein Antlitz weiht.
Gleich, was dein Herz tat, was dein Kopf erdacht,
Aus deinem Blick spricht immer Zärtlichkeit.«

Es war nicht schwer, in seinem »Schwanken« und seinem »falschen Herzen« die Unaufrichtigkeit und den Verrat zu erkennen, die irgendwie untrennbar zum Wesen des Künstlers zu gehören scheinen, sowie in seiner Sucht nach Lob den Wunsch nach unmittelbarer Anerkennung, der allen Schauspielern eigen ist. Und doch sollte Willie Hughes, darin glücklicher als viele andere Schauspieler, einen Hauch von Unsterblichkeit kennenlernen. Aufs engste verknüpft mit Shakespeares Stücken, sollte er in ihnen und durch ihre Inszenierung weiterleben.

»In meinen Versen wirst du nie verblassen,
Ich, sterb ich, bin gestorben für die Welt.
Mich wird man in die Grube fahren lassen,

Doch du lebst weiter, auch wenn Tod dich fällt.
Dein Denkmal sollen künftige Augen lesen
In zarten Versen, die mein Geist ersinnt,
Und spätere Zungen sagen noch dein Wesen,
Wenn sie, die heute atmen, Tote sind.«

Als Nash mit seinem Lästermaul über Shakespeare spöttelte, er habe »die Unsterblichkeit in den Mund eines Schauspielers gelegt«, bezog er sich offenbar auf die Sonette.

Shakespeare hingegen betrachtete den Schauspieler als einen verständigen und selbstbewußten Mitarbeiter, der den Empfindungen des Dichters Form und Substanz verlieh und in das Drama Elemente eines edleren Realismus einbrachte. Sein Schweigen konnte so beredt wie Worte sein und seine Gesten so ausdrucksvoll wie diese, und in den schrecklichen Augenblicken übermenschlicher Agonie oder eines göttergleichen Schmerzes, wenn der Gedanke die Kraft der Worte übersteigt, wenn die Seele, gelähmt vom Übermaß der Qual, nur noch stammelt oder verstummt und das Gewand der Sprache durch die entfesselten Leidenschaften in Fetzen zerrissen ist, dann konnte der Schauspieler, und sei es auch nur für Augenblicke, zum schöpferischen Künstler werden und durch seine bloße Gegenwart und Persönlichkeit an die Quellen von Furcht und Mitleid rühren, an die die Tragödie sich wendet. Diese vollständige Anerkennung der Kunst des Schauspielers und der Macht des Schauspielers war einer der Punkte, in denen sich das romantische vom klassischen Drama unterschied, und folglich ist eins der Dinge, die wir Shakespeare verdanken, der darin eine so glückliche Hand bewies wie in vielem anderen, daß es ihm gelang, Richard Burbage zu entdecken und Willie Hughes groß zu machen.

Wie groß war die Freude, mit der er Willie Hughes' Wirkung auf sein Publikum beschrieb – die »Gaffer«, wie er sie nennt; wie unendlich reich die Einbildungskraft, mit der er dessen ganze Kunst analysierte! Selbst noch in »Einer Liebenden Klage« spricht er von seiner Schauspielerei und erzählt uns, sein Wesen sei für den besonderen Charakter dramatischer Situationen so empfänglich gewesen, daß es sich »in jede Form« beliebig fügte:

»Bald wild und kühn, bald blaß und wie betroffen,
Bald schlau versteckt, bald ungestüm und offen.«

Kurz darauf wird er noch deutlicher, wenn er von Willie Hughes' Fähigkeit spricht, andere durch seine wunderbare Kraft zu betrügen:

»Ihm stehen Schamrot, Ohnmacht, bleicher Schreck
Sogleich zu Diensten, je nach seinem Zweck.«

Niemandem war bisher aufgefallen, daß der Schäfer dieses entzückenden Hirtengedichts, dessen Zauber von »Kunst und Jugend« mit so feinsinniger Ausdruckskraft und Leidenschaft beschrieben wird, niemand anders war als der Mr. W. H. der Sonette. Und doch gab es daran keinen Zweifel. Die beiden jungen Männer besitzen nicht nur das gleiche Aussehen, sondern sie stimmen auch in ihrem Wesen und Temperament überein. Wenn der falsche Schäfer dem halb eroberten Mädchen zuflüstert:

»Ich ließ mich nur von meinem Blut verleiten,
Mein Geist war unbeteiligt, wenn ich fiel«,

wenn er von seinen Geliebten sagt:

»Ich durfte hin und her gefahrlos schwärmen,
Gar manches Herz trug meine Liverei,
Das meinige blieb königlich und frei«;

wenn er von den »mühsam ausgedachten Sonetten« spricht, die ihm eine von ihnen geschickt hat, und in jungenhaftem Stolz ausruft:

»Die Herzen, welche mein geworden, ließen
In meine Strömung ihre Bäche münden«,

muß man unweigerlich fühlen, daß hier Willie Hughes zu uns spricht. Denn auch ihm hatte Shakespeare »mühsam ausgedachte Sonette« geschickt, »Juwelen«, die er leichtfertig als bloßen »Zeitvertreib« erachtete, auch wenn

»... jeder Edelstein
Erhielt nach Eigenschäft und Farbenblitz
Ein Botenamt vom zarten Liebeswitz.«

Und auch er hatte das süße Plätschern seines Gesangs in den Strom der Schönheit münden lassen. Daß in beiden Fällen auf einen Schauspieler angespielt wurde, war ebenfalls unstrittig. Die betrogene Nymphe erzählt uns vom »falschen Feuer« auf den Wangen ihres Geliebten, vom »gezwungenen Donner« seiner Seufzer und seinen »geliehenen Gesten«; von wem, außer von einem Schauspieler, ließe sich sagen, »Wort, Schrift und Gedanken« seien ihm »bloße Kunst« gewesen, oder auch:

»Der Hörer weinte, lachte vor Behagen,
Der ganzen Leidenschaften buntes Spiel
Zwang er herbei durch seines Geistes Will.«

Wir kennen das Wortspiel in der letzten Zeile aus den wortspielerischen Sonetten, und es wird auch in der folgenden Strophe fortgeführt, wo es heißt:

»Ein Herzenskönig über jung und alt,
Beherrscht' er jedes Weib und jeden Mann«,

und der, der seinem Zauberbann erlag,

»Sträubte sich und tat, was er befahl,
Nahm fremden Will zur freien Willenswahl.«

Ja: Der »rotwangige Adonis« aus dem Venus-Gedicht, der falsche Hirte aus »Einer Liebenden Klage« und der »zarte Knauser« und »schöne Geizhals« der Sonette konnte nur ein junger Schauspieler sein; und während ich die verschiedenen Beschreibungen seiner Person las, begriff ich, daß Shakespeare ihn liebte wie ein Musiker ein erlesenes Instrument liebt, auf dem er gerne spielt, oder wie ein Bildhauer ein seltenes und kostbares Material liebt, durch das sich ihm eine neue Form plastischer Schönheit offenbart, eine neue Art des plastischen Ausdrucks. Denn jede Kunst besitzt ihr eigenes Medium, ihr eigenes Material, seien es rhythmische Worte, wirkungsvolle Farben oder wohlklingende, raffiniert gesetzte Töne; und, wie einer der faszinierendsten Kritiker unserer Tage gezeigt hat, es sind gerade diese besonderen, jedem Material innewohnenden Eigenschaften, denen wir das sinnliche Element in der Kunst und damit alles, was in der Kunst wesentlich künstlerisch ist, verdanken. Was also läßt sich über das Material sagen, das das Drama zu seiner Vollendung braucht? Was über den Schauspieler, der das Medium ist, durch das allein das Drama sich wahrhaft entfalten kann? Gewiß gibt es in der seltsamen Nachahmung des Lebens durch die Lebenden, was die Form und Methode der dramatischen Kunst ist, sinnliche Elemente der Schönheit, die keine der anderen Künste besitzt. Von einem gewissen Blickwinkel aus gesehen sind die gewöhnlichen Schauspieler der safranbestreuten Bühnen die vollendetsten, überzeugendsten Instrumente der Kunst. Es gibt keine Leidenschaft in Bronze, keine Bewegung in Marmor. Der Bildhauer muß auf die Farbe verzichten und der Maler auf die Plastizität der Form. Das Epos verwandelt Taten in Worte, die Musik verwandelt Worte in Töne. Einzig das Drama, um den klugen Satz von Gervinus zu zitieren, bedient sich sämtlicher Mittel zugleich und hat, da es sich gleichermaßen an Auge und Ohr wendet, Form und Farbe, Ton, Blick und Wort, die Flinkheit der Bewegung und den eindringlichen Realismus sichtbaren Geschehens zu Diensten und zu seiner freien Verfügung.

Vielleicht liegt in der Vollkommenheit des Instruments aber auch eine geheime Schwäche dieser Kunst verborgen. Die glücklichsten Künste sind die, deren Material weit von der Realität entfernt ist, und die völlige Übereinstimmung von Darstellungsform und Darstellungsinhalt birgt zweifellos die Gefahr eines platten

Realismus und einer einfallslosen Nachahmung. Doch Shakespeare war selber Schauspieler und schrieb für Schauspieler. Er sah die noch unentdeckten Möglichkeiten einer Kunst, die sich bis dahin in Schwulst und Possenspiel erschöpft hatte. Er hat uns die vollkommensten Schauspielregeln hinterlassen, die je aufgeschrieben wurden. Er schuf Rollen, die sich uns nur auf der Bühne enthüllen, und schrieb Stücke, die zu ihrer Verwirklichung das Theater brauchen, so daß uns die große Bewunderung nicht verwundern kann, die er demjenigen entgegenbrachte, der nicht weniger der Interpret seiner Vision wie die Verkörperung seines Traums war.

Dennoch steckte hinter seiner Freundschaft mehr als das bloße Gefallen des Dramatikers an einem Menschen, der ihm hilft, seine Ziele in die Realität umzusetzen. Sie bedeutete ein subtiles Element der Freude, wenn nicht gar der Leidenschaft, und das noble Fundament gemeinsamer künstlerischer Arbeit. Aber dies war noch nicht alles, was uns die Sonette enthüllten. Es existierte noch etwas darüber hinaus, nämlich die Seele wie auch die Sprache des Neuplatonismus.

»Der Weisheit Anfang ist die Furcht des Herrn«, sagte der strenge jüdische Prophet. »Der Anfang der Weisheit ist die Liebe«, lautete die freudige Botschaft der Griechen. Und der Geist der Renaissance, der bereits in so vielen Punkten an den Hellenismus anknüpfte, indem er die tiefere Bedeutung dieses Satzes erkannte und sein Geheimnis erahnte, strebte danach, die Freundschaft zur hohen Würde des antiken Ideals zu erheben, sie zu einem wesentlichen Element der neuen Kultur und zu einem Medium der selbstbewußten intellektuellen Entwicklung zu machen. 1492 erschien Marsilio Ficinos Übersetzung von Platons *Symposion*, und dieser wunderbare Dialog, vielleicht der vollkommenste, da poetischste von allen platonischen Dialogen, begann einen seltsamen Zauber auf die Menschen auszuüben und auf ihr Reden, Denken und auf ihre Lebensweise abzufärben. In seinen subtilen Anmerkungen über das Geschlecht in der Seele, den ungewöhnlichen Analogien, die zwischen intellektueller Begeisterung und dem körperlichen Feuer der Liebe gezogen wurden, in seinem Traum von der Inkarnation der Idee in einer schönen und lebendigen Form und von einer echten geistigen Empfängnis mit Wehen und Gebären lag etwas, das die Dichter und Gelehrten des sechzehnten Jahrhunderts faszinierte. Shakespeare war ganz gewiß davon fasziniert und kannte den Dialog, wenn nicht in der Übersetzung Ficinos, so vielleicht in der französischen Übertragung von Leroy, zu der Joachim du Bellay so zahlreiche anmutige Verspassagen beigetragen hatte. Wenn er von Willie Hughes sagt:

»Daß, wer zu dir fleht, Verse schreiben kann,
Die ewig sind, die niemals untergehn«,

denkt er an Diotimas Theorie, daß die Schönheit die Göttin ist, die über die Geburt wacht und die dunklen Vorstellungen der Seele ans Tageslicht bringt. Wenn er von einem »reiner Seelen Bund« spricht und seinen Freund drängt, Kinder zu zeugen, die die Zeit nicht zerstören kann, wiederholt er nur die Worte, in denen uns die Prophetin sagt, »daß Freunde durch ein weit engeres Band miteinander verbunden sind als die, die sterbliche Kinder zeugen, denn schöner und unsterblicher sind die Kinder, die ihre gemeinsame Nachkommenschaft sind«. Ebenso nennt Edward Blount in seiner Widmung von *Hero und Leander* Marlowes Werke seine »rechtmäßigen Kinder«, da sie »seinem Hirn entsprungen« sind; und wenn Bacon behauptet, daß »die besten und für die Öffentlichkeit nützlichsten Werke von unverheirateten und kinderlosen Männern stammen, die sich mit ihrem Herzen und ihren Gaben mit der Welt vermählt haben und sie bereichern«, wiederholt er mit eigenen Worten eine Stelle aus dem *Symposion*.

Die Freundschaft konnte sich in der Tat keine bessere Beglaubigung ihrer Beständigkeit und ihrer Glut wünschen als die platonische Theorie oder geistige Überzeugung, wie es genauer heißen sollte, daß die wirkliche Welt die Welt der Ideen sei und daß diese Ideen im Menschen sichtbare Gestalt annähmen und durch ihn versinnbildlicht würden, und nur wenn wir den Einfluß des Neuplatonismus auf die Renaissance berücksichtigen, können wir die wahre Bedeutung der sinnlichen Ausdrücke und Redewendungen verstehen, mit denen sich Freunde zu dieser Zeit anzureden pflegten. Es gab eine Art mystische Übertragung der Ausdrücke der physischen Welt auf eine geistige Sphäre, die keine rohen körperlichen Begierden kannte und in der die Seele die Herrin war. Die Liebe war tatsächlich in den Olivenhain der neuen Akademie eingetreten, aber sie trug immer noch ihr altes Flammenkleid und hatte die gleichen leidenschaftlichen Worte auf den Lippen.

Michelangelo, der »edelste Geist Italiens«, wie er genannt wurde, redete den jungen Tommaso Cavalieri mit so ungestümen und leidenschaftlichen Worten an, daß manche glaubten, die betreffenden Sonette könnten nur an jene Adelsfrau, die Witwe des Marchese von Pescara, gerichtet sein, deren weiße Hand der berühmte Bildhauer an ihrem Sterbebett geküßt hatte. Aber daß sie für Cavalieri geschrieben wurden und daß die wörtliche Interpretation die richtige ist, geht nicht nur aus der Tatsache hervor, daß Michelangelo mit seinem Namen spielt, so wie Shakespeare mit dem Namen von Willie Hughes, sondern auch aus dem Zeugnis von Varchi, der eng mit dem jungen Mann befreundet war und uns versichert, daß er »neben seiner unvergleichlichen äußeren Schönheit ein so reizvolles Wesen, so hervorragende geistige Fähigkeiten und eine so anmutige Art besaß, daß er es verdiente und immer noch verdient, um so mehr geliebt zu werden, je besser man ihn kennt«. So seltsam uns die Sonette heute vorkommen mögen, wenn man sie nur richtig interpretiert, zeigen sie uns lediglich, mit welch tiefer und religiöser Inbrunst Michelangelo sich der Feier intellektueller Schönheit verschrieb und wie er, um einen glänzenden Ausdruck von Mr. Symonds zu borgen, den Schleier des Fleisches durchdrang und die darin eingesperrte göttliche Idee suchte. In dem Sonett, das er für Luigi del Riccio zum Tod seines Freundes, Cecchino Bracci, geschrieben hat, können wir ebenfalls, wie Mr. Symonds gezeigt hat, die platonische Vorstellung vom rein geistigen Charakter der Liebe und von der Schönheit als einer Form erkennen, die ihre Unsterblichkeit in der Seele des Geliebten findet. Cecchino war mit gerade siebzehn Jahren gestorben, und als Luigi Michelangelo bat, ein Porträt von ihm zu zeichnen, sagte Michelangelo: »Das kann ich nur, wenn ich dich zeichne, in dem er weiterlebt.«

»Da sich, wer liebt, in den Geliebten wandelt,
Und ohne Anschaun Künste nicht gedeih'n,
Schaff ich, mein Freund, statt seinem Euer Bild.«

Der gleiche Gedanke findet sich auch in Montaignes großem Essay über die Freundschaft, eine Leidenschaft, die er noch über die Liebe unter Brüdern oder die Liebe zwischen Mann und Frau stellt. Er erzählt uns – ich zitiere aus Florios Übersetzung, eins der Bücher, das Shakespeare wohlvertraut war –, wie die »vollkommene Freundschaft« unteilbar ist, wie sie »die Seele einnimmt, und dieselbe unumschränkt beherrscht« und wie »in dem Geliebten eine Begierde nach einer geistigen Empfängnis, vermittelst einer geistigen Schönheit, entsteht«. Er schreibt von einer »innerlichen Schönheit, die schwer zu erkennen und mühsam zu entdecken ist« und die sich Freunden, und nur Freunden allein offenbart. Er beklagt den Tod von Stephan de la Boetie mit Worten jähen Schmerzes und untröstlicher Liebe. Der gelehrte Hubert Languet, ein Freund Melanchthons und einer der Anführer der reformierten Kirche, berichtet dem jungen Sir Philip Sidney, wie er sein Bild einige Stunden mit sich trug, um seine Augen daran sattzusehen, und wie sein Verlangen »durch den Anblick nur noch gesteigert anstatt gelindert wurde«, und Sidney schreibt zurück: »Die große Hoffnung meines Lebens, gleich neben der ewigen Glückseligkeit des Himmels, wird immer der Genuß wahrer Freundschaft sein, und du sollst darin den höchsten Platz einnehmen.« Später stand vor Sidneys Tür in London einer, der eines Tages in Rom verbrannt werden sollte, für die Sünde, Gott in allen Dingen zu sehen: Giordano Bruno, der gerade an der Universität von Paris seinen Triumph erlebt hatte. »A filosofia è necessario amore«, lautete sein Wahlspruch, und die seltsame Leidenschaft seiner Person strahlte etwas aus, das die Menschen spüren ließ, daß er das neue Geheimnis des Lebens entdeckt hatte. Ben Jonson unterzeichnet einen Brief an einen Freund mit »dein treuer Liebhaber« und widmet seine noble Lobeshymne auf Shakespeare »Dem Andenken an meinen Geliebten«. Richard Barnfield spielt in seinem »Zärtlichen Hirten« auf lieblicher virgilscher Flöte die Geschichte seiner Zuneigung zu einem jungen Elisabethaner seiner Zeit. Von allen Hirtengedichten Vergils wählt Abraham Fraunce das zweite zur Übersetzung aus, und Fletchers Verse an Meister W.C. zeigen, wie groß die Faszination war, die allein vom Namen Alexis ausging.

Kein Wunder also, daß Shakespeare von einem Geist erfaßt wurde, der sein Zeitalter so spürbar bewegte. Kritiker wie Hallam haben ihr Bedauern darüber geäußert, daß die Sonette überhaupt geschrieben wurden, und haben sie als etwas Gefährliches, ja beinahe Ungesetzliches betrachtet. Es hätte genügt, ihnen mit den Worten Chapmans entgegenzuhalten:

»Es gibt keine Gefahr für den, der weiß,
Was Leben und Tod ist: kein Gesetz
Steht über diesem Wissen: noch ist es recht,
Daß er sich irgendeinem anderen Gesetze beuge.«

Aber es stand außer Frage, daß die Sonette keiner solchen Verteidigung bedurften und daß die, die von »der Torheit übertriebener und fehlgeleiteter Zuneigung« gesprochen hatten, weder die Sprache noch den Geist dieser großen Gedichte richtig zu deuten verstanden hatten, die beide so eng mit der Philosophie und der Kunst ihrer Zeit verbunden waren. Es ist zweifellos wahr, daß wer von einer verzehrenden Leidenschaft erfüllt wird, die Sicherheit seines alltäglichen niederen Lebens aufgeben muß, doch mag in einem solchen Verzicht auch ein Gewinn stecken, und ganz bestimmt war es das für Shakespeare. Als Pico della Mirandola durch die Tür der Villa Careggi trat und Marsilio Ficino in der ganzen Anmut und Schönheit seiner bezaubernden Jugend sah, schien der alte Gelehrte in ihm die Verwirklichung des griechischen Ideals zu erblicken, und er beschloß, seine verbleibenden Jahre der Übersetzung von Plotin zu widmen, dem neuen Platon, in dem, wie Mr. Pater sagt, »das mystische Element der platonischen Philosophie bis zur äußersten Grenze von Vision und Ekstase ausgebildet war«. Die romantische Freundschaft mit einem römischen Jüngling seiner Zeit öffnete Winckelmann die Tür zum Geheimnis der griechischen Kunst, lehrte ihn das Mysterium ihrer Schönheit und die Bedeutung ihrer Form. In Willie Hughes fand Shakespeare nicht bloß ein höchst empfindsames Instrument zur Verwirklichung seiner Kunst, sondern auch die sichtbare Verkörperung seines Ideals von Schönheit, und es ist nicht übertrieben zu sagen, daß die romantische Bewegung in der englischen Literatur diesem jungen Schauspieler, von dem die einfältigen Schreiber der Zeit nicht einmal den Namen für bewahrenswert hielten, entscheidende Impulse verdankt.

III

Eines Abends glaubte ich, Willie Hughes tatsächlich in der elisabethanischen Literatur aufgespürt zu haben. In einem wunderbar anschaulichen Bericht über die letzten Tage des großen Earl of Essex erzählt uns sein Kaplan, Thomas Knell, wie er in der Nacht vor seinem Tod »William Hewes, seinen Musikus, rufen ließ, damit er auf dem Spinett spiele und singe. ›Spiele mein Lied, Will Hewes‹, sagte er, ›und ich will selbst dazu singen.‹ Und das tat er mit großer Freude, nicht wie der sterbende Schwan, der mit gesenktem Kopf sein Ende beklagt, sondern wie die liebliche Lerche, indem er die Hände hob und die Augen zu seinem Gott aufschlug, so in den kristallenen Himmel auffuhr und mit nie nachlassender Zunge die seligen Gefilde erreichte.« Der Knabe, der dem sterbenden Vater von Sidneys Stella auf dem Spinett vorspielte, konnte niemand anders als der Will Hews sein, dem Shakespeare seine Sonette widmete und von dem er sagt, er sei »dem Ohr Musik« gewesen. Allerdings starb Lord Essex 1576, als Shakespeare gerade einmal zwölf Jahre alt war. Sein Musikus konnte also unmöglich der Mr. W. H. der Sonette gewesen sein. Vielleicht war Shakespeares junger Freund der Sohn des Spinettspielers? Immerhin war es schon etwas, entdeckt zu haben, daß der Name Will Hews aus elisabethanischer Zeit stammte. Tatsächlich schien er sogar eng mit Musik und Theater verknüpft zu sein. Die erste englische Schauspielerin war die entzückende Margaret Hews, die Prinz Rupert so stürmisch verehrte. Was war wahrscheinlicher, als daß zwischen ihr und Lord Essex' Musikus der jugendliche Schauspieler der Shakespeare-Dramen geboren worden war? 1587 brachte ein gewisser Thomas Hews im Gray's Inn ein Euripides nachempfundenes Stück mit dem Titel *The Misfortunes of Arthur* auf die Bühne, bei dessen pantomimischen Szenen ihm ein gewisser Francis Bacon, damals Student der Rechte, tatkräftig zur Seite stand. Zweifellos war er ein naher Verwandter des Jungen, zu dem Shakespeare sagte:

> »Nimm, was ich liebe, Liebster, nimm's, nur zu«,

und den er als »leichtfertigen Wucherer« einer »Schönheit, die du nicht nutzt« beschreibt. Nur wo waren die Beweise, die Verbindungen? Ach, ich konnte sie nicht finden. Ich hatte das Gefühl, ständig kurz vor dem entscheidenden Beweis zu stehen, ohne ihn je wirklich fassen zu können. Ich fand es seltsam, daß noch nie jemand eine Geschichte der englischen Kindertruppen des sechzehnten und siebzehnten Jahrhunderts geschrieben hatte, und war entschlossen, diese Lücke zu schließen und zu versuchen, ihr wahres Verhältnis zum Drama der Zeit aufzuzeigen. Das Thema besaß fraglos einen großen künstlerischen Reiz. Diese jungen Schauspieler waren die Flöten, auf denen unsere Dichter ihre süßesten Melodien gespielt hatten, die anmutigen Gefäße der Verehrung, in die sie den purpurnen Wein ihres Gesangs gegossen hatten. Und an erster Stelle stand natürlich der junge Mann, den Shakespeare mit der Verwirklichung seiner kostbarsten Schöpfungen betraut hatte. Er besaß eine Schönheit, wie sie unser Zeitalter nie oder nur selten gesehen hat, eine Schönheit, die den Zauber beider Geschlechter zu vereinigen schien und in der sich, wie uns die Sonette erzählen, die Grazie des Adonis mit dem Liebreiz Helenas zu vermählen schien. Außerdem besaß er einen flinken Verstand und eine flinke Zunge, und von den fein geschwungenen Lippen, über die sich die Spötter lustig machten, kam der leidenschaftliche Schrei Julias, das helle Lachen Beatrices, Perditas blütengleiche Worte und Ophelias selbstverlorener Gesang. Doch wie Shakespeare nur ein Gott unter Giganten gewesen war, so war auch Willie Hughes nur einer aus der großen Menge bezaubernder Knaben, denen die englische Renaissance etwas von dem Geheimnis ihrer Unbeschwertheit verdankte, und mir schien, als wären auch sie einer genaueren Beschäftigung und Aufzeichnung wert.

In einem kleinen, in Damastseide eingebundenen Buch mit feinen Pergamentblättern – in jener phantasiebeflügelten Zeit eine Marotte von mir – trug ich alles zusammen, was ich über die jugendlichen Schauspieler in Erfahrung bringen konnte, und noch heute liegt in den dürftigen Aufzeichnungen ihrer Lebensgeschichten, ja in der bloßen Erwähnung ihrer Namen etwas, das mich anzieht. Ich schien sie alle zu kennen: Robin Armin, den Goldschmiedgesellen, der von Tarlton zum Theater gelockt wurde; Sandford, von dessen Darstellung der Kurtisane Flamantia im Gray's Inn Lord Burleigh uns berichtet; Cooke, der in der Tragödie *Sejanus* die Agrippina spielte; Nat. Field, dessen jugendliches, bartloses Porträt wir noch heute in Dulwich betrachten können und der in *Cynthia's Revels* die »Königin und Jägerin, keusch und schön« spielte; Gil Carie, der im Gewand einer Bergnymphe im gleichen bezaubernden Maskenspiel Echos Klagelied um Narcissus sang; Parsons, die Salmacis in dem seltsamen Schauspiel *Tamburlaine*; Will. Ostler, der Sänger im Knabenchor der königlichen Kapelle war und König Jakob nach Schottland begleitete; George Vernon, dem der König einen Mantel aus scharlachrotem Tuch und einen Umhang aus karminroter Seide schickte; Alick Gough, der die Rolle der Caenis, der Konkubine Vespasians in Massingers *The Roman Actor* spielte und drei Jahre später die der Acanthe in dem Stück *The Picture* des gleichen Dramatikers; Barrett, die Titelheldin in Richards Tragödie *Messalina*; Dicky Robinson, »ein überaus hübscher Knabe«, wie Ben Jonson uns sagt, der zu Shakespeares Truppe gehörte und für seinen erlesenen Kostümgeschmack genauso bekannt war wie für seine Vorliebe für Frauenkleider; Salathiel Pavy, dessen frühen und tragischen Tod Jonson in einem der wehmütigsten Klagelieder unserer Literatur betrauert; Arthur Savile, der zu den *Prince Charles' Men* gehörte und eine Mädchenrolle in einem Stück von Marmion spielte; Stephan Hammerton, »ein vielbewunderter und bezaubernder Frauendarsteller«, dessen blasses, ovales Gesicht mit den schweren Augenlidern und einem recht sinnlichen Mund uns von einer zierlichen Miniatur jener Zeit anblickt; Hart, der mit der Rolle der Herzogin in der Tragödie *The Cardinal* seinen ersten Bühnenerfolg hatte und der in einem Gedicht, das unzweifelhaft einigen Sonetten Shakespeares nachgebildet ist, von einem Bewunderer als »Schönheit fürs Auge und Musik fürs Ohr« beschrieben wird; und Kynaston, von dem Betterton sagte, daß »in verständigen Kreisen darüber gestritten wurde, ob eine Frau die Leidenschaften noch feinsinniger berühren könnte«, und dessen weiße Hände und bernsteinfarbenes Haar anscheinend der Grund dafür waren, daß Frauen erst einige Jahre später auf der Bühne zugelassen wurden.

Die Puritaner mit ihrer verderbten Moral und ihrer niederträchtigen Gesinnung hatten es natürlich verteufelt und als unzüchtig hingestellt, daß Jungen sich als Frauen verkleideten und sich in der Nachahmung der Manieren und Leidenschaften des weiblichen Geschlechts übten. Gosson mit seiner schrillen Stimme und Prynne, der wenig später für seine zahllosen schändlichen Verleumdungen beide Ohren verlieren sollte, und andere, denen der seltene und feine Sinn für abstrakte Schönheit abging, hatten von der Kanzel herab oder in Pamphleten gemeine und dumme Dinge zu ihrer Herabsetzung verbreitet. Für Francis Lenton, der im Jahr 1629 schreibt, ist das, was er als »loses Treiben voll Lüsternheit/von Straßenjungen im Fürstenkleid« bezeichnet, nur ein Beispiel für die vielen

»... Verlockungen einer höllischen Macht,
Die unsere Jugend hinabzieht in die dunkle Nacht
Einer blinden Lust, die verderblicher ist,
Als des Teufels Werk und all seine List.«

Man zitierte das Deuteronomium, und das schlecht verdaute Halbwissen der Zeit tat sein übriges dazu. Selbst unsere Zeit hatte die künstlerischen Bedingungen des elisabethanischen und jakobinischen Dramas nicht erfaßt. Eine der brillantesten und gebildetsten Schauspielerinnen unseres Jahrhunderts hatte nur gelacht über die Vorstellung, ein Junge von siebzehn oder achtzehn Jahren könne Imogen, Miranda oder Rosalinde spielen. »Wie sollte ein Jugendlicher, ganz gleich, wie talentiert oder besonders ausgebildet er ist, dem Publikum auch nur einen schwachen Abglanz dieser schönen und edlen Frauen vorstellen können? ... Man kann Shakespeare nur bedauern, daß er gezwungen war, seine glänzendsten Schöpfungen entstellt, verdreht und verschandelt zu sehen.« Nicht anders hatte Mr. John Addington Symonds in seinem Buch *Shakespeare's Predecessors* von »linkischen Burschen« gesprochen, die das Pathos der Leidenschaft Desdemonas oder Julias darzustellen versuchten. Hatten sie recht? Haben sie recht? Damals glaubte ich dies nicht. Und auch heute glaube ich es nicht. Wer sich noch an die Oxforder Aufführung von *Agamemnon* erinnert, an den herrlichen Ausdruck und die marmorne Würde der Klytämnestra, die romantische und suggestive Darstellung des prophetischen Wahnsinns der Kassandra, wird sich weder der Kritik von Lady Martin noch der von Mr. Symonds an den Bedingungen der elisabethanischen Bühne anschließen wollen.

Von allen Motiven dramatischer Neugier, von denen unsere größten Bühnendichter Gebrauch gemacht haben, ist keins subtiler und faszinierender als die Doppelgesichtigkeit der Geschlechter. Diese Idee, die von Lyly erfunden, sofern man bei einer künstlerischen Idee überhaupt von erfinden sprechen kann, und von Shakespeare vervollkommnet und uns in ihrem ganzen Reichtum vorgestellt wurde, scheint mir ihren Ursprung und gewiß auch die Möglichkeit ihrer naturgetreuen Darstellung dem Umstand zu verdanken, daß die elisabethanische Bühne, genau wie die griechische Bühne, keine weiblichen Schauspieler zuließ. Nur weil Lyly für die jugendlichen Schauspieler von St. Paul's schrieb, haben wir die Verwechslungen der Geschlechter und die verwickelten Lieben von Phillida und Gallathea; nur weil Shakespeare für Willie Hughes schrieb, zieht Rosalinde Wams und Hose an und nennt sich Ganymed, verkleiden sich Viola und Julia als Edelknaben und stiehlt Imogen sich in Männerkleidern heimlich davon. Zu behaupten, nur eine Frau könne die Leidenschaften einer Frau darstellen und deshalb könne Rosalinde nie von einem Jungen gespielt werden, heißt der Schauspielkunst allen Anspruch auf Objektivität abzusprechen und es der Zufälligkeit der Geschlechter zu überlassen, was in Wahrheit dem phantasievollen Einfühlen und dem kreativen Gestaltungswillen angehört. Wenn das Geschlecht tatsächlich ein Element der künstlerischen Schöpfung ist, wäre um so nachdrücklicher darauf hinzuweisen, daß die entzückende Verbindung von Wortwitz und Romantik, die so viele von Shakespeares Heldinnen auszeichnet, durch die Tatsache begünstigt, wenn nicht gar verursacht wurde, daß die Schauspieler dieser Rollen Knaben und junge Männer waren, deren leidenschaftliche Unschuld, Aufgewecktheit und gesunde Unabhängigkeit von Sentimentalität es schwerlich versäumt haben dürften, einen neuen und reizvollen Typus von Mädchenhaftigkeit und Weiblichkeit zu begründen. Die Geschlechterdifferenz zwischen dem Schauspieler und der von ihm dargestellten Rolle mußte ebenso, wie Professor Ward bemerkt hat, »die Einbildungskraft des Zuschauers zusätzlich gefordert« und ihn vor der überrealistischen Identifikation des Schauspielers mit der *rôle* bewahrt haben, die eine der Schwächen der modernen Theaterkritik ist.

Genauso darf nicht übersehen werden, daß wir den jugendlichen Schauspielern die Einführung jener bezaubernden lyrischen Gedichte verdanken, die zu den Glanzpunkten der Stücke Shakespeares, Dekkers und so vieler anderer Dramatiker der Epoche gehören, jenes »Gesangs von Vogel- oder Götterstimmen«, wie Mr. Swinburne sie nennt. Denn die meisten dieser Jungen kamen aus den Chören der Kathedralen und königlichen Kapellen Englands und waren von frühester Kindheit an im Singen von Hymnen und Madrigalen und allem, was zur subtilen Kunst der Musik gehört, unterrichtet worden. Ausgewählt wurden sie zunächst nach der Schönheit ihrer Stimme und aufgrund einer gewissen Anmut und Frische ihrer Erscheinung, um anschließend in Gestik, Tanz und Vortrag ausgebildet und im Spiel von Tragödie und Komödie in englischer wie in lateinischer Sprache unterwiesen zu werden. Tatsächlich scheint das Theaterspielen zur allgemeinen Erziehung der Zeit gehört zu haben und wurde offenbar nicht nur von den Schülern in Eton und Westminster, sondern auch von den Studenten der Universitäten Oxford und Cambridge gründlich studiert, von denen einige später Schauspieler wurden, wie es auch heute verstärkt zu beobachten ist. Auch die großen Schauspieler hatten ihre Schüler und Lehrlinge, die ihnen kraft einer gesetzlichen Befugnis unterstanden, denen sie die Geheimnisse ihres Handwerks vermittelten und die so hoch geschätzt wurden, daß uns von Henslowe, einem der Manager des Rose Theatre, berichtet wird, er habe einen ausgebildeten Jungen namens James Bristowe für acht Goldstücke eingekauft. Das Verhältnis zwischen Meister und Schüler scheint ausgesprochen herzlicher und liebevoller Natur gewesen zu sein. Robin Armin wurde von Tarlton als sein Adoptivsohn betrachtet, und in seinem Testament, datiert auf »den vierten Tag im Mai, anno Domini 1605«, vermachte Augustine Phillips, Shakespeares treuer Freund und Schauspielkollege, einem seiner Lehrlinge seinen »purpurroten Mantel, Schwert und Dolch« sowie »Schminkfläschchen« und viele teure Gewänder, einem anderen eine Geldsumme und zahlreiche schöne Musikinstrumente, »an ihn auszuhändigen nach Ablauf der im Lehrbrief vereinbarten Lehrlingszeit«. Gelegentlich kam es auch zu öffentlichen Protesten oder Nachforschungen, wenn ein dreister Schauspieler einen Jungen für die Bühne entführte. Im Jahr 1600 beispielsweise ließ der aus Norfolk stammende Henry Clifton sich in London nieder, damit sein Sohn, damals etwa dreizehn Jahre alt, die Bluecoat School besuchen konnte. Aus einer Bittschrift an das Star Chamber, die Mr. Greenstreet kürzlich ans Tageslicht gefördert hat, erfahren wir, daß dem Jungen, als er an einem Wintermorgen nichtsahnend unterwegs zum Christ-Church-Kloster war, von James Robinson, Henry Evans und Nathaniel Giles aufgelauert und er zum Blackfriars Theatre verschleppt wurde, »unter eine Truppe liederlicher und verdorbener Berufsschauspieler«, wie sein Vater sie nennt, damit er »zum Spielen von Rollen in unzüchtigen Stücken und Possen« ausgebildet werde. Als er vom Mißgeschick seines Sohnes erfuhr, begab Mr. Clifton sich sofort zum Theater und verlangte dessen Herausgabe, aber »die besagten Nathaniel Giles, James Robinson und Henry Evans behaupteten an Ort und Stelle auf unverschämteste Art, sie hätten genügend Macht, den Sohn eines jeden Edelmanns im Land aufzugreifen«, worauf sie dem jungen Schulknaben »eine Papierrolle mit dem Text der besagten Stücke und Possen« in die Hand drückten und ihn anwiesen, ihn auswendig zu lernen. Auf gerichtliche Weisung von Sir John Fortescue jedoch wurde der Junge am nächsten Tag seinem Vater zurückgegeben, und das Gericht des Star Chamber scheint Evans' Privilegien vorübergehend oder ganz aufgehoben zu haben.

Unstrittig ist, daß Königin Elisabeth, dem Beispiel von Richard III. folgend, eine Vollmacht ausgestellt hatte, die gewisse Personen dazu berechtigte, alle Jungen mit einer schönen Stimme in ihren Dienst zu nehmen, damit sie in der königlichen Kapelle für sie singen, und Nathaniel Giles, ihr Hauptbevollmächtigter, der herausgefunden hatte, daß sich mit den Leitern des Globe Theatre einträgliche Geschäfte machen ließen, kam mit ihnen überein, sie mit hübschen und wohlerzogenen Knaben für die Übernahme weiblicher Rollen zu versorgen, unter dem Vorwand, sie in den Dienst der Königin zu nehmen. Die Schauspieler konnten somit auf eine gewisse gesetzliche Absicherung verweisen, und es ist interessant festzustellen, daß viele der Jungen, die sie aus ihren Schulen oder von zu Hause entführten, wie Salathiel Pavy, Nat. Field und Alvery Trussell, von ihrer neuen Kunst so begeistert waren, daß sie auf Dauer beim Theater blieben und nicht mehr fortwollten.

Einmal schien es, als ob Mädchen die Jungen von der Bühne verdrängen sollten, und im Taufregister von St. Giles' in Cripplegate findet sich folgender ungewöhnlicher und vielsagender Eintrag: »Comedia, unehelich geboren, Tochter von Alice Bowker und William Johnson, eines Schauspielers der Königin, 10. Feb. 1589.« Aber das Mädchen, auf das man so große Hoffnungen gesetzt hatte, starb mit sechs Jahren, und als später einige französische Schauspielerinnen nach England kamen und im Blackfriars auftraten, erfahren wir, daß sie »ausgepfiffen, niedergeschrien und mit Äpfeln von der Bühne vertrieben wurden«. Ich denke, nach dem, was ich weiter oben ausgeführt habe, müssen wir dies nicht bedauern. Die im wesentlichen von Männern geprägte Kultur der englischen Renaissance fand ihren vollendeten und umfassendsten Ausdruck durch ihre eigene Methode und ihren eigenen Stil.

Ich erinnere mich, wie ich damals darüber nachsann, wie die gesellschaftliche Position und die frühen Jahre von Willie Hughes vor seiner Begegnung mit Shakespeare ausgesehen haben mochten. Meine Nachforschungen in der Geschichte der jugendlichen Schauspieler hatten mich neugierig auf jedes Detail seines Lebens gemacht. Hatte er im geschnitzten Kirchengestühl eines vergoldeten Chores gestanden und aus einem großen Buch mit eckigen, scharlachroten Noten und langen schwarzen Linien vorgesungen? Wir wissen aus den Sonetten, wie hell und klar seine Stimme war und wie sehr er in der Kunst der Musik bewandert war. Edelleute, wie der Earl of Leicester und Lord Oxford, hielten sich Kindertruppen als Teil ihres Haushalts. Als Leicester 1585 in die Niederlande ging, begleitete ihn ein gewisser »Will«, der als »Schauspieler« bezeichnet wurde. Konnte dies Willie Hughes gewesen sein? Hatte er in Kenilworth für Leicester gespielt, und war Shakespeare ihm dort zum ersten Mal begegnet? Oder war er bloß, wie Robin Armin, ein Junge aus einfachem Stand, der eine fremdartige Schönheit und unwiderstehliche Faszination besaß? Aus den frühen Sonetten ging unstrittig hervor, daß er keinerlei Verbindungen zur Bühne hatte, als Shakespeare ihm begegnete, und daß er aus einfachem Hause stammte, ist bereits gesagt worden. Ich begann ihn mir nicht als zarten Chorknaben der königlichen Kapelle vorzustellen, nicht als verhätschelten Liebling, der dazu ausgebildet wurde, in Leicesters prunkvollen Maskenspielen zu singen und zu tanzen, sondern als blondschöpfigen englischen Jungen, den Shakespeare auf einer der geschäftigen Straßen Londons oder auf einer stillen grünen Wiese in Windsor gesehen hatte und ihm gefolgt war, weil er die künstlerischen Möglichkeiten erkannte, die in einer so anmutigen und grazilen Gestalt verborgen lagen, und mit raschem und untrüglichem Instinkt spürte, was für ein großer Schauspieler aus dem Jungen werden konnte, ließe er sich für die Bühne gewinnen. Zu dieser Zeit war Willie Hughes' Vater bereits tot, wie wir aus Sonett 13 wissen, und seine Mutter, deren auffällige Schönheit er geerbt haben soll, mag dem Wunsch, bei Shakespeare in die Lehre zu gehen, deswegen nachgegeben haben, weil Knaben, die weibliche Rollen spielten, außerordentlich gut bezahlt wurden und mehr verdienten als ihre erwachsenen Kollegen. Jedenfalls wissen wir, daß er Shakespeares Schüler wurde, und wir wissen auch, welche wesentliche Rolle ihm bei der Entwicklung der Kunst Shakespeares zufiel. In der Regel dauerte die Zeit, in der ein jugendlicher Schauspieler in weiblichen Rollen auftreten konnte, nicht mehr als wenige Jahre. Bühnencharaktere wie Lady Macbeth, Königin Constantia und Volumina blieben natürlich stets denen vorbehalten, die echtes dramatisches Genie und eine edle Ausstrahlung besaßen. Wirkliche Jugend war hier weder nötig, noch war sie gar wünschenswert. Bei Imogen, Perdita oder Julia war es allerdings anders. »Dein Bart hat zu sprießen begonnen, und geb Gott, daß du noch nicht im Stimmbruch bist«, sagt Hamlet scherzend zu dem jungen Schauspieler der Wandertruppe, die ihn in Helsingör besuchen kam; tatsächlich mußte eine Aufführung viel von ihrem Charme und

Zauber verlieren, wenn das Kinn rauh und die Stimme tiefer wurde. Dies ist auch der Grund für Shakespeares leidenschaftliche Besorgnis um Willie Hughes' Jugend, seine Angst vor dem Alter und vertanen Jahren, seine flehentliche Bitte an die Zeit, die Schönheit seines Freundes zu verschonen:

»Tu nur, was dir gefällt, flinkfüßige Zeit,
Setz Glück und Kummer Fristen und regier
Die Welt, gib preis sie der Vergänglichkeit.
Nur ein Verbrechen untersag ich dir:
Oh, kerb die schöne Stirn des Freundes nie,
Du darfst darauf nicht deine Krakel ziehn,
Erhalte glatt und ohne Makel sie,
Als Schönheits Inbegriff der Nachwelt ihn.«

Die Zeit scheint Shakespeares Gebet erhört zu haben, oder vielleicht kannte Willie Hughes das Geheimnis ewiger Jugend. Drei Jahre später ist er immer noch unverändert:

»Für mich, mein schöner Freund, wirst du nie alt;
Wie ich dich erstmals sah, erscheinst du mir
Noch heut, so schön, stahl auch der Winter kalt
Dreimal den Wäldern schon des Sommers Zier.
Dreimal schon gilbte Herbst des Frühlings Schleier,
Dreimal sah ich die Jahreszeiten gehn,
Aprilweihrauch brennen im Junifeuer,
Seit ich dich erstmals, frisch wie heut, gesehn.«

Weitere Jahre vergehen, doch scheint er auch jetzt nicht seine jugendliche Blüte zu verlieren. Als Shakespeare im *Sturm* durch Prosperos Lippen den Zauberstab seiner Einbildungskraft fortwarf und seine dichterische Vorherrschaft in die schwachen, zarten Hände Fletchers legte, konnte es durchaus sein, daß die staunend daneben stehende Miranda niemand anders war als Willie Hughes, und in dem letzten Sonett, das sein Freund an ihn richtet, ist nicht die Zeit, sondern der Tod der gefürchtete Feind:

»O süßer Knabe, der mit seiner Hand
Sense und Stundenglas der Zeit gebannt,
Entwachsen dem Verfall, zeigst du der Welt,
Selbst blühend, wie dein Liebster bald verfällt.
Wenn die Natur, die das Verderben lenkt,
Dich im Enteilen immer wieder fängt
Und dich verschont, will sie die Zeit bezwingen,
Die elenden Minuten niederringen.
Gib acht! So sehr du auch ihr Günstling bist,
Sie schont dich zwar, doch nur für kurze Frist.
Du kriegst die Rechnung noch, verlaß dich drauf,
Und ihre Quittung ist: sie gibt dich auf.«

IV

Erst nachdem ich mich einige Wochen mit dem Thema beschäftigt hatte, wagte ich mich an die seltsame Gruppe der Sonette (127–152), die von jener dunklen Frau handeln, die wie ein Schatten oder ein böses Omen über Shakespeares große Romanze kam und eine Zeitlang zwischen ihm und Willie Hughes stand. Die Gedichte waren offenbar an falscher Stelle eingefügt worden und hätten eigentlich zwischen Sonett 33 und 40 stehen müssen. Psychologische und künstlerische Gründe sprachen eindeutig für diese Verschiebung, von der ich hoffe, daß alle zukünftigen Herausgeber sich ihr anschließen, da sonst ein vollkommen falscher Eindruck vom Charakter und dem eigentlichen Ziel dieser einzigartigen Freundschaft vermittelt wird.

Wer war die Frau mit den schwarzen Brauen, der olivgrünen Haut, dem Lippenpaar, »das Liebe schuf«, dem »kalten Blick« und dem »bösen Stolz«, der eigentümlichen Kunstfertigkeit auf dem Spinett und dem falschen, betörenden Wesen? Ein neunmalkluger Gelehrter unserer Tage hatte in ihr ein Symbol der katholischen Kirche gesehen, eine Braut Christi, die »schwarz aber anmutig« ist. Professor Minto, den Fußstapfen Henry Browns folgend, hatte die ganze Gruppe der Sonette schlichtweg als »aus einer Laune mutwilliger Auflehnung und Verachtung für das Gewöhnliche unternommene Fingerübung« betrachtet. Mr. Gerald Massey hatte, ohne irgendeinen historischen Beweis oder plausiblen Zusammenhang anzuführen, darauf bestanden, daß sie an die berühmte Lady Rich, die Stella in Sir Philip Sidneys Gedichten, gerichtet waren und daß sie nichts von Shakespeares persönlichem Leben und seiner Liebe enthielten, da sie in Lord Pembrokes Namen und in seinem Auftrag geschrieben worden waren. Mr. Tyler hatte in die Debatte geworfen, daß sie sich auf eine der Hofdamen von Königin Elisabeth namens Mary Fitton bezogen. Aber keine dieser Erklärungen konnte das Problem zufriedenstellend lösen. Die Frau, die zwischen Shakespeare und Willie Hughes trat, war eine wirkliche Frau, mit schwarzen Haaren, verheiratet und von üblem Leumund. Lady Richs Leumund war gewiß übel genug, nur war ihr Kopf

»… mit Fäden feinsten Goldes behangen,
Um mit ihren Locken die Sinne der Männer zu fangen«.

Und ihre Schultern wurden mit »zwei weißen Tauben auf dem First« verglichen. Sie war, wie König Jakob zu ihrem Liebhaber, Lord Mountjoy, sagte, »eine schöne Frau mit schwarzer Seele«. Von Mary Fitton wiederum wissen wir, daß sie 1601 unverheiratet war, als ihre Liebschaft mit Lord Pembroke bekannt wurde, und außerdem hatte Cyril Graham gezeigt, daß alle Theorien, die Lord Pembroke mit den Sonetten in Verbindung brachten, gänzlich durch die Tatsache aus dem Feld geschlagen wurden, daß Lord Pembroke erst nach London kam, als Shakespeare sie bereits geschrieben und seinen Freunden vorgelesen hatte.

Ich war auch nicht daran interessiert, ihren Namen zu kennen. Mir genügte Professor Dowdens Feststellung, daß »kein Taucher in den Ruinen der Vergangenheit je mit eigenen Augen jene seltsame Zaubergestalt leuchten sehen wird«. Was ich aber herausfinden wollte, war die Art ihres Einflusses auf Shakespeare und die Besonderheit ihres Wesens. Zwei Dinge standen fest: Sie war nur wenig älter als der Dichter, und die Faszination, die sie auf ihn ausübte, war zunächst rein geistiger Natur. Zu Beginn empfand er keine körperliche Leidenschaft für sie. »Nicht mit den Augen lieb ich dich«, sagt er:

»Mein Ohr entzückt nicht deine Stimme, nein,
Nicht geil Betasten will mein Tastsinn hier;
Noch wolln Geruch, Geschmack gebeten sein
Zum Sinnestaumel ganz allein mit dir.«

Er hält sie nicht einmal für schön:

»Der Sonne gleicht nicht meiner Herrin Schaun,
Nie war korallenrot ihr Lippenpaar.
Wär Schnee schneeweiß, ist ihre Brust schwarzbraun,
Wärn Haare Draht, ist schwarzer Draht ihr Haar.«

In bestimmten Momenten verabscheute er sie, da sie sich nicht damit zufriedengibt, Shakespeares Seele zu versklaven, sondern offenbar auch noch Willie Hughes den Kopf zu verdrehen suchte. Gequält ruft Shakespeare:

»Zwei Lieben hab ich – Trost und Höllenpein.
Von diesen zwein kommt alles, was ich schreib.
Mein guter Geist: ein Mann, blond, schön und rein,
Mein böser Engel ist ein dunkles Weib.
Verderben will mich böse Weiberlist,
Die mir den guten Geist abspenstig macht
Und den verteufelt, der mir heilig ist,
Den Reinen lockt mit ihrer falschen Pracht.«

Jetzt sieht er, wer sie wirklich ist, »die Bucht, wo jeder anlegt«, »das Gemeingut aller Welt«, die Frau, die sich in »der Schlacke« ihrer gemeinen Taten suhlt und »höllenschwarze, finstre Nacht« ist. Jetzt schreibt er das große Sonett über die Lust (»Den Geist versprühn in schändlicher Verschwendung«), von dem Mr. Theodore Watts zu recht sagt, es sei das größte Sonett, das je geschrieben wurde. Und jetzt bietet er ihr sogar sein Leben und sein Genie als Pfand an, wenn sie ihm nur den »geliebten Freund« zurückgibt, den sie ihm abspenstig gemacht hat.

Allein zu diesem Zwecke gibt er sich ihr hin, heuchelt ein alles verzehrendes, liebestolles Verlangen, sie besitzen zu wollen, ergeht sich in falschen Liebesschwüren, belügt sie und gibt den Betrug sogar offen vor ihr zu:

»Mein Denken Tollheit und mein Reden wirr,
Ich red nur krauses Zeug, kein wahres Wort.
Ich schwor dich schön, hab dich mir licht gedacht,
Doch du bist höllenschwarze, finstre Nacht.«

Eher will er selbst seinem Freund untreu sein, als daß sein Freund untreu gegen ihn ist. Um seine Reinheit zu schützen, will er sich selbst beschmutzen. Er kannte das wankelmütige Wesen des jungen Schauspielers, seine Empfänglichkeit für Lob, seine Sucht nach Bewunderung und beschloß ganz bewußt, ihm die Frau auszuspannen, die zwischen sie getreten war.

Niemand singt die Liebeslitanei ungestraft daher. Die Worte haben eine mystische Kraft über die Seele, und die Form kann das Gefühl erzeugen, aus dem sie hätte erwachsen sollen. Die Aufrichtigkeit selbst, die glühende, unmittelbare Aufrichtigkeit des Künstlers, ist oft das unbewußte Ergebnis des Stils, und im Fall jener seltenen Temperamente, die hochsensibel für die Einflüsse der Sprache sind, kann die Verwendung gewisser Worte und Ausdrucksweisen den Puls der Leidenschaft wecken, das rote Blut schneller durch die Adern treiben und in eine seltsame, sinnliche Energie verwandeln, was ursprünglich bloß ästhetischer Impuls und Kunstverlangen war. Zumindest scheint es bei Shakespeare so gewesen zu sein. Er beginnt damit, Liebe vorzuspielen, indem er in das Gewand des Liebenden schlüpft und die Worte des Liebenden im Munde führt. Was soll's? Es ist ja nur Schauspielerei, nur eine Komödie im wirklichen Leben. Plötzlich entdeckt er, daß seine Seele die

Worte seiner Zunge aufgeschnappt hat und daß der Mantel seiner Verkleidung in Wahrheit ein von der Pest befallenes, giftiges Tuch ist, das sich in sein Fleisch gräbt und das er nicht mehr abschütteln kann. Dann kommt das Verlangen mit seinen unzähligen Qualen und die Lust, die einen alles lieben macht, was man haßt, und die Scham mit ihrem Aschegesicht und dem versteckten Lachen. Er ist gefesselt von der *Dark Lady*, ist eine Zeitlang von seinem Freund getrennt und der »Sklavenknecht« einer, von der er weiß, daß sie böse und verderbt und seiner Liebe unwürdig ist, genau wie der Liebe Willie Hughes'. »Oh, welche Macht gab dir die mächtige Kraft«, sagt er,

»Mein Herz mit Mangelhaftigkeit zu rühren,
Daß ich mein scharfes Auge Lügen straf
Und schwör, es gäb kein Licht, den Tag zu zieren?
Woher nimmst du die Anmut noch im Haß,
Daß selbst die Schlacken deines Tuns nur taugen,
Mir deine Meisterschaft zu zeigen, daß
Schlacke als Gold erscheint in meinen Augen?

Er ist sich seiner eigenen Erniedrigung klar bewußt, und schließlich, als er erkennt, daß sein Genie ihr im Vergleich zur körperlichen Schönheit des jungen Schauspielers nichts bedeutet, zerschneidet er mit scharfer Klinge das Band, das ihn an sie bindet, und nimmt mit einem bitteren Sonett von ihr Abschied:

»Ja, ich schwor falsch aus Liebe, doch zwei Eide
Brachst du, als du mir schworst, du wärst mir treu:
Deinen Bettschwur, unsern Bund, du brachst sie beide,
Schworst neu mir Haß und hast verliebt dich neu.
Was klag ich dich zweifachen Meineids an?
Der zwanzig Eide brach, das bin doch ich!

Denn falsch war jeder Schwur, den ich ersann,
Und längst schon ist mein Glaube hin an dich.
Ich schwor, du wärest gut an allen Enden,
Wärst lieb und treu, dein Wort, es hätt Bestand.
Dich zu erleuchten, ließ ich selbst mich blenden,
Sprach meinen Augen ab, was sie erkannt.
Dich schwor ich schön und hab es dreist geschafft,
Daß nun mein Blick die Wahrheit Lügen straft.«

Seine Haltung gegenüber Willie Hughes in der ganzen Sache zeigt sofort das Feuer und die Selbstverleugnung der großen Liebe, die er für ihn empfindet. Das folgende Sonett schließt mit einem schneidenden Ton des Pathos:

»Die Wilderei, die Freiheit wagen kann,
Sobald ich deinem Herzen fern sein muß,
Steht deiner Schönheit, deinen Jahren an,
Denn die Versuchung folgt dir auf dem Fuß.
Du bist so stolz, du mußt gewonnen sein;
Du bist so schön und wirst darum berannt;
Wirbt eine Frau, fiel's einer Frau Sohn ein,
Sich zu verdrücken, eh er sich ermannt?
Doch warum kommst du grad in mein Revier?
Halt deine Schönheit, deinen Trieb in Schach!
Bezähme dich, denn sonst, ich sag es dir,
Bist du der Mann, der doppelt Treue brach:
Die ihre, weil dein Reiz sie an dich zog,
Die deine, weil dein schöner Schein mich trog.«

Doch dann macht er deutlich, daß er ihm vollständig und aus ganzem Herzen verzeiht:

»Gräm dich nicht mehr um das, was du getan.
Schlamm führt der Quell, die schönste Rose sticht.
Wolken verfinstern Mond- und Sonnenbahn,

Ein übler Wurm die süße Knospe bricht.
Sünde ist menschlich. Sündige nicht auch ich,
Wenn durch Vergleich ich decke dein Delikt?
Heiß ich dein Treiben gut, verderb ich mich
Und bin in Sünden mehr als du verstrickt;
Dein sinnliches Vergehn hat Sinn, sag ich.
Dein Gegner erst, bin ich dein Anwalt heut,
Erhebe selber Klage gegen mich.
So liegen Lieb und Haß in mir im Streit,
Daß ich zu Diensten bin als Advokat
Dem süßen Dieb, der mich bestohlen hat.«

Kurz darauf ging Shakespeare von London nach Stratford (Sonette 43–52), und als er zurückkehrte, schien Willie Hughes der Frau überdrüssig geworden zu sein, deren Reiz er vorübergehend erlegen war. Ihr Name taucht in keinem der nachfolgenden Sonette auf, noch wird irgendwo auf sie angespielt. Sie war aus ihrem Leben verschwunden.

Aber wer war die Frau? Und, wenn uns schon nicht ihr Name überliefert war, gab es irgendwelche Hinweise auf sie in der zeitgenössischen Literatur? Mir scheint, obwohl sie gebildeter war als die meisten Frauen ihrer Zeit, gehörte sie nicht zu den höheren Kreisen, sondern war vermutlich das lasterhafte Weib irgendeines alten und reichen Bürgers. Wir wissen, daß die Frauen dieser Gesellschaftsschicht, die zu dieser Zeit erstmals von sich reden machte, von der neuen Kunst des Schauspiels ungewöhnlich fasziniert waren. Fast jeden Nachmittag traf man sie im Theater, wenn dort gespielt wurde, und die anläßlich der Schließung der Theater herausgegebene Protestschrift *The Actors' Remonstrance* gibt beredtes Zeugnis von ihren Liebschaften mit den jungen Schauspielern.

Cranley erzählt uns in *Amanda* von einer Frau, die die Kostümierung der Schauspieler nachzuahmen liebte und einen Tag »geschmückt, geschnürt, parfümiert und in funkelnder Pracht ... wie eine elegante Gräfin« aufmarschierte, am nächsten Tag »in schwarzem Trauergewand« erschien, dann im grauen Mantel der Bauernmagd oder auch »im adretten Bürgerskleid«. Sie war ein seltsames Wesen, »unbeständiger und launischer als der Mond«, und ihre Lieblingslektüre waren Shakespeares »Venus und Adonis«, Beaumonts *Salmacis und Hermaphroditus*, Liebestrakte sowie »Liebeslieder und erlesene Sonette«. Diese Sonette, die zu den »Büchern ihrer Andacht« gehörten, waren gewiß keine anderen als die Shakespeares, denn ihre Beschreibung liest sich wie das Porträt der Frau, die sich in Willie Hughes verliebte, und um auch den letzten Zweifel zu zerstreuen, borgt Cranley sogar Shakespeares Wortspiel und sagt, in ihrer »proteusgleichen, seltsamen Gestalt« sei sie jemand, der

»Wie das Chamäleon die Farbe wechselt.«
(Changes *hews* with the chameleon.)

Manninghams Notizbuch enthält einen eindeutigen Hinweis auf die gleiche Geschichte. Manningham war zusammen mit Thomas Overbury und Edward Curle Student am Middle Temple und schien auch mit ihnen das Zimmer geteilt zu haben; sein Tagebuch befindet sich noch heute in der Harleyanischen Manuskriptsammlung des British Museum, ein schmales Duodezbändchen, geschrieben in sauberer, leidlich lesbarer Handschrift, das zahllose unveröffentlichte Anekdoten über Shakespeare, Sir Walter Raleigh, Spenser, Ben

Jonson und andere enthält. Die Daten, die jeweils genau festgehalten sind, reichen von Januar 1600 bis April 1603, und unter dem Eintrag vom »13. März, 1601« berichtet uns Manningham, ein Mitglied aus Shakespeares Truppe habe ihm von einer gewissen Bürgersfrau erzählt, die sich eines Nachmittags im Globe Theatre in einen der Schauspieler verschossen hätte. Ihr »Herz entflammte so sehr, daß sie nach Ende des Stücks mit ihm vereinbarte, er solle am Abend zu ihr nach Hause kommen«, doch habe Shakespeare »ihre Verabredung zufällig mitbekommen« und sei noch vor seinem Freund beim Haus der Dame gewesen, »kam zuerst, und mahlte zuerst«, wie Manningham sich ausdrückt, zusammen mit allerlei zotigen Bemerkungen, die wir hier nicht wiederzugeben brauchen.

Mir schien es, als hätten wir hier eine vulgäre und verzerrte Version der Geschichte, die uns auch in den Sonetten enthüllt wird, die Geschichte der Liebe der dunklen Frau zu Willie Hughes und von Shakespeares tollkühnem Versuch, ihre Liebe von ihm auf die eigene Person zu lenken. Natürlich durfte man der Geschichte nicht jedes Detail glauben. Nach Auskunft dessen, der Manningham die Geschichte zugetragen hatte, lautete der Name des betreffenden Schauspielers nicht Willie Hughes, sondern Richard Burbage. Nun soll man Kneipentratsch nie für bare Münze nehmen, und Burbage war zweifellos nur deshalb in die Geschichte hineingeraten, um die Pointe für den lahmen Scherz über William den Eroberer und Richard III. zu liefern, mit dem Manninghams Tagebuchnotiz endet. Burbage war zwar unser erster großer tragischer Mime, aber er brauchte sein ganzes Genie, um die körperlichen Nachteile seiner Kleinwüchsigkeit und Korpulenz, mit denen er geschlagen war, wettzumachen, und er war ganz bestimmt nicht der Mann, der die *Dark Lady* der Sonette fasziniert haben könnte oder dem etwas daran gelegen gewesen wäre, sich von ihr faszinieren zu lassen. Es konnte gar keinen Zweifel geben, daß Willie Hughes gemeint war, so daß das Tagebuch eines jungen Rechtsgelehrten aus jenen Tagen auf wundersame Weise Cyril Grahams glanzvolle Hypothese über das Geheimnis von Shakespeares großer Liebe bestätigte. Ja, zusammen mit *Amanda* schien mir Manninghams Tagebuch sogar ein besonders starkes Glied in der Beweiskette zu sein und die Neuinterpretation der Sonette gewissermaßen auf ein solides historisches Fundament zu stellen, wobei die Tatsache, daß Cranleys Gedichte erst nach seinem Tod veröffentlicht wurden, diese Sichtweise noch untermauerte, da es unwahrscheinlich war, daß er noch zu Lebzeiten des großen Dramatikers den Mut gehabt haben könnte, die Erinnerung an diese tragische und bittere Geschichte aufzufrischen.

Die Liebe zur *Dark Lady* ermöglichte es mir außerdem, die Entstehungszeit der Sonette noch genau zu datieren. Aus textinternen Beweisen, also aus den Eigenschaften von Sprache, Stil und dergleichen mehr, ging eindeutig hervor, daß sie aus Shakespeares Frühphase stammen mußten, der Zeit von *Verlorene Liebesmüh* und »Venus und Adonis«. Tatsächlich sind sie mit dem Stück eng verbunden. Sie besitzen die gleiche gespreizte Ausdrucksweise, die gleiche Freude an phantastischen Redewendungen und exotischen Wörtern, den künstlerischen Eigensinn und die aufgesetzte Zier der gleichen »schönen Rede, die voller Eitelkeit ist«; Rosalinde, das

»Milchgesicht mit solchen samtnen Brauen
Und zwei Pechkugeln im Gesicht statt Augen«,

die geboren ist, »Schwarz wunderbar zu machen« und »nach deren Schönheit sich die Mode dreht«, ist die *Dark Lady* der Sonette, durch die »Schwarz als Schönheits Erbe anerkannt« ist. In der Komödie wie in den Gedichten begegnet uns jene halbsinnliche Philosophie, die das Urteil der Sinne »über alle langsameren, beschwerlicheren Mittel der Erkenntnis« stellt, und vielleicht ist Biron, wie Walter Pater glaubt, ein Spiegelbild von Shakespeare selbst, »unmittelbar nach Abschluß der ersten Dichtungsphase, als er erstmals zurücktreten und sie kritisch beurteilen kann«.

Obwohl *Verlorene Liebesmüh* nicht vor 1598 erschien, als es »neu überarbeitet und erweitert« von Cuthbert Burby veröffentlicht wurde, besteht kein Zweifel, daß es viel früher geschrieben und auf die Bühne gebracht wurde, vermutlich, wie Professor Dowden glaubt, im Jahr 1588 oder 89. Wenn dies zutrifft, muß Shakespeares erste Begegnung mit Willie Hughes 1585 stattgefunden haben, und somit ist es sogar durchaus möglich, daß der junge Schauspieler in jungen Jahren der Musikus von Lord Essex war.

Zumindest steht unstrittig fest, daß Shakespeares Liebe für die *Dark Lady* vor 1594 erloschen sein muß. In diesem Jahr erschien, herausgegeben von Hadrian Dorell, das wunderbare Gedicht, genauer gesagt der Gedichtzyklus, *Willobie his Avisa*, nach Ansicht von Mr. Swinburne das einzige zeitgenössische Buch, von dem man glaubte, es werfe direkt oder indirekt einiges Licht auf das Geheimnis der Sonette. Das Gedicht erzählt davon, wie ein junger Edelmann vom St. John's College in Oxford mit Namen Henry Willobie sich in eine so »schöne und keusche« Frau verliebte, daß er sie Avisa nannte, entweder, weil er eine solche Schönheit nie zuvor gesehen hatte, oder weil sie wie ein Vogel vor der Schlinge der Leidenschaft floh und ihre Flügel zum Flug ausbreitete, wenn er es wagte, ihre Hand zu berühren. Voller Verlangen, die Frau zu gewinnen, wandte er sich an seinen guten Freund W.S., »der vor gar nicht langer Zeit in den Genuß einer ähnlichen Leidenschaft geraten und erst jüngst von dem nämlichen Infekt genesen war«. Shakespeare ermunterte ihn, die Festung der Schönheit weiter zu belagern, und erzählte ihm, jede Frau müsse umworben und jede Frau müsse erobert werden; der Ratgeber selbst verfolgte die »amouröse Komödie« aus der Ferne, um zu sehen, »ob sie dem jungen Schauspieler einen glücklicheren Ausgang bescheren würde als seinem Vorgänger«, und er »vergrößerte die Wunde noch durch das scharfe Rasiermesser einer wohlmeinenden Phantasie«, da er allein das ästhetische Interesse des Künstlers an den Stimmungen und Gefühlen der anderen empfand. Wir brauchen gar nicht tiefer in diese seltsame Episode aus Shakespeares Leben einzudringen, ging es uns doch einzig darum zu zeigen, daß Shakespeare 1594 von seiner blinden Leidenschaft für die *Dark Lady* geheilt und seit mindestens drei Jahren mit Willie Hughes befreundet war.

Mein Rahmen für die Deutung der Sonette war damit komplett, und nachdem ich die Gedichte, die sich auf die *Dark Lady* bezogen, an die entsprechende Stelle und in den richtigen Kontext eingeordnet hatte, sah ich auch die vollkommene Einheit und Geschlossenheit des Ganzen. Das Drama – denn fraglos handelte es sich um ein Drama und die Tragödie einer Seele voller entfesselter Leidenschaft und tiefen Nachdenkens – besteht aus vier Szenen oder Akten. Im ersten Akt (Sonette 1–32) fordert Shakespeare Willie Hughes auf, als Schauspieler zum Theater zu gehen und seine bezaubernde Schönheit und die Anmut seiner Jugend in den Dienst der Kunst zu stellen, bevor die eine der Leidenschaft und die andere der Zeit zum Opfer fällt. Nach einigem Drängen willigt Willie Hughes ein, sich Shakespeares Truppe anzuschließen, und wird schon bald Mittelpunkt und Grundstein seiner Inspiration. Plötzlich, an einem rosenroten Julitag (Sonette 33–52, 61 und 127–152), besucht eine geheimnisvolle Frau mit wundervollen Augen das Globe Theatre und verliebt sich unsterblich in Willie Hughes. Shakespeare, krank vor Eifersucht und vor lauter Angst und Zweifel dem Wahnsinn nahe, versucht die Frau, die zwischen ihn und seinen Freund getreten ist, zu bestricken. Doch die Liebe, die zuerst nur vorgetäuscht war, entflammt tatsächlich, und er sieht sich von einer Frau unterworfen und beherrscht, die er als durchtrieben und unwürdig erkennt. Ihr bedeutet das Genie eines Mannes nichts im Vergleich zur Schönheit eines Jungen. Willie Hughes wird eine Zeitlang ihr Sklave und das Spielzeug ihrer Launen, und der zweite Akt endet damit, daß Shakespeare London verläßt. Im dritten Akt ist ihr Auftritt vorüber. Shakespeare kehrt nach London zurück und erneuert seine Freundschaft mit Willie Hughes, dem er in seinen Stücken Unsterblichkeit verspricht. Marlowe, der vom Zauber und der Anmut des jungen Schauspielers gehört hat, lotst ihn vom Globe Theatre fort, damit er den Gaveston in der Tragödie *Edward II.* spielt, und Shakespeare verliert seinen Freund ein zweites Mal. Der letzte Akt (Sonette 100–126) berichtet von Willie Hughes' Rückkehr zu Shakespeares Truppe. Böse Gerüchte haben mittlerweile die makellose Reinheit seines Namens befleckt, aber Shakespeares Liebe ist immer noch ungeteilt und vollkommen. Vom Geheimnis dieser Liebe und dem Geheimnis der Leidenschaft erfahren wir seltsame und wunderbare Dinge, und die Sonette schließen mit einer zwölfzeiligen Zueignungsstrophe, deren Thema der Triumph der Schönheit über die Zeit und des Todes über die Schönheit ist.

Welches Ende aber hatte der gefunden, der Shakespeares Kunst Wirklichkeit verliehen hatte? Als der Bürgerkrieg ausbrach, schlugen sich die Schauspieler auf die Seite des Königs, und viele von ihnen, wie Robinson, der bei der Eroberung von Basing House von Major Harrison kaltblütig niedergemetzelt wurde, ließen im Dienste des Königs ihr Leben. Vielleicht wurde auch Willie Hughes' Leichnam auf der umgepflügten Heide von Marston oder den kahlen Hügeln von Naseby von einer Schar abgehärmter Bauern der Gegend gefunden, das goldene Haar »blutverkrustet« und die Brust von zahllosen Wunden zerfetzt. Vielleicht aber hatte auch die Pest, die zu Beginn des siebzehnten Jahrhunderts London häufiger heimsuchte und von vielen Christen tatsächlich als von Gott verhängte Strafe über die Stadt für ihr Vergnügen an »eitlen Stücken und götzendienerischen Darbietungen« betrachtet wurde, den Schauspieler auf der Bühne ereilt, und er hatte sich in sein Quartier geschleppt und war dort alleine gestorben, da Shakespeare in Stratford weilte und die, die zuvor in so großer Zahl herbeigeströmt waren, um ihn zu sehen, die »Gaffer«, die er »kopflos gemacht«

hatte, wie die Sonette uns berichten, sich aus Angst, angesteckt zu werden, von ihm fernhielten. Eine Geschichte dieser Art über einen jungen Schauspieler kursierte zur damaligen Zeit und wurde von den Puritanern weidlich dazu ausgeschlachtet, die ungehinderte Entfaltung der englischen Renaissance zu unterdrükken. Dennoch, wäre dieser Schauspieler Willie Hughes gewesen, wäre die Nachricht seines tragischen Todes gewiß rasch Shakespeare überbracht worden, während er träumend unter dem Maulbeerbaum seines Gartens in New Place lag, und er hätte sogleich eine Elegie geschrieben, so wehmütig wie die von Milton auf Edward King, in der er den Tod eines Jungen betrauert hätte, der so viel Freude und so viel Schmerz in sein Leben gebracht hatte und der auf so bedeutsame und innige Weise mit seiner Kunst verbunden war. Irgend etwas gab mir das sichere Gefühl, daß Willie Hughes Shakespeare überlebt und in einem gewissen Maße die hohen Prophezeiungen eingelöst hatte, die der Dichter über ihn gemacht hatte, und eines Abends sah ich das wahre Geheimnis seines Endes blitzartig vor mir.

Er hatte zu den englischen Schauspielern gehört, die 1611, dem Jahr von Shakespeares Rückzug von der Bühne, übers Meer nach Deutschland reisten und vor dem großen Herzog Heinrich Julius von Braunschweig spielten, selbst ein Dramatiker von einigem Range, und auch am Hofe jenes seltsamen Kurfürsten von Brandenburg, der so sehr für die Schönheit schwärmte, daß von ihm gesagt wurde, er habe den jungen Sohn eines reisenden griechischen Händlers für sein Gewicht in Bernstein gekauft und habe zu Ehren seines Sklaven das ganze schreckliche Hungerjahr 1606/7 hindurch, als die Menschen entkräftet in den Straßen der Stadt dahinstarben und es sieben Monate lang keinen Regen gab, prunkvolle Feste veranstaltet. Die Bibliothek von Kassel besitzt noch heute ein Exemplar der Erstausgabe von Marlowes *Edward II.*, von dem Mr. Bullen sagt, es sei das letzte noch existierende Exemplar. Wer anders könnte es in die Stadt gebracht haben als der, der das Vorbild für die Rolle des königlichen Liebhabers abgegeben hatte und für den sie überhaupt erst geschrieben worden war? Jene fleckigen und vergilbten Seiten hatten einst seine weißen Hände berührt. Wir wissen auch, daß *Romeo und Julia*, ein Stück mit enger Verbindung zu Willie Hughes, 1613 in Dresden aufgeführt wurde, zusammen mit *Hamlet*, *König Lear* und einigen Stücken von Marlowe, und es war gewiß niemand anders als Willie Hughes, dem 1617 durch einen aus dem Gefolge des englischen Gesandten die Totenmaske Shakespeares überbracht wurde, ein bleiches Angedenken an den Tod des großen Dichters, der ihn so aufrichtig geliebt hatte. Ja, es lag etwas zutiefst Bestrickendes in dem Gedanken, daß der junge Schauspieler, dessen Schönheit ein so wesentliches Element für den Realismus und die Romantik in Shakespeares Kunst gewesen war, zugleich auch als erster die Saat der neuen Kultur nach Deutschland gebracht und auf diese Weise zum Vorläufer der Aufklärung des achtzehnten Jahrhunderts geworden war, jener großartigen Geistesbewegung, die, auch wenn sie von Lessing und Herder angestoßen und durch Goethe ihren vollsten und vollendetsten Ausdruck erhielt, in einem nicht unerheblichen Maße durch einen jungen Schauspieler – Friedrich Schröder – vorangebracht wurde, der das Bewußtsein des Volkes wachrüttelte und den Leuten mit den Methoden der gespielten Leidenschaften und der Nachahmung der Bühne die innigen und unverzichtbaren Verbindungen von Kunst und Leben vor Augen führte. Wenn dies zutraf – und es sprach gewiß nichts dagegen –, war es nicht unwahrscheinlich, daß Willie Hughes zu den englischen Komödianten gehört hatte (*mimi quidam ex Britannia*, wie die alte Chronik sie nennt), die in Nürnberg bei einem plötzlichen Volksaufstand erschlagen und von einigen Männern, »die Gefallen an ihrer Darstellung gefunden hatten und von denen einige ersucht hatten, in die Geheimnisse der neuen Kunst eingeweiht zu werden«, heimlich in einem kleinen Weinfeld außerhalb der Stadt begraben wurden. Gewiß konnte es für den, zu dem Shakespeare gesagt hatte, »für mich bist du die ganze Kunst«, keinen geeigneteren Platz als dieses kleine Weinfeld vor den Mauern der Stadt geben. Denn war nicht die Tragödie aus den Leiden des Dionysos entstanden? War nicht das helle Lachen der Komödie mit ihrer fröhlichen Ausgelassenheit und ihren munteren Wortgefechten zuerst von den Lippen der sizilianischen Winzer zu hören gewesen? Ja, waren nicht die purpurnen und roten Flecken schäumenden Weins auf Gesichtern und Armen der erste Anstoß zum Zauber und zur Faszination der Verkleidung – und zeigte sich darin nicht in den frühesten Anfängen der Kunst der Wunsch nach Selbstverhüllung, das Gespür für den Wert einer objektiven Darstellung? Wo immer er auch begraben sein mochte – ob nun auf einem kleinen Weinfeld vor den Toren der mittelalterlichen Stadt oder auf einem dunklen Londoner Friedhof inmitten des Lärmens und Treibens unserer Kapitale –, kein prächtiger Gedenkstein bezeichnete seine letzte Ruhestätte. Sein wahres Grabmal, wie Shakespeare vorhersah, waren die Verse des Dichters, sein wahrer Gedenkstein die Unsterblichkeit der Dramen. So erging es auch anderen, deren Schönheit ihrem Zeitalter einen neuen schöpferischen Impuls gegeben hatte. Der Elfenbeinleib des bithynischen Sklaven modert im grünen Schlamm des Nils, und auf den gelben Hügeln des Kerameikos ist die Asche des jungen Atheners verstreut; aber Antinous lebt in der Skulptur und Charmides in der Philosophie fort.

V

Ein junger Elisabethaner, der in ein Mädchen mit so weißer Haut verliebt war, daß er sie Alba nannte, hat uns seine Eindrücke von einer der ersten Aufführungen von *Verlorene Liebesmüh* überliefert. Obwohl er die Schauspieler bewunderte, die, wie er sagt, »mit großem Geschick« spielten, besonders die in den Rollen der Liebenden, war ihm doch bewußt, daß alles »vorgetäuscht« war und nichts »von Herzen kam«, daß sie, obgleich sie von Schmerz erfüllt schienen, tatsächlich »nichts empfanden« und bloß »zum Schein litten«. Doch während er das Spiel verfolgte, wurde die erfundene Komödie einer unechten Romanze für ihn zur wirklichen Tragödie seines Lebens. Die Stimmungen seiner Seele schienen Form und Gestalt angenommen zu haben und sich vor ihm zu bewegen. Sein Schmerz hatte eine Maske, die lächelte, und sein Kummer trug ein fröhliches Gewand. Hinter dem farbenprächtigen und schnell wechselnden Spiel auf der Bühne sah er sich selbst, so wie man sein eigenes Bild in einem magischen Spiegel erblickt. Die Worte, die der Schauspieler auf der Bühne sprach, entstammten seiner Qual. Ihre falschen Tränen hatte er wirklich geweint.

Nur wenige von uns haben keine ähnliche Erfahrung gemacht. Wir werden Liebende, wenn wir *Romeo und Julia* sehen, und Hamlet macht uns zu Studenten. Das Blut Duncans klebt an unseren Händen, mit Timon rasen wir gegen die Welt, und wenn Lear über die Heide irrt, erfaßt uns der Schrecken des Wahnsinns. Die makellose Unschuld Desdemonas ist genauso unsere wie die Sünde Jagos. Kunst, selbst die Kunst mit dem weitesten Gesichtskreis und der größten Tiefe, kann uns niemals wirklich die äußere Welt zeigen. Sie kann uns nichts außer die eigene Seele zeigen, die einzige Welt, von der wir je Kenntnis besitzen. Und die Seele selbst, die Seele eines jeden einzelnen von uns, bleibt für den anderen ein ewiges Geheimnis. Sie versteckt sich im Dunkeln und brütet, und das Bewußtsein kann uns nichts von dem sagen, was in ihr vorgeht. Das Bewußtsein ist wahrhaftig überaus ungeeignet, uns das Wesen der Persönlichkeit zu erklären.

Wir sitzen mit der Frau, die wir lieben, im Theater oder lauschen der Musik in einem Garten in Oxford oder spazieren mit unserem Freund durch die kühlen Säulengänge des Papstpalastes in Rom, und plötzlich erwachen in uns Leidenschaften, die wir nicht einmal aus Träumen kennen, Gedanken, die uns Angst machen, Genüsse, deren Geheimnis uns bis dahin vorenthalten war, und ein Kummer, von dem unsere Tränen nichts wußten. Der Schauspieler weiß nicht, daß wir ihm zusehen; der Musiker denkt an die Subtilität der Fuge, den Klang seines Instruments; die marmornen Götter, die uns so seltsam zulächeln, sind aus fühllosem

Stein gehauen. Doch sie haben dem Form und Gestalt gegeben, was in uns war; sie haben es uns ermöglicht, unsere Persönlichkeit zu verwirklichen; und ein Gefühl gefährlicher Freude oder ein Erschauern oder ein stechender Schmerz oder jenes seltsame Selbstmitleid, das wir so oft spüren, überkommt uns und läßt uns verwandelt zurück.

Shakespeares Sonette hatten zweifellos solche Empfindungen in mir geweckt. Je länger ich mich vom opalen Licht der Morgendämmerung bis zum welken Rosa des Abendrots im Garten oder im Zimmer in sie vertiefte und sie wieder und wieder las, desto mehr schien es mir, als ob ich die Geschichte eines Lebens entschlüsselte, das einst mein eigenes gewesen war, als ob ich die Aufzeichnung einer Romanze entrollte, die, ohne daß ich es gewußt hätte, tief in mein Inneres eingedrungen war und einen seltsamen und unmerklichen Abdruck in meiner Seele hinterlassen hatte. Die Kunst war, wie so oft, an die Stelle persönlicher Erfahrung getreten. Ich hatte das Gefühl, als wäre ich in das Geheimnis jener leidenschaftlichen Freundschaft eingeweiht worden, in die Liebe der Schönheit und die Schönheit der Liebe, von der Marsilio Ficino uns erzählt und als deren vollendetster Ausdruck die Sonette in ihrer edelsten und reinsten Bedeutung betrachtet werden können.

Ja: Ich hatte dies alles erlebt. Ich hatte in dem Rund des Theaters mit seinem offenen Dach und den wehenden Fahnen gestanden, hatte die Bühne in Schwarz verhangen gesehen für eine Tragödie oder mit bunten Girlanden geschmückt für ein fröhlicheres Schauspiel. Die jungen Galane kamen mit ihren Pagen und nahmen ihre Plätze vor dem braungelben Vorhang ein, der von den mit Satyrn beschnitzten Säulen der Innenbühne herabhing. Sie waren voller Eitelkeit und Anmut in ihren fantastischen Kostümen. Einige trugen französische Schmachtlocken und weiße Wämser, steif bestickt mit italienischer Goldstickerei, und lange Hosen aus blauer oder blaßgelber Seide. Andere gingen ganz in Schwarz und hatten große Federhüte auf. Sie kleideten sich nach der spanischen Mode. Während sie Karten spielten und aus ihren kleinen Pfeifen, die die Pagen für sie entzündeten, dünne Rauchkringel in die Luft bliesen, wurden sie von nichtsnutzigen Lehrlingen und faulen Schuljungen, die dicht gedrängt im Hof standen, verspottet. Aber sie lächelten bloß einander zu. In den Seitenlogen saßen einige verhüllte Damen. Eine von ihnen wartete mit hungrigen Augen und zerbissenen Lippen, daß der Vorhang zurückgezogen wurde. Als die Trompete zum dritten Mal ertönte und sie sich vorbeugte, sah ich ihre olivfarbene Haut und das rabenschwarze Haar. Ich kannte sie. Sie hatte eine Zeitlang als dunkler Schatten über der großen Freundschaft meines Lebens gestanden. Und dennoch hatte sie etwas, das mich faszinierte.

Das Stück wechselte je nach meiner Stimmung. Manchmal war es *Hamlet*. Taylor spielte den Prinzen, und viele weinten, als Ophelia im Wahnsinn versank. Manchmal war es *Romeo und Julia*. Burbage war Romeo. Er hatte wenig von einem jungen Italiener, aber seine Stimme war voller Musik, und jede seiner Gesten war von leidenschaftlicher Schönheit. Ich sah *Wie es euch gefällt* und *König Cymbelin* und *Was ihr wollt*, und in jedem Stück trat einer auf, dessen Leben mit dem meinen verknüpft war, der jeden Traum für mich verwirklichte und jedem Einfall Gestalt gab. Wie elegant er sich bewegte! Die Blicke des Publikums klebten an ihm!

Und doch war all dies in diesem Jahrhundert geschehen. Ich hatte meinen Freund nie gesehen, aber er war viele Jahre bei mir gewesen, und allein seinem Einfluß verdankte ich meine Leidenschaft für die griechische Philosophie und die griechische Kunst, ja, meine Begeisterung für den hellenischen Geist überhaupt. (*Φιλοσοφεῖν μὲτ' ἐρῶτος*!) Wie sehr hatte mich dieser Satz während meiner Zeit in Oxford aufgewühlt! Nur wußte ich damals nicht warum. Jetzt aber wußte ich es. Die ganze Zeit über war jemand neben mir gewesen. Seine silbernen Füße waren nachts über dunkle Wiesen gegangen, und seine weißen Hände hatten die zitternden Vorhänge der Morgendämmerung beiseite geschoben. Er war mit mir durch graue Klostergänge geschritten und war da, wenn ich in meinem Zimmer saß und las. Und ich hatte ihn dennoch nie bemerkt? Die Seele hatte ein eigenes Leben, so wie der Geist über sein eigenes Reich regierte. Es gab etwas in uns, das nichts von Folge und Ausdehnung wußte und doch, wie der Philosoph der idealen Stadt, der Betrachter der ganzen Zeit und allen Seins war. Es kannte Empfindungen, die aufblühten, Leidenschaften, die entfacht wurden, geistige Entrückungen der Kontemplation, Gluten feuriger Liebe. Wir selbst waren unwirklich und unser bewußtes Leben nur der unbedeutendste Teil unseres Daseins. Die Seele, die geheimnisvolle Seele, war die einzige Realität.

Auf welch merkwürdige Weise sich mir alles offenbart hatte! Ein Buch mit Sonetten, vor beinahe dreihundert Jahren veröffentlicht, geschrieben von einer Hand, die längst tot war, zu Ehren eines toten Jungen, hatte mir mit einem Mal die Geschichte von der Sehnsucht meiner Seele erklärt. Jetzt erinnerte ich mich, wie ich einmal in Ägypten bei der Öffnung eines freskengeschmückten Sarkophags zugegen gewesen war, der aus einem der Basaltgräber Thebens stammte. Im Innern lag der Körper eines Mädchens, fest in Leinen gewickelt und mit einer Goldmaske auf dem Gesicht. Als ich mich zu ihr hinabgebeugt hatte, um sie genauer zu betrachten, hatte ich in ihren kleinen verwelkten Händen eine gelbe Papyrusrolle mit seltsamen Schriftzeichen gesehen. Wie sehr wünschte ich mir jetzt, ich hätte sie damals gelesen! Vielleicht hätte ich noch mehr über die Seele erfahren, die versteckt in mir ruhte und geheime Leidenschaften besaß, von denen ich nichts wußte. Wie seltsam es war, daß wir so wenig von uns selbst wußten und daß unsere innersten Tiefen vor uns verborgen blieben! Mußten wir in Gräbern nach unserem eigentlichen Leben suchen und in der Kunst nach den Erfahrungen unserer Vergangenheit?

Woche für Woche sann ich über den Gedichten nach, und jede neue Erkenntnis schien mir eine Art Erinnern zu sein. Nach zwei Monaten endlich beschloß ich, Erskine noch einmal eindringlich zu bitten, dem Andenken Cyril Grahams Gerechtigkeit widerfahren zu lassen und seine wunderbare Deutung der Sonette der Welt zu übergeben – die einzige Deutung, die das Problem schlüssig lösen konnte. Leider habe ich weder eine Abschrift meines Briefes, noch ist es mir gelungen, das Original wiederzubekommen; aber ich weiß noch, daß ich ihm die Sache ausführlich auseinandersetzte und Bogen um Bogen mit der leidenschaftlichen Wiederholung der Argumente füllte, auf die ich durch meine Nachforschungen gestoßen war.

Ich hatte das Gefühl, nicht nur Cyril Graham seinen rechtmäßigen Platz in der Literaturgeschichte wiederzugeben, sondern auch die Ehre Shakespeares von der hartnäckigen Erinnerung einer gemeinen Intrige zu befreien. Ich legte meinen ganzen Enthusiasmus in den Brief. Ich legte all meinen Glauben in den Brief.

Doch kaum hatte ich ihn abgeschickt, überkam mich eine seltsame Regung. Mir schien, als hätte ich meine Fähigkeit abgegeben, an die Willie-Hughes-Theorie zu glauben, als wäre mir gewissermaßen etwas abhanden gekommen und mir die ganze Geschichte plötzlich völlig egal. Was war passiert? Die Antwort fällt nicht leicht. Vielleicht hatte ich dadurch, daß ich den vollkommenen Ausdruck für eine Leidenschaft gefunden hatte, die Leidenschaft selbst erschöpft. Gefühlskräfte sind nicht anders als die physischen Kräfte begrenzt. Vielleicht geht allein durch den Versuch, einen anderen von seiner Theorie zu überzeugen, ein Stück der eigenen Glaubensfähigkeit verloren. Beeinflussung ist nichts anders als eine Übertragung der Persönlichkeit, eine Art Abtretung dessen, was uns selbst das Kostbarste ist, und ihre Ausübung bewirkt ein Verlustgefühl, wenn sie nicht gar einen wirklichen Verlust bedeutet. Jeder Schüler nimmt etwas von seinem Meister. Vielleicht aber war ich auch nur der ganzen Sache überdrüssig geworden, hatte sich die Faszination verflüchtigt, und nachdem meine Begeisterung verraucht war, blieb meine Vernunft ihrem eigenen nüchternen Urteil überlassen. Wie genau es dazu gekommen war, hätte ich nicht erklären können, jedenfalls bestand kein Zweifel, daß Willie Hughes unversehens zu einem bloßen Mythos geworden war, zu einem spinnerten Traum, zur unreifen Phantasie eines jungen Mannes, der wie die meisten Hitzköpfe mehr darauf aus war, andere zu überzeugen, als sich selbst überzeugen zu lassen.

Ich muß gestehen, daß ich dies als bittere Enttäuschung empfand. Ich hatte jede Phase der großen Romanze durchlebt. Ich hatte sie durchlitten, und sie war ein Teil meines Wesens geworden. Wie konnte sie mir so plötzlich abhanden kommen? War ich auf ein Geheimnis gestoßen, das meine Seele verstecken wollte? Oder existierte so etwas wie eine stabile Persönlichkeit nicht? Kamen und gingen die Dinge nur stumm, flüchtig und ohne Spuren zu hinterlassen durch unser Bewußtsein, wie Schatten über einen Spiegel? Waren wir völlig der Gnade solcher Eindrücke ausgeliefert, die uns die Kunst oder das Leben zugestand? Gerade so schien es mir.

Es war Abend, als sich dieses Gefühl zum ersten Mal in mir regte. Ich hatte meinen Diener losgeschickt, den Brief an Erskine aufzugeben, und saß am Fenster und blickte auf das Blau und Gold der Stadt. Der Mond war noch nicht zu sehen, und am Himmel stand ein einziger Stern, aber die Straßen waren voller dahineilender und aufblitzender Lichter, und die Fenster von Devonshire House waren aus Anlaß eines Festbanketts für einen ausländischen Fürsten, der gerade in London weilte, hell erleuchtet. Ich sah die scharlachroten Livreen der königlichen Kutscher und die sich vor den dunklen Toren des Innenhofs drängende Menge.

Plötzlich sagte ich mir: »Ich habe geträumt und die beiden letzten Monate in einer Scheinwelt gelebt. Es hat nie einen Willie Hughes gegeben.« Ein leiser Klagelaut kam mir über die Lippen, als mir aufzugehen begann, daß ich mich selbst betrogen hatte, und ich vergrub mein Gesicht in den Händen, von einem tiefen Schmerz getroffen, wie ich ihn seit Kindertagen nicht mehr erlebt hatte. Nach einiger Zeit stand ich auf, ging in die Bibliothek, nahm die Sonette aus dem Regal und fing an zu lesen. Aber es war alles vergebens. Sie gaben mir nichts mehr von dem Gefühl zurück, das ich in sie hineingelegt hatte; sie enthüllten mir nichts mehr von dem, was ich in ihren Zeilen verborgen entdeckt hatte. War ich denn bloß durch die Schönheit des gefälschten Porträts geblendet worden, zu blindem Glauben verzückt durch ein Gesicht, das dem Shelleys glich? Oder, wie Erskine vermutet hatte, war es die ergreifende Tragödie von Cyril Grahams Tod, die mein Inneres so sehr aufgewühlt hatte? Ich konnte es nicht sagen. Bis auf den heutigen Tag ist mir dieser seltsame Abschnitt meines Lebens von Anfang bis Ende ein Rätsel.

Da aber mein Brief an Erskine einige ungerechte und bittere Vorwürfe enthielt, beschloß ich, ihn sobald als möglich aufzusuchen und mich für mein Verhalten zu entschuldigen. Ich fuhr also am nächsten Morgen zum Birdcage Walk, wo ich ihn in der Bibliothek antraf, vor sich das gefälschte Bild von Willie Hughes.

»Mein lieber Erskine«, sagte ich. »Ich bin gekommen, mich zu entschuldigen.«

»Zu entschuldigen?« fragte er. »Wofür?«

»Für meinen Brief«, erwiderte ich.

»Da muß dir nichts leid tun«, sagte er. »Ganz im Gegenteil, du hast mir den größten Dienst erwiesen, der in deiner Macht lag. Du hast mir gezeigt, daß Cyril Grahams Theorie vollkommen richtig ist.«

Ich starrte ihn ungläubig an.

»Du willst doch nicht behaupten, daß du an Willie Hughes glaubst?« rief ich.

»Warum nicht?« entgegnete er. »Du hast mir die Sache bewiesen. Glaubst du etwa, ich wäre blind für handfeste Beweise?«

»Aber es gibt keine handfesten Beweise«, jammerte ich und ließ mich in einen Sessel sinken. »Als ich den Brief an dich schrieb, war ich von einem blinden Feuereifer besessen. Der Gedanke an Cyril Grahams Tod rührte mich, ich war fasziniert von seiner künstlerischen Theorie, gefangen vom Zauber und der Unerhörtheit der ganzen Idee. Doch jetzt sehe ich, daß alles auf einer Täuschung beruht. Der einzige Beweis für die Existenz von Willie Hughes ist das Bild da vor dir, und dieses Bild ist eine Fälschung. Laß dich in dieser Sache nicht von deinem Gefühl mitreißen. Was auch immer die Phantasie zugunsten der Willie-Hughes-Theorie vorbringen mag, vor der Vernunft kann sie nicht bestehen.«

»Ich verstehe dich nicht«, sagte Erskine und sah mich erstaunt an. »Dein Brief hat mich überzeugt, daß es Willie Hughes tatsächlich gegeben hat. Warum hast du deine Meinung geändert? Oder waren deine seitenlangen Ausführungen ein bloßer Witz?«

»Ich kann es dir nicht erklären«, sagte ich, »aber ich sehe jetzt, daß sich wirklich kein vernünftiges Argument zur Verteidigung der Deutung Cyril Grahams finden läßt. Vielleicht sind die Sonette nicht an Lord Pembroke gerichtet. Wahrscheinlich ist es sogar so. Aber verschwende um Himmels willen nicht deine Zeit mit dem sinnlosen Versuch, einen jungen elisabethanischen Schauspieler ausfindig zu machen, den es nie gegeben hat, und ein bloßes Phantasma zum Angelpunkt von Shakespeares großem Sonett-Zyklus zu machen.«

»Ich sehe, daß du die Theorie nicht verstehst«, antwortete er.

»Mein lieber Erskine«, rief ich. »Ich soll sie nicht verstehen! Mir ist, als hätte ich sie selbst erfunden.

Mein Brief hat dir sicherlich gezeigt, daß ich die ganze Sache nicht nur eingehend studiert, sondern auch Beweise aller Art beigebracht habe. Die einzige Crux der Theorie ist, daß sie die Existenz der Person voraussetzt, deren Existenz Gegenstand der Streitfrage ist. Wenn wir voraussetzen, daß es in Shakespeares Truppe einen Schauspieler namens Willie Hughes gegeben hat, ist es nicht weiter schwer, ihn zum Thema der Sonette zu machen. Da wir aber nun einmal wissen, daß es keinen Schauspieler dieses Namens in der Truppe des Globe Theatre gab, ist es müßig, darüber weiter zu spekulieren.«

»Aber eben das wissen wir nicht«, sagte Erskine. »Es stimmt zwar, daß sein Name nicht auf der Liste in der ersten Folioausgabe auftaucht; aber, wie Cyril Graham gezeigt hat, ist dies eher ein Beweis für die Existenz von Willie Hughes als dagegen, wenn wir uns der Schändlichkeit erinnern, mit der er Shakespeare zugunsten seines Dramatikerrivalen sitzenließ. Außerdem« – und hier muß ich nachträglich zugestehen, daß Erskine eine glänzende Bemerkung machte, auch wenn ich damals nur darüber lachen konnte – »gibt es absolut keinen Grund, warum Willie Hughes nicht unter einem Künstlernamen im Theater aufgetreten sein soll. Höchstwahrscheinlich war es sogar so. Wir wissen, daß das Theater zu seiner Zeit großen Anfeindungen ausgesetzt war, und nichts ist wahrscheinlicher, als daß seine Familie darauf bestand, sich einen *nom de plume* zuzulegen. Die Herausgeber der Folioausgabe haben ihn selbstverständlich unter seinem Bühnennamen aufgeführt, dem Namen, unter dem ihn sein Publikum am besten kannte, aber die Sonette waren natürlich eine ganz andere Sache, und in der Widmung redet der

Herausgeber ihn, wie es sich gehört, mit seinen tatsächlichen Initialen an. Trifft dies zu, und es scheint mir die einfachste und plausibelste Erklärung zu sein, dürfte Cyril Grahams Theorie eindeutig bewiesen sein.«

»Aber welche Beweise hast du?« rief ich und faßte seine Hand. »Nicht einen einzigen. Alles nur reine Vermutung. Und wer von Shakespeares Schauspielern soll denn Willie Hughes gewesen sein? Der ›hübsche Knabe‹, von dem Ben Jonson uns berichtet, der so gerne Mädchenkleider trug?«

»Ich weiß nicht«, erwiderte er gereizt. »Ich habe noch keine Zeit gehabt, der Sache nachzugehen. Aber ich bin mir absolut sicher, daß meine Theorie die richtige ist. Natürlich ist es nur eine Hypothese, aber eben eine Hypothese, die alles erklärt, und wenn du in Cambridge Naturwissenschaften studiert hättest, anstatt in Oxford deine Zeit mit Literatur zu vergeuden, wüßtest du, daß eine Hypothese, die alles erklärt, eine Gewißheit ist.«

»Ja, doch, ich bin unterrichtet, daß Cambridge eine Art Bildungsanstalt ist«, brummte ich. »Und ich bin froh, nicht dort gewesen zu sein.«

»Guter Freund«, sagte Erskine und sah mich plötzlich mit seinen stechenden, grauen Augen an, »du glaubst an Cyril Grahams Theorie, du glaubst an Willie Hughes, du weißt, daß die Sonette an einen Schauspieler gerichtet sind, nur willst du dich aus irgendeinem Grund nicht dazu bekennen.«

»Ich wünschte, ich könnte es glauben«, antwortete ich. »Ich würde alles dafür geben. Aber ich kann es nicht. Es ist eine Art Mondstrahlen-Theorie, sehr schön, sehr reizvoll, aber ungreifbar. Gerade wenn man denkt, man hat sie gepackt, entschlüpft sie einem. Nein: Shakespeares Herz ist für uns immer noch ›ein Schrein, den kein kristallenes Aug durchbohrt‹, wie er in einem seiner Sonette sagt. Nie werden wir das wahre Geheimnis der großen Leidenschaft seines Lebens kennen.«

Erskine sprang vom Sofa auf und ging im Zimmer hin und her. »Wir kennen es schon«, rief er, »und auch die Welt soll es eines Tages kennenlernen.«

Nie zuvor hatte ich ihn so aufgebracht gesehen. Er wollte mich nicht fortlassen und bestand darauf, daß ich bis zum Abend blieb.

Wir stritten uns mehrere Stunden lang, aber nichts von dem, was ich vorbrachte, konnte ihn von seinem Glauben an Cyril Grahams Deutung abbringen. Er versicherte mir, er werde sein Leben dem Beweis der Theorie widmen und sei entschlossen, der Erinnerung an Cyril Graham Gerechtigkeit widerfahren zu lassen. Ich beschwor ihn, lachte ihn aus, flehte ihn an, aber es half alles nichts. Schließlich gingen wir auseinander, nicht unbedingt im Zorn, aber gewiß mit einem dunklen Schatten zwischen uns. Er hielt mich für oberflächlich, ich ihn für verrückt. Als ich ihn das nächste Mal besuchte, erklärte mir sein Diener, er sei nach Deutschland verreist. Die Briefe, die ich ihm schrieb, blieben unbeantwortet.

Als ich zwei Jahre später in meinen Klub kam, gab mir der Portier einen Brief mit ausländischer Marke. Er stammte von Erskine und war im Hôtel d'Angleterre in Cannes geschrieben worden. Nachdem ich ihn gelesen hatte, packte mich ein finsteres Entsetzen, auch wenn ich nicht recht glauben wollte, daß er so wahnsinnig sein könnte, den angekündigten Entschluß in die Tat umzusetzen. Der Kern des Briefes war, daß er alles versucht habe, die Willie-Hughes-Theorie zu beweisen, und darin gescheitert sei, und da Cyril Graham sein Leben für diese Theorie geopfert habe, sei auch er entschlossen, sein Leben für die gleiche Sache hinzugeben. Der Brief endete mit den Worten: »Mein Glaube an Willie Hughes ist ungebrochen; und wenn du diese Zeilen liest, werde ich aus eigener Hand um Willie Hughes' willen gestorben sein: um seinetwillen und um Cyril Grahams willen, den ich durch meinen haltlosen Skeptizismus und meinen törichten Unglauben in den Tod getrieben habe. Einst öffnete sich dir die Wahrheit, aber du hast sie zurückgestoßen. Jetzt tritt sie erneut vor dich hin, befleckt mit dem Blut zweier Menschen – wende dich nicht wieder von ihr ab.«

Es war ein furchtbarer Moment. Ich fühlte mich hundeelend, und doch konnte ich nicht glauben, daß er seinen Vorsatz ausführen würde. Für seine religiösen Überzeugungen zu sterben, ist der denkbar schlechteste Gebrauch, den ein Mensch von seinem Leben machen kann; aber gar für eine literarische Theorie zu sterben! Ausgeschlossen.

Ich sah auf das Datum. Der Brief war eine Woche alt. Ein unseliger Zufall hatte mich einige Tage nicht in den Klub gehen lassen, sonst hätte ich ihn rechtzeitig erhalten, Erskine zu retten. Vielleicht war es auch jetzt noch nicht zu spät. Ich fuhr in meine Wohnung, packte meine Sachen und nahm in Charing Cross den Nachtzug. Die Fahrt war die Hölle. Ich glaubte, ich würde nie ankommen.

Nach meiner Ankunft ließ ich mich sofort zum Hôtel d'Angleterre fahren. Also doch. Erskine war tot. Man sagte mir, er sei zwei Tage zuvor auf dem englischen Friedhof beerdigt worden. Die ganze Tragödie hatte etwas unfaßbar Groteskes. Ich stammelte allerlei wirres Zeug, und die Leute im Foyer sahen mich neugierig an.

In dem Augenblick kam Lady Erskine, von Schmerz gebeugt, durch die Hotelhalle. Als sie mich sah, trat sie auf mich zu, murmelte etwas über ihren Sohn und brach in Tränen aus. Ich brachte sie auf ihr Zimmer. Dort saß ein älterer Herr und las Zeitung. Es war der englische Arzt.

Wir redeten lange über Erskine, aber ich erzählte nichts von dem Motiv für seinen Selbstmord. Es war offensichtlich, daß er seiner Mutter nichts von dem Grund erzählt hatte, der ihn zu seiner heillosen, wahnsinnigen Tat getrieben hatte. Zuletzt stand Lady Erskine auf und sagte: »George hat Ihnen etwas zur Erinnerung hinterlassen. Etwas, das ihm sehr viel bedeutete. Ich hole es für Sie.«

Sobald sie aus dem Zimmer war, wandte ich mich an den Arzt und sagte: »Es muß ein entsetzlicher Schlag für Lady Erskine gewesen sein. Ich bin erstaunt, daß sie so gefaßt ist.«

»Oh, sie wußte seit Monaten, daß es so kommen würde«, erwiderte er.

»Sie wußte es seit Monaten?« rief ich. »Aber warum hat sie dann nichts unternommen, es zu verhindern? Warum hat sie ihn nicht beobachten lassen? Er muß ganz von Sinnen gewesen sein.«

Der Arzt starrte mich an. »Ich weiß nicht, was Sie meinen«, sagte er.

»Aber wenn eine Mutter weiß«, stieß ich hervor, »daß ihr Sohn sich etwas antun will . . .«

»Sich etwas antun will?« wiederholte er. »Der arme Erskine hat nicht Selbstmord begangen. Er starb an Schwindsucht. Er kam zum Sterben hierher. Schon als ich ihn das erste Mal sah, wußte ich, daß es keine Rettung gab. Der eine Lungenflügel war fast ganz ruiniert und der andere stark angegriffen. Drei Tage vor seinem Tod fragte er mich, ob noch irgendeine Hoffnung bestünde. Ich sagte ihm offen, wie es um ihn stünde und daß er nur noch wenige Tage zu leben hätte. Er schrieb ein paar Briefe, war aber vollkommen gefaßt und bis zuletzt bei klarem Verstand.«

Ich erhob mich und trat ans geöffnete Fenster, von wo man auf die belebte Strandpromenade blickte. Ich erinnere mich, daß mir die bunten Stranddächer und fröhlichen Sonnenschirme wie riesige, unwirkliche Schmetterlinge vorkamen, die vor der metallblauen See umherflatterten, und daß der schwere Veilchengeruch, der vom Garten herüberzog, mich an das wunderbare Sonett denken ließ, in dem Shakespeare uns erzählt, daß der Duft dieser Blumen ihn immer an seinen Freund erinnerte. Was hatte das alles zu bedeuten? Warum hatte Erskine mir diesen höchst seltsamen Brief geschrieben? Warum hatte er mir noch kurz vor seinem Tod Dinge unterbreitet, die nicht stimmten? Hatte Hugo recht? Ist Affektiertheit das einzige, was uns auf den Stufen zum Schafott begleitet? War es Erskine allein um einen dramatischen Effekt gegangen? Aber das paßte so gar nicht zu ihm. Es war eher etwas, das zu mir gepaßt hätte. Nein: Er war bloß dem Wunsch gefolgt, mich zu Cyril Grahams Theorie zu bekehren, und er hatte gemeint, wenn er mich nur glauben machen könnte, daß auch er sich für diese Theorie geopfert hätte, würde ich auf sein pathetisches Märtyrertum hereinfallen. Armer Erskine! Seit unserer letzten Begegnung war ich klüger geworden. Für mich war Märtyrertum bloß eine tragische Form des Skeptizismus, der Versuch, durch Gewalt das zu erreichen, was durch den Glauben nicht gelungen war. Kein Mensch stirbt für etwas, von dem er weiß, daß es wahr ist. Menschen sterben für etwas, von dem sie wollen, daß es wahr ist, von dem aber eine dunkle Ahnung in ihrem Herzen sagt, daß es nicht wahr ist. Die Sinnlosigkeit seines Briefes machte Erskines Tod doppelt schmerzlich. Ich sah die Leute in und aus den Cafés strömen und fragte mich, ob wohl einer von ihnen Erskine gekannt hatte. Feiner weißer Sand trieb über die in der Mittagsglut liegende Straße, und die gefiederten Blätter der Palmen schwankten unablässig im Wind.

In dem Augenblick kehrte Lady Erskine mit dem schicksalhaften Porträt von Willie Hughes ins Zimmer zurück. »Kurz vor seinem Tod bat George mich, Ihnen dies zu geben«, sagte sie. Als sie mir das Bild gab, fielen Tränen auf meine Hand.

Heute hängt das seltsame Bild in meiner Bibliothek, vielfach bestaunt von meinen kunstsinnigen Freunden, von denen einer sogar einen Stich für mich angefertigt hat. Man ist sich inzwischen einig geworden, daß es kein Clouet, sondern ein Ouvry ist. Ich habe ihnen die tatsächliche Geschichte des Bildes nie erzählt, aber manchmal, wenn ich es betrachte, denke ich, daß sich so manches zugunsten der Willie-Hughes-Theorie der Sonette Shakespeares anbringen ließe.

EINIGE MAXIMEN ZUR UNTERWEISUNG DER ÜBERGEBILDETEN

BILDUNG ist eine feine Sache. Nur sollte man sich von Zeit zu Zeit daran erinnern, daß nichts, was sich zu wissen lohnt, gelehrt werden kann.

Eine öffentliche Meinung findet sich nur dort, wo es keine Ideen gibt.

Die Engländer müssen alle Wahrheiten zu Fakten herunterreden. Wenn eine Wahrheit zum Faktum wird, verliert sie jeden intellektuellen Wert.

Es ist höchst bedauerlich, daß heutzutage so wenig nutzloses Wissen verbreitet wird.

Die einzige Verbindung zwischen Bildung und Theater, die uns in England geblieben ist, ist das Programmheft.

Früher wurden Bücher von Literaten geschrieben und vom Publikum gelesen. Heutzutage schreibt das Publikum die Bücher und niemand liest sie.

Die meisten Frauen sind so künstlich, daß ihnen jeder Kunstsinn abgeht. Die meisten Männer sind so natürlich, daß ihnen jeder Schönheitssinn fehlt.

Freundschaft ist tragischer als Liebe. Sie dauert länger.

Alles Abnorme im Leben steht im normalen Verhältnis zur Kunst. Es ist das einzige im Leben, das im normalen Verhältnis zur Kunst steht.

Ein Ding von vollkommener Schönheit ist für den Künstler ohne Reiz. Ihm fehlt das Unfertige.

Der Künstler kann nur eins nicht sehen – das Offensichtliche. Das Publikum kann nur eins sehen – das Offensichtliche. Das Ergebnis ist die Zeitungskritik.

Die Kunst ist das einzig Ernste in der Welt. Und der Künstler ist der einzige Mensch, dem aller Ernst abgeht.

Wirklich mittelalterlich wäre, keinen Körper zu haben. Wirklich modern wäre, keine Seele zu haben. Wirklich griechisch wäre, keine Kleider zu haben.

Das Dandytum ist der nachhaltige Beweis für die absolute Modernität der Schönheit.

Der einzige Trost für den Armen ist Verschwendungssucht. Der einzige Trost für den Reichen ist Sparsamkeit.

Man sollte nie anderen zuhören. Es ist ein Zeichen von Gleichgültigkeit gegenüber den eigenen Zuhörern.

Selbst der Jünger hat seinen Wert. Er steht hinter dem Thron und flüstert einem im Moment des Triumphs ins Ohr, daß man trotz allem unsterblich sei.

Die Verbrecherklasse ist uns so nahe, daß selbst der Polizist sie sieht. Sie ist uns so fern, daß nur der Dichter sie versteht.

Wen die Götter lieben, lassen sie jung werden.

APHORISMEN UND PHILOSOPHEME ZUM GEBRAUCH FÜR DIE JUGEND

DIE ERSTE Pflicht im Leben ist, so künstlich wie möglich zu sein. Die zweite Pflicht ist noch unbekannt.

Niedertracht ist ein von den Guten erfundener Mythos, um die seltsame Faszination der anderen zu erklären.

Hätten die Armen nur Profil, wäre es ein leichtes, das Problem der Armut zu lösen.

Wer zwischen Seele und Leib einen Unterschied macht, besitzt keins von beiden.

Das einzig Verbindende zwischen Kunst und Natur ist eine sauber gestickte Knopflochblume.

Eine Religion stirbt, wenn ihre Wahrheit erwiesen ist. Die Wissenschaft ist das Archiv abgestorbener Religionen.

Der Wohlerzogene widerspricht anderen. Der Weise widerspricht sich selbst.

Das, was tatsächlich geschieht, ist immer nebensächlich.

Im Stumpfsinn wird der Ernst erwachsen.

In allen unbedeutenden Dingen ist Stil, nicht Aufrichtigkeit, das Wesentliche. In allen bedeutenden Dingen ist Stil, nicht Aufrichtigkeit, das Wesentliche.

Wer die Wahrheit erzählt, sollte nicht vergessen, daß man ihm früher oder später auf die Schliche kommt.

Man sollte allein zu seinem Vergnügen leben. Nichts altert so schnell wie das Glück.

Nur wer die Zeche prellt, kann hoffen, von der Geschäftswelt nicht vergessen zu werden.

Kein Verbrechen ist vulgär, aber alles Vulgäre ist ein Verbrechen. Vulgär ist das Verhalten der anderen.

Nur die Oberflächlichen kennen sich selbst.

Zeit ist Geldverschwendung.

Man sollte immer einen Tick unglaubwürdig sein.

Alle guten Vorsätze haben etwas Fatales. Sie werden fast immer zu früh gefaßt.

Wer gelegentlich mit seiner Kleidung übertreibt, kann dafür nur Abbitte leisten, indem er stets mit seiner Bildung übertreibt.

Frühreif sein, heißt vollkommen sein.

Jede Unsicherheit in bezug auf die Frage, was gutes oder schlechtes Benehmen ist, ist ein Indiz für geistigen Stillstand.

Ehrgeiz ist die letzte Zuflucht des Versagers.

Eine Wahrheit hört auf, wahr zu sein, sobald sie mehr als einen Verfechter hat.

In Prüfungen stellen die Dummen Fragen, die der Kluge nicht beantworten kann.

Die Kleidung der Griechen war bewußt unkünstlerisch. Nur der Körper sollte den Körper enthüllen.

Man sollte entweder ein Kunstwerk sein oder ein Kunstwerk tragen.

Nur die oberflächlichen Eigenschaften überdauern. Das tiefere Wesen des Menschen wird sofort entlarvt.

Fleiß ist die Wurzel alles Häßlichen.

Die Zeiten überdauern in der Geschichte durch ihre Anachronismen.

Nur die Götter müssen sterben. Apollo ist tot, aber Hyazinth, den er erschlagen haben soll, lebt. Nero und Narziß sind immer unter uns.

Die Alten glauben alles; die Erwachsenen bezweifeln alles; die Jugend weiß alles.

Die Voraussetzung der Vollkommenheit ist Müßiggang; das Ziel der Vollkommenheit ist Jugend.

Nur die großen Meister des Stils verstanden sich darauf, dunkel zu sein.

Es liegt etwas Tragisches in der Tatsache, daß heutzutage zahllose junge Menschen in England ihr Leben mit einem perfekten Profil beginnen und zuletzt doch einen nützlichen Beruf ergreifen.

Sich selbst zu lieben, ist der Beginn einer lebenslangen Romanze.

ANHANG

Nachwort

Bevor Oscar Wilde Anfang der neunziger Jahre mit dem Roman *Dorian Gray* und seinen Gesellschaftskomödien zum berühmtesten Autor Englands wurde, hatte er seinen Lebensunterhalt mehr als zehn Jahre lang vorwiegend mit Vorträgen, Essays und Kritiken bestritten. Zwischen 1877 und 1890 schrieb Wilde Dutzende Rezensionen, die in Stil und Inhalt durchaus konventionell waren und allenfalls in der Auswahl der Themen etwas vom Dandy und Ästheten der Yellow Nineties durchscheinen ließen. Der Kritiker Wilde interessierte sich für neue Entwicklungen in der Literatur, Malerei und Bildhauerei nicht weniger als für Fragen der Innendekoration, des Buchdrucks oder der Kochkunst. Und noch bevor er Herausgeber der Zeitschrift ›Woman's World‹ wurde, hatte er entschieden für eine Kleidungsreform gestritten.

Irgendwann im Laufe seiner Kritikertätigkeit mußte Wilde erkannt haben, daß der Kritiker nicht eigentlich bloßer Vermittler und Aufbereiter fremder Kunstwerke ist, sondern in der Auseinandersetzung mit dem Gegenstand selbst zum Schöpfer, mithin zum Künstler wird. Insofern konnte es in der Kritik auch nicht um die Weitergabe einer wie auch immer gearteten Wahrheit gehen, sondern ausschließlich um das subjektive Empfinden des Kritikers, zu dessen Gedanken und Reflexionen das Kunstwerk lediglich den Anstoß liefert. Matthew Arnold, der einflußreichste Kritiker des Viktorianismus, hatte Begriffe wie Aufrichtigkeit, Ernsthaftigkeit und persönliche Distanz als unverzichtbare Eigenschaften des Kritikers hervorgehoben und es ihm zur Aufgabe gemacht, »den Gegenstand so zu sehen, wie er in Wirklichkeit ist«. Wilde stellte dieses Diktum kurzerhand auf den Kopf und erklärte kategorisch: »Die höchste Form der Kritik besteht im Zeugnis der eigenen Seele. Der wahre Kritiker ist ungerecht, unaufrichtig und nicht rational.« Und um den Stachel noch ein wenig im Fleisch der rechtschaffenen Viktorianer zu drehen, bekannte er als seine größte Sorge: »Ich lebe in ständiger Furcht, nicht mißverstanden zu werden.« Matthew Arnold hätte sich die Haare gerauft.

Eine genaue Vorstellung von dem, was der Kritiker als Künstler zu leisten vermag, entwickelt Wilde in den zwischen 1885 und 1890 geschriebenen und 1891 gesammelt unter dem Titel *Intentions* veröffentlichten Essays, die mittlerweile zum klassischen Kanon der Kunsttheorie gehören und insbesondere moderne und postmoderne Strömungen wie Poststrukturalismus, Rezeptionsästhetik und Dekonstruktivismus maßgeblich beeinflußt haben. Nachdem Wilde in »Der Verfall des Lügens« das viktorianische Wahrheitsgebot ausgehebelt und die Lüge als erstes und einziges Ziel der Kunst rehabilitiert hat, macht er sich in »Der Kritiker als Künstler« an die Neudefinition des Kritikers. In dem fulminant geschriebenen Dialog läßt Wilde sein Sprachrohr Gilbert nacheinander die Fesseln von Gerechtigkeit, Vernünftigkeit und Aufrichtigkeit sprengen, die ihm sein Gegenüber Ernest anlegen will, und erhebt den Kritiker zuletzt sogar noch über den Künstler, weil er in der Beschäftigung mit der Kunst bereits ein vergeistigtes und von der Wirklichkeit gereinigtes Material vorfindet und sich nicht mit den lästigen Forderungen von Mimesis und Wahrscheinlichkeit herumschlagen muß. Gilberts Plädoyer für den schöpferischen Kritiker gipfelt in der Feststellung: »Der Kritiker wird sich nicht zum Sklaven seiner Überzeugungen machen. Was die Leute Unaufrichtigkeit nennen, ist nichts als eine Methode, durch die wir unsere Perönlichkeit vervielfältigen können.«

Fünf Jahre später war es mit dem intellektuellen Maskenspiel und der Vervielfältigung der Persönlichkeit vorbei. Als Anwalt Edward Carson in der Anhörung des Queensberry-Prozesses Wilde zum Vorwort des *Dorian Gray* und zu einzelnen Maximen aus »Aphorismen und Philosopheme zum Gebrauch für die Jugend« befragte, mußte Wilde schmerzlich bewußt geworden sein, daß niemand – zumindest nicht in den strengen Tagen des Viktorianismus – der Pflicht zur Aufrichtigkeit und zum moralischen Ernst ungestraft entkommen konnte. In »Der Verfall des Lügens« hatte ein vor Selbstbewußtsein strotzender Vivian bekundet, alles und jedes beweisen zu können. Im Zeugenstand des Old Bailey mußte ein in die Enge getriebener Wilde eingestehen, sich allein auf die Kunst und die Schönheit zu verstehen und in den praktischen Fragen des Lebens gänzlich unbeschlagen zu sein. Der Kritiker hatte sich wieder ins Schneckenhaus der Literatur zurückgezogen, und seine provokanten Gedankenspiele ließen sich sicher verwahrt zwischen Buchdeckeln ins Regal stellen. Doch vielleicht hatte Oscar Wilde auch das schon vorausgesehen, als er lange vor seinem Sturz schrieb: »Die Gesellschaft verzeiht oft dem Verbrecher, niemals aber verzeiht sie dem Träumer.«

Georg Deggerich

Anmerkungen

Die 1891 unter dem Titel *Intentions* veröffentlichten vier Essays erschienen zuerst in zum Teil deutlich kürzerer Form und unter veränderten Titeln in folgenden Zeitschriften:

The Decay of Lying. An Observation, erstveröffentlicht unter dem Titel *The Decay of Lying. A Dialogue* in ›The Nineteenth Century‹, Januar 1889.

Pen, Pencil and Poison. A Study in Green, zuerst erschienen unter dem Titel *Pen, Pencil and Poison. A study* in ›Fortnightly Review‹, Januar 1889.

The Critic as Artist, zuerst veröffentlicht als *The True Function and Value of Criticism; with some Remarks on the Importance of Doing Nothing. A Dialogue* in ›The Nineteenth Century‹, Juli und September 1890.

The Truth of Masks. A Note on Illusion, in der Erstfassung unter dem Titel *Shakespeare and Stage Costume* erschienen in ›The Nineteenth Century‹, Mai 1885.

The Soul of Man under Socialism erschien zuerst in ›The Fortnightly Review‹, Februar 1891.

The Rise of Historical Criticism ist einer der frühesten Essays Wildes, den er 1878/79 für den Wettbewerb um den *Chancellor's English Essay Prize* schrieb. Das Manuskript ging bei der Versteigerung des Wildeschen Besitzes im April 1895 verloren und wurde erst Jahre später von Robert Ross, dem Herausgeber der ersten Gesamtausgabe, in Amerika wiederentdeckt. Der vollständige Text erschien zuerst 1908 in *Lord Arthur Savile's Crime and Other Prose Pieces* (Teile I–III) und *Miscellanies* (Teil IV) beim Londoner Verlag Methuen & Co.

The Portrait of Mr. W.H. erschien zuerst in ›Blackwood's Edinburgh Magazine‹ im Juli 1889. Nach der Veröffentlichung überarbeitete Wilde den Text auf mehr als die doppelte Länge, doch blieb das Manuskript der revidierten Fassung lange Zeit unauffindbar. Der vollständige Text erschien erstmals 1921 in einer kleinen Privatauflage bei Mitchell Kennerly in New York.

A Few Maxims for the Instruction of the Over-Educated, zuerst erschienen in ›The Saturday Review‹, 17. November 1894.

Phrases and Philosophies for the Use of the Young erschienen zuerst in ›The Chameleon‹, Dezember 1894.

DER VERFALL DES LÜGENS
(The Decay of Lying)

Morris: William Morris (1834–96), englischer Architekt und Maler, später auch Dichter. Seine 1861 gegründete Firma für Dekoration und Innenarchitektur wurde für das Kunsthandwerk im Jugendstil wegweisend.

In der Straße, die der Stadt Oxford ihren Namen verdankt: Aus William Wordsworths Gedicht »Power of Music«.

Emerson: Ralph Waldo Emerson (1803–82), amerikanischer Dichter und Essayist.

Leoniterschule: Sophistenschule im 5. Jh. v. Chr., benannt nach der griechischen Stadt Leontivi auf Sizilien.

Domitiankult: Nach Titus Flavius Domitianus (51–96 v. Chr.), röm. Kaiser, der für seine Grausamkeit bekannt war und Philosophen und Literaten aus Rom vertrieb. Der Begriff wird wie der Ausdruck »müde Hedonisten« selbstironisch verwendet.

Blaubuch: Vom Parlament oder Staatsrat veröffentlichter Bericht in blauem Einband.

Lancet: Britisches Medizinjournal, gegründet 1823.

Rider Haggard: Sir Henry Rider Haggard (1856–1925), Autor zahlreicher Romane.

Hall Caine: Sir Thomas Henry Hall Caine (1853–1931), schrieb Romane, die zumeist auf der Isle of Wight spielten; bekannt durch seine Biographie des Dichters und Malers Dante Gabriel Rossetti.

James Payn: (1830–98), Romanautor und Herausgeber von ›Chambers' Journal‹ (1859–74) und ›Cornhill Magazine‹ (1883–96).

William Black: Schottischer Journalist und Romancier (1841–98); Autor des Romans *The Strange Adventures of a Phaeton* (1872). Phaeton ist die Bezeichnung für einen leichten Kutschwagen.

Mrs. Oliphant: Margaret Oliphant (1828–97), populäre schottische Romanautorin.

Marion Crawford: Francis Marion Crawford (1854–1909), Exilamerikaner, der viele Jahre in Italien lebte und über das italienische Leben schrieb.

Robert Elsmere: (1888), Roman von Mary Augusta Ward (1851–1920).

Tartuffe: Nach Molières Komödie *Le Tartuffe ou l'Imposteur* (1664), Inbegriff des Heuchlers.

Daudet: Alphonse Daudet (1840–97), beschrieb in seinen Romanen mit Witz und Humor das südfranzösische Kleinbürgertum.

Bourget: Paul Bourget (1852–1935), französischer Erzähler und Essayist. Wilde erwähnt später seinen Roman *Le Disciple* (1889).

Paley: William Paley (1743–1805), vertrat in seinen Schriften den theologischen Utilitarismus. In seinem Buch *Evidences of Christianity* (1794) weist er die Existenz Gottes aus den Naturphänomenen nach.

Green: Thomas Hill Green (1836–82), Professor für Moralphilosophie in Oxford; taucht in *Robert Elsmere* als Mr. Gray auf.

Alle seine Personen [...] haben Genie: Das Zitat hat Wilde in gewohnt freizügiger Manier Charles Baudelaires Essay »Théophile Gautier« (1859) entnommen.

Lucien de Rubempré: Romanheld aus Balzacs *Verlorene Illusionen* und *Glanz und Elend der Kurtisanen*.

Salammbô: (1862), Roman von Gustave Flaubert. – *Henry Esmond* (1852), Roman von William Thackeray. – *The Cloister and the Hearth* (1861), Roman von Charles Reade. – *Le Vicomte de Bragelonne* (1848–50), Roman von Alexander Dumas *père*.

Hekuba: Frau des Königs Priamos von Troja. Kam nach der Zerstörung Trojas als Sklavin in die Hände der Griechen. Ihr Schicksal behandelt Euripides in den *Troerinnen*.

Charles Reade: Englischer Dichter und Romancier (1814–84). Das von Wilde gelobte Buch *The Cloister and the Hearth* spielt bezeichnenderweise im Italien des 15. Jahrhunderts, während seine sozialkritischen Romane als Zeitverschwendung abgetan werden.

Romola [...] Daniel Deronda: Romane von George Eliot.

Die Inspiration durch einen Wald im Frühling: Aus William Wordsworths Gedicht »The Tables Turned« in *Poems of Sentiment and Reflection* (1807).

Herodot: (um 485–425 v. Chr.), ältester griechischer Geschichtsschreiber.

Sueton: Gaius Suetonis Tranquillus (75–160), bekannt für seine Biographien der röm. Kaiser von Cäsar bis Domitian.

Tacitus: Publius Cornelius Tacitus (um 55–116), römischer Geschichtsschreiber und Autor von *De origine e situ Germanorum*, dem einzig bekannten landeskundlichen Werk der röm. Literatur.

Plinius: Gaius Plinius Secundus (23–79), lat. Schriftsteller; seine *Historia Naturalis* in 37 Büchern erschien 77.

Hanno: (ca. 5. Jahrhundert v. Chr.), karthagischer Seefahrer und Entdecker, sein *Periplus* [griech. >Umseglung<] über die Erschließung der afrikanischen Westküste ist in griechischer Übersetzung erhalten geblieben.

Froissart: Jean Froissart (um 1333–1405), französischer Historiker und Dichter.

Sir Thomas Mallory: eigentl. Malory, gest. 1471; Autor von *Le Morte D'Arthur*, einer Zusammenfassung aller bis dahin veröffentlichter Artusromane.

Olaus Magnus: (1490–1558), schwedischer Historiker.

Aldrovandus: Ulisse Aldrovandi (1522–1605), ital. Arzt und Naturforscher.

Conrad Lycosthenes: (1518–61), Schweizer Philologe und Theologe.

Carlyle: Thomas Carlyle (1795–1881), schottischer Essayist und Historiker.

Royal Society: Älteste engl. Akademie der Wissenschaften, gegründet 1660.

Burnand: Francis Cowley Burnand (1836–1917), engl. Romancier und Burleskenautor; von 1900–06 Herausgeber des ›Punch‹; verspottete Wilde in *The Colonel* (1881).

Herbert Spencer: (1820–1903), engl. Philosoph und Soziologe; vertrat noch vor Darwin einen philosophisch-erkenntnistheoretischen Evolutionismus.

Schreiberling bei der Saturday Review: Anspielung auf eine anonyme Rezension der Märchen Wildes im Oktober 1888, deren Autor die Erzählung »Die Nachtigall und die Rose« aufgrund fehlerhafter Naturkenntnis gerügt hatte. In dem Märchen preßt eine Nachtigall ihre Brust an den Dorn eines Rosenstrauchs, der ihr Blut aufnimmt und so eine rote Rose wachsen läßt.

Sir John Mandeville: (um 1300–1372), engl. Reiseschriftsteller, dessen *Voyage d'outre mer* eine fantastische Reise nach Indien und China beschreibt.

Hamlets abgedroschene Phrase: *Hamlet*, III, 2: »Denn alles, was so übertrieben wird, widerspricht dem Zweck des Schauspiels, dessen Sinn es von Anbeginn bis heute war, der Natur sozusagen den Spiegel vorzuhalten.«

Formen, die wirklicher sind als der lebendige Mensch: Shelley, *Prometheus Unbound*, I, 748.

Zwei Maler: Dante Gabriel-Rossetti (1828–82) und Edward Burne-Jones (1833–98), Hauptvertreter des Präraffaelismus.

Jack Sheppard: eigtl. John Sheppard (1702–24), ein Dieb und Räuber, dessen Leben von zahlreichen Autoren, darunter auch Daniel Defoe, in Romanen verarbeitet wurde.

Richard Turpin: (1706–39), berühmter Räuber, wurde in York wegen Pferdediebstahls gehängt; sein Leben behandelt W. H. Ainsworth in dem Roman *Rookwood* (1834).

People's Palace: 1887 von Queen Victoria eröffnetes Kultur-, Sport- und Unterhaltungszentrum an der Mile End Road. Angeregt wurde der Bau durch den Schriftsteller und Philantropen Sir Walter Besant (1836–1901), der in dem Roman *All Sorts and Conditions of Men* (1882), angesiedelt in den Elendsvierteln im Londoner Osten, von einem »Palace of Delight« gesprochen hatte.

Becky Sharp: Weibliche Hauptperson in William Makepeace Thackerays Gesellschaftsroman *Vanity Fair* (1847/48).

Mrs. Rawdon Crawley: Becky Sharps Name nach ihrer Heirat.

Colonel Newcome: Titelheld aus Thackerays Serienroman *The Newcomes* (1853–55).

Rolla: Versepos von Alfred de Musset von 1833, dessen Held, der Wüstling Rolla, finanziell ruiniert und des Lebens überdrüssig, Selbstmord begeht.

René: Titelheld eines Romans von François René de Chateaubriand (1802), der in der Wildnis Amerikas Einsamkeit und Vergessen sucht.

Vautrin: Ein Bösewicht aus Balzacs *Menschlicher Komödie*, der in unterschiedlichen Masken Unheil stiftet.

Pater: Walter Horatio Pater (1839–94), Schriftsteller und Kritiker. Wildes Mentor während seiner Studienzeit in Oxford und der von ihm am höchsten geschätzte zeitgenössische Autor. In seinem bedeutendsten Werk *The Renaissance* (1873) begründete Pater einen ästhetischen Sensualismus, dem Wilde große Teile seiner eigenen Kunsttheorie verdankt.

Marsays: Satyr und Flötenspieler, der Apollo zum Wettstreit herausforderte. Er unterlag, wurde an einem Baum aufgehängt und vom Sieger enthäutet.

Tiberius: (42 v. Chr.–37 n. Chr.), röm. Kaiser, der von Tacitus als launisch, grausam und herrschsüchtig beschrieben wird.

Antonier: Antonius Pius (86–161), war von 138 bis zu seinem Tod Kaiser in Rom und galt als friedliebend und gerecht. Sein Adoptivsohn und Nachfolger Marcus Aurelius Antonius (Mark Aurel) war von 161–80 Kaiser. Beeinflußt von der Philosophie der Stoa, verfolgte er ein strenges Ideal der Selbstbeherrschung und der Pflichterfüllung.

Einer unserer entzückendsten Maler: Mortimer Menpes (1854–1938), aus Australien stammender Schüler Whistlers, der durch seine japanische Ausstellung in der Dowdeswell's Gallery im April 1888 zu Ruhm gelangte.

Myers: F. W. H. Myers (1843–1901), Dichter und Schulinspektor; 1882 Mitbegründer der Society for Psychological Research und Mitautor der zweibändigen *Phantoms of the Living* (1886), einem Werk über Telepathie.

Seine fein gesponnenen Lügen: Zitat aus Homers *Odyssee* (I, 295), die William Morris 1887 neu übersetzt hatte.

Sanchez: Francisco Sanchez (1551–1632), portugiesischer Mediziner und Philosoph; Vertreter eines skeptischen Nominalismus. Sein Hauptwerk *Tractatus de multum nobili et prima universali scientia quod nihil scitur* erschien 1581.

Flauberts wunderbare Erzählung: *Die Versuchung des heiligen Antonius* (1874).

Behemoth und Leviathan: Das Nilpferd und das Krokodil im Buch Hiob des Alten Testaments.

Basilisk: Fabelechse mit todbringendem Blick.

Hippogryph: Geflügeltes Fabelwesen mit Pferdeleib und Greifenkopf.

Der milchweiße Pfau wie ein Gespenst ruht: Aus Alfred Lord Tennysons Gedicht *The Princess* (1847).

Die Dämmerung in Silber taucht: Aus dem Gedicht »The Evening Star« in William Blakes erstem Gedichtband *Poetical Sketches* (1783).

FEDER, STIFT UND GIFT
(Pen, Pencil and Poison)

Charles Lamb: (1775–1834), engl. Schriftsteller, veröffentlichte zwischen 1820 und 1825 unter dem Pseudonym ›Elia‹ in Zeitschriften, hauptsächlich in ›The London Magazine‹.

Ein berühmter Dichter unserer Tage: Algernon Charles Swinburne (1837–1909), engl. Dichter und Weggefährte der Präraffaeliten. In seiner Studie über *William Blake* (1868) sagt Swinburne von Wainewright, er sei »als Maler, Schriftsteller und Mörder gleichermaßen bewunderswert« gewesen.

Thomas Davis: (1712–85), Schauspieler und Buchhändler. Als Davis 1778 Bankrott ging, sammelte Johnson das Geld zur Fortführung des Geschäfts.

Goldsmith: Oliver Goldsmith (1728–74), anglo-irischer Dichter, Romancier und Dramatiker; zu seinen bekanntesten Werken gehört der Roman *The Vicar of Wakefield* (1766).

Wedgwood: Josiah Wedgwood (1730–95), engl. Kunsttöpfer, dessen 1769 gegründete Werkstätten in Stoke-on-Trent (Staffordshire) noch heute existieren.

Hazlitt: William Hazlitt (1778–1830), zunächst politischer Journalist, später Literaturkritiker und Essayist. Gilt als der erste Berufskritiker der englischen Literatur.

John Woodvill: eigtl. John Woodvil, Held der gleichnamigen Tragödie von Charles Lamb (1802).

Disraeli: Benjamin Disraeli (1804–81), Dandy und Romancier; 1868 und 1874–1880 englischer Premier.

Julien Sorel: Ein skrupelloser und ehrgeiziger Opportunist. Hauptfigur in Stendhals Roman *Rot und Schwarz* (1830).

De Quincey: Die Zitate De Quinceys zu Thomas Wainewright sind seinem Buch *Charles Lamb and his Friends* (1848) entnommen.

Gioconda: Leonardo da Vincis Porträt der Mona Lisa, Gattin des florentinischen Edelmanns Francesco del Giocondo.

Amor und Psyche: allegorische Erzählung aus den *Metamorphosen* des Apuleius (2. Jhdt. v. Chr.).

Hypnerotomachia: *Hypnerotomachia Poliphili* [griech.: der Liebeskampf im Traum des Poliphilus], anonym gedrucktes, mit kunstvollen Holzschnitten ausgestattetes Werk aus der berühmten Druckerei von Aldus Manutius in Venedig.

Gautier: Théophile Gautier (1811–72), frz. Romancier, das Vorwort seines Romans *Mademoiselle de Maupin* (1835) gilt als Programmschrift des L'art pour l'art.

Entzückendes Marmorungeheuer: Gemeint sind Michelangelos hermaphroditische Statuen des ›David‹ in der Akademie von Florenz und des ›Gefesselten Sklaven‹ im Louvre.

ΚΑΛΟΣ: (griech.) schön, gut.

Majolika: Nach der Insel Mallorca benannte Töpferware aus roten oder ockerfarbenen Scherben, die mit einer farbigen oder weißdeckenden Glasur überzogen ist.

James Tassie: (1735–99), schottischer Edelsteinschleifer, berühmt für seine Medaillonporträts; die russische Kaiserin Katharina die Große gab gleich 1500 Exemplare bei Tassie in Auftrag.

Petitot: Jean Petitot (1607–91), frz.-schweiz. Miniaturmaler.

Marc Antonios: Nach Raimondi Marcantonio (um 1480–1530), berühmtester italienischer Kupferstecher der Renaissance; arbeitete nach graphischen Werken Dürers und Zeichungen Raffaels.

Turners »Liber Studiorum«: Vermutlich *An Account of a System of Education* (1791) des Geistlichen und Erziehers Richard Turner.

Crome: John Crome (1768–1821), engl. Landschaftsmaler und Begründer der *Norwich School*.

Wilkie: Sir David Wilkie (1785–1841), berühmter schottischer Genre- und Porträtmaler; Hofmaler unter König Georg IV., König Wilhelm IV. und Königin Viktoria.

Crabbe: George Crabbe (1754–1832), Dichter, Arzt und Geistlicher, der in seinem Erstling *Inebrity* (1775) vor der Trunksucht warnte und als Opiumesser endete.

Füßli: Heinrich Füßli (1741–1825), schweiz. Maler, Dichter und Kunstschriftsteller. Lebte lange Zeit in London und wurde 1799 Professor an der Royal Academy.

Die Dinge so sehen, wie sie wirklich sind: Berühmte Formulierung aus Matthew Arnolds Essay *The Function of Criticism at the Present Time* (1865).

Ariost: Ludovico Ariosto (1474–1533), ital. Dichter, dessen Hauptwerk *Orlando Furioso* die karolingische Rolandsage mit den Fabeln der Tafelrunde von König Artus verknüpft.

Toynbee Hall: 1854 im Londoner Stadteil Whitechapel gegründete öffentliche Bildungsanstalt, benannt nach dem Ökonom und Sozialreformer Arnold Toynbee (1852–1883), Neffe des berühmten Historikers Arnold Joseph Toynbee.

Schiavone: eigtl. Andrea Meldolla (1522–1563), ital. Maler, leitete mit seinen mythologischen und religiösen Darstellungen den Manierismus in Venedig ein.

Moroni: Giovanni Batista Moroni (um 1525–78), ital. Porträtmaler.

Ruskin: John Ruskin (1819–1900), engl. Maler, Kunstkritiker und Sozialreformer; einer der frühen Wegbereiter der Präraffaeliten. Seine vierbändige Reihe *Modern Painters* erschien 1843–56.

Browning: Robert Browning (1812–89), engl. Dichter und der von Wilde am höchsten gelobte zeitgenössische Autor; lebte mit seiner Frau Elizabeth Barrett Browning lange Zeit in Pisa und Florenz.

Giulio Romano: (1499–1546), ital. Maler und Baumeister; Schüler und Mitarbeiter Raffaels, nach dessen Tod er die Ausführung der Fresken des Konstantin-Saals im Vatikan leitete.

Kephalos und Prokris: Eifersüchtiges Paar in der griech. Mythologie. Vom eigenen Gemahl in Verkleidung verführt, flieht Prokris aus Scham und wird Jagdgefährtin der Artemis. Von ihr erhält sie einen unfehlbaren Speer und den Hund Lailaps, der nie die Spur des Wilds verliert. Nach Attika zurückgekehrt, söhnt Prokris sich mit Kephalos aus, folgt ihm aber heimlich bei der Jagd und wird irrtümlich von ihm getötet.

Lord Beaconsfield: Benjamin Disraeli, 1876 zum Earl of Beaconsfield ernannt.

Auf der Seite der Engel: Anspielung auf einen berühmten Ausspruch Disraelis bei einer Diskussion um Darwins Evolutionstheorie 1864 in Oxford. Auf die Frage des Oxforder Bischofs Samuel Wilberforce, ob er den Menschen eher den Affen oder den Engeln zurechne, sagte Disraeli: »Hochwürden, ich stehe auf der Seite der Engel.«

William Blake: (1757–1827), engl. Dichter, Maler und Kupferstecher, dessen *Songs of Innocence*, eine Verbindung aus kolorierten Kupferstichen und geschriebenem Text, 1789 von Blake und seiner Frau in der eigenen Werkstatt hergestellt wurden.

Alain Chartier: (1385–1430/49), altfrz. Dichter, Sekretär Karls VI. und Karls VII.; Verfasser zahlreicher politisch-didaktischer Schriften und allegorischer Dichtungen.

Ronsard: Pierre de Ronsard (1524–85), frz. Dichter und Hofpoet unter Heinrich II. und Karl IX. Schrieb Oden, Hymnen, Elegien und Sonette. Sein mit vier Gesängen unvollendet gebliebenes Epos *La Franciade* (1572) war als frz. Nationalepos geplant.

Chaucer: Geoffrey Chaucer (um 1343–1400), bedeutendster Dichter seiner Zeit, Autor der *Canterbury Tales*, den Erzählungen einer Pilgerschar auf dem Weg zum Grab des heiligen Thomas Becket in Canterbury.

Chapman: George Chapman (1559–1634), Lyriker, Dramatiker und Übersetzer Homers, berühmt für seine blutrünstigen Tragödien.

Die unvergleichliche Herzogin der zahllosen Wohlgerüche: Anspielung auf die Herzogin von Amalfi, Hauptfigur der Tragödie *The Duchess of Malfi* (1614) von John Webster, eine der grausamsten Rachetragödien der jakobäischen Bühne.

Sir Thomas Lawrence: (1769–1830), bedeutendster englischer Maler der Regency-Zeit, wurde nach Sir Joshua Reynolds Hofmaler unter Georg IV.

Macready: William Charles Macready (1793–1873), Schauspieler und Leiter des Drury Lane Theatre. Berühmt für seine Rollen als Richard III. und König Lear.

Harlot Browne: (1815–82), Aquarellmaler und Buchillustrator unter dem Pseudonym »Phiz«. Illustrierte unter anderem Dickens' *Pickwick Papers*.

Forster: John Forster (1812–76), Historiker und Biograph, unter anderem von Swift, Dickens und Oliver Goldsmith.

M. Zola erzählt in einem Roman: Anspielung auf *Thérèse Raquin* (1867).

W. Carew Hazlitt: William Carew Hazlitt (1834–1913), Enkel des Literaturkritikers William Hazlitt. Sein biographischer Essay in der von ihm besorgten Auswahl von Wainewrights *Essays and Criticism* (1880) diente Wilde als Hauptinformationsquelle.

Hunted Down: Kriminalgeschichte von Charles Dickens, die er 1859 für ›The New York Ledger‹ schrieb.

Bulwers Lucretia: Edward George Bulwer-Lytton (1803–73), erster Lord Lytton, brit. Politiker und Schriftsteller. Bekannt für seine historischen Romane (*The Last Days of Pompeii*, 1834) und sentimentalen Schauerromane (*Pelham*, 1828). Die Figur des Gabriel Varney und der Lucretia Clavering in seinem Roman *Lucretia* (1846) sind Wainewright und seiner Frau nachempfunden.

DER KRITIKER ALS KÜNSTLER (The Critic as Artist)

Erster Teil:

Sohn der Monika: Augustinus (354–430), bedeutendster Kirchenlehrer des christlichen Altertums; Sohn der heiligen Monika, die bis zu seiner Bekehrung nicht von seiner Seite wich.

Kardinal Newman: John Henry Newman (1801–90), engl. Theologe und einer der Anführer der anglikanischen Oxford-Bewegung. Konvertierte 1845 zum katholischen Glauben. Wilde zitiert aus seiner *Apologia pro Vita Sua* (1864).

Mr. Pepys: Samuel Pepys (1633–1703), Englands berühmtester Diarist. Seine ursprünglich nicht zur Veröffentlichung gedachten, stenographisch verfaßten Tagebücher gehen von Jan. 1660 bis Mai 1669.

Boswell: James Boswell (1740–95), der fleißige Biograph Johnsons; sein *Life of Samuel Johnson* (1791) gilt als größte Biographie des 18. Jahrhunderts. Wilde spielt aber auch auf Oliver Wendell Holmes' *The Autocrat at the Breakfast Table* (1857) an, das den Untertitel »Every Man his own Boswell« trägt.

Reuiger Malerfürst: Gemeint ist William Powell Frith (1819–1909); seine Memoiren *My Autobiography and Reminiscences* und *Further Reminiscences* erschienen 1887 und 1888.

Browning Society: 1881 in London gegründete Gesellschaft zur Ergründung der oft schwer verständlichen Werke Robert Brownings, existierte bis 1892.

Broad Church Party: Populäre Bezeichnung für die liberale Richtung in der anglikanischen Kirche.

Great Writer Series: Von dem Verleger Walter Scott herausgegebene biographische Reihe großer Schriftsteller, die von Wilde wiederholt rezensiert wurde.

George Meredith: (1828–1909), engl. Romancier und Lyriker, dessen betont kunstvolle Prosa viele Leser abschreckte; sein bekanntester Roman ist *The Egotist* (1879).

ἁβρῶς βαίνοντες διὰ λαμπροτάτου αἰθέρος: (griech.) sich durch die klare Luft bewegend.

Acheron: Einer der vier Ströme der Unterwelt, über den Charon die Seelen der Verstorbenen übersetzt.

Akanthuslaub: dt. Bärenklau; in der Kunst seit der Mitte des 5. Jhdt. v. Chr. häufig verwendetes Blattmotiv.

ΚΑΛΟΣ ΑΛΚΙΒΙΑΔΗΣ: (griech.) guter Alkibiades.

ΚΑΛΟΣ ΧΑΡΜΙΔΗΣ: (griech.) guter Charmides.

Mänaden: Begleiterinnen des Dionysos; sie dienen ihrem Gott in rauschhafter Verzückung, mit Lärminstrumenten und Jubelgeschrei.

Silenos: Ein alter Satyr, Erzieher des Dionysos, meist schwer betrunken und kaum in der Lage, sich auf seinem Esel zu halten.

Illysos: Name eines kleinen Flusses, der durch Athen fließt.

Higginbotham: eigtl. Higginbottom; von Matthew Arnold in seinem Essay »The Function of Criticism at the Present Time« (1865) zusammen mit Wragg, Stiggins und Bugg gebrauchter Name, um die Grobschlächtigkeit und Stumpfheit seiner Zeitgenossen zu geißeln. Wilde liegt in der Sache richtig, verwechselt aber die Namen: Bei Arnold gibt es an den Ufern des Illysos keine Wragg.

Prinz Florizel von Böhmen: Liebhaber der Perdita aus Shakespeares *Wintermärchen*. Robert Louis Stevenson schuf eine moderne Version des Prinzen in seinen *New Arabian Nights* (1882), auf die Wilde sich hier bezieht. In *More New Arabian Nights* (1885) läßt Stevenson die schöne Kubanerin auftreten, die drei jungen Männern erfundene Lebensläufe erzählt.

Englands großer Dichter: John Milton (1605–74), erblindete mit 44 Jahren. Seine großen Werke *Paradise Lost* (1667), *Paradise Regained* (1671) und *Samson Agonistes* (1671) erschienen alle später. Sein Maskenspiel *Comus* wurde 1637 anonym publiziert.

Hegesias: Hegesias von Magnesia (3. Jhdt. v. Chr.), griech. Historiker und Redner. Seine aufgeblasene Rhetorik machte ihn zum Paradebeispiel des Asianismus, der Verbindung von feierlichem Bombast und geziertem Manierismus in der Rede.

Päon: Nach der Verwendung im Päan (griech. = feierliches Chorlied) benanntes Versmaß aus drei kurzen und einer langen Silbe.

κάθαρσις: [griech. Katharsis = Reinigung], zentraler Begriff der aristotelischen Tragödientheorie. Durch Furcht und Mitleid soll die Seele von störenden Empfindungen gereinigt werden.

Sykion: Antike Stadt in Griechenland, im 4. Jhdt. Sitz der bedeutendsten griech. Maler.

Plagiatsvorwürfe: Wilde nutzt die Gelegenheit für einen Seitenhieb gegen den Maler und Graphiker James McNeill Whistler (1834–1903), Dandy, Ästhet und wie Wilde ein Freund spitzer Bemerkungen. Über Wildes freizügige Art, sich bei anderen Autoren zu bedienen, urteilte Whistler 1886: »Oscar – der liebenswürdige, unverbesserliche, gefräßige Oscar –, mit weniger Verstand für ein Bild als für den Sitz eines Mantels, hat den Mut zu einer Meinung – der der anderen.« Wilde konterte prompt: »Das ist sehr traurig. Bei unserem James beginnt die Vulgarität gleich vor der eigenen Tür. Und da sollte man sie auch lassen.« Siehe auch: James Abott McNeill Whister, *Die feine Art sich Feinde zu machen*. Der Zehn-Uhr-Vortrag und die Einwände von Oscar Wilde und G. K. Chesterton. Deutsch von Fitz Senn. Hrsg. und Nachwort von Gerd Haffmans. Zürich 1984/NA 2000.

μονόχρονος ἡδονή: (griech.) flüchtiger Genuß.

Emerson: Ralph Waldo Emerson (1803–1882), amerik. Philosoph und Dichter, wichtigster Vertreter des amerik. Transzendentalismus.

Anthologia Palatina: Die älteste erhaltene griech. Anthologie, eine Sammlung von Liebesgedichten und Epigrammen. Um 60 v. Chr. von Meleagros von Gadara begonnen, versammelte sie im 10. Jhdt. mehr als 300 Autoren.

Einer unserer fleißigsten Schreiberlinge: William Sharpe (1855–1905), schrieb unter seinem eigenen Namen Essays, Gedichte und Biographien. Bekannt wurde er allerdings für seine unter dem Pseudonym Fiona Macleod veröffentlichten mystischen keltischen Sagen und Erzählungen aus dem schottischen Hochland, darunter *Pharais* (1893), *The Mountain Lovers* (1895) und *The Sin Eater* (1895).

Newnham College: 1876 in Cambridge eröffnetes College für Frauen.

Renan: Ernest Renan (1823–1892), frz. Orientalist, Religionshistoriker und Schriftsteller, der in seinem umstrittenen Hauptwerk *Das Leben Jesu* (1864) Jesus als religiös-anarchistischen Idealisten zeichnet.

Magdalena: Maria Magdalena, eine der galiläischen Frauen, die Jesus nachfolgten. In der Tradition der Kirchenväter war sie es, der Jesus die Dämonen austrieb (Lukas, 8,2) und der er die Sünden der Wollust vergab, »weil sie viel geliebt hatte« (Lukas, 7,47).

Lukrezien: Nach Lukretia, der Frau des Lucius Tarquinius Collatinus, die von Sextius Tarquinius geschändet wurde und sich im Beisein ihrer Angehörigen den Tod gab. Gilt in der Dichtung als beispielhafte Freiheits- und Tugendheldin.

Ilion: Antiker Name von Troja.

Die ehebrecherische Königin: Hinweis auf Klytämnestra, Frau des Agamemnon, die ihren Mann mit Hilfe ihres Liebhabers Aigisthos im Bad erschlagen ließ.

Aulis: Als die griech. Kriegsflotte bei der Belagerung Trojas durch eine völlige Windstille in Aulis festgehalten wurde, wollte Agamemnon seine Tochter Iphigenie der Göttin Artemis opfern. Die Göttin allerdings entführte das Mädchen und legte statt ihrer eine Hirschkuh auf den Altar.

Antigone: Tochter und Gefährtin des Ödipus, die von ihrem Onkel Kreon lebendig eingemauert wird, da sie gegen dessen Willen ihren toten Bruder Polyneikes mit Erde bestreute.

Menippus: griech. Philosoph (3. Jhdt. v. Chr.), Kyniker und Polemiker. In seinen »Totengesprächen« berichtet Lukian von einer fiktiven Begegnung zwischen Menippus und Helena.

Tochter der Leda: Helena.

Priamos: König Trojas, hatte mit seiner Frau Hekabe und anderen Frauen fünfzig Söhne und zwölf Töchter. Der hier angesprochene Sohn ist Hektor.

Andromache: Frau Hektors, deren gemeinsamer Sohn Astynax nach der Eroberung Trojas von jenem Turm herabgestürzt wurde, von dem ihm seine Mutter oft den Vater gezeigt hatte, wie er Trojas Mauern schützte.

Thetis: Mutter Achills; hielt ihren Sohn an der Ferse in den Styx, um ihn unverwundbar zu machen, woraus die Achillesferse entstand.

Myrmidonen: Gefolgsleute des Achill.

Dodona: Eine der ältesten Kultstätten des Zeus, die schon Homer kannte.

Euphorbus: Ein Trojaner, der Patroklos verwundete, nachdem Apollon ihn zu Boden gestoßen und seinen Panzer aufgeschnürt hatte.

Priamide: Bezeichnung für die fünfzig Söhne des Priamos, hier Hektor. Tötete Patroklos mit einem einzigen Schlag, als dieser nach der Verwundung durch Euphorbus umherwankte.

Patroklos: Treuster Gefährte Achills, in dessen Rüstung er gewaltige Taten vollbrachte.

οἴνοψ πόντος: (griech.) weinfarbene See.

Danaer: Bezeichnung Homers für die Griechen.

Veronese: Paolo Veronese (1528–88), ital. Maler, der sich wegen angeblicher Profanierung biblischer Themen 1573 vor der Inquisition verantworten mußte. Seine »Vision der heiligen Helena« (um 1572) befindet sich in der National Gallery in London.

Giorgione: eigtl. Giorgione da Castelfranco (1477–1510), ital. Maler, Schüler von Giovanni Bellini. Brachte als einer der ersten landschaftliche Elemente in die europäische Malerei. Gemeint ist sein Bild »Das Konzert« (um 1510) aus dem Louvre.

Corot: Camille Corot (1796–1875), frz. Maler, berühmt für seine atmosphärischen Stimmungsbilder, häufig mit badenden oder tanzenden Nymphen.

Coleridge: Samuel Taylor Coleridge (1772–1834), zusammen mit Wordsworth wichtigster Initiator der englischen Romantik. Autor der Ballade »The Ancient Mariner« (1798) sowie der angeblich im Opiumrausch erlebten Visionen in *Kubla Khan* (1797). Das Zitat ist dem Gedicht »Hymn to the Earth« von 1799 entnommen.

Gustave Flaubert: (1821–80), frz. Schriftsteller und Reisender, dessen Roman *Madame Bovary* (1857), die Geschichte eines kleinen Landarztes und seiner schwärmerisch-naiven Frau, als erster moderner Roman gilt.

Lewis Morris: (1853–1907), Waliser Dichter und Epigone Tennysons.

Ohnet: Georges Ohnet (1848–1918), frz. Populärautor, dessen Romane aus der Reihe *Les Batailles de la Vie* zum Teil über einhundert Auflagen erreichten.

Henry Arthur Jones: (1859–1929), engl. Dramatiker, vor allem bekannt durch seine sozialkritischen Stücke, darunter *The Dancing Girl* (1891) und *The Cause of Rebellious Susan* (1894).

Ein Mann, dessen Name wir alle in treuer Erinnerung halten: Matthew Arnold, nach dessen berühmter Formulierung in »The Function of Criticism at the Present Time« (1865) die Aufgabe der Kritik darin besteht, »den Gegenstand so zu sehen, wie er in Wirklichkeit ist«. Sein Gedicht über Prosperina und die Schlüsselblumen von Cumnor ist »Thyris« aus dem Band *New Poems* (1867).

Mr. Pater in seiner Beschreibung der Mona Lisa: Paters großartige Meditation befindet sich in dem Essay über »Leonardo da Vinci« in *The Renaissance* (1873). William Butler Yeats druckte den Text, in Verse gesetzt, 1936 in *The Oxford Book of Modern Verse* als das erste moderne Gedicht.

Tannhäuser-Ouvertüre: Aus Richard Wagners Oper über den Ritter Tannhäuser, der von Frau Venus in den Zauberberg gelockt wird.

ΕΡΩΣ ΤΩΝ ΑΔΥΝΑΤΩΝ: (griech.) Liebe des Unmöglichen.

Zweiter Teil:

Thersites: Nach Homer der häßlichste der Griechen vor Troja; wurde für seine Hetzreden gegen Agamemnon von Odysseus gezüchtigt. Nach späterer Sage von Achill erschlagen, weil er dessen Liebe zu Penthesilea verhöhnte.

Der ehemalige Rektor von Lincoln: Mark Pattison (1813–84), engl. Priester, Gelehrter und Kritiker, der 1861 zum Rektor des Oxforder Lincoln College gewählt wurde. Sein Buch über Milton erschien 1879.

Daniel: Samuel Daniel (1563–1619), Dichter, Kritiker und Dramatiker; schrieb den Sonettzyklus *Delia* (1592), ein achtbändiges Epos über die Rosenkriege (*The Civil Wars*, 1595–1609) und das literarkritische Pamphlet *A Defence of Ryme* (1603).

Mantegna: Andrea Mantegna (1431–1506), ital. Maler und Kupferstecher, neben Bellini der bedeutendste Meister der oberital. Frührenaissance.

Rubinstein: Anton Rubinstein (1829–1894), russ. Pianist, Komponist und Musikschriftsteller, gründete 1862 das Konservatorium in St. Petersburg. Wilde hörte Rubinstein 1877 in London.

Der Autor von Obiter Dicta: Augustine Birrell (1850–1933), Politiker und Schriftsteller; von 1907–16 Staatssekretär für Irland. Seine gesammelten Essays *Obiter Dicta* erschienen 1884.

Göttliche Komödie: Hauptwerk Dante Alighieris (1265–1321) in einhundert Gesängen, eingeteilt in »Hölle«, »Fegefeuer« und »Paradies«, das die drei Stationen der sündigen Seele auf ihrem Weg zum ewigen Heil beschreibt. Gilberts Schnelldurchlauf durch das Werk orientiert sich streng am Aufbau Dantes.

Harpyien: Weibliche Unheilsdämonen aus der griech. Mythologie, halb Frauen, halb Vögel; bei Dante nisten sie auf den Bäumen, in die Selbstmörder gebannt sind.

Der große Ghibelline: Kaiser Friedrich II. von Hohenstaufen (1194–1250). Der Thronstreit zwischen Friedrich II. und dem Welfen-Kaiser Otto IV. führte in Italien zur Bildung der widerstreitenden Parteien der Ghibellinen und Guelfen.

Sinon: Ein Grieche, der durch seine Lügengeschichte die Trojaner dazu brachte, das hölzerne Pferd aufzunehmen.

Argenti: eigtl. Filippo degli Adimari, ein reicher und gewalttätiger Ritter, der seine Pferde mit Silber beschlagen ließ, daher der Spitzname Argenti.

Kozyt: Fluß der Unterwelt, bei Homer ein Arm des Styx.

Bocca: Bocca degli Abati, der durch Verrat die Niederlage der Florentiner Guelfen bei Montaperti verursachte.

Alberigo: Alberigo dei Manfredi, ließ 1285 zwei seiner Verwandten bei Tisch vergiften.

Maremmen: Ehemaliges Sumpfgebiet an der tyrrhenischen Küste.

Madonna Pia: Pia dei Tolomei aus Siena, wurde 1295 von ihrem Gatten aus unbekannten Gründen ermordet.

Ismene: Jüngste Tochter des Ödipus, begleitete mit ihrer Schwester Antigone ihren blinden Vater in die Verbannung.

Buonconte: Sohn des Guido von Montefeltro, führte die Ghibellinen von Arezzo gegen die Florentiner Guelfen in der Schlacht bei Campaldino (1289), wo Dante selbst mitkämpfte.

Sordello: (um 1200–70), ital. Troubadour, lebte an verschiedenen Höfen der Provence, nahm am Italienzug Karls I. von Anjou nach Neapel teil.

Beatrice: Jugendliebe Dantes, der er erstmals mit neun Jahren begegnete; sie starb mit 24 Jahren. Sie übernimmt im 30. Gesang des »Fegefeuers« die Führung des Dichters von Vergil und geleitet ihn durch die neun Himmel des »Paradieses« bis zur Anschauung Gottes.

Picarda Donati: Schwester von Corso Donati, dem Führer der schwarzen Guelfen; sie wurde von ihrem Bruder zu einer politischen Heirat gezwungen, obwohl sie bereits in ein Kloster eingetreten war.

Ezzelin: Ezzelino III. (1194–1259), Ghibellinenführer, Stadtherr von Verona, Vincenza, Padua und Treviso. Heiratete 1238 Selvaggia, die außereheliche Tochter Friedrich II.

Folquet: Folquet de Marseille (um 1155–1231), provenzalischer Troubadour, schrieb Liebes- und Gelegenheitsgedichte; 1205 wurde er Bischof von Toulouse und war einer der Initiatoren der Albigenserkriege.

Die kanaatische Dirne: Die Dirne Rahab in Jericho, die den israelitischen Kundschaftern das Leben rettete (Josua, 2).

Joachim von Fiore: (um 1130–1202), kath. Theologe und Gründer des strengen Floriazenser-Ordens (im 16. Jhdt. eingegangen). Seine Apokalyptik und Zahlenmystik wurde besonders von den Franziskanern verbreitet.

Cacciaguida: Dantes Ururgroßvater, der eine Lombardin Aldighieri heiratete. Von ihr stammt der Familienname des Dichters.

Baudelaires Meisterwerk: *Die Blumen des Bösen* (1857); Dichter und Verleger wurden kurz nach der Veröffentlichung wegen Verstoßes gegen die öffentliche Moral zu einer Geldstrafe von 300 frs. verurteilt und mußten sechs Gedichte aus der Sammlung streichen. Der »Madrigal Triste« findet sich in der sogenannten endgültigen Ausgabe der *Fleurs du Mal* von 1867.

Meleager: Meleagros von Gadara (um 140–70 v. Chr.), schrieb Gedichte, Satiren und Epigramme; die Gedichte auf seine Geliebte Heliodora sind zum Teil in der *Anthologia Palatina* erhalten.

Fantine: Eine junge Mutter aus Victor Hugos *Die Elenden* (1862), die für ihr Kind zuerst ihr goldenes Haar und dann ihre Zähne opfert.

Manon Lescaut: Heldin des Roman *Histoire du Chevalier des Grieux et de Manon Lescaut* (1731) des frz. Schriftstellers Antoine-François Prévost, genannt L'abbé Prévost (1697–1763). Der Roman erzählt die Geschichte eines jungen Mannes, der sein Leben für eine Kurtisane ruiniert.

Liebeswahn des Tyrers: Adonis, der Sohn des Königs von Zypern, Geliebter der Aphrodite; er wurde auf der Jagd von einem wilden Eber getötet.

Cordelia: Jüngste Tochter König Lears.

Tochter des Barbantio: Desdemona in Shakespeares *Othello*.

Betrachter der ganzen Zeit und alles Seins: Zitat aus Platons *Staat*, VI, 486a.

Philon: Philon von Alexandria (13 v. Chr.–45/50), jüdisch-hellenistischer Religionsphilosoph, der seinen Zeitgenossen zu beweisen versuchte, daß sich der Pentateuch mit den Erkenntnissen der Philosophie vereinbaren lasse.

Eckhart: genannt Meister Eckhart (um 1260–1328), dt. Dominikaner, der wiederholt unter Häresieverdacht geriet; bekannt vor allem für seine mystische Auslegung der Bibel.

Böhme: Jakob Böhme (1575–1624), dt. Philosoph und Mystiker.

Swedenborg: Emanuel Swedenborg (1688–1772), schwed. Geisterseher und Naturforscher, der nach eigenem Selbstverständnis seinen Körper verlassen und Kontakt mit dem Jenseits aufnehmen konnte.

Leopardi: Giacomo Leopardi (1798–1837), ital. Dichter, der zeitlebens unter einer schwachen Gesundheit litt und in seinen Gedichten und Dialogen ein pessimistisch-desillusioniertes Weltbild entwickelt.

Theokrit: (um 300–260 v.Chr.), Dichter aus Syrakus, Begründer der bukolischen Dichtung und Vorbild für die Hirtengesänge Vergils.

Pierre Vidal: eigtl. Peire Vidal (um 1175–1210), provenzalischer Troubadour, bereiste Frankreich, Spanien, Italien und den Vorderen Orient.

Lancelot: Ritter aus der sagenhaften Tafelrunde des König Artus, der sich unsterblich in Ginevra (Guinevere), die Frau des Königs, verliebt.

Abälard: Petrus Abälard (1079–1142), scholastischer Philosoph und Priester, der nach Bekanntwerden seiner Liebebeziehung zu Héloise von seinen Feinden entmannt wurde.

Villon: François Villon (1431–1463), frz. Dichter, Sänger und Säufer, der mehrmals im Gefängnis landete und 1463 nur knapp dem Strick entging; bekannt für seine »Lasterhaften Balladen« und »Galgenlieder«.

Endymion: Ein schöner Jüngling in der griech. Mythologie, der sich in die Mondgöttin Selene verliebte. Zeus versenkte ihn in ewigen Schlaf und ließ ihn nicht altern, damit die Göttin jede Nacht zu ihm herabsteigen und ihn küssen konnte. Keats verarbeitete den Mythos 1818 in seinem gleichnamigen Gedicht.

Atys: Ein schöner Knabe aus Phrygien, für den die Göttin Kybele in platonischer Liebe schwärmte. Sein Versprechen, für immer Knabe bleiben zu wollen, vergaß er in den Armen einer Nymphe. Kybele schlug den Treulosen mit Wahnsinn, so daß er sich selbst die Teile abschnitt, die Leid über ihn gebracht hatten.

Das Beste, was in der Welt gewußt und gedacht wird: Aus Matthew Arnolds Essay »The Function of Criticism at the Present Time« (1865).

ΒΙΟΣ ΘΕΩΡΗΤΙΚΟΣ: (griech.) das kontemplative Leben.

Fabier: Nach der 1884 von sozialistischen Intellektuellen gegründeten *Fabian Society*, die unter Führung von Sidney und Beatrice Webb sowie George Bernhard Shaw den Sozialismus in verfassungsmäßiger Evolution verwirklichen wollten. Benannt nach dem römischen Feldherrn Fabius Cunctator, dessen Hinhaltetaktik im 2. Punischen Krieg Hannibal keine Schlachtgelegenheit bot.

Chuang Tsŭ: (2. Hälfte des 4. Jhdt. v. Chr.) chinesischer Philosoph und Lehrer des Taoismus.

Eichen von Penshurst: Anspielung auf Walter Savage Landor (1775–1864), engl. Schriftsteller, der vor allem durch seine *Imaginary Conversations* (1824–29) bekannt wurde. Das Gespräch zwischen Lord Brooke und Sir Philip Sidney findet unter den Eichen von Penshurst, Sidneys Landsitz in Kent, statt.

Imaginäre Porträts: Walter Paters Essayband *Imaginary Portraits* erschien 1887.

Der große alte Heide: Gemeint ist Walter Savage Landor.

Chadband: Ein scheinheiliger Pfarrer aus Charles Dickens' Roman *Bleak House* (1852/53).

Kapelle von Waynefleete: Benannt nach William Patten Waynefleete, Gründer des Magdalen College in Oxford, das Wilde von 1874–78 besuchte.

Laud-Flügel: William Laud (1573–1645), der spätere Erzbischof von Canterbury, war Student am St. John's College und wurde 1611 zu dessen Präsidenten gewählt.

Symphonie en Blanc Majeur: Gedicht aus Théophile Gautiers Sammlung *Emaux et Camées* (1852), das zahllose Maler und Dichter beeinflußt hat; Wilde selbst schrieb 1881 eine »Symphony in Yellow«.

Das Monument eines Augenblicks: Aus dem Eröffnungsgedicht der Sonett-Sammlung *The House of Life* (1871) von Dante Gabriel Rossetti.

Royal Academy: Royal Academy of Arts, 1768 unter Georg III. zur Förderung der Künste gegründet; da die damalige Zahl der Mitglieder auf vierzig beschränkt war, kamen nur arrivierte Maler in den Kreis der Erlauchten.

Athenæum Club: Vereinigung von Literaten, Künstlern und Wissenschaftlern, 1824 unter anderem von Sir Walter Scott, dem Maler Sir Thomas Lawrence und dem Physiker Michael Faraday gegründet; Namensgeber war die von Kaiser Hadrian auf dem Kapitol errichtete Lehranstalt »Athenäum«.

Byron: George Gordon Noel Byron (1788–1824), bedeutender Lyriker der engl. Romantik; Weltschmerzdichter und Freiheitskämpfer; starb 1824 an Malaria bei der Landung in Griechenland, wo er den Freiheitskampf unterstützen wollte.

Dichter der Wolke: Percy Bysshe Shelley (1792–1822), engl. Dichter und Philosoph; wurde 1811 für sein Pamphlet *The Necessity of Atheism* von der Oxforder Universität verwiesen. Verbrachte seine produktivsten Jahre wie Byron in Italien. Verfasser des Ideendramas *Prometheus Unbound* (1820) und der Streitschrift *A Defence of Poetry* (1821). Das Gedicht »The Cloud« entstand 1819.

Dichter des Sees: William Wordsworth (1770–1850), bedeutendster Dichter der Romantik, der in vielen seiner Gedichte die Schönheit des Lake Districts im Norden Englands besingt.

Sir Joshua: Sir Joshua Reynolds (1723–92), engl. Porträtmaler und erster Präsident der Royal Academy; seine gesammelten *Discourses on Art* (1769–90) beeinflußten nachhaltig die Kunsttheorie des 18. Jhdt.

Walter Besant: (1836–1901), engl. Schriftsteller, Autor historischer und sozialkritischer Romane; machte mit *All Sorts and Conditions of Men* (1882) auf das soziale Elend im Londoner East End aufmerksam.

Rudyard Kipling: (1865–1936), in Bombay geborener engl. Schriftsteller, vor allem bekannt als Autor des *Dschungelbuchs* (1894/95); schrieb zahlreiche Kurzgeschichten und Skizzen aus dem indischen Alltag, darunter auch *Plain Tales from the Hills* (1888). Erhielt 1907 als erster englischer Autor den Nobelpreis. Siehe auch die »Zürcher Ausgabe« der Werke Kiplings, hrsg. von Gisbert Haefs, Zürich 1984ff.

Le Rouge et le Noir: dt. *Rot und Schwarz*, Roman von Marie Henri Beyle, bekannter unter seinem Pseudonym Stendhal.

Manchester-Schule: Maßgeblich von Richard Cobden und John Bright geleitete wirtschaftsliberale Bewegung, die zwischen 1838 und 1846 erfolgreich gegen die Getreidezölle kämpfte.

Heitere Vernunft: Aus Matthew Arnolds Essay *Literature and Dogma* von 1873.

The Origin of Species: dt. *Die Abstammung der Arten*, 1859 von Charles Darwin veröffentlichtes Werk, in dem erstmals das Prinzip der Evolutionstheorie durch natürliche Selektion dargelegt wird.

Julian: Flavius Claudius Julianus (331–63), röm. Kaiser, von den Christen »Apostata« [griech. = Abtrünniger] genannt, weil er dem Christentum ein im neuplatonischen Geist erneuertes Heidentum entgegenzustellen versuchte.

Montaigne: Michel Eyquem de Montaigne (1533–1592), frz. Schriftsteller und Philosoph, der in seinen berühmten *Essais* (1588) moral- und lebensphilosophische Fragen unter skeptischem Blickwinkel untersucht.

Persephone: Tochter des Zeus und der Demeter, von Hades ins Totenreich entführt. Da ihre Mutter sie vergebens suchte und dabei Saat und Ernte verkamen, ließ Zeus sie auf die Erde zurückkehren, gebot ihr aber, jeweils ein Drittel des Jahres bei Hades zu verbringen.

DIE WAHRHEIT DER MASKEN (The Truth of Masks)

Die Shakespeare-Zitate folgen der Übersetzung von Erich Fried in der dreibändigen Ausgabe bei Zweitausendeins, Frankfurt 1995.

Mrs. Langtry: Lily Langtry (1852–1929), engl. Schauspielerin und eine der schönsten Frauen ihrer Zeit. Wilde lernte sie 1876 bei dem Maler Frank Miles kennen, widmete ihr glühende Gedichte und brachte sie 1881 zum Theater. Berühmtheit erlangte sie allerdings weniger durch ihr schauspielerisches Talent als durch ihre Liebschaft mit dem Prinzen von Wales, dem späteren Thronfolger Edward VII.

Lord Lytton: Edward Bulwer-Lytton (1831–1891), 1. Earl of Lytton, engl. Diplomat und Schriftsteller; Sohn des gleichnamigen Romanciers und Dramatikers Lord Lytton (1803–1873). Bulwer-Lytton war 1876–80 Vizekönig von Indien und veröffentlichte unter dem Pseudonym Owen Meredith mehrere Gedichtbände.

Mr. Gilbert: W. S. Gilbert (1836–1911), Autor satirischer Gedichte und Lustspiele; Librettist für den Komponisten Arthur Sullivan. In ihrer satirischen Oper *Patience* (1881) wird Wilde in der Figur des Dichters Bunthorne verspottet.

Thérèse Raquin: (1873) Theaterstück von Émile Zola, basierend auf dem gleichnamigen Roman.

Salvini: Tommaso Salvini (1829–1916), ital. Schauspieler, der vor allem durch seine Shakespeare-Rollen bekannt wurde.

Irving: Sir Henry Irving (1838–1905), Schauspieler und Leiter des Londoner Lyceum Theatre. Maßgeblich beteiligt an der Shakespeare-Renaissance im 19. Jhdt.

Ellen Terry: (1847–1928), berühmte Schauspielerin, erstmals mit neun Jahren auf der Bühne; von 1878 bis 1902 Hauptdarstellerin an Irvings Lyceum Theatre.

Sartor Resartus: Autobiographischer Roman von Thomas Carlyle (1833/34). Das Buch erzählt die Geschichte des imaginären Professors Diogenes Teufelsdröckh, der die bisher übersehene Geschichte der Kleider und der Entwicklung der Kleidung vom Feigenblatt bis zum Orbis Vestibus philosophisch interpretiert (Sartor Resartus, lat. = der geflickte Flickschneider).

Blackstone: Sir William Blackstone (1723–80), engl. Jurist, berühmt für seine *Commentaries on the Laws of England* (1765–69), eine Darstellung des engl. Rechts in allgemeinverständlicher Sprache.

Paxton: Sir Joseph Paxton (1803–1865), engl. Architekt, verwendete als erster neue Techniken der Eisen- und Glaskonstruktion beim Bau von Gewächshäusern. Konstrukteur des Crystal Palace anläßlich der 1. Weltausstellung in London (1851).

Ducis: Jean François Ducis (1733–1816), frz. Dramatiker, bekannt für seine Bearbeitungen Shakespeares für die frz. Bühne.

Talma: François Joseph Talma (1763–1826), frz. Schauspieler, der seinen größten Erfolg in Ducis' Adaptation von *Othello* feierte.

Infessura: Stefano Infessura (um 1436–1500), ital. Rechtsgelehrter und Historiker.

Niccolò Pisano: (um 1225–1278), ital. Bildhauer, entwarf die Domkanzel in Siena und zusammen mit seinem Sohn Giovanni den Brunnen in Perugia.

Mantegna: Andrea Mantegna (1431–1506), ital. Maler und Kupferstecher, neben Bellini der bedeutendste Meister der oberital. Frührenaissance.

Notre Dame de Paris: Roman von Victor Hugo (1831), besser bekannt unter dem dt. Titel *Der Glöckner von Notre Dame.*

Geschenkplatte des Theodosius: Theodosius I., der Große (347–395), röm. Kaiser, berief 381 das 2. Ökumenische Konzil ein und erklärte die kath. Lehre zur Staatsreligion. Nach ihm zerfiel das röm. Reich. Die silberne Geschenkplatte mit seinem Konterfei um 388 befindet sich im Geschichtsmuseum von Madrid.

E.W. Godwin: Edward William Godwin (1833–86), Architekt, Designer und Bühnenbildner, entwarf u.a. die Innenausstattung für Wildes Haus in der Tite Street. Veröffentlichte 1874/75 in der Zeitschrift ›The Architect‹ eine Folge von Aufsätzen zum Thema »The Architecture and Costume of Shakespeare's Plays« und rief 1883 sogar eine

»Costume Society« ins Leben, zu deren Zielen die kulturgeschichtliche Erforschung der Kleidung im Wandel der Jahrhunderte gehörte.

Mr. Symonds: John Addington Symonds (1840–1893), engl. Schriftsteller, Autor schwermütiger Lyrik, biographisch-kritischer Studien und kunstkritischer Essays, darunter *The Renaissance in Italy* (1875–86); Übersetzer der Sonette Michelangelos und der Autobiographie Cellinis.

Lemprières Wörterbuch: John Lemprière (1765–1824), Arzt und Theologe, Autor des antiken Wörterbuchs *Bibliotheca classica* (1788).

Max Müller: (1823–1900), dt. Linguist, Orientalist und Mythenforscher, der 1854 einen Lehrstuhl für moderne europäische Sprachen in Oxford bekam und später Kurator der Bodleian Library wurde.

Piranesi: Giovanni Battista Piranesi (1720–1778), Kupferstecher, Archäologe und Baumeister. Sein Werk *Vasi, candelabri, cippi* erschien 1778.

Vitruv: Vitruvius Pollio, röm. Militärtechniker und Ingenieur, verfaßte um 31 v. Chr. die 10 Bücher *De architecture*, in denen er griech.-hellenist. Lehrmeinungen mit den Erfahrungen der älteren röm. Praktiker verarbeitete.

Vecellio: Cesare Vecellio (um 1521–1601), ital. Maler und Kupferstecher; veröffentlichte 1590 in Venedig eine Enzyklopädie der Kleidung, *Degli Habiti Antichi e Moderne di diverse Parti del Mundo*.

Nürnberger Chronik: Das von dem Humanisten und Geschichtsschreiber Hartmann Schedel (1440–1514) verfaßte *Liber Chronicum*, erschienen 1493.

Münsters Weltchronik: Sebastian Münster (1488–1552), Hebraist und Kosmograph; Herausgeber der ersten vollständigen Ausgabe der hebräischen Bibel (1534/35). Seine 1544 veröffentlichte *Cosmographia* erlebte bis 1650 46 Auflagen.

Amman: Jost Amman (1539–1590), Schweizer Zeichner für Holzschnitt und Kupferstecher; sein Druck einer Prozession aus dem 16. Jhdt. diente 1850 als Vorlage für die Kostüme in der Eröffnungsszene des *Kaufmanns von Venedig* am Princess's Theatre.

Tizian: eigtl. Tiziano Vecellio (1487–1576), Cousin von Cesare Vecellio. Da dessen Buch über die Kleidung erst 14 Jahre nach Tizians Tod erschien, ist es unwahrscheinlich, daß einige der Zeichnungen von Tizian stammen.

Garrick: David Garrick (1717–79), engl. Schauspieler, prägte von 1747–76 als Leiter des Drury Lane Theatre maßgeblich den realistischen Stil der engl. Bühne. Sein Auftritt als Richard III. fand 1741 am Theater Goodman's Fields statt.

Halkyonische Tage: (griech.) sturmlose, ruhige Tage, die Winterwochen um den kürzesten Tag, in denen nach der griech. Sage der Eisvogel, in den die Nymphe Halkyone verwandelt wurde, sein Nest baut.

Hektors unbedachtes Zitieren des Aristoteles: Anspielung auf Shakespeares Stück *Troilus und Cressida*, in dem Hektor, einer der Söhne des Königs Priamos, seinen Brüdern Paris und Troilus mit Aristoteles vorhält, zu jung für ein Verständnis von Moralphilosophie zu sein (II,2, 164–67).

Lord Cobham: Shakespeare ließ in *Henry IV.* einen Spaßmacher namens Sir John Oldcastle auftreten, benannt nach dem protestantischen Helden und Wycliffe-Anhänger Sir John Oldcastle, der 1417 für seine Angriffe gegen die weltliche Herrschaft der Kirche und das Papsttum hingerichtet worden war. Henry Brooke, der 8. Lord Cobham und ein unmittelbarer Nachfahr Oldcastles, protestierte gegen die Verunglimpfung seines Urahn, und Shakespeare verwandelte den Namen des Clowns in Falstaff.

Domi mansit, lanam fecit: (lat.) Sie blieb daheim und spann Wolle.

Divorçons: Farce von Victorien Sardou (1831–1908) über die Komplikationen des Ehelebens, 1880 in Paris uraufgeführt.

Holinshed: Raphael Holinshed (gest. um 1580), engl. Geschichtsschreiber. Seine *Chronicles of England, Scotland, and Ireland* in der von der Zensur gereinigten zweiten Ausgabe von 1587 dienten Shakespeare und anderen zeitgenössischen Dramatikern als wichtige Stoff- und Geschichtsquelle.

Heywood: Thomas Heywood (1573–1641), geschäftiger Dramatiker, der im Vorwort zu *The English Traveller* (1633) von sich bekannte, an 220 Dramen beteiligt gewesen zu sein. Autor melodramatischer Tragödien, darunter *A Woman Killed with Kindness* (1603) und der Verteidigungsschrift *An Apolgy for Actors* (1612).

Der schwarze Prinz: Edward, Prinz von Wales (1330–1376), Sohn des Königs Edward III. Heerführer im Hundertjährigen Krieg, nach seiner Rüstung der schwarze Prinz genannt.

Les petits détails [...] le reste au fond: Aus dem Vorwort von Victor Hugos Drama *Ruy Blas* (1838).

J' en offre ici [...] un progrès qui viendra: Ebenfalls aus dem Vorwort zu einem Hugo-Drama, *Angelo, tyran de Padoue*.

Lady Archibald Campbell: Frau von Lord Archibald Campbell, die das Schäferspiel im viktorianischen England populär machte. Die Freilichtaufführung von *Wie es euch gefällt* fand im Juli 1884 auf dem Gelände einer Wasserheilanstalt in Coombe Woode bei Kingstone an der Themse statt.

Princesse Georges: Komödie von Alexander Dumas *fils*, 1871 uraufgeführt.

Mademoiselle Mars: Anne Françoise Hippolyte Mars (1779–1847), frz. Schauspielerin, die durch ihre Rollen in Stücken von Molière, Beaumarchais, Dumas und Hugo berühmt wurde.

Hernani: Romantisches Melodram von Victor Hugo, das bei seiner Uraufführung 1830 einen Theaterskandal auslöste.

DIE SEELE DES MENSCHEN UNTER DEM SOZIALISMUS
(The Soul of Man under Socialism)

Mommsen: Theodor Mommsen (1817–1903), liberaler Historiker und Jurist, 1881–84 Mitglied des Reichstags; bekannt für seine *Römische Geschichte* (1854–56).

Erkenne dich selbst: Maxime des athenischen Gesetzgebers Solon (um 640–561 v. Chr.).

Vater Damien: Joseph Damien de Veuster (1840–89), belgischer Missionar, der auf einer Leprastation auf Hawaii arbeitete und an Lepra starb.

Wer frei sein will, darf sich nicht anpassen: Aus Ralph Waldo Emersons Essay »Self-Reliance« (1841).

Vautrin: Schurke von Klasse aus den Romanen Balzacs.

Die Akademie: Académie française, die älteste Akademie des Institut de France, gegründet 1625 unter Ludwig XIII. und Richelieu. Die Akademie besteht aus 40 Mitgliedern, deren Aufgabe die Pflege und der Schutz der Sprache vor Verunreinigungen ist.

Charles Kingsley: (1819–75), engl. Geistlicher und Romancier, führendes Mitglied der christlich-sozialen Bewegung, bekannt durch seine Romane *Yeast* (1848), *Alton Locke* (1850) und *Westward Ho!* (1855).

Burke: Edmund Burke (1729–97), brit. Politiker und Publizist; bekämpfte die Ideale der frz. Revolution und betonte statt dessen die kontinuierliche Entwicklung eines Staatswesens.

Privatleben eines großen Staatsmannes: Anspielung auf Charles Stewart Parnell (1846–91), irischer Nationalist und Anführer der *Irish Land League*, 1875 ins Unterhaus gewählt. 1899 wurde Parnell von der ›Times‹ der Zusammenarbeit mit irischen Attentätern verdächtigt und ein Jahr später von der Presse während eines Scheidungsprozesses der Unmoral und des Ehebruchs bezichtigt.

Große Ausstellung: Die 1. Weltausstellung, die 1851 im Londoner Hyde Park stattfand.

Dante auf dem bitteren Fest in Verona: Nach seiner Verbannung aus Florenz 1302 fand Dante Zuflucht am Hof Francesco della Scallas in Verona. Ihm setzte er im 17. Gesang des »Paradieses« ein Denkmal. Warum Wilde von einem »bitteren Fest« spricht, ist unklar.

Tasso in der Tollhauszelle in Ferrara: Torquato Tasso (1544–95), ital. Dichter, Autor des christl. Epos *Das befreite Jerusalem* (1575). Klagte sich 1577 selbst bei der Inquisition der Häresie an und wurde zu Gefängnishaft verurteilt. Zwar gelang ihm die Flucht, doch sperrte man ihn 1578 ins Irrenhaus von St. Anna in Ferrara.

Cellini: Benvenuto Cellini (1500–1571), ital. Goldschmied, Medailleur und Bildhauer; stand unter Papst Klemens VII. als Münzstempelmeister und Medailleur in päpstlichen Diensten. Sein Nachfolger Paul III. ließ Cellini unter dem Vorwurf der Veruntreuung in der Engelsburg einsperren.

Thebais: Im alten Ägypten das Gebiet um Theben (später Oberägypten); seit dem 4. Jhdt. Niederlassung zahlreicher Einsiedler und Mönche. Im Anschluß auch als Synonym für die mönchische Existenz verwendet.

Raffael: eigtl. Raffaelo Santi (1483–1520), ital. Maler und Architekt, seit 1515 Bauleiter der Peterskirche in Rom. Sein Papstporträt ist das Bildnis des Papstes Julius II. (1503–13), Teil der von Raffael und seinen Schülern gestalteten *Stanza di Eliodoro* (1511–14) im Vatikan.

DER URSPRUNG DER HISTORISCHEN KRITIK
(The Rise of Historical Criticism)

Sandracottus: [griech. Umschrift von skr. Chandragupta] (um 320–296 v. Chr.), Gründer des ersten größeren indischen Reiches vom Indus bis zum Ganges. Anfang der nationalen Gegenbewegungen gegen die hellenistische Vorherrschaft.

Nessosgewand: Nach dem Zentauren Nessos, der von Herakles getötet wurde, als er dessen Frau Deianeira vergewaltigen wollte. Der sterbende Nessos flüsterte Deianeira zu, mit dem Blut aus seiner Wunde könne sie sich die Liebe ihres Mannes sichern. Sie tränkte ein Kleidungsstück mit dem Blut, das, kaum hatte Herakles es angelegt, an seinem Körper klebte und ihn mit Gift zu zersetzen begann.

Thales: Thales von Milet (um 650–560 v. Chr.), griech. Naturphilosoph und einer der Sieben Weisen; beschäftigte sich mit der Erklärung von Naturphänomenen und den Grundlagen der Geometrie.

Xenophanes: Xenophanes von Kolophon (6. und 5. Jhdt. v. Chr.), griech. Dichter und Philosoph, bekämpfte die Vorstellung der griech. Volksreligion, die Götter seien menschenähnliche Wesen.

Heraklit: (550–480 v. Chr.), griech. Philosoph aus Ephesos, Begründer der Lehre vom in sich verschiedenen und doch – vom göttlichen Logos geregelten – einträchtigen Sein.

Athene: Zeustochter und griech. Kriegs-, Stadt- und Hausgöttin, berühmt für ihre Klugheit und Schönheit; vermittelte den Zimmerleuten die Kunst des Schiffsbaus und den Frauen das Weben und Spinnen.

Ares: Zeussohn, der im Gegensatz zu Athene als blutrünstiger, männermordender Gott des wilden, regellosen Kampfes gilt und selbst von seinem Vater verabscheut wird.

Ferntreffer: Die klassische Bezeichnung für Apollon, den Gott des Bogens, der seine Pfeile gegen den Drachen Python, die Giganten und Kyklopen und die Griechen vor Troja entsendet und selbst den gewaltigen Achilleus nicht verschont.

ἄναξ ἀνδρῶν: (griech.) Gebieter der Menschen

Penelope: Frau des Odysseus, die auf dessen Heimkehr aus Troja zwanzig Jahre lang warten muß. Um sich ihrer zahllosen Freier zu erwehren, gibt sie vor, sie müsse erst ein Totenhemd für ihren Schwiegervater weben, das sie jedoch Nacht für Nacht wieder auftrennt.

Sarpedon: Führer der Lykier im trojanischen Krieg. Als er gegen Patroklos antritt, will Zeus ihn retten, wird aber von Hera abgehalten. So kann der Vater dem Todgeweihten zu Ehren nur blutige Tränen zur Erde fallen lassen (*Ilias*, XVI, 419–505).

Der falsche Traum, den man Agamemnon schickte: Von Palamedes wegen eines erfolglosen Beutezugs nach Thrakien geschmäht, sandte Odysseus einen vermeintlich prophetischen Traum an Agamemnon, mit dem er einen heimtückischen Racheplan gegen Palamedes einfädelte und ihn als Verräter hinstellte.

Achilleus von den Vorwürfen [...] zu befreien: Platon, *Staat*, Drittes Buch, 390–91.

Catilina: Lucius Sergius Catilina (um 108–62 v. Chr.), röm. Adliger, bewarb sich dreimal vergeblich um das Konsulat und versuchte anschließend gewaltsam die Macht zu erringen.

Clodius: Clodius Pulcher (um 92–52 v. Chr.), röm. Volkstribun, setzte 58 die Verbannung Ciceros durch und legte als Führer gedungener Banden das politische Leben Roms zeitweise lahm.

Tiberius: (42 v. Chr.–37 n. Chr.), röm. Kaiser, dessen Verschlossenheit und Menschenscheu ans Pathologische grenzte und dessen despotisches Mißtrauen zahllose Opfer forderte.

Euhemeros: Euhemeros von Messene (um 340–260 v. Chr.), verfaßte um 300 die nur fragmentarisch erhaltene *Heilige Aufzeichnung*, eine Art utopischer Reiseroman über den Inselstaat Panchaia im Indischen Ozean. Uranos, Kronos und Zeus seien dort Könige gewesen und aufgrund ihrer Verdienste zu Göttern erhoben worden. Die rationalistisch-historische Umdeutung eines Mythos wird seither Euhemerismus genannt.

Lebende Ernte gerüsteter Ritter: Als Kadmos, der Gründer der Stadt Theben, Athene opfern wollte, wurde er von einem Drachen bedroht. Er besiegte das Tier und säte auf Rat der Athene dessen Zähne aus. Dieser Saat entsprossen bewaffnete Männer, die »Sparten«, die sogleich miteinander kämpften.

Aktaion: Enkel des Kadmos, ein großer Liebhaber der Jagd, den seine Hunde im Wald zerfleischten, weil er sich gerühmt hatte, ein besserer Jäger zu sein als Artemis.

Roland: Gestalt aus dem Sagenkreis um Karl den Großen, bekanntester seiner 12 Paladine, historisch ein Graf Hruotland aus der Bretagne, fiel 778 in einem Nachhutgefecht gegen die Basken bei Roncesvalles.

Hissarlik: Hügel an der Meerenge zwischen dem Marmarameer und der Ägäis, Ausgrabungsstätte Trojas.

Ennius: Quintus Ennius (239–169 v. Chr.), lat. Dichter, der die rationalistische Götterlehre des Euhemeros ins Lateinische übertrug.

Minucius Felix: (um 200), lat. Kirchenschriftsteller, Verfasser des Dialogs *Octavius*, neben Tertullians *Apologeticum* die älteste Apologie des Christentums in lateinischer Sprache.

Sohn des Atreus: Agamemnon.

Herodot: (um 490–430 v. Chr.), griech. Geschichtsschreiber, nach Cicero der »Vater der Geschichtsschreibung«; bereiste Ägypten, Mesopotamien und die skythischen Gebiete. Seine *Historien* behandeln die Entwicklung des Verhältnisses von Persern und Griechen von den Anfängen bis zur Schlacht von Plataä (479 v. Chr.). Seine Darstellung wird ergänzt durch ethnographische und geographische Berichte sowie durch eigene Beobachtungen, Anekdoten und Reflexionen.

φυσικὸν κριτήριον: (griech.) intuitives Unterscheidungsvermögen.

τέκνῃ: (griech.) durch Kunst.

διδάχῃ : (griech.) durch Unterweisung.

τοῦτο οὐκ ἐνδέχομαι τὴν ἀρχήν: (griech.) »Ich glaube davon kein Wort.« Herodot, *Historien*, IV, 25.

Alkmaioniden: Athenisches Adelsgeschlecht, das sich von Alkmaion, Urenkel des Nestor, herleitete. Der Alkmaionide Kleisthenes schuf die demokratische Verfassung Athens (507 v. Chr.).

Harmodias und Aristogeiton: Athenische Freiheitshelden, erdolchten 514 v. Chr. den Sohn des Tyrannen Peisistratos, Hipparch, und büßten dafür mit dem Leben.

χατίσαι ἐπ' οἰχήματος: (griech.) eine Hetäre zu sein.

μάχη ζύλοισι καρτερή: (griech.) ein wüster Kampf mit Stöcken.

Die griechische Bibel: In der Zeit des Viktorianismus die gebräuchliche Bezeichnung für die homerischen Epen, die *Ilias* und die *Odyssee*.

ἔτι ἄνθρωπον ἐόντα: (griech.) als er noch zu den Sterblichen gehörte.

Dodona: Kultstätte des Zeus und der Dione in Epirus.

Melampus: In der griech. Mythologie Sohn des Amythaon von Pylos, ein von Apollon begnadeter Wahrsager, Zeichendeuter und Heilkundiger, der auch die Stimmen der Tiere verstand, seit von ihm aufgezogene Schlangen seine Ohren ausgeleckt hatten.

Thukydides: (um 460–400 v. Chr.), griech. Historiker, bekannt für seine *Geschichte des Peloponnesischen Kriegs* in 8 Bänden; gilt als Begründer der politischen Geschichtsschreibung.

θεὸς ἀπὸ μηχανῆς: Die griechische Entsprechung des lateinischen »Deus ex machina«.

τεθεραπευκότα τὸν δῆμον: (griech.) sich die Gunst des Volkes erschmeicheln.

Peiristratiden: Nach Peisistratos, Tyrann von Athen (um 600–527 v. Chr.), erlangte nach zwei vergeblichen Anläufen um 546 die Tyrannis in Athen. Er und seine Söhne, Hipparch und Hippias, die ihm folgten, begründeten den wirtschaftlichen Aufstieg der Stadt wie auch den Aufschwung des geistigen Lebens. Hipparch wurde 514 von Harmodios und Aristogeiton ermordet.

Hesiod: (um 700 v. Chr.), griech. Dichter, entwickelte in seiner Theogonie eine genealogische Systematik der Götterwelt, mit der er Zeus als den Gott der Gerechtigkeit bestätigen wollte.

ἀφνειός: (griech.) blühend.

Lakedämon: Antiker Name von Sparta.

Karien: Antiker Name der Küstenlandschaft des südwestlichen Kleinasiens, zwischen Mäander und Indos.

ἄστυ: (griech.) Stadt.

νεοττιά ἴδια: (griech.) heimisches Nest.

Eridanos: In der griech. Mythologie ein Fluß im fernen Norden oder Westen, später mit Rhein, Rhône und Po gleichgesetzt.

Pentheus: König von Theben, von den Mänaden unter Anführung seiner Mutter Agaue zerrissen, weil er sich der Einführung des Dionysos-Kults widersetzte.

Teiresias: Blinder thebanischer Seher, der Kadmos, Ödipus und Kreon weissagte und auch Pentheus vor der Bekämpfung des Dionysos-Kults warnte.

μηρός: (griech.) Hüfte.

ὅμηρος: (griech.) Homer.

Plutarch: (um 50–125), griech. Philosoph und Historiker; sein bekanntestes Werk sind die *Parallelen Lebensbeschreibungen* berühmter Griechen und Römer, in denen jeweils ein Römer mit einem Griechen zusammengestellt ist, um die Gleichwertigkeit beider Völker zu zeigen.

Agnation: Blutsverwandschaft väterlicherseits.

τὸ καλόν: (griech.) das Gute und Schöne

φύσει πολιτικός: Die griech. Entsprechung für das lat. Zoon politikon, ein von Natur aus geselliges Wesen.

ἰσότης τοῦ ἄρχειν κάι τοῦ ἄρχεσθαι: (griech.) Gleichheit von Herrschern und Beherrschten.

πόλις: [griech. Polis], Stadtstaat.

Kekrops: Erdgeborener erster Herrscher Athens, ein Mensch mit Schlangenfüßen.

Sir Henry Maine: (1822–1888), Professor für Recht und Geschichte an der Universität Oxford.

περὶ πολιτειῶν: (griech.) Über die Verfassungen

Diskos von Iphitos: Nach dem alten elischen Heros Iphitos, dem die Neuordnung der olympischen Spiele zugeschrieben wurde. Der von Aristoteles angeführte Diskos soll neben Iphitos auch den Namen des Lykurgos enthalten haben, was allerdings stark angezweifelt wird.

Lykurgos: Legendärer Gesetzgeber Spartas, auf den die meisten der zwischen dem 9. und 6. Jhdt. v. Chr. entstandenen staatlichen Einrichtungen Spartas zurückgeführt wurden.

οὐδεῖς μέγας κακὸς ἰχθῦς: (griech.) Kein großer Fisch ist schlecht.

ἴωμεν ἐς Ἀθήνας: (griech.) Laßt uns nach Athen gehen.

Polybios: (um 200–120 v. Chr.), griech. Geschichtsschreiber, um 170/69 v. Chr. Reiterführer des Achaiischen Bundes, kam 167 v. Chr. als Geisel nach Rom, wurde Erzieher und Freund des Scipio Aemilianus. Von seiner die Epoche von 264 bis 144 v. Chr. umfassenden Weltgeschichte in 40 Büchern sind nur die Bücher 1–5 vollständig erhalten geblieben.

Taylor: Sir Edward Burnett Taylor (1832–1917), vergleichender Anthropologe und Autor von *Primitive Culture* (1871).

Sir John Lubbock: (1843–1913), brit. Bankier und Zoologe; Verfasser paläanthropologischer Grundlagenwerke, darunter *The Origin of Civilization and the Primitive Condition of Man* (1870) und *Praehistoric Times* (1865).

Gefesselter Prometheus: Tragödie des Aischylos.

De Rerum Natura: Bedeutendstes Lehrgedicht des Altertums von Lukrez (97–55 v. Chr.), das vom Standpunkt Epikurs aus Kosmologie, Anthropologie und Psychologie darstellt, um die Menschheit von Götterfurcht und Aberglauben zu befreien.

Comte: Auguste Comte (1798–1857), frz. Philosoph und Begründer des Positivismus; beschrieb die gesellschaftliche Entwicklung nach seinem

Dreistadiengesetz als Fortschritt von der theologischen zur metaphysischen und zur positiven Weltdeutung, deren Verwirklichung die wissenschaftliche Philosophie des Positivismus sei.

Krause: Karl Christian Krause (1781–1832), Schüler und Epigone Schellings, Vertreter einer pantheistischen Weltanschauung, nach der das Universum als göttlicher Organismus zu betrachten ist.

Wolkenkuckucksheim: Der Begriff bezieht sich auf die imaginäre Stadt Nephelokokkygia, das Luftreich zwischen Himmel und Erde in Aristophanes' Komödie *Die Vögel*.

καθαρὸς πίναξ: (griech.) reiner Teller.

Il maestro di color che sanno: Der Meister alles Wissenden, Dante, *Göttliche Komödie*, »Hölle«, IV, 131.

τέλος: [griech. Telos], Ziel, Zweck.

κατὰ πολλῶν nicht *παρὰ πολλά*:(griech.) gegen die Vielen, nicht nach den Vielen.

Adrastus: König von Argos, der seinen Schwiegersohn Polyneikes bei der Eroberung seiner Vaterstadt helfen wollte. Beim Zug der Sieben gegen Theben war Adrastos der einzige Überlebende.

Cousin: Victor Cousin (1792–1867), frz. Philosoph und Politiker, vertrat eine verflachte Form der Hegelschen Geschichtsphilosophie. Das Zitat entstammt seinem *Cours d'histoire de la philosophie* (1840).

ἐξ ἀγαθῶν ἀμείνους, καὶ ἐξ ὠφελιμωτέρους ἀεὶ τοὺς ἐκγόνους γίγνεσθαι: (griech.) Daß aus guten bessere und aus brauchbaren immer brauchbarere Nachkommen entstehen mögen. Platon, *Staat*, Fünftes Buch, 461a.

Fourier: Charles Fourier (1772–1837), frz. Sozialphilosoph, entwarf ein System des utopischen Sozialismus in der Form einer föderativen Vereinigung kleiner Gemeinschaften.

Saint Simon: eigtl. Claude Henri de Rouvroy, Graf von Saint-Simon

(1760–1825), frz. Sozialtheoretiker, kämpfte um die Abschaffung der industriellen Ausbeutung durch ein verändertes Eigentumsrecht und die Aufhebung des Erbrechts.

Mr. Bright: John Bright (1811–1889), engl. Politiker, 1868–1870 Handelsminister unter Gladstone; Mitbegründer der Manchester-Schule; setzte die Abschaffung der Getreidezölle und andere Liberalisierungsmaßnahmen durch.

τύραννος ἐκ προστατικῆς ῥίζης: (griech.) Herrscher aus einer aristokratischen Familie.

Tocqueville: Charles Alexis Henri Tocqueville (1805–59), frz. Staatsdenker und Politiker; untersuchte die Grundlagen der amerikanischen Demokratie in *De la démocratie en Amérique* (1835–40) und die Hintergründe der Französischen Revolution in *L'Ancien Régime et la Révolution* (1850).

κτῆμα ἐς ἀεὶ: (griech.) dauerhafter Besitz.

ἀγώνισμα ἐς τὸ παραχρῆμα: (griech.) Gewinn für den Augenblick.

Haus der Julier: Röm. Patriziergeschlecht, dem Cäsar und später sein Adoptivsohn Oktavian (Augustus) entstammte.

Isokratische Schule: Nach dem griech. Redner Isokrates (436–338 v. Chr.), der um 390 in Athen eine Schule gründete, die praktische Bildung mit Hilfe einer vollkommenen Redekunst zu vermitteln suchte.

δεισιδαιμονίας ἀγεννοῦς καὶ τερατείας γυναικώδους: (griech.) Die niedere abergläubische Furcht und die Begeisterung für das Wunderbare, die ein Merkmal der Weiber sind.

Kalpe: Antike Bezeichnung für den Fels von Gibraltar, eine der Säulen des Herkules.

τύχη: (griech.) Schicksal.

Gibbon: Edward Gibbon (1737–94), brit. Historiker, bekannt durch seine monumentale *Geschichte des Verfalls und Untergangs des römischen Reiches* (1776–88).

ἀγώνισμα: (griech.) Prunkstück, Paradestück.

μάθημα: (griech.) Gegenstand des Lernens und Unterrichtens.

Abrupolis: König der thrakischen Sapaioi, Bundesgenosse und Freund der Römer. Als er nach dem Tod Philipps V. die Bergwerke des Pangaion besetzte, trieb Perseus ihn mit Waffengewalt aus seinem Königreich.

Perseus: (212–162), letzter König Makedoniens, illegitimer Sohn und Nachfolger Philipps V.; wurde im 3. Makedonischen Krieg (172–168 v. Chr.) von den Römern besiegt und im Triumphzug mitgeführt.

Eumenes: Eumenes II. (221–159 v. Chr.), König von Pergamon, erhielt als treuer Bundesgenosse der Römer große Teile Kleinasiens bis zum Taurus; auf sein Betreiben hin nahmen die Römer 172 v. Chr. die Vertreibung des Abrupolis zum Vorwand für den Krieg gegen Perseus.

οὐ περὶ μικρῶν ἀλλ᾽ ἐκ μικρῶν: (griech.) Nicht um Nebensächliches geführt, aber aus Nebensächlichem entstehend.

αἰτία, ἀρχή und *προφασις*: (griech.) Ursache, Ursprung und Vorwand.

Anne Boleyn: (1507–1536), zunächst Geliebte und später zweite Gemahlin Heinrich VIII., Mutter von Königin Elisabeth, wegen angeblichen Ehebruchs verstoßen und zum Tode verurteilt. Heinrich VIII. betrieb die Loslösung der englischen Kirche von Rom, als der Papst die Scheidung seiner ersten Ehe mit Katharina von Aragón ablehnte.

Atossa: Mutter des persischen Königs Xerxes I., der in den Perserkriegen vergeblich versuchte, die Griechen zu unterwerfen und in der Schlacht von Salamis (480 v. Chr.) vernichtend geschlagen wurde.

Madame de Maintenon: eigtl. Françoise d'Aubigné (1635–1719), Geliebte und zweite Frau Ludwig XIV.; förderte nach der geheimen Heirat 1684 die auf nationale Selbständigkeit der frz. Kirche gerichtete Politik Ludwig XIV.

D'Alembert: eigtl. Jean-Baptiste le Rond (1717–83), frz. Philosoph, Mathematiker und Literat, zusammen mit Diderot Herausgeber der berühmten *Enzyklopädie* und Mitglied der Académie Française.

Montesquieu: eigtl. Charles de Secondat, Baron de la Brède et de Montesquieu (1689–1755), frz. Schriftsteller und Staatsphilosoph, Autor zahlloser Schriften, darunter *L'esprit des lois* (1748), die Begründung der Staatswissenschaft als Kulturphilosophie.

τὸ μονοειδὲς τῆς συντάξεως: (griech.) Einförmigkeit des Aufbaus.

παράδειγμα: (griech.) Beispiel, Vorbild.

Timaios: (um 350–245 v. Chr.), griech. Geschichtsschreiber aus Taormina, vom Tyrannen Agathokles um 315 vertrieben, verfaßte in Athen eine Geschichte Siziliens in 38 Büchern mit geographischen, ethnographischen und lokalhistorischen Abhandlungen. Als erster Geschichtsschreiber, der römische Geschichte darstellte, forderte er die Kritik des Polybios heraus.

Demochares: (um 355–270 v. Chr.), attischer Politiker, Redner und Geschichtsschreiber, Neffe des Demosthenes, der von Polybios gegen entehrende Verdächtigungen Timaios' in Schutz genommen wird (*Historien*, XII, 13).

Stier von Phalaris: Nach Phalaris, um 570–555 Tyrann von Akragas (heute Agrigent), der für seine Grausamkeit gefürchtet war und seine Gegner in einem Bronze-Stier verbrannt haben soll.

Lokrische Kolonie: Griech. Siedlung an der Küste Kalabriens beim heutigen Locri.

Parthenidae: (griech.) »Jungfräuliche« oder »Jungfrauenkinder«; Bezeichnung der Nachkommen Spartas, die während des 1. Messinischen Kriegs (letztes Drittel des 8. Jhdt. v. Chr.) von den spartanischen Frauen mit ihren Sklaven gezeugt und nach der Rückkehr der Männer aus dem Land vertrieben worden sein sollen. Nach Aristoteles die Gründer der italienischen Stadt Lokroi.

Sallust: Gaius Sallustius Crispus (86–34 v. Chr.), röm. Historiker, unter Cäsar Statthalter in Afrika. Schrieb neben einer fünfbändigen *Historie*, von der nur Bruchstücke erhalten geblieben sind, Monographien *Über die Verschwörung des Catilina* (63 v. Chr.) und *Über den Jugurthinischen Krieg* (111–105 v. Chr.).

Livius: Titus Livius (59–17 v. Chr.), röm. Geschichtsschreiber, Verfasser einer röm. Geschichte in 142 Büchern, die sich mehr durch ihre künstlerische Darstellung als durch verläßliche Quellenforschung auszeichnet.

Hortensius: Quintus Hortensius Hortalus (114–50 v. Chr.), röm. Redner und Staatsmann, bekannt für seinen blumigen und ausschweifenden Redestil.

Scaevola: Quintus Mucius Scaevola (um 140–82 v. Chr.), röm. Konsul und bedeutender Rechtsgelehrter, unter anderem Lehrer des Cicero; verfaßte als erster Römer ein systematisches Handbuch des Rechts.

Lord Clarendon: eigtl. Edward Hyde, 1. Earl of Clarendon (1609–74), seit 1643 Mitglied des Geheimen Rats, Schatzkanzler und Berater des Prinzen von Wales (später Karl II.); führte die Verhandlungen über die Restauration der Stuarts und festigte als Lordkanzler Karls II. (1660–67) die Restauration der Staatskirche. Autor der *History of the Rebellion and Civil Wars in England* (1702) und der *History of the Civil War in Ireland* (1721).

Die pessinuntische Mutter der Götter: Anspielung auf die kleinasiatische Fruchtbarkeitsgöttin Kybele, die von den Griechen als »Mutter der Götter« oder »Große Mutter« verehrt wurde. Aus ihrem Hauptkultort Pessinus in Kleinasien wurde 204 v. Chr. aufgrund eines Orakelspruchs der ihr heilige schwarze Meteorstein nach Rom gebracht.

Das Schiff mit dem Zeichen von Castor und Pollux: Nach der biblischen Apostelgeschichte das Schiff, mit dem der Apostel Paulus zur Haft nach Rom überstellt und dort schließlich hingerichtet wurde. Der Bibel nach legte das Schiff in Puteoli, dem heutigen Pozzuoli, im Golf von Neapel an (*Apostelgeschichte*, 28, 11–13).

Priester von Charoneia: Herodot, nach seinem Geburtsort Charoneia in Böotien.

»Wenn wir die Gleichung [...] immer noch Symbole sind«: Zitat aus Herbert Spencers *The Principles of Psychology* (1872).

Kolonos: Der Wald von Kolonos war der Ort der Akademie Platons.

σχιστὴ ὁδός: (griech.) Kreuzung.

Orchomenos: Stadt des Altertums in Böotien, Blütezeit im 2. Jhdt. v. Chr. als Hauptstadt der Minyer. Fundort des sogenannten Schatzhauses des Minyas, einem Kuppelgrab aus mykenischer Zeit.

Epaminondas: Thebanischer Feldherr (um 420–362 v. Chr.), der 371 v. Chr. Sparta in der Schlacht von Leuktra schlug und damit die Einheit Böotiens unter thebanischer Führung wiederherstellte.

Die heilige Schar: Ein Korps von 300 thebanischen Soldaten, das von Epaminondas bei der Neuordnung des thebanischen Heers aufgestellt wurde; berühmt für seine Tapferkeit in der Schlacht von Charoneia 338 v. Chr., bei der Philip von Mazedonien die vereinigten Thebaner und Athener schlug und den griechischen Bund gründete.

Die Ebene des Löwen: Das Schlachtfeld von Chaironeia, wo ein Marmorlöwe über die Massengräber der gefallenen thebanischen Soldaten wacht.

Kimmerische Finsternis: Die Kimmerier sind bei Homer die Anwohner des Okeanus, beim Eingang zum Hades, wo eine ewige Dunkelheit herrscht.

Antaios: Riesenhafter Sohn des Poseidon und der Erdgöttin Gaia, die ihn, solange er den Boden berührte, mit immer neuer Kraft versorgte.

Pontifex: In der altrömischen Religion Mitglied des höchsten Priesterkollegiums, dem die Ordnung der Kulte im röm. Staat oblag.

Zeno: Zeno von Kition (um 354–262 v. Chr.), Schüler des Kynikers Krates und Gründer der Stoischen Philosophenschule.

Epikur: (341–271 v. Chr.), griech. Philosoph, Begründer des Epikureismus, der Befreiung von Schmerz und Unlust durch den Verstand als Grundlage eines glücklichen Lebens.

Karneades: (um 214–155 v. Chr.), griech. Philosoph, zur Vermittlung griech. Kultur und Bildung zusammen mit Kritalos und Diogenes als athenische Gesandte nach Rom geschickt.

Isis-Kult: Ägyptische Göttin, Gattin des Osiris; von allen fremden Göttern von Griechen und Römern am meisten verehrt; erst 560 n. Chr. wurde ihr letzter Kult gewaltsam unterdrückt.

Tochter der Demeter: Persephone.

De Closset: Léon de Closset, frz. Historiker, Autor des *Essai sur l'historiographie des Romains jusqu'au siècle d'Auguste* (1849).

Cincinnatus: Lucius Quinctus Cincinnatus, röm. Nationalheld des 5. Jhdt. v. Chr.; wurde von den Römern als das Urbild des alten Römers angesehen, der Bauer und Staatsmann zugleich war. Der Sage nach wurde er 458 v. Chr. vom Pflug weg zum Diktator gemacht, um ein von Äquern eingeschlossenes Heer zu befreien.

Ἄλδος ὁ Μανούτιος Ῥωμαῖος καὶ φιλέλλην: (griech.) »Aldo Menuzio, ein Römer und Liebhaber Griechenlands.« Aus der Druckerei Aldo Menuzios (um 1450–1515) erschienen zwischen 1494 und 1515 einunddreißig Ausgaben der griechischen Klassiker.

Kerameikisches Totenfeld: Der Kerameikos war das Töpferviertel im antiken Athen; es lag am Aufweg zur Akropolis und in der Nähe des vor der Mauer gelegenen Friedhofs am Kerameikos, auf dem von mykenischer Zeit bis ins 4. Jhdt. n. Chr. beerdigt wurde.

DAS PORTRÄT DES MR. W.H. (The Portrait of Mr. W.H.)

Die Sonette Shakespeares werden nach folgender Ausgabe zitiert: William Shakespeare: *Die Sonette*. Übersetzt von Christa Schuenke. Straelen: Straelener Manuskripte Verlag 1994.

Macpherson: James Macpherson (1736–96), schott. Dichter, veröffentlichte mehrere Gedichtbände des von ihm erfundenen gälischen Dichters Ossian. Als Dichter des Weltschmerz wurde Ossian für den Sturm und Drang und die europäische Romantik bedeutsam.

Irland: William Henry Irland (1777–1835), wurde vor allem durch seine Fälschungen von Shakespeare-Manuskripten bekannt.

Chatterton: Thomas Chatterton (1752–70), schrieb Gedichte im Stil eines Barden des 15. Jhdt. und gab sie als Originale eines fiktiven Mönchs Thomas Rowley aus. Nahm sich aufgrund von Mißerfolgen und Armut mit 18 Jahren das Leben.

François Clouet: (um 1510–1572), Porträtmaler am frz. Hof, bekannt für seinen vom Manierismus beeinflußten minutiösen Stil.

Lord Pembroke: eigtl. William Herbert, 3. Earl of Pembroke (1580–1630), Gönner und Mäzen verschiedener Dichter; ihm ist die erste Folio-Ausgabe der Dramen Shakespeares von 1623 gewidmet.

Wilton-Porträts: Nach Wilton House, Familiensitz der Grafen von Pembroke in Wiltshire.

Mary Fitton: Ehrendame von Königin Elisabeth und langjährige Geliebte des Earl of Pembroke.

A.D.C.: Amateur Drama Company, Studentenbühne der Universität Cambridge, gegründet 1855.

Lord Southampton: eigtl. Henry Wriothesley, 3. Earl of Southampton (1573–1624), wie Pembroke ein Gönner Shakespeares; ihm ist das Gedicht »Venus und Adonis« (1593) wie auch das Epos *Lurezia* (1594) gewidmet.

Meres: Francis Meres (1565–1647), Autor einer vergleichenden Betrachtung englischer, griechischer, lateinischer und italienischer Dichter, *Palladis Tamia: Wits Treasury* (1598), in der Shakespeares damals noch unveröffentlichte Sonette erwähnt werden.

Sackville: Thomas Sackville (1576–1608), Earl of Dorset und Baron

Buckhurst, Parlamentsmitglied und Rektor der Universität Oxford, schrieb 1563 das Vorwort und »Die Klage des Buckingham« für die zweite Ausgabe des *Mirror for Magistrates*, einer Sammlung von Verserzählungen, die sich mit dem Sturz großer Männer befassen.

Drayton: Michael Drayton (1563–1631), Autor zahlreicher historischer und religiöser Gedichte.

John Davis von Hereford: (1565–1618), schrieb Gedichte und Epigramme, darunter *Microcosmos* (1607) und *The Scourge of Folly* (1611).

Chapman: George Chapman (1559–1634), Lyriker, Dramatiker und Übersetzer Homers; seine späten Tragödien, darunter *Bussy D'Ambois* (1604), zählen zu den Höhepunkten des jakobäischen Dramas.

Alleyn-Handschrift: Edward Alleyn (1566–1626), berühmter Schauspieler und Theater-Manager, gründete mit seinem Vermögen Dulwich College.

Lord Chamberlain: Vorsitzender des von der Regierung eingesetzten *Revel's Office*, ursprünglich zuständig für die Organisation von Aufführungen und Festlichkeiten am Hof, ab 1581 aber mit der Aufsicht über den gesamten Theaterbetrieb und der Zensur der Stücke beauftragt.

Marlowe: Christopher Marlowe (1564–93), bedeutendster Dramatiker vor Shakespeare, schrieb in nur wenigen Jahren die Stücke *Tamburlaine the Great* (1587), *The Jew of Malta* (1590), *Doctor Faustus* (1592), *Edward II* (1594) und das unvollendete Versepos *Hero und Leander* (1598); wiederholt wegen Raufereien und Gotteslästerung vor Gericht, 1593 bei einem Streit um die Wirtshauszeche getötet.

Nash: Thomas Nash (1576–1601), Polemiker und Satiriker, Autor von *Pierce Pennilesse his Supplication to the Divell* (1592) und *The Unfortunate Traveller* (1594).

Richard Burbage: (1573–1619), Schauspieler und Theater-Manager; erbte von seinem Vater James Burbage Anteile am Blackfriars Theatre und am Globe Theatre; von 1595–1618 berühmt für seine Rollen in den Stücken von Shakespeare, Jonson und Beaumont und Fletcher.

»Einer Liebenden Klage«: Gedicht Shakespeares, das zusammen mit der Quarto-Ausgabe der Sonette 1609 publiziert wurde. Shakespeares Autorenschaft an dem Gedicht ist bis heute umstritten.

Venus-Gedicht: »Venus und Adonis« (1593).

Gervinius: Georg Gottfried Gervinius (1805–1871), dt. Historiker, Politiker und Literarhistoriker, Autor einer fünfbändigen *Geschichte der poetischen Nationalliteratur der Deutschen* (1835–40).

Marsilio Ficino: (1433–1499), ital. Arzt, Humanist und Philosoph, Übersetzer der Werke Platons und Plotins und Verfasser einer *Theologia Platonica* (1482). Bedeutendste Figur der neuplatonischen Akademie in Florenz.

Edward Blount: (1565–1632), Verleger und Übersetzer, zusammen mit William Jaggard Herausgeber der ersten Folio-Ausgabe von 1623; seine Ausgabe von Marlowes *Hero und Leander* erschien 1598.

Tommaso Cavalieri: Junger röm. Patrizier, den Michelangelo 1532 kennenlernte und dem er zahlreiche Sonette widmete. In einem dieser Sonette spielt er mit dem Nachnamen des Freundes (Cavalieri = Ritter).

Cecchino Bracci: eigtl. Francesco Bracci, starb 1544 im Alter von 15 Jahren; er wurde von dem Freund Michelangelos, Luigi del Riccio, dessen Neffe er war, sehr geliebt. Michelangelo schrieb 50 Gedichte in seinem Angedenken, die meisten davon in der Form von Grabinschriften.

Hubert Languet: (1518–81), protestantischer frz. Diplomat, der sich noch rechtzeitig vor Ausbruch der Bartholomäusnacht (1572) nach Deutschland flüchten konnte und ein enger Freund Melanchthons wurde.

Richard Barnfield: (1574–1627), engl. Dichter, vor allem bekannt für sein pastorales Gedicht *The Affectionate Shepherd* (1594).

Hirtengedichte Vergils: Vergils Eklogen entstanden zwischen 42 und 57 v. Chr. Insbesondere das zweite Gedicht, »Corydons Liebesklage« um den schönen Knaben Alexis, schlug im 19. Jhdt. im philiströsen England hohe Wellen. John Conington, der Inbegriff des viktorianischen Gelehrten, schrieb 1858 in *The Works of Virgil*: »Es sollte uns freuen, wenn dies reine Fantasie war, aber auch so ist es entwürdigend für Vergil.«

Fletcher: John Fletcher (1579–1625), engl. Dramatiker, schrieb in Zusammenarbeit mit Francis Beaumont (1584–1616) von 1607–13 über 15 Stücke; trat nach 1610 Shakespeares Nachfolge als Stückeschreiber bei den King's Men an und verfaßte mit ihm *The Two Noble Kinsmen* (1613) und wahrscheinlich auch *King Henry VIII.* (1613).

Hallam: Henry Hallam (1777–1859), engl. Historiker und Autor von *An Introduction to the Literature of Europe during the Fifteenth, Sixteenth, and Seventeenth Centuries* (1837–39).

Pico della Mirandola: (1463–94), ital. Humanist und Philosoph, Mitglied der Platonischen Akademie in Florenz. Veröffentlichte 900 Thesen, zu deren Diskussion er 1486 alle Gelehrten Europas nach Rom einlud. Ein Einspruch gegen die Beanstandung von 13 dieser Thesen durch Innozenz VIII. führte zur Verurteilung aller Thesen. Gilt als einer der bedeutendsten Vertreter der Renaissancephilosophie.

Winckelmann: Johann Joachim Winckelmann (1717–68), Archäologe und Kunstgeschichtler, veröffentlichte 1755 seine *Gedanken über die Nachahmung der griechischen Werke in der Malerei und Bildhauerkunst*. Seine Auffassung von der griech. Kunst als »edle Einfalt und stille Größe« wurde wegweisend für den Kunstbegriff der deutschen Klassik.

Sidneys Stella: Sir Philip Sidney (1554–86), Dichter und Diplomat; behandelt in seinem Sonettzyklus *Astrophel und Stella* seine Liebe zu Penelope Devereux, Tochter des 1. Earl of Essex.

Tarlton: Richard Tarlton (gest. 1588), berühmter Spaßmacher der elisabethanischen Bühne, der angeblich vom Schweinehirten zum Hofclown der Königin aufstieg; sein bereits zu Lebzeiten legendärer Ruhm wurde nach seinem Tod in *Tarltons News out of Purgatorie* (1590) und *Tarlton's Jests* (1613) verewigt.

Gosson: Stephen Gosson (1555–1624), Autor pastoraler Bühnenstücke, der sich auf die Seite der Puritaner schlug und in *The School of Abuse* (1579) und *Plays Confuted in Five Actions* (1582) die Sittenlosigkeit und Verderblichkeit des Theaters anprangerte.

Prynne: William Prynne (1600–69), puritanischer Pamphletist, veröffentlichte 1632 seine *Histriomastix* betitelte Kampfschrift gegen das Theater; wurde zwei Jahre später wegen Verleumdung König Karls I. zu lebenslanger Haft verurteilt und verlor beide Ohren am Pranger. 1640 vom Parlament begnadigt.

Lyly: John Lyly (1554–1606), Romancier und Dramatiker, 1580–85 Sekretär im Dienst des Grafen Oxford, unter anderem Leiter einer Truppe von Schauspielknaben (Oxford's Boys), bis zu deren Auftrittsverbot 1591.

Lady Rich: eigtl. Penelope Devereux (1562–1607), Schwester von Robert Devereux, des 2. Earl of Essex. Hatte ihrem Vater auf dem Sterbebett versprochen, Sir Philip Sidney zu heiraten, ging aber fünf Jahre später eine unglückliche Ehe mit Lord Rich ein. Lady Rich wurde später die Geliebte von Charles Blount, Lord Mountjoy, mit dem sie mehrere unehliche Kinder hatte.

Professor Dowden: Edward Dowden (1834–1913), Literaturprofessor am Trinity College in Dublin, Verfasser mehrerer Shakespeare-Studien, darunter *Shakespeare: A Critical Study of His Mind and Art* (1875).

Theodore Watts: Walter Theodore Watts-Dunton (1832–1914), Dichter und Romancier, einflußreicher Kritiker der Zeitschriften ›Examiner‹ und ›Athenaeum‹.

Manningham: John Manningham (gest. 1622), Barrister am Middle Temple; sein Notizbuch, in dem auch über eine Aufführung von Shakespeares *Was ihr wollt* 1602 im Middle Temple berichtet wird, ist Teil der bedeutenden Manuskriptsammlung von Robert Harley (1661–1724), die 1753 vom Parlament für das British Museum erworben wurde.

Willobie his Avisa: 1594 von dem Oxforder Studenten Henry Willobie (um 1574–96) veröffentlichter Gedichtzyklus über die tugendhafte Wirtsfrau Avisa, die sich erfolgreich des Liebeswerbens von vier Männern aus dem Ausland erwehrt. Der letzte der vier Kandidaten ist ein gewisser »Henrico Willobego, Italo-Hispalensis«, hinter dessen Begleiter »W. S.« allgemein Shakespeare vermutet wurde.

Elegie von Milton: Die 1637 von John Milton geschriebene Elegie »Lycidas« auf den Tod seines Freundes Edward King, mit dem Milton am Christ's College in Cambridge studiert hatte.

Heinrich Julius: (1564–1613), Bischof von Halberstadt und Minden, seit 1589 regierender Herzog in Wolfenbüttel; rief als großer Freund von Wissenschaft und Kunst 1592 englische Komödianten nach Wolfenbüttel und behielt eine Truppe an seinem Hof, für die er selbst Prosastücke verfaßte.

Mr. Bullen: George Bullen (1816–94), Bibliothekar des British Museum und Literaturkritiker des ›Athenaeum‹.

Friedrich Schröder: Friedrich Ludwig Schröder (1744–1816), dt. Schauspieler und Theaterleiter, viele Jahre Leiter der Hamburger Bühne und des Wiener Burgtheaters; bekannt für seinen expressiven, leidenschaftlichen Stil; bearbeitete mehrere Shakespearestücke für die dt. Bühne, darunter *Hamlet* (1776) und *König Lear* (1778).

Antinous: (110–130 v. Chr.), Sklave aus Bithynien in Kleinasien, Liebling des röm. Kaisers Hadrian, 130 v. Chr. im Nil ertrunken; an seinem Todesort gründete Hadrian die Stadt Antinupolis.

Charmides: (um 440–403 v. Chr.), Schüler und treuer Anhänger des Sokrates, nach dem Platon einen seiner Dialoge benannt hat. Gehörte zum Kreis des Oligarchen Kritias, mit dem er 403 v. Chr. im Kampf gegen die von Thrasybulos geführten Demokraten fiel.

Alba: 1598 von Robert Tofte veröffentlichtes Gedicht im Stil von »Venus und Adonis«; bekannt vor allem für seine Anspielung auf Shakespeares Komödie *Verlorene Liebesmüh.*

Φιλοσοφεῖν μετ' ἐρῶτος!: (griech.) Philosophieren mit Eros!

OSCAR WILDE

»ZÜRCHER AUSGABE«

WERKE IN 5 BÄNDEN

Vollständig neu übersetzt

Band 3

MÄRCHEN

OSCAR WILDE

MÄRCHEN

DER
GLÜCKLICHE
PRINZ

EIN
GRANATAPFEL-
HAUS

NEU ÜBERSETZT VON
SUSANNE LUBER

HAFFMANS VERLAG

»The Happy Prince and Other Tales«
erschien zuerst 1888 bei David Nutt in London

»A House of Pomgranates«
erschien zuerst 1891 bei James R. Osgood,
McIlvaine & Co. in London

Umschlagvignette
von James Abbott McNeill Whistler

Produktion und Gestaltung von Urs Jakob
Zweite, neu durchgesehene Auflage,
zum 30. November 2000

Satz: Fotosatz Amann, Aichstetten
Herstellung: Ebner Ulm
ISBN 3 251 20313 4

Inhalt

DER GLÜCKLICHE PRINZ

EIN GRANATAPFELHAUS

ANHANG

DER GLÜCKLICHE PRINZ

Der Glückliche Prinz

HOCH über der Stadt, auf einer schlanken Säule, stand die Statue des Glücklichen Prinzen. Er war über und über mit feinem Blattgold bedeckt, als Augen hatte er zwei strahlende Saphire, und an seinem Schwertknauf glühte ein großer roter Rubin.

Er wurde wirklich bewundert. »Er ist genauso schön wie ein Wetterhahn«, bemerkte einer der Ratsherren, der sich gern einen Ruf als Mann von erlesenem Geschmack erwerben wollte, »nur nicht ganz so nützlich«, setzte er hinzu, weil er befürchtete, daß man ihn für unpraktisch halten könnte, und das war er keineswegs.

»Warum kannst du nicht sein wie der Glückliche Prinz?« fragte eine verständige Mutter ihren kleinen Jungen, der nach dem Mond weinte. »Dem Glücklichen Prinzen fiele es nicht im Traum ein, nach irgend etwas zu weinen.«

»Ich bin froh, daß es einen Menschen auf dieser Welt gibt, der richtig glücklich ist«, brummte ein enttäuschter Mann, der die wundervolle Statue betrachtete.

»Wie ein Engel sieht er aus«, sagten die Waisenkinder, die in ihren leuchtendroten Mäntelchen und ihren reinlichen weißen Kitteln aus der Kathedrale kamen.

»Woher wollt ihr das wissen?« sagte ihr Mathematiklehrer, »ihr habt ja noch nie einen gesehen.«

»O doch, in unseren Träumen!« antworteten die Kinder, und der Mathematiklehrer runzelte die Stirn und machte ein finsteres Gesicht, denn er mißbilligte Kinder, die träumen.

Eines Abends flog eine kleine Schwalbe über die Stadt. Ihre Gefährten waren schon vor sechs Wochen nach Ägypten gereist, aber dieser Schwalbenjüngling war zurückgeblieben, denn er war in eine wunderschöne Schilfrohrdame verliebt. Zu Beginn des Frühlings hatte er sie kennengelernt, als er über dem Fluß einem großen gelben Schmetterling nachjagte, und ihre schlanke Taille hatte ihn so fasziniert, daß er im Flug innegehalten hatte, um sie anzusprechen.

»Wollen wir ein Liebespaar werden?« hatte der Schwalbenjüngling gefragt, der gerne gleich zur Sache kam, und das Schilfrohr hatte sich tief geneigt. Also flog er unablässig um sie herum, streifte das Wasser mit seinen Flügeln und machte kleine silberne Wellen. Das war seine Brautwerbung, und sie dauerte den ganzen Sommer.

»Eine lächerliche Verbindung ist das«, zwitscherten die anderen Schwalben, »sie hat kein Geld, aber viel zu viele Verwandte.« Und wirklich war der ganze Fluß voller Schilfrohr. Dann, als der Herbst kam, flogen sie alle fort.

Als sie fort waren, fühlte der Schwalbenjüngling sich einsam und begann, seiner Angebeteten überdrüssig zu werden. »Sie versteht sich nicht auf Konversation«, sagte er, »und ich fürchte, sie ist kokett, denn ständig flirtet sie mit dem Wind.« Und wirklich, immer, wenn der Wind wehte, machte die Schilfrohrdame die zierlichsten Verneigungen. »Ich gebe zu, daß sie häuslich ist«, fuhr er fort, »aber ich liebe das Reisen, und deshalb sollte meine Frau auch gerne reisen.«

»Willst du mit mir kommen?« fragte er sie schließlich, aber die Schilfrohrdame schüttelte den Kopf, zu sehr war sie in ihrem Zuhause verwurzelt.

»Du hast dein Spiel mit mir getrieben!« rief der Schwalbenjüngling. »Ich fliege jetzt zu den Pyramiden. Leb wohl!« Und er flog fort.

Er flog den ganzen Tag, und am Abend erreichte er die Stadt. »Wo kann ich hier absteigen?« fragte er sich. »Ich hoffe doch, die Stadt hat Vorkehrungen getroffen.«

Dann erblickte er die Statue auf der hohen Säule.

»Dort will ich absteigen!« rief er, »das ist eine gute Lage mit viel frischer Luft.« Und er landete genau zwischen den Füßen des Glücklichen Prinzen.

»Ich habe ein goldenes Schlafzimmer!« sagte er leise zu sich selbst, als er um sich blickte und sich zum Schlafen fertigmachte; aber gerade als er den Kopf unter einen Flügel steckte, fiel ein dicker Wassertropfen auf ihn nieder. »Wie sonderbar!« rief er, »nicht das kleinste Wölkchen am Himmel, die Sterne scheinen ganz klar und hell, und doch regnet es. Das Klima in Nordeuropa ist wirklich schauderhaft. Die Schilfrohrdame liebte ja den Regen, aber das war nur ihre Selbstsucht.«

Dann fiel noch ein Tropfen.

»Wozu ist eine Statue gut, wenn sie den Regen nicht abhalten kann?« sagte er, »ich muß mich nach einem festen Schornsteinaufsatz umsehen.« Und er beschloß, fortzufliegen.

Aber bevor er die Flügel geöffnet hatte, fiel ein dritter Tropfen, und er blickte hoch und sah – Ach! was sah er?

Die Augen des Glücklichen Prinzen standen voller Tränen, und Tränen rannen über seine goldenen Wangen. Sein Antlitz war so schön im Mondlicht, daß der kleine Schwalbenjüngling ganz mitleidig wurde.

»Wer bist du?« fragte er.

»Ich bin der Glückliche Prinz.«

»Warum weinst du dann?« fragte die Schwalbe. »Du hast mich ganz naß gemacht.«

»Als ich noch lebte und ein menschliches Herz hatte«, antwortete die Statue, »da kannte ich keine Tränen, denn ich lebte in Schloß Sorgenfrei, wo der Kummer keinen Zutritt hat. Am Tage spielte ich mit meinen Gefährten im Garten, und abends führte ich den Tanz im großen Saal an. Rund um den Garten lief eine sehr hohe Mauer, aber ich dachte nie daran, zu fragen, was dahinter war, denn alles um mich herum war so schön. Meine Höflinge nannten mich den Glücklichen Prinzen, und glücklich war ich wirklich, wenn Vergnügen Glück ist. So lebte ich, und so starb ich. Und jetzt, wo ich tot bin, haben sie mich hier in der Höhe aufgestellt, so daß ich die ganze Häßlichkeit und das ganze Elend meiner Stadt sehen kann, und obwohl mein Herz aus Blei ist, muß ich doch weinen.«

»Was, er ist gar nicht aus massivem Gold?« sagte die Schwalbe zu sich selbst. Sie war aber höflich genug, solche persönlichen Bemerkungen nicht laut auszusprechen.

»Weit von hier«, fuhr die Statue mit leiser, klangvoller Stimme fort, »weit von hier in einer engen Gasse steht ein ärmliches Haus. Eins der Fenster steht offen, und dadurch kann ich eine Frau an einem Tisch sitzen sehen. Ihr Gesicht ist mager und verhärmt, und sie hat rauhe, rote Hände, die ganz zerstochen sind von der Nadel, denn sie ist Näherin. Sie stickt gerade Passionsblumen in ein Seidenkleid für die schönste Ehrendame der Königin, die es auf dem nächsten Hofball tragen will. In einer Ecke der Kammer liegt ihr kleiner Sohn krank im Bett. Er fiebert und bittet um Orangen. Aber seine Mutter kann ihm nichts geben als Wasser aus dem

Fluß, deshalb weint er. Schwalbe, Schwalbe, kleine Schwalbe, kannst du ihr nicht den Rubin aus meinem Schwertknauf bringen? Meine Füße sind an diesen Sockel gefesselt, und ich kann mich nicht bewegen.«

»Ich werde in Ägypten erwartet«, sagte die Schwalbe. »Meine Freunde fliegen jetzt über dem Nil auf und ab und plaudern mit den großen Lotosblumen. Bald werden sie sich zur Ruhe begeben im Grabmal des großen Königs. Dort liegt der König selbst in seinem bemalten Sarkophag. Er ist in gelbes Linnen gehüllt und mit Duftölen gesalbt. Um den Hals trägt er eine Kette aus blaßgrüner Jade, und seine Hände sind wie welke Blätter.«

»Schwalbe, Schwalbe, kleine Schwalbe«, sagte der Prinz, »kannst du nicht eine Nacht bei mir bleiben und mein Bote sein? Der kleine Junge ist so durstig, und seine Mutter ist so traurig.«

»Weißt du, ich mag kleine Jungs nicht sehr«, antwortete die Schwalbe. »Letzten Sommer, als ich am Fluß lebte, waren da zwei grobe Burschen, Müllerssöhne, die immer mit Steinen nach mir warfen. Natürlich haben sie mich nicht getroffen, dafür fliegen wir Schwalben viel zu gut, und überdies komme ich aus einer Familie, die für ihre Flinkheit berühmt ist, aber dennoch, es war ein Zeichen von mangelndem Respekt.«

Aber der Glückliche Prinz blickte so unglücklich drein, daß er der kleinen Schwalbe leid tat. »Es ist zwar furchtbar kalt hier«, sagte sie, »aber ich will eine Nacht bei dir bleiben und dein Bote sein.«

»Danke, kleine Schwalbe«, sagte der Prinz.

So pickte die Schwalbe den großen Rubin aus des Prinzen Schwert und flog mit dem Stein im Schnabel fort über die Dächer der Stadt.

Sie flog am Turm der Kathedrale vorbei mit seinen Engelsfiguren aus weißem Marmor. Sie flog über das Schloß und hörte Ballmusik. Ein schönes Mädchen trat gerade mit ihrem Verehrer auf den Balkon heraus. »Wie wundervoll sind die Sterne«, sagte er zu ihr, »und wie wundervoll ist die Macht der Liebe!«

»Ich hoffe, mein Kleid für den Hofball wird rechtzeitig fertig«, antwortete sie, »ich habe eingestickte Passionsblumen bestellt, aber die Näherinnen sind immer so faul.«

Die Schwalbe flog über den Fluß und sah die Laternen an den Schiffsmasten hängen. Sie flog über das Judenviertel und sah die alten Juden miteinander schachern und Münzen in kupfernen Waagschalen auswiegen. Schließlich kam sie zu dem ärmlichen Haus und schaute hinein. Der kleine Junge warf sich fiebernd im Bett hin und her, und die Mutter war vor Erschöpfung eingeschlafen. Die Schwalbe hüpfte hinein und legte den großen Rubin auf den Tisch neben den Fingerhut der Frau. Dann umschwirrte sie mit sanften Flügelschlägen das Bett und fächelte die Stirn des Jungen mit ihren Schwingen. »Wie kühl mir ist«, murmelte der Junge, »bestimmt werde ich bald gesund.« Und er sank in einen erquickenden Schlummer.

Dann flog die Schwalbe zum Glücklichen Prinzen zurück und erzählte ihm, was sie getan hatte. »Sonderbar«, meinte sie, »mir ist jetzt ganz warm, obwohl es doch so kalt ist.«

»Das kommt, weil du eine gute Tat getan hast«, sagte der Prinz. Darüber wollte die kleine Schwalbe nachdenken, aber sie schlief ein. Nachdenken machte sie immer müde.

Bei Tagesanbruch flog sie zum Fluß hinunter und

nahm ein Bad. »Welch außerordentliches Phänomen!« rief ein Professor für Ornithologie, der gerade über die Brücke ging, »eine Schwalbe im Winter!« Und er schrieb einen langen Artikel darüber für die Lokalzeitung. Jedermann zitierte ihn, denn er war voller Ausdrücke, die niemand verstand.

»Heute abend reise ich nach Ägypten«, sagte die Schwalbe, und sie war in glänzender Stimmung bei dieser Aussicht. Sie besuchte alle Sehenswürdigkeiten und saß lange auf der Spitze des Kirchturms. Wo immer sie hinkam, tschilpten die Spatzen einander zu: »Was für ein vornehmer Fremder!« So unterhielt sie sich ganz ausgezeichnet.

Als der Mond aufging, flog sie zum Glücklichen Prinzen zurück. »Soll ich in Ägypten etwas für dich besorgen?« rief sie. »Ich fliege jetzt los.«

»Schwalbe, Schwalbe, kleine Schwalbe«, sagte der Prinz, »kannst du nicht noch eine Nacht hierbleiben?«

»Ich werde in Ägypten erwartet«, antwortete die Schwalbe. »Morgen fliegen meine Freunde zum zweiten Katarakt hinauf. Dort liegen die Flußpferde im Schilf, und auf einem hohen granitenen Thron sitzt der Gott Memnon. Die ganze Nacht hindurch beobachtet er die Sterne, und wenn der Morgenstern aufgeht, tut er einen Freudenschrei und ist dann wieder still. Am Mittag kommen die gelben Löwen zur Wasserstelle, um zu trinken. Sie haben Augen wie grüne Berylle, und ihr Brüllen ist lauter als das Brüllen des Katarakts.«

»Schwalbe, Schwalbe, kleine Schwalbe«, sagte der Prinz, »weit von hier, am anderen Ende der Stadt sehe ich einen jungen Mann in einer Dachkammer. Er beugt sich über ein Schreibpult, das mit Papierbögen bedeckt ist, und in einem Becherglas neben ihm steht ein verdorrter Veilchenstrauß. Sein Haar ist braun und kräftig, und seine Lippen sind rot wie ein Granatapfel, und er hat große, verträumte Augen. Er müht sich, ein Stück für den Theaterdirektor zu vollenden, aber er friert so sehr, daß er nicht weiterschreiben kann. Kein Feuer ist im Kamin, und er ist schwach vor Hunger.«

»Ich will noch eine Nacht bei dir bleiben«, sagte die Schwalbe, die wirklich ein gutes Herz hatte. »Soll ich ihm auch einen Rubin bringen?«

»Ach! Leider habe ich keinen Rubin mehr«, sagte der Prinz, »meine Augen sind alles, was mir geblieben ist. Es sind kostbare Saphire, die vor tausend Jahren aus Indien gekommen sind. Pick eins davon heraus und bringe es ihm. Er wird es an den Goldschmied verkaufen und Nahrung und Feuerholz dafür kaufen und sein Stück vollenden.«

»Lieber Prinz«, sagte die Schwalbe, »das kann ich nicht tun.« Und sie fing an zu weinen.

»Schwalbe, Schwalbe, kleine Schwalbe«, sagte der Prinz, »tu, was ich dir sage.«

So pickte die Schwalbe ein Auge des Prinzen heraus und flog damit fort zu der Dachkammer des Studenten. Hineinzukommen war einfach genug, denn das Dach hatte ein Loch. Da hindurch schoß sie in die Kammer. Der junge Mann hatte seinen Kopf in den Händen vergraben, deshalb hörte er das Flattern der Vogelschwingen nicht, und als er aufblickte, sah er den köstlichen Saphir auf den verdorrten Veilchen liegen.

»Man beginnt, mich zu schätzen!« rief er, »dies ist von einem großen Verehrer meiner Kunst. Jetzt kann ich mein Stück vollenden!« Und er sah ganz glücklich aus.

Am nächsten Tag flog die Schwalbe zum Hafen hinunter. Sie setzte sich auf den Mast eines großen Schiffes und sah zu, wie die Matrosen große Kisten an Tauen aus dem Laderaum hochwanden. »Hol auf!« riefen sie bei jeder Kiste, die auftauchte. »Ich reise nach Ägypten!« rief die Schwalbe, aber niemand kümmerte sich darum, und als der Mond aufging, flog sie zum Glücklichen Prinzen zurück.

»Ich bin gekommen, um dir Lebewohl zu sagen!« rief sie.

»Schwalbe, Schwalbe, kleine Schwalbe«, sagte der Prinz, »kannst du nicht noch eine Nacht hierbleiben?«

»Es ist Winter«, antwortete die Schwalbe, »und bald wird eisiger Schnee fallen. In Ägypten scheint die Sonne warm auf grüne Palmen, und die Krokodile liegen im Schlamm und schauen träge umher. Meine Freunde bauen ihr Nest im Tempel von Baalbek, und die weißen und rosenfarbenen Tauben schauen ihnen zu und gurren miteinander. Lieber Prinz, ich muß dich verlassen, aber ich werde dich nie vergessen, und im nächsten Frühjahr bringe ich dir zwei wunderschöne Steine mit für die beiden, die du verschenkt hast. Einen Rubin, röter als eine rote Rose, und einen Saphir, so blau wie das weite Meer.«

»Auf dem Platz unten«, sagte der Glückliche Prinz, »steht ein kleines Zündholzmädchen. Sie hat ihre Zündhölzer in die Gosse fallen lassen, und sie sind alle verdorben. Ihr Vater wird sie schlagen, wenn sie kein Geld nach Hause bringt, deshalb weint sie. Sie hat weder Schuhe noch Strümpfe, und ihr Köpfchen ist bloß. Pick mein zweites Auge heraus und schenke es ihr, dann wird ihr Vater sie nicht schlagen.«

»Ich will noch eine Nacht bei dir bleiben«, sagte die Schwalbe, »aber ich kann dein Auge nicht herauspicken. Dann wärst du ja ganz blind.«

»Schwalbe, Schwalbe, kleine Schwalbe«, sagte der Prinz, »tu, was ich dir sage.«

So pickte die Schwalbe das zweite Auge des Prinzen heraus und schoß damit hinunter. Im Sturzflug glitt sie an dem Mädchen vorbei und ließ das Juwel in ihre Hand gleiten. »So ein hübsches Stückchen Glas!« rief das kleine Mädchen, und lachend lief es nach Hause.

Dann flog die Schwalbe zum Glücklichen Prinzen zurück. »Jetzt bist du blind«, sagte sie, »deshalb werde ich für immer bei dir bleiben.«

»Nein, kleine Schwalbe«, sagte der arme Prinz, »du mußt nach Ägypten reisen.«

»Ich werde für immer bei dir bleiben«, sagte die Schwalbe und schlief zu Füßen des Prinzen ein.

Den ganzen nächsten Tag saß sie auf der Schulter des Prinzen und erzählte ihm, was sie in fremden Ländern gesehen hatte. Sie erzählte von rosenfarbenen Ibissen, die in langen Reihen an den Ufern des Nil stehen und mit ihren Schnäbeln Goldfische fangen; von der Sphinx, die so alt ist wie die Welt selbst und die in der Wüste lebt und alles weiß; von Kaufleuten, die gemessen neben ihren Kamelen einherschreiten und Bernsteinperlen in den Händen tragen; vom König der Mondberge, der schwarz ist wie Ebenholz und einen großen Kristall anbetet; von der großen grünen Schlange, die in einer Palme schläft und zwanzig Priester zu ihren Diensten hat, die sie mit Honigkuchen füttern; und von den Zwergen, die auf breiten flachen Blättern über einen großen See fahren und stets im Kampf mit den Schmetterlingen liegen.

»Liebe kleine Schwalbe«, sagte der Prinz, »du erzählst mir von wundersamen Dingen, aber wundersamer als alles ist das Leid der Menschen. Kein Mysterium ist so groß wie das Menschenleid. Flieg über meine Stadt, kleine Schwalbe, und erzähle mir, was du dort siehst.«

Also flog die Schwalbe über die große Stadt, und sie sah die Reichen, die es sich wohlergehen ließen in ihren schönen Häusern, während die Bettler vor den Türen saßen. Sie flog durch dunkle Gassen und sah die bleichen Gesichter hungernder Kinder stumpf in die finsteren Straßen hinausstarren. Unter einem Brückenbogen lagen zwei kleine Jungen eng aneinander gedrückt und versuchten, sich gegenseitig zu wärmen. »Wir haben solchen Hunger!« sagten sie. »Ihr dürft hier nicht liegen!« schimpfte ein Wachmann, und sie gingen hinaus in den Regen.

Dann flog die Schwalbe zum Glücklichen Prinzen zurück und erzählte ihm, was sie gesehen hatte.

»Ich bin mit feinem Gold bedeckt«, sagte der Prinz. »Du mußt es abheben, Blättchen für Blättchen, und es meinen Armen schenken; die Lebenden glauben immer, daß Gold sie glücklich machen kann.«

Blättchen für Blättchen pickte die Schwalbe das feine Gold ab, bis der Glückliche Prinz ganz trist und grau aussah. Blättchen für Blättchen brachte sie das feine Gold den Armen, und die Gesichter der Kinder blühten auf, und sie lachten und spielten in den Straßen. »Nun haben wir Brot!« riefen sie.

Dann kam der Schnee, und nach dem Schnee kam der Frost. Die Straßen sahen aus wie aus Silber, so glänzten und glitzerten sie; lange Eiszapfen hingen wie kristallene Dolche von den Dachtraufen, jedermann ging im Pelz, und die kleinen Jungen trugen leuchtendrote Mützen und liefen auf dem Eis Schlittschuh.

Die arme kleine Schwalbe fror immer ärger, aber sie

wollte den Prinzen nicht verlassen, sie liebte ihn zu sehr. Sie pickte Brotkrumen vor der Tür des Bäckerladens auf, wenn der Bäcker gerade nicht hinschaute, und sie versuchte sich warmzuhalten, indem sie mit den Flügeln schlug.

Endlich aber wußte sie, daß sie sterben würde. Mit letzter Kraft flog sie noch einmal auf die Schulter des Prinzen. »Leb wohl, lieber Prinz!« flüsterte sie, »darf ich dir die Hand küssen?«

»Ich bin froh, daß du endlich nach Ägypten reist, kleine Schwalbe«, sagte der Prinz, »du bist schon zu lange hiergeblieben. Aber du mußt mich auf den Mund küssen, denn ich habe dich lieb.«

»Ich reise nicht nach Ägypten«, sagte die Schwalbe, »ich reise ins Land des Todes. Der Tod ist ein Bruder des Schlafes, nicht wahr?«

Und sie küßte den Glücklichen Prinzen auf den Mund und fiel tot zu seinen Füßen nieder.

In diesem Moment ertönte im Innern der Statue ein seltsames Krachen, als ob etwas zerbrechen würde. Und wirklich, das bleierne Herz war in zwei Teile zersprungen. Es war auch wirklich ein schrecklich harter Frost.

Früh am nächsten Morgen spazierte der Bürgermeister unten über den Platz, begleitet von seinen Ratsherren. Als sie an der Säule vorbeikamen, blickte er zu der Statue auf. »Du meine Güte! Wie schäbig der Glückliche Prinz aussieht!« sagte er.

»Wie schäbig, in der Tat!« riefen die Ratsherren, die mit dem Bürgermeister stets einer Meinung waren, und sie traten näher, um die Statue zu betrachten.

»Der Rubin ist aus dem Schwert gefallen, seine Augen sind weg, und golden ist er auch nicht mehr«, stellte der Bürgermeister fest, »wirklich, er sieht kaum besser aus als ein Bettler.«

»Kaum besser als ein Bettler«, sagten die Ratsherren.

»Und hier liegt auch noch ein toter Vogel vor seinen Füßen«, fuhr der Bürgermeister fort. »Wir müssen unbedingt eine Verordnung erlassen, die es Vögeln untersagt, hier zu sterben.« Und der Stadtschreiber machte eine Notiz über diesen Vorschlag.

Also wurde die Statue des Glücklichen Prinzen niedergerissen. »Er ist nicht mehr schön, also ist er auch nicht mehr nützlich«, sagte der Kunstprofessor an der Universität.

Dann schmolz man die Statue in einem Schmelzofen ein, und der Bürgermeister hielt eine Sitzung des Stadtrates ab, um zu entscheiden, was mit dem Metall geschehen sollte. »Wir brauchen natürlich eine neue Statue«, sagte er, »und zwar eine von mir.«

»Von mir«, sagte jeder der Ratsherren, und sie stritten sich. Als ich zuletzt von ihnen hörte, stritten sie sich immer noch.

»Das ist aber merkwürdig«, sagte der Werkmeister in der Gießerei. »Dieses zerbrochene Bleiherz will im Ofen nicht schmelzen. Wir müssen es wegwerfen.« So warfen sie es auf einen Abfallhaufen, wo schon die tote Schwalbe lag.

»Bringe mir die zwei kostbarsten Dinge aus dieser Stadt«, sprach Gott zu einem Seiner Engel, und der Engel brachte Ihm das bleierne Herz und den toten Vogel.

»Du hast recht gewählt«, sagte Gott, »denn in meinem Paradiesgarten soll dieser kleine Vogel ewig singen, und in meiner Goldenen Stadt soll der Glückliche Prinz mich preisen.«

Die Nachtigall und die Rose

»SIE hat gesagt, sie werde mit mir tanzen, wenn ich ihr rote Rosen bringe«, rief der junge Student, »aber in meinem ganzen Garten gibt es keine rote Rose.«

In ihrem Nest in der Steineiche hörte ihn die Nachtigall, und sie spähte durch die Blätter und wunderte sich.

»Keine rote Rose in meinem ganzen Garten!« rief er, und seine schönen Augen füllten sich mit Tränen. »Ach, an welchen Nichtigkeiten hängt doch das Glück! Ich habe alles gelesen, was kluge Männer geschrieben haben, alle Geheimnisse der Philosophie sind mir bekannt, doch weil mir eine rote Rose fehlt, wird mein Leben unglücklich.«

»Hier ist endlich ein wahrhaft Liebender«, sagte die Nachtigall. »Nacht für Nacht habe ich von ihm gesungen, obwohl ich ihn nicht kannte; Nacht für Nacht habe ich seine Geschichte den Sternen erzählt, und jetzt sehe ich ihn. Sein Haar ist dunkel wie eine Hyazinthenblüte, und seine Lippen sind rot wie die Rose seiner Sehnsucht, aber die Leidenschaft hat sein Gesicht zu blassem Elfenbein gemacht, und der Kummer hat ihm sein Siegel auf die Stirn gedrückt.«

»Der Prinz gibt einen Ball morgen abend«, sagte der junge Student leise, »und die, die ich liebe, wird dabeisein. Wenn ich ihr eine rote Rose bringe, wird sie bis zum Morgen mit mir tanzen. Wenn ich ihr eine rote Rose bringe, werde ich sie in meinen Armen halten, und sie wird ihren Kopf an meine Schulter schmiegen, und ihre Hand wird in meiner liegen. Aber es gibt keine rote Rose in meinem Garten, und ich werde einsam sitzen, und sie wird an mir vorübertanzen. Sie wird keinen Blick für mich haben, und mein Herz wird brechen.«

»Hier ist wirklich der wahrhaft Liebende«, sagte die Nachtigall. »Wovon ich singe, das erleidet er: was meine Freude ist, das ist sein Schmerz. Gewiß ist die Liebe etwas Wunderbares. Sie ist kostbarer als Smaragde und wertvoller als edle Opale. Nicht für Perlen und Granatäpfel kann man sie kaufen, noch wird sie auf dem Markt feilgeboten. Sie kann von den Kaufleuten nicht gehandelt werden, und mit Gold ist sie nicht aufzuwiegen.«

»Die Musikanten werden auf der Empore sitzen«, sagte der junge Student, »und auf ihren Saiteninstrumenten spielen, und die, die ich liebe, wird tanzen zum Klang der Harfe und der Geige. So leicht wird sie tanzen, daß ihre Füße den Boden nicht berühren, und die Höflinge in ihren prächtigen Kleidern werden sich um sie drängen. Aber mit mir wird sie nicht tanzen, denn ich habe keine rote Rose, die ich ihr schenken kann.« Und er warf sich ins Gras, vergrub sein Gesicht in den Händen und weinte.

»Warum weint er?« fragte eine kleine grüne Eidechse, die an ihm vorüberlief, das Schwänzchen in die Höhe gereckt.

»Ja, warum?« fragte ein Schmetterling, der hinter einem Sonnenstrahl her tanzte.

»Ja, warum?« flüsterte ein Gänseblümchen mit sanfter, leiser Stimme seiner Nachbarin zu.

»Er weint um eine rote Rose«, sagte die Nachtigall.

»Um eine rote Rose!« riefen alle, »wie überaus albern!« Und die kleine Eidechse, die ein richtiger Zyniker war, lachte laut heraus.

Aber die Nachtigall verstand das Geheimnis um den Kummer des Studenten, und sie saß still in ihrer Eiche und sann über das Rätsel der Liebe nach.

Dann breitete sie plötzlich ihre braunen Flügel aus und schwang sich hochauf in die Luft. Sie glitt durch den Hain wie ein Schatten, und wie ein Schatten strich sie durch den Garten.

In der Mitte des Rasenplatzes stand ein wunderschöner Rosenstrauch, und als sie ihn erblickte, flog sie zu ihm hin und ließ sich auf einem Zweig nieder.

»Gib mir eine rote Rose«, rief sie, »und ich will dir mein süßestes Lied singen.«

Aber der Strauch schüttelte den Kopf.

»Meine Rosen sind weiß«, antwortete er, »so weiß wie die schäumende See, weißer noch als der Schnee auf den Bergen. Aber geh zu meinem Bruder, der bei der alten Sonnenuhr wächst, vielleicht kann er dir geben, was du wünschst.«

So flog die Nachtigall zu dem Rosenstrauch hinüber, der bei der alten Sonnenuhr wuchs.

»Gib mir eine rote Rose«, rief sie, »und ich will dir mein süßestes Lied singen.«

Aber der Strauch schüttelte den Kopf.

»Meine Rosen sind gelb«, antwortete er, »so gelb wie das Haar der Seejungfrau auf ihrem Bernsteinthron, gelber noch als die Narzissen, die in den Wiesen blühen, bevor der Schnitter mit der Sense kommt. Aber geh zu meinem Bruder, der unter dem Fenster des Studenten wächst, vielleicht kann er dir geben, was du wünschst.«

So flog die Nachtigall zu dem Rosenstrauch hinüber, der unter dem Fenster des Studenten wuchs.

»Gib mir eine rote Rose«, rief sie, »und ich will dir mein süßestes Lied singen.«

Aber der Strauch schüttelte den Kopf.

»Meine Rosen sind rot«, antwortete er, »so rot wie die Füße der Taube, röter noch als die großen Korallenfächer, die sich endlos in der Meeresgrotte wiegen. Aber der Winter hat meine Lebensadern erstarren lassen, und der Frost hat meine Knospen erfrieren lassen, und der Sturm hat meine Zweige gebrochen, und ich werde dieses ganze Jahr keine Rosen tragen.«

»Eine einzige rote Rose begehre ich«, rief die Nachtigall, »nur eine einzige rote Rose! Gibt es gar kein Mittel, eine zu bekommen?«

»Es gibt ein Mittel«, antwortete der Strauch, »aber das ist so schrecklich, daß ich nicht wage, es dir zu sagen.«

»Sag es mir«, bat die Nachtigall, »ich habe keine Angst.«

»Wenn du eine rote Rose begehrst«, sagte der Strauch, »so mußt du sie im Mondschein aus Tönen formen und sie mit deinem eigenen Herzblut färben. Du mußt für mich singen mit einem Dorn in deiner Brust. Die ganze Nacht hindurch mußt du für mich singen, und der Dorn muß dein Herz durchbohren, und dein Lebensblut muß in meine Adern fließen und zu meinem werden.«

»Der Tod ist ein hoher Preis für eine rote Rose«, rief die Nachtigall, »und das Leben ist uns allen lieb. Es ist so schön, im grünen Wald zu sitzen und die Sonne in ihrem Wagen aus Gold zu sehen und den Mond in seinem Wagen aus Perlmutt. Süß ist der Duft des Weißdorns, und lieblich sind die Glockenblumen, die sich im Tal verbergen, und das Heidekraut, das auf den Hügeln wogt. Doch die Liebe ist wichtiger als das Leben, und was bedeutet schon das Herz eines Vogels gegen ein Menschenherz?«

So breitete sie ihre braunen Flügel aus und schwang sich hochauf in die Luft. Sie glitt durch den Garten wie ein Schatten, und wie ein Schatten strich sie durch den Hain.

Der junge Student lag immer noch im Gras, wo sie ihn verlassen hatte, und die Tränen in seinen schönen Augen waren noch nicht getrocknet.

»Sei glücklich!« rief die Nachtigall, »sei glücklich, du sollst deine rote Rose haben. Ich werde sie im Mondschein aus Tönen formen und sie mit meinem eigenen Herzblut färben. Von dir verlange ich dafür nur, daß du ein wahrhaft Liebender bleibst, denn die Liebe ist weiser als die Philosophie, die wohl weise ist, und sie ist mächtiger als die Macht, die wohl mächtig ist. Flammenfarben sind ihre Schwingen, und von der Farbe der Flamme ist ihr Leib. Ihre Lippen sind süß wie Honig, und ihr Atem ist wie Weihrauch.«

Der Student blickte vom Gras auf und lauschte, aber er konnte nicht verstehen, was die Nachtigall ihm sagte, denn er wußte nur das, was in seinen Büchern stand.

Aber der Eichbaum verstand sie und war traurig, denn er hatte die kleine Nachtigall gern, die ihr Nest in seinen Zweigen gebaut hatte.

»Sing mir ein letztes Lied«, rauschte er, »ich werde einsam sein, wenn du fort bist.«

So sang die Nachtigall für den Eichbaum, und ihre Stimme perlte wie Wasser in einer silbernen Schale.

Als sie mit ihrem Lied zu Ende war, stand der Student auf und zog ein Notizbuch und einen Bleistift aus der Tasche.

»Sie hat Technik«, sagte er zu sich selbst, während er durch den Hain davonging, »das kann man ihr nicht absprechen, aber hat sie auch Gefühl? Ich glaube kaum. In Wirklichkeit ist sie wie die meisten Künstler: ganz Pose, ohne jeden tieferen Ernst. Sie würde sich nie für andere aufopfern. Sie denkt nur an Musik, und jeder weiß, daß die Künste selbstisch sind. Dabei muß man zugeben, daß ihre Stimme über ein paar sehr schöne Töne verfügt. Wie schade, daß sie gar nichts bedeuten und auch keinen praktischen Nutzen haben.« Und er ging in sein Zimmer, legte sich auf seine schmale Pritsche und begann, an seine Liebe zu denken, und nach einer Weile schlief er ein.

Und als der Mond vom Himmel schien, flog die Nachtigall zu dem Rosenstrauch und legte ihre Brust gegen einen Dorn. Die ganze Nacht hindurch sang sie, die Brust gegen den Dorn gedrückt, und der kalte kristallene Mond neigte sich herab und lauschte. Die ganze Nacht hindurch sang sie, und der Dorn drang tiefer und tiefer in ihre Brust, und ihr Lebensblut verrann.

Sie sang erst von der Geburt der Liebe im Herzen eines Jünglings und eines Mädchens. Und am höchsten Zweig des Rosenstrauches erblühte eine wundervolle Rose, Blatt für Blatt, wie Lied auf Lied folgte. Fahl war sie zuerst wie der Nebel, der über dem Fluß hängt, fahl wie die Füße des Morgens und silbern wie die Schwingen der Morgendämmerung. Wie das Schattenbild einer Rose in einem Silberspiegel, wie das Schattenbild einer Rose in einem Teich, so war die Rose, die am höchsten Zweig des Strauches erblühte.

Aber der Strauch rief der Nachtigall zu, sie müsse sich fester gegen den Dorn pressen. »Drück fester, kleine Nachtigall«, rief der Strauch, »sonst bricht der Tag an, bevor die Rose vollendet ist.«

So preßte die Nachtigall sich fester gegen den Dorn, und lauter und lauter wurde ihr Lied, denn sie sang von der Geburt der Leidenschaft in der Seele eines Mannes und einer Frau.

Und ein zarter Hauch von Rosa färbte die Blütenblätter der Rose, wie das Gesicht des Bräutigams errötet, wenn er die Lippen der Braut küßt. Aber der Dorn hatte noch nicht ihr Herz erreicht, und das Herz der Rose blieb weiß, denn nur das Herzblut einer Nachtigall kann das Herz einer Rose purpurrot färben.

Und der Strauch rief der Nachtigall zu, sie müsse sich fester gegen den Dorn pressen. »Drück fester, kleine Nachtigall«, rief der Strauch, »sonst bricht der Tag an, bevor die Rose vollendet ist.«

So preßte die Nachtigall sich fester gegen den Dorn, und der Dorn drang in ihr Herz, und ein glühender Schmerz durchzuckte sie. Bitter, bitter war der Schmerz, und wilder und wilder wurde ihr Lied, denn sie sang von der Liebe, die sich im Tode erfüllt, von der Liebe, die auch im Grabe nicht stirbt.

Und die wundervolle Rose färbte sich purpurrot wie die Rose des östlichen Himmels. Purpurrot war der Kelch ihrer Blütenblätter, und purpurrot wie ein Rubin war ihr Herz.

Aber die Stimme der Nachtigall wurde schwächer, und ihre kleinen Flügel begannen zu schlagen, und ein Schleier legte sich über ihre Augen. Schwächer und schwächer wurde ihr Lied, und sie fühlte ein Würgen in der Kehle.

Dann brach ein letzter melodischer Schrei aus ihr heraus. Der weiße Mond hörte ihn, und er vergaß den anbrechenden Tag und blieb am Himmel stehen. Die rote Rose hörte ihn, und sie erschauerte vor Entzücken und öffnete ihren Kelch der kühlen Morgenluft. Das Echo trug ihn zu seiner Purpurhöhle in den Bergen und weckte die schlafenden Hirten aus ihren Träumen. Er flog durch die Schilfhalme am Fluß, und sie trugen seine Botschaft dem Meere zu.

»Sieh, sieh!« rief der Strauch, »die Rose ist nun vollendet!« Aber die Nachtigall gab keine Antwort, denn sie lag tot im hohen Gras, mit dem Dorn im Herzen.

Und am Mittag öffnete der Student sein Fenster und schaute hinaus.

»Was für ein unglaubliches Glück!« rief er, »hier ist eine rote Rose! In meinem ganzen Leben habe ich keine solche Rose gesehen. Sie ist so schön, daß sie bestimmt einen langen lateinischen Namen hat«, und er beugte sich hinaus und brach sie.

Dann setzte er seinen Hut auf und lief zum Haus des Professors, die Rose in der Hand.

Die Tochter des Professors saß in der Tür und wand blaue Seide auf eine Haspel, und ihr kleines Hündchen lag ihr zu Füßen.

»Sie haben gesagt, Sie würden mit mir tanzen, wenn ich Ihnen eine rote Rose bringe«, rief der Student. »Hier ist die röteste Rose der ganzen Welt. Sie sollen sie heute abend am Herzen tragen, und wenn wir miteinander tanzen, wird sie Ihnen sagen, wie sehr ich Sie liebe.«

Aber das Mädchen zog ein mürrisches Gesicht.

»Ich glaube nicht, daß sie zu meiner Toilette passen wird«, antwortete sie, »und außerdem hat mir der Neffe des Kammerherren echte Juwelen geschickt, und jeder weiß, daß Juwelen viel teurer sind als Blumen.«

»Also, auf mein Wort, Sie sind sehr undankbar«, sagte der Student ärgerlich, und er warf die Rose auf die Straße, wo sie in die Gosse fiel und ein Wagenrad über sie hinweglief.

»Undankbar!« sagte das Mädchen. »Ich will Ihnen was sagen, Sie sind unverschämt, und überhaupt, wer sind Sie denn? Nur ein Student. Ich glaube, Sie besitzen nicht einmal silberne Schuhschnallen wie der Neffe des Kammerherren«, und sie stand von ihrem Stuhl auf und ging ins Haus.

»Was für ein dummes Ding ist doch die Liebe«, sagte der Student, während er fortging. »Sie ist nicht halb so nützlich wie die Logik, denn sie beweist gar nichts, und sie macht einem immer Dinge weis, die dann nicht eintreffen, und verleitet einen, Dinge zu glauben, die nicht wahr sind. Tatsächlich ist sie sehr unpraktisch, und da heutzutage Praktischsein alles ist, werde ich zur Philosophie zurückkehren und Metaphysik studieren.«

Damit ging er nach Hause in sein Zimmer und holte ein dickes, verstaubtes Buch hervor und begann zu lesen.

Der selbstsüchtige Riese

JEDEN Nachmittag, wenn sie aus der Schule kamen, gingen die Kinder zum Spielen in den Garten des Riesen.

Es war ein großer, schöner Garten mit weichem grünem Gras. Über das Gras verstreut blühten liebliche Blumen wie Sterne, und es gab zwölf Pfirsichbäume, die im Frühling in zarten rosa- und perlmuttfarbenen Blüten schwelgten und im Herbst reiche Frucht trugen. Vögel saßen in den Bäumen und sangen so süß, daß die Kinder in ihrem Spiel innehielten, um zu lauschen. »Wie glücklich sind wir hier!« riefen sie einander zu.

Eines Tages kam der Riese zurück. Er war zu Besuch bei seinem Freund, dem Cornischen Oger, gewesen und sieben Jahre lang dort geblieben. Als die sieben Jahre um waren, hatte er alles gesagt, was er zu sagen hatte, denn seine Konversation war begrenzt, und er beschloß, in sein eigenes Schloß zurückzukehren. Als er ankam, sah er die Kinder im Garten spielen.

»Was macht ihr hier?« rief er mit sehr barscher Stimme, und die Kinder rannten fort.

»Mein eigener Garten ist mein eigener Garten«, sagte der Riese, »das kann jeder einsehen, und ich werde niemandem erlauben, darin zu spielen, außer mir selbst.« So baute er eine hohe Mauer rund um den ganzen Garten und stellte ein Warnschild auf:

Unbefugten
ist der Zutritt
bei Strafe verboten

Er war ein sehr selbstsüchtiger Riese.

Die armen Kinder hatten nun keinen Platz zum Spielen mehr. Sie versuchten, auf der Straße zu spielen, aber die Straße war sehr staubig und voller harter Steine, und das mochten sie nicht. Oft gingen sie nach der Schule um die hohe Mauer herum und sprachen über den schönen Garten dahinter. »Wie glücklich waren wir dort«, sagten sie zueinander.

Dann kam der Frühling, und überall im Land gab es junge Blüten und junge Vögel. Nur im Garten des selbstsüchtigen Riesen herrschte noch immer der Winter. Die Vögel wollten dort nicht singen, weil keine Kinder da waren, und die Bäume vergaßen zu blühen. Einmal streckte eine liebliche Blume ihren Kopf aus dem Gras, aber als sie das Warnschild sah, taten ihr die Kinder so leid, daß sie wieder in den Erdboden zurückschlüpfte und weiterschlief. Die einzigen Leute, denen das gefiel, waren der Schnee und der Frost. »Der Frühling hat diesen Garten vergessen«, riefen sie, »also werden wir das ganze Jahr hierbleiben.« Der Schnee bedeckte das Gras mit seinem großen weißen Mantel, und der Frost malte alle Bäume silbern an. Dann luden sie den Nordwind ein, bei ihnen zu wohnen, und er kam auch. Er war in Pelze gehüllt, und er tobte den ganzen Tag durch den Garten und riß den Schornsteinaufsatz herunter. »Dies ist ein entzückendes Fleckchen«, sagte er, »wir müssen den Hagel zu Besuch bitten.« Also kam der Hagel. Jeden Tag prasselte er drei Stunden lang auf das Dach des Schlosses, bis er die meisten Schieferplatten zertrümmert hatte, und dann raste er im Garten herum, so schnell er konnte. Er war in Grau gekleidet, und sein Atem war wie Eis.

»Ich verstehe nicht, warum der Frühling so spät

kommt«, sagte der selbstsüchtige Riese, als er einmal am Fenster saß und in den kalten, weißen Garten hinausschaute, »hoffentlich gibt es bald einen Wetterumschwung.«

Aber der Frühling kam nicht und der Sommer erst recht nicht. Der Herbst schenkte jedem Garten goldene Früchte, aber dem Garten des selbstsüchtigen Riesen schenkte er nichts. »Er ist zu selbstsüchtig«, meinte er. So blieb es dort immer Winter, und der Nordwind und der Hagel und der Frost und der Schnee tanzten unter den Bäumen umher.

Eines Morgens lag der Riese wach im Bett, als er eine liebliche Melodie hörte. So süß klang sie in seinen Ohren, daß er glaubte, die Musikanten des Königs zögen vorbei. In Wirklichkeit war es nur ein kleiner Hänfling, der vor seinem Fenster sang, aber der Riese hatte schon so lange keinen Vogel mehr in seinem Garten singen hören, daß es ihm wie die herrlichste Musik der Welt erschien. Dann hörte der Hagel auf, über seinem Kopf zu tanzen, und der Nordwind hörte auf zu toben, und ein köstlicher Duft zog durch das offene Flügelfenster zu ihm herein. »Ich glaube, der Frühling ist endlich gekommen«, sagte der Riese, und er sprang aus dem Bett und schaute hinaus.

Und was sah er?

Er sah ein ganz wundervolles Bild. Durch ein kleines Loch in der Mauer waren die Kinder hereingekrochen, und sie saßen jetzt in den Ästen der Bäume. In jedem Baum, den er sehen konnte, saß ein kleines Kind. Und die Bäume waren so froh, daß die Kinder wieder da waren, daß sie sich mit Blüten bedeckt hatten und ihre Arme sanft über den Köpfen der Kinder wiegten. Die Vögel flogen umher und zwitscherten vor Wonne, und die Blumen schauten aus dem grünen Gras und lachten. Es war ein liebliches Bild; nur in einer Ecke herrschte noch der Winter. Es war die abgelegenste Ecke des Gartens, und dort stand ein kleiner Junge. Er war so klein, daß er nicht zu den Ästen des Baumes hinauflangen konnte, und er lief um ihn herum und weinte bitterlich. Der arme Baum war noch ganz von Frost und Schnee bedeckt, und der Nordwind pfiff und tobte über ihn hin. »Klettere herauf, kleiner Junge«, sagte der Baum und neigte seine Zweige hinab, so tief er konnte; aber der Junge war zu winzig.

Und das Herz des Riesen schmolz, als er dies sah. »Wie selbstsüchtig bin ich gewesen!« sagte er, »jetzt weiß ich, warum der Frühling nicht kommen wollte. Ich werde diesen kleinen Jungen in den Wipfel des Baumes heben, und dann werde ich die Mauer niederreißen, und mein Garten soll ein Spielplatz für die Kinder sein für alle Zeiten.« Er bereute wirklich sehr, was er getan hatte.

Also stahl er sich die Treppe hinunter und öffnete ganz behutsam die Haustür und trat in den Garten hinaus. Aber als die Kinder ihn sahen, erschraken sie so sehr, daß sie alle fortliefen, und im Garten wurde es wieder Winter. Nur der kleine Junge lief nicht fort, denn seine Augen standen so voller Tränen, daß er den Riesen nicht kommen sah. Und der Riese trat vorsichtig hinter ihn und nahm ihn sanft auf seine Hand und hob ihn in den Baum. Und der Baum bedeckte sich sogleich mit Blüten, und die Vögel kamen und sangen in seinen Zweigen, und der kleine Junge streckte seine beiden Arme aus und schlang sie um den Hals des Riesen und küßte ihn. Und als die anderen Kinder sahen, daß der Riese nicht länger böse war, kamen sie zurückgelaufen, und mit ihnen kam der Frühling. »Dies ist nun euer Garten, liebe Kinder«, sagte der Riese, und er nahm eine große Axt und hieb die Mauer nieder. Und als die Leute mittags zum Markt gingen, sahen sie den Riesen mit den Kindern spielen in dem schönsten Garten, den sie je gesehen hatten.

Den ganzen Tag spielten sie, und am Abend kamen sie zu dem Riesen, um ihm Lebwohl zu sagen.

»Aber wo ist euer kleiner Freund?« fragte er, »der Junge, den ich in den Baum gehoben habe.« Der Riese hatte diesen am liebsten, weil er ihn geküßt hatte.

»Wir wissen es nicht«, antworteten die Kinder, »er ist fortgegangen.«

»Ihr müßt ihm sagen, daß er unbedingt morgen wiederkommen soll«, sagte der Riese. Aber die Kinder sagten, daß sie nicht wüßten, wo der Junge wohnte, und daß sie ihn nie zuvor gesehen hätten, und der Riese war sehr traurig.

Jeden Nachmittag, wenn die Schule aus war, kamen die Kinder und spielten mit dem Riesen. Aber der kleine Junge, den der Riese so gern hatte, wurde nicht wieder gesehen. Der Riese war sehr lieb zu allen Kindern, doch er sehnte sich nach seinem ersten kleinen Freund und sprach oft von ihm. »Wie gerne würde ich ihn wiedersehen!« sagte er immer.

Die Jahre vergingen, und der Riese wurde sehr alt und schwach. Er konnte nicht mehr mitspielen, sondern saß in einem riesengroßen Lehnstuhl und sah den Kindern bei ihren Spielen zu und freute sich an seinem Garten. »Ich habe viele schöne Blumen«, sagte er, »aber die Kinder sind die schönsten Blumen von allen.«

Eines Morgens im Winter sah er aus dem Fenster,

während er sich ankleidete. Er haßte den Winter nun nicht mehr, denn er wußte, daß er nur der Schlaf des Frühlings ist und daß die Blumen ruhten.

Plötzlich rieb er sich verwundert die Augen und schaute und schaute. Es war wirklich ein bezaubernder Anblick. In der abgelegensten Ecke des Gartens war ein Baum über und über mit lieblichen weißen Blüten bedeckt. Seine Zweige waren golden, und daran hingen silberne Früchte, und unter ihnen stand der kleine Junge, den er liebte.

In großer Freude rannte der Riese die Treppe hinunter und hinaus in den Garten. Rasch lief er über das Gras zu dem Kind hin. Aber als er ganz nahe war, lief sein Gesicht vor Ärger rot an, und er fragte: »Wer hat gewagt, dich zu verletzen?« Denn die Handflächen des Kindes zeigten Male von zwei Nägeln, und Male von zwei Nägeln zeigten die kleinen Füße.

»Wer hat gewagt, dich zu verletzen?« rief der Riese, »sag es mir, auf daß ich mein großes Schwert nehme und ihn erschlage.«

»Nein!« antwortete das Kind, »denn dies sind die Wunden der Liebe.«

»Wer bist du?« fragte der Riese, und eine seltsame Scheu überkam ihn, und er kniete nieder vor dem kleinen Kind.

Und das Kind schaute den Riesen lächelnd an und sagte: »Du hast mich einst in deinem Garten spielen lassen; heute sollst du mit mir kommen in meinen Garten, der das Paradies ist.«

Und als die Kinder an diesem Nachmittag angelaufen kamen, fanden sie den Riesen tot unter dem Baum liegen, ganz bedeckt von weißen Blüten.

Der treue Freund

EINES Vormittags streckte der alte Herr Wasserratte den Kopf aus seinem Loch. Er hatte glänzende, wachsame Augen und steife graue Barthaare, und sein Schwanz glich einer langen, schwarzen Gummischnur. Die jungen Entchen schwammen auf dem Teich umher und sahen aus wie ein Schwarm gelber Kanarienvögel, und ihre Mutter, die reinweiß war mit hochroten Beinen, bemühte sich, ihnen beizubringen, wie man im Wasser kopfsteht.

»Ihr werdet nie zur besten Gesellschaft gehören, wenn ihr nicht kopfstehen könnt«, sagte sie ihnen ständig; und hin und wieder machte sie vor, wie es geht. Aber die jungen Entchen paßten überhaupt nicht auf. Sie waren so jung, daß sie nicht einmal wußten, wie wichtig es ist, überhaupt zur Gesellschaft zu gehören.

»Was für ungehorsame Kinder!« rief die alte Wasserratte, »sie verdienen wirklich, ertränkt zu werden.«

»Nichts dergleichen«, antwortete die Ente, »jeder muß mal anfangen, und Eltern können gar nicht genug Geduld haben.«

»Nun, ich kenne elterliche Gefühle ja nicht«, sagte die Wasserratte, »ich bin kein Familientier. Tatsächlich war ich nie verheiratet und wollte es auch nie. Liebe ist auf ihre Art ja ganz schön, aber Freundschaft steht viel höher. Wahrhaftig, ich wüßte nichts auf der Welt, das edler oder rarer ist als treue Freundschaft.«

»Und was, bitte sehr, sind Ihrer Meinung nach die Pflichten eines treuen Freundes?« fragte ein grüner

Hänfling, der dicht dabei in einer Weide saß und die Unterhaltung mit angehört hatte.

»Ja, das möchte ich auch gerne wissen«, sagte die Ente, und sie schwamm zum Ende des Teichs und machte einen Kopfstand, um ihren Kindern ein gutes Beispiel zu geben.

»So eine dumme Frage!« rief die Wasserratte. »Ich würde von meinem treuen Freund erwarten, daß er mir treu ergeben ist, das ist doch selbstverständlich.«

»Und was würden Sie für ihn tun?« fragte der kleine Vogel, auf einem silbernen Zweig schaukelnd und mit den winzigen Flügeln schlagend.

»Ich verstehe Sie nicht«, antwortete die Wasserratte.

»So will ich Ihnen eine Geschichte dazu erzählen«, sagte der Hänfling.

»Hat die Geschichte etwas mit mir zu tun?« fragte die Wasserratte. »Wenn ja, höre ich gern zu, denn ich schätze die Literatur ganz ungemein.«

»Sie läßt sich auf Sie anwenden«, sagte der Hänfling, und er flog herunter, setzte sich auf die Uferböschung und erzählte die Geschichte vom Treuen Freund.

»Es war einmal«, begann der Hänfling, »es war einmal ein ehrlicher Bursche namens Hans.«

»War er sehr vornehm?« fragte die Wasserratte.

»Nein«, antwortete der Hänfling, »ich glaube, er war überhaupt nicht vornehm, allenfalls hatte er ein herzensgutes Wesen und ein lustiges, rundes, gutmütiges Gesicht. Er lebte ganz allein in einer kleinen Hütte und arbeitete jeden Tag in seinem Garten. Im ganzen Land gab es keinen Garten, der so schön war wie seiner. Bartnelken wuchsen darin und Nelken und Hirtentäschel und Steinbrech. Da gab es Damaszenerrosen und gelbe Rosen und zartlila Krokusse und goldgelbe, und violette und weiße Veilchen. Akelei und Wiesenschaumkraut, Majoran und Wildes Basilikum, Schlüsselblumen und Schwertlilien, Osterglocken und Gewürznelken wuchsen und blühten, jedes zu seiner Zeit in der Abfolge der Monate, und eine Blume nahm den Platz der vorigen ein, so daß es immer etwas Schönes zu sehen gab und liebliche Düfte zu riechen.

Der Kleine Hans hatte viele Freunde, aber sein treuester Freund war der dicke Hugh, der Müller. So treu war der reiche Müller dem Kleinen Hans ergeben, daß er an dessen Garten nicht vorübergehen konnte, ohne sich über das Mäuerchen zu beugen und einen großen Blumenstrauß zu pflücken oder eine Handvoll würziger Kräuter oder sich die Taschen mit Pflaumen und Kirschen zu füllen, wenn das Obst reif war.

›Wahre Freunde sollten alles teilen‹, pflegte der Müller zu sagen, und der Kleine Hans nickte und lächelte und war sehr stolz, einen Freund zu haben, der so edel dachte.

Manchmal fanden die Nachbarn es allerdings sonderbar, daß der reiche Müller dem Kleinen Hans seinerseits niemals etwas schenkte, obwohl er doch hundert Säcke Mehl in seiner Mühle hortete und sechs Milchkühe besaß und eine große Herde Wollschafe; aber Hans machte sich nie Gedanken darüber, und er kannte kein größeres Vergnügen, als den wunderschönen Worten zu lauschen, die der Müller über die Selbstlosigkeit wahrer Freundschaft zu sagen pflegte.

So arbeitete der Kleine Hans weiter in seinem Garten. Im Frühling, im Sommer und im Herbst war er sehr glücklich, aber wenn der Winter kam und er weder Früchte noch Blumen hatte, die er auf den Markt bringen konnte, litt er sehr an Kälte und Hunger, und oft mußte er zu Bett gehen ohne ein anderes Abendbrot als ein paar getrocknete Birnen und eine Handvoll harter Nüsse. Im Winter war er auch ganz allein, denn dann kam der Müller ihn nie besuchen.

›Es wäre nicht richtig, den Kleinen Hans zu besuchen, solange Schnee liegt‹, pflegte der Müller zu seiner Frau zu sagen, ›denn wenn es Leuten schlecht geht, soll man sie in Ruhe lassen und sie nicht mit Besuchen belästigen. Das ist jedenfalls meine Auffassung von Freundschaft, und ich bin sicher, daß ich recht habe. Ich werde bis zum Frühjahr warten, dann werde ich ihm einen Besuch machen, und er wird mir einen großen Korb Primeln schenken können, und das wird ihn glücklich machen.‹

›Du bist wirklich sehr rücksichtsvoll anderen gegenüber‹, antwortete seine Frau, die in ihrem bequemen Sessel vor dem großen Feuer von Kiefernholz saß, ›wirklich sehr rücksichtsvoll. Es ist ein Genuß, dich über Freundschaft sprechen zu hören. Ich bin sicher, selbst der Pfarrer könnte nicht so gut sprechen wie du, obwohl er in einem dreistöckigen Haus wohnt und einen goldenen Ring am kleinen Finger trägt.‹

›Können wir den Kleinen Hans nicht hierher einladen?‹ fragte der jüngste Sohn des Müllers. ›Wenn es dem armen Hans schlecht geht, so will ich ihm die Hälfte von meinem Haferbrei abgeben und ihm meine weißen Kaninchen zeigen.‹

›Was für ein dummer Junge du bist!‹ rief der Müller, ›ich weiß wirklich nicht, wozu ich dich zur Schule schicke. Du scheinst dort nichts zu lernen. Also, wenn der Kleine Hans hierher kommt und unser warmes Feuer sieht und unser gutes Abendbrot und unser großes Faß Rotwein, dann könnte er neidisch werden, und Neid ist etwas ganz Schreckliches, denn er verdirbt jeden Charakter. Ich werde aber nicht zulassen, daß Hans' Charakter verdorben wird. Ich bin sein bester Freund, und ich werde immer ein Auge darauf haben, daß er nicht in Versuchung geführt wird. Außerdem, wenn Hans hierher käme, würde er mich vielleicht bitten, ihm etwas Mehl auf Borg zu geben, und das könnte ich nicht. Mehl ist eins, und Freundschaft ist das andere, und beides soll man nicht verwechseln. Beide Worte werden unterschiedlich geschrieben, und sie haben ganz unterschiedliche Bedeutungen. Das kann jeder verstehen.‹

›Wie gut du sprichst‹, sagte die Müllersfrau und schenkte sich ein großes Glas Warmbier ein, ›ich bin schon ganz dösig. Es ist wie in der Kirche.‹

›Viele Leute handeln gut‹, antwortete der Müller, ›aber nur sehr wenige sprechen gut, was zeigt, daß Sprechen das weitaus Schwierigere von beiden ist, und das weitaus Vornehmere auch.‹ Und er warf einen strengen Blick quer über den Tisch auf seinen kleinen Sohn, der sich so schämte, daß er den Kopf hängen ließ und puterrot anlief und anfing, in seinen Tee zu weinen. Nun ja, er war noch so klein, daß man ihm das verzeihen muß.«

»Ist das das Ende der Geschichte?« fragte die Wasserratte.

»Aber nein«, antwortete der Hänfling, »das ist erst der Anfang.«

»Dann sind Sie hoffnungslos altmodisch«, sagte die Wasserratte. »Jeder gute Schriftsteller beginnt heute mit dem Ende, springt dann zum Anfang und schließt mit der Mitte. Das ist die moderne Methode. Erst kürzlich habe ich alles darüber von einem Kritiker erfahren, der mit einem jungen Mann um den Teich spazierte. Er sprach sehr ausführlich darüber, und ich bin sicher, daß er Recht hatte, denn er trug eine blaue Brille und hatte einen Kahlkopf, und immer wenn der junge Mann etwas einwandte, antwortete er ›Bah!‹ Aber bitte, fahren Sie mit Ihrer Geschichte fort. Der Müller gefällt mir ganz ungemein. Ich habe selbst schöne Empfindungen aller Art, deshalb besteht zwischen uns eine tiefe Seelenverwandtschaft.«

»Nun«, sagte der Hänfling und hüpfte mal auf dem einen, mal auf dem anderen Bein, »sobald der Winter vorüber war und die Primeln begannen, ihre hellgelben Blütensterne zu öffnen, sagte der Müller zu seiner Frau, daß er hinuntergehen und den Kleinen Hans besuchen wolle.

›Wie gutherzig du bist!‹ rief seine Frau, ›immer denkst du an andere. Und vergiß nicht, den großen Korb mitzunehmen für die Blumen.‹

So band der Müller die Flügel der Windmühle mit einer schweren Eisenkette zusammen und stieg den Hügel hinunter, mit dem Korb am Arm.

›Guten Morgen, Kleiner Hans‹, sagte der Müller.

›Guten Morgen‹, sagte Hans, auf seinen Spaten gestützt und über das ganze Gesicht lächelnd.

›Wie ist es dir ergangen im Winter?‹ fragte der Müller.

›Ach wirklich!‹ rief Hans, ›du bist sehr gütig, danach zu fragen, wirklich sehr gütig. Leider hatte ich eine recht harte Zeit, aber jetzt ist ja wieder Frühling, und ich bin ganz zufrieden, und alle meine Blumen gedeihen gut.‹

›Wir haben oft von dir gesprochen während des Winters, Hans‹, sagte der Müller, ›und uns gefragt, wie es dir wohl geht.‹

›Das war lieb von euch‹, sagte Hans, ›ich hatte schon fast gedacht, ihr hättet mich vergessen.‹

›Hans, ich muß mich über dich wundern‹, sagte der Müller. ›Freundschaft vergißt niemals. Das ist das Wunderbare daran, aber ich glaube, du verstehst nichts von der Poesie des Lebens. Übrigens, deine Primeln sind herrlich.‹

›Ja, sie sind wirklich herrlich‹, sagte Hans, ›und es ist ein großes Glück für mich, daß ich so viele habe. Ich bringe sie auf den Markt und verkaufe sie an die Tochter des Bürgermeisters, und mit dem Geld löse ich meinen Schubkarren aus.‹

›Du löst deinen Schubkarren aus? Willst du damit sagen, du hast ihn versetzt? Was für eine Dummheit!‹

›Nun, die Sache ist die‹, sagte Hans, ›ich mußte. Siehst du, der Winter war eine sehr harte Zeit für mich, und ich hatte überhaupt kein Geld für Brot. Deshalb versetzte ich zuerst die silbernen Knöpfe von meinem Sonntagsrock, und dann versetzte ich meine silberne Kette, und dann versetzte ich meine lange Tabakspfeife, und am Ende versetzte ich meinen Schubkarren. Aber jetzt kann ich sie bald alle wieder auslösen.‹

›Hans‹, sagte der Müller, ›ich werde dir meinen Schubkarren schenken. Er ist zwar nicht in besonders gutem Zustand; die eine Seite fehlt ganz, und die Radspeichen sind nicht in Ordnung, aber ich werde ihn dir trotzdem schenken. Ich weiß, das ist sehr großzügig von mir, und sehr viele Leute würden mich für äußerst töricht halten, weil ich mich von ihm trenne, aber ich bin eben nicht wie alle anderen. Ich finde, Großzügigkeit ist das Wesen der Freundschaft, und außerdem habe ich schon einen neuen Schubkarren. Ja, sei ganz beruhigt, ich werde dir meinen Schubkarren schenken.‹

›Ach, das ist wirklich großzügig von dir‹, sagte der Kleine Hans, und sein lustiges rundes Gesicht strahlte vor Freude. ›Ich kann ihn leicht ausbessern, denn ich habe noch ein Brett im Hause.‹

›Ein Brett!‹ sagte der Müller, ›nun, das ist genau das, was ich für mein Scheunendach brauche. Es hat ein großes Loch, und das ganze Korn wird feucht werden, wenn ich es nicht flicke. Wie gut, daß du davon gesprochen hast. Es ist doch erstaunlich, wie eine gute Tat stets die andere nach sich zieht. Ich habe dir meinen Schubkarren geschenkt, und jetzt willst du mir dein Brett schenken. Natürlich ist der Schubkarren viel mehr wert als das Brett, aber wahre Freundschaft achtet niemals auf so etwas. Bitte, hol das Brett gleich, dann kann ich mich noch heute an die Arbeit mit der Scheune machen.‹

›Gern!‹ rief der Kleine Hans, und er lief in den Schuppen und zog das Brett heraus.

›Das ist kein sehr großes Brett‹, sagte der Müller, als er es betrachtete, ›ich fürchte, wenn ich mein Scheunendach damit geflickt habe, wird nichts für dich übrigbleiben, um den Schubkarren auszubessern; aber das ist natürlich nicht meine Schuld. Und jetzt, wo ich dir meinen Schubkarren geschenkt habe, möchtest du mir bestimmt ein paar Blumen dafür geben. Hier ist ein Korb, und sieh zu, daß er ganz voll wird.‹

›Ganz voll?‹ fragte der Kleine Hans ziemlich bekümmert, denn es war wirklich ein sehr großer Korb, und er wußte, daß ihm keine Blumen für den Markt übrigbleiben würden, wenn er ihn füllte, und ihm lag sehr daran, seine silbernen Knöpfe auszulösen.

›Ja sicher‹, antwortete der Müller, ›da ich dir meinen Schubkarren geschenkt habe, halte ich es nicht für unbillig, dich um ein paar Blumen zu bitten. Vielleicht irre ich mich, aber möchte meinen, Freundschaft, wahre Freundschaft, ist ganz frei von jeder Art Eigennutz.‹

›Mein lieber Freund, mein bester Freund!‹ rief der Kleine Hans, ›du kannst alle Blumen aus meinem Garten haben. An deiner guten Meinung liegt mir immer weitaus mehr als an meinen silbernen Knöpfen‹, und er lief hin und pflückte alle seine schönen Primeln ab und füllte den Korb des Müllers.

›Auf Wiedersehen, Kleiner Hans‹, sagte der Müller und stieg den Hügel hinauf mit dem Brett auf der Schulter und dem großen Korb in der Hand.

›Auf Wiedersehen‹, sagte der Kleine Hans und fuhr fort, ganz vergnügt im Garten zu graben, denn er freute sich sehr über den Schubkarren.

Am nächsten Tag band er gerade ein paar Geißblattranken über der Tür fest, als er von der Straße her den Müller nach ihm rufen hörte. Er sprang von der Leiter, lief durch den Garten und sah über die Mauer.

Da stand der Müller mit einem großen Sack Mehl auf dem Rücken.

›Lieber Kleiner Hans‹, sagte der Müller, ›würde es dir etwas ausmachen, diesen Sack Mehl für mich zum Markt zu bringen?‹

›Oh, es tut mir sehr leid‹, sagte Hans, ›aber ich habe heute wirklich sehr viel zu tun. Ich muß alle meine Kletterpflanzen hochbinden und alle meine Blumen gießen und meinen ganzen Rasen walzen.‹

›Also wirklich‹, sagte der Müller, ›ich finde, wenn ich bedenke, daß ich dir meinen Schubkarren schenken werde, ist es ziemlich unfreundlich von dir, mir das zu verweigern.‹

›Oh, sag das nicht!‹ rief der Kleine Hans, ›nicht um alles in der Welt möchte ich unfreundlich sein;‹ und er lief ins Haus, holte seine Mütze und stapfte davon, mit dem großen Sack auf den Schultern.

Es war ein sehr heißer Tag, und die Straße war schrecklich staubig, und noch bevor Hans den sechsten Meilenstein erreicht hatte, war er so erschöpft, daß er sich hinsetzen und ausruhen mußte. Aber er schritt tapfer voran, und schließlich erreichte er den Marktplatz. Nachdem er dort eine Weile gewartet hatte, verkaufte er den Sack Mehl zu einem sehr guten Preis und kehrte dann unverzüglich heim, denn er fürchtete, unterwegs Räubern in die Hände zu fallen, wenn er sich länger aufhalten würde.

›Das war wirklich ein harter Tag‹, meinte der Kleine Hans, als er zu Bett ging, ›aber ich bin froh, daß ich dem Müller seine Bitte nicht abgeschlagen habe, denn er ist mein bester Freund, und außerdem wird er mir seinen Schubkarren schenken.‹

Früh am nächsten Morgen kam der Müller, um das Geld für seinen Sack Mehl in Empfang zu nehmen, aber der Kleine Hans war so müde, daß er noch im Bett lag.

›Auf mein Wort‹, sagte der Müller, ›du bist sehr faul. Wirklich, wenn ich bedenke, daß ich dir meinen Schubkarren schenken werde, dann finde ich, du solltest fleißiger arbeiten. Müßiggang ist eine große Sünde, und ich mag es gar nicht, wenn einer meiner Freunde müßig oder träge ist. Du darfst es mir nicht übelnehmen, wenn ich ganz offen zu dir spreche. Das würde mir natürlich nicht im Traum einfallen, wenn ich nicht dein Freund wäre. Aber wozu ist Freundschaft gut, wenn man nicht genau das sagen kann, was man meint? Komplimente machen kann jeder und zu gefallen suchen und zu schmeicheln, aber ein wahrer Freund sagt stets die unangenehmen Dinge und scheut sich nicht, dem anderen weh zu tun. Ja, wenn er wahrhaftig ein wahrer Freund ist, tut er es sogar gern, denn er weiß, daß er dann Gutes tut.‹

›Es tut mir sehr leid‹, sagte der Kleine Hans, während er sich die Augen rieb und die Nachtmütze abnahm, ›aber ich war so müde, daß ich noch ein Weilchen im Bett bleiben wollte und den Vögeln zuhören. Weißt du, daß die Arbeit mir stets besser von der Hand geht, wenn ich vorher die Vögel habe singen hören?‹

›Nun, das freut mich‹, sagte der Müller und klopfte dem Kleinen Hans auf den Rücken, ›denn ich möchte, daß du zur Mühle heraufkommst, sobald du angezogen bist, und mein Scheunendach ausbesserst.‹

Der arme Kleine Hans wollte unbedingt im Garten arbeiten, denn seine Blumen hatten schon zwei Tage kein Wasser bekommen, aber er wollte den Müller nicht zurückweisen, der ihm so ein guter Freund war.

›Meinst du, es wäre unfreundlich von mir, zu sagen, daß ich zu tun habe?‹ fragte er zaghaft und schüchtern.

›Also wirklich‹, antwortete der Müller, ›ich glaube nicht, daß es zu viel verlangt ist, wenn ich bedenke, daß ich dir meinen Schubkarren schenken werde; aber natürlich, wenn du dich weigerst, gehe ich hin und mache es selbst.‹

›O nein, auf keinen Fall!‹ rief der Kleine Hans; und er sprang aus dem Bett, zog sich an und ging zur Scheune hinauf.

Er arbeitete den ganzen Tag bis Sonnenuntergang,

und bei Sonnenuntergang kam der Müller, um nachzusehen, wie weit er war.

›Hast du das Loch im Dach schon ausgebessert, Kleiner Hans?‹ rief der Müller fröhlich.

›Es ist fertig ausgebessert‹, antwortete der Kleine Hans, während er die Leiter herabstieg.

›Ah!‹ sagte der Müller, ›keine Arbeit ist so angenehm wie Arbeit, die man für andere tut.‹

›Es ist wahrhaftig ein großer Vorzug, dich sprechen zu hören‹, antwortete der Kleine Hans, indem er sich hinsetzte und sich die Stirn trocknete, ›ein sehr großer Vorzug. Ich glaube, mir werden niemals so schöne Gedanken kommen wie dir.‹

›Oh! Sie werden dir kommen‹, sagte der Müller, ›aber du mußt dich mehr anstrengen. Einstweilen kennst du nur die Praxis der Freundschaft, eines Tages wirst du auch die Theorie kennen.‹

›Meinst du wirklich?‹ fragte der Kleine Hans.

›Ohne Zweifel‹, antwortete der Müller, ›aber jetzt, wo du das Dach ausgebessert hast, solltest du nach Hause gehen und dich ausruhen, denn ich möchte, daß du morgen meine Schafe in die Berge treibst.‹

Der arme Kleine Hans wagte nicht, etwas dagegen zu sagen, und früh am nächsten Morgen trieb der Müller seine Schafe zur Hütte, und Hans zog mit ihnen los in die Berge. Er brauchte den ganzen Tag, um hin und wieder zurück zu kommen, und als er zu Hause ankam, war er so müde, daß er in seinem Stuhl einschlief und erst erwachte, als es heller Tag war.

›Heute werde ich einen wunderschönen Tag in meinem Garten haben‹, sagte er und ging gleich an die Arbeit.

Aber aus irgendeinem Grund kam er nie dazu, für

seine Blumen zu sorgen, denn stets kam sein Freund der Müller vorbei und schickte ihn auf lange Botengänge oder holte ihn, damit er in der Mühle half. Der Kleine Hans war manchmal recht verzweifelt, denn er fürchtete, seine Blumen würden glauben, er habe sie vergessen, aber er tröstete sich mit dem Gedanken, daß der Müller sein bester Freund war. ›Außerdem‹, sagte er sich dann, ›wird er mir seinen Schubkarren schenken, und das ist reine Großzügigkeit.‹

So arbeitete der Kleine Hans weiter für den Müller, und der Müller sagte allerhand Schönes über die Freundschaft, was Hans in ein Notizbuch schrieb und abends nachlas, denn er war ein gewissenhafter Schüler.

Eines Abends aber, als der Kleine Hans vor seinem Kamin saß, erklang ein lautes Klopfen an der Tür. Es war eine sehr stürmische Nacht, und der Wind pfiff und tobte so schrecklich um das Haus, daß Hans zuerst dachte, es sei nur der Sturm. Aber es klopfte ein zweites Mal und dann ein drittes, noch lauter als die beiden ersten Male.

›Das ist ein armer Reisender‹, sagte sich der Kleine Hans und lief zur Tür.

Da stand der Müller mit einer Laterne in der einen Hand und einem großen Stock in der anderen.

›Lieber Kleiner Hans!‹ rief der Müller, ›ich bin in großer Not. Mein kleiner Sohn ist von der Leiter gefallen und hat sich verletzt, und ich muß den Doktor holen. Aber der wohnt so weit und es ist so eine schlimme Nacht, daß mir gerade eingefallen ist, es ist viel besser, wenn du gehst und nicht ich. Du weißt, daß ich dir meinen Schubkarren schenken werde, und so ist es nur billig, wenn du als Gegenleistung auch etwas für mich tust.‹

›Gern!‹ rief der Kleine Hans, ›ich betrachte es als große Ehre, daß du zu mir gekommen bist, und will sofort aufbrechen. Aber du mußt mir deine Laterne leihen, denn die Nacht ist so finster, daß ich Angst habe, ich könnte in einen Graben fallen.‹

›Es tut mir sehr leid‹, antwortete der Müller, ›aber es ist meine neue Laterne, und es wäre ein großer Verlust für mich, wenn sie Schaden leidet.‹

›Nun, das macht nichts, ich werde auch ohne sie zurechtkommen‹, rief der Kleine Hans, und er nahm seinen dicken Pelzrock vom Haken und seine warme rote Mütze und wickelte sich einen Schal um den Hals und stapfte los.

Was für ein furchtbarer Sturm das war! Die Nacht war so finster, daß der Kleine Hans kaum etwas erkennen konnte, und der Wind blies so heftig, daß er sich kaum auf den Beinen halten konnte. Aber er war sehr tapfer, und nach fast drei Stunden Fußmarsch erreichte er das Haus des Doktors und klopfte an die Tür.

›Wer ist da?‹ rief der Doktor und streckte seinen Kopf aus dem Schlafzimmerfenster.

›Der Kleine Hans, Doktor.‹

›Was willst du, Kleiner Hans?‹

›Der Sohn des Müllers ist von der Leiter gefallen und hat sich verletzt, und der Müller bittet Euch, sofort zu kommen.‹

›In Ordnung!‹ sagte der Doktor; und er rief nach seinem Pferd und nach seinen großen Stiefeln und seiner Laterne und kam die Treppe herunter und ritt davon nach dem Müllerhaus, und der Kleine Hans stapfte mühsam hinter ihm her.

Aber der Sturm wurde immer heftiger, und der Regen fiel in wahren Sturzbächen, und der Kleine Hans konnte weder sehen, wo er hintrat, noch mit dem Pferd Schritt halten. Schließlich kam er vom Weg ab und verirrte sich in das Moor, das sehr gefährlich war, denn es war voller tiefer Wasserlöcher, und dort ertrank der arme Kleine Hans. Sein Leichnam wurde am nächsten Tag, in einem großen Tümpel treibend, von einigen Ziegenhirten gefunden und von ihnen zur Hütte gebracht.

Jedermann kam zum Begräbnis des Kleinen Hans, weil er so beliebt gewesen war, und der Müller war der Hauptleidtragende.

›Da ich sein bester Freund war‹, sagte der Müller, ›ist es nur gerecht, daß ich den besten Platz einnehme.‹ Also schritt er in einem langen schwarzen Rock an der Spitze des Trauerzuges, und hin und wieder wischte er sich mit einem großen Taschentuch die Augen.

›Der Tod des Kleinen Hans ist für jeden ein großer Verlust‹, sagte der Schmied, als das Begräbnis vorüber war und sie alle gemütlich im Wirtshaus saßen und Glühwein tranken und süße Kuchen aßen.

›Für mich ist es auf alle Fälle ein großer Verlust‹, antwortete der Müller, ›denn ich hatte ihm meinen Schubkarren so gut wie geschenkt, und jetzt weiß ich wirklich nicht, was ich damit machen soll. Zu Hause steht er mir sehr im Weg, und er ist in so schlechtem Zustand, daß ich nichts dafür bekomme, wenn ich ihn verkaufe. Ich werde mich in Zukunft hüten, irgend etwas zu verschenken. Man hat bloß Schaden von seiner Großzügigkeit.‹«

»Nun?« sagte die Wasserratte nach einer langen Pause.

»Nun, das ist der Schluß«, sagte der Hänfling.

»Aber was wurde aus dem Müller?« fragte die Wasserratte.

»Oh! Das weiß ich wirklich nicht«, antwortete der Hänfling, »und es ist mir auch ganz einerlei.«

»Es völlig offensichtlich, daß Anteilnahme Ihrem Charakter fremd ist«, sagte die Wasserratte.

»Ich fürchte, Sie haben die Moral von der Geschichte nicht ganz verstanden«, bemerkte der Hänfling.

»Die was?« kreischte die Wasserratte.

»Die Moral.«

»Wollen Sie damit sagen, daß die Geschichte eine Moral hat?«

»Gewiß«, sagte der Hänfling.

»Also wirklich«, sagte die Wasserratte sehr erbost, »das hätten Sie mir aber vorher sagen sollen, bevor Sie anfingen. Dann hätte ich bestimmt nicht zugehört; im Gegenteil, ich hätte ›Bah!‹ gesagt wie der Kritiker. Immerhin kann ich es jetzt sagen«, und er brüllte aus vollem Halse »Bah!«, schlug mit dem Schwanz und schlüpfte in sein Loch zurück.

»Und wie gefällt Ihnen der Herr Wasserratte?« fragte die Ente, die kurz darauf angepaddelt kam. »Er hat eine Menge guter Eigenschaften, aber ich für meinen Teil habe die Gefühle einer Mutter, und ich kann keinen verstockten Junggesellen sehen, ohne daß mir die Tränen kommen.«

»Ich fürchte, ich habe ihn verärgert«, antwortete der Hänfling. »Ich habe ihm nämlich eine Geschichte mit Moral erzählt.«

»Ah! Das ist immer sehr gefährlich«, sagte die Ente.

Und da gebe ich ihr vollkommen Recht.

Die außergewöhnliche Feuerwerksrakete

DER Königssohn sollte bald Hochzeit halten, deshalb herrschte allgemeiner Jubel im Lande. Ein ganzes Jahr lang hatte er auf seine Braut gewartet, und endlich war sie gekommen. Sie war eine russische Prinzessin und hatte den ganzen Weg von Finnland her in einem Schlitten zurückgelegt, der von sechs Rentieren gezogen wurde. Der Schlitten hatte die Form eines großen goldenen Schwans, und zwischen den Flügeln des Schwans ruhte die kleine Prinzessin selbst. Ihr langer Hermelin-Mantel reichte ihr bis auf die Füße hinab, auf ihrem Kopf saß ein winziges Mützchen aus Silbergespinst, und sie war blaß wie der Schneepalast, in dem sie bisher gelebt hatte. So blaß war sie, daß sich alles Volk verwunderte, als sie durch die Straßen fuhr. »Sie ist wie eine weiße Rose!« riefen die Leute und warfen von den Balkonen Blumen zu ihr hinunter.

Am Schloßtor wartete der Prinz auf sie, um sie zu empfangen. Er hatte träumerische veilchenblaue Augen, und sein Haar glich feinem Gold. Als er sie erblickte, sank er auf ein Knie und küßte ihr die Hand.

»Dein Bildnis war wunderschön«, sagte er leise, »aber du bist noch schöner als dein Bildnis«; und die kleine Prinzessin errötete.

»Erst war sie wie eine weiße Rose«, sagte ein junger Page zu seinem Nachbarn, »doch nun ist sie wie eine rote Rose.« Und der ganze Hof war entzückt.

Die nächsten drei Tage gingen alle umher und sagten: »Weiße Rose, rote Rose, rote Rose, weiße Rose«, und der König befahl, dem Pagen das Gehalt zu verdoppeln. Da er überhaupt kein Gehalt bekam, nützte ihm das nicht viel, aber es wurde als große Ehre angesehen und in der Hofzeitung gebührend gewürdigt.

Als die drei Tage um waren, wurde die Hochzeit gefeiert. Es war eine prächtige Zeremonie, und Braut und Bräutigam schritten Hand in Hand unter einem Baldachin aus purpurrotem Samt, der mit winzigen Perlen bestickt war. Danach gab es ein Staatsbankett, das fünf Stunden dauerte. Der Prinz und die Prinzessin saßen obenan im Großen Saal und tranken aus einem Kelch von klarem Kristall. Nur wahrhaft Liebende konnten aus diesem Kelch trinken, denn wenn falsche Lippen ihn berührten, wurde er grau und stumpf und trüb.

»Es ist ganz klar, daß sie einander lieben«, sagte der kleine Page, »klar wie Kristall!« Und der König verdoppelte sein Gehalt noch einmal. »Welche Ehre!« riefen alle Höflinge.

Nach dem Bankett sollte ein Ball stattfinden. Braut und Bräutigam sollten den Rosentanz miteinander tanzen, und der König hatte versprochen, Flöte zu spielen. Er spielte sehr schlecht, aber keiner hatte je gewagt, ihm das zu sagen, denn er war der König. Tatsächlich konnte er nur zwei Melodien und war sich nie ganz sicher, welche er gerade spielte; aber das schadete nicht, denn was immer er tat, jedermann rief: »Charmant! charmant!«

Der letzte Punkt des Festprogramms war ein großes Feuerwerk, das genau um Mitternacht abgebrannt werden sollte. Die kleine Prinzessin hatte noch nie in ihrem Leben ein Feuerwerk gesehen, deshalb hatte der König Befehl gegeben, daß an ihrem Hochzeitstag der Königliche Pyrotechniker bereitzustehen hatte.

»Wie sieht so ein Feuerwerk eigentlich aus?« hatte sie eines Morgens den Prinzen gefragt, als sie auf der Terrasse spazierengingen.

»Es sieht aus wie das Nordlicht, Aurora, borealis«, sagte der König, der stets Fragen beantwortete, die an andere gerichtet waren, »nur viel natürlicher. Ich selbst ziehe es den Sternen vor, denn man weiß immer, wann etwas zu sehen sein wird, und es ist genauso entzückend wie mein Flötenspiel. Du mußt es unbedingt sehen.«

So hatte man am Ende des Königlichen Gartens ein hohes Gerüst aufgebaut, und kaum hatte der Königliche Pyrotechniker alles an seinem ihm zukommenden Platz angebracht, da begannen die Feuerwerkskörper miteinander zu schwatzen.

»Die Welt ist wirklich wunderschön«, rief ein kleiner Schwärmer. »Seht nur die gelben Tulpen dort. Selbst wenn es richtige Böller wären, könnten sie nicht schöner sein. Ich bin sehr froh, daß ich gereist bin. Reisen bildet den Geist wunderbar und räumt mit allen Vorurteilen auf.«

»Der Königliche Garten ist nicht die Welt, du dummer Schwärmer«, sagte eine große Römische Kerze, »die Welt ist riesig, und du würdest drei Tage brauchen, um sie gründlich zu besehen.«

»Jeder Ort, den man liebt, ist einem die Welt«, rief ein schwermütiges Sonnenrad. Die Dame war in früher Jugend einer alten Spanschachtel verbunden gewesen und rühmte sich eines gebrochenen Herzens. »Aber Liebe ist nicht mehr in Mode, die Dichter haben sie umgebracht. Sie haben so viel darüber geschrieben, daß ihnen niemand glaubt, und das wundert mich nicht. Wahre Liebe leidet still. Ich erinnere mich, einmal – aber das spielt jetzt keine Rolle. Romantische Liebe gehört der Vergangenheit an.«

»Unsinn!« sagte die Römische Kerze, »Romantische Liebe stirbt nie. Sie ist wie der Mond und lebt ewig. Die Braut und ihr Bräutigam zum Beispiel lieben einander sehr innig. Ich habe heute morgen alles über sie von einem Kanonenschlag erfahren, der zufällig in derselben Schublade lag wie ich und der die neuesten Hofnachrichten kannte.«

Aber das Sonnenrad schüttelte den Kopf. »Die Romantik ist tot, die Romantik ist tot, die Romantik ist tot«, murmelte sie. Sie gehörte zu den Leuten, die glauben, wenn man etwas nur viele Male immer wieder sagt, wird es schließlich wahr.

Plötzlich erklang ein scharfes, trockenes Husten, und alle blickten sich um.

Es kam von einer schlanken, hochnäsig wirkenden Rakete, die an der Spitze eines langen Stockes befestigt war. Dieser Herr hustete stets, bevor er eine Bemerkung machte, um die Aufmerksamkeit auf sich zu ziehen.

»Ahem, ahem!« sagte er, und alle merkten auf, außer dem armen Sonnenrad, das immer noch den Kopf schüttelte und murmelte: »Die Romantik ist tot.«

»Zur Ordnung! Zur Ordnung!« rief ein Böller. Er war ein richtiger Politiker und hatte bei den Regionalwahlen immer an herausragender Stelle gestanden, daher wußte er die korrekten parlamentarischen Ausdrücke zu benutzen.

»Ganz tot«, flüsterte das Sonnenrad und schlief ein.

Sobald es vollkommen still war, hustete die Rakete ein drittes Mal und begann zu sprechen. Sie sprach sehr langsam und deutlich, als diktierte sie ihre Memoiren, und blickte stets über die Schulter desjenigen hinweg, mit dem sie gerade sprach. Sie hatte wirklich höchst vornehme Manieren.

»Wie glücklich trifft es sich für den Königssohn«, bemerkte sie, »daß er gerade an dem Tag Hochzeit hält, an dem ich aufsteigen werde. Selbst wenn es nicht im voraus so geplant worden wäre, hätte es für ihn nicht besser kommen können; aber Prinzen haben immer Glück.«

»Du meine Güte!« sagte der kleine Schwärmer, »ich dachte, es wäre genau umgekehrt, und wir würden zu Ehren des Prinzen abgebrannt.«

»Das mag für Sie zutreffen«, antwortete die Rakete, »allerdings, das bezweifle ich nicht, aber mit mir ist es anders. Ich bin eine sehr außergewöhnliche Rakete und habe außergewöhnliche Eltern. Meine Mutter war das gefeiertste Sonnenrad ihrer Zeit und berühmt für ihren graziösen Tanz. Als sie ihren großen öffentlichen Auftritt hatte, drehte sie sich neunzehnmal, bevor sie erlosch, und bei jeder Umdrehung versprühte sie sieben rosa Sterne. Sie maß drei und einen halben Fuß im Durchmesser und bestand aus bestem Schwarzpulver. Mein Vater war eine Rakete wie ich und französischer Herkunft. Er flog so hoch, daß die Leute befürchteten, er würde nie wieder herunterkommen. Aber er tat es, denn er hatte einen freundlichen Charakter, und ging höchst großartig nieder in einem Schauer von Goldregen. Die Zeitungen schrieben über seinen Auftritt in den schmeichelhaftesten Ausdrücken. Ja, die Hofzeitung nannte ihn einen Triumph der pylotechnischen Kunst.«

»Pyrotechnisch, pyrotechnisch meinen Sie«, sagte ein Bengalisches Licht, »ich weiß, daß es pyrotechnisch heißt, denn ich habe es auf meiner eigenen Schachtel gelesen.«

»Nun, ich sage pylotechnisch«, antwortete die Rakete in strengem Ton, und das Bengalische Licht fühlte sich derart niedergeschmettert, daß es gleich begann, die kleinen Schwärmer zu ärgern, um zu zeigen, daß es immer noch eine Persönlichkeit von einiger Wichtigkeit war.

»Ich sagte gerade«, fuhr die Rakete fort, »ich sagte gerade – was sagte ich gerade?«

»Sie sprachen gerade über sich selbst«, antwortete die Römische Kerze.

»Natürlich, ich wußte, daß ich gerade ein interessantes Thema erörterte, als ich so grob unterbrochen wurde. Ich verabscheue Grobheit und schlechte Manieren jeder Art, denn ich bin äußerst sensibel. Niemand auf der ganzen Welt ist so sensibel wie ich, dessen bin ich ganz sicher.«

»Was ist sensibel?« fragte der Böller die Römische Kerze.

»Jemand, der, weil er selbst Hühneraugen hat, immerfort anderen Leuten auf die Zehen tritt«, gab die Römische Kerze flüsternd zurück, und der Böller explodierte fast vor Lachen.

»Bitte, worüber lachen Sie?« erkundigte sich die Rakete, »ich lache doch nicht.«

»Ich lache, weil ich vergnügt bin«, antwortete der Böller.

»Das ist ein sehr selbstsüchtiger Grund«, sagte die Rakete erbost. »Was für ein Recht haben Sie, vergnügt zu sein? Sie sollten lieber an andere denken. Sie sollten an mich denken. Ich denke immerzu an mich, und ich erwarte von jedem anderen das gleiche. Anteilnahme nennt man das. Sie ist eine wunderbare Tugend, und ich besitze sie in hohem Maße. Nehmen wir an, zum

Beispiel, mir würde heute abend etwas passieren; welch ein Unglück wäre das für jedermann! Der Prinz und die Prinzessin könnten nie wieder glücklich sein, ihr ganzes eheliches Leben wäre zerstört, und was den König angeht, so weiß ich, daß er nie darüber hinwegkommen würde. Wirklich, wenn ich anfange, über die Bedeutung meiner Stellung nachzudenken, bin ich fast zu Tränen gerührt.«

»Wenn Sie anderen eine Freude machen wollen«, rief die Römische Kerze, »dann sollten Sie lieber darauf achten, daß Sie trocken bleiben.«

»Richtig!« schrie das Bengalische Licht, das jetzt wieder bessere Laune hatte, »das ist nur normal und vernünftig!«

»Normal und vernünftig, also wirklich«, sagte die Rakete pikiert, »Sie vergessen, daß ich sehr unnormal bin, und sehr bemerkenswert. Normal und vernünftig sein kann jeder, vorausgesetzt, er hat keine Phantasie. Ich aber habe Phantasie, denn ich denke mir die Dinge nie so, wie sie wirklich sind, ich denke sie mir stets ganz anders. Was den Rat betrifft, trocken zu bleiben, so gibt es hier offensichtlich niemanden, der überhaupt in der Lage ist, eine gefühlvolle Natur zu schätzen. Zu meinem Glück ist mir das gleichgültig. Das einzige, was einen im Leben aufrechterhält, ist das Wissen um die unendliche Minderwertigkeit aller anderen, und dies ist ein Gefühl, welches ich immer gepflegt habe. Aber keiner von Ihnen hat ein Herz. Sie albern hier herum und sind lustig, als hätten der Prinz und die Prinzessin nicht soeben Hochzeit gehalten.«

»Also wirklich!« rief eine kleine Feuerkugel, »warum denn nicht? Das ist ein höchst erfreulicher Anlaß, und wenn ich in die Luft hinaufsteige, werde ich den Sternen alles darüber erzählen. Sie werden sehen, wie sie blinken, wenn ich ihnen die hübsche Braut beschreibe.«

»Ach! Was für eine geistlose Einstellung zum Leben!« sagte die Rakete, »aber genau das habe ich erwartet. In Ihnen steckt nichts, Sie sind hohl und leer. Sehen Sie, vielleicht werden der Prinz und die Prinzessin in einem Lande leben, in dem ein tiefer Fluß fließt, und vielleicht werden sie einen einzigen Sohn haben, einen kleinen blonden Jungen mit veilchenblauen Augen wie der Prinz selbst, und vielleicht wird er eines Tages mit seiner Amme spazierengehen, und vielleicht wird die Amme sich unter einem großen Holunderbusch schlafen legen, und vielleicht wird der kleine Junge in den tiefen Fluß fallen und ertrinken. Welch furchtbares Unglück! Die armen Menschen, ihren einzigen Sohn zu verlieren! Es ist ja so schrecklich! Nie werde ich darüber hinwegkommen.«

»Aber sie haben ihren einzigen Sohn nicht verloren«, sagte die Römische Kerze, »ihnen ist überhaupt kein Unglück zugestoßen.«

»Ich habe nie gesagt, es ist so«, entgegnete die Rakete, »ich habe gesagt, es könnte so sein. Hätten sie ihren einzigen Sohn verloren, so wäre es unnötig, noch etwas dazu zu sagen. Ich verabscheue Leute, die nutzlos jammern. Aber wenn ich daran denke, daß sie ihren einzigen Sohn verlieren könnten, bilde ich mir Schreckliches ein.«

»Das tun Sie wirklich!« rief das Bengalische Licht. »Sie sind die eingebildetste Person, die ich je getroffen habe.«

»Und Sie sind die unverschämteste Person, die ich je getroffen habe«, sagte die Rakete, »Sie können meine freundschaftlichen Gefühle für den Prinzen nicht verstehen.«

»Wieso, Sie kennen ihn doch gar nicht«, brummte die Römische Kerze.

»Ich habe nie gesagt, daß ich ihn kenne«, antwortete die Rakete. »Ich behaupte sogar, wenn ich ihn kennen würde, wäre ich keineswegs sein Freund. Es ist sehr gefährlich, seine Freunde gut zu kennen.«

»Sie sollten wirklich lieber darauf achten, daß Sie trocken bleiben«, sagte die Feuerkugel. »Das ist die Hauptsache.«

»Die Hauptsache für Sie, ohne Zweifel«, antwortete die Rakete, »aber ich weine, wenn es mir paßt«; und tatsächlich brach sie in echte Tränen aus, die an ihrem Stock herunterrannen wie Regentropfen und beinahe zwei kleine Käfer ertränkt hätten, die gerade beschlossen hatten, einen gemeinsamen Haushalt zu gründen, und sich nach einem hübschen trockenen Plätzchen zum Wohnen umsahen.

»Der muß eine wahrhaft romantische Natur sein«, meinte das Sonnenrad, »denn er weint, wo es überhaupt nichts zu weinen gibt«, und die Dame seufzte schwer und dachte an ihre Spanschachtel.

Die Römische Kerze aber und das Bengalische Licht waren ziemlich empört und sagten immer wieder »Humbug! Humbug!« so laut sie konnten. Sie waren äußerst praktisch veranlagt, und immer, wenn sie etwas mißbilligten, nannten sie es Humbug.

Dann ging der Mond auf wie ein wundervoller silberner Schild, und die Sterne schienen auf, und Musik erklang aus dem Palast.

Der Prinz und die Prinzessin führten den Tanz an. Sie tanzten so schön, daß die hohen weißen Lilien durch das Fenster hineinspähten und ihnen zuschauten und die großen roten Mohnblumen im Takt mit den Köpfen nickten.

Dann schlug es zehn, und dann elf, und dann zwölf, und beim letzten Mitternachtsschlag traten alle auf die Terrasse hinaus, und der König schickte nach dem Königlichen Pyrotechniker.

»Das Feuerwerk möge beginnen«, sagte der König, und der Königliche Pyrotechniker machte eine tiefe Verbeugung und marschierte strammen Schrittes zum Ende des Gartens. Er hatte sechs Gehilfen bei sich, von denen jeder eine brennende Fackel an einer langen Stange trug.

Es war wirklich ein prächtiges Schauspiel.

Wirr! Wirr! machte das Sonnenrad, während es herumwirbelte. Bumm! Bumm! machte die Römische Kerze. Dann tanzten die Schwärmer über den ganzen Platz, und das Bengalische Licht tauchte alles in Purpur. »Adieu!« rief die Feuerkugel, während sie emporstieg und winzige blaue Funken sprühte. Bäng! Bäng! antworteten die Böller, die sich prächtig amüsierten. Jeder einzelne war ein großer Erfolg, nur die bemerkenswerte Rakete nicht. Sie war so feucht vom Weinen, daß sie unmöglich losgehen konnte. Das Beste an ihr war das Schwarzpulver, und das war so naß von Tränen, daß es unbrauchbar war. All ihre armen Verwandten, mit denen sie nie sprach, allenfalls mit einem Naserümpfen, schossen in den Himmel empor wie wundervolle goldene Blumen mit Blüten aus Feuer. Heißa! Heißa! rief der Hof, und die kleine Prinzessin lachte vor Vergnügen.

»Vermutlich sparen sie mich für eine besonders großartige Gelegenheit auf«, sagte die Rakete, »das steckt ohne Zweifel dahinter«, und sie schaute noch hochnäsiger drein als sonst.

Am nächsten Tag kamen Arbeitsleute, um alles aufzuräumen. »Das ist offensichtlich eine Delegation«, sagte die Rakete, »ich werde sie mit geziemender Würde empfangen.« Also streckte sie ihre Nase in die Luft und begann, finster die Stirn zu runzeln, als ob sie über etwas sehr Wichtiges nachdachte. Aber die Leute nahmen überhaupt keine Notiz von ihr, bis sie fast schon fort waren. Da erblickte sie einer. »Nanu!« rief er, »so eine schlechte Rakete!«; und er warf sie über die Gartenmauer in den Graben.

»*Schlechte* Rakete? *Schlechte* Rakete?« fragte sie, als sie durch die Luft wirbelte, »unmöglich! *Rechte* Rakete, das war es, was der Mann gesagt hat. *Schlecht* und *recht* klingen sehr ähnlich, tatsächlich bedeutet es oft das gleiche«, und sie fiel in den Morast.

»Angenehm ist es hier nicht«, meinte sie, »aber sicherlich ist es ein eleganter Badeort, und man hat mich zur Wiederherstellung meiner Gesundheit hierher geschickt. Meine Nerven sind bestimmt völlig zerrüttet, und ich bedarf der Ruhe.«

Dann paddelte ein kleiner Frosch mit glänzenden Juwelenaugen und einem grün getupften Rock zu ihr heran.

»Ein Neuankömmling, wie ich sehe!« sagte der Frosch. »Nun, es gibt schließlich nichts Besseres als Morast. Habe ich nur Regenwetter und einen Graben, so ich bin wunschlos glücklich. Was meinen Sie, wird es heute nachmittag regnen? Ich hoffe es ganz bestimmt, aber der Himmel ist ganz blau und wolkenlos. Wie schade!«

»Ahem! Ahem!« sagte die Rakete und begann zu husten.

»Was für eine angenehme Stimme Sie haben!« rief

der Frosch. »Sie klingt wahrhaftig genau wie Quaken, und Quaken ist natürlich der melodischste Klang auf der Welt. Sie werden heute abend unseren Gesangverein hören. Wir sitzen in dem alten Ententeich dicht beim Bauernhaus, und sobald der Mond aufgeht, fangen wir an. Es ist so entzückend, daß alle Leute wach liegen, um uns zuzuhören. Tatsächlich hörte ich erst gestern, wie die Bauersfrau zu ihrer Mutter sagte, sie hätte letzte Nacht kein Auge zugetan unsertwegen. Es ist höchst erfreulich, so beliebt zu sein.«

»Ahem! Ahem!« sagte die Rakete gereizt. Sie war sehr ärgerlich, weil sie nicht zu Worte kam.

»Eine angenehme Stimme, gewiß«, fuhr der Frosch fort, »ich hoffe, Sie werden zum Ententeich kommen. Ich muß jetzt fort und nach meinen Töchtern sehen. Ich habe sechs schöne Töchter, und ich bin sehr in Sorge, daß sie dem Hecht begegnen könnten. Er ist ein wahres Ungeheuer und würde sie ohne Zögern zum Frühstück verspeisen. Also auf Wiedersehen; seien Sie versichert, ich habe unsere Unterhaltung sehr genossen.«

»Unterhaltung!« sagte die Rakete. »Sie haben die ganze Zeit allein geredet. Das ist keine Unterhaltung.«

»Einer muß zuhören«, entgegnete der Frosch, »und das Reden übernehme ich gern selbst. Es spart Zeit und vermeidet Streit.«

»Aber ich liebe Streit«, sagte die Rakete.

»Das will ich nicht hoffen«, sagte der Frosch selbstgefällig. »Streit ist äußerst vulgär, denn in der guten Gesellschaft denken alle das gleiche. Also noch einmal auf Wiedersehen, ich sehe dort hinten meine Töchter«; und der kleine Frosch schwamm fort.

»Sie sind eine sehr unangenehme Person«, sagte die

Rakete, »und sehr schlecht erzogen. Ich verabscheue Leute, die über sich selbst sprechen, so wie Sie, wenn man über sich selbst sprechen möchte, so wie ich. Ich nenne das Selbstsucht, und Selbstsucht ist etwas Verabscheuenswertes, vor allem für jemanden meiner Wesensart, denn ich bin bekannt für meinen anteilnehmenden Charakter. Wirklich, Sie sollten sich ein Beispiel nehmen an mir, ein besseres Vorbild können Sie unmöglich finden. Jetzt, wo Sie die Gelegenheit haben, sollten Sie auch Gebrauch davon machen, denn ich werde umgehend an den Hof zurückkehren. Ich bin ein großer Favorit am Hofe; tatsächlich haben der Prinz und die Prinzessin gestern mir zu Ehren Hochzeit gehalten. Natürlich wissen Sie von diesen Dingen gar nichts, denn Sie sind ein Provinzler.«

»Es hat keinen Zweck, mit ihm zu hadern«, sagte eine Libelle, die auf der Spitze eines großen Rohrkolbens saß, »gar keinen Zweck, er ist nämlich weggeschwommen.«

»Nun, das ist sein Problem, nicht meins«, antwortete die Rakete. »Ich werde nicht aufhören, mit ihm zu sprechen, nur weil er nicht zuhört. Ich höre mich gerne sprechen. Es ist eins meiner größten Vergnügen. Ich führe oft lange Unterhaltungen mit mir selbst, und ich bin so klug, daß ich manchmal kein Wort von dem verstehe, was ich sage.«

»Dann sollten Sie unbedingt Vorlesungen über Philosophie halten«, sagte die Libelle, und sie breitete ein Paar wunderhübsche Gazeflügel aus und schwang sich in den Himmel hinauf.

»Wie entsetzlich dumm von ihr, nicht hierzubleiben«, sagte die Rakete. »Ich bin sicher, sie hat nicht oft so eine gute Gelegenheit, ihren geistigen Horizont zu erweitern. Aber es macht mir nicht das geringste. Ein Genie wie ich weiß, daß es eines Tages anerkannt wird.« Und sie sank ein bißchen tiefer in den Morast.

Eine Weile später kam eine große Hausente herangeschwommen. Sie hatte gelbe Beine und Füße mit Schwimmhäuten, und wegen ihres Watschelganges galt sie als große Schönheit.

»Quack, quack, quack«, sagte sie. »Was für eine merkwürdige Figur Sie haben! Darf ich fragen, ob sie angeboren ist oder die Folge eines Unfalls?«

»Es ist unverkennbar, daß Sie immer auf dem Lande gelebt haben«, antwortete die Rakete, »sonst würden Sie wissen, wer ich bin. Doch ich verzeihe Ihre Unwissenheit. Es wäre nicht richtig, von anderen Leuten zu erwarten, daß sie so bemerkenswert sind wie man selbst. Sie werden bestimmt staunen, wenn Sie hören, daß ich in den Himmel hinauf fliegen kann und niederkommen in einem Schauer von Goldregen.«

»Ich halte nicht viel davon«, sagte die Ente, »denn ich wüßte nicht, welchen Nutzen es für irgend jemanden hätte. Wenn Sie den Acker pflügen könnten wie der Ochse oder einen Wagen ziehen wie das Pferd oder die Schafe hüten wie der Hütehund, das wäre etwas.«

»Meine gute Frau«, rief die Rakete in sehr überheblichem Tonfall, »ich merke, daß Sie der Unterschicht angehören. Jemand in meiner Stellung ist nie nützlich. Wir haben gewisse Fähigkeiten, und das mehr als genug. Ich persönlich habe nichts übrig für Arbeit irgendwelcher Art, am allerwenigsten für solche Arbeiten, wie Sie sie zu empfehlen scheinen. Tatsächlich bin ich immer der Ansicht gewesen, daß harte Arbeit nur eine Zuflucht ist für Leute, die sonst nichts zu tun haben.«

»Nun, nun«, sagte die Ente, die sehr friedfertig veranlagt war und nie mit jemandem stritt, »die Geschmacker sind verschieden. Ich hoffe jedenfalls, daß Sie hier Ihren Wohnsitz nehmen werden.«

»O nein, meine Liebe!« rief die Rakete. »Ich bin nur als Gast hier, als vornehmer Gast. Tatsächlich finde ich diesen Ort ziemlich öde. Es gibt hier weder Gesellschaft noch Einsamkeit. Wirklich, er ist durch und durch kleinbürgerlich. Ich werde wahrscheinlich an den Hof zurückkehren, denn ich weiß, daß ich dazu bestimmt bin, in der Welt Aufsehen zu erregen.«

»Auch ich habe schon daran gedacht, ins öffentliche Leben zu treten«, bemerkte die Ente. »Es gibt so vieles, was reformbedürftig ist. Ich hatte vor einiger Zeit sogar den Vorsitz in einer Versammlung, und wir verabschiedeten Resolutionen gegen alles, was wir nicht mochten. Allerdings schienen sie nicht viel zu bewirken. Jetzt habe ich mich für Häuslichkeit entschieden und widme mich meiner Familie.«

»Ich bin für das öffentliche Leben geschaffen«, sagte die Rakete, »und alle meine Verwandten auch, sogar die allerbescheidensten. Wann immer wir auftreten, erregen wir großes Aufsehen. Ich selbst bin noch nicht richtig aufgetreten, aber wenn ich es tun werde, wird es ein prächtiges Schauspiel sein. Die Häuslichkeit dagegen läßt einen vorzeitig altern und lenkt den Geist von höheren Dingen ab.«

»Ah! die höheren Dinge im Leben, wie schön sie sind!« sagte die Ente, »und das erinnert mich daran, daß ich großen Hunger habe.« Und sie schwamm fort, den Bach hinunter, und machte »Quack, quack, quack«.

»Kommen Sie zurück! Kommen Sie zurück!« schrie die Rakete, »ich habe Ihnen noch sehr viel zu erzählen!« Aber die Ente beachtete sie nicht. »Ich bin froh, daß sie fort ist«, sagte die Rakete zu sich selber, »sie hat entschieden spießige Ansichten.« Und sie sank noch ein bißchen tiefer in den Morast und fing an, über die Einsamkeit des Genies nachzudenken, als plötzlich zwei kleine Jungen in weißen Kitteln den Graben entlang gelaufen kamen, mit einem Kessel und einem Reisigbündel.

»Das muß die Delegation sein«, sagte die Rakete und bemühte sich, sehr würdevoll auszusehen.

»Holla!« rief einer der Jungen, »sieh mal, der alte Stock! Wie der wohl hierhergekommen ist«, und er fischte die Rakete aus dem Graben.

»Alter Stock!« sagte die Rakete, »unmöglich! *Goldener Stock*, das war es, was er gesagt hat. Goldener Stock, das ist sehr schmeichelhaft. Wahrhaftig, er hält mich für einen höfischen Würdenträger.«

»Werfen wir ihn ins Feuer«, sagte der andere Junge, »er kann helfen, das Wasser zum Kochen zu bringen.«

Also schichteten sie das Reisig übereinander, legten die Rakete obenauf und zündeten das Feuer an.

»Großartig!« rief die Rakete, »sie wollen mich bei hellem Tageslicht abbrennen, so daß jeder mich sehen kann.«

»Jetzt wollen wir schlafen«, sagten die Jungen, »und wenn wir aufwachen, wird das Wasser kochen«; und sie legten sich ins Gras und schlossen die Augen.

Die Rakete war sehr feucht, deshalb dauerte es lange, bis sie anbrannte. Endlich jedoch fing sie Feuer.

»Jetzt gehe ich los!« schrie sie, und sie machte sich ganz steif und straff. »Ich weiß, ich werde höher steigen als die Sterne, viel höher als der Mond, viel höher als die Sonne. Wahrhaftig, ich werde so hoch steigen, daß –«

Fiss! Fiss! Fiss! und steil stieg sie in die Luft hinauf.

»Wundervoll!« rief sie. »Ich werde ewig so fliegen. Welch ein Erfolg ich bin!«

Aber niemand sah sie.

Dann begann sie am ganzen Leibe ein eigenartiges Kribbeln zu spüren.

»Jetzt explodiere ich gleich!« schrie sie. »Die ganze Welt werde ich in Flammen setzen und so einen Lärm machen, daß das ganze Jahr lang niemand über etwas anderes reden wird.« Und sie explodierte wirklich. Bäng! Bäng! Bäng! machte das Schwarzpulver. Daran gab es keinen Zweifel.

Aber niemand hörte sie, nicht einmal die beiden kleinen Jungen, denn die waren fest eingeschlafen.

Dann war nichts mehr von ihr übrig als der Stock, und der fiel herunter auf den Rücken einer Gans, die einen Spaziergang am Graben entlang machte.

»Um Himmels willen!« rief die Gans, »es regnet Stöcke!« Und sie flüchtete sich ins Wasser.

»Ich wußte, daß ich großes Aufsehen erregen würde«, keuchte die Rakete und erlosch.

EIN GRANATAPFELHAUS

Der junge König

Es war die Nacht vor dem Tage, der für seine Krönung festgesetzt war, und der junge König saß allein in seinem prächtigen Gemach. Seine Höflinge hatten sich alle von ihm verabschiedet, indem sie sich nach dem zeremoniösen Brauch der Zeit bis zum Boden verneigten, und sich in die große Halle des Palastes zurückgezogen, um ein paar letzte Unterweisungen durch den Professor für Etikette zu erhalten, denn einige von ihnen hatten immer noch ganz natürliche Manieren, was für einen Höfling, das brauche ich wohl kaum zu sagen, ein schweres Vergehen ist.

Der Knabe – denn er war nur ein Knabe von gerade sechzehn Jahren – war nicht traurig über ihr Fortgehen und hatte sich mit einem tiefen Seufzer der Erleichterung in die weichen Kissen seines bestickten Ruhebettes zurückfallen lassen. Da lag er, mit heißen Augen und offenen Lippen, wie ein brauner Faun des Waldes oder ein junges Tier im Forst, das gerade von seinen Jägern gestellt worden war.

Und wirklich waren es Jäger gewesen, die ihn gefunden hatten; beinahe durch Zufall waren sie auf ihn gestoßen, als er mit nackten Beinen und mit der Flöte in der Hand hinter der Herde des armen Ziegenhirten hergegangen war, welcher ihn aufgezogen hatte und für dessen Sohn er sich immer gehalten hatte. Kind der einzigen Tochter des alten Königs war er, aus heimlicher Ehe mit einem, der weit niederen Standes war als sie – mit einem Fremden, sagten einige, der durch den wundersamen Zauber seines Lautenspiels die Liebe der jungen Prinzessin gewonnen hatte, während andere von einem Künstler aus Rimini sprachen, dem die Prinzessin viel, vielleicht zu viel Ehre erwiesen hatte und der plötzlich aus der Stadt verschwunden war, sein Werk in der Kathedrale unvollendet zurücklassend –, und er war, gerade eine Woche alt, von der Seite seiner schlafenden Mutter weg gestohlen und in die Obhut eines einfachen Bauern und dessen Frau gegeben worden, die keine eigenen Kinder hatten und die in einem abgelegenen Teil des Waldes lebten, mehr als einen Tagesritt von der Stadt entfernt.

Der Kummer oder die Pest, wie der Hofarzt feststellte, oder, wie manche vermuteten, ein schnell wirkendes italienisches Gift in einem Becher gewürzten Weines hatte das blasse Mädchen, das ihm das Leben geschenkt hatte, noch in der Stunde ihres Erwachens hinweggerafft, und als der treue Bote, das Kind quer über dem Sattelbogen tragend, sich von seinem müden Pferd beugte und an die rohe Tür der Ziegenhirtenhütte klopfte, da senkte man den Leichnam der Prinzessin in ein offenes Grab, das auf einem verlassenen Kirchhof außerhalb der Stadtmauern ausgehoben worden war, ein Grab, in dem, wie man munkelte, schon ein anderer Leichnam lag, der eines jungen Mannes von wunderbarer und fremdartiger Schönheit, dessen Hände mit einem Strick auf dem Rücken gefesselt waren und dessen Brust von vielen roten Wunden durchbohrt war.

Das jedenfalls war die Geschichte, die die Leute einander zuflüsterten. Gewiß war, daß der alte König auf seinem Totenbett befohlen hatte – ob nun von Reue über seine große Sünde getrieben oder nur von dem

Wunsch, das Königreich seinem Geschlecht zu erhalten –, nach dem Knaben zu fahnden, und daß er ihn in Gegenwart des Rates als seinen Erben anerkannt hatte.

Und es schien, als hätte der Knabe vom allerersten Moment seiner Anerkennung an Symptome jener eigenartigen Leidenschaft für die Schönheit gezeigt, die bestimmt war, einen so großen Einfluß auf sein Leben auszuüben. Die Dienstleute, welche ihn zu der Zimmerflucht geleitet hatten, die man für ihn bestimmt hatte, erzählten oft von dem Freudenschrei, der von seinen Lippen brach, als er das kostbare Gewand und das reiche Geschmeide erblickte, die für ihn bereitgelegt worden waren, und über die beinahe wilde Freude, mit der er sein rauhes Lederwams und den groben Schaffellmantel abwarf. Zwar vermißte er manchmal die Freiheit des Waldlebens, und stets war er geneigt, sich über die langweiligen Hofzeremonien zu ereifern, die einen so großen Teil des Tages einnahmen, aber der wundervolle Palast, »Joyeuse« genannt, dessen Herr er plötzlich geworden war, schien ihm eine neue Welt zu sein, neu erschaffen zu seiner Lust; und sobald er der Ratsversammlung oder dem Audienzzimmer entfliehen konnte, lief er die große Freitreppe mit ihren Löwen aus vergoldeter Bronze und ihren Stufen aus schimmerndem Porphyr hinunter und wanderte von Raum zu Raum, von Korridor zu Korridor, wie jemand, der in der Schönheit einen Balsam sucht gegen den Schmerz, gleichsam Genesung von Krankheit.

Bei diesen Entdeckungsreisen, wie er sie gern nannte – und sie waren richtige Reisen durch ein Wunderland für ihn – wurde er manchmal von den schlanken, blondhaarigen Pagen begleitet mit ihren wehenden Umhängen und lustig flatternden Bändern; öfter aber wollte er allein sein, denn er fühlte mit raschem, sicherem Instinkt, der fast eine Eingebung war, daß man die Geheimnisse der Kunst am besten im geheimen lernt und daß die Schönheit wie die Weisheit den liebt, der sie einsam verehrt.

Viele merkwürdige Geschichten liefen über ihn um zu jener Zeit. Man erzählte, daß ein dicker Bürgermeister, der gekommen war, um ihm eine schwülstige Grußadresse von den Bürgern der Stadt zu überbringen, ihn gefunden hatte, wie er in wahrer Anbetung vor einem großen Gemälde kniete, das gerade aus Venedig gekommen war und das von der Verehrung neuer Gottheiten zu künden schien. Ein andermal war er für mehrere Stunden verschwunden, und nach langer Suche hatte man ihn in einem kleinen Raum in einem der Nordtürme des Palastes entdeckt, wo er wie in Trance eine griechische Gemme anstarrte, in die das Bild des Adonis geschnitten war. Er war gesehen worden, so munkelte man, wie er seine warmen Lippen auf die Marmorstirn einer antiken Statue preßte, die man beim Bau der steinernen Brücke im Flußbett gefunden hatte und die den Namen des bithynischen Sklaven von Hadrian trug. Eine ganze Nacht hatte er damit zugebracht, die Wirkung des Mondlichtes auf dem silbernen Antlitz des Endymion zu studieren.

Alle seltenen und kostbaren Stoffe hatten offenbar einen großen Reiz für ihn, und in seiner Begierde, sie sich zu verschaffen, hatte er zahlreiche Kaufleute ausgesandt; einige, um Bernstein einzuhandeln bei den rauhen Fischerleuten der nördlichen Meere, einige nach Ägypten, um jenen seltsamen grünen Türkis zu suchen, den man nur in den Königsgräbern findet und der angeblich magische Kräfte besitzt; einige nach Persien wegen Seidenteppichen und bunter Fayencen, andere nach Indien, um Gazestoffe und bemaltes Elfenbein zu kaufen und Mondsteine und Armspangen aus Jade, Sandelholz und blaues Email und Schals aus feiner Wolle.

Was ihn aber am meisten beschäftigt hatte, war das Gewand, das er bei seiner Krönung tragen sollte, das Gewand aus Goldgewebe und die rubinbesetzte Krone und das Zepter mit seinen Reihen und Ringen von Perlen. Das war es auch, woran er in dieser Nacht dachte, als er auf seinem üppigen Ruhebett lag und dem großen Tannenscheit zusah, das sich im offenen Kamin verzehrte. Die Entwürfe aus den Händen der berühmtesten Künstler ihrer Zeit waren ihm schon vor vielen Monaten vorgelegt worden, und er hatte Befehl gegeben, daß kunstfertige Handwerker Tag und Nacht an ihrer Ausführung arbeiten sollten und daß man die ganze Welt nach Juwelen absuchen sollte die ihrer Arbeit würdig waren. Er sah sich im Geiste vor dem Hochaltar der Kathedrale stehen im strahlenden Königsgewand, und ein Lächeln spielte um seine Knabenlippen und verweilte dort und erhellte seine dunklen Waldaugen mit schimmerndem Glanz.

Nach einer Weile erhob er sich von seinem Lager, und an den gemeißelten Baldachin des Kamins gelehnt, blickte er sich in dem matt erleuchteten Raum um. Die Wände waren mit prächtigen Gobelins behangen, die den Triumph der Schönheit darstellten. Eine großer Wandschrank mit Intarsien von Achat und Lapislazuli füllte die eine Ecke aus, und gegenüber dem Fenster stand ein seltsam gearbeitetes Schränkchen mit Türfüllungen aus Goldstaub-Lack mit Goldmosaiken, auf dem erlesene Kelchgläser aus venezianischem Glas standen und eine Schale aus dunkelgeädertem Onyx. Blasse Mohnblüten waren auf die seidene Bettdecke gestickt, als wären sie den müden Händen des Schlafes entfallen, und schlanke Säulen aus kanneliertem Elfenbein trugen den samtenen Baldachin, von dem große Büschel Straußenfedern wie weißer Schaum zum matten Silber der Kassettendecke emporquollen. Ein lachender Narziss aus grüner Bronze hielt einen geschliffenen Spiegel über seinen Kopf. Auf dem Tisch stand eine flache Amethystschale.

Durch das Fenster konnte er die gewaltige Kuppel der Kathedrale sehen, die wie ein Ballon über den schattendunklen Häusern hing, und die müden Schildwachen, die auf der nebelverhangenen Terrasse des Flusses auf und ab schritten. Fern in einem Obstgarten sang eine Nachtigall. Ein feiner Duft von Jasmin kam durch das offene Fenster. Er strich sich die braunen Locken aus der Stirn, ergriff eine Laute und ließ seine Finger über die Saiten gleiten. Seine schweren Augenlider senkten sich, und eine seltsame Mattigkeit überkam ihn. Nie zuvor hatte er so tief, mit so erlesener Freude den Zauber und das Geheimnis schöner Dinge empfunden.

Als es vom Uhrturm Mitternacht schlug, rührte er eine Glocke, und seine Pagen traten ein und entkleideten ihn mit großer Förmlichkeit, gossen Rosenwasser über seine Hände und streuten Blumen auf sein Kissen. Wenige Augenblicke, nachdem sie den Raum verlassen hatten, fiel er in Schlaf.

Während er schlief, träumte er einen Traum, und dies war sein Traum:

Er meinte, auf einem langgestreckten, niedrigen Dachboden zu stehen, mitten im Schwirren und Rattern vieler Webstühle. Spärliches Tageslicht drang durch die vergitterten Fenster und zeigte ihm die mageren Gestalten der Weber, die sich über ihre Rahmen beugten. Blasse, kränklich aussehende Kinder hockten auf den gewaltigen Querbalken. Immer wenn die Schiffchen durch das Kettgarn fuhren, hoben sie die schweren Balken, und wenn die Schiffchen innehielten, ließen sie die Balken fallen und preßten die Fäden zusammen. Ihre Gesichter waren ausgezehrt vom Hunger, und ihre mageren Hände bebten und zitterten. Ein paar verhärmte Frauen saßen an einem Tisch und nähten. Ein widerlicher Geruch erfüllte den Raum. Die Luft war stickig und schwer, und von den Wänden tropfte und rann die Feuchtigkeit.

Der junge König ging zu einem der Weber hinüber, stellte sich neben ihn und sah ihm zu.

Und der Weber blickte ihn zornig an und fragte: »Was beobachtest du mich? Bist du ein Aufpasser, den unser Herr über uns gesetzt hat?«

»Wer ist dein Herr?« fragte der junge König.

»Unser Herr!« rief der Weber erbittert. »Er ist ein Mensch wie ich. Allerdings gibt es einen Unterschied zwischen uns – er trägt schöne Kleider, während ich in Lumpen gehe, und während ich schwach bin vor Hunger, leidet er nicht wenig an Übersättigung.«

»Das Land ist frei«, sagte der junge König, »und du bist niemandes Sklave.«

»Im Krieg«, antwortete der Weber, »macht der Starke den Schwachen zum Sklaven, und im Frieden macht der Reiche den Armen zum Sklaven. Wir müssen arbeiten, um zu leben, und sie zahlen uns einen so schäbigen Lohn, daß wir sterben. Wir plagen uns für sie den ganzen Tag, und sie häufen das Gold in ihren Truhen, und unsere Kinder welken vorzeitig dahin, und die Gesichter derer, die wir lieben, werden hart und böse. Wir keltern die Trauben, und andere trinken den Wein. Wir säen das Korn, und unser eigener Tisch bleibt leer. Wir tragen Ketten, wenn auch das Auge sie nicht sieht; und wir sind Sklaven, wenn man uns auch frei nennt.«

»Geht es allen so?« fragte er.

»Allen«, antwortete der Weber, »den jungen Männern genauso wie den alten, den Frauen genauso wie den Männern, den kleinen Kindern genauso wie denen, die die Last ihrer Jahre tragen. Die Händler pressen uns aus, und wir müssen tun, was sie verlangen. Der Priester geht vorüber und betet seinen Rosenkranz, und niemand kümmert sich um uns. Durch unsere sonnenlosen Gassen schleicht die Armut mit ihren Hungeraugen, und die Sünde mit ihrem aufgedunsenen Gesicht folgt ihr auf den Fersen. Das Elend weckt uns am Morgen, und die Schande sitzt bei uns des Nachts. Aber was geht dich das an? Du bist keiner von uns. Dein Gesicht ist zu glücklich.« Und er wandte sich mißmutig ab und schleuderte das Schiffchen durch den Webrahmen, und der junge König sah, daß es mit einem goldenen Faden gefädelt war.

Und ein heftiger Schrecken überkam ihn, und er fragte den Weber: »Was ist das für ein Gewand, das du da webst?«

»Es ist das Krönungsgewand für den jungen König«, antwortete dieser, »was geht dich das an?«

Und der junge König stieß einen lauten Schrei aus und erwachte, und sieh! er war in seinem eigenen Schlafgemach, und durch das Fenster sah er den großen honiggelben Mond am dunklen Himmel hängen.

Und wieder schlief er ein und träumte, und dies war sein Traum:

Er meinte, auf dem Deck einer riesigen Galeere zu liegen, die von hundert Sklaven gerudert wurde. Auf einem Teppich neben ihm saß der Herr der Galeere. Er war schwarz wie Ebenholz, und sein Turban war aus purpurroter Seide. Schwere silberne Ohrringe zogen seine dicken Ohrläppchen herunter, und in den Händen hielt er ein Paar Waagschalen aus Elfenbein.

Die Sklaven waren nackt bis auf ein zerlumptes Lendentuch, und jeder Mann war an seinen Nachbarn gekettet. Die heiße Sonne brannte gleißend auf sie nieder, und die Neger liefen den Rudergang auf und ab und schlugen mit Riemenpeitschen auf sie ein. Sie streckten ihre mageren Arme aus und zogen die schweren Ruder durch das Wasser. Salzige Gischt flog von den Ruderblättern.

Endlich erreichten sie eine kleine Bucht und begannen zu loten. Ein leichter Wind blies vom Land her und überzog das Deck und das große Lateinersegel mit feinem rotem Staub. Drei Araber auf Wildeseln sprengten heran und schleuderten Speere nach ihnen. Der Herr der Galeere ergriff einen buntbemalten Bogen und schoß einem von ihnen in den Hals. Er fiel schwer in die Brandung, und seine Gefährten galoppierten davon. Eine in einen gelben Schleier gehüllte Frau folgte ihnen langsam auf einem Kamel und blickte sich ab und zu nach dem Leichnam um.

Sobald sie Anker geworfen und das Segel eingeholt hatten, gingen die Neger in den Laderaum und brachten eine lange, mit Bleigewichten beschwerte Strickleiter nach oben. Der Herr der Galeere warf sie über die Bordwand und befestigte ihre Enden an zwei eisernen

Haken. Dann packten die Neger den jüngsten Sklaven, schlugen ihm die Fesseln ab, verstopften seine Nasenlöcher und Ohren mit Wachs und banden ihm einen großen Stein um die Hüfte. Schwerfällig kletterte er die Leiter hinunter und verschwand in der See. Ein paar Luftblasen stiegen auf, wo er versank. Einige der anderen Sklaven spähten neugierig über Bord. Am Bug der Galeere saß ein Haifischbeschwörer und schlug eintönig die Trommel.

Nach einiger Zeit kam der Taucher aus dem Wasser hoch und klammerte sich keuchend an die Leiter, mit einer Perle in der rechten Hand. Die Neger nahmen sie ihm ab und stießen ihn zurück. Die Sklaven schliefen über ihren Rudern ein.

Wieder und wieder kam er hoch, und jedes Mal brachte er eine wunderschöne Perle mit. Der Herr der Galeere wog sie und steckte sie in ein kleines Säckchen aus grünem Leder.

Der junge König versuchte zu sprechen, aber seine Zunge war wie festgeklebt am Gaumen, und seine Lippen versagten den Dienst. Die Neger schwatzten miteinander und begannen, sich um eine Schnur glänzender Glasperlen zu streiten. Zwei Kraniche umflogen unablässig das Schiff.

Dann kam der Taucher ein letztes Mal hoch, und die Perle, die er hochbrachte, war schöner als alle Perlen des Ormuzd, denn sie hatte die Form des Vollmondes und war weißer als der Morgenstern. Sein Gesicht aber war seltsam bleich, und als er auf dem Deck zusammenbrach, schoß Blut aus seinen Ohren und aus der Nase. Er zitterte noch ein wenig, dann lag er still. Die Neger zuckten die Achseln und warfen den Leichnam über Bord.

Und der Herr der Galeere lachte, streckte seine Hand aus und ergriff die Perle, und als er sie betrachtete, drückte er sie an seine Stirn und verneigte sich. »Diese«, sagte er, »soll für das Zepter des jungen Königs sein«, und er gab den Negern ein Zeichen, die Anker zu lichten.

Und als der junge König dies hörte, stieß er einen wilden Schrei aus und erwachte, und durch das Fenster sah er die langen grauen Finger der Morgendämmerung nach den verblassenden Sternen greifen.

Und wieder schlief er ein und träumte, und dies war sein Traum:

Er meinte, durch einen dunklen Wald zu wandern, in dem fremdartige Früchte hingen und wunderschöne, giftige Blüten. Nattern zischten ihn an, als er vorüberging, und glänzende Papageien flogen kreischend von Ast zu Ast. Riesige Schildkröten lagen schlafend im warmen Schlamm. Die Bäume waren voller Affen und Pfauen.

Weiter und weiter schritt er, bis er an den Rand des Waldes kam, und dort erblickte er eine gewaltige Zahl von Menschen, die in einem ausgetrockneten Flußbett arbeiteten. Sie krabbelten über den Fels wie Ameisen. Sie gruben tiefe Schächte in den Boden und stiegen hinein. Einige spalteten den Fels mit großen Äxten, andere gruben im Sand. Sie rissen den Kaktus mit der Wurzel aus und zertraten seine scharlachroten Blüten. Sie hasteten umher, riefen einander zu, und keiner war müßig.

Aus dem Dunkel einer Höhle heraus beobachteten sie der Tod und die Habsucht, und der Tod sprach: »Ich bin es leid, gib mir ein Drittel von ihnen und laß mich gehen.«

Aber die Habsucht schüttelte den Kopf. »Sie sind meine Knechte«, antwortete sie.

Und der Tod sprach zu ihr: »Was hast du in der Hand?«

»Ich habe drei Getreidekörner«, antwortete sie, »was geht dich das an?«

»Gib mir eins davon«, rief der Tod, »ich will es in meinen Garten säen; nur eins davon, und ich werde fortgehen.«

»Nichts werde ich dir geben«, sagte die Habsucht, und sie verbarg ihre Hand in einer Falte ihres Gewandes.

Und der Tod lachte und nahm eine Schale und tauchte sie in eine Wasserpfütze, und aus der Schale wuchs das Kalte Fieber. Es flog durch die Menschenmenge, und ein Drittel lag tot. Ein kalter Nebel folgte ihm, und Wasserschlangen begleiteten es.

Und als die Habsucht sah, daß ein Drittel der Menschenmenge tot war, schlug sie sich an die Brust und weinte. Sie schlug ihre trockenen Brüste und jammerte laut. »Du hast ein Drittel meiner Knechte gemordet«, schrie sie, »fort mit dir! Es ist Krieg in den Bergen der Tartarei, und die Könige beider Seiten rufen nach dir. Die Afghanen haben den Schwarzen Ochsen geschlachtet und ziehen in den Kampf. Sie haben mit ihren Speeren auf die Schilde geschlagen und sich die eisernen Helme aufgesetzt. Was geht dich mein Tal an, daß du hier verweilst? Fort mit dir, und komm niemals wieder.«

»Nein«, entgegnete der Tod, »bevor du mir nicht ein Getreidekorn gegeben hast, werde ich nicht gehen.«

Aber die Habsucht schüttelte den Kopf und knirschte mit den Zähnen. »Nichts werde ich dir geben«, murmelte sie.

Und der Tod lachte und nahm einen schwarzen Stein und warf ihn in den Wald, und aus einem Dickicht von wildem Schierling kam das Heiße Fieber im Flammengewand. Es flog durch die Menge und berührte sie, und jeder, den es berührte, starb. Das Gras verdorrte unter seinen Füßen, als es dahinschritt.

Und die Habsucht erschauerte und streute sich Asche aufs Haupt. »Du bist grausam«, rief sie, »du bist grausam. Es herrscht Hungersnot in den ummauerten Städten Indiens, und die Zisternen von Samarkand sind trockengefallen. Es herrscht Hungersnot in den ummauerten Städten Ägyptens, die Heuschrecken sind aus der Wüste eingefallen. Der Nil ist nicht über die Ufer getreten, und die Priester haben Isis und Osiris geflucht. Fort mit dir zu denen, die dich brauchen, und laß mir meine Knechte.«

»Nein«, entgegnete der Tod, »bevor du mir nicht ein Getreidekorn gegeben hast, werde ich nicht gehen.«

»Nichts werde ich dir geben«, sagte die Habsucht.

Und der Tod lachte wieder, und er pfiff durch die Finger, und ein Weib kam durch die Luft geflogen. Pest stand auf ihrer Stirn geschrieben, und eine Schar magerer Geier umkreiste sie. Sie deckte das Tal mit ihren Schwingen, und keiner blieb am Leben.

Und die Habsucht floh kreischend durch den Wald, und der Tod sprang auf sein rotes Pferd und galoppierte davon, und sein Galopp war schneller als der Wind. Und aus dem Schlamm am Grund des Tales krochen Drachen und schreckliche Schuppenwesen, und die Schakale kamen durch den Sand getrabt und witterten mit ihren Nüstern in die Luft.

Und der junge König weinte und fragte: »Wer waren diese Leute, und wonach suchten sie?«

»Nach Rubinen für eine Königskrone«, antwortete jemand, der hinter ihm stand.

Und der junge König fuhr zusammen, und als er sich umdrehte, erblickte er einen Mann in Pilgerkleidung, der einen silbernen Spiegel in der Hand hielt.

Und er wurde blaß und fragte: »Für welchen König?«

Und der Pilger antwortete: »Schau in diesen Spiegel, und du wirst ihn sehen.«

Und er schaute in den Spiegel, und als er sein eigenes Antlitz erblickte, stieß er einen wilden Schrei aus und erwachte, und das helle Sonnenlicht strömte ins Zimmer, und in den Bäumen im Garten und im Park sangen die Vögel.

Und der Kammerherr und die hohen Staatsdiener traten ein und machten ihm ihre Reverenz, und die Pagen brachten ihm das Gewand aus Goldgewebe und setzten die Krone und das Zepter vor ihm nieder.

Und der junge König betrachtete sie, und sie waren wunderschön. Schöner waren sie als irgend etwas, das er je zuvor gesehen hatte. Aber er dachte an seine Träume, und er sagte zu seinen Hofmeistern: »Schafft diese Dinge fort, denn ich werde sie nicht tragen.«

Und die Höflinge verwunderten sich sehr, und einige lachten, denn sie glaubten, er scherze.

Aber er sprach sehr ernst zu ihnen und sagte: »Schafft diese Dinge fort und verbergt sie vor mir. Auch wenn es der Tag meiner Krönung ist, ich werde sie nicht tragen. Denn auf dem Webstuhl der Sorge und mit den bleichen Händen der Not wurde dieses mein Gewand gewebt. Blut ist im Herzen des Rubins und Tod im Herzen der Perle.« Und er erzählte ihnen seine drei Träume.

Und als die Höflinge das hörten, sahen sie einander an und flüsterten: »Wahrhaftig, er ist verrückt geworden, denn was ist ein Traum mehr als ein Traum und eine Vision mehr als eine Vision? Es sind keine wirklichen Dinge, auf die man achtgeben müßte. Und was haben wir zu tun mit dem Leben der Menschen, die für uns arbeiten? Soll man denn kein Brot essen, ohne erst den Sämann besucht zu haben, und keinen Wein trinken, ohne mit dem Winzer gesprochen zu haben?«

Und der Kammerherr sprach zu dem jungen König und sagte: »Herr, ich bitte dich, laß ab von diesen schwarzen Gedanken und lege dies glänzende Gewand an, und setze diese Krone auf dein Haupt. Denn wie soll das Volk wissen, daß du ein König bist, wenn du nicht das Kleid eines König trägst?«

Und der junge König blickte ihn an. »Ist das wirklich so?« fragte er. »Werden sie mich nicht als einen König erkennen, wenn ich nicht das Kleid eines Königs trage?«

»Sie werden dich nicht erkennen, Herr«, rief der Kammerherr.

»Ich meinte, es habe Männer gegeben, die von königlicher Art waren«, antwortete er, »aber vielleicht ist es so, wie du sagst. Und dennoch will ich dies Gewand nicht tragen, noch will ich gekrönt werden mit dieser Krone, sondern genau so wie ich in den Palast gekommen bin, so will ich aus ihm hinausgehen.«

Und er befahl allen, ihn zu verlassen, außer einem Pagen, den er als Gefährten bei sich behielt, einen Knaben, der ein Jahr jünger war als er selbst. Diesen behielt er zu seinem Dienst, und nachdem er sich in klarem Wasser gebadet hatte, öffnete er eine große bemalte Truhe und nahm das Lederwams und den rauhen Schaffellmantel heraus, die er getragen hatte, als er in den Hügeln die zottigen Ziegen des Ziegenhirten hütete. Diese legte er an, und in die Hand nahm er seinen groben Hirtenstab.

Und der kleine Page sperrte seine großen blauen Augen weit auf vor Staunen und fragte ihn lächelnd: »Herr, ich sehe dein Kleid und dein Zepter, aber wo ist deine Krone?«

Und der junge König brach einen Zweig von der wilden Rose, die über den Balkon rankte, und bog ihn zu einem Reif und drückte ihn sich auf den Kopf.

»Dies soll meine Krone sein«, antwortete er.

Und so angetan trat er aus seinem Gemach in die große Halle, wo die Edelleute auf ihn warteten.

Und die Edelleute lachten laut, und einige riefen ihm zu: »Herr, das Volk erwartet seinen König, und du zeigst ihm einen Bettler«, und andere waren zornig und meinten: »Er bringt Schande über unser Land und ist nicht würdig, unser Herr zu sein.« Aber er erwiderte kein einziges Wort, sondern ging weiter und die Treppe aus schimmerndem Porphyr hinab und trat hinaus durch das Bronzetor, und er bestieg sein Pferd und ritt nach der Kathedrale, während der kleine Page neben ihm herlief.

Und die Leute lachten und riefen: »Das ist des Königs Hofnarr, der da vorüberreitet«, und sie verspotteten ihn.

Und er zügelte sein Pferd und sprach: »Nein, ich bin der König selbst.« Und er erzählte ihnen seine drei Träume.

Und ein Mann trat aus der Menge hervor und sprach bittere Worte zu ihm und sagte: »Herr, weißt du nicht, daß mit dem Luxus der Reichen die Armen ihr Leben fristen? Euer Prunk ernährt uns, und eure Laster geben uns Brot. Für einen Herren sich zu plagen, ist bitter, aber keinen Herren zu haben, für den man sich plagen kann, ist noch bitterer. Glaubst du, die Raben werden uns speisen? Und was willst du dagegen tun? Willst du dem Käufer sagen: ›für diesen Preis sollst du kaufen‹, und dem Händler: ›für diesen Preis sollst du verkaufen?‹ Das glaube ich nicht. Deshalb geh zurück in deinen Palast und lege deinen Purpur an und das feine Linnen. Was hast du zu tun mit uns und mit dem, was wir leiden?«

»Sind Reich und Arm nicht Brüder?« fragte der junge König.

»Jawohl«, antwortete der Mann, »und der Name des reichen Bruders ist Kain.«

Und die Augen des jungen Königs füllten sich mit Tränen, und er ritt weiter durch das Murren des Volkes, und der kleine Page bekam Angst und verließ ihn.

Und als er das große Portal der Kathedrale erreichte, streckten die Wachsoldaten ihre Hellebarden vor und sagten: »Was suchst du hier? Niemand geht durch dieses Tor als der König.«

Und sein Gesicht wurde rot vor Zorn, und er sagte zu ihnen: »Ich bin der König«, und stieß ihre Hellebarden zur Seite und trat ein.

Und als der alte Bischof ihn kommen sah im Kleid eines Ziegenhirten, erhob er sich verwundert von seinem Stuhl und ging ihm entgegen und sprach zu ihm: »Mein Sohn, ist dies eines Königs Gewand? Und mit welcher Krone soll ich dich krönen, und welches Zepter soll ich in deine Hand legen? Wahrlich, dies sollte ein Tag der Freude für dich sein und nicht ein Tag der Erniedrigung.«

»Soll Freude tragen, was das Leid geschaffen hat?«

fragte der junge König. Und er erzählte ihm seine drei Träume.

Und als der Bischof sie gehört hatte, runzelte er die Stirn und sagte: »Mein Sohn, ich bin ein alter Mann und im Winter meines Lebens angelangt, und ich weiß, daß viel Böses geschieht in der weiten Welt. Die wilden Räuber kommen von den Bergen herab und stehlen kleine Kinder und verkaufen sie an die Mohren. Löwen lauern den Karawanen auf und fallen die Kamele an. Der wilde Eber zerwühlt das Korn im Tal, und die Füchse benagen die Weinreben auf den Hügeln. Die Piraten verheeren die Küste des Meeres und verbrennen die Boote der Fischer und stehlen ihnen ihre Netze. In den Salzsümpfen leben die Aussätzigen; sie haben Hütten aus Schilf geflochten, und niemand darf ihnen nahekommen. Die Bettler ziehen durch die Städte und essen ihr Brot mit den Hunden. Kannst du machen, daß dies nicht so ist? Willst du den Aussätzigen zu deinem Bettgenossen machen und den Bettler an deinen Tisch setzen? Soll der Löwe deiner Bitte folgen und der wilde Eber dir gehorchen? Ist nicht Er, der das Elend schuf, weiser als du? Deshalb rühme ich dich nicht für das, was du getan hast, sondern bitte dich, zurückzureiten zum Palast und ein frohes Gesicht zu zeigen und das Gewand anzulegen, das einem König ziemt; und mit der goldenen Krone will ich dich krönen, und das Perlenzepter will ich in deine Hand legen. Und was deine Träume angeht, so denke nicht mehr daran. Die Last dieser Welt ist viel zu schwer, als daß ein einziger Mann sie tragen könnte, und das Leid der Welt zu groß, als daß ein einziges Herz es erdulden könnte.«

»Sprichst du so in diesem Haus?« fragte der junge König, und er ging an dem Bischof vorbei und stieg die

Stufen zum Altar hinauf und stand vor dem Bildnis Christi.

Er stand vor dem Bildnis Christi, und zu seiner Rechten und Linken standen die wundervollen Goldgefäße, der Kelch mit dem gelben Wein und die Phiole mit dem Heiligen Öl. Er kniete nieder vor dem Bildnis Christi, und die großen Kerzen brannten hell vor dem juwelenbesetzten Schrein, und der Weihrauch zog in dünnen blauen Schwaden durch den Dom. Er neigte sein Haupt zum Gebet, und die Priester in ihren steifen Chorröcken stahlen sich fort vom Altar.

Und plötzlich erklang draußen ein wilder Tumult von der Straße her, und herein stürzten die Edelleute mit gezogenen Schwertern und nickenden Federn und mit Schilden von blankem Stahl. »Wo ist der Träumer der Träume?« riefen sie. »Wo ist dieser König, der sich wie ein Bettler kleidet – dieser Knabe, der Schande über unser Land bringt? Wahrlich, wir werden ihn erschlagen, denn er ist nicht würdig, über uns zu herrschen.«

Und der junge König neigte abermals sein Haupt und betete, und als er sein Gebet beendet hatte, erhob er sich und wandte sich um und blickte sie traurig an.

Und siehe! durch die bunten Fenster brach das Sonnenlicht und strömte über ihn hin, und die Sonnenstrahlen woben um ihn ein feines Gewand, glänzender als das Gewand, das zu seiner Lust gemacht worden war. Der tote Stab erblühte und trug Lilien, die waren weißer als Perlen. Der trockene Dorn erblühte und trug Rosen, die waren röter als Rubine. Weißer als edle Perlen waren die Lilien, und ihre Stiele waren aus schimmerndem Silber. Röter als glutrote Rubine waren die Rosen, und ihre Blätter waren aus getriebenem Gold.

Da stand er im Kleid eines Königs, und die Türen des juwelenbesetzten Schreins flogen auf, und dem Kristall der vielstrahligen Monstranz entströmte ein wunderbares, geheimnisvolles Licht. Da stand er im Königsgewand, und die Herrlichkeit Gottes erfüllte den Raum, und die Heiligenbilder in ihren gemeißelten Nischen schienen sich zu bewegen. Im glänzenden Kleid eines Königs stand er vor ihnen, und die Orgel verströmte ihre Melodien, und die Trompeter bliesen auf ihren Trompeten, und die Sängerknaben sangen.

Und das Volk fiel auf die Knie in Ehrfurcht, und die Edelleute steckten ihre Schwerter in die Scheide und huldigten ihm, und das Gesicht des Bischofs wurde bleich, und seine Hände zitterten. »Ein Höherer als ich hat dich gekrönt!« rief er, und er kniete vor ihm nieder.

Und der junge König stieg vom Hochaltar herab und schritt davon, mitten durch die Menge des Volkes hindurch. Niemand aber wagte es, ihm ins Antlitz zu sehen, denn es war wie das Antlitz eines Engels.

Der Geburtstag der Infantin

DIE Infantin hatte Geburtstag. Sie war gerade zwölf Jahre alt, und die Sonne schien hell in den Gärten des Palastes.

Obwohl sie eine richtige Prinzessin war und Infantin von Spanien, hatte sie jedes Jahr nur einmal Geburtstag, genau wie die Kinder von ganz armen Leuten, deshalb war es natürlich von großer Bedeutung für das ganze Land, daß sie zu diesem Anlaß einen wirklich schönen Tag hatte. Die schlanken gestreiften Tulpen standen kerzengerade auf ihren Stengeln wie lange Reihen von Soldaten und blickten herausfordernd über den Rasen zu den Rosen hinüber und riefen: »Wir sind jetzt genauso prächtig wie ihr.« Die purpurroten Schmetterlinge flatterten umher mit Goldstaub auf ihren Flügeln und besuchten alle Blumen der Reihe nach; die kleinen Eidechsen schlüpften aus ihren Mauerritzen und sonnten sich in der hellen Glut, und die Granatäpfel brachen in der Hitze krachend auf und zeigten ihre blutend roten Herzen. Sogar die blaßgelben Zitronen, die in solch verschwenderischer Fülle an den verwitterten Spalieren und von den schattigen Arkaden hingen, schienen in dem wundervollen Sonnenlicht eine kräftigere Farbe anzunehmen, und die Magnolienbäume öffneten ihre großen handschuhartigen Blüten aus gefaltetem Elfenbein und erfüllten die Luft mit süßem, schwerem Duft.

Die kleine Prinzessin spazierte mit ihren Gefährten die Terrasse auf und ab und spielte Verstecken rund um die steinernen Vasen und die alten moosüberwachsenen Statuen herum. An normalen Tagen durfte sie nur mit Kindern ihres eigenen Standes spielen, deshalb mußte sie immer alleine spielen, aber ihr Geburtstag war eine Ausnahme, und der König hatte befohlen, daß sie alle ihre jungen Freundinnen und Freunde einladen sollte, von denen sie wünschte, daß sie kamen und sich mit ihr vergnügten. Eine würdevolle Anmut lag über diesen schlanken spanischen Kindern, wie sie leichtfüßig dahinglitten; die Knaben in ihren Hüten mit großen Federn und kurzen flatternden Umhängen, während die Mädchen die Schleppen ihrer langen Brokatkleider rafften und ihre Augen mit großen schwarz-silbernen Fächern vor der Sonne schützten. Die Infantin aber war die anmutigste von allen und am geschmackvollsten gekleidet nach der etwas förmlichen Mode ihrer Zeit. Ihr Kleid war aus grauem Atlas mit schwerer Silberstickerei am Rocksaum und an den weiten Puffärmeln, und das steife Mieder war mit Reihen edler Perlen besetzt. Zwei winzige Pantöffelchen mit großen rosenfarbenen Rosetten lugten unter ihrem Kleid hervor, wenn sie ging. Rosa und perlweiß war ihr großer Gazefächer, und im Haar, das wie ein Glorienschein aus blassem Gold starr um ihr blasses kleines Gesicht stand, trug sie eine wundervolle weiße Rose.

Von einem Fenster des Palastes aus beobachtete sie der traurige, schwermütige König. Hinter ihm stand sein Bruder, Don Pedro von Aragón, den er haßte, und neben ihm saß sein Beichtiger, der Großinquisitor von Granada. Noch trauriger als gewöhnlich war der König, denn während er der Infantin zuschaute, wie sie sich mit kindlichem Ernst gegen die versammelten Höflinge verneigte oder hinter ihrem Fächer über die grimmige Herzogin von Albuquerque lachte, die sie stets begleitete, da dachte er an die junge Königin, ihre Mutter, die erst vor kurzem – so schien es ihm – aus dem heiteren Frankreich gekommen war und in der düsteren Pracht des spanischen Hofes dahinwelkte und starb, nur sechs Monate nach der Geburt ihres Kindes, ehe sie die Mandelbäume im Garten zweimal hatte blühen sehen oder die Frucht des zweiten Jahres von dem alten knorrigen Feigenbaum gepflückt hatte, der in der Mitte des nun grasüberwachsenen Hofes stand. So groß war seine Liebe für sie, daß er nicht einmal dem Grabe gestattete, sie vor ihm zu verbergen. Sie war einbalsamiert worden von einem maurischen Arzt, dem zum Lohn für diesen Dienst das Leben geschenkt wurde, welches, wie man munkelte, wegen Ketzerei und Verdacht auf Zauberei bereits der Inquisition verfallen gewesen; und ihr Leichnam lag noch immer auf der teppichbedeckten Bahre in der schwarzen Marmorkapelle des Palastes, so wie die Mönche ihn an jenem stürmischen Märztag vor beinahe zwölf Jahren hereingetragen hatten. Einmal im Monat ging der König dort hinein, in einen dunklen Mantel gehüllt und mit einer abgeblendeten Laterne in der Hand, und kniete an ihrer Seite nieder und rief laut: *»Mi reina! Mi reina!«*, und manchmal geschah es, daß er die förmliche Etikette durchbrach, die in Spanien jede einzelne Handlung des Lebens beherrscht und sogar der Trauer eines Königs Schranken setzt, und in wildem Schmerzausbruch umklammerte er die juwelengeschmückte Hand und versuchte mit wahnsinnigen Küssen das kalte, geschminkte Gesicht zum Leben zu erwecken.

Heute vermeinte er sie wiederzusehen, so wie er sie zuerst im Schloß von Fontainebleau gesehen hatte, als er gerade fünfzehn Jahre alt war und sie noch jünger. Damals wurden sie einander feierlich versprochen durch den päpstlichen Nuntius in Gegenwart des Königs von Frankreich und des ganzen Hofes, und er war in den Escorial zurückgekehrt mit einem Löckchen blonden Haares und der Erinnerung an zwei Kinderlippen, die sich zum Kuß über seine Hand gebeugt hatten, als er in seine Kutsche stieg. Später hatte die Vermählung stattgefunden, die hastig in Burgos, einer kleinen Stadt an der Grenze beider Länder, vollzogen wurde, und der prunkvolle öffentliche Einzug in Madrid mit der traditionellen Feier des Hochamtes in der Kirche von La Atocha und einem Autodafé von mehr als gewöhnlicher Feierlichkeit, bei dem nahezu dreihundert Ketzer, darunter viele Engländer, der weltlichen Gerichtsbarkeit ausgeliefert und auf dem Scheiterhaufen verbrannt wurden.

Wahrlich, er hatte sie bis zum Wahnsinn geliebt, und viele meinten, bis zum Verderben seines Landes, das damals mit England im Krieg lag um den Besitz der Herrschaft über die Neue Welt. Kaum jemals hatte er ihr gestattet, sich aus seinen Augen zu entfernen; um ihretwillen hatte er – so schien es jedenfalls – alle ernsten Staatsgeschäfte vergessen; und in jener schrecklichen Blindheit, mit der die Leidenschaft ihre Knechte schlägt, war es ihm entgangen, daß die ausgeklügelten Feierlichkeiten, mit denen er sie zu ergötzen suchte, das seltsame Leiden nur verschlimmerten, an welchem sie dahinsiechte. Als sie starb, war er eine Zeitlang wie von Sinnen. Zweifellos hätte er in aller Form dem Thron entsagt und sich in das große Trappistenkloster von Granada zurückgezogen, dessen Titularprior er bereits war, wenn er sich nicht gescheut hätte, die kleine Infantin auf Gedeih und Verderb seinem Bruder auszuliefern, dessen Grausamkeit sogar in Spanien berüchtigt war und den viele verdächtigten, den Tod der Königin durch ein Paar vergiftete Handschuhe herbeigeführt zu haben, die er ihr überreicht hatte, als sie ihn auf seinem Schloß in Aragón besuchte. Selbst nach Ablauf der dreijährigen Staatstrauer, die er durch ein Königliches Edikt für das gesamte Gebiet seiner Herrschaft angeordnet hatte, gestattete er seinen Ministern niemals, über eine neue Verbindung zu sprechen; und als der Kaiser selbst zu ihm schickte und ihm die Hand seiner Nichte, der lieblichen Erzherzogin von Böhmen, antrug, da bat er die Gesandten, ihrem Herren zu melden, daß der König von Spanien bereits mit der Trauer vermählt sei, die zwar eine unfruchtbare Braut sei, die er aber mehr liebe als die Schönheit – eine Antwort, die seine Krone die reichen niederländischen Provinzen kostete, welche sich kurz darauf auf Betreiben des Kaisers und unter Führung einiger Fanatiker der Reformierten Kirche gegen ihn erhoben.

Die ganze Zeit seiner Ehe mit ihren wilden, flammenfarbenen Freuden und der entsetzlichen Qual ihres jähen Endes schien heute wieder vor ihm aufzuerstehen, als er der Infantin zuschaute, die auf der Terrasse spielte. Sie hatte ganz den lieblichen Eigensinn der Königin, dieselbe trotzige Art, den Kopf zurückzuwerfen, denselben stolz geschwungenen schönen Mund, auch dasselbe wundervolle Lächeln – *un vrai sourire de France* –, wenn sie hin und wieder zum Fenster hinaufblickte oder ihre kleine Hand den würdevollen spanischen Granden zum Kuß hinstreckte. Doch das laute Lachen der Kinder schmerzte in seinen Ohren, und die mitleidlos strahlende Sonne spottete seines Kummers, und ein dumpfer Geruch fremdartiger Essenzen, wie Einbalsamierer sie verwenden, schien die klare Morgenluft zu trüben – oder war das nur Einbildung? Er vergrub sein Gesicht in den Händen, und als die Infantin wieder hinaufblickte, waren die Vorhänge geschlossen und der König hatte sich zurückgezogen.

Sie machte eine kleine *moue* der Enttäuschung und zuckte die Achseln. An ihrem Geburtstag hätte er wirklich bei ihr bleiben können! Was lag denn an den dummen Staatsgeschäften? Oder war er in diese unheimliche Kapelle gegangen, in der immerfort Kerzen brannten und die sie nie betreten durfte? Wie töricht von ihm, wo die Sonne so hell schien und jedermann so glücklich war! Außerdem würde er die Stierkampf-Aufführung versäumen, zu der die Trompete schon rief, ganz zu schweigen von dem Puppenspiel und den anderen Herrlichkeiten. Ihr Onkel und der Großinquisitor waren viel vernünftiger. Sie waren auf die Terrasse herausgekommen und machten ihr nette Komplimente. So warf sie ihren hübschen Kopf zurück, ergriff Don Pedro bei der Hand und schritt langsam die Stufen hinunter und auf ein großes Zelt aus purpurroter Seide zu, das man am Ende des Gartens aufgebaut hatte, während die anderen Kinder ihr folgten, strikt nach der Rangordnung; die mit den längsten Namen kamen zuerst.

Ein Zug von Edelknaben, phantastisch als *toreadores* gekleidet, kam ihr zur Begrüßung entgegen, und der junge Graf von Tierra-Nueva, ein wunderbar schöner Knabe von etwa vierzehn Jahren, entblößte sein Haupt mit der ganzen Grazie eines geborenen Hidalgos und Granden von Spanien und geleitete sie feierlich hinein zu einem kleinen Stuhl aus Gold und Elfenbein, der auf einem erhöhten Platz über der Arena stand. Die Kinder gruppierten sich um sie herum, schwenkten ihre großen Fächer und flüsterten miteinander, und Don Pedro und der Großinquisitor standen lachend im Eingang. Selbst die Herzogin – die Camerera Mayor wurde sie genannt –, eine magere Frau mit harten Zügen und einer gelben Halskrause, blickte nicht ganz so mißlaunig drein wie sonst, und etwas wie ein frostiges Lächeln huschte über ihr runzliges Gesicht und zuckte um ihre schmalen, blutleeren Lippen.

Es war wirklich ein großartiger Stierkampf und viel hübscher, meinte die Infantin, als der echte Stierkampf, den man sie in Sevilla hatte sehen lassen anläßlich eines Besuchs des Herzogs von Parma bei ihrem Vater. Mehrere Knaben tänzelten auf Steckenpferden mit prächtigen Schabracken einher und schwangen lange Wurfspieße, an denen fröhliche Wimpel aus bunten Bändern befestigt waren; andere liefen zu Fuß, schwenkten ihre scharlachroten Mäntel vor dem Stier und sprangen leichtfüßig über die Barriere, wenn er sie angriff; und der Stier selbst war genau wie ein richtiger Stier, obwohl er nur aus einem mit Fell bespannten Korbgeflecht gemacht war und manchmal darauf bestand, auf den Hinterbeinen um die Arena zu laufen, was einem richtigen Stier nicht im Traum einfallen würde. Er lieferte auch einen großartigen Kampf, und die Kinder wurden so aufgeregt, daß sie aufsprangen und auf ihre Bänke kletterten, ihre Spitzentaschentücher schwenkten und schrien: *Bravo toro! Bravo toro!*, ganz so verständig, als seien sie erwachsene Leute. Zu guter Letzt aber, nach einem langen Kampf, in dem mehrere Steckenpferde aufgespießt und ihre Reiter aus den Sätteln geworfen wurden, zwang der junge Graf von Tierra-Nueva den Stier in die Knie, und nachdem er von der Infantin die Erlaubnis erhalten hatte, ihm den *coup de grâce* zu versetzen, stieß er sein Holzschwert mit solcher Gewalt in den Hals des Tieres, daß der Kopf herunterflog und das lachende Gesicht des kleinen Monsieur de Lorraine zum Vorschein kam, des Sohnes des französischen Gesandten in Madrid.

Dann wurde die Arena unter großem Applaus geräumt, und die toten Steckenpferde wurden feierlich von zwei maurischen Pagen in gelb-schwarzen Livreen weggeschleppt, und nach einem kurzen Zwischenspiel, in dem ein französischer Akrobat auf dem Hochseil auftrat, erschienen italienische Puppen in der halb klassischen Tragödie »Sophonisbe« auf der Bühne eines kleinen, extra dafür errichteten Theaters. Sie spielten so gut, und ihre Gesten waren derart natürlich, daß die Augen der Infantin am Ende des Stückes ganz trüb von Tränen waren. Ein paar Kinder weinten wirklich und mußten mit Zuckerwerk getröstet werden, und selbst der Großinquisitor war so ergriffen, daß er sich nicht enthalten konnte, zu Don Pedro zu bemerken, es erscheine ihm unerträglich, daß Gebilde, die nur aus Holz und buntem Wachs bestünden und mechanisch an Drähten bewegt würden, so unglücklich sein und so ein furchtbares Schicksal erleiden müßten.

Es folgte ein afrikanischer Gaukler, der einen großen, flachen, mit einem roten Tuch bedeckten Korb hereintrug und, nachdem er ihn in der Mitte der Arena niedergesetzt hatte, aus seinem Turban eine seltsame Rohrflöte zog, die er zu spielen begann. Nach wenigen Augenblicken begann das Tuch sich zu bewegen, und als die Flöte schriller und schriller erklang, streckten zwei grüngoldene Schlangen ihre fremdartigen, keilförmigen Köpfe heraus und richteten sich langsam auf und wiegten sich zur Musik hin und her, wie eine Pflanze sich im Wasser wiegt. Die Kinder aber fürchteten sich vor ihren gefleckten Köpfen und den rasch herausschießenden Zungen, und es gefiel ihnen viel besser, als der Gaukler ein winziges Orangenbäumchen aus dem Sand aufwachsen ließ, das hübsche weiße Blüten und Büschel richtiger Früchte trug; und als er den Fächer der kleinen Tochter der Marquise von Las-Torres ergriff und ihn in einen blauen Vogel verwandelte, der im Zelt umherflog und sang, da kannte ihr Entzücken und ihr Staunen keine Grenzen. Auch das feierliche Menuett, das die Tänzerknaben der Kirche Nuestra Señora del Pilar vorführten, war entzückend. Die Infantin hatte diese wundervolle Zeremonie noch nie gesehen, die jedes Jahr im Mai vor dem Hochaltar der Heiligen Jungfrau und zu ihren Ehren stattfindet; und wirklich hatte kein Mitglied der spanischen königlichen Familie die große Kathedrale von Saragossa je wieder betreten, seit ein wahnsinniger Priester, der nach Meinung vieler im Sold der Königin Elisabeth von England stand, versucht hatte, dem Prinzen von Asturien eine vergiftete Hostie zu reichen. So kannte sie den »Tanz Unserer Lieben Frau«, wie man ihn nannte, nur vom Hörensagen, und es war wirklich ein wunderschöner Anblick. Die Knaben trugen altmodische höfische Anzüge aus weißem Samt, und ihre eigenartigen dreieckigen Hüte hatten Silberfransen und wurden von riesigen Büscheln von Straußenfedern gekrönt; das blendende Weiß ihrer Kleider aber wurde bei den Bewegungen in der Sonne noch unterstrichen durch ihre dunklen Gesichter und ihr langes schwarzes Haar. Alle waren gebannt von der ernsten Würde, mit der sie die komplizierten Tanzfiguren absolvierten, und von der kunstvollen Anmut ihrer langsamen Bewegungen und gemessenen Verbeugungen, und als sie ihren Tanz beendet hatten und ihre großen Federhüte vor der Infantin zogen, nahm diese ihre Huldigung sehr artig entgegen und gelobte, dem Altar Unserer Lieben Frau von Pilar eine große Wachskerze zu stiften als Dank für das Vergnügen, das sie ihr gewährt hatte.

Eine Gruppe gutaussehender Ägypter – wie man die Zigeuner zu jener Zeit nannte – betrat dann die Arena, setzte sich mit gekreuzten Beinen im Kreis und begann, verhalten ihre Zithern zu schlagen, dabei wiegten sie ihre Körper zur Musik und summten fast unhörbar eine leise, träumerische Melodie. Als sie Don Pedro bemerkten, warfen sie ihm finstere Blicke zu, und auf den Gesichtern einiger malte sich Entsetzen, denn erst wenige Wochen zuvor hatte er zwei ihres Stammes wegen Hexerei auf dem Marktplatz von Sevilla aufhängen lassen; die hübsche Infantin aber bezauberte sie, wie sie sich zurücklehnte und mit ihren großen blauen Augen über ihren Fächer spähte, und sie empfanden mit Gewißheit, daß so ein liebliches Geschöpf wie sie niemals grausam gegen irgend jemanden sein könnte. So spielten sie ganz verhalten weiter, indem sie die Saiten der Zithern nur mit ihren langen spitzen Fingernägeln berührten, und ihre Köpfe begannen zur Seite zu sinken, als ob sie einschlafen würden. Plötzlich aber, mit einem so schrillen Schrei, daß alle Kinder zusammenfuhren und Don Pedros Hand zum Achatknauf seines Dolches fuhr, sprangen sie auf und wirbelten wie wahnsinnig durch die Arena, schlugen dazu ihre Tamburine und sangen ein wildes Liebeslied in ihrer fremden, kehligen Sprache. Dann, auf ein weiteres Zeichen, warfen sie sich wieder zu Boden und verharrten dort reglos, und der dumpfe Klang der Zithern war das einzige Geräusch, das die Stille brach. Nachdem sie dies einige Male wiederholt hatten, verschwanden sie für einen Augenblick und kamen mit einem zottigen Braunbären zurück, den sie an einer Kette führten, und auf ihren Schultern trugen sie ein paar kleine Berberäffchen. Der Bär machte mit allergrößtem Ernst einen Kopfstand, und die hutzeligen Äffchen trieben allerhand lustigen Unfug mit zwei Zigeunerjungen, die anscheinend ihre Herren waren; sie kämpften mit winzigen Schwertern, feuerten Kanonen ab und exerzierten wie richtige Soldaten, genau wie des Königs eigene Leibgarde. Die Zigeuner waren wirklich ein großer Erfolg.

Der spaßigste Teil des ganzen Vormittagsvergnügens aber war ohne Frage der Tanz des kleinen Zwerges. Als er in die Arena stolperte, auf seinen krummen Beinen watschelnd und mit seinem riesigen, mißgebildeten Kopf von einer Seite zur anderen wackelnd, da brachen die Kinder in lautes Entzücken aus, und die Infantin selbst lachte so sehr, daß die Camerera sie daran erinnern mußte, daß es in Spanien zwar schon oft vorgekommen sei, daß eine Königstochter vor ihresgleichen geweint habe, aber noch nie, daß eine Prinzessin von königlichem Geblüt sich so ausgelassen gegeben habe vor Leuten, die niederen Ranges waren als sie. Der Zwerg aber war wirklich ganz unwiderstehlich, und selbst am Spanischen Hof, der schon immer bekannt war für seine kultivierte Leidenschaft für das Grausige, hatte man so ein phantastisches kleines Monster noch nie gesehen. Außerdem war es sein Debüt. Erst einen Tag zuvor war er, als er durch den Wald streifte, von zwei Edelleuten entdeckt worden, die zufällig in einem abgelegenen Teil des großen, die Stadt umgebenden Korkeichenwaldes jagten, und er war von ihnen ergriffen und zum Palast geschafft worden als Überraschung für die Infantin; sein Vater, ein armer Köhler, war nur zu froh, so ein häßliches und nutzloses Kind loszuwerden. Das allerspaßigste an ihm war vielleicht, daß er sich seines eigenen grotesken Aussehens überhaupt nicht bewußt war. Im Gegenteil, er schien ganz glücklich und in bester Stimmung zu sein. Wenn die Kinder lachten, lachte er genauso frei und fröhlich wie sie, und am Schluß jedes Tanzes machte er die drolligsten Verneigungen vor ihnen, lächelte und nickte ihnen zu, ganz als wäre er einer von ihnen und nicht ein kleines, mißgestaltetes Geschöpf, das die Natur in einer übermütigen Laune geschaffen hatte zur Belustigung für andere. Von der Infantin aber war er ganz und gar hingerissen. Er konnte seine Augen nicht von ihr wenden und schien nur für sie zu tanzen, und als sie sich dann am Ende der Vorstellung entsann, wie die hohen Damen des Hofes Blumensträuße zu dem berühmten italienischen Diskanttenor Caffarelli hinuntergeworfen hatten, den der Papst aus seiner eigenen Kapelle nach Madrid geschickt hatte, um durch den Wohllaut seiner Stimme des Königs Schwermut zu heilen, da nahm sie die wundervolle weiße Rose aus ihrem Haar und warf sie, teils um des Spaßes willen, teils um die Camerera zu ärgern, mit ihrem süßesten Lächeln zu dem Zwerg in die Arena hinunter. Dieser nahm das alles ganz ernst, preßte die Blume an seine groben rauhen Lippen, legte die Hand aufs Herz und sank vor ihr auf ein Knie, dabei grinste er von einem Ohr zum anderen, und seine kleinen hellen Augen sprühten vor Freude.

Dies erschütterte die ernste Würde der Infantin so sehr, daß sie immer noch lachte, als der kleine Zwerg schon längst aus der Arena gelaufen war, und ihrem Onkel gegenüber den Wunsch äußerte, der Tanz solle sogleich wiederholt werden. Die Camerera aber entschied mit der Begründung, die Sonne sei zu heiß, daß es besser sei, Ihre Hoheit würde umgehend in den Palast zurückkehren, wo schon ein herrliches Festmahl für sie bereitet war, darunter eine richtige Geburtstagstorte, die über und über mit ihren Initialen aus buntem Zuckerguß verziert war und auf deren Spitze eine zierliche silberne Flagge wehte. Also erhob sich die Infantin sehr würdevoll, und nachdem sie Anweisung gegeben hatte, daß der kleine Zwerg nach der Siesta noch einmal für sie tanzen sollte, und dem jungen Grafen von Tierra-Nueva ihren Dank für die entzückende Festlichkeit ausgedrückt hatte, schritt sie zu ihren Gemächern zurück, und die Kinder folgten ihr in der gleichen Reihenfolge, wie sie gekommen waren.

Als der kleine Zwerg nun hörte, daß er ein zweites Mal vor der Infantin tanzen sollte, und das auf ihren eigenen ausdrücklichen Befehl, war er so stolz, daß er in den Garten hinauslief, die weiße Rose küßte und in absurder Verzückung und mit höchst plumpen, ungeschickten Gebärden sein Entzücken kundtat.

Die Blumen waren ganz entrüstet, daß er es wagte, in ihr hübsches Heim einzudringen, und als sie ihn die Gartenwege auf und ab springen und die Arme in so lächerlicher Manier über seinem Kopf schwenken sahen, da konnten sie ihre Gefühle nicht länger zurückhalten.

»Er ist wahrhaftig viel zu häßlich, als daß es ihm erlaubt sein dürfte, an einem Ort zu spielen, wo wir sind«, riefen die Tulpen.

»Er sollte Mohnsaft trinken und tausend Jahre schlafen«, sagten die großen Feuerlilien, und sie wurden ganz hitzig und zornig.

»Er ist ein wahres Scheusal!« schrie der Kaktus. »Er ist krumm und stummelig, und sein Kopf steht völlig im Mißverhältnis zu seinen Beinen. Wirklich, er macht mich ganz kribbelig, und wenn er mir nahe kommt, werde ich ihn mit meinen Dornen stechen.«

»Und er hat sich wahrhaftig eine meiner schönsten Blüten angeeignet!« rief der weiße Rosenstrauch. »Ich habe sie selbst der Infantin heute morgen zum Geburtstag geschenkt, und er hat sie ihr gestohlen.« Und sie schrie »Dieb! Dieb! Dieb!«, so laut sie konnte.

Sogar die roten Geranien, die normalerweise nicht die Vornehmen spielten und von denen man wußte, daß sie eine Menge armer Verwandtschaft hatten, kräuselten sich vor Widerwillen, als sie ihn sahen, und als die Veilchen bescheiden anmerkten, daß er zwar außerordentlich häßlich sei, aber doch nichts dafür könne, erwiderten sie mit einem gewissen Recht, daß eben dies sein Hauptfehler sei und daß es keinen Grund gebe, jemanden dafür zu bewundern, daß er unverbesserlich war; und wirklich fanden auch einige Veilchen, daß die Häßlichkeit des kleinen Zwerges beinahe aufdringlich war und daß er einen weit besseren Geschmack beweisen würde, wenn er traurig oder wenigstens nachdenklich dreinblicken würde, anstatt lustig umherzuspringen und so groteske und alberne Gebärden zu machen.

Die alte Sonnenuhr aber, die eine besonders wichtige Persönlichkeit war und die Tageszeit schon keinem Geringeren als Kaiser Karl V. selbst angezeigt hatte, war durch das Erscheinen des kleinen Zwerges dermaßen verblüfft, daß sie es fast versäumte, zwei volle Minuten mit ihrem langen Schattenfinger anzuzeigen, und sie konnte sich nicht enthalten, zu dem großen milchweißen Pfau, der sich auf der Balustrade sonnte, zu bemerken, das wisse ja wohl jeder, daß Kinder von Königen Könige seien und Kinder von Köhlern Köhler, und es sei absurd, so zu tun, als wäre es anders; eine Feststellung, der der Pfau vollkommen zustimmte und »gewiß, gewiß!« schrie mit so lauter, kreischender Stimme, daß die Goldfische im Bassin des kühlen, plätschernden Springbrunnens ihre Köpfe aus dem Wasser streckten und die großen steinernen Tritonen fragten, was in aller Welt denn los sei.

Die Vögel jedoch hatten ihn aus irgendeinem Grund gern. Sie hatten ihn oft im Wald gesehen, wo er wie ein Kobold den wirbelnden Blättern hinterhertanzte oder in der Höhlung einer alten Eiche kauerte und seine Nüsse mit den Eichhörnchen teilte. Seine Häßlichkeit störte sie kein bißchen. War doch sogar die Nachtigall, die so süß in den Orangenhainen sang des Nachts, daß sich manchmal der Mond niederbeugte, um ihr zu lauschen, unscheinbar anzusehen; und außerdem war er freundlich zu ihnen gewesen und hatte sie damals in jenem schrecklich kalten Winter, als die Sträucher keine Beeren trugen und die Erde hart war wie Eisen und die Wölfe auf der Suche nach Nahrung bis zu den Toren der Stadt vordrangen, nicht vergessen, sondern ihnen immer Krumen von seinem kleinen Kanten Schwarzbrot abgegeben und sein Frühstück mit ihnen geteilt, so karg es auch war.

So umkreisten sie ihn unablässig und streiften im

Flug seine Wange ganz leicht mit ihren Schwingen und schwatzten miteinander, und der kleine Zwerg freute sich so, daß er ihnen unbedingt die wundervolle weiße Rose zeigen mußte und ihnen erzählen, daß die Infantin selbst sie ihm geschenkt hatte, weil sie ihn liebte.

Sie verstanden kein einziges Wort von dem, was er sagte, aber das machte nichts, denn sie legten ihre Köpfe schief und schauten verständig drein, was genauso gut ist wie Verstehen und viel einfacher.

Auch die Eidechsen hatten eine große Vorliebe für ihn, und als er müde wurde vom Herumspringen und sich ins Gras warf, um auszuruhen, da spielten und tollten sie auf ihm herum und versuchten, ihn zu unterhalten, so gut sie konnten. »Nicht jeder kann so schön sein wie eine Eidechse«, riefen sie, »das wäre zuviel verlangt. Und, auch wenn es widersinnig klingt, wenn man es recht bedenkt, ist er gar nicht so häßlich, vorausgesetzt natürlich, man macht die Augen zu und guckt ihn nicht an.« Die Eidechsen waren von Natur aus äußerst philosophisch eingestellt und saßen oft Stunden und Stunden sinnend beisammen, wenn es gerade nichts anderes zu tun gab oder wenn das Wetter ihnen zum Ausgehen zu regnerisch war.

Die Blumen jedoch waren ungemein verstimmt über ihr Betragen und über das Betragen der Vögel. »Das zeigt nur«, meinten sie, »welche verpöbelnde Wirkung dieses unentwegte Herumrennen und Herumfliegen hat. Wohlerzogene Leute bleiben stets an ein und demselben Platz, so wie wir. Niemand hat uns jemals die Gartenwege auf und ab springen sehen oder wie verrückt quer über den Rasen den Libellen nachlaufen. Wenn wir Luftveränderung wünschen, so lassen wir den Gärtner kommen, und der trägt uns in ein anderes

Beet. Das ist vornehm und wie es sich gehört. Aber Vögel und Eidechsen haben keinen Sinn für Contenance, und Vögel haben ja nicht mal eine feste Adresse. Sie sind reine Vagabunden wie die Zigeuner, und genauso sollte man sie auch behandeln.« Also streckten sie ihre Nasen in die Luft und blickten sehr hochmütig drein und waren ganz erleichtert, als sie nach einiger Zeit bemerkten, daß der kleine Zwerg sich aus dem Gras aufrappelte und über die Terrasse zum Palast ging.

»Für den Rest seines Erdenlebens sollte er wahrhaftig eingesperrt werden«, sagten sie. »Seht euch seinen Buckel an und seine krummen Beine«, und sie begannen zu kichern.

Der kleine Zwerg aber wußte nichts von alledem. Er hatte die Vögel und die Eidechsen furchtbar gern und hielt Blumen für die wundervollsten Geschöpfe der Welt, ausgenommen natürlich die Infantin, aber die hatte ihm die herrliche weiße Rose geschenkt, und sie liebte ihn, und das war etwas ganz anderes. Wie sehr wünschte er, er wäre ihr zum Palast gefolgt! Sie hätte ihn zu ihrer Rechten sitzen lassen und ihm zugelächelt, und er wäre nie wieder von ihrer Seite gewichen, sondern hätte sie zu seiner Spielkameradin gemacht und ihr alle seine schönen Kunststücke beigebracht. Denn wenn er auch nie zuvor in einem Palast gewesen war, so wußte er doch eine Menge großartiger Dinge. Er konnte kleine Käfige aus Binsen flechten, in denen Grashüpfer sangen, und aus einem langstieligen Bambus die Flöte schneiden, die Pan gerne hört. Er kannte jeden Vogelruf und konnte die Stare aus den Baumwipfeln locken und den Reiher vom Seeufer. Er kannte die Fährten aller Tiere und wußte den Hasen an seinen leichten Fußabdrücken aufzuspüren und den Eber an zertretenen Blättern. Alle Tänze des Windes kannte er, den tollen Tanz im roten Kleid mit dem Herbst, den leichten Tanz in blauen Sandalen über das Korn hin, den Tanz mit weißen Schneeschwaden im Winter und den Blütentanz durch die Obstgärten im Frühling. Er wußte, wo die Waldtauben ihre Nester bauen; und als einmal der Vogelsteller die Vogeleltern weggefangen hatte, hatte er die Jungen selbst aufgezogen und ihnen ein kleines Taubenhaus in der Höhlung einer umgestürzten Ulme gebaut. Sie waren ganz zahm und fraßen ihm jeden Morgen aus der Hand. Sie würden ihr gefallen, und auch die Kaninchen, die durch den hohen Farn huschten, und die Eichelhäher mit ihrem stahlblauen Gefieder und den schwarzen Schnäbeln, und die Igel, die sich zu stacheligen Bällen zusammenrollten, und die großen, klugen Schildkröten, die gemächlich umherkrochen, ihre Köpfe wiegten und an jungen Blättern knabberten. Ja, sie mußte unbedingt in den Wald kommen und mit ihm spielen. Er würde ihr sein eigenes kleines Bettchen geben und bis zur Morgendämmerung vor dem Fenster wachen, damit das wilde Hornvieh sie nicht beunruhigte oder die ausgemergelten Wölfe der Hütte zu nahe kamen. Und bei Sonnenaufgang würde er an die Fensterläden klopfen und sie wecken, und sie würden hinauslaufen und den ganzen Tag lang miteinander tanzen. Es war wirklich kein bißchen einsam im Wald. Manchmal ritt ein Bischof hindurch auf seinem weißen Maultier, in einem ausgemalten Buch lesend. Manchmal zogen mit ihren grünen Samtmützen und Wämsen aus gegerbtem Hirschleder die Falkner vorbei, mit bekappten Falken auf der Faust. Zur Zeit der Weinlese kamen die Traubentreter mit purpurroten Händen und Füßen, mit glänzendem

Efeu bekränzt und tropfende Schläuche voller Wein schleppend; und nachts saßen die Köhler um ihre gewaltigen Kohlenfeuer, sahen den trockenen Holzkloben zu, die langsam in der Glut verkohlten, und rösteten Kastanien in der Asche, und die Räuber kamen aus ihren Höhlen und waren lustig mit ihnen. Einmal hatte er auch eine herrliche Prozession gesehen, die sich die lange, staubige Straße von Toledo heraufwand. An der Spitze gingen Mönche, die wohllautend sangen und leuchtende Fahnen und goldene Kreuze trugen, dann kamen Soldaten in silbernen Rüstungen mit Musketen und Piken, und in ihrer Mitte schritten drei barfüßige Männer in seltsamen gelben Gewändern, die über und über mit wunderlichen Zeichen bemalt waren, und trugen brennende Kerzen in den Händen. Es gab wahrhaftig eine Menge zu sehen im Wald, und wenn sie müde war, würde er ein weiches Moosbett für sie finden oder sie auf seinen Armen tragen, denn er war sehr stark, wenn er auch wußte, daß er nicht groß war. Er würde ihr eine Halskette aus den roten Beeren der Zaunrebe machen, die wären genauso hübsch wie die weißen Beeren, die sie an ihrem Kleid trug, und wenn sie ihrer überdrüssig war, könnte sie sie fortwerfen, und er würde neue für sie finden. Er würde ihr Eichelnäpfchen und betaute Anemonen bringen und winzige Glühwürmchen als Sterne im Blaßgold ihres Haares.

Aber wo war sie? Er fragte die weiße Rose, doch sie gab ihm keine Antwort. Der ganze Palast schien zu schlafen, und sogar da, wo die Fensterläden nicht geschlossen waren, hatte man schwere Vorhänge vor die Fenster gezogen, um die Gluthitze auszusperren. Er wanderte um den Palast herum und suchte nach einer

Stelle, durch die er hineingelangen konnte, und schließlich fand er eine kleine, abgelegene Tür, die offenstand. Er schlüpfte hindurch und fand sich in einer prächtigen Halle wieder – weit prächtiger, fürchtete er, als der Wald, denn es gab soviel mehr Gold überall, und sogar der Fußboden bestand aus großen farbigen Steinen, die sich zu einem geometrischen Muster zusammenfügten. Aber die kleine Infantin war nicht hier, nur einige wundervolle weiße Statuen blickten von ihren Jaspis-Sockeln auf ihn nieder mit traurigen, leeren Augen und seltsam lächelnden Lippen.

Am Ende der Halle hing ein reichgestickter Vorhang aus schwarzem Samt, übersät von Sonnen und Sternen, den bevorzugten Emblemen des Königs, und ausgeführt in seiner Lieblingsfarbe. Vielleicht verbarg sie sich dahinter? Er wollte auf jeden Fall nachsehen.

So stahl er sich leise hinüber und zog den Vorhang zur Seite. Nein, da war nur ein weiteres Zimmer, allerdings ein noch schöneres, meinte er, als das, das er gerade verlassen hatte. Die Wände waren mit figurenreichen grünen Arazzi behangen, gewirkten Gobelins, die eine Jagdszene darstellten, eine Arbeit flämischer Künstler, welche mehr als sieben Jahre daran gearbeitet hatten. Es war einstmals das Gemach von Jean le Fou gewesen, wie man ihn nannte, des wahnsinnigen Königs, der so besessen war von der Jagdleidenschaft, daß er in seiner Raserei oft versucht hatte, die gewaltigen, bäumenden Rosse zu besteigen und den Hirsch herunterzureißen, den die großen Jagdhunde ansprangen, dabei blies er in sein Jagdhorn und stach mit seinem Hirschfänger nach dem ermatteten fliehenden Wild. Es diente jetzt als Beratungszimmer, und auf dem Tisch in der Mitte lagen die roten Portefeuilles der Minister, in die die goldenen

Tulpen Spaniens geprägt waren und das Wappen und die Embleme des Hauses Habsburg.

Der kleine Zwerg blickte sich staunend um und wagte kaum, weiterzugehen. Die seltsamen, schweigenden Reiter, die so schnell und geräuschlos über die weiten Lichtungen galoppierten, kamen ihm vor wie jene schrecklichen Gespenster, von denen er die Köhler hatte erzählen hören – die Comprachos, die nur zur Nachtzeit jagen, und wenn sie einem Menschen begegnen, ihn in eine Hindin verwandeln und Jagd auf ihn machen. Doch er dachte an die hübsche Infantin und faßte Mut. Er wollte sie allein antreffen und ihr sagen, daß er sie auch liebte. Vielleicht war sie im nächsten Zimmer.

Er lief über die weichen maurischen Teppiche und öffnete die Tür. Nein! Hier war sie auch nicht. Das Zimmer war ganz leer.

Es war der Thronsaal, der für Empfänge ausländischer Gesandter benutzt wurde, wenn der König, was in letzter Zeit nicht oft vorkam, ihnen eine Privataudienz gewährte; derselbe Raum, in dem viele Jahre zuvor Abgesandte aus England erschienen waren, um über die Hochzeit ihrer Königin, damals eine der katholischen Regentinnen Europas, mit dem ältesten Sohn des Kaisers zu verhandeln. Die Wandtapeten waren aus vergoldetem Córdoba-Leder, und ein schwerer goldener Kronleuchter mit Armen für dreihundert Wachskerzen hing von der schwarz-weißen Decke. Unter einem großen Baldachin aus Goldbrokat, in den die Löwen und Türme Kastiliens in Staubperlen eingestickt waren, stand der Thron selbst, bedeckt von einem mächtigen Tuch aus schwarzem Samt, das von silbernen Tulpen übersät und mit kunstvollen Fransen aus

Silber und Perlen verziert war. Auf der zweiten Stufe des Thrones stand der Knieschemel der Infantin mit einem Kissen aus Silbergewebe, und noch tiefer, außerhalb des Baldachins, stand der Stuhl für den päpstlichen Nuntius, der allein das Recht hatte, in Gegenwart des Königs bei allen öffentlichen Zeremonien zu sitzen, und sein Kardinalshut mit den geknoteten scharlachroten Quasten lag auf einem violetten *tabouret* davor. An der Wand, dem Thron gegenüber, hing ein lebensgroßes Porträt von Karl V. im Jagdanzug mit einer großen Dogge neben sich, und ein Bild von Philipp II., die Huldigung der Niederlande entgegennehmend, füllte den Mittelteil der anderen Wand. Zwischen den Fenstern stand ein schwarzer Ebenholzschrank mit eingelegten Elfenbeintafeln, in die die Figuren von Holbeins Totentanz eingraviert waren – manche behaupteten, durch die Hand des berühmten Meisters selbst.

Aber der kleine Zwerg machte sich gar nichts aus all dieser Pracht. Er hätte seine Rose nicht für alle Perlen des Baldachins hergegeben, und nicht ein einziges perlweißes Blütenblatt seiner Rose für den Thron selbst. Er wollte nichts als die Infantin sehen, bevor sie wieder zum Zelt hinunterging, und sie bitten, mit ihm fortzugehen, sobald er seinen Tanz beendet hätte. Hier im Palast war die Luft drückend und schwer, aber im Wald wehte der freie Wind, und das Sonnenlicht streifte mit wandernden Goldhänden die flirrenden Blätter. Blumen gab es auch im Wald, vielleicht nicht so prächtige wie die Blumen im Garten, aber sie dufteten dafür um so süßer; Hyazinthen im ersten Frühling, die mit Purpurwogen die kühlen Täler und die Grashügel überfluteten; gelbe Schlüsselblumen, die sich in kleinen Büscheln rund um die knorrigen Wurzeln der Eichen schmiegten; leuchtendes Schöllkraut und blauer Ehrenpreis und Lilien in Violett und Gold. Da gab es graue Kätzchen an den Haselsträuchern, und der Fingerhut beugte sich unter dem Gewicht seiner gesprenkelten, von Bienen heimgesuchten Blüten. Die Kastanie trug ihre weißen Sternentürme und der Weißdorn seine bleichen, schönen Monde. Ja, natürlich würde sie mitkommen, wenn er sie nur finden könnte! Sie würde mit ihm kommen in den lieblichen Wald, und den ganzen Tag lang würde er tanzen ihr zur Lust. Ein Lächeln leuchtete in seinen Augen bei diesem Gedanken, und er trat in das nächste Zimmer.

Von allen Räumen war dieser der glänzendste und schönste. Die Wände waren mit rotgeblümtem Lucca-Damast bespannt, der mit Vögeln verziert und mit zarten Silberblüten bestreut war; die Möbel waren von massivem Silber, mit Blumengirlanden bekränzt, auf denen Liebesgötter schaukelten; vor den beiden mächtigen Kaminen standen große, mit Papageien und Pfauen bestickte Schirme, und der Fußboden aus seegrünem Onyx schien sich bis weit in die Ferne zu erstrecken. Auch war er nicht allein. Im Schatten der Tür am äußersten Ende des Raumes erblickte er eine kleine Gestalt, die ihn beobachtete. Sein Herz erbebte, ein Freudenschrei brach von seinen Lippen, und er trat ins Sonnenlicht heraus. Als er sich bewegte, trat die Gestalt ebenfalls vor, und er sah sie deutlich.

Nicht die Infantin! Es war ein Scheusal, das häßlichste Scheusal, das er je erblickt hatte. Nicht wohlgestaltet wie alle anderen Leute, sondern bucklig und krummbeinig, mit einem riesigen, wackelnden Kopf und einer schwarzen Haarmähne. Der kleine Zwerg schnitt eine

Grimasse, und das Scheusal schnitt auch eine Grimasse. Er lachte, und es lachte mit und stemmte seine Hände in die Seiten genau wie er. Er machte vor ihm eine spöttische Verbeugung, und es antwortete mit einem tiefen Diener. Er ging auf es zu, und es kam ihm entgegen, dabei ahmte es jeden Schritt nach, den er machte, und hielt inne, wenn er innehielt. Er lachte laut auf vor Vergnügen und lief vorwärts und streckte seine Hand aus, und die Hand des Scheusals berührte seine, und sie war eiskalt. Er bekam Angst und bewegte seine Hand hin und her, und die Hand des Scheusals folgte ihr flink. Er versuchte, weiter vorzudringen, aber etwas Glattes und Hartes hielt ihn auf. Das Gesicht des Scheusals war jetzt dicht an seinem, und es schien voller Entsetzen. Er strich sich das Haar aus den Augen. Es äffte ihn nach. Er schlug nach ihm, und es gab Schlag für Schlag zurück. Er verabscheute es, und es schnitt ihm scheußliche Grimassen. Er wich zurück, und es entfernte sich.

Was war das? Er dachte einen Augenblick nach und sah sich im anderen Teil des Zimmers um. Seltsam, alles und jedes schien in dieser unsichtbaren Wand aus klarem Wasser sein Ebenbild zu haben. Ja, Bild für Bild wiederholte sich, und Sessel für Sessel. Der schlafende Faun, der im Alkoven neben der Tür lagerte, hatte seinen schlummernden Zwillingsbruder, und die silberne Venus, die im Sonnenlicht stand, streckte ihre Arme nach einer ebenso lieblichen Venus aus.

War es das Echo? Er hatte es einmal vom Tal aus gerufen, und es hatte ihm geantwortet, Wort für Wort. Konnte es das Auge genauso nachahmen wie die Stimme? Konnte es eine Scheinwelt schaffen, die der wirklichen völlig glich? Konnten die Schatten der

Dinge Farbe haben und Leben und Bewegung? Konnte es sein, daß –?

Er schrak zusammen, riß sich die wundervolle weiße Rose von der Brust, drehte sich um und küßte sie. Das Scheusal hatte auch eine Rose, Blatt für Blatt die gleiche! Es küßte sie mit den gleichen Küssen und drückte sie mit gräßlichen Gebärden an sein Herz.

Als ihm die Wahrheit aufdämmerte, stieß er einen wilden Schrei der Verzweiflung aus und warf sich schluchzend auf den Boden. Also war er es selbst, mißgestaltet und bucklig, widerlich anzusehen und lächerlich. Er selbst war das Scheusal, und er war es, über den alle Kinder gelacht hatten, und die kleine Prinzessin, von der er geglaubt hatte, daß sie ihn liebte – auch sie hatte nur über seine Häßlichkeit gespottet und sich über seine verkrümmten Glieder lustig gemacht. Warum hatten sie ihn nicht im Wald gelassen, wo es keinen Spiegel gab, der ihm sagte, wie abscheulich er war? Warum hatte sein Vater ihn nicht getötet, statt ihn zu verkaufen zu seiner Schande? Heiße Tränen liefen über seine Wangen, und er riß die weiße Rose in Fetzen. Das hingestreckte Scheusal tat das gleiche und schleuderte matte Blütenblätter in die Luft. Es wälzte sich auf dem Boden, und als er es anstarrte, beobachtete es ihn mit schmerzverzerrtem Gesicht. Er kroch fort, um es nicht mehr sehen zu müssen, und bedeckte seine Augen mit den Händen. Wie ein verwundetes Tier kroch er in den Schatten und blieb dort stöhnend liegen.

Und in diesem Augenblick kam die Infantin mit ihren Spielgefährten durch die offene Terrassentür herein, und als sie den häßlichen kleinen Zwerg sahen, der am Boden lag und mit geballten Fäusten auf den Fußboden schlug in höchst phantastischer und übertriebener Manier, da brachen sie in ein lautes, fröhliches Gelächter aus und standen um ihn herum und schauten ihm zu.

»Sein Tanz war spaßig«, sagte die Infantin, »aber seine Schauspielerei ist noch spaßiger. Wirklich, er ist genauso gut wie die Puppen, nur nicht ganz so natürlich, das ist ja selbstverständlich.« Und sie schwenkte ihren großen Fächer und klatschte Beifall.

Aber der kleine Zwerg blickte nicht auf, und sein Schluchzen wurde schwächer und schwächer, und plötzlich gab er ein merkwürdiges Ächzen von sich und griff sich an die Seite. Und dann fiel er wieder zurück und lag ganz still.

»Das war großartig«, sagte die Infantin nach einer Weile, »aber jetzt mußt du für mich tanzen.«

»Ja!« riefen alle Kinder, »du mußt aufstehen und tanzen, denn du bist genauso schlau wie die Berberäffchen und viel komischer.«

Aber der kleine Zwerg gab keine Antwort.

Und die Infantin stampfte mit dem Fuß auf und rief nach ihrem Onkel, der mit dem Oberhofmeister die Terrasse auf und ab ging und einige Depeschen las, die soeben aus Mexiko eingelaufen waren, wo kürzlich die Heilige Inquisition etabliert worden war. »Mein lustiger kleiner Zwerg schmollt«, rief sie, »Sie müssen ihn aufwecken und ihm sagen, daß er für mich tanzen soll.«

Sie lächelten einander zu und schlenderten herein, und Don Pedro bückte sich und schlug den Zwerg mit seinem bestickten Handschuh auf die Wange. »Du sollst tanzen, *petit monstre*«, sagte er. »Du sollst tanzen. Die Infantin von Spanien und beiden Indien wünscht sich zu amüsieren.«

Aber der kleine Zwerg rührte sich nicht.

»Man möge einen Peitschenmeister holen«, sagte Don Pedro gelangweilt und ging wieder auf die Terrasse hinaus. Aber der Oberhofmeister blickte ernst drein, und er kniete neben dem kleinen Zwerg nieder und legte ihm die Hand auf das Herz. Und nach wenigen Augenblicken zuckte er die Schultern und stand auf, und mit einer tiefen Verbeugung vor der Infantin sagte er:

»*Mia bella Princesa,* Ihr lustiger kleiner Zwerg wird nie mehr tanzen. Das ist schade, denn er ist so häßlich, daß er vielleicht den König zum Lächeln gebracht hätte.«

»Aber warum wird er nie wieder tanzen?« fragte die Infantin lachend.

»Weil sein Herz gebrochen ist«, antwortete der Oberhofmeister.

Und die Infantin runzelte die Stirn, und ihre zarten Rosenlippen kräuselten sich in zierlicher Verachtung. »In Zukunft lassen Sie Leute, die zu mir zum Spielen kommen, kein Herz haben«, rief sie und lief hinaus in den Garten.

Der Fischer und seine Seele

JEDEN Abend fuhr der junge Fischer auf das Meer hinaus und warf seine Netze aus.

Wenn der Wind vom Land her wehte, fing er nichts oder allenfalls wenig, denn das war ein scharfer Wind mit schwarzen Schwingen, und schwere Wogen bäumten sich ihm entgegen. Aber wenn der Wind zur Küste hin blies, kamen die Fische aus der Tiefe und schwammen in die Maschen seines Netzes, und er brachte sie auf den Markt und verkaufte sie.

Jeden Abend fuhr er auf das Meer hinaus, und eines Abends war sein Netz so schwer, daß er es kaum ins Boot ziehen konnte. Und er lachte und sagte zu sich selbst: »Bestimmt habe ich alle Fische gefangen, die nur schwimmen, oder ich habe eins jener trägen Meerungeheuer gefischt, das die Leute anstaunen werden, oder etwas Schreckliches, das die große Königin wird haben wollen.« Und er nahm all seine Kraft zusammen und zerrte an den groben Tauen, bis die langen Venen auf seinen Armen hervortraten wie Schnüre von blauem Email auf einem Bronzegefäß. Er zog an den dünnen Leinen, und näher und näher rückte der Ring flacher Korkschwimmer, und schließlich tauchte das Netz an der Wasseroberfläche auf.

Aber darin war nicht ein einziger Fisch, und auch kein Meerungeheuer und nichts Schreckliches, sondern nur eine kleine Seejungfrau, die in tiefem Schlaf lag.

Ihr Haar war wie ein feuchtes Vlies aus Gold und jedes einzelne Haar wie ein feiner Goldfaden in einem gläsernen Kelch. Ihr Leib war weiß wie Elfenbein, und ihr Schwanz war aus Silber und Perlmutt. Silber- und perlmuttfarben war ihr Schwanz, und der grüne Seetang schlang sich darum; und wie Muscheln des Meeres waren ihre Ohren, und ihre Lippen waren wie Meerkorallen. Die kalten Wellen schlugen über ihre kalten Brüste, und Salz glitzerte auf ihren Augenlidern.

So schön war sie, daß der junge Fischer bei ihrem Anblick von Staunen erfüllt war, und er streckte seine Hand aus und zog das Netz zu sich heran, und er beugte sich über die Bordwand und schloß sie in seine Arme. Und als er sie berührte, stieß sie einen Schrei aus wie eine aufgestörte Seemöwe und erwachte und blickte ihn schreckerfüllt mit ihren malven- und amethystfarbenen Augen an und wand sich, um ihm zu entkommen. Aber er hielt sie fest an sich gedrückt und litt es nicht, daß sie ihm entschlüpfte.

Und als sie merkte, daß sie ihm in keiner Weise entkommen konnte, fing sie an zu weinen und sagte: »Ich bitte dich, laß mich gehen, denn ich bin die einzige Tochter eines Königs, und mein Vater ist alt und allein.«

Aber der junge Fischer erwiderte: »Ich werde dich nicht gehen lassen, es sei denn, du versprichst mir, zu kommen und für mich zu singen, wann immer ich dich rufe, denn die Fische lieben den Gesang des Meervolkes, und meine Netze werden voll sein.«

»Wirst du mich wirklich und wahrhaftig gehen lassen, wenn ich dir das verspreche?« rief die Seejungfrau.

»Wirklich und wahrhaftig werde ich dich gehen lassen«, sagte der junge Fischer.

Also gab sie ihm das Versprechen, das er verlangte,

und sie beschwor es mit dem Eid des Meervolkes. Und er löste seine Arme von ihrem Leib, und sie sank zurück in die Fluten, in seltsamer Furcht erzitternd.

Jeden Abend fuhr der junge Fischer auf das Meer hinaus und rief die Seejungfrau, und sie stieg aus dem Wasser empor und sang für ihn. Um sie herum schwammen die Delphine, und die wilden Möwen kreisten ihr zu Häupten.

Und sie sang ein wundersames Lied. Denn sie sang von dem Meervolk, das seine Herden von Grotte zu Grotte treibt und kleine Kälbchen auf seinen Schultern trägt; von Tritonen mit langen grünen Bärten und behaarter Brust, die in spiralige Trompetenschnecken blasen, wenn der König vorüberzieht; vom Palast des Königs, der ganz aus Bernstein ist, mit einem Dach aus hellem Smaragd und einem Boden aus glänzenden Perlen; und von den Gärten des Meeres, in denen große, filigrane Korallenfächer sich den ganzen Tag lang wiegen und Fische gleich Silberpfeilen umherschießen und Anemonen sich an die Felsen klammern und Seenelken im gerippten gelben Sand knospen. Sie sang von den großen Walfischen, die aus den nördlichen Meeren kommen und an deren Rückenflossen spitzige Eiszapfen hängen; von Sirenen, die so wunderbare Dinge erzählen, daß die Kauffahrer ihre Ohren mit Wachs verstopfen müssen, damit sie sie nicht hören und sich ins Wasser stürzen und ertrinken; von gesunkenen Galeeren mit hohen Masten und starren, ans Tauwerk geklammerten Matrosen und von Makrelen, die durch die offenen Bullaugen aus und ein schwimmen; von kleinen Entenmuscheln, die große Reisende sind und sich an den Schiffskielen festsetzen und wieder und wieder die Welt umrunden; und von Tintenfischen, die am

Rande der Klippen leben und ihre langen schwarzen Arme ausstrecken und es Nacht werden lassen können, wenn sie wollen. Sie sang vom Nautilus, der sein eigenes Boot hat, das aus einem Opal geschnitzt ist und mit einem seidenen Segel gesteuert wird; von glücklichen Meermännern, die die Harfe spielen und es vermögen, den großen Kraken in den Schlaf zu wiegen; von kleinen Kindern, die die glatten Tümmler fangen und lachend auf ihren Rücken reiten; von Seejungfrauen, die im weißen Schaum liegen und ihre Arme nach den Schiffern ausstrecken; und von Seelöwen mit gebogenen Hauern und von Seepferdchen mit wogenden Mähnen.

Und während sie sang, kamen alle Thunfische aus der Tiefe herauf, um ihr zu lauschen, und der junge Fischer warf seine Netze um sie und fing sie, und andere erlegte er mit dem Speer. Und wenn sein Boot voll beladen war, lächelte die Seejungfrau ihm zu und sank ins Meer hinab.

Niemals aber kam sie ihm so nahe, daß er sie hätte berühren können. Oftmals rief er nach ihr und flehte, aber sie weigerte sich, und wenn er versuchte, sie zu greifen, tauchte sie ins Wasser wie ein Seehund, und an solchen Tagen sah er sie nicht wieder. Und mit jedem Tag klang ihre Stimme süßer in seinen Ohren. So süß war ihre Stimme, daß er seine Netze vergaß und seine List und sein Handwerk vernachlässigte. Mit ihren zinnoberroten Rückenflossen und Augen von gebuckeltem Gold kamen die Thunfische in Scharen, aber er achtete ihrer nicht. Sein Speer lag ungenutzt neben ihm, und seine Flechtkörbe aus Weidenruten blieben leer. Mit offenen Lippen und vor Staunen verschleierten Augen saß er müßig in seinem Boot und lauschte, lauschte, bis die Meeresnebel ihn umkrochen und der wandernde Mond seine braunen Glieder mit Silber übergoß.

Und eines Abends rief er sie an und sagte: »Kleine Seejungfrau, kleine Seejungfrau, ich liebe dich. Nimm mich zum Bräutigam, denn ich liebe dich.«

Aber die Seejungfrau schüttelte ihren Kopf. »Du hast eine menschliche Seele«, antwortete sie. »Wenn du deine Seele verstoßen würdest, dann könnte ich dich lieben.«

Und der junge Fischer sprach bei sich selbst: »Was nützt mir meine Seele? Ich kann sie nicht sehen. Ich kann sie nicht fassen. Ich kenne sie nicht. Wahrlich, ich will sie aus mir verstoßen, und große Wonnen werden mein sein.« Und ein Freudenschrei brach von seinen Lippen, und er stand aufrecht in seinem buntbemalten Boot und streckte die Arme nach der Seejungfrau aus. »Ich will meine Seele verstoßen!« rief er, »und du sollst meine Braut sein, und ich will dein Bräutigam sein, und in den Tiefen der See wollen wir zusammen leben, und alles, wovon du gesungen hast, sollst du mir zeigen, und alles, was du verlangst, will ich tun, und nichts soll uns im Leben trennen.«

Und die kleine Seejungfrau lachte vor Vergnügen und verbarg ihr Gesicht in den Händen.

»Aber wie soll ich meine Seele aus mir verstoßen?« rief der junge Fischer. »Sag mir, wie ich es tun kann, und siehe! es soll geschehen.«

»Ach! Ich weiß es nicht«, sagte die kleine Seejungfrau, »wir vom Meervolk haben keine Seelen.« Und sie blickte ihn wehmütig an und sank in die Tiefe hinab.

Früh am nächsten Morgen, noch bevor die Sonne eine Spanne hoch über dem Hügel stand, ging der junge Fischer zum Haus des Priesters und klopfte dreimal an die Tür.

Der Novize spähte durch die Luke, und als er sah, wer es war, zog er den Riegel zurück und sagte zu ihm: »Komm herein.«

Und der junge Fischer trat ein und kniete auf den süß duftenden Binsen des Fußbodens nieder und rief den Priester an, der in der Heiligen Schrift las, und sprach zu ihm: »Vater, ich liebe eine aus dem Meervolk, aber meine Seele hindert mich an der Erfüllung meiner Sehnsucht. Sag mir, wie ich meine Seele aus mir verstoßen kann, denn wahrhaftig, ich bedarf ihrer nicht. Welchen Wert hat meine Seele für mich? Ich kann sie nicht sehen. Ich kann sie nicht fassen. Ich kenne sie nicht.«

Und der Priester schlug sich gegen die Brust und antwortete: »Wehe, wehe, du bist wahnsinnig, oder du hast ein giftiges Kraut gegessen, denn die Seele ist der edelste Teil des Menschen und wurde uns von Gott gegeben, damit wir sie in edler Weise nutzen. Nichts ist kostbarer als die menschliche Seele, und nichts Irdisches kann sie aufwiegen. Sie ist das Gold der ganzen Welt wert und kostbarer als die Rubine der Könige. Deshalb, mein Sohn, denke nicht länger an diese Sache, denn das ist eine Sünde, für die es keine Vergebung gibt. Und was das Meervolk anbelangt, das sind Verlorene, und wer sich mit ihnen einläßt, ist auch verloren. Sie sind wie die Tiere des Feldes, die nicht Gut noch Böse kennen, und nicht für sie ist der Herr gestorben.«

Die Augen des jungen Fischers füllten sich mit Tränen, als er die harten Worte des Priesters hörte, und er stand auf von den Knien und sagte zu ihm: »Vater, die Faune leben im Wald und sind glücklich, und auf den

Felsen sitzen die Meermänner mit ihren Harfen von rotem Gold. Laß mich sein wie sie, ich flehe dich an, denn ihre Tage sind wie die Tage der Blumen. Und was meine Seele anbelangt, welchen Nutzen bringt mir meine Seele, wenn sie zwischen mir und meiner Liebe steht?«

»Die Liebe des Leibes ist niedrig!« rief der Priester mit finsterer Stirn, »und niedrig und böse sind die heidnischen Wesen, die Gott in Seiner Welt duldet. Verflucht seien die Faune der Wälder, und verflucht seien die Sängerinnen des Meeres! Ich habe sie gehört zur Nachtzeit, und sie haben versucht, mich von meinem Rosenkranz wegzulocken. Sie pochen ans Fenster und lachen. Sie raunen mir die Mär ihrer verderblichen Wonnen ins Ohr. Sie versuchen mich mit Versuchungen, und wenn ich beten will, schneiden sie mir Grimassen. Sie sind verloren, sage ich dir, verloren sind sie. Für sie gibt es nicht Himmel noch Hölle, und weder hier noch dort sollen sie Gottes Namen preisen.«

»Vater!« rief der junge Fischer, »du weißt nicht, was du sagst. Einst fing ich in meinem Netz die Tochter eines Königs. Sie ist strahlender als der Morgenstern und weißer als der Mond. Für ihren Leib würde ich meine Seele hingeben und für ihre Liebe dem Himmel entsagen. Sag mir, was ich von dir wissen will, und laß mich in Frieden ziehen.«

»Fort! Fort!« rief der Priester, »deine Buhle ist verloren, und du wirst verloren sein mit ihr.« Und er gab ihm keinen Segen, sondern schob ihn zur Tür hinaus.

Und der junge Fischer schritt zum Marktplatz hinunter, und er ging langsam, mit hängendem Kopf, wie jemand, der Kummer hat.

Und als die Händler ihn kommen sahen, fingen sie

an, miteinander zu tuscheln, und einer von ihnen ging ihm entgegen und rief ihn beim Namen und fragte ihn: »Was hast du zu verkaufen?«

»Ich will dir meine Seele verkaufen«, antwortete er, »ich bitte dich, kaufe sie mir ab, denn ich bin ihrer leid. Was nützt mir meine Seele? Ich kann sie nicht sehen. Ich kann sie nicht fassen. Ich kenne sie nicht.«

Doch die Händler spotteten seiner und sagten: »Welchen Nutzen bringt uns eine menschliche Seele? Kein schlechtes Stück Silber ist sie wert. Verkaufe uns deinen Körper als Sklaven, und wir wollen dich in den Purpur des Meeres kleiden und dir einen Ring an den Finger stecken und dich zum Favoriten der großen Königin machen. Aber rede nicht von deiner Seele, denn für uns ist sie ein Nichts, und sie hat keinerlei Wert in unserem Geschäft.«

Und der junge Fischer sprach bei sich selbst: »Wie seltsam ist das doch! Der Priester erklärt mir, daß die Seele das Gold der ganzen Welt wert ist, und die Händler sagen, sie sei kein schlechtes Stück Silber wert.« Und er verließ den Marktplatz und ging hinunter ans Ufer des Meeres und begann nachzugrübeln, was er tun sollte.

Und um Mittag fiel ihm ein, daß einer seiner Gefährten, der ein Meerfenchel-Sammler war, ihm von einer gewissen jungen Hexe erzählt hatte, die in einer Höhle auf der Anhöhe über der Bucht lebte und sehr geschickt in ihren Hexenkünsten war. Und er lief los und rannte, so begierig war er, seiner Seele ledig zu werden, und eine Staubwolke zog hinter ihm her, als er über den Ufersand eilte.

Am Jucken ihrer hohlen Hand erkannte die junge

Hexe, daß er kam, und sie lachte und löste ihr rotes Haar. Von ihrem roten Haar umwogt, stand sie im Eingang ihrer Höhle, und in der Hand hielt sie einen blühenden wilden Schierlingszweig.

»Was begehrst du? Was begehrst du?« rief sie, als er den Hang heraufkeuchte und sich vor ihr verneigte. »Fische für dein Netz, wenn der Wind ungünstig steht? Ich habe ein kleines Rohrpfeifchen, und wenn ich darauf blase, kommen die Meeräschen in die Bucht geschwommen. Aber das hat seinen Preis, schöner Knabe, das hat seinen Preis. Was begehrst du? Was begehrst du? Einen Sturm, der die Schiffe scheitern läßt und Kisten mit reichen Schätzen ans Ufer schwemmt? Ich gebiete mehr Stürmen als der Wind, denn ich diene Einem, der stärker ist als der Wind, und mit einem Sieb und einem Eimer Wasser kann ich die großen Galeeren auf den Grund des Meeres schicken. Aber ich habe meinen Preis, schöner Knabe, ich habe meinen Preis. Was begehrst du? Was begehrst du? Ich weiß eine Blume, die im Tale blüht, keiner kennt sie außer mir. Sie hat Purpurblätter und im Herzen einen Stern, und ihr Saft ist milchweiß. Wenn du mit dieser Blume die strengen Lippen der Königin berührst, so würde sie dir folgen über die ganze Welt. Aus dem Bett des Königs würde sie aufstehen, und über die ganze Welt würde sie dir folgen. Aber das hat seinen Preis, schöner Knabe, das hat seinen Preis. Was begehrst du? Was begehrst du? Ich kann eine Kröte im Mörser zerstampfen und eine Brühe daraus brauen und die Brühe mit einer Leichenhand umrühren. Spritze sie auf deinen Feind, während er schläft, und er wird sich in eine schwarze Viper verwandeln, und seine eigene Mutter wird ihn erschlagen. Mit einem Spinnrad kann ich den

Mond vom Himmel holen, und in einem Kristall kann ich dir den Tod zeigen. Was begehrst du? Was begehrst du? Nenne mir deinen Wunsch, und ich will ihn dir erfüllen, und du sollst mir den Preis zahlen, schöner Knabe, du sollst mir den Preis zahlen.«

»Mein Begehren gilt nur einer Kleinigkeit«, sagte der junge Fischer, »trotzdem hat der Priester mir gezürnt und mich davongejagt, und die Händler haben mich verspottet und mich abgewiesen. Deshalb bin ich zu dir gekommen, auch wenn die Menschen sagen, daß du böse bist, und wie hoch der Preis auch ist, ich werde ihn bezahlen.«

»Was wünschst du?« fragte die Hexe und trat dicht an ihn heran.

»Ich will meine Seele aus mir verstoßen«, antwortete der junge Fischer.

Die Hexe wurde bleich und erschauerte und verbarg ihr Gesicht in ihrem blauen Mantel. »Schöner Knabe, schöner Knabe«, flüsterte sie, »das ist etwas Schreckliches.«

Er schüttelte seine braunen Locken und lachte. »Meine Seele ist ein Nichts für mich«, antwortete er. »Ich kann sie nicht sehen. Ich kann sie nicht fassen. Ich kenne sie nicht.«

»Was gibst du mir, wenn ich es dich lehre?« fragte die Hexe und blickte mit ihren schönen Augen auf ihn nieder.

»Fünf Goldstücke«, sagte er, »und meine Netze und die Flechthütte, in der ich lebe, und das buntbemalte Boot, mit dem ich aufs Meer fahre. Lehre mich nur, wie ich meiner Seele ledig werde, und ich will dir alles geben, was ich besitze.«

Sie lachte ihm spöttisch ins Gesicht und schlug mit

dem Schierlingszweig nach ihm. »Ich kann die Herbstblätter in Gold verwandeln«, antwortete sie, »und ich kann die bleichen Strahlen des Mondes zu Silber weben, wenn ich will. Er, dem ich diene, ist reicher als alle Könige dieser Welt, und Er herrscht über ihre Länder.«

»Was soll ich dir denn geben«, rief er, »wenn dein Preis nicht Gold noch Silber ist?«

Die Hexe strich ihm mit ihrer schmalen weißen Hand über das Haar. »Du mußt mit mir tanzen, schöner Knabe«, raunte sie, und sie lächelte ihn an, während sie sprach.

»Nichts als das?« rief der junge Fischer erstaunt, und er sprang auf die Füße.

»Nichts als das«, antwortete sie, und wieder lächelte sie ihn an.

»Dann wollen wir bei Sonnenuntergang an einem geheimen Ort miteinander tanzen«, sagte er, »und wenn wir getanzt haben, sollst du mich das lehren, was ich wissen will.«

Sie schüttelte den Kopf. »Wenn der Mond voll ist, wenn der Mond voll ist«, flüsterte sie. Dann spähte sie in die Runde und horchte. Ein blauer Vogel flog kreischend von seinem Nest auf und kreiste über den Dünen, und drei gesprenkelte Vögel raschelten durch das harte graue Gras und pfiffen einander zu. Kein anderer Laut war zu hören als das Geräusch einer Welle, die unten die glatten Kieselsteine noch glatter schliff. Sie aber streckte ihre Hand aus und zog ihn zu sich heran und legte ihre heißen Lippen dicht an sein Ohr.

»Heute Nacht mußt du auf den Gipfel des Berges kommen«, raunte sie. »Es ist Sabbat, und Er wird dort sein.«

Der junge Fischer fuhr zusammen und blickte sie an,

und sie zeigte ihre weißen Zähne und lachte. »Wer ist Er, von dem du sprichst?« fragte er.

»Das tut nichts zur Sache«, erwiderte sie. »Geh heute Nacht los, und stell dich unter die Äste der Hainbuche und warte, bis ich komme. Wenn ein schwarzer Hund auf dich zuläuft, so schlage ihn mit einer Weidenrute, und er wird fortlaufen. Wenn eine Eule dich ruft, so gib ihr keine Antwort. Wenn der Mond voll ist, werde ich bei dir sein, und wir wollen miteinander im Grase tanzen.«

»Aber schwörst du mir, daß du mich lehrst, wie ich meine Seele aus mir verstoßen kann?« fragte er.

Sie trat ins Sonnenlicht hinaus, und durch ihr rotes Haar fuhr der Wind. »Bei den Hufen des Ziegenbockes schwöre ich«, gab sie zur Antwort.

»Du bist die beste aller Hexen«, rief der junge Fischer, »und gewiß will ich heute nacht auf dem Gipfel des Berges mit dir tanzen. Ich wünschte zwar, du hättest Gold oder Silber von mir verlangt. Aber wenn das dein Preis ist, so sollst du ihn haben, denn es ist ja nur eine Kleinigkeit.« Und er zog seine Mütze vor ihr und verbeugte sich tief und lief in die Stadt zurück, erfüllt von großer Freude.

Und die Hexe sah ihm nach, wie er davonlief, und als er außer Sicht war, ging sie in ihre Höhle, nahm einen Spiegel aus einem Kästchen von geschnitztem Zedernholz, stellte ihn auf einen Balken und verbrannte davor Eisenkraut auf glühenden Holzkohlen und spähte durch die Rauchschwaden. Nach einer Weile ballte sie zornig die Fäuste. »Er hätte mein sein sollen«, murmelte sie, »ich bin genauso schön wie sie.«

Und am gleichen Abend, als der Mond aufgegangen war, stieg der junge Fischer auf den Gipfel des Berges und stellte sich unter die Äste der Hainbuche. Wie eine Scheibe aus poliertem Metall lag das Rund des Meeres zu seinen Füßen, und die Schatten der Fischerboote glitten über die kleine Bucht. Eine große Eule mit gelben Schwefelaugen rief ihn beim Namen, aber er gab keine Antwort. Ein schwarzer Hund lief auf ihn zu und knurrte. Er schlug ihn mit einer Weidenrute, und der Hund lief heulend weg.

Um Mitternacht kamen die Hexen durch die Luft geflogen wie Fledermäuse. »Pfui!« riefen sie, als sie zur Erde niederstießen, »hier ist jemand, den wir nicht kennen!«, und sie witterten umher und schwatzten miteinander und machten sich Zeichen. Als letzte von allen kam die junge Hexe, deren rotes Haar im Wind schwamm. Sie trug ein Kleid aus Goldgewebe, das mit Pfauenaugen bestickt war, und eine kleine Kappe aus grünem Samt saß auf ihrem Kopf.

»Wo ist er? Wo ist er?« kreischten die Hexen, als sie sie erblickten, doch sie lachte nur und lief zu der Hainbuche hinüber, und sie nahm den Fischer bei der Hand und führte ihn ins Mondlicht hinaus und begann zu tanzen.

Rundherum im Kreis wirbelten sie, und die junge Hexe sprang so hoch, daß er die scharlachroten Absätze ihrer Schuhe sehen konnte. Dann klang mitten in den Tanz hinein der Hufschlag eines galoppierenden Pferdes, aber kein Pferd war zu sehen, und er bekam Angst.

»Schneller!« rief die Hexe, und sie schlang ihre Arme um seinen Nacken, und ihr Atem war heiß auf seinem Gesicht. »Schneller, schneller!« rief sie, und die Erde schien unter seinen Füßen zu wirbeln, und sein Kopf wurde wirr, und großes Entsetzten überkam ihn, wie vor etwas Bösem, das ihn beobachtete, und schließlich wurde er einer Gestalt gewahr, die im Schatten eines Felsens stand und die vorher nicht dort gestanden hatte.

Es war ein Mann, gekleidet in ein schwarzsamtenes Gewand von spanischem Schnitt. Sein Antlitz war seltsam bleich, doch seine Lippen glichen einer stolzen roten Blüte. Er wirkte müde, lehnte sich zurück und spielte achtlos mit dem Knauf seines Dolches. Im Gras neben ihm lagen ein Federhut und ein Paar Reithandschuhe, deren Stulpen mit goldener Spitze besetzt waren und die mit Staubperlen bestickt waren, welche sich zu einem seltsamen Zeichen fügten. Ein kurzer, zobelgesäumter Mantel fiel von seiner Schulter, und seine eleganten weißen Hände waren mit edelsteinbesetzten Ringen geschmückt. Schwere Lider senkten sich über seine Augen.

Der junge Fischer starrte ihn an wie von einem Zauber gebannt. Endlich trafen sich ihre Augen, und wo auch immer er tanzte, ihm schien, als seien die Augen des Mannes auf ihn geheftet. Er hörte die Hexe lachen, und er faßte sie um die Taille und wirbelte sie wie toll im Kreise herum.

Plötzlich schlug im Wald ein Hund an, und die Tänzer hielten inne und traten paarweise heran und knieten nieder und küßten dem Mann die Hände. Während sie das taten, flog ein kleines Lächeln über seine stolzen Lippen, so wie eine Vogelschwinge das Wasser berührt und es lächeln macht. Aber es lag Verachtung darin. Er blickte immer noch den jungen Fischer an.

»Komm! Laß uns anbeten«, flüsterte die Hexe, und sie führte ihn hin, und ein heftiges Verlangen, zu tun, wie sie gebot, bemächtigte sich seiner, und er folgte ihr.

Doch als er nahe war und ohne zu wissen warum, schlug er das Zeichen des Kreuzes auf seiner Brust und rief den heiligen Namen an.

Kaum hatte er das getan, da kreischten die Hexen auf wie Falken und flogen fort, und das bleiche Antlitz, das ihn angeblickt hatte, zuckte in schmerzlichem Krampf. Der Mann schritt zu einem kleinen Gehölz hinüber und stieß einen Pfiff aus. Ein spanischer Zelter mit silbernem Zaumzeug kam zu ihm hingelaufen. Während er sich in den Sattel schwang, wandte er sich um und sah den jungen Fischer traurig an.

Und die Hexe mit ihrem roten Haar versuchte ebenfalls zu fliehen, aber der Fischer packte sie bei den Handgelenken und hielt sie fest.

»Laß mich los!« rief sie, »und laß mich gehen. Denn du hast genannt, was nicht genannt sein soll, und das Zeichen gezeigt, das nicht geschaut werden darf.«

»Nein«, erwiderte er, »ich werde dich nicht gehen lassen, bis du mir das Geheimnis verraten hast.«

»Welches Geheimnis?« fragte die Hexe und rang mit ihm wie eine wilde Katze und biß sich auf die schaumbedeckten Lippen.

»Du weißt es«, war seine Antwort.

Ihre grasgrünen Augen trübten sich von Tränen, und sie sprach zu dem Fischer: »Verlange alles von mir, nur das nicht!«

Er lachte und hielt sie nur um so fester.

Und als sie merkte, daß sie sich nicht befreien konnte, flüsterte sie ihm zu: »Wahrlich, ich bin genauso schön wie die Tochter des Meeres und genauso wohlgestaltet wie die, die in den blauen Wassern wohnen«, und sie schmiegte sich an ihn und legte ihr Gesicht an seins.

Aber er stieß sie schaudernd zurück und sagte: »Wenn du das Versprechen nicht hältst, das du mir gegeben hast, werde ich dich erschlagen, denn dann bist du eine falsche Hexe.«

Sie wurde grau wie eine Blüte des Judasbaumes und erschauerte. »Sei es denn«, murmelte sie. »Es ist deine Seele und nicht meine. Mach mit ihr, was du willst.« Und sie nahm aus ihrem Gürtel ein kleines Messer mit einem Griff aus grüner Vipernhaut und gab es ihm.

»Wozu soll das dienen?« fragte er sie verwundert.

Sie schwieg einige Augenblicke, und ein Ausdruck des Entsetzens glitt über ihr Gesicht. Dann schüttelte sie sich das Haar aus der Stirn und sprach mit rätselhaftem Lächeln zu ihm: »Was die Menschen den Schatten des Körpers nennen, das ist nicht der Schatten des Körpers, sondern der Körper der Seele. Stell dich ans Ufer des Meeres, mit dem Rücken zum Mond, und schneide um deine Füße herum deinen Schatten ab, der deiner Seele Körper ist, und befiehl deiner Seele, dich zu verlassen, und sie wird es tun.«

Der junge Fischer zitterte. »Ist das wahr?« flüsterte er.

»Es ist wahr, und ich wünschte, ich hätte es dir nicht gesagt!« rief sie, und weinend umschlang sie seine Knie.

Er schob sie von sich fort und ließ sie im hohen Gras liegen, und während er zum Rande des Berggipfels ging, schob er das Messer in seinen Gürtel und begann den Abstieg.

Und seine Seele, die in ihm war, rief ihn an und sagte: »Siehe! Ich habe in dir gewohnt all diese Jahre, und ich bin deine Dienerin gewesen. Verstoße mich jetzt nicht aus dir, denn was habe ich dir Böses getan?«

Und der junge Fischer lachte. »Du hast mir nichts Böses getan«, antwortete er. »Die Welt ist groß, und dann gibt es noch einen Himmel und eine Hölle und jenes trübe Haus der Dämmerung zwischen beiden. Gehe, wohin du willst, nur störe mich nicht, denn meine Liebste ruft nach mir.«

Und seine Seele beschwor ihn flehentlich, aber er achtete ihrer nicht, sondern sprang von Klippe zu Klippe, trittsicher wie eine junge Ziege, und schließlich erreichte er ebenen Boden und das gelbe Ufer des Meeres.

Mit bronzenen Gliedern und wohlgebaut wie eine griechische Statue stand er auf dem Sand mit dem Rücken zum Mond, und aus dem Schaum streckten sich weiße Arme und winkten ihm, und aus den Wogen stiegen nebelhafte Gestalten, die ihm huldigten. Vor ihm lag sein Schatten, der Körper seiner Seele, und hinter ihm hing der Mond in der honigfarbenen Luft.

Und seine Seele sprach zu ihm: »Wenn du mich wirklich aus dir verbannen mußt, so schicke mich nicht fort ohne ein Herz. Die Welt ist grausam, gib mir dein Herz mit.«

Er schüttelte den Kopf und lächelte. »Womit sollte ich denn meine Liebste lieben, wenn ich dir mein Herz gäbe?«

»Ach nein, sei barmherzig«, sagte seine Seele, »gib mir dein Herz, denn die Welt ist sehr grausam, und ich fürchte mich.«

»Mein Herz gehört meiner Liebsten«, antwortete er, »also säume nicht, sondern mach dich davon.«

»Darf ich nicht auch lieben?« fragte seine Seele.

»Mach dich davon, denn ich brauche dich nicht!« rief der junge Fischer, und er nahm das kleine Messer mit dem Griff aus grüner Vipernhaut und schnitt rings um seine Füße herum seinen Schatten ab, und der Schatten richtete sich auf und stand vor ihm und blickte ihn an, und er sah genauso aus wie er selbst.

Er wich zurück und stieß das Messer in seinen Gürtel, und eine ehrfürchtige Scheu überkam ihn. »Mach dich davon«, flüsterte er, »und laß mich nie wieder dein Gesicht sehen.«

»O nein, wir müssen einander wiedersehen«, sagte die Seele. Ihre Stimme war leise und flötenähnlich, und ihre Lippen bewegten sich kaum, während sie sprach.

»Wie sollten wir uns wiedersehen?« rief der junge Fischer. »Du willst mir doch nicht in die Tiefen des Meeres folgen?«

»Einmal in jedem Jahr werde ich hierher kommen und dich rufen«, sagte die Seele. »Es könnte sein, daß du mich brauchst.«

»Warum sollte ich dich brauchen?« rief der junge Fischer, »aber es sei, wie du willst«, und er stürzte sich ins Wasser, und die Tritonen stießen in ihre Hörner, und die kleine Seejungfrau stieg aus der Tiefe auf und kam ihm entgegen und legte ihm ihre Arme um den Hals und küßte ihn auf den Mund.

Und die Seele stand am einsamen Strand und beobachtete sie. Und als sie im Meer versunken waren, ging sie weinend davon über das Marschland.

Und als ein Jahr verstrichen war, kam die Seele an die Küste des Meeres und rief den jungen Fischer, und er stieg aus der Tiefe empor und fragte: »Warum rufst du mich?«

Und die Seele antwortete: »Komm näher, damit ich mit dir sprechen kann, denn wunderbare Dinge habe ich gesehen.«

Also kam er näher und lagerte sich im flachen Wasser und stützte den Kopf auf die Hand und lauschte.

Und die Seele erzählte ihm: »Als ich dich verlassen hatte, wandte ich mein Gesicht gegen Osten und reiste. Aus dem Osten kommt alle Weisheit. Sechs Tage lang reiste ich, und am Morgen des siebenten Tages kam ich zu einem Berg, der im Lande der Tataren liegt. Ich ließ mich im Schatten einer Tamariske nieder, um mich vor der Sonne zu schützen. Das Land war dürr und von der Hitze verbrannt. Menschen wanderten hin und her über die Ebene wie Fliegen, die über eine polierte Kupferplatte kriechen.

Als es Mittag wurde, stieg eine rote Staubwolke am flachen Horizont des Landes auf. Als die Tataren sie sahen, spannten sie ihre buntbemalten Bogen, sprangen auf ihre kleinen Pferde und galoppierten ihr entgegen. Die Frauen flohen schreiend in die Wagen und verbargen sich hinter den Filzvorhängen.

In der Dämmerung kehrten die Tataren zurück, aber fünf von ihnen fehlten, und von denen, die zurückkamen, waren nicht wenige verwundet. Sie schirrten ihre Pferde vor die Wagen und fuhren hastig davon. Drei Schakale kamen aus einer Höhle und spähten ihnen nach. Dann witterten sie in die Luft mit ihren Nüstern und trotteten in der entgegengesetzten Richtung davon.

Als der Mond aufging, sah ich ein Lagerfeuer in der Ebene brennen und ging darauf zu. Eine Gruppe von Kaufleuten saß auf Teppichen um das Feuer. Ihre Kamele waren hinter ihnen angepflockt, und die Neger, die ihre Diener waren, stellten Zelte aus gegerbtem Leder im Sand auf und bauten einen hohen Wall aus stacheligem Birnholz.

Als ich näher kam, stand der Anführer der Kaufleute auf und zog sein Schwert und fragte nach meinem Begehr.

Ich antwortete, ich sei ein Prinz in meinem Heimatlande und ich sei den Tataren entkommen, die mich zu ihrem Sklaven hätten machen wollen. Der Anführer lächelte und zeigte mir fünf Köpfe, die auf hohen Bambusstangen staken.

Dann fragte er mich, wer Gottes Prophet sei, und ich antwortete ihm: Mohammed.

Als er den Namen des falschen Propheten vernahm, verneigte er sich und nahm mich bei der Hand und hieß mich an seiner Seite niedersetzen. Ein Neger brachte mir Stutenmilch in einer hölzernen Schale und ein Stück geröstetes Lammfleisch.

Bei Tagesanbruch brachen wir auf. Ich ritt auf einem roten Kamel zur Seite des Anführers, und ein Läufer, der einen Speer trug, lief vor uns her. Die Krieger schritten zu beiden Seiten, und die Maultiere folgten mit den Waren. Vierzig Kamele zählte die Karawane, und Maultiere waren es zweimal vierzig.

Wir zogen aus dem Land der Tataren in das Land derer, die den Mond verfluchen. Wir sahen die Greifen ihr Gold in den weißen Felsen hüten und die schuppigen Drachen in ihren Höhlen schlafen. Als wir über das Gebirge zogen, hielten wir den Atem an, damit der Schnee uns nicht verschüttete, und jeder Mann band sich ein Gazetuch vor die Augen. Als wir durch die Täler zogen, schossen die Pygmäen aus hohlen Bäumen mit Pfeilen nach uns, und nachts hörten wir die Wilden ihre Trommeln schlagen. Als wir zum Turm der Affen kamen, stellten wir ihnen Früchte hin, und sie taten uns nichts. Als wir zum Turm der Schlangen kamen, gaben wir ihnen warme Milch in Kupferschalen, und sie ließen uns passieren. Dreimal auf unserer Reise kamen wir an die Ufer des Oxus. Wir überquerten ihn auf Holzflößen und großen, luftgefüllten Schwimmblasen aus Tierhäuten. Die Flußpferde wüteten gegen uns und wollten uns töten. Als die Kamele sie sahen, zitterten sie.

Die Könige aller Städte erhoben Zölle von uns, aber sie duldeten nicht, daß wir durch ihre Tore einzogen. Sie warfen uns Brot über die Mauern zu, kleine Maiskuchen in Honig gebacken und Kuchen aus feinem Weizenmehl, die mit Datteln gefüllt waren. Für je hundert Körbe gaben wir ihnen eine Bernsteinperle.

Wenn die Bewohner der Dörfer uns kommen sahen, vergifteten sie ihre Brunnen und flohen auf die Höhen der Hügel. Wir kämpften mit den Magaden, die alt geboren werden und mit jedem Tag jünger werden und sterben, wenn sie kleine Kinder sind; und mit den Laktriern, die von sich behaupten, sie seien die Söhne von Tigern, und die sich gelb und schwarz bemalen; und mit den Auranten, die ihre Toten in den Wipfeln der Bäume begraben und selbst in dunklen Höhlen leben, damit die Sonne, die ihr Gott ist, sie nicht tötet; und mit den Krimniern, die ein Krokodil anbeten und ihm Ohrringe aus grünem Gras opfern und es mit Butter und jungem Geflügel füttern; und mit den Agazonben, die Hundsgesichter haben; und mit den Sibanern, die Pferdefüße haben und schneller laufen als ein Pferd. Ein Drittel unserer Reisegesellschaft kam in den Kämpfen um und ein Drittel durch Entbehrung. Die Überlebenden murrten wider mich und sagten, ich brächte ihnen Unglück. Ich holte eine Hornviper unter einem Stein hervor und ließ mich von ihr stechen. Als sie sahen, daß ich nicht krank wurde, fürchteten sie sich.

Im vierten Monat erreichten wir die Stadt Illel. Es war Nacht, als wir zu dem Hain außerhalb der Stadtmauern kamen, und die Luft war schwül, denn der Mond stand im Zeichen des Skorpions. Wir pflückten reife Granatäpfel von den Bäumen und brachen sie auf und tranken ihren süßen Saft. Dann lagerten wir uns auf unsere Teppiche und warteten auf das Morgengrauen.

Und bei Morgengrauen erhoben wir uns und klopften an das Stadttor. Es war aus roter Bronze geschmiedet und mit Seeungeheuern und geflügelten Drachen verziert. Die Wachen blickten von den Mauerzinnen herunter und fragten uns nach unserem Begehr. Der Dolmetscher der Karawane antwortete, wir seien von der Insel Syrien gekommen mit vieler Handelsware. Sie nahmen Geiseln und sagten uns, sie würden das Tor am Mittag für uns öffnen, und hießen uns bis dahin warten.

Als es Mittag war, öffneten sie das Tor, und als wir einzogen, strömten die Menschen aus den Häusern, um uns anzustaunen, und ein Ausrufer lief durch die Stadt und rief durch eine Muschel. Wir machten auf dem Marktplatz halt, und die Neger schnürten die Ballen gemusterter Stoffe auf und öffneten die geschnitzten Truhen aus Bergahorn. Und als sie mit dieser Arbeit fertig waren, breiteten die Kaufleute ihre seltsamen Waren aus, das gewachste Leinen aus Ägypten und das gefärbte Leinen aus dem Land der Äthiopier, die Purpurschwämme aus Tyrus und die blauen Wandbehänge aus Sidon, die Schalen aus kühlem Bernstein und die zarten Glasgefäße und die eigenartigen Gefäße aus gebranntem Ton. Vom Dach eines Hauses aus beobachtete uns eine Gruppe von Frauen. Eine von ihnen trug eine Maske aus vergoldetem Leder.

Und am ersten Tag kamen die Priester und trieben Tauschhandel mit uns, und am zweiten Tag kamen die Vornehmen, und am dritten Tag kamen die Handwerker und die Sklaven. Und dies ist ihr Brauch mit allen Kaufleuten, solange diese in der Stadt weilen.

Und wir blieben einen Mond lang, und als der Mond abnahm, wurde ich der Sache müde und streifte durch die Straßen der Stadt und kam zu dem Garten ihres Gottes. Die Priester in ihren gelben Roben wandelten schweigend unter den grünen Bäumen, und auf einem Grund von schwarzem Marmor stand der rosenrote Tempel, in dem der Gott seine Wohnung hat. Seine Tore waren aus Goldstaub-Lack, und darin waren Stiere und Pfauen in erhabener Arbeit aus poliertem Gold eingelassen. Das geneigte Dach war aus seegrünem Porzellan, und die vorkragenden Dachtraufen waren mit Glöckchen behangen. Wenn die weißen Tauben vorbeiflogen, berührten sie die Glöckchen mit ihren Flügeln und ließen sie klingen.

Vor dem Tempel lag ein Teich mit klarem Wasser, dessen Grund mit geädertem Onyx ausgekleidet war. Ich lagerte mich an seinem Rand und berührte mit meinen blassen Fingern die breiten Blätter. Einer der Priester kam auf mich zu und blieb hinter mir stehen. Er trug Sandalen an den Füßen, eine aus weicher Schlangenhaut und die andere aus einem Vogelbalg. Auf seinem Kopf saß eine Mitra aus schwarzem Filz, verziert mit silbernen Halbmonden. Siebenerlei Gelb war in seine Robe gewoben, und sein gekräuseltes Haar war mit Antimon gefärbt.

Und nach einer Weile redete er mich an und fragte nach meinem Begehr.

Ich sagte ihm, daß es mein Begehr sei, den Gott zu sehen.

›Der Gott ist auf der Jagd‹, sagte der Priester, mich aus seinen schmalen, schrägen Augen rätselhaft betrachtend.

›Sage mir, in welchem Wald, und ich will mit ihm reiten‹, antwortete ich.

Er kämmte die weichen Fransen seines Gewandes mit seinen langen, spitzen Fingernägeln. ›Der Gott schläft‹, murmelte er.

›Sage mir, auf welchem Lager, und ich will bei ihm wachen‹, antwortete ich.

›Der Gott ist beim Festmahl!‹ rief er.

›Wenn der Wein süß ist, so will ich mit ihm davon trinken, und wenn er bitter ist, so will ich gleichfalls mit ihm davon trinken‹, war meine Antwort.

Er neigte seinen Kopf voller Verwunderung, nahm mich ich bei der Hand, half mir auf und führte mich in den Tempel.

Und in der ersten Kammer sah ich ein Götzenbild auf einem Thron von Jaspis sitzen, der umrandet war von großen, prächtigen Perlen. Es war aus Ebenholz geschnitzt, und seine Statur hatte die Größe eines Mannes. Auf seiner Stirn saß ein Rubin, und dickflüssiges Öl tropfte von seinem Haar auf die Schenkel nieder. Seine Füße waren rot vom Blut eines frisch geschlachteten Zickleins, und seine Lenden waren gegürtet mit einem kupfernen Gürtel, der mit sieben Beryllen besetzt war.

Und ich sagte zu dem Priester: ›Ist dies der Gott?‹ Und er antwortete mir: ›Dies ist der Gott.‹

›Zeige mir den Gott!‹ rief ich, ›oder wahrlich, ich erschlage dich.‹ Und ich berührte seine Hand, und sie verdorrte.

Und der Priester flehte mich an und sagte: ›Mein Herr möge seinen Diener heilen, und ich will ihm den Gott zeigen.‹

So blies ich meinen Atem auf seine Hand, und sie wurde wieder gesund, und er zitterte und führte mich in die zweite Kammer, und ich erblickte ein Götzenbild auf einer Lotosblume aus Jade stehen, die mit großen Smaragden behangen war. Es war aus Elfenbein geschnitzt, und seine Statur hatte die doppelte Größe eines Mannes. Auf seiner Stirn saß ein Chrysolit, und seine Brüste waren mit Myrrhe und Zimt gesalbt. In einer Hand hielt es ein gebogenes Zepter aus Jade und in der anderen einen runden Kristall. Es trug Kothurne aus Messing, und sein kräftiger Hals war bekränzt mit einem Kranz von Seleniten.

Und ich sprach zu dem Priester: ›Ist dies der Gott?‹ Und er antwortete mir: ›Dies ist der Gott.‹

›Zeige mir den Gott!‹ rief ich, ›oder wahrlich, ich erschlage dich.‹ Und ich berührte seine Augen, und sie wurden blind.

Und der Priester flehte mich an und sagte: ›Mein Herr möge seinen Diener heilen, und ich will ihm den Gott zeigen.‹

So blies ich meinen Atem auf seine Augen, und sie wurden wieder sehend, und er zitterte wieder und führte mich in die dritte Kammer, und siehe! darin war kein Götzenbild und überhaupt kein Bild, sondern nur ein runder Metallspiegel auf einem steinernen Altar.

Und ich sprach zu dem Priester: ›Wo ist der Gott?‹

Und er antwortete mir: ›Es gibt keinen Gott außer

diesem Spiegel, den du siehst, denn dies ist der Spiegel der Weisheit. Und er zeigt alle Dinge, die im Himmel und auf der Erde sind, nur nicht das Gesicht dessen, der hineinblickt. Das zeigt er nicht, auf daß der, der hineinblickt, klug werde. Es gibt noch viele andere Spiegel, aber sie sind Spiegel der Meinungen. Dieser allein ist der Spiegel der Weisheit. Und die diesen Spiegel besitzen, wissen alles, und nichts bleibt ihnen verborgen. Und die ihn nicht besitzen, sind ohne Weisheit. Deshalb ist er der Gott, und wir verehren ihn.‹ Und ich blickte in den Spiegel, und es war genau so, wie er gesagt hatte.

Und ich tat etwas Absonderliches, doch was es war, tut nichts zur Sache, denn in einem Tal, das nur eine Tagesreise von hier entfernt ist, habe ich den Spiegel der Weisheit versteckt. Laß mich nur wieder in dich einkehren und deine Dienerin sein, und du sollst weiser sein als alle Weisen, und die Weisheit soll dein sein. Laß mich in dich einkehren, und keiner wird so weise sein wie du.«

Doch der junge Fischer lachte. »Liebe ist besser als Weisheit«, rief er, »und die kleine Seejungfrau liebt mich.«

»Nein, nichts ist besser als Weisheit«, sagte die Seele.

»Liebe ist besser«, antwortete der junge Fischer, und er stürzte sich in die Tiefe, und die Seele ging weinend davon über das Marschland.

Und als das zweite Jahr verstrichen war, kam die Seele an die Küste des Meeres und rief den jungen Fischer, und er stieg aus der Tiefe empor und fragte: »Warum rufst du mich?«

Und die Seele antwortete: »Komm näher, damit ich

mit dir sprechen kann, denn wunderbare Dinge habe ich gesehen.«

Also kam er näher und lagerte sich im flachen Wasser und stützte seinen Kopf in die Hand und lauschte.

Und die Seele erzählte ihm: »Als ich dich verlassen hatte, wandte ich mein Gesicht gegen Süden und reiste. Aus dem Süden kommt alles, was kostbar ist. Sechs Tage lang reiste ich über die Landstraßen, die zu der Stadt Ashtar führen, über die rot-staubigen Landstraßen wanderte ich, über die gewöhnlich die Pilger ziehen, und am Morgen des siebenten Tages hob ich meinen Blick, und siehe! die Stadt breitete sich vor meinen Füßen, denn sie liegt in einem Tal.

Neun Tore führen in diese Stadt, und vor jedem Tor steht ein Bronzepferd, das wiehert, wenn die Beduinen von den Hügeln herunterkommen. Die Stadtmauern sind mit Kupfer gepanzert, und die Wachttürme über der Mauer haben Dächer aus Messing. Auf jedem Wachtturm steht ein Bogenschütze mit einem Bogen in der Hand. Bei Sonnenaufgang schießt er einen Pfeil gegen einen Gong, und bei Sonnenuntergang stößt er in ein hürnenes Horn.

Als ich versuchte, die Stadt zu betreten, hielten mich die Wachen an und fragten, wer ich sei. Ich gab zur Antwort, ich sei ein Derwisch und auf dem Weg nach Mekka, wo ein grüner Schleier liege, auf dem der Koran von den Händen der Engel in silbernen Lettern eingestickt sei. Das erfüllte sie mit Staunen, und sie baten mich, einzutreten.

Drinnen gleicht die Stadt einem Basar. Wahrlich, du hättest mit mir sein sollen. Über den engen Gassen tanzen lustige Papierlaternen wie große Schmetterlinge. Wenn der Wind über die Dächer bläst, steigen sie und fallen wie bunte Luftblasen. Vor ihren Buden sitzen die Händler auf seidenen Teppichen. Sie haben glatte schwarze Bärte, und ihre Turbane sind mit goldenen Zechinen bedeckt, und lange Schnüre aus Bernstein und geschnitzten Pfirsichkernen gleiten durch ihre kühlen Finger. Einige handeln mit Mutterharz und Nardenöl und seltsamen Wohlgerüchen von den Inseln des Indischen Meeres und mit dem dicken Öl aus roten Rosen und mit Myrrhe und kleinen nagelförmigen Nelken. Wenn man stehenbleibt, um mit ihnen zu reden, so werfen sie Weihrauchstückchen auf eine Holzkohlen-Pfanne und machen die Luft süß. Ich habe einen Syrer gesehen, der in der Hand eine dünne Rute hielt, wie ein Schilfrohr. Graue Rauchfäden stiegen daraus auf, und ihr Duft, als sie brannte, war wie der Duft rosiger Mandelblüten im Frühling. Andere handeln mit silbernen Armspangen, die über und über mit milchigblauen Türkisen besetzt sind, und mit Fußspangen aus Messingdraht, die von kleinen Perlen umsäumt sind, und mit in Gold gefaßten Tigerklauen und mit den Klauen jenes goldfarbenen Katzentiers, des Leopards, die auch in Gold gefaßt sind, und mit Ohrringen aus durchbohrtem Smaragd und Fingerringen aus gehöhlter Jade. Aus den Teehäusern dringt der Klang der Gitarre, und die Opiumraucher mit ihren weißen, grinsenden Gesichtern schauen auf die Vorübergehenden hinaus.

Wahrlich, du hättest mit mir sein sollen. Die Weinhändler bahnen sich ihren Weg durch die Menge mit großen schwarzen Schläuchen auf den Schultern. Die meisten verkaufen Wein aus Schiras, der süß ist wie Honig. Sie bieten ihn in kleinen Metallschalen an und streuen Rosenblätter darüber. Auf dem Marktplatz stehen die Obsthändler, die alle Arten von frischen Früchten feilbieten: reife Feigen mit ihrem weichen purpurfarbenen Fruchtfleisch, Melonen, die nach Moschus duften und gelb wie Topase sind, Zitronen und Rosenäpfel und Trauben von weißem Wein, runde rotgoldene Orangen und ovale grüngoldene Limonen. Einmal sah ich einen Elefanten vorübergehen. Sein Rüssel war mit Zinnober und Gelbwurz gefärbt, und über den Ohren trug er ein Netz aus karmesinroten Seidenschnüren. Er hielt vor einer der Buden an und begann, die Orangen zu fressen, doch der Mann lachte bloß. Du kannst dir nicht vorstellen, was für ein merkwürdiges Volk das ist. Wenn sie glücklich sind, gehen sie zu einem Vogelhändler und kaufen bei ihm einen Käfigvogel und lassen ihn frei, auf daß ihre Freude noch größer werde, und wenn sie traurig sind, geißeln sie sich mit Dornen, auf daß ihr Kummer nicht kleiner werde.

Eines Abends begegnete ich mehreren Negern, die eine schwere Sänfte über den Basar trugen. Sie war aus vergoldetem Bambusrohr, und die Tragstangen waren mit zinnoberrotem Lack überzogen und mit Pfauen aus Messing beschlagen. Vor den Fenstern hingen feine Musselinvorhänge, die mit Käferflügeln und winzigen Staubperlen bestickt waren, und als sie vorüberschwankte, schaute eine blaßgesichtige Zirkassierin heraus und lächelte mich an. Ich folgte ihr, und die Neger beschleunigten ihren Schritt und blickten finster drein. Doch das kümmerte mich nicht. Ich fühlte, wie mich große Neugier überkam.

Endlich hielten sie vor einem kubusförmigen weißen Haus an. Es hatte keine Fenster, nur eine kleine Tür wie die Tür zu einer Gruft. Sie setzten die Sänfte ab und klopften dreimal mit einem kupfernen Hammer an.

Ein Armenier in einem grünen Lederkaftan spähte durch das Guckloch, und als er sie erkannte, öffnete er die Tür und breitete einen Teppich auf dem Boden aus, und die Frau stieg aus. Als sie in das Haus ging, drehte sie sich um und lächelte mich abermals an. Nie zuvor hatte ich ein so blasses Gesicht gesehen.

Als der Mond aufging, kehrte ich an diesen Ort zurück und suchte nach dem Haus, aber es war nicht mehr da. Als ich das bemerkte, wußte ich, wer die Frau war und weshalb sie mich angelächelt hatte.

Wahrlich, du hättest mit mir sein sollen. Zum Fest des Neumondes kam der junge Kaiser aus seinem Palast und ging in die Moschee, um zu beten. Sein Haar und sein Bart waren mit Rosenblättern gefärbt, und seine Wangen waren mit feinem Goldstaub überpudert. Seine Fußsohlen und Handflächen waren gelb von Safran.

Bei Sonnenaufgang trat er aus seinem Palast in einem Gewand aus Silber, und bei Sonnenuntergang kehrte er dorthin zurück in einem Gewand aus Gold. Die Leute warfen sich auf den Boden und verbargen ihre Gesichter, aber ich weigerte mich, das zu tun. Ich stand neben der Bude eines Dattelhändlers und wartete. Als der Kaiser mich erblickte, hob er seine gemalten Brauen und hielt inne. Ich blieb ganz ruhig stehen und brachte ihm keine Huldigung dar. Die Leute staunten ob meiner Kühnheit und rieten mir, aus der Stadt zu fliehen. Ich schenkte ihnen keine Beachtung, sondern ging davon und setzte mich zu den Verkäufern fremder Götter, die wegen ihres Gewerbes verabscheut werden. Als ich ihnen erzählte, was ich getan hatte, schenkte mir jeder einen Gott und bat mich, fortzugehen.

In der Nacht, als ich auf einem Kissen in einem Teehaus ruhte, das sich in der Straße der Granatäpfel befand, kamen die kaiserlichen Garden und brachten mich zum Palast. Als ich hineingegangen war, verschlossen sie alle Türen hinter mir und sicherten sie mit Ketten. Im Innern gab es einen großen Hof mit ringsumlaufenden Arkaden. Die Wände waren aus weißem Alabaster, hier und da mit blau und grün glasierten Ziegeln besetzt. Die Pfeiler waren aus grünem Marmor und das Pflaster aus einer Art pfirsichblütenfarbigem Marmor. Niemals hatte ich etwas Ähnliches gesehen.

Als ich über den Hof ging, blickten zwei verschleierte Frauen von einem Balkon herunter und fluchten mir. Die Garden eilten weiter, und die Schäfte ihrer Lanzen klangen auf dem spiegelnden Pflaster. Sie öffneten ein Tor aus geschnitztem Elfenbein, und ich fand mich in einem wasserreichen Garten mit sieben Terrassen wieder. Er war bepflanzt mit Tulpenkelchen und Mondblumen und silbergesprenkelter Aloe. Wie ein schlankes, kristallenes Schilfrohr hing eine Fontäne in der dunklen Luft. Die Zypressen glichen ausgebrannten Fackeln. In einer von ihnen sang eine Nachtigall.

Am Ende des Gartens stand ein kleiner Pavillon. Als wir uns ihm näherten, traten zwei Eunuchen heraus und kamen uns entgegen. Ihre fetten Leiber schwappten beim Gehen, und sie blickten neugierig zu mir hin unter ihren gelbgeschminkten Augenlidern. Der eine zog den Hauptmann der Garde auf die Seite und flüsterte leise mit ihm. Der andere fuhr fort, duftende Zuckerplätzchen zu schmatzen, die er mit gezierter Geste einer ovalen, violett emaillierten Dose entnahm.

Nach einer Weile schickte der Hauptmann der Garde die Soldaten fort. Sie gingen zum Palast zurück, während die Eunuchen ihnen langsam folgten und im Vorübergehen süße Maulbeeren von den Bäumen pflückten. Einmal drehte sich der ältere von beiden um und schenkte mir ein böses Lächeln.

Dann winkte der Hauptmann der Garde mich zum Eingang des Pavillons. Ich ging hin ohne Zittern und schlug den schweren Vorhang zur Seite, um einzutreten.

Der junge Kaiser lag ausgestreckt auf einem Ruhebett aus gefärbten Löwenfellen, und ein Gierfalke hockte auf seiner Faust. Hinter ihm stand ein Nubier mit einem messinggelben Turban, bis zu den Hüften nackt und mit schweren Ohrringen in seinen gespaltenen Ohren. Auf einem Tisch neben ihm lag ein mächtiges stählernes Krummschwert.

Als der Kaiser mich sah, blickte er finster und fragte mich: ›Wie ist dein Name? Weißt du nicht, daß ich der Kaiser dieser Stadt bin?‹ Doch ich gab keine Antwort.

Er deutete mit dem Finger auf das Krummschwert, und der Nubier packte es, stürzte vor und hieb nach mir mit großer Gewalt. Die Klinge zischte durch mich hindurch und verwundete mich nicht. Der Mann fiel lang auf den Boden, und als er wieder aufstand, schlugen seine Zähne vor Grauen aufeinander, und er versteckte sich hinter dem Diwan.

Der Kaiser sprang auf die Füße, riß eine Lanze aus einem Waffenständer und schleuderte sie nach mir. Ich fing sie im Fluge auf und zerbrach den Schaft in zwei Teile. Er schoß einen Pfeil auf mich ab, aber ich hob meine Hände und gebot ihm Einhalt mitten in der Luft. Dann zog er einen Dolch aus seinem weißen Ledergürtel und stieß ihn dem Nubier in den Hals, damit der Sklave seine Schmach nicht verriete. Der Mann wand sich wie eine zertretene Schlange, und roter Schaum quoll von seinen Lippen.

Als er tot war, wandte der Kaiser sich zu mir um, und nachdem er sich mit einem kleinen Tuch aus purpurner, bestickter Seide den hellen Schweiß von der Stirn gewischt hatte, sagte er zu mir: ›Bist du ein Prophet, daß ich dir kein Leid antun kann, oder der Sohn eines Propheten, daß ich dich nicht verwunden kann? Ich bitte dich, verlaß meine Stadt noch in dieser Nacht, denn solange du in ihr weilst, bin ich nicht mehr ihr Herr.‹

Und ich antwortete ihm: ›Ich werde gehen für die Hälfte deiner Schätze. Gib mir die Hälfte deiner Schätze, und ich werde gehen.‹

Er nahm mich bei der Hand und führte mich in den Garten hinaus. Als der Hauptmann der Garde mich sah, staunte er. Als die Eunuchen mich sahen, schlotterten ihre Knie, und sie fielen auf die Erde nieder vor Furcht.

In diesem Palast gibt es ein Gemach, das hat acht Wände aus rotem Porphyr und eine Decke aus Messingschuppen, die mit Leuchtern behangen ist. Der Kaiser berührte eine der Mauern, und sie öffnete sich, und wir schritten einen Gang hinunter, der von vielen Fackeln erhellt war. In Nischen zu beiden Seiten standen große Weinkrüge, randvoll mit Silberstücken. Als wir die Mitte des Ganges erreichten, sprach der Kaiser das Wort aus, das nicht ausgesprochen werden darf, und von einer verborgenen Feder bewegt, schwang eine granitene Tür zurück, und er schlug sich die Hände vor das Gesicht, um nicht geblendet zu werden.

Du kannst nicht ermessen, wie herrlich dieses Gemach war. Da waren riesige Schildpatt-Schalen voller Perlen und ausgehöhlte Mondsteine von enormer Größe, in denen sich rote Rubine häuften. Das Gold war in Truhen aus Elefantenhaut aufbewahrt und der Goldstaub in Lederflaschen. Da waren Opale und Saphire, jene in Schalen aus Kristall, diese in Schalen aus Jade. Runde grüne Smaragde waren auf feinen Elfenbeinplatten angeordnet, und in einer Ecke lehnten seidene Säcke, einige voller Türkise, andere voller Berylle. Aus Hörnern von Elfenbein quollen purpurfarbene Amethyste, und aus Hörnern von Messing Chalcedone und Sarder. An den Pfeilern aus Zedernholz hingen Ketten gelber Katzenaugen. In flachen, ovalen Schilden lagen Karfunkelsteine beider Spielarten, weinrote und grasgrüne. Und noch habe ich dir kaum das Zehnte von dem erzählt, was es dort gab.

Und als der Kaiser seine Hände vom Gesicht genommen hatte, sagte er zu mir: ›Dies ist meine Schatzkammer, und die Hälfte dessen, was darin ist, sei dein, ganz wie ich dir versprochen habe. Und ich will dir Kamele geben und Kameltreiber, und sie sollen deinen Wünschen gehorchen und deinen Teil des Schatzes tragen, in welchen Teil der Welt du auch gehen magst. Und dies soll heute Nacht geschehen, denn ich will nicht, daß die Sonne, die mein Vater ist, sieht, daß in meiner Stadt ein Mann lebt, den ich nicht zu töten vermag.‹

Doch ich antwortete ihm: ›Das Gold hierinnen sei dein, und das Silber sei auch dein, und dein seien die köstlichen Juwelen und all die kostbaren Dinge. Denn ich, ich bedarf ihrer nicht. Noch werde ich irgend etwas von dir nehmen als den kleinen Ring, den du am Finger deiner Hand trägst.‹

Und der Kaiser blickte finster drein. ›Es ist nur ein Ring aus Blei‹, rief er, ›und ohne allen Wert. Deshalb nimm die Hälfte des Schatzes und verlasse meine Stadt.‹

›Nein‹, entgegnete ich, ›ich will nichts nehmen als den bleiernen Ring, denn ich weiß, was darin geschrieben steht und wozu er dient.‹

Und der Kaiser zitterte und flehte mich an und sagte: ›Nimm den ganzen Schatz und verlasse meine Stadt. Auch die Hälfte, die mein ist, soll dein sein.‹

Und ich tat etwas Absonderliches, doch was es war, tut nichts zur Sache, denn in einer Höhle, die nur eine Tagesreise von hier entfernt ist, habe ich den Ring des Reichtums versteckt. Er liegt nur eine Tagesreise von hier, und er wartet auf dein Kommen. Wer diesen Ring besitzt, ist reicher als alle Könige der Welt. Komm also und nimm ihn, und die Reichtümer der Welt werden dein sein.«

Doch der junge Fischer lachte. »Liebe ist besser als Reichtum›, rief er, »und die kleine Seejungfrau liebt mich.«

»Nein, nichts ist besser als Reichtum«, sagte die Seele.

»Liebe ist besser«, antwortete der junge Fischer, und er stürzte sich in die Tiefe, und die Seele ging weinend davon über das Marschland.

Und als das dritte Jahr verstrichen war, kam die Seele an die Küste des Meeres und rief den jungen Fischer, und er stieg aus der Tiefe empor und fragte: »Warum rufst du mich?«

Und die Seele antwortete: »Komm näher, damit ich mit dir sprechen kann, denn wunderbare Dinge habe ich gesehen.«

Also kam er näher und lagerte sich im flachen Wasser und stützte seinen Kopf in die Hand und lauschte.

Und die Seele erzählte ihm: »In einer Stadt, die ich kenne, steht eine Schenke am Ufer eines Flusses. Dort saß ich mit Matrosen zusammen, die tranken zwei verschiedenfarbige Weine und aßen Gerstenbrot und kleine gesalzene Fische, die auf Lorbeerblättern mit Weinessig angerichtet waren. Und während wir da saßen und es uns wohl sein ließen, kam ein alter Mann zu uns herein, der trug einen ledernen Teppich und eine Laute mit zwei Schnecken aus Bernstein. Und nachdem er den Teppich auf dem Fußboden ausgebreitet hatte, schlug er mit einem Federkiel die Saiten seiner Laute, und ein Mädchen, dessen Gesicht verschleiert war, kam hereingelaufen und begann, vor uns zu tanzen. Ihr Gesicht war verschleiert mit einem Schleier aus Gaze, aber ihre Füße waren nackt. Nackt waren ihre Füße, und sie flogen über den Teppich wie kleine weiße Täubchen. Niemals habe ich etwas so Wunderhübsches gesehen, und die Stadt, in der sie tanzt, ist nur eine Tagesreise von hier entfernt.«

Als nun der junge Fischer diese Worte seiner Seele hörte, dachte er daran, daß die kleine Seejungfrau keine Füße hatte und nicht tanzen konnte. Und ein großes Verlangen kam über ihn, und er sprach bei sich selbst: »Es ist nur eine Tagesreise, und ich kann zu meiner Liebsten zurückkehren«, und er lachte und erhob sich aus dem flachen Wasser und kam ans Ufer.

Und als er das trockene Ufer erreichte, lachte er wieder und streckte die Arme seiner Seele entgegen. Und seine Seele tat einen lauten Jubelschrei und eilte auf ihn zu und kehrte in ihn ein, und der junge Fischer sah vor sich auf dem Sand jenen Schatten des Körpers liegen, der der Körper der Seele ist.

Und seine Seele sprach zu ihm: »Laß uns nicht verweilen, sondern sogleich fortgehen, denn die Meergötter sind eifersüchtig, und sie gebieten Ungeheuern.«

Also eilten sie fort, und die ganze Nacht hindurch wanderten sie unter dem Mond, und den ganzen nächsten Tag wanderten sie unter der Sonne, und am Abend des nächsten Tages erreichten sie eine Stadt.

Und der junge Fischer fragte seine Seele: »Ist dies die Stadt, in der sie tanzt, von der du mir erzählt hast?«

Und die Seele antwortete: »Es ist nicht diese Stadt, sondern eine andere. Laß uns dennoch hineingehen.«

Also gingen sie hinein und streiften durch die Straßen, und als sie durch die Straße der Goldschmiede kamen, sah der junge Fischer einen schönen Silberbecher, der in einer Verkaufsbude ausgestellt war. Und seine Seele sprach zu ihm: »Nimm diesen Silberbecher und verbirg ihn.«

So nahm er den Becher und verbarg ihn in den Falten seines Gewandes, und sie eilten aus der Stadt hinaus.

Und nachdem sie eine Wegstunde von der Stadt gegangen waren, blickte der junge Fischer finster drein und warf den Becher fort und sprach zu seiner Seele: »Weshalb hast du mir geraten, diesen Becher zu stehlen und zu verbergen, da dies doch eine böse Tat ist?«

Doch seine Seele antwortete ihm: »Sei ruhig, sei ruhig.«

Und am Abend des zweiten Tages kamen sie zu einer Stadt, und der junge Fischer fragte seine Seele: »Ist dies die Stadt, in der sie tanzt, von der du mir erzählt hast?«

Und die Seele antwortete: »Es ist nicht diese Stadt, sondern eine andere. Laß uns dennoch hineingehen.«

Also gingen sie hinein und streiften durch die Straßen, und als sie durch die Straße der Sandalenhändler kamen, sah der junge Fischer ein Kind neben einem Wasserkrug stehen. Und seine Seele sprach zu ihm: »Schlage das Kind.« So schlug er das Kind, bis es weinte, und nachdem er das getan hatte, eilten sie aus der Stadt hinaus.

Und nachdem sie eine Wegstunde von der Stadt gegangen waren, wurde der junge Fischer zornig und sprach zu seiner Seele: »Weshalb hast du mir geraten, das Kind zu schlagen, da dies doch eine böse Tat ist?«

Doch seine Seele antwortete ihm: »Sei ruhig, sei ruhig.«

Und am Abend des dritten Tages kamen sie zu einer Stadt, und der junge Fischer fragte seine Seele: »Ist dies die Stadt, in der sie tanzt, von der du mir erzählt hast?«

Und die Seele antwortete: »Es kann sein, daß es in dieser Stadt ist, deshalb laß uns hineingehen.«

Also gingen sie hinein und streiften durch die Straßen, aber nirgends konnte der junge Fischer den Fluß finden oder die Schenke, die an seinem Ufer stand. Und die Bewohner der Stadt starrten ihn neugierig an, und er begann sich zu fürchten und sagte zu seiner Seele: »Laß uns fortgehen, denn die, die auf weißen Füßen tanzt, ist nicht hier.«

Doch seine Seele antwortete: »Nein, laß uns bleiben, denn die Nacht ist finster, und Räuber werden auf den Straßen sein.«

Also setzte er sich auf dem Marktplatz nieder, um auszuruhen, und nach einer Weile kam ein vermummter Kaufmann vorüber, der trug einen Mantel aus tatarischem Tuch und hielt eine Laterne aus durchbrochenem Horn an einem knotigen Schilfrohr. Und der

Kaufmann fragte ihn: »Weshalb sitzt du auf dem Marktplatz, da du doch siehst, daß die Buden geschlossen und die Ballen verschnürt sind?«

Und der junge Fischer antwortete ihm: »Ich kann keine Herberge in dieser Stadt finden, noch habe ich Angehörige, die mir Obdach geben könnten.«

»Sind wir uns nicht alle angehörig?« sagte der Kaufmann. »Und hat uns nicht derselbe Gott geschaffen? Darum komm mit mir, denn ich habe einen Raum für Gäste.«

Also stand der junge Fischer auf und folgte dem Kaufmann zu seinem Haus. Und nachdem er einen Garten mit Granatapfelbäumen durchquert hatte und in das Haus eingetreten war, brachte der Kaufmann ihm Rosenwasser in einer Kupferschale, auf daß er sich die Hände waschen konnte, und reife Melonen, auf daß er seinen Durst stillen konnte, und er setzte eine Schüssel mit Reis und ein Stück gebratenes Zicklein vor ihm nieder.

Und nachdem er gegessen hatte, führte der Kaufmann ihn in das Gastzimmer und wünschte ihm einen ruhigen Schlaf. Und der junge Fischer stattete ihm seinen Dank ab und küßte den Ring, der an seiner Hand steckte, und warf sich auf die Teppiche aus buntem Ziegenhaar nieder. Und nachdem er sich mit einer Decke aus schwarzer Lammwolle zugedeckt hatte, schlief er ein.

Und drei Stunden vor Sonnenaufgang und da es noch tiefe Nacht war, weckte ihn seine Seele und sprach zu ihm: »Steh auf und geh in das Zimmer des Kaufmannes, geradewegs in das Zimmer, in dem er schläft, und töte ihn und nimm ihm sein Gold, denn wir brauchen es.«

Und der junge Fischer stand auf und schlich zum Zimmer des Kaufmannes, und über den Füßen des Kaufmannes hing ein Krummschwert, und in der Lade zur Seite des Kaufmannes steckten neun Beutel Goldes. Und er streckte seine Hand aus und berührte das Schwert, und als er es berührte, schrak der Kaufmann aus dem Schlaf hoch und sprang auf die Füße und ergriff das Schwert und rief den jungen Fischer an: »Vergiltst du Gutes mit Bösem und zahlst mit Blutvergießen für die Güte, die ich dir erwiesen habe?«

Und seine Seele sagte zu dem jungen Fischer: »Schlage ihn«, und er schlug ihn so hart, daß er bewußtlos niederstürzte, und dann griff er die neun Beutel Goldes und floh hastig durch den Garten mit Granatapfelbäumen und wandte sein Gesicht gegen den Stern, der der Stern des Morgens ist.

Und nachdem sie eine Wegstunde von der Stadt gegangen waren, schlug der junge Fischer sich gegen die Brust und sprach zu seiner Seele: »Weshalb hast du mich geheißen, den Kaufmann zu töten und sein Gold zu stehlen? Wahrlich, du bist böse.«

Doch seine Seele antwortete ihm: »Sei ruhig, sei ruhig.«

»Nein!« rief der junge Fischer, »ich will nicht ruhig sein, denn alles, was du mich hast tun lassen, ist mir verhaßt. Du bist mir auch verhaßt, und ich gebiete dir: Sag mir, weshalb du solches an mir getan hast.«

Und seine Seele antwortete ihm: »Als du mich in die Welt hinausgestoßen hast, gabst du mir kein Herz, also lernte ich alle diese Dinge tun und mich daran zu erfreuen.«

»Was sagst du da?« fragte der junge Fischer leise.

»Du weißt es«, antwortete seine Seele, »du weißt es

wohl. Hast du vergessen, daß du mir kein Herz gegeben hast? Ich glaube nicht. Deshalb quäle weder dich noch mich, sondern sei ruhig, denn es gibt keinen Schmerz, den du nicht bereiten wirst, und keine Lust, die du nicht empfangen wirst.«

Und als der junge Fischer diese Worte hörte, zitterte er und sprach zu seiner Seele: »Nein! du bist böse und hast mich meine Liebe vergessen machen, und du hast mich versucht mit Versuchungen und hast meine Füße auf den Weg der Sünde geführt.«

Und seine Seele antwortete ihm: »Du hast nicht vergessen, daß du mir kein Herz gabst, als du mich in die Welt hinausgestoßen hast. Komm, wir gehen in eine andere Stadt und lassen es uns wohl sein, denn wir besitzen neun Beutel voller Gold.«

Aber der junge Fischer nahm die neun Beutel voller Gold und warf sie auf den Boden und trampelte darauf herum.

»Nein!« schrie er, »ich will nichts mit dir zu schaffen haben, und nirgendwohin will ich mir dir gehen, sondern so, wie ich dich einst verstoßen habe, so will ich dich jetzt verstoßen, denn du hast nichts Gutes an mir getan.« Und er wandte seinen Rücken dem Mond zu, und mit dem kleinen Messer, dessen Griff aus grüner Vipernhaut war, versuchte er, rings um seine Füße herum den Schatten des Körpers abzuschneiden, der der Körper der Seele ist.

Doch seine Seele rührte sich nicht von ihm fort und schenkte seinem Befehl keine Beachtung, sondern sprach zu ihm: »Der Zauber, den die Hexe dich gelehrt hat, nützt dir nichts mehr, denn weder kann ich dich verlassen, noch kannst du mich austreiben. Einmal im Leben kann ein Mensch seine Seele verstoßen, aber wer seine

Seele wieder aufnimmt, muß sie für immer behalten, und das ist seine Strafe und sein Lohn.«

Und der junge Fischer wurde bleich und ballte die Fäuste und rief: »Sie war eine falsche Hexe, daß sie mir das nicht gesagt hat!«

»Aber nein«, antwortete seine Seele, »sie war nur Ihm treu, den sie anbetet und dessen Dienerin sie immer sein wird.«

Und da der junge Fischer wußte, daß er seiner Seele nicht mehr ledig werden konnte und daß sie eine böse Seele war und immer in ihm wohnen würde, da fiel er zu Boden und weinte bitterlich.

Und als es Tag geworden war, da erhob sich der junge Fischer und sprach zu seiner Seele: »Ich will meine Hände binden, auf daß ich deinem Gebot nicht folgen kann, und meine Lippen versiegeln, auf daß ich deine Worte nicht sprechen kann, und ich will zurückkehren an den Ort, wo sie, die ich liebe, ihre Wohnung hat. An das Meer will ich zurückkehren und an die kleine Bucht, wo sie immer sang, und ich will sie rufen und ihr das Böse bekennen, das ich getan habe, und das Böse, das du mir angetan hast.«

Und seine Seele versuchte ihn und sagte: »Wer ist denn deine Liebste, daß du zu ihr zurückkehren solltest? Viele gibt es auf der Welt, die schöner sind als sie. Da sind Tanzmädchen in Samaris, die tanzen wie Vögel und wilde Tiere aller Art. Ihre Füße sind mit Henna gefärbt, und in ihren Händen halten sie kleine Kupferglöckchen. Sie lachen, während sie tanzen, und ihr Gelächter ist so klar wie das Gelächter des Wassers. Komm mit mir, und ich will sie dir zeigen. Denn welchen Nutzen bringt dir dein Kummer über die sündhaften Dinge? Ist das, was man gerne ißt, nicht zum Essen geschaffen? Ist denn Gift in dem Trank, der süß ist zu trinken? Quäle dich nicht, sondern komm mit mir in eine andere Stadt. Ganz nah von hier liegt eine kleine Stadt, darin gibt es einen Garten mit Tulpenbäumen. Und dort in diesem lieblichen Garten leben weiße Pfauen und Pfauen mit blaugefiederten Brüsten. Wenn sie ihre Schwanzfedern der Sonne entgegenspreizen, sind sie wie Scheiben aus Elfenbein und wie Scheiben aus Gold. Und die, die sie füttert, tanzt zu ihrer Lust, und manchmal tanzt sie auf ihren Händen und manchmal tanzt sie auf ihren Füßen. Ihre Augen sind mit Antimon bemalt, und ihre Nüstern sind geschwungen wie die Flügel einer Schwalbe. An einem Häkchen in einem ihrer Nasenflügel hängt eine Blüte, die ist aus einer Perle geschnitzt. Sie lacht, während sie tanzt, und die silbernen Spangen um ihre Knöchel klingen wie Glöckchen aus Silber. Also quäle dich nicht, sondern komm mit mir in diese Stadt.«

Aber der junge Fischer antwortete seiner Seele nicht, sondern er verschloß seine Lippen mit dem Siegel des Schweigens, und mit einer festen Schnur band er seine Hände zusammen und wanderte zurück an den Ort, von dem er gekommen war, und zu der kleinen Bucht, wo seine Liebste immer gesungen hatte. Und auf dem Weg versuchte seine Seele ihn unaufhörlich, aber er gab ihr keine Antwort, noch tat er irgend etwas von dem Bösen, wozu sie ihn verleiten wollte, so groß war die Macht der Liebe, die in ihm war.

Und als er die Küste des Meeres erreichte, löste er die Schnur von seinen Händen und nahm das Siegel des Schweigens von seinen Lippen und rief nach der kleinen Seejungfrau. Aber sie kam nicht auf seinen Ruf, obgleich er den ganzen Tag lang nach ihr rief und flehte.

Und seine Seele verspottete ihn und sagte: »Fürwahr, wenig Freude gewährt dir deine Liebe. Du bist wie jemand, der in der Dürrezeit Wasser in einen zerbrochenen Krug schöpft. Du wirfst weg, was du besitzt, und nichts wird dir dafür wiedergegeben. Es wäre besser für dich, wenn du mit mir kämst, denn ich weiß, wo das Tal der Freuden liegt und welche Dinge dort geschehen.«

Aber der junge Fischer antwortete seiner Seele nicht, sondern er baute sich in einer Felsspalte eine Hütte aus Flechtwerk und lebte dort für die Zeit eines Jahres. Und jeden Morgen rief er nach der Seejungfrau, und jeden Mittag rief er wieder nach ihr, und des Nachts rief er ihren Namen. Doch niemals stieg sie aus der Flut empor und kam ihm entgegen, und an keinem Ort des Meeres konnte er sie finden, obwohl er nach ihr forschte in den Grotten und im grünen Wasser, in den Gezeitentümpeln und in den Quellen auf dem Grund der Tiefe.

Und immerfort versuchte seine Seele ihn mit Bösem und flüsterte ihm Entsetzliches zu. Aber sie vermochte nichts gegen ihn, so groß war die Macht seiner Liebe.

Und als das Jahr verstrichen war, dachte die Seele in ihm: »Ich habe meinen Herren mit Bösem versucht, aber seine Liebe ist stärker als ich. Ich will ihn nun mit Gutem versuchen, vielleicht, daß er dann mit mir kommen wird.«

Also sprach sie zu dem jungen Fischer und sagte: »Ich habe dir von den Freuden der Welt erzählt, und du hast mir ein taubes Ohr zugewandt. Erlaube mir nun, daß ich dir vom Leid der Welt erzähle, vielleicht, daß du zuhören wirst. Denn das Leid ist in Wahrheit der Herr der Welt, und keiner kann seinen Fängen entgehen. Manchen mangelt es an Kleidern, und anderen mangelt es an Brot. Witwen gehen in Purpur, und Witwen gehen in Lumpen. Hin und her durch die Sümpfe ziehen die Aussätzigen, und sie sind grausam zueinander. Die Bettler wandern die Landstraßen auf und ab, und ihre Beutel sind leer. Durch die Straßen der Städte schleicht der Hunger, und die Pest sitzt an den Stadttoren. Komm, laß uns fortgehen und dies alles bessern und machen, daß es verschwindet. Wozu solltest du hier bleiben und nach deiner Liebsten rufen, wo du doch siehst, daß sie deinem Ruf nicht folgt? Und was ist Liebe, daß du sie so hoch bemißt?«

Aber der junge Fischer gab ihr keine Antwort, so groß war die Macht seiner Liebe. Und jeden Morgen rief er nach der Seejungfrau, und jeden Mittag rief er wieder nach ihr, und des Nachts rief er ihren Namen. Doch niemals stieg sie aus den Fluten empor und kam ihm entgegen, und an keinem Ort der See konnte er sie finden, obwohl er nach ihr forschte in den Flüssen des Meeres und in den Tälern unter den Wogen, in der See, die die Nacht purpurn färbt, und in der See, die die Morgendämmerung ergrauen läßt.

Und als das zweite Jahr verstrichen war, sprach die Seele des Nachts zu dem jungen Fischer, als er allein in seiner Flechthütte saß: »Siehe! Nun habe ich dich mit Bösem versucht, und ich habe dich mit Gutem versucht, und deine Liebe ist stärker als ich. Deshalb will ich dich nicht länger versuchen, sondern ich bitte dich, laß mich in dein Herz einkehren, auf daß ich eins mit dir werden kann wie zuvor.«

»Natürlich darfst du einkehren«, sagte der junge Fischer, »denn in der Zeit, da du ohne Herz durch die Welt gingst, muß du sehr gelitten haben.«

»Ach!« rief seine Seele, »ich kann keinen Eingang finden, so umgürtet von Liebe ist dein Herz.«

»Und doch wollte ich, ich könnte dir helfen«, sagte der junge Fischer.

Und als er das sagte, da erklang ein lauter Schmerzensschrei aus der See, jener Schrei, den die Menschen vernehmen, wenn einer aus dem Meervolk gestorben ist. Und der junge Fischer sprang auf und lief aus seiner Flechthütte und rannte hinunter ans Ufer. Und die schwarzen Wogen rollten gegen die Küste und trugen mit sich eine Last, die war weißer als Silber. Weiß wie die Brandung war sie, und wie eine Blüte tanzte sie auf den Wogen. Und die Brandung nahm sie von den Wogen, und die Gischt nahm sie von der Brandung, und das Ufer empfing sie, und zu seinen Füßen sah der junge Fischer den Körper der kleinen Seejungfrau liegen. Tot lag sie zu seinen Füßen.

Weinend wie einer, der gebrochen ist vor Kummer, warf er sich neben ihr nieder, und er küßte das kalte Rot ihres Mundes und spielte mit dem nassen Bernstein ihres Haares. Er warf sich neben ihr nieder auf den Sand, weinend wie einer, der in Lust erzittert, und mit seinen braunen Armen hielt er sie an seine Brust gepreßt. Kalt waren die Lippen, und doch küßte er sie. Salzig war der Honig ihres Haares, und doch kostete er ihn mit bitterer Lust. Er küßte die geschlossenen Augenlider, und die wilde Gischt, die auf den Augenhöhlen lag, war weniger salzig als seine Tränen.

Und dem toten Leib beichtete er. In die Muscheln ihrer Ohren goß er den bitteren Wein seiner Geschichte. Er legte ihre kleinen Hände um seinen Nacken, und mit seinen Fingern strich er über das zarte Rohr ihres Halses. Bitter, bitter war seine Lust, und voll seltsamer Freude war sein Schmerz.

Die schwarze See rollte heran, und die weiße Gischt stöhnte wie ein Aussätziger. Mit weißen Klauen von Gischt griff die See nach der Küste. Aus dem Palast des Meerkönigs erklang noch einmal jener Schmerzensschrei, und weit draußen im Meer stießen die großen Tritonen rauh in ihre Hörner.

»Flieh!« rief seine Seele, »denn näher und näher kommt die See, und wenn du verweilst, wird sie dich verschlingen. Flieh, denn ich fürchte mich, da ich sehe, daß dein Herz sich gegen mich verschlossen hat um der Größe deiner Liebe willen. Fliehe an einen sicheren Ort. Du wirst mich doch nicht ohne Herz in eine andere Welt schicken?«

Doch der junge Fischer hörte nicht auf seine Seele, sondern rief die kleine Seejungfrau an und sprach: »Liebe ist besser als Weisheit und mehr wert als Reichtum und lieblicher als die Füße der Menschentöchter. Das Feuer kann sie nicht zerstören, und das Wasser kann sie nicht auslöschen. Ich rief dich, wenn der Morgen graute, doch du kamst nicht auf meinen Ruf. Der Mond hörte deinen Namen, doch du achtetest meiner nicht. Böswillig habe ich dich verlassen, und zu meinem eigenen Schmerz zog ich fort. Und doch war deine Liebe immer mit mir, und immer war sie stark, und nichts vermochte etwas gegen sie, ob ich das Böse schaute oder ob ich das Gute schaute. Und nun, da du tot bist, will ich mit dir sterben.«

Und seine Seele flehte ihn an, zu fliehen, aber er wollte nicht, so groß war seine Liebe. Und die See rollte heran und warf ihre Wogen über ihn, und da er erkannte, daß sein Ende nahe war, küßte er mit wahnsinnigen Lippen die kalten Lippen der Seejungfrau, und das Herz, das in ihm war, brach. Und als durch die Fülle seiner Liebe sein Herz brach, fand die Seele einen Eingang und ging hinein und war eins mit ihm wie zuvor. Und die See bedeckte den jungen Fischer mit ihren Wogen.

Und am Morgen zog der Priester hinaus, um das Meer zu segnen, denn es war wild gewesen. Und mit ihm zogen die Mönche und die Musikanten und die Kerzenträger und die Weihrauchschwenker und eine große Volksmenge.

Und als der Priester das Ufer erreichte, da sah er den jungen Fischer ertrunken in der Brandung liegen und mit den Armen den Leichnam der kleinen Seejungfrau umfangen. Und er schrak zurück mit finsterem Gesicht und machte das Zeichen des Kreuzes und erhob seine Stimme und sprach: »Ich will das Meer nicht segnen noch was in ihm lebt. Verflucht sei das Meervolk, und verflucht seien alle, die sich mit ihnen einlassen. Und was ihn anbelangt, der sich um der Liebe willen von Gott abgewandt hat und der hier liegt mit seiner Buhle, durch Gottes Gericht erschlagen, so nehmt seinen Leichnam und den Leichnam seiner Buhle und verscharrt sie in der Ecke des Schindangers, und setzt ihnen kein Mal noch irgendein Zeichen, auf daß niemand den Ort ihrer letzten Ruhe kenne. Denn verflucht waren sie im Leben, und verflucht sollen sie auch im Tode sein.«

Und die Leute taten, wie er ihnen geheißen, und in der Ecke des Schindangers, wo kein süßes Kraut wächst, hoben sie eine tiefe Grube aus und legten die toten Körper hinein.

Und als das dritte Jahr verstrichen war und an einem Tag, der ein heiliger Tag war, zog der Priester zu der Kapelle hinaus, um dem Volk die Wundmale des Herrn zu zeigen und ihm zu predigen über den Zorn Gottes.

Und als er sich gewandet hatte in seine Gewänder und eingetreten war und sich vor dem Altar neigte, da sah er, daß der Altar überschüttet war von fremdartigen Blüten, welche er nie zuvor gesehen hatte. Fremdartig waren sie anzuschauen und von seltsamer Schönheit, und ihre Schönheit verwirrte ihn, und ihr Duft stieg ihm süß in die Nase, und er fühlte sich glücklich, aber er wußte nicht, warum er glücklich war.

Und nachdem er den Tabernakel geöffnet hatte und der Monstranz darin Weihrauch gespendet hatte und die liebliche Hostie dem Volk gezeigt und sie wieder verborgen hatte hinter dem Schleier der Schleier, da hob er an, zum Volk zu predigen, und er wollte ihm predigen über den Zorn Gottes. Aber die Schönheit der weißen Blüten verwirrte ihn, und ihr Duft stieg ihm süß in die Nase, und andere Worte sprangen auf seine Lippen, und er sprach nicht vom Zorn Gottes, sondern von dem Gott, dessen Name Liebe ist. Doch weshalb er so sprach, das wußte er nicht.

Und als er seine Predigt beendet hatte, weinten die Leute, und der Priester zog sich zurück in die Sakristei, und seine Augen standen voller Tränen. Und die Diakone traten ein und begannen, ihn zu entkleiden, und nahmen ihm das Chorhemd und den Gürtel ab, den Manipel und die Stola. Und er stand da wie ein Träumender.

Und nachdem sie ihm die Gewänder abgenommen hatten, sah er sie an und fragte: »Was sind das für Blumen, die auf dem Altar liegen, und woher kommen sie?«

Und sie antworteten ihm: »Was für Blumen es sind, können wir nicht sagen, aber sie kommen von der Ecke des Schindangers.« Und der Priester zitterte und kehrte in sein Haus zurück und betete.

Und am Morgen, noch als es dämmerte, zog er hinaus mit den Mönchen und den Musikanten und den Kerzenträgern und den Weihrauchschwenkern und mit einer großen Volksmenge und ging ans Ufer des Meeres und segnete das Meer und all die wilden Geschöpfe, die in ihm sind. Auch die Faune segnete er und die kleinen Geschöpfe, die im Walde tanzen, und die helläugigen Wesen, die durch die Blätter spähen. Alle Geschöpfe in Gottes Welt segnete er, und das Volk war voller Freude und Staunen. Doch niemals wieder blühten in der Ecke des Schindangers Blumen jeglicher Art, sondern der Acker blieb unfruchtbar wie zuvor. Auch das Meervolk kam nicht wieder in die Bucht, wie sie es immer getan hatten, denn sie zogen nach einem anderen Teil der See.

Das Sternenkind

Es waren einmal zwei arme Holzhacker, die gingen durch einen großen Tannenwald nach Hause. Es war Winter und eine bitterkalte Nacht. Der Schnee lag hoch auf der Erde und auf den Ästen der Bäume, der Frost ließ ständig die kleinen Zweige zu ihren Seiten knacken, während sie vorübergingen, und als sie zu der Bergquelle kamen, hing sie bewegunglos in der Luft, denn der Eiskönig hatte sie geküßt.

So kalt war es, daß sogar die Tiere und die Vögel nicht wußten, was sie davon halten sollten.

»Hu!« brummte der Wolf, während er durch das Unterholz hinkte mit dem Schwanz zwischen den Beinen, »dieses Wetter ist einfach ungeheuerlich. Warum tut die Regierung nichts dagegen?«

»Uiit! Uiit! Uiit!« zwitscherten die grünen Hänflinge, »die alte Erde ist tot, und man hat sie aufgebahrt in ihrem weißen Leichentuch.«

»Die Erde wird Hochzeit halten, und dies ist ihr Brautkleid«, gurrten die Turteltauben einander zu. Ihre kleinen rosa Füße schmerzten vor Frost, aber sie hielten es für ihre Pflicht, die Lage in einem romantischen Licht zu betrachten.

»Unsinn!« knurrte der Wolf. »Ich sage euch, es ist alles die Schuld der Regierung, und wenn ihr mir nicht glaubt, fresse ich euch auf.« Der Wolf war ausgesprochen praktisch veranlagt und nie um ein schlagendes Argument verlegen.

»Nun, ich meinerseits«, meinte der Specht, der ein

geborener Philosoph war, »ich schere mich keine Atomtheorie um Erklärungen. Wenn etwas so ist, dann ist es so, und zur Zeit ist es schrecklich kalt.«

Schrecklich kalt war es wahrhaftig. Die kleinen Eichhörnchen, die im Gezweig der hohen Tanne hausten, rieben sich immerfort gegenseitig die Nasen, um sich warm zu halten, und die Kaninchen rollten sich in ihren Löchern ein und riskierten nicht einmal einen Blick vor die Tür. Die einzigen, die sich anscheinend wohl fühlten, waren die großen Ohreulen. Ihre Federn waren ganz steif vom Rauhreif, aber das störte sie nicht, und sie rollten ihre großen gelben Augen und riefen einander durch den Wald zu: »Tu-witt! Tu-huu! Tu-witt! Tuhuu! Was für ein prachtvolles Wetter!«

Weiter und weiter gingen die beiden Holzhacker, bliesen kräftig auf ihre Finger und stapften in ihren riesigen, genagelten Stiefeln über den festgebackenen Schnee. Einmal sanken sie in eine tiefe Schneewehe ein und kamen daraus hervor so weiß wie die Müller, wenn ihre Steine mahlen; und einmal glitten sie auf dem harten, glatten Eis aus, zu dem das Sumpfwasser gefroren war, und das Reisig fiel aus ihren Bündeln, und sie mußten es aufsammeln und wieder zusammenschnüren; und einmal glaubten sie, sich verirrt zu haben, und großes Entsetzen packte sie, denn sie wußten, daß die Schneefrau grausam ist zu denen, die in ihren Armen schlafen. Aber sie vertrauten dem guten Heiligen Martin, der über alle Wanderer wacht, und fanden ihre Spur wieder und gingen vorsichtig weiter, und endlich erreichten sie den Waldrand und sahen tief unten im Tal zu ihren Füßen die Lichter des Dorfes, in dem sie wohnten.

So überfroh waren sie über ihre Errettung, daß sie

laut auflachten, und die Erde erschien ihnen wie eine Blume aus Silber und der Mond wie eine Blume aus Gold.

Doch nachdem sie ausgelacht hatten, wurden sie wieder traurig, denn sie dachten an ihre Armut, und der eine sagte zu dem anderen: »Warum waren wir fröhlich, wo wir doch wissen, daß das Leben den Reichen gehört und nicht solchen wie uns? Es wäre besser gewesen, wir wären im Wald vor Kälte umgekommen oder ein wildes Tier hätte uns angefallen und zerrissen.«

»Wahrhaftig«, antwortete sein Kamerad, »wenigen wurde viel gegeben, und den anderen wurde wenig gegeben. Das Unrecht hat die Welt aufgeteilt, und nichts ist gleichmäßig verteilt außer dem Kummer.«

Aber während sie einander ihr Leid klagten, geschah dieses Seltsame: Vom Himmel fiel ein sehr heller und wunderschöner Stern. Er glitt seitlich das Himmelsgewölbe herab, nahm seinen Weg an den anderen Sternen vorüber und schien, wie sie staunend beobachteten, hinter einer Gruppe von Weidenbäumen niederzugehen, die dicht bei einer kleinen Schafhürde standen, nicht weiter als einen Steinwurf entfernt.

»Holla! Da liegt ein Topf voll Gold für den, der ihn findet!« riefen sie, und sie liefen los und rannten, so begierig waren sie nach dem Gold.

Und der eine von ihnen lief schneller als sein Kamerad und überholte ihn und brach sich seinen Weg durch die Weiden und kam auf der anderen Seite heraus, und sieh! da lag wirklich etwas Goldenes im weißen Schnee. Er lief darauf zu, beugte sich nieder und legte seine Hände darauf, und es war ein Mantel aus Goldgewebe, wundersam mit Sternen durchwirkt und in viele Falten gerafft. Und er rief seinem Gefährten zu, daß er den Schatz gefunden habe, der vom Himmel gefallen war, und als sein Gefährte dazukam, setzten sie sich nieder in den Schnee und lösten die Falten des Mantels, um die Goldstücke unter sich aufzuteilen. Aber ach! weder Gold war darin noch Silber noch überhaupt irgendein Schatz, sondern nur ein kleines Kind, das schlief.

Und der eine sagte zu dem anderen: »Dies ist ein bitteres Ende für unsere Hoffnungen; wir haben einfach kein Glück, denn welchen Nutzen hat schon ein Kind für einen Mann? Wir sollten es hier liegenlassen und unseres Weges gehen, da wir arme Leute sind und eigene Kinder haben, deren Brot wir keinem fremden geben dürfen.«

Aber sein Gefährte erwiderte: »Nein, es wäre eine schlechte Tat, das Kind hier im Schnee seinem Tod zu überlassen, und wenn ich auch genauso arm bin wie du und viele Mäuler zu stopfen habe und nur wenig auf dem Herd, so will ich es doch mit mir nach Hause nehmen, und mein Weib soll für es sorgen.«

Ganz behutsam hob er das Kind hoch und wickelte es in den Mantel, um es vor der grimmigen Kälte zu schützen, und machte sich auf den Weg die Hügel hinunter in das Dorf, während sein Gefährte sich sehr über seine Torheit und Weichherzigkeit verwunderte.

Und als sie in das Dorf kamen, sagte sein Gefährte zu ihm: »Du hast das Kind, deshalb gib mir den Mantel, denn es ziemt sich, daß wir teilen.«

Doch dieser erwiderte ihm: »Nein, denn der Mantel gehört weder mir noch dir, sondern allein dem Kind.« Und er wünschte ihm ein »Behüt-dich-Gott« und ging zu seinem Haus und klopfte an.

Und als sein Weib die Tür öffnete und sah, daß ihr

Mann wohlbehalten zu ihr zurückgekehrt war, da schlang sie ihm die Arme um den Hals und küßte ihn und nahm ihm das Reisigbündel vom Rücken und bürstete den Schnee von seinen Stiefeln und bat ihn, einzutreten.

Er aber sagte zu ihr: »Ich habe etwas im Wald gefunden, und ich habe es dir mitgebracht, damit du für es sorgen sollst«, und er rührte sich nicht von der Türschwelle.

»Was ist es?« rief sie. »Zeig es mir, denn unser Haus ist arm, und wir brauchen vieles.« Und er schlug den Mantel zurück und zeigte ihr das schlafende Kind.

»Ach je, guter Mann«, murrte sie, »haben wir nicht eigene Kinder genug, daß du unbedingt noch einen Wechselbalg mitbringen mußt, der an unserem Herd sitzen soll? Und wer weiß, ob es uns nicht Unglück bringt? Und wie sollen wir es versorgen?« Und sie war zornig auf ihn.

»Aber es ist ein Sternenkind«, antwortete er; und er erzählte ihr, auf welch seltsame Weise er es gefunden hatte.

Doch sie wollte keinen Frieden geben, sondern verspottete ihn und redete im Zorn und rief: »Unseren Kindern mangelt es an Brot, und wir sollen das Kind einer anderen füttern? Wer sorgt denn für uns? Und wer gibt uns Nahrung?«

»Gott sorgt sogar für die Sperlinge und ernährt sie«, antwortete er.

»Und sterben die Sperlinge nicht vor Hunger im Winter?« fragte sie. »Und ist es nicht Winter jetzt?« Und der Mann gab keine Antwort und rührte sich nicht von der Türschwelle.

Und ein bitterkalter Wind fegte vom Wald her durch die offene Tür herein und machte sie zittern, und sie schauerte zusammen und sagte zu ihm: »Willst du nicht die Tür schließen? Ein bitterkalter Wind weht ins Haus, und ich friere.«

»Weht nicht immer ein bitterkalter Wind in ein Haus, in dem ein hartes Herz lebt?« fragte er. Und die Frau erwiderte nichts, sondern rückte näher ans Feuer.

Und nach einer Weile drehte sie sich um und sah ihn an, und ihre Augen standen voller Tränen. Und er kam rasch herein und legte das Kind in ihre Arme, und sie küßte es und legte es in ein kleines Bettchen, wo schon das jüngste ihrer eigenen Kinder lag. Und am Morgen nahm der Holzhacker den seltsamen Mantel aus Gold und legte ihn in eine große Truhe, und seine Frau nahm eine Bernsteinkette, die um den Hals des Kindes geschlungen war, und legte sie ebenfalls in die Truhe.

So wuchs das Sternenkind gemeinsam mit den Kindern des Holzhackers heran und saß am gleichen Tisch mit ihnen und war ihr Spielgefährte.

Und mit jedem Jahr wurde es schöner anzuschauen, so daß alle, die im Dorf wohnten, sich sehr verwunderten, denn während sie selbst dunkel und schwarzhaarig waren, war der Knabe weiß und zart wie aus Elfenbein geschnitzt, und seine Locken glichen den Blütenkronen der Osterglocke. Seine Lippen waren wie die Blütenblätter einer roten Blume, und seine Augen waren wie Veilchen an einem Bach von klarem Wasser, und sein Leib war wie die Narzisse auf dem Felde, wohin der Schnitter nicht kommt.

Und doch brachte seine Schönheit ihm Unheil. Denn er wurde hochmütig und grausam und selbstsüchtig. Die Kinder des Holzhackers und die anderen Kinder des Dorfes verachtete er und sagte, sie seien von niederer Geburt, während er edel sei, einem Stern entsprungen, und er machte sich zum Herrn über sie und nannte sie seine Knechte. Kein Mitleid hatte er für die Armen noch für die, die blind oder verkrüppelt waren oder sonst in irgendeiner Art behindert, sondern er warf Steine nach ihnen und jagte sie auf die Landstraße hinaus und hieß sie sich ihr Brot woanders erbetteln, so daß keiner außer den Geächteten ein zweites Mal in das Dorf kam, um Almosen zu erbitten. Tatsächlich schien er wie verliebt in die Schönheit, und spottete über die Schwachen und Mißgestalteten und trieb seinen Scherz mit ihnen; sich selbst aber liebte er, und im Sommer, wenn der Wind schwieg, lag er oft neben dem Brunnen im Garten des Priesters und blickte hinunter auf das Wunder seines eigenen Antlitzes und lachte über das Vergnügen, das seine Schönheit ihm bereitete.

Oftmals schalten der Holzhacker und seine Frau ihn und sagten: »Wir haben an dir nicht so gehandelt, wie du an jenen handelst, die verlassen sind und niemanden haben, der ihnen hilft. Warum bist du so grausam zu allen, die Mitleid nötig haben?«

Oftmals schickte der alte Priester nach ihm und versuchte, ihn die Liebe zu allem Lebenden zu lehren, und sagte zu ihm: »Die Fliege ist dein Bruder. Tu ihr nichts zuleide. Die wilden Vögel, die durch den Wald streichen, haben ihre Freiheit. Stelle ihnen nicht nach zu deinem Vergnügen. Gott hat die Blindschleiche und den Maulwurf geschaffen, und jedes hat seinen Platz. Wer bist du, daß du Schmerz in Gottes Welt bringst? Selbst das Vieh auf dem Felde preist Ihn.«

Doch das Sternenkind achtete seiner Worte nicht, sondern verzog das Gesicht und hörte nicht und ging zu seinen Gefährten zurück und war ihr Anführer. Und seine Gefährten folgten ihm, denn er war schön und leichtfüßig und konnte tanzen und pfeifen und Musik machen. Und wohin das Sternenkind sie auch führte, dahin folgten sie ihm, und was sie das Sternenkind auch zu tun hieß, das taten sie.

Und wenn er mit einem spitzen Schilfrohr die trüben Augen des Maulwurfs durchbohrte, so lachten sie, und wenn er mit Steinen nach dem Aussätzigen warf, so lachten sie auch. Und in allen Dingen herrschte er über sie, und sie wurden hart im Herzen genau wie er.

Eines Tages aber zog ein armes Bettelweib durch das Dorf. Ihre Kleider waren abgerissen und zerlumpt, und ihre Füße bluteten von der steinigen Straße, über die sie gewandert war, und ihre Not war sehr groß. Und da sie müde war, setzte sie sich unter einen Kastanienbaum, um auszuruhen.

Aber als das Sternenkind sie sah, sagte er zu seinen Gefährten: »Seht! Dort sitzt ein garstiges Bettelweib unter diesem schönen, grünbelaubten Baum. Kommt, wir wollen sie fortjagen, denn sie ist häßlich und mißgestaltet.«

So trat er näher und warf Steine nach ihr und verhöhnte sie, und sie sah ihn mit Entsetzen in den Augen an und wandte ihren Blick nicht von ihm. Und als der Holzhacker, der in einem Schuppen in der Nähe Holz spaltete, bemerkte, was das Sternenkind tat, lief er herbei und schalt ihn und sagte zu ihm: »Wahrlich, du bist hartherzig und kennst kein Erbarmen, denn was hat diese arme Frau dir Böses getan, daß du sie in dieser Weise mißhandelst?«

Und das Sternenkind wurde rot vor Zorn und

stampfte mit dem Fuß auf und sagte: »Wer bist du, daß du mich nach meinem Tun fragst? Ich bin nicht dein Sohn, daß ich dir gehorchen müßte.«

»Du sprichst wahr«, antwortete der Holzhacker, »und doch habe ich dir Mitleid erwiesen, als ich dich im Walde fand.«

Und als die Frau diese Worte hörte, stieß sie einen lauten Schrei aus und fiel in Ohnmacht. Und der Holzhacker trug sie in sein Haus, und seine Frau nahm sich ihrer an, und als sie aus der Ohnmacht erwachte, in die sie gefallen war, setzten sie ihr Speise und Trank vor und baten sie, sich zu laben.

Aber sie wollte weder essen noch trinken, sondern fragte den Holzhacker: »Sagtest du nicht, daß das Kind im Walde gefunden wurde? Und war das nicht heute vor zehn Jahren?«

Und der Holzhacker antwortete: »Ja, es war im Wald, wo ich es fand, und es war heute vor zehn Jahren.«

»Und welche Zeichen hast du an ihm gefunden?« rief sie. »Trug es nicht um den Hals eine Bernsteinkette? War es nicht in einen Mantel aus Goldgewebe gehüllt, der mit Sternen durchwirkt war?«

»Wahr«, antwortete der Holzhacker, »es war genau so, wie du sagst.« Und er nahm den Mantel und die Bernsteinkette aus der Truhe, in der sie lagen, und zeigte sie ihr.

Und als sie sie sah, brach sie in Freudentränen aus und sagte: »Er ist mein kleiner Sohn, den ich im Wald verloren habe. Ich bitte dich, schicke gleich nach ihm, denn auf der Suche nach ihm bin ich über die ganze Welt gewandert.«

So gingen der Holzhacker und seine Frau hinaus und

riefen nach dem Sternenkind und sagten zu ihm: »Geh in das Haus, und dort wirst du deine Mutter finden, die auf dich wartet.«

Da rannte er hinein, voller Staunen und großer Freude. Aber als er sah, wer dort wartete, lachte er verächtlich auf und sagte: »Was, wo ist meine Mutter? Denn ich sehe hier niemanden als dieses gemeine Bettelweib.«

Und die Frau antwortete ihm: »Ich bin deine Mutter.«

»Du bist von Sinnen, so zu reden!« rief das Sternenkind zornig. »Ich bin nicht dein Sohn, denn du bist eine Bettlerin und häßlich und in Lumpen. Deshalb scher dich fort, und laß mich dein garstiges Gesicht nie mehr sehen.«

»Doch, du bist wirklich mein kleiner Sohn, den ich im Walde gebar«, rief sie, und sie fiel auf die Knie und streckte die Arme nach ihm aus. »Die Räuber haben dich mir gestohlen und dich dem Tode preisgegeben«, flüsterte sie, »aber ich erkannte dich wieder, als ich dich sah, und die Zeichen erkannte ich auch wieder, den Mantel aus Goldgewebe und die Bernsteinkette. Deshalb bitte ich dich, komm mit mir, denn ich bin über die ganze Welt gewandert auf der Suche nach dir. Komm mit mir, mein Sohn, denn ich brauche deine Liebe.«

Doch das Sternenkind rührte sich nicht von der Stelle, sondern verschloß die Tür seines Herzens gegen sie, und kein Laut war zu hören als das schmerzliche Weinen der Frau.

Und endlich sprach er zu ihr, und seine Stimme war hart und bitter. »Wenn du wahrhaftig meine Mutter bist«, sagte er, »so wäre es besser gewesen, du wärst fortgeblieben und nicht hierhergekommen, um Schande über mich zu bringen, da du doch weißt, daß ich glaubte, das Kind eines Sterns zu sein und nicht das Kind einer Bettlerin, wie du mir sagst. Deshalb scher dich fort und laß mich dich nie mehr sehen.«

»Ach, mein Sohn!« rief sie, »willst du mich nicht küssen, bevor ich gehe? Denn ich habe vieles gelitten, um dich zu finden.«

»Nein«, sagte das Sternenkind, »du bist zu garstig anzusehen, und lieber würde ich eine Natter küssen oder eine Kröte als dich.«

Also stand die Frau auf und ging bitterlich weinend davon in den Wald, und als das Sternenkind sah, daß sie fort war, war es froh und lief zu seinen Gefährten zurück, um mit ihnen zu spielen.

Doch als sie ihn kommen sahen, verspotteten sie ihn und sagten: »Ih, du bist häßlich wie eine Kröte und abscheulich wie eine Natter. Scher dich fort, wir wollen es nicht leiden, daß du mit uns spielst«, und sie jagten ihn aus dem Garten hinaus.

Und das Sternenkind schnitt ein Gesicht und sagte zu sich selbst: »Was ist das, was sie da zu mir sagen? Ich will zum Wasserbrunnen gehen und hineinblicken, und er soll mir meine Schönheit zeigen.«

Also ging er zum Wasserbrunnen und blickte hinein, und siehe! sein Gesicht war wie das Gesicht einer Kröte, und sein Leib war schuppig wie eine Natter. Und er warf sich ins Gras und weinte und sagte zu sich selbst: »Wahrlich, dies ist über mich gekommen um meiner Sünde willen. Denn ich habe meine Mutter verleugnet und sie fortgejagt, und ich war hochmütig und grausam zu ihr. Deshalb will ich hingehen und sie suchen in der ganzen Welt, und ich will nicht rasten, bis ich sie gefunden habe.«

Und da kam die kleine Tochter des Holzhackers zu ihm, und sie legte ihm ihre Hand auf die Schulter und sagte: »Was tut es denn, daß du deine Anmut verloren hast? Bleibe bei uns, und ich werde nicht über dich spotten.«

Und er sprach zu ihr: »Nein, ich bin grausam gewesen gegen meine Mutter, und als Strafe ist mir dieses Übel gesandt worden. Deshalb muß ich fortgehen und durch die Welt wandern, bis ich sie gefunden habe und sie mir Vergebung gewährt.«

So lief er fort in den Wald hinein und rief nach seiner Mutter, daß sie zu ihm käme, aber es kam keine Antwort. Den ganzen Tag lang rief er nach ihr, und als die Sonne unterging, legte er sich zum Schlafen nieder auf ein Bett von Blättern, und die Vögel und die Tiere flohen vor ihm, denn sie entsannen sich seiner Grausamkeit, und er war allein bis auf eine Kröte, die ihn beobachtete, und eine träge Natter, die vorüberkroch.

Und am Morgen erhob er sich und pflückte ein paar bittere Früchte von den Bäumen und aß sie und nahm seinen Weg durch den großen Wald und weinte schmerzlich.

Und er fragte den Maulwurf: »Du kannst unter die Erde kriechen. Sag mir, ist meine Mutter dort?«

Und der Maulwurf antwortete: »Du hast meine Augen geblendet. Wie soll ich es wissen?«

Und er fragte den Hänfling: »Du kannst über die Wipfel der hohen Bäume fliegen. Sag mir, kannst du meine Mutter sehen?«

Und der Hänfling antwortete: »Du hast mir die Flügel beschnitten zu deinem Vergnügen. Wie soll ich fliegen?«

Und das kleine Eichhörnchen, das in der Tanne

hauste und einsam war, fragte er: »Wo ist meine Mutter?«

Und das Eichhörnchen antwortete: »Du hast meine getötet. Willst du deine auch töten?«

Und das Sternenkind weinte und senkte den Kopf und bat um Verzeihung bei den Geschöpfen Gottes, und er wanderte weiter durch den Wald und suchte das Bettelweib. Und am dritten Tag erreichte er die andere Seite des Waldes und stieg in die Ebene hinab.

Und als er durch die Dörfer wanderte, verhöhnten die Kinder ihn und warfen Steine nach ihm, und die Bauern wollten ihn nicht einmal in den Scheunen schlafen lassen, damit er nicht den Mehltau über das aufgespeicherte Korn brachte, so abscheulich war er anzusehen, und ihre Knechte jagten ihn fort, und keiner war, der Mitleid mit ihm hatte. Auch konnte er nirgends etwas über das Bettelweib erfahren, das seine Mutter war, obgleich er drei Jahre lang über die Welt wanderte; und oftmals meinte er, sie auf der Straße vor sich zu sehen, und wollte nach ihr rufen und ihr nachlaufen, bis die scharfen Chausseesteine seine Füße bluten ließen. Aber einholen konnte er sie nicht, und die Leute, die an der Straße wohnten, leugneten stets, sie gesehen zu haben oder jemanden, der ihr ähnlich war, und sie machten sich lustig über seinen Kummer.

Drei Jahre lang wanderte er über die Welt, und in der Welt gab es nicht Liebe noch Güte, noch Barmherzigkeit für ihn, sondern es war genau die Welt, die er sich geschaffen hatte in den Tagen seines großen Hochmutes.

Und eines Abends kam er zu den Toren einer fest ummauerten Stadt, die an einem Fluß lag, und müde und wund an den Füßen, wie er war, schickte er sich an, hineinzugehen. Doch die Soldaten, die in der Wache standen, senkten ihre Hellebarden vor dem Eingang und fragten ihn barsch: »Was hast du in der Stadt zu suchen?«

»Ich suche meine Mutter«, antwortete er, »und ich bitte euch, laßt mich passieren, denn es könnte sein, daß sie in dieser Stadt ist.«

Aber sie verhöhnten ihn, und einer von ihnen schüttelte seinen schwarzen Bart und stieß seinen Schild auf den Boden und rief: »Wahrhaftig, deine Mutter wird nicht sehr erfreut sein, wenn sie dich sieht, denn du bist mißförmiger als die Kröte im Sumpf oder die Natter, die übers Moor kriecht. Scher dich fort! Scher dich fort! Deine Mutter wohnt nicht in dieser Stadt.«

Und ein anderer, der eine gelbe Fahne in der Hand hielt, fragte ihn: »Wer ist deine Mutter, und warum suchst du sie?«

Und er antwortete: »Meine Mutter ist eine Bettlerin, so wie ich ein Bettler bin, und ich habe schlecht an ihr gehandelt, und ich bitte euch, laßt mich passieren, damit sie mir ihre Vergebung gewährt, falls es so ist, daß sie sich in dieser Stadt aufhält.« Aber sie wollten nicht, sondern stachen mit ihren Lanzen nach ihm.

Und als er sich weinend abwandte, kam einer, dessen Rüstung mit goldenen Blumen eingelegt war und auf dessen Helm ein geflügelter Löwe ruhte, und er befragte die Soldaten, wer es war, der da Einlaß begehrt hatte. Und sie sagten zu ihm: »Es ist ein Bettler und der Sohn einer Bettlerin, und wir haben ihn fortgejagt.«

»Nicht doch!« rief er lachend, »wir wollen das garstige Wesen als Sklaven verkaufen, und sein Preis soll der Preis für eine Schale süßen Weines sein.«

Und ein alter Mann mit bösem Gesicht, der gerade vorüberging, rief sie an und sagte: »Ich will ihn kaufen zu diesem Preis«, und nachdem er den Preis bezahlt hatte, nahm er das Sternenkind bei der Hand und führte ihn in die Stadt.

Und nachdem sie durch viele Straßen gegangen waren, kamen sie zu einer kleinen Pforte, die in eine Mauer eingelassen war, über die ein Granatapfelbaum wuchs. Und der alte Mann berührte die Pforte mit einem Ring aus geschnittenem Jaspis, und sie sprang auf, und sie stiegen fünf Messingstufen hinab in einen Garten, der war voller schwarzer Mohnblüten und grüner Krüge aus gebranntem Ton. Und dann nahm der alte Mann aus seinem Turban ein Tuch von gemusterter Seide und verband damit die Augen des Sternenkindes und trieb ihn vor sich her. Und als das Tuch von seinen Augen genommen wurde, fand das Sternenkind sich in einem Verlies wieder, das von einer Hornlaterne erhellt wurde.

Und der alte Mann setzte etwas schimmeliges Brot auf einem Brett vor ihn hin und sagte: »Iß«, und etwas fauliges Wasser in einem Becher und sagte: »Trink«, und als er gegessen und getrunken hatte, ging der alte Mann hinaus und schloß die Tür hinter sich ab und sicherte sie mit einer Eisenkette.

Und am Morgen kam der alte Mann, der in Wirklichkeit der verschlagenste aller Zauberer Libyens war und seine Künste von einem gelernt hatte, der in den Grabstätten am Nil hauste, zu ihm herein und blickte ihn finster an und sagte: »In einem Wald nahe bei den Toren dieser Stadt von Ungläubigen liegen drei Goldstücke. Eines ist von weißem Gold, und das andere ist von gelbem Gold, und das Gold des dritten ist rot. Heute sollst du mir das Stück weißen Goldes bringen, und wenn du es nicht herbringst, werde ich dir hundert Schläge aufzählen. Mach, daß du rasch fortkommst, und bei Sonnenuntergang werde ich an der Gartenpforte auf dich warten. Sieh zu, daß du das weiße Gold mitbringst, oder es wird dir übel ergehen, denn du bist mein Sklave, und ich habe dich gekauft um den Preis einer Schale süßen Weines.« Und er verband dem Sternenkind die Augen mit dem Tuch von gemusterter Seide und führte ihn durch das Haus und durch den Garten mit den Mohnblüten und die fünf Messingstufen hinauf. Und nachdem er die kleine Pforte mit seinem Ring geöffnet hatte, stieß er ihn auf die Straße hinaus.

Und das Sternenkind ging zum Stadttor hinaus und kam in den Wald, von dem der Zauberer ihm gesprochen hatte. Nun war dieser Wald sehr lieblich anzusehen von außen her und schien voller singender Vögel und süß duftender Blumen zu sein, und das Sternenkind betrat ihn frohgemut. Doch nützte die Schönheit des Waldes ihm wenig, denn wohin er sich auch wandte, da schossen rauhe Dornsträucher und Stachelgewächse auf und umklammerten ihn, und boshafte Nesseln stachen ihn, und die Distel stach ihn mit ihren Dolchen, so daß er in große Not kam. Auch konnte er nirgends das Stück weißen Goldes finden, von dem der Zauberer gesprochen hatte, obgleich er danach suchte von Morgen bis Mittag und von Mittag bis Sonnenuntergang. Und bei Sonnenuntergang wandte er sein Gesicht heimwärts und weinte bitterlich, denn er wußte, welches Schicksal ihn erwartete.

Als er aber den Rand des Waldes erreichte, hörte er

im Dickicht einen Schrei wie von jemandem, der Schmerzen leidet. Und er vergaß seinen eigenen Kummer und lief zu der Stelle zurück und sah dort einen kleinen Hasen in einer Schlinge gefangen, die ein Jäger für ihn gelegt hatte.

Und das Sternenkind hatte Mitleid mit ihm und befreite ihn und sagte zu ihm: »Ich bin selbst nur ein Sklave, dennoch kann ich dir deine Freiheit schenken.«

Und der Hase antwortete ihm und sagte: »Wahrlich, du hast mir die Freiheit geschenkt, und was soll ich dir dafür geben?«

Und das Sternenkind sagte zu ihm: »Ich suche nach einem Stück weißen Goldes, aber ich kann es nirgends finden, und wenn ich es nicht meinem Herren bringe, wird er mich schlagen.«

»Komm mit mir«, sagte der Hase, »und ich will dich zu ihm hinführen, denn ich weiß, wo es versteckt ist und zu welchem Zweck.«

So ging das Sternenkind mit dem Hasen, und siehe! in der Höhlung einer großen Eiche erblickte er das Stück weißen Goldes, das er suchte. Und er war voller Freude und nahm es und sagte zu dem Hasen: »Den Dienst, den ich dir erwies, hast du mir viele Male vergolten, und das Gute, das ich dir tat, hast du mir hundertfach zurückgezahlt.«

»Nein«, erwiderte der Hase, »nur wie du an mir getan hast, so habe ich an dir getan«, und er lief hurtig davon, und das Sternenkind wanderte nach der Stadt.

Am Stadttor aber saß einer, der war ein Aussätziger. Über sein Gesicht fiel eine Kapuze aus grauem Leinen, und durch die Augenschlitze glühten seine Augen wie rote Kohlen. Und als er das Sternenkind kommen sah, schlug er auf eine hölzerne Schale und klapperte mit seiner Schelle und rief ihn an und sagte: »Gib mir ein Stück Geld, oder ich muß Hungers sterben. Denn sie haben mich aus der Stadt hinausgeworfen, und keiner ist, der Erbarmen mit mir hat.«

»Ach!« rief das Sternenkind, »ich habe nur ein einziges Stück Geld in meiner Tasche, und wenn ich es nicht meinem Herren bringe, wird er mich schlagen, denn ich bin sein Sklave.«

Doch der Aussätzige flehte ihn an und bat ihn so lange, bis das Sternenkind Erbarmen hatte und ihm das Stück weißen Goldes gab.

Und als er zu dem Haus des Zauberers kam, öffnete der Zauberer ihm die Tür und ließ ihn ein und fragte ihn: »Hast du das Stück weißen Goldes?« Und das Sternenkind antwortete: »Ich habe es nicht.« Da stürzte sich der Zauberer auf ihn und schlug ihn und setzte ein leeres Brett vor ihn hin und sagte: »Iß«, und einen leeren Becher und sagte: »Trink«, und warf ihn wieder in das Verlies.

Und am Morgen kam der alte Mann zu ihm und sagte: »Wenn du mir heute nicht das Stück gelben Goldes bringst, werde ich dich gewißlich als meinen Sklaven behalten und dir dreihundert Streiche aufzählen.«

So ging das Sternenkind in den Wald, und den ganzen Tag lang suchte er nach dem Stück gelben Goldes, aber er konnte es nirgends finden. Und bei Sonnenuntergang setzte er sich nieder und fing an zu weinen, und als er weinte, kam der kleine Hase zu ihm, den er aus der Schlinge gerettet hatte.

Und der Hase fragte ihn: »Warum weinst du? Und was suchst du im Wald?«

Und das Sternenkind antwortete: »Ich suche nach einem Stück gelben Goldes, das hier versteckt ist, und wenn ich es nicht finde, wird mein Herr mich schlagen und mich als Sklaven behalten.«

»Folge mir!« rief der Hase, und er lief durch den Wald, bis er an einen Wassertümpel kam. Und auf dem Grund des Tümpels lag das Stück gelben Goldes.

»Wie soll ich dir danken?« sagte das Sternenkind, »denn siehe, dies ist das zweite Mal, daß du mir geholfen hast.«

»Nein, du hast mir zuerst Mitleid erwiesen«, sagte der Hase, und er lief hurtig davon.

Und das Sternenkind nahm das Stück gelben Goldes und steckte es in seine Tasche und eilte nach der Stadt. Der Aussätzige aber sah ihn kommen und lief ihm entgegen und warf sich auf die Knie und rief: »Gib mir ein Stück Geld, oder ich muß Hungers sterben.«

Und das Sternenkind sagte zu ihm: »Ich habe nur ein einziges Stück gelben Goldes in meiner Tasche, und wenn ich es nicht meinem Herren bringe, wird er mich schlagen und mich als Sklaven behalten.«

Doch der Aussätzige beschwor ihn so inbrünstig, bis das Sternenkind Mitleid mit ihm bekam und ihm das Stück gelben Goldes gab.

Und als er zu dem Haus des Zauberers kam, öffnete der Zauberer ihm die Tür und ließ ihn ein und fragte ihn: »Hast du das Stück gelben Goldes?« Und das Sternenkind antwortete: »Ich habe es nicht.« Da stürzte sich der Zauberer auf ihn und schlug ihn und band ihn mit Ketten und warf ihn wieder in das Verlies.

Und am Morgen kam der Zauberer zu ihm und sagte: »Wenn du mir heute das Stück roten Goldes bringst, werde ich dich freilassen, aber wenn du es mir nicht bringst, werde ich dich gewißlich erschlagen.«

So ging das Sternenkind in den Wald, und den

ganzen Tag lang suchte er nach dem Stück roten Goldes, aber er konnte es nirgends finden. Und am Abend setzte er sich nieder und weinte, und als er weinte, kam der kleine Hase zu ihm.

Und der Hase sagte zu ihm: »Das Stück roten Goldes, das du suchst, liegt in der Höhle hinter dir. Deshalb weine nicht mehr, sondern sei guten Mutes.«

»Wie soll ich es dir lohnen?« rief das Sternenkind, »denn siehe, dies ist das dritte Mal, daß du mir geholfen hast.«

»Nein, du hast mir zuerst Mitleid erwiesen«, sagte der Hase, und er lief hurtig davon.

Und das Sternenkind ging in die Höhle, und in deren entferntester Ecke fand er das Stück roten Goldes. So steckte er es in seine Tasche und eilte nach der Stadt. Der Aussätzige aber sah ihn kommen und stellte sich mitten auf die Straße und rief ihn an und sagte zu ihm: »Gib mir das Stück roten Goldes, oder ich muß sterben«, und das Sternenkind hatte wieder Mitleid mit ihm und gab ihm das Stück roten Goldes und sagte: »Deine Not ist größer als meine.« Doch sein Herz war schwer, denn er wußte, welch böses Schicksal ihn erwartete.

Aber siehe! als er durch das Stadttor schritt, verneigten sich die Wachen tief und huldigten ihm und riefen: »Wie schön ist unser Herr!« Und eine Menge Bürger folgten ihm und riefen: »Wahrlich, niemand auf der ganzen Welt ist so schön!«, so daß das Sternenkind weinte und zu sich selbst sagte: »Sie verspotten mich und haben keine Achtung vor meinem Elend.« Und so groß war die Menschenmenge, daß er seinen Weg verlor und sich schließlich auf einem großen Platz wiederfand, auf dem der Palast des Königs stand.

Und das Tor des Palastes sprang auf, und die Priester und die hohen Würdenträger der Stadt kamen heraus und eilten ihm entgegen, und sie dienerten vor ihm und sprachen: »Du bist unser Gebieter, auf den wir gewartet haben, und der Sohn unseres Königs.«

Und das Sternenkind antwortete ihnen und sprach: »Ich bin keines Königs Sohn, sondern das Kind eines armen Bettelweibes. Und wie könnt ihr sagen, daß ich schön bin, wo ich doch weiß, daß ich abscheulich anzuschauen bin?«

Da hielt der, dessen Rüstung mit goldenen Blumen eingelegt war und auf dessen Helm ein geflügelter Löwe ruhte, einen Schild hoch und rief: »Wie kann mein Gebieter sagen, daß er nicht schön sei?«

Und das Sternenkind blickte hinein, und siehe! sein Antlitz war gerade so, wie es ehedem gewesen war, und seine Anmut war zu ihm zurückgekehrt, und er sah etwas in seinen Augen, das er früher nicht gesehen hatte.

Und die Priester und die hohen Würdenträger knieten nieder und sprachen zu ihm: »Es ist geweissagt von alters her, daß heute der kommen wird, der über uns herrschen soll. Deshalb möge unser Gebieter diese Krone und dieses Zepter annehmen und in seiner Gerechtigkeit und seiner Gnade König über uns sein.«

Aber er sprach zu ihnen: »Ich bin es nicht wert, denn ich habe die Mutter verleugnet, die mich gebar, und ich darf nicht rasten, bis ich sie gefunden und ihre Vergebung erlangt habe. Deshalb laßt mich ziehen, denn ich muß wieder über die Welt wandern und darf hier nicht verweilen, auch wenn ihr mir die Krone und das Zepter bietet.« Und während er so sprach, wandte er sein Gesicht von ihnen ab und der Straße zu, die nach dem Stadttor führte, und siehe! mitten in der Volksmenge, die sich um die Soldaten drängte, erblickte er das Bettelweib, das seine Mutter war, und neben ihr stand der Aussätzige, der an der Landstraße gesessen hatte.

Und ein Freudenschrei brach von seinen Lippen, und er lief hin und warf sich auf die Knie und küßte die Wunden an den Füßen seiner Mutter und netzte sie mit seinen Tränen. Er beugte sein Haupt in den Staub und schluchzte wie einer, dessen Herz brechen will, und er sprach zu ihr: »Mutter, ich habe dich verleugnet in der Stunde meiner Hochmut. Nimm mich an in der Stunde meiner Demut. Mutter, ich gab dir Haß. Gib du mir Liebe. Mutter, ich habe dich verschmäht. Nimm dein Kind jetzt an.« Aber das Bettelweib antwortete ihm mit keinem Wort.

Und er streckte seine Hände aus und umklammerte die weißen Füße des Aussätzigen und sprach zu ihm: »Dreimal habe ich dir mein Erbarmen geschenkt. Bitte meine Mutter, daß sie einmal mit mir spricht.« Aber der Aussätzige antwortete ihm mit keinem Wort.

Und er schluchzte wieder und sprach: »Mutter, mein Leid ist mehr, als ich tragen kann. Gewähre mir deine Vergebung und laß mich in den Wald zurückkehren.« Und das Bettelweib legte ihm ihre Hand auf den Kopf und sagte zu ihm: »Steh auf«, und der Aussätzige legte ihm seine Hand auf den Kopf und sagte gleichfalls zu ihm: »Steh auf.«

Und er stand auf und sah sie an, und siehe! sie waren ein König und eine Königin.

Und die Königin sprach zu ihm: »Dies ist dein Vater, dem du geholfen hast.«

Und der König sprach: »Dies ist deine Mutter, deren Füße du mit deinen Tränen gewaschen hast.«

Und sie fielen ihm um den Hals und küßten ihn und

führten ihn in den Palast und kleideten ihn in prächtige Gewänder und setzten ihm die Krone auf das Haupt und gaben ihm das Zepter in die Hand, und er herrschte über die Stadt am Fluß und war ihr Gebieter. Gerechtigkeit und Gnade erwies er allen, und den bösen Zauberer verbannte er, und dem Holzhacker und seiner Frau sandte er viele reiche Gaben, und ihren Kindern erwies er hohe Ehre. Auch duldete er nicht, daß jemand grausam war zu den Vögeln oder den vierfüßigen Tieren, sondern er lehrte Liebe und Güte und Barmherzigkeit, und den Armen gab er Brot, und den Nackten gab er Kleider, und Frieden und Wohlstand herrschten im Lande.

Doch er regierte nicht lange, zu groß war sein Leid gewesen und zu verzehrend das Feuer seiner Prüfung, und nach drei Jahren starb er. Und der nach ihm kam, herrschte böse.

ANHANG

Nachwort

Über *The Happy Prince and Other Tales* urteilte der englische Essayist und Literaturkritiker Walter Pater im Erscheinungsjahr 1888, das ganze Buch sei in »makellosem Englisch« verfaßt. Ein wunderbares Kompliment für den Autor, aber keine leichte Hypothek für den Übersetzer. »Oscar Wildes Sprache ist von ausgeprägter Musikalität. Ich finde, diese Musikalität muß unbedingt mit übersetzt werden«, sagt eine Freundin. – »Ich habe meine Oscar-Wilde-Werkausgabe so angesetzt, daß sie, wo immer es geht, so hart wie möglich am Original bleibt«, sagt der Verleger. Aber wie übersetzt man Musikalität, und dann noch so hart wie möglich am Original?

Natürlich stehen zahlreiche deutsche Übersetzungen von Oscar Wildes Märchen zur Verfügung. Altmodische, umständliche, süßliche, geschwätzige, verschnörkelte, auch eine recht freie, die die Satzstrukturen des Originals auflöst und da, wo komplizierte Satzverbindungen ins Deutsche zu übertragen wären, einfach Punkte setzt. Eine sehr gute deutsche Übersetzung legte Alice Seiffert 1959 in der Sammlung Dietrich vor. Diese habe ich für die vorliegende Neuübersetzung mit herangezogen. Für manche sprachlichen Probleme fand ich gleiche Lösungen; insgesamt bemühte ich mich aber stärker um strikte Texttreue, und auch, soweit möglich, um die Erhaltung der Eigentümlichkeiten von Oscar Wildes Stil und seiner Sprachmelodie.

Die beiden im Abstand von drei Jahren publizierten Märchensammlungen sind stilistisch sehr unterschiedlich. Die 1888 erschienene Sammlung *The Happy Prince and other Tales (Der glückliche Prinz und andere Erzählungen)* ist in einer klaren, kunstvoll-einfachen Sprache geschrieben, während die 1891 unter dem Titel *A House of Pomegranates (Ein Granatapfelhaus)* zusammengefaßten Erzählungen in langen, verschachtelten Sätzen schwelgen und einen wesentlich anspruchsvolleren Wortschatz aufweisen. Form und Inhalt entsprechen sich bei Wilde perfekt. Diese Entsprechung adäquat ins Deutsche zu übertragen, ist nicht ganz einfach.

Manche sprachlichen Probleme lassen sich nicht ohne Krampf lösen. Wortspiele sind und bleiben manchmal unübersetzbar. Auch die antikisierende Sprache, die Wilde einzelnen, stilisierten Figuren in den Mund legt und die an den feierlichen Gestus der biblischen Sprache erinnert, hat im Deutschen keine stimmige Entsprechung. Sie geht deshalb in der Übersetzung verloren.

Ein spezielles Problem der Märchenform ist die Personifikation von Tieren, Pflanzen und unbelebten Gegenständen, mit der immer auch eine Geschlechtszuordnung verbunden ist. Der Leser des englischen Textes erkennt das Geschlecht der handelnden Tiere oder personifizierten Gegenstände eindeutig aus den Pronomina. Im Deutschen ist das Geschlecht jedoch über die Gattungsbezeichnung definiert. »Die Schwalbe« ist nun einmal weiblich, genauso wie »die Rakete« (ein ziemlich männlicher Gegenstand), während »das Kind« im Deutschen zur Verwunderung englischer Sprecher sächlich ist. In Wildes Märchen aber wirbt eine männliche Schwalbe um ein weibliches Schilfrohr, die Wasserratte ist ein alter Junggeselle, das Sonnenrad eine sentimentale ältere Dame, das Sternenkind ein Knabe. Eine gewaltsame Anpassung von Geschlecht und Gattung führt entweder zu häßlichen Zwangskonstruktionen wie »der Schwälberich« oder zu Verfälschungen wie »der Mauersegler«. Ich bleibe beim schlichten »die Schwalbe«.

Der Übersetzer ist ein Autor und doch kein Autor. Er schafft einen neuen Text, aber es ist der Text eines anderen Autors. Groß ist die Versuchung, diesen Text kritisch zu beurteilen und den Autor zu korrigieren, Dinge besser zu sagen oder wenigstens zeitgemäßer. Doch das ist verboten, erst recht verboten in einer Klassiker-Ausgabe. Eine kritische Distanz zum Urtext darf der Übersetzer zwar haben, aber er darf sie nicht in die Übersetzung einfließen lassen. Es ist eine interessante Erfahrung, daß diese Distanz verschwindet, wenn man sich wirklich auf einen Text einläßt, bis in jedes kleinste Wort und jede unscheinbare grammatische Variante hinein. Der fremde Text wird vertraut, fast als hätte man ihn selbst geschrieben. Beim Übersetzen in die eigene Sprache geht von dieser Nähe dann zwangsläufig wieder etwas verloren. Makelloses Englisch ergibt leider nicht automatisch makelloses Deutsch.

Susanne Luber

Anmerkungen

DER GLÜCKLICHE PRINZ UND ANDERE MÄRCHEN

Die erste Ausgabe von *The Happy Prince and Other Tales* erschien 1888 in London bei David Nutt. Die Sammlung enthielt die fünf Kunstmärchen *The Happy Prince, The Nightingale and the Rose, The Selfish Giant, The Devoted Friend, The Remarkable Rocket.* Die Erzählungen wurden zu Oscar Wildes erstem literarischen Erfolg auf dem Gebiet der Prosa.

Der Glückliche Prinz (The Happy Prince)

Das Märchen entstand als mündliche Version: Wilde erzählte es im November 1885 während eines Aufenthaltes in Cambridge einer Gruppe von Studenten, die es so begeistert aufnahmen, daß Wilde nach seiner Rückkehr nach London eine schriftliche Fassung anfertigte.

Eine kleine Schwalbe: Die Schwalbe ist im englischen Text männlichen Geschlechts. Da es im Deutschen eine adäquate maskuline Entsprechung nicht gibt, kehre ich nach einem einführenden »der Schwalbenjüngling« zum einfachen »die Schwalbe« zurück.

Schloß Sorgenfrei: Im Originaltext »Sans-Souci«, vermutlich eine Anspielung auf das von Friedrich II. von Preußen in Potsdam errichtete Schloß Sanssouci.

Memnon: Die altägyptischen Memnonskolosse stammen aus dem 14. Jahrhundert v. Chr. Eine der beiden kolossalen Sitzfiguren wurden in der Antike mit dem griechischen Gott Memnon, Sohn von Eos, der Göttin der Morgenröte, assoziiert. Bei Sonnenaufgang gab die Statue, bevor sie durch ein Erdbeben beschädigt wurde, einen singenden Ton von sich. Ursache waren vermutlich Spannungen im Gestein durch starke Temperaturschwankungen. Die Lokalisierung am zweiten Nilkatarakt ist dichterische Freiheit (siehe auch die nächste Anmerkung).

Die Memnonskolosse befinden sich in Theben, noch weit nördlich des ersten Katarakts.

Baalbek: Der altrömische Tempel von Baalbek steht nicht am Nil, sondern im Libanon. Wilde übernahm das Baalbek-Motiv vermutlich von Théophile Gautier (1811–1872), in dessen Gedicht »Ce que disent les hirondelles« (in *Emaux et Camées*, 1852) die Schwalben von ihren Winterquartieren in Baalbek und am zweiten Nilkatarakt sprechen.

Zündholzmädchen: Situationszitat nach Hans Christian Andersens Kunstmärchen *Den lille Pige med Svovlstikkerne* (*Das kleine Mädchen mit den Schwefelhölzchen*): »Sie traute sich nicht nach Hause, sie hatte ja keine Zündhölzer verkauft und keinen einzigen Schilling eingenommen, und ihr Vater würde sie schlagen.«

Ibisse: In der Erzählung der Schwalbe klingen diverse orientalisch-afrikanische Motive an: die am Nil heimischen storchenähnlichen Ibisse, die altägyptische Kolossalstatue der Sphinx von Gizeh, die nordafrikanischen Kamel-Handelskarawanen, den Mythos der Mondberge (ein alter Name für das zentralafrikanische Ruwenzori-Massiv), das Zwergvolk der im tropischen Regenwald des Kongobeckens lebenden Pygmäen. Nicht identifizieren konnte ich den Mythos der grünen Schlange.

Kein Mysterium . . .: »There is no Mystery so great as Misery«, lautet der Originaltext. Das Wortspiel läßt sich nicht wirklich adäquat übersetzen.

Die Nachtigall und die Rose (The Nightingale and the Rose)

In der Erzählung von der Nachtigall und der Rose greift Wilde eine mittelalterliche Legende auf, von der es in der englischen Literatur zahlreiche Nachdichtungen gibt. Der Stoff ist auch im altpersischen Kulturkreis bekannt.

Die Liebe ist weiser . . .: Zitat nach dem alttestamentarischen Hohelied: »Denn Liebe ist stark wie der Tod und Leidenschaft unwiderstehlich wie das Totenreich. Ihre Glut ist feurig und eine Flamme des Herrn.« – »Von deinen Lippen, meine Braut, tropft Honig, und Honig und Milch sind unter deiner Zunge« (Hohelied 8,5 und 4,9.).

Der selbstsüchtige Riese (The Selfish Giant)

Der Cornische Oger: Der Oger taucht als menschenfressender Riese in alten französischen und italienischen Märchen auf. Wilde versetzt den Oger innerhalb Englands in das ursprünglich keltisch besiedelte Cornwall, das damals als wilder Landstrich galt, wo Fabelwesen in der Volkskultur noch sehr lebendig waren.

Der treue Freund (The Devoted Friend)

Wilde verarbeitet in dieser Erzählung persönliche Erfahrungen, nämlich Enttäuschung durch zerbrochene Freundschaften wie die zu dem Maler Frank Miles (1852–1891), mit dem er in London eine Wohnung geteilt hatte, zu dem Oxford-Studienfreund James Rennell Rodd (1858–1941) und zu dem Studienfreund John Edward Courtenay Bodley (1853–1925), der Wilde 1882 in einem Artikel in der ›New York Times‹ lächerlich gemacht hatte.

Bartnelken wuchsen darin …: Wilde dachte bei der Beschreibung des Gartens offensichtlich weniger an die Schönheit der Blumen als an die Schönheit der Blumennamen. Im Originaltext blühen »Sweet-Williamas and Gilly-flowers, and Shepherds'-purses, and Fair-maids of France … damask Roses, and yellow Roses, lilac Crocuses and gold, purple Violets and white, Columbine and Ladysmock, Marjoram and Wild Basil, the Cowslip and the Flower-de-luce, the Daffodil and the Clove-Pink«.

Hans: Der Name ist wohl als Anspielung auf den dänischen Dichter Hans Christian Andersen (1805–1875) zu verstehen, dessen ab 1835 publizierte Kunstmärchen *Eventyr, fortalte for born* im 19. Jahrhundert sehr populär waren.

Die außergewöhnliche Feuerwerksrakete (The Remarkable Rocket)

Stärker als in den anderen Märchen Wildes wird hier der autobiographische Hintergrund sichtbar. Wilde karikiert in der Figur der Rakete einen ehemaligen Freund, den Maler James McNeill Whistler (1834–1903), der als überaus eitel und selbstgefällig beschrieben wird. Den

Vergleich mit einer Feuerwerksrakete formulierte Wilde schon in seiner Besprechung einer Whistler-Vernissage in der Grosvenor Gallery 1877, und 1885 wiederholte er den Vergleich von Whistlers Malerei und Prosa mit einem Feuerwerk in der ›Pall Mall Gazette‹: *Mr Whistler's Ten O'Clock* vom 21. Februar 1885. S. a.: Whistler, *Die feine Art sich Feinde zu machen!* Der Zehn-Uhr-Vortrag und die Einwände von Oscar Wilde und G. K. Chesterton. Deutsch von Fritz Senn. Zürich 1984.

Eine Rakete: Auch hier stellt sich das Problem von Nomen und grammatischem Geschlecht. Die Rakete ist im Originaltext männlich. Da es im Deutschen eine maskuline Entsprechung zu »rocket« nicht gibt, bleibe ich bei der weiblichen Form.

Alter Stock: Das Wortspiel ist im Originaltext viel schöner: »Old stick!« said the Rocket, »impossible! Gold stick, that is what he said.«

EIN GRANATAPFELHAUS

Unter dem zusammenfassenden Titel *A House of Pomegranates* erschienen 1891 die vier Märchen *The Young King*, *The Birthday of the Infanta*, *The Fisherman and his Soul*, *The Star-Child* in einer illustrierten Luxusausgabe bei Osgood, McIlvaine & Co. in London. Zwei Erzählungen waren schon vorab veröffentlicht worden: *The Young King* 1888 in der Dezemberausgabe der Zeitschrift ›The Lady's Pictorial‹, und *The Birthday of the Infanta* 1889 unter leicht abweichendem Titel in der Märznummer von ›Paris illustré‹ in einer englisch-französischen Parallelfassung. Die beiden anderen wurden 1891 erstmals veröffentlicht.

Das Titelmotiv des Granatapfels, einer Frucht des Vorderen Orients, symbolisierte für den viktorianischen Leser Exotik, Luxus, Schönheit, und – der Orientmode der Zeit folgend – auch dekadente Sinnlichkeit. Der Granatapfel taucht bei Wilde nicht nur in der Titelformulierung auf, sondern auch in fünf seiner insgesamt neun Märchen. Die Frucht des schon im alten Babylonien kultivierten Granatapfelbaumes ist ein altes Symbol für Erotik und für Fruchtbarkeit. Aphrodite, die griechische Göttin der Liebe, legte Granatapfelsamen in den unfruchtbaren Boden Zyperns. Paris überreichte ihr als der Schönsten der drei Göttinnen einen Granatapfel. Auch in der christlichen Symbolik hat der Granatapfel unübersehbar erotische Bedeutung, etwa im Hohelied des Alten Testaments oder in der Genesis: einen Granatapfel pflückte Eva vom verbotenen Baum der Erkenntnis.

Der junge König (The Young King)

Adonis: Gestalt aus der griechischen Mythologie, ein schöner Jüngling mit höchst komplizierter Herkunft und frühem Tod, der ursprünglich den Lebensmythos von Werden und Vergehen verkörperte. Schon in der Antike und vor allem später einfach nur Typus des schönen jungen Mannes.

Der bithynische Sklave von Hadrian: Der römische Kaiser Hadrian (76–138) liebte Antinous (110–130), einen aus der Landschaft Bithynien im nordwestlichen Kleinasien stammenden Jüngling. Nach Antinous' frühem Tod durch Ertrinken im Nil ließ Hadrian ihn in Dichtungen und zahlreichen Werken der bildenden Kunst verherrlichen. Antinous wurde zum Prototyp des schönen Knaben.

Endymion: Gestalt aus der griechischen Mythologie, ein schöner Jüngling, dem Zeus ewigen Schlaf und ewige Jugend schenkt. Ihn liebt die Mondgöttin Selene.

Ormuzd: Namensform für Ahura Mazda, den höchsten Gott in der altpersischen Religion des Zoroastrismus.

Die wilden Räuber...: In der Rede des Bischofs klingen zahlreiche Motive und teils wörtliche Zitate aus dem Alten Testament an. Seine Aufforderung, das Elend der Welt zu akzeptieren, da Erlösung nicht möglich sei, widerspricht der Heilsbotschaft des Neuen Testaments, auf die der junge König den Bischof mit seiner kurzen Antwort verweist.

Glutrote Rubine: Im Originaltext »male rubies«, ein Ausdruck, der sich meines Wissens nur bei Wilde findet.

Der Geburtstag der Infantin (The Birthday of the Infanta)

Die Erzählung hat als einziges von Wildes Märchen einen realen geographischen und historischen Hintergrund. Als Schauplatz wird Spanien, genauer der spanische Königshof in Madrid genannt. Zahlreiche

Zeitbezüge (Krieg zwischen Spanien und England, Elisabeth I. Königin von England, Abfall der Spanischen Niederlande, Einführung der Heiligen Inquisition in Mexiko) verweisen die Handlung in die zweite Hälfte des 16. Jahrhunderts. Dieser konkrete Rahmen läßt die Zuordnung der Erzählung zum Genre »Märchen« zweifelhaft erscheinen. Tatsächlich sprach Wilde selbst auch nie von »Märchen« (fairy-tales, fairy stories), sondern von »tales« (Erzählungen, Geschichten).
Wilde kannte Spanien nicht aus eigener Anschauung. Seine teilweise an Bildbeschreibungen erinnernden, detaillierten Schilderungen stützen sich u.a. auf die Reisebeschreibung des von ihm verehrten französischen Dichters Théophile Gautier (1811–1872), dessen *Voyage en Espagne* 1843 erschien. Inspiriert wurde Wilde vermutlich auch von den Gemälden des spanischen Hofmalers Diego Velázquez (1599–1660).

Hidalgo und Grande von Spanien: Ein Widerspruch in sich. Der erbliche Titel eines spanischen Granden weist den Träger als Angehörigen des höchsten Adel aus; »Hidalgo« dagegen ist ein Titel des niederen Adels, der keine Vorrechte besitzt.

Camerera mayor: Oberste Kammerfrau.

Sophonisbe: Ein antiker Stoff aus der Zeit der Punischen Kriege. Die numidische Fürstin Sophonisbe, gest. 203 v. Chr., war eine Tochter des karthagischen Feldherren Hasdrubal. Ihr Schicksal zwischen verschiedenen Männern vollzog sich im politischen Spannungsfeld zwischen Karthago und Rom. Als Scipio Africanus der Ältere nach seinem Sieg über Hasdrubal ihre Auslieferung verlangte, wurde sie von ihren Mann, dem Heerführer Massinissa, vergiftet. Der Stoff wurde häufig für die Bühne bearbeitet.

Comprachos: Ein solches Wort gibt es im Spanischen nicht. Wilde nimmt vermutlich Bezug auf die *comprachicos* (wörtlich Knabenkäufer), die Victor Hugo in seinem Roman *L'Homme qui rit* (1869) thematisiert. Als Comprachicos wurden im Spanien des 17. Jahrhunderts Banden bezeichnet, die von armen Leuten Kleinkinder kauften oder stahlen, welche sie dann systematisch verkrüppelten, um sie später gewinnbringend auf Jahrmärkten zur Schau zu stellen.

Karl V.: Wahrscheinlich Anspielung auf ein 1530 von Jacob Seisenegger gemaltes Bild, das den Kaiser mit seiner Ulmer Dogge darstellt.

Motivgeschichtlich ist dieses Märchen Wildes wohl das komplexeste. Hier überlagern sich mehrere bekannte Stoffe und Motive der Weltliteratur: die Undine-Sage, das Doppelgängermotiv, das Teufelsbundmotiv und (in der Seele) die Darstellung herzlos-grausamer Schönheit. Getragen wird die Handlung von der Undine-Sage. Der Mythos einer tragischen Liebe zwischen einem Menschen und einem elbischen Wesen ist nicht nur in Europa bekannt, sondern auch in anderen Weltteilen. In der europäischen Literatur wurde der Stoff seit dem Mittelalter immer wieder bearbeitet. Eine der populärsten Bearbeitungen schuf Hans Christian Andersen mit seinem Märchen *Den lille Havfrue* (*Die kleine Seejungfrau*, 1837). Wilde variiert Andersens Fassung und kehrt sie um, indem er den Fischer seine menschliche Seele verstoßen läßt, um mit seiner Liebe im Reich der seelenlosen Meereswesen zu leben. Das deutlich anklingende Teufelsbundmotiv erinnert an den irischen Vorläufer Charles Robert Maturin (1780–1824), in dessen *Melmoth the Wanderer* (1820) der Held seine Seele dem Teufel verkauft und auf der Suche nach Erlösung über die ganze Welt wandert. Das Doppelgängermotiv Fischer-Seele zeigt Einflüsse von Robert Louis Stevensons 1886 entstandener Erzählung *The Strange Case of Dr. Jekyll and Mr. Hyde.*

Tritonen: Dämonen der griechischen Mythologie, Meeresgottheiten im Gefolge Poseidons. Tritonen haben menschliche Oberkörper und einen fischartigen Unterleib. Nach ihnen sind die Tritonshörner benannt, im Mittelmeer heimische, bis zu 40 cm große Trompetenschnecken, deren Gehäuse als Signalhörner verwendet wurden.

Sirenen: Fabelwesen der griechischen Mythologie, die auf Meeresinseln leben und mit ihrem unwiderstehlich süßen Gesang Seefahrer anlocken, um sie dann zu töten. Homer erzählt, daß Odysseus dieser Gefahr entging, indem er seinen Gefährten die Ohren mit Wachs verstopfte, sich selbst aber an den Schiffsmast fesseln ließ.

Meermänner: In der englischen Sagenwelt gibt es Meermänner (mermen) ebenso wie Meerjungfrauen (mermaids). Wildes Beschreibung der Unterwasserwelt ist offensichtlich durch die Gedichte *The Forsaken Merman* und *The Neckan* von Matthew Arnold (1822–1888) inspiriert.

Nautilus: Eine seit der Urzeit existierende Tintenfischart mit schneckenähnlichem Gehäuse, die im Atlantik und im Indischen Ozean lebt. Der Nautilus (griechisch »Seefahrer«) kann sich freischwebend in sehr unterschiedlichen Meerestiefen bewegen und wird wegen seines perlmuttartigen Gehäuses auch »Perlboot« genannt. Wilde bezieht sich möglicherweise auf das Gedicht *The Chambered Nautilus* des amerikanischen Dichters Oliver Wendell Holmes (1809–1824). Berühmt wurde der Nautilus 1869 durch Jule Vernes Roman *Vingt mille lieues sous les mers (Zwanzigtausend Meilen unter Meer)*, in dem das U-Boot des unheimlichen Kapitäns Nemo so heißt.

Meerfenchel: Bazillenkraut, Crithmum. Eine atlantische Meerespflanze, deren Blätter eßbar sind und in getrocknetem Zustand auch als Arzneipflanze verwendet wurden.

Judasbaum: In Südeuropa verbreitete Baumart mit hellrosa bis purpurfarbenen Blüten, die in Büscheln aus dem Stamm oder den Ästen hervorbrechen, oft auch aus altem Holz.

Land der Tataren: Wilde spielt mit zentral- und ostasiatischen Motiven, die er frei mit weiteren exotischen Assoziationen vermischt. Tatarische Filzjurten, Kamele, Handelskarawanen, Wüstenlandschaften, auch die ostasiatisch-buddhistischen Anklänge des Tempels und der Gottesverehrung in der fiktiven Stadt Illel verweisen auf Mittel- und Ostasien als Schauplatz. Afrikanische Zutaten wie Flußpferde und Pygmäen steigern die Exotik des Schauplatzes.

Oxus: Alter Name des zentralasiatischen Flusses Amu-Darja.

Mit Antimon gefärbt: Das bleiähnliche Antimon, ein hochgiftiges, metallisches Element, wurde schon im alten Ägypten als schwarze Augenschminke verwandt.

Ein Götzenbild auf einem Thron von Jaspis: Hier und später nutzt Wilde die Aufzählung edler Materialien, um die Bedeutung des Beschriebenen zu erhöhen. Allerdings ist die ästhetische und mystische Wertschätzung von Materialien zeitgebunden, so daß die subtextuale Bedeutung mit der Zeit verlorengehen kann.

Wahrlich, du hättest sie sehen sollen: Wilde schwelgt hemmungslos in Orientalismen, wie sie für das Ende des 19. Jahrhunderts typisch sind. Dem viktorianischen Leser vermittelte die Beschreibung Exotik, Üppigkeit, Luxus, Schönheit und Sinnlichkeit.

Mutterharz: Galbanum, ein Harz aus Ferula galbaniflua mit würzigem Geruch und Geschmack, als Arzneistoff verwendet.

Nardenöl: Oleum spicae, Auszug aus verschiedenen in Südostasien beheimateten Lavendelarten. Das ätherische Öl galt im Vorderen Orient als kostbarer Duftstoff. Auch ein biblisches Motiv: Jesus wird vor seinem Opfergang nach Golgatha mit Nardenöl gesalbt.

Zirkassierin: Tscherkessin, Angehörige eines kaukasischen Volkes, Eigenbezeichnung Adyge. Die Tscherkessen gelten als ausgesprochen schönes Volk, da sie oft groß, gut gewachsen und hellhäutig sind. Tscherkessische Frauen waren in türkischen Harems besonders begehrt und hatten auf den Sklavenmärkten hohen Wert.

Ihre Füße waren nackt: Umkehrung von Andersens Märchen *Die kleine Seejungfrau.* Diese muß unter Schmerzen auf Füßen gehen, weil sie einen Menschen liebt. Bei Wilde liebt der Mensch eine Seejungfrau, unterliegt aber zeitweise der erotischen Verlockung durch menschliche Füße.

Ihre Augen sind mit Antimon bemalt: Siehe oben. Die optische Vergrößerung der Augen durch Schminken ist orientalischen Ursprungs. Bereits die ägyptischen Königinnen ahmten mit der schwarzen Umrandung ihrer Augenlider die Augen der heiligen Katzen nach. In Europa galt die Verwendung von Schminke bis ins 20. Jahrhundert als moralisch nicht einwandfrei.

Das Sternenkind (The Star-Child)

Die Erzählung hat eher legendenhaften als märchenhaften Charakter. Als Anregung diente vermutlich Gustave Flauberts Erzählung *La Légende de Saint Julien l'Hospitalier* (1877).

Schwarze Mohnblüten: Ein Hinweis auf die verderbliche Macht des Zauberers. In der Natur kommen schwarzblühende Pflanzen nicht vor.

OSCAR WILDE

»ZÜRCHER AUSGABE«

WERKE IN 5 BÄNDEN

Vollständig neu übersetzt

Band 2

ERZÄHLUNGEN

OSCAR WILDE

ERZÄHLUNGEN und PROSAGEDICHTE

NEU ÜBERSETZT VON EIKE SCHÖNFELD

HAFFMANS VERLAG

»Lord Arthur Savile's Crime and Other Stories«
erschien zuerst 1891 bei James R. Osgood, Mellvaine & Co.
in London.

»Poems in Prose«
erschienen zuerst in ›The Fortnightly Review‹,
July 1894

Die Anmerkungen besorgte
Susanne Luber

Umschlagvignette
von James Abbott McNeill Whistler

Produktion und Gestaltung von Urs Jakob
Zweite, neu durchgesehene Auflage,
zum 30. November 2000

Satz: Fotosatz Amann, Aichstetten
Herstellung: Ebner Ulm
ISBN 3 251 20313 4

Inhalt

ERZÄHLUNGEN

PROSAGEDICHTE

ANHANG

ERZÄHLUNGEN

Lord Arthur Saviles Verbrechen

Eine Studie über die Pflicht

I

Es war Lady Windermeres letzte Gesellschaft vor Ostern, und in Bentinck House drängten sich noch mehr Menschen als gewöhnlich. Sechs Kabinettsminister waren mit ihren Sternen und Bändern direkt vom Nachmittagsempfang des Unterhauspräsidenten gekommen, die schönen Frauen trugen ihr feinstes Kleid, und am Ende der Portraitgalerie stand die Prinzessin von Karlsruhe, eine gewichtige Dame mit Tatarenzügen, winzigen schwarzen Äuglein und herrlichen Smaragden, redete in voller Lautstärke schlechtes Französisch und lachte unmäßig über alles, was man zu ihr sagte. Es war wahrhaftig ein wundersames Menschengemenge. Hinreißende Peeresses plauderten angeregt mit hitzigen Radikalen, beliebte Prediger standen Frack an Frack mit bedeutenden Skeptikern, ein wahrer Schwarm von Bischöfen folgte einer fülligen Primadonna von Raum zu Raum, auf der Treppe standen, als Künstler verkleidet, etliche Mitglieder der Königlichen Akademie, und es hieß, zu einer bestimmten Zeit habe es im Speisesaal von Genies geradezu gewimmelt. Es war in der Tat einer von Lady Windermeres besten Abenden, und die Prinzessin blieb bis fast halb zwölf.

Kaum war sie gegangen, begab sich Lady Windermere wieder in die Portraitgalerie, wo ein berühmter Nationalökonom einem unwilligen Virtuosen aus Ungarn gewichtig die wissenschaftliche Theorie der Musik erklärte und sich sodann der Herzogin von Paisley zuwandte. Lady Windermere bot einen prächtigen Anblick mit ihrem mächtigen Elfenbeinhals, ihren großen blauen Vergißmeinnichtaugen und den schweren goldenen Locken. *Or pur* waren sie – nicht von jener fahlen Strohfarbe, die dieser Tage den erlesenen Namen von Gold usurpiert, sondern ein Gold, wie es in Sonnenstrahlen gewoben oder in seltsamem Bernstein verborgen ist; und sie verliehen ihrem Gesicht etwas von der Gestalt der Heiligen, dazu nichts Geringes von der Faszination der Sünderin. Sie war eine eigenartige psychologische Studie. Schon früh im Leben hatte sie die bedeutende Wahrheit entdeckt, daß nichts so unschuldig wirkt wie eine Indiskretion; und vermöge einer Reihe von Eskapaden, die Hälfte davon recht harmlos, hatte sie sich alle Privilegien einer Persönlichkeit verschafft. Mehr als einmal hatte sie den Gatten gewechselt; ja, der Debretts schreibt ihr drei Heiraten zu, da sie aber nie den Liebhaber wechselte, hatte die Welt schon lange aufgehört, sich über sie den Mund zu zerreißen. Sie war nun vierzig Jahre alt, kinderlos und verfügte über jene außergewöhnliche Leidenschaft für die Lust, welche das Geheimnis der Junggebliebenen ist.

Unvermittelt blickte sie sich suchend im Raum um und sagte mit ihrer klaren Altstimme: »Wo ist mein Chiromant?«

»Ihr was, Gladys?« rief die Herzogin und fuhr unwillkürlich zusammen.

»Mein Chiromant, Herzogin; gegenwärtig kann ich nicht ohne ihn leben.«

»Liebste Gladys! Wie originell Sie immer sind«, murmelte die Herzogin, während sie versuchte sich zu erinnern, was ein Chiromant eigentlich war, und hoffte, es sei nicht dasselbe wie ein Chiropodist.

»Er kommt regelmäßig zweimal die Woche meine Hand besuchen«, fuhr Lady Windermere fort, »was äußerst interessant ist.«

»Meine Güte!« sagte die Herzogin bei sich, »dann ist er also doch eine Art Chiropodist. Wie furchtbar. Ich hoffe, er ist wenigstens Ausländer. Dann wäre es ja nicht so schlimm.«

»Ich muß Sie unbedingt mit ihm bekannt machen.«

»Mit ihm bekannt machen!« rief die Herzogin aus; »wollen Sie etwa damit sagen, er ist hier?« und sie begann, sich nach einem kleinen Schildpattfächer und einem sehr abgewetzten Spitzenschal umzusehen, damit sie auch jederzeit gehen konnte.

»Selbstverständlich ist er hier; ich würde nicht im Traum daran denken, eine Einladung ohne ihn zu geben. Er sagt mir, ich habe eine reine psychische Hand, und wäre mein Daumen auch nur um das winzigste bißchen kürzer, dann wäre ich bekennende Pessimistin geworden und ins Kloster gegangen.«

»Aha, ich verstehe!« sagte die Herzogin und war sehr erleichtert; »dann sagt er einem also die Geschicke voraus?«

»Und auch die Mißgeschicke«, antwortete Lady Windermere, »soviel man will. Nächstes Jahr beispielsweise bin ich in großer Gefahr, zu Lande wie auch zu Wasser, daher werde ich in einem Ballon leben und mir mein Essen jeden Abend in einem Korb hochziehen. Das steht alles auf meinem kleinen Finger geschrieben oder auf meinem Handteller, wo, habe ich vergessen.«

»Aber das hieße doch, das Schicksal herausfordern, Gladys.«

»Meine liebe Herzogin, bestimmt kann das Schicksal inzwischen dieser Versuchung widerstehen. Ich finde, jeder sollte sich einmal im Monat aus der Hand lesen lassen, um zu wissen, was man nicht tun soll. Selbstverständlich tut man es dann trotzdem, aber es ist so schön, gewarnt worden zu sein. Und wenn nicht gleich jemand Mr. Podgers holt, muß ich es noch selber tun.«

»Lassen Sie mich gehen, Lady Windermere«, sagte ein hochgewachsener, gutaussehender junger Mann, der dabeistand und die Unterhaltung mit einem amüsierten Lächeln verfolgte.

»Ganz herzlichen Dank, Lord Arthur; aber Sie würden ihn leider nicht erkennen.«

»Wenn er so wunderbar ist, wie Sie sagen, Lady Windermere, kann ich ihn wohl kaum verfehlen. Sagen Sie mir, wie er ist, und ich bringe ihn Ihnen auf der Stelle.«

»Nun, er sieht überhaupt nicht wie ein Chiromant aus. Ich meine, er ist weder mysteriös oder esoterisch, noch sieht er romantisch aus. Er ist ein kleiner, korpulenter Mann mit einem komischen Kahlkopf und einer großen Goldrandbrille; etwas zwischen einem Hausarzt und einem Landanwalt. Es tut mir ja schrecklich leid, aber meine Schuld ist es nicht. Es ist ganz ärgerlich mit den Leuten. Alle meine Pianisten sehen genau wie Poeten aus, und alle meine Poeten genau wie Pianisten; und ich weiß noch, wie ich vergangene Saison einen ganz scheußlichen Verschwörer zum Diner einlud, einen Mann, der ungeheuer viele Menschen in die Luft gesprengt hatte und immer ein Panzerhemd trug und einen Dolch im Hemdsärmel hatte; und wissen Sie was, als er kam, sah er aus wie ein reizender alter Geistlicher und riß den ganzen Abend Witze! Natürlich war er ungemein amüsant und so weiter, doch ich war schrecklich enttäuscht; und als ich ihn nach seinem Panzerhemd fragte, lachte er nur und meinte, in England sei es viel zu kalt, um eines zu tragen. Ah, da ist ja Mr. Podgers! Kommen Sie, Mr. Podgers, ich möchte, daß Sie der Herzogin von Paisley die Hand lesen. Herzogin, Sie müssen den Handschuh abnehmen. Nein, nicht den linken, den anderen.«

»Liebe Gladys, ich finde es wirklich nicht ganz recht«, sagte die Herzogin, während sie matt einen ziemlich fleckigen Samthandschuh aufknöpfte.

»Das ist das Interessante nie«, sagte Lady Windermere: *»on a fait le monde ainsi.* Doch ich muß Sie erst vorstellen. Herzogin, das ist Mr. Podgers, mein Lieblingschiromant. Mr. Podgers, das ist die Herzogin von Paisley, und wenn Sie sagen, sie hat einen größeren Mondberg als ich, werde ich Ihnen nie wieder ein Wort glauben.«

»Etwas Derartiges hat meine Hand bestimmt nicht, Gladys, da bin ich mir ganz sicher«, sagte die Herzogin ernst.

»Euer Gnaden haben völlig recht«, sagte Mr. Podgers und begutachtete die kleine fette Hand mit den kurzen knubbeligen Fingern, »der Mondberg ist nicht ausgeprägt. Die Lebenslinie hingegen ist hervorragend. Drehen Sie doch freundlicherweise einmal das Handgelenk. Vielen Dank. Drei deutliche Linien auf der *rascette*! Sie werden ein hohes Alter erreichen, Herzogin, und äußerst glücklich werden. Ehrgeiz – – – sehr bescheiden, Verstandeslinie nicht sonderlich entwickelt, Herzlinie – – –«

»Nun seien Sie aber auch indiskret, Mr. Podgers«, rief Lady Windermere aus.

»Nichts wäre mir eine größere Freude«, sagte Mr. Podgers mit einer Verbeugung, »wenn es die Herzogin nur gewesen wäre, doch zu meinem Bedauern muß ich sagen, daß ich eine große Beständigkeit in der Zuneigung sehe, verbunden mit einem außerordentlichen Pflichtgefühl.«

»Bitte fahren Sie fort, Mr. Podgers«, sagte die Herzogin und schien sehr erfreut.

»Sparsamkeit ist nicht die geringste unter den Tugenden Euer Gnaden«, fuhr Mr. Podgers fort, worauf Lady Windermere nicht mehr an sich halten konnte vor Lachen.

»Sparsamkeit ist etwas sehr Gutes«, meinte die Herzogin selbstgefällig; »als ich Paisley heiratete, hatte er elf Schlösser, aber kein einziges Haus, das bewohnbar war.«

»Und heute hat er zwölf Häuser und kein einziges Schloß«, warf Lady Windermere ein.

»Also, meine Liebe«, sagte die Herzogin, »ich mag – – –«

»Komfort«, sagte Mr. Podgers, »und moderne Einrichtungen und Warmwasser in jedem Schlafzimmer. Euer Gnaden haben völlig recht. Komfort ist das einzige, das unsere Zivilisation uns geben kann.«

»Sie haben den Charakter der Herzogin vorzüglich gelesen, Mr. Podgers, und nun müssen Sie uns den von Lady Flora lesen«; und einem Nicken der lächelnden Gastgeberin gehorchend, trat ein hoch aufgeschossenes Mädchen mit sandfarbenen Schottenhaaren und hohen Schulterblättern verlegen hinter einem Sofa hervor und streckte eine lange, knochige Hand mit spatelförmigen Fingern aus.

»Ah, eine Pianistin! Ich sehe«, sagte Mr. Podgers, »eine hervorragende Pianistin, aber vielleicht nicht unbedingt eine Musikerin. Sehr zurückhaltend, sehr ehrlich und außerordentlich tierlieb.«

»Sehr wahr!« rief die Herzogin, an Lady Windermere gewandt, aus. »Völlig richtig! Flora hält in Macloskie zwei Dutzend Collies und würde das ganze Haus in eine Menagerie verwandeln, wenn ihr Vater es ihr erlauben würde.«

»Nun, das mache ich mit meinem Haus jeden Donnerstagabend«, rief Lady Windermere lachend, »nur mag ich Löwen lieber als Collies.«

»Ihr einziger Fehler, Lady Windermere«, sagte Mr. Podgers mit einer pomphaften Verbeugung.

»Wenn eine Frau ihre Fehler nicht charmant begehen kann, ist sie nur ein Weib«, lautete die Antwort. »Doch Sie müssen noch weiter Hände für uns lesen. Kommen Sie, Sir Thomas, zeigen Sie Mr. Podgers die Ihre«; worauf ein freundlich dreinschauender alter Gentleman in weißer Weste vortrat und ihm eine dicke, zerklüftete Hand mit einem sehr langen Mittelfinger hinhielt.

»Von abenteuerlustigem Wesen; vier lange Reisen in der Vergangenheit, eine steht noch bevor. Dreimal Schiffbruch erlitten. Nein, nur zweimal, aber in Gefahr eines solchen bei der nächsten. Überzeugter Konservativer, sehr pünktlich, sammelt leidenschaftlich Raritäten. Hatte zwischen dem sechzehnten und achtzehnten Lebensjahr eine schwere Krankheit. Erbte mit dreißig ein Vermögen. Große Abneigung gegenüber Katzen und Radikalen.«

»Ganz außerordentlich!« rief Sir Thomas aus; »Sie müssen unbedingt auch die Hand meiner Frau lesen.«

»Die Ihrer zweiten Frau«, sagte Mr. Podgers leise, Sir Thomas' Hand noch festhaltend. »Ihrer zweiten Frau. Es soll mir eine Freude sein«; doch Lady Marvel, eine melancholisch wirkende Frau mit braunen Haaren und gefühlsseligen Wimpern lehnte es rundweg ab, ihre Vergangenheit oder Zukunft offengelegt zu sehen; und mit nichts konnte Lady Windermere Monsieur de Koloff, den russischen Botschafter, dazu bewegen, auch nur die Handschuhe auszuziehen. Tatsächlich schienen sich viele sogar zu fürchten, sich dem eigenartigen Männchen mit dem stereotypen Lächeln, der Goldrandbrille und den hellen Knopfaugen zu stellen; und als er der armen Lady Fermor vor aller Ohren ins Gesicht sagte, sie habe nicht das mindeste für Musik übrig, viel mehr dagegen für Musiker, war man allgemein der Ansicht, daß es sich bei der Chiromantie um eine äußerst gefährliche Wissenschaft handelte, welche nicht gefördert werden sollte, außer bei einem *tête-à-tête*.

Lord Arthur Savile hingegen, der nichts von Lady Fermors bedauerlicher Geschichte wußte und der Mr. Podgers mit größtem Interesse beobachtet hatte, war erfüllt von einer ungeheuren Begierde, sich selbst die Hand lesen zu lassen, und da er ein wenig zu schüchtern war, um sein Anliegen selbst vorzutragen, durchschritt er den Raum zu Lady Windermere und fragte sie, wobei er zauberhaft errötete, ob Mr. Podgers wohl etwas dagegen habe.

»Selbstverständlich hat er nichts dagegen«, sagte Lady Windermere, »dazu ist er ja da. Alle meine Löwen, Lord Arthur, sind dressierte Löwen und springen durch Reifen; ich brauche es ihnen nur zu sagen. Aber ich muß Sie gleich warnen, ich werde alles Sybil erzählen. Sie kommt morgen zu mir zum Lunch, wo wir über Hüte sprechen wollen, und wenn Mr. Podgers herausfindet, daß Sie übellaunig sind oder zur Gicht neigen oder eine Frau in Bayswater wohnen haben, ich erzähl es ihr ganz gewiß.«

Lord Arthur lächelte und schüttelte den Kopf. »Ich habe keine Angst«, gab er zur Antwort. »Sybil kennt mich ebensogut wie ich sie.«

»Ach! Es tut mir doch ein wenig leid, das zu hören. Die angemessene Basis für die Ehe ist ein gegenseitiges Mißverständnis. Nein, ich bin keineswegs zynisch, ich habe nur meine Erfahrungen, was allerdings mehr oder weniger dasselbe ist. Mr. Podgers, Lord Arthur Savile möchte unbedingt die Hand gelesen bekommen. Sagen Sie ihm nicht, daß er mit einem der schönsten Mädchen Londons verlobt ist, denn das stand schon vor einem Monat in der ›Morning Post‹.«

»Liebe Lady Windermere«, rief die Markgräfin von Jedburgh dazwischen, »Mr. Podgers soll doch bitte noch ein wenig länger bleiben. Er hat mir gerade gesagt, ich solle zum Theater gehen, und das finde ich so ungeheuer interessant.«

»Wenn er Ihnen das gesagt hat, Lady Jedburgh, muß ich ihn allerdings entführen. Kommen Sie sofort mit, Mr. Podgers, und lesen Sie Lord Arthur die Hand.«

»Also«, sagte Lady Jedburgh und verzog ein wenig das Gesicht, während sie sich vom Sofa erhob, »wenn ich schon nicht zum Theater darf, dann darf ich wenigstens zum Publikum gehören.«

»Aber natürlich; wir sind alle Publikum«, sagte Lady Windermere; »und nun, Mr. Podgers, müssen Sie uns aber auch etwas Nettes sagen. Lord Arthur gehört zu meinen besonderen Lieblingen.«

Doch als Mr. Podgers Lord Arthurs Hand sah, wurde er eigenartig bleich und sagte nichts. Ein Schauder schien ihn zu durchlaufen, und seine großen buschigen Augenbrauen zuckten krampfartig, so eigenartig und verstört wie stets, wenn er verwirrt war. Dann brachen einige große Schweißperlen auf seiner gelben Stirn aus wie giftiger Tau, und seine dicken Finger wurden kalt und klamm.

Lord Arthur entgingen diese sonderbaren Anzeichen der Erregung nicht, und zum ersten Mal in seinem Leben empfand er Angst. Er verspürte den Drang, aus dem Zimmer zu stürzen, doch er zügelte sich. Es war besser, das Schlimmste zu erfahren, gleich, was es war, als in dieser gräßlichen Ungewißheit gelassen zu werden.

»Ich warte, Mr. Podgers«, sagte er.

»Wir warten alle«, rief Lady Windermere in ihrer scharfen, ungeduldigen Art, doch der Chiromant gab keine Antwort.

»Ich glaube, Arthur geht zum Theater«, sagte Lady Jedburgh, »und nachdem Sie so geschimpft haben, hat Mr. Podgers Angst, es ihm zu sagen.«

Unvermittelt ließ Mr. Podgers Lord Arthurs rechte Hand fallen und ergriff seine linke; er beugte sich für seine eingehende Betrachtung so tief herab, daß der Goldrand seiner Brille beinahe den Handteller berührte. Für einen kurzen Augenblick wurde sein Gesicht zu einer weißen Maske des Entsetzens, doch schon bald gewann er sein Kaltblütigkeit wieder, blickte zu Lady Windermere auf und sagte, gezwungen lächelnd: »Es ist die Hand eines reizenden jungen Mannes.«

»Aber natürlich!« antwortete Lady Windermere, »aber wird er auch ein reizender Ehemann werden? Das will ich wissen.«

»Das werden alle reizenden jungen Männer«, sagte Mr. Podgers.

»Ich finde, ein Ehemann sollte nicht zu faszinierend sein«, murmelte Lady Jedburgh nachdenklich, »das ist ja so gefährlich.«

»Mein liebes Kind, zu faszinierend sind sie nie«, rief Lady Windermere. »Aber ich will Einzelheiten. Das einzig Interessante sind Einzelheiten. Was wird Lord Arthur widerfahren?«

»Tja, innerhalb der nächsten Monate wird Lord Arthur eine Reise machen – – –«

»Aber ja, seine Hochzeitsreise, selbstverständlich!«

»Und eine Verwandte verlieren.«

»Doch hoffentlich nicht seine Schwester?« sagte Lady Jedburgh mit kläglicher Stimme.

»Nein, seine Schwester gewiß nicht«, antwortete Mr. Podgers mit einer mißbilligenden Handbewegung, »nur eine entfernte Verwandte.«

»Da bin ich nun aber furchtbar enttäuscht«, sagte Lady Windermere. »Ich habe Sybil morgen rein gar nichts zu berichten. Für entfernte Verwandte hat heutzutage niemand etwas übrig. Sie sind schon vor Jahren aus der Mode gekommen. Aber ich meine, sie sollte doch lieber ein schwarzes Seidenes einpacken; in der Kirche macht sich das nämlich immer gut. Und nun wollen wir zum Abendessen gehen. Bestimmt haben sie schon alles aufgegessen, aber vielleicht finden wir noch etwas heiße Suppe. François hat früher einmal eine hervorragende Suppe gemacht, aber gegenwärtig regt er sich so wegen der Politik auf, daß ich mir bei ihm nicht mehr ganz sicher bin. Ich wünschte nur, General Boulanger würde Ruhe geben. Herzogin, Sie sind doch gewiß müde?«

»Keineswegs, liebe Gladys«, antwortete die Herzogin, während sie zur Tür watschelte. »Ich fand das alles ungemein amüsant, und dieser Chiropodist, ich meine, Chiromant, ist außerodentlich interessant. Flora, wo mag denn nur mein Schildpattfächer sein? Oh, herzlichen Dank, Sir Thomas, ganz verbindlichst. Und mein Spitzenschal, Flora? Oh, vielen Dank, Sir Thomas, das ist aber sehr nett«; und das würdige Wesen bewerkstelligte es schließlich, die Treppe hinabzusteigen, ohne ihr Riechfläschchen mehr als zweimal fallen zu lassen.

Unterdessen war Lord Arthur am Kamin stehengeblieben, dasselbe Angstgefühl, dieselbe scheußliche Ahnung drohenden Unheils noch in sich. Traurig lächelte er seiner Schwester zu, die an Lord Plymdales Arm gerade an ihm vorbeisegelte, hübsch sah sie aus in ihrem rosafarbenen Brokat und den Perlen, und er hörte kaum Lady Windermere rufen, er solle mitkommen. Er dachte an Sybil Merton, und die Vorstellung, daß etwas zwischen sie treten könnte, trübte seine Augen mit Tränen.

Bei einem Blick auf ihn hätte man gemeint, Nemesis habe Pallas' Schild gestohlen und ihm das Gorgonenhaupt gezeigt. Er schien zu Stein erstarrt, und sein Gesicht war in seiner Melancholie wie Marmor. Er hatte das angenehme und luxuriöse Leben eines jungen Mannes aus gutem Hause und mit Vermögen geführt, ein Leben, das auserlesen war in seiner Freiheit von trister Not, seiner schönen jungenhaften Unbekümmertheit; und nun war ihm zum ersten Mal das schreckliche Mysterium des Schicksals ins Bewußtsein getreten, die grausige Bedeutung des Verhängnisses.

Wie verrückt und ungeheuerlich ihm das alles erschien. Konnte es denn sein, daß auf seiner Hand in Zeichen, die er selbst nicht lesen, ein anderer jedoch entziffern konnte, das furchtbare Geheimnis einer Sünde stand, das blutrote Mal eines Verbrechens? Gab es denn kein Entrinnen? Waren wir nicht besser als Schachfiguren, die von einer unsichtbaren Macht umhergeschoben werden, Gefäße, die der Töpfer nach Belieben formt, zur Ehre oder Schande? Seine Vernunft lehnte sich dagegen auf, und dennoch spürte er, daß eine Tragik über ihm hing und daß er urplötzlich aufgefordert war, eine untragbare Last zu schultern. Schauspieler haben es so gut. Sie können selbst wählen, ob sie in einer Tragödie oder Komödie auftreten, ob sie leiden oder lustig sein, lachen oder Tränen vergießen wollen. Im richtigen Leben aber ist es anders. Die meisten Männer und Frauen sind gezwungen, Rollen zu spielen, für die sie nicht geeignet sind. Unsere Guildensterns spielen uns den Hamlet, und unsere Hamlets müssen scherzen wie Prinz Hal. Die Welt ist eine Bühne, doch das Stück ist schlecht besetzt.

Plötzlich betrat Mr. Podgers den Raum. Als er Lord Arthur sah, fuhr er zusammen, und sein grobes, fettes Gesicht nahm eine grünlich-gelbe Farbe an. Die Blicke der beiden Männer begegneten sich, und einen Augenblick lang herrschte Schweigen.

»Die Herzogin hat einen Handschuh hier vergessen, Lord Arthur, und mich gebeten, ihn ihr zu bringen«, sagte Mr. Podgers schließlich. »Ah, da ist er ja, auf dem Sofa! Guten Abend.«

»Mr. Podgers, ich muß darauf bestehen, daß Sie mir auf eine Frage, die ich Ihnen nun stelle, eine klare Antwort geben.«

»Ein andermal, Lord Arthur, die Herzogin ist sehr in Sorge. Ich muß leider gehen.«

»Sie gehen nicht. Die Herzogin eilt nicht.«

»Eine Dame soll man nicht warten lassen, Lord Arthur«, sagte Mr. Podgers mit seinem kränklichen Lächeln. »Das schöne Geschlecht neigt zur Ungeduld.«

Lord Arthurs feingemeißelte Lippen kräuselten sich in verächtlicher Geringschätzung. Die arme Herzogin schien ihm in dem Augenblick von sehr geringer Bedeutung. Er schritt quer durch den Raum zu Mr. Podgers und hielt ihm die Hand hin.

»Sagen Sie mir, was Sie darin gesehen haben«, sagte er. »Sagen Sie mir die Wahrheit. Ich muß sie wissen. Ich bin kein Kind mehr.«

Mr. Podgers' Augen blinzelten hinter der Goldrandbrille, und er trat unbehaglich von einem Fuß auf den anderen, während seine Finger nervös mit einer protzigen Uhrenkette spielten.

»Wie kommen Sie denn darauf, daß ich mehr in Ihrer Hand gesehen habe, Lord Arthur, als ich Ihnen gesagt habe?«

»Ich weiß es, und ich bestehe darauf, daß Sie mir sagen, was es war. Ich bezahle Sie auch dafür. Ich gebe Ihnen einen Scheck über hundert Pfund.«

Die grünen Augen blitzten jäh auf und wurden wieder matt.

»Guineen?« sagte Mr. Podgers endlich mit leiser Stimme.

»Gewiß. Morgen schicke ich Ihnen einen Scheck. Welches ist Ihr Club?«

»Ich habe keinen Club. Das heißt, im Augenblick nicht. Meine Adresse ist – – –, aber wenn Sie gestatten, hier ist meine Karte«; er zog ein goldgerändertes Stück Pappe aus der Westentasche und reichte es mit einer tiefen Verbeugung Lord Arthur, der darauf las: *»Mr. Septimus R. Podgers, Chiromant, 1030 West Moon Street.«*

»Meine Sprechstunde ist von zehn bis vier«, murmelte Mr. Podgers mechanisch, »und für Familien gibt es Ermäßigung.«

»Machen Sie rasch«, stieß Lord Arthur, der nun sehr bleich war, hervor und streckte die Hand aus.

Mr. Podgers blickte nervös um sich und zog die schwere *portière* vor die Tür.

»Es wird etwas dauern, Lord Arthur, setzen Sie sich doch.«

»Machen Sie rasch«, rief Sir Arthur erneut und stampfte ärgerlich mit dem Fuß auf den gebohnerten Boden.

Mr. Podgers lächelte, zog ein kleines Vergrößerungsglas aus der Brusttasche und wischte es sorgsam mit dem Taschentuch ab.

»Ich bin bereit«, sagte er.

2

Zehn Minuten später stürzte Lord Arthur, das Gesicht bleich vor Schrecken, die Augen wild vor Schmerz, aus dem Bentinck House und drängte sich durch die Masse der Lakaien in Pelzmänteln, die unter der breiten, gestreiften Markise standen; ihm war, als sähe oder hörte er nichts. Die Nacht war bitter kalt, und die Gaslaternen um den Platz herum zuckten und flackerten in dem beißenden Wind; seine Hände aber waren fieberheiß, und seine Stirn brannte wie Feuer. Immer weiter ging er, taumelnd fast wie ein Betrunkener. Ein Schutzmann sah ihm im Vorbeigehen neugierig nach, und ein Bettler, der aus einem Toreingang herausschlurfte, bekam es mit der Angst, als er ein Elend sah, das größer war als seines. Einmal blieb er unter einer Laterne stehen und betrachtete seine Hände. Er glaubte, schon jetzt einen Blutfleck darauf zu erkennen, und ein leiser Aufschrei brach aus seinen bebenden Lippen.

Mord! – das nämlich hatte der Chiromant gesehen. Mord! Selbst die Nacht schien darum zu wissen, der trostlose Wind es ihm ins Ohr zu heulen. Die dunklen Straßenecken waren erfüllt davon. Das Schreckliche grinste von den Hausdächern auf ihn herab.

Zunächst gelangte er zum Park, dessen düstere Bäume ihn zu faszinieren schienen. Müde lehnte er sich gegen das Geländer, kühlte die Stirn an dem feuchten Metall und lauschte dem zitternden Schweigen der Bäume. »Mord! Mord!« wiederholte er unablässig, als könnte dies den Schrecken des Wortes mindern. Er erschauerte vom Klang seiner eigenen Stimme, hoffte aber dennoch beinahe, daß ein Echo ihn hören und die schlummernde Stadt aus ihren Träumen wecken möge. Er verspürte das wahnsinnige Verlangen, den nächstbesten Passanten anzuhalten und ihm alles zu sagen.

Dann überquerte er die Oxford Street und bog in schmale, schmähliche Gassen ein. Zwei Frauen mit geschminkten Gesichtern spöttelten über ihn, als er vorbeiging. Aus einem dunklen Hof drang das Geräusch von Flüchen und Schlägen, gefolgt von schrillen Schreien, und dann sah er, auf einer feuchten Türschwelle hingekauert, die bucklige Gestalt von Armut und Alter. Ein seltsames Mitleid überkam ihn. War diesen Kindern der Sünde und des Elends das Schicksal vorherbestimmt, so wie ihm das seine? Waren sie, ähnlich wie er, lediglich die Marionetten einer ungeheuerlichen Inszenierung?

Und dennoch frappierte ihn nicht das Mysterium, sondern die Komödie des Leidens; seine absolute

Nutzlosigkeit, sein grotesker Mangel an Sinn. Wie unzusammenhängend all das schien! Wie bar jeder Harmonie es war! Er war verblüfft über den Mißklang zwischen dem seichten Alltagsoptimismus und den wirklichen Tatsachen der Existenz. Er war noch sehr jung.

Nach einer Weile fand er sich vor der Marylebone-Kirche wieder. Der stille Fahrdamm sah aus wie ein langes Band polierten Silbers, hier und da gesprenkelt von den dunklen Arabesken winkender Schatten. Tief in die Ferne schwang sich die Reihe flackernder Gaslaternen, und vor einem kleinen ummauerten Haus stand ein einsames Kabriolett, dessen Kutscher darin schlief. Hastig eilte er in Richtung Portland Place, blickte sich immer wieder um, als fürchtete er, verfolgt zu werden. An der Ecke der Rich Street standen zwei Männer, die ein kleines Plakat an einer Wand lasen. Ein seltsames Gefühl der Neugier regte sich in ihm, und er trat hinzu. Als er näher kam, begegnete das Wort »Mord«, in schwarzen Lettern gedruckt, seinem Blick. Er fuhr zusammen, und seine Wangen wurden tiefrot. Es war eine Anzeige, die eine Belohnung versprach für jedwede Information, die zur Ergreifung eines Mannes mittlerer Größe führte, der zwischen dreißig und vierzig Jahre alt war, einen Filzhut, einen schwarzen Mantel und eine karierte Hose trug sowie auf der rechten Wange eine Narbe hatte. Er las sie immer wieder aufs neue und fragte sich, ob dieser nichtswürdige Mann gefaßt würde und wie er zu seiner Narbe gekommen war. Vielleicht würde eines Tages sein eigener Name an den Wänden Londons plakatiert sein. Eines Tages würde vielleicht auch auf ihn eine Belohnung ausgesetzt sein.

Bei diesem Gedanken wurde ihm übel vor Entsetzen.

Er machte auf dem Absatz kehrt und eilte in die Nacht. Wohin er ging, wußte er kaum. Er hatte die schwache Erinnerung, durch ein Labyrinth schmutziger Straßen gestreift zu sein, und als er sich endlich am Piccadilly Circus wiederfand, graute schon hell der Morgen. Während er nach Hause zum Belgrave Square lief, begegneten ihm die großen Karren auf ihrem Weg zu Covent Garden. Die Kärrner in ihren weißen Kitteln mit den freundlichen, sonnenverbrannten Gesichtern und den krausen Locken schritten rüstig aus, knallten mit der Peitsche und riefen einander hin und wieder etwas zu; auf einem riesigen grauen Pferd, dem vorderen eines rasselnden Gespanns, saß ein pausbäckiger Knabe, an seinem zerbeulten Hut einen Strauß Primeln; er hielt sich mit seinen kleinen Händen an der Mähne festgekrallt und lachte; und die großen Stapel Gemüse sahen vor dem Morgenhimmel aus wie Jadehaufen, wie Haufen grüner Jade vor den rosafarbenen Blütenblättern einer prachtvollen Rose. Lord Arthur war seltsam angerührt, warum, wußte er nicht zu sagen. In dem zarten Liebreiz der Morgendämmerung war etwas, was ihm unaussprechlich ergreifend erschien, und er dachte an all die Tage, die in Schönheit anbrechen und in Sturm vergehen. Auch diese Landleute mit ihren rohen, gutmütigen Stimmen und ihrer nonchalanten Art, was sahen sie nur für ein sonderbares London! Ein London, frei von der Sünde der Nacht und dem Rauch des Tages, eine fahle, geisterhafte Stadt, eine trostlose Stadt der Gräber! Er fragte sich, was sie wohl davon hielten und ob sie überhaupt etwas von ihrem Glanz und ihrer Schande wußten, von ihren wilden, schreienden Freuden und ihrem schrecklichen Hunger, von all dem, was sie von Morgen bis zum Abend erschafft und auch zerstört. Wahrscheinlich war sie für sie lediglich ein Markt, wohin sie ihre Früchte zum Verkauf brachten, wo sie höchstens ein paar Stunden verweilten und den sie auf noch immer stummen Straßen, zwischen noch immer schlafenden Häusern verließen. Grob, wie sie mit ihren schweren Nagelschuhen und ihrem derben Gang waren, brachten sie doch ein wenig von Arkadien mit. Er meinte, daß sie mit der Natur gelebt hatten, daß diese sie den Frieden gelehrt hatte. Er neidete ihnen alles, was sie nicht wußten.

Als er schließlich den Belgrave Square erreicht hatte, war der Himmel ein zartes Blau, und in den Gärten begannen die Vögel zu zwitschern.

3

Als Lord Arthur erwachte, war es zwölf Uhr, und die Mittagssonne flutete durch die elfenbeinfarbenen Seidenvorhänge seines Zimmers. Er stand auf und sah zum Fenster hinaus. Ein trüber Hitzedunst hing über der großen Stadt, und die Hausdächer waren wie stumpfes Silber. In dem flimmernden Grün des Platzes flirrten Kinder umher wie Schmetterlinge, und der Gehsteig war voll von Menschen, die zum Park unterwegs waren. Nie war ihm das Leben schöner, nie waren ihm die Dinge des Bösen ferner erschienen.

Dann brachte ihm sein Diener eine Tasse Schokolade auf einem Tablett. Nachdem er sie getrunken hatte, zog er eine schwere *portière* aus pfirsichfarbenem Plüsch beiseite und trat ins Badezimmer. Das Licht stahl sich leise von oben durch dünne Scheiben aus durchscheinendem Onyx herab, und das Wasser in der

Marmorwanne schimmerte wie ein Mondstein. Rasch stieg er hinein, bis die kühlen Wellen Hals und Haare berührten, und tauchte sodann mit dem ganzen Kopf unter, wie um das Mal einer schändlichen Erinnerung wegzuwaschen. Als er herausstieg, war er fast im Frieden mit sich. Die exquisiten realen Verhältnisse des Augenblicks beherrschten ihn, wie es häufig der Fall ist bei sehr verfeinerten Naturen, denn wie das Feuer können die Sinne reinigen wie auch vernichten.

Nach dem Frühstück warf er sich auf einen Diwan und zündete sich eine Zigarette an. Auf dem Kaminsims stand, in erlesenen alten Brokat gerahmt, eine große Photographie von Sybil Merton, wie er sie erstmals auf Lady Noels Ball gesehen hatte. Der kleine, zierlich geformte Kopf war leicht zur Seite geneigt, als könnte der schmale, schilfartige Hals die Last von so viel Schönheit kaum tragen; die Lippen waren leicht geöffnet und schienen wie gemacht für wohlklingende Musik; und aus den träumenden Augen blickte verwundert zarteste Reinheit der Mädchenzeit. In ihrem weichen, anliegenden Kleid aus *crêpe de chine* und mit ihrem großen, blätterförmigen Fächer sah sie aus wie eine jener zerbrechlichen Figürchen, welche die Männer in den Olivenhainen bei Tanagra finden; und in ihrer Pose und Haltung lag ein Hauch griechischer Grazie. Sie war einfach vollendet proportioniert – eine Seltenheit in einer Zeit, in der so viele Frauen entweder überlebensgroß oder unbedeutend sind.

Als Lord Arthur sie nun betrachtete, erfüllte ihn das furchtbare Mitleid, das der Liebe erwächst. Er glaubte, würde er sie heiraten mit dem Verhängnis des Mordes, das über seinem Kopf hing, dann wäre es ein Verrat gleich dem Judas', eine schlimmere Sünde, als Borgia sie sich je erträumt hätte. Welches Glück konnte es für sie geben, wenn er jeden Augenblick aufgefordert würde, die schreckliche Prophezeiung, die seiner Hand eingeschrieben war, auszuführen? Was für ein Leben hätten sie, solange die Schicksalsgöttin dieses furchtbare Geschick noch immer auf der Waage hatte? Die Hochzeit mußte verschoben werden, koste es, was es wolle. Dazu war er fest entschlossen. Wenngleich er das Mädchen glühend liebte und wenn sie beisammensaßen, allein die bloße Berührung ihrer Finger, jeden Nerv seines Körpers vor köstlicher Wonne erbeben ließ, erkannte er dennoch mit großer Klarheit, worin seine Pflicht lag, und er war sich vollkommen bewußt, daß er kein Recht hatte, sie zu heiraten, bevor er nicht den Mord begangen hatte. Nach vollbrachter Tat konnte er dann ohne das Grauen, etwas falsch gemacht zu haben, mit Sybil Merton vor den Altar treten und sein Leben in ihre Hände legen. Nach vollbrachter Tat konnte er sie in die Arme nehmen in dem Wissen, daß sie wegen ihm niemals erröten, nie beschämt den Kopf hängen lassen müßte. Doch zuerst mußte sie vollbracht werden; und je früher, desto besser für beide.

Viele in seiner Position hätten den steilen Höhen der Pflicht den heiteren Pfad der Tändelei vorgezogen; Lord Arthur hingegen war zu gewissenhaft, um die Lust über das Prinzip zu stellen. Seine Liebe bestand aus mehr als Leidenschaft; und Sybil war für ihn ein Symbol all dessen, was gut und edel ist. Vorübergehend empfand er eine natürliche Abscheu vor dem, was zu tun ihm aufgetragen war, doch sie verging rasch. Sein Herz sagte ihm, daß es keine Sünde sei, sondern ein Opfer; sein Verstand gemahnte ihn, daß kein anderer Weg offenstand. Er mußte sich entscheiden zwischen einem Leben für sich selbst und einem Leben für andere, und so schrecklich die ihm auferlegte Aufgabe auch zweifelsohne war, wußte er doch, daß er den Triumph der Selbstsucht über die Liebe nicht zulassen durfte. Früher oder später werden wir alle aufgefordert, in derselben Sache zu entscheiden – wird uns allen dieselbe Frage gestellt. Bei Lord Arthur kam sie früh im Leben – bevor sein Wesen von dem berechnenden Zynismus der mittleren Jahre verdorben war, sein Herz zerfressen von dem seichten, modischen Egoismus unserer Zeit, und er zögerte nicht, seine Pflicht zu tun. Glücklicherweise war er auch kein bloßer Träumer oder säumiger Dilettant. Wäre dem so gewesen, er hätte, wie Hamlet, gezögert und zugelassen, daß Unentschlossenheit seine Tatkraft minderte. Grundsätzlich aber war er von praktischer Natur. Für ihn bedeutete das Leben nicht Denken, sondern Handeln. Er besaß die seltenste aller Gaben, gesunden Menschenverstand.

Die wilden, stürmischen Gefühle der vergangenen Nacht hatten sich inzwischen völlig aufgelöst, und fast mit einer gewissen Scham blickte er auf seine irrwitzigen Streifzüge durch die Straßen zurück, seine heftigen emotionalen Qualen. Gerade die Lauterkeit seiner Leiden ließ sie ihm nun unwirklich erscheinen. Er fragte sich, wir er nur so töricht gewesen sein konnte, so über das Unvermeidliche zu lamentieren. Die einzige Frage, die ihn jetzt noch beschäftigte, war, wen er beseitigen sollte; denn er verschloß sich nicht der Tatsache, daß wie die Religionen der heidnischen Welt auch Mord ein Opfer ebenso wie einen Priester erfordert. Da er kein Genie war, hatte er auch keine Feinde, und er fand durchaus, daß dies nicht die Zeit für die Befriedigung jedweder persönlichen Gekränktheit oder Abneigung war, da die Mission, die er zu erfüllen hatte, von großem und feierlichem Ernst geprägt war. Und so legte er auf einem Blatt Papier eine Liste seiner Freunde und Verwandten an und entschied sich nach sorgfältiger Überlegung für Lady Clementina Beauchamp, eine liebe alte Dame, die in der Curzon Street wohnte und seine Cousine zweiten Grades mütterlicherseits war. Lady Clem, wie jeder sie nannte, hatte er immer gern gemocht, und da er selbst sehr reich war, nachdem er bei seiner Volljährigkeit das gesamte Vermögen Lord Rugbys geerbt hatte, war jede Möglichkeit, durch ihren Tod jedweden vulgären monetären Vorteil zu erlangen, ausgeschlossen. Und je länger er darüber nachdachte, desto mehr erschien sie ihm als genau die Richtige, und in dem Gefühl, daß jeder Aufschub Sybil gegenüber ungerecht sei, beschloß er, die Vorbereitungen sogleich in Angriff zu nehmen.

Als erstes stand natürlich die Regelung mit dem Chiromanten an; er setzte sich daher an einen kleinen Sheraton-Schreibtisch, der am Fenster stand, schrieb einen Scheck über 105 Pfund aus, zahlbar an Mr. Septimus Podgers, und beauftragte, während er ihn in einen Umschlag steckte, seinen Diener, ihn in die West Moon Street zu bringen. Sodann telephonierte er mit seinen Stallungen nach seinem Hansom und machte sich ausgehbereit. Beim Verlassen des Zimmers warf er noch einen Blick auf die Photographie Sybil Mertons und schwor, daß er ihr, komme, was da wolle, niemals sagen werde, was er um ihretwillen getan hatte, sondern das Geheimnis seiner Selbstaufopferung auf immer in seinem Herzen verschließen wolle.

Auf dem Weg zum Buckingham ließ er bei einem

Blumenhändler anhalten und Sybil einen wunderschönen Korb Narzissen mit reizenden weißen Blütenblättern und großäugigen Adonisröschen schicken, und als er im Club eintraf, begab er sich direkt in die Bibliothek, läutete und wies den Kellner an, ihm eine Zitronenlimonade und ein Buch über Toxikologie zu bringen. Er war zu dem klaren Entschluß gelangt, daß in dieser lästigen Angelegenheit Gift das beste Mittel war. Alles, was mit körperlicher Gewalt zu tun hatte, war ihm zutiefst zuwider, und überdies lag ihm sehr daran, Lady Clementina nicht auf eine Weise zu ermorden, welche öffentliches Aufsehen erregen könnte, da ihm die Vorstellung, bei Lady Windermere begafft zu werden oder seinen Namen an prominenter Stelle in den Spalten vulgärer Gesellschaftsblätter zu sehen, unerträglich war. Er mußte dabei auch an Sybils Vater und Mutter denken, die recht altmodische Leute waren und womöglich Einwände gegen die Heirat erheben könnten, wenn es auch nur den geringsten Skandal gäbe, obgleich er überzeugt davon war, daß sie, wenn er ihnen sämtliche Fakten des Falles vortrüge, die ersten wären, die die Beweggründe für sein Tun verstehen würden. Er hatte also allen Grund, sich für Gift zu entscheiden. Es war sicher, zuverlässig und lautlos und räumte jede Notwendigkeit schmerzvoller Szenen aus, gegen die er, wie die meisten Engländer, eine tiefverwurzelte Abneigung hatte.

Von der Wissenschaft der Gifte jedoch wußte er rein gar nichts, und da der Kellner sich völlig außerstande sah, in der Bibliothek etwas anderes als den ›Ruff's Guide‹ und ›Bailey's Magazine‹ aufzutreiben, suchte er die Regale selbst ab und stieß schließlich auf eine hübsch gebundene Ausgabe der *Pharmacopeia* und Erskines *Toxicology*, herausgegeben von Sir Mathew Reid, dem Präsidenten der Königlichen Ärztekammer und einem der ältesten Mitglieder des Buckingham, nachdem er versehentlich anstelle eines anderen aufgenommen worden war; ein *contretemps*, welches das Komitee so aufbrachte, daß es, als der richtige Mann kam, diesen einmütig durchfallen ließ. Lord Arthur war erheblich verwirrt von den Fachbegriffen, die in beiden Büchern verwendet wurden, und bedauerte schon, der klassischen Philologie in Oxford nicht mehr Aufmerksamkeit gewidmet zu haben, als er im zweiten Band von Erskine eine hochst interessante und vollständige Abhandlung über die Eigenschaften von Aconitin entdeckte, die auch noch in einigermaßen klarer Sprache abgefaßt war. Es schien ihm genau das passende Gift für seine Zwecke zu sein. Es war schnell – ja, geradezu unmittelbar in seiner Wirkung –, völlig schmerzlos und, eingenommen als Gelatinekapsel, wie von Sir Mathew auch empfohlen, gar nicht einmal unschmackhaft. Sodann notierte er sich auf seine Manschette die für eine tödliche Dosis nötige Menge, stellte die Bücher an ihren Ort zurück und schlenderte die St. James's Street entlang zu Pestle and Humbey's, der großen Drogerie. Mr. Pestle, welcher die Aristokratie stets persönlich bediente, war über den Auftrag nicht wenig überrascht und murmelte auf sehr ehrerbietige Weise etwas von der Notwendigkeit einer ärztlichen Bescheinigung. Doch kaum hatte Sir Arthur ihm erklärt, es sei für eine große norwegische Bulldogge, die er loswerden müsse, da sie Anzeichen beginnender Tollwut zeige und den Kutscher schon zweimal in die Wade gebissen habe, zeigte er sich vollkommen zufriedengestellt, beglückwünschte Lord Arthur zu seinen wunderbaren Kenntnissen der Toxikologie und ließ die Rezeptur sogleich herstellen.

Lord Arthur steckte die Kapsel in eine hübsche kleine silberne *bonbonnière*, die er in einem Schaufenster in der Bond Street gesehen hatte, warf die häßliche Pillendose von Pestle and Humbey's weg und fuhr sogleich zu Lady Clementina.

»Nun, *monsieur le mauvais sujet*«, rief die alte Dame, als er ins Zimmer trat, »warum hast du mich so lange nicht besucht?«

»Meine liebe Lady Clem, ich habe keine Minute Zeit für mich«, sagte Lord Arthur lächelnd.

»Vermutlich meinst du damit, daß du dich den ganzen Tag mit Miss Sybil Merton herumtreibst, *chiffons* kaufst und Unsinn redest? Ich begreife nicht, warum die Leute so ein Aufhebens um die Ehe machen. Zu meiner Zeit träumten wir nicht einmal davon, in der Öffentlichkeit zu schnäbeln und zu gurren, im übrigen auch nicht im privaten.«

»Ich kann dir versichern, daß ich Sybil die letzten vierundzwanzig Stunden nicht gesehen habe, Lady Clem. Soweit ich sehe, gehört sie ausschließlich ihren Putzmacherinnen.«

»Natürlich; das ist ja auch der einzige Grund, daß du eine häßliche alte Frau wie mich besuchst. Warum die Männer sich nur nicht warnen lassen. *On a fait des folies pour moi*, und nun bin ich ein rheumatisches Wesen mit falscher Fassade und schlechter Laune. Und wäre nicht die liebe Lady Jansen, die mir die schlimmsten französischen Romane schickt, die sie finden kann, würde ich den Tag wohl nicht überstehen. Ärzte sind zu nichts zu gebrauchen, außer, um ihre Honorare aus einem herauszupressen. Nicht einmal mein Sodbrennen können sie heilen.«

»Genau dagegen habe ich dir etwas mitgebracht, Lady Clem«, sagte Lord Arthur ernst. »Es ist etwas ganz Wunderbares, ein Amerikaner hat es erfunden.«

»Ich glaube, ich mag keine amerikanischen Erfindungen, Arthur. Nein, wirklich nicht. In letzter Zeit habe ich ein paar amerikanische Romane gelesen, sie waren der reine Unsinn.«

»Aber an dieser Sache ist überhaupt nichts Unsinniges, Lady Clem! Ich versichere dir, es ist das ideale Heilmittel. Du mußt mir versprechen, es zu probieren«; und Lord Arthur zog die kleine Schachtel aus der Tasche und reichte sie ihr.

»Also, die Schachtel ist ja reizend, Arthur. Ist das wirklich ein Geschenk? Das ist aber ganz süß von dir. Und das ist die wunderbare Medizin? Sie sieht aus wie ein *bonbon.* Ich nehme sie auf der Stelle.«

»Großer Gott! Lady Clem«, rief Arthur und packte ihre Hand, »alles, nur das nicht. Das ist eine homöopathische Medizin, und wenn du sie nimmst, ohne Sodbrennen zu haben, dann kann sie dir endlose Scherereien bereiten. Warte, bis es dich wieder überfällt, dann nimm sie ein. Das Ergebnis wird dich verblüffen.«

»Eigentlich würde ich sie ja gern jetzt einnehmen«, sagte Lady Clementina, während sie die kleine durchscheinende Kapsel mit der schwebenden Blase flüssigen Aconitins darin gegen das Licht hielt. »Bestimmt ist sie ganz köstlich. Es ist nämlich so, daß ich zwar Ärzte hasse, Medizin dagegen liebe. Aber ich will doch damit warten, bis es mich wieder überfällt.«

»Und wann könnte das wohl sein?« fragte Lord Arthur begierig. »Schon bald?«

»Ich hoffe, nicht vor einer Woche. Gestern früh hatte ich sehr schwer damit zu kämpfen. Aber man weiß ja nie.«

»Vor Ende des Monats wird es also sicher geschehen, oder, Lady Clem?«

»Leider. Aber wie mitfühlend du heute bist, Arthur! Wirklich, Syvil hat dir sehr gutgetan. Und nun mußt du flüchten, denn heute abend esse ich mit einigen gräßlichen Langweilern, die nie lästern, und ich weiß genau, wenn ich jetzt nicht meinen Schlaf bekomme, bleibe ich während des Essens nicht wach. Auf Wiedersehen, Arthur, und grüße mir Sybil, und vielen Dank für die amerikanische Medizin.«

»Und du vergißt auch nicht, sie einzunehmen, Lady Clem, ja?« sagte Lord Arthur, während er sich erhob.

»Natürlich nicht, du dummer Junge. Ich find es ganz reizend, daß du an mich denkst, und wenn ich mehr davon brauche, schreibe ich es dir.«

Lord Arthur verließ das Haus bester Laune und mit einem Gefühl ungeheurer Erleichterung.

An dem Abend hatte er eine Unterredung mit Sybil Merton. Er erzählte ihr, daß er ganz plötzlich in eine furchtbar schwierige Situation geraten sei, aus der ihm weder Ehre noch Pflicht einen Ausweg gestatteten. Er erzählte ihr, daß die Hochzeit bis auf weiteres verschoben werden müsse, da er so lange, wie er diese fürchterlichen Verstrickungen nicht los sei, kein freier Mann sei. Er beschwor sie, ihm zu vertrauen und keine Zweifel bezüglich der Zukunft zu hegen. Alles werde gut werden, doch sei Geduld vonnöten.

Die Szene ereignete sich im Wintergarten von Mr. Mertons Haus in der Park Lane, wo Lord Arthur wie üblich zu Abend gegessen hatte. Sybil war glücklich gewesen wie nie zuvor, und einen Augenblick lang war Lord Arthur versucht gewesen, die Rolle des Feiglings zu spielen, Lady Clementina wegen der Pille zu schreiben und die Hochzeit vonstatten gehen zu lassen, als gäbe es gar keinen Mr. Podgers auf der Welt. Seine bessere Seite jedoch setzte sich bald wieder durch, und selbst als Sybil sich ihm weinend in die Arme warf, wankte er nicht. Die Schönheit, die seine Sinne erregt hatte, hatte auch sein Gewissen angerührt. Er fand, es wäre falsch, um des Vergnügens weniger Monate willen ein so schönes Leben zu zerstören.

Er blieb fast bis Mitternacht bei Sybil, tröstete sie und wurde seinerseits getröstet, und früh am nächsten Morgen reiste er nach Venedig ab, nachdem er Mr. Merton einen männlich-festen Brief bezüglich der notwendigen Verschiebung der Hochzeit geschrieben hatte.

4

In Venedig traf er auf seinen Bruder, Lord Surbiton, der zufällig gerade mit seiner Yacht aus Korfu herübergekommen war. Die beiden jungen Männer verbrachten herrliche vierzehn Tage zusammen. Morgens ritten sie auf dem Lido oder glitten den grünen Kanal in ihrer langen, schwarzen Gondel auf und ab; nachmittags empfingen sie für gewöhnlich Besucher auf der Yacht; abends aßen sie im Florian's und rauchten unzählige Zigaretten auf der Piazza. Doch irgendwie war Lord Arthur nicht froh. Täglich studierte er die Traueranzeigen in der ›Times‹ in der Erwartung, eine Notiz über Lady Clementinas Tod zu entdecken, doch täglich wurde er enttäuscht. Allmählich befürchtete er, ihr könnte etwas zugestoßen sein, und bedauerte oft, daß er sie daran gehindert hatte, das Aconitin zu nehmen, als sie so unbedingt seine Wirkung hatte ausprobieren wollen. Auch Sybils Briefe waren, wenngleich voller Liebe und Vertrauen und Zärtlichkeit, oftmals in einem sehr traurigen Ton gehalten, und zuweilen glaubte er, auf immer von ihr getrennt zu sein.

Nach vierzehn Tagen war Lord Surbiton von Venedig gelangweilt und beschloß, die Küste entlang nach Ravenna zu fahren, da er gehört hatte, in den Pinienpflanzungen lasse sich hervorragend Waldschnepfen schießen. Lord Arthur weigerte sich zunächst rundweg, mitzukommen, doch Surbiton, den er wirklich sehr gern hatte, überzeugte ihn schließlich, daß er, wenn er allein im Danielli's bliebe, einer tödlichen Schwermut anheimfiele, und so stachen sie am Morgen des 15. in See, ein kräftiger Nordost wehte, und das Meer war ziemlich rauh. Sie hatten ungeheuren Spaß, und das freie Leben an der frischen Luft brachte Lord Arthur wieder Farbe auf die Wangen, doch um den 22. wurde er wegen Lady Clementina besorgt und fuhr, ungeachtet Surbitons Protest, mit dem Zug zurück nach Venedig.

Als er an den Hotelstufen aus seiner Gondel trat, kam ihm der Besitzer mit einem Bündel Telegramme entgegen. Lord Arthur schnappte sie ihm aus der Hand und riß sie auf. Alles war höchst erfolgreich gelaufen. Lady Clementina war ganz plötzlich in der Nacht des 17. verstorben!

Sein erster Gedanke galt Sybil, und er schickte ihr ein Telegramm, in dem er ihr seine sofortige Rückreise nach London ankündigte. Sodann beauftragte er seinen Diener, seine Sachen für die Nachtpost zu packen, schickte seinen Gondolieres ungefähr das Fünffache ihres eigentlichen Fahrgeldes und rannte leichten Schritts und heiteren Herzens hinauf in seinen Salon. Dort warteten drei Briefe auf ihn. Einer war von Sybil selbst, voller Mitgefühl und Beileid. Die anderen waren von seiner Mutter und von Lady Clementinas Anwalt. Offenbar hatte die alte Dame an eben jenem Abend mit der Herzogin gegessen, hatte alle mit ihrem Geist und *esprit* erfreut, sich dann jedoch, über Sodbrennen klagend, etwas früh zurückgezogen. Am Morgen hatte man sie dann tot im Bett aufgefunden; anscheinend hatte sie keine Schmerzen gehabt. Man hatte sogleich nach Sir Mathew Reid geschickt, aber natürlich gab es für ihn nichts mehr zu tun, und am 22. sollte sie in Beauchamp Chalcote bestattet werden. Wenige Tage vor ihrem Tod hatte sie ihr Testament gemacht und darin Lord Arthur ihr kleines Haus in der Curzon Street hinterlassen, einschließlich aller Möbel, persönlichen Dinge und Bilder, mit Ausnahme ihrer Sammlung Miniaturen, die an ihre Schwester, Lady Margaret Rufford, gehen, und ihrer Amethysthalskette, die Sybil Merton bekommen sollte. Das Anwesen war von geringem Wert; doch Mr. Mansfield, der Anwalt, legte gesteigerten Wert darauf, daß Lord Arthur, wenn irgend möglich, umgehend zurückkehrte, da eine stattliche Menge Rechnungen zu begleichen seien und Lady Clementina nie regelmäßig Buch geführt habe.

Lord Arthur war zutiefst gerührt, daß Lady Clementina sich so freundlich seiner erinnert hatte, und fand, daß Mr. Podgers einiges auf dem Gewissen hatte. Dabei beherrschte jedoch seine Liebe zu Sybil alle anderen Gefühle, und das Bewußtsein, daß er seine Pflicht erfüllt hatte, verlieh ihm Frieden und Trost. Als er in Charing Cross eintraf, war er zutiefst glücklich.

Die Mertons nahmen ihn sehr freundlich auf. Sybil mußte er versprechen, nie wieder zuzulassen, daß etwas zwischen sie trat, und so wurde die Hochzeit auf den 7. Juni festgelegt. Das Leben erschien ihm sogleich schöner, und seine alte Fröhlichkeit kehrte wieder bei ihm ein.

Eines Tages jedoch, als er in Begleitung von Lady Clementinas Anwalt und auch Sybil einen Gang durch das Haus in der Curzon Street machte, dabei Packen verblichener Briefe verbrannte und ganze Schubladen voll Abfall wegwarf, stieß das junge Mädchen plötzlich einen Freudenschrei aus.

»Was hast du entdeckt, Sybil?« sagte Lord Arthur und blickte lächelnd von seiner Arbeit auf.

»So eine hübsche kleine silberne *bonbonnière*, Arthur. Ist sie nicht süß? Und holländisch! Bitte schenk sie mir! Ich weiß ja, Amethyste stehen mir erst, wenn ich über achtzig bin.«

Es war das Kästchen, in dem das Aconitin gewesen war.

Lord Arthur fuhr zusammen, und eine feine Röte kroch in seine Wangen. Er hatte beinahe ganz vergessen, was er getan hatte, und es erschien ihm als ein eigenartiges Zusammentreffen, daß Sybil, um deretwillen er diese ganzen schrecklichen Sorgen auf sich genommen hatte, ihn als erste wieder daran erinnerte.

»Natürlich kannst du sie haben, Sybil. Ich selbst habe sie der armen Lady Clem geschenkt.«

»Oh! Danke, Arthur; und darf ich auch das *bonbon* haben? Ich hatte keine Ahnung, daß Lady Clementina gerne Süßigkeiten aß. Ich habe geglaubt, dafür sei sie viel zu intellektuell.«

Lord Arthur wurde totenblaß, und ein entsetzlicher Gedanke fuhr ihm durch den Kopf.

»*Bonbon*, Sybil? Was meinst du damit?« sagte er mit leiser, heiserer Stimme.

»Da ist eines drin, weiter nichts. Es sieht ziemlich alt und staubig aus, und ich habe nicht die geringste Absicht, es zu essen. Was ist denn los, Arthur? Wie weiß du bist!«

Lord Arthur rannte durchs Zimmer und ergriff das Kästchen. Darin lag die bernsteinfarbene Kapsel mit ihrer Giftblase. Dann war Lady Clementina also eines natürlichen Todes gestorben!

Der Schock dieser Entdeckung war fast zu viel für ihn. Er schleuderte die Kapsel ins Feuer und sank mit einem Ausruf der Verzweiflung aufs Sofa nieder.

5

Mr. Merton war einigermaßen bestürzt über die zweite Verschiebung der Hochzeit, und Lady Julia, die schon ihr Kleid für das Fest bestellt hatte, unternahm alles, um Sybil zu veranlassen, die Verbindung zu lösen. Sosehr Sybil jedoch ihre Mutter liebte, hatte sie doch ihr ganzes Leben in Lord Arthurs Hände gelegt, und nichts, was Lady Julia sagen konnte, vermochte sie in ihrem Glauben zu erschüttern. Lord Arthur selbst brauchte Tage, um über diese schreckliche Enttäuschung hinwegzukommen, und eine ganze Zeit waren seine Nerven völlig zerrüttet. Sein vortrefflicher gesunder Menschenverstand jedoch gewann bald wieder die

Oberhand, und seine klare, praktische Vernunft ließ ihn nicht lange im Zweifel darüber, was er zu tun hatte. Nachdem Gift sich als kompletter Fehlschlag erwiesen hatte, bot sich nun ein Versuch mit Dynamit oder einer anderen Art Sprengstoff an.

Und so ging er wiederum die Liste seiner Freunde und Verwandten durch und beschloß nach reiflicher Überlegung, seinen Onkel, den Dekan von Chichester, in die Luft zu sprengen. Der Dekan, ein Mann von hoher Kultur und Gelehrsamkeit, hatte eine große Vorliebe für Uhren und besaß eine wunderschöne Sammlung von Zeitmessern, die vom fünfzehnten Jahrhundert bis in die Gegenwart reichte, und Lord Arthur schien es, daß dieses Steckenpferd des guten Dekans ihm eine hervorragende Gelegenheit bot, seinen Plan durchzuführen. Wo eine Sprengmaschine jedoch zu beschaffen war, das war natürlich eine ganz andere Sache. Das Londoner Telephonbuch gab ihm dazu keine Auskunft, und er befand es für nahezu sinnlos, sich in dieser Angelegenheit an Scotland Yard zu wenden, da man dort über die Bewegungen der Dynamitfraktion anscheinend immer erst dann etwas wußte, nachdem eine Explosion stattgefunden hatte, und selbst dann nicht sehr viel.

Unvermittelt fiel ihm sein Freund Rouvaloff ein, ein junger Russe mit sehr revolutionären Neigungen, den er im Winter bei Lady Windermere kennengelernt hatte. Graf Rouvaloff schrieb angeblich an einer Biographie Peters des Großen und war zu dem Zweck nach England gekommen, die Dokumente im Zusammenhang mit dem Aufenthalt des Zaren als Schiffszimmermann in diesem Land einzusehen; allgemein jedoch wurde angenommen, daß er ein Agent der Nihilisten war, und es bestand kein Zweifel, daß die russische Botschaft seinen Aufenthalt in diesem Land mit sehr geringem Wohlwollen beobachtete. Lord Arthur fand, daß er genau der Richtige für seine Zwecke war, und fuhr eines Tages nach Bloomsbury zu seiner Unterkunft, um ihn um Rat und Unterstützung zu bitten.

»Dann beschäftigst du dich also jetzt ernsthaft mit Politik?« sagte Graf Rouvaloff, als Lord Arthur ihm den Gegenstand seiner Mission geschildert hatte; doch Lord Arthur, dem Prahlereien jedweder Art ein Greuel waren, fühlte sich gedrängt, ihm einzugestehen, daß er nicht das geringste Interesse an gesellschaftlichen Fragen habe und die Höllenmaschine nur für eine reine Familienangelegenheit brauchte, die ausschließlich ihn selbst etwas angehe.

Graf Rouvaloff musterte ihn einige Augenblicke verblüfft und schrieb ihm, als er sah, daß es diesem völlig ernst war, eine Adresse auf ein Stück Papier, versah es mit seinen Initialen und reichte es ihm über den Tisch.

»Scotland Yard gäbe einiges darum, diese Adresse zu kennen, mein Lieber.«

»Die kriegen sie aber nicht«, rief Lord Arthur lachend aus; und nachdem er dem jungen Russen herzlich die Hand geschüttelt hatte, rannte er hinab, schaute auf das Papier und gebot dem Kutscher, zum Soho Square zu fahren.

Dort entließ er ihn und schlenderte die Greek Street entlang, bis er zu einer Straße namens Bayle's Court kam. Er schritt durch den Torbogen und fand sich in einer eigenartigen Sackgasse wieder, die anscheinend von einer französischen Wäscherei okkupiert war, da ein richtiggehendes Netzwerk aus Wäscheleinen kreuz und quer von Haus zu Haus gespannt war und ein Geflatter von weißem Leinen die Morgenluft erfüllte. Er ging bis ans Ende und klopfte an eine kleine grüne Tür. Nach einiger Verzögerung, während der sich in jedem Fenster eine verschwommene Masse spähender Gesichter zeigte, wurde die Tür von einem recht grob wirkenden Ausländer geöffnet, der ihn in sehr schlechtem Englisch fragte, was er wolle. Lord Arthur reichte ihm das Stück Papier, das Graf Rouvaloff ihm gegeben hatte. Als der Mann es sah, verbeugte er sich und bat Lord Arthur in einen sehr schäbigen Salon im Erdgeschoß, und wenige Minuten später kam Herr Winckelkopf, wie er in England genannt wurde, ins Zimmer geeilt, eine recht fleckige Serviette um den Hals und eine Gabel in der linken Hand.

»Graf Rouvaloff hat mir eine Einführung für Sie mitgegeben«, sagte Lord Arthur mit einer Verbeugung, »und mir liegt sehr an einer Unterredung mit Ihnen in einer geschäftlichen Angelegenheit. Mein Name ist Smith, Mr. Robert Smith, und ich hätte gern, daß sie mir eine Sprenguhr beschaffen.«

»Erfreut, Sie kennenzulernen, Lord Arthur«, sagte der muntere kleine Deutsche lachend. »Machen Sie nicht so ein bestürztes Gesicht, es ist meine Pflicht, jeden zu kennen, und ich erinnere mich, Sie einmal bei Lady Windermere gesehen zu haben. Ich hoffe, Ihre Ladyschaft ist wohlauf. Würde es Ihnen etwas ausmachen, mir Gesellschaft zu leisten, während ich zu Ende frühstücke? Ich habe hier eine hervorragende *paté*, und meine Freunde sind so nett, meinen Rheinwein über alles zu stellen, was sie in der Deutschen Botschaft bekommen«, und noch bevor Lord Arthur seine Überraschung darüber, erkannt worden zu sein, überwunden hatte, fand er sich auf einem Stuhl im Hinterzimmer wieder, den köstlichsten Marcobrünner aus einem blaßgelben Weißweinglas schlürfend, auf dem das kaiserliche Monogramm eingraviert war, und aufs allerfreundlichste mit dem berühmten Verschwörer plaudernd.

»Sprenguhren«, sagte Herr Winckelkopf, »sind nicht sehr gut für den Export geeignet, denn selbst wenn sie durch den Zoll gelangen, ist der Zugverkehr so unzuverlässig, daß sie für gewöhnlich hochgehen, bevor sie ihren eigentlichen Bestimmungsort erreicht haben. Wenn Sie allerdings eine für den Hausgebrauch wollen, so kann ich Ihnen einen hervorragenden Artikel besorgen und Ihnen garantieren, daß Sie mit dem Ergebnis zufrieden sein werden. Darf ich fragen, für wen sie gedacht ist? Sollte sie für die Polizei oder für sonst jemanden, der mit Scotland Yard in Verbindung steht, bestimmt sein, kann ich leider nichts für Sie tun. Die englischen Detektive sind ja eigentlich unsere besten Freunde, und ich war immer der Ansicht, wenn man sich auf ihre Dummheit verläßt, können wir machen, was wir wollen. Ich könnte keinen einzigen entbehren.«

»Ich versichere Ihnen«, sagte Lord Arthur, »daß die Sache nichts mit der Polizei zu tun hat. Vielmehr ist die Uhr für den Dekan von Chichester gedacht.«

»Meine Güte! Ich wußte gar nicht, daß Sie sich so sehr mit Religion beschäftigen, Lord Arthur. Das ist heutzutage nur bei wenigen jungen Leuten der Fall.«

»Ich fürchte, Sie überschätzen mich, Herr Winckelkopf«, sagte Lord Arthur errötend. »In Wirklichkeit weiß ich gar nichts über Theologie.«

»Dann also eine rein private Angelegenheit?«

»Rein privat.«

Herr Winckelkopf zuckte die Schultern und verließ das Zimmer, um nach wenigen Minuten mit einem runden Dynamitplätzchen etwa von der Größe eines Pennys sowie einer hübschen kleinen französischen Uhr wiederzukommen, die von einer goldbronzenen Freiheitsstatue überragt war, welche die Hydra des Despotismus niedertrat.

Lord Arthurs Gesicht leuchtete auf, als er sie sah. »Genau das, was ich brauche«, rief er, »und nun sagen Sie mir, wie sie hochgeht.«

»Ah! Das ist mein Geheimnis«, entgegnete Herr Winckelkopf und betrachtete seine Erfindung mit berechtigtem Stolz; »sagen Sie mir, wann sie explodieren soll, und ich stelle die Maschine auf den genauen Zeitpunkt ein.«

»Tja, heute ist Dienstag, und wenn Sie sie sogleich abschicken könnten –«

»Das ist ausgeschlossen; ich habe eine Menge wichtiger Arbeit für einige Freunde in Moskau zu erledigen. Dennoch, morgen ginge es.«

»Ach, es reicht vollkommen«, sagte Lord Arthur höflich, »wenn sie morgen abend oder Donnerstag früh angeliefert wird. Und der Augenblick der Explosion, sagen wir Freitag, genau zur Mittagszeit. Um diese Zeit ist der Dekan stets zu Hause.«

»Freitag, zur Mittagszeit«, wiederholte Herr Winckelkopf und machte eine entsprechende Notiz in einem großen Hauptbuch, das auf einem Schreibpult beim Kamin lag.

»Und nun«, sagte Lord Arthur und erhob sich, »sagen Sie mir doch bitte, was ich Ihnen schuldig bin.«

»Das ist eine solche Kleinigkeit, Lord Arthur, daß ich gar keine Forderung stellen möchte. Das Dynamit kommt auf sieben Schilling sechs Pence, die Uhr wird drei Pfund zehn machen und das Frachtporto ungefähr fünf Schilling. Es ist mir ein großes Vergnügen, einem Freund von Graf Rouvaloff zu Diensten zu sein.«

»Aber Ihre Bemühungen, Herr Winckelkopf?«

»Ach, das ist doch nichts! Das ist mir eine Freude. Ich arbeite nicht für Geld; ich lebe ausschließlich für meine Kunst.«

Lord Arthur legte vier Pfund, zwei Schilling und sechs Pence auf den Tisch, dankte dem kleinen Deutschen für seine Freundlichkeit, und nachdem er erfolgreich eine Einladung zu einem Anarchistentreffen bei Tee mit kalter Küche am kommenden Samstag hatte ausschlagen können, verließ er das Haus und ging in den Park.

Während der folgenden zwei Tage befand er sich in einem Zustand höchster Erregung, und am Freitag um zwölf Uhr fuhr er in den Buckingham, um dort auf die Nachricht zu warten. Den ganzen Nachmittag brachte der dumpfe Saaldiener Telegramme aus verschiedenen Teilen des Landes mit den Ergebnissen von Pferderennen, den Urteilen in Scheidungsklagen, dem Wetterbericht und dergleichen herein, während das Band ermüdende Einzelheiten über eine allnächtliche Sitzung im Unterhaus sowie über eine kleine Panik an der Börse heraustickerte. Um vier Uhr kamen die Abendzeitungen, woraufhin Lord Arthur sich mit der ›Pall Mall‹, der ›St. James's‹, dem ›Globe‹ und dem ›Echo‹ in die Bibliothek zurückzog, sehr zum Mißfallen Oberst Goodchilds, welcher die Berichte über die Rede lesen wollte, die er am Morgen im Mansion House über das Thema der südafrikanischen Missionen und die Ratsamkeit, in jeder Provinz einen schwarzen Bischof zu haben, gehalten hatte und aus irgendwelchen Gründen ein tiefes Mißtrauen der ›Evening News‹ gegenüber hegte. Keines der Blätter enthielt jedoch auch nur die kleinste Erwähnung von Chichester, und Lord Arthur beschlich das Gefühl, daß das Attentat gescheitert sein mußte. Es war ein furchtbarer Schlag für ihn, und eine Zeitlang war er völlig aufgelöst. Herr Winckelkopf, welchen er am folgenden Tag aufsuchte, erging sich in wortreichen Entschuldigungen und erbot sich, ihm gratis eine weitere Uhr zu beschaffen oder auch ein Kistchen mit Nitroglyzerinbomben zum Selbstkostenpreis. Doch er hatte den Glauben an alle Sprengstoffe verloren, und selbst Herr Winckelkopf räumte ein, daß heutzutage alles so verfälscht sei, daß selbst Dynamit kaum noch im Reinzustand erhältlich sei. Dennoch war der kleine Deutsche, der zwar zugab, daß etwas in der Maschinerie versagt haben müsse, nicht ohne Hoffnung, daß die Uhr doch noch hochgehen könnte, und führte als Beispiel den Fall eines Barometers an, den er einmal dem Militärgouverneur von Odessa geschickt habe und der sich, zur Explosion zehn Tage später eingestellt, ungefähr drei Monate lang nicht gerührt habe. Zwar habe er, als er schließlich doch losging, lediglich ein Hausmädchen atomisiert, da der Gouverneur sechs Wochen zuvor die Stadt verlassen hatte, aber immerhin gezeigt, daß Dynamit als zerstörerische Kraft, wenn es von der Maschinerie beherrscht würde, durchaus ein machtvolles, wenngleich unpünktliches Agens sei. Lord Arthur fand ein wenig Trost in dieser Überlegung, doch selbst darin erwartete ihn eine Enttäuschung, denn zwei Tage später, er ging gerade nach oben, rief ihn die Herzogin in ihr Boudoir und zeigte ihm einen Brief, den sie soeben vom Dekanat erhalten hatte.

»Jane schreibt ganz reizende Briefe«, sagte die Herzogin; »ihren letzten mußt du unbedingt lesen. Er ist genauso gut wie die Romane, die Mudie uns schickt.«

Lord Arthur nahm ihr den Brief aus der Hand. Er lautete wie folgt: –

Dekanat, Chichester
27. Mai.

Meine liebste Tante,

Ganz herzlichen Dank für den Flanell für die Dorcas-Gesellschaft und auch für den Gingan. Ich bin völlig Deiner Meinung, daß es unsinnig ist, daß sie hübsche Sachen tragen wollen, aber heutzutage sind alle derart radikal und so unreligiös, daß es schwierig ist, ihnen klarzumachen, daß sie nicht versuchen sollen, sich wie die Oberschicht zu kleiden. Ich weiß wahrlich nicht, wohin das noch führen soll. Wie Papa oft in seinen Predigten gesagt hat, wir leben in einer Zeit des Unglaubens.

Großen Spaß hat uns eine Uhr bereitet, die ein unbekannter Bewunderer letzten Donnerstag Papa geschickt hat. Sie traf in einem Holzkistchen aus London ein, Porto bezahlt; und Papa meint, es müsse von jemandem gewesen sein, der seine beachtliche Predigt »Ist Zügellosigkeit Freiheit?« gelesen hat, denn oben auf der Uhr war eine Frauengestalt mit der, wie Papa glaubte, Freiheitskappe auf dem Kopf. Ich finde ja, sie steht ihr nicht besonders gut, aber Papa sagte, das sei historisch, also wird es wohl so seine Ordnung haben. Parker packte sie aus, und Papa stellte sie auf den Kaminsims in der Bibliothek, und da saßen wir auch den ganzen Freitagvormittag, als wir, gerade als die Uhr zwölf schlug, ein surrendes Geräusch hörten und aus dem Sockel der Figur eine kleine Rauchwolke drang, worauf die Göttin der Freiheit herabfiel und sich auf dem Kamingitter die Nase brach! Maria bekam einen ziemlichen Schrecken, aber es sah so lächerlich aus, daß James und ich uns bogen vor Lachen und sogar Papa belustigt war. Als wir sie untersuchten, stellten wir fest, daß es eine Art Weckuhr war und daß sie, wenn man sie auf eine bestimmte Zeit einstellte und etwas Schwarzpulver und ein Zündhütchen unter ein Hämmerchen tat, nach Belieben losging. Papa sagte, sie dürfe nicht in der Bibliothek bleiben, da sie Geräusche mache, also trug Reggie sie ins Schulzimmer und machte den lieben langen Tag nur noch Explosionen. Meinst Du, Arthur hätte gern so eine als Hochzeitsgeschenk? Wahrscheinlich sind sie in London groß in Mode. Papa sagt, sie täten viel Gutes, da sie zeigen, daß die Freiheit nicht von Dauer sein kann, sondern fallen muß. Papa sagt, die Freiheit sei zur Zeit der Französischen Revolution erfunden worden. Ein gräßlicher Gedanke!

Ich muß jetzt los zur Dorcas, wo ich Deinen höchst lehrreichen Brief lesen werde. Wie wahr Dein Gedanke ist, liebe Tante, daß sie auf ihrer Stufe im Leben nur Sachen tragen sollten, die ihnen nicht stehen. Ich finde es schon absurd, wie sie sich mit ihren Kleidern anstellen, wo es doch so viel Wichtigeres in dieser Welt wie auch in der nächsten gibt. Ich bin ja so froh, daß Dein geblümter Popelin so gut geworden ist und daß Deine Spitzen nicht gerissen sind. Am Mittwoch trage ich bei den Bishops meinen gelben Satin, den Du mir freundlicherweise geschenkt hast, und glaube, daß er ganz gut aussehen wird. Würdest Du Schleifen dazu tragen oder nicht? Jennings meint, alle trügen jetzt Schleifen und daß der Unterrock gefältelt sein sollte. Reggie hat gerade wieder eine Explosion gemacht, und Papa hat verfügt, daß die Uhr in den Stall gebracht wird. Ich glaube, Papa mag sie nicht mehr so wie am Anfang, wenngleich es ihm sehr schmeichelt, daß man ihm so ein hübsches und witziges Spielzeug geschickt hat. Das zeigt doch, daß die Leute seine Predigten lesen und einen Nutzen daraus ziehen.

Papa läßt herzlich grüßen, und Jessie und Reggie und Maria schließen sich alle an. In der Hoffnung, daß Onkel Cecils Gicht besser geworden ist, verbleibe ich, liebe Tante, Deine Dir sehr zugeneigte Nichte

Jane Percy.

PS. – Schreibe mir doch etwas zu den Schleifen. Jennings beharrt darauf, daß sie in Mode sind.

Lord Arthur machte bei dem Brief ein so ernstes und unglückliches Gesicht, daß die Herzogin sich ausschüttete vor Lachen.

»Mein lieber Arthur«, rief sie, »ich zeige Dir nie wieder den Brief einer jungen Dame! Aber was soll ich ihr denn wegen der Uhr sagen? Ich finde, es ist eine großartige Erfindung, ich möchte selber auch gern eine haben.«

»Ich halte nicht viel davon«, sagte Lord Arthur und lächelte traurig, und nachdem er seiner Mutter einen Kuß gegeben hatte, verließ er das Zimmer.

Als er oben war, warf er sich aufs Sofa, und seine Augen füllten sich mit Tränen. Er hatte sein Bestes versucht, diesen Mord zu begehen, doch beide Male war er gescheitert, und das ohne eigenes Verschulden. Er hatte versucht, seine Pflicht zu tun, doch es schien, als sei ihm das Schicksal selbst in den Rücken gefallen. Ihn bedrückte das Gefühl der Fruchtlosigkeit guter Absichten, der Vergeblichkeit des Versuchs, gut zu sein. Vielleicht war es ja besser, die Hochzeit ganz abzusagen. Gewiß, Sybil würde leiden, doch Leiden konnte ein so edles Wesen wie das ihre eigentlich nicht zerstören. Und er, was war schon mit ihm? Es wird immer einen Krieg geben, in dem ein Mann sterben kann, eine Sache, der ein Mann sein Leben weihen kann, und da das Leben ihm keine Annehmlichkeiten bot, barg auch der Tod keinen Schrecken mehr. Sollte das Schicksal doch seinen Untergang betreiben. Er würde keinen Finger rühren, ihm dabei zu helfen.

Um halb acht Uhr kleidete er sich an und ging in den

Club. Surbiton war mit einer Schar junger Männer da, und er sah sich verpflichtet, mit ihnen zu Abend zu essen. Ihre triviale Unterhaltung und die müßigen Scherze interessierten ihn nicht, und sobald Kaffee serviert wurde, brach er auf, erfand eine Verabredung, nur um wegzukommen. Beim Verlassen des Clubs reichte der Saaldiener ihm einen Brief. Er war von Herrn Winckelkopf, der ihn bat, am nächsten Abend vorbeizuschauen und sich einen Sprengschirm anzusehen, der losging, wenn man ihn öffnete. Er sei die neueste Erfindung und frisch aus Genf eingetroffen. Er zerriß den Brief in kleine Schnipsel. Er hatte beschlossen, keine weiteren Experimente mehr auszuprobieren. Dann streifte er zum Themse-Embankment und saß stundenlang am Fluß. Der Mond lugte gleich einem Löwenauge durch eine Mähne lohfahler Wolken, und zahllose Sterne besprenkelten das hohle Gewölbe wie Goldstaub, der über eine purpurne Kuppel gepudert war. Hin und wieder schwenkte eine Schute in den trüben Strom und trieb mit der Strömung ab, und die Eisenbahnsignale wechselten von Grün auf Scharlach, während die Züge sich kreischend über die Brücke schoben. Nach einiger Zeit dröhnte es vom hohen Turm von Westminster zwölf Uhr, und bei jedem Schlag der volltönenden Glocke schien die Nacht zu erzittern. Dann erloschen die Eisenbahnsignale, eine einzelne Lampe glomm noch wie ein riesiger Rubin an einem gigantischen Mast, und das Tosen der Stadt wurde schwächer.

Um zwei Uhr stand er auf und schlenderte in Richtung Blackfriars. Wie unwirklich alles aussah! Wie ein seltsamer Traum! Die Häuser am anderen Flußufer schienen wie aus Dunkelheit erbaut. Man hätte meinen können, Silber und Schatten hätten die Welt neu erschaffen. Die gewaltige Kuppel von St. Paul's hing wie eine Blase in der dämmerigen Luft.

Als er sich Cleopatra's Needle näherte, sah er einen Mann über die Brüstung gelehnt, und als er sich ihm näherte, blickte der Mann auf, und das Gaslicht fiel voll auf sein Gesicht.

Es war Mr. Podgers, der Chiromant! Dieses fette, schlaffe Gesicht mit der Goldrandbrille, dieses kränklich schwache Lächeln, dieser wollüstige Mund, es bestand kein Zweifel.

Lord Arthur blieb stehen. Eine brillante Idee durchzuckte ihn, und lautlos stahl er sich an ihn heran. Im nächsten Moment hatte er Mr. Podgers an den Beinen gepackt und in die Themse geschleudert. Ein grober Fluch folgte, ein schwerer Platscher, dann war alles ruhig. Lord Arthur blickte besorgt hinab, doch von dem Chiromanten war nur noch der Zylinder zu sehen, der in einem Strudel mondbeschienenen Wassers Pirouetten drehte. Nach einer Weile versank auch er, und nun war keine Spur von Mr. Podgers mehr zu sehen. Einmal glaubte er, er habe gesehen, wie die massige Gestalt die Treppe an der Brücke zu fassen suchte, und das scheußliche Gefühl, erneut gescheitert zu sein, packte ihn, doch dann erwies es sich nur als eine Spiegelung, die ebenfalls verschwand, als der Mond hinter einer Wolke hervorschien. Er stieß einen tiefen Seufzer der Erleichterung aus, und dann kam ihm Sybils Namen auf die Lippen.

»Haben Sie etwas fallen lassen, Sir?« sagte unvermittelt eine Stimme hinter ihm.

Er drehte sich um und sah einen Polizisten mit einer Blendlaterne.

»Nichts von Belang, Sergeant«, antwortete er lächelnd und winkte einen nahenden Hansom heran, sprang hinein und wies den Mann an, zum Belgrave Square zu fahren.

Während der nächsten Tage schwankte er zwischen Hoffen und Bangen. Es gab Augenblicke, da erwartete er geradezu, daß Mr. Podgers ins Zimmer marschierte, in anderen wiederum meinte er, daß das Schicksal so ungerecht nicht zu ihm sein könne. Zweimal ging er zum Haus des Chiromanten in der West Moon Street, doch er brachte es nicht über sich zu klingeln. Er sehnte sich nach Gewißheit und fürchtete sie gleichzeitig.

Endlich kam sie. Er saß gerade im Rauchzimmer des Clubs beim Tee und hörte recht müde Surbitons Bericht vom letzten humoristischen Lied im Gaiety zu, als der Kellner mit den Abendzeitungen hereinkam. Er nahm sich die ›St. James's‹ und blätterte sie lustlos durch, als sein Blick auf die folgende eigenartige Überschrift fiel:

»Selbstmord eines Chiromanten.«

Er wurde blaß vor Erregung und begann zu lesen. Der Absatz lautete wie folgt:

»Gestern morgen gegen sieben Uhr wurde der Leichnam Mr. Septimus R. Podgers', des bedeutenden Chiromanten, bei Greenwich, unmittelbar vor dem Ship Hotel, ans Ufer gespült. Der bedauernswerte Herr war schon seit einigen Tagen vermißt worden, und in Chiromantenkreisen machte man sich große Sorgen um seine Sicherheit. Es wird angenommen, daß er sich unter dem Einfluß einer temporären geistigen Verwirrung, ausgelöst durch Überarbeitung, das Leben nahm, und ein entsprechendes Urteil fällte am Nachmittag auch der Leichenbeschauer. Mr. Podgers hatte kürzlich eine umfassende Abhandlung über die menschliche Hand fertiggestellt, die in Bälde erscheinen und dann zweifellos viel Aufmerksamkeit erregen wird. Der Verstorbene war fünfundsechzig Jahre alt und hinterläßt allem Anschein nach keine Verwandten.«

Lord Arthur rannte, zur ungeheuren Verblüffung des Portiers, der vergeblich versuchte, ihn aufzuhalten, die Zeitung noch immer in der Hand, aus dem Club und fuhr sogleich in die Park Lane. Sybil sah ihn vom Fenster aus, und etwas sagte ihr, daß er gute Nachrichten brachte. Sie rannte ihm entgegen, und als sie sein Gesicht sah, wußte sie, daß alles gut war.

»Meine liebe Sybil«, rief Lord Arthur, »morgen wollen wir heiraten!«

»Du dummer Junge! Die Torte ist doch noch gar nicht bestellt!« sagte Sybil und lachte durch ihre Tränen hindurch.

6

Als die Hochzeit ungefähr drei Wochen später stattfand, drängten sich in St. Peter's wahre Massen schicker Menschen. Der Gottesdienst wurde aufs eindrucksvollste vom Dekan von Chichester geleitet, und alles war der Meinung, man habe nie ein schöneres Paar gesehen als die Braut und den Bräutigam. Und dabei waren sie mehr als schön – sie waren glücklich. Keinen einzigen

Augenblick bereute Lord Arthur, was er um Sybils willen erlitten hatte, während sie ihrerseits ihm das Beste gab, was eine Frau einem Mann überhaupt geben kann – Hinwendung, Zärtlichkeit und Liebe. Für sie war das Romantische nicht von der Realität getötet. Sie fühlten sich auf immer jung.

Einige Jahre später, inzwischen waren ihnen zwei wunderschöne Kinder geboren, kam Lady Windermere zu Besuch nach Alton Priory, einem ganz reizenden alten Haus, welches das Hochzeitsgeschenk des Herzogs für seinen Sohn gewesen war; und eines Nachmittags, als sie mit Lady Arthur im Garten unter einem Limonenbaum saß und dem kleinen Jungen und Mädchen zusah, wie sie, launenhaften Sonnenstrahlen gleich, auf dem Rosenweg umhertollten, ergriff sie unvermittelt die Hand ihrer Gastgeberin und fragte: »Sind Sie glücklich, Sybil?«

»Liebe Lady Windermere, natürlich bin ich glücklich. Sie nicht?«

»Ich habe nicht die Zeit, glücklich zu sein, Sybil. Mir gefällt immer derjenige, der mir als letzter vorgestellt wurde; aber in der Regel werde ich der Leute überdrüssig, kaum daß ich sie näher kennenlerne.«

»Finden Sie denn keine Befriedigung bei ihren Löwen, Lady Windermere?«

»O Gott, nein! Löwen sind nur gut für eine Saison. Sobald ihre Mähne gestutzt ist, sind sie die langweiligsten Geschöpfe, die es gibt. Zudem benehmen sie sich sehr schlecht, wenn man wirklich nett zu ihnen ist. Erinnern Sie sich noch an den gräßlichen Mr. Podgers? Das war ein schlimmer Betrüger. Natürlich störte mich das überhaupt nicht, und selbst wenn er Geld leihen wollte, verzieh ich ihm, aber daß er mir den Hof machte, war mir unerträglich. Durch ihn habe ich die Chiromantik richtig verabscheuen gelernt. Ich habe mich jetzt auf die Telepathie verlegt. Das ist viel amüsanter.«

»Hier dürfen Sie aber nichts gegen die Chiromantie sagen, Lady Windermere; das ist das einzige Thema, bei dem Arthur Spott nicht duldet. Ich versichere Ihnen, es ist ihm ganz ernst damit.«

»Sie meinen doch nicht etwa, daß er daran glaubt, Sybil?«

»Fragen Sie ihn selbst, Lady Windermere, da ist er«; und Lord Arthur kam durch den Garten mit einem großen Strauß gelber Rosen in der Hand, und seine beiden Kinder tanzten um ihn her.

»Lord Arthur?«

»Ja, Lady Windermere.«

»Sie wollen mir doch nicht sagen, daß Sie an Chiromantie glauben?«

»Aber natürlich«, sagte der junge Mann lächelnd.

»Aber warum denn?«

»Weil ich ihr mein ganzes Lebensglück verdanke«, murmelte er und ließ sich auf einem Korbstuhl nieder.

»Mein lieber Lord Arthur, was verdanken Sie ihr?«

»Sybil«, antwortete er, reichte seiner Frau die Rosen und blickte ihr in die violetten Augen.

»So ein Unsinn!« rief Lady Windermere aus. »Einen solchen Unsinn habe ich in meinem ganzen Leben nicht gehört.«

Das Gespenst der Cantervilles

Eine hylo-idealistische Geschichte

I

ALS Mr. Hiram B. Otis, der amerikanische Gesandte, Canterville Chase kaufte, sagte ihm jeder, er begehe damit eine große Dummheit, da keinerlei Zweifel bestünden, daß es dort spuke. Sogar Lord Canterville selbst, ein Mann von korrektestem Ehrgefühl, hatte es als seine Pflicht erachtet, Mr. Otis darüber in Kenntnis zu setzen, als sie die Bedingungen erörterten.

»Wir haben es selbst gar nicht bewohnt«, sagte Lord Canterville, »da meine Großtante, die Herzoginwitwe von Bolton, von zwei Skeletthänden, die sich ihr auf die Schultern legten, während sie sich gerade zum Essen ankleidete, einen solchen Schrecken eingejagt bekam, daß sie sich nicht mehr davon erholte, und ich muß Ihnen sagen, Mr. Otis, daß das Gespenst von mehreren noch lebenden Familienmitgliedern gesehen wurde, ebenso von Pastor Augustus Dampier, der auch Professor am King's College in Cambridge ist. Nach dem bedauerlichen Vorfall mit der Herzogin wollte keiner unserer jüngeren Bediensteten mehr bleiben, und Lady Canterville fand infolge der mysteriösen Geräusche, die nachts aus dem Flur und der Bibliothek drangen, häufig nur wenig Schlaf.«

»Mylord«, entgegnete der Gesandte, »ich übernehme das Mobiliar samt Gespenst zum Schätzwert. Ich komme aus einem modernen Land, wo wir alles haben, was es mit Geld zu kaufen gibt; und wo unsere ganzen fixen jungen Burschen die Alte Welt unsicher machen und Ihnen Ihre besten Schauspielerinnen und Primadonnen entführen, schätze ich, daß wir ein Gespenst, sollte es denn in Europa etwas Derartiges geben, in kürzester Zeit bei uns in einem unserer öffentlichen Museen oder als Attraktion auf Tournee hätten.«

»Ich fürchte, das Gespenst gibt es wirklich«, sagte Lord Canterville lächelnd, »und den Avancen Ihrer findigen Impresarios hätte es wohl widerstanden. Seit drei Jahrhunderten, seit 1584, um genau zu sein, ist es bestens bekannt, und es erscheint stets vor dem Tod eines Mitglieds unserer Familie.«

»Nun, das trifft auch auf den Hausarzt zu, Lord Canterville. Doch so etwas wie ein Gespenst, Sir, gibt es nicht, und ich schätze, die Naturgesetze werden auch für die britische Aristokratie nicht aufgehoben.«

»Gewiß, in Amerika ist man sehr natürlich«, antwortete Lord Canterville, der Mr. Otis' letzte Bemerkung nicht ganz verstanden hatte, »und wenn ein Gespenst im Haus Sie nicht stört, dann ist ja alles gut. Nur vergessen Sie nicht, ich habe Sie gewarnt.«

Wenige Wochen später war der Kauf perfekt, und zum Ende der Saison fuhren der Gesandte und seine Familie nach Canterville Chase. Mrs. Otis, als Miss Lucretia R. Trappan aus der West 53rd Street einst eine berühmte New Yorker Beauty, war nun eine sehr gutaussehende Frau mittleren Alters mit schönen Augen und einem vortrefflichen Profil. Viele Amerikanerinnen geben sich, wenn sie das Land ihrer Geburt verlassen, den Anschein chronischen Unwohlseins, da sie der Meinung sind, es handele sich dabei um eine europäische Form der Kultiviertheit, doch diesem Irrtum war

Mrs. Otis nicht erlegen. Sie besaß eine außerordentliche Konstitution und ein wahrhaft wunderbares Maß an Vitalität. Ja, in vielerlei Hinsicht war sie durchaus englisch und ein hervorragendes Beispiel dafür, daß wir heutzutage wirklich alles mit Amerika gemein haben, bis auf die Sprache selbstverständlich. Ihr ältester Sohn, von seinen Eltern in einem Anfall von Patriotismus Washington getauft, was er immer bedauert hatte, war ein blondhaariger, ziemlich gut aussehender junger Mann, der seine Befähigung für den amerikanischen diplomatischen Dienst dadurch nachgewiesen hatte, daß er in drei aufeinanderfolgenden Saisons im Newporter Casino den deutschen Kotillon angeführt hatte und sogar in London als hervorragender Tänzer bekannt war. Gardenien und der Adel waren seine einzigen Schwächen. Ansonsten war er äußerst vernünftig. Miss Virginia E. Otis war ein fünfzehnjähriges Mädchen, grazil und reizvoll wie ein junges Reh und mit einer schönen Offenheit in den großen blauen Augen. Sie war eine wundervolle Amazone; einmal hatte sie mit dem alten Lord Bilton auf ihrem Pony ein Wettrennen zweimal um den Park veranstaltet und mit anderthalb Längen Vorsprung gewonnen, und zwar unmittelbar vor der Statue des Achilles, zur unmäßigen Freude des jungen Herzogs von Cheshire, der auf der Stelle um ihre Hand anhielt und noch in derselben Nacht von seinen Vormunden in einer Flut von Tränen nach Eton zurückgeschickt wurde. Nach Virginia kamen die Zwillinge, die zumeist »Das Sternenbanner« gerufen wurden, da sie immer blau und rot geprügelt wurden. Es waren prachtvolle Burschen und, abgesehen von dem würdigen Gesandten, die einzigen wahren Republikaner der Familie.

Da Canterville Chase sieben Meilen von Ascot, der

nächsten Bahnstation, entfernt liegt, hatte Mr. Otis telegraphiert, damit sie mit einer Wagonette abgeholt würden, und bester Dinge setzten sie sich in Bewegung. Es war ein herrlicher Juliabend, und die Luft war erfüllt vom zarten Duft von Kiefernholz. Hin und wieder hörten sie, wie eine Holztaube über ihrer eigenen lieblichen Stimme brütete, oder sahen, tief im raschelnden Farn, die schimmernde Brust des Fasans. Kleine Eichhörnchen spähten von den Buchen zu ihnen herab, und die Kaninchen hoppelten durchs Unterholz und über die moosbewachsenen Hügel davon, die weißen Schwänzchen in die Luft gereckt. Als sie in die Allee von Canterville Chase einbogen, zog sich der Himmel jedoch jäh mit Wolken zu, eine seltsame Stille schien die Atmosphäre zu ersticken, ein großer Schwarm Krähen glitt lautlos über ihre Köpfe hinweg, und noch bevor sie das Haus erreichten, waren schon ein paar dicke Regentropfen gefallen.

Zu ihrem Empfang stand eine alte Frau auf den Stufen, säuberlich in schwarze Seide gehüllt, dazu eine weiße Haube und Schürze. Das war Mrs. Umney, die Wirtschafterin, welche in ihrer vormaligen Stellung zu behalten Mrs. Otis sich auf Lord Cantervilles ernste Bitte hin bereit erklärt hatte. Als sie ausstiegen, machte sie vor jedem einen tiefen Knicks und sagte in einer drolligen, altmodischen Art: »Ich heiße Sie auf Canterville Chase willkommen.« Sie folgten ihr und gelangten durch die prachtvolle Tudor-Halle in die Bibliothek, einen langen, niedrigen, mit schwarzer Eiche getäfelten Raum, an dessen Ende ein großes Buntglasfenster war. Der Tee stand schon für sie bereit, und nachdem sie ihre Capes abgelegt hatten, setzten sie sich und schauten sich um, während Mrs. Umney ihnen auftrug.

Plötzlich erblickte Mrs. Otis einen mattroten Fleck auf dem Fußboden dicht beim Kamin und sagte, ohne die leiseste Ahnung, was er in Wahrheit bedeutete, zu Mrs. Umney: »Da wurde wohl leider etwas vergossen.«

»Jawohl, Madam«, entgegnete die alte Wirtschafterin mit leiser Stimme, »da wurde Blut vergossen.«

»Wie gräßlich«, rief Mrs. Otis; »für Blutflecken im Wohnzimmer habe ich nun überhaupt nichts übrig. Er muß sofort entfernt werden.«

Die Alte lächelte und antwortete mit derselben leisen, rätselhaften Stimme: »Das ist das Blut von Lady Eleanore de Canterville, die im Jahr 1575 von ihrem eigenen Gatten, Sir Simon de Canterville, genau an der Stelle ermordet wurde. Sir Simon lebte danach noch neun Jahre und verschwand dann plötzlich unter sehr mysteriösen Umständen. Sein Leichnam wurde nie gefunden, doch sein schuldiger Geist geht noch immer auf Chase um. Der Blutfleck genießt bei Touristen und anderen große Bewunderung und läßt sich nicht entfernen.«

»Das ist doch alles Unsinn«, rief Washington Otis aus; »Pinkertons Meister-Fleckenentferner und Muster-Reiniger werden das im Nu erledigen«, und noch bevor die entsetzte Wirtschafterin es verhindern konnte, war er auf die Knie gefallen und scheuerte den Fußboden emsig mit einem kleinen Stift, der aussah wie ein schwarzes Kosmetikum. Nach wenigen Augenblicken war von dem Blutfleck keine Spur mehr zu sehen.

»Ich wußte doch, daß Pinkterton es schaffen würde«, rief er triumphierend aus, während er den Blick über seine bewundernde Familie schweifen ließ; doch kaum hatte er diese Worte gesprochen, als ein fürchterlicher Blitz den düsteren Raum erhellte und ein schrecklicher

Donnerschlag alle auf die Beine brachte, worauf Mrs. Umney in Ohnmacht fiel.

»Ein scheußliches Klima!« sagte der amerikanische Gesandte ruhig und zündete sich eine lange Manila an. »Ich schätze, das alte Land hier ist so überbevölkert, daß es nicht für jeden ein ordentliches Wetter gibt. Ich war schon immer der Meinung, daß Auswanderung für England das einzig Wahre ist.«

»Mein lieber Hiram«, meinte Mrs. Otis, »was sollen wir denn mit einer Frau anfangen, die in Ohnmacht fällt?«

»Wir stellen es ihr in Rechnung wie Glasbruch«, versetzte der Gesandte; »danach wird sie es nicht wieder tun«; und tatsächlich kam Mrs. Umney nach wenigen Augenblicken wieder zu sich. Allerdings bestand kein Zweifel, daß sie äußerst erregt war und Mr. Otis mit großem Ernst nahelegte, sich vor Unheil zu hüten, welches über das Haus kommen könne.

»Ich habe mit eigenen Augen Dinge gesehen, Sir«, sagte sie, »die jedem Christen die Haare zu Berge stehen lassen würden, und so manche Nacht habe ich wegen der grausigen Dinge, die hier geschehen, kein Auge zugetan.« Mr. Otis und seine Frau hingegen versicherten der ehrlichen Haut wärmstens, daß sie sich nicht vor Gespenstern fürchteten, und nachdem sie auf ihre neue Herrschaft den Segen der Vorsehung herabgefleht und eine Vereinbarung für eine Gehaltserhöhung getroffen hatte, taperte die alte Wirtschafterin auf ihr Zimmer.

2

Das Unwetter tobte die ganze Nacht hindurch, doch sonst ereignete sich nichts weiter Erwähnenswertes. Als sie am nächsten Morgen jedoch zum Frühstück herabkamen, fanden sie den schrecklichen Blutfleck erneut auf dem Fußboden vor. »Ich glaube nicht, daß es an dem Muster-Reiniger liegt«, sagte Washington, »ich habe ihn schon an allem ausprobiert. Es muß das Gespenst sein.« Und so schrubbte er den Fleck ein zweites Mal weg, doch auch am zweiten Morgen war er wieder da. Am dritten Morgen ebenfalls, obwohl Mr. Otis die Bibliothek eigenhändig abgeschlossen und den Schlüssel mit nach oben genommen hatte. Jetzt war das Interesse der gesamten Familie geweckt; Mr. Otis beschlich allmählich der Verdacht, daß er bei seiner Leugnung der Existenz von Gespenstern zu dogmatisch gewesen war, Mrs. Otis tat ihre Absicht kund, der Parapsychologischen Gesellschaft beizutreten, und Washington setzte einen langen Brief an Myers und Podmire über das Thema der Dauerhaftigkeit von Blutflecken in Verbindung mit einem Verbrechen auf. In jener Nacht wurden jegliche Zweifel hinsichtlich der objektiven Existenz von Phantasmen gründlich beseitigt.

Es war ein warmer, sonniger Tag gewesen, und in der Kühle des Abends machte die ganze Familie eine Ausfahrt. Man kehrte erst gegen neun Uhr zurück, wonach ein leichtes Abendessen eingenommen wurde. Das Gespräch drehte sich keinesfalls um Gespenster, es war also nicht einmal jene Primärbedingung empfänglicher Erwartung gegeben, welche der Präsentation übersinnlicher Phänomene so häufig vorangeht. Die erörterten Themen umfaßten, wie ich später von

Mr. Otis erfuhr, lediglich jene, welche die gewöhnliche Unterhaltung gebildeter Amerikaner der gehobenen Schichten bilden, beispielsweise die ungeheure Überlegenheit Miss Fanny Davenports über Sarah Bernhardt als Schauspielerin; die Schwierigkeit, frische Maiskolben, Buchweizenkuchen und Maisbrei zu bekommen, selbst in den besten englischen Häusern; die Bedeutung Bostons für die Entwicklung der Welt-Seele; die Vorteile des Gepäckaufgabesystems bei Eisenbahnreisen sowie der Reiz des New Yorker Akzents im Vergleich zum Londoner Genuschel. Das Übernatürliche wurde mit keinem Wort erwähnt, ebensowenig wurde auf Sir Simon de Canterville angespielt. Um elf Uhr zog die Familie sich zurück, und um halb zwölf waren alle Lichter gelöscht. Einige Zeit später wurde Mr. Otis von einem eigenartigen Geräusch im Flur vor seinem Zimmer geweckt. Es klang, als schepperte Metall, und es schien mit jedem Augenblick näher zu kommen. Er stand sogleich auf, riß ein Streichholz an und sah auf die Uhr. Es war genau ein Uhr. Er war ganz ruhig, und als er sich den Puls fühlte, war dieser keineswegs fiebrig. Das seltsame Geräusch hielt an, und dazu hörte er auch noch deutlich Schritte. Er schlüpfte in seine Pantoffeln, holte aus seinem Reisenecessaire ein kleines, längliches Fläschchen und öffnete die Tür. Unmittelbar vor sich erblickte er im fahlen Mondlicht einen alten Mann von grausiger Erscheinung. Seine Augen waren rot wie brennende Kohlen; lange graue Haare fielen ihm in verfilzten Locken über die Schultern; seine Kleidung, die von altertümlichem Schnitt war, war beschmutzt und zerlumpt, und von den Hand- und Fußgelenken hingen schwere Ketten und rostige Fesseln herab.

»Werter Herr«, sagte Mr. Otis, »ich muß wirklich

darauf bestehen, daß Sie Ihre Ketten ölen. Zu diesem Zweck habe ich Ihnen ein Fläschchen Tammany-Schmieröl »Aufgehende Sonne« mitgebracht. Es soll schon schon bei einer Anwendung von höchster Wirksamkeit sein, diesbezüglich sind auf dem Etikett auch mehrere Zeugnisse von einigen unserer bedeutendsten einheimischen Geistlichen nachzulesen. Ich stelle es für Sie hier neben die Schlafzimmerkerzen hin und bin gern bereit, Ihnen bei Bedarf noch mehr zu besorgen.« Mit diesen Worten stellte der Gesandte der Vereinigten Staaten die Flasche auf den Marmortisch, schloß die Tür und begab sich wieder zur Ruhe.

Einen Augenblick lang war das Gespenst von Canterville völlig reglos vor natürlicher Entrüstung; dann schleuderte es die Flasche mit aller Kraft auf den polierten Boden und flüchtete unter hohlem Gestöhn, ein schauerliches grünes Licht verströmend, den Flur entlang. Doch gerade als es oben auf dem eichenen Treppenabsatz anlangte, wurde eine Tür aufgerissen, zwei kleine, weißbehängte Gestalten erschienen, und ein großes Kissen sauste an seinem Kopf vorbei! Offensichtlich war nun keine Zeit mehr zu verlieren, also nahm es als Fluchtmittel eiligst die Vierte Dimension des Raumes an und verschwand durch die Täfelung, worauf es im Haus wieder ganz still wurde.

Als es eine kleine Geheimkammer im linken Flügel erreichte, lehnte es sich gegen einen Mondstrahl, um wieder zu Atem zu kommen, und begann, sich über seine Lage klar zu werden. Niemals während seiner glänzenden und ununterbrochenen dreihundertjährigen Karriere war es auch nur einmal so grob beleidigt worden. Es dachte an die Herzoginwitwe, die es zu Tode erschreckt hatte, als sie in ihren Spitzen und Diamanten vor dem Spiegel stand; an die vier Hausmädchen, die einen hysterischen Anfall bekamen, als es sie nur durch die Vorhänge eines der Gästeschlafzimmer angrinste; an den Gemeindepfarrer, dessen Kerze es ausgeblasen hatte, als es eines Nachts aus der Bibliothek kam, und der seither in der Obhut von Sir William Gull stand und unter schlimmen Nervenstörungen litt; und an die alte Madame de Tremouillac, welche, nachdem sie einmal frühmorgens erwachte und ein Skelett sah, das in einem Sessel am Kamin saß und ihr Tagebuch las, sechs Wochen mit Gehirnentzündung ans Bett gefesselt war und sich nach ihrer Genesung mit der Kirche aussöhnte und ihre Verbindung mit dem notorischen Skeptiker Monsieur de Voltaire beendete. Es erinnerte sich an die furchtbare Nacht, als der ruchlose Lord Canterville in seinem Ankleidezimmer am Ersticken aufgefunden wurde, den Karobuben halb in der Kehle, und unmittelbar vor seinem Tode noch gestand, mittels ebendieser Karte Charles James Fox bei Crockford's um 50000 Pfund betrogen zu haben, und schwor, das Gespenst habe ihn gezwungen, die Karte hinunterzuschlucken. Alle seine großen Leistungen erschienen wieder vor ihm, von dem Butler, der sich in der Speisekammer erschossen hatte, weil er gesehen hatte, wie eine grüne Hand ans Fenster tappte, bis hin zu der schönen Lady Stutfield, die stets ein schwarzes Samtband um den Hals tragen mußte, um die Spuren von fünf Fingern zu verbergen, die sich in ihre weiße Haut eingebrannt hatten, und die sich schließlich im Karpfenteich am Ende des King's Walk ertränkte. Mit dem begeisterten Egoismus des wahren Künstlers ging es seine berühmtesten Auftritte durch und lächelte bitter in sich hinein, als es sich seinen letzten Auftritt als »Der rote Ruben oder Der erdrosselte Säugling« in Erinnerung rief, auch sein *début* als »Der klapprige Gideon, der Blutsauger von Bexley Moor«, und den Furor, den es erzeugt hatte, als es an einem einsamen Juniabend einfach nur mit seinen eigenen Knochen auf dem Rasentennisplatz kegelte. Und nach alldem mußten nun ein paar nichtswürdige moderne Amerikaner kommen und ihm das Schmieröl »Aufgehende Sonne« anbieten und ihn mit Kissen bewerfen! Es war einfach unerträglich. Zudem war in der ganzen Zeit noch kein Gespenst derart behandelt worden. Und so beschloß es, sich zu rächen, und verharrte bis zum Tagesanbruch in einer Haltung tiefer Nachdenklichkeit.

3

Als die Familie Otis am nächsten Morgen zum Frühstück zusammenkam, wurde das Gespenst mit einiger Ausführlichkeit besprochen. Der Gesandte der Vereinigten Staaten war natürlich ein wenig verärgert darüber, daß sein Geschenk nicht angenommen worden war. »Ich habe nicht den Wunsch«, sagte er, »dem Gespenst eine persönliche Kränkung zuzufügen, und ich muß auch sagen, daß ich es angesichts der langen Zeit, die es schon in diesem Haus ist, keinesfalls höflich finde, es mit Kissen zu bewerfen« – eine sehr zutreffende Bemerkung, woraufhin die Zwillinge, wie ich leider sagen muß, in brüllendes Gelächter ausbrachen. »Andererseits«, fuhr er fort, »werden wir ihm, wenn er sich weiterhin weigert, das Schmieröl »Aufgehende Sonne« anzuwenden, seine Ketten wegnehmen. Bei einem solchen Lärm vor den Schlafzimmern ist an Schlaf nicht zu denken.«

Während des Rests der Woche blieben sie jedoch ungestört; das einzige, was überhaupt noch Aufmerksamkeit erregte, war die beständige Erneuerung des Blutflecks auf dem Boden der Bibliothek. Das war nun allerdings sehr seltsam, da die Tür des Nachts stets von Mr. Otis verschlossen wurde und die Fenster fest versperrt waren. Auch die chamäleonartige Farbe des Flecks gab zu etlichen Kommentaren Anlaß. Manchmal war sie morgens ein mattes (nahezu Indisch-)Rot, dann war es Zinnober, dann ein tiefes Purpur, und einmal, als sie zum Familiengebet herabkamen, das entsprechend der schlichten Riten der Freien Amerikanischen Reformierten Episkopalkirche durchgeführt wurde, bot sich ihnen ein leuchtendes Smaragdgrün. Diese kaleidoskopartigen Wechsel belustigten die Gesellschaft natürlich nicht wenig, und jeden Abend wurden darüber freizügig Wetten abgeschlossen. Die einzige, die sich an den Scherzen nicht beteiligte, war die kleine Virginia, die beim Anblick des Blutflecks aus ungeklärten Gründen immer ziemlich bestürzt war und an dem Morgen, als er smaragdgrün war, beinahe in Tränen ausgebrochen wäre.

Das zweite Mal erschien das Gespenst Sonntag nacht. Kurz nachdem alle zu Bett gegangen waren, wurden sie plötzlich von einem fürchterlichen Krachen in der Halle aufgeschreckt. Als sie nach unten stürzten, sahen sie, daß sich eine alte Ritterrüstung von ihrem Sockel gelöst hatte und auf den Steinfußboden gefallen war, während auf einem hochlehnigen Stuhl das Gespenst von Canterville saß und sich mit dem Ausdruck heftigsten Schmerzes auf dem Gesicht die

Knie rieb. Die Zwillinge, die ihre Erbsenschießer mitgenommen hatten, feuerten sogleich mit einer Zielgenauigkeit, wie man sie nur durch langes und sorgfältiges Üben auf einen Schreiblehrer erwerben kann, zwei Kügelchen auf es ab, während der Gesandte der Vereinigten Staaten es mit seinem Revolver in Schach hielt und es entsprechend der kalifornischen Etikette aufforderte, die Hände hochzunehmen! Das Gespenst sprang mit einem wilden Wutschrei auf und wallte durch sie hindurch wie ein Nebel, wobei es Washington Otis' Kerze löschte und sie damit in völliger Finsternis zurückließ. Oben auf der Treppe angekommen, faßte es sich wieder und beschloß, sein berühmtes dämonisches Lachen erschallen zu lassen. Das war ihm mehr als einmal von größtem Nutzen gewesen. Lord Rakers Perücke soll binnen einer einzigen Nacht davon ergraut sein, und gewiß drei der französischen Gouvernanten Lady Cantervilles sollen noch vor Ablauf des Monats die Kündigung eingereicht haben. Und so lachte es sein grausigstes Lachen, bis das alte gewölbte Dach davon widerhallte, doch kaum war das schreckliche Echo verklungen, als eine Tür aufging und Mrs. Otis in einem hellblauen Morgenrock heraustrat. »Ich fürchte, es geht Ihnen gar nicht gut«, sagte sie, »deshalb bringe ich Ihnen hier eine Flasche Dr. Dobells Tinktur. Falls es die Verdauung ist, wird es Ihnen ganz ausgezeichnet helfen.« Das Gespenst funkelte sie wütend an und traf sogleich Vorkehrungen, sich in einen großen schwarzen Hund zu verwandeln, eine Leistung, für die es zu Recht bekannt war und auf welche der Hausarzt immer den permanenten Schwachsinn von Lord Cantervilles Onkel, des Ehrenwerten Thomas Horton, zurückführte. Das Geräusch nahender

Schritte ließ es jedoch in seinem grimmigen Entschluß zögern, und so beschied es sich damit, schwach zu phosphoreszieren, und verschwand, gerade als die Zwillinge es erreicht hatten, mit einem tiefen Kirchhofstöhnen.

Als es in sein Zimmer gelangte, verlor es völlig die Fassung und war zutiefst aufgewühlt. Die Vulgarität der Zwillinge und Mrs. Otis' plumper Materialismus waren natürlich äußerst ärgerlich, am meisten bestürzte es jedoch, daß es die Rüstung nicht tragen konnte. Es hatte gehofft, daß selbst moderne Amerikaner beim Anblick eines Schemens in Harnisch erschauern würden, wenn auch aus keinem vernünftigeren Grund als wenigstens aus Respekt vor ihrem Nationaldichter Longfellow, über dessen feinsinniger und reizvoller Poesie es so manch trübe Stunde totgeschlagen hatte, wenn die Cantervilles zur Stadt gefahren waren. Zudem war es seine eigene Rüstung. Es hatte sie mit gutem Erfolg beim Tournier in Kenilworth getragen und war von keiner Geringeren als der jungfräulichen Königin höchstselbst dazu beglückwünscht worden. Doch als es sie angelegt hatte, war es von dem Gewicht des gewaltigen Bruststücks und der stählernen Sturmhaube niedergedrückt worden und schwer auf die Steinfliesen gestürzt, wobei es sich beide Knie böse aufgeschlagen und die Knöchel seiner rechten Hand geprellt hatte.

Einige Tage danach war es schwer krank und setzte kaum einen Fuß vor die Zimmertür, außer um den Blutfleck in ordentlichem Zustand zu halten. Indem es nun sehr auf sich achtete, erholte es sich jedoch und beschloß, einen dritten Versuch zu unternehmen, den Gesandten der Vereinigten Staaten und seine Familie zu erschrecken. Es wählte den 17. August für seinen Auftritt, einen Freitag, und verbrachte diesen Tag nahezu vollständig damit, seine Garderobe zu begutachten, wonach es sich schließlich für einen großen Schlapphut mit roter Feder, ein Leichentuch, das an Handgelenken und Hals gerüscht war, sowie einen rostigen Dolch entschied. Gegen Abend kam ein gewaltiges Gewitter auf, und der Wind war so stark, daß alle Fenster und Türen des alten Hauses bebten und klapperten. Ein Wetter also ganz nach seinem Geschmack. Nach folgendem Plan wollte es vorgehen. Es wollte sich leise in Washington Otis' Zimmer stehlen, ihm vom Fußende des Bettes her zuraunen und sodann zum Klang langsamer Musik dreimal auf ihn einstechen. Washington gegenüber hegte es einen besonderen Groll, da es sehr genau wußte, daß dieser es war, der mittels Pinkertons Muster-Reiniger den berühmten Blutfleck der Cantervilles zu entfernen pflegte. Nachdem es diesen dummdreisten jungen Mann in einen Zustand blanken Entsetzens versetzt haben würde, wollte es als nächstes in das Zimmer, das von dem Gesandten der Vereinigten Staaten und seiner Frau bewohnt wurde, und dort Mrs. Otis eine klamme Hand auf die Stirn legen, während es ihrem zitternden Gatten die gräßlichen Geheimnisse des Beinhauses ins Ohr flüsterte. Bezüglich der kleinen Virginia war es noch unschlüssig. Sie hatte ihn noch in keiner Weise beleidigt und war hübsch und freundlich. Ein wenig hohles Stöhnen aus dem Schrank, meinte es, wäre wohl mehr als ausreichend, oder es könnte, wenn sie davon nicht wach würde, mit vom Schlagfluß zuckenden Fingern über die Bettdecke grabbeln. Was die Zwillinge betraf, so war es fest entschlossen, ihnen eine Lektion zu erteilen. Als erstes würde es sich ihnen natürlich auf die Brust setzen, um so das erstickende Gefühl eines Albs zu erzeugen. Danach, da ihre Betten recht dicht beieinanderstanden, zwischen ihnen in der Gestalt eines grünen, eisigkalten Leichnams stehen, bis sie vor Angst gelähmt sein würden, und schließlich das Leichentuch abwerfen und mit weißgebleichten Knochen und einem rollenden Augapfel als »Der stumme Daniel oder Das Skelett des Selbstmörders«, eine Rolle, mit der es mehr als einmal eine großartige Wirkung erzielt hatte und die es mit seinem berühmten Auftritt als »Der manische Martin oder Das maskierte Mysterium« auf eine Stufe stellte, im Zimmer umherkriechen.

Um halb elf hörte es die Familie zu Bett gehen. Eine Weile störte es noch das schrille, wilde Gelächter der Zwillinge, welche einander offenbar mit der sorglosen Fröhlichkeit von Schuljungen ergötzten, bevor sie sich zur Nachtruhe begaben, doch um Viertel nach elf war alles ruhig, und als es Mitternacht schlug, brach es auf. Die Eule schlug gegen die Fensterscheiben, der Rabe krächzte von der alten Eibe, und der Wind strich stöhnend ums Haus wie eine verlorene Seele; doch die Familie Otis schlief, ihr Verderben nicht ahnend, und noch über dem Regen und dem Sturm vernahm es das stete Schnarchen des Gesandten der Vereinigten Staaten. Verstohlen trat es aus der Wandtäfelung, ein böses Lächeln auf dem grausamen, runzligen Mund, und der Mond verhüllte sein Antlitz in einer Wolke, als es sich an dem großen Erkerfenster vorbeistahl, wo sein Wappen und das seiner ermordeten Gattin in Azur und Gold ausgemalt waren. Weiter glitt es, weiter gleich einem bösen Schatten, selbst die Finsternis schien sich vor ihm zu ekeln, als es vorüberstrich. Einmal glaubte es ein Rufen zu hören und blieb stehen; doch es war nur das Bellen eines Hundes von der Red Farm, und es ging weiter, seltsame Flüche aus dem sechzehnten Jahrhundert murmelnd und in einem fort den rostigen Dolch in der mitternächtlichen Luft schwingend. Schließlich erreichte es die Ecke zum Gang, der zum Zimmer des unglücklichen Washington führte. Hier hielt es einen kurzen Moment inne, der Wind wehte ihm die langen grauen Locken um den Kopf und warf den namenlosen Horror des Grabtuchs des Toten zu grotesken und phantastischen Falten. Dann schlug die Uhr das Viertel, und es hielt die Zeit nun für gekommen. Es kicherte in sich hinein und trat um die Ecke; doch kaum hatte es dies getan, prallte es auch schon wieder mit einem jammervollen Schreckensgeheul zurück und vergrub das erbleichte Gesicht in den langen, knochigen Händen. Unmittelbar vor ihm stand ein scheußlicher Schemen, reglos wie ein gemeißeltes Bild und abscheulich wie der Traum eines Wahnsinnigen! Sein Kopf war kahl und glänzte, das Gesicht rund und fett und weiß, und ein häßliches Lachen schien seine Züge zu einem ewigen Grinsen verzerrt zu haben. Aus den Augen strömte scharlachrotes Licht, der Mund war ein breiter Feuerborn, und ein häßliches Gewand, ähnlich dem seinen, umhüllte die Titanenform mit seinem stummen Schnee. Auf der Brust trug es ein Plakat mit einer eigenartigen Schrift in alten Buchstaben, wie eine Schrift der Schande wirkte es, eine Aufzeichnung wilder Sünden, ein schreckliches Verzeichnis von Verbrechen, und in der rechten Hand hielt es ein Krummschwert aus schimmerndem Stahl.

Da es noch nie zuvor ein Gespenst gesehen hatte, hatte es furchtbare Angst, und nach einem zweiten hastigen Blick auf das grausige Phantom floh es zu seinem Zimmer zurück, wobei es, als es den Flur entlangrannte, über sein langes Leichentuch stolperte und dann noch den rostigen Dolch in die Reitstiefel des Gesandten fallen ließ, wo er am Morgen vom Butler entdeckt wurde. In der Abgeschiedenheit seines Zimmers warf es sich sogleich auf eine schmale Pritsche und verbarg das Gesicht unter dem Bettzeug. Nach einer Weile jedoch behauptete sich der tapfere alte Geist der Cantervilles, und es beschloß, sobald es hell wurde, das andere Gespenst aufzusuchen und mit ihm zu sprechen. Und kaum tönte das Morgengrauen die Hügel mit Silber, kehrte es an die Stelle zurück, wo es das gruselige Phantom erblickt hatte; es fand, daß zwei Gespenster doch besser als eines waren und daß es sich mit Hilfe seines neuen Freundes die Zwillinge unbesorgt vornehmen könne. Als es jedoch an die Stelle kam, bot sich ihm ein schrecklicher Anblick. Mit dem Schemen war offenbar etwas geschehen, denn das Licht war völlig aus den hohlen Augen gewichen, das schimmernde Krummschwert war seiner Hand entfallen, und es lehnte in einer angestrengten und unbequemen Haltung an der Wand. Es eilte hinzu und nahm es in die Arme, als zu seinem Entsetzen der Kopf herabrutschte und über den Boden rollte, der Körper in eine liegende Stellung herabglitt und es merkte, daß es einen weißen Dimity-Bettvorhang umklammert hielt und zu seinen Füßen ein Kehrbesen, ein Hackmesser und eine hohle Steckrübe lagen! Außerstande, diese seltsame Verwandlung zu begreifen, ergriff es mit fiebriger Hast das Plakat, und darauf las es im grauen Morgenlicht die folgenden furchtbaren Worte:

Das Gespenst derer von Otis
Der einzig wahre und originale Spuk.
Vor Nachahmungen wird gewarnt.
Alle anderen sind Fälschungen.

Die ganze Geschichte schoß an ihm vorüber. Es war hereingelegt, übertölpelt, überlistet worden! Der alte Canterville-Blick trat ihm in die Augen; es mahlte mit den zahnlosen Kiefern; und schwor, indem es die welken Hände hoch über den Kopf hob, gemäß der pittoresken Diktion der alten Schule, wenn Chantecler zweimal in sein lustig Horn stoße, blutge Taten geschähen und Mord auf leisen Sohlen umginge.

Kaum hatte es diesen grauenvollen Schwur geleistet, als vom rotgeziegelten Dach eines fernen Gehöfts ein Hahn krähte. Es stieß ein langes, leises, bitteres Lachen aus und wartete. Stunde um Stunde wartete es, doch der Hahn krähte eigenartigerweise kein weiteres Mal. Schließlich veranlaßte das Eintreffen der Hausmädchen um halb acht Uhr es, seine schreckliche Nachtwache aufzugeben, und es stahl sich, in Gedanken an seine vergeblichen Hoffnungen und vereitelten Absichten vertieft, auf sein Zimmer zurück. Dort befragte es etliche Bücher über das alte Rittertum, welches es außerordentlich gern hatte, und entdeckte, daß der Chantecler jedesmal, wenn sein Schwur angewandt worden war, ein zweites Mal gekräht hatte. »Verdammnis diesem ungehörigen Geflügel«, murmelte es, »ich hab den Tag gesehen, an dem ich ihm mit meinem starken Speer die Gurgel hätt durchbohrt und ihn für mich hätt krähen lassen, und wenn's sein Todesschrei gewesen wär!« Sodann zog es sich in einen behaglichen Bleisarg zurück und blieb darin bis zum Abend.

4

Am folgenden Tag war das Gespenst sehr matt und müde. Die fürchterliche Aufregung der vergangenen vier Wochen machte sich allmählich bemerkbar. Seine Nerven waren völlig zerrüttet, und beim geringsten Geräusch fuhr es zusammen. Fünf Tage blieb es auf seinem Zimmer und faßte schließlich den Entschluß, auf dem Blutfleck auf dem Fußboden der Bibliothek nicht mehr zu beharren. Wenn die Familie Otis ihn nicht wollte, dann verdiente sie ihn eben auch nicht. Offensichtlich waren sie Menschen auf einer niederen, materiellen Existenzebene und gänzlich außerstande, den symbolischen Wert sinnlicher Phänomene zu erkennen. Die Frage übersinnlicher Erscheinungen und die Entwicklung von Astralkörpern waren natürlich etwas ganz anderes; sie standen außerhalb seiner Macht. Es war seine heilige Pflicht, einmal die Woche im Flur zu erscheinen und am ersten und dritten Mittwoch jedes Monats von dem großen Erkerfenster her zu stammeln, und es wußte nicht, wie es sich seinen Pflichten ehrenvoll entziehen konnte. Wahr ist wohl, daß es in seinem Leben sehr ruchlos gewesen war, andererseits aber war es in allem, was mit dem Übernatürlichen zusammenhing, äußerst gewissenhaft. Und so schritt es an den nächsten drei Samstagen wie üblich zwischen Mitternacht und drei Uhr durch den Flur, wobei es alle erdenklichen Vorkehrungen traf, um weder gehört noch gesehen zu werden. Es zog die Stiefel aus, trat so leise wie möglich auf die alten, wurmzerfressenen Dielen, trug einen weiten schwarzen Samtumhang und ölte seine Ketten sorgsam mit dem Schmieröl »Aufgehende Sonne«. Ich muß allerdings anerkennen, daß es die Anwendung jenes letzten Schutzverfahrens nur mit schwerstem Herzen über sich brachte. Eines Abends jedenfalls, als die Familie gerade beim Abendessen saß, schlüpfte es in Mr. Otis' Zimmer und holte die Flasche. Anfangs fühlte es sich ein wenig gedemütigt, war dann aber so vernünftig einzusehen, daß doch einiges für diese Erfindung sprach, und bis zu einem gewissen Grad kam sie seinen Zwecken auch entgegen. Trotz allem aber blieb es nicht unbelästigt. Beständig waren Schnüre quer über den Flur gespannt, über welche es dann im Dunkeln stolperte, und einmal, als es als »Der Schwarze Isaac oder Der Weidmann von Hogley Woods« verkleidet war, stürzte es schwer, da es nämlich auf eine Butterrutschbahn getreten war, welche die Zwillinge vom Eingang zum Gobelinzimmer bis zum oberen Absatz der Eichentreppe errichtet hatten. Diese letzte Beleidigung empörte es so sehr, daß es beschloß, eine letzte Anstrengung zu unternehmen, um seine Würde und soziale Stellung zu behaupten, und entschied, die unverschämten kleinen Etonier in der kommenden Nacht in seiner berühmten Rolle als »Der Ruchlose Rupert oder Der Graf ohne Kopf« heimzusuchen.

In dieser Verkleidung war es schon über siebzig Jahre nicht mehr aufgetreten, nämlich seit es die hübsche Lady Barbara Modish damit so erschreckt hatte, daß sie die Verlobung mit dem Großvater des jetzigen Lord Canterville Knall auf Fall löste und mit dem stattlichen Jack Castleton nach Gretna Green durchbrannte, wobei sie erklärte, nichts auf der Welt werde sie dazu bringen, in eine Familie einzuheiraten, die zuließ, daß ein solch gräßliches Phantom im Dämmerlicht auf der Terrasse auf und ab ging. Der arme

Jack wurde später von Lord Canterville im Duell auf dem Anger von Wandsworth erschossen, und noch vor Ablauf des Jahres starb Lady Barbara an gebrochenem Herzen in Tunbridge Wells, es war also in jeder Hinsicht ein voller Erfolg gewesen. Allerdings war dies eine äußerst schwierige »Maske«, wenn ich eine solche Theaterwendung einmal in Verbindung mit einem der größten Rätsel der übernatürlichen oder, um einen wissenschaftlicheren Ausdruck zu benutzen, der höhernatürlichen Welt gebrauchen darf, und es kostete es volle drei Stunden, um seine Vorkehrungen zu treffen. Endlich war alles soweit, und es war sehr angetan von seinem Aussehen. Die großen Lederreitstiefel, die zu dem Kostüm gehörten, waren ihm eine Spur zu groß, und von den beiden Sattelpistolen konnte es nur eine finden, doch im großen und ganzen war es recht zufrieden, und so glitt es um Viertel vor eins aus der Holztäfelung und schlich den Flur entlang. Als es an das Zimmer der Zwillinge gelangte, welches, wie ich vielleicht erwähnen sollte, wegen der Farbe seiner Wandbehänge das Blaue Schlafgemach hieß, war die Tür nur angelehnt. In dem Wunsch nach einem wirkungsvollen Auftritt warf es sie weit auf, als ein schwerer Krug mit Wasser auf es herabfiel, es bis auf die Haut durchnäßte und nur um Zentimeter seine linke Schulter verfehlte. Gleichzeitig vernahm es vom Himmelbett her unterdrücktes schrilles Gelächter. Der Schock für sein Nervensystem war so groß, daß es, so schnell es konnte, auf sein Zimmer zurückfloh, und tags darauf mußte es mit einer schweren Erkältung das Bett hüten. Das einzige, was es an der ganzen Geschichte überhaupt noch tröstete, war der Umstand, daß es seinen Kopf nicht mitgenommen hatte, denn dann wären die Folgen möglicherweise sehr ernst gewesen.

Es ließ nun alle Hoffnung fahren, diese rohe amerikanische Familie je erschrecken zu können, und begnügte sich in der Regel damit, in Tuchpantoffeln, einen dicken roten Schal um den Hals aus Furcht vor Zugluft sowie mit einer kleinen Arkebuse, falls die Zwillinge ihn angriffen, durch die Flure zu schleichen. Seinen endgültigen Schlag erhielt es am 19. September. Es war nach unten in die große Eingangshalle gegangen in dem sicheren Gefühl, wenigstens dort ganz unbelästigt zu bleiben, und vergnügte sich mit satirischen Bemerkungen über die großen Saroni-Photographien vom Gesandten der Vereinigten Staaten und seiner Frau, welche inzwischen an die Stelle der Familienportraits der Cantervilles getreten waren. Es war schlicht, aber sauber in ein langes Gewand gehüllt, das mit Kirchhoferde befleckt war, hatte seinen Kiefer mit einem Streifen gelben Linnen festgebunden und eine kleine Laterne sowie einen Totengräberspaten in der Hand. Es war nämlich als »Jonas der Grablose oder Der Leichenräuber von Chertsey Barn« verkleidet, eine seiner bemerkenswertesten Darstellungen und diejenige, an welche die Cantervilles sich mit gutem Grund erinnerten, da sie die eigentliche Ursache ihres Streits mit ihrem Nachbarn, Lord Rufford, war. Es war ungefähr Viertel nach zwei Uhr morgens, und soweit es ermitteln konnte, war niemand unterwegs. Doch als es in Richtung der Bibliothek bummelte, um nachzusehen, ob noch etwas von dem Blutfleck übrig war, sprangen ihn aus einer dunklen Ecke unvermittelt zwei Gestalten an, wedelten wild mit den Armen über dem Kopf und brüllten ihm »BUUH!« ins Ohr.

Von Panik ergriffen, die unter den gegebenen Umständen nur natürlich war, hetzte es zur Treppe, wo jedoch schon Washington Otis mit einer großen Gartenspritze auf ihn wartete; solcherart an allen Seiten von seinen Feinden umzingelt und geradezu in die Zange genommen, verschwand es in den großen Eisenofen, in dem zu seinem Glück kein Feuer brannte, und mußte den Nachhauseweg durch die Röhren und Kamine antreten, um schließlich fürchterlich verschmutzt, verwirrt und verzweifelt in seinem Zimmer einzutreffen.

Danach ward es auf keinem nächtlichen Ausflug mehr gesehen. Die Zwillinge lauerten ihm noch mehrere Male auf und bestreuten die Gänge Nacht für Nacht, zum großen Verdruß ihrer Eltern und der Dienerschaft, mit Nußschalen, doch vergebens. Es war ganz offensichtlich, daß es so tief verletzt war, daß es nicht mehr erscheinen würde. Und so nahm Mr. Otis seine große Arbeit über die Geschichte der Demokratischen Partei, mit der er schon einige Jahre beschäftigt gewesen war, wieder auf; Mrs. Otis veranstaltete ein wunderbares Picknick, was die gesamte Grafschaft in Erstaunen versetzte; die Jungen lernten Lacrosse, Euchre, Poker und weitere amerikanische Nationalspiele, und Virginia ritt auf ihrem Pony die Wege ab, begleitet von dem jungen Herzog von Cheshire, der die letzte Ferienwoche auf Canterville Chase verbrachte. Man war allgemein der Ansicht, daß das Gespenst sich verflüchtigt hatte, und Mr. Otis schrieb auch einen entsprechenden Brief an Lord Canterville, der in seiner Antwort seiner großen Freude über diese Nachricht Ausdruck verlieh und seine besten Glückwünsche an die werte Gattin des Gesandten übermittelte.

Die Otis jedoch irrten sich, denn das Gespenst war

noch immer im Haus und, wenngleich nun nahezu invalide, keineswegs bereit, die Dinge auf sich beruhen zu lassen, zumal als es hörte, daß sich unter den Gästen der junge Herzog von Cheshire befand, dessen Großonkel, Lord Francis Stilton, einmal mit Oberst Carbury um hundert Guineen gewettet hatte, er werde mit dem Gespenst der Cantervilles Würfel spielen, und am nächsten Morgen auf dem Fußboden des Kartenzimmers in einem derart gelähmten Zustand der Hilflosigkeit aufgefunden wurde, daß er, obwohl er ein hohes Alter erreichte, nie mehr etwas anderes als »zwei Sechsen« sagen konnte. Diese Geschichte war damals weithin bekannt, wenngleich natürlich aus Respekt gegenüber den beiden edlen Familien alles unternommen wurde, um die Sache zu vertuschen; und einen vollständigen Bericht aller damit verbundenen Umstände wird man im dritten Band von Lord Tattles *Erinnerungen des Prinzregenten und seiner Freunde* finden. Dem Gespenst war daher naturgemäß sehr daran gelegen zu beweisen, daß es von seinem Einfluß auf die Stiltons, mit denen es sogar entfernt verwandt war, nachdem seine leibliche Base *en secondes noces* den Sieur de Bulkeley geheiratet hatte, von dem, wie jedermann weiß, die Herzöge von Cheshire in direkter Linie abstammen, nichts eingebüßt hatte. Daher traf es Vorkehrungen, um Virginias kleinem Liebhaber in seiner berühmten Verkörperung von »Der Vampirmönch oder Der blutleere Benediktiner« zu erscheinen, einem so grausigen Auftritt, daß die alte Lady Startup bei seinem Anblick, welcher sich an einem schicksalhaften Sylvesterabend, im Jahre 1764, ereignete, einen Kreischanfall von der durchdringendsten Art bekam, der in einem heftigen Schlagfluß kulminierte, worauf sie binnen dreier Tage verstarb, nachdem sie die Cantervilles, ihre nächsten Verwandten, enterbt und ihr ganzes Geld ihrem Londoner Apotheker hinterlassen hatte. Vorläufig jedoch hinderte es seine Furcht vor den Zwillingen daran, sein Zimmer zu verlassen, und so schlief der kleine Herzog friedlich unter dem großen gefiederten Baldachin im Königlichen Schlafgemach und träumte von Virginia.

5

Ein paar Tage danach ritten Virginia und ihr lokkenköpfiger Kavalier auf den Brockley-Wiesen aus, wo sie ihren Reitanzug bei dem Versuch, sich durch eine Hecke zu zwängen, so schlimm zerriß, daß sie auf dem Heimritt beschloß, über die Hintertreppe nach oben zu gehen, damit niemand sie sah. Als sie gerade am Gobelinzimmer vorbeirannte, dessen Tür zufällig offenstand, meinte sie, drinnen jemanden gesehen zu haben, und in dem Glauben, es sei das Dienstmädchen ihrer Mutter, das mit ihrer Arbeit gelegentlich dorthin ging, schaute sie hinein, um sie zu bitten, ihren Anzug zu flicken. Zu ihrer ungeheuren Überraschung war es jedoch das Gespenst von Canterville! Es saß am Fenster und betrachtete das zerstörte Gold der gelben Bäume, wie es durch die Luft flog, und die roten Blätter, die wie irrsinnig die lange Allee entlangtanzten. Es hielt den Kopf auf die Hand gestützt, und seine ganze Haltung kündete von äußerster Niedergeschlagenheit. Ja, so elend und ramponiert sah es aus, daß die kleine Virginia, deren erster Gedanke gewesen war, wegzulaufen und sich in ihrem Zimmer einzuschließen, von Mitleid erfüllt wurde und beschloß, es zu trösten. Ihre Schritte waren so leicht und seine Melancholie so tief, daß es ihre Anwesenheit erst bemerkte, als sie anfing zu sprechen.

»Es tut mir so leid für Sie«, sagte sie, »aber meine Brüder gehen morgen wieder nach Eton, und dann wird Sie, wenn Sie sich benehmen, niemand mehr ärgern.«

»Das ist doch absurd, von mir zu verlangen, mich zu benehmen«, antwortete es und blickte sich voller Erstaunen zu dem hübschen kleinen Mädchen um, das gewagt hatte, ihn anzusprechen, »völlig absurd. Ich muß mit den Ketten rasseln und durch Schlüssellöcher stöhnen und nachts umgehen, falls es das ist, was Sie meinen. Das ist mein einziger Existenzgrund.«

»Das ist überhaupt kein Existenzgrund, und außerdem waren auch Sie sehr böse. Mrs. Umney hat uns am Tag unserer Ankunft erzählt, Sie hätten Ihre Frau umgebracht.«

»Nun gut, das muß ich zugeben«, sagte das Gespenst verdrießlich, »aber das war eine reine Familienangelegenheit und ging niemanden sonst etwas an.«

»Es ist ein großes Unrecht, jemanden zu töten«, sagte Virginia, die zuweilen einen reizenden puritanischen Ernst besaß, den sie von einem Ahnen aus Neuengland ererbt hatte.

»Ach, wie ich diese billige Strenge der abstrakten Ethik hasse! Meine Frau war sehr unansehnlich, stärkte nie meine Halskrause und hatte vom Kochen keine Ahnung. Einmal hatte ich im Wald von Hogsley einen Bock geschossen, einen prächtigen Spießer, und wissen Sie wie sie ihn auf den Tisch brachte? Aber das spielt jetzt keine Rolle mehr, es ist doch alles vorbei, und ich finde, es war nicht viel netter von ihren Brüdern, mich verhungern zu lassen, auch wenn ich sie umgebracht habe.«

»Verhungern? Oh, Mr. Gespenst, ich meine, Sir Simon, haben Sie Hunger? Ich habe ein Sandwich in meinem Beutel. Möchten Sie das haben?«

»Nein, vielen Dank, ich esse jetzt nichts mehr; aber trotzdem ist es sehr nett von Ihnen, und überhaupt sind Sie viel netter als Ihre übrige gräßliche, ungehobelte, vulgäre, verlogene Familie.«

»Halt!« rief Virginia und stampfte mit dem Fuß auf, »Sie sind derjenige, der gräßlich, ungehobelt und vulgär ist; und was die Verlogenheit betrifft, so wissen Sie genau, daß Sie die Farben aus meinem Kasten gestohlen haben, um damit diesen lächerlichen Blutfleck in der Bibliothek aufzufrischen. Erst haben Sie all mein Rot genommen, einschließlich des Zinnobers, so daß ich keine Sonnenuntergänge mehr malen konnte, dann haben Sie das Smaragdgrün und das Chromgelb genommen, und schließlich waren nur noch Indigo und Chinesischweiß übrig, so daß ich nur noch Mondscheinszenen machen konnte, deren Anblick mich immer deprimiert und die überhaupt nicht einfach zu malen sind. Trotzdem habe ich Sie nicht verraten, obwohl ich mich sehr geärgert habe und die ganze Geschichte äußerst lächerlich war; wer hat denn schon von smaragdgrünem Blut gehört?«

»Also, nun ja«, sagte das Gespenst ziemlich matt, »was blieb mir denn anderes übrig? Es ist sehr schwierig heutzutage, an echtes Blut heranzukommen, und da Ihr Bruder mit seinem Muster-Reiniger angefangen hat, sah ich keinerlei Grund, mich nicht bei Ihren Farben zu bedienen. Und was die Farbe selbst angeht, so ist das immer Geschmackssache: die Cantervilles beispielsweise haben blaues Blut, das blaueste in ganz England; aber ich weiß, ihr Amerikaner habt für derlei Dinge keinen Sinn.«

»Das wissen Sie doch gar nicht, und das Beste, was Sie tun können, ist, auszuwandern und sich weiterzubilden. Mein Vater wäre gern bereit, Ihnen eine Gratisüberfahrt zu schenken, und wenngleich auf Spirituosen hohe Abgaben bestehen, wird es mit dem Zoll keine Schwierigkeiten geben, da die Beamten allesamt Demokraten sind. Wenn Sie dann erst in New York sind, werden Sie sicherlich großen Erfolg haben. Ich kenne viele, die hunderttausend Dollar für einen Großvater geben würden und noch viel mehr für ein Familiengespenst.«

»Ich glaube nicht, daß mir Amerika gefallen würde.«

»Wahrscheinlich, weil wir keine Ruinen und keine Kuriositäten haben«, sagte Virginia satirisch.

»Keine Ruinen! Keine Kuriositäten!« antwortete das Gespenst; »Sie haben doch Ihre Marine und Ihre Manieren.«

»Guten Abend; ich gehe jetzt zu Papa und bitte ihn, den Zwillingen noch eine weitere Woche Urlaub zu geben.«

»Bitte gehen Sie nicht, Miß Virginia«, rief er; »ich bin so einsam und so unglücklich und weiß einfach nicht, was ich tun soll. Ich möchte schlafen und kann es nicht.«

»Das ist doch absurd! Sie brauchen doch nur zu Bett zu gehen und die Kerze auszublasen. Es ist manchmal sehr schwierig, wach zu bleiben, besonders in der Kirche, aber Schlafen ist nun wirklich überhaupt nicht schwierig. Sogar Säuglinge wissen, wie das geht, und die sind nicht besonders klug.«

»Ich habe dreihundert Jahre nicht geschlafen«, sagte es traurig, und da wurden Virginias schöne blaue Augen ganz groß vor Verwunderung; »dreihundert Jahre habe ich nicht geschlafen, und ich bin so müde.«

Virginia wurde nun sehr ernst, und ihre kleinen Lippen bebten wie Rosenblätter. Sie ging zu ihm hin, kniete neben ihm nieder und blickte hinauf in sein altes, welkes Gesicht.

»Armes, armes Gespenst«, murmelte sie; »haben Sie denn keinen Ort, wo Sie schlafen können?«

»Weit weg, hinter den Kiefern«, antwortete es mit leiser, träumerischer Stimme, »ist ein Gärtchen. Dort ist das Gras lang und tief, dort sind die großen weißen Sterne der Schierlingsblume, dort singt die Lerche die ganze Nacht. Die ganze Nacht singt sie, und der kalte Kristallmond schaut herab, und die Eibe breitet ihre gewaltigen Arme über die Schlafenden.«

Virginias Augen wurden trüb von Tränen, und sie barg das Gesicht in den Händen.

»Sie meinen den Garten des Todes«, flüsterte sie.

»Ja, des Todes. Der Tod muß so schön sein. In der weichen braunen Erde zu liegen, und das Gras wiegt sich über dem Kopf, und man lauscht der Stille. Kein Gestern zu haben und auch kein Morgen. Die Zeit zu vergessen, dem Leben zu vergeben, Frieden zu haben. Sie können mir helfen. Sie können die Portale zum Haus des Todes für mich öffnen, denn mit Ihnen ist auf immer die Liebe, und die Liebe ist stärker als der Tod.«

Virginia erzitterte, ein kalter Schauer überlief sie, und einige Augenblicke lang herrschte Stille. Ihr war, als steckte sie in einem schrecklichen Traum.

Dann sprach das Gespenst wieder, und seine Stimme klang wie das Seufzen des Windes.

»Haben Sie schon einmal die alte Prophezeiung auf dem Bibliotheksfenster gelesen?«

»Ach, sehr oft schon«, rief das Mädchen und blickte auf; »ich kenne sie sehr gut. Sie ist in eigentümlichen schwarzen Lettern gemalt und schwierig zu lesen. Es sind nur sechs Zeilen:

Wenn ein golden Mädchen fleht
Von sünd'gen Lippen ein Gebet,
Wenn der kahle Mandel trägt,
Und sich ein Kind zu Tränen regt,
Dann soll sein das Haus ganz still
Und Friede kommen nach Canterville.

Aber ich weiß nicht, was sie bedeuten.«

»Sie bedeuten«, sagte es traurig, »daß Sie für mich um meine Sünden weinen müssen, weil ich keine Tränen habe, und für meine Seele beten müssen, weil ich keinen Glauben habe, und dann, wenn Sie auch immer nett und gut und lieb gewesen sind, wird der Todesengel sich meiner erbarmen. Sie werden fürchterliche Schatten im Dunkel sehen, und böse Stimmen werden Ihnen ins Ohr flüstern, doch sie werden Ihnen nichts anhaben, denn gegen die Reinheit eines kleinen Kindes können die Mächte der Hölle nicht bestehen.«

Virginia antwortete nicht, und das Gespenst rang die Hände in wilder Verzweiflung, als es auf ihr gebeugtes goldenes Haupt hinabschaute. Plötzlich stand sie auf, sehr blaß und mit einem sonderbaren Leuchten in den Augen. »Ich habe keine Angst«, sagte sie fest, »und ich werde den Engel bitten, sich Ihrer zu erbarmen.«

Mit einem leisen Ausruf der Freude erhob es sich, ergriff ihre Hand, beugte sich mit altmodischer Eleganz darüber und küßte sie. Seine Finger waren eiskalt, und seine Lippen brannten wie Feuer, doch Virginia zögerte nicht, als es sie durch das dämmerige Zimmer führte. Auf dem verblichenen grünen Gobelin waren kleine gestickte Weidmänner. Sie stießen in ihre Hörner mit den Troddeln und winkten ihr mit ihren winzigen Händen zu, umzukehren. »Kehre um! kleine Virginia«, riefen sie, »kehre um!«, doch das Gespenst packte ihre Hand noch fester, und sie schloß die Augen vor ihnen. Grausige Tiere mit Echsenschwänzen und Glupschaugen blinzelten ihr von dem gemeißelten Kaminsims her zu und murmelten: »Hüte dich! kleine Virginia, hüte dich! Vielleicht sehen wir dich nie wieder«, doch das Gespenst glitt noch rascher weiter, und Virginia hörte nicht hin. Als sie ans Ende des Zimmers kamen, blieb es stehen und brummelte einige Wörter, die sie nicht verstand. Sie schlug die Augen auf und sah, wie die Wand langsam zurückwich wie ein Nebel und eine große schwarze Höhle sich vor ihr auftat. Ein bitterkalter Wind umwehte sie, und sie spürte, wie etwas an ihrem Kleid zerrte. »Rasch, rasch«, rief das Gespenst, »sonst ist es zu spät«, und gleich darauf hatte sich die Täfelung hinter ihnen geschlossen, und das Gobelinzimmer war leer.

6

Ungefähr zehn Minuten später läutete die Klingel zum Tee, und da Virginia nicht herabkam, schickte Mrs. Otis einen der Diener nach oben, um ihr Bescheid zu sagen. Kurze Zeit später kam er zurück und sagte, er könne Miß Virginia nirgendwo finden. Da es ihre Gewohnheit war, jeden Abend in den Garten zu gehen, um Blumen für die Tafel zu pflücken, war Mrs. Otis anfangs gar nicht beunruhigt, doch als es sechs Uhr schlug und Virginia noch immer nicht erschien, wurde sie richtig besorgt und schickte die Jungen auf die Suche nach ihr, während sie und Mr. Otis jedes Zimmer absuchten. Um halb sieben kehrten die Jungen zurück und sagten, sie hätten nirgendwo eine Spur ihrer Schwester entdeckt. Nun waren sie alle in höchster Aufregung und wußten nicht, was sie tun sollten, als Mr. Otis sich jäh daran erinnerte, daß er wenige Tage zuvor einer Gruppe Zigeuner gestattet hatte, im Park zu lagern. Und so brach er, begleitet von seinem ältesten Sohn und zweien der Knechte, sogleich auf nach Blackfell Hollow, wo sie, wie er wußte, waren. Der kleine Herzog von Cheshire, der völlig außer sich vor Sorge war, bat inständig, ebenfalls mitgehen zu dürfen, doch dies ließ Mr. Otis nicht zu, da er fürchtete, es könnte zu einem Handgemenge kommen. Als er jedoch an die Stelle kam, sah er, daß die Zigeuner weg waren, und es war offensichtlich, daß ihre Abreise ziemlich überstürzt geschehen war, da das Feuer noch brannte und einige Teller im Gras lagen. Nachdem er Washington und die beiden Männer losgeschickt hatte, um die Gegend zu durchkämmen, eilte er nach Hause und sandte an alle Polizeiinspektoren der Grafschaft Telegramme des Inhalts, sie sollten nach einem kleinen Mädchen Ausschau halten, das von Landstreichern oder Zigeunern entführt worden sei. Daraufhin ließ er sich sein Pferd vorführen und ritt, nachdem er darauf bestanden hatte, daß seine Frau und die drei Jungen zu Abend äßen, mit einem Diener die Ascot Road entlang. Kaum hatte er jedoch zwei Meilen zurückgelegt, als er jemanden hinter sich galoppieren hörte und, indem er sich umdrehte, sah, daß es der kleine Herzog war, der auf seinem Pony nachkam, das Gesicht hochrot und ohne Hut auf dem Kopf. »Bitte entschuldigen Sie, Mr. Otis«, ächzte der Junge, »ich kann einfach nicht zu Abend essen, solange Virginia verschwunden ist. Bitte seien Sie nicht böse; hätten Sie letztes Jahr unserer Verlobung zugestimmt, dann gäbe es diese Widrigkeiten jetzt gar nicht. Sie schicken mich doch nicht zurück, oder? Ich kann nicht gehen! Ich werde nicht gehen!«

Der Gesandte konnte sich ein Lächeln über den gutaussehenden jungen Tunichtgut nicht verkneifen und war von dessen Ergebenheit Virginia gegenüber nicht wenig gerührt, also beugte er sich von seinem Pferd nieder, klopfte ihm freundlich auf die Schulter und meinte: »Tja, Cecil, wenn Sie nicht umkehren wollen, müssen Sie wohl mitkommen, aber ich muß Ihnen in Ascot einen Hut besorgen.«

»Ach, der verwünschte Hut! Ich will Virginia!« rief der junge Herzog lachend aus, und so galoppierten sie weiter zur Bahnstation. Dort erkundigte sich Mr. Otis beim Stationsvorsteher, ob jemand, auf den die Beschreibung Virginias zutraf, auf dem Bahnsteig gesehen worden sei, konnte aber nichts über sie in Erfahrung bringen. Der Stationsvorsteher jedoch drahtete die Strecke auf und ab und versicherte ihm, man werde genauestens Ausschau nach ihr halten, und nachdem Mr. Otis für den kleinen Herzog bei einem Tuchhändler, der gerade den Rolladen herunterließ, einen Hut gekauft hatte, ritt Mr. Otis weiter nach Bexley, einem ungefähr vier Meilen entfernten Dorf, das, so hatte er erfahren, ein bekannter Aufenthaltsort von Zigeunern war, da es dort einen großen Anger gab. Dort weckte er den Landschutzmann, erhielt jedoch keine Neuigkeiten von ihm, und nachdem sie den ganzen Anger abgeritten hatten, wandten sie sich wieder heimwärts und erreichten Canterville Chase gegen elf Uhr, todmüde und zutiefst bekümmert. Am Pförtnerhäuschen trafen sie auf Washington und die Zwillinge, die dort mit Laternen auf sie warteten, da die Allee sehr dunkel war. Nicht die geringste Spur von Virginia war entdeckt worden. Die Zigeuner waren auf den Wiesen von Broxley gestellt worden, doch bei ihnen war sie nicht, und ihre plötzliche Abreise hatten sie damit erklärt, daß sie das Datum des Jahrmarkts von Chorton verwechselt hatten und aus Angst, zu spät zu kommen, eilends aufgebrochen waren. Sie waren sogar äußerst erschüttert, von Virginias Verschwinden zu hören, zumal sie Mr. Otis sehr dankbar dafür waren, daß er sie in seinem Park hatte lagern lassen, und vier von ihnen waren mitgekommen, um sich an der Suche zu beteiligen. Der Karpfenteich war abgesucht worden und das ganze Chase gründlich durchkämmt, jedoch ohne Ergebnis. Es lag auf der Hand, daß Virginia, jedenfalls für die Nacht, verschwunden bleiben würde; und so gingen Mr. Otis und die Jungen in tiefster Niedergeschlagenheit zum Haus, und der Diener folgte mit den beiden Pferden und dem Pony nach. In der Eingangshalle stießen sie auf eine Gruppe verängstigter Diener, und auf dem Sofa in der Bibliothek lag die arme Mrs. Otis, die vor Entsetzen und Sorge fast den Verstand verloren hatte und sich von der alten Wirtschafterin die Stirn mit Eau de Cologne betupfen ließ. Mr. Otis bestand sogleich darauf, daß sie etwas aß, und ließ ein Abendessen für die ganze Gesellschaft bringen. Es war ein melancholisches Mahl, und kaum jemand sagte etwas, sogar die Zwillinge schwiegen bedrückt, da sie ihre Schwester sehr gern hatten. Als man zu Ende gegessen hatte, schickte Mr. Otis alle trotz der flehentlichen Bitten des kleinen Herzogs zu Bett, da es in der Nacht nichts mehr zu tun gebe; am Morgen werde er mit Scotland Yard telephonieren, damit sogleich einige Detektive hergeschickt würden. Gerade als sie den Speisesaal verließen, begann es vom Uhrenturm Mitternacht zu schlagen, und als der letzte Schlag erscholl, hörten sie ein Krachen und einen jähen schrillen Schrei; ein furchtbarer Donnerschlag erschütterte das Haus, die Klänge einer unirdischen Musik wehten durch die Luft, oben an der Treppe sauste mit lautem Knall ein Holzpaneel zurück, und auf den Treppenabsatz trat, sehr blaß und weiß, ein Kästchen in der Hand, Virginia. Im Nu waren alle zu ihr hingerannt. Mrs. Otis schloß sie leidenschaftlich in die Arme, der Herzog überschüttete sie mit heftigen Küssen, und die Zwillinge führten einen wilden Kriegstanz um die Gruppe auf.

»Großer Gott! Kind, wo warst du denn?« sagte Mr. Otis ziemlich aufgebracht, da er glaubte, Virginia habe ihnen einen dummen Streich gespielt. »Cecil und ich sind das ganze Land auf und ab geritten auf der Suche nach dir, und deine Mutter hat sich zu Tode gefürchtet. Daß du nie wieder solche Späße mit uns treibst!«

»Nur mit dem Gespenst! Nur mit dem Gespenst!« kreischten die Zwillinge, während sie umhertollten.

»Mein liebster Schatz, Gott sei Dank bist du wieder da; du darfst nie wieder von mir weg«, murmelte Mrs. Otis, während sie ihr zitterndes Kind küßte und das zerzauste Gold ihrer Haare glattstrich.

»Papa«, sagte Virginia ruhig, »ich war bei dem Gespenst. Es ist tot, und du mußt es dir ansehen. Es war einmal sehr böse, aber es hat alles tief bereut, was es getan hat, und bevor es gestorben ist, hat es mir dies Kästchen mit wunderschönem Schmuck darin geschenkt.«

Die ganze Familie starrte sie in stummem Staunen an, doch es war ihr voller und tiefer Ernst; dann drehte sie sich um und führte sie durch die Öffnung in der Täfelung einen schmalen Geheimgang entlang, hinter ihr Washington mit einer brennenden Kerze, die er vom Tisch geholt hatte. Schließlich gelangten sie an eine große Eichentür, die mit rostigen Nägeln beschlagen war. Als Virginia sie berührte, schwang sie an schweren Angeln auf, worauf sie sich in einem kleinen, niedrigen Raum mit gewölbter Decke und einem kleinen vergitterten Fenster wiederfanden. In die Wand eingelassen war ein gewaltiger Eisenring, an den ein hageres Skelett gekettet war, das ausgestreckt auf dem Steinboden lag und mit seinen langen, fleischlosen Fingern ein altmodisches Tranchierbrett und eine Wasserkanne zu greifen suchte, welche knapp außerhalb seiner Reichweite hingestellt waren. Der Krug war offenbar einmal mit Wasser gefüllt gewesen, da er innen mit grünem Schimmel überzogen war. Auf dem Brett war nur ein Häufchen Staub. Virginia kniete neben dem Skelett nieder und begann, die kleinen Hände faltend, stumm zu beten, während alle anderen verwundert die schreckliche Tragödie betrachteten, deren Geheimnis ihnen nun enthüllt war.

»Holla!« rief plötzlich einer der Zwillinge aus, der aus dem Fenster geschaut hatte, um zu erkunden, in welchem Flügel des Hauses der Raum lag. »Holla! da blüht ja der alte verwitterte Mandelbaum. Ich kann die Blüten ganz deutlich im Mondlicht sehen.«

»Gott hat ihm vergeben«, sagte Virginia ernst, während sie sich erhob, und ein wunderschönes Licht brachte ihr Gesicht zum Leuchten.

»Was bist du doch für ein Engel!« rief der junge Herzog aus, und er legte ihr den Arm um den Hals und küßte sie.

7

Vier Tage nach diesen eigenartigen Vorkommnissen setzte sich gegen elf Uhr nachts ein Leichenzug vor Canterville Chase in Bewegung. Der Leichenwagen wurde von acht schwarzen Pferden gezogen, von denen jedes einen großen Busch aus nickenden Straußenfedern auf dem Kopf trug, während den Bleisarg ein prachtvolles purpurnes Tuch bedeckte, auf dem das gestickte Wappen der Cantervilles golden prangte. Neben dem Leichenwagen und den Kutschen her gingen die Diener mit entzündeten Fackeln, und die ganze Prozession war ungeheuer eindrucksvoll. Lord Canterville war der Haupttrauernde; er war eigens aus Wales angereist, um an dem Begräbnis teilzunehmen, und saß in der ersten Kutsche zusammen mit der kleinen Virginia. Dann kamen der Gesandte der Vereinigten Staaten und seine Gattin, dann Washington und die drei Jungen, und in der letzten Kutsche saß Mrs. Umney. Man war allgemein der Annahme, daß sie, nachdem sie über fünfzig Jahre ihres Lebens von dem Gespenst geängstigt worden war, das Recht habe, den Schlußpunkt zu setzen. In der Ecke des Kirchhofs, unmittelbar unter der Eibe, war ein tiefes Grab ausgehoben worden, und der Gottesdienst wurde auf eindrucksvollste Weise von Pastor Augustus Dampier abgehalten. Als die Zeremonie vorüber war, löschten die Diener entsprechend einem alten Brauch, der in der Familie Canterville geübt wurde, ihre Fackeln, und während der Sarg in das Grab hinabgesenkt wurde, trat Virginia vor und legte ein großes, aus weißen und rosa Mandelblüten gefertigtes Kreuz darauf. Dabei kam der Mond hinter einer Wolke hervor und überflutete den kleinen Kirchhof mit seinem stummen Silber, und aus einem fernen Dickicht hub eine Nachtigall mit ihrem Gesang an. Sie dachte daran, wie das Gespenst den Garten des Todes beschrieben hatte, und ihre Augen wurden trüb von Tränen, und auf der Heimfahrt sprach sie kaum ein Wort.

Am nächsten Morgen führte Mr. Otis ein Gespräch mit Lord Canterville, bevor dieser zurück nach London fuhr, über das Thema des Schmucks, welchen das Gespenst Virginia geschenkt hatte. Er war von höchster Pracht, insbesondere ein Rubinhalsband mit einer alten venezianischen Fassung, eine wahrhaft herausragende Arbeit aus dem sechzehnten Jahrhundert, und ihr Wert war so hoch, daß Mr. Otis beträchtliche Skrupel hatte, seiner Tochter die Annahme zu gestatten.

»Mylord«, sagte er, »wie ich weiß, kommt in Ihrem Land Besitz der Toten Hand gemeinhin bei Geschmeide ebenso wie bei Land zur Anwendung, und mir ist völlig klar, daß dieser Schmuck ein Erbstück Ihrer Familie ist oder sein sollte. Daher muß ich Sie bitten, ihn mit nach London zu nehmen und ihn einfach als einen Teil Ihres Besitztums zu betrachten, welcher Ihnen unter gewissen eigenartigen Umständen zurückerstattet worden ist. Was meine Tochter betrifft, so ist sie lediglich ein Kind und hat, wie ich zu meiner Freude sagen kann, bislang noch geringes Interesse an derlei eitlen Luxusattributen. Zudem hat mir Mrs. Otis gesagt, welche, wie ich wohl sagen darf, keine geringe Autorität auf dem Gebiet der Kunst ist – da ihr das Privileg zuteil geworden war, als Mädchen mehrere Winter in Boston zu verbringen –, daß diese Edelsteine von großem Geldwert sind und, so zum Verkauf angeboten, einen hohen Preis erzielen würden. Unter den gegebenen Umständen bin ich sicher, daß Sie, Lord Canterville, erkennen werden, wie unmöglich es mir wäre zu gestatten, daß sie im Besitz eines Mitglieds meiner Familie verblieben; zudem wäre jeglicher derartige törichte Flittertand und solch eitle Spielereien, wie geeignet oder notwendig auch immer für die Würde der britischen Aristokratie, bei denen, welche mit den strengen und, wie ich meine, unsterblichen Prinzipien der republikanischen Einfachheit erzogen worden sind, vollkommen fehl am Platze. Vielleicht sollte ich noch erwähnen, daß Virginia sehr daran gelegen ist, daß Sie ihr erlaubten, das Kästchen als Erinnerung an Ihren unglückseligen, aber irregeleiteten Ahnen für sich zu behalten. Was mich selbst betrifft, so bin ich, wie ich gestehen muß, überrascht darüber, daß eines meiner Kinder einen solchen Anteil am Mittelaltertum in jedweder Form bezeigt, was ich mir nur so erklären kann, daß Virginia unmittelbar im Anschluß an Mrs. Otis' Rückkehr von einer Reise nach Athen in einer Ihrer Londoner Vorstädte geboren wurde.«

Lord Canterville lauschte der Rede des würdigen Gesandten in tiefem Ernst, zog hin und wieder an seinem grauen Schnurrbart, um ein unwillkürliches Lächeln zu verbergen, und nachdem Mr. Otis geendet hatte, schüttelte er ihm herzlich die Hand und sagte: »Mein lieber Herr, Ihre reizende kleine Tochter hat meinem unglücklichen Ahnen, Sir Simon, einen sehr bedeutenden Dienst erwiesen, und meine Familie und ich stehen wegen ihrer wunderbaren Courage und Unerschrockenheit tief in ihrer Schuld. Der Schmuck gehört eindeutig ihr, und, bei Gott, ich glaube, wäre ich so herzlos, ihn ihr wegzunehmen, dann wäre dieser schlimme alte Bursche binnen zweier Wochen wieder aus seinem Grab heraus und würde mir das Leben zur Hölle machen. Was seine Eigenschaft als Erbstück betrifft, so ist nichts ein Erbstück, was nicht als solches in einem Testament oder Rechtsdokument erwähnt ist, und von der Existenz dieses Schmucks hat niemand etwas gewußt. Ich versichere Ihnen, daß ich nicht mehr Anspruch darauf habe als Ihr Butler, und wenn Miß Virginia groß ist, wird sie sich bestimmt freuen, so hübsche Dinge zum Tragen zu haben. Überdies vergessen Sie, Mr. Otis, daß Sie das Mobiliar und das Gespenst zum Schätzwert übernommen haben, und alles, was dem Gespenst gehörte, ist sofort in Ihren Besitz übergegangen, da Sir Simon, welche Aktivitäten er auch nachts im Flur gezeigt haben mag, von Rechts wegen tatsächlich tot war, und Sie haben sein Eigentum durch Kauf miterworben.«

Mr. Otis war nicht wenig bestürzt über die Weigerung Lord Cantervilles und bat ihn, seine Entscheidung zu überdenken, doch der gutmütige Peer blieb hart und brachte den Gesandten letztlich doch dazu, seiner Tochter zu gestatten, das Geschenk, welches das Gespenst ihr gegeben hatte, zu behalten, und als die junge Herzogin von Cheshire im Frühjahr 1890 aus Anlaß ihrer Heirat bei der ersten Galacour der Königin vorgestellt wurde, war ihr Schmuck das allgemeine Thema der Bewunderung. Denn Virginia empfing die Adelskrone, welche der Lohn aller guten amerikanischen Mädchen ist, und heiratete ihren jungen Geliebten, sobald dieser volljährig war. Beide waren so reizend und liebten einander so sehr, daß jedermann entzückt über die Verbindung war, bis auf die alte Marquise von Dumbleton, die versucht hatte, den Herzog für eine ihrer sieben unverheirateten Töchter zu schnappen, und zu diesem Zweck nicht weniger als drei kostspielige Abendgesellschaften gegeben hatte, und seltsamerweise auch Mr. Otis selbst. Mr. Otis war dem jungen Herzog persönlich ungeheuer zugetan, theoretisch jedoch erhob er Einwendungen gegen Titel und, um seine eigenen Worte zu benutzen, »war nicht ohne die Befürchtung, daß inmitten der enervierenden Einflüsse einer vergnügungssüchtigen Aristokratie die wahren Prinzipien republikanischer Einfachheit in Vergessenheit geraten könnten«. Seine Einwände wurden jedoch allesamt überstimmt, und ich glaube, als er in St. Georg am Hanover Square mit seiner Tochter am Arm den Gang entlang zum Altar schritt, gab es in ganz England keinen stolzeren Mann.

Der Herzog und die Herzogin fuhren, nachdem ihre Flitterwochen vorüber waren, nach Canterville Chase, und am Tag nach ihrer Ankunft wanderten sie am Nachmittag zu dem einsamen Kirchhof beim Kiefernwäldchen. Anfangs hatte es wegen der Inschrift auf Sir Simons Grabstein erhebliche Schwierigkeiten gegeben, doch schließlich hatte man sich dazu entschlossen, einfach die Initialen des alten Herrn sowie den Vers vom Bibliotheksfenster darauf einzugravieren. Die Herzogin hatte hübsche Rosen mitgebracht, welche sie über das Grab streute, und nachdem sie eine Weile davorgestanden hatten, schlenderten sie in den zerstörten Altarraum der alten Abtei. Dort setzte sich die Herzogin auf eine umgestürzte Säule, während ihr Gatte ihr zu Füßen lag, eine Zigarette rauchte und ihr in die schönen Augen blickte. Unvermittelt warf er die Zigarette weg, ergriff ihre Hand und sagte zu ihr: »Virginia, eine Frau sollte keine Geheimnisse vor ihrem Mann haben.«

»Aber lieber Cecil! Ich habe keine Geheimnisse vor dir!«

»O doch«, antwortete er lächelnd, »du hast mir nie erzählt, was geschah, als du mit dem Gespenst eingeschlossen warst.«

»Das habe ich noch niemandem erzählt, Cecil«, sagte Virginia ernst.

»Das weiß ich, aber mir könntest du es doch sagen.«

»Bitte frag mich nicht danach, Cecil, ich kann es dir nicht sagen. Der arme Sir Simon! Ich habe ihm sehr viel zu verdanken. Ja, lach nicht, Cecil, es stimmt. Er hat mich erkennen lassen, was das Leben ist und was der Tod bedeutet und warum die Liebe stärker als beide ist.«

Der Herzog erhob sich und küßte seine Frau liebevoll.

»Du sollst dein Geheimnis bewahren, solange ich dein Herz habe«, murmelte er.

»Das hast du schon immer gehabt, Cecil.«

»Aber eines Tages wirst du es unseren Kindern erzählen, nicht?«

Virginia errötete.

Die Sphinx ohne Geheimnis

Eine Radierung

EINES Nachmittags saß ich vor dem Café de la Paix bei einem Wermut, betrachtete den Glanz und das Elend des Pariser Lebens und bestaunte das seltsame Panorama aus Stolz und Schäbigkeit, das vor mir vorüberzog, als ich hörte, wie mein Name gerufen wurde. Ich drehte mich um und erblickte Lord Murchison. Wir hatten uns nicht mehr gesehen, seit wir zusammen am College waren, beinahe zehn Jahre war das her, daher freute ich mich über die zufällige Begegnung, und wir schüttelten einander herzlich die Hand. In Oxford waren wir eng befreundet gewesen. Ich hatte ihn außerordentlich gern gehabt, er sah so gut aus, war immer bester Laune und dabei so redlich. Wir pflegten über ihn zu sagen, er wäre der beste aller Gefährten, wenn er nur nicht immer die Wahrheit sagen würde, aber ich glaube, im Grunde bewunderten wir ihn wegen seiner Offenheit noch mehr. Jetzt fand ich, daß er sich sehr verändert hatte. Er wirkte angespannt und verwirrt und schien sich über etwas im unklaren zu sein. Ich meinte nicht, daß es ein moderner Skeptizismus war, denn Murchison war ein eingefleischter Tory, und sein Glaube an den Pentateuch war ebenso fest wie der an das Oberhaus; also schloß ich, es müsse eine Frau sein, und fragte ihn, ob er inzwischen verheiratet sei.

»Dazu verstehe ich die Frauen nicht gut genug«, antwortete er. »Mein lieber Gerald«, sagte ich, »Frauen soll man nicht verstehen, sondern lieben.«

»Ich kann nicht lieben, wenn ich nicht vertrauen kann«, entgegnete er.

»Ich glaube, in deinem Leben ist etwas Mysteriöses, Gerald«, rief ich aus; »erzähl mir davon.«

»Fahren wir ein wenig«, antwortete er, »hier sind mir zu viele Leute. Nein, keine gelbe Droschke, jede andere Farbe – da, die dunkelgrüne ist gut«; und wenige Augenblicke später trabten wir den Boulevard entlang in Richtung Madeleine.

»Wohin soll's gehen?« sagte ich.

»Ach, wohin du magst!« antwortete er – »zu dem Restaurant im Bois; dort essen wir, und dann erzählst du mir von dir.«

»Erst will ich etwas von dir hören«, sagte ich. »Erzähl mir, was so mysteriös ist.«

Er zog ein kleines Maroquinetui mit einem silbernen Verschluß aus der Tasche und reichte es mir. Ich öffnete es. Darin war die Photographie einer Frau. Sie war groß und schmal und hatte mit ihren großen vagen Augen und den gelösten Haaren etwas seltsam Pittoreskes. Sie wirkte wie eine Hellseherin und war in einen üppigen Pelz gehüllt.

»Was hältst du von dem Gesicht?« sagte er; »sagt es die Wahrheit?«

Ich betrachtete es sorgfältig. Mir schien, als sei es das Gesicht einer Frau, die ein Geheimnis hat, doch ob dieses Geheimnis gut oder böse war, konnte ich nicht sagen. Es besaß eine Schönheit, die aus vielen Mysterien geschaffen war – und zwar keine plastische, sondern eine psychologische Schönheit –, und das leise Lächeln, das um ihre Lippen spielte, war viel zu hintergründig, um freundlich zu sein.

»Nun«, rief er ungeduldig aus, »was meinst du?«

»Sie ist eine Gioconda im Zobel«, antwortete ich. »Erzähl mir alles über sie.«

»Jetzt nicht«, sagte er; »nach dem Essen«, und begann, über andere Dinge zu reden.

Als der Kellner uns Kaffee und Zigaretten brachte, erinnerte ich Gerald an sein Versprechen. Er erhob sich, ging drei-, viermal den Raum auf und ab und erzählte mir, nachdem er sich in einem Sessel niedergelassen hatte, die folgende Geschichte: –

»Eines Nachmittags«, sagte er, »ging ich gegen fünf Uhr die Bond Street entlang. Alles war voller Droschken, ein furchtbares Gedränge, so daß der Verkehr fast stillstand. Dicht am Trottoir stand ein kleiner gelber Brougham, der aus irgendeinem Grund meine Neugier weckte. Als ich daran vorüberging, blickte das Gesicht heraus, das ich dir vorhin gezeigt habe. Es faszinierte mich sogleich. Die ganze Nacht dachte ich daran und auch noch den ganzen folgenden Tag. Ich lief die ganze gräßliche Row auf und ab, spähte in jede Kutsche und wartete auf den gelben Brougham; doch *ma belle inconnue* konnte ich nicht finden, und schließlich glaubte ich schon, es sei lediglich ein Traum gewesen. Ungefähr eine Woche später dinierte ich bei Madame de Rastail. Das Essen sollte um acht Uhr beginnen, doch um halb neun warteten wir noch immer im Salon. Endlich öffnete der Diener die Tür und kündigte Lady Alroy an. Es war die Frau, die ich gesucht hatte. Sie kam sehr langsam herein, sah aus wie ein Mondstrahl in grauer Spitze, und zu meiner äußersten Freude bat man mich, sie zu Tisch zu führen. Nachdem wir uns gesetzt hatten, bemerkte ich ganz unschuldig: ›Ich glaube, ich habe Sie vor einiger Zeit in der Bond Street gesehen, Lady Alroy.‹ Sie wurde ganz bleich und sagte mit leiser Stimme:

›Bitte sprechen Sie nicht so laut; man könnte Sie hören.‹ Ich war ganz bekümmert, daß ich es so schlecht angefangen hatte, und stürzte mich kopflos auf das Thema des französischen Theaters. Sie redete sehr wenig, stets mit derselben leisen musikalischen Stimme, und immer schien sie Angst zu haben, daß jemand mithören könnte. Ich verliebte mich leidenschaftlich, närrisch in sie, und die unbestimmbare Atmosphäre des Mysteriösen, die sie umgab, erregte meine heftigste Neugier. Als sie ging, was sehr bald nach dem Essen geschah, fragte ich sie, ob ich sie wiedersehen dürfe. Sie zögerte einen Augenblick, blickte um sich, ob jemand in der Nähe war, und sagte dann: ›Ja; morgen um Viertel vor fünf.‹ Ich bat Madame de Rastail, mir etwas über sie zu erzählen; doch ich erfuhr lediglich, daß sie eine Witwe mit einem schönen Haus an der Park Lane sei, und als ein wissenschaftlicher Langweiler zu einem Vortrag über Witwen anhob, womit er das Überleben des Stärkeren in der Ehe illustrieren wollte, ging ich nach Hause.

Am folgenden Tag traf ich pünktlich auf die Minute in der Park Lane ein, doch der Butler beschied mich, daß Lady Alroy soeben ausgegangen sei. Zutiefst unglücklich und sehr verwirrt ging ich in den Club und schrieb ihr nach langem Überlegen einen Brief, in dem ich sie fragte, ob ich mein Glück an einem anderen Nachmittag versuchen dürfe. Mehrere Tage lang bekam ich keine Antwort, doch dann traf endlich ein kleines Billett ein, in dem sie mir mitteilte, sie sei am Sonntag um vier zu Hause, dazu noch das folgende außergewöhnliche Postskriptum: ›Bitte schreiben Sie mir nicht mehr hierher; ich werde es Ihnen erklären, wenn wir uns sehen.‹ Am Sonntag empfing sie mich und war ungeheuer reizend; doch als ich aufbrach, bat sie mich, sollte ich je wieder Anlaß haben, ihr zu schreiben, meinen Brief an ›Mrs. Knox, per Adresse Whittaker's Library, Green Street‹ zu richten. ›Ich habe Gründe dafür‹, sagte sie, ›daß ich Briefe nicht in meinem Haus empfangen kann.‹

Die ganze Saison hindurch sah ich sie recht häufig, und immer war sie von dieser Atmosphäre des Mysteriösen umgeben. Manchmal meinte ich, sie sei in der Gewalt eines Mannes, doch sie wirkte so unnahbar, daß ich das nicht glauben konnte. Ich fand es wirklich sehr schwierig, mir einen Reim darauf zu machen, denn sie war wie einer jener eigenartigen Kristalle, die man im Museum sieht und die einmal klar sind, um dann gleich wieder trüb zu sein. Schließlich entschloß ich mich, sie zu bitten, meine Frau zu werden: Ich hatte diese unablässigen Heimlichkeiten, die sie allen meinen Besuchen und den wenigen Briefen, die ich ihr schickte, auferlegte, herzlich satt. Ich schrieb ihr in die Bibliothek, ob sie mich am kommenden Montag um sechs sehen könne. Sie antwortete, ja, und ich war im siebten Himmel der Glückseligkeit. Ich war rasend in sie verliebt; trotz des Mysteriösen, wie ich damals glaubte – als Folge davon, wie ich heute erkenne. Nein; es war die Frau selbst, die ich liebte. Das Mysteriöse trieb mich um, machte mich verrückt. Warum nur hat mich der Zufall auf seine Spur gesetzt?«

»Dann hast du es also entdeckt?« rief ich.

»Ich fürchte, ja«, antwortete er. »Aber urteile selbst. Als der Montag kam, ging ich zum Lunch zu meinem Onkel, und gegen vier Uhr fand ich mich auf der Marylebone Road wieder. Mein Onkel wohnt nämlich am Regent's Park. Ich wollte zur Piccadilly und nahm eine Abkürzung durch einige ärmliche Gassen. Plötzlich sah ich vor mir Lady Alroy, sie war tief verschleiert und ging sehr schnell. Als sie zum letzten Haus der Straße gelangte, ging sie die Treppe hinauf, zog einen Schlüssel hervor und trat ein. ›Das ist also das Mysterium‹, sagte ich bei mir; und eilte hinzu und betrachtete das Haus. Es sah mir aus wie eines, in dem Zimmer vermietet werden. Auf der Schwelle lag ihr Taschentuch; sie hatte es verloren. Ich hob es auf und steckte es ein. Dann überlegte ich, was ich tun sollte. Ich kam zu dem Schluß, daß ich kein Recht hatte, ihr nachzuspionieren, und fuhr zum Club. Um sechs traf ich bei ihr ein. Sie lag auf dem Sofa in einem Teekleid, das mit einigen seltsamen Mondsteinen, die sie immer trug, aufgesteckt war. Sie sah sehr gut aus. ›Wie schön, Sie zu sehen‹, sagte sie; ›ich bin den ganzen Tag nicht aus dem Haus gekommen.‹ Ich starrte sie verblüfft an, zog das Tuch aus der Tasche und reichte es ihr. ›Das haben Sie heute nachmittag in der Cumnor Street verloren, Lady Alroy‹, sagte ich ganz ruhig. Sie sah mich voller Entsetzen an, machte jedoch keine Anstalten, das Tuch zu nehmen. ›Was haben Sie dort gemacht?‹ fragte ich. ›Welches Recht haben Sie, mich auszufragen?‹ antwortete sie. ›Das Recht des Mannes, der Sie liebt‹, entgegnete ich; ›ich bin hergekommen, um Sie zu bitten, meine Frau zu werden.‹ Sie vergrub das Gesicht in den Händen und brach in eine Flut von Tränen aus. ›Sie müssen es mir sagen‹, fuhr ich fort. Sie stand auf, sah mir geradewegs ins Gesicht und sagte: ›Lord Murchison, ich habe Ihnen nichts zu sagen.‹ – ›Sie haben sich dort mit jemandem getroffen‹, rief ich aus; ›das ist das Mysteriöse an Ihnen.‹ Sie wurde totenblaß und sagte: ›Ich habe mich mit niemandem getroffen.‹ – ›Können Sie denn nicht die Wahrheit sagen?‹ rief ich aus. ›Ich habe sie gesagt‹, entgegnete sie. Ich war von Sinnen, rasend; ich weiß nicht, was ich zu ihr sagte, aber es waren schreckliche Dinge. Schließlich stürzte ich aus dem Haus. Am nächsten Tag kam ein Brief von ihr; ich schickte ihn ungeöffnet zurück und brach mit Alan Corville nach Norwegen auf. Einen Monat später kehrte ich zurück, und das erste, was ich in der ›Morning Post‹ sah, war die Nachricht vom Tod Lady Alroys. Sie hatte sich in der Oper eine Erkältung zugezogen und war fünf Tage darauf an einem Blutstau in der Lunge gestorben. Ich zog mich zurück und sah niemanden. So sehr hatte ich sie geliebt, so wahnsinnig. Großer Gott! wie ich diese Frau geliebt habe!«

»Du bist dann zu der Straße, dem Haus dort gegangen?« sagte ich.

»Ja«, antwortete er. »Eines Tages ging ich in die Cumnor Street. Ich konnte nicht anders; ich war von Zweifeln gequält. Ich klopfte an die Tür, und eine anständig wirkende Frau öffnete mir. Ich fragte sie, ob sie Zimmer vermiete; ›Nun, Sir‹, antwortete sie, ›die Salons sind eigentlich vermietet; aber ich habe die Dame seit einem Vierteljahr nicht mehr gesehen, und da die Miete im Rückstand ist, können Sie sie haben.‹ – ›Ist das die Dame?‹ sagte ich und zeigte ihr die Photographie. ›Ja, genau, das ist sie‹, rief sie aus; ›und wann kommt sie wieder, Sir?‹ – ›Die Dame ist tot‹, antwortete ich. ›Oh, nur das nicht!‹ sagte die Frau; ›sie war meine beste Mieterin. Sie zahlte mir drei Guineen die Woche, nur um sich hin und wieder in meine Salons zu setzen.‹ – ›Hat sie sich hier mit jemandem getroffen?‹ fragte ich; doch die Frau versicherte mir, daß dem nicht so gewesen sei, daß sie immer allein gekommen sei und sich mit niemandem getroffen habe. ›Was in aller Welt hat sie denn hier gemacht?‹ fragte ich. ›Sie saß einfach nur im Salon, las ein Buch, trank manchmal Tee‹, antwortete die Frau. Ich wußte nicht, was ich sagen sollte, also gab ich ihr einen Sovereign und ging. Also, was meinst du, was hatte das alles zu bedeuten? Du glaubst ja wohl nicht, daß die Frau die Wahrheit gesagt hat?«

»Doch.«

»Aber warum ging Lady Alroy dann dahin?«

»Mein lieber Gerald«, antwortete ich, »Lady Alroy war einfach eine Frau mit einer Manie nach Mysteriösem. Sie mietete diese Räume wegen des Vergnügens, mit herabgelassenem Schleier hinzugehen und sich vorzustellen, sie sei eine Heroine. Sie hatte eine Leidenschaft fürs Geheimnisvolle, dabei war sie lediglich eine Sphinx ohne Geheimnis.«

»Meinst du wirklich?«

»Ich bin mir ganz sicher«, antwortete ich.

Er zog das Maroquinetui hervor, öffnete es und betrachtete die Photographie. »Ich weiß nicht«, sagte er schließlich.

Der Millionär als Modell

Ein Notat der Bewunderung

ES ist witzlos, ein charmanter Bursche zu sein, es sei denn, man hat Vermögen. Das Romantische ist das Privileg der Reichen, nicht der Stand der Stellungslosen. Die Armen sollten praktisch und prosaisch sein. Ein regelmäßiges Einkommen zu haben ist besser, als faszinierend zu sein. Das sind die großen Wahrheiten des Lebens, die Hughie Erskine nie begriff. Der arme Hughie! Geistig war er, das müssen wir bekennen, keine große Leuchte. In seinem ganzen Leben sagte er nie etwas Brillantes oder auch nur Boshaftes. Andererseits aber sah er ungeheuer gut aus mit seinen kräftigen braunen Haaren, dem prägnanten Profil und den grauen Augen. Er war beliebt bei Männern wie bei Frauen, und er verfügte über alle Fertigkeiten, nur nicht über die eine, Geld zu machen. Sein Vater hatte ihm seinen Kavalleriedegen und eine *Geschichte des Spanischen Krieges* in fünfzehn Bänden hinterlassen. Ersteren hängte Hughie über seinen Spiegel, stellte letztere in ein Regal zwischen ›Ruff's Guide‹ und ›Bailey's Magazine‹ und lebte von zweihundert im Jahr, die eine alte Tante ihm gewährte. Er hatte alles versucht. Ein halbes Jahr war er an der Börse gewesen; doch was suchte ein Schmetterling unter Bullen und Bären? Ein wenig länger war er Teehändler gewesen, war aber die Pekoes und Souchongs leid geworden. Dann hatte er versucht, Sherry zu verkaufen. Auch das brachte nichts ein; der Sherry war ein wenig zu trocken. Schließlich wurde er gar nichts, ein angenehmer, unfähiger junger Mann mit einem perfekten Profil und ohne Profession.

Was alles noch schlimmer machte, er war verliebt. Das Mädchen, das er liebte, war Laura Merton, die Tochter eines pensionierten Obristen, der in Indien Beherrschung und Verdauung verloren und beides nie mehr wiedergefunden hatte. Laura betete ihn an, und er war bereit, ihr die Schnürsenkel zu küssen. Sie waren das hübscheste Paar in ganz London und verfügten zusammen nicht über einen Penny. Der Oberst mochte Hughie sehr gern, doch von Verlobung wollte er nichts hören.

»Komm wieder, mein Junge, wenn du zehntausend Pfund dein eigen nennst, dann sehen wir weiter«, sagte er immer; und dann machte Hughie immer ein verdrießliches Gesicht und mußte sich von Laura trösten lassen.

Eines Vormittags, als er auf dem Weg nach Holland Park war, wo die Mertons wohnten, schaute er bei einem guten Freund von ihm herein, Alan Trevor. Trevor war Maler. Ein Schicksal, dem heutzutage nur wenige entrinnen. Aber er war auch Künstler, und Künstler sind ziemlich selten. Was seine Person anging, so war er ein eigenwilliger, rauher Gesell mit sommersprossigem Gesicht und einem roten, struppigen Bart. Nahm er jedoch den Pinsel zur Hand, war er ein wahrer Meister, und seine Bilder waren äußerst begehrt. Anfangs war er von Hughie sehr angezogen, das muß man so sagen, und zwar ausschließlich aufgrund des Charmes seiner Persönlichkeit. »Die einzigen Leute, die ein Maler kennen sollte«, pflegte er zu sagen, »sind solche, die *bête* und bildschön sind, deren Anblick also künstlerisches Vergnügen und deren Konversation geistige Entspannung bereitet. Männer, die Dandys, und Frauen, die Darlings sind, regieren die Welt, wenigstens sollte es so sein.« Als er Hughie jedoch besser kennenlernte, mochte er ihn ebensosehr wegen seiner sprühenden, heiteren Laune und seines großzügigen, unbekümmerten Wesens, und so hatte er ihm das ständige *entrée* zu seinem Studio gewährt.

Als Hugie hereinkam, setzte Trevor gerade die letzten Tupfer auf das wunderbare lebensgroße Bild eines Bettlers. Der Bettler selbst stand auf einem erhabenen Podest in einer Ecke des Studios. Es war ein runzliger alter Mann mit einem Gesicht wie eingelaufenes Pergament und einem höchst bemitleidenswerten Gesichtsausdruck. Über die Schulter hatte er einen groben braunen, völlig zerlumpten und zerrissenen Mantel geworfen; seine dicken Stiefel waren gefleckt und geflickt, und mit einer Hand stützte er sich auf einen groben Stock, während er mit der anderen seinen zerbeulten Hut um Almosen ausgestreckt hielt.

»Ein ganz erstaunliches Modell!« flüsterte Hughie, als er seinem Freund die Hand schüttelte.

»Ein erstaunliches Modell?« brüllte Trevor aus vollem Hals. »Das will ich meinen! Bettlern wie ihm begegnet man nicht alle Tage. Eine *trouvaille, mon cher*; ein lebender Velasquez! Herrgott! was Rembrandt für eine Radierung von ihm gemacht hätte!«

»Der arme alte Kerl!« sagte Hughie, »wie elend er dreinschaut! Aber vermutlich ist sein Gesicht für euch Maler ein Glücksfall?«

»Aber gewiß«, entgegnete Trevor, »ein Bettler soll ja schließlich nicht fröhlich dreinschauen, oder?«

»Wieviel bekommt ein Modell fürs Sitzen?« fragte Hughie, während er es sich auf einem Diwan bequem machte.

»Einen Shilling die Stunde.«

»Und wieviel bekommst du für dein Bild, Alan?«

»Ach, für dieses bekomme ich zweitausend!«

»Pfund?«

»Guineen. Maler, Dichter und Dentisten bekommen immer Guineen.«

»Also, ich finde, das Modell sollte Prozente bekommen«, rief Hughie lachend aus; »es arbeitet genauso hart wie du.«

»So ein Unsinn! Denk doch nur allein an die Mühen, die Farbe aufzutragen und den ganzen Tag vor der Staffelei zu stehen! Du hast gut reden, Hughie, aber ich versichere dir, es gibt Augenblicke, da gewinnt die Kunst beinahe die Würde körperlicher Arbeit. Aber genug geplappert; ich bin beschäftigt. Rauch eine Zigarette und sei still.«

Nach einer Weile kam der Diener herein und sagte Trevor, der Rahmenmacher wolle mit ihm sprechen.

»Lauf nicht weg, Hughie«, sagte er beim Hinausgehen, »ich bin gleich wieder da.«

Der alte Bettler nutzte Trevors Abwesenheit, um sich ein wenig auf einer Holzbank auszuruhen, die hinter ihm stand. Er wirkte so unglücklich und elend, daß Hughie nicht umhin konnte, ihn zu bedauern, und seine Taschen befühlte, um zu sehen, was er an Geld bei sich hatte. Doch mehr als einen Sovereign und einige Kupfermünzen konnte er nicht finden. »Armer alter Kerl«, dachte er bei sich: »Er braucht es dringender als ich, aber das bedeutet dann vierzehn Tage keine Droschke«, und so schritt er durch das Atelier und legte dem Bettler den Sovereign in die Hand.

Der alte Mann schreckte hoch, und ein feines Lächeln huschte über seine welken Lippen. »Danke, Sir«, sagte er, »vielen Dank.«

Dann kam Trevor wieder, und Hughie verabschiedete sich; er war ein wenig errötet von dem, was er getan hatte.

In jener Nacht schlenderte er gegen elf Uhr in den Palette Club, wo er Trevor allein im Rauchsalon bei Weißwein und Selters antraf.

»Nun, Alan, hast du das Bild fertiggestellt?« fragte er, während er sich eine Zigarette anzündete.

»Fertig und gerahmt, mein Junge!« antwortete Trevor; »und übrigens, du hast eine Eroberung gemacht. Das alte Modell, das du da gesehen hast, ist ganz eingenommen von dir. Ich mußte ihm alles über dich erzählen – wer du bist, wo du lebst. Wie hoch dein Einkommen ist, wie deine Aussichten sind – – –«

»Mein lieber Alan«, rief Hughie aus, »womöglich wartet er noch auf mich, wenn ich nach Hause komme. Aber natürlich machst du nur Witze. Der arme alte Teufel! Ich wünschte, ich könnte etwas für ihn tun. Ich finde es gräßlich, daß jemand so elend sein muß. Ich habe haufenweise alte Kleider zu Hause – meinst du, er könnte etwas davon brauchen? Seine Sachen waren ja schon am Auseinanderfallen.«

»Aber er sieht großartig darin aus«, sagte Trevor. »Um nichts auf der Welt würde ich ihn im Gehrock malen. Was du Lumpen nennst, nenne ich das Romantische. Was dir als Armut erscheint, ist für mich pittoresk. Aber ich werde ihm von deinem Angebot berichten.«

»Alan«, sagte Hughie ernst, »ihr Maler seid doch ein herzloses Volk.«

»Das Herz eines Künstlers ist sein Kopf«, erwiderte Trevor; »zudem ist es unsere Aufgabe, die Welt so wiederzugeben, wie wir sie sehen, und nicht, sie zu reformieren, wie wir sie kennen. *A chacun son métier*. Und nun sag, wie geht es Laura? Das alte Modell war ganz neugierig auf sie.«

»Du willst mir doch nicht sagen, du hast ihm von ihr erzählt?« sagte Hughie.

»Aber natürlich. Er weiß alles über den starrköpfigen Obristen, die reizende Laura und die 10 000 Pfund.«

»Du hast dem alten Bettler von meinen Privatangelegenheiten erzählt?« rief Hughie aus, der nun rot anlief vor Wut.

»Mein lieber Junge«, sagte Trevor lächelnd, »der alte Bettler, wie du ihn nennst, ist einer der reichsten Männer Europas. Er könnte schon morgen ganz London kaufen, ohne sein Konto zu überziehen. Er hat in jeder Hauptstadt ein Haus, speist von goldenen Tellern und kann verhindern, daß Rußland in den Krieg zieht, falls er es wünscht.«

»Was in aller Welt meinst du damit?« rief Hughie aus.

»Das, was ich sage«, versetzte Trevor. »Der alte Mann, den du heute im Atelier gesehen hast, ist Baron Hausberg. Er ist ein guter Freund von mir, kauft alle meine Bilder und so weiter und gab mir vor einem Monat den Auftrag, ihn als Bettler zu malen. *Que voulez-vous? La fantaisie d'un millionaire!* Und ich muß schon sagen, in seinen Lumpen hat er eine großartige Figur abgegeben, oder vielleicht sollte ich sagen, in meinen Lumpen; es war ein alter Anzug, den ich in Spanien gekauft hatte.«

»Baron Hausberg!« rief Hughie. »Großer Gott! Und ich habe ihm einen Sovereign gegeben!« und versank in seinem Sessel, ein Bild der Bestürzung.

»Ihm einen Souvereign gegeben!« schrie Trevor und

brach in brüllendes Gelächter aus. »Mein lieber Junge, den siehst du nie wieder. *Son affaire c'est l'argent des autres.*«

»Das hättest du mir auch sagen können, Alan«, schmollte Hughie, »dann hätte ich mich nicht so zum Narren gemacht.«

»Nun, zunächst einmal, Hughie«, sagte Trevor, »kam ich nicht auf die Idee, daß du derart unbekümmert Almosen verteilst. Ich könnte es verstehen, wenn du ein hübsches Modell küßt, aber einem häßlichen einen Sovereign zu geben – also wirklich! Im übrigen war ich heute eigentlich für niemanden zu sprechen; und als du hereinkamst, wußte ich nicht, ob es Hausberg recht wäre, wenn ich seinen Namen erwähnte. Schließlich war er ja nicht ordentlich gekleidet.«

»Für was für einen Trottel er mich jetzt halten muß!« sagte Hughie.

»Keineswegs. Nachdem du gegangen warst, war er bester Laune; immer wieder kicherte er in sich hinein und rieb sich die alten schrumpligen Hände. Ich begriff nicht so recht, warum er unbedingt alles über dich erfahren mußte; aber jetzt ist es mir klar. Er wird deinen Sovereign für dich anlegen, dir jedes halbe Jahr die Zinsen ausbezahlen und dafür nach dem Essen eine herrliche Geschichte zu erzählen haben.«

»Ich Unglücksrabe«, grummelte Hughie. »Am besten lege ich mich gleich ins Bett; und du, lieber Alan, darfst niemandem davon erzählen. Ich könnte mich ja nicht mehr auf der Row blicken lassen.«

»Unsinn! Das gereicht deinem philantropischen Geist zur höchsten Ehre, Hughie. Und lauf mir jetzt nicht weg. Rauch noch eine Zigarette, dann kannst du über Laura reden, soviel du magst.«

Doch Hughie wollte nicht bleiben, sondern ging sehr

unglücklich nach Hause und ließ Trevor lauthals lachend zurück.

Am nächsten Morgen, er saß gerade beim Frühstück, brachte der Diener ihm eine Karte, auf der geschrieben stand: »Monsieur Gustave Naudin, *de la part de* M. le Baron Hausberg«. – »Vermutlich ist er wegen einer Entschuldigung gekommen«, sagte Hughie bei sich; und er gebot dem Diener, den Besucher hereinzubitten.

Ein alter Herr mit goldener Brille und grauen Haaren trat ins Zimmer und sagte, mit einem leichten französischen Akzent: »Habe ich die Ehre, mit Monsieur Erskine zu sprechen?«

Hughie verbeugte sich.

»Ich komme von Baron Hausberg«, fuhr er fort. »Der Baron – – –«

»Ich bitte Sie, Sir, ihm meine aufrichtigste Entschuldigung zu übermitteln«, stammelte Hughie.

»Der Baron«, sagte der alte Herr lächelnd, »hat mich beauftragt, Ihnen diesen Brief zu überbringen«; und er reichte ihm einen versiegelten Umschlag.

Darauf war geschrieben: »Ein Hochzeitsgeschenk für Hughie Erskine und Laura Merton, von einem alten Bettler«, und darin war ein Scheck über 10000 Pfund.

Bei ihrer Hochzeit war Alan Trevor Trauzeuge, und der Baron hielt beim Hochzeitsfrühstück eine Rede.

»Ein Millionär als Modell«, bemerkte Alan, »ist schon selten genug; aber, zum Teufel, das Modell eines Millionärs ist noch viel seltener!«

PROSAGEDICHTE

Der Künstler

EINES Abends trat in seine Seele der Wunsch, ein Bildnis zu gestalten von der *Lust, welche einen Augenblick bleibt.* Und er begab sich hinaus in die Welt, um nach Bronze zu suchen. Denn nur in Bronze konnte er denken.

Doch alle Bronze der Welt war verschwunden, und nirgendwo auf der ganzen Welt war noch Bronze zu finden, nur noch die Bronze des Bildnisses von dem *Leid, welches ewig währt.*

Dies Bildnis aber hatte er selbst und mit eigenen Händen gestaltet und hatte es auf das Grabmal gelegt des einzigen, was er im Leben geliebt. Auf das Grabmal des toten Geschöpfs, was er am meisten geliebt, hatte er dies Bildnis seiner eigenen Gestaltung gelegt, auf daß es diene als Zeichen der Menschenliebe, welche nie stirbt, und als Symbol des Menschenleids, welches ewig währt. Und auf der ganzen Welt war keine andere Bronze außer der Bronze dieses Bildnisses.

Und er nahm das Bildnis, welches er gestaltet, und tat es in einen großen Schmelzofen und übergab es dem Feuer.

Und aus der Bronze des Bildnisses von dem *Leid, welches ewig währt* schuf er ein Bildnis von der *Lust, welche einen Augenblick bleibt.*

Der Wohltäter

ES war Nacht, und Er war allein.

Und in der Ferne schaute Er die Mauern einer runden Stadt und ging hin zu der Stadt.

Und als Er hinkam, hörte Er im Innern der Stadt den Schritt der Füße der Freude und das Gelächter des Mundes der Heiterkeit und den lauten Klang vieler Lauten. Und Er klopfte an das Tor, und einige der Torwächter öffneten Ihm.

Und Er erblickte ein Haus, welches aus Marmor war und schöne Marmorsäulen davor hatte. Die Säulen waren mit Girlanden behängt, und innen wie außen waren Fackeln aus Zeder. Und Er betrat das Haus.

Und als Er durch den Saal aus Chalzedon und den Saal aus Jaspis gelangt war und den langen Saal des Gelages erreicht hatte, sah er auf einem Lager von Meerpurpur einen liegen, dessen Haar mit roten Rosen bekränzt war und dessen Lippen rot waren vom Wein.

Und Er trat hinter ihn und faßte ihn an der Schulter und sagte zu ihm: »Warum lebst du so?«

Und der junge Mann wandte sich um und erkannte Ihn und gab zur Antwort und sagte: »Aber ich war einst ein Aussätziger, und du heiltest mich. Wie sonst sollte ich leben?«

Und Er trat aus dem Haus und ging wieder auf die Straße.

Und über eine Weile sah Er eine, deren Antlitz und Kleidung waren bemalt und deren Füße mit Perlen besetzt. Und hinter ihr kam, langsam wie ein Jäger, ein junger Mann, welcher einen Umhang in zwei Farben trug. Nun war das Antlitz der Frau wie das schöne Antlitz eines Götzen, und die Augen des jungen Mannes leuchteten vor Lust.

Und Er folgte ihnen rasch und faßte die Hand des jungen Mannes und sagte zu ihm: »Warum schaust du diese Frau an und auf diese Weise?«

Und der junge Mann wandte sich um und erkannte Ihn und sagte: »Aber ich war einst blind, und du hast mir das Gesicht geschenkt. Was sonst sollte ich anschauen?«

Und Er eilte weiter und faßte das bemalte Kleid der Frau an und sagte zu ihr: »Kannst du denn keinen anderen Weg gehen als den Weg der Sünde?«

Und die Frau wandte sich um und erkannte Ihn und lachte und sagte: »Aber du vergabst mir meine Sünden, und dieser Weg ist ein angenehmer Weg.«

Und Er verließ die Stadt.

Und als Er die Stadt verlassen hatte, erblickte Er einen jungen Mann, welcher am Wegesrand saß und weinte.

Und Er ging zu ihm hin und faßte ihn an den langen Locken seines Haars und sagte zu ihm: »Warum weinst du?«

Und der junge Mann schaute auf und erkannte Ihn und gab zur Antwort: »Aber ich war einst tot, und du hast mich aufgeweckt von den Toten. Was sonst sollte ich tun als weinen?«

Der Schüler

ALS Narcissus starb, verwandelte sich der Teich seiner Lust von einer Schale Süßwasser in eine Schale salziger Tränen, und die Oreaden kamen weinend durch das Waldland, auf daß sie dem Teich sängen und ihm Trost spendeten.

Und als sie sahen, daß der Teich sich von einer Schale Süßwasser in eine Schale salziger Tränen verwandelt hatte, lösten sie die grünen Flechten ihres Haars und riefen dem Teich zu und sagten: »Es wundert uns nicht, daß du auf diese Weise um Narcissus trauerst, war er doch so schön.«

»War Narcissus denn schön?« sagte der Teich.

»Wer wüßte das besser als du?« antworteten die Oreaden. »An uns ist er immer vorübergegangen, dich aber hat er aufgesucht und hat an deinem Ufer gelegen und zu dir hinabgeblickt, und im Spiegel deiner Wasser spiegelte er seine Schönheit.«

Und der Teich antwortete: »Doch ich liebte Narcissus, weil ich, während er an meinem Ufer lag und zu mir herabblickte, im Spiegel seiner Augen stets meine eigene Schönheit gespiegelt sah.«

Der Meister

ALS nun die Dunkelheit über die Erde kam, schritt Joseph von Arimathäa, nachdem er seine Fackel aus Pinienholz entzündet hatte, vom Berg hinab ins Tal. Denn er hatte in seinem Haus zu tun.

Und auf den Feuersteinen des Tals der Trostlosigkeit kniend sah er einen Mann, welcher nackt war und weinte. Sein Haar war von der Farbe des Honigs, und sein Körper war gleich einer weißen Blume, doch er hatte seinen Körper mit Dornen verletzt und sich als Krone Asche aufs Haar gesetzt.

Und er, welcher große Besitztümer hatte, sagte zu dem jungen Mann, welcher nackt war und weinte: »Mich wundert nicht, daß deine Trauer so groß ist, denn Er war gewiß ein gerechter Mann.«

Und der junge Mann antwortete: »Nicht um Ihn weine ich, sondern um mich selbst. Auch ich habe Wasser zu Wein gemacht und habe den Aussätzigen geheilt und dem Blinden das Gesicht geschenkt. Ich bin auf dem Wasser gegangen, und von den Bewohnern der Gräber habe ich die Besessenen vertrieben. Ich habe die Hungernden in der Wüste gespeist, wo es keine Nahrung gab, und habe die Toten aus ihren engen Häusern gerettet, und auf mein Geheiß ist vor einer großen Menschenmenge ein unfruchtbarer Feigenbaum verdorrt. Alles, was dieser Mann getan hat, habe auch ich getan. Und dennoch haben sie mich nicht gekreuzigt.«

Das Richthaus

UND im Richthaus war Schweigen, und der Mann trat nackt vor Gott hin.

Und Gott schlug das Lebensbuch des Mannes auf.

Und Gott sagte zu dem Mann: »Dein Leben war böse, und du hast Grausamkeit gezeigt gegenüber jenen, welche des Beistands bedurften, und gegenüber jenen, welchen Hilfe mangelte, war dein Herz bitter und hart. Die Armen haben dich angerufen, und du hast sie nicht gehört, und vor den Rufen Meiner Geplagten waren deine Ohren verschlossen. Das Erbe der Vaterlosen hast du für dich genommen, und in den Weinberg deines Nachbarn Feldes hast du die Füchse geschickt. Du hast den Kindern das Brot genommen und es den Hunden zu fressen gegeben, und Meine Aussätzigen, welche in den Sümpfen lebten und welche Frieden hatten und Meinen Namen priesen, hast du auf die Landstraßen getrieben, und auf Meine Erde, aus welcher ich dich erschaffen habe, hast du unschuldiges Blut vergossen.«

Und der Mann gab zur Antwort und sagte: »Solches habe ich getan.«

Und erneut schlug Gott das Lebensbuch des Mannes auf.

Und Gott sagte zu dem Mann: »Dein Leben war böse, und die Schönheit, welche ich dir gezeigt, hast du begehrt, und das Gute, welches ich verborgen, hast du unbeachtet gelassen. Die Wände deiner Kammer waren mit Bildern bemalt, und vom Bett deiner Greuel erhobst du dich zum Klang von Flöten. Du erbautest den Sünden, für welche ich gelitten habe, sieben Altäre und aßest von demjenigen, welches nicht gegessen werden soll, und der Purpur deines Gewands war mit den drei Zeichen der Schande bestickt. Deine Götzen waren weder von Gold noch von Silber, welche dauern, sondern von Fleisch, welches stirbt. Du beflecktest ihr Haar mit Räucherwerk und gabst ihnen Granatäpfel in die Hand. Du beflecktest ihre Füße mit Safran und breitetest Teppiche vor ihnen aus. Mit Antimon beflecktest du ihre Lider, und ihre Körper beschmiertest du mit Myrrhe. Du beugtest dich vor ihnen auf den Boden, und die Throne deiner Götzen waren in der Sonne errichtet. Der Sonne zeigtest du deine Schande und dem Mond deine Tollheit.«

Und der Mann gab zur Antwort und sagte: »Solches habe ich getan.«

Und ein drittes Mal schlug Gott das Lebensbuch des Mannes auf.

Und Gott sagte zu dem Mann: »Das Böse ist dein Leben gewesen, und mit Bösem hast du Gutes vergolten und mit Missetaten Barmherzigkeit. Die Hände, welche dich nährten, hast du verletzt, und die Brüste, welche dich säugten, hast du verachtet. Wer zu dir mit Wasser kam, der ging durstig von dir, und die geächteten Männer, welche dich des Nachts in ihren Zelten versteckten, hast du verraten, bevor noch der Morgen graute. Deinem Feind, welcher dich verschonte, lauertest du in einem Hinterhalt auf, und den Freund, welcher mit dir ging, hast du teuer verkauft, und jenen, welche dir Liebe brachten, hast du deinerseits stets Lust gegeben.«

Und der Mann gab zur Antwort und sagte: »Solches habe ich getan.«

Und Gott schloß das Lebensbuch des Mannes und sagte: »Dich werde ich gewiß in die Hölle schicken. Ja, in die Hölle werde ich dich schicken.«

Und der Mann rief: »Das kannst du nicht.«

Und Gott sagte zu dem Mann: »Weswegen kann ich dich nicht in die Hölle schicken und aus welchem Grund?«

»Weil ich immer in der Hölle gelebt habe«, antwortete der Mann.

Und es war Schweigen im Richthaus.

Und über eine Weile sprach Gott und sagte zu dem Mann: »Da ich nun sehe, daß ich dich nicht in die Hölle schicken kann, werde ich dich gewiß in den Himmel schicken. Ja, in den Himmel werde ich dich schicken.«

Und der Mann rief: »Das kannst du nicht.«

Und Gott sagte zu dem Mann: »Weswegen kann ich dich nicht in den Himmel schicken und aus welchem Grund?«

»Weil ich ihn mir niemals und nirgendwo vorstellen konnte«, antwortete der Mann.

Und es war Schweigen im Richthaus.

Der Lehrer der Weisheit

VON Kindheit an war er wie einer, der erfüllt war von der vollkommenen Erkenntnis Gottes, und selbst als er noch ein Knabe war, waren viele der Heiligen ebenso wie gewisse heilige Frauen, welche in der freien Stadt seiner Geburt lebten, von der ernsten Weisheit seiner Antworten zu großer Verwunderung erregt worden.

Und nachdem seine Eltern ihm den Umhang und den Ring der Männlichkeit gegeben hatten, küßte er sie und verließ sie und zog hinaus in die Welt, auf daß er zur Welt von Gott spreche. Denn zu jener Zeit gab es viele auf der Welt, welche Gott entweder überhaupt nicht kannten oder nur eine unvollkommene Erkenntnis von Ihm hatten oder die falschen Götter verehrten, welche in Hainen leben und ihrer Anbeter nicht achten.

Und er wandte das Gesicht der Sonne entgegen und reiste, lief ohne Sandalen, so wie er die Heiligen hatte laufen sehen, und trug an seinem Gürtel ein ledernes Ränzel und eine kleine Wasserflasche aus gebranntem Ton.

Und wie er so die Landstraße entlanglief, war er erfüllt von der Freude, die von der vollkommenen Erkenntnis Gottes rührt, und ohne Unterlaß sang er das Lob Gottes; und nach einer Zeit gelangte er in ein fremdes Land, in welchem viele Städte waren.

Und er kam durch elf Städte. Und manche der Städte waren in Tälern, und andere lagen am Ufer großer Flüsse, und andere waren auf Bergen angelegt.

Und in jeder Stadt fand er einen Jünger, welcher ihn liebte und ihm folgte, und ihm folgte auch eine große Menge Volks aus jeder Stadt, und die Erkenntnis Gottes verbreitete sich in dem ganzen Land, und viele der Herrscher wurden bekehrt, und die Priester der Tempel, in welchen Götzen waren, merkten, daß die Hälfte ihres Gewinsts verloren war, und als sie zu Mittag ihre Trommeln schlugen, kamen keine oder nur wenige mit Pfauen und mit Fleischopfern, wie es Brauch war in dem Land, bevor er gekommen war.

Doch je mehr Menschen ihm folgten und je größer die Schar seiner Jünger würde, desto größer wurde auch sein Leid. Und er wußte nicht, warum sein Leid so groß war. Denn er sprach stets von Gott und aus der Fülle jener vollkommenen Erkenntnis Gottes, welche Gott selbst ihm geschenkt hatte.

Und eines Abends kam er aus der elften Stadt, welche die Stadt Armenia war, und seine Jünger und eine große Menschenmenge folgten ihm nach; und er stieg hinauf auf einen Berg und setzte sich auf einen Felsen, welcher auf dem Berg war, und seine Jünger standen um ihn herum, und die Menge kniete im Tal.

Und er senkte den Kopf auf die Hände und weinte und sagte zu seiner Seele: »Warum bin ich nur voller Kummer und Furcht, und warum ist jeder meiner Jünger gleich einem Feind, welcher am Mittag geht?«

Und seine Seele antwortete ihm und sagte: »Gott hat dich mit der vollkommenen Erkenntnis Seiner selbst erfüllt, und du hast diese Erkenntnis an andere hergegeben. Diese kostbare Perle hast du geteilt, und dein ungenähtes Gewand hast du entzweigerissen. Wer Weisheit hergibt, beraubt sich selbst. Er ist wie jener, welcher seinen Schatz einem Räuber gibt. Ist Gott nicht weiser als du? Wer bist du, daß du das Geheimnis hergibst, welches Gott dir gesagt hat? Ich war einst reich, und du hast mich arm gemacht. Einst schaute ich Gott, und du hast Ihn nun vor mir verborgen.«

Und erneut weinte er, denn er wußte, daß seine Seele ihm die Wahrheit gesagt hatte und daß er anderen die vollkommene Erkenntnis Gottes geschenkt hatte und daß er war wie einer, der sich an Gottes Rockschöße klammerte und daß sein Glaube ihn verließ wegen der Anzahl derer, welche an ihn glaubten.

Und er sagte bei sich: »Ich werde nicht mehr von Gott sprechen. Derjenige, welcher Weisheit hergibt, beraubt sich selbst.«

Und nach einigen Stunden näherten sich ihm seine Jünger und beugten sich zur Erde hinab und sagten: »Meister, sprich zu uns von Gott, denn du besitzt die vollkommene Erkenntnis Gottes, und kein Mensch außer dir besitzt diese Erkenntnis.«

Und er antwortete ihnen und sprach: »Ich will zu euch sprechen über alle anderen Dinge im Himmel und auf Erden, über Gott aber will ich nicht zu euch sprechen. Weder jetzt noch zu einer anderen Zeit will ich zu euch über Gott sprechen.«

Und sie waren zornig auf ihn und sagten zu ihm: »Du hast uns in die Wüste geführt, auf daß wir dir lauschten. Willst du uns hungrig fortschicken und die Menge Volks, welche du dir hast folgen lassen?«

Und er antwortete ihnen und sprach: »Ich will zu euch nicht über Gott sprechen.«

Und die Menge murrte wider ihn und sagte zu ihm: »Du hast uns in die Wüste geführt und hast uns keine Nahrung gegeben. Sprich zu uns über Gott, und es wird uns genügen.«

Doch er antwortete ihnen kein Wort. Denn er wußte, würde er zu ihnen von Gott sprechen, so würde er seinen Schatz hergeben.

Und seine Jünger gingen traurig dahin, und die Menge kehrte zurück in ihre Häuser. Und viele starben auf dem Weg.

Und als er allein war, erhob er sich und wandte das Gesicht zum Mond und reiste sieben Monate lang, sprach zu keinem Menschen und gab keine Antwort. Und als der siebte Mond sich geneigt hatte, erreichte er die Wüste, welche die Wüste des Großen Flusses ist. Und nachdem er eine Höhle gefunden hatte, in welcher einst ein Zentaur gewohnt hatte, nahm er sie als seine Behausung und machte sich eine Matte aus Schilf, um darauf zu liegen, und wurde Einsiedler. Und zu jeder Stunde pries der Einsiedler Gott dafür, daß Er ihm noch ein wenig von der Erkenntnis Seiner selbst und von Seiner wunderbaren Größe gelassen hatte.

Eines Abends aber, als der Einsiedler vor der Höhle saß, welche er als seine Behausung genommen hatte, erblickte er einen jungen Mann mit einem bösen und schönen Gesicht, welcher in ärmlicher Tracht und mit leeren Händen vorüberging. Jeden Abend ging der junge Mann mit leeren Händen vorüber, und jeden Abend kehrte er mit Händen voller Purpur und Perlen wieder. Denn er war ein Räuber und beraubte die Karawanen der Kaufleute. Und der Einsiedler betrachtete ihn und bemitleidete ihn. Doch er sprach kein Wort. Denn er wußte, daß jener, welcher ein Wort spricht, den Glauben verliert.

Und eines Morgens, als der junge Mann mit Händen voller Purpur und Perlen wiederkehrte, hielt er inne und runzelte die Stirn und stampfte mit dem Fuß auf den Sand und sagte zu dem Einsiedler: »Warum siehst du mich immer auf diese Weise an, wenn ich vorübergehe? Was sehe ich in deinen Augen? Denn keiner hat mich bisher auf diese Weise angesehen. Und das ist für mich ein Dorn und eine Plage.«

Und der Einsiedler antwortete ihm und sprach: »Was du in meinen Augen siehst, ist Mitleid. Mitleid blickt dich aus meinen Augen an.«

Und der junge Mann lachte voller Hohn und schrie den Einsiedler mit bitterer Stimme an und sagte zu ihm: »Ich habe Purpur und Perlen in Händen, und du hast nur ein Schilfmatte, um darauf zu liegen. Was solltest du mich bemitleiden? Und aus welchem Grund hast du dieses Mitleid?«

»Ich bemitleide dich«, sagte der Einsiedler, »weil du nicht die Erkenntnis Gottes hast.«

»Ist diese Erkenntnis Gottes etwas Kostbares?« fragte der junge Mann, und er trat näher an den Eingang der Höhle.

»Sie ist kostbarer als alles Purpur und alle Perlen der Welt«, antwortete der Einsiedler.

»Und hast du sie?« sagte der junge Räuber, und er trat noch näher heran.

»O ja, einstmals«, versetzte der Einsiedler, »besaß ich die vollkommene Erkenntnis Gottes. Doch in meiner Torheit trennte ich mich davon und verteilte sie unter anderen. Aber noch jetzt ist die Erkenntnis, welche mir geblieben ist, kostbarer als Purpur und Perlen.«

Und als der junge Räuber dies hörte, warf er den Purpur und die Perlen, welche er in Händen trug, von sich, und indem er ein scharfes Schwert aus geschwungenem Stahl zog, sagte er zu dem Einsiedler: »Gib mir sofort diese Erkenntnis Gottes, welche du besitzt, oder wahrlich, ich erschlage dich. Warum sollte ich einen, welcher einen Schatz hat, der größer ist als mein Schatz, nicht erschlagen?«

Und der Einsiedler breitete die Arme aus und sprach: »Wäre es nicht besser für mich, zu den äußersten Vorhöfen Gottes zu gehen und Ihn zu preisen, als auf der Welt zu leben und keine Erkenntnis Seiner selbst zu besitzen? Erschlage mich, wenn das dein Verlangen ist. Ich aber werde meine Erkenntnis Gottes nicht hergeben.«

Und der junge Räuber kniete nieder und flehte ihn an, doch der Einsiedler wollte nicht mit ihm über Gott sprechen und ihm auch nicht seinen Schatz geben, und so erhob sich der junge Räuber und sagte zu dem Einsiedler: »Es sei, wie du willst. Ich aber will in die Stadt der Sieben Sünden gehen, welche nur drei Tagereisen entfernt ist von diesem Ort, und für meinen Purpur werden sie mir Lust geben, und für meine Perlen werden sie mir Freude verkaufen.« Und er hob den Purpur und die Perlen auf und ging rasch von dannen.

Und der Einsiedler schrie auf und folgte ihm und flehte ihn an. Über den Zeitraum von drei Tagen folgte er dem jungen Räuber und bat ihn inständig, umzukehren und nicht die Stadt der Sieben Sünden zu betreten.

Und immer wieder blickte sich der junge Räuber zu dem Einsiedler um und sagte: »Wirst du mir diese Erkenntnis Gottes geben, welche kostbarer ist als Purpur und Perlen? Wenn du sie mir gibst, gehe ich nicht in die Stadt.«

Und immer sprach der Einsiedler: »Alles, was ich habe, will ich dir geben, nur nicht dies eine. Denn es ziemt sich nicht, daß ich sie hergebe.«

Und in der Dämmerung des dritten Tages näherten sie sich den großen scharlachroten Toren der Stadt der

Sieben Sünden. Und aus der Stadt scholl der Klang von viel Gelächter.

Und der junge Räuber lachte zur Antwort und suchte an das Tor zu klopfen. Und indem er dies tat, rannte der Einsiedler herbei und packte ihn am Saum seines Gewandes und sagte zu ihm: »Strecke die Hände aus und lege mir die Arme um den Hals und führe das Ohr nahe an meine Lippen, und ich will dir geben, was mir von der Erkenntnis Gottes geblieben ist.« Und der junge Räuber hielt inne.

Und als der Einsiedler seine Erkenntnis Gottes hergegeben hatte, fiel er zu Boden und weinte, und eine große Finsternis verbarg ihn vor der Stadt und dem jungen Räuber, so daß er sie nicht mehr sah.

Und während er weinend dalag, merkte er, daß Einer neben ihm stand; und Der, welcher neben ihm stand, hatte Füße aus Bronze und Haar gleich feiner Wolle. Und Er hob den Einsiedler auf und sagte zu ihm: »Vor dieser Zeit hattest du die vollkommene Erkenntnis Gottes. Nun sollst du die vollkommene Liebe Gottes haben. Warum also weinst du?« Und Er küßte ihn.

ANHANG

Nachwort

Mit einundzwanzig ging für André Gide ein Wunsch in Erfüllung. Er begegnete Oscar Wilde. Es war Anfang der neunziger Jahre in Paris. Zu viert speiste man in einem Restaurant, aber nur Wilde redete. »Er unterhielt sich nicht, er erzählte Geschichten. Nahezu während des gesamten Essens hörte er nicht auf damit. Er erzählte leise, bedächtig; allein schon seine Stimme war wunderschön.« Das Erlebnis, das Gide genoß, teilten viele: enge Freunde, gelegentliche Stricher, Damen der Gesellschaft, seine Kinder vor dem Einschlafen. Viele seiner mündlich erzählten Geschichten sind uns in Gestalt seiner Erzählungen, Märchen, von ganzen Passagen seiner Komödien erhalten. Ein Kritiker schrieb zu *Ernst und seine tiefere Bedeutung*, die Dialoge klängen, »als plauderten viele Wildes miteinander«.

Die vier Erzählungen dieses Bandes, jede für sich im ersten Halbjahr 1887 publiziert, als Wilde noch die Zeitschrift ›Woman's World‹ herausgab, und 1891 zu dem Band *Lord Arthur Savile's Crime and Other Stories* vereint, sind gewissermaßen vergnügliche Vorstufen zu *Dorian Gray* und den Gesellschaftskomödien. Sie enthalten schon deren sämtliche Ingredienzen: beste Gesellschaft, gepflegter Wortwitz, nach Lust und Laune eingestreute Aphorismen und Paradoxa. Vor allem in den beiden längeren treten Ästhetik gegen Ethik, absurder Witz gegen Ernst und Vernunft, Selbsterfüllung gegen Pflicht, Rhetorik gegen Realität, aristokratischer Idealismus gegen kruden (amerikanischen) Materialismus an. Allerdings werden diese Positionen fröhlich durcheinandergewirbelt. Lord Arthur, der eigentlich ein Dandy sein sollte, ist seinem Denken nach ein Spießer, der es als seine Pflicht auffaßt, sein künftiges Eheglück vor Schaden zu bewahren, wofür er mit sympathisch-nüchternem Eifer und ohne die leisesten Gewissensbisse seine halbe Verwandtschaft zu ermorden bereit ist. Der einzige Künstler hingegen ist der deutsche Terrorist Herr Winckelkopf, dessen Kunst allerdings ständig versagt. Der wahre Aristokrat in »Das Gespenst von Canterville« ist das Gespenst selbst, das an der praktischen Vernunft der amerikanischen Familie verzweifelt und seine Erlösung mit Hilfe eines unschuldigen Mädchens aus der völlig unromantischen Neuen Welt erlangt. In »Die Sphinx ohne Geheimnis« schließlich entlarvt Wilde seine eigene Fin-de-siècle-Dämonologie, die er in *Salomé* oder dem langen Gedicht »Die Sphinx« gepflegt hat, als, wie man heute sagen würde, Männerphantasie.

Wir erleben in diesen Geschichten daher einen fröhlichen Dilettantismus auf höchstem Niveau, einen Wilde, der mit den diversen Dogmen seiner selbst und seiner Zeit ebenso spielt wie mit seinen Talenten. Für ihn war das seine »Maske«, wie er 1894 in einem Brief an einen Maler schrieb: »Für die Welt bin ich, und bin es mit Absicht, bloß ein Dilettant und Dandy (...), und da gravitätisches Auftreten der Deckmantel der Narren ist, ist die Narrheit in ihren erlesenen Verkleidungen von Trivialität und Gleichgültigkeit und Sorglosigkeit das Gewand der Weisen. In unserem vulgären Zeitalter braucht jeder eine Maske.«

Sein wahres Gesicht könnte er demnach in seinen ernsten Werken gezeigt haben, in *Salomé* und seinen frühen Stücken, in den Gedichten, in *De Profundis*, auch in seinen hier versammelten sechs Prosagedichten. Es sind eigenartige Lyrismen, die so gar nicht in die Zeit ihres Erscheinens passen wollen, nämlich 1894 (in der Literaturzeitschrift ›The Fortnightly Review‹, zwei davon ein Jahr zuvor separat an anderer Stelle), als Wilde ein Star der Gesellschaftskomödie war – *Lady Windermeres Fächer* (1892) und *Eine Frau ohne Bedeutung* (1893) waren schon mit überwältigendem Erfolg aufgeführt. Sie wirken wie kleine Mahnungen an ihn selbst und an seine Welt, daß Ernst eben doch noch eine tiefere Bedeutung hat.

Wir lesen von Narziß, dessen schöne Augen ihrerseits zum

Spiegel werden, von dem »Wohltäter«, der mit seinen Wunderwerken die Menschen nicht erlösen konnte, weil die Menschen sich gleich nach der erfolgten Heilung den Sinnesfreuden zuwandten, von dem »Meister«, der verzweifelt ist, weil er das gleiche wie Jesus geleistet hat und dennoch nicht gekreuzigt wurde. Christliche und ästhetizistische Glaubenssätze werden gegen den Strich gebürstet; die biblich-getragene Grundmelodie durchweht ein für Wilde recht ungewöhnlicher sarkastischer Unterton.

Maske und Gesicht? Vielleicht doch eher zwei von vielen Facetten eines außergewöhnlichen Mannes, der, allein schon durch seine Homosexualität und nicht zuletzt als Ire, im Streit mit seiner Gesellschaft und ihrem Ethos lag und doch gleichzeitig dazu gehören wollte, wenn möglich mit Komfort und Stil, und der über den beneidenswerten Mut verfügte, diesen Widerspruch offensiv, provokant, leichtsinnig und mit verspielter Egozentrik in aller Öffentlichkeit auszutragen. »Ich habe mein ganzes Genie in mein Leben gelegt, mein Talent nur in mein Werk«, bekannte Wilde einmal. Wenn das, was er uns hinterlassen hat, sein Talent war, gibt es uns auch eine Ahnung von seinem außerordentlichen Leben.

Eike Schönfeld

Anmerkungen

ERZÄHLUNGEN

Die vier Erzählungen dieses Bandes sind erstmals 1887 als Beiträge zu verschiedenen Zeitschriften erschienen. *Lord Arthur Savile's Crime* wurde – in drei Fortsetzungen zerhackt – im Mai 1887 in der Wochenzeitschrift ›The Court & Society Review‹ abgedruckt. In derselben Zeitschrift erschien *The Canterville Ghost* in zwei Fortsetzungen im Februar/März 1887. *The Sphinx Without a Secret* erschien zuerst unter dem Titel *Lady Alroy* in ›The World‹ im Mai 1887, und im Juni 1887 folgte in derselben Zeitschrift *The Model Millionaire*. Die erste englische Buchausgabe mit allen vier Erzählungen brachte der Londoner Verlag James Osgood, McIlvaine & Co. im Juli 1891 unter dem Titel *Lord Arthur Savile's Crime and Other Stories* heraus.

Lord Arthur Saviles Verbrechen (Lord Arthur Savile's Crime)

Prinzessin von Karlsruhe: Keine reale Person. Karlsruhe war bis 1918 Residenz des Großherzogtums Baden.

Peeresses: Englisch *Peer* oder *Pair* ist eine Sammelbezeichnung für (männliche) Angehörige des hohen Adels, die das Recht auf einen Sitz im Oberhaus haben. Die weibliche Form *peeress* ist ungebräuchlich, Wilde benutzt sie humoristisch.

Or pur: franz.: pures Gold.

Debretts: Vollständig *Debrett's Peerage, Baronetage, Knightage and Companionage.* Britischer Adelskalender, seit 1802 von John Debrett herausgegeben. Ihm entspricht in den deutschen Ländern der »Gotha«, der »Gothaische Genealogische Hofkalender«.

Chiromant, Chiropodist: Chiromantie ist ein älteres Wort für die Kunst des Handlesens, während Chiropodie Fußpflege, Pediküre, manchmal auch Maniküre bezeichnet.

On a fait le monde ainsi: franz.: So ist die Welt eben.

Rascette: franz.: Handlinie.

Bayswater: Gutes, aber nicht extrem teures Stadtviertel im Nordwesten der Londoner City, sprichwörtliche Wohngegend ausgehaltener Frauen.

Morning Post: Die ›Morning Post‹ war das Klatschblatt des Adels, in dem Gesellschaftsanzeigen veröffentlicht wurden.

General Boulanger: Der französische General Georges Ernest Boulanger (1837–1891) schloß sich 1886 der radikalen Linken an und gelangte zu großem politischen Einfluß, bis er 1889 entmachtet wurde. Daß Lady Windermere einen französischen Koch beschäftigt, der sich über General Boulanger aufregt, deutet auf ihren Reichtum hin.

Nemesis habe Pallas' Schild gestohlen ...: Sinnbild aus der altgriechischen Mythologie. Die kriegerische Göttin Pallas Athene trägt das abgeschlagene Haupt der Gorgone Medusa (ein Ungetüm der Unterwelt) auf ihrem Schild. Wer die Medusa anblickt, versteinert vor Entsetzen. Nemesis ist die griechische Rachegöttin.

Unsere Guildensterns: Figur aus Shakespeares *Hamlet*, ein junger Adeliger am Hofe des Dänenprinzen.

Prinz Hal: Figur aus Shakespeares *Henry IV.*, eigentlich Henry Prince of Wales, ein Gefährte von Sir John Falstaff, später König Henry V.

Guineen: Die höchste englische Münze, ursprünglich eine Goldmünze. Eine Guinee war 21 Schilling wert und damit einen Schilling mehr als das Pfund. Angehörige freier Berufe wie Ärzte, Advokaten und Künstler berechneten ihr Honorar traditionellerweise in Guineen.

West Moon Street: Wohl keine reale Londoner Straße. Der Name deutet auf okkultistische Milieu des Wahrsagers hin. Die hohe Hausnummer und die Tatsache, daß Mr. Podgers nicht Mitglied eines englischen Clubs ist, weisen auf seine bescheidenen Lebensverhältnisse hin.

Zum Park: Hyde Park. Hinweis auf die vornehme Wohngegend Lady Windermeres. Auch die folgenden Straßennamen (Oxford Street, Rich Street, Belgrave Square) lokalisieren die Handlung im eleganten Londoner West End.

Portière: Türvorhang.

Figürchen ... bei Tanagra: Die altgriechische Stadt Tanagra (Böotien) war berühmt für ihre Terrakotta-Figuren.

Borgia: Der spanischstämmige Adelige Cesare Borgia (1476–1507) gilt als Verkörperung eines Charakters, der bereit ist, für persönlichen Machtgewinn jede Sünde zu begehen.

Curzon Street: Vornehme Wohnstraße im eleganten Stadtviertel Mayfair im Londoner West End, nahe dem Hyde Park.

Sheraton-Schreibtisch: Möbel aus der Werkstatt des Kunsttischlers Sheraton vom Ende des 18. Jahrhunderts.

Buckingham: Nicht Buckingham Palace, sondern Buckingham Club.

Ruff's Guide: ›Ruff's Guide to the Turf‹ und ›Bailey's Magazine of Sports and Pastimes‹, populäre Sportzeitschriften, insbesondere für Pferdesport.

Pharmacopeia: Allgemeine Bezeichnung für ein Arznei- und Heilpflanzenbuch. Die Ausgabe ist nicht identifizierbar, es gibt zahlreiche unterschiedliche Werke mit diesem Titel.

Erskines Toxicology: Nicht identifiziert, vermutlich ein fingierter Titel.

Contretemps: franz.: Versehen.

Akonitin: Ein hochgiftiges, in den Knollen des Eisenhutes enthaltenes Alkaloid. Die Beschreibung der Wirkung als schnell und schmerzlos stimmt nicht.

Monsieur le mauvais sujet: franz.: Du schlimmer Junge.

On a fait des folies pour mois: franz.: Um meinetwillen hat man Torheiten begangen.

Park Lane: Höchst vornehme Wohnadresse im Londoner West End. Park Lane verläuft am östlichen Rand des Hyde Park.

Florian's: Berühmtes Café und Restaurant am Markusplatz in Venedig.

Danielli's: Hotel Danieli, eins der besten und teuersten Hotels in Venedig, ursprünglich ein Palazzo aus dem 14. Jahrhundert. Wilde schreibt »Danielli«.

Nihilisten: Radikale politische Bewegung vor allem in Rußland, die die völlige Zerstörung des Staates anstrebte, um auf dessen Trümmern eine neue, gerechtere Gesellschaft entstehen zu lassen. Die Nihilisten akzeptierten Mord und Terrorismus als politisches Mittel. 1881 fiel Zar Alexander II. einem Sprengstoffattentat der Nihilisten zum Opfer.

Bloomsbury: Der Londoner Bezirk Bloomsbury, mit British Museum und London University, ist das traditionelle Wohnviertel von Studenten, Literaten und Künstlern.

Soho Square: Soho, das alte, verwinkelte Einwandererviertel im Herzen von London, war gleichzeitig das bevorzugte Wohn- und Arbeitsgebiet der halbseidenen Gesellschaft.

Marcobrünner: Eigentlich Markobrunner, ein Wein aus dem Rheingau, damals einer der geschätztesten Rheinweine.

Mansion House: Die Amtswohnung des Lord-Mayor (Oberbürgermeisters von London) während seiner einjährigen Amtsdauer.

Evening News: 1881 gegründete Tageszeitung, die das Mißfallen der Traditionalisten erregte, weil sie im Vergleich zu den vorher genannten ›Pall Mall‹, ›St. James's‹, ›Globe‹ und ›Echo‹ weniger ehrwürdig und auch noch billiger war.

Nitroglyzerinbomben, Dynamit: Reines Nitroglyzerin wurde seit 1862 als Sprengmittel verwandt; es explodiert durch Schlagwirkung. Das von Alfred Nobel erfundene Dynamit, mit Kieselgur versetztes Nitroglyzerin, explodiert durch Zündung und kann daher auch zeitversetzt eingesetzt werden.

Mudie: Mudie's Circulating Library, eine sehr große Leihbibliothek in der Oxford Street, die ihren Abonnenten monatlich eine Auswahl von Neuerscheinungen zuschickte.

Dorcas-Gesellschaft: Die Dorcas-Society ist eine Wohltätigkeitsorganisation, die Kleidung für Bedürftige sammelt. Sie ist benannt nach der alttestamentarischen Gestalt der Tabita (englisch Dorcas).

Gingan: Indischer Baumwollstoff mit einigen Fäden Basteinschuß.

Cleopatra's Needle: Nadel der Cleopatra, ein 1878 am Themseufer aufgestellter ägyptischer Obelisk aus Alexandria.

Hansom: Typische Londoner Pferdedroschke, ein zweirädriges, einspänniges Fuhrwerk mit Halbverdeck, in dem zwei Personen Platz fanden.

Gaiety: Gaiety Theatre, ein Schauspielhaus der leichten Muse.

Greenwich: Das Städtchen Greenwich an der Themse liegt etwa 7 km flußabwärts des Londoner Stadtzentrums. Es ist nicht nur durch sein Observatorium berühmt, sondern war auch ein beliebtes Ausflugsziel für die Londoner Großstädter.

Das Gespenst der Cantervilles (The Canterville Ghost)

Hylo-idealistisch: Von griechisch *hyle* – Stoff, Materie. Verbindung von materieller und idealistischer Philosophie.

Canterville Chase: Chase bezeichnet einen Landsitz mit Jagdrevier.

Wagonette: Leichter, zierlicher, vierrädriger Kutschwagen, ein Luxusfahrzeug.

Tudor-Halle: Die Halle stammt aus der Zeit der Tudor-Dynastie, aus dem 16. Jahrhundert.

Pinkertons Meister-Fleckenentferner: Anspielung auf den amerikanischen Privatdetektiv Allan Pinkerton (1819–1884), der 1852 die erste Privatdetektei der Welt gründete. Gleichzeitig wohl auch Anspielung auf die amerikanische Geschäftsfrau Mrs. Lydia Pinkham (1819–1883), die mit selbstgemischten Arzneien und Wundermittelchen viel Geld verdiente.

Parapsychologische Gesellschaft: Die *American Psychical Society* wurde 1882 von Frederic W. H. Myers und Frank Podmore gegründet.

Miss Fanny Davenport, Miss Sarah Bernhardt: Fanny Davenport (1850–1898) war in den 1880er Jahren eine berühmte amerikanische Schauspielerin; die Französin Sarah Bernhardt (1844–1923) war die damals berühmteste europäische Schauspielerin. Wilde kannte und schätzte sie.

Tammany-Schmieröl: Anspielung auf *Tammany Hall*, das Exekutivkomitee der US-amerikanischen Demokratischen Partei in New York, das die Stadt Mitte des 19. Jahrhunderts durch Korruption und Demagogie um Millionen erleichterte. Im britischen Englisch ist *Tammany* ein Sinnbild für Korruption.

Das Gespenst: Die englische Sprache geht mit ihren Gespenstern logischer um als die deutsche. Sir Simon ist im Englischen selbstverständlich auch als Geist männlich. Da Gespenster im Deutschen aber grammatische Neutra sind, muß die Übersetzung das Pronomen »es« gebrauchen.

Sir William Gull: (1816–1890), berühmter englischer Arzt.

Charles James Fox: (1749–1806), englischer Oppositionspolitiker. Wilde leistet sich hier einen kleinen Anachronismus: Der berühmte Londoner Spielerclub Crockford's wurde erst 1827 gegründet.

Schemen in Harnisch: Anspielung auf das Gedicht *The Skeleton in Armour* des amerikanischen Dichters Henry Wadsworth Longfellow (1807–1882).

Kenilworth: Schloß Kenilworth in Warwickshire war Kerker von Edward II. und Sitz des Grafen Leicester, der dort seine mutmaßliche Geliebte, »die jungfräuliche Königin« Elisabeth I. von England (1558–1603), bewirtete. Berühmt geworden durch Walter Scotts Roman *Kenilworth* (1821).

Chanteclerc: Französischer Name des Hahns im mittelalterlichen Tierepos *Reineke Fuchs.*

Arkebuse: Gewehr aus der Zeit Sir Simons, ein Vorderlader mit Radschloß.

Sarony-Photographien: Napoleon Sarony (1821–1896), ein amerikanischer Photograph, der während Wildes Amerika-Reise 1882 Porträts von ihm anfertigte. Wilde schreibt »Saroni«.

Lacrosse, Euchre: Lacrosse ist ein amerikanisches Ballspiel indianischen Ursprungs; Euchre ein typisch amerikanisches Kartenspiel.

En second noces: franz.: in zweiter Ehe.

Und die Liebe ist stärker als der Tod: Zitat aus dem Hohelied des Alten Testaments: »Denn Liebe ist stark wie der Tod und Leidenschaft unwiderstehlich wie das Totenreich« (Hohelied 8,5.).

St. Georg am Hanover Square: St. George's Church, ein Bau des 18. Jahrhunderts, war die für Trauungen bevorzugte Kirche der besseren Gesellschaft.

Die Sphinx ohne Geheimnis (The Sphinx Without a Secret)

Pentateuch: Die fünf Bücher Mose im Alten Testament.

Bois: Der Bois de Boulogne war in Paris Treffpunkt der gehobenen Gesellschaft wie der Hyde Park in London.

Maroquinetui: Maroquin oder Saffianleder, benannt nach der Stadt Safi in Marokko, ein sehr feines und weiches Ziegenleder.

Gioconda im Zobel: »La Gioconda« ist der Titel von Leonardo da Vincis berühmtestem Gemälde, der Mona Lisa.

Bond Street: Straße im Londoner West End.

Brougham: Vierrädrige Stadtkutsche, ein elegantes und komfortables Kabriolett. Namensgeber war Lordkanzler Brougham, für den 1838 das erste Modell gebaut wurde.

Row: Hauptallee im Hyde Park, Treffpunkt der eleganten Gesellschaft, die dort zu bestimmten Zeiten ausfuhr oder ausritt.

Ma belle inconnue: franz.: meine schöne Unbekannte.

Whittaker's Library, Green Street: Green Street liegt im östlichen London, weit entfernt von den vornehmen Wohngegenden.

Der Millionär als Modell (The Model Millionaire)

Geschichte des Spanischen Krieges: Gemeint ist der Spanische Erbfolgekrieg 1701–1714. Kein identifizierbarer Buchtitel.

Bullen und Bären: Im Originaltext *bulls and bears*, im Finanzjargon ein Ausdruck für Spekulanten.

Trouvaille: franz.: glücklicher Zufallsfund.

Velázquez: Der spanische Hofmaler Diego Velázquez (1599–1660) wurde mit Szenen aus dem Volksleben berühmt.

Sovereign: Münze im Wert von 1 Pfund Sterling.

A chacun son métier: franz.: Schuster, bleib bei deinen Leisten.

Que voulez-vous? ...: franz.: Was wollen Sie? Die Laune eines Millionärs!

Son affaire c'est l'argent des autres: franz.: Sein Geschäft ist das Geld der anderen.

PROSAGEDICHTE
(Poems in Prose)

Die Prosagedichte *The Artist*, *The Doer of Good*, *The Disciple*, *The Master*, *The House of Judgment*, *The Teacher of Wisdom* erschienen im Juli 1894 in der Zeitschrift ›The Fortnightly Review‹. Zwei Prosagedichte waren bereits vorher in ›The Spirit Lamp‹ erschienen: *The House of Judgment* im Februar 1893, und *The Disciple* im Juni 1893.

Narcissus: Gestalt aus der griechischen Mythologie. Narkissos, der schöne Sohn des Flußgottes Kephisos und der Nymphe Leiriope, verliebte sich in sein eigenes Spiegelbild, das er im Quellwasser erblickte, und verschmachtete vor Sehnsucht danach.

Oreaden: Bergnymphen.

Susanne Luber und
Eike Schönfeld

OSCAR WILDE

WERKE IN 5 BÄNDEN

I

Das Bild des Dorian Gray

Roman. Deutsch von Hans Wolf

II

Lord Arthur Saviles Verbrechen

Erzählungen. Deutsch von Eike Schönfeld

III

Der glückliche Prinz

Märchen. Deutsch von Susanne Luber

IV

Der Kritiker als Künstler

Essays. Deutsch von Georg Deggerich

V

Ernst – und seine tiefere Bedeutung

Komödien. Deutsch von Bernd Eilert

HAFFMANS VERLAG

EDGAR A. POE

Werke in 5 Bänden
Deutsch von Arno Schmidt und Hans Wollschläger

I
König Pest

»Eine von Poes Erzählungen, es war ›König Pest‹, hat mich geradezu krank werden lassen. Ich habe die ganze letzte Nacht kein Auge zugetan und war heute noch kaum in der Lage, etwas zu essen.«
Robert Louis Stevenson

II
Der Fall des Hauses Ascher

»Oh, Edgar Allan Poe, Deine Worte meldeten überall Scharfsinn und Weisheit ihres Herrn, und wohl kündeten sie dem Ehrfürchtigen, daß Dein Haupt, ushergleich, göttlich gefährdet im unerbittlichen Raum schwanke.–«
Arno Schmidt

III
Der schwarze Kater

»Poes Geister erreichten eine überzeugende Bösartigkeit, über die keine ihrer Vorläufer verfügten, und bewirkten einen neuen Standart des Realismus in den Annalen des literarischen Horrors.«
H. P. Lovecraft

IV
Arthur Gorden Pym

»Es gibt ein Merkmal, das in einzigartiger Weise charakteristisch für Poe ist und das ihn von jedem anderen Schriftsteller unterscheidet, und das ist die Schärfe seiner Vorstellungskraft.«
F. M. Dostojewskij

V
Der Rabe

»Ein großer Dichter, den Amerika zum Tod verurteilte auf Grund des eindeutig bewiesenen Verbrechens, Gedichte geschrieben zu haben, die ganz aus jenen drei wunderbaren Dingen bestanden: Romantik, Musik und Leid.«
Robert Louis Stevenson

HAFFMANS VERLAG

SAKI

GESAMMELTE GESCHICHTEN

ERSTMALS UND VOLLSTÄNDIG IN DEUTSCHER ÜBERSETZUNG

HERAUSGEGEBEN VON FRITZ SENN

I

Reginald oder die Blutfehde von Toad-Water

Deutsch von Werner Schmitz

II

Die Clovis-Chroniken

Deutsch von Claus Sprick

III

Biest und Überbiest

Deutsch von Claus Sprick

IV

Das Friedensspielzeug und Das Eckige Ei

Deutsch von Werner Schmitz und Claus Sprick

V

Der Almanach

Deutsch von Claus Sprick

mit einem Nachwort von Fritz Senn

HAFFMANS VERLAG

G.K. CHESTERTON

Alle Geschichten um Father Brown in 5 Bänden

neu übersetzt und herausgegeben von

Hanswilhelm Haefs

I

Father Browns Einfalt

(The Innocence of Father Brown, 1911)

II

Father Browns Weisheit

(The Wisdom of Father Brown, 1914)

III

Father Browns Ungläubigkeit

(The Incredulity of Father Brown, 1926)

IV

Father Browns Geheimnis

(The Secret of Father Brown, 1927)

V

Father Browns Skandal

(The Scandal of Father Brown, 1929)

Jeder Band enthält Anmerkungen;
der erste Band bringt eine biographische,
der letzte eine bibliographische Skizze.

HAFFMANS VERLAG

OSCAR WILDE
»ZÜRCHER AUSGABE«
WERKE IN 5 BÄNDEN

Vollständig neu übersetzt

Band 1

ROMAN

OSCAR WILDE

DAS BILD DES DORIAN GRAY

ROMAN

NEU ÜBERSETZT VON HANS WOLF

HAFFMANS VERLAG

»The Picture of Dorian Gray«
erschien zuerst 1890 in
›Lippincott's Monthly Magazine‹ XLVI, No 271
gleichzeitig in England und den Vereinigten Staaten.
Die dem Roman vorangestellten Aphorismen erschienen zuerst 1891
unter dem Titel »A Preface to ›Dorian Gray‹« in
›The Forthnightly Review‹ XLIX, No 291
Die Buchausgabe erschien 1891 bei
Ward, Lock & Co., London, New York, Melbourne

Umschlagvignette
von James Abbott McNeill Whistler

Produktion und Gestaltung von Urs Jakob
Zweite, neu durchgesehene Auflage,
zum 30. November 2000

Satz: Fotosatz Amann, Aichstetten
Herstellung: Ebner Ulm
ISBN 3 251 20313 4

DAS BILD DES DORIAN GRAY

Vorwort

DER Künstler ist der Schöpfer schöner Dinge.

Die Kunst zu offenbaren und den Künstler zu verhehlen, das ist das Ziel der Kunst.

Kritiker ist, wer seinen Eindruck von schönen Dingen in einen anderen Stil oder einen neuen Stoff zu übertragen vermag.

Kritik, in ihrer höchsten wie niedersten Form, ist eine Art Selbstdarstellung.

Wer im Schönen einen häßlichen Sinn entdeckt, ist verdorben, ohne dabei amüsant zu sein. Das ist ein Makel.

Wer im Schönen einen schönen Sinn entdeckt, hat Kultur. Für ihn besteht Hoffnung.

Ein Erwählter ist, wer im Schönen einzig und allein Schönheit sieht.

Es gibt weder moralische noch unmoralische Bücher. Bücher sind gut oder schlecht geschrieben. Das ist alles.

Die Abneigung des neunzehnten Jahrhunderts gegen den Realismus ist die Wut Calibans, der in einen Spiegel blickt und sich darin wiedererkennt.

Die Abneigung des neunzehnten Jahrhunderts gegen

die Romantik ist die Wut Calibans, der in einen Spiegel blickt und sich darin nicht wiedererkennt.

Die Moral des Menschen bildet einen Teil der künstlerischen Stoffwahl; die Moral der Kunst hingegen besteht in der vollkommenen Anwendung unvollkommener Mittel. Ein Künstler will nichts beweisen. Sogar Wahres läßt sich beweisen.

Ein Künstler sympathisiert nicht mit der Moral. Sympathisiert ein Künstler mit der Moral, so ist das ein unverzeihlicher Manierismus des Stils.

Ein Künstler ist niemals morbid. Ein Künstler vermag alles auszudrücken.

Denken und Sprache sind dem Künstler Werkzeuge für seine Kunst.

Laster und Tugend sind dem Künstler Stoffe für seine Kunst.

Von der Form her ist das Urbild aller Künste die Tonkunst. Von der Empfindungskraft her ist es die Schauspielkunst.

Alle Kunst ist zugleich Oberfläche und Symbol. Wer unter die Oberfläche dringt, tut dies auf eigene Gefahr. Wer das Symbol deutet, tut dies auf eigene Gefahr.

In Wahrheit spiegelt die Kunst nicht das Leben, sondern den Betrachter wider.

Der Meinungsstreit um ein Kunstwerk beweist, daß das Werk neu, vielschichtig und lebendig ist.

Wenn die Kritiker uneins sind, steht der Künstler im Einklang mit sich selbst.

Es ist verzeihlich, daß jemand etwas Nützliches schafft – solange er es nicht bewundert. Was die Schaffung des Nutzlosen allein rechtfertigt, ist die leidenschaftliche Bewunderung, die man dafür hegt.

Alle Kunst ist ganz und gar nutzlos.

I

ÜPPIGER Rosenduft erfüllte das Atelier, und wenn im Garten der linde Sommerwind durch die Bäume strich, wehte das reiche Arom des Flieders oder der zartere Hauch des rosablütigen Hagedorns durch die offene Tür herein.

Von der Ecke aus, wo er auf dem mit persischen Satteldecken drapierten Diwan lag und wie üblich unzählige Zigaretten rauchte, konnte Lord Henry Wotton noch den Schimmer des honigsüßen und honiggelben Goldregens erkennen, dessen zitternde Zweige kaum imstande schienen, die Last dieser flammengleichen Schönheit zu tragen; dann und wann huschten die geisterhaften Schatten vorüberfliegender Vögel über die langen tussahseidenen Vorhänge, die vor dem riesigen Fenster prangten, und zauberten einen Moment lang eine Stimmung herbei, die ihn an Japan denken ließ, an die bleichen, jadegesichtigen Maler Tokios, die durch ihre notgedrungen unbewegliche Kunst den Eindruck von Flüchtigkeit und Bewegung zu vermitteln suchen. Das gereizte Summen der Bienen, die durchs hohe, ungemähte Gras schwärmten oder mit monotoner Beharrlichkeit die bestäubten, goldfarbenen Blütenköpfe der wuchernden Heckenlilie umkreisten, machte die Stille fast noch bedrückender. Das schwache Brausen Londons klang wie die Baßtöne einer fernen Orgel.

Mitten im Atelier stand eine Staffelei mit dem lebensgroßen Porträt eines jungen Mannes von außergewöhnlicher Schönheit, und davor, ein bißchen davon entfernt, saß der Künstler selbst, Basil Hallward, dessen plötzliches Verschwinden ein paar Jahre zuvor für so großes Aufsehen gesorgt und Anlaß zu so vielen befremdlichen Spekulationen gegeben hatte.

Als der Maler die anmutige, reizende Gestalt betrachtete, die er auf seinem Bild so kunstvoll widergespiegelt hatte, glitt ihm ein freudiges Lächeln übers Gesicht und schien dort verweilen zu wollen. Doch mit einemmal fuhr er hoch, schloß die Augen und drückte die Finger auf die Lider, als versuche er einen Traum, aus dem er zu erwachen fürchtete, in seinem Kopf festzubannen.

»Es ist Ihr bestes Werk, Basil, das Beste, was Sie jemals geschaffen haben«, sagte Lord Henry matt. »Sie müssen es nächstes Jahr unbedingt in der Grosvenor Gallery ausstellen. Die Royal Academy ist zu groß und zu vulgär. Schrecklich, immer wenn ich hingehe, sind entweder so viele Leute da, daß ich die Bilder nicht sehen kann, oder so viele Bilder, daß es mir nicht gelingt, die Leute zu sehen, und das ist noch schlimmer. Bleibt wirklich nur die Grosvenor Gallery.«

»Ich glaube nicht, daß ich das Bild irgendwo ausstelle«, antwortete der Maler und warf den Kopf zurück – eine kuriose Gebärde, die seine Freunde in Oxford oft zum Lachen gebracht hatte. »Nein: Ich will es auf keinen Fall irgendwo ausstellen.«

Lord Henry zog die Brauen hoch und warf ihm hinter den dünnen, blauen Rauchkringeln, die in bizarren Wirbeln seiner starken, opiumhaltigen Zigarette entstiegen, einen verwunderten Blick zu. »Auf keinen Fall? Weshalb denn, mein Lieber? Haben Sie einen besonderen Grund dafür? Ihr Maler seid mir vielleicht ein komisches Völkchen! Ihr tut alles mögliche, um euch einen Namen zu machen. Kaum habt ihr ihn, wollt ihr ihn offenbar gleich wieder loswerden. Wie dumm von euch – es gibt ja nur eins, was schlimmer ist, als im Gerede zu sein, nämlich *nicht* im Gerede zu sein. Ein Porträt wie dieses hier würde Sie weit über die Jungen in England hinausheben und die Alten ganz neidisch machen – sofern alte Leute überhaupt einer Empfindung fähig sind.«

»Sie werden mich bestimmt auslachen«, erwiderte der Maler, »aber ich kann das Bild wirklich nicht ausstellen. Ich habe zuviel von mir selber hineingelegt.«

Lord Henry streckte sich auf dem Diwan aus und lachte.

»Sehen Sie, ich hab's gewußt; aber es ändert trotzdem nichts an der Tatsache.«

»Zuviel von Ihnen selber hineingelegt! Ehrlich gesagt, Basil, ich hatte keine Ahnung, daß Sie so eitel sind; also ich kann partout keine Ähnlichkeit erkennen zwischen Ihnen mit Ihrem strengen, markanten Gesicht und dem kohlschwarzen Haar und diesem jungen Adonis, der wie ein Geschöpf aus Rosenblättern und Elfenbein aussieht. Nein, mein lieber Basil, er ist Narziß, und Sie – nun ja, natürlich haben Sie einen intellektuellen Gesichtsausdruck und so. Aber Schönheit, echte Schönheit, endet dort, wo der intellektuelle Gesichtsausdruck beginnt. Intellekt ist eigentlich eine Art Überspanntheit und zerstört bei jedem Gesicht das Ebenmaß. Sobald man sich hinsetzt und denkt, besteht man nur noch aus Nase, Stirn oder sonst etwas Scheußlichem. Betrachten Sie sich doch mal die erfolgreichen Herren aus dem Gelehrtenstand. Wie ganz und gar häßlich sie sind! Es sei denn, sie gehören der Kirche an. Aber in der Kirche wird ja auch nicht gedacht. Ein Bischof sagt mit Achtzig noch das, was er als Achtzehnjähriger gelernt hat; die natürliche Folge davon ist, daß er immer absolut hinreißend aussieht. Ihr geheimnisvoller junger Freund, dessen Namen Sie mir übrigens noch gar nicht verraten haben, aber dessen Bild ich wirklich bezaubernd finde, denkt nie. Da bin ich mir völlig sicher. Er ist ein gedankenloses, schönes Wesen, genau richtig für den Winter, wenn es keine Blumen zum Anschauen gibt, oder auch für den Sommer, wenn wir was zur geistigen Erfrischung brauchen. Machen Sie sich nichts vor, Basil: Sie sehen ihm kein bißchen ähnlich.«

»Sie verstehen mich nicht, Harry«, antwortete der Künstler. »Natürlich sehe ich ihm nicht ähnlich. Das weiß ich sehr wohl. Und ich bin sogar froh darüber. Sie zucken die Schultern? Ich sage Ihnen die Wahrheit. Körperlichen und geistigen Vorzügen haftet ein Unheil an, ein Unheil, wie es die ganze Geschichte hindurch die zögernden Schritte von Königen verfolgt. Es tut nicht gut, sich von den Mitmenschen zu unterscheiden. Den Häßlichen und Dummen geht es auf dieser Welt am besten. Sie sitzen behaglich da und sehen sich das Schauspiel mit offenen Mündern an. Sie wissen nichts vom Sieg, aber dafür bleibt ihnen wenigstens die Kenntnis der Niederlage erspart. Sie leben so, wie wir alle leben sollten, ungerührt, gleichgültig und sorglos. Sie richten andere nicht zugrunde und werden ihrerseits nicht zugrunde gerichtet. Ihr Rang und Ihr Reichtum, Harry; mein Verstand, soweit vorhanden – meine Kunst, was immer sie wert sein mag; Dorian Grays gutes Aussehen – wir alle leiden unter dem, was uns die Götter beschert haben, leiden furchtbar darunter.«

»Dorian Gray? Heißt er so?« fragte Lord Henry und ging durchs Atelier auf Basil Hallward zu.

»Ja, so heißt er. Ich hatte an sich nicht vor, es Ihnen zu sagen.«

»Warum?«

»Ach, ich kann's eigentlich gar nicht erklären. Wenn ich jemanden sehr gern habe, behalte ich seinen Namen immer für mich. Es wäre sonst, als gäbe ich einen Teil von ihm preis. Ich habe gelernt, Geheimnisse zu lieben. Sie sind anscheinend das einzige, was das Leben heutzutage noch rätselhaft oder wunderbar machen kann. Das gewöhnlichste Ding wird zu etwas Besonderem, sobald man es verbirgt. Wenn ich die Stadt verlasse, sage ich nie, wohin ich gehe. Sonst hätte ich keinen Spaß mehr daran. Sicher, eine lachhafte Angewohnheit, aber irgendwie kommt dadurch viel Romantik ins Leben. Sie halten mich jetzt wahrscheinlich für schrecklich albern, oder?«

»Ganz und gar nicht«, antwortete Lord Henry, »ganz und gar nicht, mein lieber Basil. Sie scheinen zu vergessen, daß ich verheiratet bin, und der Reiz einer Ehe besteht einzig darin, daß beide Partner zu einem Leben voller Täuschungsmanöver gezwungen sind. Ich weiß nie, wo meine Frau ist, und meine Frau weiß nie, was ich grade tu. Wenn wir uns mal sehen – was hie und da passiert, falls wir zusammen auswärts dinieren oder den Herzog besuchen –, dann erzählen wir uns mit den ernstesten Mienen die absurdesten Geschichten. Meine Frau kann das sehr gut – eigentlich viel besser als ich. Sie bringt ihre Rendezvous nie durcheinander, ich immer. Und wenn sie mir doch mal dahinterkommt, macht sie überhaupt keine Szene. Manchmal wär's mir lieber, sie täte es; aber sie lacht mich bloß aus.«

»Es gefällt mir überhaupt nicht, wie Sie über Ihr Eheleben sprechen, Harry«, sagte Basil Hallward und schlenderte zur Tür, die in den Garten führte. »Ich glaube, in Wirklichkeit sind Sie ein sehr guter Ehemann, nur schämen Sie sich zutiefst Ihrer persönlichen Vorzüge. Sie sind ein außergewöhnlicher Bursche. Sie sagen nie etwas Gutes und tun dabei nie etwas Schlechtes. Ihr Zynismus ist bloß Pose.«

»Natürlichsein ist bloß Pose, und die irritierendste, die ich kenne«, rief Lord Henry lachend; die beiden jungen Männer gingen zusammen hinaus in den Garten und setzten sich auf eine lange Bambusbank, die im Schatten eines hohen Lorbeerstrauchs stand. Das Sonnenlicht strich über die glatten Blätter. Weiße Maßliebchen zitterten im Gras.

Nach einer Weile zog Lord Henry seine Uhr hervor. »Ich muß leider los, Basil«, murmelte er, »aber erst bestehe ich darauf, daß Sie mir die Frage beantworten, die ich Ihnen vorhin gestellt habe.«

»Welche Frage denn?« sagte der Maler, den Blick auf den Boden geheftet.

»Das wissen Sie ganz genau.«

»Ich hab keine Ahnung, Harry.«

»Nun, dann will ich's Ihnen sagen. Sie sollen mir erklären, warum Sie Dorian Grays Bild nicht ausstellen wollen. Ich möchte den wahren Grund wissen.«

»Den hab ich Ihnen schon gesagt.«

»Nein, haben Sie nicht. Sie haben gesagt, es liegt daran, daß Sie zuviel von sich selber hineingelegt haben. Das ist doch wohl kindisch.«

»Harry«, sagte Basil Hallward und sah Lord Henry offen ins Gesicht, »ein Porträt, mit Gefühl gemalt, ist immer ein Porträt des Künstlers, nicht des Porträtierten. Der ist bloß Beiwerk, der Anlaß. Nicht ihn offenbart der Maler auf seiner farbigen Leinwand; er offenbart vielmehr sich selbst. Der Grund, weshalb ich das Bild nicht ausstellen will, ist der, daß ich fürchte, ich habe darin das Geheimnis meiner Seele enthüllt.«

Lord Henry lachte. »Und das wäre?« fragte er.

»Ich will's Ihnen verraten«, sagte Hallward; aber plötzlich trat ein Ausdruck von Verlegenheit in sein Gesicht.

»Ich bin ganz Ohr, Basil«, fuhr sein Gefährte fort und warf ihm einen Blick zu.

»Ach, eigentlich gibt's da nicht sehr viel zu verraten, Harry«, antwortete der Maler; »und ich fürchte, Sie werden es kaum verstehen. Vermutlich werden Sie's nicht einmal glauben.«

Lord Henry lächelte; er beugte sich hinunter, pflückte ein rosablütiges Maßliebchen aus dem Gras und musterte es. »Ich bin ganz sicher, daß ich's verstehen werde«, erwiderte er und betrachtete aufmerksam das goldfarbene, weißbefiederte Scheibchen, »und glauben – glauben kann ich alles, solang es nur vollkommen unglaubhaft ist.«

Der Wind schüttelte ein paar Blüten von den Bäumen, und die schweren Fliederblüten mit ihren gebüschelten Sternen schwangen in der schlaffen Luft hin und her. Neben der Mauer begann ein Grashüpfer zu zirpen; eine lange, schmale Libelle schwebte auf braunen Gazeflügeln wie ein blauer Strich vorüber. Lord Henry hatte das Gefühl, er könne Hallwards Herz pochen hören; er war gespannt darauf, was nun kommen würde.

»Die Geschichte ist schlicht und ergreifend die«, sagte der Maler nach einer Weile. »Vor zwei Monaten ging ich zu einem großen Empfang bei Lady Brandon. Sie wissen ja, wir armen Künstler müssen uns von Zeit zu

Zeit in der Öffentlichkeit zeigen, einfach um die Leute daran zu erinnern, daß wir keine Wilden sind. Mit Abendanzug und weißem Binder, haben Sie mir mal gesagt, kann sich jeder, sogar ein Börsenmakler, den Ruf eines zivilisierten Menschen erwerben. Nun, ich war also etwa schon zehn Minuten da und plauderte mit gewaltig aufgeputzten vornehmen Witwen und langweiligen Akademie-Mitgliedern, da wurde mir plötzlich bewußt, daß mich jemand beobachtet. Ich drehte mich halb um und sah zum erstenmal Dorian Gray. Als unsere Blicke sich trafen, spürte ich, wie ich erbleichte. Ein seltsam banges Gefühl überkam mich. Mir war klar, hier stehe ich einer Person gegenüber, deren bloße Erscheinung so faszinierend ist, daß sie, wenn ich es zulasse, mein ganzes Wesen, meine ganze Seele, ja sogar meine Kunst in Beschlag nimmt. Ich wollte keine äußeren Einflüsse in meinem Leben. Sie wissen, Harry, wie unabhängig ich von Natur aus bin. Ich war immer mein eigener Herr; zumindest bis zu dem Zeitpunkt, als ich Dorian Gray kennenlernte. Und dann ... aber ich weiß gar nicht, wie ich's Ihnen erklären soll. Irgendwas schien mir zu sagen, daß ich mich am Rand einer schrecklichen Lebenskrise befinde. Ich hatte das komische Gefühl, mir stehen die außergewöhnlichsten Freuden und zugleich die außergewöhnlichsten Leiden bevor. Ich bekam's mit der Angst und schickte mich an, zu gehen. Nicht das Gewissen hat mich dazu getrieben; es war eine Art Feigheit. Ich rechne es mir nicht grade zur Ehre an, daß ich mich einfach davonmachen wollte.«

»Gewissen und Feigheit sind eigentlich ein und dasselbe, Basil. Gewissen ist bloß der gängige Firmenname. Das ist alles.«

»Das kann ich nicht glauben, Harry, und Sie selber wohl auch nicht. Aber egal, was mein Beweggrund war – vielleicht Stolz, ich war ja schon immer sehr stolz –, jedenfalls hab ich mich zur Tür durchgekämpft. Dort bin ich natürlich über Lady Brandon gestolpert. ›Sie wollen schon wieder fort, Mr. Hallward?‹ kreischte sie. Sie kennen doch ihre merkwürdig schrille Stimme, oder?«

»Ja; sie ist in allem ein Pfau, bis auf die Schönheit«, sagte Lord Henry und zerzupfte mit seinen langen, sehnigen Fingern das Maßliebchen.

»Ich wurde sie einfach nicht mehr los. Fürstlichkeiten, Leute mit Ordenssternen und Hosenbandorden, ältere Damen mit gigantischen Diademen und Habichtsnasen – überall hat sie mich rumgereicht. Sie sprach von mir als von ihrem besten Freund. Ich war ihr vorher erst einmal begegnet, aber sie hatte es sich in den Kopf gesetzt, mich groß rauszustellen. Eins meiner Bilder hat damals wohl viel Furore gemacht, jedenfalls wurde in den Käseblättchen darüber schwadroniert, was ja in unserem Jahrhundert die Grundvoraussetzung für Unsterblichkeit ist. Und dann sah ich plötzlich den jungen Mann vor mir, dessen Erscheinung mich so seltsam aufgewühlt hatte. Dicht an dicht standen wir uns gegenüber, beinah auf Tuchfühlung. Unsere Blicke trafen sich wieder. Es war reiner Leichtsinn, aber ich bat Lady Brandon, mich ihm vorzustellen. Andererseits, vielleicht war's doch kein Leichtsinn. Es war schlicht und ergreifend unvermeidlich. Wir hätten auch ohne Vorstellung miteinander gesprochen. Da bin ich mir sicher. Dorian hat's mir später bestätigt. Auch er meint, daß unser Kennenlernen vom Schicksal bestimmt war.«

»Und wie hat Lady Brandon diesen wundervollen

Jüngling vorgestellt?« fragte Lord Henry. »Sie ist ja immer darauf bedacht, ihre Gäste mit einer gerafften Zusammenschau an den Mann zu bringen. Ich weiß noch, wie sie mich mal mit einem gräßlichen, rotgesichtigen, über und über mit Orden und Bändern bedeckten alten Herrn bekannt machte; mit einem Bühnenflüstern, das noch der letzte im Raum gehört haben muß, zischte sie mir die erstaunlichsten Einzelheiten ins Ohr. Ich bin einfach geflüchtet. Ich finde gern selber heraus, mit wem ich's zu tun habe. Lady Brandon behandelt ihre Gäste genau wie ein Auktionator seine Waren. Entweder sie erklärt sie buchstäblich weg, oder sie erzählt einem alles von ihnen, bloß nicht das, was man wissen will.«

»Arme Lady Brandon! Sie sind zu streng mit ihr, Harry!« sagte Hallward leichthin.

»Lieber Freund, sie wollte einen Salon gründen und hat es nur zur Eröffnung einer Gaststätte gebracht. Soll ich sie dafür etwa bewundern? Aber nun erzählen Sie mal, wie hat sie Ihnen Mr. Dorian Gray vorgestellt?«

»Na ja, ungefähr so: ›Reizender Junge – gute arme Mutter und ich vollkommen unzertrennlich. Ganz vergessen, was er so tut – fürchte, er tut gar nichts – ach doch, spielt Klavier – oder ist's Geige, lieber Mr. Gray?‹ Wir mußten beide lachen und wurden sofort Freunde.«

»Lachen ist durchaus kein schlechter Anfang für eine Freundschaft und bei weitem ihr schönster Abschluß«, sagte der junge Lord und pflückte noch ein Maßliebchen.

Hallward schüttelte den Kopf. »Sie kennen sich mit Freundschaft nicht aus, Harry«, murmelte er – »genausowenig wie mit Feindschaft. Sie mögen alle, und das heißt bloß, daß für Sie alle unterschiedslos gleich sind.«

»Jetzt sind Sie aber furchtbar ungerecht!« rief Lord Henry; er schob den Hut zurück und blickte zu den kleinen Wolken empor, die wie schimmernde weiße Seidenfetzen übers Türkisgewölbe des Sommerhimmels trieben. »Ja; furchtbar ungerecht. Ich mache da große Unterschiede. Von meinen Freunden verlange ich gutes Aussehen, von meinen Bekannten guten Charakter und von meinen Feinden einen gut funktionierenden Verstand. Man kann bei der Wahl seiner Feinde nicht umsichtig genug sein. Zu meinen gehört kein einziger Dummkopf. Sie verfügen alle über gewisse intellektuelle Fähigkeiten – drum finden sie auch Gefallen an mir. Klingt das sehr eingebildet? Ein bißchen wahrscheinlich schon.«

»Kann man wohl sagen, Harry. Aber Ihrer Einteilung nach zähl ich ja eigentlich bloß zu den Bekannten.«

»Mein lieber alter Basil, Sie sind für mich viel mehr als ein Bekannter.«

»Und viel weniger als ein Freund. Also vielleicht so was wie ein Bruder?«

»Ach, Brüder! Was soll ich mit Brüdern? Mein älterer will partout nicht sterben, und meine jüngeren haben anscheinend nichts anderes im Sinn.«

»Harry!« rief Hallward und runzelte die Stirn.

»Lieber Freund, ganz so ernst ist das doch gar nicht gemeint. Aber meine Verwandten sind mir nun mal ein Greuel. Vermutlich liegt's daran, daß unsereins es einfach nicht ausstehen kann, wenn andere die gleichen Fehler haben wie wir. Ich habe volles Verständnis für die Wut des englischen Volks auf das, was man dort die Laster der Oberschicht nennt. Die breite Masse meint, daß Trunksucht, Dummheit und Unmoral eigentlich *ihre* Domäne ist und daß jeder von uns, der sich zum Esel macht, in ihrem Revier wildert. Als der arme Southwark seinen Scheidungsprozeß hatte, war ihre Entrüstung geradezu überwältigend. Dabei glaube ich, daß nicht einmal zehn Prozent des Proletariats einen einwandfreien Lebenswandel führen.«

»Ich kann keinem einzigen Ihrer Worte beipflichten, ja, schlimmer noch, Harry – Sie können's wahrscheinlich auch nicht.«

Lord Henry strich sich den braunen Spitzbart und klopfte mit seinem bequasteten Elfenbeinstock auf die Spitze seines Lackstiefels. »Wie englisch Sie sind, Basil! Das ist jetzt schon das zweite Mal, daß Sie so eine Bemerkung machen. Wenn man einem echten Engländer eine Meinung vorträgt – was ja immer eine riskante Sache ist –, dann stellt er sich nicht mal im Traum die Frage, ob diese Meinung richtig oder verkehrt ist. Wichtig ist für ihn bloß die Frage, ob man selbst daran glaubt. Dabei hängt der Wert einer Meinung doch überhaupt nicht davon ab, wie ernsthaft sie geäußert wird. Man könnte sogar sagen, je weniger ernsthaft sie vorgetragen wird, um so gehaltvoller ist sie, denn dann ist sie nicht von Bedürfnissen, Wünschen oder Vorurteilen beeinflußt. Aber ich will mit Ihnen nicht über Politik, Soziologie oder Metaphysik diskutieren. Personen sind mir lieber als Prinzipien, und Personen ohne Prinzipien sind mir am allerliebsten. Erzählen Sie doch noch ein bißchen von Mr. Dorian Gray. Wie oft sehen Sie ihn?«

»Jeden Tag. Ich wäre todunglücklich, wenn's anders wäre. Er ist für mich absolut unentbehrlich.«

»Unglaublich! Ich dachte, Sie interessieren sich einzig und allein für Ihre Kunst.«

»Für mich *ist* er inzwischen meine Kunst«, sagte der Maler ernst. »Manchmal glaube ich, Harry, es gibt in der Weltgeschichte nur zwei wichtige Epochen. In der einen ist für die Kunst ein neues Ausdrucksmittel entstanden, in der anderen ein neuer Menschentyp. Was für die Venezianer die Entdeckung der Ölmalerei war, das war für die spätgriechische Plastik das Gesicht des Antinoos und wird für mich eines Tages das Gesicht von Dorian Gray sein. Es geht nicht bloß darum, daß ich ihn male, ihn zeichne, ihn skizziere. Das habe ich natürlich längst getan. Aber er ist für mich viel mehr als ein Modell, als jemand, der mir sitzt. Ich will damit nicht sagen, daß ich unzufrieden bin mit dem, was ich bisher von ihm gemacht habe, oder daß seine Schönheit so groß ist, daß die Kunst sie nicht ausdrücken kann. Die Kunst kann alles ausdrücken, und ich bin davon überzeugt, daß die Bilder, die ich seit meiner ersten Begegnung mit Dorian Gray geschaffen habe, gute Bilder sind, die besten meines Lebens. Aber auf irgendeine seltsame Weise – ich weiß nicht, ob Sie mich verstehen – hat mich seine Person zu einer ganz neuen Formensprache, zu einem ganz neuen Stil angeregt. Ich sehe die Dinge anders, ich fasse sie anders auf. Ich kann das Leben jetzt auf eine Weise wiedergeben, die mir früher verborgen war. ›Ein Traum von Form in Zeiten des Denkens‹: – wer sagt das? Ich hab's vergessen; aber genau das ist für mich Dorian Gray. Allein schon die äußere Erscheinung des Jungen – auf mich wirkt er nämlich fast noch wie ein Junge, obwohl er in Wirklichkeit über zwanzig ist –, allein schon seine äußere Erscheinung – ah! Sie können vielleicht gar nicht ermessen, was das alles für mich heißt. Ohne es zu wissen, zeigt er mir die Linienführung einer neuen

Schule, einer Schule, die die ganze Leidenschaft des romantischen Geistes und die ganze Vollkommenheit des griechischen Geistes in sich vereinigen soll. Die Harmonie von Seele und Körper – wie großartig ist das! Wir in unserem Wahn haben beides voneinander gesondert und uns einen vulgären Realismus und einen hohlen Idealismus zusammengedacht. Harry! Wenn Sie nur wüßten, was Dorian Gray mir bedeutet! Sie erinnern sich doch an die eine Landschaft von mir, für die mir Agnew so eine Riesensumme geboten hat, von der ich mich aber nicht trennen wollte. Sie ist eins meiner besten Bilder. Und warum? Weil damals, als ich sie gemalt habe, Dorian Gray neben mir saß. Irgendeine geheime Kraft strömte von ihm auf mich über, und zum erstenmal in meinem Leben habe ich in der schlichten Waldlandschaft das Wunder gesehen, nach dem ich immer vergeblich gesucht hatte.«

»Basil, das ist ja unglaublich! Ich muß Dorian Gray unbedingt kennenlernen!«

Hallward erhob sich von der Bank und ging im Garten auf und ab. Nach einer Weile kam er wieder zurück. »Harry«, sagte er, »Dorian Gray wirkt auf mich einfach stilbildend. Sie werden vielleicht nichts an ihm finden. Ich finde alles an ihm. Er steckt vor allem dann in meinem Werk, wenn's nicht ihn selber darstellt. Wie gesagt, er regt mich zu einer neuen Malweise an. Ich sehe ihn im Schwung bestimmter Linien, in der Lieblichkeit und Zartheit bestimmter Farben. Das ist alles.«

»Und weshalb wollen Sie dann sein Porträt nicht ausstellen?« fragte Lord Henry.

»Weil darin, ohne daß ich's beabsichtigt hätte, die seltsame Götzenanbetung des Künstlers zum Ausdruck kommt – was ich ihm natürlich nicht gesagt habe. Er hat davon keine Ahnung. Wird sie auch niemals haben. Aber die Öffentlichkeit könnte es merken; und ich habe keine Lust, ihren oberflächlichen, neugierigen Blicken meine Seele zu offenbaren. Mein Herz soll nicht unter ihr Mikroskop. In dem Bild steckt viel zuviel von mir selbst, Harry – viel zuviel von mir selbst!«

»Dichter sind da nicht so skrupulös. Die wissen, wie gut sich Leidenschaft verkaufen läßt. Ein gebrochenes Herz bringt es heutzutage auf viele Auflagen.«

»Drum kann ich sie auch nicht leiden«, rief Hallward. »Ein Künstler sollte Schönes schaffen, aber dabei nichts von sich selber hineinlegen. Wir leben in einer Zeit, wo man die Kunst als eine Art Selbstdarstellung betrachtet. Wir haben den reinen Sinn für Schönheit verloren. Eines Tages werde ich der Welt zeigen, was das heißt; und deshalb wird sie mein Porträt von Dorian Gray nie zu Gesicht bekommen.«

»Ich glaube, da machen Sie einen Fehler, Basil; aber ich will nicht mit Ihnen streiten. Nur Hohlköpfe streiten. Sagen Sie, hat Dorian Gray Sie eigentlich gern?«

Der Maler dachte ein paar Augenblicke nach. »Er mag mich«, antwortete er nach einer Weile; »doch, er mag mich. Natürlich kriegt er auch lauter Schmeicheleien von mir zu hören. Es macht mir eine merkwürdige Freude, ihm etwas zu sagen, wovon ich weiß, daß es mir hinterher leid tut. In der Regel ist er ganz reizend zu mir, wir sitzen im Atelier und unterhalten uns über tausend Dinge. Aber manchmal wiederum ist er furchtbar gedankenlos und findet anscheinend richtig Vergnügen daran, mir weh zu tun. Dann habe ich das Gefühl, Harry, ich habe meine ganze Seele jemandem ausgeliefert, der sie behandelt wie eine Blume, die er sich ins Knopfloch steckt, wie ein Stück Zierat, das seine Eitelkeit kitzelt, wie einen Schnörkel für einen Sommertag.«

»Im Sommer, Basil, können die Tage recht lang sein«, murmelte Lord Henry. »Wahrscheinlich befällt Sie der Überdruß schneller als ihn. Es ist traurig, aber wahr, daß Genie die Schönheit überdauert. Das liegt einfach daran, daß wir uns so viel Mühe geben, uns mit Wissen vollzustopfen. Im nackten Kampf ums Dasein brauchen wir etwas Bleibendes, und deshalb füllen wir uns die Köpfe mit einem Wirrwarr von Fakten, in der albernen Hoffnung, unseren Platz behaupten zu können. Der umfassend informierte Mensch – das ist das moderne Ideal. Und im Gehirn eines umfassend informierten Menschen sieht es zum Fürchten aus. Es gleicht einem Trödelladen voller Abscheulichkeiten und Staub, wo alles über seinem wahren Wert verkauft wird. Jedenfalls glaube ich, daß der Überdruß zuerst Sie befällt. Eines Tages werden Sie Ihren jungen Freund ansehen, und er wird Ihnen ein bißchen verzeichnet vorkommen, oder Sie mögen seine Farbtönung nicht oder sonst irgendwas. Sie werden ihm im innersten Herzen bittere Vorwürfe machen und ernsthaft der Meinung sein, daß er sich Ihnen gegenüber sehr schlecht benommen hat. Und wenn er dann das nächste Mal zu Ihnen kommt, sind Sie ganz kalt und gleichgültig. Sehr schade, denn Sie werden danach ein anderer sein. Was Sie mir da erzählt haben, ist durch und durch eine Romanze, eine Romanze über die Kunst, könnte man sagen, und das Schlimmste an einer Romanze ist, daß man danach so unromantische Gefühle hat.«

»Harry, was reden Sie da! Die Persönlichkeit Dorian Grays wird mich beherrschen, solange ich lebe. Sie können das nicht nachempfinden. Dazu wechseln Sie Ihre Gefühle zu oft.«

»Aber mein lieber Basil, grad deswegen kann ich's ja nachempfinden. Wer treu ist, kennt bloß die banalen Seiten der Liebe; der Treulose dagegen kennt auch ihre Tragödien.« Lord Henry strich an einem eleganten Silberetui ein Zündholz an und begann mit so selbstbewußter und zufriedener Miene eine Zigarette zu rauchen, als hätte er die ganze Welt in einem einzigen Satz zusammengefaßt. Tschilpende Sperlinge raschelten im grün lackierten Efeulaub, und die blauen Wolkenschatten jagten einander wie Schwalben durchs Gras. Wie hübsch war es im Garten! Und wie ergötzlich waren die Gefühle anderer! – Viel ergötzlicher als ihre Gedanken, fand Lord Henry. Das eigene Seelenleben und die Leidenschaften von Freunden – das waren die faszinierenden Dinge des Lebens. Mit heimlichem Vergnügen malte er sich den öden Lunch aus, den er verpaßt hatte, weil er so lange bei Basil Hallward geblieben war. Wäre er zu seiner Tante gegangen, so hätte er dort mit Sicherheit Lord Hoodbody getroffen, und die Konversation hätte sich nur noch um die Speisung der Armen und um den Bedarf an mustergültigen Wohnheimen gedreht. Jeder Stand hätte die Bedeutung von Tugenden gepredigt, die er selbst nicht zu praktizieren brauchte. Die Reichen hätten sich über den Wert der Sparsamkeit ausgelassen, die Müßiggänger beredt von der Würde der Arbeit gesprochen, Wie herrlich, dem allem entronnen zu sein! Beim Gedanken an seine Tante fiel ihm offenbar etwas ein. Er wandte sich Hallward zu und sagte: »Lieber Freund, jetzt weiß ich's wieder.«

»Was denn, Harry?«

»Wo ich den Namen Dorian Gray schon mal gehört habe.«

»Nämlich?« fragte Hallward mit einem leisen Stirnrunzeln.

»Machen Sie doch nicht so ein böses Gesicht, Basil. Es war bei meiner Tante, bei Lady Agatha. Sie erzählte mir, sie habe einen wundervollen jungen Mann entdeckt, der ihr im East End behilflich sein wolle; sein Name sei Dorian Gray. Ich muß allerdings hinzufügen, daß sie mir sein gutes Aussehen völlig verschwiegen hat. Frauen haben keinen Sinn für gutes Aussehen; zumindest die ehrbaren nicht. Sie sagte, er sei sehr ernst und habe einen schönen Charakter. Ich habe mir sofort ein Wesen mit Brille, schütterem Haar und gräßlichen Sommersprossen vorgestellt, das auf riesigen Füßen einhertappt. Schade, damals wußte ich noch nicht, daß Sie mit ihm befreundet sind.«

»Ich bin heilfroh, daß Sie's nicht wußten, Harry.«

»Weshalb denn?«

»Ich möchte nicht, daß Sie ihn kennenlernen.«

»Sie möchten nicht, daß ich ihn kennenlerne?«

»Ja.«

»Mr. Dorian Gray ist im Atelier, Sir«, sagte der Butler, der in den Garten gekommen war.

»Jetzt *müssen* Sie mir ihn vorstellen!« rief Lord Henry lachend.

Der Maler wandte sich seinem Diener zu, der blinzelnd im Sonnenschein stand. »Bitten Sie Mr. Gray, noch einen Moment zu warten, Parker; ich bin gleich da.« Der Butler verbeugte sich und ging den Gartenweg entlang wieder ins Haus.

Hallward sah Lord Henry an. »Dorian Gray ist mein bester Freund«, sagte er. »Er hat einen schlichten und schönen Charakter. Ihre Tante hat völlig recht, wenn sie das sagt. Verderben Sie ihn mir nicht. Versuchen Sie nicht, ihn zu beeinflussen. Ihr Einfluß wäre nicht gut. Die Welt ist groß, und sie wimmelt von wundervollen Menschen. Nehmen Sie mir nicht den einzigen, dem meine Kunst ihren ganzen Zauber verdankt; mein Leben als Künstler hängt von ihm ab. Denken Sie daran, Harry, ich vertraue Ihnen.« Der Maler sprach sehr langsam; es war fast, als wänden sich die Worte gegen seinen Willen aus ihm heraus.

»Was für ein Unsinn!« sagte Lord Henry lächelnd; er hakte Hallward unter und zog ihn förmlich ins Haus.

2

ALS sie eintraten, sahen sie Dorian Gray. Er saß mit dem Rücken zu ihnen am Klavier und blätterte in einem Notenband mit Schumanns »Waldszenen«. »Die müssen Sie mir unbedingt leihen, Basil«, rief er. »Ich will sie einüben. Sie sind einfach herrlich.«

»Das hängt ganz davon ab, wie Sie mir heute sitzen, Dorian.«

»Ach, ich hab keine Lust mehr zum Sitzen, und ich möchte auch kein lebensgroßes Porträt von mir«, antwortete der Junge und schwenkte trotzig und voller Ungeduld auf dem Klavierhocker herum. Als er Lord Henry erblickte, färbte einen Augenblick lang ein rosiger Hauch seine Wangen; er fuhr hoch. »Entschuldigen Sie, Basil, ich wußte nicht, daß Sie Besuch haben.«

»Das ist Lord Henry Wotton, Dorian, ein alter Freund aus der Oxforder Zeit. Ich hab ihm grade erzählt, wie großartig Sie mir immer sitzen, und jetzt haben Sie alles verdorben.«

»Aber nicht das Vergnügen, Sie kennenzulernen, Mr. Gray«, sagte Lord Henry; er trat heran und streckte die Hand aus. »Meine Tante hat mir schon oft von Ihnen erzählt. Sie sind einer ihrer Lieblinge – und leider wohl auch eins ihrer Opfer.«

»Zur Zeit bin ich bei Lady Agatha ein bißchen untendurch«, antwortete Dorian mit komisch zerknirschtem Blick. »Ich hatte ihr nämlich versprochen, letzten Dienstag mit ihr in einen Klub in Whitechapel zu gehen, hab's aber völlig verschwitzt. Wir hätten dort vierhändig spielen sollen – drei Stücke, glaub ich. Wer weiß, was sie mir jetzt sagen wird. Hab richtig Angst davor, bei ihr vorbeizuschauen.«

»Ach, das werd ich schon wieder einrenken. Meine Tante hat ein ausgesprochenes Faible für Sie. Außerdem ist's doch wohl völlig egal, ob Sie dabei waren oder nicht. Für die Zuhörer hat's wahrscheinlich trotzdem vierhändig geklungen. Wenn Tante Agatha am Klavier sitzt, macht sie genug Lärm für zwei.«

»Wie garstig Sie von ihr sprechen – und für mich ist das auch nicht grad schmeichelhaft«, antwortete Dorian lachend.

Lord Henry sah sich den Jungen an. Ja, mit seinen zart geschwungenen, scharlachroten Lippen, den klaren, blauen Augen und dem krausen, goldfarbenen Haar war er tatsächlich wunderschön. Sein Gesicht hatte etwas, das sofort Vertrauen einflößte. Die ganze Unschuld der Jugend lag darin, auch die Reinheit ihrer Leidenschaft. Man hatte den Eindruck, daß er sich von der Welt noch nicht hatte besudeln lassen. Kein Wunder, daß Basil Hallward ihn geradezu anbetete.

»Sie sind zu bezaubernd, um zum Philanthropen zu taugen, Mr. Gray – viel zu bezaubernd.« Lord Henry ließ sich auf den Diwan fallen und öffnete sein Zigarettenetui.

Der Maler hatte unterdessen seine Farben gemischt und sich die Pinsel zurechtgelegt. Er wirkte nervös; als er Lord Henrys letzte Bemerkung hörte, sah er ihn an, zögerte einen Moment und sagte dann: »Harry, ich will das Bild heute noch fertigmalen. Fänden Sie's sehr unhöflich von mir, wenn ich Sie bitte, zu gehen?«

Lord Henry lächelte und warf Dorian Gray einen Blick zu. »Soll ich gehen, Mr. Gray?« fragte er.

»O nein, bitte nicht, Lord Henry. Basil ist scheint's wieder mal schlecht aufgelegt, und dann ist er unausstehlich. Außerdem müssen Sie mir erklären, wieso ich nicht zum Philanthropen tauge.«

»Ich weiß nicht, ob ich Ihnen das wirklich erklären soll, Mr. Gray. Das Thema ist so langweilig, daß sich darüber nur ernsthaft sprechen läßt. Aber selbstverständlich bleibe ich, wenn Sie mich so darum bitten. Macht Ihnen doch nichts aus, Basil, oder? Sie haben mir oft gesagt, es ist Ihnen sogar recht, wenn Ihre Modelle jemanden zum Plaudern haben.«

Hallward biß sich auf die Lippe. »Wenn Dorian es wünscht, dann müssen Sie natürlich bleiben. Dorians Launen sind für jeden Gesetz, außer für ihn selbst.«

Lord Henry nahm seinen Hut und seine Handschuhe. »Sie machen's ja ziemlich dringlich, Basil, aber trotzdem, ich muß leider los. Ich habe noch eine Verabredung im Orleans. Auf Wiedersehn, Mr. Gray. Schauen Sie doch mal nachmittags bei mir vorbei, in der Curzon Street. Um fünf bin ich fast immer zu Haus. Schreiben Sie mir, wann Sie kommen. Es täte mir leid, Sie zu verpassen.«

»Basil«, rief Dorian Gray, »wenn Lord Henry geht, dann geh ich auch. Sie kriegen beim Malen doch nie den Mund auf, und es ist grauenhaft öde, die ganze Zeit auf einem Podest zu stehen und ein freundliches Gesicht machen zu müssen. Bitten Sie ihn, zu bleiben. Ich bestehe darauf.«

»Bleiben Sie, Harry«, sagte Hallward, »Dorian zuliebe – und mir zuliebe«; er betrachtete prüfend sein Bild. »Stimmt, ich bin bei der Arbeit immer ganz stumm und taub; für meine armen Modelle muß das furchtbar langweilig sein. Also bleiben Sie bitte.«

»Und was ist mit meiner Verabredung im Orleans?«

Der Maler lachte. »Ich glaub nicht, daß es da irgendwelche Probleme gibt. Nehmen Sie wieder Platz, Harry. Und jetzt, Dorian, aufs Podest mit Ihnen; halten Sie möglichst still – und achten Sie nicht auf das, was Lord Henry sagt. Er hat einen sehr schlechten Einfluß auf seine Freunde, mit Ausnahme von mir.«

Mit dem Air eines jungen griechischen Märtyrers stieg Dorian Gray aufs Podium und zog kurz einen schiefen Mund in Richtung Lord Henry, zu dem er längst eine gewisse Zuneigung gefaßt hatte. Er war ganz anders als Basil. Die beiden bildeten einen entzückenden Gegensatz. Außerdem hatte er eine wunderschöne Stimme. Nach einer Weile sagte Dorian zu ihm: »Haben Sie wirklich so einen schlechten Einfluß, Lord Henry? So schlecht, wie Basil behauptet?«

»Es gibt keinen guten Einfluß, Mr. Gray. Jeder Einfluß ist unmoralisch – unmoralisch im wissenschaftlichen Sinn.«

»Wieso?«

»Jemanden beeinflussen heißt, ihm eine fremde Seele zu geben. Er hat dann keine eigenen Gedanken mehr und wird nicht mehr von den eigenen Leidenschaften verzehrt. Seine Tugenden sind nicht mehr die seinen. Seine Sünden, wenn es so etwas überhaupt gibt, sind geborgt. Er wird zum Widerklang der Musik eines anderen, zum Darsteller einer Rolle, die gar nicht für ihn geschrieben wurde. Das Leben strebt nach Selbstentfaltung. Uns voll und ganz zu verwirklichen, dazu sind wir da. Heutzutage haben die Menschen Angst vor sich selber. Sie haben die höchste aller Pflichten vergessen, die Pflicht gegenüber sich selbst. Sicher, sie sind wohltätig. Sie speisen die Hungernden und kleiden die Bettler.

Aber ihre Seele darbt und ist nackt. Unser Geschlecht hat keinen Mut mehr. Vielleicht haben wir nie welchen besessen. Die Furcht vor der Gesellschaft, also die Grundlage der Moral, die Furcht vor Gott, also das Geheimnis des Glaubens – das sind die beiden Dinge, die uns beherrschen. Trotzdem ...«

»Den Kopf bitte ein bißchen weiter nach rechts, Dorian«, sagte der Maler, der ganz in seine Arbeit vertieft war und nur wahrnahm, daß im Gesicht des Jungen inzwischen ein Ausdruck lag, den er noch nie darin gesehen hatte.

»Trotzdem«, fuhr Lord Henry mit seiner leisen, melodischen Stimme fort und machte dabei jene anmutige, für ihn typische Handbewegung, die ihm schon seinerzeit in Eton eigen gewesen war, »ich glaube, wenn auch nur ein einziger Mensch sein Leben voll und ganz ausleben würde, wenn es ihm gelänge, seinen Gefühlen Form zu geben, seinen Gedanken Ausdruck zu verleihen und seine Träume zu verwirklichen – ich glaube, dann bekäme die Welt einen neuen Antrieb zur Freude; wir würden die Maladien des Mittelalters vergessen und zum hellenischen Ideal zurückkehren – vielleicht zu etwas noch Schönerem, noch Prächtigerem. Aber sogar der Tapferste von uns hat Angst vor sich selber. Die Selbstverstümmelung der Wilden findet ihre traurige Fortsetzung in der Selbstverleugnung, die unser Leben zerrüttet. Wir müssen für unsere Entsagungen büßen. Jeder Trieb, den wir zu unterdrücken versuchen, schwelt in uns weiter und vergiftet uns. Hat der Leib einmal gesündigt, dann ist er mit dieser Sünde fertig, denn jede Tat kommt einer Läuterung gleich. Was bleibt, ist die Erinnerung an einen Genuß oder das Schwelgen in Reue. Eine Versuchung wird man nur los, indem man ihr nachgibt. Wer ihr widersteht, dessen Seele wird krank vor Sehnsucht nach dem, was die Seele sich untersagt, vor Verlangen nach dem, was ihre abscheulichen Gesetze zu etwas Abscheulichem und Gesetzlosem machen. Jemand hat mal gesagt, die großen irdischen Ereignisse spielen sich ausschließlich im Kopf ab. Für große irdische Sünden gilt das gleiche, auch sie spielen sich nur im Kopf ab. Sie, Mr. Gray, in Ihrer rosenroten Jugendfrische, Ihrem rosenzarten Knabenalter, auch Sie kennen schon Leidenschaften, die Ihnen angst machen, Gedanken, die Sie mit Schrecken erfüllen, Tagträume und Nachtträume, die Ihnen die Schamröte in die Wangen treiben, wenn Sie nur daran denken ...«

»Halt!« stammelte Dorian Gray, »halt! Sie bringen mich ganz durcheinander. Ich weiß gar nicht, was ich sagen soll. Es gibt eine Antwort darauf, ich kann sie bloß nicht finden. Sagen Sie nichts. Ich muß nachdenken. Oder vielmehr, ich muß versuchen, nicht nachzudenken.«

Fast zehn Minuten lang verharrte der Junge völlig reglos, mit geöffneten Lippen und einem eigenartigen Glanz in den Augen. Er war sich dunkel bewußt, daß da ganz neue Einflüsse in ihm wirkten. Zugleich hatte er das Gefühl, als kämen diese Einflüsse in Wirklichkeit von ihm selbst. Die wenigen Worte, die Basils Freund mit ihm gesprochen hatte – ohne Zweifel ganz beiläufig dahingesagte Worte, mit eigenwilligen Paradoxa durchsetzt –, hatten eine geheime Saite angeschlagen, die bisher nie berührt worden war, die nun aber in sonderbaren Schwingungen in ihm zitterte und vibrierte.

Nur Musik hatte ihn schon derartig aufgewühlt. Musik hatte ihn oft in Unruhe versetzt. Aber Musik war nicht deutlich genug. Sie schuf keine neue Welt, sondern eher ein neues Chaos. Worte! Bloße Worte! Wie furchtbar sie waren! Wie klar und lebendig und grausam! Man konnte ihnen nicht entrinnen. Und doch, welch subtiler Zauber lag in ihnen! Sie schienen dem Formlosen eine plastische Form geben zu können und eine eigene Musik zu besitzen, so süß wie die der Viola oder der Laute. Bloße Worte! War irgend etwas deutlicher als Worte?

Ja, in seiner Knabenzeit hatte es manches gegeben, das ihm unverständlich gewesen war. Nun verstand er es. Das Leben erschien ihm plötzlich in glühenden Farben. Ihm war, als sei er durch Feuer gegangen. Warum begriff er dies alles erst jetzt?

Lord Henry beobachtete ihn mit hintergründigem Lächeln. Er kannte den richtigen psychologischen Moment, wo es galt, nichts zu sagen. Er war sehr gespannt. Erstaunt über die jähe Wirkung, die seine Worte hervorgerufen hatten, fiel ihm ein Buch ein, das er mit Sechzehn gelesen hatte, ein Buch, das ihm vieles enthüllt hatte, was ihm bisher unbekannt gewesen war, und er fragte sich, ob Dorian Gray in diesem Augenblick eine ähnliche Erfahrung durchmachte. Er hatte nur einen Pfeil in die Luft geschossen. Hatte er getroffen? Wie faszinierend der Junge war!

Hallward malte unterdessen mit schönem, kühnem Pinselstrich weiter, mit jenem echten Raffinement und vollendeten Feingefühl, das zumindest in der Kunst nur aus innerer Festigkeit entsteht. Er nahm die Stille überhaupt nicht wahr.

»Basil, ich kann nicht mehr stehen«, rief Dorian Gray plötzlich. »Ich muß mich raus in den Garten setzen. Die Luft hier drin ist zum Ersticken.«

»Mein lieber Junge, entschuldigen Sie bitte. Wenn ich male, kann ich an nichts anderes denken. Aber Sie waren noch nie so gut. Sie haben sich kein bißchen bewegt. Und ich hab genau das, was ich wollte – die halb geöffneten Lippen, den Glanz in den Augen. Ich weiß nicht, was Harry zu Ihnen gesagt hat; auf jeden Fall hat er Sie zum wunderschönsten Gesichtsausdruck inspiriert. Wahrscheinlich hat er Ihnen Komplimente gemacht. Sie dürfen ihm kein Wort glauben.«

»Er hat mir ganz bestimmt keine Komplimente gemacht. Vielleicht glaub ich ihm grad deswegen nichts.«

»Sie wissen nur zu gut, daß Sie mir alles glauben«, sagte Lord Henry und betrachtete ihn mit träumerischem, mattem Blick. »Ich geh mit Ihnen raus in den Garten. Es ist grauenhaft heiß im Atelier. Basil, lassen Sie uns doch ein Eisgetränk bringen, irgendwas mit Erdbeeren drin.«

»Natürlich, Harry. Drücken Sie einfach die Klingel; wenn Parker kommt, sag ich ihm Bescheid. Ich muß bloß noch den Hintergrund ausarbeiten, dann komm ich nach. Aber halten Sie Dorian nicht zu lang auf. Ich war noch nie so gut in Form wie heute. Das Bild wird mein Meisterwerk. Ja, es *ist* schon mein Meisterwerk.«

Lord Henry ging hinaus in den Garten; Dorian Gray hatte das Gesicht in den großen, kühlen Fliederblüten vergraben und schlürfte fieberhaft ihren Duft, als wäre es Wein. Lord Henry trat dicht heran und legte ihm die Hand auf die Schulter. »Recht so«, raunte er. »Nur die Sinne heilen die Seele – so wie nur die Seele die Sinne heilt.«

Der Junge fuhr zusammen und schrak zurück. Er war barhäuptig, das Laub hatte seine widerspenstigen Locken zerwühlt und ihre goldenen Fäden verwirrt. In seinem Blick lag die Bangigkeit eines Menschen, den man ganz plötzlich wachgerüttelt hat. Seine zart gemeißelten Nasenflügel bebten; ein verborgener Nerv zuckte in den scharlachfarbenen Lippen und ließ sie erzittern.

»Ja«, fuhr Lord Henry fort, »das ist eines der großen Geheimnisse des Lebens – die Sinne heilen die Seele, und die Seele heilt die Sinne. Sie sind ein erstaunlicher Mensch. Sie wissen mehr, als Sie meinen, und wissen dabei weniger, als Ihnen lieb ist.«

Dorian Gray runzelte die Stirn und wandte den Kopf zur Seite. Ob er wollte oder nicht, er fand einfach Gefallen an dem hochgewachsenen, eleganten jungen Mann, der nun direkt neben ihm stand. Das malerische olivbraune Gesicht mit den müden Zügen fesselte ihn. Die leise, matte Stimme hatte etwas absolut Faszinierendes. Sogar die kühlen, weißen, blütengleichen Hände übten einen seltsamen Reiz aus. Sie begleiteten die Worte des Mannes wie Musik und schienen eine eigene Sprache zu sprechen. Dennoch fürchtete sich Dorian vor ihm und schämte sich zugleich dafür. Sein wahres Ich – wieso mußte es ihm ausgerechnet ein Fremder enthüllen? Er kannte Basil Hallward nun schon seit Monaten, aber die Freundschaft mit ihm hatte ihn kein bißchen verändert. Plötzlich war jemand in sein Leben getreten, der ihm allem Anschein nach das Geheimnis des Lebens offenbart hatte. Trotzdem, wovor hatte er eigentlich Angst? Er war schließlich kein Schulknabe und auch kein Mädchen. Es war albern, sich zu fürchten.

»Setzen wir uns in den Schatten«, sagte Lord Henry. »Parker hat die Getränke gebracht, und wenn Sie noch länger in dieser Glut bleiben, sind Sie irgendwann ganz verschandelt, und Basil wird Sie nie wieder malen. Sie sollten sich keinen Sonnenbrand holen. Das würde Ihnen nicht gut stehen.«

»Was hat das schon zu bedeuten!« rief Dorian Gray lachend und setzte sich auf die Bank am Ende des Gartens.

»Alles hat das zu bedeuten, Mr. Gray.«

»Wieso?«

»Weil Sie den ganzen Schmelz der Jugend besitzen, und Jugend ist das einzige, was sich wirklich zu besitzen lohnt.«

»Das kann ich nicht glauben, Lord Henry.«

»Nein, noch nicht. Aber eines Tages, wenn Sie alt, runzlig und häßlich sind, wenn Ihre Stirn vor lauter Denken zerfurcht ist und die Leidenschaft Ihre Lippen mit ihrem schaurigen Feuer gebrandmarkt hat, dann werden Sie's glauben, dann wird es Ihnen mit Schrekken bewußt. Heute bezaubern Sie alle Welt, egal wo Sie hingehen. Wird das immer so bleiben? ... Sie haben ein wunderschönes Gesicht, Mr. Gray. Runzeln Sie nicht die Stirn. Es stimmt. Und Schönheit ist eine Form von Genie – ja, sie steht höher noch als Genie, weil sie keiner Erklärung bedarf. Sie gehört zu den großen Gegebenheiten der Welt, wie Sonnenschein, Frühling oder das in dunklen Gewässern schimmernde Spiegelbild jener silbernen Muschel, die wir Mond nennen. Schönheit ist unanfechtbar. Sie besitzt ein göttliches Hoheitsrecht. Wer sie innehat, den macht sie zum Fürsten. Sie lächeln? Ach, wenn Sie sie erst mal verloren haben, werden Sie nicht mehr lächeln ... Es heißt oft, Schönheit sei bloß Oberfläche. Vielleicht. Aber immerhin ist sie nicht so oberflächlich wie Denken. Für mich ist sie das Wunder aller Wunder. Nur flache Menschen urteilen nicht nach dem äußeren Schein. Das wahre Geheimnis der Welt ist das Sichtbare, nicht das Unsichtbare ... Ja, Mr. Gray, die Götter haben es gut mit Ihnen gemeint. Aber was die Götter schenken, das nehmen sie rasch wieder weg. Ihnen bleiben bloß ein paar Jahre, um Ihr Leben richtig und vollkommen auskosten zu können. Wenn Ihre Jugend schwindet, schwindet auch Ihre Schönheit, und dann werden Sie plötzlich feststellen, daß die Zeit Ihrer Triumphe vorüber ist, und Sie müssen sich mit billigen Triumphen begnügen, mit Triumphen, die Ihnen die Erinnerung an die Vergangenheit noch bitterer machen als Niederlagen. Mit jedem Monat rücken Sie dem Schrecklichen näher. Die Zeit ist eifersüchtig auf Sie und kämpft gegen Ihre Lilien und Rosen. Sie werden bleich und hohlwangig, Ihr Blick wird stumpf. Sie werden furchtbar leiden ... Ah! Leben Sie Ihre Jugend, solange Sie sie noch haben! Vergeuden Sie nicht Ihre goldenen Tage – hören Sie nicht auf die Langweiler, versuchen Sie nicht, die hoffnungslosen Versager zu bessern, liefern Sie sich nicht der Ignoranz, dem Gewöhnlichen und Vulgären aus. Das sind nämlich die kranken Ziele, die falschen Ideale unserer Zeit. Leben Sie! Leben Sie das herrliche Leben, das in Ihnen steckt! Lassen Sie nichts aus. Suchen Sie immer wieder nach neuen Erlebnissen. Fürchten Sie sich vor nichts ... Ein neuer Hedonismus – das ist es, was unser Jahrhundert braucht. Sie könnten sein sichtbares Symbol sein. Mit Ihrer persönlichen Ausstrahlung könnten Sie alles erreichen. Die Welt würde eine Zeitlang Ihnen gehören ... Als ich Sie kennenlernte, war mir sofort klar, daß Ihnen gar nicht bewußt ist, wer Sie in Wirklichkeit sind, wer Sie in Wirklichkeit sein könnten. So vieles an Ihnen hat mich entzückt, daß ich das Gefühl hatte, ich muß Sie ein bißchen über Sie aufklären. Ich dachte, es wäre doch traurig, wenn Sie sich einfach wegwerfen würden. Denn Ihre Jugend geht schnell vorbei – sehr schnell vorbei. Bergblumen verwelken, aber sie blühen von neuem. Der Goldregen wird im nächsten Juni wieder genauso gelb sein wie heute. In einem Monat wird die Klematis purpurne Sterne tragen, und Jahr für Jahr schimmern diese purpurnen Sterne in der grünen Nacht ihres Laubs. Aber unsere Jugend kehrt niemals zurück. Der Pulsschlag der Lebenslust, den wir mit zwanzig in uns verspüren, wird immer schwerfälliger. Unsere Glieder erschlaffen, unsere Sinne verfaulen. Wir entarten zu abscheulichen Puppen, verfolgt von der Erinnerung an die Leidenschaften, vor denen wir uns zu sehr fürchteten, von der Erinnerung an die köstlichen Versuchungen, denen wir aus Mangel an Mut nicht nachgaben. Jugend! Jugend! Absolut nichts auf der Welt geht über Jugend!«

Staunend und mit großen Augen hörte Dorian Gray zu. Der Fliederzweig fiel ihm aus der Hand und auf den Kies. Eine pelzige Biene flog herbei und summte kurz um den Zweig herum. Dann begann sie über das ovale Rund aus winzigen Sternenblüten zu kriechen. Dorian beobachtete sie mit jenem sonderbaren Interesse für Banalitäten, das wir zu entwickeln versuchen, wenn uns etwas sehr Bedeutsames ängstigt, wenn eine ganz neue Empfindung, für die wir keinen Ausdruck finden, uns aufwühlt oder wenn uns unversehens ein furchtbarer Gedanke bestürmt und in Beschlag nehmen will. Nach einer Weile schwirrte die Biene davon. Dorian sah, wie sie in den gefleckten Trichter einer Tyrischen Winde kroch. Die Blüte schien zu erzittern, dann schwankte sie sanft hin und her.

Plötzlich stand der Maler in der Tür zum Atelier und forderte Lord Henry und Dorian mit hektischen Gebärden auf, wieder ins Haus zu kommen. Die beiden blickten einander an und lächelten.

»Ich warte«, rief Basil Hallward. »Kommt endlich rein. Das Licht ist grad ganz hervorragend; ihr könnt eure Getränke ja mitbringen.«

Die beiden standen auf und schlenderten zusammen den Gehweg entlang. Zwei grün-weiße Schmetterlinge flatterten vorüber, und im Birnbaum in der Ecke des Gartens begann eine Drossel zu singen.

»Sie sind froh, daß Sie mich kennengelernt haben, Mr. Gray«, sagte Lord Henry und sah Dorian an.

»Im Moment schon. Ich frag mich bloß, ob das immer so bleiben wird.«

»Immer! Ein schreckliches Wort. Jedesmal wenn ich es höre, packt mich ein Schauder. Frauen gebrauchen es besonders gern. Sie zerstören jede Romanze, indem sie versuchen, ihr ewige Dauer zu verleihen. Im übrigen hat das Wort keinerlei Bedeutung. Der einzige Unterschied zwischen einer Laune und einer lebenslangen Leidenschaft besteht darin, daß die Laune ein bißchen länger dauert.«

Als sie ins Atelier traten, legte Dorian Gray Lord Henry die Hand auf den Arm. »Dann soll unsre Freundschaft eine Laune sein«, murmelte er; über seine Keckheit errötend, stieg er aufs Podest und nahm wieder seine Pose ein.

Lord Henry warf sich in einen großen Korbsessel und ließ Dorian nicht aus den Augen. Die Pinselstriche auf der Leinwand waren die einzigen Geräusche, welche die Stille unterbrachen, außer wenn Hallward dann und wann ein Stück zurücktrat und seine Arbeit begutachtete. In den schrägen, durch die offene Tür hereinflutenden Sonnenstrahlen tanzte goldener Staub. Über allem hing der üppige Duft der Rosen.

Nach ungefähr einer Viertelstunde hörte Hallward auf zu malen; er sah erst Dorian Gray, dann das Bild lange an und biß dabei stirnrunzelnd in den Stiel eines großen Pinsels. »Fertig«, rief er schließlich; er bückte sich und schrieb mit langen, zinnoberroten Buchstaben seinen Namen in die linke Ecke der Leinwand.

Lord Henry trat heran und betrachtete das Gemälde. Es war in der Tat ein wunderbares Kunstwerk; auch die Ähnlichkeit war wunderbar.

»Lieber Freund, meinen allerherzlichsten Glückwunsch«, sagte Lord Henry. »Es ist das schönste Porträt unsrer Zeit. Mr. Gray, kommen Sie und schauen Sie sich an.«

Der Junge schrak auf, als sei er aus einem Traum erwacht. »Ist es wirklich fertig?« murmelte er und stieg vom Podest.

»Aber ja«, sagte der Maler. »Und Sie haben mir heute großartig gesessen. Ich bin Ihnen zu großem Dank verpflichtet.«

»Das ist einzig und allein mein Verdienst«, warf Lord Henry ein. »Stimmt's, Mr. Gray?«

Dorian gab keine Antwort; lustlos kam er herbei und stellte sich vor sein Bild. Als er es sah, wich er zurück, und seine Wangen röteten sich einen Moment lang vor Freude. Ein Ausdruck von Entzücken trat in seine Augen, als habe er sich zum erstenmal selbst erkannt. Reglos und staunend stand er da; er nahm undeutlich wahr, daß Hallward etwas zu ihm sagte, vermochte aber den Sinn der Worte nicht zu erfassen. Das Bewußtsein seiner Schönheit überkam ihn wie eine Offenbarung. Es war für ihn ein ganz neues Gefühl. Basil Hallwards Komplimente hatte er immer nur für liebenswürdig übertriebene Freundschaftsbekundungen gehalten. Er hatte sie sich angehört, darüber gelacht, sie wieder vergessen. Sie hatten sein Wesen nicht beeinflußt. Dann war Lord Henry erschienen, mit seinem seltsamen Lobgesang auf die Jugend, seiner schaurigen Warnung vor ihrer Kürze. Das hatte ihn aufgewühlt, aber erst jetzt, da er das Abbild seiner Schönheit betrachtete, durchdrang ihn blitzartig die volle Wahrheit dessen, was Lord Henry gesagt hatte. Ja, eines Tages würde sein Gesicht runzlig und welk, sein Auge trübe und farblos, die Anmut seiner Gestalt zerrüttet und verdorben sein. Das Scharlachrot würde aus seinen Lippen weichen, das Gold aus seinem Haar schwinden. Das Leben, das seine Seele formen sollte, würde seinen Körper verunstalten. Er würde häßlich, abstoßend und unansehnlich werden.

Wie ein Messer durchfuhr ihn bei diesem Gedanken ein heftiger Schmerz und brachte jede zarte Fiber in ihm zum Erzittern. Seine Augen wurden dunkel wie Amethyste; ein Tränenschleier umflorte sie. Ihm war, als legte sich ihm eine eisige Hand aufs Herz.

»Gefällt's Ihnen nicht?« rief Hallward schließlich, ein wenig gekränkt durch Dorians Schweigen, dessen Bedeutung er nicht verstand.

»Natürlich gefällt's ihm«, sagte Lord Henry. »Jedem würde es gefallen. Es ist eins der größten Werke der zeitgenössischen Kunst. Ich zahle Ihnen dafür, was Sie wollen. Ich muß es unbedingt haben.«

»Es gehört mir nicht, Harry.«

»Wem denn?«

»Dorian natürlich«, antwortete der Maler.

»So ein Glückspilz.«

»Furchtbar!« murmelte Dorian Gray, den Blick immer noch auf sein Porträt geheftet. »Furchtbar! Ich werde alt und häßlich und widerwärtig. Aber das Bild bleibt immer jung. Es ist nie älter als der heutige Junitag... Wär's doch nur umgekehrt! Wär's doch nur so, daß *ich* immer jung bleibe und das Bild älter wird! Dafür – dafür würd ich alles geben! Ja, einfach alles würd ich dafür geben! Sogar meine Seele!«

»Ein solcher Handel wäre wohl kaum in Ihrem Sinne, Basil«, rief Lord Henry lachend. »Er würde Ihrem Bild nicht besonders gut bekommen.«

»Ich hätte in der Tat eine Menge dagegen, Harry«, sagte Hallward.

Dorian Gray drehte sich um und sah ihn an. »Das glaub ich gern, Basil. Ihre Kunst ist Ihnen lieber als Ihre Freunde. Für Sie bin ich nicht mehr als eine grüne Bronzefigur. Ja, wahrscheinlich nicht mal das.«

Der Maler machte große Augen. Das war ein ganz anderer Dorian, der da sprach. Was war geschehen? Der Junge wirkte völlig aufgebracht. Sein Gesicht war gerötet, seine Wangen glühten.

»Ja«, fuhr Dorian fort, »ich bedeute Ihnen weniger als Ihr Elfenbein-Hermes oder Ihr silberner Faun. Die werden Ihnen immer gefallen. Und wie lang werd *ich* Ihnen gefallen? Wahrscheinlich bis ich die ersten Falten bekomme. Wer seine Schönheit verliert, egal welcher Art, der verliert alles, das weiß ich jetzt. Ihr Bild hat mir das klargemacht. Lord Henry Wotton hat völlig recht. Jugend ist das einzige, was sich wirklich zu besitzen lohnt. Wenn ich irgendwann merke, daß ich alt werde, dann bringe ich mich um.«

Hallward erbleichte und griff Dorians Hand. »Dorian! Dorian!« rief er, »was reden Sie da! Ich hatte noch nie einen Freund wie Sie und werde auch nie wieder so einen haben. Sie sind doch nicht eifersüchtig auf leblose Gegenstände? – Sie, der Sie schöner sind als jeder Gegenstand auf der Welt!«

»Ich bin eifersüchtig auf alles, dessen Schönheit nicht stirbt. Ich bin eifersüchtig auf das Porträt, das Sie von mir gemalt haben. Warum soll es behalten, was ich verlieren muß? Jeder Augenblick, der verrinnt, nimmt mir etwas weg und gibt etwas dem Bild. Wär's doch nur umgekehrt! Würde doch nur das Bild sich verändern und ich immer so bleiben, wie ich jetzt bin! Warum haben Sie's gemalt? Eines Tages wird es mich verhöhnen – furchtbar verhöhnen!« Heiße Tränen stiegen Dorian in die Augen; er riß seine Hand weg, warf sich auf den Diwan und barg das Gesicht in den Kissen, als wolle er beten.

»Das haben Sie ja schön hingekriegt, Harry«, sagte der Maler verbittert.

Lord Henry zuckte die Schultern. »Es ist der wahre Dorian Gray – das ist alles.«

»Nein.«

»Nein? Und was habe dann *ich* damit zu tun?«

»Ich hab Sie extra gebeten, zu gehen«, murmelte Hallward.

»Sie haben mich auch extra gebeten, zu bleiben«, gab Lord Henry zurück.

»Harry, ich kann mich nicht mit meinen zwei besten Freunden gleichzeitig streiten, aber ihr beide seid schuld, daß mir das beste Werk, das ich jemals geschaffen habe, ein Greuel ist; ich werde es vernichten. Es besteht sowieso bloß aus Leinwand und Farbe. Ich möchte nicht, daß es sich zwischen uns drängt und unsre Beziehung beeinträchtigt.«

Dorian Gray hob den goldenen Kopf vom Kissen und sah mit bleichem Gesicht und verweinten Augen, wie der Maler zu dem hölzernen Maltisch schritt, der vor dem Fenster mit den langen Vorhängen stand. Was wollte er dort? Seine Finger fuhren durch das Gewirr von Blechtuben und trockenen Pinseln und suchten nach etwas. Ja, es war das lange Palettenmesser mit der schmalen, geschmeidigen Stahlklinge. Schließlich hatte er es gefunden. Er wollte die Leinwand aufschlitzen.

Mit einem erstickten Schluchzen sprang der Junge vom Diwan, stürzte hinüber zu Hallward, riß ihm das Messer aus der Hand und schleuderte es in den hintersten Winkel des Ateliers. »Nein, Basil, nein!« rief er. »Das wäre Mord!«

»Freut mich, daß Ihnen mein Werk doch noch gefällt, Dorian«, sagte der Maler kühl, als er sich von seiner Überraschung erholt hatte. »Ich habe schon nicht mehr daran geglaubt.«

»Gefällt? Ich liebe es, Basil. Es ist ein Teil von mir selber. Das spüre ich.«

»Schön; sobald Sie trocken sind, werden Sie gefirnißt und gerahmt und anschließend nach Haus geschickt. Dann können Sie mit sich anstellen, was Sie wollen.« Der Maler durchquerte das Atelier und läutete nach Tee. »Tee ist Ihnen doch recht, Dorian? Und Ihnen auch, Harry? Oder haben Sie was gegen so einfache Genüsse?«

»Ich bin vernarrt in einfache Genüsse«, sagte Lord Henry. »Sie sind die letzte Zuflucht der Komplizierten. Aber ich habe was gegen Szenen, es sei denn, sie spielen sich auf der Bühne ab. Ihr seid mir vielleicht alberne Käuze, ihr zwei! Irgendwer hat den Menschen mal als vernünftiges Tier bezeichnet. Das war die voreiligste

Definition, die je in die Welt gesetzt wurde. Der Mensch ist vieles, bloß nicht vernünftig. Ich bin ganz froh, daß er's nicht ist; trotzdem, ich möchte nicht, daß ihr euch wegen dem Bild zankt. Geben Sie's lieber mir, Basil. Der dumme Junge hier will's doch in Wirklichkeit gar nicht haben – und ich will es unbedingt.«

»Wenn Sie's jemand anders geben, Basil, würd ich Ihnen das niemals verzeihen!« rief Dorian Gray; »und den dummen Jungen verbitte ich mir.«

»Das Bild gehört Ihnen, Dorian, das wissen Sie doch. Ich hab's Ihnen schon geschenkt, bevor es überhaupt da war.«

»Und Sie wissen auch, daß Sie grad ein bißchen dumm waren, Mr. Gray, und daß Sie eigentlich gar nichts dagegen haben, wenn man Sie daran erinnert, daß Sie noch sehr jung sind.«

»Heut morgen hätte ich noch eine ganze Menge dagegen gehabt, Lord Henry.«

»Ach, heut morgen! Seitdem ist Ihr Leben weitergegangen.«

Es klopfte an der Tür; der Butler erschien mit einem beladenen Teebrett und stellte es auf einen kleinen japanischen Tisch. Tassen und Untertassen klapperten, ein kannelierter, aus der Zeit Georgs III. stammender Samowar zischte. Ein junger Diener brachte zwei kugelförmige Porzellanschalen. Dorian Gray ging hinüber und schenkte Tee ein. Die beiden Männer schlenderten träge zum Tisch und sahen nach, was sich unter den Deckeln der Schalen befand.

»Gehn wir doch ins Theater heut abend«, sagte Lord Henry. »Irgendwo wird bestimmt was gegeben. Ich bin zwar im White zum Dinner verabredet, aber bloß mit einem alten Freund; dem schick ich einfach ein Telegramm, daß mir nicht wohl ist oder daß ich durch eine nachträgliche Verabredung verhindert bin. Ich finde, das wäre eine recht hübsche Entschuldigung: Sie hätte den Überraschungseffekt der Aufrichtigkeit.«

»Wie lästig, da muß man sich ja extra umziehen«, murmelte Hallward. »Die Gesellschaftskleidung sieht absolut gräßlich aus, wenn man sie anhat.«

»Ja«, antwortete Lord Henry träumerisch, »die Kleidung des neunzehnten Jahrhunderts ist abscheulich. Sie ist so düster, so bedrückend. Das einzige Farbelement im heutigen Leben ist die Sünde.«

»Sie sollten so etwas nicht vor Dorian sagen, Harry.«

»Vor welchem Dorian? Vor dem, der uns grad Tee einschenkt, oder vor dem auf dem Bild?«

»Vor beiden.«

»Ich würd gern mit ins Theater, Lord Henry«, sagte der Junge.

»Nur zu; Sie kommen doch auch mit, Basil, oder?«

»Lieber nicht. Es geht einfach nicht. Ich hab noch eine Menge zu tun.«

»Tja, dann gehn wir zwei eben allein, Mr. Gray.«

»Mit dem größten Vergnügen.«

Der Maler biß sich auf die Lippe und schritt, die Tasse in der Hand, zu dem Gemälde hinüber. »Ich bleibe beim echten Dorian«, sagte er traurig.

»Ist das der echte Dorian?« rief das Modell des Porträts und schlenderte herbei. »Bin das wirklich ich?«

»Ja; ganz echt und getreu.«

»Wie wunderbar, Basil!«

»Zumindest sind Sie's äußerlich. Immerhin wird sich das Bild niemals verändern«, seufzte Hallward. »Und das ist ja schon etwas.«

»Was für einen Wirbel man um die Treue macht!«

rief Lord Henry. »Dabei ist sie selbst in der Liebe bloß ein physiologisches Problem. Sie hat mit dem eigenen Willen gar nichts zu tun. Die Jungen wollen treu sein und sind's nicht, die Alten wollen untreu sein und können's nicht; mehr läßt sich dazu nicht sagen.«

»Gehen Sie heut abend nicht ins Theater, Dorian«, sagte Hallward. »Bleiben Sie zum Dinner bei mir.«

»Ich kann nicht, Basil.«

»Warum nicht?«

»Weil ich Lord Henry Wotton versprochen hab, ihn zu begleiten.«

»Sie werden in seiner Gunst nicht steigen, wenn Sie Ihre Versprechen halten. Er selber bricht seine immer. Ich bitte Sie, bleiben Sie hier.«

Dorian Gray lachte und schüttelte den Kopf.

»Ich flehe Sie an.«

Der Junge zögerte und blickte hinüber zu Lord Henry, der die beiden vom Teetisch aus mit amüsiertem Lächeln beobachtete.

»Ich muß gehn«, antwortete Dorian.

»Na schön«, sagte Hallward; er ging hinüber und stellte seine Tasse auf das Tablett. »Es ist schon ziemlich spät; ihr müßt euch noch umziehen, drum solltet ihr keine Zeit verlieren. Wiedersehn, Harry. Wiedersehn, Dorian. Kommen Sie bald wieder vorbei. Am besten gleich morgen.«

»Natürlich.«

»Aber nicht vergessen!«

»Bestimmt nicht«, rief Dorian.

»Und ... Harry!«

»Ja, Basil?«

»Denken Sie dran – ich hab Sie heut morgen im Garten um etwas gebeten!«

»Weiß ich nicht mehr.«

»Ich vertraue Ihnen.«

»Ich kann mir ja nicht mal selber vertrauen«, sagte Lord Henry lachend. »Kommen Sie, Mr. Gray, mein Wagen steht draußen; ich setze Sie dann bei Ihnen ab. Wiedersehn, Basil. Es war ein höchst interessanter Nachmittag.«

Als sich die Tür hinter den beiden schloß, warf sich der Maler auf ein Sofa, und ein schmerzlicher Ausdruck trat in sein Gesicht.

3

TAGS darauf schlenderte Lord Henry Wotton um halb eins von der Curzon Street hinüber zum Albany, um seinen Onkel, Lord Fermor, zu besuchen, einen liebenswürdigen, wenn auch etwas rauhbeinigen Junggesellen, den die Außenwelt, weil sie keine Wohltaten von ihm empfing, als selbstsüchtig bezeichnete, der aber andererseits in der vornehmen Gesellschaft als großzügig galt, da er die, die zu seiner Unterhaltung beitrugen, mit Speise und Trank versorgte. Sein Vater war, als Isabella noch jung war und noch niemand an Prim dachte, unser Gesandter in Madrid gewesen, hatte sich jedoch in einem kapriziösen Anflug von Mißmut aus dem diplomatischen Dienst zurückgezogen, weil man ihm nicht den Botschafterposten in Paris offeriert hatte – einen Posten, der ihm nach seiner Meinung mit seiner Herkunft, seiner Trägheit, dem gepflegten Englisch seiner Depeschen und seiner unbändigen Vergnügungssucht durchaus zugestanden hätte. Der Sohn, ehedem Sekretär seines Vaters, hatte ebenso wie sein Vorgesetzter den Dienst quittiert – was man damals für etwas töricht hielt – und sich, nachdem er ein paar Monate später sein Erbe angetreten hatte, dem ernsthaften Studium der großen aristokratischen Kunst des völligen Nichtstuns gewidmet. Er besaß zwei ansehnliche Stadthäuser, zog aber, da mit weniger Aufwand verbunden, das Leben in einer Junggesellenwohnung vor und speiste meistens in seinem Klub. Einige Aufmerksamkeit schenkte er der Leitung seiner Kohlengruben in den

Grafschaften Mittelenglands; diesen Zug von Gewerbefleiß entschuldigte er mit dem Hinweis, der einzige Vorteil, den der Besitz von Kohle biete, bestehe darin, daß ein Gentleman es sich dadurch leisten könne, seinen Kamin schicklicherweise mit Holz zu feuern. Politisch war er ein Tory – außer wenn die Tories an der Regierung waren; dann beschimpfte er sie rundweg als eine Bande von Radikalen. Ein Held gegenüber seinem Diener, der ihn tyrannisierte, war er für die meisten seiner Verwandten, die wiederum er tyrannisierte, ein Schrecken. Nur England hätte ihn hervorbringen können; seine stehende Rede war, daß das Land vor die Hunde gehe. Seine Grundsätze waren altmodisch, doch seine Vorurteile hatten einiges für sich.

Als Lord Henry ins Zimmer trat, saß sein Onkel in einem derben Jagdrock, grummelnd und einen Stumpen rauchend, über der *Times*. »Nanu, Harry«, sagte der alte Gentleman, »ich dachte, ihr Dandys steht nie vor zwei auf und laßt euch nicht vor fünf blicken – was treibt dich so früh nach draußen?«

»Reiner Familiensinn, Onkel George, das kannst du mir glauben. Ich brauche etwas von dir.«

»Geld, nehme ich an«, sagte Lord Fermor und verzog das Gesicht. »Na, dann setz dich mal hin und schieß los. Die jungen Leute von heute meinen immer, Geld sei alles.«

»Ja«, murmelte Lord Henry und rückte die Blume in seinem Knopfloch zurecht, »und wenn sie älter werden, dann wissen sie's. Aber mir geht's nicht um Geld. Das brauchen nur die, die ihre Rechnungen bezahlen, Onkel George, und ich bezahl meine nie. Kredit ist das Kapital des zweitgeborenen Sohns, und davon läßt's sich zauberhaft leben. Außerdem habe ich's ohnehin bloß mit den Lieferanten von Dartmoor zu tun; deswegen rückt man mir auch nie auf die Pelle. Was ich brauche, ist eine Information; keine nützliche natürlich; eine unnütze.«

»Tja, ich kann dir erzählen, was in den englischen Blaubüchern steht, Harry; allerdings schreiben die Burschen heutzutag eine Menge Unsinn. Als ich noch im diplomatischen Dienst war, war alles viel besser. Aber wie ich höre, kommt man da neuerdings nur mit einer Prüfung rein. Was soll das? Prüfungen, mein Junge, sind reiner Humbug, von A bis Z. Wenn einer ein Gentleman ist, dann weiß er genug, und wenn er keiner ist, dann hilft ihm sein ganzes Wissen nichts.«

»Mr. Dorian Gray steht nicht in Blaubüchern, Onkel George«, sagte Lord Henry schlaff.

»Mr. Dorian Gray? Wer ist das?« fragte Lord Fermor und runzelte die buschigen weißen Brauen.

»Das will ich ja eben von *dir* wissen, Onkel George. Das heißt, eigentlich weiß ich's schon. Er ist der Enkel des letzten Lord Kelso. Seine Mutter war eine Devereux; Lady Margaret Devereux. Ich hätte gern, daß du mir von ihr erzählst. Wie war sie? Wen hat sie geheiratet? Du hast doch zu deiner Zeit fast jeden gekannt, also wahrscheinlich auch sie. Ich bin nämlich an Mr. Gray momentan sehr interessiert. Ich habe ihn grade erst kennengelernt.«

»Kelsos Enkel!« sagte der alte Gentleman. – »Kelsos Enkel! ... Natürlich ... Ich habe seine Mutter sehr gut gekannt. Ich glaube, ich war bei ihrer Taufe. Sie war ein außergewöhnlich schönes Mädchen, Margaret Devereux; und hat die Männer schier zur Verzweiflung gebracht, weil sie mit einem jungen Habenichts durchgebrannt ist; einem puren Niemand, mein Junge, einem

Subalternoffizier in einem Infanterieregiment oder so. Aber ja. Ich erinnere mich, als wär's erst gestern passiert. Der arme Kerl kam bei einem Duell in Spa ums Leben, ein paar Monate nach der Hochzeit. Es gab da ein häßliches Gerücht. Angeblich hat Kelso damals einen nichtsnutzigen Abenteurer engagiert, einen belgischen Strolch, der seinen Schwiegersohn öffentlich beleidigen sollte; Kelso hat ihn dafür bezahlt, mein Junge, er hat ihn dafür bezahlt; und der Filou hat sein Opfer aufgespießt wie eine Taube. Die Sache wurde vertuscht, aber bei Gott, danach mußte Kelso im Klub sein Kotelett eine Zeitlang allein essen. Soviel ich weiß, hat er seine Tochter wieder zu sich geholt, und sie hat daraufhin nie mehr mit ihm gesprochen. Jaja; eine schlimme Geschichte. Auch die junge Frau ist dann gestorben; kein Jahr später ist sie gestorben. Und sie hat also einen Sohn hinterlassen? War mir ganz entfallen. Wie ist der Junge denn? Wenn er seiner Mutter ähnelt, sieht er bestimmt gut aus.«

»Sogar sehr gut«, bestätigte Lord Henry.

»Hoffentlich kommt er in gute Hände«, fuhr der alte Herr fort. »Wenn Kelso richtig an ihm gehandelt hat, dann dürfte ein Haufen Geld auf ihn warten. Auch seine Mutter war ziemlich betucht. Der ganze Selby-Besitz ist an sie gefallen, durch ihren Großvater. Ihr Großvater hat Kelso gehaßt, er hielt ihn für einen gemeinen Hund. War er auch. Er kam mal nach Madrid, als ich noch dort war. Grundgütiger, hab ich mich für ihn geschämt. Die Königin hat mich immer wieder gefragt, wer der englische Adlige sei, der andauernd mit den Kutschern wegen der Fahrpreise herumfeilsche. Man hat eine richtige Sache daraus gemacht. Einen Monat lang habe ich nicht mehr gewagt, mich bei Hof blicken zu lassen. Hoffentlich ist er mit seinem Enkel besser umgegangen als mit den Droschkenkutschern.«

»Keine Ahnung«, antwortete Lord Henry. »Ich könnte mir allerdings vorstellen, daß es dem Jungen einmal recht gut gehen wird. Er ist noch nicht volljährig. Selby gehört ihm, das weiß ich. Er hat's mir gesagt. Und ... seine Mutter war sehr schön?«

»Margaret Devereux war eins der lieblichsten Geschöpfe, die mir jemals begegnet sind, Harry. Weiß der Himmel, was sie zu ihrem Verhalten getrieben hat. Sie hätte jeden heiraten können, den sie wollte. Carlington war verrückt nach ihr. Sicher, sie war romantisch. Wie alle Frauen in ihrer Familie. Die Männer waren ein trauriger Haufen, aber bei Gott! die Frauen waren hinreißend. Carlington ist vor ihr auf die Knie gefallen. Hat er mir selber erzählt. Sie hat ihn ausgelacht; dabei waren damals in London sämtliche Mädchen hinter ihm her. Und übrigens, Harry, wo wir grad von unklugen Ehen sprechen, was ist das für ein Humbug, den mir dein Vater da erzählt – Dartmoor will eine Amerikanerin heiraten? Sind ihm die englischen Mädchen nicht gut genug?«

»Es ist jetzt ziemlich in Mode, Amerikanerinnen zu heiraten, Onkel George.«

»Ich würde jederzeit auf Engländerinnen setzen, und zwar gegen jede Konkurrenz, Harry«, sagte Lord Fermor und schlug mit der Faust auf den Tisch.

»Momentan setzt alles auf Amerikanerinnen.«

»Denen fehlt's an Stehvermögen, hab ich mir sagen lassen«, brummte der Onkel.

»Längere Strecken machen sie müde, dafür sind sie bei Jagdrennen hervorragend. Sie nehmen alle Hürden im Flug. Ich glaube nicht, daß Dartmoor eine Chance hat.«

»Wie sieht's mit ihrer Familie aus?« knurrte der alte Gentleman. »Hat sie überhaupt eine?«

Lord Henry schüttelte den Kopf. »Amerikanische Mädchen verstehen ihre Eltern geschickt zu verheimlichen, wie englische Frauen ihre Vergangenheit«, sagte er und erhob sich zum Aufbruch.

»Ihre Familie macht wahrscheinlich in Fleischkonserven, wie?«

»Das hoffe ich, Onkel George, für Dartmoor. In Amerika soll der Handel mit Fleischkonserven das lukrativste Geschäft nach der Politik sein.«

»Ist sie hübsch?«

»Sie tut, als wäre sie schön. Die meisten Amerikanerinnen tun das. Es ist das Geheimnis ihres Charmes.«

»Wieso können diese amerikanischen Weiber nicht einfach in ihrem Land bleiben? Es heißt doch immer, Amerika ist für Frauen ein Paradies.«

»Stimmt. Drum sind sie ja wie Eva so ungeheuer erpicht darauf, es zu verlassen«, sagte Lord Henry. »Wiedersehn, Onkel George. Wenn ich noch länger bleibe, komm ich zu spät zum Lunch. Danke für die Information. Mir liegt immer daran, alles von meinen neuen Freunden zu wissen; mit meinen alten geht's mir genau umgekehrt.«

»Wo findet dein Lunch denn statt?«

»Bei Tante Agatha. Ich habe mich und Mr. Gray eingeladen. Er ist ihr neuester Protegé.«

»Pff! Sag deiner Tante Agatha, sie soll mich nicht mehr mit ihren Wohlfahrtsaktionen behelligen. Ich habe die Nase voll davon. Die gute Frau meint doch wahrhaftig, ich hätte nichts anderes zu tun, als ihre albernen Flausen mit Schecks zu unterstützen.«

»Gut, Onkel George, ich sag's ihr, aber es wird wohl

nichts nützen. Die Philanthropen haben jeden Sinn für Humanität verloren. Das ist ihr ganz besonderes Merkmal.«

Der alte Gentleman gab ein zustimmendes Brummen von sich und läutete nach dem Diener. Lord Henry ging durch die niedrige Arkade zur Burlington Street und lenkte dann seine Schritte in Richtung Berkeley Square.

Das also war die Geschichte von Dorian Grays Herkunft. So schlicht sie ihm erzählt worden war, hatte sie ihn doch erregt, weil ihr etwas von einem seltsamen, geradezu modernen Roman anhaftete. Eine schöne Frau setzt für eine wilde Leidenschaft alles aufs Spiel. Ein paar stürmische Wochen des Glücks, jäh beendet durch ein abscheuliches, heimtückisches Verbrechen. Monate stummer Qual, und dann ein in Schmerzen geborenes Kind. Die Mutter vom Tod hingerafft, der Knabe der Einsamkeit überlassen und der Tyrannei eines alten und lieblosen Mannes. Ja; es war ein interessanter Hintergrund. Er gab dem Jüngling Tiefe und machte ihn gleichsam vollkommener. Hinter allem Besonderen steckte etwas Tragisches. Welten mußten kreißen, damit die unscheinbarste Blume erblühen konnte ... Und wie bezaubernd er gestern abend beim Dinner gewesen war, als er ihm mit erschrockenen Augen und vor bangem Entzücken geöffneten Lippen im Klub gegenübersaß, während die roten Kerzenschirme das erwachende Wunder seines Antlitzes noch rosiger färbten. Mit ihm zu sprechen war, als spiele man auf einer erlesenen Violine. Er reagierte auf jeden Strich und jede Regung des Bogens ... Es hatte etwas ungeheuer Fesselndes, jemanden zu beinflussen. Keine andere Betätigung kam dem gleich. Seine Seele in eine anmutige Form zu gießen und sie einen Augenblick darin verweilen zu lassen; den Widerhall seiner intellektuellen Ideen zu hören, bereichert um den Wohlklang von Leidenschaft und Jugend; seine Stimmung auf einen anderen zu übertragen wie ein zartes Fluidum oder einen fremden Duft: darin lag ein echter Genuß – vielleicht der schönste Genuß, der uns in einer so beschränkten und vulgären Zeit wie der unsrigen noch geblieben ist, einer Zeit, deren Gelüste ausnehmend sinnlich und deren Ziele ausnehmend gewöhnlich sind... Darüber hinaus war er ein herrlicher Typus, dieser Junge, den er durch einen so seltsamen Zufall in Basils Atelier kennengelernt hatte; zumindest konnte man ihn zu einem herrlichen Typus formen. Grazie war ihm eigen, die makellose Reinheit der Jugend und jene Schönheit, wie sie alte griechische Marmorbildwerke uns bewahrt haben. Alles konnte man aus ihm machen. Einen Titanen oder ein Spielzeug. Welch ein Jammer, daß eine solche Schönheit einmal verblühen sollte!... Und Basil? Wie interessant er doch war, psychologisch gesehen! Der neue Kunststil, die neue Art, ins Leben zu blicken, beides auf so seltsame Weise angeregt durch die bloße äußere Erscheinung eines, der sich all dessen gar nicht bewußt war; der stumme Geist, der in einer düsteren Waldlandschaft wohnte und ungesehen über die offene Flur wandelte, um sich, dryadengleich und furchtlos, ganz plötzlich zu offenbaren, weil in Basils Seele, die nach diesem Geist gesucht hatte, jene wunderbare Vision erwacht war, der allein sich das Wunderbare zu enthüllen vermag; die bloßen Urbilder und Muster, die gleichsam veredelt wurden und eine Art von symbolischem Wert gewannen, als wären sie wiederum Muster für eine andere, vollkommenere Form, deren Schatten durch diese Muster zu etwas Realem wurde: wie sonderbar das alles war! Parallelen aus der Geschichte fielen ihm ein. War es nicht Platon, dieser Künstler des Denkens, der es als erster analysiert hatte? War es nicht Buonarotti, der es in den bunten Marmor einer Sonettenfolge gemeißelt hatte? Aber in unserem Jahrhundert war es doch sonderbar... Ja; er würde versuchen, für Dorian Gray das zu sein, was der Junge unwissentlich für den Maler war, der das wundervolle Porträt geschaffen hatte. Er würde danach streben, ihn zu beherrschen – was ihm ja schon halbwegs gelungen war. Er würde sich diese wunderbare Seele zu eigen machen. Es lag etwas Faszinierendes in diesem Sohn der Liebe und des Todes.

Plötzlich blieb er stehen und blickte zu den Häusern empor. Er stellte fest, daß er das Haus seiner Tante längst passiert hatte; lächelnd kehrte er wieder um. Als er die etwas düstere Halle betrat, sagte ihm der Butler, daß man bereits zu Tisch sei. Er reichte einem der Diener Hut und Stock und begab sich ins Speisezimmer.

»Spät wie immer, Harry«, rief seine Tante kopfschüttelnd.

Er erfand eine lässige Entschuldigung, nahm den leeren Sitz neben ihr ein und vergewisserte sich mit einem Blick in die Runde, wer alles da war. Dorian, in dessen Wangen sich eine freudige Röte stahl, verneigte sich schüchtern am unteren Ende der Tafel. Lord Henry gegenüber saß die Duchess of Harley – eine Dame von bewundernswert gutem Charakter und guter Laune, sehr beliebt bei allen, die sie kannten, und von jenem ausladenden Körperbau, den zeitgenössische Chronisten bei Frauen, die keine Duchessen sind, als Korpulenz bezeichnen. Ihr rechter Tischnachbar war Sir Thomas Burdon, ein radikaler Parlamentarier, der sich im öffentlichen Leben an seinen Parteichef und im Privatleben an die Küchenchefs hielt, indem er die weise und wohlbekannte Regel befolgte, wie ein Tory zu speisen und wie ein Liberaler zu denken. Zu ihrer Linken saß Mr. Erskine of Treadley, ein ungemein charmanter und kultivierter alter Gentleman, der allerdings die schlechte Angewohnheit hatte, sehr wortkarg zu sein, da er, wie er Lady Agatha einmal erklärte, schon vor seinem dreißigsten Lebensjahr alles gesagt hatte, was zu sagen war. Lord Henrys eigene Tischnachbarin war Mrs. Vandeleur, eine der ältesten Freundinnen seiner Tante, eine perfekte Heilige unter den Frauen, aber so nachlässig gekleidet, daß sie an ein miserabel gebundenes Gesangbuch erinnerte. Zu seinem Glück hatte sie außerdem Lord Faudel zur Seite, einen höchst intelligenten Durchschnittstyp mittleren Alters, der so kahl war wie eine ministerielle Berichterstattung im Unterhaus; sie führte gerade eine Unterhaltung mit ihm – mit jenem tiefen Ernst, der, wie Lord Henry einmal bemerkte, der einzige unverzeihliche Fehler ist, den alle wahrhaft gute Menschen begehen und von dem sich keiner von ihnen je wieder gänzlich freimachen kann.

»Wir sprechen grad über den armen Dartmoor, Lord Henry«, rief die Duchess und nickte ihm über die Tafel hinweg freundlich zu. »Meinen Sie, er wird diese bezaubernde junge Person wirklich heiraten?«

»Ich glaube, sie hat sich inzwischen entschlossen, um seine Hand anzuhalten, Duchess.«

»Wie furchtbar!« rief Lady Agatha. »Wahrhaftig, man sollte etwas dagegen unternehmen.«

»Ich habe aus sehr zuverlässiger Quelle gehört, daß

ihr Vater ein Geschäft für amerikanische Meterware betreibt«, sagte Sir Thomas Burdon mit hochmütiger Miene.

»Mein Onkel dachte mehr an Konservenfleisch, Sir Thomas.«

»Meterware! Was sind denn amerikanische Meterwaren?« fragte die Duchess, das Wort betonend; sie hob verwundert die großen Hände.

»Amerikanische Romane«, antwortete Lord Henry und nahm sich eine Wachtel.

Die Duchess blickte verwirrt.

»Hören Sie gar nicht hin«, flüsterte Lady Agatha. »Er meint nie, was er sagt.«

»Als Amerika entdeckt wurde«, sagte der radikale Parlamentarier und begann ein paar langweilige Fakten aufzuzählen. Wie alle, die ein Thema zu erschöpfen versuchen, erschöpfte er seine Zuhörer. Die Duchess seufzte und machte von ihrem Vorrecht Gebrauch, in die Rede zu fallen. »Ich wünschte bei Gott, es wäre überhaupt nicht entdeckt worden!« rief sie. »Unsre Mädchen haben doch heutzutag keinerlei Chance mehr. Das ist höchst ungerecht.«

»Vielleicht wurde Amerika ja gar nicht entdeckt«, sagte Mr. Erskine. »Ich persönlich würde sagen, man hat es schlicht und ergreifend enttarnt.«

»Oh! andererseits habe ich schon einige Exemplare der Einwohnerschaft zu Gesicht bekommen«, antwortete die Duchess leichthin. »Ich muß bekennen, die meisten von ihnen sind ausnehmend hübsch. Dazu sind sie gut gekleidet. Sie besorgen sich ihre Garderobe ausschließlich in Paris. Ich wünschte, ich könnte mir das ebenfalls leisten.«

»Es heißt, wenn gute Amerikaner sterben, gehen sie

nach Paris«, kicherte Sir Thomas, der über einen großen Fundus ausrangierter Narrenkostüme verfügte.

»Tatsächlich! Und wo gehn in dem Fall die schlechten Amerikaner hin?« erkundigte sich die Duchess.

»Nach Amerika«, murmelte Lord Henry.

Sir Thomas runzelte die Stirn. »Ich fürchte, Ihr Neffe hat ein Vorurteil gegen dieses großartige Land«, sagte er zu Lady Agatha. »Ich bin dort schon überall herumgekommen, in Wagen, die mir von den Eisenbahndirektoren zur Verfügung gestellt wurden; man ist in solchen Dingen äußerst zuvorkommend. Ich versichere Ihnen, ein Besuch in diesem Land wirkt ungemein bildend.«

»Aber muß man denn wirklich nach Chicago, wenn man sich bilden will?« fragte Mr. Erskine vorwurfsvoll. »Ich fühle mich einer solchen Reise nicht gewachsen.«

Sir Thomas winkte ab. »Mr. Erskine of Treadley hat die Welt in seinem Bücherregal. Wir Praktiker *sehen* lieber die Dinge, als daß wir darüber lesen. Die Amerikaner sind ein höchst interessantes Volk. Sie sind durch und durch vernünftig. Wahrscheinlich ist das ihre hervorstechendste Eigenschaft. Ja, Mr. Erskine, ein durch und durch vernünftiges Volk. Glauben Sie mir, bei den Amerikanern gibt es keine Unvernunft.«

»Wie gräßlich!« rief Lord Henry. »Nackte Gewalt mag ja noch angehn, aber nackte Vernunft ist ganz und gar unerträglich. Ihre Anwendung hat etwas Unfaires. Sie ist ein Tiefschlag gegen den Geist.«

»Das verstehe ich nicht«, sagte Sir Thomas und wurde ein wenig rot.

»Ich schon, Lord Henry«, murmelte Mr. Erskine lächelnd.

»So ein Paradoxon mag ja recht hübsch sein ...«, erwiderte der Baronet.

»War das ein Paradoxon?« fragte Mr. Erskine. »Ich glaube, nein. Oder vielleicht doch. Jedenfalls, der Weg zur Wahrheit führt über die Paradoxa. Um die Wahrheit auf die Probe zu stellen, muß man sie auf dem Hochseil sehen. Sobald die Wahrheiten zu Akrobaten werden, lassen sie sich beurteilen.«

»Du liebe Güte!« sagte Lady Agatha, »was ihr Männer da wieder zu debattieren habt! Ich weiß überhaupt nicht, wovon ihr redet. Übrigens, Harry, ich bin richtig böse mit dir. Wieso willst du unseren lieben Mr. Dorian Gray davon abbringen, im East End zu spielen? Ich versichere dir, sein Auftritt wäre dort von ganz unschätzbarem Wert. Den Leuten würde es bestimmt sehr gefallen.«

»Für *mich* soll er spielen«, rief Lord Henry lächelnd und sah zum unteren Ende der Tafel, wo sein Blick mit leuchtenden Augen erwidert wurde.

»Aber es gibt doch so viel Elend in Whitechapel«, fuhr Lady Agatha fort.

»Ich habe für alles Verständnis, nur nicht für das Leid«, sagte Lord Henry mit einem Schulterzucken. »Da fehlt's mir an jeglichem Mitgefühl. Es ist zu häßlich, zu ekelhaft, zu bedrückend. Die heutige Empfänglichkeit für das Leid hat etwas schrecklich Morbides. Empfänglich sein sollte man für die Buntheit des Lebens, für seine Schönheit und seine Freuden. Je weniger man seine Schattenseiten erwähnt, um so besser.«

»Trotzdem ist das East End ein sehr gewichtiges Problem«, bemerkte Sir Thomas mit ernstem Kopfschütteln.

»Ganz recht«, antwortete der junge Lord. »Es ist das Problem der Sklaverei, und wir versuchen es dadurch zu lösen, daß wir den Sklaven die Zeit vertreiben.«

Der Politiker sah ihn scharf an. »Und wodurch ließe sich das Ihrer Ansicht nach ändern?«

Lord Henry lachte. »Ich habe nicht das Bedürfnis, in England irgend etwas zu ändern, außer dem Wetter«, erwiderte er. »Die philosophische Betrachtung genügt mir vollauf. Aber da das neunzehnte Jahrhundert dank eines zu großen Aufwands an Mitleid nun mal bankrott gegangen ist, würde ich vorschlagen, wir wenden uns an die Wissenschaft; vielleicht weist sie uns den richtigen Weg. Gefühle haben den Vorteil, daß sie uns in die Irre führen; der Vorteil der Wissenschaft besteht darin, daß sie keine Gefühle hat.«

»Aber wir tragen doch eine so schwere Verantwortung«, wandte Mrs. Vandeleur schüchtern ein.

»Eine furchtbar schwere«, ergänzte Lady Agatha.

Lord Henry blickte hinüber zu Mr. Erskine. »Die Menschheit nimmt sich zu ernst. Das ist ihre eigentliche Erbsünde. Hätte der Höhlenmensch schon gewußt, wie man lacht, dann wäre die Weltgeschichte anders verlaufen.«

»Sie nehmen mir wahrhaftig einen Mühlstein vom Herzen«, flötete die Duchess. »Das East End interessiert mich nämlich kein bißchen, und drum hatte ich immer ein ziemlich schlechtes Gewissen, wenn ich Ihre liebe Tante besuchen kam. Jetzt kann ich ihr endlich in die Augen sehen, ohne erröten zu müssen.«

»So ein Erröten wirkt sehr vorteilhaft, Duchess«, bemerkte Lord Henry.

»Nur wenn man jung ist«, antwortete sie. »Wenn eine alte Frau wie ich errötet, ist das ein ganz schlechtes Zeichen. Ah! Lord Henry, ich wünschte, Sie könnten mir verraten, wie man wieder jung wird.«

Er dachte einen Augenblick nach. »Können Sie sich

noch an irgendeinen großen Fehler erinnern, den Sie in Ihrer Jugend begangen haben, Duchess?« fragte er und warf ihr über die Tafel hinweg einen Blick zu.

»An viele, fürchte ich«, rief sie.

»Dann begehn Sie sie einfach nochmal«, sagte er ernst. »Wer seine Jugend zurückgewinnen will, braucht bloß seine Jugendsünden zu wiederholen.«

»Eine entzückende Theorie!« jauchzte sie. »Ich muß sie unbedingt in die Tat umsetzen.«

»Eine gefährliche Theorie!« kam es von Sir Thomas' zusammengekniffenen Lippen. Lady Agatha schüttelte den Kopf, konnte sich aber einer gewissen Belustigung nicht erwehren. Mr. Erskine hörte zu.

»Ja«, fuhr Lord Henry fort, »das ist eines der großen Geheimnisse des Lebens. Die meisten sterben heutzutage an einer Art schleichender Vernunft; erst wenn es zu spät ist, erkennen sie, daß man nur eines niemals bereuen darf – seine Fehler.«

Ein Lachen ging um die Tafel.

Er spielte mit diesem Einfall und trieb seinen Mutwillen damit; warf ihn in die Luft und wandelte ihn um; ließ ihn entschlüpfen und fing ihn wieder ein; gab ihm die schillernden Farben der Phantasie und verlieh ihm die Fittiche des Paradoxons. Während er sprach, schwang sich das Lob der Torheit zu einer Philosophie empor, und die Philosophie selbst ward wieder jung und tanzte, bekleidet wohl mit ihrem weinbefleckten Gewand und dem Efeukranz, zur rauschhaften Musik der Lust wie eine Bacchantin über die Hügel des Lebens und verspottete den plumpen Silen, weil er so nüchtern war. Tatsachen flohen vor ihr wie aufgescheuchte Waldwesen. In dem riesigen Bottich, vor dem der weise Omar sitzt, stampfte sie mit ihren weißen Füßen die Trauben, bis der brodelnde Rebensaft in einer Woge purpurner Blasen an ihren bloßen Gliedern emporschwappte und als roter Schaum über die schräge und triefende schwarze Kufe sickerte. Es war eine außergewöhnliche Improvisation. Lord Henry spürte, daß Dorian Gray ihm an den Lippen hing, und das Bewußtsein, daß sich unter seinen Zuhörern jemand befand, dessen Gemüt er zu fesseln wünschte, schien seinem Witz Schärfe zu verleihen und seiner Imagination Farbe zu geben. Er war brillant, phantasievoll, verantwortungslos. Er lockte seine Zuhörer aus sich heraus, und lachend folgten sie seiner Pfeife. Dorian Gray sah ihn unverwandt an und saß wie gebannt da, während ihm ein ums andere Mal ein Lächeln über die Lippen huschte und sich in seinen immer dunkleren Augen eine tiefe Verwunderung ausbreitete.

Schließlich betrat, angetan mit der Kleidung der Gegenwart, die Realität in Gestalt eines Dieners den Raum, um der Duchess zu melden, daß ihr Wagen warte. Sie rang in komischer Verzweiflung die Hände. »Wie ärgerlich!« rief sie. »Ich muß gehn. Ich muß meinen Mann im Klub abholen und dann mit ihm zu einer albernen Konferenz bei Willis, wo er den Vorsitz führen soll. Wenn ich zu spät komme, wird er bestimmt böse, und mit meinem Hut hier könnte ich eine Szene ganz und gar nicht ertragen. Der Hut ist viel zu empfindlich. Ein grobes Wort, und er wäre hinüber. Nein, ich muß gehn, liebste Agatha. Auf Wiedersehn, Lord Henry; Sie sind einfach hinreißend und so schrecklich demoralisierend. Ich weiß gar nicht, was ich zu Ihren Ansichten sagen soll. Sie müssen unbedingt einmal abends zu uns zum Dinner kommen. Dienstag? Haben Sie Dienstag schon etwas vor?«

»Für Sie würde ich jede andre Verabredung fahrenlassen, Duchess«, sagte Lord Henry mit einer Verbeugung.

»Ah! Sie sind wirklich ein ganz reizender Mensch, und ein ganz schlimmer dazu!« rief sie; »aber vergessen Sie's nicht«; und sie rauschte aus dem Zimmer, gefolgt von Lady Agatha und den übrigen Damen.

Als sich Lord Henry wieder gesetzt hatte, kam Mr. Erskine herüber, nahm neben ihm Platz und legte ihm die Hand auf den Arm.

»Sie reden ja wie ein Buch«, sagte er: »warum schreiben Sie nicht einmal eins?«

»Ich lese Bücher viel zu gern, als daß ich auch noch Lust hätte, welche zu schreiben, Mr. Erskine. Höchstens vielleicht einen Roman; einen Roman, der so schön wäre wie ein persischer Teppich und genauso lebensfremd. Aber in England gibt es kein literarisches Publikum, außer für Zeitungen, Fibeln und Lexika. Kein Volk auf der Welt hat für die Schönheit der Literatur so wenig Sinn wie die Engländer.«

»Ich fürchte, da haben Sie recht«, antwortete Mr. Erskine. »Auch ich hatte mal literarische Ambitionen, bin aber längst davon abgekommen. Und nun, mein lieber junger Freund, wenn Sie mir diese Anrede gestatten – darf ich Sie wohl fragen, ob das auch wirklich ernstgemeint war, was Sie uns vorhin bei Tisch erzählt haben?«

»Ich weiß gar nicht mehr, was ich gesagt habe«, lächelte Lord Henry. »War's denn sehr schlimm?«

»Sehr schlimm, allerdings. Ja, ich halte Sie für überaus gefährlich, und wenn unsrer guten Duchess etwas zustößt, müssen wir Sie wohl als den Hauptschuldigen ansehen. Dennoch, ich würde mit Ihnen gern einmal über das Leben plaudern. Die Generation, in die ich hineingeboren wurde, war langweilig. Sollten Sie London irgendwann einmal satt haben, kommen Sie nach Treadley; dann können Sie mir bei einem hervorragenden Burgunder, den ich glücklicherweise besitze, Ihre Philosophie des Genusses ausführlich erklären.«

»Mit dem größten Vergnügen. Ein Besuch in Treadley wäre ein besonderer Vorzug. Es verfügt über einen vollendeten Gastgeber und eine vollendete Bibliothek.«

»Mit Ihnen wäre sie komplett«, erwiderte der alte Gentleman mit einer höflichen Verneigung. »Und nun muß ich mich von Ihrer trefflichen Tante verabschieden. Das Athenaeum ruft mich. Um diese Stunde schlafen wir dort nämlich immer.«

»Sie alle, Mr. Erskine?«

»Alle vierzig, in vierzig Klubsesseln. Wir üben für eine englische Akademie der Bildung und Wissenschaft.«

Lord Henry lachte und erhob sich. »Ich gehe noch in den Park«, rief er.

Als er zur Tür hinausschritt, faßte Dorian Gray ihn am Arm. »Ich möchte mit«, murmelte er.

»Ich dachte, Sie haben sich bei Basil Hallward angesagt«, antwortete Lord Henry.

»Ich würde lieber mit Ihnen gehn; ja, ich glaube, ich muß es sogar. Sagen Sie nicht nein. Und versprechen Sie mir, daß Sie die ganze Zeit mit mir reden? Keiner kann so wunderbar reden wie Sie.«

»Ach, ich hab heute schon genug geredet«, sagte Lord Henry lächelnd. »Jetzt will ich nur noch eins, nämlich das Leben anschauen. Sie dürfen gern mitschauen, wenn Sie Lust haben.«

4

EINEN Monat später saß Dorian Gray des Nachmittags in einem luxuriösen Sessel in der kleinen Bibliothek von Lord Henrys Haus in Mayfair. Es war ein auf seine Art ganz bezaubernder Raum mit hoher Wandtäfelung aus olivgrün getönter Eiche, mit cremefarbenem Fries und einem Plafond aus erhabener Stuckarbeit; der ziegelrote Filzteppich war mit langgefransten, seidenen Perserbrücken übersät. Auf einem winzigen Tisch aus Satinholz stand eine Statuette von Clodion; daneben lag eine Ausgabe der *Cent Nouvelles,* eingebunden von Clovis Eve für Margarete von Valois und betupft mit den goldenen Maßliebchen, die sich jene Königin zum Wahrzeichen erkoren hatte. Ein paar große blaue Porzellanvasen mit Papageientulpen waren auf dem Kaminsims aufgereiht, und durch die kleinen, in Blei gefaßten Fensterscheiben strömte das aprikosenfarbene Licht eines Londoner Sommertages.

Lord Henry war noch nicht da. Er kam grundsätzlich immer zu spät, denn sein Grundsatz hieß: Pünktlichkeit stiehlt einem die Zeit. Der Junge blickte daher schon ziemlich mißmutig drein, als er mit trägen Fingern in einer kunstvoll illustrierten Ausgabe von *Manon Lescaut* blätterte, die er in einem der Bücherregale entdeckt hatte. Das regelmäßige, monotone Ticken der Louis-Quatorze-Uhr ennuyierte ihn. Ein paarmal dachte er daran, wieder zu gehen.

Schließlich hörte er draußen Schritte, und die Tür ging auf. »Sie kommen aber spät, Harry!« murmelte er.

»Ich bin leider nicht Harry, Mr. Gray«, antwortete eine schrille Stimme.

Er drehte sich hastig um und stand auf. »Verzeihung. Ich dachte ...«

»Sie dachten, es wäre mein Mann. Es ist bloß seine Frau. Gestatten Sie, daß ich mich vorstelle. Ich kenne Sie ja schon ganz gut von Ihren Fotos her. Ich glaube, mein Mann hat siebzehn Stück davon.«

»Nicht doch, Lady Henry – siebzehn?«

»Na, dann eben achtzehn. Und neulich hab ich Sie abends mit ihm in der Oper gesehen.« Sie lachte beim Sprechen nervös auf und musterte ihn mit ihren ausdruckslosen Vergißmeinnicht-Augen. Sie war eine sonderbare Frau, deren Kleider immer aussahen, als wären sie in einem Anfall von Raserei entworfen und in einem Sturm angelegt worden. Üblicherweise war sie in jemanden verliebt, und da ihre Leidenschaft niemals erwidert wurde, hatte sie sich all ihre Illusionen bewahrt. Sie versuchte malerisch zu wirken, schaffte es aber nur zur Verworrenheit. Sie hieß Victoria und war eine geradezu süchtige Kirchgängerin.

»Das war dann vermutlich im *Lohengrin,* Lady Henry?«

»Ja; im trefflichen *Lohengrin.* Wagners Musik ist mir lieber als jede andere. Sie ist so laut, daß man die ganze Zeit über reden kann, ohne daß andre einen verstehn. Das ist doch ein großer Vorteil; finden Sie nicht, Mr. Gray?«

Wieder brach das nervöse, abgehackte Lachen von ihren schmalen Lippen, und ihre Finger begannen mit einem langen Papiermesser aus Schildpatt zu spielen.

Dorian lächelte und schüttelte den Kopf. »Ich fürchte, nein, Lady Henry. Ich rede nie bei Musik, jedenfalls nicht bei guter Musik. Wenn man allerdings schlechte Musik hört, hat man die Pflicht, sie mit Gesprächen zu übertönen.«

»Ah! Das ist eine von Harrys Ansichten, stimmt's, Mr. Gray? Ich erfahre Harrys Ansichten immer von seinen Freunden. Für mich ist das die einzige Möglichkeit, sie kennenzulernen. Sie dürfen jetzt aber nicht glauben, daß ich für gute Musik nichts übrig habe. Ich bete sie förmlich an, aber ich fürchte mich auch vor ihr. Sie macht mich zu romantisch. Ich war schon gradezu vernarrt in Pianisten – manchmal in zwei auf einmal, wie Harry meint. Ich weiß nicht, was an ihnen so besonders ist. Vielleicht der Umstand, daß sie Ausländer sind. Sind sie doch alle, oder nicht? Sogar die, die in England geboren sind, werden nach einer gewissen Zeit zu Ausländern, hab ich recht? Ist ja auch sehr gescheit von ihnen und ein großes Kompliment für die Kunst. Sie wird dadurch richtig kosmopolitisch, nicht wahr? Sie waren noch nie auf einer meiner Parties, stimmt's, Mr. Gray? Sie müssen unbedingt einmal kommen. Ich kann mir Orchideen eigentlich nicht leisten, aber für Ausländer ist mir nichts zu teuer. Sie geben den Räumen so etwas Malerisches. Aber da ist Harry ja! – Harry, ich hab nach dir geschaut, um dich was zu fragen – mir fällt nicht mehr ein, was –, und da finde ich hier Mr. Gray vor. Wir hatten grad ein entzückendes Pläuschchen über Musik. Wir sind darüber ganz einer Meinung. Nein; unsre Meinungen gehn wohl doch ganz auseinander. Trotzdem, Mr. Gray war überaus liebenswürdig. Ich bin sehr froh, daß ich ihn endlich kennengelernt habe.«

»Reizend, meine Liebe, wirklich ganz reizend«, sagte Lord Henry; er zog die dunklen, halbmondförmigen

Brauen hoch und sah die beiden mit belustigtem Lächeln an. »Tut mir leid, daß ich so spät dran bin, Dorian. Ich habe in der Wardour Street nach einem alten Brokat gesucht und mußte dann stundenlang darum feilschen. Heutzutage kennen die Leute von allem den Preis und von gar nichts den Wert.«

»Ich muß leider gehn«, rief Lady Henry und unterbrach mit ihrem einfältigen, jähen Lachen einen peinlichen Moment der Stille. »Ich bin mit der Duchess zu einer Ausfahrt verabredet. Adieu, Mr. Gray. Adieu, Harry. Ich nehme an, du ißt auswärts? Ich auch. Vielleicht sehen wir uns bei Lady Thornbury.«

»Schon möglich, meine Liebe«, sagte Lord Henry und machte die Tür hinter ihr zu; wie ein Paradiesvogel, der die ganze Nacht über draußen im Regen gewesen war, schwirrte sie aus dem Zimmer und ließ einen zarten Duft nach Jasminblütenwasser zurück. Lord Henry zündete sich eine Zigarette an und warf sich aufs Sofa.

»Heiraten Sie nie eine Frau mit strohblondem Haar, Dorian«, sagte er nach ein paar Zügen.

»Wieso nicht, Harry?«

»Weil strohblonde Frauen so sentimental sind.«

»Ich mag aber sentimentale Menschen.«

»Am besten, Sie heiraten gar nicht, Dorian. Männer heiraten aus Langeweile, Frauen aus Neugier; beide werden enttäuscht.«

»Ich glaub eigentlich nicht, daß ich heiraten will, Henry. Dazu ist meine Liebe zu groß. Das ist doch einer von Ihren Aphorismen. Ich bin grad dabei, ihn in die Tat umzusetzen – wie alles, was Sie sagen.«

»In wen sind Sie denn verliebt?« fragte Lord Henry nach einer Weile.

»In eine Schauspielerin«, sagte Dorian Gray errötend.

Lord Henry zuckte die Schultern. »Ein ziemlich abgedroschenes Debüt.«

»Wenn Sie sie gesehen hätten, würden Sie das nicht sagen, Harry.«

»Wer ist sie denn?«

»Sie heißt Sibyl Vane.«

»Nie gehört.«

»Da sind Sie nicht der einzige. Aber eines Tages wird man von ihr hören. Sie ist nämlich ein Genie.«

»Mein lieber Junge, keine Frau ist ein Genie. Frauen sind das dekorative Geschlecht. Sie haben partout nichts zu sagen, aber sie sagen es ganz bezaubernd. Frauen verkörpern den Triumph der Materie über den Geist, Männer den Triumph des Geistes über die Moral.«

»Harry, wie können Sie nur!«

»Mein lieber Dorian, es ist die reine Wahrheit. Ich bin grade dabei, die Frauen zu analysieren, drum sollte ich's eigentlich wissen. Das Thema ist gar nicht so abstrus, wie ich dachte. Soweit ich sehe, gibt's letztlich nur zwei Sorten von Frauen, die ungeschminkten und die geschminkten. Die ungeschminkten sind überaus nützlich. Wer als ehrbar gelten will, braucht bloß eine ungeschminkte Frau zum Souper auszuführen. Die geschminkten wiederum sind natürlich sehr reizvoll. Aber sie machen einen Fehler. Sie schminken sich, weil sie möglichst jung aussehn wollen. Unsere Großmütter haben sich geschminkt, weil ihnen daran gelegen war, möglichst brillante Unterhalterinnen zu sein. Rouge und Esprit gingen früher einmal zusammen. Das ist heute aus und vorbei. Sobald es einer Frau gelingt, zehn Jahre jünger als ihre Tochter auszusehn, ist sie vollkommen zufrieden. Und was die Konversation betrifft – in London gibt's nur fünf Frauen, mit denen sich eine Unterhaltung wirklich lohnt, und mit zwei davon kann man sich in anständiger Gesellschaft nicht blicken lassen. Aber nun erzählen Sie mal von Ihrem Genie. Wie lange kennen Sie sie schon?«

»Ah! Harry, Ihre Ansichten sind schaudererregend.«

»Lassen Sie gut sein. Wie lange kennen Sie sie schon?«

»Etwa drei Wochen.«

»Und wo sind Sie ihr über den Weg gelaufen?«

»Ich will's Ihnen erzählen, Harry; Sie dürfen sich aber nicht darüber lustig machen. Immerhin wär's gar nicht passiert, wenn ich Sie nicht kennengelernt hätte. Sie haben mir den glühenden Wunsch eingegeben, alles über das Leben zu wissen. Noch Tage nach unsrer ersten Begegnung war mir, als ob etwas in mir pulsierte. Wenn ich durch den Park schlenderte oder die Piccadilly entlangspazierte, hab ich mir jeden, der an mir vorüberging, angeschaut und mich mit verrückter Neugier gefragt, was er wohl für ein Leben führt. Manche fand ich faszinierend. Andre erfüllten mich mit Entsetzen. Ein köstliches Gift lag in der Luft. Ich lechzte nach Erlebnissen … Tja, eines Abends um sieben beschloß ich dann, mich auf die Suche nach einem Abenteuer zu machen. Ich hatte das Gefühl, daß unser graues, riesiges London mit seinen Myriaden von Einwohnern, mit seinen erbärmlichen Sündern und erlesenen Sünden, wie Sie's mal nannten, irgend etwas für mich bereithält. Ich stellte mir alles mögliche vor. Allein schon die Gefahr hat mich freudig erregt. Ich hatte noch im Ohr, was Sie an dem wunderschönen Abend, als wir zum erstenmal essen waren, zu mir gesagt haben, daß nämlich die Suche nach Schönheit das wahre Geheimnis des Lebens sei. Ich weiß nicht genau, was ich mir erhoffte, jedenfalls zog ich los, wanderte in Richtung Osten und hatte mich bald darauf in einem Labyrinth von rußigen Straßen und schwarzen, graslosen Plätzen verirrt. Gegen halb neun kam ich an einem skurrilen kleinen Theater mit großen, flackernden Gaslichtern und grellen Plakaten vorbei. Ein häßlicher Jude in der erstaunlichsten Weste, die ich jemals gesehen habe, stand im Eingang und rauchte eine schlechte Zigarre. Er hatte fettige Ringellocken, und mitten auf seinem schmutzigen Hemd blitzte ein riesiger Diamant. »Eine Loge gefällig, Mylord?« sagte er, als er mich sah, und zog mit einer ungeheuer servilen Gebärde den Hut. Irgendwas, Harry, hat mich an ihm belustigt. Er war ein richtiges Monster. Sie lachen mich jetzt bestimmt aus, aber ich bin tatsächlich reingegangen und hab eine ganze Guinee für eine Bühnenloge bezahlt. Mir ist bis heute nicht klar, wieso; trotzdem, hätte ich's nicht getan – mein lieber Harry, hätte ich's nicht getan, dann wär ich um das größte Liebesglück meines Lebens gekommen. Ich sehe, Sie lachen. Wie abscheulich von Ihnen!«

»Ich lache doch gar nicht, Dorian; jedenfalls nicht über Sie. Aber das größte Liebesglück Ihres Lebens, das sollten Sie nicht sagen. Allenfalls das *erste* Liebesglück Ihres Lebens. Sie werden immer geliebt werden, und Sie werden immer in die Liebe verliebt sein. Eine *grande passion* ist das Vorrecht derer, die nichts zu tun haben. Darin haben die müßigen Klassen eines Landes ihren einzigen Zweck. Nur keine Bange. Ihnen stehen noch die exquisitesten Erlebnisse bevor. Das ist bloß der Anfang.«

»Halten Sie mich für so oberflächlich?« rief Dorian Gray zornig.

»Nein; ich halte Sie für sehr tief.«

»Wie meinen Sie das?«

»Mein lieber Junge, die wahrhaft Oberflächlichen lieben nur einmal im Leben. Was sie Treue und Ergebenheit nennen, das nenne ich stumpfe Gewohnheit oder vielmehr Mangel an Vorstellungskraft. Treue ist für das Gefühlsleben das gleiche wie Eintönigkeit für den Geist – einfach ein Eingeständnis von Schwäche. Treue! Eines Tages muß ich sie mal analysieren. Die Leidenschaft für Besitz steckt darin. So manches würden wir über Bord werfen, wäre da nicht die Angst, daß andre es sich dann unter den Nagel reißen. Aber ich will Sie nicht unterbrechen. Erzählen Sie weiter.«

»Na ja, ich befand mich also auf einmal in einer gräßlichen kleinen Privatloge, direkt vor einem schäbigen Vorhang. Ich äugte hinter dem Vorhang vor und sah mir das Theater genauer an. Es war eine billige Schmiere mit lauter Amoretten und Füllhörnern, wie eine drittklassige Hochzeitstorte. Galerie und Parterre waren ziemlich voll, die zwei schmuddligen Parkettreihen dagegen so gut wie leer, und auch im ›ersten Rang‹, wie man das vermutlich nannte, war fast niemand zu sehen. Frauen gingen mit Orangen und Ingwerbier herum, und der Verzehr von Nüssen war einfach schaudererregend.«

»Also war's wohl genau wie in den glorreichen Tagen des britischen Dramas.«

»Ja, wahrscheinlich, und sehr deprimierend. Ich fragte mich schon, was ich hier soll, da fiel mein Blick auf den Theaterzettel. Was meinen Sie wohl, Harry, welches Stück auf dem Programm stand?«

»Ich nehme an, *Der junge Narr oder Stumm, aber unschuldig.* Soviel ich weiß, hatten unsre Altvordern ein ausgesprochenes Faible für solche Stücke. Je länger ich lebe, Dorian, um so klarer wird mir: Was noch gut genug war für unsre Väter, ist nicht mehr gut genug für uns. In der Kunst wie in der Politik *les grandpères ont toujours tort.*«

»Das Stück war gut genug für uns, Harry. Es war *Romeo und Julia.* Ich muß allerdings zugeben, der Gedanke, Shakespeare in so einem elenden Loch sehen zu müssen, hat mich ziemlich empört. Trotzdem, irgendwie war meine Neugier geweckt. Jedenfalls beschloß ich, den ersten Akt abzuwarten. Ein schauderhaftes Orchester spielte auf, geführt von einem jungen Hebräer, der an einem ramponierten Klavier saß und mich damit fast zum Davonlaufen gebracht hätte, aber dann ging endlich der Vorhang auf, und die Vorstellung konnte beginnen. Romeo war ein untersetzter älterer Herr mit geschwärzten Brauen, heiserer Tragödenstimme und einer Figur wie ein Bierfaß. Mercutio war beinah genauso schlimm. Er wurde von einem Schmierenkomödianten gespielt, der eigene Späßchen einstreute und mit dem Parterre auf freundschaftlichstem Fuß stand. Beide Schauspieler waren so grotesk wie das Bühnenbild, und das sah aus, als käme es aus einer ländlichen Schaubude. Aber Julia! Harry, stellen Sie sich ein Mädchen vor, noch nicht ganz siebzehn, mit einem kleinen, blumengleichen Gesicht, einem schmalen griechischen Kopf und dunkelbraunen, geflochtenen Locken; ihre Augen waren veilchenblaue Brunnen der Leidenschaft, ihre Lippen waren wie die Blütenblätter einer Rose. Sie war das lieblichste Wesen, das ich je in meinem Leben gesehen habe. Sie haben mir mal erklärt, daß Pathos Sie unberührt läßt, daß aber

Schönheit, reine Schönheit, Ihnen Tränen in die Augen zu treiben vermag. Harry, ich sage Ihnen, ich konnte das Mädchen fast nicht erkennen, ein solcher Tränenschleier legte sich mir vor die Augen. Und ihre Stimme – noch nie hab ich so eine Stimme gehört. Erst war sie sehr leise; es war, als drängen einem ihre tiefen, weichen Töne einzeln ans Ohr. Dann wurde sie ein bißchen lauter und klang wie eine Flöte oder ferne Oboe. In der Gartenszene hatte sie die ganze vibrierende Verzücktheit, wie man sie kurz vor dem Morgengrauen hört, wenn die Nachtigallen zu schlagen beginnen. Später wiederum gab's Momente, wo sie die wilde Leidenschaft einer Viola d'amore hatte. Sie wissen, wie erregend eine Stimme sein kann. Ihre Stimme und die Stimme von Sibyl Vane – beide werde ich niemals vergessen. Wenn ich die Augen zumache, höre ich sie, und jede sagt etwas anderes. Ich weiß nicht, welcher ich folgen soll. Wie könnte ich Sibyl nicht lieben? Harry, ich liebe sie wirklich. Sie ist mein ein und alles. Jeden Abend gehe ich hin, um sie spielen zu sehen. Mal ist sie Rosalinde, mal Imogen. Ich habe sie gesehen, wie sie in einer düsteren italienischen Gruft das Gift von den Lippen ihres Geliebten schlürfte und starb. Ich habe sie durch den Ardenner Wald streifen sehen, als hübscher Jüngling verkleidet, mit Kniehose, Wams und schmukkem Barett. Mal war sie eine Wahnsinnige, die vor einen schuldigen König trat und ihm Raute zu tragen und bittere Kräuter zu kosten gab. Mal war sie eine Unschuldige, der die schwarzen Hände der Eifersucht die gertenschlanke Kehle zudrückten. Ich habe sie in jedem Zeitalter und jedem Kostüm gesehen. Eine gewöhnliche Frau regt die Phantasie nicht an. Sie kommt nicht über ihr Jahrhundert hinaus. Kein Zauber kann ihr eine andre Gestalt geben. Ihr Gemüt ist ebenso leicht erkennbar wie ihre Haube. Man findet sie überall. Sie hat nichts Geheimnisvolles. Morgens fährt sie in den Park, und nachmittags schwatzt sie beim Teekränzchen. Sie hat ein stereotypes Lächeln und feine Manieren. Sie ist ohne weiteres zu durchschauen. Aber eine Schauspielerin! Die ist doch was völlig anderes! Harry! Wieso haben Sie mir nicht gesagt, daß nur eine Schauspielerin es wert ist, daß man sie liebt?«

»Weil ich schon so viele Schauspielerinnen geliebt habe, Dorian.«

»O ja, schauderhafte Geschöpfe mit gefärbten Haaren und geschminkten Gesichtern.«

»Nichts gegen gefärbte Haare und geschminkte Gesichter. Grade darin steckt manchmal ein ganz besonderer Reiz«, sagte Lord Henry.

»Hätt ich Ihnen doch bloß nichts von Sibyl Vane erzählt.«

»Es blieb Ihnen nichts andres übrig, Dorian. Sie werden mir immer alles erzählen.«

»Ja, Harry, das stimmt wohl. Es bleibt mir gar nichts andres übrig, als Ihnen alles zu erzählen. Sie haben einen seltsamen Einfluß auf mich. Sollte ich jemals ein Verbrechen begehen, dann käm ich bestimmt zu Ihnen, um's Ihnen zu beichten. Sie würden mich verstehen.«

»Menschen wie Sie – die eigensinnigen Sonnenstrahlen des Lebens – begehen keine Verbrechen, Dorian. Trotzdem vielen Dank für das Kompliment. Aber nun sagen Sie mir – reichen Sie mir doch mal die Streichhölzer, seien Sie so lieb: danke –, wie weit sind Sie denn mit Sibyl Vane schon gediehen?«

Dorian Gray sprang mit geröteten Wangen und

glühenden Augen auf. »Harry! Sibyl Vane ist unantastbar!«

»Nur das Unantastbare lohnt die Berührung, Dorian«, sagte Lord Henry mit einer seltsamen Spur von Pathos in der Stimme. »Warum regen Sie sich denn auf? Vermutlich gehört sie eines Tages sowieso Ihnen. Wer verliebt ist, betrügt am Anfang immer sich selber und am Ende die andern. So was nennt man dann eine Romanze. Ich nehme doch an, Sie kennen die junge Dame schon?«

»Natürlich kenne ich sie. An meinem ersten Abend im Theater kam der abscheuliche alte Jude nach der Vorstellung zu mir in die Loge und bot mir an, mich hinter die Bühne zu führen und mit ihr bekannt zu machen. Ich wurde wütend und erklärte ihm, daß Julia schon seit Hunderten von Jahren tot sei und daß ihr Leichnam in einer Veroneser Marmorgruft ruhe. Er glotzte mich völlig entgeistert an – wahrscheinlich hatte er den Eindruck, ich hätte zuviel Champagner getrunken oder sonst irgendwas.«

»Das wundert mich nicht.«

»Dann wollte er wissen, ob ich für eine Zeitung schreibe. Ich sagte ihm, daß ich nicht einmal eine lese. Daraufhin war er offenbar furchtbar enttäuscht und vertraute mir an, daß sich sämtliche Theaterkritiker gegen ihn verschworen hätten und daß sie allesamt käuflich seien.«

»Da hat er wohl gar nicht so unrecht. Aber andrerseits, so wie die Herren aussehen, können sie eigentlich nicht sehr viel kosten.«

»Tja, er selber fand sie anscheinend doch zu teuer«, lachte Dorian. »Wie auch immer, inzwischen wurden im Theater die Lichter gelöscht, und ich mußte gehen.

Er wollte mir noch mit aller Gewalt ein paar Zigarren andrehen. Ich lehnte ab. Am nächsten Abend war ich natürlich wieder da. Kaum hatte er mich gesehen, machte er einen tiefen Diener und versicherte mir, ich sei ein großzügiger Gönner der Kunst. Er war absolut widerwärtig, hatte aber zugleich eine besonders ausgeprägte Vorliebe für Shakespeare. Einmal erzählte er mir nicht ohne Stolz, nur wegen des ›Barden‹, wie er ihn ständig nannte, sei er schon fünfmal bankrott gegangen. Er hielt das anscheinend für eine Auszeichnung.«

»Ist es auch, mein lieber Dorian – und eine große dazu. Die meisten gehen bankrott, weil sie zuviel in die Prosa des Lebens investiert haben. Sich für die Poesie zu ruinieren, ist eine Ehre. Aber wann haben Sie denn nun zum erstenmal mit Miss Sibyl Vane gesprochen?«

»Am dritten Abend. Sie hatte grade die Rosalinde gespielt. Mir blieb gar nichts andres übrig, als zu ihr zu gehen. Ich hatte ihr ein paar Blumen zugeworfen, und sie hatte mich angeschaut, zumindest kam's mir so vor. Der alte Jude ließ einfach nicht locker. Er war offenbar fest entschlossen, mich hinter die Bühne zu führen, drum gab ich schließlich nach. Ist doch komisch, daß ich überhaupt keine Lust hatte, sie kennenzulernen, oder?«

»Nein; eigentlich nicht.«

»Mein lieber Harry, wieso denn nicht?«

»Das erkläre ich Ihnen ein andermal. Jetzt erzählen Sie mir von dem Mädchen.«

»Sibyl? Oh, sie war sehr schüchtern und sehr sanft. Sie hat etwas von einem Kind. Als ich ihr sagte, was ich von ihrem Spiel halte, machte sie ganz große, erstaunte Augen, sie war sich ihrer Fähigkeiten anscheinend gar nicht bewußt. Wir waren wohl beide ziemlich aufgeregt. Der alte Jude stand grinsend in der Tür zum staubigen Künstlerzimmer und bedachte uns mit einer weitschweifigen Ansprache; wir standen nur da und schauten uns an wie zwei Kinder. Der Jude titulierte mich andauernd mit ›Mylord‹; ich mußte Sibyl versichern, daß ich nichts dergleichen bin. Sie sagte bloß: ›Sie sehen eher aus wie ein Prinz. Ich will Sie Märchenprinz nennen.‹«

»Alle Achtung, Dorian; Miss Sibyl weiß, wie man Komplimente macht.«

»Das verstehen Sie falsch, Harry. Für sie war ich einfach eine Person aus einem Theaterstück. Sie weiß nichts vom Leben. Sie wohnt bei ihrer Mutter, einer verblühten, müde gewordenen Frau, die am ersten Abend in irgend so einem magentaroten Morgenrock die Gräfin Capulet spielte und den Eindruck macht, als ob sie schon bessere Tage gesehen hätte.«

»Diese Art Eindruck kenne ich. Ich finde ihn deprimierend«, murmelte Lord Henry und betrachtete seine Ringe.

»Der Jude wollte mir ihre Lebensgeschichte erzählen, aber ich sagte, die sei mir völlig egal.«

»Da hatten Sie ganz recht. Die Tragödien anderer Leute haben immer etwas ungeheuer Armseliges.«

»Sibyl ist das einzige, was mich wirklich interessiert. Was geht mich ihre Herkunft an? Von ihrem kleinen Kopf bis zu den kleinen Füßen ist sie absolut und vollkommen göttlich. Jeden Abend meines Lebens gehe ich hin, um sie spielen zu sehen, und jeden Abend ist sie noch wunderbarer.«

»Dann ist das wohl der Grund, weshalb Sie neuerdings nicht mehr mit mir dinieren. Ich dachte mir schon, daß da irgendeine kuriose Liebesaffäre im Spiel ist. Es trifft also zu; allerdings nicht ganz so, wie ich erwartet habe.«

»Mein lieber Harry, wir sind doch tagtäglich zusammen, beim Lunch oder beim Souper, und ich war auch schon ein paarmal in der Oper mit Ihnen«, sagte Dorian und riß verwundert die blauen Augen auf.

»Sie kommen immer so furchtbar spät.«

»Aber ich *muß* Sibyl einfach spielen sehen«, rief der Junge, »und sei's auch nur einen einzigen Akt. Ich lechze förmlich nach ihrer Anwesenheit; und wenn ich an die herrliche Seele denke, die sich in diesem kleinen Elfenbeinkörper verbirgt, dann packt mich eine ehrfürchtige Scheu.«

»Aber heut abend dinieren Sie doch mit mir, Dorian – ja?«

Der Junge schüttelte den Kopf. »Heut abend ist sie Imogen«, antwortete er, »und morgen abend Julia.«

»Und wann ist sie Sibyl Vane?«

»Nie.«

»Herzlichen Glückwunsch.«

»Wie garstig Sie sind! Sie vereinigt alle großen Heldinnen der Welt in sich. Sie ist mehr als eine Einzelperson. Sie lachen, aber ich sage Ihnen, sie hat Genie. Ich liebe sie, und ich muß sie dazu bringen, daß sie meine Liebe erwidert. Sie, der Sie alle Geheimnisse des Lebens kennen, sagen Sie mir, wie ich Sibyl Vane so betören kann, daß sie mich liebt! Ich möchte Romeo eifersüchtig machen. Ich möchte, daß die toten Liebhaber der Welt unser Gelächter hören und traurig werden. Ich möchte, daß ein Hauch unsrer Leidenschaft ihrem Staub Bewußtsein einflößt und ihre Asche zum Leiden erweckt. Mein Gott, Harry, wie ich Sibyl anbete!« Dorian ging beim Sprechen auf und ab. Hektische rote Flecken glühten auf seinen Wangen. Er war furchtbar erregt.

Lord Henry beobachtete ihn mit einem leisen Gefühl der Genugtuung. Wie anders Dorian nun auf einmal war – ganz anders als der schüchterne, furchtsame Junge, den er in Basil Hallwards Atelier kennengelernt hatte. Seine Natur hatte sich entfaltet wie eine Blume, hatte Blüten aus scharlachroten Flammen getrieben. Seine Seele war aus ihrem geheimen Schlupfwinkel gekrochen, und die Sehnsucht hatte sich ihr als Begleiterin zugesellt.

»Und wie soll's nun weitergehn?« sagte Lord Henry schließlich.

»Ich möchte, daß Sie und Basil irgendwann einmal abends mitkommen, damit Sie sie spielen sehen. Um das Ergebnis mache ich mir überhaupt keine Sorgen. Sie werden ihr Genie ganz bestimmt erkennen. Und dann müssen wir sie aus den Klauen des Juden befreien. Sie ist noch drei Jahre an ihn gebunden – zumindest noch zwei Jahre und acht Monate, von jetzt an gerechnet. Ich werde ihm natürlich was dafür zahlen müssen. Wenn alles geregelt ist, dann miete ich ein Theater im West End und bringe sie gehörig heraus. Sie wird die Welt genauso verrückt machen wie mich.«

»Das wär doch wohl völlig unmöglich, mein lieber Junge.«

»Doch, das wird sie. In ihr steckt nicht nur Kunst, ein vollendeter künstlerischer Instinkt, sondern auch eine Persönlichkeit; und Sie haben mir oft gesagt, daß Persönlichkeiten, nicht Prinzipien, die Welt bewegen.«

»Na schön, an welchem Abend wollen wir gehen?«

»Mal sehen. Heute ist Dienstag. Sagen wir morgen. Morgen spielt sie die Julia.«

»Gut. Also um acht Uhr im Bristol; ich bringe Basil dann mit.«

»Bitte nicht erst um acht, Harry. Um halb sieben. Wir müssen unbedingt dort sein, bevor der Vorhang aufgeht. Sie müssen sie im ersten Akt sehen, wenn sie Romeo kennenlernt.«

»Um halb sieben! Was für eine Tageszeit! Das ist ja, als wollte man zwischendurch ein Wurstbrot essen oder einen englischen Roman lesen. Nein, um sieben. Ein Gentleman geht niemals vor sieben zu Tisch. Sehen Sie Basil vorher nochmal? Oder soll ich ihm schreiben?«

»Der gute Basil! Ich hab mich schon eine Woche nicht bei ihm blicken lassen. Nicht grade nett von mir, zumal er mir mein Porträt geschickt hat, in einem ganz wundervollen Rahmen, den er eigens dafür entworfen hat; ich bin zwar ein bißchen neidisch auf das Bild, weil es einen ganzen Monat jünger ist als ich, aber ich muß zugeben, daß es mir große Freude macht. Vielleicht sollten Sie ihm doch lieber schreiben. Ich möcht nicht gerne allein zu ihm. Mir gefällt nicht, was er sagt. Andauernd gibt er mir gute Ratschläge.«

Lord Henry lächelte. »Die Menschen verteilen mit Vorliebe das, was sie selber am dringendsten brauchen. Das nenne ich wahre Großzügigkeit.«

»Tja, Basil ist wirklich ein feiner Kerl, aber ein bißchen kommt er mir vor wie ein Spießer. Seitdem ich Sie kenne, Harry, wird mir das immer klarer.«

»Basil, mein lieber Junge, legt alles Schöne, das in ihm steckt, in sein Werk. Die Folge davon ist, daß ihm fürs Leben nur seine Vorurteile, seine Prinzipien und sein gesunder Menschenverstand bleiben. Die einzigen auch persönlich entzückenden Künstler, die ich kenne, sind schlechte Künstler. Gute Künstler existieren ausschließlich in dem, was sie schaffen, und sind daher als Menschen vollkommen uninteressant. Ein großer Dichter, ein wirklich großer Dichter, ist das unpoetischste Geschöpf, das es gibt. Mindere Dichter dagegen sind absolut faszinierend. Je schlimmer ihre Verse sind, um so malerischer sehen sie aus. Allein schon der Umstand, daß einer ein Buch mit zweitrangigen Sonetten veröffentlicht hat, macht ihn ganz und gar unwiderstehlich. Er lebt die Poesie, die er nicht schreiben kann. Die anderen schreiben die Poesie, die sie nicht auszuleben wagen.«

»Ob das auch wirklich stimmt, Harry?« sagte Dorian Gray und träufelte aus einem großen, mit goldener Kappe versehenen Flakon, der auf dem Tisch stand, ein wenig Parfüm auf sein Taschentuch. »Muß es wohl, wenn Sie's sagen. Aber jetzt muß ich gehn. Imogen wartet auf mich. Vergessen Sie nicht, morgen. Wiedersehn.«

Als der Junge das Zimmer verlassen hatte, senkte Lord Henry die schweren Lider und begann nachzudenken. Nur für wenige Menschen hatte er sich wohl jemals so sehr interessiert wie für Dorian Gray, und doch löste die rasende Verehrung des Jungen für jemand anders nicht den leisesten Anflug von Ärger oder Eifersucht bei ihm aus. Sie gefiel ihm sogar. Sie machte den Jungen zu einem noch interessanteren Studienobjekt. Die Methoden der Naturwissenschaft hatten ihn seit jeher gefesselt, aber der herkömmliche Gegenstand dieser Wissenschaft erschien ihm banal und unwichtig. Daher hatte er sich darauf verlegt, zunächst sich selbst und schließlich andere zu vivisezieren. Das menschliche Leben – das war für ihn der einzig würdige Forschungsgegenstand. Damit verglichen war alles übrige völlig belanglos. Freilich, wenn man das Leben in seinem kuriosen Schmelztiegel von Lust und Leid betrachtete, konnte man keine Glasmaske vor dem Gesicht tragen und auch nicht verhindern, daß einem die Schwefeldünste das Gehirn benebelten und den Geist mit monströsen Phantasien und häßlichen Träumen verwirrten. Es gab schleichende Gifte; um ihre Eigenschaften kennenzulernen, mußte man an ihnen erkranken. Es gab seltsame Leiden; um ihre Natur zu verstehen, mußte man sie durchmachen. Aber dennoch, was für ein großer Lohn wurde einem dann zuteil! Wie wunderbar wurde einem die ganze Welt! Die sonderbar strenge Logik der Leidenschaft und das von Gefühlen gefärbte Leben des Geistes zu verfolgen – zu beobachten, wo sie sich trafen und wo sie sich trennten, an welchem Punkt sie übereinstimmten und an welchem Punkt sie sich widersprachen –, das gewährte eine ganz eigene Lust! Was kam es da noch auf den Preis an? Für eine Erkenntnis konnte kein Preis zu hoch sein.

Ihm war bewußt – und bei dem Gedanken trat ein freudiger Schimmer in seine braunen Achataugen –, daß er mit bestimmten wohlklingenden Worten, mit wohlklingend gesprochenen Worten, Dorians Seele dazu gebracht hatte, sich diesem unschuldigen Mädchen zuzuwenden und sich voller Verehrung vor ihr zu verneigen. Der Jüngling war weitgehend seine Schöpfung. Er hatte ihn vorzeitig zur Reife gebracht. Das war nichts Geringes. Gewöhnliche Menschen warteten, bis ihnen das Leben seine Geheimnisse enthüllte, doch den wenigen, den Erwählten, offenbarten sich die Mysterien des Lebens, noch ehe der Schleier gelüftet wurde. Bisweilen geschah das durch den Einfluß der Kunst, namentlich der Literatur, die es ganz unmittelbar mit den Leidenschaften und dem Geist zu tun hatte. Manchmal jedoch trat eine vielschichtige Persönlichkeit an diese Stelle und nahm der Kunst ihre Aufgabe ab – ja, war gleichsam selber ein echtes Kunstwerk, denn auch das Leben bringt vollendete Meisterwerke hervor, ebenso wie die Dichtung, die Bildhauerkunst oder die Malerei.

Ja, der Jüngling war vorzeitig zur Reife gekommen. Er brachte seine Ernte schon während des Frühlings ein. Der Impulsivität und Leidenschaft seiner Jugend zum Trotz begann er bereits, sich seiner bewußt zu werden. Es war ein Genuß, ihn zu beobachten. Mit seinem schönen Gesicht und seiner schönen Seele war er ein Wesen zum Anstaunen. Es war einerlei, wie dies alles endete oder enden mußte. Er glich einer jener anmutigen Gestalten in einem Schauspiel oder Theaterstück, deren Freuden uns ganz abseitig erscheinen, deren Schmerzen jedoch unseren Schönheitssinn anregen und deren Wunden wie rote Rosen sind.

Seele und Leib, Leib und Seele – wie rätselhaft sie doch waren! Die Seele barg Animalisches, der Leib kannte Momente des Spirituellen. Die Sinne konnten sich verfeinern, der Intellekt konnte entarten. Wer vermochte zu sagen, wo der körperliche Trieb aufhörte und der seelische Trieb begann? Wie oberflächlich waren die willkürlichen Definitionen der Schulpsychologen! Und wie schwierig war es zugleich, sich zwischen den Behauptungen der verschiedenen Schulen zurechtzufinden! War die Seele ein Schatten, der in einem sündigen Gehäuse wohnte? Oder steckte der Leib, wie Giordano Bruno dachte, in Wirklichkeit in der Seele? Geist und Materie – ihr Getrenntsein war ebenso rätselhaft wie ihre Einheit.

Er begann sich zu fragen, ob es wohl jemals gelingen würde, die Psychologie zu einer so perfekten Wissenschaft zu machen, daß sich damit auch noch der kleinste Lebenstrieb ergründen ließe. Wie die Dinge lagen, verstanden wir uns selber immerzu falsch und andere nur selten richtig. Erfahrung stellte keinen moralischen Wertbegriff dar. Sie war lediglich der Name, den die Menschen ihren Irrtümern gaben. Die Sittenlehrer hatten die Erfahrung in der Regel als eine Art Mahnung betrachtet, hatten ihr eine gewisse moralische Wirkung auf die Charakterbildung zugeschrieben, hatten sie als etwas gepriesen, das uns lehre, war wir zu tun, und uns zeige, was wir zu lassen hätten. Doch in der Erfahrung lag keine treibende Kraft. Sie war sowenig eine bewegende Ursache wie das Gewissen. Sie bewies uns eigentlich nur, daß unsere Zukunft genauso aussehen würde wie unsere Vergangenheit und daß wir die einst mit Abscheu begangene Sünde noch viele Male mit Freuden wiederbegehen würden.

Ihm war klar, daß die experimentelle Methode die einzige war, mit der man zu einer wissenschaftlichen Analyse der Leidenschaften gelangen konnte; jedenfalls stellte Dorian Gray einen Forschungsgegenstand dar, der für ihn wie geschaffen war und ergiebige, fruchtbare Ergebnisse versprach. Dorians plötzliche rasende Liebe zu Sibyl Vane war ein psychologisches Phänomen von nicht geringem Interesse. Gewiß war da viel Neugierde im Spiel, Neugierde und die Sehnsucht nach neuen Erfahrungen; dennoch war es keine schlichte, sondern eher eine sehr komplizierte Leidenschaft. Was von den rein sinnlichen Instinkten des Knabenalters darinsteckte, war durch das Zutun der Phantasie umgeformt und in etwas verwandelt worden, was dem Jungen selbst von Sinnlichkeit weit entfernt zu sein schien und eben darum desto gefährlicher war. Die Leidenschaften, über deren Ursprung man sich täuschte, machten einem immer am schwersten zu schaffen. Die schwächsten Antriebe waren die, über deren Wesen man sich im klaren war. Oft war man im Glauben, man experimentiere mit anderen, dabei experimentierte man in Wirklichkeit mit sich selbst.

Während Lord Henry dasaß und diesen Dingen nachhing, klopfte es an der Tür; sein Diener trat ein und erinnerte ihn daran, daß es Zeit sei, sich zum Dinner umzukleiden. Er stand auf und blickte hinaus auf die Straße. Die untergehende Sonne hatte die oberen Fenster des gegenüberliegenden Hauses in scharlachfarbenes Gold getaucht. Die Scheiben glühten wie erhitzte Metallplatten. Der Himmel darüber glich einer verblaßten Rose. Lord Henry dachte an das junge, glutrote Leben seines Freundes und fragte sich, wie dies alles wohl enden würde.

Als er gegen halb ein Uhr nach Hause kam, sah er auf dem Flurtisch ein Telegramm liegen. Er öffnete es und stellte fest, daß es von Dorian Gray war. Der Junge gab ihm darin seine Verlobung mit Sibyl Vane bekannt.

5

MUTTER, Mutter, ich bin ja so glücklich!« flüsterte das Mädchen und vergrub das Gesicht im Schoß der verblühten, müde wirkenden Frau, die, den Rücken dem grell hereindringenden Licht zugewandt, auf dem einzigen Sessel saß, den das ärmliche Wohnzimmer enthielt. »Ich bin ja so glücklich!« sagte das Mädchen noch einmal, »und du sollst auch glücklich sein!«

Mrs. Vane zuckte zusammen und legte ihrer Tochter die mageren, von Wismutschminke weißen Hände auf den Kopf. »Glücklich!« wiederholte sie, »ich bin nur glücklich, Sibyl, wenn ich dich spielen sehe. Du darfst an nichts anderes denken als an deine Rollen. Mr. Isaacs war immer sehr gut zu uns, und außerdem schulden wir ihm noch Geld.«

Das Mädchen sah auf und verzog den Mund. »Geld, Mutter?« rief sie, »was ist schon Geld! Liebe ist mehr als Geld.«

»Mr. Isaacs hat uns einen Vorschuß von fünfzig Pfund gegeben, damit wir unsere Schulden bezahlen und James anständig ausstaffieren können. Das darfst du nicht vergessen, Sibyl. Fünfzig Pfund sind eine große Summe. Mr. Isaacs war äußerst entgegenkommend.«

»Er ist kein Gentleman, Mutter, und ich mag's überhaupt nicht, wie er mit mir spricht«, sagte das Mädchen, stand auf und ging hinüber zum Fenster.

»Ich weiß nicht, wie wir's ohne ihn schaffen sollen«, erwiderte die ältere Frau kläglich.

Sibyl Vane warf den Kopf zurück und lachte. »Wir

brauchen ihn nicht mehr, Mutter. Jetzt nimmt der Märchenprinz alles für uns in die Hand.« Sie unterbrach sich. Eine Rose erzitterte in ihrem Blut und färbte ihre Wangen dunkelrot. Rasche Atemzüge teilten die Blütenblätter ihrer Lippen und ließen sie beben. Ein Südwind der Leidenschaft fuhr über sie hin und bewegte die zierlichen Falten ihres Kleides. »Ich liebe ihn«, sagte sie schlicht.

»Dummes Kind! Dummes Kind!« war die papageienhaft hervorgestoßene Antwort. Die Bewegungen der krummen, mit unechten Steinen geschmückten Finger gaben den Worten etwas Groteskes.

Das Mädchen lachte wieder. Die Freude eines singenden Käfigvogels schwang in ihrer Stimme. Ihre Augen griffen die Melodie auf und ließen sie in einem strahlenden Leuchten nachklingen; dann gingen sie einen Moment zu, als wollten sie ihr Geheimnis verbergen. Als sie sich wieder öffneten, war der Schleier des Traumes bereits über sie hinweggehuscht.

Dünnlippige Weisheit redete vom abgewetzten Sessel her auf das Mädchen ein, mahnte zur Besonnenheit, zitierte aus jenem Buch der Feigheit, dessen Autor ein Ruhmredner des gesunden Menschenverstands ist. Sibyl hörte nicht zu. In ihrem Gefängnis der Leidenschaft war sie ganz frei. Ihr Prinz, der Märchenprinz war bei ihr. Sie hatte die Erinnerung beschworen, ihn neu zu erschaffen. Sie hatte ihre Seele ausgesandt, nach ihm zu suchen, und ihre Seele hatte ihn ihr zurückgebracht. Sein Kuß brannte wieder auf ihren Lippen. Ihre Lider waren von seinem Atem ganz warm.

Dann versuchte die Weisheit es anders und sprach von Nachforschen und Herausfinden. Vielleicht sei der junge Mann reich. Wenn ja, so komme eine Heirat durchaus in Betracht. Wellen irdischer Schläue brachen sich an der Ohrmuschel des Mädchens. Die Pfeile der List schossen an Sibyl vorüber. Sie sah, wie sich die dünnen Lippen bewegten, und lächelte.

Plötzlich hatte sie das Bedürfnis, etwas zu sagen. Das beredte Schweigen beunruhigte sie. »Mutter, Mutter«, rief sie, »warum liebt er mich nur so sehr? Ich weiß ja, warum ich ihn liebe. Ich liebe ihn, weil er so ist, wie die Liebe selber sein sollte. Aber was sieht er in *mir*? Ich bin seiner doch gar nicht würdig. Und trotzdem – ich kann nicht sagen, warum –, obwohl ich mich als so tief unter ihm empfinde, komme ich mir nicht minderwertig vor. Ich bin einfach stolz, furchtbar stolz. Mutter, hast du meinen Vater so geliebt, wie ich den Märchenprinz liebe?«

Die ältere Frau erbleichte unter dem dicken Puder, der ihre Wangen bedeckte, und ihre trockenen Lippen zuckten in krampfhaftem Schmerz. Sibyl eilte zu ihr, warf ihr die Arme um den Hals und küßte sie. »Verzeih mir, Mutter, ich weiß, es tut dir weh, über unseren Vater zu sprechen. Aber es tut dir nur weh, weil du ihn so sehr geliebt hast. Schau nicht so traurig. Ich bin heut so glücklich, wie du's vor zwanzig Jahren gewesen bist. Ach, laß mich für immer glücklich sein!«

»Mein Kind, du bist noch viel zu jung, um an Liebe zu denken. Und überhaupt, was weißt du denn von diesem jungen Mann? Du kennst doch nicht einmal seinen Namen. Das Ganze kommt mir äußerst ungelegen, und ich muß schon sagen, jetzt, wo James nach Australien geht und ich den Kopf voll habe mit anderem, da hättest du ruhig mehr Rücksicht zeigen können. Aber wie gesagt, wenn er reich ist ...«

»Ach! Mutter, Mutter, laß mich doch glücklich sein!«

Mrs. Vane warf ihr einen Blick zu und schloß sie mit einer jener unechten Bühnengebärden, wie sie Schauspielern so oft zur zweiten Natur werden, in die Arme. In diesem Augenblick öffnete sich die Tür, und ein junger Bursche mit struppigem braunem Haar trat ins Zimmer. Er war von untersetzter Statur und hatte große Hände und Füße, die in ihren Bewegungen ein wenig täppisch wirkten. Er war nicht so fein geartet wie seine Schwester. Man hätte die nahe Verwandtschaft, die zwischen den beiden bestand, kaum für möglich gehalten. Mrs. Vane sah ihn unverwandt an und lächelte noch mehr. Im Geist erhob sie ihren Sohn in den Rang eines Publikums. Sie war davon überzeugt, daß sich ihm ein reizvolles Tableau bot.

»Du könntest ruhig ein paar Küsse für *mich* aufheben, Sibyl«, sagte der Junge mit einem gutmütigen Brummen.

»Ach, du hast es doch gar nicht gern, wenn man dich küßt, Jim«, rief sie. »Du bist ein schrecklicher alter Bär.« Und sie lief durchs Zimmer und umarmte ihn.

James Vane blickte seiner Schwester zärtlich ins Gesicht. »Ich möcht ein bißchen mit dir spazierengehn, Sibyl. Ich glaub nicht, daß ich dieses gräßliche London je wieder zu sehen kriege. Eigentlich hab ich auch gar kein Verlangen danach.«

»Sag nicht so schreckliche Sachen, mein Sohn«, murmelte Mrs. Vane; seufzend nahm sie ein flitterhaftes Bühnenkostüm zur Hand und begann es auszubessern. Sie war ein wenig enttäuscht darüber, daß er sich der Gruppe nicht zugesellt hatte. Es hätte die malerische Wirkung der Szene gesteigert.

»Warum nicht, Mutter? Ich mein's ernst.«

»Du tust mir weh, mein Sohn. Sobald du es in Australien zu etwas gebracht hast, hoffe ich doch, daß du wieder nach Hause kommst. Meines Wissens gibt es in den Kolonien keinerlei gesellschaftliches Leben, jedenfalls keins, was ich als solches bezeichnen würde; sobald du also dein Glück gemacht hast, mußt du zurückkehren und in London deinen Mann stehen.«

»Gesellschaftliches Leben!« brummte der Junge. »Damit hab ich überhaupt nichts im Sinn. Ich möcht bloß etwas Geld verdienen, damit ich dich und Sibyl von diesem Theater wegholen kann. Ich hasse es!«

»Oh, Jim!« lachte Sibyl, »wie garstig von dir! Aber möchtest du wirklich mit mir spazierengehen? Das wäre schön! Ich hatte nämlich schon Angst, du willst dich noch von ein paar Freunden verabschieden – von Tom Hardy, der dir diese scheußliche Pfeife geschenkt hat, oder von Ned Langton, der sich über dich lustig macht, weil du sie rauchst. Wirklich ganz lieb von dir, daß du deinen letzten Nachmittag mit mir verbringen willst. Wo gehn wir hin? In den Park?«

»Dazu seh ich zu schäbig aus«, antwortete er finster. »Nur feine Leute gehn in den Park.«

»Unsinn, Jim«, flüsterte sie und strich ihm über den Jackenärmel.

Er zögerte einen Moment. »Na schön«, sagte er schließlich, »aber beeil dich mit dem Anziehen.« Sie tanzte zur Tür hinaus. Man hörte sie singen, als sie die Treppe hochlief. Ihre kleinen Füße trippelten oben umher.

Er ging ein paarmal im Zimmer auf und ab. Dann wandte er sich der stummen Gestalt im Sessel zu. »Sind meine Sachen fertig, Mutter?« fragte er.

»Aber ja, James«, erwiderte sie, ohne von ihrer Arbeit aufzuschauen. Seit einigen Monaten fühlte sie sich unbehaglich, sobald sie mit ihrem schroffen, störrischen Sohn alleine war. Wenn ihre Blicke sich trafen, geriet ihr oberflächliches, verborgenes Wesen in Unruhe. Sie fragte sich oft, ob er etwas ahnte. Schließlich wurde ihr das Schweigen – denn er sagte nichts mehr – unerträglich. Sie begann zu lamentieren. Frauen verteidigen sich durch Angriff, und ihr Angriff besteht in einer ganz plötzlichen, unvermuteten Kapitulation. »Ich hoffe, James, die Seefahrerei tut dir gut«, sagte sie. »Denk immer daran, du hast es dir selber so ausgesucht. Du hättest ebensogut in ein Anwaltsbüro eintreten können. Anwälte nehmen einen sehr geachteten Rang ein; auf dem Land dinieren sie oft bei den besten Familien.«

»Ich hasse Büros, und Büroangestellte auch«, erwiderte er. »Aber du hast ganz recht. Ich hab mir mein Leben selber ausgesucht. Ich sag dir nur eins, paß auf Sibyl auf. Gib acht, daß ihr nichts passiert. Du mußt unbedingt auf sie aufpassen, Mutter.«

»Das ist ja nun wirklich unerhört, James. Natürlich paß ich auf Sibyl auf.«

»Soviel ich weiß, kommt jeden Abend ein Gentleman ins Theater und geht nach hinten, um sich mit ihr zu unterhalten. Stimmt das? Was ist damit?«

»Du sprichst über Dinge, von denen du keine Ahnung hast, James. Unser Beruf bringt es mit sich, daß man mit einer Menge sehr erfreulicher Aufmerksamkeiten bedacht wird. Auch ich habe früher mal viele Blumensträuße bekommen – damals, als man von der Schauspielkunst noch etwas verstand. Und Sibyl – ich weiß im Moment nicht, ob ihre Zuneigung ernstgemeint ist oder nicht. Fest steht nur, daß der fragliche junge Mann ein vollendeter Gentleman ist. Er ist mir gegenüber immer überaus höflich. Außerdem macht er einen wohlhabenden Eindruck, und die Blumen, die er schickt, sind wunderschön.«

»Du weißt doch nicht mal, wie er heißt«, sagte der Junge schroff.

»Nein«, antwortete seine Mutter mit gelassener Miene. »Er hat mir seinen wirklichen Namen noch nicht verraten. Ich finde das sehr romantisch von ihm. Wahrscheinlich gehört er dem Adel an.«

James Vane biß sich auf die Lippe. »Paß auf Sibyl auf, Mutter«, rief er; »paß bloß auf sie auf.«

»Du bist wirklich zum Verzweifeln, mein Sohn. Sibyl steht immer unter meiner besonderen Obhut. Wenn dieser Gentleman reich ist, dann spricht doch überhaupt nichts dagegen, daß sie mit ihm eine Verbindung eingeht. Ich bin sicher, er gehört dem Adel an. Seine ganze Erscheinung läßt darauf schließen. Vermutlich wäre er für Sibyl eine glänzende Partie. Die zwei gäben ein reizendes Paar ab. Er sieht wirklich außergewöhnlich gut aus, jedem fällt das auf.«

Der Junge brummte etwas vor sich hin und trommelte mit den derben Fingern auf die Fensterscheibe. Er hatte sich eben umgedreht, um etwas zu sagen, da öffnete sich die Tür, und Sibyl eilte herein.

»Ihr seid ja so ernst, ihr zwei!« rief sie. »Was ist denn los?«

»Nichts«, erwiderte er. »Manchmal muß man halt ernst sein. Wiedersehn, Mutter; um fünf Uhr komm ich zum Abendessen. Bis auf die Hemden ist schon alles gepackt, du brauchst dich also um nichts mehr zu kümmern.«

»Wiedersehn, mein Sohn«, antwortete Mrs. Vane mit einer übertrieben vornehmen Verneigung.

Sie war äußerst verärgert über den Ton, den ihr Sohn ihr gegenüber angeschlagen hatte; in seinem Blick lag etwas, das ihr Angst einflößte.

»Gib mir noch einen Kuß, Mutter«, sagte Sibyl. Ihre blumengleichen Lippen berührten die welke Wange und gaben deren Kühle ein wenig Wärme.

»Mein Kind! Mein Kind!« rief Mrs. Vane und sah zur Decke empor, als halte sie Ausschau nach einer Zuschauergalerie.

»Komm, Sibyl«, sagte der Bruder ungeduldig. Das affektierte Gehabe seiner Mutter war ihm ein Greuel.

Sie traten hinaus in den flimmernden, von Wind durchwehten Sonnenschein und schlenderten durch die eintönige Euston Road. Die Passanten sahen den mürrischen, schwerfälligen Jungen verwundert an, der sich mit seiner groben, schlechtsitzenden Kleidung in Begleitung eines so anmutigen, vornehm wirkenden Mädchens befand. Er glich einem schlichten Gärtner, der mit einer Rose spazierengeht,

Hie und da, wenn er den forschenden Blick eines Fremden erhaschte, runzelte Jim die Stirn. Er hatte jene Abneigung gegen das Angestarrtwerden, die bei Genies erst spät im Leben auftritt und die der Alltagsmensch niemals verliert. Sibyl indessen war sich der Wirkung, die sie hervorrief, überhaupt nicht bewußt. Ihre Liebe zitterte im Lachen auf ihren Lippen. Sie dachte an den Märchenprinzen, und um noch mehr an ihn denken zu können, sprach sie nicht von ihm, sondern plapperte in einem fort über das Schiff, mit dem Jim in See stechen wollte, über das Gold, das er zweifellos finden, über die wunderschöne Erbin, die er aus den Händen von bösen, mit roten Hemden bekleideten Buschräubern befreien werde. Denn er dürfe kein Seemann bleiben, auch kein Frachtaufseher oder sonst etwas dieser Art. O nein. Das Seemannsleben sei schrecklich. Unfaßbar, in einem schaurigen Schiff eingesperrt zu sein, während die kreischenden, krummrückigen Wogen einzudringen versuchten und ein düsterer Sturm die Masten umblase und die Segel zu langen, heulenden Streifen zerfetze. Er müsse in Melbourne von Bord gehen, dem Kapitän höflich Lebewohl sagen und sich sofort auf den Weg zu den Goldfeldern machen. Keine Woche später werde er auf einen großen Klumpen reinen Goldes stoßen – den größten Klumpen, den man jemals gefunden habe – und ihn in einem von sechs berittenen Polizisten bewachten Wagen zur Küste bringen. Dreimal würden die Buschräuber sie überfallen und dabei in einem ungeheuren Gemetzel besiegt werden. Oder nein. Er solle die Goldfelder unbedingt meiden. Das seien schaudererregende Gegenden, wo sich die Männer betränken, einander in Bars erschössen und häßliche Ausdrücke gebrauchten. Er solle lieber ein braver Schafzüchter werden, und wenn er dann eines Abends nach Hause reite, sehe er, wie ein Räuber auf einem Rappen die schöne Erbin entführe, und er nehme die Verfolgung auf und könne die Erbin retten. Natürlich werde sie sich in ihn verlieben, und er in sie, und sie würden heimkehren und in einem riesigen Haus in London leben. Ja, Herrliches stehe ihm bevor. Freilich müsse er immer anständig sein, er dürfe nicht die Geduld verlieren oder sein Geld leichtfertig ausgeben. Sie selber sei zwar nur ein Jahr älter als er, aber sie wisse über das Leben schon weitaus besser Bescheid. Im übrigen müsse er ihr unbedingt mit jeder Post schreiben und jede Nacht vor dem Schlafengehen seine Gebete sprechen. Gott sei sehr gütig und werde über ihn wachen. Auch sie wolle für ihn beten, und in ein paar Jahren werde er reich und glücklich wieder zurückkehren.

Der Junge hörte ihr verdrossen zu und gab keine Antwort. Er war tiefbetrübt darüber, daß er die Heimat verlassen mußte. Aber das war es nicht allein, was ihn so mürrisch und schwermütig machte. So unerfahren er war, spürte er doch sehr deutlich, daß Sibyl sich in Gefahr befand. Dieser junge Dandy, der sie umwarb, konnte es nicht gut mit ihr meinen. Er war ein Gentleman, und dafür haßte er ihn, haßte ihn mit einem sonderbaren Klasseninstinkt, den er sich nicht erklären konnte und der ihn daher nur um so mehr beherrschte. Darüber hinaus kannte er das oberflächliche Wesen und die Eitelkeit seiner Mutter und sah darin eine unendliche Gefahr für Sibyl und Sibyls Glück. Anfangs lieben Kinder ihre Eltern noch; wenn sie älter werden, urteilen sie über sie; manchmal vergeben sie ihnen.

Seine Mutter! Ihm lag etwas auf der Seele, was er sie fragen wollte, etwas, worüber er schon seit vielen Monaten in aller Stille nachgrübelte. Ein zufällig aufgeschnapptes Wort im Theater, eine höhnische, im Flüsterton gesprochene Bemerkung, die ihm eines Abends beim Warten am Bühneneingang zu Ohren gekommen war, hatte eine Reihe furchtbarer Gedanken in ihm ausgelöst. Er erinnerte sich daran, als hätte er damals einen Peitschenstreich übers Gesicht bekommen. Seine Brauen zogen sich zu einer keilförmigen Furche zusammen, und in krampfhaft aufzuckendem Schmerz biß er sich auf die Unterlippe.

»Du hörst mir ja gar nicht zu, Jim«, rief Sibyl, »dabei mach ich grade die herrlichsten Pläne für deine Zukunft. Jetzt sag doch etwas.«

»Was soll ich denn sagen?«

»Ach, daß du ein braver Junge bist und uns nicht vergessen wirst«, erwiderte sie und lächelte ihn an.

Er zuckte die Schultern. »Wahrscheinlich vergißt du mich viel schneller als ich dich, Sibyl.«

Sie errötete. »Was soll das heißen, Jim?« fragte sie.

»Du hast neuerdings einen Freund, hab ich gehört. Wer ist er? Wieso hast du mir nichts von ihm erzählt? Er meint's nicht gut mit dir.«

»Hör auf, Jim!« rief sie. »Du darfst nichts gegen ihn sagen. Ich liebe ihn.«

»Aber du weißt ja nicht einmal, wie er heißt«, gab der Junge zurück. »Wer ist er? Ich hab ein Recht darauf, es zu erfahren.«

»Er heißt Märchenprinz. Gefällt dir der Name nicht? Ach, du Dummerchen! Du solltest ihn nie vergessen. Hättest du den Märchenprinzen schon gesehen, dann würdest du ihn für den wundervollsten Menschen der Welt halten. Eines Tages wirst du ihn kennenlernen – sobald du aus Australien zurück bist. Er wird dir sehr gefallen. Allen gefällt er, und ich ... ich liebe ihn. Schade, daß du heut abend nicht ins Theater kommen kannst. Er wird bestimmt da sein, und ich spiele die Julia! Ach, und wie ich sie spielen werde! Denk nur, Jim, eine Liebende spielt die Julia! Weiß, daß der Geliebte ihr zuschaut! Spielt, um ihn zu erfreuen! Ich hab Angst, daß ich meine Mitspieler erschrecke, daß ich sie erschrecke oder völlig in Bann schlage. Wer liebt, wächst über sich hinaus. Der schreckliche Mr. Isaacs wird seinen Nichtsnutzen an der Bar das Wort ›Genie‹ zurufen. Bisher hat er mich angepriesen wie eine Glaubenssache; heut abend wird er mich verkünden wie eine Offenbarung. Ich hab das im Gefühl. Und das alles verdanke ich ihm, nur ihm, dem Märchenprinzen, meinem wundervollen Geliebten, meinem anmutigen Gott. Aber gegen ihn bin ich arm. Arm? Was macht das schon! Kriecht die Armut zur Tür herein, kommt die Liebe durchs Fensterlein. Unsere Sprichwörter müssen umgeschrieben werden. Sie sind im Winter entstanden, und jetzt haben wir Sommer; für mich ist's eigentlich Frühling, ein wahrer Blütenreigen am blauen Himmel.«

»Er ist ein Gentleman«, sagte der Junge mürrisch.

»Ein Prinz!« rief sie klangvoll. »Was willst du mehr?«

»Er will dich zur Sklavin machen.«

»Mir graut vor dem Gedanken, frei zu sein.«

»Nimm dich lieber vor ihm in acht.«

»Ihn sehen heißt ihn verehren, ihn kennen heißt ihm vertrauen.«

»Sibyl, er hat dich ja völlig um den Verstand gebracht.«

Sie lachte und nahm ihn am Arm. »Guter alter Jim, du redest, als wärst du schon hundert. Eines Tages wirst auch du dich verlieben. Dann weißt du, wie das ist. Jetzt mach doch nicht so ein Gesicht. Eigentlich solltest du dich darüber freuen, daß ich trotz deiner Abreise so glücklich bin wie noch nie. Das Leben war für uns beide immer hart, furchtbar hart und mühselig. Aber jetzt wird alles anders. Du ziehst hinaus in eine neue Welt, und ich hab meine grade entdeckt. Da sind zwei Stühle; setzen wir uns doch ein bißchen hin und schauen zu, wie die feinen Leute vorüberflanieren.«

Inmitten einer Schar von weiteren Zuschauern nahmen sie Platz. Die Tulpenbeete auf der anderen Straßenseite flammten wie vibrierende Feuerringe. Weißer Blütenstaub, vermutlich von Veilchenwurz, hing als tanzende Wolke in der flirrenden Luft. Die grellbunten Sonnenschirme hüpften auf und ab wie riesige Schmetterlinge.

Sie brachte ihren Bruder dazu, von sich zu reden, von seinen Hoffnungen, seinen Aussichten. Er sprach langsam und nur mit Mühe. Die beiden gaben einander die Worte, wie Spieler sich Spielmarken zuschieben. Sibyl war bedrückt. Sie konnte ihr Glück nicht mitteilen. Ein schwaches, den mürrischen Mund umzuckendes Lächeln war das einzige Echo, das sie empfing. Nach einer Weile verstummte sie. Da erhaschte ihr Blick auf einmal goldene Haare und lachende Lippen; in einem offenen Wagen fuhr, zusammen mit zwei Damen, Dorian Gray vorüber.

Sie sprang auf. »Da ist er!« rief sie.

»Wer?« sagte Jim Vane.

»Der Märchenprinz«, antwortete sie und blickte der Viktoria-Chaise nach.

Er fuhr hoch und faßte sie unsanft am Arm. »Zeig ihn mir. Welcher ist es? Führ ihn mir vor. Ich muß ihn sehn!« rief er; aber in diesem Moment schob sich der Vierspänner des Duke of Berwick dazwischen, und kaum war die Sicht wieder frei, war der Wagen bereits aus dem Park gerauscht.

»Er ist weg«, murmelte Sibyl traurig. »Schade, daß du ihn nicht gesehen hast.«

»Allerdings, denn so wahr es einen Gott im Himmel gibt – wenn er dir jemals was antut, dann bring ich ihn um.«

Sie blickte ihn entsetzt an. Er wiederholte seine Worte. Sie durchschnitten die Luft wie ein Dolch. Ringsum begann man bereits zu gaffen. Eine in der Nähe stehende Dame kicherte.

»Komm, Jim; komm weg hier«, flüsterte Sibyl. Verbissen folgte er ihr durch die Menge. Er war froh, daß er es endlich gesagt hatte.

Als sie die Achilles-Statue erreicht hatten, drehte Sibyl sich um. In ihren Augen lag Mitleid, das sich auf ihren Lippen in Lachen verwandelte. Sie schüttelte den Kopf. »Du bist verrückt, Jim, vollkommen verrückt; ein übellauniger Junge, das ist alles. Wie kannst du bloß so etwas Furchtbares sagen? Du weißt doch gar nicht, was du da redest. Du bist einfach nur eifersüchtig und unleidlich. Ah! Ich wünschte, du würdest dich verlieben. Die Liebe macht die Menschen gut, und was du gesagt hast, war böse.«

»Ich bin sechzehn«, erwiderte er, »und weiß, was ich tu. Mutter ist keine Hilfe für dich. Sie kann nicht auf dich aufpassen. Eigentlich möcht ich jetzt gar nicht mehr nach Australien. Ich hätt gute Lust, die ganze Geschichte fahrenzulassen. Würd ich auch, wenn mein Vertrag nicht schon unterschrieben wär.«

»Oh, sei doch nicht so ernst, Jim. Du bist wie einer von den Helden aus den albernen Melodramen, in denen Mutter immer so gern gespielt hat. Ich möcht mich nicht mit dir zanken. Ich hab ihn gesehen, und ach! Ihn zu sehen ist das vollendete Glück. Wir wollen nicht streiten. Ich weiß doch, du würdest jemandem, den ich liebe, bestimmt nichts zuleide tun.«

»Solang du ihn liebst, wahrscheinlich nicht«, war die mürrische Antwort.

»Ich werde ihn immer lieben!« rief sie.

»Und er?«

»Er mich auch!«

»Wär besser für ihn.«

Sie schrak zurück. Dann lachte sie und legte ihm die Hand auf den Arm. Er war ja noch ein Junge.

Am Marble Arch hielten sie einen Omnibus an, der sie dann unweit ihrer schäbigen Unterkunft in der Euston Road absetzte. Es war nach fünf Uhr, und Sibyl mußte sich vor ihrem Auftritt ein paar Stunden hinlegen. Jim bestand darauf. Er sagte, er wolle sich lieber von ihr verabschieden, ohne daß die Mutter dabei sei. Sie mache bestimmt eine Szene, und Szenen jeder Art seien ihm ein Greuel.

In Sibyls Zimmer nahmen sie Abschied. Eifersucht war im Herzen des Jungen und ein glühender, mörderischer Haß auf den Fremden, der sich, wie ihm schien, einfach zwischen sie gedrängt hatte. Doch als sie ihm die Arme um den Hals warf und ihm mit den Fingern durchs Haar strich, wurde er weich und küßte sie mit echter Zuneigung. Als er schließlich nach unten ging, standen Tränen in seinen Augen.

Seine Mutter wartete bereits auf ihn. Als er ins Zimmer trat, murrte sie über seine Unpünktlichkeit. Er gab keine Antwort, sondern setzte sich an sein dürftiges Mahl. Fliegen umsummten den Tisch und krabbelten über die fleckige Tischdecke. Über dem Rumpeln der Omnibusse und dem Rattern der Droschken hörte er die monotone Stimme, die jede Minute verschlang, die ihm noch blieb.

Nach einer Weile schob er den Teller fort und stützte den Kopf in die Hände. Seiner Meinung nach hatte er ein Recht darauf, es zu erfahren. Wenn es so war, wie er vermutete, hätte es ihm schon lange zuvor gesagt werden müssen. Bleiern vor Angst, ließ seine Mutter ihn nicht aus den Augen. Worte fielen ihr mechanisch von den Lippen. Ein zerschlissenes Spitzentaschentuch knüllte sich in ihren Fingern. Als die Uhr sechs schlug, stand er auf und ging zur Tür. Dann drehte er sich noch einmal um und sah seine Mutter an. Beider Blicke begegneten sich. In ihrem las er eine flehentliche Bitte um Gnade. Er geriet in Wut.

»Mutter, ich muß dich was fragen«, sagte er. Ihr Blick schweifte unsicher im Zimmer umher. Sie gab keine Antwort. »Sag mir die Wahrheit. Ich hab ein Recht darauf, es zu erfahren. Warst du mit meinem Vater verheiratet?«

Sie stieß einen tiefen Seufzer aus. Es war ein Seufzer der Erleichterung. Der schreckliche Moment, der Moment, vor dem sie sich Tag und Nacht seit Wochen und Monaten gefürchtet hatte, war endlich da, und dennoch verspürte sie keine Angst. Ja, in gewisser Hinsicht war sie sogar enttäuscht. Die banale Direktheit der Frage verlangte nach einer direkten Antwort. Der Höhepunkt hätte schrittweise kommen müssen. Das Ganze war zu plump. Es erinnerte sie an eine schlechte Theaterprobe.

»Nein«, erwiderte sie und wunderte sich über die krude Schlichtheit des Lebens.

»Dann war mein Vater also ein Schuft?« rief der Junge und ballte die Fäuste.

Sie schüttelte den Kopf. »Ich wußte, daß er nicht frei war. Wir haben uns sehr geliebt. Wenn er am Leben geblieben wäre, hätte er bestimmt für uns gesorgt. Sag nichts gegen ihn, mein Sohn. Er war dein Vater und ein Gentleman. Ja, er hatte sogar Verbindungen zu den höchsten Kreisen.«

Ein Fluch brach von seinen Lippen. »Mir geht's nicht um mich«, rief er aus, »aber laß Sibyl nicht ... Der, der in sie verliebt ist oder es zumindest behauptet – der ist doch *auch* ein Gentleman, ja? Wahrscheinlich hat er ebenfalls Verbindungen zu den höchsten Kreisen.«

Einen Augenblick lang überkam die Frau ein furchtbares Gefühl der Demütigung. Sie ließ den Kopf sinken. Mit zitternden Händen wischte sie sich die Augen. »Sibyl hat eine Mutter«, murmelte sie; »ich hatte keine.«

Der Junge war gerührt. Er ging zu ihr, bückte sich und gab ihr einen Kuß. »Tut mir leid, wenn ich dir mit der Frage nach meinem Vater weh getan hab«, sagte er, »aber es ging nicht anders. Und jetzt muß ich los. Leb wohl. Vergiß nicht, du hast jetzt bloß noch ein Kind, um das du dich kümmern mußt, und glaub mir, wenn dieser Mann meiner Schwester was antut, dann find ich raus, wer er ist; dann spür ich ihn auf und bring ihn um wie einen Hund. Das schwöre ich.«

Die völlige Überspanntheit der Drohung, die leidenschaftliche Gebärde, mit der sie einherging, die wilde Melodramatik der Worte, das alles sorgte dafür, daß der Frau das Leben wieder lebendiger erschien. Diese Luft war ihr vertraut. Sie atmete freier, und zum erstenmal seit vielen Monaten empfand sie für ihren Sohn aufrichtige Bewunderung. Sie hätte die Szene liebend gerne in diesem gefühligen Stil fortgesetzt, doch er fuhr ihr abrupt dazwischen. Man mußte Koffer hinuntertragen und nach dicken Schals suchen. Der Pensionsknecht eilte geschäftig hin und her. Es gab Verhandlungen mit dem Kutscher. Der Moment ging in kleinlichen Banalitäten unter. Von neuem enttäuscht, winkte sie mit dem zerschlissenen Spitzentaschentuch aus dem Fenster, während ihr Sohn davonfuhr. Sie wußte, eine große Gelegenheit war vertan. Sie tröstete sich damit, daß sie Sibyl erklärte, wie traurig ihr Leben wohl fortan sei, denn sie habe jetzt bloß noch ein Kind, um das sie sich kümmern müsse. Diesen Satz hatte sie sich gemerkt. Er hatte ihr gefallen. Von der Drohung erwähnte sie nichts. Sie war lebendig und voller Dramatik zum Ausdruck gekommen. Eines Tages, dachte sie, würden sie alle darüber lachen.

6

ICH nehme an, Sie haben die Neuigkeiten schon gehört, Basil?« sagte Lord Henry an jenem Abend, als Hallward in ein kleines Séparée im Bristol geführt wurde, wo man einen Tisch für drei Personen gedeckt hatte.

»Nein, Harry«, antwortete der Künstler, während er dem dienernden Kellner Hut und Mantel reichte. »Worum geht's denn? Doch hoffentlich nicht um Politik? Politik interessiert mich nicht. Im Unterhaus gibt's fast keine einzige Person, die sich wirklich zu malen lohnt; vielen täte allerdings ein bißchen Tünche ganz gut.«

»Dorian Gray trägt sich mit Heiratsabsichten. Er hat sich verlobt«, sagte Lord Henry und faßte ihn dabei ins Auge.

Hallward zuckte zusammen und runzelte dann die Stirn. »Dorian verlobt!« rief er. »Unmöglich!«

»Es ist die reine Wahrheit.«

»Mit wem denn?«

»Mit irgendeiner kleinen Schauspielerin.«

»Das kann ich nicht glauben. Dazu ist Dorian viel zu vernünftig.«

»Dorian ist viel zu gescheit, um nicht hin und wieder was Dummes zu tun, mein lieber Basil.«

»Heiraten ist wohl kaum etwas, was man hin und wieder tut, Harry.«

»Außer in Amerika«, erwiderte Lord Henry träge. »Aber ich habe ja nicht gesagt, daß er geheiratet hat.

Ich habe gesagt, er trägt sich mit Heiratsabsichten. Das ist doch etwas ganz anderes. Ich entsinne mich deutlich, geheiratet zu haben, aber daß das mit Absicht geschehen ist, daran kann ich mich partout nicht erinnern. Ich glaube eher, nein.«

»Aber denken Sie doch an Dorians Herkunft, an seinen gesellschaftlichen Rang, an seinen Reichtum. Es wäre unklug von ihm, so tief unter seinem Stand zu heiraten.«

»Genau das müssen Sie ihm sagen, wenn Sie ihn dazu bringen wollen, dieses Mädchen zu heiraten. Dann tut er's nämlich erst recht. Wer eine komplette Dummheit begeht, hat immer die edelsten Motive dafür.«

»Hoffentlich ist sie ein anständiges Mädchen, Harry. Ich möchte nicht erleben, daß sich Dorian mit einem Luder zusammentut, das ihm womöglich den Charakter verdirbt und den Verstand zerrüttet.«

»Oh, sie ist mehr als anständig – sie ist schön«, murmelte Lord Henry und nippte an einem Glas Wermut mit Pomeranzenlikör. »Dorian sagt jedenfalls, sie sei schön; und in solchen Dingen irrt er sich eigentlich nur selten. Ihr Porträt von ihm hat seinen Blick für das Äußere seiner Mitmenschen geschärft. Es hatte unter anderem auch diese hervorragende Wirkung. Wir werden das Mädchen heut abend kennenlernen – falls der Junge unsre Verabredung nicht vergißt.«

»Ist das Ihr Ernst?«

»Mein voller Ernst, Basil. Die Vorstellung, jemals noch ernster zu sein als eben jetzt, würde mich unglücklich machen.«

»Aber finden Sie die Sache denn richtig, Harry?« fragte der Maler; er biß sich auf die Lippe und ging im

Séparée auf und ab. »Sie können sie doch unmöglich richtig finden. Es ist eine alberne Schwärmerei.«

»Ich finde schon lange nichts mehr richtig oder falsch. Das ist eine absurde Einstellung zum Leben. Wir wurden nicht in die Welt gesetzt, um unsere moralischen Vorurteile zu verbreiten. Was gewöhnliche Menschen sagen, das kümmert mich nicht im geringsten, und was besondere Menschen tun, in das mische ich mich niemals ein. Wenn mich eine Persönlichkeit fasziniert, dann mag sie sich gerieren, wie sie will, sie bereitet mir absolutes Vergnügen. Dorian Gray verliebt sich in ein schönes Mädchen, das die Julia spielt, und macht ihr einen Heiratsantrag. Warum nicht? Würde er Messalina heiraten, wäre er darum nicht weniger interessant. Sie wissen, ich bin kein Verfechter der Ehe. Der wahre Nachteil der Ehe besteht darin, daß sie einen uneigennützig macht. Und uneigennützige Menschen sind farblos. Es mangelt ihnen an Individualität. Andererseits gibt es bestimmte Charaktere, die durch die Ehe vielschichtiger werden. Sie bewahren ihren Egoismus und gewinnen viele weitere Egos hinzu. Sie sind gezwungen, mehr als nur ein Leben zu führen. Sie werden zu höher organisierten Wesen, und ein höher organisiertes Wesen zu sein ist zweifellos das Ziel des menschlichen Daseins. Im übrigen ist jede Erfahrung gut, und was immer man gegen die Ehe vorbringen mag, sie ist ganz gewiß eine Erfahrung. Ich hoffe, Dorian Gray macht dieses Mädchen zu seiner Frau, betet sie sechs Monate lang voller Leidenschaft an und fühlt sich dann urplötzlich zu einer anderen hingezogen. Er wäre ein wundervolles Studienobjekt.«

»Sie meinen kein einziges Wort davon ernst, Harry; und das wissen Sie auch. Wenn Dorian Grays Leben zugrunde ginge, dann würde niemand das mehr bedauern als Sie. Sie sind nämlich viel besser, als Sie andauernd tun.«

Lord Henry lachte. »Daß wir von andern gern eine so hohe Meinung haben, liegt daran, daß wir uns vor uns selber fürchten. Die Grundlage des Optimismus ist nackte Angst. Wir halten uns für großmütig, weil wir unserm Nächsten just die Tugenden zuschreiben, die uns womöglich zugute kommen. Wir loben den Bankier, um unser Konto überziehen zu können, und entdecken gute Eigenschaften am Straßenräuber in der Hoffnung, daß er uns nicht an die Taschen geht. Was ich vorhin gesagt habe, ist mein voller Ernst. Für den Optimismus habe ich nur tiefste Verachtung übrig. Und was das zugrunde gegangene Leben betrifft – ein Leben geht erst dann zugrunde, wenn man es daran hindert, sich zu entfalten. Wer einen Charakter verderben will, der braucht ihn lediglich umzuformen. Und diese Heirat – natürlich wäre sie töricht, aber es gibt ja noch andere und interessantere Bande zwischen Mann und Frau. Und die kann ich freilich nur befürworten. Sie haben den Reiz, in Mode zu sein. Aber da kommt Dorian ja. Er hat Ihnen bestimmt mehr zu erzählen als ich.«

»Mein lieber Harry, mein lieber Basil, Sie dürfen mir beide gratulieren!« sagte der Junge; er warf sein Abend-Cape mit dem satingefütterten Kragen ab und schüttelte seinen Freunden nacheinander die Hand. »Ich war noch nie so glücklich. Sicher, es kommt ein bißchen plötzlich, wie jedes echte Wunder. Aber zugleich habe ich das Gefühl, das ist das einzige, wonach ich mein ganzes Leben gesucht habe.« Er war vor Aufregung und Freude ganz rot und sah ausnehmend hübsch aus.

»Ich hoffe, Sie werden immer sehr glücklich sein, Dorian«, sagte Hallward, »aber daß Sie mir von Ihrer Verlobung nichts mitgeteilt haben, finde ich ganz und gar unverzeihlich. Harry gegenüber waren Sie nicht so verschlossen.«

»Und ich finde es unverzeihlich, daß Sie zu spät zum Dinner kommen«, warf Lord Henry lächelnd ein und legte dem Jungen die Hand auf die Schulter. »So, und jetzt setzen wir uns und probieren mal, was der neue Küchenchef hier zustande bringt; dann erzählen Sie uns, wie alles passiert ist.«

»Da gibt's eigentlich nicht viel zu erzählen«, rief Dorian, während sie an dem kleinen, runden Tisch Platz nahmen. »Es war einfach so. Als ich mich gestern abend von Ihnen verabschiedet hatte, Harry, zog ich mich um, aß in dem kleinen italienischen Restaurant in der Rupert Street, wo Sie mich eingeführt hatten, zu Abend und ging dann um acht Uhr ins Theater. Sibyl spielte die Rosalinde. Das Bühnenbild war natürlich grauenhaft, und der Orlando lächerlich. Aber Sibyl! Sie hätten sie sehen sollen! In ihrer Knabenkleidung war sie absolut hinreißend. Sie trug ein moosgrünes Samtwams mit zimtfarbenen Ärmeln, eine enge, braune Pagenhose mit kreuzweise geschnürten Kniebändern, ein schmuckes, kleines Barett mit einer von einem Edelstein gehaltenen Falkenfeder und einen mattrot gefütterten Glockenmantel. Noch nie war sie mir so herrlich erschienen. Sie besaß die ganze zarte Anmut der Tanagra-Statuette, die in Ihrem Atelier steht, Basil. Ihre Haare rankten sich um ihr Gesicht wie dunkle Blätter um eine blasse Rose. Und ihr Spiel – nun, Sie werden sie ja heut abend noch sehen. Sie ist einfach eine geborene Künstlerin. Völlig gebannt saß ich in der schmuddligen Loge. Ich vergaß, daß ich mich in London und im neunzehnten Jahrhundert befand. Ich war mit meiner Liebsten weit weg, in einem Wald, den noch kein Mensch erblickt hatte. Nach der Vorstellung bin ich hinter die Bühne und habe mit ihr gesprochen. Wie wir so beieinander saßen, trat in ihre Augen plötzlich ein Ausdruck, den ich noch nie in ihnen gesehen hatte. Meine Lippen näherten sich den ihren. Wir küßten uns. Ich kann Ihnen gar nicht beschreiben, was ich in diesem Augenblick fühlte. Mir war, als hätte sich mein ganzes Leben zu einem einzigen makellosen Moment rosiger Freude verdichtet. Sie bebte am ganzen Leib und zitterte wie eine weiße Narzisse. Dann warf sie sich auf die Knie und küßte mir die Hände. Eigentlich sollte ich Ihnen das alles gar nicht erzählen, aber ich muß es einfach. Natürlich ist unsre Verlobung ein strenges Geheimnis. Nicht einmal ihre Mutter weiß davon. Ich hab keine Ahnung, was meine Vormünder dazu sagen werden. Lord Radley wird bestimmt toben. Ist mir egal. In knapp einem Jahr bin ich volljährig, und dann kann ich tun, was ich will. Das war doch nichts Unrechtes, Basil, daß ich mir meine Liebe aus der Dichtung geholt und mir meine Frau in Shakespeares Stücken gesucht habe, oder? Lippen, denen Shakespeare das Sprechen beigebracht hat, flüsterten mir ihr Geheimnis ins Ohr. Ich bin von Rosalinde umarmt worden und habe Julia auf den Mund geküßt.«

»Nein, Dorian, ich glaube, das war nichts Unrechtes«, sagte Hallward langsam.

»Haben Sie sie heut schon gesehen?« fragte Lord Henry.

Dorian Gray schüttelte den Kopf. »Ich habe sie im

Ardenner Wald verlassen und treffe sie in einem Veroneser Garten wieder.«

Lord Henry nippte versonnen an seinem Champagner. »Wann genau haben Sie denn von Heirat gesprochen, Dorian? Und was hat sie darauf gesagt? Vielleicht wissen Sie's gar nicht mehr.«

»Mein lieber Harry, für mich war das keine geschäftliche Angelegenheit, und ich habe ihr keinen förmlichen Antrag gemacht. Ich habe ihr gesagt, daß ich sie liebe, und sie hat geantwortet, sie sei es nicht wert, meine Frau zu sein. Nicht wert! Dabei bedeutet sie mir mehr als die ganze Welt.«

»Frauen sind wunderbar sachlich«, murmelte Lord Henry – »viel sachlicher als wir. In solchen Situationen vergessen wir oft, von Heirat zu sprechen, und sie erinnern uns dann immer daran.«

Hallward legte ihm die Hand auf den Arm. »Nicht doch, Harry. Jetzt machen Sie Dorian böse. Er ist nicht wie andre Männer. Er würde nie jemandem weh tun. Dazu hat er einen viel zu guten Charakter.«

Lord Henry warf einen Blick über den Tisch. »Nie und nimmer ist Dorian böse mit mir«, erwiderte er. »Ich habe meine Frage aus dem besten Grund gestellt, den es gibt, ja aus dem einzigen Grund, der eine Frage überhaupt rechtfertigt – aus schierer Neugier. Ich bin nun mal der Ansicht, daß es immer die Frauen sind, die einen Heiratsantrag machen, und nicht wir. Außer natürlich im Mittelstand. Aber der Mittelstand ist eben nicht grad auf der Höhe der Zeit.«

Dorian Gray lachte und schüttelte den Kopf. »Sie sind absolut unverbesserlich, Harry; aber mir macht das nichts aus. Man kann Ihnen unmöglich böse sein. Wenn Sie Sibyl Vane kennenlernen, wird Ihnen klar werden, daß der Mann, der ihr etwas antun könnte, ein Tier sein müßte, ein herzloses Tier. Mir will nicht in den Kopf, wie jemand den Wunsch haben kann, das Wesen, das er liebt, mit Schande zu überziehen. Ich liebe Sibyl Vane. Ich würde sie am liebsten auf einen goldenen Sockel stellen und der Welt zuschauen, wie sie der Frau huldigt, die die meine ist. Was ist die Ehe? Ein unwiderrufliches Gelöbnis. Sie machen sich deswegen darüber lustig. Ah! Tun Sie's nicht. Ein solches unwiderrufliches Gelöbnis möchte ich ablegen. Sibyls Vertrauen läßt mich treu sein, ihr Glaube an mich läßt mich gut sein. Wenn ich bei ihr bin, bereue ich alles, was ich von Ihnen gelernt habe. Ich bin dann nicht mehr der, den Sie kennen. Ich bin ein andrer, und allein schon die Berührung von Sibyl Vanes Hand läßt mich Ihre verkehrten, faszinierenden, zersetzenden, wunderbaren Theorien vergessen.«

»Und die wären ...?« fragte Lord Henry und nahm sich ein wenig Salat.

»Nun ja, Ihre Theorien über das Leben, Ihre Theorien über die Liebe, Ihre Theorien über den Genuß. Eigentlich alle Ihre Theorien, Harry.«

»Genuß ist das einzige, worüber sich eine Theorie wirklich lohnt«, erwiderte Lord Henry mit seiner leisen, melodischen Stimme. »Aber ich fürchte, ich habe für meine Theorie kein Urheberrecht. Das liegt bei der Natur, nicht bei mir. Genuß ist der Prüfstein der Natur, ihr Zeichen der Zustimmung. Wer glücklich ist, ist immer gut, aber wer gut ist, ist nicht immer glücklich.«

»Aha! Und was heißt für Sie gut?« rief Basil Hallward.

»Ja«, fragte auch Dorian, lehnte sich zurück und warf

Lord Henry über die schweren Trauben der purpurlippigen, mitten auf dem Tisch stehenden Schwertlilien einen Blick zu, »was heißt für Sie gut, Harry?«

»Gut sein heißt, im Einklang zu sein mit sich selbst«, antwortete Lord Henry und berührte mit den blassen, feingliedrigen Fingern den schlanken Stiel seines Glases. »Ein Mißklang entsteht, wenn man gezwungen ist, im Einklang zu sein mit anderen. Das eigene Leben – das ist das einzig Wichtige. Das Leben der Mitmenschen – nun, wer unbedingt ein Tugendbold oder Puritaner sein will, der mag seine moralischen Ansichten darüber verbreiten, aber einen selber geht das alles nichts an. Im übrigen hat der Individualismus wirklich höhere Ziele. Heutzutage besteht Moral darin, daß man dem Zeitgeist frönt. Wenn ein kultivierter Mensch dem Zeitgeist frönt, dann ist das für mich eine Form von krassester Unmoral.«

»Aber wenn man nur für sich selber lebt, Harry«, gab der Maler zu bedenken, »zahlt man dann nicht einen schrecklich hohen Preis dafür?«

»Allerdings, heutzutage wird uns für alles zuviel abverlangt. Ich glaube, die eigentliche Tragödie der Armen ist die, daß sie sich nichts andres leisten können als Selbstverleugnung. Schöne Sünden sind, wie alles Schöne, das Vorrecht der Reichen.«

»Man muß nicht nur mit Geld bezahlen.«

»Womit denn noch?«

»Oh! Zum Beispiel mit Gewissensbissen, mit Leid, mit … nun ja, mit dem Gefühl der Erniedrigung.«

Lord Henry zuckte die Schultern. »Lieber Freund, mittelalterliche Kunst ist etwas Wunderschönes, mittelalterliche Gefühle dagegen sind längst überholt. Sicher, man verwendet sie noch in der Dichtung. Aber in der Dichtung verwendet man schließlich nur das, was im wirklichen Leben keine Verwendung mehr findet. Glauben Sie mir, ein kultivierter Mensch wird einen Genuß niemals bereuen, und ein unkultivierter Mensch weiß nicht einmal, was ein Genuß ist.«

»Ich weiß, was ein Genuß ist«, rief Dorian Gray. »Jemanden anzubeten.«

»Das ist mit Sicherheit besser, als angebetet zu werden«, antwortete Lord Henry und spielte mit ein paar Früchten. »Angebetet zu werden ist überaus lästig. Die Frauen behandeln uns so, wie die Menschheit ihre Götter behandelt. Sie verehren uns und drängen uns andauernd, etwas für sie zu tun.«

»Ich würde eher sagen, sie bitten uns um das, was sie uns vorher gegeben haben«, murmelte der Junge ernst. »Sie flößen uns Liebe ein. Sie haben das Recht, sie zurückzuverlangen.«

»Das ist absolut wahr, Dorian«, rief Hallward.

»Nichts ist absolut wahr«, sagte Lord Henry.

»Das schon«, fiel ihm Dorian ins Wort. »Sie müssen doch zugeben, Harry, was Frauen den Männern geben, ist nicht mit Gold zu bezahlen.«

»Vermutlich nicht«, seufzte Lord Henry, »drum wollen sie's ja immer in so kleiner Münze zurück. Und eben das ist der Haken dabei. Frauen, hat ein geistreicher Franzose einmal gesagt, beseelen uns mit dem Wunsch, Meisterwerke zu schaffen, und hindern uns beharrlich daran, diesen Wunsch zu verwirklichen.«

»Harry, Sie sind einfach furchtbar! Ich weiß gar nicht, warum ich Sie so sehr mag.«

»Sie werden mich immer mögen, Dorian«, antwortete Lord Henry. »Was halten die Herren von einem Kaffee? – Ober, bringen Sie uns doch bitte Kaffee, französischen Champagner und Zigaretten. Nein: keine Zigaretten; ich habe noch welche. Basil, ich kann nicht dulden, daß Sie Zigarren rauchen. Versuchen Sie's mit einer Zigarette. Die Zigarette ist ein vollendetes Sinnbild für den vollendeten Genuß. Sie schmeckt köstlich und verschafft einem keinerlei Befriedigung. Was will man mehr? Ja, Dorian, Sie werden mich immer gern haben. Ich verkörpere für Sie alle Sünden, die zu begehen Sie nie den Mut hatten.«

»Was für einen Unsinn Sie reden, Harry!« rief der Junge und zündete sich an dem feuerspeienden Silberdrachen, den der Kellner auf den Tisch gestellt hatte, eine Zigarette an. »Gehn wir endlich ins Theater. Wenn Sibyl die Bühne betritt, dann werden Sie ein neues Lebensideal haben. Sie wird für Sie etwas verkörpern, was Sie noch gar nicht kennen.«

»Ich kenne bereits alles«, sagte Lord Henry mit gelangweilter Miene; »für einen frischen Gefühlskitzel bin ich allerdings immer zu haben. Bloß fürchte ich, daß es, zumindest für mich, so etwas nicht gibt. Aber vielleicht schafft es Ihr treffliches Mädchen ja trotzdem, mich zu begeistern. Ich liebe die Schauspielerei. Sie ist viel realer als das Leben. Gehn wir. Dorian, Sie kommen mit mir. Tut mir leid, Basil, aber im Brougham ist nur Platz für zwei. Sie müssen uns in einem Hansom hinterherfahren.«

Sie standen auf, zogen die Mäntel an und schlürften ihren Kaffee im Stehen. Der Maler war schweigsam und in Gedanken versunken. Düsterheit hatte ihn befangen. Diese Heirat war ihm völlig zuwider; zugleich erschien sie ihm besser als manches, was außerdem hätte geschehen können. Ein paar Minuten später gingen die drei nach unten. Wie vereinbart, fuhr Hallward allein; vor sich sah er die blinkenden Lichter des kleinen Brougham. Ein seltsames Gefühl der Verlorenheit überkam ihn. Er ahnte, Dorian Gray würde ihm nie mehr das sein, was er ihm früher gewesen war. Das Leben hatte sich zwischen sie gedrängt … Sein Blick trübte sich, und er nahm die bevölkerten, leuchtenden Straßen nur noch verschwommen wahr. Als der Wagen vor dem Theater hielt, war ihm, als sei er um Jahre gealtert.

7

AUS irgendeinem Grund gab es an diesem Abend ein volles Haus; der dicke jüdische Direktor, der sie an der Tür empfing, hatte ein schleimiges, bebendes Grinsen aufgesetzt und strahlte über beide Backen. Mit geradezu schwelgerischer Unterwürfigkeit geleitete er sie zu ihrer Loge, sprach dabei lauthals auf sie ein und schwenkte die fetten, mit Edelsteinen geschmückten Hände. Dorian Gray verabscheute ihn mehr denn je. Ihm war, als habe er Miranda gesucht und sei auf Caliban gestoßen. Lord Henry hingegen gefiel er recht gut. Zumindest behauptete er das; er ließ es sich nicht nehmen, ihm die Hand zu schütteln und zu versichern, er sei stolz, einen Mann kennenzulernen, der ein echtes Genie entdeckt habe und wegen eines Dichters bankrott gegangen sei. Hallward vertrieb sich die Zeit damit, daß er die Gesichter im Parterre betrachtete. Die Hitze war furchtbar drückend, und der riesige Gasbrenner flammte wie eine gewaltige Dahlie mit Blütenblättern aus gelbem Feuer. Die Jünglinge auf der Galerie hatten ihre Jacken und Westen abgelegt und sie über die Brüstung gehängt. Sie unterhielten sich quer durch den Zuschauerraum miteinander und teilten ihre Orangen mit ihren jungen, grell aufgeputzten Sitznachbarinnen. Im Parterre lachten ein paar Frauen. Ihre Stimmen waren fürchterlich schrill und mißtönend. Von der Bar drang das Geräusch knallender Korken herüber.

»Was für ein Ort, seine Göttin zu finden!« sagte Lord Henry.

»Ja!« antwortete Dorian Gray. »Hier habe ich sie gefunden, und kein Lebewesen ist so göttlich wie sie. Wenn sie spielt, werden Sie alles vergessen. Diese einfachen, rauhen Menschen mit ihren derben Gesichtern und groben Manieren verändern sich völlig, sobald sie die Bühne betritt. Sie sitzen still da und schauen ihr zu. Sie weinen und lachen, ganz wie sie's will. Sie bringt sie zur Resonanz wie eine Geige. Sie beseelt sie, und man spürt, daß sie vom gleichen Fleisch und Blut sind wie unsereins.«

»Vom gleichen Fleisch und Blut wie unsereins! Also das will ich doch nicht hoffen!« rief Lord Henry und begutachtete die Galeriebesucher eingehend durch sein Opernglas.

»Hören Sie gar nicht hin, Dorian«, sagte der Maler. »Ich verstehe, was Sie meinen, und ich glaube an dieses Mädchen. Ein Mensch, den Sie lieben, muß einfach wunderbar sein, und ein Mädchen, von dem eine solche Wirkung ausgeht, wie Sie sie schildern, muß einfach schön und edel sein. Seine Zeitgenossen zu beseelen – das ist etwas, was sich wirklich lohnt. Wenn dieses Mädchen einem Menschen, der bisher ohne Seele gelebt hat, eine Seele einhauchen kann, wenn sie in jemandem, dessen Leben gemein und häßlich ist, den Sinn für Schönheit zu wecken vermag, wenn es ihr gelingt, ihm die Selbstsucht zu nehmen und ihm Tränen zu geben für Schmerzen, die nicht seine eignen sind, dann verdient sie wahrhaftig Ihre Hingabe, dann verdient sie die Hingabe der ganzen Welt. Daß Sie sie heiraten wollen, ist völlig in Ordnung. Ich war zuerst andrer Meinung, aber inzwischen kann ich Ihnen nur zustimmen. Die Götter haben Sibyl Vane für Sie geschaffen. Ohne sie wären Sie unvollständig.«

»Danke, Basil«, antwortete Dorian Gray und drückte dem Maler die Hand. »Ich hab gewußt, daß Sie mich verstehen. Harry ist so zynisch, er macht mir richtig angst. Aber jetzt kommt das Orchester. Es ist absolut schauderhaft, aber dafür spielt's auch bloß etwa fünf Minuten. Dann geht der Vorhang auf, und Sie werden das Mädchen sehen, dem ich mein ganzes Leben weihen will, dem ich schon alles geweiht habe, was gut in mir ist.«

Eine Viertelstunde später trat Sibyl Vane unter einem ungeheuren Beifallssturm auf die Bühne. Ja, sie war in der Tat lieblich anzuschauen – eines der lieblichsten Geschöpfe, das Lord Henry jemals gesehen zu haben glaubte. Mit ihrer scheuen Anmut und den erschrockenen Augen hatte sie etwas von einem jungen Reh. Eine zarte Röte, ähnlich dem Widerbild einer Rose in einem silbernen Spiegel, stieg in ihre Wangen, als sie einen Blick auf die begeisterte Zuschauermenge warf. Sie trat ein paar Schritte zurück; ihre Lippen schienen zu beben. Basil Hallward sprang auf und begann zu applaudieren. Reglos und wie im Traum saß Dorian Gray da und starrte sie an. Lord Henry spähte durch sein Glas und murmelte. »Bezaubernd! Bezaubernd!«

Schauplatz war der Saal in Capulets Haus; Romeo war im Pilgergewand gekommen, zusammen mit Mercutio und anderen Freunden. Die Kapelle, so man sie denn als solche bezeichnen konnte, spielte ein paar Takte Musik, und der Tanz begann.

Wie ein Wesen aus einer höheren Welt bewegte sich Sibyl Vane durch die Gruppe der unbeholfenen, schäbig gekleideten Schauspieler. Ihr Körper wiegte sich im Tanz wie eine Pflanze im Wasser. Der Schwung ihrer Kehle glich dem einer weißen Lilie. Ihre Hände schienen aus kühlem Elfenbein gemeißelt zu sein.

Dennoch wirkte sie sonderbar teilnahmslos. Als ihr Blick auf Romeo ruhte, zeigte sie keinerlei Spur von Freude. Das wenige, was sie zu sagen hatte –

»Nein, Pilger, lege nichts der Hand zuschulden
Für ihren sittsam-andachtsvollen Gruß.
Der Heil'gen Rechte darf Berührung dulden,
Und Hand in Hand ist frommer Waller Kuß –«,

wie auch der darauffolgende kurze Dialog, klang ausgesprochen gekünstelt. Die Stimme war vorzüglich, hatte jedoch einen ganz und gar falschen Tonfall. Ihre Färbung stimmte nicht. Sie nahm den Versen jedwedes Leben. Sie ließ die Leidenschaft unecht erscheinen.

Dorian Gray sah dem Mädchen zu und erbleichte. Er war verwirrt und beunruhigt. Keiner seiner Freunde wagte, etwas zu sagen. Sibyl Vane kam ihnen vollkommen unfähig vor. Sie waren furchtbar enttäuscht.

Andererseits wußten sie, die eigentliche Bewährungsprobe einer jeden Julia war die Balkonszene im zweiten Akt. Auf diese Szene warteten sie. Versagte sie dort, so taugte sie wirklich nichts.

Sie sah bezaubernd aus, als sie ins Mondlicht hinaustrat. Das ließ sich nicht leugnen. Doch die Theatralik ihres Spiels war unerträglich und wurde fortwährend schlimmer. Ihre Gebärden wirkten unsinnig gekünstelt. Sie überbetonte alles, was sie zu sagen hatte. Die schöne Passage –

»Du weißt, die Nacht verschleiert mein Gesicht,
Sonst färbte Mädchenröte meine Wangen
Um das, was du vorhin mich sagen hörtest –«

trug sie mit der beflissenen Genauigkeit einer Schülerin vor, die das Rezitieren bei einem zweitklassigen Sprecherzieher gelernt hatte. Als sie sich über den Balkon lehnte und zu den wundervollen Zeilen kam –

»Obwohl ich dein mich freue
Freu' ich mich nicht des Bundes dieser Nacht.
Er ist zu rasch, zu unbedacht, zu plötzlich,
Gleicht allzusehr dem Blitz, der nicht mehr ist.
Noch eh man sagen kann: Es blitzt. – Schlaf süß!
Des Sommers warmer Hauch kann diese Knospe
Der Liebe wohl zur schönen Blum' entfalten,
Bis wir das nächste Mal uns wiedersehn –«,

sprach sie die Worte, als hätten sie keinerlei Bedeutung für sie. Es war nicht etwa Nervosität. Nein, weit entfernt davon, nervös zu sein, wirkte sie vollkommen beherrscht. Es war einfach schlechte Kunst. Sie war ein glatter Reinfall.

Sogar das schlichte, ungebildete Publikum im Parterre und auf der Galerie verlor das Interesse an der Vorstellung. Unruhe kam auf, Gespräche und Pfiffe wurden laut. Der jüdische Direktor, der ganz hinten im ersten Rang stand, fluchte und stampfte mit den Füßen vor Wut. Der einzige Mensch, der ungerührt blieb, war das Mädchen selbst.

Kaum war der zweite Akt vorüber, setzte gewaltiges Zischen ein; Lord Henry erhob sich vom Stuhl und zog den Mantel an. »Sie ist wunderschön, Dorian«, sagte er, »aber sie kann nicht spielen. Gehn wir.«

»Ich will das Stück noch zu Ende sehn«, antwortete der Junge mit rauher, bitterer Stimme. »Tut mir schrecklich leid, daß Sie meinetwegen Ihren Abend vergeudet haben. Ich muß mich bei Ihnen beiden entschuldigen.«

»Mein lieber Dorian«, warf Hallward ein, »wahrscheinlich ist Miss Vane krank. Kommen wir einfach ein andermal wieder.«

»Wär sie doch nur wirklich krank«, erwiderte Dorian. »Sie kommt mir ganz gefühllos und kalt vor. Sie ist völlig verändert. Gestern abend war sie noch eine große Künstlerin. Heute ist sie bloß eine gewöhnliche, mittelmäßige Schauspielerin.«

»So spricht man nicht über jemanden, den man liebt, Dorian. Liebe ist viel schöner als Kunst.«

»Beides ist nur eine Form von Nachahmung«, bemerkte Lord Henry. »Aber jetzt gehn wir endlich. Dorian, Sie dürfen nicht länger hierbleiben. Der Anblick schlechter Schauspielerei ist nicht gut für die Moral. Außerdem, irgendwann werden Sie wohl ohnehin nicht mehr wollen, daß Ihre Frau auf der Bühne steht. Was kümmert Sie's also, ob sie die Julia wie eine Holzpuppe spielt? Sie ist ganz allerliebst, und wenn sie vom Leben genausowenig versteht wie von Schauspielerei, dann wird sie eine herrliche Erfahrung für Sie sein. Es gibt nur zwei Sorten von Menschen, die wirklich faszinierend sind – die eine weiß absolut alles, die andre absolut nichts. Gott im Himmel, mein lieber Junge, nun schauen Sie doch nicht so bekümmert! Das Geheimnis des Jungbleibens besteht darin, daß man keine Gefühle haben darf, die einem nicht gut zu Gesicht stehn. Kommen Sie mit Basil und mir in den Klub. Wir rauchen ein paar Zigaretten und trinken auf die Schönheit von Sibyl Vane. Sie ist schön. Was wollen Sie mehr?«

»Gehn Sie, Harry«, rief der Junge. »Ich möchte allein sein. Basil, Sie müssen gehn. Ah! Merken Sie denn nicht, daß mir das Herz bricht?« Heiße Tränen stiegen Dorian in die Augen. Seine Lippen zitterten; er eilte in den hinteren Teil der Loge, lehnte sich an die Wand und barg das Gesicht in den Händen.

»Gehn wir, Basil«, sagte Lord Henry mit sonderbar sanfter Stimme; die beiden jungen Männer verließen zusammen die Loge.

Ein paar Augenblicke später flackerten die Rampenlichter auf, und der Vorhang hob sich zum dritten Akt. Dorian Gray kehrte an seinen Platz zurück. Er wirkte bleich, stolz und gleichmütig. Das Stück zog sich hin; es schien kein Ende zu nehmen. Die Hälfte der Zuschauer brach auf und stampfte lachend in schweren Stiefeln hinaus. Das Ganze war ein Fiasko. Der letzte Akt wurde vor fast leeren Sitzen gespielt. Der Vorhang fiel unter Gekicher und vereinzeltem Murren.

Sobald alles vorbei war, stürmte Dorian Gray hinter die Bühne ins Künstlerzimmer. Das Mädchen stand da, allein und mit triumphierender Miene. In ihren Augen glomm ein erlesenes Feuer. Ein Strahlen umgab sie. Ihre geöffneten Lippen lächelten über ein ihnen eigenes Geheimnis.

Als er eintrat, sah sie ihn an, und auf ihrem Gesicht malte sich unendliche Freude. »Wie schlecht ich heut abend gespielt habe, Dorian!« rief sie.

»Schauderhaft!« erwiderte er und warf ihr einen erstaunten Blick zu – »schauderhaft! Es war fürchterlich. Bist du krank? Du kannst dir überhaupt nicht vorstellen, wie es war. Du machst dir keinen Begriff davon, wie ich gelitten habe.«

Das Mädchen lächelte. »Dorian«, antwortete sie mit melodiöser Stimme und zog dabei seinen Namen so in die Länge, als sei er für die roten Blütenblätter ihres Mundes süßer als Honig – »Dorian, grade du hättest das verstehen müssen. Aber jetzt verstehst du's doch, nicht wahr?«

»Was denn verstehn?« fragte er ärgerlich.

»Warum ich heut abend so schlecht war. Warum ich in Zukunft immer schlecht sein werde. Warum ich nie wieder gut spielen kann.«

Er zuckte die Schultern. »Wahrscheinlich bist du krank. Wenn du krank bist, solltest du nicht spielen. Sonst machst du dich lächerlich. Meine Freunde haben sich gelangweilt. Ich auch.«

Sie schien gar nicht zuzuhören. Sie war wie verklärt vor Freude. Ein Glücksrausch hatte sich ihrer bemächtigt.

»Dorian, Dorian«, rief sie, »bevor ich dich kannte, war die Schauspielerei für mich die einzige Wirklichkeit. Nur im Theater habe ich gelebt. Für mich war dort alles real. Am einen Abend war ich die Rosalinde, am andern die Portia. Beatrices Freude war meine Freude, und Cordelias Schmerzen waren auch meine. Ich habe daran geglaubt. Die einfachen Menschen, die mit mir auf der Bühne standen, erschienen mir wie Götter. Die gemalten Kulissen waren meine Welt. Ich kannte nur Schatten und hielt sie für echt. Dann kamst du – o mein schöner Geliebter! – und hast meine Seele aus dem Gefängnis befreit. Du hast mich gelehrt, was die wahre Wirklichkeit ist. Heut abend ging mir zum erstenmal im meinem Leben die Leere auf, der Trug, die Sinnlosigkeit des eitlen Blendwerks, an dem ich die ganze Zeit mitgewirkt habe. Heut abend wurde mir zum erstenmal klar, daß der Romeo widerlich, alt und geschminkt ist, daß das Mondlicht im Garten künstlich und das Bühnenbild abgeschmackt ist, daß die Worte, die ich zu sprechen hatte, unecht sind, daß es nicht meine Worte sind, jedenfalls nicht die, die ich eigentlich sagen will. Du hast mir etwas Höheres gebracht, etwas, von dem alle Kunst bloß ein Abglanz ist. Durch dich hab ich begriffen, was Liebe in Wirklichkeit ist. Mein Liebster! Mein Liebster! Mein Märchenprinz! Mein Prinz des Lebens! Ich bin die Schatten nun leid. Du bist für mich mehr, als es alle Kunst jemals sein kann. Was gehn mich die Marionetten eines Theaterstücks an? Als ich heut abend die Bühne betrat, wußte ich nicht, wie mir geschah – alles war von mir abgefallen. Erst dachte ich, ich werde ganz wunderbar sein. Dann merkte ich, daß ich überhaupt nichts mehr konnte. Auf einmal dämmerte mir, warum das so war. Es war eine herrliche Erkenntnis für mich. Ich hörte die Leute zischen und mußte lächeln. Was wußten sie schon von einer Liebe wie der zwischen uns? Nimm mich mit, Dorian – nimm mich irgendwohin mit, wo wir zwei ganz allein sein können. Ich hasse die Bühne. Eine Leidenschaft vorzutäuschen, die ich nicht selber empfinde, macht mir nichts aus, aber eine zu spielen, die mich wie ein Feuer verzehrt, das bringe ich einfach nicht fertig. Ach, Dorian, Dorian, verstehst du *jetzt,* worum es geht? Selbst wenn ich eine Liebende tatsächlich spielen könnte, wäre es eine Entweihung für mich. Du hast mir das bewußtgemacht.«

Er ließ sich aufs Sofa fallen und wandte das Gesicht ab. »Du hast meine Liebe getötet«, murmelte er.

Sie blickte ihn verwundert an und lachte. Er schwieg. Sie trat herbei und strich ihm mit den zarten Fingern durchs Haar. Dann kniete sie nieder und drückte seine Hände an ihre Lippen. Er zog die Hände weg; ein Schauer durchrieselte ihn.

Schließlich sprang er auf und ging zur Tür. »Ja«, rief

er, »du hast meine Liebe getötet. Vorher hast du immer meine Phantasie erregt. Jetzt erregst du nicht einmal mehr meine Neugier. Deine Wirkung ist völlig dahin. Ich hab dich geliebt, weil du für mich ein Wunder warst, weil du Genie und Geist hattest, weil die Träume großer Dichter durch dich Wirklichkeit wurden und du den Schatten der Kunst Gestalt und Inhalt verliehen hast. Das alles hast du nun einfach weggeworfen. Du bist oberflächlich und dumm. Mein Gott! Wie verrückt war ich doch, dich zu lieben! Was für ein Narr bin ich gewesen! Du bedeutest mir nichts mehr. Ich will dich nie wiedersehen. Ich will nie wieder an dich denken. Ich will nie wieder deinen Namen aussprechen. Dir ist überhaupt nicht klar, was du früher einmal für mich gewesen bist. Ja, früher einmal ... Ah, ich darf gar nicht daran denken! Wärst du mir doch nie unter die Augen gekommen! Du hast das Liebesglück meines Lebens zerstört. Wie wenig weißt du von Liebe, wenn du sagst, sie schadet deiner Kunst! Ohne deine Kunst bist du nichts. Ich hätte dich zu einer glänzenden, großen Berühmtheit gemacht. Die Welt wäre dir zu Füßen gelegen, und du hättest meinen Namen getragen. Und was bist du jetzt? Eine drittklassige Schauspielerin mit einem hübschen Gesicht.«

Das Mädchen wurde blaß und zitterte. Sie preßte die Hände zusammen; die Stimme schien ihr im Hals steckenzubleiben. »Das ist doch nicht dein Ernst, Dorian?« murmelte sie. »Du spielst bloß Theater.«

»Theaterspielen! Das überlaß ich dir. Du kannst das ja so gut«, antwortete er bitter.

Sie erhob sich von den Knien und kam mit erbarmenswert schmerzvoller Miene zu ihm herüber. Sie legte die Hand auf seinen Arm und blickte ihm in die

Augen. Er stieß sie zurück. »Rühr mich nicht an!« rief er.

Ein leises Stöhnen brach aus ihr hervor; sie warf sich ihm zu Füßen und blieb wie eine zertretene Blume liegen. »Dorian, Dorian, verlaß mich nicht!« flüsterte sie. »Es tut mir so leid, daß ich nicht gut gespielt habe. Ich hab die ganze Zeit nur an dich gedacht. Aber ich will mir Mühe geben – ja, ich will mir Mühe geben. Sie traf mich so unvermutet, meine Liebe zu dir. Wahrscheinlich wär sie mir gar nicht bewußt geworden, wenn du mich nicht geküßt hättest – wenn wir uns nicht geküßt hätten. Küß mich nochmal, mein Liebster. Geh nicht fort von mir, ich könnt's nicht ertragen. Mein Bruder … Nein; nicht doch. Er hat's nicht so gemeint. Es war bloß Spaß … Aber du, ach! Kannst du mir das von heut abend nicht einfach verzeihen? Ich werde hart an mir arbeiten und versuchen, besser zu sein. Sei nicht grausam zu mir, nur weil ich dich mehr liebe als alles auf der Welt. Es war doch bloß dieses eine Mal, daß ich dir nicht gefallen habe. Aber du hast ja ganz recht, Dorian. Ich hätte wirklich mehr die Künstlerin herauskehren sollen. Es war dumm von mir; trotzdem, ich konnte nicht anders. Oh, verlaß mich nicht, verlaß mich nicht.« Ein leidenschaftlicher Weinkrampf erstickte ihre Stimme. Wie ein weidwundes Tier kauerte sie auf dem Boden; Dorian Gray blickte mit seinen schönen Augen auf sie hinab, und seine feingemeißelten Lippen kräuselten sich in erhabener Verachtung. Die Aufgeregtheit von Menschen, die man nicht mehr liebt, hat stets etwas Lächerliches. Das Verhalten von Sibyl Vane kam ihm sinnlos melodramatisch vor. Ihre Tränen und Schluchzer ennuyierten ihn.

»Ich gehe jetzt«, sagte er schließlich mit ruhiger, klarer Stimme. »Sei mir nicht böse, aber ich kann dich nicht wiedersehen. Du hast mich enttäuscht.«

Sie weinte still vor sich hin und gab keine Antwort, sondern kroch auf ihn zu. Ihre kleinen Hände streckten sich blindlings aus, als suchten sie ihn. Er machte auf dem Absatz kehrt und verließ den Raum. Wenige Augenblicke später trat er aus dem Theater.

Er nahm kaum wahr, wohin er ging. Er wußte noch, daß er durch trübe beleuchtete Straßen geirrt war, vorbei an kahlen, schwarzschattigen Torbogen und finster dräuenden Häusern. Frauen mit heiserer Stimme hatten ihm unter rohem Gelächter nachgerufen. Betrunkene waren fluchend vorübergetorkelt und hatten dabei vor sich hin geschnattert wie schaurige Affen. Er hatte seltsame Kinder auf Türschwellen kauern sehen und in düsteren Innenhöfen Schreie und Verwünschungen gehört.

Die Morgendämmerung brach eben herein, als er sich in der Nähe von Covent Garden befand. Die Dunkelheit wich, und der Himmel, errötet von zarter Glut, wölbte sich zu makellosem Perlmutt. Riesige, mit nickenden Lilien beladene Karren rumpelten die glitzernde, leere Straße entlang. Die Luft war schwer vom Duft der Blumen, und deren Schönheit schien seinem Schmerz ein wenig Linderung zu verschaffen. Er folgte den Wagen zum Markt und beobachtete, wie die Fuhrleute sie entluden. Ein weißbekittelter Kärrner bot ihm ein paar Kirschen an. Dorian dankte ihm und wunderte sich, daß der Mann kein Geld dafür annehmen wollte; teilnahmslos begann er die Kirschen zu essen. Sie waren zur Mitternachtsstunde gepflückt worden, und die Kälte des Mondes steckte ihn ihnen. Eine lange Reihe von jungen Burschen, die Körbe mit gestreiften Tulpen und gelben und roten Rosen trugen, zog an ihm vorüber und schlängelte sich zwischen den riesigen, jadegrünen Gemüsebergen hindurch. Unter dem Laubengang mit den grauen, von der Sonne gebleichten Säulen lungerte eine Gruppe verwahrloster, barhäuptiger Mädchen, die auf das Ende des Marktbetriebs warteten. Andere drängten sich vor den Schwingtüren des Kaffeehauses auf der Piazza. Die schweren Karrengäule scharrten und stampften auf den groben Pflastersteinen und schüttelten ihre Schellen und ihr Geschirr. Einige Fuhrleute lagen schlafend auf einem Stapel Säcke. Tauben mit irisfarbenen Hälsen und rosaroten Füßen trippelten umher und pickten Körner auf.

Kurze Zeit später winkte er eine Kutsche herbei und fuhr nach Hause. Ein paar Augenblicke lang verharrte er noch auf der Eingangsstufe und warf einen Blick auf den stillen Platz mit den schmucklosen, geschlossenen Fensterläden und den grellen Markisen. Der Himmel war inzwischen ein reiner Opal, und die Dächer der Häuser zeichneten sich wie glitzerndes Silber dagegen ab. Aus einem Schornstein gegenüber stieg eine schmale Rauchwolke empor. Sie kräuselte sich, ein violettes Band, durch die perlmuttfarbene Luft.

In der riesigen, vergüldeten venezianischen Lampe, die, ein Beutestück aus der Barke eines Dogen, am Plafond der großen, eichengetäfelten Eingangshalle hing, brannten noch immer drei flackernde Gaslichter: umrandet von weißer Glut, wirkten sie wie schmale, blaue Blütenblätter aus Feuer. Er drehte sie aus, warf Hut und Cape auf den Tisch und ging durch die Bibliothek zur Tür seines Schlafzimmers, eines ausladenden, achteckigen Raumes im Erdgeschoß, den er in sei-

keit er sie behandelt hatte. Warum war er so? Weshalb war ihm eine solche Seele gegeben? Aber auch er hatte gelitten. In den drei schrecklichen Stunden, die das Stück währte, hatte er Jahrhunderte des Schmerzes durchlebt, ganze Äonen der Qual. Sein Leid wog das ihre wohl auf. Hatte er sie für ewige Zeiten verletzt, so hatte sie ihn für kurze Zeit gänzlich vernichtet. Im übrigen konnten Frauen Kummer viel besser ertragen als Männer. Sie lebten von ihren Gefühlen. Sie dachten ausschließlich an ihre Gefühle. Wenn sie sich einen Geliebten nahmen, so nur, um jemanden zu haben, dem sie Szenen machen konnten. Lord Henry hatte ihm das gesagt, und Lord Henry kannte sich mit Frauen aus. Was kümmerte ihn Sibyl Vane? Sie bedeutete ihm nichts mehr.

Aber das Bild? Was war davon zu halten? Es barg das Geheimnis seines Lebens und erzählte seine Geschichte. Es hatte ihn gelehrt, seine Schönheit zu lieben. Würde es ihn nun lehren, seine Seele zu hassen? Wäre er je wieder imstande, es anzuschauen?

Nein; es war bloß eine Täuschung seiner verwirrten Sinne. Die schreckliche Nacht, die hinter ihm lag, hatte Schatten zurückgelassen. Mit einemmal war sein Verstand von jener feinen scharlachroten Trübung befallen, die einen in den Wahnsinn zu treiben vermag. Das Bild hatte sich nicht verändert. Es war töricht, so etwas anzunehmen.

Und doch sah es ihn an, das schöne, entstellte Gesicht mit dem grausamen Lächeln. Das helle Haar glänzte im Licht der Morgensonne. Die blauen Augen erwiderten seinen Blick. Auf einmal überkam ihn unendliches Mitleid, nicht mit sich selbst, sondern mit seinem gemalten Ebenbild. Es hatte sich bereits verändert und würde sich weiter verändern. Sein Gold würde zu Grau verkümmern. Seine roten und weißen Rosen würden dahinwelken. Jede Sünde, die er beging, würde den Liebreiz seines Porträts verunzieren und zunichte machen. Aber er würde nicht sündigen. Das Bild, so oder so, würde für ihn die sichtbare Verkörperung seines Gewissens sein. Er würde allen Versuchungen widerstehen. Er würde Lord Henry nicht wiedersehen – würde sich zumindest nicht mehr jene spitzfindigen, zersetzenden Theorien anhören, die damals in Basil Hallwards Garten seine Sehnsucht nach dem Unmöglichen geweckt hatten. Er würde zu Sibyl Vane zurückkehren, ihr Abbitte leisten, sie heiraten und versuchen, sie wieder zu lieben. Ja, es war seine Pflicht, das zu tun. Sie hatte zweifellos mehr gelitten als er. Armes Kind! Er war rücksichtslos und grausam zu ihr gewesen. Die Faszination, die sie einmal auf ihn ausgeübt hatte, würde sich gewiß wieder einstellen. Sie würden glücklich miteinander werden. Sein Leben mit ihr würde schön und rein sein.

Er erhob sich vom Stuhl und schob einen großen Wandschirm vor das Porträt; als er noch einmal einen Blick darauf warf, erschauerte er. »Wie furchtbar!« murmelte er vor sich hin; er ging hinüber zur Glastür und öffnete sie. Dann trat er hinaus ins Gras und atmete tief durch. Die frische Morgenluft schien seine düsteren Leidenschaften zu vertreiben. Er dachte nur noch an Sibyl. Ganz leise klang seine Liebe in ihm wieder auf. Vögel sangen im taufeuchten Garten; es war, als wollten sie den Blumen von Sibyl erzählen.

8

LANGE nach Mittag wachte er auf. Sein Diener, der bereits mehrmals auf Zehenspitzen ins Zimmer geschlichen war, um nachzusehen, ob er sich regte, hatte sich verwundert gefragt, warum sein junger Herr zu so später Stunde noch schlief. Als schließlich die Klingel ertönte, kam Victor, ein kleines Tablett aus altem Sévres-Porzellan mit einer Tasse Tee und einem Stapel Briefe in der Hand, leise herein und zog die olivfarbenen, schimmernd blau gefütterten Satinvorhänge zurück, die vor den drei hohen Fenstern hingen.

»Monsieur haben heute morgen gut geschlafen«, sagte er lächelnd.

»Wieviel Uhr ist es, Victor?« fragte Dorian Gray benommen.

»Viertel nach eins, Monsieur.«

Wie spät es schon war! Er setzte sich auf, schlürfte ein wenig Tee und sah die Briefe durch. Einer stammte von Lord Henry und war vormittags von einem Boten gebracht worden. Dorian zögerte einen Augenblick und legte ihn dann beiseite. Lustlos öffnete er die übrigen Briefe. Sie enthielten die übliche Kollektion von Visitenkarten, Einladungen zum Essen, Billetts für Privatvorführungen, Programmen für Wohltätigkeitskonzerte und so fort, mit der junge Herren von Stand während der Saison allmorgendlich überhäuft werden. Eine recht hohe Rechnung für eine Louis-Quinze-Toilettengarnitur war dabei, die er seinen Vormündern bisher nicht zu schicken gewagt hatte, da diese überaus altmodisch waren und nicht einsehen wollten, daß wir in einer Zeit leben, in der das Unnötige das einzige ist, was wir wirklich benötigen; schließlich waren da noch einige sehr verbindlich formulierte Mitteilungen von Geldverleihern aus der Jermyn Street, die sich erboten, ihm jede beliebige Summe zu jeder Zeit und zu den günstigsten Zinssätzen zur Verfügung zu stellen.

Etwa zehn Minuten später stand er auf, warf sich einen kunstvoll gearbeiteten Morgenmantel aus seidenbesticktem Kaschmir über und ging in das mit Onyx gekachelte Badezimmer. Das kühle Wasser erfrischte ihn nach dem langen Schlaf. Er schien alles vergessen zu haben, was er durchgemacht hatte. Ein- oder zweimal überkam ihn das unbestimmte Gefühl, an einer seltsamen Tragödie beteiligt gewesen zu sein, doch das alles hatte etwas von der Unwirklichkeit eines Traums.

Als er sich angekleidet hatte, ging er in die Bibliothek und nahm Platz zu einem leichten französischen Frühstück, das man auf einem kleinen, runden Tisch vor dem offenen Fenster für ihn serviert hatte. Es war ein herrlicher Tag. Die warme Luft schien voller würziger Düfte zu sein. Eine Biene flog herein und summte um die mit einem blauen Drachen verzierte Schale, die, mit schwefelgelben Rosen gefüllt, vor ihm stand. Er fühlte sich rundum glücklich.

Plötzlich fiel sein Blick auf den Wandschirm, den er vor das Porträt gerückt hatte; er schrak zusammen.

»Zu kalt für Monsieur?« fragte sein Diener, der ihm gerade ein Omelette servierte. »Soll ich das Fenster schließen?«

Dorian schüttelte den Kopf. »Ich friere nicht«, murmelte er.

Traf es denn wirklich zu? Hatte sich das Gesicht auf

dem Bild tatsächlich verwandelt? Oder hatte er sich bloß eingebildet, daß aus dem Ausdruck der Freude ein Ausdruck des Bösen geworden war? Eine bemalte Leinwand konnte sich doch nicht verändern! Das Ganze war absurd. Es taugte allenfalls zu einer Anekdote, die er Basil eines Tages vielleicht erzählen würde. Der Maler würde vermutlich darüber lächeln.

Und doch, wie lebendig seine Erinnerung daran war! Zuerst im dämmrigen Zwielicht und dann in der hellen Morgensonne hatte er den grausamen Zug um die verzerrten Lippen gesehen. Er hatte geradezu Angst davor, daß sein Diener den Raum verließ. Er wußte, wenn er alleine war, würde er das Porträt noch einmal betrachten müssen. Er fürchtete sich vor der Gewißheit. Als der Diener ihm Kaffee und Zigaretten gebracht hatte und sich zum Gehen wandte, verspürte er das heftige Verlangen, ihn zu bitten, er möge bleiben. Kaum ging die Tür hinter Victor zu, rief er ihn zurück. Der Diener verharrte und wartete auf Anweisungen. Dorian blickte ihn einen Moment lang an. »Ich bin für niemanden zu Hause, Victor«, sagte er mit einem Seufzer. Der Diener verneigte sich und zog sich zurück.

Kurz darauf erhob er sich vom Tisch, entzündete eine Zigarette und ließ sich auf eine reich mit Kissen bedeckte Couch fallen, die gegenüber dem Wandschirm stand. Es war ein alter Wandschirm aus vergüldetem spanischem Leder, geprägt und verziert mit einem recht blumigen Louis-Quatorze-Muster. Dorian musterte ihn neugierig und fragte sich, ob wohl schon früher einmal ein Lebensgeheimnis dahinter verborgen gewesen war.

Sollte er ihn überhaupt beiseite schieben? Weshalb ihn nicht einfach stehenlassen? Was nützte es ihm, wenn er es wußte? Traf es zu, so war es entsetzlich. Traf es nicht zu, wozu dann die ganze Unruhe? Aber was, wenn zufällig oder durch eine unglückliche Fügung fremde Augen dahinterspähten und die furchtbare Veränderung entdeckten? Was sollte er machen, wenn Basil Hallward erschien und sich sein Porträt ansehen wollte? Basil würde das mit Sicherheit tun. Nein; die Sache mußte überprüft werden, und zwar sofort. Alles würde leichter zu ertragen sein als dieser schreckliche Zustand der Ungewißheit.

Er stand auf und schloß beide Türen ab. Er wollte wenigstens alleine sein, wenn er die Maske seiner Schande betrachtete. Kurz darauf schob er den Wandschirm beiseite; Auge in Auge stand er sich gegenüber. Es traf tatsächlich zu. Das Bild hatte sich verändert.

Später erinnerte er sich oft, und stets mit nicht geringer Verwunderung, daß er das Porträt zunächst mit geradezu wissenschaftlichem Interesse betrachtete. Daß eine derartige Veränderung eingetreten sein sollte, wollte ihm einfach nicht in den Kopf. Und doch war es eine Tatsache. Bestand etwa eine geheime Beziehung zwischen den chemischen Teilchen, die sich auf der Leinwand zu Form und Farbe fügten, und der Seele, die in ihm war? War es möglich, daß diese Teilchen sichtbar machten, was in seiner Seele vorging – daß sie die Träume der Seele wahr werden ließen? Oder gab es eine andere, noch schrecklichere Ursache? Ihn schauderte, und er hatte Angst; er ging wieder zurück zur Couch, legte sich nieder und starrte das Bild mit eklem Entsetzen an.

Eines freilich, das spürte er, hatte das Ganze bewirkt. Es hatte ihm zu Bewußtsein gebracht, wie ungerecht, wie grausam er Sibyl Vane gegenüber gewesen war.

Noch war es nicht zu spät, dies wiedergutzumachen. Noch konnte sie seine Frau sein. Seine wirklichkeitsfremde und selbstsüchtige Liebe würde einer höheren Macht weichen, würde sich in eine edlere Leidenschaft verwandeln, und das Porträt, das Basil Hallward von ihm gemalt hatte, würde ihn durchs Leben geleiten, würde ihm sein, was manchen die Frömmigkeit, anderen das Gewissen und uns allen die Gottesfurcht ist. Es gab Opiate gegen Gewissensbisse, Drogen, die das moralische Empfinden in den Schlaf lullen konnten. Aber dieses Porträt war ein sichtbares Symbol für die Erniedrigung durch die Sünde. Es war ein immerpräsentes Sinnbild für das Verderben, das die Menschen über ihre Seelen brachten.

Es schlug drei Uhr, vier Uhr, und die halbe Stunde ließ ihre beiden Glockenschläge ertönen; Dorian Gray rührte sich nicht. Er versuchte die scharlachfarbenen Fäden des Lebens aufzulesen und ein Muster daraus zu weben; seinen Weg zu finden durchs blutrote Labyrinth der Leidenschaft, in dem er umherirrte. Er wußte nicht, was er tun, was er denken sollte. Schließlich ging er hinüber zum Tisch und schrieb einen leidenschaftlichen Brief an das Mädchen, das er geliebt hatte, bat sie flehentlich um Vergebung und bezichtigte sich des Wahnsinns. Seite um Seite bedeckte er mit stürmischen Worten des Kummers und noch stürmischeren Worten der Qual. Selbstvorwürfen haftet etwas von Luxus an. Wenn wir uns selber rügen, so aus dem Gefühl heraus, daß das Recht dazu ausschließlich *uns* zusteht. Die Beichte, nicht der Priester, verhilft uns zur Absolution. Als Dorian den Brief beendet hatte, war er überzeugt, daß er Vergebung gefunden hatte.

Plötzlich klopfte es an der Tür, und draußen ertönte

Lord Henrys Stimme. »Mein lieber Junge, ich muß Sie sprechen. Lassen Sie mich sofort rein. Ich kann nicht dulden, daß Sie sich einfach so einschließen.«

Er gab zunächst keine Antwort, sondern verhielt sich ganz still. Das Klopfen setzte sich fort und wurde lauter. Ja, es war besser, Lord Henry hereinzulassen und ihn aufzuklären über das neue Leben, das er von nun an führen wollte, mit ihm zu streiten, falls ein Streit unumgänglich, mit ihm zu brechen, falls ein Bruch unvermeidbar war. Rasch erhob er sich, schob hastig den Wandschirm vor das Porträt und schloß die Tür auf.

»Das Ganze tut mir entsetzlich leid, Dorian«, sagte Lord Henry beim Eintreten. »Aber Sie dürfen nicht zuviel darüber nachdenken.«

»Sie meinen über Sibyl Vane?« fragte der Junge.

»Ja, natürlich«, erwiderte Lord Henry; er ließ sich auf einen Stuhl sinken und zog bedächtig die gelben Handschuhe aus. »Eine schreckliche Sache, aber andrerseits können Sie ja wohl nichts dafür. Sind Sie denn nach der Vorstellung noch hinter die Bühne und haben mit ihr gesprochen?«

»Ja.«

»Das war mir klar. Haben Sie ihr eine Szene gemacht?«

»Ich war brutal, Harry – absolut brutal. Aber jetzt ist alles wieder in Ordnung. Ich bedaure nicht, was passiert ist. Ich habe mich dadurch selbst besser kennengelernt.«

»Ah, Dorian, ich bin heilfroh, daß Sie's so sehen! Ich hatte schon Angst, Sie sind vollkommen zerknirscht und raufen sich Ihre hübschen Locken.«

»Das hab ich bereits hinter mir«, sagte Dorian und schüttelte lächelnd den Kopf. »Jetzt bin ich rundum glücklich. Vor allem weiß ich jetzt, was Gewissen ist. Es ist nicht das, was Sie gesagt haben. Es ist das Göttlichste, was wir besitzen. Machen Sie sich nie wieder darüber lustig, Harry – jedenfalls nicht in meiner Gegenwart. Ich möchte gut sein. Die Vorstellung, eine böse Seele zu haben, ist mir unerträglich.«

»Eine wundervoll künstlerische Grundlage für moralisches Verhalten, Dorian! Herzlichen Glückwunsch. Und womit wollen Sie anfangen?«

»Damit, daß ich Sibyl Vane heirate.«

»Daß Sie Sibyl Vane heiraten!« rief Lord Henry; er stand auf und blickte den Jungen mit bestürzter Verwunderung an. »Aber mein lieber Dorian ...«

»Schon gut, Harry, ich weiß, was Sie sagen wollen. Irgendwas Scheußliches über die Ehe. Sagen Sie's nicht. Kommen Sie mir überhaupt nie wieder mit solchen Sprüchen. Vor zwei Tagen habe ich Sibyl gebeten, mich zu heiraten. Ich werde ihr gegenüber nicht wortbrüchig sein. Sie soll meine Frau werden!«

»Ihre Frau! Dorian! ... Haben Sie denn meinen Brief nicht bekommen? Ich habe Ihnen heute morgen geschrieben und die Nachricht durch meinen Diener überbringen lassen.«

»Ihren Brief? O ja, ich erinnere mich. Ich hab ihn noch nicht gelesen, Harry. Ich hatte Angst, daß etwas drinsteht, was mir nicht gefällt. Sie zersetzen das Leben mit Ihren Epigrammen.«

»Dann wissen Sie's also noch nicht?«

»Was meinen Sie?«

Lord Henry ging hinüber zu Dorian, setzte sich neben ihn, ergriff seine Hände und hielt sie fest. »Dorian«, sagte er, »mein Brief – erschrecken Sie nicht – sollte Ihnen mitteilen, daß Sibyl Vane tot ist.«

Ein Schmerzensschrei brach von den Lippen des Jungen; er sprang auf und entriß seine Hände Lord Henrys Griff. »Tot! Sibyl tot! Das ist nicht wahr! Das ist eine gräßliche Lüge! Wie können Sie es wagen, so etwas zu behaupten?«

»Es ist die reine Wahrheit, Dorian«, sagte Lord Henry ernst. »Es steht in allen Morgenzeitungen. In meinem Brief habe ich Sie gebeten, niemanden zu empfangen, bis ich bei Ihnen bin. Man wird mit Sicherheit eine gerichtliche Untersuchung einleiten; Sie dürfen auf keinen Fall mit hineingezogen werden. In Paris bekommt man durch so etwas erst den richtigen Schick. Aber in London stecken die Leute voller Vorurteile. Hier sollte ein Debüt niemals mit einem Skandal einhergehen. Den sollte man sich aufsparen – das macht einen im Alter dann um so interessanter. Ich nehme doch nicht an, daß man in dem Theater weiß, wie Sie heißen? Wenn nein, ist alles in Ordnung. Hat Sie jemand in ihre Garderobe gehen sehen? Das ist ein wichtiger Punkt.«

Ein paar Augenblicke lang gab Dorian keine Antwort. Er war wie betäubt vor Entsetzen. Schließlich stammelte er mit erstickter Stimme: »Harry, haben Sie gerichtliche Untersuchung gesagt? Was meinen Sie damit? Hat Sibyl ...? Oh, Harry, ich kann's einfach nicht fassen! Aber machen Sie's kurz. Sagen Sie mir alles, jetzt gleich.«

»Für mich steht fest, daß es kein Unfall war, Dorian, auch wenn man es vor der Öffentlichkeit so darstellen muß. Als sie mit ihrer Mutter gegen halb eins das Theater verließ, sagte sie wohl, sie habe oben etwas vergessen. Man wartete eine Zeitlang auf sie, aber sie kam nicht mehr herunter. Schließlich fand man sie tot auf dem Fußboden ihrer Garderobe. Sie hatte versehentlich etwas geschluckt, irgend so ein Zeug, das man im Theater verwendet. Ich weiß nicht, was es war, bloß daß es entweder Blausäure oder Bleiweiß enthielt. Vermutlich war's Blausäure, denn sie war offenbar auf der Stelle tot.«

»Harry, Harry, das ist ja grauenhaft!« rief der Junge.

»Ja; eine sehr traurige Geschichte, allerdings; aber Sie sollten sich auf keinen Fall mit hineinziehen lassen. Dem ›Standard‹ entnehme ich, daß sie siebzehn war. Ich hätte sie eigentlich für jünger gehalten. Sie wirkte noch überaus kindlich und hatte von Schauspielerei offenbar nur wenig Ahnung. Dorian, Sie dürfen sich die Sache nicht derartig zu Herzen nehmen. Gehn Sie mit mir dinieren, und hinterher schaun wir noch in die Oper rein. Die Patti singt heut abend; alle werden da sein. Kommen Sie einfach mit in die Loge meiner Schwester. Sie hat ein paar schmucke Damen dabei.«

»Ich habe Sibyl Vane also umgebracht«, sagte Dorian Gray halb zu sich selbst – »habe sie umgebracht, grad so, als ob ich ihr mit einem Messer die zarte Kehle aufgeschlitzt hätte. Trotzdem blühen die Rosen nicht weniger schön als sonst. Die Vögel in meinem Garten singen genauso fröhlich wie immer. Und heut abend soll ich mit Ihnen dinieren, dann in die Oper gehn und hinterher wahrscheinlich noch irgendwo zu Nacht essen. Wie merkwürdig dramatisch das Leben doch ist! Hätte ich das alles in einem Buch gelesen, Harry, ich glaube, ich hätte geweint. Aber jetzt, wo's wirklich passiert ist, mir selber passiert ist, kommt es mir irgendwie viel zu phantastisch vor, als daß ich darüber Tränen vergießen könnte. Hier ist der erste leidenschaftliche Liebesbrief, den ich in meinem Leben geschrieben habe.

Seltsam, daß mein erster leidenschaftlicher Liebesbrief an ein totes Mädchen gerichtet ist. Ob sie wohl etwas fühlen, diese bleichen, stummen Menschen, die wir die Toten nennen? Sibyl! Kann sie etwas fühlen, erkennen oder hören? Ach, Harry, wie sehr habe ich sie einmal geliebt! Mir ist, als wär's schon Jahre her. Sie war mein ein und alles. Dann kam dieser furchtbare Abend – war's wirklich erst gestern? –, wo sie so schlecht gespielt hat und wo mir beinah das Herz brach. Sie hat mir alles erklärt. Es war ungeheuer ergreifend. Aber es hat mich kein bißchen berührt. Ich hielt sie für oberflächlich. Dann ist auf einmal etwas geschehn, was mir angst machte. Ich kann Ihnen nicht sagen, was, bloß daß es schauderhaft war. Jedenfalls wollte ich wieder zu ihr zurück. Ich spürte, daß ich ihr unrecht getan hatte. Und jetzt ist sie tot. Mein Gott! Mein Gott! Harry, was soll ich nur tun? Sie wissen nicht, in welcher Gefahr ich schwebe; nun gibt es nichts mehr, was mich auf die richtige Bahn bringen kann. Sie hätte es gekonnt. Sie hatte kein Recht, sich umzubringen. Es war selbstsüchtig von ihr.«

»Mein lieber Dorian«, sagte Lord Henry, während er seinem Etui eine Zigarette entnahm und eine Streichholzschachtel aus vergüldetem Messing hervorholte, »für Frauen gibt es nur *eine* Möglichkeit, einen Mann zu bessern – sie langweilen ihn so gründlich, daß er jegliches Interesse am Leben verliert. Wenn Sie dieses Mädchen geheiratet hätten, wären Sie bestimmt unglücklich geworden. Sicher, Sie hätten sie freundlich behandelt. Zu denen, die einem nichts bedeuten, kann man immer freundlich sein. Aber wahrscheinlich hätte sie bald gemerkt, daß sie Ihnen vollkommen gleichgültig ist. Und findet eine Frau so etwas heraus, dann wird sie entweder furchtbar nachlässig oder trägt plötzlich hochelegante Hüte – für die dann freilich der Ehemann einer anderen aufkommen muß. Den gesellschaftlichen Fehltritt, der sehr erniedrigend gewesen wäre und den ich selbstredend nicht gebilligt hätte, lasse ich mal ganz außer acht; aber ich versichere Ihnen, daß die Sache von Grund auf schiefgegangen wäre.«

»Mag sein«, murmelte der Junge; er ging im Zimmer auf und ab und sah erschreckend blaß aus. »Aber ich betrachtete es eben als meine Pflicht. Ich kann doch nichts dafür, daß diese furchtbare Tragödie mich daran hindert, das zu tun, was ich für richtig halte. Ich erinnere mich, Sie haben mir mal gesagt, gute Vorsätze hätten etwas Verhängnisvolles – man fasse sie immer zu spät. Auf meine trifft das unbedingt zu.«

»Gute Vorsätze sind zwecklose Versuche, in die Gesetze der Naturwissenschaft einzugreifen. Sie entspringen der puren Eitelkeit. Ihr Ergebnis ist vollkommen Null. Hin und wieder bewirken sie jenes leere Hochgefühl, für das die Schwachen besonders empfänglich sind. Mehr läßt sich zu ihren Gunsten nicht sagen. Sie sind nichts weiter als Schecks, ausgestellt auf eine Bank, bei der man kein Konto hat.«

»Harry«, rief Dorian Gray, kam herüber und setzte sich neben Lord Henry, »wie kommt's bloß, daß diese Tragödie mir nicht so nahegeht, wie ich gerne möchte? Ich bin doch nicht herzlos. Oder?«

»Sie haben in den letzten zwei Wochen zu viele Dummheiten gemacht, Dorian, als daß Sie eine solche Titulierung verdienen«, erwiderte Lord Henry mit seinem sanften, melancholischen Lächeln.

Der Junge runzelte die Stirn. »Diese Erklärung gefällt mir nicht, Harry«, gab er zurück, »andrerseits freue ich mich, daß Sie mich nicht für herzlos halten. Das bin ich nun wirklich nicht. Ich weiß es. Trotzdem muß ich zugeben, daß mich das, was passiert ist, nicht so berührt, wie es eigentlich sollte. Es kommt mir einfach wie der grandiose Schluß eines grandiosen Theaterstücks vor. Es hat die schaurige Schönheit einer griechischen Tragödie, einer Tragödie, in der ich zwar eine große Rolle gespielt habe, aus der ich aber ganz unversehrt hervorgegangen bin.«

»Ein interessanter Gedanke«, sagte Lord Henry, dem es großes Vergnügen bereitete, mit dem unbewußten Egoismus des Jungen zu spielen – »ein überaus interessanter Gedanke. Die eigentliche Erklärung wäre wohl die: Tragödien, die sich im wirklichen Leben ereignen, haben häufig etwas ganz und gar Unkünstlerisches, sie verletzen uns durch ihre blanke Willkür, ihre grobe Inkonsequenz, ihre absurde Sinnlosigkeit und ihren vollständigen Mangel an Stil. Wir empfinden sie einfach als Barbarei. Sie vermitteln uns den Eindruck von nackter, brutaler Gewalt, und dagegen sträuben wir uns. Manchmal allerdings erleben wir auch eine Tragödie, die künstlerische Elemente von Schönheit enthält. Sind diese Elemente von Schönheit echt, dann spricht das Ganze unseren Sinn für dramatische Wirkungen an. Plötzlich stellen wir fest, daß wir nicht mehr die Akteure, sondern die Zuschauer des Stückes sind. Oder vielmehr beides. Wir sehen uns selber zu, und der Zauber des Schauspiels nimmt uns völlig gefangen. Was ist denn nun tatsächlich passiert? Jemand hat sich aus Liebe zu Ihnen getötet. Ich wünschte, auch ich hätte so etwas schon einmal erlebt. Es hätte mich dazu gebracht, bis an mein seliges Ende in die Liebe verliebt zu sein. Meine bisherigen Verehrerinnen – es waren nicht grade sehr viele, aber immerhin ein paar – haben alle darauf bestanden, weiterzuleben, auch als mein Interesse für sie oder ihres für mich längst erloschen war. Sie sind dick und langweilig geworden, und wenn ich ihnen begegne, schwelgen sie sofort in Erinnerungen. Dieses furchtbare weibliche Gedächtnis! Wirklich grauenhaft! Und was für eine vollendete geistige Trägheit sich darin offenbart! Man sollte das Leben als buntes Ganzes nehmen, aber man sollte sich nie an Einzelheiten erinnern. Einzelheiten sind immer vulgär.«

»Ich muß Mohn in meinem Garten säen«, seufzte Dorian.

»Nicht nötig«, erwiderte sein Gefährte. »Das Leben hält immer Mohn bereit. Natürlich, ab und zu ziehn sich die Dinge auch hin. Ich hatte mal eine geschlagene Saison lang nur Veilchen im Knopfloch, als künstlerisches Zeichen der Trauer um eine Romanze, die partout nicht totzukriegen war. Irgendwann entschlief sie dann allerdings doch. Ich weiß gar nicht mehr, woran sie gestorben ist. Vermutlich daran, daß die Betreffende mir eröffnete, sie wolle die ganze Welt für mich aufgeben. Das ist immer ein furchtbarer Moment. Er macht einem angst vor der Ewigkeit. Kurz und gut – Sie werden's nicht glauben –, als ich vor einer Woche bei Lady Hampshire dinierte, saß ich neben besagter Dame, und sie bestand darauf, die ganze Geschichte noch einmal aufzurollen, in der Vergangenheit zu wühlen und die Zukunft durchzuharken. Ich hatte die Romanze längst in einem Narzissenbeet begraben. Sie zerrte sie wieder hervor und behauptete, ich hätte ihr Leben zerstört. Ich muß freilich dazu bemerken, sie sprach dem Dinner so tüchtig zu, daß ich mich von dieser Behauptung nicht einschüchtern ließ. Trotzdem, welch ein Mangel an Geschmack offenbarte sich da! Die Vergangenheit hat ihren Reiz einzig darin, daß sie vergangen ist. Aber Frauen wissen nie, wann sich der Vorhang gesenkt hat. Sie wollen immer noch einen sechsten Akt; auch wenn man an dem Stück längst nicht mehr interessiert ist, sind sie auf eine Fortsetzung aus. Ginge es nach ihnen, dann hätte jede Komödie einen tragischen Schluß und jede Tragödie endete mit einer Posse. Sie sind bezaubernd gekünstelt, besitzen aber keinerlei Sinn für Kunst. Sie, Dorian, haben da mehr Glück als ich. Ich versichere Ihnen, keine einzige der Frauen, die mir bisher untergekommen sind, hätte wegen mir getan, was Sibyl Vane Ihretwegen getan hat. Normalerweise trösten Frauen sich selbst. Manche entwickeln dabei eine Vorliebe für sentimentale Farben. Trauen Sie nie einer Frau, egal welchen Alters, die sich blaßlila kleidet; und auch keiner über fünfunddreißig, die gerne rosa Bänder trägt. Das bedeutet nämlich immer, daß sie eine Vergangenheit hat. Andere finden großen Trost darin, daß sie plötzlich die guten Seiten ihres Gemahls entdecken. Sie protzen mit ihrem Eheglück, als gehe es um die faszinierendste aller Sünden. Wieder andere trösten sich mit dem Glauben. Seine Geheimnisse haben den Reiz einer Liebelei, wie mir eine Frau einmal sagte; das kann ich durchaus verstehen. Zumal nichts die Eitelkeit so sehr kitzelt, als wenn man erfährt, daß man ein Sünder ist. Das Gewissen macht uns alle zu Egoisten. Ja; es gibt wahrlich Tröstungen genug, auf die eine Frau von heute zurückgreifen kann. Dabei habe ich die wichtigste noch nicht mal erwähnt.«

»Welche denn, Harry?« sagte der Junge teilnahmslos.

»Nun ja, die naheliegendste. Daß sie sich einen

neuen Verehrer nimmt – den einer anderen. In der feinen Gesellschaft bekommt sie dadurch wieder den alten Glanz. Aber im Ernst, Dorian, Sibyl Vane war wohl wirklich ganz anders als die Frauen, denen man sonst begegnet. Ich bin froh, in einem Jahrhundert zu leben, wo noch solche Wunder geschehen. Sie lassen uns daran glauben, daß es das, womit wir alle spielen – Romantik, Leidenschaft und Liebe –, auch tatsächlich gibt.«

»Ich war schrecklich grausam zu ihr. Das dürfen Sie nicht vergessen.«

»Ich fürchte, nichts ist Frauen angenehmer als Grausamkeit, nackte Grausamkeit. Sie verfügen über wunderbar primitive Instinkte. Wir haben sie emanzipiert; trotzdem sind sie nach wie vor Sklavinnen, die Ausschau halten nach einem Gebieter. Sie lassen sich liebend gerne beherrschen. Ich bin sicher, Sie waren grandios. Ich habe Sie noch nie wirklich und wahrhaftig wütend erlebt, kann mir aber vorstellen, wie entzückend Sie dabei ausgesehen haben. Im übrigen haben Sie vorgestern etwas zu mir gesagt, was ich zunächst für reine Schwärmerei hielt; inzwischen erkenne ich, daß es absolut richtig war und daß es den Schlüssel zu allem enthält.«

»Was denn, Harry?«

»Sie sagten, Sibyl Vane verkörpere für Sie alle Heldinnen der Liebesdramen – am einen Abend sei sie Desdemona, am andern Ophelia; wenn sie als Julia sterbe, erwache sie als Imogen wieder zum Leben.«

»Jetzt wird sie nie wieder zum Leben erwachen«, murmelte der Junge und vergrub das Gesicht in den Händen.

»Nein, das wird sie nie wieder. Sie hat ihre letzte Rolle gespielt. Aber Sie müssen sich diesen einsamen

Tod in der schäbigen Garderobe einfach als kuriosen, düsteren Teil einer Tragödie aus der Zeit Jacobs I. vorstellen, als eine wunderliche Szene von Webster, Ford oder Cyril Tourneur. Das Mädchen hat eigentlich gar nicht gelebt, drum ist sie eigentlich auch gar nicht gestorben. Zumindest für Sie war sie immer ein Traum, ein Geist, der durch Shakespeares Dramen schwebte und sie durch seine Anwesenheit noch herrlicher machte, eine Rohrflöte, durch die Shakespeares Musik noch reicher und freudvoller erklang. In dem Augenblick, in dem sie mit dem wirklichen Leben in Berührung kam, zerstörte sie es und wurde von ihm zerstört, und so ging sie denn aus der Welt. Trauern Sie um Ophelia, wenn Sie wollen. Streuen Sie sich Asche aufs Haupt, weil Cordelia erdrosselt wurde. Klagen Sie den Himmel an, weil die Tochter Brabantios tot ist. Aber verschwenden Sie nicht Ihre Tränen an Sibyl Vane. Sie gehörte weniger der Wirklichkeit an als die Genannten.«

Eine Weile herrschte Schweigen. Der Abend ließ den Raum immer dunkler werden. Lautlos und auf silbernen Füßen schlichen die Schatten vom Garten herein. Die Farben zogen sich matt aus den Gegenständen zurück.

Schließlich hob Dorian Gray den Blick. »Sie haben mir einiges klargemacht, Harry«, murmelte er mit einem leisen Seufzer der Erleichterung. »Es war alles schon in mir, was Sie gesagt haben, aber irgendwie hatte ich Angst davor und konnte es nicht in Worte fassen. Wie gut Sie mich kennen! Und nun sprechen wir nicht mehr von dem, was passiert ist. Es war eine erstaunliche Erfahrung. Sonst nichts. Ich frage mich, ob das Leben auch weiterhin so Erstaunliches für mich parat hat.«

»Das Leben hat alles für Sie parat, Dorian. Es gibt nichts, was Sie mit Ihrem außergewöhnlich guten Aussehen nicht erreichen können.«

»Aber angenommen, Harry, ich werde irgendwann alt, dürr und runzlig? Was dann?«

»Ah, dann«, sagte Lord Henry und erhob sich zum Aufbruch – »dann, mein lieber Dorian, müssen Sie um Ihre Siege kämpfen. Noch fallen sie Ihnen ja gradezu in den Schoß. Nein, behalten Sie einfach Ihr gutes Aussehen. Wir leben in einer Zeit, wo man zuviel liest, um klug zu sein, und wo man zuviel denkt, um schön zu sein. Wir können auf Sie nicht verzichten. Und jetzt sollten Sie sich lieber anziehn und mit mir in den Klub fahren. Wir sind sowieso schon ziemlich spät dran.«

»Ich glaube, wir treffen uns erst in der Oper, Harry. Ich bin zu müde, um etwas zu essen. Was hat die Loge Ihrer Schwester für eine Nummer?«

»Siebenundzwanzig, soviel ich weiß. Im ersten Rang. Ihr Name steht an der Tür. Das ist aber schade, daß Sie nicht mit mir dinieren wollen.«

»Ich fühle mich einfach zu matt«, sagte Dorian schlaff. »Jedenfalls bin ich Ihnen sehr dankbar für das, was Sie mir gesagt haben. Sie sind wirklich mein bester Freund. Noch nie hat mich jemand so gut verstanden wie Sie.«

»Wir stehn erst am Beginn unserer Freundschaft, Dorian«, erwiderte Lord Henry und schüttelte ihm die Hand. »Adieu. Ich hoffe, wir sehn uns noch vor halb zehn. Nicht vergessen, die Patti singt.«

Als er die Tür hinter sich zumachte, drückte Dorian Gray auf die Klingel; kurz darauf kam Victor mit den Lampen und ließ die Rouleaus herunter.

Dorian wartete ungeduldig darauf, daß sich der Diener wieder entfernte. Der Mann schien sich für alles unendlich viel Zeit zu lassen.

Sobald er gegangen war, stürzte Dorian zum Wandschirm und schob ihn zurück. Nein; das Bild hatte sich nicht weiter verändert. Es hatte die Nachricht von Sibyl Vanes Tod früher empfangen als er selbst. Es wußte von den Begebenheiten des Lebens schon im Moment ihres Geschehens. Der boshafte, grausame Zug, der den feingeschwungenen Mund entstellte, war zweifellos in dem Augenblick aufgetaucht, in dem das Mädchen das Gift genommen hatte, was immer es gewesen sein mochte. Oder kam es dem Bild gar nicht auf die Auswirkungen an? Nahm es nur das zur Kenntnis, was in seiner, Dorians, Seele vorging? Das hätte er zu gerne gewußt, und er hoffte, einmal mit eigenen Augen sehen zu können, wie sich das Bild veränderte; die Vorstellung ließ ihn schaudern.

Arme Sibyl! Welch ein Liebesdrama hatte sich da ereignet! Immer wieder hatte sie auf der Bühne den Tod dargestellt. Dann hatte der Tod selber sie angefaßt und mit sich genommen. Wie hatte sie diese schaurige letzte Szene gespielt? Hatte sie ihn verflucht, als sie starb? Nein; sie war aus Liebe zu ihm gestorben, und die Liebe würde ihm fortan heilig sein. Mit der Aufopferung ihres Lebens hatte sie alles gesühnt. Kein Gedanke mehr an das, was er an dem schrecklichen Abend im Theater ihretwegen durchgemacht hatte. Wenn er künftig an sie dachte, so würde er sie als eine wunderschöne, tragische Gestalt vor sich sehen, entsandt auf die Bühne der Welt, um die erhabene Wahrheit der Liebe zu zeigen. Eine wunderschöne, tragische Gestalt? Tränen traten ihm in die Augen, als er sich an ihr kindliches Aussehen erinnerte, an ihr verspieltes, munteres Wesen und ihre scheue Anmut. Er wischte die Tränen hastig fort und wandte sich wieder dem Bild zu.

Er spürte, es war nun endgültig Zeit, eine Entscheidung zu treffen. Oder war sie bereits gefallen? Ja, das Leben hatte sie für ihn getroffen – das Leben und seine grenzenlose Neugier aufs Leben. Ewige Jugend, ungezügelte Leidenschaft, raffinierte, heimliche Genüsse, wüste Lust und noch wüstere Sünden – das alles sollte er haben. Das Porträt sollte die Last seiner Schmach übernehmen: so war es entschieden.

Ein Gefühl des Schmerzes überkam ihn, als er daran dachte, welche Schändung dem schönen Gesicht auf der Leinwand bevorstand. Einmal hatte er in knäbischer Nachahmung des Narziß die gemalten Lippen, die ihn inzwischen so grausam anlächelten, geküßt oder zumindest getan, als ob er sie küsse. Morgen für Morgen hatte er vor dem Porträt gesessen und seine Schönheit bestaunt – geradezu verliebt in sie, wie ihm manchmal schien. Und nun sollte das Bild sich mit jeder Laune, der er nachgab, verändern? Sollte sich in ein ekelhaftes, scheußliches Ding verwandeln, das man in einem abgesperrten Raum verbergen mußte, weg vom Sonnenschein, der die wogende Pracht seines Haars so oft in noch glänzenderes Gold getaucht hatte? Welch ein Jammer! Welch ein Jammer!

Einen Moment lang dachte er daran, den inständigen Wunsch auszusprechen, daß die schreckliche Beziehung zwischen ihm und dem Bild abreißen möge. Das Porträt hatte sich auf einen Wunsch hin verändert; vielleicht würde ein weiterer Wunsch es daran hindern, sich noch mehr zu verändern. Andererseits, welcher Mensch, der etwas vom Leben wußte, würde sich die Möglichkeit, für immer zu bleiben, entgehen lassen – wie phantastisch diese Möglichkeit auch erschien, wie verhängnisvoll ihre Folgen auch sein mochten? Überhaupt, lag es denn wirklich in seiner Macht? War es tatsächlich ein Wunsch gewesen, der die Wechselbeziehung ausgelöst hatte? Gab es am Ende doch irgendeine ausgefallene, wissenschaftlich erklärbare Ursache dafür? Wenn Gedanken einen lebenden Organismus zu beeinflussen vermochten, konnten sie dann nicht auch Lebloses und Anorganisches beeinflussen? Und umgekehrt, war es nicht sogar möglich, daß sich die Außenwelt, ohne daß wir daran dachten oder es wünschten, dem Rhythmus unserer Launen und Leidenschaften anschmiegte, daß sich die Atome in heimlicher Liebe oder wundersamer Wahlverwandtschaft einander mitteilten? Aber im Grunde war die Ursache unwichtig. Nie wieder würde er mit einem Wunsch irgendeine unheimliche Macht herausfordern. Wenn sich das Bild veränderte, so veränderte es sich eben. Das war alles. Wozu den Dingen überhaupt auf den Grund gehen?

Denn es wäre ja ein wahrer Genuß, sie mitzuverfolgen. Er könnte seiner Seele bis in ihre geheimsten Winkel nachspüren. Das Porträt wäre der reinste Zauberspiegel für ihn. Wie schon seinen Leib, so würde es ihm fortan auch seine Seele zeigen. Und bräche der Winter über das Bild herein, dann befände er sich noch immer an jener Schwelle, wo der Frühling dem Sommer entgegenbebt. Wenn das Blut aus dem gemalten Antlitz wiche und nur eine kreidebleiche Maske mit bleiernen Augen zurückbliebe, so stände er noch immer im Glanz seiner Jugend. Sein Liebreiz würde niemals verblühen. Der Pulsschlag seines Lebens würde niemals ermatten. Wie die Götter der Griechen wäre er ewig stark, behende und fröhlich. Was spielte es da für eine Rolle, was mit dem bunten Bild auf der Leinwand geschah? Er bliebe auf jeden Fall unversehrt. Das allein zählte.

Lächelnd schob er den Wandschirm wieder vor das Porträt und begab sich ins Schlafzimmer, wo sein Diener bereits auf ihn wartete. Eine Stunde später war er in der Oper, und Lord Henry beugte sich über seinen Sitz.

9

ALS er am nächsten Morgen beim Frühstück saß, wurde Basil Hallward hereingeführt.

»Wie gut, daß ich Sie endlich antreffe, Dorian«, sagte der Maler ernst. »Ich war gestern abend schon hier, und da hieß es, Sie sind in der Oper. Mir war natürlich klar, daß das nicht sein konnte. Leider haben Sie mir nicht hinterlassen, wohin Sie tatsächlich gegangen sind. Ich habe einen schrecklichen Abend hinter mir; mir war richtig angst, daß diese Tragödie womöglich eine zweite nach sich zieht. Eigentlich hätten Sie mir ja telegraphieren können, als Sie davon erfuhren. Ich hab's rein zufällig in einer Spätausgabe des ›Globe‹ gelesen, die mir im Klub in die Finger kam. Ich bin dann auf der Stelle hierhergeeilt und war unglücklich, daß ich Sie nicht vorfand. Ich kann Ihnen gar nicht sagen, wie sehr mir die ganze Geschichte ans Herz geht. Ich weiß, was Sie leiden müssen. Aber wo waren Sie denn? Sind Sie bei der Mutter des Mädchens gewesen? Ich hatte mir nämlich kurz überlegt, ob ich Ihnen dorthin nachfahren soll. Die Adresse stand in der Zeitung. Irgendwo in der Euston Road, nicht? Andrerseits wollte ich mich nicht jemandem aufdrängen, dessen Schmerz ich sowieso nicht hätte lindern können. Die arme Frau! Sie muß ja vollkommen außer sich sein! Und noch dazu ihr einziges Kind! Wie hat sie denn darauf reagiert?«

»Mein lieber Basil, woher soll ich das wissen?« murmelte Dorian Gray; er trank aus einem zierlichen, mit Goldperlen geschmückten venezianischen Glaskelch einen Schluck hellgelben Wein und machte ein furchtbar gelangweiltes Gesicht. »Ich war in der Oper. Sie hätten mitkommen sollen. Ich habe Lady Gwendolen kennengelernt, die Schwester von Harry. Wir waren in ihrer Loge. Sie ist überaus charmant; und die Patti hat göttlich gesungen. Sprechen Sie doch nicht von so scheußlichen Dingen. Wenn man über etwas nicht redet, dann ist es auch nicht geschehen. Erst das Wort, sagt Harry, schafft Realität. Nebenbei bemerkt, war sie nicht das einzige Kind dieser Frau. Es existiert noch ein Sohn, ein reizender Bursche, soviel ich weiß. Aber er ist nicht beim Theater. Er ist Seemann oder so etwas. Und jetzt erzählen Sie mir mal von Ihnen und was Sie gerade malen.«

»Sie sind in die Oper gegangen?« sagte Hallward, er sprach sehr langsam, und seine Stimme klang vor Schmerz leicht belegt. »Sie sind in die Oper gegangen, während Sibyl Vane tot in irgendeinem schäbigen Zimmer lag? Sie sprechen mit mir über charmante Frauen und die göttlich singende Patti, noch ehe das Mädchen, das Sie geliebt haben, im Grab ruht? Mann Gottes, bedenken Sie doch, welche Greuel diesem kleinen, weißen Leib bevorstehn!«

»Schluß, Basil! Ich will nichts davon hören!« rief Dorian und sprang auf. »Verschonen Sie mich damit. Vorbei ist vorbei. Vergangen ist vergangen.«

»Gestern ist für Sie schon Vergangenheit?«

»Was hat denn die Kürze der Zeit damit zu tun? Nur oberflächliche Menschen brauchen Jahre, um ihre Gefühle loszuwerden. Wer Herr seiner selbst ist, wird mit einem Kummer genauso mühelos fertig, wie er sich ein neues Vergnügen schafft. Ich habe keine Lust, mich meinen Gefühlen zu unterwerfen. Ich möchte sie auskosten, sie genießen und selber über sie bestimmen.«

»Dorian, das ist ja entsetzlich! Irgendwas hat Sie vollständig verändert. Äußerlich sind Sie noch immer der wunderbare Junge, der jeden Tag in mein Atelier kam und mir für sein Porträt gesessen hat. Aber da waren Sie schlicht, natürlich und voller Wärme. Sie waren das unverdorbenste Geschöpf auf der ganzen Welt. Und jetzt – ich weiß nicht, was mit Ihnen passiert ist. Sie reden, als ob Sie kein Herz, kein Mitgefühl hätten. Das kommt alles von Harrys Einfluß. Da bin ich mir ganz sicher.«

Der Junge errötete; er trat ans Fenster und blickte kurz in den grünen, flirrenden, von der Sonne durchfluteten Garten hinaus. »Ich verdanke Harry sehr viel, Basil«, sagte er schließlich – »mehr als Ihnen. Sie haben mich bloß gelehrt, eitel zu sein.«

»Ja, und das muß ich nun büßen, Dorian – oder werd's irgendwann büßen müssen.«

»Ich weiß nicht, was Sie meinen, Basil«, rief der Junge und drehte sich um. »Ich weiß nicht, was Sie wollen. Was wollen Sie?«

»Ich will den Dorian Gray, den ich einmal gemalt habe«, sagte der Künstler traurig.

»Basil«, sagte der Junge, trat auf ihn zu und legte ihm die Hand auf die Schulter, »Sie kommen zu spät. Gestern, als ich erfuhr, daß Sibyl Vane sich das Leben genommen hat ...«

»Sich das Leben genommen hat! Allmächtiger! Steht das denn zweifelsfrei fest?« rief Hallward und warf ihm einen entsetzten Blick zu.

»Mein lieber Basil! Sie glauben doch wohl nicht, daß das ein gewöhnlicher Unfall war! Natürlich hat sie sich das Leben genommen.«

Der Ältere barg das Gesicht in den Händen. »Wie

furchtbar«, murmelte er; ein Schauder durchrieselte ihn.

»Nein«, sagte Dorian Gray, »daran ist überhaupt nichts furchtbar. Es handelt sich um eine der großen Liebestragödien unserer Zeit. In der Regel führen Schauspieler ein völlig normales Leben. Sie sind gute Ehemänner, treue Ehefrauen oder sonst etwas Langweiliges. Sie wissen schon, was ich meine – gutbürgerliche Tugenden und so weiter. Sibyl war da ganz anders. Sie hat ihre schönste Tragödie *gelebt*. Sie ist immer eine Heldin gewesen. Bei ihrem letzten Auftritt – Sie waren an dem Abend ja da – hat sie schlecht gespielt, weil sie die Liebe inzwischen im wirklichen Leben kennengelernt hatte. Als sie erkannte, daß ihre Liebe dort nicht erwidert wurde, starb sie so, wie wohl auch Julia gestorben war. Sie ging wieder in die Sphäre der Kunst ein. Sie hat etwas von einer Märtyrerin. Ihrem Ende haftet die ganze ergreifende Sinnlosigkeit des Märtyrertods an, seine ganze vergebliche Schönheit. Aber wie schon gesagt, Sie dürfen nicht glauben, daß mir das alles nichts ausgemacht hat. Wären Sie gestern zu einer bestimmten Uhrzeit vorbeigekommen – um halb sechs vielleicht, oder um dreiviertel sechs – dann hätten Sie mich in Tränen gefunden. Selbst Harry, der hier war – von ihm habe ich's nämlich erfahren – ahnte nicht, was ich durchstehen mußte. Ich habe unsäglich gelitten. Dann war es vorbei. Ich kann ein Gefühl nicht einfach zurückholen. Niemand kann das, höchstens Menschen mit sentimentaler Veranlagung. Sie sind wirklich furchtbar ungerecht, Basil. Sie kommen hierher, um mich zu trösten. Schön von Ihnen. Sie stellen fest, daß ich bereits getröstet bin, und regen sich darüber auf. Das nennt sich dann Anteilnahme! Es erinnert mich an eine Geschichte, die Harry mir mal erzählt hat: Irgendein Philanthrop arbeitete zwanzig Jahre seines Lebens darauf hin, einen Mißstand zu beheben oder ein ungerechtes Gesetz zu ändern – ich weiß nicht mehr genau, was es war. Irgendwann hatte er schließlich Erfolg – und war maßlos enttäuscht. Er hatte fortan überhaupt nichts mehr zu tun, wäre vor lauter Langeweile beinah gestorben und wurde am Ende zum überzeugten Misanthropen. Im übrigen, mein guter alter Basil, wenn Sie mich wirklich trösten wollen, dann bringen Sie mir lieber bei, wie man ein solches Ereignis vergißt oder wie man es vom rein künstlerischen Standpunkt aus betrachtet. War's nicht Gautier, der von der *consolation des arts* geschrieben hat? Ich weiß noch, ich habe in Ihrem Atelier mal in einem kleinen Pergamentband geblättert, und da bin ich zufällig auf diese herrliche Wendung gestoßen. Andrerseits bin ich natürlich nicht wie jener junge Mann, von dem Sie mir einmal erzählten, als wir zusammen in Marlow waren – jener junge Mann, der behauptete, gelber Satin könne einen über alle Unbilden des Lebens hinwegtrösten. Ich liebe schöne Dinge, die man anfassen und in die Hand nehmen kann. Alte Brokate, grüne Bronzen, Lackarbeiten, Elfenbeinschnitzereien, eine erlesene Umgebung, Luxus, Pracht, diese Dinge können einem viel geben. Aber die künstlerische Stimmung, die sie erzeugen oder doch zumindest aufkommen lassen, bedeutet mir mehr. Wer sich auf sich selbst konzentriert, sagt Harry, der bleibt von den Leiden der Welt verschont. Sie sind jetzt bestimmt erstaunt, so etwas von mir zu hören. Ihnen ist einfach nicht klar, daß ich mich weiterentwickelt habe. Als Sie mich kennengelernt haben, war ich noch ein Schuljunge. Inzwischen bin ich ein Mann. Ich habe andre Leidenschaften, andre

Gedanken, andre Ideen. Ich bin nicht mehr der, der ich war, aber deswegen müssen Sie mich ja nicht weniger mögen. Auch wenn ich jetzt ein anderer bin, müssen Sie immer mein Freund bleiben. Natürlich habe ich Harry sehr gern. Aber ich weiß, Sie sind besser als er. Nicht stärker – dazu haben Sie zuviel Angst vor dem Leben –, aber besser. Wir waren doch einmal so glücklich zusammen! Verlassen Sie mich nicht, Basil, und hadern Sie nicht mit mir. Ich bin, wie ich bin. Mehr kann ich dazu nicht sagen.«

Der Maler fühlte sich eigenartig bewegt. Der Junge war ihm unendlich teuer, seine Persönlichkeit hatte seiner Kunst die große Wende beschert. Er konnte ihm beim besten Willen keine weiteren Vorwürfe machen. Vielleicht war seine Gleichgültigkeit ja auch bloß eine vorübergehende Laune. Es war doch so viel Gutes, so viel Edles in ihm.

»Gut, Dorian«, sagte er schließlich mit traurigem Lächeln, »ich werde dieses schauderhafte Ereignis künftig nie mehr erwähnen. Ich hoffe nur, man hält Ihren Namen aus der Sache raus. Heut nachmittag findet die Leichenschau statt. Hat man Sie vorgeladen?«

Dorian schüttelte den Kopf; beim Wort »Leichenschau« glitt ihm ein Ausdruck von Unmut übers Gesicht. Dingen dieser Art haftete stets so etwas Rohes und Unfeines an. »Mein Name ist dort nicht bekannt«, erwiderte er.

»Aber *sie* hat ihn doch gekannt, oder?«

»Nur meinen Vornamen, und den hat sie für sich behalten, da bin ich mir ganz sicher. Sie erzählte mir mal, die andern wollten andauernd wissen, wer ich bin, und sie sage dann immer, ich sei der Märchenprinz. Das war schön von ihr. Sie müssen Sibyl unbedingt für mich zeichnen, Basil. Ich hätte gern noch ein bißchen mehr von ihr als die Erinnerung an ein paar Küsse und gestammelte Liebesbeteuerungen.«

»Ich werd's versuchen, Dorian, wenn's Ihnen Freude macht. Aber dann müssen Sie mir auch wieder sitzen. Ohne Sie komme ich nicht voran.«

Der Junge schrak zurück. »Ich kann Ihnen nicht mehr sitzen, Basil. Auf gar keinen Fall!« stieß er hervor.

Der Maler sah ihn mit großen Augen an. »Mein lieber Junge, was für ein Unsinn!« rief er. »Soll das heißen, Ihr Porträt von mir gefällt Ihnen nicht? Wo ist es eigentlich? Wieso steht denn der Wandschirm davor? Ich möcht's mir anschauen. Es ist das Beste, was ich jemals geschaffen habe. Nehmen Sie den Wandschirm weg, Dorian. Es ist schlicht skandalös, daß Ihr Diener mein Bild einfach so abdeckt. Ich hatte schon beim Reinkommen das Gefühl, daß es hier anders aussieht als sonst.«

»Mein Diener hat damit nichts zu tun, Basil. Sie glauben doch nicht etwa, daß ich ihm die Einrichtung meines Zimmers überlasse! Nein, ich selber war's. Das Bild hat zuviel Licht abbekommen.«

»Zuviel Licht! Also mein lieber Junge, ich bitte Sie! Es hängt dort doch wunderbar. Ich möchte es sehen.« Hallward schritt auf die Zimmerecke zu.

Ein Entsetzensschrei brach von Dorian Grays Lippen; hastig trat er zwischen Maler und Wandschirm. »Basil«, sagte er mit kreidebleichem Gesicht, »Sie dürfen das Bild nicht sehen. Ich will es nicht.«

»Ich soll mein eigenes Werk nicht sehen! Das ist doch wohl nicht Ihr Ernst! Und warum nicht?« rief Hallward lachend aus.

»Wenn Sie auch nur versuchen, einen Blick drauf zu

werfen, Basil, dann – ich schwöre es – spreche ich mein Leben lang kein Wort mehr mit Ihnen. Ich meine es völlig ernst. Verlangen Sie keine Erklärung von mir, ich kann Ihnen keine geben. Aber denken Sie dran, wenn Sie diesen Wandschirm hier anfassen, ist es zwischen uns aus und vorbei.«

Hallward war wie vom Donner gerührt. Vollständig verblüfft starrte er Dorian an. So hatte er ihn noch nie erlebt. Der Junge war vor Erregung geradezu blaß. Er hatte die Fäuste geballt, und seine Pupillen glommen wie Scheiben aus blauem Feuer. Er bebte am ganzen Leib.

»Dorian!«

»Sagen Sie nichts!«

»Aber was ist denn los? Natürlich schau ich das Bild nicht an, wenn Sie's nicht wollen«, sagte Hallward ein wenig kühl; er machte auf dem Absatz kehrt und ging hinüber zum Fenster. »Trotzdem finde ich's ziemlich absurd, daß ich mein eigenes Werk nicht sehen soll – zumal ich vorhabe, es im Herbst in Paris auszustellen. Wahrscheinlich braucht es vorher noch einen zusätzlichen Firnis, also muß ich's ohnehin irgendwann sehen – warum nicht gleich heute?«

»Ausstellen! Sie wollen es ausstellen?« rief Dorian Gray; eine nie gekannte Angst überkam ihn. Sein Verborgenstes sollte vor aller Augen enthüllt werden? Alle Welt sollte das Geheimnis seines Lebens begaffen dürfen? Unmöglich. Irgend etwas – er wußte nur noch nicht, was – mußte sofort geschehen.

»Ja, Sie haben doch wohl nichts dagegen. Georges Petit trägt nämlich grade meine besten Bilder für eine Sonderausstellung in der Rue de Sèze zusammen; die Vernissage findet in der ersten Oktoberwoche statt.

Das Porträt wird nur einen Monat fort sein. So lange können Sie's ja sicher entbehren. Zumal Sie dann wahrscheinlich sowieso nicht in der Stadt sind. Außerdem, wenn Sie's ständig hinter einem Wandschirm verstecken, kann Ihnen eigentlich nicht viel daran liegen.«

Dorian Gray fuhr sich mit der Hand über die Stirn. Sie war mit Schweißperlen bedeckt. Er hatte das Gefühl, daß er in einer furchtbaren Gefahr schwebte. »Vor einem Monat haben Sie mir noch gesagt, Sie wollen es auf keinen Fall ausstellen«, rief er. »Warum jetzt dieser plötzliche Sinneswandel? Ihr, die ihr so auf Konsequenz pocht, habt in Wirklichkeit ebenso viele Launen wie andere auch. Der einzige Unterschied ist, daß eure Launen ziemlich unsinnig sind. Sie haben mir damals hoch und heilig versichert, Sie wollen das Bild um nichts in der Welt irgendwo ausstellen – das können Sie doch nicht vergessen haben! Harry haben Sie genau das gleiche erzählt.« Er hielt plötzlich inne; ein Lichtschimmer trat in seine Augen. Er erinnerte sich, was Lord Henry halb im Ernst, halb im Spaß einmal zu ihm gesagt hatte: »Wenn Sie mal eine außergewöhnliche Viertelstunde erleben wollen, dann bringen Sie Basil dazu, Ihnen zu erklären, warum er Ihr Bild nicht ausstellen möchte. Als er's mir sagte, war das für mich gradezu eine Erleuchtung.« Ja, vielleicht hatte auch Basil ein Geheimnis. Er würde ihn einfach fragen.

»Basil«, begann er, trat dicht an den Maler heran und sah ihm offen ins Gesicht, »jeder von uns hat ein Geheimnis. Sagen Sie mir Ihres, dann verrate ich Ihnen auch meins. Aus welchem Grund haben Sie sich damals dagegen gesträubt, mein Porträt auszustellen?«

Der Maler zuckte unwillkürlich zusammen. »Dorian, wenn ich Ihnen das sage, haben Sie mich wahrscheinlich nicht mehr so gern, und außerdem lachen Sie mich bestimmt aus. Beides wäre mir unerträglich. Sie wollen nicht, daß ich das Bild anschaue – gut, meinetwegen. Ich habe ja immer noch Sie zum Anschauen. Sie wollen nicht, daß die Welt das beste Werk, das ich jemals geschaffen habe, zu sehen bekommt – schön, ich bin's zufrieden. Ihre Freundschaft ist mir mehr wert als Ruhm und Ehre.«

»Nein, Basil, Sie müssen's mir sagen«, beharrte Dorian Gray. »Ich finde, ich habe ein Recht darauf, es zu erfahren.« Seine Angst war inzwischen verflogen; statt dessen empfand er Neugier. Er war entschlossen, Basil Hallwards Geheimnis zu lüften.

»Setzen wir uns, Dorian«, sagte der Maler mit bekümmerter Miene. »Setzen wir uns. Und beantworten Sie mir nur eine einzige Frage: Ist Ihnen an dem Bild irgendwas Seltsames aufgefallen? – Etwas, was Sie vielleicht zunächst gar nicht bemerkt haben, was dann aber plötzlich nicht mehr zu übersehen war?«

»Basil!« rief der Junge, umkrampfte mit zitternden Händen die Armlehnen seines Stuhls und starrte Hallward mit wirrem, entsetztem Blick an.

»Also ja. Sagen Sie nichts. Hören Sie sich erst an, was ich zu sagen habe. Dorian, von dem Augenblick an, als ich Sie kennenlernte, hat Ihre Persönlichkeit mich zutiefst beeinflußt. Sie haben mich beherrscht – meine Seele, meinen Verstand, meine Schaffenskraft. Sie waren für mich immer die sichtbare Verkörperung jenes unsichtbaren Ideals, das uns Künstler im Innern verfolgt wie ein herrlicher Traum. Ich habe Sie angebetet. Ich wurde eifersüchtig auf jeden, mit dem Sie sprachen. Ich wollte Sie ganz für mich haben. Ich war nur glücklich, wenn ich mit Ihnen zusammen war. Auch wenn Sie fort waren – in meiner Kunst waren Sie immer anwesend ... Natürlich habe ich Ihnen nie etwas davon gesagt. Das wäre mir unmöglich gewesen. Wahrscheinlich hätten Sie's gar nicht verstanden. Ich hab's ja selbst kaum verstanden. Ich wußte nur, daß ich die Vollkommenheit von Angesicht zu Angesicht erblickt hatte und daß die Welt für mich wunderbar geworden war – zu wunderbar vielleicht, denn in einer so glühenden Verehrung liegt auch eine Gefahr, die Gefahr, daß sich die Verehrung wieder verflüchtigt oder daß man sie nie mehr loswird. Woche um Woche verging, und ich geriet immer tiefer in Ihren Bann. Dann trat eine neue Entwicklung ein. Davor hatte ich Sie als Paris in schmucker Rüstung gezeichnet und als Adonis mit Jagdrock und blankem Eberspieß. Bekränzt mit üppigen Lotusblüten hatten Sie am Bug von Hadrians Barke gesessen und den Blick über den grünen, träg dahinströmenden Nil schweifen lassen. Sie hatten sich über den reglosen Teich eines griechischen Hains gebeugt und im stillen Silber des Wassers das Wunder Ihres Gesichtes gesehen. Und alles war genauso, wie Kunst sein sollte, arglos, ideal und entrückt. Eines Tages – eines verhängnisvollen Tages, wie ich manchmal denke – faßte ich den Entschluß, ein ganz besonderes Porträt von Ihnen zu malen, so wie Sie wirklich sind, nicht in der Tracht toter Epochen, sondern in Ihrer eignen Kleidung und in Ihrer eignen Zeit. Ob es nun an der realistischen Malweise lag oder am schieren Wunder Ihrer Persönlichkeit, die sich mir ganz unmittelbar, unverschleiert und ungetrübt darbot, ich kann's nicht sagen. Ich weiß nur, während der Arbeit war mir, als gäbe jeder Farbtupfer und Pinselstrich mein Geheimnis preis. Ich hatte immer größere Angst, andere könnten von meiner Götzenanbetung erfahren. Ich hatte das Gefühl, Dorian, daß ich zuviel gesagt, daß ich zuviel von mir selber hineingelegt habe. Damals beschloß ich, das Bild niemals ausstellen zu lassen. Sie waren ein bißchen verärgert; aber da wußten Sie ja noch nicht, was das alles für mich bedeutete. Harry, mit dem ich darüber gesprochen habe, hat mich ausgelacht. Aber das war mir egal. Als das Porträt fertig war und ich allein davorsaß, spürte ich, daß ich recht hatte ... Tja, ein paar Tage später verließ das Bild mein Atelier, und kaum hatte ich mich von seiner unerträglichen Faszination befreit, fand ich es bloß noch albern, mehr darin erblickt zu haben als Ihre außergewöhnliche Schönheit und mein malerisches Können. Auch jetzt noch halte ich es unbedingt für einen Irrglauben, daß die Leidenschaft, die man beim Schaffen empfindet, im Werk tatsächlich zum Ausdruck kommt. Kunst ist immer abstrakter, als wir meinen. Form und Farbe sagen uns nur etwas über Form und Farbe – mehr nicht. Ich denke oft, daß die Kunst den Künstler viel eher verhehlt, als daß sie ihn offenbart. Als ich nun dieses Angebot aus Paris erhielt, beschloß ich, Ihr Porträt zum Mittelpunkt meiner Ausstellung zu machen. Es wäre mir nie eingefallen, daß Sie das vielleicht gar nicht wollen. Inzwischen sehe ich ein, daß Sie recht haben. Das Bild darf nicht gezeigt werden. Seien Sie jetzt bitte nicht böse mit mir, daß ich Ihnen das alles erzählt habe. Wie ich Harry schon sagte – Sie sind dazu geschaffen, angebetet zu werden.«

Dorian Gray atmete tief durch. Die Farbe kehrte in seine Wangen zurück, und ein Lächeln spielte um seine Lippen. Die Gefahr war vorüber. Vorerst war er in Sicherheit. Zugleich empfand er unendliches Mitleid mit dem Maler, der ihm soeben dieses seltsame Geständnis gemacht hatte, und fragte sich, ob die Persönlichkeit eines Freundes ihn auch selbst einmal so beherrschen würde. Von Lord Henry ging zweifellos ein sehr gefährlicher Zauber aus. Aber mehr eben nicht. Er war zu gescheit und zu zynisch, als daß man ihn wirklich gern haben konnte. Würde es je einen Menschen geben, der ihn zu einer so abgöttischen Verehrung hinzureißen vermochte? War das eines der Dinge, die das Leben noch für ihn bereithielt?

»Ich bin erstaunt, Dorian«, sagte Hallward, »daß Sie das alles im Porträt gesehn haben wollen. Haben Sie's denn wirklich gesehen?«

»Ich habe in der Tat etwas darin gesehn«, antwortete der Junge, »etwas, was mir sehr merkwürdig vorkam.«

»Hm; darf ich mir das Ding wenigstens *jetzt* anschauen?«

Dorian schüttelte den Kopf. »Bitte fragen Sie mich nicht mehr, Basil. Ich kann Sie unmöglich vor dieses Bild treten lassen.«

»Aber doch sicher später einmal?«

»Nie.«

»Tja, vielleicht haben Sie recht. Und nun leben Sie wohl, Dorian. Sie sind bisher der einzige Mensch in meinem Leben, der meine Kunst wirklich beeinflußt hat. Das Gute, was ich geschaffen habe, verdanke ich einzig und allein Ihnen. Ach, Sie ahnen gar nicht, was es mich gekostet hat, Ihnen das alles zu sagen.«

»Mein lieber Basil«, erwiderte Dorian, »was haben Sie mir denn gesagt? Doch bloß, daß Sie das Gefühl haben, Sie hätten mich zu sehr bewundert. Das ist ja nicht grad ein Kompliment.«

»So war's auch nicht gemeint. Es war eine Beichte.

Jetzt, wo ich sie abgelegt habe, komme ich mir wie ausgehöhlt vor. Vielleicht sollte man seine Verehrung niemals in Worte fassen.«

»Die Beichte war sehr enttäuschend.«

»Was haben Sie denn erwartet, Dorian? Oder haben Sie etwa noch etwas anderes in dem Porträt gesehen? War da womöglich sonst noch etwas?«

»Nein; sonst gab's nichts zu sehen. Wieso fragen Sie? Aber nun sprechen Sie bitte nicht mehr von Verehrung. Das ist doch Unsinn. Sie und ich, wir sind Freunde, Basil, und das soll auch so bleiben.«

»Sie haben doch Harry«, sagte der Maler traurig.

»Oh ja, Harry!« rief der Junge und ließ ein perlendes Lachen hören. »Harry verbringt den Tag damit, Untunliches zu sagen, und den Abend damit, Unsagbares zu tun. Genau das Leben, wie ich's gern führen würde. Trotzdem, ich glaube nicht, daß ich zu Harry ginge, wenn ich in einer Notlage wäre. Ich ginge lieber zu Ihnen, Basil.«

»Werden Sie mir dann auch wieder sitzen?«

»Auf gar keinen Fall!«

»Sie vernichten meine Existenz als Künstler, wenn Sie sich derartig verweigern, Dorian. Man trifft nicht zweimal auf sein Ideal. Kaum jemand findet es einmal.«

»Ich kann's Ihnen nicht erklären, Basil, aber ich darf Ihnen nie wieder sitzen. Ein Porträt hat etwas Verhängnisvolles. Es führt ein Eigenleben. Ich komme einfach mal auf einen Tee bei Ihnen vorbei. Das wäre doch auch ganz nett.«

»Für mich nicht so sehr, fürchte ich«, murmelte Hallward bekümmert. »Und nun leben Sie wohl. Schade, daß ich das Bild nicht mehr anschauen darf. Aber das läßt sich anscheinend nicht ändern. Ich kann durchaus nachempfinden, was da in Ihnen vorgeht.«

Als der Maler das Zimmer verlassen hatte, lächelte Dorian Gray vor sich hin. Der arme Basil! Wie wenig wußte er über den wahren Grund! Und wie sonderbar, daß es ihm, Dorian, gelungen war, sein Geheimnis für sich zu behalten und statt dessen, fast durch Zufall, dem Freund ein Geheimnis zu entlocken! Wie vieles war ihm durch diese seltsame Beichte klargeworden! Hallwards absurde Eifersuchtsanfälle, seine verrückte Ergebenheit, seine überschwenglichen Lobeshymnen, seine seltsame Zurückhaltung – all das verstand er nun, und es tat ihm leid. Einer so von Romantik gefärbten Freundschaft haftete offenbar immer etwas Tragisches an.

Seufzend drückte er auf die Klingel. Das Porträt mußte unter allen Umständen versteckt werden. Das Risiko einer Entdeckung durfte er nicht ein zweites Mal eingehen. Es war Wahnsinn gewesen, das Bild auch nur eine Stunde lang in einem Raum zu lassen, zu dem seine Freunde ungehinderten Zutritt hatten.

10

ALS der Diener hereinkam, blickte Dorian ihn unverwandt an und fragte sich, ob er schon einmal daran gedacht hatte, hinter den Wandschirm zu spähen. Der Mann stand völlig gleichmütig da und wartete auf Anweisungen. Dorian zündete sich eine Zigarette an, ging hinüber zum Spiegel und schaute hinein. Victors Gesicht war ganz deutlich darin zu sehen. Es glich einer reglosen Maske der Servilität. Von daher war also nichts zu befürchten. Dennoch hielt er es für das beste, auf der Hut zu sein.

Sehr bedächtig wies er den Diener an, die Haushälterin zu ihm zu bitten und anschließend den Rahmenmacher aufzusuchen und ihm auszurichten, er solle sofort zwei seiner Leute schicken. Als Victor sich entfernte, war ihm, als wäre sein Blick in Richtung Wandschirm gewandert. Oder bildete er sich das bloß ein?

Wenig später rauschte Mrs. Leaf im schwarzen Seidenkleid und mit den fingerlosen, altmodischen Zwirnhandschuhen an den runzligen Händen in die Bibliothek. Dorian bat sie um den Schlüssel zum Studierzimmer.

»Zum alten Studierzimmer, Mr. Dorian?« rief sie. »Herrje, das starrt doch vor Staub. Bevor Sie da reingehn, muß ich erst saubermachen und Ordnung schaffen. Im Moment ist das kein passender Ort für Sie, Sir. Wirklich nicht.«

»Ich will nicht, daß Sie den Raum saubermachen, Leaf. Ich will nur den Schlüssel.«

»Aber Sir, wenn Sie da reingehen, kriegen Sie lauter Spinnweben ab. Das Zimmer ist doch schon seit fünf Jahren zu, seit dem Tod Seiner Lordschaft.«

Bei der Erwähnung seines Großvaters zuckte er zusammen. Er hatte keine sehr angenehmen Erinnerungen an ihn. »Macht nichts«, antwortete er. »Ich möchte einfach nur hinein – mehr nicht. Geben Sie mir den Schlüssel.«

»Hier bitte, Sir«, sagte die Alte und ging mit zittrigunsicheren Händen ihren Schlüsselbund durch. »Hier bitte, Sir. Gleich hab ich ihn. Aber Sie wollen doch nicht etwa da oben wohnen, Sir – wo Sie's hier so gemütlich haben!«

»Nein, nein«, rief er ärgerlich. »Danke, Leaf. Das wäre alles.«

Sie blieb noch ein paar Augenblicke und ließ sich wortreich über irgendeine belanglose Haushaltsangelegenheit aus. Er seufzte und bedeutete ihr, sie solle die Dinge so regeln, wie sie es für richtig halte. Über das ganze Gesicht strahlend, verließ sie den Raum.

Als sich die Tür schloß, steckte Dorian den Schlüssel in die Tasche und sah sich im Zimmer um. Sein Blick fiel auf eine purpurrote, üppig mit Gold bestickte große Satindecke, ein herrliches Stück venezianischer Handarbeit aus dem siebzehnten Jahrhundert, die sein Großvater in einem Kloster bei Bologna entdeckt hatte. Ja, damit ließe sich das schreckliche Bild wohl einwickeln. Vielleicht hatte die Decke schon öfter als Bahrtuch gedient. Jetzt sollte sie etwas verhüllen, dem eine ganz eigene Art von Verwesung anhaftete, schlimmer noch als die Verwesung des Todes – etwas, was Grauen erzeugen und doch niemals sterben würde. Was der Wurm für den Leichnam war, das würden seine Sünden für das Porträt auf der Leinwand sein. Sie würden seine Schönheit zerstören, seine Anmut zerfressen. Sie würden es besudeln und mit Schande bedecken. Dennoch würde es weiterleben. Es würde immer am Leben bleiben.

Ihn schauderte, und einen Augenblick lang bedauerte er, daß er Basil nicht den wahren Grund genannt hatte, weshalb er das Bild verstecken wollte. Basil hätte ihm geholfen, sich Lord Henrys Einfluß zu widersetzen – und den noch verderblicheren Einflüssen, die seinem eigenen Wesen entsprangen. Die Liebe, die Basil für ihn hegte – denn es war wirklich Liebe –, barg nichts, was nicht edel und geistig gewesen wäre. Es war eine Liebe, wie sie schon Michelangelo, Montaigne, Winckelmann und auch Shakespeare empfunden hatten. Ja, Basil hätte ihn retten können. Doch nun war es zu spät. Die Vergangenheit ließ sich immer tilgen. Reue, Verleugnung und Vergessen vermochten das. Die Zukunft hingegen war unausweichlich. In ihm wohnten Leidenschaften, die ihren furchtbaren Weg nach draußen finden würden, Träume, die dem Schatten ihres Unheils Wirklichkeit geben würden.

Er nahm die purpur-goldene Decke vom Sofa und ging damit hinter den Wandschirm. War das Gesicht auf der Leinwand schlimmer geworden? Es kam ihm unverändert vor; dennoch hatte sich sein Abscheu davor verstärkt. Das goldene Haar, die blauen Augen und rosenroten Lippen – alles war noch da. Nur der Ausdruck hatte sich verändert. Er war schrecklich in seiner Grausamkeit. Verglichen mit dem, was er an Tadel oder Mißbilligung darin sah, waren die Vorwürfe, die Basil ihm wegen Sibyl Vane gemacht hatte, geradezu oberflachlich – oberflächlich und fast belanglos! Seine eigene Seele blickte ihn aus der Leinwand an und lud ihn vor Gericht. Ein schmerzlicher Ausdruck trat in sein Gesicht; er warf die kostbare Decke über das Bild. Im gleichen Moment klopfte es an der Tür. Er kam hinter dem Wandschirm hervor; sein Diener trat ein.

»Die Leute sind da, Monsieur.«

Er hatte das Gefühl, daß er Victor sofort loswerden mußte. Der Diener durfte nicht wissen, wohin das Bild gebracht wurde. Er hatte etwas Verschlagenes an sich, sein Blick war lauernd und tückisch. Dorian setzte sich an den Schreibtisch und kritzelte ein paar Zeilen an Lord Henry mit der Bitte, ihm etwas zu lesen zu schicken; außerdem erinnerte er ihn daran, daß sie sich abends um Viertel nach acht treffen wollten.

»Warten Sie auf Antwort«, sagte er und händigte Victor den Brief aus, »und führen Sie die Männer herein.«

Zwei bis drei Minuten später klopfte es abermals; Mr. Hubbard persönlich, der berühmte Rahmenmacher aus der South Adley Street, trat mit einem etwas derb wirkenden jungen Gehilfen ein. Mr. Hubbard war ein schmächtiger Mann mit rosigem Gesicht und rotem Backenbart, dessen Bewunderung für die Kunst durch den chronischen Geldmangel der meisten Künstler, mit denen er zu tun hatte, beträchtlich gedämpft wurde. In der Regel verließ er nie seinen Laden. Er erwartete, daß die Leute zu ihm kamen. Doch bei Dorian Gray machte er stets eine Ausnahme. Dorian hatte etwas an sich, was jeden bezauberte. Schon ihn zu sehen, war eine Freude.

»Womit kann ich dienen, Mr. Gray?« fragte er und rieb sich dabei die feisten, sommersprossigen Hände. »Dachte, ich tu mir die Ehre an und komme selber vorbei. Ich hab grad einen schönen Rahmen reingekriegt. Hab ihn auf einer Versteigerung ergattert. Altflorentinisch. Stammt aus Fonthill, soviel ich weiß. Trefflich geeignet für ein religiöses Sujet, Mr. Gray.«

»Tut mir leid, daß Sie sich persönlich herbemühen mußten, Mr. Hubbard. Ich schaue gern mal bei Ihnen rein und sehe mir den Rahmen an; im Moment hab ich mit religiöser Kunst allerdings nicht viel im Sinn – heute möchte ich lediglich ein Bild nach oben bringen lassen. Es ist ziemlich schwer, drum wollte ich Sie eigentlich bitten, mir dafür ein paar Ihrer Leute zur Verfügung zu stellen.«

»Überhaupt kein Problem, Mr. Gray. Freut mich, wenn ich Ihnen zu Diensten sein kann. Um welches Kunstwerk geht's denn, Sir?«

»Um das hier«, erwiderte Dorian und rückte den Wandschirm beiseite. »Können Sie's so transportieren, mit der Decke drumrum? Ich möchte nicht, daß es beim Hinauftragen zerkratzt wird.«

»Das schaffen wir schon, Sir«, sagte der Rahmenmacher leutselig und war bereits dabei, mit seinem Gehilfen das Bild von der langen Messingkette zu lösen, an der es hing. »Und wo soll's nun hin, Mr. Gray?«

»Ich zeige Ihnen den Weg, Mr. Hubbard; wenn Sie mir bitte folgen wollen. Oder vielleicht gehen Sie lieber voraus. Der Raum ist leider ganz oben im Haus. Wir nehmen die Vordertreppe, die ist breiter.«

Dorian hielt den Männern die Tür auf; sie schritten hinaus in die Eingangshalle und schickten sich an, die Treppe hinaufzusteigen. Wegen des kunstvoll gearbeiteten Rahmens war das Bild überaus unhandlich, und trotz der servilen Proteste Mr. Hubbards, dem es als aufrechtem Handwerker lebhaft mißfiel, daß ein Gentleman etwas Nützliches tat, packte Dorian hin und wieder mit an, um den beiden zu helfen.

»Ganz schönes Gewicht, Sir«, keuchte der schmächtige Mann, als sie den obersten Treppenabsatz erreicht hatten. Er wischte sich über die glänzende Stirn.

»Ja, es ist leider recht schwer«, murmelte Dorian und schloß die Tür zu dem Raum auf, der das sonderbare Geheimnis seines Lebens fortan bewahren und seine Seele vor den Augen der Menschen verbergen sollte.

Seit über vier Jahren hatte er das Gelaß nicht mehr betreten – ja, eigentlich nicht mehr, seit er als Kind darin gespielt und es anschließend, als Heranwachsender, als Studierstube benutzt hatte. Es handelte sich um ein großes, gutgeschnittenes Zimmer, das der verstorbene Lord Kelso eigens für seinen kleinen Enkel hatte ausbauen lassen, den er wegen seiner außergewöhnlichen Ähnlichkeit mit seiner Mutter und auch aus anderen Gründen immer gehaßt hatte und von sich fernzuhalten bestrebt gewesen war. Der Raum kam Dorian nur wenig verändert vor. Da stand noch der riesige italienische *Cassone* mit den phantasiereich bemalten Paneelen und stumpf gewordenen Goldornamenten, in dem er sich als kleiner Junge so oft versteckt hatte. Da stand noch der Bücherschrank aus Satinholz, gefüllt mit seinen Schulbüchern, die voller Eselsohren waren. An der Wand dahinter hing noch immer der zerschlissene flämische Gobelin, auf dem ein verblaßter König mit seiner verblaßten Königin in einem Garten Schach spielte, während ein paar Falkner vorüberritten, auf deren mit Lederhandschuhen bedeckten Fäusten behaubte Vögel saßen. Wie gut er sich an das alles erinnerte! Als er sich umsah, wurde jeder Augenblick seiner einsamen Kindheit wieder in ihm lebendig. Er entsann sich der makellosen Reinheit seiner Knabenzeit, und es erschien ihm entsetzlich, daß das unselige Porträt ausgerechnet hier versteckt werden sollte. Wie wenig hätte er sich in jenen längst versunkenen Tagen träumen lassen, was seiner noch harrte!

Doch im ganzen Haus war kein anderer Ort vor neugierigen Blicken so sicher wie dieser. Er hatte den Schlüssel, und außer ihm konnte niemand hinein. Mochte das gemalte Gesicht auf der Leinwand unter der purpurroten Hülle doch immer entmenschter, aufgedunsener und schmutziger werden. Was machte das schon? Niemand bekam es mit. Auch er selbst würde es nicht mitbekommen. Weshalb sollte er den schauderhaften Fäulnisprozeß seiner Seele mit ansehen? Er behielt seine Jugend – das genügte. Und im übrigen, war es nicht auch denkbar, daß sein Charakter sich besserte? Die Zukunft mußte ja nicht zwangsläufig so schmachvoll sein. Vielleicht trat eine Liebe in sein Leben, läuterte ihn und bewahrte ihn vor den Sünden, die sich in Geist und Leib ganz offensichtlich schon regten – jenen unbekannten, nie gemalten Sünden, deren Geheimnis ihnen ein besonderes Raffinement und einen besonderen Reiz verlieh. Vielleicht würde der grausame Zug um den scharlachroten, sinnlichen Mund eines Tages verschwunden sein; dann endlich könnte er der Welt Basil Hallwards Meisterwerk zeigen.

Nein, das war unmöglich. Stunde um Stunde, Woche um Woche würde das Ding auf der Leinwand weiteraltern. Es mochte dem Grauen der Sünde entgehen, aber statt dessen harrte seiner das Grauen des Alters. Die Wangen würden hohl oder schlaff werden. Gelbe Krähenfüße würden nach und nach die immer trüberen Augen umranden und sie gräßlich entstellen. Das

Haar würde seinen Glanz verlieren, der Mund aufklaffen und nach unten klappen, albern und stumpfsinnig, wie die Münder von Greisen. Irgendwann würde der Hals so verschrumpelt, der Leib so gekrümmt, würden die Hände so kalt und von blauen Adern durchzogen sein, wie er es noch von seinem Großvater her kannte, der ihn als Knaben immer so streng behandelt hatte. Das Bild mußte versteckt werden. Eine andere Möglichkeit gab es nicht.

»Bringen Sie's bitte herein, Mr. Hubbard«, sagte er matt und wandte sich um. »Entschuldigen Sie, daß ich Sie so lange warten ließ. Ich habe grad an etwas anderes gedacht.«

»Ich bin immer froh, wenn ich ein Päuschen einlegen kann«, erwiderte der Rahmenmacher; er rang noch nach Luft. »Wo soll's denn hin, Sir?«

»Ach, irgendwo. Hierher: das genügt. Ich möchte nicht, daß es aufgehängt wird. Stellen Sie's einfach an die Wand. Danke.«

»Darf man sich das Kunstwerk mal anschaun, Sir?«

Dorian fuhr zusammen. »Es wäre wohl nicht sehr interessant für Sie, Mr. Hubbard«, sagte er und warf dem Mann einen lauernden Blick zu. Er würde sich sofort auf ihn stürzen und zu Boden schleudern, falls er es wagen sollte, die prunkvolle Decke wegzunehmen, die das Geheimnis seines Lebens verhüllte. »Ich will Sie nicht weiter bemühen. Vielen Dank, daß Sie so freundlich waren, vorbeizukommen.«

»Keine Ursache, Mr. Gray, keine Ursache. Immer zu Ihren Diensten, Sir.« Mit diesen Worten stapfte Mr. Hubbard die Treppe hinab, gefolgt von seinem Gehilfen, der sich noch einmal umdrehte und Dorian mit einem Ausdruck scheuer Bewunderung im derben, unansehnlichen Gesicht anschaute. Er hatte noch nie einen so wunderschönen Menschen gesehen.

Kaum waren die Schritte der beiden verklungen, sperrte Dorian die Tür ab und steckte den Schlüssel in die Tasche. Nun fühlte er sich sicher. Niemand würde das furchtbare Bild jemals zu Gesicht bekommen. Keine Augen außer den seinen würden seine Schande jemals erblicken.

Wieder in der Bibliothek, stellte er fest, daß es kurz nach fünf und der Tee bereits serviert war. Auf einem kleinen Tisch aus dunklem, wohlriechendem und reich mit Perlmutt inkrustiertem Holz, einem Geschenk von Lady Radley, der Gemahlin seines Vormunds, einer hübschen Frau, die sich ihre Krankheit geradezu zum Beruf gemacht und den vorangegangenen Winter in Kairo verbracht hatte, befand sich eine Nachricht von Lord Henry und außerdem ein gelb broschiertes Buch mit leicht eingerissenem Einband und angeschmutztem Schnitt. Auf dem Teetablett lag die dritte Ausgabe der ›St. James's Gazette‹. Victor war anscheinend wieder zurückgekehrt. Er fragte sich, ob er den Männern, als sie das Haus verließen, in der Eingangshalle begegnet war und ihnen entlockt hatte, was sie getan hatten. Er würde das Bild sicher vermissen – hatte es zweifellos bereits vermißt, als er den Teetisch deckte. Der Wandschirm war noch nicht zurückgestellt worden, und der leere Platz an der Wand war deutlich zu sehen. Vielleicht ertappte er ihn eines Nachts dabei, wie er die Treppe hinaufschlich und die Tür zu dem Zimmer gewaltsam zu öffnen versuchte. Es war schrecklich, einen Schnüffler im Haus zu haben. Er hatte schon von reichen Männern gehört, die zeitlebens von irgendeinem Dienstboten erpreßt worden waren, der einen Brief gelesen, ein Gespräch mitgehört, eine Karte mit einer Adresse an sich genommen oder unter dem Kissen eine verwelkte Blume oder einen Fetzen zerknitterter Spitze gefunden hatte.

Seufzend goß er sich eine Tasse Tee ein und öffnete die Nachricht. Lord Henry teilte ihm darin lediglich mit, daß er ihm die Abendzeitung und ein Buch schicke, das ihn vielleicht interessiere, und daß er um Viertel nach acht im Klub sein werde. Teilnahmslos schlug er die ›St. James's‹ auf und blätterte sie durch. Auf der fünften Seite fiel ihm eine mit Rotstift markierte Stelle ins Auge. Sie lenkte seinen Blick auf die folgende Notiz.

> »TOD EINER SCHAUSPIELERIN: GERICHTLICHE UNTERSUCHUNG. – Eine gerichtliche Untersuchung wurde heute vormittag von Mr. Danby, dem Bezirksleichenbeschauer, in der Bell Tavern, Hoxton Road, anläßlich des Todes von Sibyl Vane durchgeführt, einer jungen Schauspielerin, die zuletzt am Royal Theatre in Holborn engagiert war. Man erkannte auf Tod durch Unglücksfall. Rege Anteilnahme wurde der Mutter der Verblichenen entgegengebracht; die Frau machte während ihrer Aussage und der von Mr. Birrell, der die Verstorbene obduziert hatte, einen sehr mitgenommenen Eindruck.«

Er runzelte die Stirn, riß die Zeitung entzwei, ging im Zimmer auf und ab und warf die Papierfetzen fort. Wie häßlich das alles war! Und wie grauenhaft wirklich die Häßlichkeit alles machte! Er ärgerte sich ein wenig über Lord Henry, weil er ihm den Bericht geschickt hatte. Und es war einfach gedankenlos von ihm, ihn mit

Rotstift anzustreichen. Victor könnte ihn gelesen haben. Dazu reichte sein Englisch wohl doch noch aus.

Vielleicht hatte er ihn tatsächlich gelesen und bereits Verdacht geschöpft. Dennoch, was lag schon daran? Was hatte Dorian Gray mit Sibyl Vanes Tod zu schaffen? Er hatte nichts zu befürchten. Dorian Gray hatte sie nicht getötet.

Sein Blick fiel auf das gelbe Buch, das Lord Henry ihm geschickt hatte. Er fragte sich, um was es sich dabei wohl handelte. Er trat zu dem kleinen perlfarbenen Tisch, der ihm immer wie das Werk seltsamer, Silber verarbeitender ägyptischer Bienen erschien, nahm den Band zur Hand, ließ sich in einen Sessel fallen und begann zu blättern. Schon nach wenigen Minuten war er in die Lektüre vertieft. Es war das sonderbarste Buch, das er jemals gelesen hatte. Ihm war, als zögen, in herrlichen Gewändern und zu zarten Flötenklängen, die Sünden der Welt als Pantomime an ihm vorüber. Dinge, von denen er bisher nur dunkel geträumt hatte, wurden auf einmal Wirklichkeit. Dinge, von denen er noch niemals geträumt hatte, nahmen nach und nach Gestalt an.

Es war ein Roman ohne Handlung und mit nur einem einzigen Protagonisten, ja es war eigentlich nichts anderes als eine psychologische Studie über einen jungen Pariser, der sein Leben mit dem Versuch hinbrachte, sich all die Leidenschaften und Denkweisen, die durch die Jahrhunderte hindurch, außer in seinem eigenen, gepflegt worden waren, zu eigen zu machen und die unterschiedlichen Stadien, die der Weltgeist bisher durchlaufen hatte, gleichsam in seiner Person zusammenzufassen, weshalb er – schon ihrer Künstlichkeit wegen – nicht nur jene Entsagungen liebte, welche die Unklugen einst für eine Tugend hielten, sondern auch jene natürlichen Wallungen, die den Klugen noch heute als Sünde gelten. Verfaßt war das Buch in jenem seltsam preziösen Stil, der, lebendig und düster zugleich, voller Argot und Archaismen, voller Fachausdrücke und kunstreicher Umschreibungen, das Werk einiger der vorzüglichsten Künstler der französischen Symbolistenschule auszeichnet. Es enthielt Metaphern, so ungeheuer wie Orchideen und ebenso subtil in den Farben. Das Leben der Sinne wurde mit Begriffen aus der mystischen Philosophie dargestellt. Manchmal wußte man kaum, ob man die geistigen Ekstasen eines mittelalterlichen Heiligen las oder die morbiden Bekenntnisse eines modernen Sünders. Es war ein Buch voller Gift. Es war, als haftete seinen Seiten ein schwerer, sinnverwirrender Duft nach Weihrauch an. Der bloße Rhythmus der Sätze, die raffinierte Monotonie ihrer Musik, voll von komplizierten Refrains und kunstreich wiederholten Motiven, ließen den Jungen beim Lesen der einzelnen Kapitel in eine Art Träumerei verfallen, in einen krankhaften Traum, über dem er gar nicht bemerkte, daß der Tag sich neigte und die Schatten allmählich länger wurden.

Wolkenlos, von einem einsamen Stern durchbohrt, schimmerte der Himmel kupfergrün durch die Fenster. In diesem fahlen Licht las er weiter, bis er nicht mehr lesen konnte. Nachdem ihn sein Diener mehrmals an die vorgerückte Stunde erinnert hatte, erhob er sich schließlich, ging ins Nebenzimmer, legte das Buch auf den kleinen florentinischen Tisch, der immer an seinem Bett stand, und begann sich zum Dinner umzukleiden.

Es war schon fast neun Uhr, als er im Klub eintraf; Lord Henry saß mit überaus gelangweilter Miene alleine im Lesezimmer.

»Tut mir sehr leid, Harry«, rief der Junge, »aber das ist ganz allein Ihre Schuld. Das Buch, das Sie mir geschickt haben, hat mich derartig gefesselt, daß mir darüber völlig entgangen ist, wie die Zeit verstreicht.«

»Ja: Ich habe mir gedacht, daß es Ihnen gefällt«, erwiderte sein Gastgeber und erhob sich vom Stuhl.

»Ich hab nicht gesagt, daß es mir gefällt, Harry. Ich hab gesagt, es hat mich gefesselt. Das ist ein großer Unterschied.«

»Aha, das haben Sie also auch schon bemerkt?« murmelte Lord Henry. Sie gingen in den Speisesaal.

11

JAHRELANG kam Dorian Gray vom Einfluß dieses Buches nicht los. Oder vielleicht sollte man besser sagen, er versuchte erst gar nicht, sich davon zu befreien. Er ließ sich aus Paris nicht weniger als neun Luxusausgaben der Erstauflage kommen und sie dann in verschiedenen Farben binden, so daß sie seiner jeweiligen Stimmung und den wechselnden Launen seiner Natur entsprachen, über die er zeitweise fast völlig die Herrschaft verloren zu haben schien. Der Held, jener herrliche junge Pariser, in dem romantische und wissenschaftliche Neigungen so ungewöhnlich miteinander verschmolzen waren, wurde ihm zu einer Art Urbild seiner selbst. Ja, es kam ihm so vor, als enthalte das Buch seine eigene Lebensgeschichte, niedergeschrieben, bevor er sein Leben gelebt hatte.

In *einer* Hinsicht erging es ihm freilich besser als dem fiktiven Romanhelden. Er kannte nie – hatte allerdings auch keinerlei Anlaß dazu – jene etwas groteske Angst vor Spiegeln, blanken Metallflächen und unbewegtem Wasser, die den jungen Pariser so früh im Leben befiel und durch das jähe Dahinwelken seiner Schönheit ausgelöst wurde, die einmal ganz erstaunlich gewesen sein mußte. Mit geradezu grausamer Freude – und vielleicht hatte in fast jeder Freude so gewiß wie in jedem Genuß die Grausamkeit ihren Platz – las er immer wieder den letzten Teil des Buches mit der wahrhaft tragischen, wenn auch ein wenig überspitzten Schilderung des Leids und der Verzweiflung eines Menschen, dem verlorengegangen war, was er an anderen und in der Welt am meisten geschätzt hatte.

Denn ihn selbst würde die wunderbare Schönheit, die Basil Hallward und auch andere schon so sehr fasziniert hatte, wohl niemals verlassen. Selbst diejenigen, die die schlimmsten Gerüchte über ihn gehört hatten – gelegentlich gingen nämlich seltsame Gerüchte über seine Lebensführung in London um und wurden zum Klatsch in den Klubs –, hielten es, wenn sie ihn sahen, nicht für möglich, daß er zu etwas Unehrenhaftem imstande wäre. Er wirkte immer wie jemand, der sich von der Welt nicht hatte besudeln lassen. Männer, die sich in anzüglichen Reden ergingen, verstummten, sobald Dorian Gray den Raum betrat. In der Reinheit seines Antlitzes war etwas, was sie in ihre Schranken verwies. Seine bloße Anwesenheit schien in ihnen die Erinnerung an die Unschuld wachzurufen, die sie befleckt hatten. Sie fragten sich verwundert, wie es einem so anmutigen und bezaubernden Menschen gelungen war, sich den Makel eines ebenso schmutzigen wie sinnlichen Zeitalters vom Leib zu halten.

Wenn er von einem seiner geheimnisvollen, ausgedehnten Ausflüge, die bei denen, die seine Freunde waren oder zu sein vorgaben, zu so seltsamen Vermutungen Anlaß gaben, wieder nach Hause kam, schlich er oft zu dem verschlossenen Zimmer hinauf, öffnete mit dem Schlüssel, den er nun immerzu bei sich trug, die Tür und stellte sich mit einem Spiegel vor das Porträt, das Basil Hallward von ihm gemalt hatte; dann betrachtete er abwechselnd das böse, alternde Gesicht auf der Leinwand und das schöne, junge Antlitz, das ihm aus dem blanken Glas entgegenlachte. Allein schon der krasse Gegensatz steigerte stets aufs neue den Genuß, den er bei diesem Anblick empfand. Immer mehr verliebte er sich in seine eigene Schönheit, immer mehr interessierte er sich für die Verderbtheit seiner eigenen Seele. Mit peinlicher Sorgfalt und manchmal mit ungeheuerlicher und schauriger Wonne betrachtete er die scheußlichen Linien, die die furchige Stirn durchzogen oder sich um den üppigen, sinnlichen Mund ausbreiteten; mitunter fragte er sich, was schrecklicher war: die Spuren der Sünde oder die Spuren des Alters. Er legte die weißen Hände neben die plumpen, aufgedunsenen Hände auf der Leinwand und lächelte. Er hatte für den ungestalten Körper und die erschlaffenden Glieder nur Hohn übrig.

Es gab freilich auch Momente, in denen er, wenn er des Nachts schlaflos in seinem zart duftenden Zimmer oder in der schäbigen Kammer der berüchtigten kleinen Hafenspelunke lag, die er unter falschem Namen und in Verkleidung häufig aufsuchte, über das Verderben nachsann, das er über seine Seele gebracht hatte, erfüllt von einem Mitleid, das ihn desto mehr peinigte, als es reines Selbstmitleid war. Doch solche Momente waren selten. Die Neugier auf das Leben, die Lord Henry damals, als sie im Garten ihres Freundes zusammensaßen, in ihm geweckt hatte, schien mit ihrer Befriedigung nur noch zu wachsen. Je mehr er wußte, um so mehr begehrte er zu wissen. Er hatte einen Heißhunger, der um so gieriger wurde, je mehr er ihn stillte.

Dennoch war er nicht eigentlich unbesonnen, zumindest vernachlässigte er seine gesellschaftlichen Verpflichtungen nicht. Im Winter öffnete er der Welt einoder zweimal im Monat und während der Saison jeden Mittwochabend sein prächtiges Haus und ließ seine Gäste von den gefeiertsten Musikern der Zeit mit den

Wundern ihrer Kunst verzaubern. Seine kleinen Dinners, bei deren Vorbereitung ihm Lord Henry immer behilflich war, waren ebenso berühmt für die sorgsame Auswahl und Sitzordnung der Geladenen wie für den erlesenen Geschmack, der sich in der Tischdekoration offenbarte, im raffinierten, symphonischen Arrangement der exotischen Blumen, gestickten Decken und des alten Gold- und Silbergeschirrs. In der Tat gab es viele, zumal unter den sehr jungen Herren, die in Dorian Gray die wahre Verkörperung eines Typus erblickten oder doch zu erblicken glaubten, von dem sie während ihrer Zeit in Eton oder Oxford oft geträumt hatten, eines Typus, der etwas von der echten Kultur des Gelehrten mit dem Charme, der Distinktion und vollendeten Lebensart eines Weltbürgers in sich vereinigte. Für sie zählte er zu der Gemeinschaft jener, von denen Dante schreibt, sie strebten immer danach, »durch die Anbetung des Schönen zur Vollkommenheit zu gelangen.« Wie Gautier war er ein Mensch, für den »die sichtbare Welt existierte.«

Und gewiß war das Leben selbst für ihn die vornehmste, die großartigste aller Künste; die übrigen Künste schienen ihm nur eine Vorstufe dazu zu bilden. Die Mode, durch die im Grunde Unbeständiges, Launenhaftes momentweise allgemeingültig wird, und das Dandytum, das auf seine ganz eigene Weise ein Versuch ist, die uneingeschränkte Modernität der Schönheit zur Geltung zu bringen, hatten natürlich für ihn einen besonderen Reiz. Seine Art, sich zu kleiden, und der persönliche Stil, den er jeweils bevorzugte, übten einen unübersehbaren Einfluß aus auf die jungen Stutzer der Mayfair-Bälle und an den Fenstern der Pall-Mall-Klubs; sie ahmten ihn bei allem, was er tat, nach und waren bestrebt, sich den ungezwungenen Charme seiner anmutigen, von ihm selbst freilich nicht ganz ernstgenommenen Extravaganz zu eigen zu machen.

Denn obschon er den gesellschaftlichen Rang, der ihm mit dem Erreichen der Mündigkeit fast unverzüglich zufiel, nur allzu bereitwillig einnahm, obschon er tatsächlich ein heimliches Vergnügen empfand bei dem Gedanken, er könnte für das zeitgenössische London das werden, was für das kaiserliche Rom Neros einst der Verfasser des *Satyrikon* gewesen war, so verlangte es ihn im tiefsten Inneren doch danach, ein wenig mehr zu sein als ein bloßer *arbiter elegantiarum,* den man zu Rate zog, wenn es um das Tragen von Schmuck, das Binden einer Krawatte oder die richtige Haltung des Spazierstockes ging. Er wollte eine neue Lebensauffassung erarbeiten, die auf einer wohldurchdachten Philosophie und geordneten Prinzipien beruhen und in der Vergeistigung der Sinne ihre höchste Verwirklichung finden sollte.

Der Kult der Sinne ist schon oft und sehr zu Recht geschmäht worden, denn die Menschen schrecken instinktiv vor Gefühlen und Leidenschaften zurück, die stärker zu sein scheinen als sie selbst und von denen sie wissen, daß sie sie mit weniger hoch entwickelten Lebensformen gemein haben. Dorian Gray indessen hatte den Eindruck, daß man die wahre Natur der Sinne noch nie richtig begriffen habe und daß sie nur deshalb wild und animalisch geblieben seien, weil die Welt danach getrachtet habe, sie durch Auszehrung zu unterdrücken oder durch Schmerz abzutöten, statt darauf hinzuwirken, sie zu Elementen einer neuen Geistigkeit zu machen, deren bestimmendes Wesensmerkmal ein vornehmer Instinkt für Schönheit sein sollte. Wenn er den Weg des Menschen durch die Geschichte entlangblickte, so quälte ihn stets ein Gefühl des Verlustes. So vieles war preisgegeben worden! Und zu einem so geringen Zweck! Schier wahnwitzige, vorsätzliche Askesen hatte es schon gegeben, monströse Formen von Selbstkasteiung und Selbstverleugnung, deren Ursprung die Angst war und die mit einer Demütigung endete, unendlich viel schrecklicher als jene eingebildete, der diese Menschen, in ihrer Einfalt, zu entfliehen versucht hatten. Die Natur, in ihrer wunderbaren Ironie, treibt den Anachoreten hinaus, damit er bei den Tieren der Wüste speise, und gesellt dem Einsiedler die Tiere des Feldes bei.

Ja: Es mußte, wie Lord Henry prophezeit hatte, ein neuer Hedonismus entstehen, der das Leben neu gestalten und es vor jenem gestrengen, unersprießlichen Puritanismus retten sollte, der in unseren Tagen eine so sonderbare Wiedergeburt erlebt. Gewiß mußte er auch den Dienst am Geist umfassen; doch durfte er niemals eine Theorie oder Lehre billigen, die den Verzicht auf wie auch immer geartete leidenschaftliche Erfahrung forderte. Ja, sein Ziel sollte die Erfahrung selber sein, nicht die Früchte der Erfahrung, so süß oder bitter sie sein mochten. Weder von sinnentötender Askese noch von vulgärer, abstumpfender Zügellosigkeit durfte ihm etwas anhaften. Vielmehr sollte er dem Menschen beibringen, sich auf die Augenblicke des Lebens zu konzentrieren, das selbst nur ein Augenblick ist.

Nur wenige von uns sind nicht schon manchmal vor Tagesanbruch aufgewacht, entweder nach einer jener traumlosen Nächte, die uns fast in den Tod verliebt machen, oder nach einer jener Nächte voller Grauen und ungestalter Lust, wenn durch die Kammern des Gehirns Phantome geistern, die schauriger sind als die Wirklichkeit selbst und erfüllt von jenem munteren Leben, das in allem Grotesken lauert und der gotischen Kunst ihre dauerhafte Lebendigkeit gibt – denn diese Kunst ist, so möchte man meinen, vor allem die Kunst jener, deren Geist von maladen Träumen verwirrt wurde. Langsam schieben sich bleiche Finger zwischen den Vorhängen hindurch; sie scheinen zu zittern. Phantastische schwarze Gestalten, kriechen Schatten stumm in die Zimmerecken und kauern dort nieder. Draußen vernimmt man das Rascheln der Vögel im Laub, die Geräusche der Menschen auf dem Weg zur Arbeit oder das Ächzen und Stöhnen des Windes, der von den Hügeln herabweht und um das stille Haus streift, als fürchtete er, die Schlafenden zu wecken, und müsse dennoch den Schlaf aus seiner Purpurhöhle hervortreiben. Nach und nach heben sich die Schleier der zarten, dunklen Gaze, nach und nach gewinnt alles seine Form und Farbe zurück, und wir schauen der Dämmerung zu, wie sie die Welt in ihrer alten Gestalt wiedererstehen läßt. Die trüben Spiegel erwachen von neuem zu mimischem Leben. Die flammenlosen Kerzen stehen noch dort, wo wir sie zurückgelassen haben, und neben ihnen liegt das erst halb aufgeschnittene Buch, das wir studiert, die mit Draht verstärkte Blume, die wir auf dem Ball getragen, der Brief, vor dessen Lektüre wir uns gefürchtet oder den wir zu oft gelesen haben. Nichts kommt uns verändert vor. Aus den unwirklichen Schatten der Nacht kehrt das wirkliche Leben zurück, wie wir es kennen. Wir müssen es dort wiederaufnehmen, wo wir es verlassen haben, und uns beschleicht entweder die gräßliche

Ahnung, uns weiterhin im ermüdenden Kreislauf stereotyper Gewohnheiten verzehren zu müssen, oder ein wildes Verlangen danach, eines Morgens die Lider zu öffnen und eine Welt erblicken zu können, die während der Dunkelheit zu unserem Wohlgefallen neu erschaffen wurde, eine Welt, in der alles neue Formen und Farben aufweist, verwandelt ist oder andere Geheimnisse birgt, eine Welt, in der die Vergangenheit nur wenig oder gar keinen Platz hat oder zumindest in keiner bewußten Form von Pflicht oder Reue weiterlebt, denn selbst die Erinnerung an die Freude ist voller Bitterkeit, die Erinnerung an den Genuß voller Schmerz.

Die Erschaffung solcher Welten – das hielt Dorian Gray für das wahre Ziel oder eines der wahren Ziele des Lebens; und auf seiner Suche nach Empfindungen, die zugleich neu und köstlich sein und jenes Element des Unbekannten besitzen sollten, das für die Romantik so grundlegend ist, machte er sich nicht selten gewisse Denkarten zu eigen, von denen er zwar wußte, daß sie ihm eigentlich wesensfremd waren, deren subtilen Einflüssen er sich dann aber doch ergab – um sie anschließend, gleichsam als habe er ihre Farbe erkannt und somit seine geistige Neugierde gestillt, mit jener sonderbaren Gleichgültigkeit wieder fallenzulassen, die einem leidenschaftlichen Temperament mitunter anhaftet, ja für dieses, wie manche modernen Psychologen behaupten, oftmals sogar eine Voraussetzung ist.

Einmal ging das Gerücht, er wolle zum katholischen Glauben übertreten; zweifellos hatte der römisch-katholische Ritus schon immer eine große Anziehungskraft auf ihn ausgeübt. Das tägliche Meßopfer, grausiger noch als alle Opfer der Antike, erregte ihn nicht nur durch seine erhabene Verwerfung der Sinnenwelt, sondern auch durch die urwüchsige Schlichtheit seiner Elemente und das ewige Pathos der menschlichen Tragödie, die es zu symbolisieren bestrebt war. Er liebte es, auf dem kalten Marmorboden niederzuknien und den Priester in seinem steifen, geblümten Ornat dabei zu beobachten, wie er langsam und mit weißen Händen den Vorhang des Tabernakels beiseite schob, wenn er die mit Edelsteinen besetzte, wie eine Laterne geformte Monstranz mit jener fahlen Oblate emporhob, von der man bisweilen zu gerne glauben möchte, daß sie tatsächlich der *»panis coelestis«*, das Brot des Himmels ist, oder wenn er, angetan mit den Gewändern der Passion Christi, die Hostie über dem Kelch brach und sich ob seiner Sünden an die Brust schlug. Die qualmenden Weihrauchfäßchen, die die ernsten, in Spitze und Scharlach gekleideten Knaben wie große, vergoldete Blumen hin und her schwenkten, übten eine tiefe Faszination auf ihn aus. Beim Hinausgehen pflegte er voller Bewunderung die schwarzen Beichtstühle zu betrachten, und er sehnte sich danach, einmal im düsteren Schatten eines solchen Stuhles zu sitzen und den Männern und Frauen zu lauschen, die hinter dem abgewetzten Gitter flüsternd ihre wahre Lebensgeschichte erzählten.

Niemals jedoch beging er den Fehler, seine geistige Entwicklung durch die förmliche Anerkennung eines Glaubens oder einer Lehre zu hemmen oder ein Wohnhaus mit einer Herberge zu verwechseln, die sich lediglich als Aufenthaltsort für eine Nacht oder ein paar nächtliche Stunden eignet, wo keine Sterne am Himmel stehen und der Mond mit den Wolken kämpft. Die Mystik mit ihrer wunderbaren Macht, uns ganz Alltägliches fremdartig erscheinen zu lassen, und der raffinierte Antinomismus, der offenbar stets mit ihr einhergeht, erregten ihn eine Zeitlang; eine andere Zeitlang neigte er der materialistischen Lehre der deutschen Darwinismus-Bewegung zu und empfand ein sonderbares Vergnügen dabei, die Gedanken und Leidenschaften der Menschen auf irgendeine perlenförmige Gehirnzelle oder irgendeinen weißen Nerv im Körper zurückzuführen, wobei ihn die Vorstellung der unbedingten Abhängigkeit des Geistes von bestimmten physischen Zuständen, krankhaften oder gesunden, normalen oder hinfälligen, geradezu entzückte. Doch wie schon gesagt, keine Theorie des Lebens erschien ihm von irgendwelchem Belang im Vergleich zum Leben selbst. Er war sich zutiefst bewußt, wie unfruchtbar jede intellektuelle Spekulation ist, sobald sie losgelöst vom Handeln und von der Erfahrung stattfindet. Er wußte, die Sinne haben ebenso wie die Seele ihre geistigen Geheimnisse zu offenbaren.

Und so begann er nun Duftstoffe und die Rätsel ihrer Herstellung zu erforschen; er destillierte stark duftende Öle und verbrannte wohlriechende, orientalische Gummiharze. Er stellte fest, daß es keine Gemütsregung gab, die nicht ihr Gegenstück im Leben der Sinne hatte, und machte sich daran, ihre wahre Beziehung zu ergründen; er fragte sich, weshalb Weihrauch einen in mystische Stimmung versetzte, weshalb Ambra Leidenschaften weckte, Veilchen Erinnerungen an längst vergangenes Liebesglück wachriefen, Moschus den Verstand verwirrte und Tschampak die Phantasie färbte; immer wieder bemühte er sich, eine regelrechte Psychologie der Duftstoffe auszuarbeiten und die jeweilige Wirkung wohlriechender Wurzeln und duftender, pollenschwerer Blüten einzuordnen, der aromatischen

Balsame, der dunklen, würzigen Hölzer, der Narde, die Übelkeit erregt, der Hovenia, die wahnsinnig macht, und der Aloe, die angeblich die Schwermut aus der Seele zu vertreiben vermag.

Ein andermal wiederum widmete er sich ausschließlich der Musik und pflegte in einem langen, vergitterten Raum mit einem zinnoberrot-goldenen Plafond und olivgrün lackierten Wänden seltsame Konzerte zu veranstalten, bei denen wilde Zigeuner kleinen Zithern leidenschaftliche Klänge entlockten oder ernste, in gelbe Umhänge gehüllte Tunesier die straff gespannten Saiten riesiger Lauten zupften, während grinsende Neger monoton ihre kupfernen Trommeln schlugen und schmächtige, mit Turbanen bedeckte Inder, die auf scharlachroten Matten kauerten, auf langen Rohr- oder Messingpfeifen spielten und große Kobras und schaurige Hornvipern beschworen oder zu beschwören vorgaben. Die harten Intervalle und schrillen Dissonanzen barbarischer Musik erregten ihn; Schuberts Anmut hingegen, Chopins schöner Schmerz und selbst Beethovens erhabene Harmonien drangen ihm unbeachtet ans Ohr. Aus aller Herren Länder trug er die seltsamsten Instrumente zusammen, die er auftreiben konnte, sei es in den Gräbern ausgestorbener Völker oder bei den wenigen wilden Stämmen, die den Kontakt mit der westlichen Zivilisation überlebt hatten, und er liebte es, sie zur Hand zu nehmen und auszuprobieren. Er besaß die geheimnisumwitterte *Juruparis* der Rio-Negro-Indianer, deren Anblick den Frauen verboten ist und die auch die jungen Männer erst sehen dürfen, wenn sie sich Fasten und Geißelungen ausgesetzt haben, die irdenen Krüge der Peruaner, die wie schrille Vogelschreie klingen, Flöten aus Menschenknochen, wie sie Alfonso de Ovalle in Chile gehört hatte, und die tönenden grünen Jaspissteine, die in der Nähe von Cuzco zu finden sind und einen Ton von einzigartigem Schmelz von sich geben. Er besaß bunte, mit Kieseln gefüllte Kalebassen, die rasselten, wenn man sie schüttelte; den langen *Clarin* der Mexikaner, in den der Spieler nicht bläst, sondern durch den er die Luft einzieht; die schrill klingende *Ture* der Amazonasstämme, die von den tagsüber auf hohen Bäumen sitzenden Wachtposten geblasen wird und noch über drei Meilen hinweg zu hören sein soll; die *Teponaztli*, die zwei schwingende Holzzungen hat und mit Stöcken geschlagen wird, die mit einem aus milchigem Pflanzensaft gewonnenen Harz bestrichen sind; die *Yotl*-Glocken der Azteken, die wie Weintrauben zusammenhängen; und eine gewaltige, mit den Häuten von Riesenschlangen bespannte zylindrische Trommel wie jene, die Bernal Diaz sah, als er mit Cortez den mexikanischen Tempel betrat, und von deren klagendem Klang er uns eine so lebendige Schilderung hinterlassen hat. Die phantastische Beschaffenheit dieser Instrumente faszinierte ihn, und er empfand ein seltsames Vergnügen bei dem Gedanken, daß nicht nur die Natur, sondern auch die Kunst manche Monstren hervorbringt, Gegenstände von garstiger Gestalt und mit schaurigen Stimmen. Doch nach einer Weile wurde er ihrer überdrüssig und saß wieder, allein oder mit Lord Henry, in seiner Opernloge, lauschte hingerissen dem *Tannhäuser* und sah im Vorspiel zu diesem großen Kunstwerk die Tragödie seiner Seele wiedergegeben.

Einmal befaßte er sich mit dem Studium der Edelsteine und erschien auf einem Kostümball als Anne de Joyeuse, Admiral von Frankreich, in einem mit fünfhundertsechzig Perlen besetzten Gewand. Diese Neigung fesselte ihn jahrelang, ja man könnte sagen, sie ließ ihn überhaupt nicht mehr los. Oft brachte er einen ganzen Tag damit zu, die verschiedenen Steine, die er gesammelt hatte, in ihren Kästchen zu ordnen und wieder umzuordnen, wie etwa den olivgrünen Chrysoberyll, der im Lampenlicht rot wird; den Cymophan mit den drahtähnlichen Silberadern; den pistazienfarbenen Peridot; rosenrote und weingelbe Topase; Karfunkel von feurigem Scharlachrot mit flackernden, vierstrahligen Sternen; flammend rote Kaneelsteine, orangerote und violette Spinelle und Amethyste mit ihren changierenden Schichten aus Rubin und Saphir. Er liebte das Rotgold des Sonnensteins, das perlfarbene Weiß des Mondsteins und den gebrochenen Regenbogen des milchigen Opals. Aus Amsterdam besorgte er sich drei außergewöhnlich große und farbenprächtige Smaragde; außerdem besaß er einen Türkis *de la vieille roche,* um den ihn die Kenner beneideten.

Darüber hinaus stieß er auf wundersame Geschichten, die sich um Edelsteine rankten. In Alphonsos *Clericalis Disciplina* war eine Schlange mit Augen aus echtem Hyazinth erwähnt, und in der romantischen Geschichte Alexanders hieß es, der Eroberer von Emathia habe im Jordantal Schlangen gefunden, »denen Bänder aus echten Smaragden am Rücken wuchsen«. Im Gehirn des Drachen stak ein Edelstein, berichtete Philostrat, und »durch das Vorzeigen goldener Lettern und eines scharlachroten Gewands« konnte man das Ungeheuer in einen magischen Schlaf versetzen und anschließend erschlagen. Dem großen Alchimisten Pierre de Boniface zufolge machte der Diamant einen Menschen unsichtbar, und der indische Achat machte ihn beredt.

Der Karneol linderte den Zorn, der Hyazinth brachte Schlaf, und der Amethyst verscheuchte die Dünste des Weins. Der Granat trieb Dämonen aus, und der Hydropicus beraubte den Mond seiner Farbe. Der Selenit nahm mit dem Mond zu und ab, und dem Meloceus, der Diebesleute überführt, konnte nur Zickleinblut etwas anhaben. Leonardus Camillus hatte gesehen, wie man dem Hirn einer frisch getöteten Kröte einen weißen Stein entnahm, der als zuverlässiges Antidot gegen Gift galt. Der Bezoar, den man im Herzen eines arabischen Hirsches fand, war ein Wundermittel, das die Pest zu heilen vermochte. Aus den Nestern arabischer Vögel stammten die Aspilate, die laut Demokrit den Träger vor jeder Feuergefahr bewahrten.

Der König von Ceilan ritt anläßlich seiner Krönungsfeier mit einem großen Rubin in der Hand durch seine Stadt. Die Tore des Palastes von Johannes dem Priester bestanden »aus Sarder, in den das Horn der Hornviper eingelegt war, damit kein Mensch Gift in die Stadt trage«. Über dem Giebel befanden sich »zwei güldene Äpfel, in denen zwei Karfunkel staken«, damit das Gold bei Tage und die Karfunkel des Nachts leuchteten. In Lodges wundersamer Romanze *Eine Perle aus Amerika* wurde behauptet, im Gemach der Königin sehe man »die züchtigen Damen der Welt aus ziseliertem Silber, die sich in schönen Spiegeln aus Chrysolithen, Karfunkeln, Saphiren und grünen Smaragden betrachteten.« Marco Polo hatte beobachtet, wie die Bewohner von Zipangu den Toten rosenfarbene Perlen in den Mund legten. Ein Meeresungeheuer war in die Perle verliebt gewesen, die der Taucher dem König Perozes brachte, und hatte den Dieb getötet und sieben Monde lang den Verlust der Perle betrauert. Als die

Hunnen den König dann in den großen Abgrund lockten, warf er sie fort – wie Prokop berichtet –, und sie wurde nie mehr gefunden, obwohl Kaiser Anastasius zehn Zentner Goldstücke dafür aussetzte. Der König von Malabar hatte einem gewissen Venezianer einen Rosenkranz aus dreihundertundvier Perlen gezeigt – eine für jeden Gott, den er anbetete.

Als der Herzog von Valentinois, der Sohn Alexanders VI., Ludwig XII. von Frankreich besuchte, war sein Pferd, Brantôme zufolge, mit Goldblättern beladen und sein Barett mit Doppelreihen von Rubinen geschmückt, die ein großartiges Licht ausstrahlten. Karl von England war in Steigbügeln geritten, die mit vierhunderteinundzwanzig Diamanten besetzt waren. Richard II. besaß einen mit Balasrubinen übersäten Rock, den man auf dreißigtausend Mark schätzte. Hall berichtete, Heinrich VIII. trug auf dem Weg zum Tower vor seiner Krönung »ein Wams aus erhabenem Gold, dessen Brustteil mit Diamanten und anderen kostbaren Steinen verziert war, und um den Hals ein prächtiges Gehenk aus großen roten Spinellen«. Die Günstlinge Jakobs I. trugen in Goldfiligran gefaßte Ohrringe. Eduard II. schenkte Piers Gaveston eine von Hyazinthen geradezu starrende Rüstung aus Rotgold, ein mit Türkisen besetztes Band aus goldenen Rosen und eine Lockenhaube, *parsemé* mit Perlen. Heinrich II. trug mit Edelsteinen geschmückte Handschuhe, die bis zum Ellbogen reichten, und besaß zur Falkenbeize einen Stulphandschuh, auf den zwölf Rubine und zweiundfünfzig große, schimmernde Perlen aufgenäht waren. Der Herzogshut Karls des Kühnen, des letzten burgundischen Herzogs seines Geschlechts, war mit birnenförmigen Perlen behängt und mit Saphiren übersät.

Wie prunkvoll das Leben doch einst gewesen war! Wie großartig in seinem Pomp und Gepränge! Allein schon vom Luxus der Toten zu lesen war wunderbar.

Dann wandte er seine Aufmerksamkeit den Stickereien und Wandteppichen zu, die in den kühlen Behausungen der nordeuropäischen Länder die Fresken ersetzten. Als er sich eingehender mit diesem Thema beschäftigte – und er hatte schon immer die ungewöhnliche Fähigkeit, völlig in dem aufzugehen, womit er sich gerade befaßte –, versetzte ihn der Gedanke an die Zerstörung, die die Zeit über schöne und erlesene Dinge brachte, beinahe in Trauer. Er zumindest war dieser Zerstörung entgangen. Sommer folgte auf Sommer, und die Narzissen blühten und verblühten viele Male, die Nächte des Grauens ließen die Geschichte ihrer Schmach wiederaufleben, er selbst hingegen blieb unverändert. Kein Winter konnte seinem Gesicht etwas anhaben, seine blumenhafte Jugendfrische beflecken. Wie anders verhielt es sich da mit den stofflichen Dingen! Wohin waren sie entschwunden? Wo war das prächtige, von braunen Mädchen zur Freude Athenes gewebte krokusfarbene Gewand, auf dem die Götter mit den Giganten kämpften? Wo das riesige Velarium, das Nero in Rom über das Kolosseum breiten ließ, jenes purpurne Titanensegel, das den Sternenhimmel zeigte und Apollo, der einen von weißen Rossen mit goldenem Zaumzeug gezogenen Streitwagen lenkte? Es verlangte ihn danach, die für den Sonnenpriester gewirkten, kunstvollen Tafeltücher zu sehen, auf denen alle Leckereien und Delikatessen prangten, die man sich auf einem Festmahl nur wünschen konnte; das Leichentuch König Chilperichs mit seinen dreihundert goldenen Bienen; die phantastischen Gewänder, die den Unwillen des Bischofs von Pontus erregt hatten und die bevölkert waren mit »Löwen, Panthern, Bären, Hunden, Wäldern, Felsen, Jägern – also mit allem, was ein Maler der Natur abzuschauen vermag«; den Rock, den Karl von Orleans weiland trug, auf dessen Ärmel man die Verse eines mit den Worten *»Madame, je suis tout joyeux«* anhebenden Liedes gestickt hatte, während die Begleitmelodie mit Goldfäden eingewirkt war und jede Note mit ihrem damals viereckigen Kopf aus vier Perlen bestand. Er las von dem Gemach, das man für Johanna von Burgund im Palast zu Reims einrichtete und das drapiert war mit »dreizehnhunderteinundzwanzig gestickten Papageien, die das Wappen des Königs trugen, und fünfhunderteinundsechzig Schmetterlingen, auf deren Flügeln entsprechend das Wappen der Königin prangte, alles in Gold gearbeitet«. Katharina von Medici hatte sich ein Trauerbett aus schwarzem, mit Halbmonden und Sonnen übersätem Samt fertigen lassen. Die Vorhänge waren aus Damast, bedeckt mit Laubkränzen und Blütengirlanden auf goldenem und silbernem Grund und an den Rändern gesäumt mit Perlstickereien, und es stand in einem Raum, dessen Wände mit Silbertuch, verziert mit den aus schwarzem Samt geschnittenen Symbolen der Königin, ausgeschlagen waren. Ludwig XIV. hatte in seinen Gemächern fünfzehn Fuß hohe, mit Gold bestickte Karyatiden. Das Prunkbett Sobieskis, des Königs von Polen, bestand aus Smyrnaer Goldbrokat, auf dem mit Türkisen Koranverse eingestickt waren. Die Pfosten waren aus vergoldetem, herrlich ziseliertem Silber, reich geschmückt mit emaillierten und edelsteinbesetzten Medaillons. Es war ein Beutestück aus dem Türkenlager vor Wien, und unter dem flirrenden Gold seines Baldachins hatte das Banner Mohammeds gestanden.

Ein ganzes Jahr lang suchte er die erlesensten Proben von Geweben und Stickereien zusammenzutragen, die er auftreiben konnte; er erstand feine Musseline aus Delhi, zart durchwirkt mit Palmetten aus Goldfäden und mit irisierenden Käferflügeln bestickt; Gaze aus Dakka, die ihrer Durchsichtigkeit wegen im Osten als »gewebte Luft«, »strömendes Wasser« und »Abendtau« bekannt ist; exotisch gemusterte Stoffe aus Java; kunstvoll gearbeitete gelbe Wandbehänge aus China; Bücher, die in lohfarbenen Satin oder hellblaue Seide gebunden und mit *fleurs de lys*, Vögeln und Bildern verziert waren; *Lacis*-Schleier in ungarischem Stickstich; sizilianische Brokate und steife spanische Samte; georgische Handarbeiten mit vergoldeten Münzen und japanische Foukousas mit ihrem grüngetönten Gold und ihren phantastisch gefiederten Vögeln.

Eine besondere Vorliebe hatte er auch für Kirchengewänder – wie überhaupt für alles, was mit dem Gottesdienst in Zusammenhang stand. In den langen Truhen aus Zedernholz, die die westliche Galerie seines Hauses säumten, bewahrte er viele rare und schöne Gewänder auf, wahrhaftig angemessen der Braut Christi, die Purpur, Edelsteine und feines Leinen tragen muß, um den bleichen, ausgemergelten Leib zu verhüllen, der gezeichnet ist von dem Leiden, nach dem sie verlangt, und gemartert von selbstauferlegter Qual. Er besaß einen herrlichen Chorrock aus karmesinroter Seide und golddurchwirktem Damast, verziert mit einem wiederkehrenden Muster aus güldenen Granatäpfeln, die in stilisierten sechsblättrigen Blüten steckten, die ihrerseits von einem aus winzigen Perlen gearbeiteten Ananasmotiv flankiert waren. Die goldbestickten Borten waren in Felder unterteilt, die Szenen aus dem Leben der Heiligen Jungfrau zeigten; die Krönung der Jungfrau war in bunten Seidenfäden auf der Kapuze dargestellt. Es handelte sich um eine italienische Handarbeit aus dem fünfzehnten Jahrhundert. Ein weiterer Chorrock war aus grünem Samt und mit herzförmig angeordneten Akanthusblättern bestickt, aus denen hochstielige weiße Blüten sprossen; Silberfäden und bunte Kristalle hoben die Einzelheiten hervor. Auf der Spange prangte der Kopf eines Seraphs in erhabenem Goldfiligran. Die Borten waren in einem Diapermuster aus roter und goldener Seide gewoben und übersät mit Medaillons zahlreicher Heiliger und Märtyrer, unter denen sich auch St. Sebastian befand. Darüber hinaus besaß er Meßgewänder aus bernsteinfarbener Seide, aus blauer Seide und Goldbrokat, aus gelbem Seidendamast und Goldstoff, geschmückt mit Szenen aus der Passion und der Kreuzigung Christi und bestickt mit Löwen, Pfauen und anderen Symbolen; Dalmatiken aus weißem Satin, verziert mit Tulpen, Delphinen und *fleurs de lys;* Altardecken aus karmesinrotem Samt und blauem Leinen; und viele Korporalien, Kelchdecken und Schweißtücher. In den mystischen Verrichtungen, bei denen diese Gegenstände Verwendung fanden, lag etwas, was seine Phantasie beflügelte.

Denn diese Schätze und alles, was er sonst noch in seinem prächtigen Haus angesammelt hatte, sollten ihm zum Vergessen verhelfen, sollten ihm ermöglichen, zumindest zeitweise der Angst zu entrinnen, die ihm bisweilen beinahe unerträglich erschien. Eigenhändig hatte er in dem einsamen, abgesperrten Raum, in dem er sich als Knabe so oft aufgehalten hatte, das furchtbare Porträt aufgehängt, dessen sich verändernde Züge ihm die tatsächliche Schande seines Lebens immer wieder vor Augen führten, und davor hatte er das purpurgoldene Bahrtuch als Vorhang drapiert. Wochenlang mied er das Zimmer; er vergaß das abscheuliche Gemälde und gewann seine Unbekümmertheit zurück, seinen wundervollen Frohsinn und seine leidenschaftliche Hingabe ans Dasein. Dann schlich er sich eines Nachts plötzlich aus dem Haus, suchte gräßliche Absteigen in der Umgebung von Blue Gate Fields auf und blieb dort ein paar Tage, bis es ihn wieder davontrieb. Nach seiner Rückkehr saß er dann oft vor dem Bild und betrachtete es, mal voller Abscheu vor dem Porträt und vor sich selbst, mal auch erfüllt von jenem stolzen Individualismus, der schon den halben Reiz der Sünde ausmacht, und stillvergnügt das verunstaltete Abbild belächelnd, das die Bürde zu tragen hatte, die eigentlich ihm zukam.

Ein paar Jahre später konnte er es nicht mehr ertragen, sich längere Zeit außerhalb Englands aufzuhalten; er gab sowohl die Villa auf, die er sich in Trouville mit Lord Henry geteilt hatte, als auch das weiß ummauerte Haus in Algier, wo sie mehr als einmal den Winter verbracht hatten. Er konnte einfach nicht von dem Bild getrennt sein, das so sehr Teil seines Lebens war; zumal er fürchtete, irgend jemand könnte sich während seiner Abwesenheit Zutritt zu dem Zimmer verschaffen – trotz der komplizierten Riegel, die er an der Tür hatte anbringen lassen.

Ihm war durchaus bewußt, daß das Bild niemandem etwas sagen würde. Gewiß, es wies, bei aller Verderbtheit und Häßlichkeit der Gesichtszüge, noch immer eine gewisse Ähnlichkeit mit ihm auf, doch was ließ sich daraus denn schon entnehmen? Er würde jeden auslachen, der versuchen sollte, ihn deswegen zu verspotten. Er hatte es ja nicht gemalt. Was kümmerte es ihn, wie ekelhaft und schändlich es aussah? Selbst wenn er alles erzählte – wer würde ihm glauben?

Dennoch hatte er Angst. Manchmal, wenn er in seinem großen Haus in Nottingham weilte, elegante junge Standesgenossen – die seinen hauptsächlichen Umgang bildeten – zu Gast hatte und die Grafschaft mit seinem verschwenderisch luxuriösen und aufwendig prunkvollen Lebensstil in Erstaunen versetzte, ließ er seine Gäste plötzlich alleine und eilte in die Stadt zurück, um sich zu vergewissern, daß niemand sich an der Tür zu schaffen gemacht hatte und das Porträt noch da war. Was, wenn es gestohlen würde? Allein schon der Gedanke ließ ihn vor Entsetzen frösteln. Gewiß würde dann die Welt sein Geheimnis erfahren. Womöglich ahnte sie es bereits.

Denn obwohl er viele bezauberte, gab es nicht wenige, die ihm mißtrauten. Um ein Haar hätte man ihm den Zutritt zu einem West-End-Klub verwehrt, zu dessen Mitgliedschaft ihn seine Herkunft und sein gesellschaftlicher Rang durchaus berechtigten; einmal, als ein Freund ihn ins Rauchzimmer des Churchill-Klubs mitbrachte, sollen der Duke of Berwick und ein anderer Gentleman ostentativ aufgestanden und hinausgegangen sein. Seltsame Geschichten waren über ihn im Schwang, als er sein fünfundzwanzigstes Lebensjahr hinter sich hatte. Es ging das Gerücht, man habe ihn in einer schäbigen Spelunke im hintersten Whitechapel gesehen, wo er in eine lautstarke Auseinandersetzung mit ausländischen Seeleuten geraten sei, er verkehre mit Dieben und Falschmünzern und kenne die Geheimnisse ihres Gewerbes. Seine ungewöhnlichen Ausflüge waren allmählich berüchtigt, und wenn er anschließend wieder in der Gesellschaft auftauchte, so steckten die Leute die Köpfe zusammen, gingen mit hämischem Grinsen an ihm vorüber oder musterten ihn mit kalten, forschenden Blicken, als seien sie entschlossen, ihm hinter die Schliche zu kommen.

Von solchen Unverschämtheiten und Brüskierungsversuchen nahm er natürlich keine Notiz; nach Ansicht der meisten waren sein offenes, freundliches Wesen, sein bezauberndes, jungenhaftes Lächeln und die unendliche Anmut der wunderbaren Jugendfrische, die ihn offenbar niemals verlassen wollte, eine hinreichende Antwort auf die – wie sie es nannten – Verleumdungen, die über ihn in Umlauf gesetzt wurden. Zugleich entging ihnen freilich nicht, daß manche, die einmal auf vertrauterem Fuß mit ihm gestanden hatten, ihn nach einer gewissen Zeit zu meiden schienen. Man stellte fest, daß Frauen, die ihn einmal stürmisch verehrt und seinetwegen allen gesellschaftlichen Geboten getrotzt und der Konvention die Stirn geboten hatten, vor Scham oder Entsetzen erbleichten, sobald Dorian Gray den Raum betrat.

Doch diese geraunten Skandalgeschichten erhöhten in den Augen vieler seinen sonderbaren, gefährlichen Zauber nur noch mehr. Sein großer Reichtum bot ihm eine gewisse Sicherheit. Die Gesellschaft, zumindest die zivilisierte Gesellschaft zeigt sich nie sehr geneigt, Nachteiliges von jenen zu glauben, die zugleich wohlhabend und faszinierend sind. Sie spürt instinktiv, daß Manieren wichtiger sind als Moral; ihrer Meinung nach ist die größte Ehrbarkeit weit weniger wert als der Besitz eines guten Küchenchefs. Schließlich ist es ein sehr schwacher Trost, wenn man erfährt, daß der Mann, der einem ein schlechtes Essen oder einen miserablen Wein aufgetischt hat, ein untadeliges Privatleben führt. Auch die Kardinaltugenden können halb kalte *Entrées* nicht wieder wettmachen, wie Lord Henry bei einem Gespräch über dieses Thema einmal bemerkt hatte; und für diese Ansicht spricht vermutlich recht viel. Denn die Gesetze der guten Gesellschaft sind die gleichen wie die Gesetze der Kunst oder sollten es doch wenigstens sein. Form ist für sie eine unbedingte Notwendigkeit. Die Würde einer Zeremonie sollte ihr ebensosehr eignen wie deren Unwirklichkeit; sie sollte das Unwahre einer Zauberposse mit dem Esprit und der Schönheit verbinden, die solche Theaterstücke für uns so vergnüglich machen. Ist das Unwahre denn etwas so Schreckliches? Ich glaube nicht. Es bietet uns schlicht eine Möglichkeit, unsere Persönlichkeit zu erweitern.

Dies jedenfalls war Dorian Grays Meinung. Er wunderte sich immer über die oberflächliche Psychologie derjenigen, die das menschliche Ego als etwas Einfaches, Beständiges, Verläßliches und Einheitliches begreifen. Für ihn war der Mensch ein Wesen mit Myriaden von Leben und Myriaden von Empfindungen, ein kompliziertes, vielschichtiges Geschöpf, das wunderliche Vermächtnisse des Denkens und der Leidenschaft in sich trug und dessen Leib bereits von den schaurigen Krankheiten der Toten befallen war. Mit Vorliebe wandelte er durch die düstere, kalte Gemäldegalerie seines Landhauses und betrachtete die diversen Porträts der Menschen, deren Blut in seinen Adern floß. Da war Philip Herbert, den Francis Osborne in seinen *Erinnerungen an die Regierungszeiten Königin Elizabeths und König Jakobs* als einen Mann schilderte, der »seines hübschen

Antlitzes wegen, das ihm nicht lange erhalten blieb, vom ganzen Hofe umschmeichelt« wurde. Führte er etwa selbst manchmal das Leben des jungen Herbert? War irgendein seltsamer Bazillus von Körper zu Körper geschlichen, bis er den seinen erreicht hatte? Hatte eine dunkle Ahnung von jener zerstörten Anmut ihn damals in Basil Hallwards Atelier dazu verleitet, ganz unvermittelt und beinahe ohne jeden Anlaß jenen wahnwitzigen Wunsch auszusprechen, der sein Leben derart verändert hatte? Da stand, in goldbesticktem rotem Wams, juwelenbesetztem Waffenrock mit goldgesäumter Halskrause und ebensolchen Manschetten, Sir Anthony Sherard, den silberschwarzen Harnisch zu seinen Füßen. Was war das Vermächtnis dieses Mannes? Hatte der Geliebte der Giovanna von Neapel ihm ein Erbe von Sünde und Schande hinterlassen? Waren seine eigenen Taten nur die Träume, die der Tote nicht zu verwirklichen gewagt hatte? Dort, auf der verblichenen Leinwand, lächelte Lady Elizabeth Devereux mit ihrer Gazehaube, ihrem Perlenmieder und ihren rosafarbenen Schlitzärmeln. In der Rechten hielt sie eine Blume, ihre Linke umfing ein emailliertes Halsband aus weißen und Damaszenerrosen. Auf dem Tisch neben ihr lagen eine Mandoline und ein Apfel. Ihre kleinen spitzen Schuhe waren mit großen grünen Rosetten verziert. Er kannte ihr Leben und die merkwürdigen Geschichten, die man von ihren Liebhabern erzählte. Hatte er etwas von ihrem Wesen in sich? Die ovalen Augen mit den schweren Lidern schienen ihn neugierig anzublicken. Und wie stand es mit George Willoughby mit seinem gepuderten Haar und den seltsamen Schönheitspflästerchen? Wie böse er dreinschaute! Das Gesicht wirkte mürrisch und finster, die sinnlichen Lippen waren geradezu verzerrt vor Verachtung. Zierliche Spitzenmanschetten fielen über die schmalen, gelben, mit Ringen völlig überladenen Hände. Er war ein Stutzer des achtzehnten Jahrhunderts und in seiner Jugend mit Lord Ferrars befreundet gewesen. Und was war mit dem zweiten Lord Beckingham, dem Gefährten des Prinzregenten in dessen stürmischsten Tagen und einem der Trauzeugen bei der heimlichen Vermählung mit Mrs. Fitzherbert? Wie stolz und schön wirkte er mit seinen kastanienfarbenen Locken und seiner kecken Pose! Welche Leidenschaften hatte wohl *er* ihm vererbt? Die Welt hatte ihn für ehrlos gehalten. Er hatte die Orgien in Carlton House veranstaltet. Auf seiner Brust schimmerte der Stern des Hosenbandordens. Neben ihm hing das Porträt seiner Gemahlin, einer blassen, schmallippigen Frau in Schwarz. Auch ihr Blut regte sich in ihm. Wie seltsam das alles doch war! Dann seine Mutter mit dem Lady-Hamilton-Gesicht und den feuchten, vom Wein genetzten Lippen – was er von ihr hatte, wußte er. Er hatte von ihr seine Schönheit und seine Leidenschaft für die Schönheit anderer. Sie lachte ihn an in ihrem losen Bacchantinnengewand; Weinlaub steckte in ihrem Haar. Purpur ergoß sich aus dem Becher in ihrer Hand. Die Fleischtöne des Gemäldes waren verblaßt, doch die Augen waren noch immer wunderschön in ihrer Tiefe und Leuchtkraft. Sie schienen ihm überallhin zu folgen.

Doch nicht nur im Leben, auch in der Literatur hatte man Vorfahren, und da standen einem manche von Typ und Charakter her noch näher, übten zumindest einen Einfluß aus, dessen man sich deutlicher bewußt war. Zuweilen erschien es Dorian Gray, als stelle die Weltgeschichte nichts anderes als die Aufzeichnung seines eigenen Lebens dar, nicht wie er es wirklich und in allen Einzelheiten gelebt, sondern wie seine Phantasie es für ihn erschaffen, wie es sich in seinem Kopf und in seinen Leidenschaften abgespielt hatte. Er hatte das Gefühl, sie alle zu kennen, jene sonderbaren, schrecklichen Gestalten, die einst über die Bühne der Welt gewandelt waren, die der Sünde soviel Zauber und dem Bösen soviel Raffinement verliehen hatten. Ihm war, als sei auf irgendeine geheimnisvolle Weise ihr Leben sein eigenes gewesen.

Dem Helden des wunderbaren Romans, der sein Leben so sehr beeinflußt hatte, war diese seltsame Vorstellung gleichfalls nicht fremd. Im siebten Kapitel erzählt er, wie er, zum Schutz gegen Blitze mit Lorbeer bekränzt, als Tiberius in einem Garten auf Capri saß und die anstößigen Bücher des Elephantis las, während Zwerge und Pfauen um ihn herumstolzierten und der Flötenspieler den Schwenker des Weihrauchfäßchens verhöhnte; wie er als Caligula mit den grün bekittelten Reitknechten in ihren Ställen zechte und mit einem Pferd, das ein juwelenbesetztes Stirnband trug, aus einer Elfenbeinkrippe speiste; wie er als Domitian durch einen von Marmorspiegeln gesäumten Säulengang wandelte und mit gehetztem Blick Ausschau hielt nach dem Widerbild des Dolches, der seine Tage enden sollte, krank vor *Ennui,* jenem furchtbaren *taedium vitae,* das alle befällt, denen das Leben nichts vorenthält; und wie er durch einen klaren Smaragd die roten Fleischbänke des Circus erblickte und sich dann in einer Sänfte aus Perlen und Purpur, gezogen von Maultieren mit silbernen Hufen, durch die Straße der Granatäpfel zu einem Goldenen Haus tragen ließ und dabei die Menschen nach Nero Caesar rufen hörte; und wie er sich als

Heliogabal das Gesicht mit Farbe schminkte, bei den Weibern den Spinnrocken drehte und den Mond aus Karthago holte, um ihn in mystischer Hochzeit der Sonne zu vermählen.

Immer wieder las Dorian dieses phantastische Kapitel – und auch die beiden darauffolgenden, in denen wie auf wundersamen Gobelins oder kunstreichen Emailarbeiten die grauenerregenden und schönen Gestalten derjenigen dargestellt waren, die Laster, Blut und Überdruß zu Ungeheuern gemacht oder in den Wahnsinn getrieben hatten: Filippo, der Herzog von Mailand, der seine Gemahlin ermordete und ihre Lippen mit scharlachrotem Gift bestrich, damit ihr Geliebter, wenn er die Verblichene liebkoste, den Tod von ihr schlürfte; Pietro Barbi, der Venezianer, bekannt als Paul der Zweite, der sich in seiner Eitelkeit den Titel Formosus anmaßen wollte und dessen auf zweihunderttausend Florin geschätzte Tiara um den Preis einer furchtbaren Sünde erkauft wurde; Gian Maria Visconti, der Hunde auf lebende Menschen hetzte und dessen gemordeter Leib von einer Hure, die ihn geliebt hatte, mit Rosen bedeckt wurde; der Borgia auf seinem Schimmel, den Brudermörder an seiner Seite und den Mantel besudelt vom Blut Perottos; Pietro Riario, der junge Kardinal-Erzbischof von Florenz, Kind und Günstling von Sixtus IV., dessen Schönheit nur seine Lasterhaftigkeit gleichkam, der Leonora von Aragon in einem mit Nymphen und Zentauren gefüllten Pavillon aus weißer und karmesinroter Seide empfing und der einen Knaben vergoldete, damit er beim Festmahl als Ganymed oder Hylas aufwarten konnte; Ezzelino, dessen Schwermut sich nur durch das Schauspiel des Todes lindern ließ und der eine Leidenschaft für rotes Blut hatte wie andere Menschen für roten Wein – der Sohn des Satans, wie es hieß, und einer, der seinen Vater beim Würfeln um seine Seele betrogen hatte; Giambattista Cibo, der sich aus Hohn den Namen Innozenz zulegte und in dessen schlaffe Venen ein jüdischer Arzt das Blut von drei Jünglingen spritzte; Sigismondo Malatesta, der Geliebte Isottas und Herrscher Riminis, dessen Bildnis als das eines Gottes- und Menschenfeindes in Rom verbrannt wurde, der Polyssena mit einem Mundtuch erdrosselte, Ginevra d'Este in einem Smaragdbecher Gift reichte und um einer schändlichen Leidenschaft willen eine heidnische Kirche für den christlichen Gottesdienst errichtete; Karl VI., der die Frau seines Bruders so rasend verehrte, daß ein Aussätziger ihn vor dem Wahnsinn warnte, und der, als sein Geist krank und wirr geworden war, nur mit sarazenischen Spielkarten besänftigt werden konnte, auf denen Symbole für Liebe, Tod und Wahnsinn zu sehen waren; und – im verzierten Wams, mit juwelenbesetztem Barett und akanthusgleichen Locken – Grifonetto Baglioni, der Astorre samt seiner Braut und Simonetto samt seinem Pagen erschlug und dessen Liebreiz so groß war, daß auch diejenigen, die ihn gehaßt hatten, sich der Tränen nicht erwehren konnten, als er auf der gelben Piazza von Perugia im Sterben lag, und Atlanta, die ihn zuvor verflucht hatte, ihn nunmehr segnete.

Von all diesen Menschen ging eine schaurige Faszination aus. Er sah sie des Nachts, und bei Tag verwirrten sie seine Phantasie. Die Renaissance kannte eigenartige Methoden des Vergiftens – durch einen Helm und eine brennende Fackel, durch einen bestickten Handschuh und einen juwelenbesetzten Fächer, durch eine vergoldete Parfümkugel und eine Bernsteinkette.

Dorian Gray war durch ein Buch vergiftet worden. In manchen Augenblicken sah er im Bösen lediglich ein Mittel, seine Vorstellung von Schönheit Wirklichkeit werden zu lassen.

12

ES war, wie er sich später oft erinnerte, am neunten November, am Vorabend seines achtunddreißigsten Geburtstages.

Er ging gegen elf Uhr von einem Dinner bei Lord Henry nach Hause, in einen dicken Pelz gehüllt, denn die Nacht war kalt und neblig. An der Ecke Grosvenor Square und South Adley kam im Nebel ein Mann an ihm vorüber, der sehr schnell ausschritt und den Kragen seines grauen Ulsters hochgeschlagen hatte. Er trug eine Reisetasche in der Hand. Dorian erkannte ihn. Es war Basil Hallward. Eine sonderbare Angst, die er sich nicht erklären konnte, überkam ihn. Er ließ sich nicht anmerken, daß er ihn erkannt hatte, und ging rasch weiter in Richtung seines Hauses.

Doch Hallward hatte ihn bereits gesehen. Dorian hörte, wie er zunächst auf dem Trottoir stehenblieb und ihm dann nacheilte. Kurz darauf legte sich Hallwards Hand auf seinen Arm.

»Dorian! Was für ein außergewöhnlich glücklicher Zufall. Ich habe schon seit neun Uhr in Ihrer Bibliothek auf Sie gewartet. Irgendwann hatte ich Mitleid mit Ihrem müden Diener; als er mich wieder hinausließ, schickte ich ihn einfach zu Bett. Ich fahre mit dem Mitternachtszug nach Paris und wollte Sie vor meiner Abreise unbedingt nochmal sprechen. Ich habe mir fast gedacht, daß Sie das sind oder vielmehr Ihr Pelzmantel, als Sie an mir vorbeigingen. Aber ich war mir nicht ganz sicher. Haben Sie mich denn nicht erkannt?«

»Bei diesem Nebel, mein lieber Basil? Ich kann ja nicht mal den Grosvenor Square richtig erkennen. Irgendwo hier in der Nähe muß wohl mein Haus sein, aber so ganz sicher bin ich mir nicht. Schade, daß Sie verreisen, ich habe Sie ja seit einer Ewigkeit nicht mehr gesehn. Ich nehme doch an, Sie sind bald wieder zurück?«

»Nein, die nächsten sechs Monate bin ich nicht in England. Ich möchte mir in Paris ein Atelier mieten und mich dort einschließen, bis ich ein großes Gemälde fertig habe; ich hab das Bild schon im Kopf. Aber reden wir doch nicht über mich. Hier ist Ihre Haustür. Lassen Sie mich einen Augenblick mit hinein. Ich muß Ihnen was sagen.«

»Mit dem größten Vergnügen. Aber verpassen Sie dann nicht Ihren Zug?« sagte Dorian Gray teilnahmslos; er schritt die Stufen hinauf und öffnete mit seinem Hausschlüssel die Tür.

Das Lampenlicht durchdrang nur mit Mühe den Nebel; Hallward warf einen Blick auf seine Uhr. »Ich habe noch jede Menge Zeit«, antwortete er. »Der Zug geht erst um Viertel nach zwölf, und jetzt haben wir grade elf. Ich war eben unterwegs zum Klub, um nachzuschaun, ob Sie da sind, als ich Sie traf. Ich muß mich nämlich nicht mit irgendwelchem Gepäck aufhalten; die schweren Sachen hab ich vorausgeschickt. Alles andere habe ich in dieser Tasche hier, und von hier aus schaffe ich's leicht in zwanzig Minuten zur Victoria Station.«

Dorian blickte ihn an und lächelte. »So reist ein berühmter Maler! Eine kleine Reisetasche und ein Ulster! Kommen Sie rein, sonst dringt der Nebel noch ins Haus. Und sprechen Sie bloß nicht von ernsten Dingen. Heutzutag ist nichts ernst. Sollte es jedenfalls nicht sein.«

Kopfschüttelnd trat Hallward ein und folgte Dorian in die Bibliothek. Im großen offenen Kamin loderte ein helles Holzfeuer. Die Lampen waren angezündet; auf einem kleinen, mit Intarsien verzierten Tisch stand ein offener holländischer Silberbehälter mit Spirituosen neben einigen Siphons mit Sodawasser und ein paar großen geschliffenen Gläsern.

»Wie Sie sehen, hat Ihr Diener dafür gesorgt, daß ich mich ganz wie zu Haus fühle, Dorian. Er hat mir alles Nötige gebracht, sogar Ihre besten Zigaretten, die mit dem Goldmundstück. Er ist ein sehr gastfreundlicher Mensch. Er gefällt mir viel besser als der Franzose, den Sie früher hatten. Was ist aus dem eigentlich geworden?«

Dorian zuckte die Schultern. »Soviel ich weiß, hat er die Zofe von Lady Radley geheiratet und sie in Paris als englische Schneiderin etabliert. Wie ich höre, ist die *Anglomanie* dort zur Zeit sehr in Mode. Ist doch ziemlich albern von den Franzosen, nicht? Aber eigentlich war er gar kein so schlechter Diener. Ich hab ihn zwar nie richtig gemocht, hatte aber auch keinerlei Anlaß zu Klagen. Man bildet sich oft etwas ein, was völlig absurd ist. Er war mir wirklich sehr ergeben; als er ging, wirkte er recht bekümmert. Noch einen Brandy mit Soda? Oder lieber Rheinwein mit Selters? Ich trinke immer Rheinwein mit Selters. Nebenan ist bestimmt noch welcher.«

»Danke, ich will nichts mehr«, sagte der Maler; er legte Hut und Mantel ab und warf beides auf die Reisetasche, die er in der Ecke abgestellt hatte. »Und jetzt, mein lieber Junge, möchte ich einmal ganz ernsthaft mit Ihnen reden. Schauen Sie nicht so böse. Damit machen Sie's mir nur noch schwerer.«

»Was soll das?« rief Dorian; schmollend ließ er sich aufs Sofa fallen. »Es geht doch hoffentlich nicht um mich. Ich kann mich heut abend gar nicht mehr leiden. Ich wär lieber ein anderer.«

»Doch, es geht um Sie«, erwiderte Hallward mit ernster, tiefer Stimme, »und ich muß es Ihnen sagen. Ich werd Sie höchstens eine halbe Stunde aufhalten.«

Seufzend zündete sich Dorian eine Zigarette an. »Eine halbe Stunde!« murmelte er.

»Das ist doch nicht zuviel verlangt, Dorian; und es geschieht nur zu Ihrem Besten, wenn ich mit Ihnen spreche. Ich finde, Sie sollten erfahren, daß man in London die abscheulichsten Dinge über Sie verbreitet.«

»Ich will nichts davon wissen. Ich liebe Skandalgeschichten über andere Leute, aber wenn sie mich selber betreffen, interessieren sie mich nicht. Dann fehlt ihnen der Reiz des Neuen.«

»Sie müssen Sie aber interessieren, Dorian. Jedem Gentleman ist an seinem guten Ruf gelegen. Sie wollen doch nicht, daß man über Sie redet, als wären Sie elender Abschaum. Natürlich haben Sie Ihre gesellschaftliche Stellung, Ihren Reichtum und so weiter. Aber gesellschaftliche Stellung und Reichtum sind nicht alles. Wohlgemerkt, ich selber schenke diesen Gerüchten keinerlei Glauben. Jedenfalls kann ich sie nicht glauben, wenn ich Sie sehe. Die Sünde ist etwas, was im Gesicht eines Menschen seine Spuren hinterläßt. Sie läßt sich nicht verbergen. Manchmal sprechen die Leute von heimlichen Lastern. Aber so etwas gibt es nicht. Hat ein nichtswürdiger Mensch ein Laster, dann offenbart es sich in den Zügen um seinen Mund, in den erschlafften Augenlidern, ja sogar in der Form seiner Hände. Letztes Jahr kam jemand – ich will seinen Namen nicht nennen, aber Sie kennen ihn – zu mir, um sich von mir porträtieren zu lassen. Ich hatte ihn vorher nie gesehen und bis dahin auch noch nie etwas von ihm gehört, inzwischen allerdings ist mir eine Menge über ihn zu Ohren gekommen. Er bot mir ein gradezu extravagantes Honorar. Irgendwas an der Form seiner Finger gefiel mir nicht. Heute weiß ich, daß ich mit meinen Vermutungen recht hatte. Sein Leben ist furchtbar. Sie dagegen, Dorian, mit Ihrem reinen, heiteren, unschuldigen Gesicht und Ihrer wundervollen, ungetrübten Jugendfrische – von Ihnen kann ich nicht glauben, was man gegen Sie vorbringt. Aber ich sehe Sie eben nur selten, und Sie kommen ja inzwischen auch gar nicht mehr zu mir ins Atelier, und wenn ich nicht bei Ihnen bin und die scheußlichen Dinge höre, die man über Sie tuschelt, weiß ich überhaupt nicht, was ich dazu sagen soll. Wieso, Dorian, verläßt ein Mann wie der Duke of Berwick den Raum, wenn Sie den Klub betreten? Wie kommt es, daß so viele Londoner Gentlemen Sie weder besuchen noch zu sich einladen? Sie waren doch mal mit Lord Staveley befreundet. Ich traf ihn letzte Woche beim Dinner. Im Gespräch fiel zufällig Ihr Name – im Zusammenhang mit den Miniaturen, die Sie als Leihgabe für die Ausstellung in der Dudley-Galerie zur Verfügung gestellt haben. Staveley verzog den Mund und sagte, Sie mögen zwar einen erlesenen Kunstverstand haben, seien aber ein Mann, mit dem ein keusches Mädchen keinen Umgang pflegen dürfe und mit dem keine ehrbare Frau im selben Raum sitzen sollte. Ich erinnerte ihn daran, daß ich mit Ihnen befreundet bin, und fragte ihn, wie er das meine. Er sagte es mir. Er sagte es mir frank und frei vor allen Leuten. Es war grauenhaft! Warum wirkt sich Ihre Freundschaft auf junge Männer so verhängnisvoll aus? Da war dieser arme Kerl von der Garde, der sich das Leben genommen hat. Sie waren eng mit ihm befreundet. Da war Sir Henry Ashton; er mußte England mit besudeltem Namen verlassen. Sie beide waren doch unzertrennlich. Was ist mit Adrian Singleton und seinem entsetzlichen Ende? Was mit dem einzigen Sohn von Lord Kent und seiner Karriere? Ich habe seinen Vater gestern in der St. James's Street getroffen. Er war wie gebrochen vor Scham und Schmerz. Was ist mit dem jungen Duke of Perth? Was für ein Leben führt er jetzt? Welcher Gentleman möchte noch mit ihm verkehren?«

»Halt, Basil. Sie sprechen da über Dinge, von denen Sie überhaupt nichts wissen«, sagte Dorian Gray mit einem Unterton grenzenloser Verachtung; er biß sich auf die Lippen. »Sie fragen mich, wieso Berwick den Raum verläßt, wenn ich hereinkomme. Das tut er deshalb, weil ich über ihn genau Bescheid weiß – und nicht umgekehrt. Bei dem Blut, das in seinen Adern fließt, wie könnte da seine Vergangenheit sauber sein? Sie fragen mich nach Henry Ashton und dem jungen Perth. Habe *ich* dem einen seine Laster, dem anderen seine Ausschweifungen beigebracht? Wenn Kents alberner Sohn sich seine Frau von der Straße holt, ist das vielleicht meine Sache? Wenn Adrian Singleton den Namen seines Freundes auf einen Wechsel schreibt, bin ich sein Aufpasser? Ich weiß, wie in England geklatscht wird. Der Mittelstand verbreitet an geschmacklosen Eßtischen seine moralischen Vorurteile und tuschelt über die sogenannte Lasterhaftigkeit der besseren

Kreise, um sich damit den Anschein zu geben, man gehöre der feinen Gesellschaft an und stehe auf du und du mit denen, über die man sich den Mund zerreißt. In diesem Land braucht ein Mann nur vornehm und geistreich zu sein, schon fällt jeder hergelaufene Wicht über ihn her. Was für ein Leben führen denn diese Leute, die sich so moralisch gerieren? Mein lieber Freund, Sie vergessen, daß wir in der Heimat der Heuchler leben.«

»Dorian«, rief Hallward, »darum geht es doch gar nicht. England ist schlimm genug, ich weiß, und die englische Gesellschaft ist durch und durch verdorben. Drum möchte ich ja, daß Sie immer untadelig bleiben. Aber Sie waren nicht untadelig. Es ist nicht mehr als recht und billig, einen Menschen nach der Wirkung zu beurteilen, die er auf seine Freunde ausübt. Ihre scheinen jegliches Gefühl für Ehre, Güte und Reinheit zu verlieren. Sie haben ihnen eine gradezu wahnwitzige Genußsucht eingeflößt. Ihre Freunde sind in den Abgrund gestiegen. Sie haben sie dorthin gebracht. Ja: Sie haben sie dorthin gebracht, und trotzdem können Sie lächeln, wie Sie jetzt lächeln. Und das ist noch nicht mal das Schlimmste. Ich weiß, Sie und Harry sind unzertrennlich. Allein schon deswegen hätten Sie den Namen seiner Schwester nicht zum Gespött machen dürfen.«

»Vorsicht, Basil. Jetzt gehen Sie zu weit.«

»Ich muß es Ihnen sagen, und Sie müssen mir zuhören. Sie werden mir zuhören. Bevor Sie Lady Gwendolen kennengelernt haben, war noch nie auch nur der Schatten eines Skandals auf sie gefallen. Gibt es in London heute noch eine einzige anständige Frau, die mit ihr im Park ausfahren würde? Ja, nicht einmal ihre

Kinder dürfen mehr bei ihr leben. Und da gibt es noch andere Gerüchte – Gerüchte, denen zufolge man beobachtet hat, wie Sie sich im Morgengrauen aus üblen Absteigen stahlen und sich verkleidet in die verrufensten Spelunken von London schlichen. Sind diese Gerüchte wahr? Können sie wahr sein? Als es mir erstmals zu Ohren kam, hab ich gelacht. Wenn ich jetzt davon höre, flößt es mir einen Schauder ein. Was ist mit Ihrem Landhaus – was für ein Leben wird dort geführt? Dorian, Sie haben ja keine Ahnung, was man über Sie alles erzählt. Ich sage jetzt nicht, daß ich Ihnen keine Predigt halten will. Ich weiß noch, Harry bemerkte einmal, daß jeder, der sich kurzzeitig in einen Amateurpfarrer verwandelt, immer mit dieser Beteuerung beginnt und schon im nächsten Moment sein Wort bricht. Ich will Ihnen eine Predigt halten. Ich möchte, daß Sie Ihr Leben so führen, daß die Welt Ihnen Achtung entgegenbringen kann. Ich möchte, daß Sie einen unbescholtenen Namen und einen einwandfreien Leumund haben. Ich möchte, daß Sie sich von den scheußlichen Leuten trennen, mit denen Sie Umgang haben. Zucken Sie nicht die Schultern. Seien Sie nicht so gleichgültig. Sie verfügen über einen erstaunlichen Einfluß. Verwenden Sie ihn zum Guten, nicht zum Bösen. Angeblich verderben Sie jeden, mit dem Sie enger vertraut sind, und brauchen ein Haus nur zu betreten, um es in Verruf zu bringen. Ich weiß nicht, ob das stimmt oder nicht. Woher sollte ich es auch wissen? Aber man sagt es Ihnen nach. Ich habe einiges erfahren, was ich eigentlich nicht in Zweifel ziehen kann. Lord Gloucester war einer meiner besten Freunde in Oxford. Er zeigte mir einen Brief, den seine Frau ihm geschrieben hatte, als sie in ihrer Villa in Mentone einsam im Sterben lag.

Und in dem furchtbarsten Geständnis, das ich jemals gelesen habe, tauchte Ihr Name auf. Ich sagte ihm, das sei absurd – daß ich Sie durch und durch kenne und daß Sie zu so etwas überhaupt nicht imstande wären. Sie kennen? Ich frage mich, ob ich Sie wirklich kenne. Dazu müßte ich erst Ihre Seele sehen.«

»Meine Seele sehen!« stammelte Dorian Gray; fast weiß vor Angst sprang er vom Sofa auf.

»Ja«, erwiderte Hallward ernst und mit tiefer Sorge in der Stimme, »Ihre Seele sehen. Aber das kann einzig und allein Gott.«

Ein bitteres Hohngelächter brach von den Lippen des Jüngeren. »Sie werden sie mit eignen Augen sehen, noch heute nacht!« rief er und nahm eine Lampe vom Tisch. »Kommen Sie: Es ist das Werk Ihrer eigenen Hände. Schauen Sie sich's nur an! Danach können Sie der Welt ruhig alles davon erzählen. Niemand wird Ihnen glauben. Und wenn man Ihnen trotzdem glaubt, dann würde man mich deshalb nur um so mehr lieben. Ich kenne unsre Zeit besser als Sie, auch wenn Sie sich noch so langatmig darüber auslassen. Nun kommen Sie schon. Sie haben genug von Verderbtheit geschwatzt. Gleich stehen Sie ihr Aug in Aug gegenüber.«

Ein geradezu rasender Hochmut lag in jedem Wort, das er sprach. Jungenhaft trotzig stampfte er mit den Füßen auf. Er empfand ein schauriges Vergnügen bei dem Gedanken, daß jemand sein Geheimnis nun mit ihm teilen sollte und daß der Mann, der das Porträt, den Quell seiner Schande, gemalt hatte, für den Rest seines Lebens mit der gräßlichen Erinnerung an das, was er geschaffen hatte, belastet sein sollte.

»Ja«, fuhr er fort, trat auf den Maler zu und blickte ihm unverwandt in die ernsten Augen. »Ich zeige Ihnen jetzt meine Seele. Sie sollen sehen, was Ihrer Meinung nach einzig und allein Gott sehen kann.«

Hallward prallte zurück. »Das ist Gotteslästerung, Dorian!« rief er. »So etwas dürfen Sie nicht sagen. Es ist entsetzlich und außerdem völlig unsinnig.«

»Meinen Sie?« Dorian begann wieder zu lachen.

»Ich weiß es. Und was ich Ihnen vorhin gesagt habe, war nur zu Ihrem Besten. Ich bin Ihnen doch immer ein treuer Freund gewesen.«

»Nun werden Sie bloß nicht rührselig. Sagen Sie mir endlich, was Sie zu sagen haben.«

Ein schmerzlicher Ausdruck zuckte über das Gesicht des Malers. Hallward hielt einen Augenblick inne; ein wirres Gefühl von Mitleid überkam ihn. Welches Recht hatte er eigentlich, sich in Dorian Grays Leben einzumischen? Hatte er auch nur ein Zehntel von dem getan, dessen man ihn bezichtigte, wie sehr mußte er dann gelitten haben! Schließlich straffte er sich, trat zum Kamin, blieb dort stehen und betrachtete die brennenden Holzscheite mit ihrer rauhreifähnlichen Asche und den pochenden Flammenherzen.

»Ich höre, Basil«, sagte der junge Mann mit harter, klarer Stimme.

Hallward drehte sich um. »Was ich Ihnen zu sagen habe, ist folgendes«, rief er. »Sie sollen mir eine Antwort auf die schrecklichen Vorwürfe geben, die man gegen Sie erhebt. Wenn Sie mir sagen, daß sie von A bis Z falsch sind, dann werde ich Ihnen glauben. Streiten Sie sie ab, Dorian, streiten Sie sie ab! Sehn Sie denn nicht, was ich durchmache? Mein Gott! Sagen Sie mir nicht, daß Sie ein schlechter, verdorbener, nichtswürdiger Mensch sind.«

Dorian Gray lächelte. Ein verächtlicher Zug lag um

seine Lippen. »Kommen Sie mit nach oben, Basil«, sagte er ruhig. »Ich führe ein Tagebuch über jeden Tag meines Lebens, und es verläßt niemals den Raum, in dem es geschrieben wird. Kommen Sie mit, dann zeige ich's Ihnen.«

»Na gut, Dorian, wenn Sie wollen, komme ich mit. Meinen Zug habe ich sowieso schon verpaßt. Macht nichts. Ich kann auch morgen noch fahren. Aber verlangen Sie nicht von mir, daß ich heut nacht noch etwas lese. Ich will nur eine klare Antwort auf meine Frage.«

»Die sollen Sie oben bekommen. Hier kann ich sie Ihnen nicht geben. Sie brauchen nicht lange zu lesen.«

13

ER ging aus dem Zimmer und stieg, dicht gefolgt von Basil Hallward, die Stufen hinauf. Die beiden bewegten sich leise voran, wie man es nachts unwillkürlich tut. Die Lampe warf geisterhafte Schatten auf Wand und Treppe. Wind kam auf und ließ ein paar Fenster klappern.

Als sie den obersten Treppenabsatz erreicht hatten, stellte Dorian die Lampe auf den Boden, holte den Schlüssel hervor und drehte ihn im Schloß. »Sie wollen es wirklich wissen, Basil?« fragte er leise.

»Ja.«

»Das freut mich«, erwiderte er lächelnd. Dann fügte er mit etwas rauher Stimme hinzu: »Sie sind der einzige Mensch auf der Welt, der ein Recht darauf hat, alles über mich zu erfahren. Sie haben mehr mit meinem Leben zu tun, als Sie ahnen«; er ergriff die Lampe, öffnete die Tür und trat ein. Ein kalter Luftstrom wehte an ihnen vorbei; das Licht flackerte kurz zu einer dunkelorange gefärbten Flamme empor. Ihn schauderte. »Machen Sie die Tür hinter sich zu«, raunte er und stellte die Lampe auf den Tisch.

Hallward blickte sich mit verwirrter Miene um. Das Zimmer sah aus, als sei es seit Jahren unbewohnt. Ein verblaßter flämischer Gobelin, ein verhängtes Bild, ein alter italienischer *Cassone* und ein fast leerer Bücherschrank – das war offenbar alles, was es außer dem Tisch und einem Stuhl enthielt. Als Dorian Gray eine halb herabgebrannte, auf dem Kaminsims stehende

Kerze anzündete, sah Hallward, daß überall Staub lag und der Teppich voller Löcher war. Hinter der Wandtäfelung raschelte eine Maus. Ein feuchter Modergeruch lag in der Luft.

»Sie meinen also, nur Gott kann die Seele sehen, Basil? Ziehn Sie doch mal den Vorhang da weg, dann sehen Sie meine.«

Die Stimme, die das sagte, klang kalt und grausam. »Sie sind verrückt, Dorian, oder Sie spielen Theater«, murmelte Hallward und runzelte die Stirn.

»Sie wollen nicht? Dann muß ich es selber tun«, sagte der junge Mann; er riß den Vorhang von der Stange und warf ihn zu Boden.

Ein Aufschrei des Grauens brach von den Lippen des Malers, als er im trüben Lichtschein das gräßliche Gesicht erblickte, das ihn von der Leinwand her angrinste. In seinem Ausdruck war etwas, was ihn mit Abscheu und Ekel erfüllte. Allmächtiger! Das war ja Dorian Grays Gesicht, das er da vor sich sah! Das Grauenhafte, was immer es sein mochte, hatte die wunderbare Schönheit noch nicht völlig zerstört. Noch lag ein Hauch von Gold im bereits gelichteten Haar, ein Hauch von Scharlachrot auf dem sinnlichen Mund. Die verquollenen Augen hatten noch etwas von der Lieblichkeit ihres Blaus bewahrt, der edle Schwung war noch nicht vollständig aus den zartgeschnittenen Nasenflügeln und dem plastisch geformten Hals gewichen. Ja, es war Dorian. Aber wer hatte das Bild gemalt? Er glaubte seinen eigenen Pinselstrich zu erkennen, und den Rahmen hatte er selbst entworfen. Der Gedanke war ungeheuerlich, zugleich befiel ihn Furcht. Er nahm die brennende Kerze und hielt sie vor das Porträt. In der linken Ecke stand, mit langen, leuchtend zinnoberroten Buchstaben hingesetzt, sein Name.

Es war eine abscheuliche Parodie, eine infame, nichtswürdige Satire. Das hatte er niemals gemalt. Dennoch, es war sein Bild! Er wußte es, und ihm war, als hätte sich sein Blut binnen eines Augenblicks aus Feuer in starres Eis verwandelt. Sein Bild! Was hatte das zu bedeuten? Weshalb hatte es sich verändert? Er wandte sich um und blickte Dorian Gray mit den Augen eines Kranken an. Sein Mund zuckte, seine ausgedörrte Zunge schien außerstande zu sein, irgendwelche Worte zu formen. Er fuhr sich mit der Hand über die Stirn. Sie war feucht von kaltem Schweiß.

Der junge Mann lehnte am Kaminsims und betrachtete ihn mit jener sonderbaren Miene, wie man sie bei Menschen beobachtet, die im Theater völlig gebannt das Spiel eines großen Mimen verfolgen. In seinem Blick lag weder wirklicher Schmerz noch wirkliche Freude. Es war schlicht die Leidenschaft des Zuschauers darin, verbunden vielleicht mit einem Aufflackern von Triumph. Er hatte die Knopflochblume aus seiner Jacke genommen und roch daran oder tat zumindest so.

»Was hat das zu bedeuten?« rief Hallward schließlich. Seine eigene Stimme dröhnte ihm schrill und fremd in den Ohren.

»Als Sie mich vor Jahren, ich war noch ein Junge, kennengelernt haben«, sagte Dorian Gray und zerdrückte dabei die Blume in seiner Hand, »da haben Sie mir geschmeichelt und mich gelehrt, mir auf mein gutes Aussehen etwas einzubilden. Eines Tages machten Sie mich einem Ihrer Freunde bekannt, der mich über das Wunder der Jugend aufklärte, und stellten dann mein Porträt fertig, das mir das Wunder der Schönheit offenbarte. In einem verrückten Augenblick, von dem ich bis heute nicht weiß, ob ich ihn bereuen soll oder nicht, habe ich einen Wunsch ausgesprochen, Sie würden es vielleicht Gebet nennen ...«

»Ich erinnere mich! Oh, wie gut ich mich daran erinnere! Nein, das kann nicht sein! Der Raum ist feucht. Die Leinwand ist von Schimmel befallen. Die Farben, die ich benutzt habe, enthielten irgendein schlimmes mineralisches Gift. Ich sage Ihnen, das kann nicht sein.«

»Aha – und was kann nicht sein?« murmelte der junge Mann; er ging hinüber zum Fenster und preßte die Stirn an die kalte, nebelbeschlagene Scheibe.

»Sie haben mir doch mal erzählt, Sie hätten es zerstört.«

»Irrtum. Es hat *mich* zerstört.«

»Ich kann nicht glauben, daß das mein Bild ist.«

»Erkennen Sie denn nicht Ihr Ideal darin?« sagte Dorian bitter.

»Mein Ideal, wie Sie es nennen ...«

»Wie Sie es genannt haben.«

»In ihm war nichts Böses, nichts Schändliches. Sie waren für mich ein Ideal, wie es mir nie wieder begegnen wird. Das hier ist das Gesicht eines Satyrs.«

»Es ist das Gesicht meiner Seele.«

»Mein Gott! Was für ein Scheusal muß ich verehrt haben! Es hat die Augen eines Teufels.«

»Jeder von uns trägt Himmel und Hölle in sich, Basil«, rief Dorian mit einer wilden Geste der Verzweiflung.

Hallward wandte sich wieder dem Porträt zu und schaute es an. »Mein Gott! Wenn das wahr ist«, rief er, »und Sie das hier aus Ihrem Leben gemacht haben, dann müssen Sie ja noch schlimmer sein, als Ihre Gegner glauben!« Er hielt noch einmal die Kerze hoch und betrachtete eingehend die Leinwand. Die Oberfläche wirkte vollkommen unversehrt und noch genau wie damals, als er das Bild aus der Hand gegeben hatte. Offenkundig waren Verderbnis und Grauen von innen gekommen. Irgendeine sonderbare Verlebendigung des Inneren sorgte dafür, daß der Aussatz der Sünde das Ding allmählich zerfraß. Nicht einmal ein verwesender Leichnam in einem feuchten Grab bot einen so schrecklichen Anblick.

Seine Hand zitterte; die Kerze fiel aus dem Halter zu Boden und blieb dort flackernd liegen. Er trat sie aus. Dann ließ er sich auf den wackligen Stuhl fallen, der neben dem Tisch stand, und barg das Gesicht in den Händen.

»Guter Gott, Dorian, was für eine Lektion! Was für eine furchtbare Lektion!« Es kam keine Antwort, aber er konnte den jungen Mann am Fenster schluchzen hören. »Beten Sie, Dorian, beten Sie«, murmelte er. »Wie hieß es doch gleich, was man uns in der Kindheit beigebracht hat? ›Führe uns nicht in Versuchung. Vergib uns unsere Schuld. Erlöse uns von dem Bösen.‹ Lassen Sie uns das zusammen aufsagen. Das Gebet Ihres Stolzes wurde erhört. Das Gebet Ihrer Reue wird genauso erhört werden. Ich habe Sie zu sehr verehrt. Wir sind beide dafür bestraft worden.«

Dorian Gray drehte sich langsam um und sah ihn mit tränenumflorten Augen an. »Es ist zu spät, Basil«, antwortete er stockend.

»Es ist nie zu spät, Dorian. Knien wir nieder und versuchen uns an ein Gebet zu erinnern. Steht nicht irgendwo der Vers: ›Wenn eure Sünden gleich scharlachrot sind, so will ich sie doch schneeweiß machen‹?«

»Diese Worte bedeuten mir heute nichts mehr.«

»Still! Das dürfen Sie nicht sagen. Sie haben in Ihrem Leben genug Böses getan. Mein Gott! Sehen Sie nicht, wie dieses verfluchte Ding uns anglotzt?«

Dorian Gray warf einen Blick auf das Porträt, und plötzlich befiel ihn ein unbezähmbarer Haß auf Basil Hallward, als hätte das Bild auf der Leinwand ihm diesen Haß eingegeben, als wäre er ihm von den grinsenden Lippen eingeflüstert worden. Die rasende Erregung eines gehetzten Tiers überkam ihn, und er verabscheute den Mann, der da am Tisch saß, so sehr, wie er noch nie in seinem Leben etwas verabscheut hatte. Wirr sah er sich um. Auf der bemalten Truhe, die vor ihm stand, blinkte etwas. Sein Blick fiel darauf. Er wußte, was es war. Es war ein Messer, das er ein paar Tage zuvor mit nach oben genommen hatte, um ein Stück Schnur abzuschneiden, und das dann liegengeblieben war. Langsam bewegte er sich, an Hallward vorbei, darauf zu. Kaum war er hinter dem Maler, ergriff er das Messer und drehte sich um. Hallward rührte sich auf dem Stuhl, als wolle er aufstehen. Dorian stürzte sich auf ihn, stieß ihm das Messer in die große Ader hinter dem Ohr, preßte ihm den Kopf auf den Tisch und stach immer wieder zu.

Ein unterdrücktes Stöhnen ertönte, das grausige Gurgeln eines Menschen, der am eigenen Blut erstickt. Dreimal zuckten die ausgestreckten Arme krampfhaft nach oben; die Hände fuchtelten mit grotesk steifen Fingern umher. Noch zweimal stach er zu, aber der Mann rührte sich nicht mehr. Etwas begann auf den Boden zu tropfen. Noch immer den Kopf niederpressend, wartete er einen Augenblick. Dann warf er das Messer auf den Tisch und lauschte.

Außer dem regelmäßigen Tropfen auf den zerschlissenen Teppich war nichts zu hören. Er öffnete die Tür und trat hinaus auf den Treppenabsatz. Im Haus war alles still. Nichts regte sich. Ein paar Sekunden lang beugte er sich übers Geländer und spähte hinunter in den schwarzen, brodelnden Schlund der Dunkelheit. Dann holte er den Schlüssel hervor, kehrte ins Zimmer zurück und schloß sich ein.

Das Wesen hockte noch immer auf dem Stuhl; mit gesenktem Kopf, gekrümmtem Rücken und ausgestreckten, geisterhaften Armen war es über den Tisch hingestreckt. Wären da nicht der schrundige, rote Riß im Nacken und die dunkle Blutlache gewesen, so hätte man meinen können, der Mann schlafe nur.

Wie schnell das alles geschehen war! Dorian fühlte sich seltsam ruhig; er ging zur Glastür hinüber, öffnete sie und trat hinaus auf den Balkon. Der Wind hatte den Nebel fortgeweht; der Himmel glich einem gewaltigen, mit Myriaden von goldenen Augen übersäten Pfauenrad. Er warf einen Blick nach unten und sah einen Polizisten, der gerade seine Runde machte und den langen Lichtkegel seiner Lampe auf die Türen der stillen Häuser richtete. Das karmesinrote Licht einer langsam dahinrollenden Kutsche schimmerte an der Ecke auf und verschwand wieder. Eine Frau mit flatterndem Schal drückte sich torkelnd an den Zaungittern entlang. Ab und zu blieb sie stehen und spähte zurück. Auf einmal begann sie mit heiserer Stimme zu singen. Der Polizist schlenderte herbei und sagte etwas zu ihr. Lachend taumelte sie weiter. Ein scharfer Windstoß fegte über den Platz. Die Gaslaternen flakkerten und verfärbten sich blau; die schwarzen, ehernen Zweige der laublosen Bäume schwangen hin und her. Ihn fröstelte; er ging wieder hinein und schloß die Glastür.

Als er die Zimmertür erreicht hatte, drehte er den Schlüssel und öffnete sie. Für den Ermordeten hatte er nicht einmal einen flüchtigen Blick. Er hatte das Gefühl, das Geheimnis der ganzen Sache lag darin, sich die Situation erst gar nicht bewußt zu machen. Der Freund, der das unselige Porträt gemalt hatte, dem er sein ganzes Elend verdankte, war aus seinem Leben verschwunden. Das genügte.

Dann fiel ihm die Lampe ein. Es handelte sich um ein recht ungewöhnliches Stück maurischer Handwerkskunst, gefertigt aus mattem Silber, das mit Arabesken aus brüniertem Stahl eingelegt und mit ungeschliffenen Türkisen besetzt war. Sein Diener würde sie vielleicht vermissen; man würde Fragen stellen. Er zögerte einen Moment; dann machte er kehrt und nahm sie vom Tisch. Es ließ sich nicht vermeiden, daß er dabei einen Blick auf das tote Wesen warf. Wie reglos es war! Wie furchtbar weiß die ausgestreckten Hände wirkten! Es glich einer schaurigen Wachsfigur.

Er schloß die Tür hinter sich ab und schlich leise die Treppe hinunter. Das Holz knarrte, es schien aufzuheulen, als hätte es Schmerzen. Mehrmals blieb er stehen und lauschte. Nein: Alles war still. Es war bloß das Geräusch seiner Schritte.

Als er die Bibliothek betrat, sah er in der Ecke die Reisetasche und den Mantel. Sie mußten versteckt werden. Er schloß einen Geheimschrank in der Wandtäfelung auf, den Schrank, in dem er auch seine seltsamen Verkleidungen aufbewahrte, und legte die Sachen hinein. Irgendwann konnte er sie ja einfach verbrennen. Dann zog er seine Uhr hervor. Es war zwanzig vor zwei.

Er setzte sich und begann nachzudenken. Jedes Jahr – ja, sogar fast jeden Monat, wurden Menschen für das, was er getan hatte, gehenkt. Mordgier hatte in der Luft gelegen. Irgendein roter Stern war der Erde zu nahe gekommen ... Doch was konnte man ihm denn beweisen? Basil Hallward hatte das Haus um elf verlassen. Niemand hatte ihn zurückkommen sehen. Die meisten Dienstboten waren in Selby Royal. Sein Diener war schon zu Bett gegangen ... Paris! Ja. Basil war nach Paris gefahren, und zwar mit dem Mitternachtszug, wie er es vorgehabt hatte. Bei seiner sonderbaren Reserviertheit würde es Monate dauern, ehe irgend jemand Verdacht schöpfte. Monate! Bis dahin konnten die Spuren längst beseitigt sein.

Plötzlich kam ihm ein Gedanke. Er zog seinen Pelzmantel an, setzte den Hut auf und ging in die Eingangshalle. Dann blieb er stehen; er hörte die langsamen, schweren Schritte des Polizisten auf dem Trottoir und sah den Widerschein der aufblitzenden Lampe am Fenster. Mit angehaltenem Atem wartete er.

Ein paar Augenblicke später schob er den Riegel zurück, schlüpfte nach draußen und schloß die Tür ganz vorsichtig hinter sich zu. Dann begann er zu läuten. Nach etwa fünf Minuten erschien, nur halb angekleidet und mit völlig verschlafenem Gesicht, sein Diener.

»Tut mir leid, daß ich Sie wecken mußte, Francis«, sagte Dorian und trat ins Haus, »aber ich habe meinen Schlüssel vergessen. Wie spät ist es?«

»Zehn Minuten nach zwei, Sir«, antwortete der Diener, während er blinzelnd einen Blick auf die Uhr warf.

»Zehn Minuten nach zwei? Das ist ja schon schrecklich spät! Sie müssen mich morgen um neun wecken. Ich habe noch etwas zu erledigen.«

»Sehr wohl, Sir.«

»War heute abend jemand hier?«

»Mr. Hallward, Sir. Er blieb bis elf; dann ist er gegangen, weil er seinen Zug noch erreichen wollte.«

»Oh! Schade, daß ich nicht da war. Hat er etwas hinterlassen?«

»Nein, Sir, nur daß er Ihnen aus Paris schreiben will, falls er Sie im Klub nicht antreffen sollte.«

»Das wäre alles, Francis. Vergessen Sie nicht, mich morgen um neun zu wecken.«

»Sehr wohl, Sir.«

Der Diener schlurfte in seinen Pantoffeln durch den Flur.

Dorian Gray warf Hut und Mantel auf den Tisch und trat in die Bibliothek. Eine Viertelstunde lang ging er auf und ab, biß sich dabei auf die Lippen und dachte nach. Dann nahm er das Blaubuch aus einem der Regale und begann darin zu blättern. »Alan Campbell, 152 Hertford Street, Mayfair.« Ja: Das war der richtige Mann.

14

AM nächsten Morgen kam sein Diener um neun Uhr mit einer Tasse Schokolade auf einem Tablett herein und öffnete die Fensterläden. Dorian schlief noch ganz friedlich, er lag auf der rechten Seite, die Hand unter der Wange. Er wirkte wie ein vom Spielen oder Lernen ermatteter Knabe.

Der Diener mußte ihn zweimal an der Schulter berühren, bis er endlich erwachte; als er die Augen aufschlug, glitt ein leises Lächeln über seine Lippen, als sei er noch in einen herrlichen Traum versunken. Dabei hatte er gar nicht geträumt. Keinerlei Gesichte der Lust oder der Qual hatten seine Nachtruhe gestört. Aber Jugend lächelt auch ohne Grund. Das macht sie besonders reizvoll.

Er drehte sich um, stützte sich auf den Ellenbogen und begann seine Schokolade zu schlürfen. Das Licht der milden Novembersonne strömte ins Zimmer. Der Himmel war klar; eine wohltuende Wärme lag in der Luft. Es war fast wie ein Morgen im Mai.

Nach und nach schlichen die Ereignisse der voraufgangenen Nacht auf leisen, blutbesudelten Sohlen in sein Gehirn und gewannen dort mit erschreckender Deutlichkeit wieder Gestalt. Die Erinnerung an das, was er durchlitten hatte, ließ ihn zusammenzucken, und einen Augenblick lang kehrte dasselbe seltsame Gefühl von Abscheu vor Basil Hallward zurück, das ihn dazu getrieben hatte, ihn, als er auf dem Stuhl saß, zu töten; vor Erregung wurde ihm ganz kalt. Der Tote saß noch immer dort, und jetzt im hellen Sonnenschein.

Wie furchtbar! Solche Greuel waren fürs Dunkel bestimmt, nicht für den Tag.

Er spürte, er würde krank oder verrückt, wenn er darüber nachdachte, was er durchgemacht hatte. Es gab Sünden, deren Reiz eher in der Erinnerung an sie lag als darin, sie zu begehen; sonderbare Triumphe, die mehr den Stolz als die Leidenschaften befriedigten und dem Geist zu einem gesteigerten Lustgefühl verhalfen, größer als alle Lust, die sie den Sinnen verschafften oder jemals verschaffen konnten. Doch diese Sünde gehörte nicht dazu. Sie war etwas, was man aus den Gedanken verbannen, mit Mohn betäuben und ersticken mußte, damit sie nicht einen selber erstickte.

Als die Uhr die halbe Stunde schlug, fuhr er sich mit der Hand über die Stirn, stand hastig auf und kleidete sich mit noch größerer Sorgfalt als sonst an, wobei er der Wahl der Halsbinde und Krawattennadel besonders viel Aufmerksamkeit widmete und seine Ringe mehr als einmal wechselte. Auch fürs Frühstück ließ er sich viel Zeit, kostete von den diversen Gerichten, sprach mit seinem Diener über die neuen Livreen, die er für die Dienerschaft in Selby anfertigen zu lassen gedachte, und sah seine Post durch. Über manche der Briefe mußte er lächeln. Drei waren ihm langweilig. Einen las er mehrere Male, um ihn dann mit leicht verärgerter Miene zu zerreißen. »Dieses furchtbare weibliche Gedächtnis!« wie Lord Henry einmal gesagt hatte.

Als er eine Tasse schwarzen Kaffee getrunken hatte, wischte er sich mit der Serviette bedächtig die Lippen ab und gab seinem Diener das Zeichen zu warten; dann ging er hinüber zum Tisch, nahm Platz und schrieb zwei Briefe. Den einen steckte er in die Tasche, den anderen übergab er dem Diener.

»Bringen Sie den in die Hertford Street 152, Francis; sollte Mr. Campbell nicht in der Stadt sein, besorgen Sie sich seine Adresse.«

Sobald er allein war, zündete er sich eine Zigarette an und begann etwas auf ein Blatt Papier zu zeichnen, zunächst Blumen und architektonische Details, dann Gesichter. Plötzlich fiel ihm auf, daß jedes Gesicht, das er zeichnete, eine sonderbare Ähnlichkeit mit dem Gesicht Basil Hallwards zu haben schien. Er runzelte die Stirn, stand auf, ging hinüber zum Bücherschrank und nahm aufs Geratewohl einen Band heraus. Er hatte beschlossen, erst dann wieder an das Geschehene zu denken, wenn es sich nicht mehr vermeiden ließ.

Er streckte sich auf dem Sofa aus und warf einen Blick auf die Titelseite des Buches. Es handelte sich um Gautiers *Émaux et camées,* die Charpentier-Ausgabe auf Japanpapier mit Radierungen von Jacquemart. Der Einband war aus zitrusgrünem Leder, verziert mit einem vergoldeten Gitterornament und gepunkteten Granatäpfeln. Das Buch war ein Geschenk von Adrian Singleton. Beim Blättern fiel sein Blick auf das Gedicht über die Hand Lacenaires, jene kalte, gelbe Hand *»du supplice encore mal lavée«* mit ihren flaumigen roten Haaren und den *»doigts de faune«*. Er sah kurz auf seine eigenen weißen, schlanken Finger, unwillkürlich von einem leisen Schauder gepackt; dann blätterte er weiter, bis er zu den wunderschönen Versen über Venedig kam: –

»Sur une gamme chromatique,
Le sein de perles ruisselant,
La Vénus de l'Adriatique
Sort de l'eau son corps rose et blanc.

Les domes, sur l'azur des ondes
   Suivant la phrase au pur contour,
S'enflent comme des gorges rondes
   Que soulève un soupir d'amour.

L'esquif aborde et me dépose,
   Jetant son amarre au pilier,
Devant une façade rose,
   Sur le marbre d'un escalier.«

Wie herrlich die Verse waren! Wenn man sie las, so glaubte man auf den grünen Wasserstraßen der rosaroten und perlweißen Stadt dahinzugleiten, in einer schwarzen Gondel mit silbernem Schnabel und wehenden Vorhängen. Allein schon die Zeilen erschienen ihm wie jene geraden, türkisblauen Linien, die sich hinter einem herziehen, wenn man zum Lido hinausfährt. Das jähe Aufblitzen der Farben erinnerte ihn an die schimmernden Vögel mit den opal- und regenbogenfarbenen Hälsen, die den hohen, wabengleich durchbrochenen Campanile umflattern oder mit würdevoller Anmut durch die düsteren, staubbedeckten Arkaden stolzieren. Mit halb geschlossenen Augen zurückgelehnt, sprach er immer wieder vor sich hin: –

»Devant une façade rose,
   Sur le marbre d'un escalier.«

Ganz Venedig lag in diesen zwei Zeilen. Er dachte an den Herbst, den er dort verbracht, und die wunderbare Liebe, die ihn zu geradezu rasenden, köstlichen Torheiten verleitet hatte. Romantik gab es überall. Doch Venedig hatte sich, wie Oxford, den Hintergrund für

Romantik bewahrt, und für den wahren Romantiker war der Hintergrund alles oder doch fast alles. Einen Teil dieser Zeit war auch Basil bei ihm gewesen und hatte sich glühend für Tintoretto begeistert. Der arme Basil! Was für eine schauderhafte Art, zu sterben!

Er seufzte, nahm den Band wieder zur Hand und versuchte zu vergessen. Er las von den Schwalben, die in dem kleinen Café in Smyrna ein und aus fliegen, dem Café, wo die Hadschis sitzen und die Bernsteinperlen an ihren Gebetsschnüren zählen, wo die turbanbedeckten Kaufleute ihre langen, mit Quasten verzierten Pfeifen rauchen und ernste Gespräche führen; er las vom Obelisken auf der Place de la Concorde, der in seinem einsamen, sonnenlosen Exil granitene Tränen weint und sich zurücksehnt nach dem heißen, mit Lotus bedeckten Nil, wo es Sphinxe gibt und rosenrote Ibisse und weiße Geier mit goldenen Krallen und Krokodile mit kleinen Beryllaugen, die durch den grünen, dampfenden Schlamm kriechen; er begann über jene Verse nachzusinnen, die dem von Küssen befleckten Marmor Musik entlocken und von der sonderbaren Statue berichten, die Gautier mit einer tiefen Altstimme vergleicht, von dem *»monstre charmant«*, das im Porphyrsaal des Louvre kauert. Doch nach einer Weile fiel ihm das Buch aus der Hand. Er wurde nervös; plötzlich überkam ihn eine schreckliche Angst. Was, wenn Alan Campbell sich gar nicht in England aufhielt? Es konnten Tage vergehen, bis er zurückkehrte. Vielleicht würde er sich auch weigern, zu kommen. Was sollte er dann tun? Jeder Augenblick war lebenswichtig. Fünf Jahre zuvor waren sie einmal eng befreundet, ja geradezu unzertrennlich gewesen. Dann hatte ihr vertrautes Verhältnis ein jähes Ende gefunden. Trafen sie sich heutzutage in der Gesellschaft, so lächelte nur Dorian Gray; Alan Campbell nie.

Er war ein überaus gescheiter junger Mann, auch wenn er die bildenden Künste nicht wirklich zu würdigen wußte und das bißchen Gefühl für die Schönheit der Poesie, das er besaß, ausschließlich Dorian verdankte. Seine intellektuellen Neigungen galten hauptsächlich der Wissenschaft. In Cambridge hatte er einen Großteil seiner Zeit mit Arbeiten im Laboratorium verbracht und beim naturwissenschaftlichen Examen seines Jahrgangs gut abgeschnitten. Tatsächlich widmete er sich noch immer dem Studium der Chemie und hatte ein eigenes Laboratorium, in dem er sich den ganzen Tag einzuschließen pflegte – sehr zum Leidwesen seiner Mutter, deren Herzenswunsch es war, daß er fürs Parlament kandidierte, und die die vage Vorstellung hatte, ein Chemiker sei ein Mensch, der sich mit Rezepturen befasse. Andererseits war er auch ein ausgezeichneter Musiker und spielte besser Klavier und Geige als die meisten Amateure. Eigentlich war es die Musik gewesen, die ihn und Dorian zusammengeführt hatte – die Musik und jene unergründliche Anziehungskraft, die Dorian anscheinend auszuüben vermochte, wann immer er wollte, oft freilich auch ausübte, ohne sich dessen bewußt zu sein. Sie hatten sich bei Lady Berkshire an jenem Abend kennengelernt, als Rubinstein dort spielte; danach sah man sie immer zusammen in der Oper und überall dort, wo gute Musik geboten wurde. Achtzehn Monate lang blieb ihre enge Freundschaft bestehen. Campbell hielt sich ständig in Selby Royal oder am Grosvenor Square auf. Für ihn, wie für viele andere, war Dorian Gray die Verkörperung all dessen, was das Leben herrlich und faszinierend macht. Ob es zwischen ihnen zu einem Streit gekommen war oder nicht – niemand wußte es. Doch plötzlich fiel auf, daß die beiden kaum noch miteinander sprachen, wenn sie sich begegneten, und daß Campbell jede Gesellschaft, bei der auch Dorian Gray zugegen war, immer schon früh verließ. Zudem hatte er sich verändert – manchmal war er sonderbar schwermütig, schien keine Lust mehr zu haben, Musik zu hören, und wollte auch selbst nicht mehr spielen; forderte man ihn dazu auf, so führte er als Entschuldigung an, die Wissenschaft nehme ihn so sehr in Anspruch, daß ihm keinerlei Zeit zum Üben bleibe. Und das entsprach fraglos der Wahrheit. Jeden Tag schien ihn die Biologie mehr zu fesseln; ein paarmal tauchte sein Name im Zusammenhang mit einigen ungewöhnlichen Experimenten in wissenschaftlichen Zeitschriften auf.

Das also war der Mann, auf den Dorian Gray wartete. Immer wieder warf er einen Blick auf die Uhr. Als die Minuten verstrichen, geriet er in eine furchtbare Erregung. Schließlich erhob er sich und begann im Zimmer auf und ab zu gehen – wie ein schönes, in einen Käfig gesperrtes Tier. Er machte große, gedämpfte Schritte. Seine Hände waren sonderbar kalt.

Die Spannung wurde unerträglich. Die Zeit schien ihm mit bleiernen Füßen dahinzuschleichen, während ungeheure Stürme ihn dem zerklüfteten Rand eines schwarzen Schlunds oder Abgrunds entgegentrieben. Er wußte, was dort auf ihn wartete, ja, er sah es deutlich vor sich; schaudernd preßte er die feuchten Hände gegen die brennenden Lider, als wollte er seinem Gehirn die Sicht rauben und die Augäpfel in ihre Höhlen zurückdrängen. Es war zwecklos. Das Gehirn hatte seine eigene Nahrung, von der es zehrte, und die Phantasie, ins Groteske verzerrt vor Entsetzen, krümmte und wand sich vor Schmerz wie ein lebendiges Wesen, tanzte wie eine scheußliche Marionette auf einem Podest und grinste hinter wechselnden Masken hervor. Dann stand die Zeit urplötzlich still. Ja, dieses blinde, langsam atmende Wesen kroch nicht mehr weiter, und nun die Zeit tot war, drängten sich schaurige Gedanken flink in den Vordergrund, zerrten die grausige Zukunft aus ihrem Grab und zeigten sie ihm. Er starrte sie an. Ihr entsetzlicher Anblick ließ ihn zu Stein werden.

Schließlich öffnete sich die Tür, und sein Diener trat ein. Dorian warf ihm einen glasigen Blick zu.

»Mr. Campbell, Sir«, sagte der Mann.

Ein erleichterter Seufzer brach von seinen ausgetrockneten Lippen; die Farbe kehrte in seine Wangen zurück.

»Bitten Sie ihn unverzüglich herein, Francis.« Er spürte, daß er wieder er selber war. Der Anfall von Feigheit war vorüber.

Der Diener verbeugte sich und zog sich zurück. Kurz darauf trat Alan Campbell ins Zimmer. Er wirkte sehr ernst und ein wenig blaß; die Blässe wurde durch sein kohlschwarzes Haar und die dunklen Brauen noch betont.

»Alan! Das ist wirklich lieb von dir. Danke, daß du gekommen bist.«

»Ich hatte mir eigentlich vorgenommen, Ihr Haus nie mehr zu betreten, Gray. Aber Sie schreiben, es gehe um Leben und Tod.« Seine Stimme klang streng und kalt. Er sprach langsam und bedächtig. In dem festen, forschenden Blick, den er auf Dorian richtete, lag ein verächtlicher Ausdruck. Er ließ die Hände in den Taschen seines Astrachanmantels und schien die Geste, mit der er begrüßt worden war, gar nicht bemerkt zu haben.

»Ja, es geht um Leben und Tod, Alan, und das für mehr als einen Menschen. Nimm Platz.«

Campbell ließ sich auf einem Stuhl neben dem Tisch nieder; Dorian setzte sich ihm gegenüber. Die Blicke der beiden Männer trafen sich. In Dorians Blick lag unendliches Mitleid. Er wußte, wie furchtbar das war, was er vorhatte.

Nach einem Augenblick gespannten Schweigens beugte er sich vor und sagte sehr ruhig, wobei er die Wirkung seiner Worte im Gesicht des Mannes, nach dem er geschickt hatte, genau beobachtete: »Alan, in einem verschlossenen Raum ganz oben im Haus, einem Raum, zu dem außer mir niemand Zutritt hat, sitzt ein Toter an einem Tisch. Er ist jetzt seit zehn Stunden tot. Bleib ganz ruhig und sieh mich nicht so an. Wer der Mann ist, warum er starb, wie er starb, das alles soll dich nichts angehn. Du sollst bloß ...«

»Halt, Gray. Ich will nichts weiter wissen. Ob das, was Sie mir grade erzählt haben, wahr ist oder nicht, kümmert mich nicht. Ich habe nicht die geringste Lust, mich in Ihr Leben hineinziehen zu lassen. Behalten Sie Ihre scheußlichen Geheimnisse für sich. Sie interessieren mich nicht mehr.«

»Alan, sie müssen dich aber interessieren. Dieses eine Geheimnis muß dich einfach interessieren. Tut mir schrecklich leid, Alan. Aber ich bin völlig hilflos. Du bist der einzige, der mich retten kann. Ich bin gezwungen, dich mit hineinzuziehen. Ich habe gar keine andere Wahl. Alan, du bist Wissenschaftler. Du kennst dich in Chemie und Dingen dieser Art aus. Du hast Experimente durchgeführt. Du sollst nichts anderes tun, als den Toten da oben zu beseitigen – so zu beseitigen, daß keine Spur von ihm übrigbleibt. Niemand hat diesen Mann ins Haus kommen sehen. Ja, jeder glaubt, er hält sich zur Zeit in Paris auf. Man wird ihn monatelang nicht vermissen. Sobald man ihn aber doch vermißt, darf hier keine Spur mehr von ihm zu finden sein. Du, Alan, mußt ihn und alles, was zu ihm gehört, in eine Handvoll Staub verwandeln, die ich dann in alle Winde verstreuen kann.«

»Du bist verrückt, Dorian.«

»Ah! Ich warte schon die ganze Zeit darauf, daß du wieder Dorian zu mir sagst.«

»Du bist verrückt, sage ich – verrückt, daß du dir einbildest, ich rühre auch nur einen Finger, um dir zu helfen, verrückt, daß du mir dieses ungeheuerliche Geständnis machst. Ich will nichts mit dieser Sache zu tun haben, egal, worum es sich dabei handelt. Glaubst du etwa, ich setze deinetwegen meinen guten Ruf aufs Spiel? Was geht es mich an, was für eine Teufelei du im Sinn hast?«

»Es war Selbstmord, Alan.«

»Da bin ich aber froh. Und wer hat ihn dazu getrieben? Wahrscheinlich du.«

»Du weigerst dich also?«

»Natürlich weigere ich mich. Ich will absolut nichts damit zu tun haben. Mir ist gleichgültig, welche Schande du auf dich lädst. Du hast sie voll und ganz verdient. Es täte mir nicht leid, dich entehrt, öffentlich entehrt zu sehen. Wie kommst du überhaupt dazu, mich, ausgerechnet mich, in diese Schauergeschichte mit hineinziehen zu wollen? Ich hätte nicht gedacht, daß du dich mit dem menschlichen Charakter so wenig auskennst. Dein Freund Lord Henry Wotton, was immer er dir beigebracht hat, viel über Psychologie war wohl nicht dabei. Nichts wird mich dazu bewegen, auch nur einen Schritt zu tun, um dir zu helfen. Du hast dir den Falschen ausgesucht. Geh zu einem deiner Freunde. Aber laß mich aus dem Spiel.«

»Alan, es war Mord. Ich habe ihn umgebracht. Du hast ja keine Ahnung, was ich seinetwegen durchgemacht habe. Wie mein Leben auch sein mag, er hat mehr dazu beigetragen als der arme Harry – im Guten wie im Bösen. Er hat es vielleicht nicht gewollt, aber es lief aufs gleiche hinaus.«

»Mord! Mein Gott, Dorian, so weit ist es mit dir gekommen? Ich werde dich nicht anzeigen. Das ist nicht meine Aufgabe. Außerdem wirst du sowieso verhaftet, auch ohne mich. Niemand verübt ein Verbrechen, ohne dabei irgendeine Dummheit zu machen. Aber ich will damit nichts zu tun haben.«

»Du wirst damit zu tun haben müssen. Halt, warte einen Augenblick, hör mir zu. Hör mir einfach zu, Alan. Ich bitte dich doch nur darum, daß du ein bestimmtes wissenschaftliches Experiment durchführst. Du gehst in Krankenhäuser und Leichenhallen, und die schaudererregenden Dinge, die du dort tust, berühren dich nicht. Läge dieser Mann in irgendeinem scheußlichen Sezierraum oder stinkenden Labor auf einem Bleitisch mit roten Rillen zum Auffangen des Bluts, dann würdest du ihn schlicht als vortreffliches Forschungsobjekt betrachten. Nicht einmal ein Härchen würde sich dir sträuben. Dir würde gar nicht einfallen, etwas Unrechtes zu tun. Im Gegenteil. Wahrscheinlich wärst du überzeugt, der Menschheit einen Dienst zu erweisen, zur Vergrößerung des Allgemeinwissens beizutragen, deine intellektuelle Neugier zu befriedigen und so weiter. Ich verlange von dir nur etwas, was du schon mehrmals getan hast. Eine Leiche zu beseitigen, ist doch bestimmt viel weniger furchtbar als die Arbeit, die du gewohnt bist. Und bedenke, sie ist der einzige Beweis gegen mich. Wird sie entdeckt, dann bin ich verloren; und wenn du mir nicht hilfst, wird man sie mit Sicherheit entdekken.«

»Ich habe nicht die geringste Lust, dir zu helfen. Vergiß das nicht. Die ganze Geschichte ist mir vollkommen egal. Ich habe nichts damit zu schaffen.«

»Alan, ich flehe dich an. Überleg doch mal, in welcher Lage ich mich befinde. Kurz bevor du gekommen bist, wäre ich vor Angst beinah ohnmächtig geworden. Eines Tages lernst du die Angst vielleicht selber kennen. Nein! Überleg nicht. Betrachte die Sache vom rein wissenschaftlichen Standpunkt aus. Du fragst normalerweise nicht, woher die Leichen stammen, an denen du deine Experimente durchführst. Frag auch jetzt nicht danach. Ich habe dir sowieso schon zuviel erzählt. Trotzdem, ich bitte dich inständig, es zu tun. Wir waren doch mal Freunde, Alan.«

»Komm mir nicht mit den alten Zeiten, Dorian: Sie sind tot.«

»Totes bleibt manchmal noch ein bißchen. Auch der Tote da oben geht so schnell nicht fort. Er sitzt mit gebeugtem Kopf und ausgestreckten Armen am Tisch. Alan! Alan! Wenn du mir nicht hilfst, bin ich erledigt. Man wird mich hängen, Alan! Begreifst du denn nicht? Man wird mich für meine Tat hängen!«

»Es hat keinen Sinn, hier noch länger herumzureden. Ich weigere mich entschieden, irgend etwas in der Sache zu tun. Du bist verrückt, mich darum zu bitten.«

»Du weigerst dich?«

»Ja.«

»Ich flehe dich an, Alan.«

»Es hat keinen Zweck.«

Erneut trat der mitleidige Blick in Dorian Grays Augen. Er streckte die Hand aus, nahm ein Blatt Papier und schrieb etwas darauf. Er las das Geschriebene zweimal durch, faltete das Blatt sorgfältig zusammen und schob es über den Tisch. Dann stand er auf und ging hinüber zum Fenster.

Campbell sah ihn verblüfft an, nahm das Blatt zur Hand, entfaltete es und begann zu lesen. Sein Gesicht wurde gespenstisch bleich; er sank auf den Stuhl zurück. Eine schreckliche Übelkeit überkam ihn. Ihm war, als pochte sich sein Herz in einer leeren Höhle zu Tode.

Nach zwei oder drei Minuten furchtbaren Schweigens wandte sich Dorian um, trat auf ihn zu, stellte sich hinter ihn und legte ihm die Hand auf die Schulter.

»Tut mir sehr leid für dich, Alan«, murmelte er, »aber du läßt mir keine andere Wahl. Ich habe bereits einen Brief geschrieben. Hier ist er. Du siehst die Anschrift. Wenn du mir nicht hilfst, muß ich ihn abschicken. Wenn du mir nicht hilfst, dann *werde* ich ihn abschicken. Du weißt, welche Folgen das hat. Aber du wirst mir helfen. Jetzt kannst du dich nicht mehr weigern. Ich wollte dich schonen. Das wirst du gerechterweise zugeben müssen. Du warst unnachgiebig, grob und beleidigend. Du hast mich behandelt, wie noch kein Mensch mich zu behandeln gewagt hat – kein noch lebender Mensch jedenfalls. Ich habe alles hingenommen. Jetzt bin *ich* es, der die Bedingungen stellt.«

Campbell vergrub das Gesicht in den Händen; ein Schauer durchrieselte ihn.

»Ja, jetzt bin *ich* an der Reihe, Bedingungen zu diktieren, Alan. Du kennst sie. Die Sache ist ganz einfach. Nun reg dich doch nicht gleich so auf. Die Sache muß erledigt werden. Stell dich ihr und erledige sie.«

Ein Stöhnen brach von Campbells Lippen; er zitterte am ganzen Leib. Die tickende Uhr auf dem Kaminsims schien ihm die Zeit in einzelne Atome der Qual zu zerlegen, von denen jedes so grausig war, daß er es schier nicht ertrug. Ihm war, als zöge sich ihm ganz langsam ein eiserner Ring um die Stirn, als wäre die Schande, die ihm drohte, bereits über ihn gekommen. Die Hand auf seiner Schulter wog schwer wie eine Hand aus Blei. Sie war nicht auszuhalten. Sie schien ihn zu zermalmen.

»Also, Alan, du mußt dich jetzt entscheiden.«

»Ich kann's nicht«, sagte Campbell mechanisch, als könnten Worte etwas daran ändern.

»Du mußt. Du hast keine andere Wahl. Was zögerst du noch?«

Campbell hielt einen Augenblick inne. »Gibt es in dem Zimmer da oben Feuer?«

»Ja, einen Gasofen mit Asbest.«

»Dann fahr ich jetzt mal nach Hause und hol ein paar Sachen aus dem Labor.«

»Nein, Alan, du gehst mir hier nicht weg. Schreib auf, was du brauchst; mein Diener nimmt einen Wagen und bringt dir die Sachen her.«

Campbell kritzelte ein paar Zeilen auf einen Zettel, löschte sie ab und adressierte einen Umschlag an seinen Gehilfen. Dorian nahm den Zettel zur Hand und las ihn aufmerksam durch. Dann läutete er und überreichte ihn seinem Diener mit der Aufforderung, so rasch wie möglich wiederzukommen und die Sachen mitzubringen.

Als die Haustür ins Schloß fiel, zuckte Campbell nervös zusammen; er stand auf und ging zum Kaminsims hinüber. Er zitterte, als hätte er Schüttelfrost. Fast zwanzig Minuten lang sprachen die beiden Männer kein Wort. Eine Fliege surrte geräuschvoll im Zimmer umher; das Ticken der Uhr klang wie Hammerschläge.

Als die Turmuhr eins schlug, drehte sich Campbell um, blickte Dorian Gray an und sah, daß in seinen Augen Tränen standen. Irgend etwas in der Makellosigkeit und Schönheit dieses Gesichts versetzte ihn anscheinend in Wut. »Du bist widerwärtig, absolut widerwärtig!« stieß er leise hervor.

»Still, Alan: Du hast mir immerhin das Leben gerettet«, sagte Dorian.

»Dein Leben? Großer Gott! Was ist das denn für ein Leben! Du hast dir ein Laster nach dem anderen geleistet, und jetzt bist du auch noch zum Verbrecher geworden. Wenn ich das nun tue, das tue, wozu du mich zwingst, dann denke ich dabei nicht an dein Leben.«

»Ach, Alan«, murmelte Dorian seufzend, »hättest du doch nur ein Tausendstel des Mitleids für mich, das ich für dich empfinde.« Mit diesen Worten wandte er sich ab und blickte in den Garten hinaus. Campbell gab keine Antwort.

Etwa zehn Minuten später klopfte es; der Diener erschien mit einem großen Mahagonikasten voller Chemikalien, einer langen Rolle Stahl- und Platindraht und zwei recht merkwürdig geformten Eisenzwingen.

»Soll ich die Sachen hierlassen, Sir?« fragte er Campbell.

»Ja«, sagte Dorian. »Und ich fürchte, Francis, ich habe noch einen weiteren Auftrag für Sie. Wie heißt doch gleich der Mann in Richmond, der Selby die Orchideen liefert?«

»Harden, Sir.«

»Ah ja – Harden. Dann fahren Sie bitte unverzüglich nach Richmond; sprechen Sie mit Harden persönlich und richten ihm aus, er möchte doppelt so viele Orchideen schicken, wie ich bestellt habe, und zwar möglichst wenig weiße. Eigentlich will ich überhaupt keine weißen. Der Tag ist schön, Francis, und Richmond ist ein sehr hübscher Ort – es wird Ihnen also nicht allzu verdrießlich werden.«

»Keine Ursache, Sir. Wann soll ich wieder zurück sein?«

Dorian warf Campbell einen Blick zu. »Wie lange brauchst du für dein Experiment, Alan?« fragte er mit ruhiger, gleichmütiger Stimme. Die Anwesenheit eines Dritten machte ihn offenbar besonders mutig.

Campbell runzelte die Stirn und biß sich auf die Lippen. »Ungefähr fünf Stunden«, erwiderte er.

»Dann genügt es, wenn Sie um halb acht zurück sind, Francis. Oder warten Sie: Legen Sie mir doch noch meine Sachen zum Umziehen raus. Sie können den Abend freinehmen. Ich werde nicht zu Hause dinieren und Sie folglich nicht brauchen.«

»Danke, Sir«, sagte der Diener und ging hinaus.

»So, Alan, jetzt dürfen wir keine Zeit mehr verlieren. Der Kasten ist aber schwer! Ich trag ihn für dich. Du nimmst die anderen Sachen.« Dorian sprach rasch und gebieterisch. Campbell fühlte sich geradezu beherrscht von ihm. Die beiden verließen zusammen die Bibliothek.

Am obersten Treppenabsatz angelangt, holte Dorian den Schlüssel hervor und schloß die Tür auf. Dann zögerte er; ein verwirrter Ausdruck trat in seine Augen. Ihn schauderte. »Ich glaube, ich kann da nicht rein, Alan«, murmelte er.

»Ist mir egal. Ich brauche dich dazu nicht«, sagte Campbell kühl.

Dorian machte die Tür ein Stück auf. Dabei fiel sein Blick auf das Gesicht seines Porträts; es grinste ihn höhnisch im Sonnenlicht an. Auf dem Boden davor lag der abgerissene Vorhang. Er erinnerte sich, daß er in der voraufgegangenen Nacht zum erstenmal in seinem Leben vergessen hatte, die verhängnisvolle Leinwand zu verhüllen, und wollte schon ins Zimmer stürzen, da fuhr er schaudernd zurück.

Was war das für ein ekelhafter roter Tau, der feucht und hell auf der einen Hand schimmerte, gerade so, als hätte die Leinwand Blut geschwitzt? Wie grauenhaft! – Grauenhafter noch, so schien es ihm einen Augenblick, als das stumme Wesen, das, wie er wußte, hingestreckt auf dem Tisch lag, das Wesen, dessen bizarr verzerrter Schatten auf dem fleckigen Teppich ihm zeigte, daß es sich nicht von der Stelle gerührt hatte, sondern noch immer so dasaß, wie er es verlassen hatte.

Er holte tief Luft, machte die Tür noch ein wenig weiter auf und trat mit halbgeschlossenen Augen und abgewandtem Gesicht rasch ein, fest entschlossen, nicht einen einzigen Blick auf den Toten zu werfen. Dann bückte er sich, hob die purpur-goldene Decke auf und hängte sie hastig über das Bild.

Aus Angst, sich umdrehen zu müssen, blieb er stehen, die Augen starr auf das verschlungene Stoffmuster vor ihm gerichtet. Er hörte, wie Campbell den schweren Kasten, die Eisenzwingen und übrigen Dinge hereintrug, die er für sein schauriges Werk benötigte. Er fragte sich, ob sich Campbell und Basil Hallward schon einmal begegnet waren, und wenn ja, was sie voneinander gehalten hatten.

»Laß mich jetzt allein«, sagte eine strenge Stimme hinter ihm.

Er wandte sich um, eilte hinaus und bekam dabei gerade noch mit, wie Campbell den Toten auf den Stuhl zurückschob und dann in ein schimmerndes gelbes Gesicht starrte. Als er die Treppe hinabging, hörte er, wie der Schlüssel im Schloß gedreht wurde.

Lange nach sieben kehrte Campbell wieder in die Bibliothek zurück. Er war blaß, aber vollkommen ruhig. »Ich habe getan, was du von mir verlangt hast«, murmelte er. »Und nun leb wohl. Wir wollen uns nie wiedersehen.«

»Du hast mich vor dem Untergang gerettet, Alan. Das werde ich dir nie vergessen«, sagte Dorian nur.

Kaum war Campbell aus dem Haus, ging er nach oben. Im Zimmer roch es grauenvoll nach Salpetersäure. Aber das Wesen, das am Tisch gesessen hatte, war nicht mehr da.

15

AM gleichen Abend, um halb neun, wurde Dorian Gray, überaus elegant gekleidet und mit einem Sträußchen Parmaveilchen im Knopfloch, von dienernden Lakaien in Lady Narboroughs Salon geleitet. Die Stirn pochte ihm vor geradezu rasender Überreiztheit; er war zutiefst aufgewühlt, doch als er sich über die Hand seiner Gastgeberin beugte, war sein Auftreten so unbefangen und anmutig wie immer. Vielleicht stellt sich die wahre innere Ruhe erst ein, wenn man eine Rolle zu spielen hat. Jedenfalls hätte wohl niemand, der Dorian Gray an diesem Abend sah, sich träumen lassen, daß er eine Tragödie hinter sich hatte, die so entsetzlich war wie nur irgendeine Tragödie unserer Zeit. Diese feingliedrigen Hände konnten niemals ein Messer zu einer Greueltat umklammert, diese lächelnden Lippen sich niemals wider Gott und das Gute empört haben. Sogar er selbst konnte nicht umhin, sich über seine Gelassenheit zu wundern, und einen Augenblick lang bereitete ihm das Gefühl, ein Doppelleben zu führen, eine schaurige Wonne.

Es war eine kleine Gesellschaft, ein wenig überhastet zusammengestellt von Lady Narborough, einer sehr geistreichen Frau, der – wie Lord Henry es immer nannte – die Überreste einer wahrhaft denkwürdigen Häßlichkeit anhafteten. Sie hatte sich einem unserer langweiligsten Gesandten als exzellente Gattin erwiesen, und nachdem sie ihren Gemahl in einem von ihr selbst entworfenen Marmormausoleum bestattet und ihre Töchter an wohlhabende, schon etwas ältere Männer verheiratet hatte, ergab sie sich nun den Freuden französischer Literatur, französischer Küche und des französischen *Esprit*, wann immer sich dazu Gelegenheit fand.

Dorian war einer ihrer besonderen Lieblinge; wiederholt hatte sie ihm versichert, sie sei heilfroh, daß sie ihn nicht schon in ihrer Jugendzeit kennengelernt habe. »Ich bin sicher, mein Lieber, ich hätte mich rasend in Sie verliebt«, sagte sie oft, »und für Sie hätte ich bedenkenlos meine Haube über die Mühlen geworfen, wie es bei den Franzosen so schön heißt. Wie gut, daß Sie damals noch gar nicht in Sicht waren. Zudem waren die Hauben seinerzeit so unkleidsam und die Mühlen so sehr damit beschäftigt, den Wind aufzufangen, daß es für mich nicht einmal zu einer kleinen Liebelei reichte. Aber genaugenommen war daran nur Narborough schuld. Er war nämlich furchtbar kurzsichtig, und einen Mann zu betrügen, der überhaupt nichts sieht, macht keinen richtigen Spaß.«

Ihre Gäste seien heute abend recht langweilig. Die Sache sei die, erklärte sie Dorian hinter ihrem sehr schäbigen Fächer, daß eine ihrer verheirateten Töchter ganz überraschend zu Besuch gekommen sei, und, schlimmer noch, doch tatsächlich ihren Mann mitgebracht habe. »Ich finde das höchst unhöflich von ihr, mein Lieber«, flüsterte sie. »Natürlich besuche ich sie jeden Sommer, wenn ich von Bad Homburg zurückkomme, aber eine alte Frau wie ich braucht schließlich ab und zu frische Luft, und außerdem störe ich sie dort nur beim Schlafen. Wenn Sie wüßten, was für eine Existenz die beiden da unten führen. Das reinste, unverfälschteste Landleben. Sie stehen früh auf, weil sie so viel zu tun, und gehen früh zu Bett, weil sie so wenig zum Nachdenken haben. Seit der Zeit Königin Elisabeths hat es in der Gegend keinen Skandal mehr gegeben, und folglich schlafen nach dem Abendessen alle gleich ein. Die beiden sind nicht die richtigen Sitznachbarn für Sie. Sie sitzen neben mir und unterhalten mich ein bißchen.«

Dorian murmelte ein artiges Kompliment und blickte sich im Raum um. Ja; es handelte sich zweifellos um eine langweilige Gesellschaft. Zwei der Anwesenden hatte er noch nie gesehen; die anderen waren Ernest Harrowden, einer der in den Londoner Klubs so häufig anzutreffenden Durchschnittsmänner mittleren Alters, die zwar keine Feinde haben, bei ihren Freunden jedoch alles andere als beliebt sind; Lady Ruxton, eine aufgedonnerte, hakennasige Frau von siebenundvierzig Jahren, die es immerzu darauf anlegte, sich zu kompromittieren, aber so ungewöhnlich reizlos war, daß zu ihrer großen Enttäuschung niemand ihr etwas Schlechtes zutraute; Mrs. Erlynne, ein aufdringliches Nichts mit einem entzückenden Lispeln und venezianischrotem Haar; Lady Alice Chapman, die Tochter der Gastgeberin, ein nachlässig gekleidetes, farbloses Mädchen mit einem jener typisch britischen Gesichter, an die man sich hinterher nicht mehr erinnert, und ihr Gemahl, ein rotwangiger, weißbärtiger Mensch, der, wie so viele seines Standes, der Ansicht war, hemmungslose Fröhlichkeit könne völlige Einfallslosigkeit wettmachen.

Es tat ihm schon leid, daß er gekommen war, da rief Lady Narborough nach einem Blick auf die große, golden bronzierte Uhr, die in protziger Rundung auf dem malvenfarbig drapierten Kaminsims prangte, plötzlich aus: »Wie abscheulich von Henry Wotton, sich derartig zu verspäten! Ich habe ihm heut morgen auf gut Glück eine Einladung zukommen lassen, und er hat mir hoch und heilig versprochen, mich nicht zu enttäuschen.«

Daß Harry kommen sollte, war immerhin ein gewisser Trost, und als die Tür aufging und er seine leise, melodische Stimme vernahm, die irgendeiner unaufrichtigen Entschuldigung ihren Zauber verlieh, war seine Langeweile wie weggeblasen.

Doch bei Tisch brachte er keinen Bissen hinunter. Ein Teller nach dem anderen ging unberührt zurück. Lady Narborough schalt ihn deswegen unentwegt aus, denn das sei »eine Beleidigung für den armen Adolphe, der das Menü eigens für Sie komponiert hat«; Lord Henry, verwundert über seine Schweigsamkeit und Zerstreutheit, warf ihm dann und wann einen Blick zu. Von Zeit zu Zeit schenkte ihm der Butler Champagner nach. Er trank gierig; sein Durst schien immer größer zu werden.

»Dorian«, sagte Lord Henry schließlich, als das *chaud-froid* herumgereicht wurde, »was ist denn heut abend mit Ihnen los? Sie sind ja gar nicht recht bei sich.«

»Wahrscheinlich ist er verliebt«, rief Lady Narborough, »und vor lauter Angst, ich könnte eifersüchtig werden, hat er mir nichts davon gesagt. Aber er hat ja recht. Ich wäre bestimmt eifersüchtig.«

»Liebe Lady Narborough«, murmelte Dorian lächelnd, »ich bin schon seit einer ganzen Woche nicht mehr verliebt – genauer gesagt, nicht mehr, seit Madame de Ferrol die Stadt verlassen hat.«

»Wie könnt ihr Männer euch bloß in diese Frau verlieben!« rief die alte Dame. »Das ist mir wahrhaftig unbegreiflich.«

»Einfach deswegen, weil sie sich noch an Sie erinnern kann, als Sie ein kleines Mädchen waren, Lady Narborough«, sagte Lord Henry. »Sie ist das einzige Bindeglied zwischen uns und Ihren kurzen Röckchen.«

»Sie erinnert sich überhaupt nicht an meine kurzen Röckchen, Lord Henry. Ich dagegen erinnere mich noch sehr gut an sie, in Wien vor dreißig Jahren, und wie *décollettée* sie damals war.«

»Sie ist noch immer *décolletée*«, erwiderte er und nahm sich mit den langen Fingern eine Olive; »und wenn sie eins ihrer hochschicken Kleider trägt, sieht sie aus wie die *édition de luxe* eines schlechten französischen Romans. Sie ist wirklich reizend und steckt voller Überraschungen. Was die Zuneigung zu ihrer Familie betrifft, verfügt sie über erstaunliche Gaben. Kaum war ihr dritter Ehemann gestorben, haben sich ihre Haare urplötzlich in Gold verwandelt.«

»Wie können Sie nur, Harry!« rief Dorian.

»Eine überaus romantische Deutung«, lachte die Gastgeberin. »Aber wieso denn ihr dritter Ehemann, Lord Henry? Heißt das, Ferrol ist schon der vierte?«

»Aber ja, Lady Narborough.«

»Ich glaube Ihnen kein Wort.«

»Nun, dann fragen Sie Mr. Gray. Er ist einer ihrer engsten Freunde.«

»Ist es wahr, Mr. Gray?

»Zumindest hat sie's mir versichert, Lady Narborough«, sagte Dorian. »Ich habe sie nämlich mal gefragt, ob sie wie Margarete von Navarra die Herzen ihrer Männer einbalsamieren läßt und dann am Gürtel trägt. Was sie verneinte, da sie angeblich gar kein Herz hatten.«

»Vier Ehemänner! Also wahrhaftig, das ist *trop de zèle.*«

»*Trop d'audace,* sage ich immer zu ihr«, erwiderte Dorian.

»Oh! Die Kühnheit dieser Dame schreckt vor nichts zurück, mein Lieber. Und was ist Ferrol für ein Mensch? Ich kenne ihn nicht.«

»Sehr schöne Frauen haben immer Verbrecher zu Ehemännern«, sagte Lord Henry und nippte am Wein.

Lady Narborough versetzte ihm einen Klaps mit dem Fächer. »Lord Henry, es wundert mich überhaupt nicht, daß die Welt Sie für einen ganz bösen Menschen hält.«

»Welche Welt denn?« fragte Lord Henry und zog die Brauen hoch. »Doch wohl nur die nächste Welt. Mit dieser Welt verstehe ich mich nämlich ausgezeichnet.«

»Alle meine Bekannten sagen, Sie sind sehr böse«, rief die alte Dame und schüttelte den Kopf.

Lord Henry machte ein paar Augenblicke lang ein ernstes Gesicht. »Wirklich unerhört«, sagte er schließlich, »wie einem heutzutage hinter dem Rücken etwas nachgesagt wird, was voll und ganz der Wahrheit entspricht.«

»Ist er nicht unverbesserlich?« rief Dorian und beugte sich auf dem Stuhl nach vorne.

»Das will ich doch hoffen«, antwortete die Gastgeberin lachend. »Aber wenn Sie alle für Madame de Ferrol eine so lächerliche Verehrung empfinden, dann muß ich wohl wieder heiraten, wenn ich nicht ganz aus der Mode sein will.«

»Sie werden bestimmt nicht noch einmal heiraten, Lady Narborough«, wandte Lord Henry ein. »Dazu waren Sie viel zu glücklich. Wenn eine Frau sich wiederverheiratet, dann nur deswegen, weil sie ihren ersten Ehemann verabscheut hat. Wenn ein Mann wieder heiratet, dann deswegen, weil er seine erste Ehefrau angebetet hat. Frauen versuchen ihr Glück; Männer setzen das ihre aufs Spiel.«

»Narborough war nicht vollkommen«, rief die alte Dame.

»Wäre er's gewesen, hätten Sie ihn nicht geliebt, meine Verehrteste«, kam die Antwort. »Frauen lieben uns, weil wir Fehler haben. Haben wir genug Fehler, dann verzeihen sie uns alles, sogar unsern Verstand. Ich fürchte, nach dieser Bemerkung werden Sie mich nie wieder zum Dinner einladen, Lady Narborough, aber es ist wirklich wahr.«

»Natürlich ist es wahr, Lord Henry. Wenn wir Frauen euch nicht um eurer Fehler willen liebten, was wäre dann mit euch? Keiner von euch würde jemals heiraten. Ihr wärt eine Horde von unglücklichen Junggesellen. Allerdings würde das auch nicht viel ändern. Heutzutage leben alle Ehemänner wie Junggesellen und alle Junggesellen wie Ehemänner.«

»Fin de siècle«, murmelte Lord Henry.

»Fin du globe«, antwortete die Gastgeberin.

»Ich wollte, es wäre *fin du globe«*, sagte Dorian seufzend. »Das Leben ist eine große Enttäuschung.«

»Ach, mein Lieber«, rief Lady Narborough und zog ihre Handschuhe an, »Sie wollen mir doch nicht erzählen, daß Sie das Leben schon ganz ausgeschöpft haben. Wenn ein Mann so etwas sagt, dann weiß man, daß das Leben *ihn* ausgeschöpft hat. Lord Henry ist sehr böse, und manchmal wünsche ich mir, ich wäre auch böse gewesen; Sie aber sind dazu geschaffen, gut zu sein – zumindest sehen Sie sehr gut aus. Ich muß unbedingt eine nette Frau für Sie finden. Lord Henry, meinen Sie nicht auch, daß Mr. Gray heiraten sollte?«

»Genau das sage ich ihm auch immer, Lady Narborough«, sagte Lord Henry mit einer Verbeugung.

»Na, dann sehen wir uns einfach mal um, ob wir was Passendes für ihn auftreiben können. Ich werde noch heut nacht sorgfältig den Debrett durchgehn und eine Liste aller in Frage kommenden jungen Damen aufstellen.«

»Mit Altersangabe, Lady Narborough?« erkundigte sich Dorian.

»Selbstverständlich mit Altersangabe; ein bißchen korrigiert vielleicht. Aber wir wollen nichts überstürzen. Es soll schließlich genau das werden, was die ›Morning Post‹ immer eine ›standesgemäße Partie‹ nennt, und ich möchte, daß Sie beide glücklich sind.«

»Welchen Unsinn die Leute doch über glückliche Ehen verbreiten!« rief Lord Henry. »Ein Mann kann mit jeder Frau glücklich sein, solange er sie nicht liebt.«

»Ah! Was sind Sie doch für ein Zyniker!« rief die alte Dame; sie schob ihren Stuhl zurück und nickte Lady Ruxton zu. »Sie müssen bald wieder bei mir dinieren. Sie sind wirklich ganz wunderbar anregend – viel anregender als das Mittel, das Sir Andrew mir immer verschreibt. Sie müssen mir aber sagen, wen Sie beim Dinner dabei haben wollen. Es soll eine erfreuliche Veranstaltung werden.«

»Am liebsten wären mir Männer, die eine Zukunft, und Frauen, die eine Vergangenheit haben«, erwiderte Lord Henry. »Oder meinen Sie, dann würde ein Damenkränzchen daraus?«

»Das steht zu befürchten«, sagte sie lachend; sie erhob sich. »Ich bitte tausendmal um Vergebung, meine liebe Lady Ruxton«, fügte sie hinzu. »Mir ist ganz entgangen, daß Sie Ihre Zigarette noch nicht zu Ende geraucht haben.«

»Keine Ursache, Lady Narborough. Ich rauche ohnehin viel zuviel. Künftig werde ich mich ein wenig einschränken.«

»Bitte nicht, Lady Ruxton«, sagte Lord Henry. »Mäßigung ist etwas Fatales. Genug ist so schlecht wie eine Mahlzeit. Mehr als genug ist so gut wie ein Festschmaus.«

Lady Ruxton warf ihm einen befremdeten Blick zu. »Das müssen Sie mir unbedingt näher erklären; kommen Sie doch nachmittags einmal bei mir vorbei. Hört sich ja ganz nach einer faszinierenden Theorie an«, murmelte sie und rauschte aus dem Zimmer.

»Und jetzt halten Sie sich bloß nicht zu lange mit Ihrer Politik und Ihren Skandalgeschichtchen auf«, rief Lady Narborough von der Tür her. »Sonst kriegen wir uns oben bestimmt in die Haare.«

Die Männer lachten; Mr. Chapman erhob sich feierlich vom unteren Ende der Tafel und begab sich zum Kopfende. Dorian Gray wechselte den Platz und setzte sich neben Lord Henry. Mr. Chapman begann mit lauter Stimme über die Zustände im Unterhaus zu sprechen. Er lachte schallend über seine Widersacher. Das Wort *doktrinär* – ein abscheuliches Wort für das britische Gemüt – tauchte immer wieder zwischen seinen Ausbrüchen auf. Eine alliterierende Vorsilbe diente ihm als rhetorische Verzierung. Er hißte den Union Jack auf den Zinnen des Denkens. Die angeborene Borniertheit der Rasse – gesunden englischen Menschenverstand nannte er sie jovial – wurde als das eigentliche Bollwerk der Gesellschaft beschworen.

Ein Lächeln kräuselte Lord Henrys Lippen; er drehte sich um und sah Dorian an.

»Geht's Ihnen jetzt besser, mein Lieber?« fragte er.

»Sie waren beim Dinner offenbar nicht ganz auf der Höhe.«

»Es geht mir sehr gut, Harry. Ich bin bloß müde. Das ist alles.«

»Sie waren bezaubernd gestern abend. Die kleine Duchess betet Sie gradezu an. Sie sagt mir, sie will bald nach Selby fahren.«

»Sie hat versprochen, am Zwanzigsten zu kommen.«

»Wird Monmouth ebenfalls da sein?«

»Aber ja, Harry.«

»Er langweilt mich entsetzlich, beinah genauso, wie er sie langweilt. Sie ist sehr gescheit, zu gescheit für eine Frau. Ihr fehlt der undefinierbare Zauber der Schwäche. Erst die tönernen Füße machen das Gold eines Standbildes kostbar. Sicher, sie hat sehr hübsche Füße, aber sie sind eben nicht aus Ton. Weiße Porzellanfüße, wenn Sie so wollen. Sie sind durchs Feuer gegangen, und was Feuer nicht zerstört, das härtet es. Sie hat da gewisse Erfahrungen.«

»Wie lang ist sie denn schon verheiratet?« fragte Dorian.

»Eine Ewigkeit, sagt sie. Dem Adelskalender nach sind's wohl zehn Jahre, aber zehn Jahre mit Monmouth dürften länger als eine Ewigkeit sein. Wer kommt sonst noch?«

»Oh, die Willoughbys, Lord Rugby mit Ehefrau, unsre Gastgeberin. Geoffrey Clouston – die übliche Besetzung. Ich habe Lord Grotrian eingeladen.«

»Ich mag ihn«, sagte Lord Henry. »Manche haben was gegen ihn, aber ich finde ihn bezaubernd. Daß er sich manchmal ein bißchen zu elegant kleidet, macht er dadurch wieder wett, daß er viel zu gebildet ist. Er ist ein ausgesprochen moderner Mensch.«

»Ich weiß nicht, ob er auch wirklich kommen kann, Harry. Vielleicht muß er seinen Vater nach Monte Carlo begleiten.«

»Ah! Die lieben Verwandten sind doch wahrhaftig eine Plage! Versuchen Sie ihn zu überreden. Übrigens, Dorian – Sie haben sich gestern abend ja ziemlich schnell aus dem Staub gemacht. Sie sind schon vor elf gegangen. Hatten Sie denn noch was vor? Oder sind Sie sofort nach Hause?«

Dorian warf ihm einen kurzen Blick zu und runzelte die Stirn. »Nein, Harry«, sagte er schließlich, »ich bin erst kurz vor drei nach Hause gekommen.«

»Waren Sie noch im Klub?«

»Ja«, antwortete Dorian. Dann biß er sich auf die Lippen. »Das heißt, nein. Ich war nicht im Klub. Ich bin ein bißchen spazierengegangen. Ich hab vergessen, was ich ... Wie neugierig Sie sind, Harry! Immer wollen Sie wissen, was man gemacht hat. Ich möchte immer vergessen, was ich gemacht habe. Wenn Sie's genau wissen wollen – ich bin um halb drei nach Hause gekommen. Ich hatte meinen Schlüssel zu Hause liegenlassen; mein Diener mußte mir öffnen. Falls Sie in diesem Punkt eine beweiskräftige Aussage benötigen, können Sie ihn ja fragen.«

Lord Henry zuckte die Schultern. »Lieber Freund, als ob mich das interessierte! Gehn wir doch hinauf in den Salon. Keinen Sherry, danke, Mr. Chapman. Irgendwas ist mit Ihnen passiert, Dorian. Sagen Sie's mir. Sie sind ganz verändert heut abend.«

»Machen Sie sich meinetwegen keine Gedanken, Harry. Ich bin bloß etwas gereizt und schlecht gelaunt. Ich schau morgen oder übermorgen bei Ihnen vorbei. Entschuldigen Sie mich bitte bei Lady Narborough. Ich komme nicht mit nach oben. Ich geh nach Hause. Ich muß nach Hause.«

»Schon gut, Dorian. Ich hoffe doch, wir sehn uns morgen beim Tee. Die Duchess kommt auch.«

»Ich will schaun, daß es sich einrichten läßt, Harry«, sagte Dorian, schon im Hinausgehen. Auf der Fahrt nach Hause spürte er, daß die furchtbare Angst, die er erstickt zu haben glaubte, zurückgekehrt war. Bei Lord Henrys beiläufigen Fragen hatte er einen Augenblick lang die Nerven verloren, und er brauchte seine Nerven noch. Dinge, die ihm gefährlich werden konnten, mußten vernichtet werden. Ihn schauderte. Allein schon die Vorstellung, diese Dinge zu berühren, war ihm ein Greuel.

Dennoch, es mußte getan werden. Das war ihm klar, und als er die Tür seiner Bibliothek abgeschlossen hatte, öffnete er den Geheimschrank, in den er Basil Hallwards Mantel und Reisetasche geworfen hatte. Im Kamin loderte ein mächtiges Feuer. Er legte noch einen Holzscheit nach. Der Gestank der sengenden Kleidung und des brennenden Leders war grauenhaft. Es dauerte eine Dreiviertelstunde, bis er alles verbrannt hatte. Danach fühlte er sich matt und krank; er zündete sich in einer durchbrochenen Kupferpfanne ein paar algerische Räucherkerzchen an und netzte sich Hände und Stirn mit kühlem, nach Moschus duftendem Essig.

Plötzlich fuhr er auf. In seine Augen trat ein sonderbarer Glanz; er nagte nervös an der Unterlippe. Zwischen zwei Fenstern stand ein großer florentinischer Ebenholzschrank, eingelegt mit Elfenbein und blauem Lapislazuli. Er betrachtete ihn, als gingen zugleich Angst und Zauberkraft von ihm aus, als berge er etwas, wonach er sich sehnte und das er doch fast verabscheute.

Sein Atem ging immer schneller. Ein geradezu rasendes Verlangen überkam ihn. Er zündete sich eine Zigarette an und warf sie wieder fort. Seine Lider senkten sich, bis die langen Wimpern beinahe seine Wangen berührten. Dennoch ließ er den Schrank nicht aus den Augen. Schließlich erhob er sich von dem Sofa, auf dem er gelegen hatte, ging hinüber, schloß den Schrank auf und berührte eine verborgene Feder. Ein dreieckiges Schubfach glitt langsam hervor. Seine Finger bewegten sich unwillkürlich darauf zu, griffen hinein und schlossen sich um etwas. Es war eine kleine chinesische Dose mit einem schwarzen, goldbestäubten Lacküberzug, kunstvoll gearbeitet, die Seitenflächen mit Wellenlinien verziert; an den Seidenschnüren hingen runde Kristalle und Quasten aus geflochtenen Metallfäden. Er öffnete sie. Sie enthielt eine grüne, wachsartig schimmernde Masse, die einen sonderbar intensiven und nachhaltigen Duft verströmte.

Er zögerte ein paar Augenblicke; in seinem Gesicht lag ein eigenartig unbewegtes Lächeln. Er zitterte, obwohl es im Zimmer furchtbar heiß war; schließlich straffte er sich und warf einen Blick auf die Uhr. Es war zwanzig vor zwölf. Er legte die Dose wieder zurück, schloß die Schranktüren und begab sich ins Schlafzimmer.

Als die Mitternacht ihre bronzenen Schläge durch die Dunkelheit dröhnen ließ, schlich sich Dorian Gray in ganz gewöhnlicher Kleidung und mit einem dicken Schal um den Hals klammheimlich aus dem Haus. In der Bond Street entdeckte er eine Kutsche mit einem guten Pferd. Er hielt sie an und flüsterte dem Kutscher eine Adresse zu.

Der Mann schüttelte den Kopf. »Das ist zu weit für mich«, brummte er.

»Hier haben Sie einen Sovereign«, sagte Dorian. »Wenn Sie schnell fahren, kriegen Sie noch einen.«

»In Ordnung, Sir«, erwiderte der Mann, »in einer Stunde sind Sie da«; er steckte das Fahrgeld ein, wendete sein Pferd und fuhr eilig in Richtung Fluß.

16

EIN kalter Regen setzte ein, und die trüben Straßenlaternen schimmerten geisterhaft im triefenden Nebel. Die Schankstuben schlossen gerade; nur undeutlich zu erkennende Männer- und Frauengestalten standen in verstreuten Gruppen vor den Türen beisammen. Aus einigen der Schenken ertönte grauenvolles Gelächter. In anderen lärmten und grölten Betrunkene.

In der Kutsche zurückgelehnt, den Hut in die Stirn gezogen, beobachtete Dorian Gray mit teilnahmslosem Blick die schmutzige Schmach der großen Stadt; dann und wann murmelte er leise vor sich hin, was Lord Henry am Tag ihrer ersten Begegnung zu ihm gesagt hatte: »Die Sinne heilen die Seele, und die Seele heilt die Sinne.« Ja, das war das ganze Geheimnis. Er hatte es oft erprobt und würde es auch heute wieder erproben. Es gab Opiumhöhlen, wo das Vergessen zu kaufen war, Höhlen des Grauens, wo sich die Erinnerung an alte Sünden durch den Wahnsinn neuer Sünden auslöschen ließ.

Der Mond, einem gelben Schädel gleich, hing tief am Himmel. Hin und wieder streckte eine riesige, unförmige Wolke ihren langen Arm aus und versteckte ihn. Die Gaslaternen wurden spärlicher, die Straßen enger und düsterer. Einmal kam der Kutscher vom Weg ab und mußte eine halbe Meile zurückfahren. Dampf stieg von seinem Pferd auf, wenn es die Pfützen aufspritzen ließ. Die Seitenfenster der Kutsche waren mit flanellgrauen Dunstschleiern bedeckt.

»Die Sinne heilen die Seele, und die Seele heilt die Sinne!« Wie die Worte ihm in den Ohren klangen! Seine Seele war wirklich todkrank. War es wahr, daß die Sinne sie heilen konnten? Unschuldiges Blut war vergossen worden. Wie konnte das gesühnt werden? Ach! Dafür gab es keine Sühne; doch wenn auch Vergebung unmöglich war, Vergessen war immer noch möglich, und er war entschlossen, zu vergessen, das Ganze auszumerzen, es zu zermalmen, wie man die Natter zermalmt, die einen gebissen hat. Und außerdem, woher hatte sich Basil eigentlich das Recht genommen, derartig mit ihm zu sprechen? Wer hatte ihn zum Richter über andere gemacht? Was er gesagt hatte, war grauenhaft und schrecklich, es konnte nicht einfach so hingenommen werden.

Immer weiter rumpelte die Kutsche dahin, doch zugleich schien sie immer langsamer zu werden. Er stieß die Klappe auf und rief dem Kutscher zu, er solle schneller fahren. Der gräßliche Hunger nach Opium begann an ihm zu nagen. Seine Kehle brannte, und seine feingliedrigen Hände krampften sich nervös zusammen. Wie besessen hieb er mit seinem Stock auf das Pferd ein. Der Kutscher lachte und trieb das Tier mit der Peitsche an. Dorian lachte ebenfalls; der Mann verstummte.

Die Fahrt schien kein Ende zu nehmen, die Straßen wirkten wie das schwarze Netz einer krabbelnden Spinne. Die Eintönigkeit wurde unerträglich, und als der Nebel immer dichter wurde, verspürte Dorian plötzlich Angst.

Dann kamen sie an einsamen Ziegeleien vorbei. Der Nebel lichtete sich ein wenig; Dorian konnte die seltsamen, flaschenförmigen Brennöfen mit ihren orangeroten, fächerartigen Feuerzungen erkennen. Ein Hund bellte, als sie vorüberfuhren, und weitab in der Dunkelheit schrie eine verirrte Möwe. Das Pferd stolperte in einer Furche, brach seitlich aus und fiel in Galopp.

Nach einer Weile verließen sie den Lehmweg und ratterten wieder über grobgepflasterte Straßen. Die meisten Fenster waren dunkel, aber hie und da zeichneten sich hinter den von Lampen erleuchteten Vorhängen bizarre Schatten ab. Er betrachtete sie neugierig. Sie bewegten sich wie ungeheure Marionetten und gestikulierten wie Lebewesen. Sie waren ihm ein Greuel. Eine dumpfe Wut war in seinem Herzen. Als sie um eine Ecke bogen, schrie ihnen eine Frau aus einer offenen Tür etwas nach; zwei Männer liefen dem Wagen fast hundert Meter weit hinterher. Der Kutscher schlug mit der Peitsche auf sie ein.

Man sagt, die Leidenschaft lasse einen im Kreis denken. In der Tat, die zernagten Lippen Dorian Grays formten mit gräßlicher Beharrlichkeit immer wieder jene berückenden, von der Seele und den Sinnen handelnden Worte, bis er in ihnen gleichsam den vollen Ausdruck seiner Stimmung gefunden und durch geistige Billigung Leidenschaften gerechtfertigt hatte, die auch ohne eine solche Rechtfertigung sein Wesen beherrscht hätten. Dieser eine Gedanke kroch durch seine Gehirnzellen; und die wilde Lebensgier, die schlimmste aller Begierden, weckte in jeder zitternden Fiber und Faser neue Kräfte. Die Häßlichkeit, einst ihm zuwider, weil sie den Dingen Wirklichkeit verlieh, wurde ihm nun aus just diesem Grunde teuer. Die Häßlichkeit war die einzige Wirklichkeit. Das grobe Gegröle, die abscheuliche Schenke, die rohe Gewalt eines ungezügelten Lebens, die Niedertracht und Verworfenheit von Dieben und Ausgestoßenen waren in ihrer unmittelbaren Eindringlichkeit lebendiger als alle anmutigen Gestalten der Kunst, alle traumhaften Schatten der Poesie. Sie brauchte er, um vergessen zu können. In drei Tagen würde er frei sein.

An der Einmündung zu einer Gasse brachte der Kutscher den Wagen plötzlich mit einem Ruck zum Stehen. Hinter den niedrigen Dächern und gezackten Schornsteinreihen der Häuser ragten schwarze Schiffsmasten empor. Weiße Nebelschwaden hingen wie gespenstische Segel an den Rahen.

»Irgendwo hier in der Gegend, Sir, stimmt's?« fragte der Mann mit rauher Stimme durch die Klappe.

Dorian zuckte zusammen und sah in die Runde. »Ist gut«, erwiderte er; er stieg hastig aus und gab dem Kutscher das versprochene zusätzliche Fahrgeld; dann ging er raschen Schrittes in Richtung Kai. Hier und da schimmerte eine Laterne am Heck eines riesigen Handelsschiffes. Das Licht zitterte und brach sich in den Pfützen. Ein roter Lichtschein kam von einem auslaufbereiten, gerade Kohle einnehmenden Überseedampfer. Das glitschige Pflaster sah aus wie ein nasser Regenmantel.

Er eilte nach links weiter und warf gelegentlich einen Blick nach hinten, um nachzusehen, ob ihm jemand folgte. Nach etwa sieben oder acht Minuten hatte er ein kleines schäbiges Haus erreicht, das zwischen zwei verwaisten Fabrikgebäuden eingekeilt war. In einem der oberen Fenster stand eine Lampe. Er blieb stehen und gab ein bestimmtes Klopfzeichen.

Wenig später vernahm er Schritte im Flur und hörte, wie die Kette ausgehakt wurde. Leise öffnete sich die Tür; er ging hinein, ohne die vierschrötige, häßliche

Gestalt, die sich bei seinem Eintreten in den Schatten drückte, eines Wortes zu würdigen. Am Ende des Flurs hing ein zerschlissener grüner Vorhang, der in dem böigen Wind, der von der Straße mit hereingekommen war, hin und her flatterte. Dorian zog ihn zur Seite und betrat einen langen, niedrigen Raum, der aussah, als sei er einmal ein drittklassiger Ballsaal gewesen. Grell flackernde Gasleuchten, deren Widerschein dumpf und verzerrt in den von Fliegenschmutz getrübten Spiegeln gegenüber zu sehen war, hingen ringsum an den Wänden. Dahinter waren verschmierte Reflektoren aus Wellblech angebracht, die zitternde Lichtscheiben erzeugten. Der Fußboden war mit ockerfarbenem Sägemehl bedeckt, das an manchen Stellen zu Matsch zertreten war und dunkle Flecken von verschüttetem Schnaps aufwies. Ein paar Malaien hockten vor einem kleinen Holzkohleofen, spielten mit Jetons aus Bein und zeigten beim Schwatzen ihre weißen Zähne. In der Ecke lag ein Seemann, den Kopf zwischen den Armen, hingerekelt über einem Tisch, und an der geschmacklos bemalten Theke, die sich über die ganze Seite des Raumes erstreckte, standen zwei abgezehrte Frauen und machten sich über einen alten Mann lustig, der sich mit angeekelter Miene die Rockärmel abwischte. »Er meint, er hat überall rote Ameisen«, lachte die eine, als Dorian Gray vorüberging. Der Mann warf ihr einen entsetzten Blick zu und begann zu wimmern.

Am hinteren Ende des Raumes befand sich eine kleine Treppe, die zu einer abgedunkelten Kammer führte. Dorian eilte die drei wackligen Stufen hinauf; der schwere Duft von Opium schlug ihm entgegen. Er holte tief Atem; seine Nasenflügel bebten vor Wonne.

Als er eintrat, sah ein junger Mann mit glattem gelbem Haar, der sich soeben über eine Lampe beugte und eine lange dünne Pfeife anzündete, zu ihm auf und nickte ihm zögernd zu.

»Du hier, Adrian?« stieß Dorian leise hervor.

»Wo soll ich denn sonst sein?« erwiderte der junge Mann teilnahmslos. »Will ja keiner mehr mit mir sprechen.«

»Ich dachte, du hast England verlassen.«

»Darlington wird nichts unternehmen. Mein Bruder hat den Wechsel dann doch noch bezahlt. George will auch nichts mehr von mir wissen ... Na, egal«, fügte er mit einem Seufzer hinzu. »Solang man den Stoff hier hat, braucht man keine Freunde. Ich glaube, ich hab sowieso zu viele Freunde gehabt.«

Dorian zuckte zusammen; er betrachtete die grotesken Gestalten, die in bizarrer Haltung auf den zerlumpten Matratzen lagen. Die verdrehten Gliedmaßen, die aufklaffenden Münder, die vor sich hin starrenden, glanzlosen Augen faszinierten ihn. Er wußte, in welch sonderbaren Himmeln sie litten und welch trübe Höllen sie in die Geheimnisse einer neuen Lust einweihten. Ihnen erging es besser als ihm. Er war ein Gefangener seiner Gedanken. Die Erinnerung zerfraß ihm wie eine schreckliche Krankheit die Seele. Manchmal glaubte er, Basil Hallwards Augen auf sich gerichtet zu sehen. Dennoch spürte er, daß er nicht bleiben konnte. Adrian Singletons Anwesenheit störte ihn. Er wollte irgendwo sein, wo ihn niemand kannte. Er wollte vor sich selber fliehen.

»Ich gehe in die andere Schenke«, sagte er nach einer Weile.

»Auf der Werft?«

»Ja.«

»Das kecke Kätzchen ist bestimmt auch dort. Hier lassen sie sie nämlich nicht mehr rein.«

Dorian zuckte die Schultern. »Ich habe genug von Frauen, die mich lieben. Frauen, die einen hassen, sind viel interessanter. Außerdem ist der Stoff dort besser.«

»Kommt ziemlich aufs gleiche raus.«

»Mir ist er lieber. Komm, trinken wir was. Ich muß irgendwas trinken.«

»Ich möchte nichts«, murmelte der junge Mann.

»Komm trotzdem.«

Adrian Singleton stand müde auf und folgte Dorian an die Bar. Ein indischer Mischling mit einem zerschlissenen Turban und einem schäbigen Ulster begrüßte die beiden mit einem häßlichen Grinsen und stellte eine Flasche Brandy und zwei Gläser vor sie hin. Die Frauen scharwenzelten herbei und begannen zu schnattern. Dorian drehte ihnen den Rücken zu und raunte Adrian Singleton etwas zu.

Ein schiefes Lächeln zog sich wie ein malaiischer Dolch über das Gesicht der einen Frau.

»Wir sind aber sehr stolz heut nacht«, spöttelte sie.

»Sprechen Sie mich um Gottes willen nicht an«, rief Dorian und stampfte mit dem Fuß auf den Boden. »Was wollen Sie? Geld? Hier bitte. Aber sprechen Sie mich nie mehr an.«

Zwei rote Funken glommen einen Moment lang in den verquollenen Augen der Frau auf; dann verflackerten sie, und ihr Blick wurde wieder glasig und teilnahmslos. Sie warf den Kopf zurück und klaubte sich mit gierigen Fingern das Geld von der Theke. Ihre Gefährtin schaute ihr neidisch zu.

»Es hat keinen Sinn«, seufzte Adrian Singleton. »Ich möchte nicht wieder zurück. Wozu auch? Ich fühl mich hier sehr wohl.«

»Du schreibst mir aber, wenn du was brauchst, ja?« sagte Dorian Gray nach einer Weile.

»Vielleicht.«

»Alsdann, gute Nacht.«

»Gute Nacht«, erwiderte der junge Mann; er ging wieder die Stufen hinauf und wischte sich dabei mit einem Taschentuch über den ausgetrockneten Mund.

Mit einem schmerzlichen Ausdruck im Gesicht schritt Dorian zur Tür. Als er den Vorhang zur Seite zog, kam von den geschminkten Lippen der Frau, die sein Geld genommen hatte, ein gräßliches Lachen. »Da geht er hin, der Satansbraten«, gluckste sie mit heiserer Stimme.

»Zum Teufel mit Ihnen!« erwiderte er, »nennen Sie mich nicht so.«

Sie schnippte mit den Fingern. »Märchenprinz ist dir wohl lieber, was?« schrie sie ihm nach.

Bei diesen Worten sprang der schlaftrunkene Seemann auf und warf einen wirren Blick in die Runde. Das Geräusch der ins Schloß fallenden Tür drang an sein Ohr. Wie von Furien gehetzt, stürzte er nach draußen.

Dorian Gray eilte durch den Nieselregen am Kai entlang. Die Begegnung mit Adrian Singleton hatte ihn seltsam berührt, und er fragte sich, ob die Schuld an der Zerstörung dieses jungen Lebens wirklich ihm anzulasten war, wie Basil Hallward mit so beleidigender Infamie behauptet hatte. Er biß sich auf die Lippen, und ein paar Sekunden lang wurde sein Blick traurig. Andererseits, was ging ihn das eigentlich an? Das Leben war zu kurz, um sich auch noch die Fehler, die andere begangen hatten, aufzubürden. Jeder Mensch lebte sein eigenes Leben und zahlte seinen eigenen Preis dafür, daß er es lebte. Schade war nur, daß man so oft für einen einzigen Fehler bezahlen mußte. Ja, man mußte immer wieder dafür bezahlen. Das Schicksal schloß seine Bücher nie, wenn es mit einem Menschen abrechnete.

Den Psychologen zufolge gibt es Momente, in denen die Leidenschaft für die Sünde oder für das, was man als Sünde bezeichnet, einen Menschen derartig beherrscht, daß jede Körperfiber, jede Gehirnzelle von furchtbaren Trieben erfüllt zu sein scheint. In solchen Momenten verlieren Männer und Frauen ihre Willensfreiheit. Wie Automaten bewegen sie sich auf ihr schreckliches Ende zu. Sie haben keine Wahl mehr; ihr Gewissen ist entweder abgetötet oder lebt, wenn überhaupt, nur noch, um dem Aufruhr seine Faszination und dem Ungehorsam seinen Reiz zu verleihen. Denn alle Sünden sind, wie die Theologen uns zu mahnen nicht müde werden, Sünden des Ungehorsams. Als jener erhabene Geist, jener Morgenstern des Bösen, aus dem Himmel stürzte, da stürzte er als Aufrührer.

Verhärtet, den Sinn auf das Böse gerichtet, mit beflecktem Geist und einer nach Aufruhr hungernden Seele, hastete Dorian Gray weiter und beschleunigte seine Schritte noch; doch als er dann rasch in den düsteren Torweg einschwenkte, der ihm schon oft als Abkürzung zu der verrufenen Schenke gedient hatte, fühlte er sich plötzlich von hinten gepackt, und ehe er dazu kommen konnte, sich zu wehren, wurde er gegen die Mauer geschleudert, und eine Hand legte sich roh um seine Kehle.

Er kämpfte wie ein Wahnsinniger um sein Leben, und mit fürchterlicher Anstrengung gelang es ihm, sich den würgenden Fingern zu entwinden. Eine Sekunde später hörte er das Klicken eines Revolvers; dann sah er den glatten schimmernden Lauf, der genau auf seinen Kopf gerichtet war, und die dunkle Gestalt eines kleinen, untersetzten Mannes, der vor ihm stand.

»Was wollen Sie?« keuchte er.

»Ganz ruhig«, sagte der Mann. »Keine Bewegung, sonst erschieße ich Sie.«

»Sie sind verrückt. Was hab ich Ihnen getan?«

»Sie haben das Leben von Sibyl Vane zerstört«, kam die Antwort, »und Sibyl Vane war meine Schwester. Sie hat sich umgebracht. Ich weiß es. Und Sie sind schuld daran, daß sie tot ist. Ich hab geschworen, daß ich Sie dafür umbringe. Jahrelang hab ich Sie gesucht. Ohne irgendeinen Anhaltspunkt, ohne irgendeine Spur. Die zwei, die Sie hätten beschreiben können, waren schon tot. Ich hab nichts von Ihnen gewußt, bloß den Kosenamen, den sie Ihnen gegeben hat. Heut nacht hab ich ihn zufällig gehört. Machen Sie Ihren Frieden mit Gott, denn noch heut nacht werden Sie sterben.«

Dorian Gray wurde ganz übel vor Angst. »Ich habe sie doch überhaupt nicht gekannt«, stammelte er. »Ich hab noch nie von ihr gehört. Sie sind verrückt.«

»Besser, Sie gestehn Ihre Sünde, denn so sicher wie ich James Vane heiße, so sicher werden Sie sterben.« Es war ein schrecklicher Augenblick. Dorian wußte nicht, was er sagen oder tun sollte. »Auf die Knie!« knurrte der Mann. »Sie haben eine Minute, um Ihren Frieden zu machen – nicht mehr. Mein Schiff läuft heut nacht nach Indien aus, und vorher möcht ich die Sache erledigt haben. Eine Minute. Nicht länger.«

Dorians Arme sanken herab. Vor Entsetzen gelähmt, wußte er nicht, was er tun sollte. Plötzlich blitzte eine verwegene Hoffnung in ihm auf. »Halt«, rief er. »Wie lang ist Ihre Schwester schon tot? Schnell, sagen Sie's mir!«

»Achtzehn Jahre«, erwiderte der Mann. »Wieso fragen Sie? Was spielen die Jahre für eine Rolle?«

»Achtzehn Jahre«, lachte Dorian Gray; in seiner Stimme schwang Triumph. »Achtzehn Jahre! Gehen Sie doch mal mit mir unter die Laterne und schauen Sie sich mein Gesicht an!«

James Vane zögerte einen Moment; er wußte nicht, was er davon zu halten hatte. Dann packte er Dorian Gray und zerrte ihn aus dem Torweg.

So trübe und flackernd das vom Wind gestoßene Licht der Laterne auch war, es reichte doch aus, James Vane den gräßlichen Irrtum, dem er erlegen war, vor Augen zu führen, denn das Gesicht des Mannes, den er hatte töten wollen, besaß die ganze Blüte des Knabenalters, die makellose Reinheit der Jugend. Er mochte etwas über zwanzig Lenze zählen und wirkte kaum älter, wenn überhaupt, als seine Schwester gewesen war, als er sich vor so vielen Jahren von ihr verabschiedet hatte. Offensichtlich war dies nicht der Mann, der ihr Leben zerstört hatte.

James Vane lockerte seinen Griff und taumelte zurück. »Mein Gott! Mein Gott!« rief er, »und ich wollte Sie grade umbringen!«

Dorian Gray atmete tief durch. »Sie standen kurz davor, ein furchtbares Verbrechen zu begehen, guter Mann«, sagte er und warf ihm einen strengen Blick zu. »Lassen Sie sich das eine Warnung sein und nehmen Sie die Rache nicht in die eigene Hand.«

»Verzeihen Sie, Sir«, murmelte James Vane. »Ich hab mich getäuscht. Ich hab vorhin in der verfluchten

Spelunke ein Wort aufgeschnappt, und das hat mich auf die falsche Spur gebracht.«

»Gehen Sie lieber nach Hause und stecken die Waffe da weg, sonst kriegen Sie womöglich noch Schwierigkeiten«, sagte Dorian; er machte auf dem Absatz kehrt und ging langsam die Straße hinunter.

James Vane blieb voller Entsetzen auf dem Trottoir stehen. Er zitterte am ganzen Leib. Nach einer Weile schob sich ein schwarzer Schatten, der sich an der triefenden Mauer entlanggeschlichen hatte, ins Laternenlicht und trat mit verstohlenen Schritten auf ihn zu. Er spürte, wie sich ihm eine Hand auf dem Arm legte, und drehte sich ruckartig um. Es war eine der Frauen, die an der Theke getrunken hatten.

»Warum hast du ihn nicht umgebracht?« zischte sie und kam mit dem abgehärmten Gesicht dicht an das seine heran. »Ich wußte genau, daß du ihm nachgehst, wie du aus dem Daly rausgerannt bist. Du Narr! Du hättest ihn umbringen sollen. Er hat massenhaft Geld und ist schlechter, als man nur sein kann.«

»Er ist nicht der, hinter dem ich her bin«, erwiderte er, »und Geld will ich nicht. Ich will bloß das Leben eines bestimmten Mannes. Der Mann, dessen Leben ich will, muß heut an die Vierzig sein. Der da ist ja fast noch ein Junge. Gott sei Dank hab ich nicht sein Blut an meinen Händen.«

Die Frau stieß ein bitteres Lachen aus. »Fast noch ein Junge!« höhnte sie. »Menschenskind, es ist bald achtzehn Jahre her, daß der Märchenprinz mich zu dem gemacht hat, was ich jetzt bin.«

»Du lügst!« rief James Vane.

Sie erhob die Hand zum Himmel. »Bei Gott, ich sage die Wahrheit«, rief sie.

»Bei Gott?«

»Der Blitz soll mich treffen, wenn's nicht stimmt. Er ist der Schlimmste von allen, die sich hier rumtreiben. Es heißt, er hat dem Teufel seine Seele verkauft für ein hübsches Gesicht. Es ist jetzt fast achtzehn Jahre her, daß ich ihn kennengelernt hab. Er hat sich seitdem nicht groß verändert. Im Gegensatz zu mir«, fügte sie mit einem wehleidigen Grinsen hinzu.

»Und das kannst du beschwören?«

»Das kann ich beschwören«, ertönte ein heiseres Echo aus ihrem schmalen Mund. »Aber verrat mich nicht«, winselte sie; »ich hab Angst vor ihm. Gib mir ein bißchen Geld für mein Nachtquartier.«

Mit einem Fluch riß er sich von ihr los und lief zur Straßenecke, aber Dorian Gray war nicht mehr zu sehen. Als er sich umdrehte, war auch die Frau nicht mehr da.

17

EINE Woche später saß Dorian Gray im Wintergarten von Selby Royal und unterhielt sich mit der hübschen Duchess of Monmouth, die mit ihrem Gemahl, einem verlebt wirkenden Sechziger, zu seinen Gästen zählte. Es war Teestunde; das sanfte Licht der riesigen, spitzenverhängten Lampe, die auf dem Tisch stand, beleuchtete das zarte Porzellan und getriebene Silber des Teeservices, über das die Duchess waltete. Ihre weißen Hände bewegten sich zierlich zwischen den Tassen hin und her, und ihre vollen roten Lippen lächelten über etwas, was Dorian ihr zugeflüstert hatte. Lord Henry lehnte sich auf seinem mit Seide drapierten Korbstuhl zurück und beobachtete die beiden. Auf einem pfirsichfarbenen Diwan saß Lady Narborough und tat, als höre sie dem Duke zu, der gerade den brasilianischen Käfer beschrieb, den er zuletzt seiner Sammlung einverleibt hatte. Drei junge Männer in kunstvoll gearbeiteten Rauchjacken reichten einigen Damen Teegebäck. Die Gesellschaft bestand aus zwölf Personen; für den nächsten Tag wurden noch weitere Gäste erwartet.

»Worum geht's denn bei euch beiden?« sagte Lord Henry; er schlenderte hinüber zum Tisch und stellte seine Tasse ab. »Ich hoffe, Gladys, Dorian hat dir von meinem Plan erzählt, alles umzutaufen. Das ist doch eine reizende Idee.«

»Ich will aber gar nicht umgetauft werden, Harry«, erwiderte die Duchess und blickte mit ihren wunderschönen Augen zu ihm empor. »Ich bin ganz zufrieden mit meinem Namen, und Mr. Gray ist es mit seinem sicherlich auch.«

»Meine liebe Gladys, nicht um alles in der Welt würde ich einen dieser beiden Namen ändern. Sie sind beide vollkommen. Ich dachte da eigentlich vor allem an Blumen. Gestern habe ich mir eine Orchidee fürs Knopfloch geschnitten. Eine herrliche, getüpfelte Blume, eindrucksvoll wie die sieben Todsünden. In einem unüberlegten Augenblick fragte ich einen der Gärtner nach ihrem Namen. Er erklärte mir, es handle sich um ein besonders schönes Exemplar der *Robinsoniana* oder etwas ähnlich Schauderhaftes. Es ist traurig, aber wahr – wir haben die Fähigkeit verloren, den Dingen hübsche Namen zu geben. Namen sind alles. An Taten habe ich nie etwas auszusetzen. Nur an Worten. Das ist auch der Grund, weshalb ich den vulgären Realismus in der Literatur so verabscheue. Wer einen Spaten einen Spaten nennt, sollte zur Strafe mit einem solchen Gerät arbeiten müssen. Das ist das einzige, wozu er taugt.«

»Wie sollen wir denn dich nennen, Harry?« fragte die Duchess.

»Sein Name ist Prinz Paradox«, sagte Dorian.

»Darin erkenne ich ihn sofort wieder«, rief sie.

»Ich will nichts davon hören«, lachte Lord Henry und ließ sich auf einen Stuhl sinken. »Hat man ein Etikett erst mal, wird man es nie wieder los! Ich lehne den Titel ab.«

»Mitglieder eines Königshauses können nicht einfach ihren Titel ablegen«, kam es mahnend von den hübschen Lippen.

»Ich soll also meinen Thron verteidigen?«

»Ja.«

»Ich verkünde die Wahrheiten von morgen.«

»Die Irrtümer von heute sind mir lieber«, entgegnete sie.

»Du entwaffnest mich, Gladys«, rief er, auf das mutwillige Geplänkel eingehend.

»Ich nehme dir nur deinen Schild, Harry: Nicht deinen Speer.«

»Ich kämpfe nie gegen die Schönheit«, sagte er mit einem Schwenk seiner Hand.

»Genau das ist dein Fehler, Harry, glaub mir. Du stellst die Schönheit viel zu hoch.«

»Wie kannst du so etwas sagen! Ich gebe zu, ich finde es besser, schön zu sein als gut. Aber andrerseits bin ich auch der erste, der zugibt, daß es besser ist, schön zu sein als häßlich.«

»Häßlichkeit ist also eine der sieben Todsünden?« rief die Duchess. »Was wird dann aus deinem Vergleich mit der Orchidee?«

»Häßlichkeit ist eine der sieben Todtugenden, Gladys. Du als gute Tory solltest sie nicht unterschätzen. Bier, die Bibel und die sieben Todtugenden haben unser England zu dem gemacht, was es ist.«

»Du liebst dein Land also nicht?« fragte sie.

»Ich lebe darin.«

»Damit du's besser kritisieren kannst.«

»Soll ich mich lieber dem anschließen, was Europa von diesem Land sagt?« erkundigte er sich.

»Was sagt man denn von uns?«

»Daß Tartüff nach England ausgewandert ist und dort einen Laden aufgemacht hat.«

»Ist das von dir, Harry?«

»Ich schenke es dir.«

»Ich kann's nicht brauchen. Es ist viel zu wahr.«

»Nur keine Bange. Unsere Landsleute lassen sich von Beschreibungen nach der Natur ohnehin nicht beeindrucken.«

»Sie sind eben praktisch veranlagt.«

»Sie sind eher gerissen als praktisch. Wenn sie ihr Hauptbuch abschließen, rechnen sie die Borniertheit gegen den Reichtum und das Laster gegen die Heuchelei auf.«

»Trotzdem, wir haben schon Großes geleistet.«

»Großes wurde uns aufgebürdet, Gladys.«

»Wir haben die Last getragen.«

»Nur bis zur Börse.«

Sie schüttelte den Kopf. »Ich glaube an unsere Rasse«, rief sie.

»Sie verkörpert das Überleben der Streber.«

»Sie ist entwicklungsfähig.«

»Verfall reizt mich mehr.«

»Und was ist mit der Kunst?« fragte sie.

»Die ist eine Krankheit.«

»Und die Liebe?«

»Eine Sinnestäuschung.«

»Und Religion?«

»Ein beliebter Ersatz für den Glauben.«

»Du bist ein Skeptiker.«

»Aber nein! Skeptizismus ist der Anfang des Glaubens.«

»Was bist du dann?«

»Wer sich definiert, schränkt sich ein.«

»Gib mir wenigstens einen Faden in die Hand.«

»Fäden können reißen. Du würdest dich in diesem Labyrinth verlaufen.«

»Du bringst mich ganz durcheinander. Reden wir von was anderem.«

»Unser Gastgeber wäre ein reizendes Thema. Vor Jahren wurde er Märchenprinz getauft.«

»Ah! Erinnern Sie mich nicht daran«, rief Dorian Gray.

»Unser Gastgeber ist ziemlich abscheulich heut abend«, erwiderte die Duchess errötend. »Er scheint nämlich zu glauben, Monmouth habe mich aus rein wissenschaftlichem Interesse geheiratet, als das erstbeste Exemplar eines modernen Schmetterlings, das er auftreiben konnte.«

»Nun, ich hoffe doch, er spießt Sie nicht mit der Nadel auf, Duchess«, lachte Dorian.

»Oh, das tut schon meine Zofe, Mr. Gray, wenn sie sich über mich ärgert.«

»Und weswegen ärgert sie sich über Sie, Duchess?«

»Wegen ganz banaler Dinge, Mr. Gray, das versichere ich Ihnen. Gewöhnlich deshalb, weil ich um zehn vor neun komme und ihr sage, daß ich um halb neun angekleidet sein muß.«

»Wie unvernünftig von ihr! Sie sollten ihr kündigen.«

»Das bringe ich nicht fertig, Mr. Gray. Sie entwirft nämlich Hüte für mich. Erinnern Sie sich an den Hut, den ich auf Lady Hilstones Gartenfest getragen habe? Sie erinnern sich nicht, aber es ist nett von Ihnen, daß Sie wenigstens so tun. Jedenfalls, diesen Hut hat sie buchstäblich aus dem Nichts gezaubert. Jeder gute Hut kommt aus dem Nichts.«

»Wie jeder gute Ruf auch, Gladys«, warf Lord Henry ein. »Jeder Erfolg, den wir haben, schafft uns einen Feind. Um beliebt zu sein, muß man ein Durchschnittsmensch sein.«

»Nicht bei den Frauen«, sagte die Duchess kopfschüttelnd, »und Frauen regieren die Welt. Ich versichere dir, wir können Durchschnittsmenschen nicht ausstehen. Wir Frauen, hat einmal jemand gesagt, lieben mit den Ohren, just so, wie ihr Männer mit den Augen liebt – wenn ihr überhaupt jemals liebt.«

»Ich glaube, wir tun nie etwas anderes«, murmelte Dorian.

»Ah! Dann haben Sie noch nie richtig geliebt, Mr. Gray«, antwortete die Duchess mit gespieltem Kummer.

»Meine liebe Gladys!« rief Lord Henry. »Wie kannst du so etwas sagen. Romantische Gefühle leben von der Wiederholung, und Wiederholung verwandelt das Begehren in Kunst. Außerdem, jedesmal wenn man liebt, ist es so, als sei es das erste Mal. Die Verschiedenheit des Objekts ändert nichts an der Einmaligkeit der Leidenschaft. Sie wird dadurch nur verstärkt. Wir können in unserm Leben höchstens *ein* großes Erlebnis haben, und das Geheimnis des Lebens besteht darin, daß wir dieses Erlebnis so oft wie möglich wiederholen.«

»Auch wenn es schmerzlich war, Harry?« fragte die Duchess nach einer Weile.

»Grade dann«, erwiderte Lord Henry.

Die Duchess wandte sich Dorian Gray zu und bedachte ihn mit einem neugierigen Blick. »Was sagen denn Sie dazu, Mr. Gray?« wollte sie wissen.

Dorian zögerte einen Moment. Dann warf er den Kopf zurück und lachte. »Ich bin immer der gleichen Meinung wie Harry, Duchess.«

»Auch wenn er unrecht hat?«

»Harry hat nie unrecht, Duchess.«

»Und macht seine Philosophie Sie glücklich?«

»Ich habe das Glück nie gesucht. Wer braucht schon Glück? Ich habe den Genuß gesucht.«

»Und ihn gefunden, Mr. Gray?«

»Oft. Zu oft.«

Die Duchess seufzte. »Ich suche den Frieden«, sagte sie, »und wenn ich mich jetzt nicht umziehe, werde ich keinen finden heut abend.«

»Ich hole Ihnen ein paar Orchideen, Duchess«, rief Dorian; er sprang auf und ging durch den Wintergarten.

»Du flirtest ziemlich schamlos mit ihm«, sagte Lord Henry zu seiner Kusine. »Sieh dich lieber vor. Er ist sehr faszinierend.«

»Wenn er das nicht wäre, gäbe es keinen Kampf.«

»Grieche gegen Griechin, wie?«

»Ich steh auf der Seite der Trojaner. Sie haben für eine Frau gekämpft.«

»Sie wurden besiegt.«

»Es gibt Schlimmeres, als erobert zu werden«, erwiderte sie.

»Du galoppierst mit lockerem Zügel.«

»Tempo gibt Leben«, kam es postwendend zurück.

»Das schreib ich mir heut nacht noch ins Tagebuch.«

»Was denn?«

»Gebranntes Kind liebt das Feuer.«

»Ich bin ja nicht mal angesengt. Meine Flügel sind noch ganz unversehrt.«

»Du benutzt sie zu allem, nur nicht zur Flucht.«

»Der Mut ist von den Männern auf die Frauen übergegangen. Eine ganz neue Erfahrung für uns.«

»Du hast eine Rivalin.«

»Wen?«

Er lachte. »Lady Narborough«, flüsterte er. »Sie betet ihn gradezu an.«

»Du machst mir angst. Die Liebäugelei mit der Antike ist für uns Romantiker verhängnisvoll.«

»Romantiker! Du gehst eher wie ein Wissenschaftler vor.«

»Die Männer haben uns dazu erzogen.«

»Aber sie haben euch nicht interpretiert.«

»Als was würdest du uns Frauen denn bezeichnen?« fragte sie herausfordernd.

»Als Sphinxe ohne Geheimnis.«

Sie blickte ihn lächelnd an. »Wie lange Mr. Gray fortbleibt!« sagte sie. »Gehn wir und helfen wir ihm. Ich habe ihm gar nicht gesagt, welche Farbe mein Abendkleid hat.«

»Ah! Du mußt dein Abendkleid auf seine Blumen abstimmen, Gladys.«

»Das wäre eine vorzeitige Kapitulation.«

»Die romantische Kunst beginnt mit ihrem Höhepunkt.«

»Ich muß mir eine Möglichkeit zum Rückzug offenhalten.«

»Nach Art der Parther?«

»Die fanden Schutz in der Wüste. Das wäre nichts für mich.«

»Frauen steht die Wahl nicht immer frei«, erwiderte er; er hatte den Satz kaum beendet, da war am hinteren Ende des Wintergartens ein Stöhnen zu hören, gefolgt vom dumpfen Aufschlag eines zu Boden Gefallenen. Alle fuhren auf. Die Duchess stand starr vor Schreck. Mit angsterfülltem Blick stürzte Lord Henry zwischen den wehenden Palmen hindurch; Dorian Gray lag mit dem Gesicht nach unten in einer todesähnlichen Ohnmacht auf dem gefliesten Fußboden.

Unverzüglich trug man ihn in den blauen Salon und legte ihn auf eines der Sofas. Kurz darauf kam er wieder zu sich und sah sich benommen um.

»Was ist passiert?« fragte er. »Oh! Ich erinnere mich. Bin ich hier in Sicherheit, Harry?« Er begann zu zittern.

»Mein lieber Dorian«, antwortete Lord Henry, »Sie sind bloß in Ohnmacht gefallen. Das war alles. Wahrscheinlich sind Sie ein bißchen übermüdet. Sie sollten dem Dinner lieber fernbleiben. Ich werde Sie vertreten.«

»Nein, ich komme zum Dinner«, sagte Dorian und rappelte sich hoch. »Ich bin lieber dabei. Ich möchte auf keinen Fall allein sein.«

Er ging in sein Zimmer und zog sich um. Bei Tisch war er geradezu ausgelassen fröhlich, aber von Zeit zu Zeit durchrieselte ihn ein Angstschauer, wenn er daran dachte, daß er, wie ein weißes Taschentuch ans Fenster des Wintergartens gepreßt, das Gesicht von James Vane vor sich gesehen hatte.

18

TAGS darauf ging er nicht aus dem Haus, ja, er verbrachte sogar die meiste Zeit in seinem Zimmer, krank vor rasender Todesangst und dennoch dem Leben gegenüber völlig gleichgültig. Das Gefühl, gejagt, in die Falle getrieben, aufgespürt worden zu sein, beherrschte ihn allmählich vollkommen. Bewegte sich der Gobelin nur ein bißchen im Wind, fuhr er zusammen. Die welken Blätter, die an die bleigefaßten Scheiben geweht wurden, kamen ihm wie seine nicht verwirklichten Vorsätze und heftigen Gewissensbisse vor. Wenn er die Augen schloß, so sah er wieder das Gesicht des Seemanns durch die dunstbeschlagenen Scheiben spähen, und es war ihm wieder, als umfaßte das Grauen sein Herz.

Aber vielleicht war es ja nur seine Einbildung gewesen, die die Rache aus der Nacht heraufbeschworen und die gräßlichen Gestalten der Strafe vor ihn hingestellt hatte. Das wirkliche Leben war ein Chaos, die Phantasie hingegen hatte etwas furchtbar Folgerichtiges. Es war die Phantasie, die der Sünde die Reue auf dem Fuß folgen ließ. Es war die Phantasie, die bewirkte, daß jedes Verbrechen seine mißgestaltete Brut gebar. In der alltäglichen Welt der Tatsachen wurden weder die Bösen bestraft noch die Guten belohnt. Erfolg wurde den Starken zuteil, Mißerfolg den Schwachen aufgebürdet. Das war alles. Im übrigen, wäre irgendein Fremder ums Haus geschlichen, so hätten die Dienstboten oder Aufseher ihn bemerkt. Hätte man Fußspuren in den Blumenbeeten entdeckt, so hätten die Gärtner es ihm gemeldet. Ja: Es war reine Einbildung gewesen. Sibyl Vanes Bruder war nicht zurückgekommen, um ihn zu töten. Er war mit seinem Schiff fortgesegelt, und das war irgendwo in der winterlichen See untergegangen. Vor ihm zumindest war er sicher. Schließlich wußte der Mann nicht, wer er war, konnte gar nicht wissen, wer er war. Die Maske der Jugend hatte ihn gerettet.

Und doch, wenn es nur eine Sinnestäuschung gewesen war, wie entsetzlich war dann der Gedanke, daß das Gewissen so grauenhafte Phantome erzeugen, ihnen sichtbare Gestalt verleihen und sie vor seinen Augen in Bewegung setzen konnte! Welch ein Leben wäre ihm beschieden, wenn die Schatten seines Verbrechens ihn Tag und Nacht aus stillen Ecken belauerten, ihn von verborgenen Winkeln aus verspotteten, ihm an der Festtafel ins Ohr wisperten, ihn mit eiskalten Fingern aus dem Schlaf rissen! Als dieser Gedanke ihm durchs Gehirn kroch, erbleichte er vor Entsetzen, und ihm war, als wäre die Luft plötzlich kälter geworden. Oh! In welch einem wüsten Moment des Wahnsinns hatte er seinen Freund getötet! Wie gräßlich war allein die Erinnerung an diese Szene! Er sah wieder alles vor sich. Jede grausige Einzelheit kehrte, schauerlicher denn je, in sein Gedächtnis zurück. Der schwarzen Höhle der Zeit entstieg, schrecklich und in Scharlach gehüllt, das Widerbild seiner Sünde. Als Lord Henry um sechs Uhr das Zimmer betrat, fand er ihn in Tränen; er weinte, als wollte ihm das Herz brechen.

Erst am dritten Tag wagte er sich wieder hinaus. In der klaren, von Kiefernduft erfüllten Luft des Wintermorgens lag etwas, was ihm seine Fröhlichkeit und Lebenslust wiederzugeben schien. Doch es waren nicht nur die äußeren Umstände, die den Wandel bewirkt hatten. Seine Natur hatte sich gegen das Übermaß an Angst aufgelehnt, das die Vollkommenheit ihrer Ruhe zu beeinträchtigen oder gar zu zerstören suchte. Bei feingearteten und empfindlichen Gemütern ist das immer der Fall. Ihre starken Leidenschaften kennen nur Biegen oder Brechen. Entweder töten sie den Menschen, oder sie sterben selbst. Oberflächlicher Schmerz und oberflächliche Liebe leben weiter. Sind Liebe und Schmerz wirklich tief, so werden sie von ihrem eigenen Überschwang zugrunde gerichtet. Zudem war er zu der Überzeugung gelangt, daß er das Opfer seiner von Grauen gequälten Phantasie gewesen war, und blickte nun ein wenig mitleidig und mit nicht geringer Verachtung auf seine Ängste zurück.

Nach dem Frühstück ging er mit der Duchess eine Stunde im Garten spazieren und fuhr dann durch den Park, um sich der Jagdgesellschaft anzuschließen. Der Rauhreif lag wie Salz auf dem Gras. Der Himmel glich einer umgestülpten Schale aus blauem Metall. Eine dünne Eisschicht säumte den flachen, mit Schilf bewachsenen See.

Am Rand des Kiefernwaldes entdeckte er Sir Geoffrey Clouston, den Bruder der Duchess, der gerade zwei leere Patronenhülsen aus seiner Flinte stieß. Er sprang vom Wagen und wies den Reitknecht an, mit der Stute wieder nach Hause zu fahren; dann schritt er durch den welken Farn und das rauhe Gestrüpp auf seinen Gast zu.

»War die Jagd erfolgreich, Geoffrey?« erkundigte er sich.

»Nicht besonders, Dorian. Die meisten Vögel haben sich wohl aufs freie Feld verzogen. Wahrscheinlich wird's nach dem Lunch besser, wenn wir in andres Gelände kommen.«

Dorian schlenderte neben ihm her. Die schneidende, würzige Luft, die im Wald schimmernden braunen und roten Lichter, die vereinzelt erschallenden rauhen Rufe der Treiber und das anschließende scharfe Knallen der Gewehre faszinierten ihn und erfüllten ihn mit einem Gefühl herrlicher Freiheit. Er war völlig beherrscht von der Sorglosigkeit des Glücks, von der erhabenen Gleichgültigkeit der Freude.

Plötzlich schoß, etwa zwanzig Meter vor ihnen, aus einem dichten Büschel verdorrten Grases ein Hase hervor; er hatte die schwarzgeränderten Löffel aufgestellt und schnellte auf seinen langen Hinterläufen vorwärts. Er raste auf ein Erlendickicht zu. Sir Geoffrey legte die Flinte an, aber in der anmutigen Bewegung des Tieres war etwas, was Dorian Gray seltsam bezauberte, und er rief rasch: »Nicht schießen, Geoffrey. Lassen Sie ihn am Leben.«

»Was für ein Unsinn, Dorian!« lachte sein Gefährte, und als der Hase ins Dickicht hüpfte, drückte er ab. Zwei Schreie ertönten, der schreckliche Schrei eines weidwunden Hasen und der noch schlimmere Schrei eines Menschen in Todesqual.

»Allmächtiger! Ich habe einen Treiber getroffen!« rief Sir Geoffrey. »Wie kann der Mann nur so blöde sein, mir direkt vor die Flinte zu laufen! Hört auf zu schießen!« brüllte er aus vollem Hals. »Wir haben einen Verletzten.«

Der Oberwildhüter kam mit einem Stock in der Hand angerannt.

»Wo, Sir? Wo ist er?« rief er. Im gleichen Moment hörte das Schießen auf.

»Hier«, erwiderte Sir Geoffrey ärgerlich; er eilte in Richtung Dickicht. »Warum um alles in der Welt halten Sie Ihre Leute nicht zurück? Hat mir die ganze Jagd für heute verdorben.«

Dorian sah den beiden nach, wie sie ins Erlendickicht eindrangen und dabei die biegsamen, schwingenden Zweige beiseite schoben. Wenige Augenblicke später tauchten sie wieder auf und schleiften einen Körper hinter sich her ins Sonnenlicht. Entsetzt wandte er sich ab. Ihm war, als folge ihm das Unheil überallhin. Er hörte Sir Geoffrey fragen, ob der Mann wirklich tot sei, und die bejahende Antwort des Wildhüters. Im Wald schien es auf einmal von Gesichtern zu wimmeln. Myriaden von Füßen trampelten, Stimmen summten leise. Ein großer Fasan mit kupferroter Brust flatterte oben durchs Geäst.

Nach ein paar Augenblicken, die ihm in seiner Verstörung wie endlose Stunden der Qual vorkamen, spürte er, wie sich ihm eine Hand auf die Schulter legte. Er zuckte zusammen und drehte sich um.

»Dorian«, sagte Lord Henry, »ich sage den Leuten mal lieber, daß die Jagd für heute zu Ende ist. Es würde keinen guten Eindruck machen, wenn man sie fortsetzte.«

»Ich wünschte, sie wäre für immer zu Ende, Harry«, erwiderte Dorian bitter. »Die ganze Sache ist einfach abscheulich und grausam. Ist der Mann ...?«

Er brachte den Satz nicht vollständig heraus.

»Ich fürchte, ja«, antwortete Lord Henry. »Er hat die volle Ladung in die Brust bekommen. Er war wohl auf der Stelle tot. Kommen Sie, gehn wir nach Hause.«

Seite an Seite schritten sie fast fünfzig Meter auf die Allee zu, ohne ein Wort zu sprechen. Schließlich sah

Dorian Lord Henry an und sagte mit einem tiefen Seufzer: »Das ist ein böses Omen, Harry, ein sehr böses Omen.«

»Was denn?« fragte Lord Henry. »Ach so, dieser Unfall, nehme ich an. Lieber Freund, daran läßt sich jetzt nichts mehr ändern. Der Mann war selber schuld. Wieso läuft er auch vor die Flinte? Außerdem geht uns das gar nichts an. Für Geoffrey ist's allerdings ziemlich unangenehm. Auf Treiber pfeffern, so etwas tut man nicht. Sonst meinen die Leute ja, man schieße einfach drauflos. Und das trifft auf Geoffrey bestimmt nicht zu; er ist nämlich ein ausgezeichneter Schütze. Aber es hat keinen Sinn, weiter über die Sache zu reden.«

Dorian schüttelte den Kopf. »Es ist ein böses Omen, Harry. Ich habe das Gefühl, daß einem von uns was Schreckliches zustößt. Wahrscheinlich mir«, fügte er hinzu; er führte sich mit einer gequälten Gebärde die Hand über die Augen.

Der Ältere lachte. »Das einzig Schreckliche auf der Welt ist der *Ennui*, Dorian. Das ist die einzige Sünde, für die es keine Vergebung gibt. Aber wir werden wohl kaum darunter zu leiden haben, es sei denn, diese Burschen schwatzen auch noch beim Dinner über diese Geschichte. Ich muß ihnen sagen, daß dieses Thema tabu zu sein hat. Und was Omen betrifft – so etwas gibt es nicht. Das Schicksal sendet uns keine Vorboten. Dazu ist es zu klug oder zu grausam. Außerdem, was könnte Ihnen schon zustoßen, Dorian? Sie haben alles auf der Welt, was sich ein Mensch nur wünschen kann. Jeder wäre entzückt, wenn er mit Ihnen tauschen könnte.«

»Und ich wäre froh, wenn ich mit einem anderen tauschen könnte, Harry. Lachen Sie nicht so. Ich sage die Wahrheit. Der arme Teufel von Bauer, der grade gestorben ist, hat es besser als ich. Ich habe keine Angst vor dem Tod. Nur sein Herannahen macht mir angst. Mir ist, als schwebten seine riesigen Schwingen ringsum in der bleiernen Luft. Mein Gott! Sehen Sie nicht den Mann dort hinter den Bäumen, der mich beobachtet und mir auflauert?«

Lord Henry spähte in die Richtung, in die die zitternde behandschuhte Hand wies. »Ja«, sagte er lächelnd, »ich sehe den Gärtner, der Ihnen auflauert. Vermutlich will er Sie fragen, welche Blumen Sie heut abend auf dem Tisch haben wollen. Wie lächerlich nervös Sie sind, lieber Freund! Sie müssen unbedingt mal zu meinem Arzt, wenn wir wieder in London sind.«

Dorian stieß einen erleichterten Seufzer aus, als er den Gärtner heranrücken sah. Der Mann tippte an seinen Hut und bedachte Lord Henry mit einem unschlüssigen Blick; dann holte er einen Brief hervor und überreichte ihn seinem Herrn. »Ihre Hoheit haben mir aufgetragen, auf Antwort zu warten«, murmelte er.

Dorian steckte den Brief in die Tasche. »Bestellen Sie Ihrer Hoheit, ich komme selbst«, sagte er kühl. Der Mann machte kehrt und entfernte sich rasch in Richtung Haus.

»Wie gern Frauen doch gefährliche Dinge tun!« lachte Lord Henry. »Es ist eine der Eigenschaften, die ich am meisten an ihnen bewundere. Eine Frau flirtet mit jedem Mann auf der Welt, solange ihr nur jemand zuschaut.«

»Wie gern Sie doch gefährliche Dinge sagen, Harry! Aber in diesem Fall sind Sie völlig im Irrtum. Die Duchess gefällt mir sehr, aber ich liebe sie nicht.«

»Und die Duchess liebt Sie sehr, aber dafür gefallen Sie ihr nicht ganz so gut, also paßt ihr beide hervorragend zusammen.«

»Sie verbreiten Gerüchte, Harry, und Gerüchte haben nie eine solide Grundlage.«

»Die Grundlage eines jeden Gerüchts ist seine unmoralische Standhaftigkeit.«

»Für eine Pointe würden Sie wohl jeden opfern, Harry.«

»Die Leute gehen freiwillig zum Altar«, war die Antwort.

»Ich wünschte, ich könnte lieben«, rief Dorian Gray mit tiefem Pathos in der Stimme. »Aber ich habe anscheinend die Leidenschaft verloren und das Begehren vergessen. Ich konzentriere mich zu sehr auf mich. Ich bin mir selbst zur Last geworden. Ich möchte fliehen, fortlaufen, vergessen. Es war dumm von mir, überhaupt hierherzukommen. Ich glaube, ich sollte Harvey telegraphieren, daß er die Jacht klarmachen läßt. Auf einer Jacht ist man sicher.«

»Sicher vor was, Dorian? Sie stecken doch in irgendwelchen Schwierigkeiten. Warum sagen Sie mir nicht, was los ist? Sie wissen, ich würde Ihnen helfen.«

»Ich kann's Ihnen nicht sagen, Harry«, erwiderte Dorian traurig. »Wahrscheinlich ist alles nur Einbildung. Dieser unglückselige Unfall hat mich völlig durcheinandergebracht. Ich habe so eine schreckliche Ahnung, daß mir etwas Ähnliches zustoßen könnte.«

»Was für ein Unsinn!«

»Hoffentlich haben Sie recht, aber ich werde dieses Gefühl einfach nicht los. Ah! Da ist ja die Duchess – sie sieht aus wie Artemis in einem maßgeschneiderten Kleid. Wie Sie sehen, sind wir wieder zurück, Duchess.«

»Ich habe schon alles gehört, Mr. Gray«, erwiderte sie. »Der arme Geoffrey ist ganz außer sich. Offenbar haben Sie ihn noch gebeten, nicht auf den Hasen zu schießen. Wie merkwürdig!«

»Ja, sehr merkwürdig. Ich weiß gar nicht, weshalb ich ihn darum gebeten habe. Vermutlich aus einer Laune heraus. Es war so ein hübsches kleines Tier. Aber es tut mir leid, daß man Ihnen von dem Mann erzählt hat. Eine gräßliche Geschichte.«

»Eine langweilige Geschichte«, warf Lord Henry ein. »Sie hat nicht den geringsten psychologischen Wert. Wenn Geoffrey es mit Absicht getan hätte – wie interessant wäre er dann! Ich würde zu gerne mal jemand kennenlernen, der einen richtigen Mord begangen hat.«

»Wie abscheulich von dir, Harry!« rief die Duchess. »Nicht wahr, Mr. Gray? Harry, Mr. Gray fühlt sich wieder nicht wohl. Er wird gleich ohnmächtig.«

Dorian hielt sich mühsam aufrecht und lächelte. »Nicht der Rede wert, Duchess«, murmelte er; »meine Nerven sind furchtbar durcheinander. Ich fürchte, ich bin heut morgen zu lang spazierengegangen. Ich hab gar nicht mitbekommen, was Harry gesagt hat. War es sehr schlimm? Sie müssen's mir irgendwann erzählen. Ich glaube, ich muß mich ein bißchen hinlegen. Wenn Sie mich bitte entschuldigen, ja?«

Sie hatten die breite Treppe erreicht, die vom Wintergarten auf die Terrasse hinausführte. Als sich die Glastür hinter Dorian schloß, wandte sich Lord Henry um und betrachtete die Duchess mit schläfrigen Augen. »Liebst du ihn sehr?« fragte er.

Sie antwortete nicht sofort, sondern blickte in die Landschaft. »Ich wäre froh, wenn ich das wüßte«, sagte sie schließlich.

Er schüttelte den Kopf. »Gewißheit ist immer verhängnisvoll. Nur die Ungewißheit reizt uns. Ein Nebelschleier macht alles schön.«

»Da könnte man aber vom Weg abkommen.«

»Alle Wege enden am gleichen Punkt, meine liebe Gladys.«

»Und der wäre?«

»Ernüchterung.«

»Sie war mein Debüt im Leben«, seufzte sie.

»Sie kam gekrönt zu dir.«

»Ich bin der Erdbeerblätter müde.«

»Sie stehen dir aber recht gut.«

»Nur in der Öffentlichkeit.«

»Du würdest sie vermissen«, sagte Lord Henry.

»Ich will mich ja nicht von den Blütenblättern trennen.«

»Monmouth hat Ohren.«

»Alte Leute sind schwerhörig.«

»Ist er denn nie eifersüchtig gewesen?«

»Ich wünschte, ja.«

Er blickte sich um, als halte er Ausschau nach etwas. »Was suchst du?« fragte sie.

»Den Knopf deines Floretts«, erwiderte er. »Du hast ihn verloren.«

Sie lachte. »Ich habe ja noch die Maske.«

»Sie macht deine Augen noch schöner«, war die Antwort.

Sie lachte erneut. Ihre Zähne schimmerten wie weiße Kerne in einer scharlachroten Frucht.

Oben in seinem Zimmer lag Dorian Gray auf einem Sofa; jede Faser seines Körpers bebte vor Entsetzen. Das Leben war ihm mit einemmal zu einer so furchtbaren Last geworden, daß er es nicht mehr ertragen konnte. Der schreckliche Tod des unglücklichen Treibers, im Unterholz erschossen wie ein wildes Tier, war ihm wie ein Vorbote seines eigenen Todes erschienen. Bei der Bemerkung, die Lord Henry in eher beiläufigem, zynischem Scherz gemacht hatte, wäre er beinahe ohnmächtig geworden.

Um fünf Uhr läutete er nach seinem Diener und wies ihn an, seine Sachen für den Nachtexpreß nach London zu packen und den Wagen um halb neun vorfahren zu lassen. Er hatte beschlossen, keine weitere Nacht mehr in Selby Royal zu verbringen. Das Haus stand unter keinem guten Stern; der Tod ging dort am hellichten Tag um. Das Gras des Waldes war mit Blut befleckt.

Dann schrieb er ein paar Zeilen an Lord Henry; er teilte ihm mit, daß er nach London fahre, um seinen Arzt aufzusuchen, und bat ihn, sich während seiner Abwesenheit um seine Gäste zu kümmern. Als er den Brief in den Umschlag steckte, klopfte es an die Tür; sein Diener meldete ihm, der Wildhüter wünsche ihn zu sprechen. Er runzelte die Stirn und biß sich auf die Lippen. »Schicken Sie ihn herein«, murmelte er nach kurzem Zögern.

Als der Mann eintrat, holte Dorian sein Scheckbuch aus einer Schublade und legte es aufgeschlagen vor sich hin.

»Ich nehme an, Sie kommen wegen des unglückseligen Unfalls von heute morgen, Thornton?« fragte er und nahm eine Feder zur Hand.

»Jawohl, Sir«, antwortete der Wildhüter.

»War der arme Kerl verheiratet? Hatte er für irgendwelche Angehörigen zu sorgen?« erkundigte sich Dorian mit gelangweilter Miene. »Wenn ja, sollen sie keine

Not leiden; ich werde ihnen jede Summe zukommen lassen, die Sie für erforderlich halten.«

»Wir wissen nicht, wer er ist, Sir. Eben drum hab ich mir ja erlaubt, zu Ihnen zu kommen.«

»Sie wissen nicht, wer er ist?« sagte Dorian teilnahmslos. »Was soll das heißen? War er denn keiner von Ihren Leuten?«

»Nein, Sir. Hab ihn vorher noch nie gesehn. Ist wohl ein Seemann gewesen, Sir.«

Dorian Gray fiel die Feder aus der Hand; ihm war, als stocke ihm plötzlich das Herz. »Ein Seemann?« rief er. »Haben Sie gesagt, ein Seemann?«

»Jawohl, Sir. Er sieht aus, als ob er mal Seemann gewesen wär; an beiden Armen tätowiert und so.«

»Hat man etwas bei ihm gefunden?« fragte Dorian; er beugte sich vor und sah den Mann mit bangem Blick an. »Etwas, was Aufschluß über seinen Namen gibt?«

»Bißchen Geld, Sir – nicht viel, und einen sechsschüssigen Revolver. Aber keinerlei Name. Der Mann hat einen anständigen Eindruck gemacht, Sir, bloß daß er wohl einer von der rauhen Sorte war. Wahrscheinlich ein Seemann.«

Dorian sprang auf. Eine schreckliche Hoffnung flatterte an ihm vorüber. Er schnappte nach ihr wie ein Wahnsinniger. »Wo ist die Leiche?« rief er. »Schnell! Ich muß sie auf der Stelle sehen.«

»In einem leeren Stall auf der Home Farm, Sir. Die Leute haben so was nicht gern im Haus. Sie sagen, eine Leiche bringt Unglück.«

»Auf der Home Farm! Gehen Sie sofort hin und warten Sie dort auf mich. Sagen Sie einem der Reitknechte, er soll mir mein Pferd bringen. Nein. Lassen Sie. Ich gehe selbst zu den Ställen. Das spart Zeit.«

Keine Viertelstunde später galoppierte Dorian Gray, so rasch er nur konnte, die lange Allee hinab. Die Bäume rauschten wie in einer gespenstischen Prozession an ihm vorüber; wirre Schatten stürzten quer über den Weg. Einmal scheute die Stute vor einem weißen Torpfosten und hätte ihn beinahe abgeworfen. Er zog ihr die Reitpeitsche über den Hals. Das Tier schoß wie ein Pfeil durch die dämmrige Luft. Steine wirbelten unter den Hufen auf.

Schließlich hatte er die Home Farm erreicht. Zwei Männer lungerten im Hof herum. Er sprang aus dem Sattel und warf einem von ihnen die Zügel zu. Im hintersten Stall schimmerte Licht. Irgend etwas schien ihm zu sagen, daß dort die Leiche war; er eilte zur Tür und legte die Hand auf die Klinke.

Dann hielt er einen Augenblick inne; er hatte das Gefühl, daß ihm eine Entdeckung bevorstand, die sein Leben retten oder endgültig zerstören würde. Schließlich stieß er die Tür auf und trat ein.

Auf einem Haufen Sackleinen in der hintersten Ecke lag die Leiche eines Mannes, der mit einem groben Hemd und einer blauen Hose bekleidet war. Sein Gesicht war mit einem gepünktelten Taschentuch bedeckt. Daneben knisterte eine schlichte, in einer Flasche steckende Kerze.

Dorian Gray schauderte. Er spürte, daß er das Taschentuch nicht eigenhändig wegziehen konnte, und rief einen der Knechte herbei.

»Nehmen Sie mal das Ding da weg. Ich will das Gesicht sehen«, sagte er und umklammerte haltsuchend den Türpfosten.

Als der Knecht das Taschentuch entfernt hatte, trat Dorian näher heran. Ein Freudenschrei brach von seinen Lippen. Der Mann, der im Unterholz erschossen worden war, war James Vane.

Ein paar Minuten lang stand er da und betrachtete den Toten. Als er nach Hause ritt, hatte er Tränen in den Augen; er wußte, er war außer Gefahr.

19

SIE wollen mir doch nicht erzählen, daß Sie auf einmal ein guter Mensch werden wollen«, rief Lord Henry; er tauchte seine weißen Finger in eine rote, mit Rosenwasser gefüllte Kupferschale. »Sie sind doch bereits perfekt. Bitte bleiben Sie so, wie Sie sind.«

Dorian Gray schüttelte den Kopf. »Nein, Harry, ich habe in meinem Leben zu viele furchtbare Dinge getan. Ich habe genug davon. Gestern habe ich meine erste gute Tat vollbracht.«

»Wo waren Sie denn gestern?«

»Auf dem Land, Harry. Ich war ganz allein in einem Gasthof.«

»Mein lieber Junge«, sagte Lord Henry lächelnd, »auf dem Land kann jeder ein guter Mensch sein. Dort gibt es keine Versuchungen. Drum sind die Leute, die nicht in der Stadt leben, ja auch so vollkommen unkultiviert. Kultiviertheit ist nämlich keineswegs leicht zu erwerben. Es gibt nur zwei Möglichkeiten, sie zu erlangen. Entweder man ist gebildet, oder man ist verdorben. Zu beidem hat die Landbevölkerung keine Gelegenheit, deswegen kann sie sich nicht weiterentwickeln.«

»Bildung und Verdorbenheit«, erwiderte Dorian. »Ich habe beides kennengelernt. Heute kommt es mir schrecklich vor, daß das überhaupt zusammengehn kann. Ich habe nämlich ein neues Ideal, Harry. Ich will mich ändern. Ich glaube, ich habe mich bereits geändert.«

»Sie haben mir noch gar nicht erzählt, worin Ihre erste gute Tat bestand. Oder waren es schon mehr als diese eine?« fragte sein Gefährte; er häufte eine kleine, karmesinrote Pyramide aus reifen Erdbeeren auf seinen Teller und ließ aus einem muschelförmigen Löffelsieb weißen Zucker auf sie herabschneien.

»Ihnen kann ich's sagen, Harry. Jemand andrem könnte ich die Geschichte gar nicht erzählen. Ich habe Verzicht geleistet. Das klingt eitel, aber Sie verstehen, was ich damit meine. Sie ist sehr schön und hat eine wunderbare Ähnlichkeit mit Sibyl Vane. Das hat mich wohl auch zuerst zu ihr hingezogen. Sie erinnern sich doch an Sibyl, oder nicht? Wie lange das her zu sein scheint! Nun ja, Hetty gehört natürlich nicht zu unseren Kreisen. Sie ist nur ein Dorfmädchen. Aber ich habe sie wirklich geliebt. Ich bin mir völlig sicher, daß ich sie geliebt habe. Den ganzen herrlichen Mai über, den wir dieses Jahr hatten, bin ich zwei- bis dreimal in der Woche hingefahren, um sie zu sehen. Gestern hat sie in einem kleinen Obstgarten auf mich gewartet. Die Apfelblüten rieselten auf ihr Haar, und sie lachte. Ursprünglich hatten wir vor, uns heute früh im Morgengrauen auf und davon zu machen. Plötzlich beschloß ich, sie zu verlassen, so blumengleich, wie ich sie angetroffen hatte.«

»Ich nehme an, diese neue Empfindung hat Sie in eine gradezu prickelnde Wonne versetzt, Dorian«, unterbrach ihn Lord Henry. »Aber ich kann die Idylle wohl selber zu Ende erzählen. Sie haben ihr gute Ratschläge gegeben und ihr das Herz gebrochen. Und das war der Beginn Ihrer Bekehrung.«

»Harry, Sie sind abscheulich! So etwas Furchtbares dürfen Sie nicht sagen. Hettys Herz ist nicht gebrochen. Sicher, sie hat geweint und so. Aber dafür hat sie ihre Ehre behalten. Sie kann wie Perdita in ihrem Garten voller Minze und Ringelblumen weiterleben.«

»Und über den treulosen Florizel weinen«, sagte Lord Henry lachend; er lehnte sich auf dem Stuhl zurück. »Mein lieber Dorian, Sie haben ja wahrhaftig die seltsamsten Knabenlaunen. Glauben Sie denn, dieses Mädchen wird nun mit einem Mann aus ihren Kreisen jemals wirklich zufrieden sein? Wahrscheinlich heiratet sie eines Tages einen ungehobelten Fuhrmann oder grinsenden Ackerknecht. Die Tatsache jedenfalls, daß sie Sie kennengelernt und geliebt hat, wird sie dazu bringen, ihren Ehemann zu verachten, und sie wird unglücklich sein. Vom moralischen Standpunkt aus kann ich eigentlich nicht sagen, daß ich von Ihrem großen Verzicht besonders viel halte. Selbst als Anfang ist er doch ziemlich kläglich. Außerdem, woher wollen Sie wissen, daß Hetty in diesem Augenblick nicht von Sternen beschienen und lieblichen Wasserlilien umgeben wie Ophelia in einem Mühlteich treibt?«

»Das ist ja nicht auszuhalten, Harry! Erst machen Sie sich über alles lustig, dann malen Sie die schrecklichsten Tragödien an die Wand. Es tut mir schon leid, daß ich's Ihnen erzählt habe. Mir ist ganz gleichgültig, was Sie dazu sagen. Ich weiß, daß ich richtig gehandelt habe. Arme Hetty! Als ich heut morgen an dem Bauernhof vorübergeritten bin, habe ich ihr weißes Gesicht am Fenster gesehen; es war wie ein Jasminzweig. Sprechen wir nicht mehr davon; und versuchen Sie mir nicht einzureden, daß die erste gute Tat, die ich seit Jahren vollbracht habe, das erste kleine Opfer meines Lebens, in Wirklichkeit so etwas wie eine Sünde ist. Ich möchte ein besserer Mensch sein. Ich werde ein besserer Mensch sein. Aber jetzt erzählen Sie mal von Ihnen. Was gibt's Neues in der Stadt? Ich war schon seit Tagen nicht mehr im Klub.«

»Die Leute reden noch immer über das Verschwinden des armen Basil.«

»Ich hätte eigentlich gedacht, sie wären dieses Thema inzwischen leid«, sagte Dorian mit einem leisen Stirnrunzeln und schenkte sich ein wenig Wein ein.

»Mein lieber Junge, sie reden erst seit sechs Wochen darüber, und die britische Öffentlichkeit ist der geistigen Anstrengung nun einmal nicht gewachsen, sich innerhalb von drei Monaten mit mehr als einem Thema zu beschäftigen. In letzter Zeit hatte sie allerdings sehr großes Glück. Da hatte sie meine Scheidung und den Selbstmord von Alan Campbell. Und jetzt kommt noch das mysteriöse Verschwinden eines Künstlers hinzu. Scotland Yard beharrt unbeirrt auf der Meinung, der Mann im grauen Ulster, der am neunten November mit dem Mitternachtszug nach Paris abgereist ist, sei der arme Basil gewesen; die französische Polizei wiederum behauptet, Basil sei nie in Paris angekommen. In vierzehn Tagen wird man uns wohl erzählen, er sei in San Franzisco gesehen worden. Seltsam, jeder Mensch, der verschwindet, wird angeblich in San Franzisco gesehen. Es muß eine entzückende Stadt sein; sie besitzt offenbar alle Reize des Jenseits.«

»Was glauben denn Sie, was mit Basil geschehen ist?« fragte Dorian, seinen Burgunder gegen das Licht haltend; er wunderte sich, daß er so ruhig darüber sprechen konnte.

»Ich habe nicht die leiseste Ahnung. Wenn sich Basil verstecken will, ist das nicht meine Sache. Und wenn er tot ist, möchte ich nicht weiter an ihn denken. Der Tod ist das einzige, was mir angst macht. Ich hasse den Tod.«

»Warum?« fragte der Jüngere müde.

»Weil«, sagte Lord Henry und hielt sich das vergüldete Gitter einer offenen Riechdose unter die Nase, »man heutzutage alles überleben kann, nur nicht den Tod. Der Tod und die Vulgarität, das sind im neunzehnten Jahrhundert die einzigen Tatsachen, die sich nicht wegerklären lassen. Nehmen wir den Kaffee doch im Musikzimmer, Dorian. Sie müssen noch ein bißchen Chopin für mich spielen. Der Mann, mit dem meine Frau durchgebrannt ist, hat hervorragend Chopin gespielt. Arme Victoria! Ich hatte sie sehr gern. Das Haus ist recht einsam ohne sie. Sicher, das Eheleben ist eine reine Gewohnheit, eine schlechte Gewohnheit. Aber Gewohnheiten aufgeben zu müssen, ist immer bedauerlich, selbst wenn es die schlechtesten sind. Dann ist es vielleicht sogar am bedauerlichsten. Immerhin stellen sie einen wesentlichen Bestandteil unsrer Persönlichkeit dar.«

Dorian schwieg; er erhob sich vom Tisch, ging nach nebenan, setzte sich ans Klavier und ließ seine Hände über die weißen und schwarzen Elfenbeintasten gleiten. Als der Kaffee serviert wurde, unterbrach er sein Spiel, blickte zu Lord Henry hinüber und sagte: »Harry, ist Ihnen je der Gedanke gekommen, Basil könnte ermordet worden sein?«

Lord Henry gähnte. »Basil war sehr beliebt, außerdem trug er eine Waterbury-Uhr. Weshalb sollte ihn jemand ermorden? Um Feinde zu haben, dazu war er nicht geistreich genug. Natürlich, er hatte ein wunderbares Genie zum Malen. Aber man kann malen wie Velázquez und dennoch ein überaus langweiliger

Mensch sein. Basil war in der Tat ein ziemlich langweiliger Mensch. Er hat nur ein einziges Mal mein Interesse geweckt, und das war, als er mir vor Jahren erzählte, daß er Sie gradezu rasend anbete und daß Sie das beherrschende Motiv seiner Kunst seien.«

»Ich hatte Basil sehr gern«, sagte Dorian mit einem traurigen Unterton in der Stimme. »Aber heißt es nicht wirklich, er sei ermordet worden?«

»Ach, ein paar Zeitungen behaupten das. Ich halte es für ganz und gar unwahrscheinlich. Ich weiß, es gibt ein paar schlimme Viertel in Paris, aber dort ist Basil bestimmt nicht hingegangen, dazu war er einfach nicht der Typ. Er war nicht neugierig. Das war sein Hauptfehler.«

»Was würden Sie sagen, Harry, wenn ich Ihnen erzähle, daß ich Basil ermordet habe?« fragte der Jüngere. Er sah Lord Henry aufmerksam an.

»Lieber Freund, ich würde sagen, Sie geben sich da als etwas aus, was gar nicht zu Ihnen paßt. Ein Verbrechen ist immer vulgär, just so wie Vulgarität immer ein Verbrechen ist. Es liegt einfach nicht in Ihrer Natur, Dorian, einen Mord zu begehen. Es tut mir leid, wenn ich damit Ihre Eitelkeit verletze, aber ich versichere Ihnen, es ist wahr. Das Verbrechen ist ausschließlich Sache der Unterschicht. Ich mache ihr daraus nicht den geringsten Vorwurf. Vermutlich bietet ihr das Verbrechen das, was uns die Kunst bietet, nämlich schlicht die Möglichkeit, sich außergewöhnliche Gefühlsregungen zu verschaffen.«

»Die Möglichkeit, sich Gefühlsregungen zu verschaffen? Glauben Sie denn, jemand, der irgendwann einen Mord verübt hat, würde das gleiche Verbrechen noch einmal begehen? Das ist doch wohl nicht Ihr Ernst.«

»Oh! Alles wird zum Vergnügen, man muß es nur oft genug tun«, rief Lord Henry lachend. »Das ist eines der wichtigsten Geheimnisse des Lebens. Dennoch, einen Mord zu begehen, halte ich unbedingt für einen Fehler. Man sollte nie etwas tun, worüber man nach dem Dinner nicht plaudern kann. Aber lassen wir den armen Basil. Ich wünschte, ich könnte glauben, daß er ein so romantisches Ende gefunden hat, wie Sie's andeuten; aber ich kann's einfach nicht. Wahrscheinlich ist er aus einem Omnibus in die Seine gefallen, und der Schaffner hat den Skandal vertuscht. Ja: So könnte ich mir sein Ende durchaus vorstellen. Ich sehe ihn direkt vor mir, wie er rücklings im dunkelgrünen Wasser liegt, während die schweren Kähne über ihn hingleiten und lange Wasserpflanzen sich in seinem Haar verfangen. Wissen Sie, ich glaube eigentlich nicht, daß er noch viel Gutes zustande gebracht hätte. In den letzten zehn Jahren ist's mit seiner Malerei doch ziemlich bergab gegangen.«

Dorian stieß einen Seufzer aus; Lord Henry schlenderte durch den Raum und begann einem wundersamen javanischen Papagei den Kopf zu kraulen, einem großen, graugefiederten Vogel mit rosarotem Schopf und Schwanz, der auf einem Bambusstab balancierte. Als seine spitzen Finger das Tier berührten, senkte es die schuppigen, verrunzelten weißen Lider über die glasähnlichen schwarzen Augen und begann sich hin und her zu wiegen.

»Ja«, fuhr er fort, wandte sich dabei um und zog ein Taschentuch hervor, »mit seiner Malerei ist's ziemlich bergab gegangen. Irgendwie hatte sie etwas verloren. Sie hatte ihr Ideal verloren. Als es mit der großen Freundschaft zwischen Ihnen und ihm aus war, war es mit ihm auch als großer Maler aus. Was hat euch denn auseinandergebracht? Ich nehme an, er hat Sie gelangweilt. Wenn ja, hat er Ihnen das nie verziehen. Das haben langweilige Menschen so an sich. Übrigens, was ist eigentlich aus dem wundervollen Porträt geworden, das er damals von Ihnen gemalt hat? Ich glaube, ich habe es, seitdem er's fertig hatte, überhaupt nicht mehr zu Gesicht gekriegt. Ah ja! Jetzt fällt's mir wieder ein – Sie haben mir vor Jahren mal erzählt, Sie hätten es nach Selby geschickt und es sei unterwegs verlorengegangen oder gestohlen worden. Sie haben es nie zurückbekommen? Wie schade! Es war wirklich ein Meisterwerk. Ich kann mich noch erinnern, daß ich es kaufen wollte. Inzwischen wäre ich froh, ich hätte's getan. Es stammte aus Basils bester Schaffensperiode. Danach war sein Werk jene seltsame Mischung aus schlechter Malerei und guten Absichten, die einem seit jeher das Recht gibt, sich als repräsentativer britischer Künstler bezeichnen zu lassen. Haben Sie denn eine Suchmeldung veröffentlicht? Das hätten Sie tun sollen.«

»Ich weiß es nicht mehr«, sagte Dorian. »Wahrscheinlich ja. Aber im Grunde hab ich das Bild nie richtig gemocht. Es tut mir leid, daß ich dafür Modell gesessen habe. Die Erinnerung an das Porträt ist mir ein Greuel. Wieso sprechen Sie überhaupt davon? Es hat mich immer an jene sonderbaren Zeilen aus einem Theaterstück denken lassen – *Hamlet*, glaub ich – wie lauten sie doch gleich? –

›Gleich dem Gram im Bilde,
Ein Antlitz ohne Herz.‹

Ja: so war es.«

Lord Henry lachte. »Wenn ein Mensch das Leben künstlerisch auffaßt, ist sein Gehirn sein Herz«, erwiderte er und ließ sich in einen Sessel sinken.

Dorian Gray schüttelte den Kopf und schlug auf dem Klavier ein paar leise Akkorde an. »›Gleich dem Gram im Bilde‹«, wiederholte er, »›ein Antlitz ohne Herz.‹«

Der Ältere lehnte sich zurück und blickte ihn mit halbgeschlossenen Augen an. »Übrigens, Dorian«, sagte er nach einer Weile, »›was hülfe es dem Menschen, so er die ganze Welt gewönne, und nähme doch‹ – wie heißt es so schön? – ›Schaden an seiner Seele?‹«

Die Musik endete jäh mit einem Mißklang; Dorian Gray fuhr auf und starrte seinen Freund an. »Wieso fragen Sie mich das, Harry?«

»Lieber Freund«, erwiderte Lord Henry und zog überrascht die Brauen hoch, »ich habe Sie das gefragt, weil ich dachte, Sie hätten vielleicht eine Antwort darauf. Das ist alles. Letzten Sonntag bin ich durch den Park gegangen; in der Nähe von Marble Arch stand eine kleine Gruppe ärmlich aussehender Leute, die irgendeinem gewöhnlichen Straßenprediger lauschten. Im Vorübergehen bekam ich mit, wie der Mann seinen Zuhörern genau diese Frage entgegenschrie. Es machte einen hochdramatischen Eindruck auf mich. London ist sehr reich an solchen kuriosen Begebenheiten. Ein regnerischer Sonntag, ein schnurriger Christ im Wettermantel, ein Kreis ungesund bleicher Gesichter unter dem undichten Dach tropfender Regenschirme und dazu ein wunderbarer Satz, von hysterischen Lippen schrill in die Luft geschleudert – das alles war auf seine Weise wirklich sehr gut, gradezu eine Eingebung. Ich habe mir überlegt, ob ich dem Propheten sage, daß nicht der Mensch, wohl aber die Kunst eine Seele hat. Ich fürchte allerdings, er hätte mich nicht verstanden.«

»Nicht doch, Harry. Die Seele ist eine furchtbare Wirklichkeit. Man kann sie kaufen und verkaufen oder sie gegen etwas tauschen. Man kann sie vergiften oder vervollkommnen. In jedem von uns ist eine Seele. Ich weiß es.«

»Sind Sie sich dessen völlig sicher, Dorian?«

»Völlig sicher.«

»Ah! Dann täuschen Sie sich ganz bestimmt. Dinge, deren man sich absolut sicher ist, sind niemals wahr. Das ist das Verhängnis des Glaubens und die Lehre der Liebe. Wie ernst Sie sind! Seien Sie doch nicht so feierlich. Was haben Sie oder ich mit den abergläubischen Vorstellungen unserer Zeit zu tun? Nein: Wir glauben nicht mehr an die Seele. Spielen Sie mir etwas vor. Spielen Sie ein Nocturne, Dorian, und während Sie spielen, erzählen Sie mir leise, wie Sie sich Ihre Jugend bewahrt haben. Sie müssen irgendein Geheimnis haben. Ich bin nur zehn Jahre älter als Sie, und ich habe schon lauter Runzeln und bin verwelkt und vergilbt. Sie sind wirklich ein Wunder, Dorian. Noch nie haben Sie so bezaubernd ausgesehn wie heute abend. Sie erinnern mich an den Tag, als ich Ihnen zum ersten Male begegnet bin. Sie waren ziemlich keck, sehr schüchtern und ganz und gar wunderbar. Natürlich, Sie haben sich seitdem verändert, aber nicht in Ihrem Aussehen. Ich würde Ihr Geheimnis zu gern erfahren. Um meine Jugend zurückzugewinnen, würde ich alles tun – außer Gymnastik treiben, früh aufstehen oder ein ehrbarer Mensch werden. Jugend! Nichts kommt ihr gleich. Es ist absurd, von der Unwissenheit der Jugend zu reden. Die einzigen Leute, deren Ansichten ich mir heute mit einigem Respekt anhöre, sind Leute, die viel jünger sind als ich. Es ist, als hätten sie mir etwas voraus. Das Leben hat ihnen sein letztes Wunder offenbart. Und was die Alten betrifft – denen widerspreche ich immer, und zwar aus Prinzip. Fragt man sie nach ihrer Meinung zu irgend etwas, was sich gestern ereignet hat, dann geben sie feierlich Ansichten zum besten, wie sie um 1820 im Schwang waren, als man noch steife Kragen trug, alles glaubte und absolut gar nichts wußte. Wie lieblich das ist, was Sie da spielen! Ich frage mich, ob Chopin es auf Mallorca geschrieben hat, während das Meer rings um die Villa weinte und die salzige Gischt gegen die Fenster spritzte. Es ist wunderbar romantisch. Was für ein Segen, daß uns wenigstens eine Kunst geblieben ist, die nicht nur von der Nachahmung lebt! Hören Sie nicht auf. Ich brauche Musik heute abend. Mir ist, als wären Sie der junge Apoll und ich Marsyas, der Ihnen lauscht. Ich habe Kummer, Dorian, Kummer, von dem selbst Sie keine Ahnung haben. Die Tragödie des Alters ist nicht, daß man alt ist, sondern daß man noch jung ist. Manchmal wundere ich mich über meine Aufrichtigkeit. Ach, Dorian, wie glücklich Sie sind! Was für ein herrliches Leben haben Sie doch geführt! Sie haben alles in tiefen Zügen genossen. Sie haben die Trauben an Ihrem Gaumen zerdrückt. Alles stand Ihnen offen. Und für Sie war es nie mehr als der Klang von Musik. Es hat Sie nicht verdorben. Sie sind noch immer derselbe.«

»Ich bin nicht mehr derselbe, Harry.«

»Doch: Sie sind noch derselbe. Ich frage mich, wie Ihr Leben weiterverlaufen wird. Verderben Sie's nicht durch Entsagung. Im Moment sind Sie ein vollkommener Mensch. Machen Sie sich nicht unvollkommen. Sie sind absolut makellos. Sie brauchen gar nicht den Kopf zu schütteln. Sie wissen, daß Sie es sind. Außerdem, Dorian, lassen Sie sich nicht täuschen – das Leben wird nicht von Wille oder Absicht gelenkt. Das Leben ist eine Frage der Nerven und Fasern, der langsam aufgebauten Zellen, in denen sich das Denken verbirgt und die Leidenschaft träumt. Sie mögen sich sicher wähnen und für stark halten. Aber eine zufällige Farbtönung in einem Zimmer oder am Morgenhimmel, ein bestimmter Duft, den Sie einmal geliebt haben und der zärtliche Erinnerungen mit sich trägt, eine Zeile aus einem vergessenen Gedicht, auf die Sie unverhofft gestoßen sind, eine Kadenz aus einem Musikstück, das Sie lange nicht mehr gespielt haben – ich sage Ihnen, Dorian, von solchen Dingen hängt unser ganzes Leben ab. Browning schreibt darüber irgendwo; aber nur unsre eigenen Sinne beschwören sie herauf. Es gibt Augenblicke, da streicht der Duft von *lilas blanc* plötzlich über mich hin, und dann muß ich den seltsamsten Monat meines Lebens noch einmal durchleben. Ich wollte, ich könnte mit Ihnen tauschen, Dorian. Die Welt hat sich über uns beide empört, aber zugleich lag sie Ihnen immer zu Füßen. Sie wird Ihnen immer zu Füßen liegen. Sie verkörpern genau das, was unsere Zeit sucht und was sie gefunden zu haben fürchtet. Wie gut, daß Sie niemals etwas geschaffen haben, daß Sie nie eine Statue gemeißelt, ein Bild gemalt oder irgend etwas außerhalb Ihrer selbst hervorgebracht haben! Ihre Kunst war das Leben. Sie haben sich selbst in Musik gesetzt. Ihre Tage sind Ihre Sonette.«

Dorian erhob sich vom Klavier und fuhr sich mit der Hand durchs Haar. »Ja, das Leben war herrlich«, murmelte er, »aber ich werde es so nicht weiterführen,

Harry. Und Sie dürfen mir nicht solche überspannten Dinge sagen. Sie wissen durchaus nicht alles von mir. Wenn Sie's wüßten, ich glaube, dann würden selbst Sie sich von mir abwenden. Sie lachen. Lachen Sie nicht.«

»Warum spielen Sie denn nicht weiter, Dorian? Setzen Sie sich wieder hin und spielen Sie nochmal das Nocturne für mich. Sehen Sie sich diesen großen honigfarbenen Mond an, wie er in der Dunkelheit hängt. Er wartet darauf, daß Sie ihn verzaubern; wenn Sie spielen, kommt er der Erde näher. Sie wollen nicht? Dann gehen wir eben in den Klub. Es war ein erfreulicher Abend, und wir müssen ihn erfreulich beschließen. Im White ist jemand, der Sie unbedingt kennenlernen will – der junge Lord Poole, Bournemouths ältester Sohn. Er kopiert bereits Ihre Krawatten und hat mich gebeten, ihn Ihnen vorzustellen. Er ist wirklich ganz reizend und erinnert mich ein bißchen an Sie.«

»Das will ich nicht hoffen«, sagte Dorian mit traurigem Blick. »Aber ich bin zu müde heut abend, Harry. Ich gehe nicht mehr in den Klub. Es ist schon fast elf, und ich möchte früh zu Bett.«

»Nun bleiben Sie doch. Sie haben noch nie so gut gespielt wie heut abend. Ihr Anschlag hatte etwas gradezu Wunderbares. Er war ausdrucksvoller als je zuvor.«

»Das liegt daran, daß ich mir vorgenommen habe, ein guter Mensch zu werden«, erwiderte Dorian lächelnd. »Ich bin jetzt schon ein bißchen anders.«

»Für mich werden Sie nie anders sein, Dorian«, sagte Lord Henry. »Sie und ich, wir sind und bleiben immer Freunde.«

»Und trotzdem haben Sie mich einmal mit einem Buch vergiftet. Das dürfte ich Ihnen eigentlich gar nicht verzeihen. Harry, versprechen Sie mir, daß Sie dieses

Buch nie wieder jemandem ausleihen. Es bringt Unheil.«

»Mein lieber Junge, jetzt fangen Sie doch tatsächlich an zu moralisieren. Nicht lange, und Sie gehen wie ein Bekehrter und Erweckungsprediger umher und warnen die Leute vor den Sünden, deren Sie überdrüssig geworden sind. Dazu sind Sie doch ein viel zu entzückender Mensch. Außerdem ist es zwecklos. Sie und ich, wir sind, was wir sind, und werden sein, was wir sein werden. Und was das Buch betrifft – von einem Buch vergiftet zu werden, so etwas gibt es nicht. Die Kunst hat keinen Einfluß auf unser Handeln. Sie löscht das Bedürfnis danach aus. Sie ist herrlich unfruchtbar. Bücher, die die Welt unmoralisch nennt, sind Bücher, die der Welt ihre eigene Schande vor Augen halten. Das ist alles. Aber wir wollen nicht über Literatur diskutieren. Kommen Sie doch morgen bei mir vorbei. Ich werde um elf ausreiten. Wir könnten zusammen ausreiten, und hinterher nehme ich Sie zum Lunch bei Lady Branksome mit. Sie ist eine bezaubernde Frau und möchte Sie wegen einiger Gobelins, die sie zu kaufen gedenkt, um Rat fragen. Also seien Sie bitte so freundlich. Oder sollen wir den Lunch lieber bei unsrer kleinen Duchess nehmen? Sie sagt, sie kriegt Sie gar nicht mehr zu Gesicht. Vielleicht haben Sie ja schon genug von Gladys? Ich hab's mir beinah gedacht. Ihre gewetzte Zunge kann einem regelrecht auf die Nerven gehen. Jedenfalls kommen Sie einfach um elf vorbei.«

»Muß das wirklich sein, Harry?«

»Aber ja. Im Park ist es zur Zeit wunderhübsch. Ich glaube, seit dem Jahr, als ich Sie kennengelernt habe, hat es dort keinen solchen Flieder mehr gegeben.«

»Na schön. Um elf bin ich da«, sagte Dorian. »Gute Nacht, Harry.« An der Tür zögerte er einen Augenblick, als hätte er noch etwas zu sagen. Dann seufzte er und ging hinaus.

20

Es war eine liebliche Nacht, so warm, daß er den Rock über den Arm warf und nicht einmal den Seidenschal umlegte. Als er, eine Zigarette rauchend, nach Hause schlenderte, kamen zwei junge Männer im Abendanzug an ihm vorüber. Er hörte, wie der eine dem anderen zuflüsterte: »Das ist Dorian Gray.« Er erinnerte sich, wie erfreut er früher gewesen war, wenn man auf ihn aufmerksam machte oder ihn anstarrte oder über ihn sprach. Inzwischen war er es leid, seinen Namen zu hören. Der Reiz des kleinen Dorfes, in dem er sich in der letzten Zeit so oft aufgehalten hatte, bestand zu einem großen Teil darin, daß dort niemand wußte, wer er war. Er hatte dem Mädchen, das er zur Liebe verleitet hatte, häufig erzählt, er sei arm, und sie hatte ihm geglaubt. Einmal hatte er ihr gesagt, er sei böse, und sie hatte ihn ausgelacht und geantwortet, böse Menschen seien immer sehr alt und sehr häßlich. Was für ein Lachen sie hatte! – Es glich dem Gesang einer Drossel. Und wie hübsch sie gewesen war in ihren Baumwollkleidern und mit ihren großen Hüten! Sie wußte nichts, besaß aber all das, was er verloren hatte.

Zu Hause angekommen, stellte er fest, daß sein Diener noch auf war und auf ihn gewartet hatte. Er schickte ihn zu Bett, warf sich auf das Sofa in der Bibliothek und begann über einige der Dinge nachzudenken, die Lord Henry zu ihm gesagt hatte.

War es wirklich wahr, daß man sich niemals ändern konnte? Er verspürte eine heftige Sehnsucht nach der unbefleckten Reinheit seiner Knabenjahre – seinem rosenzarten Knabenalter, wie Lord Henry es einmal genannt hatte. Er wußte, daß er sich besudelt, seinen Geist mit Verderbtheit erfüllt und seine Phantasie das Grauen gelehrt hatte; daß er auf andere einen schlechten Einfluß ausgeübt und dabei eine gräßliche Freude empfunden hatte; und daß er von all den Leben, die das seine gekreuzt hatten, gerade die schönsten und verheißungsvollsten in Schande gebracht hatte. War das denn gar nicht wiedergutzumachen? Gab es für ihn keine Hoffnung mehr?

Ach! In welch einem ungeheuerlichen Moment des Hochmuts und der Leidenschaft hatte er den inbrünstigen Wunsch geäußert, daß das Porträt die Bürde seiner Tage tragen und ihm selbst der ungetrübte Glanz ewiger Jugend erhalten bleiben möge! Sein ganzes Scheitern ging darauf zurück. Es wäre besser für ihn gewesen, wenn jeder Sünde in seinem Leben ihre sichere, rasche Strafe gefolgt wäre. In der Bestrafung lag Läuterung. Nicht »Vergib uns unsere Schuld«, sondern »Züchtige uns für unsere Missetaten« sollte es eigentlich lauten, wenn ein Mensch zu einem allgerechten Gott betete.

Der kunstvoll geschnitzte Spiegel, den Lord Henry ihm vor nun schon so vielen Jahren geschenkt hatte, stand auf dem Tisch, und die weißgliedrigen Amoretten, die ihn umrahmten, lachten wie eh und je. Er nahm ihn in die Hand, wie damals in jener Schreckensnacht, als er zum erstenmal die Veränderung an dem verhängnisvollen Porträt bemerkt hatte, und blickte mit wirrem, von Tränen getrübten Blick in den blanken Schild. Einst hatte ihm jemand, der ihn schrecklich geliebt hatte, einen wahnwitzigen Brief geschrieben, der mit dem Ausdruck abgöttischer Verehrung endete: »Die Welt ist verwandelt, weil Sie aus Elfenbein und Gold geschaffen sind. Der Schwung Ihrer Lippen schreibt die Geschichte neu.« Diese Sätze fielen ihm ein, und er sprach sie immer wieder vor sich hin. Dann packte ihn Abscheu vor seiner eigenen Schönheit; er warf den Spiegel zu Boden und zertrat ihn mit dem Absatz in silberne Splitter. Seine Schönheit hatte ihn zugrunde gerichtet, seine Schönheit und die Jugend, die er sich so inbrünstig herbeigewünscht hatte. Ohne diese beiden Dinge wäre sein Leben vielleicht makellos geblieben. Seine Schönheit war ihm nur eine Maske, seine Jugend nur Blendwerk gewesen. Was war denn die Jugend im besten Fall? Eine noch grüne, eine unreife Zeit, eine Zeit oberflächlicher Stimmungen und ungesunder Gedanken. Warum hatte er ihr Gewand getragen? Die Jugend hatte ihn verdorben.

Es war besser, nicht an die Vergangenheit zu denken. Sie war durch nichts mehr zu ändern. An sich selbst und an seine Zukunft mußte er denken. James Vane lag unauffindbar in einem namenlosen Grab auf dem Friedhof von Selby. Alan Campbell hatte sich eines Nachts in seinem Laboratorium erschossen, das Geheimnis jedoch nicht verraten, dessen Mitwisserschaft er ihm aufgezwungen hatte. Die momentane Aufregung über Basil Hallwards Verschwinden würde sich bald wieder legen. Sie ließ bereits nach. Von da drohte ihm keine Gefahr. Es war eigentlich auch gar nicht der Tod Basil Hallwards, was ihm am meisten zu schaffen machte. Es war der lebendige Tod seiner eigenen Seele, was ihn bedrückte. Basil hatte das Porträt gemalt, das sein Leben zerstört hatte. Das konnte er ihm nicht verzeihen. Das Porträt war an allem schuld. Basil hatte Dinge zu ihm gesagt, die unerträglich gewesen waren und die er dennoch geduldig ertragen hatte. Bei dem Mord hatte es sich einfach um die Wahnsinnstat eines Augenblicks gehandelt. Und was Alan Campbell betraf, so war der Selbstmord dessen eigene Entscheidung gewesen. Er hatte ihn aus freien Stücken gewählt. Ihn ging das nichts an.

Ein neues Leben! Das war es, was er brauchte. Das war es, worauf er wartete. Eigentlich hatte es bereits begonnen. Zumindest hatte er ein unschuldiges Geschöpf verschont. Nie wieder würde er die Unschuld in Versuchung führen. Er würde ein guter Mensch sein.

Als er an Hetty Merton dachte, fragte er sich plötzlich, ob sich das Porträt in dem abgesperrten Zimmer verändert hatte. Es war doch wohl nicht mehr ganz so abscheulich, wie es bisher gewesen war? Vielleicht vermochte er, wenn sein Leben rein würde, die Spuren böser Leidenschaft allesamt aus dem Gesicht zu verbannen. Vielleicht waren die Spuren des Bösen auch schon gänzlich verschwunden. Er würde nach oben gehen und nachsehen.

Er nahm die Lampe vom Tisch und schlich die Treppe hinauf. Als er die Tür aufschloß, huschte ein freudiges Lächeln über sein sonderbar jung wirkendes Gesicht und verweilte einen Augenblick lang um seine Lippen. Ja, er wollte ein guter Mensch sein, und das gräßliche Ding, das er versteckt hatte, würde ihn nie wieder schrecken. Ihm war, als wäre die Last schon jetzt von ihm genommen.

Ruhig trat er ein, schloß wie immer die Tür hinter sich ab und zog den purpurnen Vorhang vom Bild. Ein Schrei des Schmerzes und der Entrüstung brach aus ihm hervor. Er konnte keinerlei Veränderung entdecken, außer daß in den Augen ein verschlagener Ausdruck war und um die Mundpartie die geschwungene Furche des Heuchlers. Das Bild war noch immer abstoßend – womöglich abstoßender als zuvor –, und der scharlachrote Tau, der die Hand befleckte, wirkte noch heller, erinnerte noch mehr an frisch vergossenes Blut. Er begann zu zittern. War es denn schiere Eitelkeit gewesen, die ihn zu seiner einzigen guten Tat bewogen hatte? Oder das Verlangen nach einer neuen Empfindung, wie Lord Henry mit spöttischem Lächeln angedeutet hatte? Oder jene unwiderstehliche Neigung, in eine Rolle zu schlüpfen, die uns manchmal Dinge tun läßt, die edler sind als wir selbst? Oder vielleicht das alles zusammen? Und warum war der rote Fleck nun auf einmal größer geworden? Er schien sich wie eine furchtbare Krankheit auf den runzligen Fingern ausgebreitet zu haben. Blut war auf den gemalten Füßen, als wäre es herabgetropft – Blut auch auf der Hand, die das Messer gar nicht gehalten hatte. Ein Geständnis ablegen? Hieß das, daß er ein Geständnis ablegen sollte? Sich freiwillig stellen und zum Tode verurteilt werden? Er lachte. Der Gedanke kam ihm ungeheuerlich vor. Im übrigen, selbst wenn er ein Geständnis ablegte – wer würde ihm denn schon glauben? Es gab ja nirgendwo eine Spur von dem Ermordeten. Alles, was ihm gehört hatte, war vernichtet worden. Er selbst hatte verbrannt, was noch unten gewesen war. Man würde ihn schlicht für verrückt erklären. Man würde ihn einsperren, wenn er auf seiner Geschichte beharrte ... Dennoch, es war einfach seine Pflicht, ein Geständnis abzulegen, die öffentliche Schande hinzunehmen und öffentlich zu sühnen. Es gab einen Gott, der von den Menschen verlangte, ihre Sünden vor Ihm und der Welt zu bekennen. Ganz gleich, was er tat, nichts konnte ihn reinwaschen, bevor er nicht seine Sünde bekannt hatte. Seine Sünde? Er zuckte die Schultern. Der Tod Basil Hallwards kam ihm eher belanglos vor. Er dachte an Hetty Merton. Es war doch eigentlich ein ungerechter Spiegel, dieser Spiegel seiner Seele, in den er da blickte. Eitelkeit? Neugier? Heuchelei? Hatte in seinem Verzicht nicht mehr gelegen als das? Doch, es hatte noch mehr darin gelegen. Zumindest glaubte er das. Aber wer konnte das so genau wissen? ... Nein. Es hatte doch nicht noch mehr darin gelegen. Aus Eitelkeit hatte er auf sie verzichtet. Voller Heuchelei hatte er die Maske der Güte getragen. Aus Neugier hatte er sich in Selbstverleugnung geübt. Das wurde ihm nun klar.

Aber dieser Mord – sollte er ihn sein ganzes Leben lang verfolgen? Sollte er immer die Last seiner Vergangenheit tragen müssen? Sollte er wirklich ein Geständnis ablegen? Niemals. Es gab nur ein einziges Beweisstück gegen ihn. Das Bild selbst – das war der Beweis. Er würde es vernichten. Warum hatte er es überhaupt so lange behalten? Einst hatte es ihm Freude bereitet, zu beobachten, wie es sich veränderte und alterte. Zuletzt hatte er diese Freude nicht mehr verspürt. Das Porträt hatte ihn nachts nicht schlafen lassen. War er außer Haus gewesen, so hatte ihn das Grauen gepackt bei der Vorstellung, fremde Augen könnten es sehen. Es hatte Schwermut über seine Leidenschaften gebracht. Allein schon der Gedanke daran hatte ihm viele genußreiche Momente verdorben. Es war für ihn wie das Gewissen gewesen. Ja, es war sein Gewissen gewesen. Er würde es vernichten.

Er blickte sich um; da sah er das Messer, das Basil Hallward erstochen hatte. Er hatte es immer wieder gesäubert, bis kein Fleckchen mehr darauf zu erkennen war. Es war blank und glitzerte. Wie es den Maler getötet hatte, so würde es auch dessen Werk töten und alles, was damit zusammenhing. Es würde die Vergangenheit töten, und war diese erst tot, so würde er endlich frei sein. Es würde dieses unheimliche Seelenleben töten, und ohne dessen gräßliche Mahnungen würde er endlich Frieden finden. Er ergriff das Messer und erstach damit das Porträt.

Ein Schrei ertönte, ein Krachen. Der Schrei war so entsetzlich in seiner Todesqual, daß die Dienstboten aus dem Schlaf aufschraken und aus ihren Zimmern schlichen. Zwei Herren, die unten gerade über den Platz spazierten, blieben stehen und blickten zu dem großen Haus empor. Dann gingen sie weiter, bis sie auf einen Polizisten trafen, und kehrten mit ihm zurück. Der Mann läutete ein paarmal; nichts rührte sich. Bis auf einen Lichtschein in einem der oberen Fenster war das Haus vollkommen dunkel. Nach einer Weile zog sich der Polizist wieder zurück, stellte sich in einen angrenzenden Säulengang und wartete.

»Wem gehört denn das Haus, Constable?« fragte der ältere der beiden Herren.

»Mr. Dorian Gray, Sir«, antwortete der Polizist.

Die zwei Herren blickten einander an, rümpften die Nase und gingen weiter. Einer der beiden war Sir Henry Ashtons Onkel.

Drinnen, im Dienstbotentrakt des Hauses, unterhielten sich leise flüsternd die halbangekleideten Domestiken. Die alte Mrs. Leaf rang weinend die Hände. Francis war bleich wie der Tod.

Etwa eine Viertelstunde später holte er den Kutscher und einen der Lakaien und schlich mit ihnen nach oben.

Die Männer klopften; nichts rührte sich. Sie riefen. Alles war still. Nach ein paar erfolglosen Versuchen, die Tür gewaltsam zu öffnen, kletterten sie schließlich aufs Dach und ließen sich von dort auf den Balkon fallen. Die Glastür bereitete keine Mühe; ihre Riegel waren schon alt.

Als sie ins Zimmer kamen, sahen sie an der Wand ein wundervolles Porträt ihres Herrn, so wie sie ihn zuletzt gesehen hatten, im vollen Glanz seiner herrlichen Jugend und Schönheit. Auf dem Boden lag ein Toter im Abendanzug; in seinem Herzen steckte ein Messer. Sein Gesicht war welk, runzlig und abstoßend. Erst als sie die Ringe genauer in Augenschein nahmen, erkannten sie, wer es war.

ANHANG

Nachwort

Die Urfassung von *The Picture of Dorian Gray* erschien (in Fortsetzungen) im Juni 1890 in ›Lippincott's Monthly Magazine‹, die erweiterte und endgültige Fassung (in Buchform) im April 1891 bei Ward, Lock & Co. in London. Die vorliegende Neuübersetzung folgt der erstmals 1966 bei Collins in London und Glasgow erschienenen, von J. B. Foreman herausgegebenen Gesamtausgabe der Werke von Oscar Wilde. Offensichtliche Druckfehler dieser Ausgabe wurden bei der Übersetzung stillschweigend korrigiert. Kleinere Abweichungen vom Wortlaut des Originals ergaben sich nur dort, wo für bestimmte Begriffe keine deutsche Entsprechung vorliegt: So wurde z. B. aus den diversen *Hansoms*, *Broughams* etc. meistens ein schlichter »Wagen« – sofern die Beschaffenheit des Gefährts für den Textzusammenhang belanglos ist. Unübersetzt blieben Begriffe wie *Constable*, Hausnamen wie *Bell Tavern* und dergleichen mehr – all dies findet sich (gesetzt es dient dem Textverständnis) in den Anmerkungen erläutert. Shakespeare-Zitate folgen der für den deutschsprachigen Leser des 19. Jahrhunderts kanonischen Schlegel-Tieck-Übersetzung. Das Tempus der wörtlichen Rede wurde den Gepflogenheiten im Deutschen behutsam angeglichen. Die drei Hauptgestalten – Dorian Gray, Lord Henry Wotton, Basil Hallward – siezen sich; das schafft die für den Bonmotkitzel notwendige Distanz. Ansonsten galt für die Übersetzung lediglich *ein* Prinzip – das der Lesbarkeit. Richard Ellmann, Oscar Wildes letzter großer Lebensbeschreiber, bemerkt in seiner Biographie, daß Wildes »Genius noch durch die Übersetzungen leuchtet«. Daß dies Leuchten (das im Deutschen bisher nur zu oft ein schwaches Glimmen war) zu einem vollen Strahlen gerät, war eines der Ziele der vorliegenden Neuübersetzung.

Hans Wolf

Anmerkungen

1. Kapitel

Üppiger Rosenduft erfüllte das Atelier…: Vorlage dazu war wohl das Atelier des Malers und Illustrators Charles Ricketts (1866–1931), der mehrere Werke Wildes illustrierte.

Basil Hallward: Dem Wilde-Biographen Hesketh Pearson zufolge verdankt der Maler seinen Namen dem Umstand, daß Wilde 1884 einmal einem Maler namens Basil Ward Modell saß; nach Fertigstellung des Bildes soll Ward bemerkt haben: »Wie herrlich wäre es, wenn Sie so blieben, wie Sie sind, und statt dessen das Porträt alt und welk würde!« Eine andere Version verzeichnet der englische Dichter Ernest Christopher Dowson (1867–1900); ihm zufolge behauptete Wilde auf einem Empfang im Oktober 1890, das Urbild von Basil Hallward sei Charles Ricketts.

Grosvenor Gallery: Londoner Kunstgalerie, die sich seinerzeit vorwiegend der Ausstellung präraffaelitischer Malerei widmete.

Royal Academy: Die »Sommerausstellung« der Londoner Royal Academy of Arts findet seit 1769 regelmäßig von Mai bis Mitte August statt. Ausgestellt werden Werke lebender Künstler (Gemälde, Skulpturen, architektonische Entwürfe usw.), deren Arbeiten nicht älter als 10 Jahre sein dürfen.

Gewissen und Feigheit sind eigentlich ein und dasselbe…: Anspielung auf Shakespeares *Richard III.* (V, iv, 310): »Gewissen ist ein Wort für Feige nur.«

Antinoos: Schöner Jüngling aus Claudiopolis in Bithynien, Liebling und Reisegefährte des Kaisers Hadrian; starb freiwillig unweit Besa im Nil – aus Schwermut oder, einem Aberglauben folgend, um durch seinen Opfertod das Leben des Kaisers zu verlängern.

Agnew: Sir William Agnew (1825–1910), einer der berühmtesten Kunsthändler der Zeit.

East End: Londoner Stadtbezirk östlich des Towers und der Tower Bridge mit überwiegend armer Bevölkerung. Kontrastreicher Gegenpol zum »reichen« West End, wo (im vornehmen Stadtteil Mayfair) auch Lord Henry Wotton lebt.

2. Kapitel

Whitechapel: Stadtbezirk im Londoner Osten.

Daß er sich von der Welt noch nicht hatte besudeln lassen …: Anspielung auf den Brief des Jakobus, I, 27: »Ein reiner und unbefleckter Gottesdienst […] ist der: […] sich von der Welt unbefleckt behalten.«

Eine Versuchung wird man nur los, indem man ihr nachgibt: Anspielung auf eine Passage in Balzacs *Le père Goriot* (*Vater Goriot*): »Mich quälen böse Gedanken.« – »Welcher Art? Gedanken sind heilbar.« – »Auf welche Weise?« – »Man erliegt ihnen.«

Er hatte nur einen Pfeil in die Luft geschossen: Zitat aus Henry Wadsworth Longfellows (1807–1882) Gedicht *The Arrow and the Song* (*Der Pfeil und das Lied*).

Hedonismus: (Von griech. ἡδονή, »Genuß«, »Lust«, »Vergnügen«); von dem Philosophen Aristippos begründete ethische Lehre, daß Lust bzw. Vergnügen der oberste Wert und das einzige Ziel menschlichen Strebens sei, und daß gut sei, was Lust bereite.

Aus der Zeit Georgs III.: George III. (1738–1820), König von England (1760–1820).

White: Londoner Klub im Stadtbezirk St. James.

3. Kapitel

Albany: Unweit des Piccadilly Circus gelegenes Mietshaus, das einst Lord Byron und Macauly zu seinen Bewohnern zählte.

Isabella: Isabella II. (1830–1904), Königin von Spanien, deren Regierungszeit von heftigen Parteikämpfen und wiederholten Aufständen geprägt war. Wurde 1868 gestürzt und verzichtete zugunsten ihres Sohnes Alfons XII. auf den Thron.

Prim: Juan Prim y Prats, Graf von Reus, Marqués de los Castillejos (1814–1870), span. General u. Staatsmann. Führte 1868 den Sturz von Königin Isabella II. herbei. Kam durch ein Attentat ums Leben.

Das Kapital des zweitgeborenen Sohns: Gemäß dem Erstgeburtsrecht erbte der älteste Sohn den gesamten (Land)-Besitz.

Dartmoor: Lord Henrys älterer Bruder.

Was in den englischen Blaubüchern steht: In England die dem Parlament von der Regierung vorgelegten Bücher (Blue Books), in denen die diplomatischen Verhandlungen, Noten, Berichte, insbes. aber die Korrespondenzen zwischen dem Außenministerium und den Vertretern des englischen Kabinetts im Ausland über einen bestimmten Gegenstand abgedruckt sind; benannt nach ihren blauen Umschlägen.

Dryadengleich: Dryaden, Baumnymphen der griech. Mythologie.

Buonarotti: Michelangelo Buonarotti (1475–1564). Seine *Rime* (*Gedichte*) geben seine Verfallenheit an schöne weibliche u. männliche Gesichter wieder.

Bacchantin: Dienerin des römischen Weingottes Bacchus.

Silen: In der griech. Sage Begleiter des Dionysos (Bacchus), ein dickleibiger, glatzköpfiger Alter, den man mit Blumenketten fesselte und so zum Weissagen zwang.

Omar: Gemeint ist Omar Chaijam (1048–1131), pers. Mathematiker, Astronom u. Dichter, in dessen Versen hedonistische, pessimistische, skeptizistische u. mystische Gedanken nebeneinanderstehen.

Willis: Willis's Rooms, elegantes Restaurant im Londoner Stadtbezirk St. James.

Athenaeum: Athenaeum Club, 107 Pall Mall, London. Laut London-Baedeker von 1898 der »Klub der Gelehrten; 1200 Mitglieder.

(Fremde von Distinktion können für die Dauer ihres Londoner Aufenthalts zu Ehrenmitgliedern des Klubs ernannt werden.)«

4. Kapitel

Clodion: Eigtl. Claude Michel (1738–1814), berühmter frz. Bildhauer.

Cent Nouvelles: *Les Cent Nouvelles Nouvelles* (*Die hundert neuen Novellen*): Sammlung von Novellen verschiedener Verfasser, entstanden zwischen 1456 u. 1467, erschienen 1486. Derb komische, lebenssprühende Erzählungen in der Tradition Boccaccios.

Clovis Eve: Hofbuchbinder der frz. Könige Heinrich III. u. IV., außerdem Verleger u. Buchdrucker.

Margarete von Valois: Genannt »La Reine Margot« (1553–1615), Tochter Heinrichs II. und Katharinas von Medici. Heiratete 1672 den späteren König Heinrich IV; ihre Hochzeit war der Auftakt zur Bartholomäusnacht. Die Ehe wurde 1599 geschieden.

Manon Lescaut: *Histoire du Chevalier des Grieux et de Manon Lescaut* (*Geschichte des Chevalier des Grieux und der Manon Lescaut*), Roman von Antoine-François Prévost d'Exiles, erschienen 1731. Geschichte eines jungen Mannes, der sein Leben für eine Kurtisane ruiniert.

Eine ganze Guinee: Fein geprägte engl. Münze im Sollwert von 21 Shilling. Nach heutigem DM-Wert etwa 130 DM.

Grande passion: Große Leidenschaft.

Les grand-pères ont toujours tort: »Die Großväter haben immer unrecht.«

Rosalinde: In Shakespeares *Wie es euch gefällt* die Tochter des von seinem Bruder vertriebenen und mit seinen Getreuen im Ardenner Wald Zuflucht suchenden Herzogs.

Imogen: In Shakespeares *Cymbeline* die schöne Tochter Cymbelines, des Königs von Britannien, aus erster Ehe.

Wie sie [...] das Gift von den Lippen ihres Geliebten schlürfte und starb: Vgl.

Shakespeare, *Romeo und Julia*, V, iii, 161f.: »Was ist das hier? Ein Becher, festgeklemmt/In meines Trauten Hand? – Gift, seh' ich, war / Sein Ende vor der Zeit. [...] Ich will / Dir deine Lippen küssen. Ach, vielleicht / Hängt noch ein wenig Gift daran und läßt mich / An einer Labung sterben.«

Als hübscher Jüngling verkleidet: In solcher Gewandung durchstreift Rosalinde auf der Suche nach ihrem Vater den Ardenner Wald.

Eine Wahnsinnige, die vor einen schuldigen König trat und ihm Raute zu tragen und bittere Kräuter zu kosten gab: Vgl. Shakespeare, *Hamlet*, IV, v, 179f.: »Da ist Fenchel für Euch und Aklei – da ist Raute für Euch, und hier ist welche für mich [...] Ihr könnt Eure Raute mit einem Abzeichen tragen.«

Die schwarzen Hände der Eifersucht: Anspielung auf Othello, der die unschuldige Desdemona im letzten Akt von Shakespeares *Othello* erwürgt.

Gräfin Capulet: Mutter Julias in Shakespeares *Romeo und Julia*.

Giordano Bruno: Italienischer Philosoph (1548–1600). Entwarf, die kopernikanische Lehre ausgestaltend, ein Weltbild, wonach das Universum unendlich und von der göttlichen Weltseele durchwaltet sei. Die Einzeldinge gründeten in der Weltvernunft; in ihnen spiegele sich die Einheit des Universums wider. Weil er der kopernikanischen Lehre nicht abschwor, starb Giordano Bruno auf dem Scheiterhaufen der Inquisition.

5. Kapitel

Tableau: Wirkungsvoll arrangiertes Bühnenbild.

Viktoria-Chaise: Auch »Mylord« genannt; ein- bzw. zweispänniger, vierrädriger Luxuswagen mit einem unter dem Kutschbock verborgenen Notsitz für drei Personen.

Achilles-Statue: Zu Ehren Wellingtons im Londoner Hyde Park errichtetes Kolossal-Standbild. Von Sir Richard Westmacott (1775–1856) aus zwölf in Spanien, Frankreich und bei Waterloo erbeuteten französischen Kanonen gegossen und einem der Rossebänder auf dem römischen Monte Cavallo nachgebildet.

Marble Arch: Triumphbogen im Hyde Park, in der Art des römischen Konstantinbogens.

6. Kapitel

Bristol: Hotel unweit des Piccadilly Circus. Laut London-Baedeker von 1898 »vornehmes Haus, ähnlich wie Albemarle«.

Messalina: Valeria M. (um 25–48), dritte Frau des römischen Kaisers Claudius. Erregte Anstoß durch ihren zügellosen Lebenswandel und ihre Grausamkeit; Anlaß zu ihrer Beseitigung gab die ohne Wissen des Claudius geschlossene Ehe mit Gajus Silius.

Orlando: In Shakespeares *Wie es euch gefällt* Sohn des Freiherrn Roland de Boys. Liebt und bekommt Rosalinde.

Tanagra-Statuette: Aus Tanagra in Böotien stammende Figuren aus bemaltem Ton, v. a. Mädchenstatuetten, die als Grabbeigaben dienten.

Brougham: Vierrädrige Kutsche; benannt nach dem engl. Staatsmann Henry Brougham (1779–1868).

Hansom: Einspännige, zweirädrige Kutsche mit Verdeck u. Kutschbock hinter den Sitzen; benannt nach dem engl. Erfinder J. A. Hansom (1803–1882).

7. Kapitel

Als habe er Miranda gesucht und sei auf Caliban gestoßen: Miranda und Caliban sind Gestalten aus Shakespeares Komödie *Der Sturm*. Die etwa 15jährige Miranda ist die schöne Tochter Prosperos. Caliban ist der mißgestaltete Sohn der Hexe Sycorax und Feind Prosperos, dessen Knecht er sein muß. Er ist der einzige Bewohner der Insel, auf die es Prospero und Miranda verschlägt.

Schauplatz war der Saal in Capulets Haus: Die Vorstellung begann offenbar erst mit der fünften Szene des 1. Akts.

Nein, Pilger [...] frommer Waller Kuß: Shakespeare, *Romeo und Julia*, I, v, 101–104.

Du weißt [...] mich sagen hörtest: Ebda., II, ii, 85–87.

Obwohl ich dein [...] uns wiedersehn: Ebda., II, ii, 116–122.

Portia: In Shakespeares *Kaufmann von Venedig* die schöne, blonde, blauäugige Tochter jenes verstorbenen Vaters, der sich angemaßt hat, der Tochter einen Mann nach seinem Geschmack vorzuschreiben.

Beatrices Freude [...] Cordelias Schmerzen: Beatrice ist die Nichte Leonatos in Shakespeares *Viel Lärmen um nichts*, eine schöne Verächterin aller Männer. Cordelia ist die jüngste Tochter Lears in Shakespeares *König Lear*, verheiratet mit dem König von Frankreich. Sie wird von ihrem Vater verstoßen und am Ende zu seiner Retterin.

8. Kapitel

Sèvres-Porzellan: Porzellan der 1738 in Vincennes gegründeten, seit 1756 nach Sèvres verlegten, 1759 königlichen Manufaktur; künstlerische Blüte 1750–1850.

Jermyn Street: Kleine Straße unweit des Piccadilly Circus mit vielen Pfandleihen.

Die Patti singt heut abend: Adelina Patti (1843–1919), eine der gefeiertsten Opernsängerinnen des 19. Jhdts.

Webster, Ford oder Cyril Tourneur: John Webster (um 1580 bis um 1625), John Ford (1586 bis um 1655), Cyril Tourneur (um 1575–1626) – berühmte Dramatiker der engl. Renaissance.

Tochter Brabantios: Desdemona in Shakespeares *Othello*.

9. Kapitel

Gautier, der von der ›consolation des arts‹ geschrieben hat: Théophile Gautier (1811–1872), frz. Dichter, Romancier, Kunstkritiker u. einer der Begründer der L'art-pour-l'art-Bewegung. Im Vorwort zu seinem *Albertus* schrieb er: »L'art est ce qui console le mieux de vivre« (»Die Kunst tröstet am ehesten über das Leben hinweg«).

Marlow: Stadt an der Themse in der engl. Grafschaft Buckinghamshire; bekannt für ihre Segelregatta.

10. Kapitel

Montaigne, Winckelmann: Michel Eyquem de Montaigne (1533–1592), franz. Schriftsteller u. Philosoph. Seine *Essais* sind das bedeutendste Erzeugnis des franz. Späthumanismus. – Johann Joachim Winckelmann (1717–1768), Begründer der neueren Archäologie; durch seine ästhetische Kunstbetrachtung wurde die Blickrichtung von der röm. auf die griech. Antike gelegt, deren Wesen er als »edle Einfalt und stille Größe« bezeichnete.

Mr. Hubbard: Kurz vor Drucklegung des *Dorian Gray* bei Ward, Lock & Co. ließ Wilde in allerletzter Minute eine Korrektur anbringen: Im Buch gebe es einen Bilderrahmer namens »Ashton«. Das könne nicht angehen. »Ashton – so heißen nur Gentlemen. Und ich habe diesen Namen einem Krämer gegeben! Der Mann muß umbenannt werden in Hubbard. Ja, Hubbard riecht geradezu nach Krämer.«

Fonthill: Geburtsort von William Beckford (1759–1844), einem engl. Schriftsteller u. Sonderling, in dessen franz. geschriebenem, von ihm selbst ins Englische übersetztem Roman *Vathek* es um die Möglichkeit des Auslebens menschlicher Begierden geht.

Cassone: (ital.) reich verzierte Truhe, die man in der ital. Renaissance für die Aussteuer zur Hochzeit verschenkte.

Ein gelb broschiertes Buch: Laut Wildes Biographen Richard Ellmann bekannte Wilde bei seinem späteren Gerichtsprozeß, daß er dabei zumindest teilweise den Roman *A Rebours* (*Gegen den Strich*) des flämischen Schriftstellers Joris-Karl Huysmans (1848–1907) im Sinn gehabt habe. Der Held dieses Buches, Des Esseintes, ist Dandy und Gelehrter; seine Gelüste und Genüsse sind von einem Raffinement ohnegleichen – die damaligen Rezensenten bezeichneten den Roman einhellig als Leitfaden der Décadence.

St. James's Gazette: Berühmte Londoner Tageszeitung.

11. Kapitel

Dante schreibt, sie strebten immer danach, »durch die Anbetung des Schönen zur Vollkommenheit zu gelangen«: Das Zitat stammt nicht von Dante. Es findet sich in Walter Paters (1839–1894) Roman *Marius the Epicurean* (*Marius der Epikureer*).

Wie Gautier [...] für den ›die sichtbare Welt existierte‹: Die Brüder Edmond (1822–1896) und Jules (1830–1870) de Goncourt trugen diesen Ausspruch Gautiers unter dem 1. Mai 1857 in ihre Tagebücher ein.

Verfasser des ›Satyrikon‹ [...] ein bloßer arbiter elegantiarum: Gajus [Titus?] Petronius, gen. Petronius Arbiter († 66 n. Chr.), röm. Schriftsteller. Autor des freizügigen *Satiricon*, einer Mischung von Prosa u. Versen. Erfreute sich seiner Lasterhaftigkeit u. seines Geschmacks wegen der höchsten Gunst Neros und spielte an dessen Hof die Rolle eines *arbiter elegantiae*, eines Sachverständigen in Fragen des Lebensstils.

Anachoreten: (griech.) »Zurückgezogene«; in der Einsamkeit lebende christl. Asketen.

Antinomismus: Allg. die Bestreitung und/oder Verwerfung des (Moral-) Gesetzes. Im besonderen Strömung innerhalb des Christentums, die das mosaische Gesetz ablehnt u. die göttliche Gnade sowie die Glaubensfreiheit betont.

Materialistische Lehre der deutschen Darwinismus-Bewegung: Die Bewegung wurde angeführt von dem Zoologen Ernst Haeckel (1834–1919), der die Theorie Darwins zum Aufbau seiner generellen Morphologie als eines »natürlichen Systems« unter konsequenter Einbeziehung des Menschen benutzte.

Alfonso de Ovalle: (1601–1651), chilenischer Jesuit, der in Peru als Missionar auftrat.

Bernal Díaz [...] mit Cortez: Bernal Díaz del Castillo (*zw. 1492 u. 1500, † zw. 1560 u. 1582). Nahm als Vertrauter von Hernán Cortez (1485–1547) an dessen Eroberung Mexikos teil, worüber er einen Bericht niederlegte: *Historia veradera de la conquista de la Nueva España* (*Wahrhafte Geschichte der Eroberung Neuspaniens*).

Anne de Joyeuse, Admiral von Frankreich: Anne Herzog von Joyeuse (1561–1587), Gouverneur der Normandie, war einer der Günstlinge des franz. Königs Heinrich III. Kam im Kampf gegen die Hugenotten ums Leben.

Einmal befaßte er sich mit dem Studium der Edelsteine ...: Die Informationen dazu holte sich Wilde aus den Broschüren des South Kensington Museums; dort fand er zudem Einschlägiges über Musikinstrumente, Edelsteine, Stickereien, Spitzen u. Textilwaren.

De la vieille roche: (franz.) »Vom alten Stein«.

Alphonsos Clericalis Disciplina: Petrus Alfonsi (* nach 1050), urspr. Moses Sephardi, konvertierte 1106 zum katholischen Glauben. Sein Hauptwerk, die *Disciplina clericalis* (*Unterweisung für Kleriker*), gilt als die älteste Novellensammlung des lateinischen Mittelalters.

Emathia: (griech.) »Küstenebene«; Landschaft im alten Makedonien, Ursitz des makedonischen Königtums.

Philostrat: Name von vier griech. Rhetorikern und Sophisten. Hier vermutlich Flavius Philostratos (um 170–250 n. Chr.).

Pierre de Boniface: Gest. 1323; hinterließ eine Handschrift über den Wert u. die Bedeutung von Edelsteinen.

Leonardus Camillus: Verfasser des 1502 erschienenen, Cesare Borgia gewidmeten *Miroir des pierres* (*Spiegel der Edelsteine*).

Bezoar: (pers. »bâd-sahr«, »Gegengift«). Laut Meyers Konversationslexikon von 1905 »Konkretionen verschiedener Art und ähnliche Gebilde, die ehedem als unfehlbare Mittel gegen alle Übel benutzt wurden [...] findet sich in den Gedärmen der wilden Ziege [...] und mehrerer Antilopenarten«.

Demokrit: Griech. Philosoph (470 bis um 380 v. Chr.). Begründer der Atomistik und Vorläufer des Materialismus.

Johannes der Priester: Der Legende zufolge christl. Fürst eines Reiches im östlichen Asien im 12. Jhdt, auch »Indorum rex« genannt.

Sarder: Rötlicher bzw. fleischfarbener Achat. Galt als Antidot gegen die schädlichen Wirkungen des Onyx.

In Lodges wundersamer Romanze ›Eine Perle aus Amerika‹: Thomas Lodge (um 1558–1625), engl. Schriftsteller. Mit seiner Prosaromanze *Rosalynde. Euphues' Golden Legacie: Found after His Death in His Cell at Silexedra* (*Rosalinde. Euphues' goldnes Vermächtnis: nach seinem Tod in seiner Zelle zu Silexedra gefunden*) lieferte er Shakespeare die Vorlage zu dessen Komödie *Wie es euch gefällt*. Auf einer Reise nach Südamerika verfaßte er die hier erwähnte Romanze *A Margarite of America*.

Marco Polo: (1254–1324), bedeutendster Asienreisender des Mittelalters.

Zipangu: Erstmals von Marco Polo erwähntes Inselreich im westlichen Pazifik. Entspricht dem heutigen Japan.

König Perozes: Angehöriger der pers. Dynastie der Sassaniden. Regierte von 459 bis 484 n. Chr.

Prokop: Prokopius von Caesarea (um 500 bis nach 562), byzantin. Geschichtsschreiber.

Kaiser Anastasius: Byzantin. Kaiser (491–518).

Malabar: SW-Küste Indiens zw. Goa u. Kap Comorin.

Als der Herzog von Valentinois, der Sohn Alexanders VI., Ludwig XII. von Frankreich besuchte: Cesare Borgia (1475–1507), Sohn des Papstes Alexander VI. (1431 od. 1432–1503), gab 1498 die geistl. Laufbahn auf und wurde von Ludwig XII., dem König von Frankreich, mit dem Herzogtum Valentinois belehnt.

Brantôme: Pierre de Bourdeille, Seigneur de Brantôme (um 1540–1614), franz. Schriftsteller. Seine 1665/66 veröffentlichten Memoiren liefern ein farbiges Bild der zeitgenöss. franz. Gesellschaft.

Karl von England [...] Richard II. [...] Heinrich VIII. [...] Jakob I. [...] Eduard II. [...] Heinrich II: Engl. Könige mit folg. Regierungszeiten: Karl I. (1625–1649); Richard II. (1377–1399); Heinrich VIII. (1509– 1547); Jakob I. (1603–1625); Eduard II. (1307–1327); Heinrich II. (1154–1189).

Hall: Edward Hall (1498–1547), engl. Geschichtsschreiber, auf den Shakespeare für seine Königsdramen zurückgriff.

Piers Gaveston: Sohn eines Ritters aus der Gascogne. Günstling des engl. Königs Eduard II. Wurde, da man ihm seinen großen Einfluß auf den König neidete, 1312 enthauptet.

Parsemé: (franz.) »übersät«.

Karl der Kühne: Graf von Charolais (1433–1477). Durch die Heirat seiner Tochter mit Maximilian I. fiel der Großteil der burgund. Länder an Habsburg.

Das prächtige, von braunen Mädchen zur Freude Athenes gewebte krokusfarbene Gewand: Ein aus Olivenholz gefertigtes Standbild der Göttin wurde im alten Athen jährlich mit einem neuen Gewand bekleidet.

Velarium: (von lat. »velum«, »Segel«); meist horizontal ausgespannte Leinwand, die zur Dämpfung des Lichtes dient. In unbedeckten Räumen (bei Abhaltung von öff. Schauspielen, Festen, auch in den Straßen südlicher Städte) dient das Velarium als Schutz gegen die Sonne.

Sonnenpriester: Vermutlich Elagabalus bzw. Heliogabalus (204–222). Seit 217 Priester des syrischen Sonnengottes Elagabal, den er 219 in Rom als römischer Kaiser Marcus Aurelius Antoninus zur Reichsgottheit erhob.

König Chilperichs: Frankenkönig (539–584).

Karl von Orleans: Charles d'Orléans (1394–1465), Sohn des Herzogs Louis d'Orléans und der Mailänder Herzogstochter Valentine Visconti. Franz. Dichter; bedeutender Vertreter der höfischen Literatur.

Madame, je suis tout joyeux: (franz.) »Madame, ich bin ganz hochgemut.«

Katharina von Medici: (1519–1589), Gattin des späteren franz. Königs

Heinrich II. Übernahm nach dessen Tod und dem ihres ältesten Sohnes die Regentschaft für ihren noch minderjährigen zweiten Sohn, den nachmaligen König Karl IX. Veranlaßte 1572 das Blutbad in der Bartholomäusnacht.

Ludwig XIV.: (1638–1715), König von Frankreich seit 1643. Bis 1661 unter der Regentschaft der Königinmutter.

Karyatiden: Im antiken Griechenland Bauplastiken in Form einer Frauengestalt im langen Gewand, die auf Haupt oder emporgehaltenen Armen das Gebälk trägt.

Sobieski, König von Polen: Johann III. Sobieski (1629–1696), König von Polen. Schloß im April 1683 ein Bündnis mit Österreich und befreite Wien in der Schlacht am Kahlenberg (1683) von der türkischen Belagerung.

Palmetten: Dem Blatt der Palme ähnliche, fächerförmige Ornamente, die im antiken Griechenland häufig Verwendung fanden.

Fleurs de lys: (franz.) Lilien, Wappenbild franz. Könige.

Lacis-Schleier: Schleier aus netzförmigem Gewebe.

Foukousas: Gestickte Seidenstoffe.

Diapermuster: Rautenförmiges Damastmuster.

St. Sebastian: Röm. Märtyrer (gest. im 3. oder 4. Jhdt). Der Legende zufolge erst von Pfeilen durchbohrt, dann mit Keulen erschlagen. Patron der Jäger, Schützen, Steinmetzen u. der Homosexuellen.

Dalmatiken: Bis zu den Knien reichende Gewänder aus Seide oder Halbseide, die zur liturgischen Kleidung von Diakonen und Bischöfen zählen.

Korporalien: In der kath. Kirche Tücher als Unterlage für Hostie u. Kelch während der Messe.

Blue Gate Fields: Berüchtigtes Viertel im östlichen Londoner Stadtbezirk Limehouse.

Trouville: Stadt im franz. Depart. Calvados.

Francis Osborne: (um 1589 bis um 1659) Engl. Geschichtsschreiber. Verfaßte die 1658 erschienenen *Historical Memories on the Reigns of Queen Elizabeth and King James* (*Historische Erinnerungen an die Regierungszeiten von Königin Elisabeth und König Jakob*).

Giovanna von Neapel: Johanna II. (1371–1435), seit 1414 Königin von Neapel. War berüchtigt für ihre zügellose Lebensweise.

Prinzregenten [...] bei der heimlichen Vermählung mit Mrs. Fitzherbert: Der Prince of Wales und spätere (seit 1820) König Georg IV. (1762–1830) knüpfte 1785 ein Liebesverhältnis mit Mary Anne Fitzherbert (1756–1837) an und ging mit ihr im Ausland eine Ehe ein, die, ohne königl. Genehmigung geschlossen, dem Hausgesetz von 1772 zufolge ungültig war und überdies, da Mrs. Fitzherbert Katholikin war, der Erbfolgeordnung Wilhelms III. zuwiderlief. Nach Georgs Vermählung mit Karoline von Braunschweig (1795) wurde die Verbindung gelöst.

Lady-Hamilton-Gesicht: Lady Emma Hamilton, geb. Lyon (um 1765–1815). Gefeierte Schönheit; seit 1791 verh. mit dem brit. Gesandten in Neapel, Altertumsforscher und Sammler Sir William H. (1730–1803). Seit 1798 Geliebte Lord Nelsons.

Tiberius: Tiberius Julius Caesar [eigtl. Tiberius Claudius Nero] (42 v. Chr. bis 37 n. Chr.), röm. Kaiser (seit 14 n. Chr.).

Elephantis: Im 2. bis 1. Jhdt. v. Chr. geborener griech. Autor erotischer Schriften.

Caligula: (lat. »Stiefelchen« [die er als Kind trug]), Gajus Julius Caesar Germanicus (12–41), röm. Kaiser (seit 37). Seinem Pferd Incitatus (Heißsporn) gab er laut Suetons *Caesarenleben* »außer einem Stall aus Marmor nebst elfenbeinerner Krippe, purpurnen Decken und mit Edelsteinen besetzten Halsbändern [...] noch einen eigenen Palast mit Dienerschaft und Hausrat, um die in seinem Namen eingeladenen Gäste mit ganz besonderer Pracht empfangen zu können. Es heißt sogar, er habe vorgehabt, es zum Konsul zu machen.«

Domitian: Titus Flavius Domitianus (51–96), röm. Kaiser (seit 81). Sueton schreibt in *Cäsarenleben* von ihm: »Von dem letzten Jahr und Tag seines Lebens hatte er schon lange eine Vorahnung, selbst von der Stunde und Art seines Todes. [...] Je mehr nun die Zeit der gefürchteten Gefahr herankam, desto ängstlicher wurde der Kaiser von Tag zu Tag. Er ließ die Wände der Hallen, in denen er spazierenzugehen pflegte, mit Spiegelsteinen bekleiden, um darin alles, was hinter seinem Rücken vorging, sich spiegeln zu sehen.«

taedium vitae: (lat.) »Lebensüberdruß«.

Sich [...] zu einem Goldenen Haus tragen ließ und dabei die Menschen nach Nero Caesar rufen hörte: Nero Claudius Drusus Germanicus Caesar [eigtl. Lucius Domitius Ahenobarbus] (37–68), röm. Kaiser (seit 54). Suetons *Cäsarenleben* zufolge »verlängerte er [den Kaiserpalast] vom Palatium bis zu den Esquilien und nannte den Verbindungsbau zuerst das ›Durchgangshaus‹, später nach dem Wiederaufbau infolge des Brandes das ›Goldene Haus‹«.

Filippo, der Herzog von Mailand: Filippo Maria Visconti (1391–1447) ließ seine erste Gemahlin wegen Ehebruchs hinrichten. Nach der Ermordung seines Bruders Giovanni Maria übernahm er die Herrschaft über das Herzogtum Mailand.

Pietro Barbi, der Venezianer, bekannt als Paul der Zweite, der sich [...] den Titel Formosus anmaßen wollte und dessen auf zweihunderttausend Florin geschätzte Tiara um den Preis einer furchtbaren Sünde erkauft wurde: Pietro Barbo (1417–1471), röm. Papst (seit 1464). Ferdinand Gregorovius schildert ihn in der *Geschichte der Stadt Rom im Mittelalter*: »Eitel auf seine Schönheit, zeigte er sich als Kardinal gern beim Kirchendienst mit theatralischem Gepränge, froh, die Augen aller auf sich zu ziehen. [...] Nach seiner Wahl wollte er sich Formosus nennen; die Kardinäle beanstandeten diesen eiteln Namen. [...] Mit krankhafter Eitelkeit brachte er Edelsteine zusammen, seine Papstkrone zu schmücken. Man schätzte dieselbe auf 200 000 Goldgulden. Als später der Kaiser nach Rom kam und Paul ihm die Apostelhäupter im Lateran zeigte, verglich er einen Smaragd ihres Schmuckes mit einem Edelstein an seinem Finger, um zu sehen, welcher der schönere sei.«

Gian Maria Visconti: Bruder des o. a. Filippo Maria Visconti; wurde 1412 von Verschwörern ermordet.

Der Borgia auf seinem Schimmel, den Brudermörder an seiner Seite und den Man-

tel besudelt vom Blut Perottos: Der 17jährige Cesare Borgia (vgl. oben) wurde beschuldigt, seinen Bruder ermordet zu haben.

Pietro Riario: (1445–1474), Franziskanermönch; angebl. Neffe, vermutl. Sohn des nachmaligen Papstes Sixtus IV., der ihn 1471 zum Kardinal ernannte und ihm das Erzbistum Florenz verlieh.

Sixtus IV.: Francesco della Rovere (1414–1484), röm. Papst (seit 1471). Während seiner Amtszeit entstand die Sixtinische Kapelle.

Leonora von Aragon: Tochter des Königs von Neapel. Als sie, so Gregorovius in der *Geschichte der Stadt Rom im Mittelalter*, »nach Rom kam, um sich zu ihrem Gemahle Herkules nach Ferrara zu begeben«, überstiegen die »Feste, welche ihr [Pietro Riario] gab, [...] an wahnsinniger Verschwendung alles, was bisher in dieser Weise erlebt worden war«.

Ganymed: In der griech. Mythologie der schöne Mundschenk des Zeus.

Hylas: In der griech. Mythologie Liebling des Herakles; wurde auf der Argonautenfahrt an der Propontis beim Wasserholen von den Quellnymphen wegen seiner Schönheit geraubt.

Ezzelino: Ezzelino III. da Romano (1194–1259), Ghibellinenführer. Stadtherr v. Verona, Vicenza, Padua u. Treviso. Wegen seiner Grausamkeit allgemein gehaßt.

Giambattista Cibo, der sich aus Hohn den Namen Innozenz zulegte: (1432–1492). Leistete als Papst Innozenz (lat. »der Unschuldige«) VIII. (seit 1484) durch die »Hexenbulle« einen verhängnisvollen Beitrag zur Hexenverfolgung.

Sigismondo Malatesta: (1417–1468), Herrscher von Rimini. Berühmt als Söldnerführer und Gönner der Künste u. Wissenschaften, war er laut Meyers Konversationslexikon von 1907 zugleich »ein Mann von zügelloser Sinnlichkeit und Gewalttätigkeit«. Er war »ein Tyrann im vollen Sinn des Worts, frevelhaft, schön, tapfer, beredt, in humanistischen Studien bewandert und Atheist« (Gregorovius, a. a. O.).

Karl VI.: (1368–1422), gen. Karl der Geliebte bzw. der Wahnsinnige; König von Frankreich (seit 1380). Verfiel 1392 dem Wahnsinn.

Grifonetto Baglioni: Mitglied der berüchtigten Baglione-Sippe, die im 14. Jhdt. als Söldnerfamilie und Wortführer der größten politischen Partei Perugias zu großem Einfluß gelangte und im 15. Jhdt. die Stadt beherrschte.

12. Kapitel

Ulster: Loser, zweireihiger Herrenmantel mit Rückengürtel u. breitem Revers.

Dudley-Galerie: 1850 von Lord Dudley gegründete Gemäldegalerie am Piccadilly Circus.

13. Kapitel

»Wenn eure Sünden gleich scharlachrot sind, so will ich sie doch schneeweiß machen«: Vgl. Jesaja, I, 18: »Wenn eure Sünde gleich blutrot ist, soll sie doch schneeweiß werden.«

14. Kapitel

Émaux et camées: (*Emaillen und Kameen*), Gedichtsammlung von Théophile Gautier (vgl. oben), ersch. 1852.

Lacenaires [...] kalte, gelbe Hand »du supplice encore mal lavée«: Pierre-François Lacenaire, Journalist, Dichter u. Meuchelmörder, wurde 1836 guillotiniert. Seine Hand war »von der Hinrichtung noch nicht richtig gesäubert«.

Doigts de faune: »Faunsfinger«.

Sur une gamme chromatique [...] Sur le marbre d'un escalier.: »Auf einer chromatischen Tonleiter, / Die Brust voller träufender Perlen, / Hebt die adriatische Venus / Ihren rosenweißen Leib aus dem Meer. // Die Kuppeln, auf dem Azur der Wellen / Die Phrase in reiner Kontur weiterführend, / Schwellen wie die runden Brüste, / Die ein Liebesseufzer höht. // Die Gondel legt an und setzt mich ab, / Wirft das Haltetau um einen Pfeiler, / Vor einer rosenroten Fassade / Über der marmornen Treppe.« Die Verse entstammen Gautiers Gedicht *Sur les lagunes* (*Über den Lagunen*).

Tintoretto: Eigtl. Iacopo Robusti (1518–1594), gen. »Tintoretto« (»Färberlein«). Ital. Maler.

Er las von den Schwalben [...] ernste Gespräche führen: In Gautiers Gedicht *Ce que disent les hirondelles* (*Was die Schwalben sagen*).

Er las vom Obelisken [...] durch den grünen, dampfenden Schlamm kriechen: In Gautiers Gedicht *Nostalgies d'Obélisques – L'Obélisque de Paris* (*Heimweh der Obelisken – Der Obelisk von Paris*). Es handelt sich um den von Ramses II. in Theben errichteten Obelisken, den Mehmed Ali 1831 den Franzosen schenkte und der dann auf der Pariser Place de la Concorde aufgestellt wurde.

Monstre charmant: »Bezauberndes Ungeheuer«; in Gautiers Gedicht *Contralto* (*Kontraalt*) –: »Est-ce un jeune homme? est-ce une femme? / Une déesse, ou bien un dieu?« (»Ist es ein junger Mann? Ist es eine Frau? / Eine Göttin, oder gar wohl ein Gott?«

Rubinstein: Anton Grigorjewitsch Rubins(ch)tein (1829–1894), russ. Pianist, Komponist u. Dirigent. Gefeierter Klaviervirtuose; leitete 1862–67 u. 1887–90 das Petersburger Konservatorium.

15. Kapitel

Hätte ich bedenkenlos meine Haube über die Mühlen geworfen: »Jeter son bonnet par-dessus les moulins« in der übertragenen Bedeutung »sich über alles hinwegsetzen«.

Königin Elisabeth: Elisabeth I. (1558–1603).

Chaud-froid: Warm zubereitete Fleisch-, Geflügel od. Wildspeise, die dann kalt mit Sauce oder Gelee versehen wird.

Décolletée: Einen tiefen Ausschnitt tragend.

Édition de luxe: Luxusausgabe.

Margarete von Navarra: Marguerite d'Angoulême (1492–1549), Schwester des franz. Königs Franz I.; zunächst verh. mit Herzog Karl IV. von Alençon, nach dessen Tod mit Heinrich von Albret, König von Navarra.

Trop de zèle: Gar zu eifrig.

Trop d'audace: Gar zu kühn.

Fin de siècle: Ende des Jahrhunderts.

Fin du globe: Ende der Welt.

Debrett: Burke and Debrett – Herausgeber des engl. Adelsverzeichnisses.

Erst die tönernen Füße machen das Gold eines Standbildes kostbar: Anspielung auf das Buch Daniel (2, 31f.): »Du König sahest, und siehe, ein groß und hoch und sehr glänzend Bild stund vor dir, das war schrecklich anzusehen. / Desselben Bildes Haupt war von feinem Golde, seine Brust und Arme waren von Silber, sein Bauch und Lenden waren von Erz, / seine Schenkel waren Eisen, seine Füße waren einesteils Eisen und einesteils Thon ...«

Sovereign: Engl. Goldmünze. Nach heutigem DM-Wert etwa 120 DM.

17. Kapitel

Wer einen Spaten einen Spaten nennt: »To call a spade a spade«, eine idiomatische Wendung, heißt eigtl. »das Kind beim Namen nennen«, »kein Blatt vor den Mund nehmen« usw. Doch hier mußte das Bild erhalten bleiben.

Tartüff: Hauptfigur aus der Komödie *Le Tartuffe ou l'Imposteur* (*Der Tartuffe oder Der Heuchler*) des franz. Dichters Jean-Baptiste Molière (1622–1673). Inbegriff des Heuchlers.

Parther: Iran. Stamm sö. des Kasp. Meeres; seit Kyros II. zum Perserreich gehörig. Die Berührung mit Rom führte zu zahlreichen »Partherkriegen«; von Tiberius u. Trajan dann endgültig besiegt.

18. Kapitel

Ennui: (franz.) Langeweile.

Ich bin der Erdbeerblätter müde: Erdbeerblätter schmücken den Reif der engl. Herzogskrone.

19. Kapitel

Wie Perdita [...] über den treulosen Florizel weinen: Gestalten aus Shakespeares *Wintermärchen*. Perdita, Tochter des sizilischen Königs Leontes, wird als Säugling ausgesetzt und wächst bei böhmischen Schäfern auf; sie verliebt sich in Florizel, den Sohn des böhmischen Königs.

Waterbury-Uhr: Taschenuhr, benannt nach der Stadt Waterbury im US-Bundesstaat Connecticut, die für die Fabrikation billiger Uhren bekannt war.

Velázquez: Diego Rodrigo de Silva y Velázquez (um 1599–1660), Hofmaler des span. Königs.

»Gleich dem Gram im Bilde, / Ein Antlitz ohne Herz«: Shakespeare, *Hamlet*, IV, vii, 108–109.

Was hülfe es [...] Schaden an seiner Seele: Matthäus, 16, 26.

Marsyas: Satyr der griech. Mythologie. Nachdem Athene die von ihr erfundene Flöte weggeworfen hat (da das Blasen ihr das Gesicht entstellte), findet Marsyas das Instrument und fordert den Kithara spielenden Apollon zum musikalischen Wettkampf. Der Gott besiegt den Vermessenen, hängt ihn an einem Baum auf und zieht ihm bei lebendigem Leib die Haut ab.

Browning: Robert Browning (1812–1889), engl. Dichter, hegt ähnliche Gedanken in seinem »dramatischen Monolog« *Bishop Blougram's Apology* (*Bischof Blougrams Apologie*).

Lilas blanc: (franz.) Weißer Flieder.